7 95

Sección: Literatura

Leopoldo Alas, «Clarín»:
La Regenta

El Libro de Bolsillo
Alianza Editorial
Madrid

®

Primera   edición en "El Libro de Bolsillo": 1966
Segunda   edición en "El Libro de Bolsillo": 1967
Tercera   edición en "El Libro de Bolsillo": 1968
Cuarta   edición en "El Libro de Bolsillo": 1969
Quinta   edición en "El Libro de Bolsillo": 1972
Sexta   edición en "El Libro de Bolsillo": 1973
Séptima   edición en "El Libro de Bolsillo": 1974
Octava   edición en "El Libro de Bolsillo": 1975
Novena   edición en "El Libro de Bolsillo": 1978
Décima   edición en "El Libro de Bolsillo": 1979
Undécima   edición en "El Libro de Bolsillo": 1980
Duodécima edición en "El Libro de Bolsillo": 1981

© Herederos de Leopoldo Alas, "Clarín"
© Alianza Editorial, S. A., Madrid, 1966, 1967, 1968, 1969,
   1972, 1973, 1974, 1975, 1978, 1979, 1980, 1981
   Calle Milán, 38; ☎ 200 00 45
   ISBN: 84-206-1008-9
   Depósito legal: M. 42.751-1980
   Impreso en Hijos de E. Minuesa, S. L.
   Ronda de Toledo, 24 - Madrid-5
   Printed in Spain

Uno

La heroica ciudad dormía la siesta. El viento sur, caliente y perezoso, empujaba las nubes blanquecinas que se rasgaban al correr hacia el norte. En las calles no había más ruido que el rumor estridente de los remolinos de polvo, trapos, pajas y papeles, que iban de arroyo en arroyo, de acera en acera, de esquina en esquina, revolando y persiguiéndose, como mariposas que se buscan y huyen y que el aire envuelve en sus pliegues invisibles. Cual turbas de pilluelos, aquellas migajas de la basura, aquellas sobras de todo, se juntaban en un montón, parábanse como dormidas un momento y brincaban de nuevo sobresaltadas, dispersándose, trepando unas por las paredes hasta los cristales temblorosos de los faroles, otras hasta los carteles de papel mal pegados a las esquinas, y había pluma que llegaba a un tercer piso, y arenilla que se incrustaba para días, o para años, en la vidriera de un escaparate, agarrada a un plomo.

Vetusta, la muy noble y leal ciudad, corte en lejano siglo, hacía la digestión del cocido y de la olla podrida, y descansaba oyendo entre sueños el monótono y familiar zumbido de la campana de coro, que retumbaba allá en lo alto de la esbelta torre en la Santa Basílica. La torre de la catedral, poema romántico de piedra, delicado himno, de dulces líneas de belleza muda y perenne, era obra del siglo dieciséis, aunque antes comenzada, de estilo gótico, pero, cabe decir, moderado por un instinto de prudencia y armonía que modificaba las vulgares exageraciones de esta arquitectura. La vista no se fatigaba contemplando horas y horas aquel índice de piedra que señalaba al cielo; no era una de esas torres cuya aguja se quiebra de sutil, más flacas que esbeltas, amaneradas como señoritas cursis que aprietan demasiado el corsé; era maciza sin perder nada de su espiritual grandeza, y hasta sus segundos corredores, elegante balaustrada, subía como fuerte castillo, lanzándose desde allí en pirámide de ángulo gracioso, inimitable en sus medidas y proporciones. Como haz de músculos y nervios, la piedra, enroscándose en la piedra, trepaba a la altura, haciendo equilibrios de acróbata en el aire; y como prodigio de juegos malabares, en una punta de caliza se mantenía, cual imantada, una bola grande de bronce dorado, y encima otra más pequeña, y sobre ésta una cruz de hierro que acababa en pararrayos.

Cuando en las grandes solemnidades el cabildo mandaba iluminar la torre con faroles de papel y vasos de colores, parecía bien, destacándose en las tinieblas, aquella romántica mole; pero perdía con estas galas la inefable elegancia de su perfil y tomaba los contornos de una enorme botella de champaña. Mejor era contemplarla en clara noche de luna, resaltando en un cielo puro, rodeada de estrellas que parecían su aureola, doblándose en pliegues de luz y sombra, fantasma gigante que velaba por la ciudad pequeña y negruzca que dormía a sus pies.

Bismarck, un pillo ilustre de Vetusta, llamado con tal apodo entre los de su clase, no se sabe por qué, empuñaba el sobado cordel atado al badajo formidable de la *Wamba*, la gran campana que llamaba a coro a los muy venerables canónigos, cabildo catedral de preeminentes calidades y privilegios.

Bismarck era de oficio delantero de diligencia, era *de la tralla*, según en Vetusta se llamaba a los de su condición; pero sus aficiones le llevaban a los campanarios; y por delegación de Celedonio, hombre de iglesia, acólito en funciones de campanero, aunque tampoco en propiedad, el ilustre diplomático *de la tralla* disfrutaba algunos días la honra de despertar al venerando cabildo de su beatífica siesta, convocándole a los rezos y cánticos de su peculiar incumbencia.

El delantero, ordinariamente bromista, alegre y revoltoso, manejaba el badajo de la Wamba con una seriedad de arúspice de buena fe. Cuando *posaba* para la hora del coro —así se decía—, Bismarck sentía en sí algo de la dignidad y la responsabilidad de un reloj.

Celedonio, ceñida al cuerpo la sotana negra, sucia y raída, estaba asomado a una ventana, caballero en ella, y escupía con desdén y por el colmillo a la plazuela; y si se le antojaba, disparaba chinitas sobre algún raro transeúnte, que le parecía del tamaño y de la importancia de un ratoncillo. Aquella altura se les subía a la cabeza a los pilluelos y les inspiraba un profundo desprecio de las cosas terrenas.

—¡Mia tú, Chiripa, que dice que pué más que yo! —dijo el monaguillo, casi escupiendo las palabras; y disparó media patata asada y podrida a la calle apuntando a un canónigo, pero seguro de no tocarle.

—¡Qué ha de poder! —respondió Bismarck, que en el campanario adulaba a Celedonio y en la calle le trataba a puntapiés y le arrancaba a viva fuerza las llaves para subir a tocar las *oraciones.*— Tú pués más que toos los delanteros, menos yo.

—Porque tú echas la zancadilla, mainate, y ers más grande...

Mia, chico, ¿quiés que l'atice al señor Magistral que entra ahora?
—¿Le conoces tú desde ahí?
—Claro obo; le conozco en el menear los manteos. Mia, ven
acá. ¿No ves cómo al andar le salen pa tras y pa lante? Es por
la fachenda que se me gasta. Ya lo decía el señor Custodio el
beneficiao a don Pedro el campanero el otro día: «Ese don
Fermín tié más orgullo que don Rodrigo en la horca», y don
Pedro se reía; y verás, el otro dijo después, cuando ya había
pasao don Fermín: «¡Anda, anda, buen mozo, que bien se te
conoce el colorete!» ¿Qué te paece, chico?, ¡se pinta la cara!
    Bismarck negó lo de la pintura. Era que don Custodio tenía
envidia. ʹi Bismarck fuera canónigo y *dinidad* (creía que lo era
el Magistral) en vez de ser delantero, con un mote *sacao* de las
cajas de cerillas, se daría más tono que un zagal. Pues, claro.
Y si fuese campanero, el de verdad, vamos, don Pedro..., ¡ay
Dios!, entonces no se hablaba más que con el Obispo y el señor
Roque, el mayoral del correo.
    —Pues, chico, no sabes lo que te pescas, porque decía el
beneficiao que en la iglesia hay que ser humilde, como si dijéramos, rebajarse con la gente, amos, achantarse, y aguantar una
bofetá si a mano viene; y si no, ahí está el Papa, que es..., no
sé cómo dijo..., así..., una osa como... el criao de toos los
criaos.
    —Eso será de boquirris —replicó Bismarck.— ¡Mía tú el Papa
que manda más que el rey! Y que le vi yo pintao, en un santo
mu grande, sentao en su coche, que era como una butaca, y lo
llevaban en vez de mulas un tiro de *carcas* (curas según Bismarck), y lo cual que le iban espantando las moscas con un paraguas, que parecía cosa del treato..., hombre..., ¡si sabré yo!
    Se acaloró el debate. Celedonio defendía las costumbres de
la Iglesia primitiva; Bismarck estaba por todos los esplendores
del culto. Celedonio amenazó al campanero interino con pedirle
la dimisión. El de la tralla aludió embozadamente a ciertas bofetadas probables *pa en* bajando. Pero una campana que sonó en
un tejado de la catedral les llamó al orden.
    —¡El Laudes! —gritó Celedonio—; toca, que avisan.
    Y Bismarck empuñó el cordel y azotó el metal con la porra
del formidable badajo. ·
    Tembló el aire, y el delantero cerró los ojos, mientras Celedonio
hacía alarde de su imperturbable serenidad oyendo, como si estuviera a dos leguas, las campanadas graves, poderosas, que el
viento arrebataba de la torre para llevar sus vibraciones por encima de Vetusta a la sierra vecina y a los extensos campos, que
brillaban a lo lejos, verdes todos, con cien matices.
    Empezaba el otoño. Los prados renacían, la hierba había cre-
cido fresca y vigorosa con las últimas lluvias de septiembre. Los
castañedos, robledales y pomares, que en hondonadas y laderas
se extendían sembrados por el ancho valle, se destacaban sobre
prados y maizales n tonos oscuros; la paja del trigo, escaso,

amarilleaba entre tanta verdura. Las casas de labranza y algunas quintas de recreo, blancas ʈodas, esparcidas por sierra y valle, reflejaban la luz como espejos. Aquel verde esplendoroso con tornasoles dorados y de plata se apagaba en la sierra, como si cubriera su falda y su cumbre la sombra de una nube invisible, y un tinte rojizo aparecía entre las calvicies de la vegetación, menos vigorosa y variada que en el valle. La sierra estaba al noroeste, y por el sur, que dejaba libre a la vista, se alejaba el horizonte, señalado por siluetas de montañas desvanecidas en la niebla, que deslumbraba como polvareda luminosa. Al norte se adivinaba el mar detrás del arco perfecto del horizonte, bajo un cielo despejado, que surcaban, como naves, ligeras nubecillas de un dorado pálido. Un jirón de la más leve parecía la luna, apagada, flotando entre ellas en el azul blanquecino.

Cerca de la ciudad, en los ruedos, el cultivo más intenso, de mejor abono, de mucha variedad y esmerado, producía en la tierra tonos de colores sin nombre exacto, dibujándose sobre el fondo pardo oscuro de la tierra constantemente removida y bien regada.

Alguien subía por el caracol. Los dos pilletes se miraron estupefactos. ¿Quién era el osado?

—¿Será Chiripa? —preguntó Celedonio entre airado y temeroso.

—No; es un *carca*, ¿no oyes el manteo?

Bismarck tenía razón; el roce de la tela con la piedra producía un rumor silbante, como el de una voz apagada que impusiera silencio. El manteo apareció por escotillón; era el de don Fermín de Pas, magistral de aquella santa iglesia catedral y provisor del Obispado. El delantero sintió escalofríos. Pensó:

—«¿Vendrá a pegarnos?»

No había motivo, pero eso no importaba. Él vivía acostumbrado a recibir bofetadas y puntapiés sin saber por qué. A todo poderoso, y para él don Fermín era un personaje de los más empingorotados, se le figuraba Bismarck usando y abusando de la autoridad de repartir cachetes. No discutía la legitimidad de esta prerrogativa; no hacía más que huir de los grandes de la tierra, entre los que figuraban los sacristanes y los polizontes. Se avenía a esta ley, cuyos efectos procuraba evitar. Si él hubiera sido señor, alcalde, canónigo, fontanero, guarda del Jardín Botánico, empleado en casillas, sereno, algo grande en suma, hubiera hecho lo mismo: ¡dar cada puntapié! No era más que Bismarck, un delantero, y sabía su oficio, huir de los *mainates* de Vetusta.

Pero allí no había modo de escapar. O tirarse por una ventana, o esperar el nublado. El caracol estaba interceptado por el canónigo. Bismarck no tuvo más recurso que hacerse un ovillo, esconderse detrás de la Wamba, encaramado en una viga, y aguardar así los acontecimientos.

Celedonio no extrañaba aquella visita. Recordaba haber visto muchas tardes al señor Magistral subir a la torre antes o después de coro.

¿Qué iba a hacer allí aquel señor tan respetable? Esto preguntaban los ojos del delantero a los del acólito. También lo sabía Celedonio, pero callaba y sonreía, complaciéndose en el pavor de su amigo.

El continente altivo del monaguillo se había convertido en humilde actitud. Su rostro se había revestido de repente de la expresión oficial. Celedonio tenía doce o trece años y ya sabía. ajustar los músculos de su cara de chato a las exigencias de la liturgia. Sus ojos eran grandes, de un castaño sucio, y cuando el pillastre se creía en funciones eclesiásticas los movía con afectación, de abajo arriba, de arriba abajo, imitando a muchos sacerdotes y beatas que conocía y trataba.

Pero, sin pensarlo, daba una intención lúbrica y cínica a su mirada, como una meretriz de calleja, que anuncia su triste comercio con los ojos sin que la policía pueda reivindicar los derechos de la moral pública. La boca muy abierta, y desdentada seguía a su manera los aspavientos de los ojos; y Celedonio, en su expresión de humildad beatífica, pasaba del feo tolerable al feo asqueroso .

Así como en las mujeres de su edad se anuncian por asomos de contornos turgentes las elegantes líneas del sexo, en el acólito sin órdenes se podía adivinar futura y próxima perversión de instintos naturales, provocada ya por aberraciones de una educación torcida. Cuando quería imitar, bajo la sotana manchada de cera, los acompasados y ondulantes movimientos de don Anacleto, familiar del Obispo —creyendo manifestar así su vocación—, Celedonio se movía y gesticulaba como hembra desfachatada, sirena de cuartel. Esto ya lo había notado el *Palomo,* empleado laico de la catedral, perrero, según mal nombre de su oficio. Pero no se había atrevido a comunicar sus aprensiones a ningún superior, obedeciendo a un criterio merced al cual había desempeñado treinta años seguidos con dignidad y prestigio sus funciones complejas de aseo y vigilancia.

En presencia del Magistral, Celedonio había cruzado los brazos e inclinado la cabeza, después de apearse de la ventana. Aquel don Fermín que allá abajo en la calle de la Rúa parecía un escarabajo, ¡qué grande se mostraba ahora a los ojos humillados del monaguillo y a los aterrados ojos de su compañero! Celedonio apenas le llegaba a la cintura al canónigo. Veía enfrente de sí la sotana tersa de pliegues escultóricos, rectos, simétricos, una sotana de medio tiempo, de rico castor delgado, y sobre ella flotaba el manteo de seda, abundante, de muchos pliegues y vuelos.

Bismarck, detrás de la *Wamba,* no veía del canónigo más que los bajos, y los admiraba. ¡Aquello era señorío! ¡Ni una mancha! Los pies parecían los de una dama; calzaban media morada, como si fueran de obispo; y el zapato era de esmerada labor y piel muy fina, y lucía hebilla de plata, sencilla pero elegante, que decía muy bien sobre el color de la media.

Si los pilletes hubieran osado mirar cara a cara a don Fermín, le hubieran visto, al asomar en el campanario, serio, cejijunto; al notar la presencia de los campaneros, levemente turbado, y en seguida sonriente, con una suavidad resbaladiza en la mirada y una bondad estereotipada en los labios. Tenía razón el delantero: De Pas no se pintaba. Más bien parecía estucado. En efecto, su tez blanca tenía los reflejos del estuco. En los pómulos, un tanto avanzados, bastante para dar energía y expresión característica al rostro, sin afearlo, había un ligero encarnado que a veces tiraba al color del alzacuello y de las medias. No era pintura, ni el color de la salud, ni pregonero del alcohol; era el rojo que brota en las mejillas al calor de palabras de amor o de vergüenza que se pronuncian cerca de ellas, palabras que parecen imanes que atraen el hierro de la sangre. Esta especie de congestión también la causa el orgasmo de pensamientos del mismo estilo. En los ojos del Magistral, verdes, con pintas que parecían polvo de rapé, lo más notable era la suavidad de liquen; pero en ocasiones, de en medio de aquella crasitud pegajosa salía un resplandor punzante, que era una sorpresa desagradable, como una aguja en una almohada de plumas. Aquella mirada la resistían pocos; a unos les daba miedo, a otros asco; pero cuando algún audaz la sufría, el Magistral la humillaba cubriéndola con el telón carnoso de unos párpados anchos, gruesos, insignificantes, como es siempre la carne informe. La nariz larga, recta, sin corrección ni dignidad, también era sobrada de carne hacia el extremo y se inclinaba como árbol bajo el peso de excesivo fruto. Aquella nariz era la obra muerta en aquel rostro todo expresión, aunque escrito en griego, porque no era fácil leer y traducir lo que el Magistral sentía y pensaba. Los labios, largos y delgados, finos, pálidos, parecían obligados a vivir comprimidos por la barba, que tendía a subir, amenazando para la vejez, aún lejana, entablar relaciones con la punta de la nariz claudicante. Por entonces no daba al rostro este defecto apariencia de vejez, sino expresión de prudencia de la que toca en cobarde hipocresía y anuncia frío y calculador egoísmo Podía asegurarse que aquellos labios guardaban como un tesoro la mejor palabra, la que jamás se pronuncia. La barba, puntiaguda y levantisca, semejaba el candado de aquel tesoro. La cabeza, pequeña y bien formada, de espeso cabello negro muy recortado, descansaba sobre un robusto cuello, blanco, de recios músculos, un cuello de atleta, proporcionado al tronco y extremidades del fornido canónigo, que hubiera sido en su aldea el mejor jugador de bolos, el mozo de más partido, y a lucir entallada levita, el más apuesto azotacalles de Vetusta.

Como si se tratara de un personaje, el Magistral saludó a Celedonio doblando graciosamente el cuerpo y extendiendo hacia él la mano derecha, blanca, fina, de muy afilados dedos, no menos cuidada que si fuera la de aristocrática señora. Celedonio contestó con una genuflexión como las de ayudar a misa.

Bismarck, oculto, vio con espanto que el canónigo sacaba de un bolsillo interior de la sotana un tubo que a él le parcció de oro. Vio que el tubo se dejaba estirar como si fuera de goma y se convertía en dos, y luego en tres, todos seguidos, pegados. Indudablemente, aquello era un cañón chico, suficiente para acabar con un delantero tan insignificante como él. No; era un fusil, porque el Magistral lo acercaba a la cara y hacía con él puntería. Bismarck respiró: no iba con su personilla aquel disparo; apuntaba el carca hacia la calle, asomado a una ventana. El acólito, de puntillas, sin hacer ruido, se había acercado por detrás al Provisor y procuraba seguir la dirección del catalejo. Celedonio era un monaguillo de mundo, entraba como amigo de confianza en las mejores casas de Vetusta, y si supiera que Bismarck tomaba un anteojo por un fusil, se le reiría en las narices.

Uno de los recreos solitarios de don Fermín de Pas consistía en subir a las alturas. Era montañés, y por instinto buscaba las cumbres de los montes y los campanarios de las iglesias. En todos los países que había visitado había subido a la montaña más alta, y si no las había, a la más soberbia torre. No se daba por enterado de cosa que no viese a vista de pájaro, abarcándola por completo y desde arriba. Cuando iba a las aldeas acompañando al Obispo en su visita, siempre había de emprender, a pie o a caballo, como se pudiera, una excursión a lo más empingorotado. En la provincia, cuya capital era Vetusta, abundaban por todas partes montes de los que se pierden entre nubes; pues a los más arduos y elevados ascendía el Magistral, dejando atrás al más robusto andarín, al más experto montañés. Cuanto más subía, más ansiaba subir; en vez de fatiga sentía fiebre que les daba vigor de acero a las piernas y aliento de fragua a los pulmones. Llegar a lo más alto era un triunfo voluptuoso para De Pas. Ver muchas leguas de tierra, columbrar el mar lejano, contemplar a sus pies los pueblos como si fueran juguetes, imaginarse a los hombres como infusorios, ver pasar un águila o un milano, según los parajes, debajo de sus ojos, enseñándole el dorso dorado por el sol, mirar las nubes desde arriba, eran intensos placeres de su espíritu altanero que De Pas se procuraba siempre que podía. Entonces sí que en sus mejillas había fuego y en sus ojos dardos. En Vetusta no podía saciar esta pasión; tenía que contentarse con subir algunas veces a la torre de la catedral. Solía hacerlo a la hora del coro, por la mañana o por la tarde, según le convenía. Celedonio, que en alguna ocasión, aprovechando un descuido, había mirado por el anteojo del Provisor, sabía que era de poderosa atracción; desde los segundos corredores, mucho más altos que el campanario, había él visto perfectamente a la Regenta, una guapísima señora, pasearse, leyendo un libro,

por su huerta, que se llamaba el Parque de los Ozores; sí, señor,
la había visto como si pudiera tocarla con la mano, y eso que su
palacio estaba en la rinconada de la Plaza Nueva, bastante lejos
de la torre, pues tenía en medio la plazuela de la catedral, la
calle de la Rúa y la de San Pelayo. ¿Qué más? Con aquel anteojo
se veía un poco del billar del casino, que estaba junto a la iglesia
de Santa María; y él, Celedonio, había visto pasar las bolas de
marfil rodando por la mesa. Y sin el anteojo, ¡quiá!, en cuanto
se veía el balcón como un ventanillo de una grillera. Mientras
el acólito hablaba, así, en voz baja, a Bismarck, que se había atrevido a acercarse, seguro de que no había peligro, el Magistral,
olvidado de los campaneros, paseaba lentamente sus miradas por
la ciudad, escudriñando sus rincones, levantando con la imaginación los techos, aplicando su espíritu a aquella inspección minu-
ciosa, como el naturalista estudia con poderoso microscopio las
pequeñeces de los cuerpos. No miraba a los campos, no contemplaba la lontananza de montes y nubes; sus miradas no salían
de la ciudad.

Vetusta era su pasión y su presa. Mientras los demás le tenían
por sabio teólogo, filósofo y jurisconsulto, él estimaba sobre todas
su ciencia de Vetusta. La conocía palmo a palmo, por dentro
y por fuera, por el alma y por el cuerpo, había escudriñado los
rincones de las conciencias y los rincones de las casas. Lo que
sentía en presencia de la heroica ciudad era gula; hacía su anatomía, no como el fisiólogo que sólo quiere estudiar, sino como
el gastrónomo que busca los bocados apetitosos; no aplicaba el es-
calpelo, sino el trinchante.

Y bastante resignación era contentarse, por ahora, con Vetusta. De Pas había soñado con más altos destinos, y aún no
renunciaba a ellos. Como recuerdos de un poema heroico leído
en la juventud con entusiasmo, guardaba en la memoria brillantes cuadros que la ambición había pintado en su fantasía;
en ellos se contemplaba oficiando de pontifical en Toledo y asistiendo en Roma a un cónclave de cardenales. Ni la tiara le
pareciera demasiado ancha; todo estaba en el camino; lo importante era seguir andando. Pero estos sueños, según pasaba el
tiempo, se iban haciendo más y más vaporosos, como si se
alejaran. «Así son las perspectivas de la esperanza —pensaba
el Magistral—; cuanto más nos acercamos al término de nuestra ambición, más distante parece el objeto deseado, porque no
está en lo por venir, sino en lo pasado; lo que vemos delante
es un espejo que refleja el cuadro soñador que se queda atrás,
en el lejano día del sueño...» No renunciaba a subir, a llegar
cuanto más arriba pudiese, pero cada día pensaba menos en
estas vaguedades de la ambición a largo plazo, propias de la
juventud. Había llegado a los treinta y cinco años, y la codicia del poder era más fuerte y menos idealista; se contentaba
con menos, pero lo quería con más fuerza, lo necesitaba más

cerca; era el hambre que no espera, la sed en el desierto que abrasa y se satisface en el charco impuro sin aguardar a descubrir la fuente que está lejos, en lugar desconocido.

Sin confesárselo, sentía a veces desmayos de la voluntad y de la fe en sí mismo que le daban escalofríos; pensaba en tales momentos que acaso él no sería jamás nada de aquello a que había aspirado, que tal vez el límite de su carrera sería el estado actual o un mal obispado en la vejez, todo un sarcasmo. Cuando estas ideas le sobrecogían, para vencerlas y olvidarlas se entregaba con furor al goce de lo presente, del poderío que tenía en la mano; devoraba su presa, la Vetusta levítica, como el león enjaulado los pedazos ruines de carne que el domador le arroja.

Concentrada su ambición entonces en punto concreto y tangible, era mucho más intensa; la energía de su voluntad no encontraba obstáculo capaz de resistir en toda la diócesis. Él era el amo del amo. Tenía al Obispo en una garra, prisionero voluntario que ni se daba cuenta de sus prisiones. En tales días el Provisor era un huracán eclesiástico, un castigo bíblico, un azote de Dios sancionado por Su Ilustrísima.

Estas crisis de ánimo solían provocarlas noticias del personal: el nombramiento de un obispo joven, por ejemplo. Echaba sus cuentas: él estaba muy atrasado, no podría llegar a ciertas grandezas de la jerarquía. Esto pensaba, en tanto que el beneficiado don Custodio le aborrecía principalmente porque era magistral desde los treinta.

Don Fermín contemplaba la ciudad. Era una presa que le disputaban, pero que acabaría de devorar él solo. ¡Qué! ¿También aquel mezquino imperio habían de arrancarle? No, era suyo. Lo había ganado en buena lid. ¿Para qué eran necios? También al Magistral se le subía la altura a la cabeza; también él veía a los vetustenses como escarabajos; sus viviendas viejas y negruzcas, aplastadas, las creían los vanidosos ciudadanos palacios, y eran madrigueras, cuevas, montones de tierra, labor de topo... ¿Qué habían hecho los dueños de aquellos palacios viejos y arruinados de la Encimada que él tenía allí a sus pies? ¿Qué habían hecho? Heredar. ¿Y él? ¿Qué había hecho él? Conquistar. Cuando era su ambición de joven la que chisporroteaba en su alma, don Fermín encontraba estrecho el recinto de Vetusta; él, que había predicado en Roma, que había olfateado y gustado el incienso de la alabanza en muy altas regiones por breve tiempo, se creía postergado en la catedral vetustense. Pero otras veces, las más, era el recuerdo de sus sueños de niño, precoz para ambicionar, el que le asaltaba, y entonces veía en aquella ciudad que se humillaba a sus plantas en derredor el colmo de sus deseos más locos. Era una especie de placer material, pensaba De Pas, el que sentía comparando sus ilusiones de la infancia con la realidad presente. Si de joven había soñado cosas mucho más altas, su dominio presente pa-

recía la tierra prometida a las cavilaciones de la niñez, llena de
tardes solitarias y melancólicas en las praderas de los puertos.
El Magistral empezaba a despreciar un poco los años de su
próxima juventud, le parecían a veces algo ridículos sus ensueños, y la conciencia no se complacía en repasar todos los actos
de aquella época de pasiones reconcentradas, poco y mal satisfechas. Prefería las más veces recrear el espíritu contemplando lo pasado en lo más remoto del recuerdo; su niñez le enternecía, su juventud le disgustaba como el recuerdo de una mujer que fue muy querida, que nos hizo cometer mil locuras y
que hoy nos parece digna de olvido y desprecio. Aquello que
él llamaba placer material y tenía mucho de pueril era el consuelo de su alma en los frecuentes decaimientos del ánimo.

El Magistral había sido pastor en los puertos de Tarsa, ¡y
era él el mismo que ahora mandaba a su manera en Vetusta!
En este salto de la imaginación estaba la esencia de aquel placer intenso, infantil y material que gozaba De Pas como un
pecado de lascivia.

¡Cuántas veces en el púlpito, ceñido al robusto y airoso cuerpo el roquete cándido y rizado, bajo la señoril muceta, viendo
allá abajo, en el rostro de todos los fieles la admiración y el
encanto, había tenido que suspender el vuelo de su elocuencia,
porque le ahogaba el placer y le cortaba la voz en la garganta!
Mientras el auditorio aguardaba en silencio, respirando apenas,
a que la emoción religiosa permitiera al orador continuar, él
oía como en éxtasis de autolatría el chisporroteo de los cirios
y de las lámparas; aspiraba con voluptuosidad extraña el ambiente embalsamado por el incienso de la capilla mayor y por
las emanaciones calientes y aromáticas que subían de las damas que le rodeaban; sentía como murmullo de la brisa en las
hojas de un bosque el contenido crujir de la seda, el aleteo de
los abanicos; y en aquel silencio de la atención que esperaba,
delirante, creía comprender y gustaba una adoración muda que
subía a él; y estaba seguro de que en tal momento pensaban
los fieles en el orador esbelto, elegante, de voz melodiosa, de
correctos ademanes, a quien oían y veían, no en el Dios de que
les hablaba. Entonces sí que, sin poder él desechar aquellos recuerdos, se le presentaba su infancia en los puertos, aquellas
tardes de su vida de pastor melancólico y meditabundo. Horas
y horas, hasta el crepúsculo, pasaba soñando despierto, en una
cumbre, oyendo las esquilas del ganado esparcido por el cueto;
¿y qué soñaba? Que allá, allá abajo, en el ancho mundo, muy
lejos, había una ciudad inmensa, como cien veces el lugar de
Tarsa, y más; aquella ciudad se llamaba Vetusta, era mucho
mayor que San Gil de la Llana, la cabeza del partido, que él
tampoco había visto. En la gran ciudad colocaba él maravillas
que halagaban el sentido y llenaban la soledad de su espíritu
inquieto. Desde aquella infancia ignorante y visionaria al momento en que se contemplaba el predicador no había intervalo;

se veía niño y se veía magistral: lo presente era la realidad
del sueño de la niñez, y de esto gozaba.

Emociones semejantes ocupaban su alma mientras el catalejo,
reflejando con vivos resplandores los rayos del sol, se movía
lentamente pasando la visual de tejado en tejado, de ventana en
ventana, de jardín en jardín.

Alrededor de la catedral se extendía, en estrecha zona, el
primitivo recinto de Vetusta. Comprendía lo que se llamaba
el barrio de la *Encimada* y dominaba todo el pueblo que se
había ido estirando por noroeste y por sudeste. Desde la torre
se veían, en algunos patios y jardines de casas viejas y ruino-
sas, restos de la antigua muralla, convertidos en terrados o paredes medianeras, entre huertos y corrales. La Encimada era el
barrio noble y el barrio pobre de Vetusta. Los más linajudos y
los más andrajosos vivían allí, cerca unos de otros, aquéllos a
sus anchas, los otros apiñados. El buen vetustense era de la
Encimada. Algunos fatuos estimaban en mucho la propiedad de
una casa, por miserable que fuera, en la parte alta de la ciudad,
a la sombra de la catedral, o de Santa María la Mayor o de
San Pedro, las dos antiquísimas iglesias vecinas de la Basílica
y parroquias que se dividían el noble territorio de la Encimada.
El Magistral veía a sus pies el barrio linajudo, compuesto de
caserones con ínfulas de palacios; conventos grandes como pueblos, y tugurios donde se amontonaba la plebe vetustense, demasiado pobre para poder habitar las barriadas nuevas allá
abajo, en el Campo del Sol, al sudeste, donde la Fábrica Vieja
levantaba sus augustas chimeneas en rededor de las cuales un
pueblo de obreros había surgido. Casi todas las calles de la
Encimada eran estrechas, tortuosas, húmedas, sin sol; crecía en
algunas la hierba, la limpieza de aquellas en que predominaba
el vecindario noble, o de tales pretensiones por lo menos, era
triste, casi miserable, como la limpieza de las cocinas pobres de
los hospicios; parecía que la escoba municipal y la escoba de
la nobleza pulcra habían dejado en aquellas plazuelas y callejas las huellas que el cepillo deja en el paño raído. Había por
allí muy pocas tiendas, y no muy lucidas. Desde la torre se veía
la historia de las clases privilegiadas contada por piedras y ado-
bes en el recinto viejo de Vetusta. La iglesia ante todo: los
conventos ocupaban cerca de la mitad del terreno; Santo Domingo sólo tomaba una quinta parte del área total de la Encimada; seguían en tamaño las Recoletas, donde se habían reunido en tiempo de la Revolución de Septiembre dos comuni-
dades de monjas, que juntas eran diez y ocupaban con su convento y huerto la sexta parte del barrio. Verdad era que San
Vicente estaba convertido en cuartel y dentro de sus muros retumbaba la indiscreta voz de la corneta, profanación constante
del sagrado silencio secular; del convento ampuloso y plateresco
de las Clarisas había hecho el Estado un edificio para toda clase de oficinas, y en cuanto a San Benito, era lóbrega prisión

de mal seguros delincuentes. Todo esto era triste; pero el Magistral que veía, con amargura en los labios, estos despojos de
que le daba elocuente representación el catalejo, podía abrir el
pecho al consuelo y a la esperanza contemplando, fuera del barrio noble, al Oeste y al Norte, gráficas señales de la fe redi-
viva, en los alrededores de Vetusta, donde construía la piedad
nuevas moradas para la vida conventual, más lujosas, más elegantes que las antiguas, si no tan sólidas ni tan grandes. La
Revolución había derribado, había robado; pero la Restauración, que no podía restituir, alentaba el espíritu que reedifi-
caba; y ya las Hermanitas de los Pobres tenían coronado el
edificio de su propiedad, tacita de plata que brillaba cerca del
Espolón, al Oeste, no lejos de los palacios y *chalets* de la Colonia, o sea el barrio nuevo de americanos y comerciantes del
reino. Hacia el Norte, entre prados de terciopelo tupido, de
un verde oscuro, fuerte, se levantaba la blanca fábrica que con
sumas fabulosas construían las Salesas, por ahora arrinconadas
dentro de Vetusta, cerca de los vertederos de la Encimada, casi
sepultadas en las cloacas, en una casa vieja que tenía por iglesia un oratorio mezquino. Allí, como en nichos, habitaban las
herederas de muchas familias ricas y nobles; habían dejado, en
obsequio al Crucificado, el regalo de su palacio ancho y cómodo de allá arriba por la estrechez insana de aquella pocilga,
mientras sus padres, hermanos y otros parientes regalaban el
perezoso cuerpo en las anchuras de los caserones tristes pero
espaciosos de la Encimada. No sólo era la Iglesia quien podía
desperezarse y estirar las piernas en el recinto de Vetusta la de
arriba; también los herederos de pergaminos y casas solariegas
habían tomado para sí anchas cuadras y jardines y huertas que
podían pasar por bosques, con relación al área del pueblo, y
que en efecto se llamaban, algo hiperbólicamente, parques, cuando eran tan extensos como el de los Ozores y el de los Vegallana. Y mientras no sólo a los conventos y a los palacios, sino
también a los árboles se les dejaba campo abierto para alargarse
y ensancharse como querían, los míseros plebeyos, que a fuerza
de pobres no habían podido huir los codazos del egoísmo noble
o regular, vivían hacinados en casas de tierra que el municipio
obligaba a tapar con una capa de cal; y era de ver cómo aquellas casuchas apiñadas se enchufaban y saltaban unas sobre otras,
y se metían los tejados por los ojos, o sea las ventanas. Parecían
un rebaño de retozonas reses que apretadas en un camino brin-
can y se encaraman en los lomos de quien encuentran delante.
    A pesar de esta injusticia distributiva que don Fermín tenía
debajo de sus ojos, sin que le irritara, el buen canónigo amaba
el barrio de la catedral, aquel hijo predilecto de la Basílica,
sobre todos. La Encimada era su imperio natural, la metrópoli
del poder espiritual que ejercía. El humo y los silbidos de la
fábrica le hacían dirigir miradas recelosas al Campo del Sol;
allí vivían los rebeldes; los trabajadores sucios, negros por el

carbón y el hierro amasados con sudor; los que escuchaban con
la boca abierta a los energúmenos que les predicaban igualdad,
federación, reparto, mil absurdos, y a él no querían oírle cuando
les hablaba de premios celestiales, de reparaciones de ultra-
tumba. No era que allí no tuviera ninguna influencia, pero la
tenía en los menos. Cierto que cuando allí la creencia pura, la
fe católica arraigaba, era con robustas raíces, como con cadenas
de hierro. Pero si moría un obrero bueno, creyente, nacían dos,
tres, que ya jamás oirían hablar de resignación, de lealtad, de
fe y obediencia. El Magistral no se hacía ilusiones. El campo
del Sol se les iba. Las mujeres defendían allí las últimas trin-
cheras. Poco tiempo antes del día en que De Pas meditaba
así, varias ciudadanas del barrio de obreros habían querido matar a pedradas a un forastero que se titulaba pastor protestante;
pero estos excesos, estos paroxismos de la fe moribunda, más
entristecían que animaban al Magistral. No, aquel humo no era
de incienso; subía a lo alto, pero no iba al cielo; aquellos silbidos de las máquinas le parecían burlescos, silbidos de sátira,
silbidos de látigo. Hasta aquellas chimeneas delgadas, largas, como monumentos de una idolatría, parecían parodias de las agujas de las iglesias...
    El Magistral volvía el catalejo al Noroeste; allí estaba la
Colonia, la Vetusta novísima, tirada a cordel, deslumbrante de
colores vivos con reflejos acerados; parecía un pájaro de los
bosques de América, o una india brava adornada con plumas
y cintas de tonos discordantes. Igualdad geométrica, desigualdad, anarquía cromáticas. En los tejados todos los colores del
iris como en los muros de Ecbátana; galerías de cristales ro-
bando a los edificios por todas partes la esbeltez que podía
suponérseles; alardes de piedra inoportunos, solidez afectada;
lujo vocinglero. La ciudad del sueño de un indiano que va
mezclada con la ciudad de un usurero o de un mercader de
paños o de harinas que se quedan y edifican despiertos. Una
pulmonía posible por una pared maestra ahorrada; una inco-
modidad segura por una fastuosidad ridícula. Pero no importa,
el Magistral no atiende a nada de eso; no ve allí más que
riqueza; un Perú en miniatura, del cual pretende ser el Pizarro
espiritual. Y ya empieza a serlo. Los indianos de la Colonia,
que en América oyeron muy pocas misas, en Vetusta vuelven,
como a una patria, a la piedad de sus mayores: la religión con
las formas aprendidas en la infancia es para ellos una de las
dulces promesas de aquella España que veían en sueños al otro
lado del mar. Además, los indianos no quieren nada que no
sea de buen tono, que huela a plebeyo, ni siquiera pueda recordar los orígenes humildes de la estirpe; en Vetusta los descreídos no son más que cuatro pillos, que no tienen sobre qué
caerse muertos; todas las personas pudientes creen y practican,
como se dice ahora. Páez, don Frutos Redondo, los Jacas, An-
tolínez, los Argumosa y otros y otros ilustres Américo Vespu-

cios del barrio de la Colonia siguen escrupulosamente en lo que se les alcanza las costumbres *distinguidas* de los Corujedos, Vegallanas, Membibres, Ozores, Carraspiques y demás familias nobles de la Encimada, que se precian de muy buenos y muy rancios cristianos. Y si no lo hicieran por propio impulso los Páez, los Redondo, etc., etc., sus respectivas esposas, hijas y demás familia del sexo débil obligaríanles a imitar en religión, como en todo, las maneras, ideas y palabras de la envidiada aristocracia. Por todo lo cual el Provisor mira al barrio del Noroeste con más codicia que antipatía; si allí hay muchos espíritus que él no ha sondeado todavía, si hay mucha tierra que descubrir en aquella América abreviada, las exploraciones hechas, las *factorías* establecidas, han dado muy buen resultado, y no desconfía don Fermín de llevar la luz de la fe más acendrada, y con ella su natural influencia, a todos los rincones de las bien alineadas casas de la Colonia, a quien el municipio midió los tejados por un rasero.

Pero, entre tanto, De Pas volvía amorosamente la visual del catalejo a su Encimada querida, la noble, la vieja, la amontonada a la sombra de la soberbia torre. Una a oriente otra a occidente, allí debajo tenía, como dando guardia de honor a la catedral, las dos iglesias antiquísimas que la vieron tal vez nacer, o por lo menos pasar a grandezas y esplendores que ellas jamás alcanzaron. Se llamaban, como va dicho, Santa María y San Pedro; su historia anda escrita en los cronicones de la Reconquista, y gloriosamente se pudren poco a poco víctimas de la humedad y hechas polvo por los siglos. En rededor de Santa María y de San Pedro hay esparcidas, por callejones y plazuelas, casas solariegas, cuya mayor gloria sería poder proclamarse contemporáneas de los ruinosos templos. Pero no pueden, porque delata la relativa juventud de estos caserones su arquitectura, que revela el mal gusto decadente, pesado o recargado, de muy posteriores siglos. La piedra de todos estos edificios está ennegrecida por los rigores de la intemperie que en Vetusta la húmeda no dejan nada claro mucho tiempo, ni consiente blancura duradera.

Don Saturnino Bermúdez, que juraba tener documentos que probaban al inteligente en heráldica venirle el Bermúdez del rey Bermudo en persona, era el más perito en la materia de contar la historia de cada uno de aquellos caserones, que él consideraba otras tantas glorias nacionales. Cada vez que algún Ayuntamiento radical emprendía o proyectaba siquiera el derribo de algunas ruinas o la expropiación de algún solar por utilidad pública, don Saturnino ponía el grito en el cielo y publicaba en *El Lábaro,* el órgano de los ultramontanos de Vetusta, largos artículos que nadie leía, y que el alcalde no hubiera entendido, de haberlos leído; en ellos ponía por las nubes el mérito arqueológico de cada tabique, y si se trataba de una pared maestra, demostraba que era todo un monumento. No cabe duda

que el señor don Saturnino, siquiera fuese por bien del arte,
mentía no poco, y abusaba de lo románico y de lo mudéjar.
Para él todo era mudéjar o si no románico, y más de una vez
hizo remontarse a los tiempos de Fruela los fundamentos de
una pared fabricada por algún modesto cantero, vivo todavía.
Estos lapsus del erudito no lastimaban su reputación, porque
los pocos que podían descubrirlos los consideraban piadosas
exageraciones, anacronismos beneméritos, y los demás vetustenses no leían nada de aquello. Mas no por esto dejaba el sabio
de sacar a relucir la retórica, en que creía, ostentando atrevidas
imágenes, figuras de gran energía, entre las que descollaban las
más temerarias personificaciones y las epanadiplosis más caden-
ciosas; hablaban las murallas como libros y solían decir: «tiemblan mis cimientos y mis almenas tiemblan»; y tal puerta co-
chera hubo que hizo llorar con sus discursos patéticos; por lo
cual solía terminar el artículo del arqueólogo diciendo: «En
fin, señores de la comisión de obras, *sunt lacrymæ rerum!*»
    Más de media hora empleó el Magistral en su observatorio
aquella tarde. Cansado de mirar, o no pudiendo ver lo que buscaba allá, hacia la Plaza Nueva, a donde constantemente volvía
el catalejo, separóse de la ventana, redujo a su mínimo tamaño
el instrumento óptico, guardólo cuidadosamente en el bolsillo
y saludando con la mano y la cabeza a los campaneros, descendió con el paso majestuoso de antes, por el caracol de piedra. En cuanto abrió la puerta de la torre y se encontró en
la nave norte de la iglesia, recobró la sonrisa inmóvil, habitual
expresión de su rostro, cruzó las manos sobre el vientre, inclinó
hacia delante un poco con cierta languidez entre mística y romántica la bien modelada cabeza, y más que anduvo se deslizó
sobre el mármol del pavimento que figuraba juego de damas,
blanco y negro. Por las altas ventanas y por los rosetones del
arco toral y de los laterales entraban haces de luz de muchos
colores que remedaban pedazos del iris dentro de las naves. El
manteo que el canónigo movía con un ritmo de pasos y suave
contoneo iba tomando en sus anchos pliegues, al flotar casi al
ras del pavimento, tornasoles de plumas de faisán, y otras veces
parecía cola de pavo real; algunas franjas de luz trepaban hasta
el rostro del Magistral y ora lo teñían con un verde pálido
blanquecino, como de planta sombría, ora le daban viscosa apariencia de planta submarina, ora la palidez de un cadáver.
    En la gran nave central del trascoro había muy pocos fieles,
esparcidos a mucha distancia; en las capillas laterales, abiertas
en los gruesos muros, sumidas en las sombras, se veían apenas
grupos de mujeres arrodilladas o sentadas sobre los pies, rodeando los confesonarios. Aquí y allí se oía el leve rumor de
la plática secreta de un sacerdote y una devota en el tribunal
de la penitencia. En la segunda capilla del norte, la más oscura,
don Fermín distinguió dos señoras que hablaban en voz baja.
Siguió adelante. Ellas quisieron ir tras él, llamarle, pero no se

atrevieron. Le esperaban, le buscaban, y se quedaron sin él.
—Va al coro —dijo una de las damas. Y se sentaron sobre
la tarima que rodeaba el confesonario, sumido en tinieblas. Era
la capilla del Magistral. En el altar había dos candeleros de
bronce, sin velas, sujetos con cadenillas de hierro. Delante del
retablo estaba un Jesús Nazareno de talla; los ojos de cristal,
tristes, brillaban en la oscuridad; los reflejos del vidrio parecían una humedad fría. Era el rostro el de un anémico; la expresión amanerada del gesto anunciaba una idea fija petrificada
en aquellos labios finos y en aquellos pómulos afilados, como
gastados por el roce de besos devotos.

Sin detenerse pasó el Magistral junto a la puerta de escape
del coro; llegó al crucero; la valla que corre del coro a la capilla mayor estaba cerrada. Don Fermín, que iba a la sacristía,
dio el rodeo de la nave del trasaltar flanqueada por otra crujía
de capillas. Frente a cada una de éstas, empotrados en la pared
del ábside, había haces de columnas entre los que se ocultaban
sendos confesonarios, invisibles hasta el momento de colocarse
enfrente de ellos. Allí comúnmente ataban y desataban culpas
los beneficiados. De uno de estos escondites salió, al pasar el
Provisor, como una perdiz levantada por los perros, el señor
don Custodio el beneficiado, pálido el rostro, menos las mejillas encendidas con un tinte cárdeno. Sudaba como una pared
húmeda. El Magistral miró al beneficiado sin sonreir, pinchán-
dole con aquellas agujas que tenía entre la blanca crasitud de
los ojos. Humilló los suyos don Custodio y pasó cabizbajo, confuso, aturdido en dirección al coro. Era gruesecillo, adamado,
tenía aires de comisionista francés vestido con traje talar muy
pulcro y elegante. El cuerpo bien torneado se lo ceñía, debajo
del manteo ampuloso, un roquete que parecía prenda mujeril,
sobre el cual ostentaba la muceta ligera, de seda, propia de su
beneficio. Este don Custodio era un enemigo doméstico, un
beneficiado de la oposición. Creía, o por lo menos propalaba
todas las injurias con que se quería derribar al Provisor, y le
envidiaba por lo que pudiera haber de cierto en el fondo de
tantas calumnias. De Pas le despreciaba; la envidia de aquel
pobre clérigo le servía para ver, como en un espejo, los propios méritos. El beneficiado admiraba al Magistral, creía en su
porvenir, se le figuraba obispo, cardenal, favorito en la corte,
influyente en los ministerios, en los salones, mimado por damas
y magnates. La envidia del beneficiado soñaba para don Fermín
más grandezas que el mismo Magistral veía en sus esperanzas.
La mirada de éste fue en seguida, rápida y rastrera, al confesonario de que salía el envidioso. Arrodillada junto a una de las
celosías vio a una joven pálida con hábito del Carmen.

No era una señorita; debía de ser una doncella de servicio,
una costurera o cosa así, pensó el Magistral. Tenía los ojos
cargados de una curiosidad maliciosa, más irritada que satisfecha; se santiguó, como si quisiera comerse la señal de la cruz,

y se recogió, sentada sobre los pies, a saborear los pormenores
de la confesión, sin moverse del sitio, pegada al confesonario
lleno todavía del calor y el olor de don Custodio.

El Magistral siguió adelante, dio vuelta al ábside y entró en
la sacristía. Era una capilla en forma de cruz latina, grande,
fría, con cuatro bóvedas altas. A lo largo de todas las paredes
estaba la cajonería, de castaño, donde se guardaba ropas y objetos del culto. Encima de los cajones pendían cuadros de pintores adocenados, antiguos los más, y algunas copias no malas
de artistas buenos. Entre cuadro y cuadro ostentaban su dora
do viejo algunas cornucopias cuya luna reflejaba apenas los objetos, por culpa del polvo y las moscas. En medio de la sacristía ocupaba largo espacio una mesa de mármol negro, del
país. Dos monaguillos, con ropón encarnado, guardaban casullas y capas pluviales en los armarios. El *Palomo,* con una sotana sucia y escotada, cubierta la cabeza con enorme peluca
echada hacia el cogote, acababa de barrer en un rincón las
inmundicias de cierto gato que, no se sabía cómo, entraba
en la catedral y lo profanaba todo. El perrero estaba furioso. Los monaguillos se hacían los distraídos, pero él, sin mirarles, les aludía y amenazaba con terribles castigos hipotéticos,
repugnantes para el estómago principalmente. El Magistral siguió adelante fingiendo no parar mientes en estos pormenores groseros, tan extraños a la santidad del culto. Se acercó
a un grupo que en el otro extremo de la sacristía cuchicheaba con la voz apagada de la conversación profana que quiere respetar el lugar sagrado. Eran dos señoras y dos caballeros. Los cuatro tenían la cabeza echada hacia atrás. Contem-
plaban un cuadro. La luz entraba por ventanas estrechas abiertas en la bóveda y a las pinturas llegaba muy torcida y men-
guada. El cuadro que miraban estaba casi en la sombra y parecía una gran mancha de negro mate. De otro color no se veía
más que el frontal de una calavera y el tarso de un pie desnudo
y descarnado. Sin embargo, cinco minutos llevaba don Saturnino Bermúdez empleados en explicar el mérito de la pintura
a aquellas señoras y al caballero, que llenos de fe y con la boca
abierta escuchaban al arqueólogo. El Magistral encontraba casi
todos los días a don Saturnino en semejante ocupación. En
cuanto llegaba un forastero de alguna importancia a Vetusta,
se buscaba por un lado o por otro una recomendación para que
Bermúdez fuese tan amable que le acompañara a ver las antigüedades de la catedral y otras de la Encimada. Don Saturnino
estaba muy ocupado todo el día, pero de tres a cuatro y media
siempre le tenían a su disposición cuantas personas decentes,
como él decía, quisieran poner a prueba sus conocimientos ar-
queológicos y su inveterada amabilidad. Porque además del primer anticuario de la provincia, creía ser —y esto era verdad—
el hombre más fino y cortés de España. No era clérigo, sino
anfibio. En su traje pulcro y negro de los pies a la cabeza se

veía algo que Frígilis, personaje darwinista que encontraremos
más adelante, llamaba la adaptación a la sotana, la influencia
del medio, etc.; es decir, que si don Saturnino fuera tan atrevido que se decidiera a engendrar un Bermúdez, éste saldría ya
diácono por lo menos, según Frígilis. Era el arqueólogo bajo,
traía el pelo rapado como cepillo de cerdas negras; procuraba
dejar grandes entradas en la frente y se conocía que una calvicie precoz le hubiera lisonjeado no poco. No era viejo: «La
edad de Nuestro Señor Jesucristo», decía él, creyendo haber
aventurado un chiste respetuoso, pero algo mundano. Como lo
de parecer cura no estaba en su intención, sino en las leyes
naturales, don Saturno —así le llamaban—, después de haber
perdido ciertas ilusiones en una aventura seria en que le tomaron por clérigo, se dejaba la barba, de un negro de tinta china,
pero la recortaba como el boj de su huerto. Tenía la boca muy
grande, y al sonreír con propósito de agradar, los labios iban
de oreja a oreja. No se sabe por qué entonces era cuando mejor
se conocía que Bermúdez no se quejaba de vicio al quejarse
del pícaro estómago, de digestiones difíciles y sobre todo de
perpetuos restriñimientos. Era una sonrisa llena de arrugas, que
equivalía a una mueca provocada por un dolor intestinal, aquella con que Bermúdez quería pasar por el hombre más *espiritual* de Vetusta, y el más capaz de comprender una pasión
profunda y alambicada. Pues debe advertirse que sus lecturas
serias de cronicones y otros libros viejos alternaban en su ambicioso espíritu con las novelas más finas y psicológicas que se
escribían por entonces en París. Lo de parecer clérigo no era
sino muy a su pesar. El se encargaba unas levitas de tricot
como las de un lechuguino, pero el sastre veía con asombro que
vestir la prenda don Saturno y quedar convertida en sotana
era todo uno. Siempre parecía que iba de luto, aunque no fuera. Sin embargo, pocas veces quitaba la gasa del sombrero, porque
se tenía por pariente de toda la nobleza vetustense, y en cuanto
moría un aristócrata estaba de pésame. Allá, en el fondo de su
alma, se creía nacido para el amor, y su pasión por la arqueología era un sentimiento de la clase de sucedáneos. Al ver en
las novelas más acreditadas de Francia y de España que los
personajes de mejor sociedad sentían sobre poco más o menos
las mismas comezones de que él era víctima, ya no vaciló en
pensar que lo que se había faltado había sido un escenario.
Las muchachas de Vetusta eran incapaces de comprenderle, así
como él se confesaba a solas que no se atrevería jamás a acercarse a una joven para decirle cosa mayor en materia de amores.
   Tal vez las casadas, algunas por lo menos, podrían entenderle
mejor. La primera vez que pensó esto tuvo remordimientos
para una semana; pero volvió la idea a presentarse tentadora,
y como en las novelas que saboreaba sucedía casi siempre que
eran casadas las heroínas, pecadoras sí, pero al fin redimidas
por el amor y la mucha fe, vino en averiguar y dar por evi-

dente que se podía querer a una casada y hasta decírselo, si el amor se contenía en los límites del más acendrado idealismo. En efecto, don Saturno se enamoró de una señora casada; pero le sucedió con ella lo mismo que con las solteras: no se atrevió a decírselo. Con los ojos sí se lo daba a entender, y hasta con ciertas parábolas y alegorías que tomaba de la Biblia y otros libros orientales; pero la señora de sus amores no hacía caso de los ojos de don Saturno ni entendía las alegorías ni las parábolas; no hacía más que decir a espaldas de Bermúdez:

—No sé cómo ese don Saturno puede saber tanto; parece un mentecato.

Esta señora que llamaban en Vetusta la Regenta, porque su marido, ahora jubilado, había sido regente de la Audiencia, nunca supo la ardiente pasión del arqueólogo. Este joven sentimental y amante del saber se cansó de devorar en silencio aquel amor único y procuró ser veleidoso, aturdirse, y esto último poco trabajo le costaba porque nunca se vio hombre más aturdido que él en cuanto una mujer quería marearle con una o dos miradas. Cuatro años hacía que no perdía baile, ni reunión de confianza, ni teatro, ni paseo, y todavía las damas cada vez que le veían bailando un rigodón (no se atrevía con el vals ni con la polca), repetían:

—¡Pero este Bermúdez está desconocido!

¡Todos, todos empeñados en que era un cartujo! Esto le desesperaba. Cierto que jamás había probado las dulzuras groseras y materiales del amor carnal; pero eso ¿le constaba al público? Cierto que primero faltaba el sol que don Saturnino a misa de ocho; pero esta devoción, así como el comulgar dos veces al mes, en nada empecía (su estilo) a los títulos de hombre de mundo que él reclamaba. ¡Y si las gentes supieran! ¿Quién era un embozado que de noche, a la hora de las criadas, como dicen en Vetusta, salía muy recatadamente por la calle del Rosario, torcía entre las sombras por la de Quintana y de una en otra llegaba a los porches de la plaza del Pan y dejaba la Encimada aventurándose por la Colonia, solitaria a tales horas? Pues era don Saturnino Bermúdez, doctor en teología, en ambos derechos, civil y canónico, licenciado en filosofía y letras y bachiller en ciencias; el autor, ni más ni menos, de *Vetusta Romana, Vetusta Goda, Vetusta Feudal, Vetusta Cristiana* y *Vetusta Transformada*, a tomo por Vetusta. Era él, que salía disfrazado de capa y sombrerito flexible. No había miedo que en tal guisa le reconociera nadie. ¿Y adónde iba? A luchar con la tentación al aire libre; a cansar la carne con paseos interminables; y un poco también a olfatear el vicio, el crimen pensaba él, crimen en que tenía seguridad de no caer, no tanto por esfuerzos de la virtud, como por invencible pujanza del miedo que no le dejaba nunca dar el último y decisivo paso en la carrera del abismo. Al borde llegaba todas las noches, y solía ser una puerta desvencijada, sucia y negra en las sombras de algún callejón

inmundo. Alguna vez desde el fondo del susodicho abismo le
llamaba la tentación; entonces retrocedía el sabio más pronto,
ganaba el terreno perdido, volvía a las calles anchas y respiraba
con delicia el aire puro, como su cuerpo, y para llegar antes a
las regiones del ideal que eran su propio ambiente, cantaba la
Casta diva o el *Spirto gentil* o el *Santo Fuerte,* y pensaba en
sus amores de niño o en alguna heroína de sus novelas.

¡Ah, cuánta felicidad había en estas victorias de la virtud!
¡Qué clara y evidente se le presentaba entonces la idea de una
Providencia! ¡Algo así debía de ser el éxtasis de los místicos!
Y don Saturno, apretando el paso, volvía a su casa ebrio de
idealismo, mojando los embozos de la capa con las lágrimas que
le hacía llorar aquel baño de idealidad, como él decía para
sus adentros. Su enternecimiento era eminentemente piadoso,
sobre todo en las noches de luna.

Encerrado en su casa, en su despacho, después de cenar, o
bien escribía versos a la luz del petróleo o manejaba sus librotes; y por fin se acostaba, satisfecho de sí mismo, contento con
la vida, feliz en este mundo calumniado, donde, dígase lo que
se quiera, aún hay hombres buenos, ánimos fuertes. Esta voluptuosidad ideal del bien obrar, mezclándose a la sensación agradable del calorcillo del suave y blando lecho, convertía poco a
poco a don Saturno en otro hombre; y entonces era el imaginar aventuras románticas de amores en París, que era el país de
sus ensueños, en cuanto hombre de mundo. Solía volver a sus
novelas de la hora de dormirse la imagen de la Regenta, y en-
tablaba con ella, o con otras damas no menos guapas, diálogos
muy sabrosos en que ponía el ingenio femenil en lucha con el
serio y varonil ingenio suyo; y entre estos dimes y diretes, en
que todo era espiritualismo y, a lo sumo, vagas promesas de
futuros favores, le iba entrando sueño al arqueólogo, y la lógica
se hacía disparatada, y hasta el sentido moral se pervertía y
se desplomaba la fortaleza de aquel miedo que poco antes salvara
al doctor en teología.

A la mañana siguiente don Saturno despertaba malhumorado,
con dolor de estómago, llena el alma de un pesimismo desesperado y de flato el cuerpo. —¡Memento homo!—, decía el infeliz, y se arrojaba del lecho con tedio, procurando una reacción
en el espíritu mediante agudos y terribles remordimientos y propósitos de buen obrar, que facilitaba con chorros de agua en la
nuca y lavándose con grandes esponjas. Tal vez era la limpieza,
esa gran virtud que tanto recomienda Mahoma, la única que
positivamente tenía el ilustre autor de *Vetusta Transformada.*
Después de bien lavado iba a misa sin falta, a buscar el hombre nuevo que pide el Evangelio. Poco a poco el hombre nuevo
venía; y por vanidad o por fe creía en su regeneración todas
las mañanas aquel devoto del Corazón de Jesús. Por eso el espíritu no envejecía: era el estómago, el pícaro estómago, el que
no hacía caso de la fervorosa contricción del pobre hombre.

¡Y que le dijeran a don Saturno que la materia no es vil y grosera!

Aquel día había recibido antes de comer un billete perfumado de su amiguita Obdulia Fandiño, viuda de Pomares. ¡Qué emoción! No quiso abrir el misterioso pliego hasta después de tomar la sopa. ¿Por qué no soñar? ¿Qué era aquello? O. F. decían dos letras enroscadas como culebras en el lema del sobre. «De parte de doña Obdulia», había dicho el criado. Aquella señora, todo Vetusta lo sabía, era una mujer despreocupada, tal vez demasiado; era una original... Entonces..., acaso..., ¿por qué no?..., una cita... Ellos, al fin, se entendían algo, no tanto como algunos maliciaban, pero se entendían... Ella le miraba en la iglesia y suspiraba. Le había dicho una vez, que sabía más que el Tostado, elogio que él supo apreciar en todo lo que valía, por haber leído al ilustre hijo de Avila. En cierta ocasión ella había dejado caer el pañuelo, un pañuelo que olía como aquella carta, y él lo había recogido, y al entregárselo se habían tocado los dedos y ella había dicho: «Gracias, Saturno». Saturno, sin don.

Una noche en la tertulia de Visitación Olías de Cuervo, Obdulia le había tocado con una rodilla en una pierna. Él no había retirado la pierna ni ella la rodilla; él había tocado con el suyo el pie de la hermosa, y ella no había retirado... Una cucharada de sopa se le atragantó. Bebió vino y abrió la carta. Decía así:

«Saturnillo: usted, que es tan bueno, ¿querrá hacerme el obsequio de venir a esta su casa a las tres de la tarde? Le espero con...» Hubo que dar vuelta a la hoja.

—Impaciencia— pensó el sabio. Pero decía: «...Le espero con unos amigos de Palomares que quieren visitar la catedral acompañados de una persona inteligente..., etc.» Don Saturno se puso colorado como si estuviera en ridículo delante de una asamblea.

—No importa —se dijo—, esta visita a la catedral es un pretexto.

Y añadió:

—¡Bien sabe Dios que siento la profanación a que se me invita!

Se vistió lo más correctamente que supo, y después de verse en el espejo como un Lovelace que estudia arqueología en sus ratos de ocio, se fue a casa de doña Obdulia.

Tal era el personaje que explicaba a dos señoras y a un caballero el mérito de un cuadro todo negro, en medio del cual se veía apenas una calavera de color de aceituna y el talón de un pie descarnado. Representaba la pintura a San Pablo primer ermitaño; el pintor era un vetustense del siglo diecisiete, sólo conocido de los especialistas en antigüedades de Vetusta y su provincia. Por eso el cuadro y el pintor eran tan notables para Bermúdez.

El señor de Palomares vestía un gabán de verano, muy largo,

de color de pasa, y llevaba en la mano derecha un jipijapa impropio de la estación, pero de cuatro o cinco onzas —su precio
en La Habana—, y por esto pensaba que podía usarlo todo el
otoño. Se creía el señor Infanzón en el caso de comprender el
entusiasmo artístico del sabio mejor que las señoras, quienes
por su natural ignorancia tenían alguna disculpa si no se pas-
maban ante un cuadro que no se veía. Buscó alguna frase oportuna, y por de pronto halló esto:

—¡Oh!, ¡mucho! ¡Evidentemente, conforme!

Después inclinó la cabeza hacia el pecho, como para meditar,
pero en realidad de verdad —estilo Bermúdez— para descansar,
con una reacción proporcionada, de la postura incómoda en que
el sabio le había tenido un cuarto de hora. Por fin el del jipijapa exclamó:

—Me parece, señor Bermúdez, que ese famosísimo cuadro del
ilustre...

—Cenceño.

—Pues, del ilustrísimo Cenceño, luciría más si...

—Si se pudiera ver... —interrumpió la esposa del señor Infanzón.

Este fulminó terrible mirada de represión conyugal y rectificó diciendo:

—Luciría más... si no estuviera un poquito ahumado... Tal
vez la cera..., el incienso...

—No, señor; ¡qué ahumado! —respondió el sabio, sonriendo
de oreja a oreja.— Eso que usted cree obra del humo es la
pátina; precisamente el encanto de los cuadros antiguos.

—¡La pátina! —exclamó el del pueblo, convencido—. Sí, es
lo más probable. Y se juró, en llegando a Palomares, mirar
el diccionario para saber qué era pátina.

En aquel momento el Magistral se acercaba a saludar a don
Saturno; reconoció a Obdulia y se inclinó sonriente; pero menos sonriente que al saludar a Bermúdez. Después dobló la
cabeza y parte del cuerpo ante los de Palomares, que le fueron
presentados por el sabio.

—El señor don Fermín de Pas, Magistral y Provisor de la
diócesis...

—¡Oh! ¡oh! ¡ya, ya! —exclamó Infanzón, que hacía mucho
que admiraba de lejos al señor Magistral. La señora del lugareño manifestó deseos de besar la mano del Provisor; pero la
mirada del marido la contuvo otra vez, y no hizo más que doblar las rodillas como si fuera a caerse. El Magistral hablaba
en voz alta, de modo que sus palabras resonaban en las bóvedas, y los demás con el ejemplo se animaron también a gritar.
Pronto las carcajadas de Obdulia Fandiño, frescas, perladas,
como las llamaba don Saturno, llenaron el ambiente, profanado
ya con el olor mundado de que había infestado la sacristía desde el momento de entrar. Era el olor del billete, el olor del
pañuelo, el olor de Obdulia, con que el sabio soñaba algunas

veces. Mezclado al de la cera y del incienso le sabía a gloria al
anticuario, cuyo ideal era juntar así los olores místicos y los
eróticos, mediante una armonía o componenda, que creía él debía de ser en otro mundo mejor la recompensa de los que en la
tierra habían sabido resistir toda clase de tentaciones.

Obdulia, que disimulaba mal su aburrimiento mientras se hablaba de cuadros, ojivas, arcos peraltados, dovelas y otras tonterías que no había entendido nunca, se animó con la presencia
del Magistral de quien era hija de confesión, por más que él
había procurado varias veces entregarla a don Custodio, hambriento de esta clase de presas. Aquella mujer le crispaba los
nervios a don Fermín; era un escándalo andando. No había más
que notar cómo iba vestida a la catedral. «Estas señoras des-
acreditan la religión.» Obdulia ostentaba una capota de terciopelo carmesí, debajo de la cual salían abundantes, como cascada de oro, rizos y más rizos de un rubio sucio, metálico, arti-
ficial. ¡Ocho días antes el Magistral había visto aquella cabeza a través de las celosías del confesonario completamente negra! La falda del vestido no tenía nada de particular mientras
la dama no se movía; era negra, de raso. Pero lo peor de todo
era una coraza de seda escarlata que ponía el grito en el cielo.
Aquella coraza estaba apretada contra alguna armazón (no podía
ser menos) que figuraba formas de una mujer exageradamente
dotada por la naturaleza de los atributos de su sexo. ¡Qué
brazos!, ¡qué pecho! ¡Y todo parecía que iba a estallar! Todo
esto encantaba a don Saturno mientras irritaba al Magistral,
que no quería aquellos escándalos en la iglesia. Aquella señora
entendía la devoción de un modo que podría pasar en otras
partes, en un gran centro, en Madrid, en París, en Roma; pero
en Vetusta no. Confesaba atrocidades en tono confidencial, como podía referírselas en su tocador a alguna amiga de su estofa.
Citaba mucho a su amigo el Patriarca y al campechano Obispo
de Nauplia; proponía rifas católicas, *organizaba* bailes de caridad, novenas y jubileos a puerta cerrada, para las personas decentes... ¡mil absurdos! El Magistral le iba a la mano siempre
que podía, pero no podía siempre. Su autoridad que era absoluta casi, no conseguía sujetar aquel azogue que se le marchaba
por las junturas de los dedos. La doña Obdulita le fatigaba, le
mareaba. ¡Y ella que quería seducirle, hacerle suyo como al
Obispo de Nauplia, aquel prelado tan fino que no se separaba
de ella cuando vivieron en el hotel de la Paix, en Madrid, tabique en medio! Las miradas más ardientes, más negras de
aquellos ojos negros, grandes y abrasadores, eran para De Pas;
los adoradores de la viuda lo sabían y le envidiaban. Pero él
maldecía de aquel bloqueo.

—«Necia, ¿si creerá que a mí se me conquista como a don
Saturno?»

A pesar de esta cordial antipatía, siempre estaba afable y
cortés con la viuda, porque en este punto no distinguía entre

amigos y·enemigos. Era menester que una persona estuviese
debajo de sus pies, aplastada, para que don·Fermín no usase
con ella de formas irreprochables. La urbanidad era un dogma
para el Magistral lo mismo que para Bermúdez, pero sacaban de
ella muy diferente partido.

Mientras se hablaba de lo mucho bueno que había en la catedral y el lugareño se pasmaba y su señora repetía aquellas
admiraciones, Obdulia se miraba, como podía, en las altas cornucopias.

El Magistral se despidió. No podía acompañar a aquellas señoras; lo sentía mucho..., pero le esperaba la obligación..., el coro.
Todos se inclinaron.

—Lo primero es lo primero —dijo el de Palomares, aludiendo a la Divinidad y haciendo una genuflexión (no se sabe si
ante la Divinidad o ante el Provisor).

Afortunadamente, según don Fermín, de nada les serviría su
inutilidad, mientras que Bermúdez era una crónica viva de las
antigüedades vetustenses.

Don Saturno estiró las cejas y dio señales de querer besar el
suelo; después miró a Obdulia con mirada seria, penetrante como con una sonda, como diciéndole:

«Ya lo oyes; soy yo, el primer anticuario de Vetusta, según
la opinión del mejor teólogo, que se declara esclavo tuyo.»
Todo esto quiso decir con los ojos; pero ella no debió de entenderlo porque se despidió del Magistral dejándole el alma,
por conducto de las pupilas, entre los pliegues amplios y rítmi-
cos del manteo. De éste se despojó don Fermín, después de
acercarse a un armario, y muy gravemente vistió el ajustado roquete, la señoril muceta y la capa de coro.

—¡Qué guapo está! —dijo desde lejos Obdulia, mientras los
lugareños admiraban con la fe del carbonero otro cuadro que
alababa don Saturnino.

Dieron vuelta a toda la sacristía. Cerca de la puerta había
algunos cuadros nuevos que eran copias no mal entendidas de
pintores célebres. A la Infanzón debieron de agradarle más que
las maravillas de Cenceño, sin duda porque se veían mejor. Pero
su prudente esposo, considerando que Bermúdez pasaba con afectado desdén delante de aquellos vivos y flamantes colores, dio
un codazo a su mujer para que entendiera que por allí se pasaba sin hacer aspavientos. Entre aquellos cuadros había una
copia bastante fiel y muy discretamente comprendida del célebre
cuadro de Murillo *San Juan de Dios,* del Hospital de incurables
de Sevilla. A la señora de pueblo le llamó la atención la cabeza
del santo, que desde que se ve una vez no se olvida.

—¡Oh, qué hermoso! —exclamó sin poder contenerse.

Miró don Saturno con sonrisa de lástima y dijo:

—Sí, es bonito; pero muy conocido.

Y volvió la espalda a San Juan, que llevaba sobre sus hombros
al pordiosero enfermo, entre las tinieblas.

El señor Infanzón dio un pellizco a su mujer; se puso muy colorado, y en voz baja la reprendió de esta suerte:

—Siempre has de avergonzarme. ¿No ves que eso no tiene... pátina?

Salieron de la sacristía.

—Por aquí —dijo Bermúdez, señalando a la derecha; y atravesaron el crucero, no sin escándalo de algunas beatas que interrumpieron sus oraciones para descoser y recortar la coraza de fuego de Obdulia. La falta de raso, que no tenía nada de particular mientras no la movían, era lo más subversivo del traje en cuanto la viuda echaba a andar. Ajustábase de tal modo al cuerpo, que lo que era falda parecía apretado calzón ciñendo esculturales formas, que así mostradas no convenían a la santidad del lugar.

—Señores, vamos a ver el Panteón de los Reyes —murmuró muy quedo el arqueólogo, que iba ya preparando sendos trocitos de su *Vetusta Goda* y de su *Vetusta Cristiana*. Y en honor de la verdad se ha de decir que un rey se le iba y otro se le venía; esto es, que los mezclaba y confundía, siendo la falda de Obdulia la causa de tales confusiones, porque el sabio no podía menos de admirar aquella atrevidísima invención, nueva en Vetusta, mediante la que aparecían ante sus ojos graciosas y significativas curvas que él nunca viera más que en sueños. Con gran pesadumbre comprendía el devoto anticuario que el contraste del lugar sagrado con las insinuaciones talares de la Fandiño, en vez de apagar sus fuegos interiores, era alimento de la combustión que deploraba, como si a una hoguera le echasen petróleo...

Entraron en la capilla del Panteón. Era ancha, oscura, fría, de tosca fábrica, pero de majestuosa e imponente sencillez. El taconeo irrespetuoso de las botas imperiales, color bronce, que enseñaba Obdulia debajo de la falda corta y ajustada; el estrépito de la seda frotando las enaguas; el crujir del almidón de aquellos bajos de nieve y espuma que tal se le antojaban a don Saturno, quien los había visto otras veces, hubieran sido parte a despertar de su sueño de siglos a los reyes allí sepultados, a ser cierto lo que el arqueólogo dijo respecto del descanso eterno de tan respetables señores:

—Aquí descansan desde la octava centuria los señores reyes don..., y pronunció los nombres de seis o siete soberanos con variantes en las vocales, en sentir del lugareño, que siguiendo corrupciones vulgares, decía *ue* en vez de *oi* y otros adefesios.

Estaba el del pueblo profundamente maravillado de la sabiduría y elocuencia de don Saturnino.

Dentro de una cripta cavada en uno de los muros había un sepulcro de piedra de gran tamaño cubierto de relieves e inscripciones ilegibles. Entre el sepulcro y el muro había estrecho pasadizo, de un pie de ancho, y del otro lado, a la misma distancia, una verja de hierro. En la parte interior la oscuridad era absoluta. Del lado de la verja quedaron los lugareños. Bermúdez, y en pos de él Obdulia, se perdieron de vista en el pasadizo sumido en tinieblas. Después de la enumeración de don Saturno, hubo un silencio enorme. El sabio había tosido, iba a hablar.

—Encienda usted un fósforo, señor Infanzón —dijo Obdulia.

—No tengo... aquí. Pero se puede pedir una vela.

—No, señor, no hace falta. Yo sé las inscripciones de memoria... y además, no se pueden leer.

—¿Están en latín? —se atrevió a decir la Infanzón.

—No, señora, están borradas.

No se hizo la luz.

El arqueólogo habló cerca de un cuarto de hora. Recitó, fingiendo el pícaro que improvisaba, los capítulos 1.º, 2.º, 3.º y 4.º de una de sus *Vetustas,* y ya iba a terminar con el epílogo que copiaremos a la letra, cuando Obdulia le interrumpió diciendo:

—¡Dios mío! ¿Habrá aquí ratones? Yo creo sentir...

Y dio un chillido y se agarró a don Saturno que, patrocinado por las tinieblas, se atrevió a coger con sus manos la que le oprimía el hombro; y después de tranquilizar a Obdulia con un apretón enérgico, concluyó de esta suerte:

—Tales fueron los preclaros varones que galardonaron con el alboroque de ricas preseas, envidiables privilegios y pías fundaciones a esta Santa Iglesia de Vetusta, que les otorgó perenne mansión ultratelúrica para los mortales despojos; con la majestad de cuyo depósito creció tanto su fama, que presto se vio siendo emporio, y gozó hegemonía, digámoslo así, sobre las no menos santas iglesias de Tuy, Dumio, Braga, Iria, Coimbra, Viseo, Lamego, Celeres, Aguas Cálidas *et sic de cœteris.*

—¡Amén! —exclamó la lugareña sin poder contenerse, mientras Obdulia felicitaba a Bermúdez con un apretón de manos, en la sombra.

Dos

El coro había terminado: los venerables canónigos dejaban cumplido por aquel día su deber de alabar al Señor entre bostezo y bostezo. Uno tras otro iban entrando en la sacristía con el aire aburrido de todo funcionario que desempeña cargos oficiales mecánicamente, siempre del mismo modo, sin creer en la utilidad del esfuerzo con que gana el pan de cada día. El ánimo de aquellos honrados sacerdotes estaba gastado por el roce continuo de los cánticos canónicos, como la mayor parte de los roquetes, mucetas y capas de que se despojaban para recobrar el manteo. Se notaba en el cabildo de Vetusta lo que es ordinario en muchas corporaciones: algunos señores prebendados no se hablaban; otros no se saludaban siquiera. Pero a un extraño no le era fácil conocer esta falta de armonía: la prudencia disimulaba tales asperezas, y en conjunto reinaba la mayor y más jovial concordia. Había apretones de manos, golpecitos en el hombro, bromitas sempiternas, chistes, risas, secretos al oído. Algunos, taciturnos, se despedían pronto y abandonaban el templo; no faltaba quien saliera sin despedirse.

Cuando entraba el Magistral, el ilustrísimo señor don Cayetano Ripamilán, aragonés, de Calatayud, apoyaba una mano en el mármol de la mesa, porque los codos no llegaban a tamaña altura, y exclamaba después de haber olfateado varias veces, como perro que sigue un rastro:

—Hame dado en la nariz
olor de...

La presencia del Provisor contuvo al señor Arcipreste, que, cortando la cita, añadió:

—¿Parece que hemos tenido faldas por aquí, señor De Pas?

Y sin esperar respuesta hizo picarescas alusiones corteses, pero un poco verdes, a la hermosura esplendorosa de la viudita.

Era don Cayetano un viejecillo de setenta y seis años, viva-racho, alegre, flaco, seco, de color de cuero viejo, arrugado como un pergamino al fuego, y el conjunto de su personilla recordaba, sin que se supiera a punto fijo por qué, la silueta de un buitre de tamaño natural; aunque, según otros, más se parecía a una urraca, o a un tordo encogido y despeluznado. Tenía sin duda mucho de pájaro en figura y gestos, y más, visto en su sombra. Era anguloso y puntiagudo, usaba sombrero de teja de los an-tiguos, largo y estrecho, de alas muy recogidas, a lo don Basilio, y como lo echaba hacia el cogote, parecía que llevaba en la cabeza un telescopio; era miope y corregía el defecto con gafas de oro montadas en nariz larga y corva. Detrás de los cristales brillaban unos ojuelos inquietos, muy negros y muy redondos. Terciaba el manteo a lo estudiante, solía poner los brazos en jarras, y si la conversación era de asunto teológico o canónico, extendía la mano derecha y formaba un anteojo con el dedo pulgar y el índice. Como el interlocutor solía ser más alto, para verle la cara Ripamilán torcía la cabeza y miraba con un ojo solo, como también hacen las aves de corral con frecuencia. Aunque era don Cayetano canónigo y tenía nada menos que la dignidad de Arcipreste, que le valía el honor de sentarse en el coro a la derecha del obispo, considerábase él digno de respeto y aun de admiración, no por estos vulgares títulos, ni por la cruz que le hacía ilustrísimo, sino por el don inapreciable de poeta bucólico y epigramático. Sus dioses eran Garcilaso y Mar-cial, su ilustre paisano. También estimaba mucho a Meléndez Valdés y no poco a Inarco Celenio. Había venido a Vetusta de beneficiado a los cuarenta años; treinta y seis había asistido al coro de aquella iglesia, y podía tenerse por tan vetustense como el primero. Muchos no sabían que era de otra provincia. Además de la poesía tenía dos pasiones mundanas: la mujer y la escopeta. A la última había renunciado; no a la primera que seguía ado-rando con el mismo pudibundo y candoroso culto de los treinta años. Ni un solo vetustense, aun contando a los librepensadores que en cierto restaurante comían carne el Viernes Santo, ni uno solo se hubiera atrevido a dudar de la castidad casi secular de don Cayetano. No era eso. Su culto a la dama no tenía que ver nada con las exigencias del sexo. La mujer era el sujeto poético, como él decía, pues se preciaba de hablar como los poetas de mejores siglos y al asunto solía llamarlo sujeto. Sentía desde su juventud, imperiosa necesidad de ser galante con las damas, frecuentar su trato y hacerlas objeto de madrigales tan inocentes en la intención, cuanto llenos de picardía y pimienta en el concepto. Hubo en el Cabildo épocas de negra intransi-gencia en que se persiguió la manía de Ripamilán como si fuera un crimen, y se habló de escándalo, y de quemar un libro de versos que publicó el Arcipreste a costa del marqués de Co-rujedo, gran protector de las letras. Por este tiempo fue cuando

se quiso excomulgar a don Pompeyo Guimarán, personaje que
se encontrará más adelante.

Pasó aquella galerna de fanatismo, y el Arcipreste, que no
lo era entonces, sobrenadó con su cargamento de bucólicas ino-
centadas, bienquisto de todos, menos de conejos y ́ perdices en
los montes. Pero ¡cuán lejanos estaban aquellos tiempos! ¿Quién
se acordaba ya de Meléndez Valdés, ni de las *Eglogas y Canciones por un Pastor de Bilbilis,* o sea don Cayetano Ripamilán?
El romanticismo y el liberalismo habían hecho estragos. Y había
pasado el romanticismo, pero el género pastoril no había vuelto,
ni los epigramas causaban efecto por maliciosos que fueran.
No era don Cayetano uno de tantos canónigos *laudatores tem-
poris acti,* como decía él; no alababa el tiempo pasado por sistema, pero en ́ punto a poesía era preciso confesar que la revolución no había traído nada bueno.

—Vivimos en una sociedad hipócrita, triste y mal educada
—solía él decir a los jóvenes de Vetusta, que le querían mucho—.
Ustedes, por ejemplo, no saben bailar. Díganme si no, ¿de dónde
sacan que puede ser buena crianza el coger a una señorita por
la cintura y apretarla contra el pecho?

Creía que se bailaba en los salones la polca íntima que él,
años atrás, había visto bailar en Madrid, con ocasión de cierto
viaje curioso.

—En mi tiempo bailábamos de otra manera.

El Arcipreste olvidaba de buena fe que él nunca había bailado más que con alguna silla. Eso sí; allá, cuando seminarista,
había sido gran tañedor de flauta y bailarín sin pareja. De todas
maneras, figurándose con la abundante y poética fantasía que
Dios le había dado, los rigodones en que había lucido garbo
y talle, solía, en *petit comité* —según decía— terciar el manteo,
colocar la teja debajo del brazo, levantar un poco la sotana
y bailar unos solos muy pespunteados y conceptuosos, llenos de
piruetas, genuflexiones y hasta trenzados. Reíanse de todo corazón los muchachos y el buen Arcipreste quedaba en sus glorias, logrando con los pies triunfos que ya su pluma no alcan-
zaba en los tiempos de prosa a que habíamos llegado.

Esto de los bailes solía acontecer en las tertulias adonde el
setentón acudía sin falta, porque desde que los médicos le habían
prohibido escribir y hasta leer de noche, no podía pasar sin
la sociedad más animada y galante. El tresillo le aburría y los
conciliábulos de canónigos y obispos de levita, como él decía
siempre, le ponían triste. «No era liberal ni carlista. Era un
sacerdote.» La juventud le atraía y prefería su trato al de los
más sesudos vetustenses. Los poetillas y gacetilleros de la *localidad*
tenían en él un censor socarrón y malicioso, aunque siempre
cortés y afable. Encontrábase en la calle, por ejemplo, con Trifón
Cármenes, el poeta de más alientos de Vetusta, el eterno vencedor en las justas incruentas de la gaya ciencia; le llamaba con

un dedo, acercaba su corva nariz a la ancha oreja del vate y
decíale:

—He visto aquello... No está mal; pero no hay que olvidar
lo de *versate mane*. ¡Los clásicos, Trifoncillo, los clásicos sobre
todo! ¿Dónde hay sencillez como aquélla:

> Yo he visto un pajarillo
> posarse en un tomillo?

Y recitaba la tierna poesía de Villegas hasta el último verso,
con lágrimas en los ojos y agua en los labios. La mayoría del
cabildo absolvía de esta falta de formalidad al Arcipreste a
condición de que se le tuviera por chocho.

—Y aun así y todo —decía un canónigo muy buen mozo,
nuevo en Vetusta y en el oficio, pariente del ministro de Gracia
y Justicia—, aun así y todo no se puede llevar en calma la
imprudencia con que habla de todo; suelta la sin hueso y juzga
precipitadamente, y emplea vocablos y alusiones impropios de
una dignidad.

A este mismo señor canónigo que embozadamente le había
reprendido algunas veces por la pimienta de sus epigramas, solía
taparle la boca el Arcipreste diciendo:

—Nada, nada, repito lo que mi paisano y queridísimo poeta
Marcial dejó escrito para casos tales, es a saber:

> *Lasciva est nobis pagina, vita proba est.*

Con lo cual daba a entender, y era verdad, que él tenía los
verdores en la lengua, y otros, no menos canónigos que él, en
otra parte. Y no era de estos días el ser don Cayetano muy
honesto en el orden aludido, sino que toda la vida había sido
un boquirroto en tal materia, pero nada más que un boquirroto.
Y ésta era la traducción libre del verso de Marcial.

El Arcipreste estaba muy locuaz aquella tarde. La visita de
Obdulia a la catedral había despertado sus instintos anafrodíticos,
su pasión desinteresada por la mujer, diríase mejor, por la señora. Aquel olor a Obdulia, que ya nadie notaba, sentíalo aún
don Cayetano.

El Magistral contestaba con sonrisas insignificantes, pero no
se marchaba. Algo tenía que decir al Arcipreste. No era De Pas
de los que solían quedarse al tertulín, como llamaban a la sabrosa plática de la sacristía después del coro. Si hacía bueno,
los del tertulín acostumbraban salir juntos a paseo por una
carretera o ir al Espolón. Si llovía o amenazaba, prolongaban
el palique hasta que el *Palomo* hacía un discreto ruido con las
llaves de la catedral y cada canónigo se iba a su casa. No se crea
por esto que eran íntimos amigos los aficionados a platicar después del coro. Acontecía allí lo que es ley general de los corrillos. Entre todos murmuraban de los ausentes, como si ellos

no tuvieran defectos, estuvieran en el justo medio de todo y en la vida hubieran de separarse. Pero marchaba uno, y los demás le guardaban cierto respeto por algunos minutos. Cuando ya debía de estar en su casa el temerario, alguno de los que quedaban decía de repente:

—Como ese otro...

Y todos sabían que aquel gesto de señalar a la puerta y tales palabras significaban:

—¡Fuego graneado!

Y no le quedaba hueso sano a *ese otro.*

El Arcipreste no era de los que menos murmuraban. El le había puesto el apodo que llevaba sin saberlo, como una maza, al señor Arcediano don Restituto Mourelo. En el cabildo nadie le llamaba Mourelo, ni Arcediano, sino Glocester. Era un poco torcido del hombro derecho don Restituto —por lo demás buen mozo, casi tan alto como el pariente del ministro—, y como este defecto incurable era un obstáculo a las pretensiones de gallardía que siempre había alimentado, discurrió hacer de tripas corazón, como se dice, o sea, sacar partido, en calidad de gracia, de aquella tacha con que estaba señalado. En vez de disimularlo subrayaba el vicio corporal torciéndose más y más hacia la derecha, inclinándose como un sauce llorón. Resultaba de aquella extraña postura que parecía Mourelo un hombre en perpetuo acecho, adelantándose a los rumores, avanzada de sí mismo para saber noticias, cazar intenciones y hasta escuchar por los agujeros de las cerraduras. Encontraba el Arcediano, sin haber leído a Darwin, cierta misteriosa y acaso cabalística relación entre aquella manera de F que figuraba su cuerpo y la sagacidad, la astucia, el disimulo, la malicia discreta y hasta el maquiavelismo canónico que era lo que más le importaba. Creía que su sonrisa, un poco copiada de la que usaba el Magistral, engañaba al mundo entero. Sí, era cierto que don Restituto disfrutaba de dos caras: iba con los de la feria y volvía con los del mercado; disimulaba la envidia con una amabilidad pegajosa y fingía un aturdimiento en que no incurría nunca.

—Pero, decía el Arcipreste, ni su amabilidad engaña a todos, ni aunque sea un redomado vividor es tan maquiavelo como él supone.

Hablaba, siempre que podía, al oído del interlocutor, guiñaba los ojos alternativamente, gustaba de frases de segunda y hasta tercera intención, como cubiletes de prestidigitador, y era un hipócrita que fingía ciertos descuidos en las formas del culto externo, para que su piedad pareciese espontánea y sencilla. Todo se volvía secretos. Decía él que abría el corazón por única vez al primero que quería oírle.

—Por la boca muere el pez, ya lo sé. No soy de los que olvidan que en boca cerrada no entran moscas; pero con usted no tengo inconveniente en ser explícito y franco, acaso por la primera vez en mi vida. Pues bien, oiga usted el secreto.

Y lo decía. Hablaba en voz baja, con misterio. Entraba en la sacristía muchas veces diciendo de modo que apenas se le oía:

—¡Buen tiempo tenemos, señores! ¡Mucho dure!

Ripamilán que años atrás iba de tapadillo al teatro alguna rara vez, escondiéndose en las sombras de una platea de proscenio o sea *bolsa,* vio una noche el drama titulado *Los hijos de Eduardo,* arreglado por Bretón de los Herreros, y en cuanto salió a escena Glocester, el Regente jorobado y torcido y lleno de malicias, exclamó:

—¡Ahí está el Arcediano!

La frase hizo fortuna y Glocester fue en adelante don Restituto Mourelo para toda la Vetusta ilustrada. Allí estaba, oyendo con fingida complacencia los chistes picarescos del Arcipreste, cuya lengua temía, presente y ausente. Cuando don Cayetano volvía la espalda, pues hablaba girando con frecuencia sobre los talones, Glocester guiñaba un ojo al Deán y barreñaba con un dedo la frente. Quería aludir a la locura del poeta bucólico. El cual continuaba diciendo:

—No, señores, no hablo a humo de pajas; yo sé la vida que llevaba esta señora viuda en la corte, porque era muy amiga del célebre Obispo de Nauplia, a quien yo traté allí con gran intimidad. En una fonda de la calle del Arenal tuve ocasión de conocer bien a esa Obdulia, a quien antes apenas saludaba aquí, a pesar de que éramos contertulios en casa del marqués de Vegallana. Ahora somos grandes amigos. Es epicúrea. No cree en el sexto.

Hubo una carcajada general. Sólo el Provisor se contentó con sonreír, inclinarse y poner cara de santo que sufre por amor de Dios el escándalo de los oídos. El Arcediano rio sin ganas

La historia de Obdulia Fandiño profanó el recinto de la sacristía, como poco antes lo profanaran su risa, su traje y sus perfumes.

El Arcipreste narraba las aventuras de la dama como lo hubiera hecho Marcial, salvo el latín.

—Señores, a mí me ha dicho Joaquinito Orgaz que los vestidos que luce en el Espolón esa señora...

—Son bien escandalosos... —dijo el Deán.

—Pero muy ricos —observó el pariente del ministro.

—Y muchos; nunca lleva el mismo; cada día un perifollo nuevo —añadió el Arcediano—; yo no sé de dónde los saca, porque ella no es rica; a pesar de sus pretensiones de noble, ni lo es, ni tiene más que una renta miserable y una viudedad irrisoria...

—Pues a eso voy —interrumpió triunfante don Cayetano—. Me ha dicho el chico de Orgaz, que acabó la carrera de médico en San Carlos, que estos últimos años Obdulia servía en Madrid a su prima Társila Fandiño, la célebre querida del célebre...

—Sí, ¿qué?

—Que le servía de trotaconventos, digámoslo así. Es decir, no tanto; pero vamos, que la acompañaba y..., claro, la otra, agradecida..., le manda ahora los vestidos que deja, y como los deja nuevos y tiene tantos y tan ricos...

El cabildo, que fingía oir por educación, nada más, al Arcipreste, se interesaba de veras con la crónica. Ripamilán saboreaba la plática lasciva sólo por lo que tenía de gracejo. Los demás empezaron a estorbarse oyendo juntos aquellas murmuraciones. El Arcipreste clavaba los ojuelos negros y punzantes en el Magistral, confesor de Obdulia; parecía buscar su testimonio.

El Provisor no estaba allí más que para hablar a solas con don Cayetano. Sufría sus impertinencias con calma. Le estimaba. Le perdonaba aquellos inocentes alardes de erotismo retórico porque conocía sus costumbres intachables y su corazón de oro. Eran muy buenos amigos, y Ripamilán el más decidido y entusiástico partidario de don Fermín en las luchas del cabildo. Otros le seguían por interés, muchos por miedo; don Cayetano, incapaz de temer a nadie, le servía y le amaba porque, según él, era el único hombre superior de la catedral. El Obispo era un bendito, Glocester un taimado con más malicia que talento; el Magistral un sabio, un literato, un orador, un hombre de gobierno, y lo que valía más que todo, en su concepto, un hombre de mundo. Cuando se le hablaba de los supuestos cohechos del Provisor, de su tiranía, de su comercio sórdido, se indignaba el anciano y negaba en redondo hasta los casos de simonía más probables. Si le traían a cuento el capítulo de las aventuras amorosas, que no pasaban de ser rumores anónimos, sin fundamento que hiciera prueba, el Arcipreste sonreía al negar, dando a entender que aquello era posible, pero importaba menos.

—La verdad es que don Fermín es muy buen mozo, y si las beatas se enamoran de él viéndole gallardo, pulcro, elegante y hablando como un Crisóstomo en el púlpito, él no tiene la culpa ni la cosa es contraria a las sabias leyes naturales.

El Magistral sabía todo lo que Ripamilán pensaba de él y le consideraba el más fiel de sus parciales. Por eso le esperaba. Tenía que hacerle ciertas preguntas que, no tratándose del Arcipreste, podrían ser peligrosas. Glocester había olido algo.

«¿Cómo no se marchaba el Magistral? ¿Cómo sufría aquella jaqueca? No, pues él tampoco dejaba el puesto.» Era el de Mourelo el más cordial enemigo que tenía el Provisor. Precisamente el trabajo de maquiavelismo más refinado del Arcediano consistía en mantener en la apariencia buenas relaciones con «el déspota», pasar como partidario suyo y minarle el terreno, prepararle una caída que ni la de don Rodrigo Calderón. Vastísimos eran los planes de Glocester, llenos de vueltas y revueltas, emboscadas y laberintos, trampas y petardos y hasta máquinas infernales. Don Custodio el beneficiado era su lugarteniente. Este le había dado aquella tarde la noticia de que la Regenta estaba en la capilla del Magistral esperándole para confesar. Novedad

estupenda. La Regenta, muy principal señora, era esposa de don
Víctor Quintanar, regente en varias Audiencias, últimamente
en la de Vetusta, donde se jubiló con el pretexto de evitar
murmuraciones acerca de ciertas dudosas incompatibilidades; pero
en realidad porque estaba cansado y podía vivir holgadamente
saliendo del servicio activo. A su mujer se la siguió llamando
la Regenta. El sucesor de Quintanar era soltero y no hubo conflicto; pasó un año, vino otro regente con señora, y aquí fue ella.
La Regenta en Vetusta era ya para siempre la de Quintanar, de
la ilustre familia vetustense de los Ozores. En cuanto a la *adve-
nediza* tuvo que perdonar y contentarse con ser la *otra* Regenta.
Además el conflicto duraría poco; ya empezaba a usarse el nombre de «Presidente» y pronto habría nombre distinto para cada
cual. Entretanto la Regenta era aún Ozores. La cual siempre
había sido hija de confesión de don Cayetano, pero éste, que
de algunos años a esta parte sólo confesaba a algunas pocas personas, señoras casi todas, de alta categoría, escogidísimos amigos
y amigas, al cabo se había cansado también de esta leve carga,
pesada para sus años, y resuelto a retirarse por completo del
confesonario, había suplicado a sus hijas de confesión que le
librasen de este trabajo y hasta señalado sucesor en tan grave
e interesante ministerio, sucesor diferente según las personas.
Esta especie de herencia, o mejor, sucesión *inter vivos*, era muy
codiciada en el cabildo y por todos los dependientes del clero
catedral. Antes de la reacción religiosa que en Vetusta, como
en toda España, habían producido los excesos de los librepensadores improvisados en tabernas, cafés y congresos, era el Arcipreste el confesor de la nata de la Encimada, porque tenía la
manga ancha en ciertas materias; pero ya la moda había cambiado, se hilaba más delgado en asuntos pecaminosos, y el Magistral que se iba con pies de plomo era preferido. Sin embargo,
unas por costumbre, otras por no dar un desaire a don Cayetano,
y algunas por seguir contentas con aquel sistema de la manga
ancha, algunas damas continuaban asistiendo al tribunal del latitu-
dinario, hasta que él mismo se cansó y con buenos modos empezó a sacudirse las moscas.

Don Custodio, joven ardentísimo en sus deseos, creía demasiado en los milagros de la fortuna que hace la confesión auricular y atribuía a ellos sin razón los progresos del Magistral; por
esto acechaba la sucesión del Arcipreste con más avaricia que
todos, con pasión imprudente. Había averiguado que doña Olvido, la orgullosa hija única de Páez, uno de los más ricos americanos de *La Colonia*, había pasado, tiempo atrás, del confesonario de Ripamilán al de don Fermín. Esto era ya una gollería.
Pero ¡oh escándalo! ahora (don Custodio lo había averiguado
escuchando detrás de una puerta), ahora el chocho del poeta
bucólico dejaba al Magistral la más apetecible de sus joyas peni-
tenciarias como lo era sin duda la digna y virtuosa y hermosísima esposa de don Víctor Quintanar. ¡Y don Custodio sentía

la alegórica baba de la envidia manar de sus labios! Después
de haber tropezado en el trasaltar con el Provisor, se había
dirigido hacia el trascoro, y dentro de la capilla del *otro* había
visto, mirando de soslayo, dos señoras, *nuevas* sin duda, pues
no sabían que aquella tarde no *se sentaba* don Fermín. Había
vuelto a pasar, había mirado mejor y con disimulo, y pudo
conocer, a pesar de las sombras de la capilla, que una de aquellas damas ¡era la Regenta en persona!

Entró en el coro, y se lo dijo a Glocester. El Arcediano aspiraba a esta sucesión particular; creía pertenecerle por razón de
su dignidad el honor de confesar a doña Ana Ozores. «Con el
Obispo no había que contar; el Deán era un viejo que no
hacía más que comer y temblar; en una procesión de desagravios
cuatro borrachos le habían dado un susto, del que sólo se repuso
su estómago; digería muy bien, pero no discurría; no pensaba
más que lo suficiente para seguir vegetando y asistiendo al coro;
tampoco había que contar con él. El Arcipreste renunciaba a la
Regenta, pues ¿qué dignidad seguía? la suya; la jerarquía indicaba al Arcediano. Se trataba, pues, de un atropello, de una
injusticia que clamaba al cielo, y no podía clamar al Obispo,
porque éste era esclavo de don Fermín.» Esta opinión de Glocester la aprobaba don Custodio; no tenía el beneficiado la
pretensión excesiva de coger para sí tan buen bocado, pero
quería que a lo menos no se lo comiera su enemigo. Adulaba
a Glocester y le animaba a luchar por la justa causa de sus
derechos. Glocester, halagado, y con color de remolacha, dijo al
oído del confidente:

—¿Será libre elección de esa señora? —Y separándose un
poco, para ver el efecto de su malicia, miró al beneficiado con
ojos llenos de picaresca intención, mientras los carrillos cárdenos
e hinchados delataban un buche de risa, próxima a derramarse
por las comisuras de los labios.

—Puede ser —contestó don Custodio, subrayando las palabras,
para darse por enterado de la intención del otro.

Mientras el Arcipreste profanaba los cuatro lados de la cruz
latina, que era sacristía, con el relato mundano de la vida y
milagros de Obdulia Fandiño, Glocester, sonriendo, pensaba en
los motivos que podía tener el Magistral para oir a don Cayetano,
en vez de correr al confesonario al pie del cual le esperaba la
más codiciada penitente de Vetusta la noble.

Se juraba a sí mismo el Maquiavelo del Cabildo no abandonar
el puesto sin saber a qué atenerse.

El Magistral había resuelto no entrar aquel día en la capilla
que llamaban suya. Confesar aquella tarde hubiera sido una
excepción, motivo para dar que decir. ¿Estarían allí todavía aquellas señoras? Al bajar de la torre y pasar por el trascoro las
había visto, las había conocido, eran la Regenta y Visitación;
estaba seguro. ¿Cómo habían venido sin avisar? Don Cayetano
debía de saberlo. Cuando una señora de las principales, como

era la Regenta, quería hacerse hija de confesión del Magistral, le avisaba en tiempo oportuno, le pedía hora. Las personas desconocidas, las mujeres del pueblo, no se atrevían a tanto, y las pocas de esta clase que se confesaban con él acudían en montón a la capilla oscura cuyos secretos envidiaba don Custodio; allí esperaban el turno de las penitentes anónimas. Estas humildes devotas ya sabían cuáles eran los días de descanso para el Magistral. Aquél era uno y por eso la capilla estuvo desierta hasta que llegaron las dos señoras. Visitación se confesaba cada dos o tres meses, no conocía a punto fijo los días *fastos* y *nefastos,* ignoraba cuándo *se sentaba* el Provisor y cuándo no. La Regenta venía por primera vez. «¿Por qué no le había avisado? El suceso era bastante solemne y había de sonar lo suficiente para merecer preliminares más ceremoniosos. ¿Era orgullo? ¿Era que aquella señora pensaba que él había de beber los vientos para averiguar cuándo vendría a favorecerle con su visita?... ¿Era humildad? ¿Era que, con una delicadeza y un buen gusto cristiano y no común en las damas de Vetusta, quería confundirse con la plebe, confesar de incógnito, ser una de tantas?» Esta hipótesis le halagaba mucho al Magistral. Le parecía un rasgo poético y sinceramente religioso. «Estaba cansado de Obdulias y Visitaciones. El poco seso de éstas, y otras damas, les hacía ser irreverentes, groseras, sí, groseras, con el sacramento y en general con todo el culto. Se tomaban confianzas que eran profanaciones; adquirían pronto una familiaridad importuna que daba ocasión a las calumnias de los necios y de los mal intencionados.»

«No era él un don Custodio, ignorante de lo que es el mundo, lleno de ensueños, ambicioso de cierto oropel eclesiástico, que tal vez se gana en el confesonario, para que le halagasen todavía revelaciones imprudentes, que sólo servían para inundarle el alma de hastío. Esperaba algo nuevo, algo selecto.» Sabía, por rumores, que el Arcipreste había aconsejado a la Regenta que acudiese a la capilla del Magistral, puesto que él se retiraba del confesonario. Pero don Cayetano nada le había dicho. Además, como en materia de confesión los buenos clérigos son muy reservados, Ripamilán, que sabía tratar en serio los asuntos serios, nunca había hablado al Magistral de lo que podía ser la Regenta, juzgada desde el tribunal sagrado. Aquella tarde esperaba De Pas saber algo. Pero Glocester no se marchaba. Ya no se hablaba de Obdulia, ni de su prima la de Madrid, su modelo; se hablaba del tiempo; y Glocester no se movía. Se habían ido despidiendo todos los señores canónigos; quedaban los tres y el *Palomo,* que abría y cerraba cajones con estrépito y murmuraba; maldiciones, sin duda.

Don Cayetano contuvo su verbosidad, comprendió que algo deseaba decirle el Magistral, que estorbaba Glocester; recordó de repente que él también quería hablar al Provisor, y como en casos tales no se mordía la lengua, cortó la conversación diciendo:

—¡Ah, pícara memoria! Don Fermín, una palabra, con permiso

del señor Arcediano..., es decir, no es una palabra, tenemos que hablar largo..., son intereses espirituales.

Glocester se mordió los labios; saludó con el torcido tronco, haciéndose un arco de puente, y salió de la sacristía diciendo para su alzacuello morado y blanco:

—«¡Este vejete chocho y mal educado me las ha de pagar todas juntas!»

El Arcipreste se burlaba de la diplomacia y del maquiavelismo del Arcediano con salidas de tono, indirectas del Padre Cobos y otros expedientes por el estilo.

«—Si todos fueran como yo, Glocester no sabría qué hacer de su habilidad y disimulo. ¡Ay de los zorros, si las gallinas no fuesen gallinas!»

Glocester salía siempre por la puerta del claustro, abierta al extremo norte del crucero; por allí llegaba antes a su casa, pero esta vez quiso salir por la puerta de la torre, porque así pasaba junto a la capilla del Magistral. Miró; no había nadie. Entonces se detuvo, volvió a mirar con ahínco, dio un paso dentro de la capilla; no había nadie; estaba seguro. «Luego aquellas señoras se habían ido sin confesión; ¡luego el Magistral se permitía el lujo de desairar nada menos que a la Regenta!» El Arcediano vio un mundo de intrigas que podían fundarse en este descuido del Provisor. Tomó agua bendita en una pila grande de mármol negro, y mientras se santiguaba, inclinándose frente al altar del trascoro, decía para sí:

—Este será el talón de Aquiles. Ese desaire te costará caro. Lo explotaré.

Y salió de la catedral haciendo cálculos por los dedos, que se le antojaban cábalas, asechanzas, espionaje, intrigas y hasta postigos secretos y escaleras subterráneas.

El Arcipreste había abierto la boca al oír a De Pas que la Regenta estaba en la catedral, según le habían dicho, y que él no había corrido a saludarla y a confesarla, si a eso venía, como era de suponer.

—Pero ¿qué pensará ese ángel de bondad? —gritaba don Cayetano, asustado de veras.

—A ver, Rodríguez (el Palomo), corre a la capilla del señor Magistral, y si está allí una señora...

Era inútil. Entraba en aquel momento Celedonio el acólito, que se metió en la conversación, diciendo:

—No, señor, ya se han ido. Eran doña Visita y la señora Regenta. Se han ido. Yo hablé con ellas. Les dije que hoy no se sentaba el señor Magistral; y doña Visita, que ya quería irse antes, cogió del brazo a doña Ana y se la llevó.

—¿Y qué decían? —preguntó don Cayetano.

—Doña Ana callaba. Doña Visita estaba incomodada porque la señora Regenta había querido venir sin mandar antes un recado. Creo que fueron a paseo, porque doña Visita dijo no sé qué del Espolón.

—¡Al Espolón! —gritó Ripamilán, cogiendo con una mano un brazo del Magistral y con la otra la teja—. ¡Al Espolón!

—¡Pero don Cayetano!

—Es cuestión de honra para mí; de ese desaire tengo yo la culpa en cierto modo.

—Pero si no fue desaire —repetía el Provisor, dejándose llevar, y con el rostro hermoseado por una especie de luz espiritual de alegría que lo inundaba.

—Sí, señor; y de todos modos, desaire o no, yo quiero dar una explicación a mi querida amiga... ¡Al Espolón! Por el camino hablaremos; quiero que usted conozca bien a esa mujer, psicológicamente, como dicen los pedantes de ahora; es una gran mujer, un ángel de bondad como le tengo dicho; un ángel que no merece un feo.

—Pero, si no hubo feo... Yo le explicaré a usted... yo no sabía...

Y hablaban en voz baja, porque ya iban andando por la nave sur de la catedral, dirigiéndose a la puerta. La última capilla de este lado era la de Santa Clementina. Era grande, construida siglos después que las otras capillas, en el diecisiete. Tenía cuatro altares en el centro; las paredes estaban adornadas con profusión de hojarasca, arabescos y otros cosméticos del género decadente a que pertenecía.

El Magistral y el Arcipreste oyeron voces dentro de la capilla. De Pas no paró la atención en ellas, pero Ripamilán se detuvo, olfateando, y tendió el cuello en actitud de escuchar.

—¡Así Dios me valga, son ellos! —dijo pasmado.

—¿Quién?

—Ellos; la viudita y don Saturno; reconozco el chirrido de ese grillo destemplado.

Y el Arcipreste, que manifestara poco antes tanta prisa por salir del templo, se empeñó en entrar en Santa Clementina. El Magistral le siguió, para ocultar su deseo de llegar al Espolón cuanto antes.

Eran *ellos,* en efecto.

En medio de la capilla, don Saturnino, sudando copiosamente, cubierta la levita de telarañas y manchas de cal, rojo el rostro, cárdenas las orejas, arengaba a su auditorio, con un brazo extendido en dirección de la bóveda. Estaba indignado, al parecer, y su indignación la comunicaba de grado o por fuerza a los Infanzones.

—Señores —exclamaba—, ya lo ven ustedes: esta capilla es el lunar, el feo lunar, el borrón diré mejor, de esta joya gótica. Han visto ustedes el panteón, de severa arquitectura románica, sublime en su desnudez; han visto el claustro, ojival puro; han recorrido las galerías de la bóveda, de un gótico sobrio y nada amanerado; han visitado la cripta llamada Capilla Santa de reliquias, y han podido ver un trasunto de las primitivas iglesias cristianas; en el coro han saboreado primores del relieve, si no de un Berruguete, de un Palma Artela, desconocido, pero sublime artífice; en el retablo de la capilla mayor han admirado y gustado con delicia los arranques geniales, sí, geniales puedo decir, del cincel de un Grijalte; y *reasumiendo,* en toda la santa basílica han podido corroborar la idea de que este templo es obra de arte severo, puro, sencillo, delicado... *Empero* aquí, señores, forzoso es confesarlo, el mal gusto desbordado, la hinchazón, la redundancia, se han dado cita para labrar estas piedras en las que lo amanerado va de la mano con lo extravagante, lo recargado con lo deforme. Esta Santa Clementina, hablo de su capilla, es una deshonra del arte, la ignominia de la catedral de Vetusta.

Calló un momento para limpiar el sudor de la frente y del cogote con el pañuelo perfumado de Obdulia, porque el suyo estaba empapado tiempo hacía en elocuencia liquefacta.

Los Infanzones sudaban también. El marido tenía en la cabeza una olla de grillos. Había oído una hora y media un curso peripatético —¡a pie y andando todo el tiempo!— de arqueología y arquitectura y otro curso de historia pragmática. El desgraciado ya confundía a los califas de Córdoba con las columnas de la Mezquita, y ya no sabía cuáles eran más de ochocientos, si las columnas o los califas; el orden dórico, el jónico y el corintio, los mezclaba con los Alfonsos de Castilla, y ya dudaba si la fundación de Vetusta se debía a un fraile descalzo o al arco de medio punto; *reasumiendo,* como decía el sabio, sentía náuseas invencibles y apenas oía al arqueólogo, preocupándole más sus esfuerzos por contener impulsos del estómago cuya expansión hubiera sido una irreverencia.

«Si estuviéramos en un barco, no sería tan inoportuno —pensaba—, ¡pero en una catedral!»

El Infanzón estaba en rigor como en alta mar, y cada vez que oía decir la nave del norte, la nave del sur, la nave principal, se creía al frente de una escuadra y se figuraba que don Saturno apestaba a brea. Pero el pobre lugareño seguía diciendo que sí a todo.

«Estaba conforme, aquello era una profanación. ¡Qué pesadez la de aquellos doseletes, la de aquellas hornacinas! ¡Vaya si eran pesados!, como que el Infanzón temía que se le cayeran encima; porque se meneaban, sin duda. Pero, ¡buen Dios! —añadía para sus adentros—; si el género plateresco es cargante y pesadísimo, ¿dónde habrá cosa más plateresca que este señor don Saturnino?»

Se le pasó por la imaginación si estaría burlándose de ellos porque eran de un pueblo de pesca. Pero no; aquella cara no debía de mentir; hablaba de veras; era verdad lo del rey Veremundo y lo de la emigración de la piña pérsica a las columnas árabes; sólo que todo aquello ¡qué le importaba a él, que era un compromisario!

La digna esposa del Infanzón también estaba cansada, aburrida, despeada, pero no aturdida. Hacía más de una hora que no

oía palabra de cuanto hablaba aquel charlatán, sin vergüenza,
libertino. ¡Oh, si no fuera porque su marido todo lo consideraba
inconveniencia y falta de educación! ¡Si no fuera porque estaban en la casa de Dios!... Estaba escandalizada, furiosa. ¡Bonito
papel iban representando ella y el bobalicón de su marido! Le
había hecho señas, pero inútilmente. El pensaba que aludía a
la arquitectura y se hacía el distraído. ¿Y la doña Obdulita?
No, y que parecía maestra en aquel tejemaneje. No habían
desperdiciado ni una sola ocasión. ¡Claro! y así les habían traído y llevado por desvanes y bodegas, muertos de cansancio.
En cuanto estaba oscuro... ¡claro!... se daban la mano. Ella lo
había visto una vez y supuesto las demás. Y él le pisaba el pie...,
y siempre juntos; y en cuanto había algo estrecho querían pasar
a la una..., y pasaban. ¡Qué desenfreno! Pero ¿de dónde le
venía a su marido la amistad de aquella señorona? Hasta celos
sentía la noble lugareña. No hablaba ni palabra; y si Obdulia
y Bermúdez hubieran estado menos preocupados con el renaci-
miento, hubiesen notado el ceño y la sequedad de la antes amable y cortés señora de pueblo. Don Saturno reanudó su discurso.
Se trataba de probar sus injuriosas afirmaciones.

—Véase si no —continuaba— lo que salta a los ojos, a los
del alma quiero decir, de toda persona de gusto. Mal haya el
dignísimo obispo, salvo el respeto debido, mal haya el dignísimo
obispo don García Madrejón que consintió este confuso acervo
de adornos y follajes, quintaesencia de lo barroco, de la profusión manirrota y de la falsedad. Carteles, medallas, hornacinas
(y señalaba con el dedo), capiteles, frontones rotos, guirnaldas,
colgadizos, hojarasca, arabescos, que pululáis por las decoraciones de puertas, ventanas, tragaluces y pechinas; en nombre del arte,
de la santa idea de sobriedad y la no menos inmortal e inmaculada de armonía, yo os condeno a la maldición de la historia!

—Pues oiga usted —se atrevió a decir la Infanzón sin mirar
a su esposo—; diga usted lo que quiera, esta capilla me parece
a mí muy bonita; y me parece en cambio muy feo profanar el
templo... ¡blasfemando así de Dios y sus santos!

¡Ea!, se había cansado; quería dar la batalla al libertino y
escogía, con un pudor evidente, el terreno neutral del arte, puro
y desinteresado. Además le gustaba de veras la capilla y no
quería más contemplaciones.

El lugareño creyó que su mujer se había vuelto loca. «Estaría
mareada como él.» Quiso hablar, pero no lo consiguió en cuanto
quiso. Obdulia soltó al aire una carcajada, que oyó don Cayetano
desde fuera. Don Saturno, cortado y sospechando algo del motivo de aquella inesperada oposición, se contentó con inclinarse
a lo Magistral y torcer la boca y las cejas de una manera inventada por él mismo frente al espejo. Quería aquello decir que
un Bermúdez no disputaba con señoras. Sólo contestó:

—Señora..., yo no profano nada... El Arte...
—¡Sí profana usted!

—¡Pero, mujer; pero, Carolina!

—¡Oh!, déjela usted, señor Infanzón; yo respeto todas las opiniones.

Y temiendo que la lugareña llevase la mejor parte en lo de profanar o no profanar, se apresuró a añadir:

—Por lo demás, ya usted comprenderá, amigo mío, que yo sigo los cánones de la belleza clásica condenando enérgicamente el gusto barroco... Esto es plateresco...

—¡Churrigueresco! —exclamó el compromisario, queriendo así compensar la protesta disparatada de su mujer—. ¡Churrigueresco! —repitió—; ¡da náuseas! —y se vio claramente que las sentía

—¡Churrigueresco! —pudo decir otra vez.

—¡Rococó! —concluyó Obdulia.

En aquel momento el Arcipreste se inclinaba para saludarla como si fuera a besarle las botas color bronce.

Salieron a la calle todos juntos.

Don Saturno se apresuró a despedirse. De sus mejillas brotaba fuego. Iba a cuerpo y tenía mucho frío. El viento caliente le sabía a cierzo.

—¡Temo una pulmonía! —dijo, mientras escapaba abrochándose la levita por la cintura.

Necesitaba saborear a solas las emociones de aquella tarde.

«Amaba y creía ser amado.»

Tres

Aquella tarde hablaron la Regenta y el Magistral en el paseo. El Arcipreste procuró que se encontraran, y por su confianza con la Regenta facilitó la entrevista.

Pocas veces habían cruzado la palabra la hermosa dama y el Provisor, y nunca había pasado la conversación de los lugares comunes a que obliga el trato social.

Doña Ana Ozores no era de ninguna cofradía. Pagaba una cuota mensual en las Escuelas Dominicales, pero no asistía a las lecciones ni a las conferencias; vivía lejos del círculo en que el Provisor reinaba. Este visitaba poco a las personas que no podían o no querían servirie en sus planes de propaganda. Cuando el señor don Víctor Quintanar era Regente de Vetusta, el Magistral le visitaba en todas las solemnidades en que exigían este acto de cortesía las costumbres del pueblo; estas visitas las pagaba con la exactitud que usaba en estos asuntos el señor Quintanar, el más cumplido caballero de la ciudad, después de Bermúdez. Los cumplimientos del Magistral fueron escaseando, sin saberse por qué, cuando se jubiló don Víctor, y por fin cesaron las visitas. Don Víctor y don Fermín se hablaban algunas veces en la calle, en el Espolón, y se saludaban siempre con la mayor amabilidad. Se estimaban mutuamente. Las calumnias con que la maledicencia perseguía a De Pas tenían un aislador en don Víctor; por su conducto no se propagaban, y aun tomaba a su cargo deshacer su perniciosa influencia. Doña Ana jamás había hablado a solas con el Magistral, y después que cesaron las visitas apenas volvió a verle de cerca. A lo menos, ella no lo recordaba. Don Cayetano, que sabía esto, hizo un simulacro de presentación diplomática en el tono jocoserio que nunca abandonaba. Ellos, la Regenta y el Magistral, habían hablado poco; todo casi se lo había dicho Ripamilán y lo demás Visitación, que acompañaba a la de Quintanar. Doña Ana volvió pronto a su casa. Se recogió temprano aquella noche.

De la breve conversación de la tarde no recordaba más que esto: que al día siguiente, después del coro, el Magistral la esperaba en su capilla. Le había indicado, aunque por medio de indirectas, que convenía, al mudar de confesor, hacer confesión general.

Había hablado con mucha afabilidad, con voz meliflua, pero poco, con cierto tono frío, y algo distraído al parecer. No le había visto los ojos. No le había visto más que los párpados, cargados de carne blanca. Debajo de las pestañas asomaba un brillo singular.

Cerca del lecho, arrodillada, rezó algunos minutos la Regenta.

Después se sentó en una mecedora junto a su tocador, en el gabinete, lejos del lecho por no caer en la tentación de acostarse, y leyó un cuarto de hora un libro devoto en que se trataba del sacramento de la penitencia en preguntas y respuestas. No daba vuelta a las hojas. Dejó de leer. Su mirada estaba fija en unas palabras que decían: *Si comió carne...*

Mentalmente y como por máquina repetía estas tres voces, que para ella habían perdido todo significado; las repetía como si fueran de un idioma desconocido.

Después, saliendo de no sabía qué pozo negro su pensamiento, atendió a lo que leía. Dejó el libro sobre el tocador y cruzó las manos sobre las rodillas. Su abundante cabellera, de un castaño no muy oscuro, caía en ondas sobre la espalda y llegaba hasta el asiento de la mecedora; por delante le cubría el regazo; entre los dedos cruzados se habían enredado algunos cabellos. Sintió un escalofrío y se sorprendió con los dientes apretados hasta causarle un dolor sordo. Pasó una mano por la frente; se tomó el pulso, y después se puso los dedos de ambas manos delante de los ojos. Era aquélla su manera de experimentar si se le iba o no la vista. Quedó tranquila. No era nada. Lo mejor sería no pensar en ello.

«¡Confesión general!» Sí, esto había dado a entender aquel señor sacerdote. Aquel libro no servía para tanto. Mejor era acostarse. El examen de conciencia de sus pecados de la temporada lo tenía hecho desde la víspera. El examen para aquella confesión general podía hacerlo acostada. Entró en la alcoba. Era grande, de altos artesones, estucada. La separaba del tocador un intercolumnio con elegantes colgaduras de satén granate. La Regenta dormía en una vulgarísima cama de matrimonio, dorada, con pabellón blanco. Sobre la alfombra, a los pies del lecho, había una piel de tigre, auténtica. No había más imágenes santas que un crucifijo de marfil colgado sobre la cabecera; inclinándose hacia el lecho parecía mirar a través del tul del pabellón blanco.

Obdulia, a fuerza de indiscreción, había conseguido varias veces entrar allí.

«¡Qué mujer esta Anita!

»Era limpia, no se podía negar, limpia como el armiño; esto

al fin era un merito... y una pulla para muchas damas vetustenses.»

Pero añadía Obdulia:

«Fuera de la limpieza y del orden, nada que revele a la mujer
elegante. La piel de tigre, ¿tiene un *cachet*? ¡Ps..., qué sé yo!
Me parece un capricho caro y extravagante, poco femenino al
cabo. ¡La cama es un horror! Muy buena para la alcaldesa de
Palomares. ¡Una cama de matrimonio! ¡Y qué cama! Una gro-
sería. ¿Y lo demás? Nada. Allí no hay sexo. Aparte del orden,
parece el cuarto de un estudiante. Ni un objeto de arte. Ni un
mal *bibelot;* nada de lo que piden el *confort* y el buen gusto.
La alcoba es la mujer como el estilo es el hombre. Dime cómo
duermes y te diré quién eres. ¿Y la devoción? Allí la piedad
está representada por un Cristo vulgar colocado de una manera
contraria a las *conveniencias.*»

«Lástima —concluía Obdulia, sin sentir lástima— que un
bijou tan precioso se guarde en tan miserable joyero.»

«¡Ah!, debía confesar que el juego de cama era digno de
una princesa. ¡Qué sábanas! ¡Qué almohadones! Ella había pasado la mano por todo aquello. ¡Qué suavidad! El satén de
aquel cuerpecito de regalo no sentiría asperezas en el roce de
aquellas sábanas.»

Obdulia admiraba sinceramente las formas y el cutis de Ana,
y allá en el fondo del corazón, le envidiaba la piel de tigre.
En Vetusta no había tigres; la viuda no podía exigir a sus
amantes esta prueba de cariño. Ella tenía a los pies de la cama
la caza del león, pero estampada en tapiz miserable.

Ana corrió con mucho cuidado las colgaduras granates, como
si alguien pudiera verla desde el tocador. Dejó caer con negli-
gencia su bata azul con encajes crema, y apareció blanca toda,
como se la figuraba don Saturno poco antes de dormirse, pero
mucho más hermosa que Bermúdez podía representársela. Después de abandonar todas las prendas que no habían de acompañarla en el lecho, quedó sobre la piel de tigre, hundiendo
los pies desnudos, pequeños y rollizos, en la espesura de las
manchas pardas. Un brazo desnudo se apoyaba en la cabeza, algo
inclinada, y el otro pendía a lo largo del cuerpo, siguiendo la
curva graciosa de la robusta cadera. Parecía una impúdica modelo olvidada de sí misma en una postura académica impuesta
por el artista. Jamás el Arcipreste, ni confesor alguno había
prohibido a la Regenta esta voluptuosidad de distender a solas
los entumecidos miembros y sentir el contacto del aire fresco
por todo el cuerpo a la hora de acostarse. Nunca había creído
ella que tal abandono fuese materia de confesión.

Abrió el lecho. Sin mover los pies, dejóse caer de bruces sobre
aquella blandura suave con los brazos tendidos. Apoyaba la
mejilla en la sábana y tenía los ojos muy abiertos. La deleitaba
aquel placer del tacto que corría desde la cintura a las sienes.

«¡Confesión general!», estaba pensando. Eso es la historia de toda la vida. Una lágrima asomó a sus ojos, que eran garzos, y corrió hasta mojar la sábana.

Se acordó de que no había conocido a su madre. Tal vez de esta desgracia nacían sus mayores pecados.

«Ni madre ni hijos.»

Esta costumbre de acariciar la sábana con la mejilla la había conservado desde la niñez. Una mujer seca, delgada, fría, ceremoniosa, la obligaba a acostarse todas las noches antes de tener sueño. Apagaba la luz y se iba. Anita lloraba sobre la almohada, después saltaba del lecho; pero no se atrevía a andar en la oscuridad, y pegada a la cama seguía llorando, tendida así, de bruces, como ahora, acariciando con el rostro la sábana, que mojaba con lágrimas también. Aquella blandura de los colchones era todo *lo maternal* con que ella podía contar; no había más suavidad para la pobre niña. Entonces debía de tener, según sus vagos recuerdos, cuatro años. Veintitrés habían pasado y aquel dolor aún la enternecía. Después, casi siempre, había tenido grandes contrariedades en la vida, pero ya despreciaba su memoria; una porción de necios se habían conjurado contra ella; todo aquello le repugnaba recordarlo; pero su pena de niña, la injusticia de acostarla sin sueño, sin cuentos, sin caricias, sin luz, la sublevaba todavía y le inspiraba una dulcísima lástima de sí misma. Como aquel a quien, antes de descansar en su lecho el tiempo que necesita, obligan a levantarse, siente sensación extraña que podría llamarse nostalgia de blandura y del calor de su sueño, así, con parecida sensación, había Ana sentido toda su vida nostalgia del regazo de su madre. Nunca habían oprimido su cabeza de niña contra un seno blando y caliente; y ella, la chiquilla, buscaba algo parecido dondequiera. Recordaba vagamente un perro negro de lanas, noble y hermoso; debía de ser un terranova. ¿Qué habría sido de él? El perro se tendía al sol, con la cabeza entre las patas, y ella se acostaba a su lado y apoyaba la mejilla sobre el lomo rizado, ocultando casi todo el rostro en la lana suave y caliente. En los prados se arrojaba de espaldas o de bruces sobre los montones de hierba segada. Como nadie la consolaba al dormirse llorando, acababa por buscar consuelo en sí misma, contándose cuentos llenos de luz y de caricias. Era el caso que ella tenía una mamá que le daba todo lo que quería, que la apretaba contra su pecho y que la dormía cantando cerca de su oído:

> Sábado, sábado, morena,
> cayó el pajarillo en trena
> con grillos y con cadenaaa...

Y esto otro:

> Estaba la pájara pinta
> a la sombra de un verde limón...

Estos cantares los oía en una plaza grande a las mujeres del pueblo que arrullaban a sus hijuelos...

Y así se dormía ella también, figurándose que era la almohada el seno de su madre soñada y que realmente oía aquellas canciones que sonaban dentro de su cerebro. Poco a poco se había acostumbrado a esto, a no tener más placeres puros y tiernos que los de su imaginación.

Pensando la Regenta en aquella niña que había sido ella, la admiraba y le parecía que su vida se había partido en dos: una era la de aquel angelillo que se le antojaba muerto. La niña que saltaba del lecho a oscuras era más enérgica que esta Anita de ahora, tenía una fuerza interior pasmosa para resistir sin humillarse las exigencias y las injusticias de las personas frías, secas y caprichosas que la criaban...

«¡Vaya una manera de hacer examen de conciencia!», pensó doña Ana algo avergonzada.

Salió descalza de la alcoba, cogió el devocionario que estaba sobre el tocador y corrió a su lecho. Se acostó, acercó la luz y se puso a leer con la cabeza hundida en las almohadas. *Si comió carne,* volvieron a ver sus ojos cargados de sueño; pero pasó adelante. Una, dos, tres hojas..., leía sin saber qué. Por fin, se detuvo en un renglón que decía:

«Los parajes por donde anduvo...»

Aquello lo entendió. Había estado, mientras pasaba hojas y hojas, pensando, sin saber cómo, en don Alvaro Mesía, presidente del casino de Vetusta y jefe del partido liberal dinástico; pero al leer: «Los parajes por donde anduvo», su pensamiento volvió de repente a los tiempos lejanos. Cuando era niña, pero ya confesaba, siempre que el libro de examen decía «pase la memoria por los lugares que ha recorrido», se acordaba sin querer de la barca de Trébol, de aquel gran pecado que había cometido, sin saberlo ella, la noche que pasó dentro de la barca con aquel Germán, su amigo... ¡Infames! La Regenta sentía rubor y cólera al recordar aquella calumnia. Dejó el libro sobre la mesilla de noche —otro mueble vulgar que irritaba el buen gusto de Obdulia—, apagó la luz... y se encontró en la barca de Trébol, a medianoche, al lado de Germán, un niño rubio de doce años, dos más que ella. El la abrigaba solícito con un saco de lona que habían encontrado en el fondo de la barca. Ella le había rogado que se abrigara él también, debajo del saco; como si fuera una colcha, estaban los dos tendidos sobre el tablero de la barca, cuyas bandas oscuras les impedían ver la campiña; sólo veían allá arriba nubes que corrían delante de la cara de la luna.

—¿Tienes frío? —preguntaba Germán.

Y Ana respondía, con los ojos muy abiertos, fijos en la luna que corría detrás de las nubes:

—¡No!

—¿Tienes miedo?

—¡Ca!

—Somos marido y mujer —decía él.

—¡Yo soy una mamá!

Y oía debajo de su cabeza un rumor dulce que la arrullaba como para adormecerla: era el rumor de la corriente.

Se habían contado muchos cuentos. El había contado además su historia. Tenía papá en Colondres y mamá también.

—¿Cómo era una mamá?

Germán lo explicaba como podía.

—¿Dan muchos besos las mamás?

—Sí.

—¿Y cantan?

—Sí, yo tengo una hermanita que le cantan. Yo ya soy grande.

—¡Y yo soy una mamá!...

Después venía la historia de ella. Vivía en Loreto, una aldea, algo lejos de la ría por aquel lado, pero tocando con el mar por allá arriba, por el arenal. Vivía con una señora que se llamaba aya y doña Camila. No la quería. Aquella señora aya tenía criados y criadas y un señor que venía de noche y le daba besos a doña Camila, que le pegaba y decía: «Delante de ella no, que es muy maliciosa»».

Le decían que tenía un papá que la quería mucho y era el que mandaba los vestidos y el dinero y todo. Pero él no podía venir, porque estaba matando moros La castigaban mucho, pero no le pegaban; eran encierros, ayunos, y el castigo peor, el de acostarse temprano. Se escapaba por la puerta del jardín y corría llorando hacia el mar; quería meterse en un barco y navegar hacia la tierra de los moros y buscar a su papá. Algún marinero la encontraba llorando y la acariciaba. Ella le proponía el viaje, el marinero se reía, le decía que sí, la cogía en los brazos, pero el pícaro la llevaba a casa del aya, y la volvían al encierro. Una tarde se había escapado por otro camino, pero no encontraba el mar. Había pasado junto a un molino; un perro le había cerrado el paso al atravesar el puente de la acequia, hecho con un tronco hueco de castaño; Ana se había echado sobre el tronco porque se mareaba viendo el agua blanca que ladraba debajo como el perro enfrente de ella. El perro había pasado por encima de Anita; no había querido morderla. Ella entonces, desde la otra orilla, le llamó y le dijo:

—Chito, toma, ahí tienes eso.

Era su merienda que llevaba en un bolsillo; un poco de pan con manteca mojado en lágrimas.

Casi siempre comía el pan de la merienda salado por las lágrimas. Cuando estaba sola lloraba de pena; pero delante del aya, de los criados y del hombre, lloraba de rabia. Había encontrado después del molino un bosque y lo había cruzado corriendo, cantando, y eso que tenía aún los ojos llenos de llanto, pero cantaba de miedo. Al salir del bosque había visto un prado de hierba muy verde y muy alta...

—¿Y allí estaba yo, verdad? —gritó Germán.

—Es verdad.

—Y te dije si querías embarcarte en la barca de Trébol, que el barquero había sido mi criado, y yo era de Colondres, que está al otro lado de la ría.

—Es verdad.

La Regenta recordaba todo esto como va escrito, incluso el diálogo; pero creía que, en rigor, de lo que se acordaba no era de las palabras mismas, sino de posterior recuerdo en que la niña había animado y puesto en forma de novela los sucesos de aquella noche.

Después se habían dormido. Ya era de día cuando les despertó una voz que gritaba desde la orilla de Colondres. Era el barquero que veía su barca en un islote que dejaba el agua en medio de la ría al bajar la marea. El barquero les riñó mucho. A ella la condujo a Loreto un hijo de aquel hombre; pero en el camino les halló un criado del aya. Andaban buscándola por todo el mundo. Creían que se había caído al mar. Doña Camila estaba enferma del susto, en cama. El hombre que besaba al aya cogió a Anita por un brazo y se lo apretó hasta arrancarle sangre. Pero ella no lloró.

Le preguntaron dónde había pasado la noche y no quiso contestar por temor de que castigaran a Germán si se sabía. La encerraron, no le dieron de comer aquel día, pero no declaró nada. A la mañana siguiente el aya hizo llamar al barquero de Trébol. Según aquel hombre, los niños se habían concertado para pasar juntos una noche en la barca. ¿Quién lo diría? Ana confesó al cabo que habían dormido juntos, pero que había sido sin querer. Su propósito había sido hacerse dueños de la barca una noche, aunque les riñeran en casa, pasar de orilla a orilla ellos solos, tirando por la cuerda, y después volverse él a Colondres y ella a Loreto. Pero el agua de la ría se había marchado, la barca tropezó en el fondo con las piedras en mitad del pasaje, y por más esfuerzos que habían hecho no habían conseguido moverla. Y se habían acostado y se habían dormido. De haber podido romper la cuerda que sujetaba la lancha se hubieran ido a la tierra del moro, porque Germán sabía el camino por el mar; ella hubiera buscado a su papá y él hubiera matado muchos moros; pero la cuerda era muy fuerte. No pudieron romperla y se acostaron para contarse cuentos de dormir.

Lo mismo había referido Germán al barquero, pero no se creyó la historia.

¡Qué escándalo! Doña Camila cogió a Anita por la garganta y por poco la ahoga. Después dijo un refrán desvergonzado en que se insultaba a su madre y a ella, según comprendió mucho más tarde, porque entonces no entendía aquellas palabras.

Doña Camila culpaba al hombre que le daba besos de las picardías de la niña.

—Tú le has abierto los ojos con tus imprudencias.

Anita no entendía, y el hombre la miraba con llamaradas en los ojos, y sonreía, y en cuanto salía de la habitación el aya le pedía besos a ella, pero nunca quiso dárselos.

Vino un cura y se encerró con Ana en la alcoba de la niña, y le preguntó unas cosas que ella no sabía lo que eran. Más adelante, meditando mucho, acabó por entender algo de aquello. Se la quiso convencer de que había cometido un gran pecado. La llevaron a la iglesia de la aldea y la hicieron confesarse. No supo contestar al cura, y éste declaró al aya que no servía la niña para el caso todavía, porque, por ignorancia o por malicia, ocultaba sus pecadillos. Los chicos de la calle la miraban como el hombre que besaba a doña Camila; la cogían por un brazo y querían llevársela no sabía adónde. No volvió a salir sin el aya. A Germán no había vuelto a verle.

—He escrito a tu papá diciéndole lo que tú eres. En cuanto cumplas los once años, irás a un colegio de Recoletas.

Esta amenaza de doña Camila no pasó de amenaza, pero Ana no sentía salir de Loreto, ir donde quiera.

Desde entonces la trataron como a un animal precoz. Sin enterarse bien de lo que oía, había entendido que achacaban a culpas de su madre los pecados que le atribuían a ella...

Al llegar a este punto de sus recuerdos la Regenta sintió que se sofocaba, sus mejillas ardían. Encendió luz, apartó de sí la colcha pesada, y sus formas de Venus algo flamenca se revelaron exageradas bajo la manta de finísima lana de colores ceñida al cuerpo. La colcha quedó arrugada a los pies.

Aquellos recuerdos de la niñez huyeron, pero la cólera que despertaron, a pesar de ser tan lejana, no se desvaneció con ellos.

«¡Qué vida tan estúpida!», pensó Ana, pasando a reflexiones de otro género.

Aumentaba su mal humor con la conciencia de que estaba pasando un cuarto de hora de rebelión. Creía vivir sacrificada a deberes que se había impuesto; estos deberes algunas veces se los representaba como poética misión que explicaba el porqué de la vida. Entonces pensaba:

«La monotonía, la insulsez de esta existencia es aparente; mis días están ocupados por grandes cosas; este sacrificio, esta lucha es más grande que cualquier aventura del mundo.»

En otros momentos, como ahora, tascaba el freno la pasión sojuzgada; protestaba el egoísmo, la llamaba loca, romántica, necia y decía:

—¡Qué vida tan estúpida!

Esta conciencia de la rebelión la desesperaba; quería aplacarla y se irritaba. Sentía cardos en el alma. En tales horas no quería a nadie, no compadecía a nadie. En aquel instante deseaba oír música; no podía haber voz más oportuna. Y sin saber cómo, sin querer, se le apareció el Teatro Real de Madrid y vio a don

Alvaro Mesía, el presidente del Casino, ni más ni menos, envuelto en una capa de embozos grana, cantando bajo los balcones
de Rosina:

Ecco ridente il ciel...

La respiración de la Regenta era fuerte, frecuente; su nariz
palpitaba ensanchándose, sus ojos tenían fulgores de fiebre y
estaban clavados en la pared, mirando la sombra sinuosa de su
cuerpo ceñido por la manta de colores.

Quiso pensar en aquello, en Lindoro, en el Barbero, para
suavizar la aspereza de espíritu que la mortificaba.

—¡Si yo tuviera un hijo!..., ahora..., aquí..., besándole, can-
tándole...

Huyó la vaga imagen del rorro, y otra vez se presentó el
esbelto don Alvaro, pero de gabán blanco entallado, saludándola
como saludaba el rey Amadeo.

Mesía, al saludar, humillaba los ojos, cargados de amor, ante
los de ella, imperiosos, imponentes.

Sintió flojedad en el espíritu. La sequedad y tirantez que la
mortificaban se fueron convirtiendo en tristeza y desconsuelo...

Ya no era mala, ya sentía como ella quería sentir; y la idea
de su sacrificio se le apareció de nuevo; pero grande ahora,
sublime, como una corriente de ternura capaz de anegar el mundo.
La imagen de don Alvaro también fue desvaneciéndose, cual
un cuadro disolvente; ya no se veía más que el gabán blanco,
y detrás, como una filtración de luz, iban destacándose una bata
escocesa a cuadros, un gorro verde de terciopelo y oro, con borla,
un bigote y una perilla blancos, unas cejas grises muy espesas...,
y al fin sobre un fondo negro brilló entera la respetable y familiar figura de su don Víctor Quintanar con un nimbo de luz
en torno. Aquél era el sujeto del sacrificio, como diría don Cayetano. Ana Ozores depositó un casto beso en la frente del
caballero.

Y sintió vehementes deseos de verle, de besarle en realidad
como al cuadro disolvente.

Mala hora, sin duda, era aquélla.

Pero la casualidad vino a favorecer el anhelo de la casta
esposa. Se tomó el pulso, se miró las manos; no veía bien los
dedos; el pulso latía con violencia; en los párpados le estallaban
estrellitas, como chispas de fuegos artificiales. Sí, sí, estaba mala,
iba a darle el ataque; había que llamar; cogió el cordón de la
campanilla, llamó. Pasaron dos minutos. ¿No oían?... Nada.
Volvió a empuñar el cordón..., llamó. Oyó pasos precipitados.
Al mismo tiempo que por una puerta de escape entraba Petra,
su doncella, asustada, casi desnuda, se abrió la colgadura granate
y apareció el cuadro disolvente, el hombre de la bata escocesa
y el gorro verde, con una palmatoria en la mano.

—¿Qué tienes, hija mía? —gritó don Víctor acercándose al lecho.

«Era el ataque, aunque no estaba segura de que viniese con todo el aparato nervioso de costumbre; pero los síntomas, los de siempre; no veía, le estallaban chispas de brasero en los párpados y en el cerebro, se le enfriaban las manos, y de pesadas no le parecían suyas...» Petra corrió a la cocina sin esperar órdenes; ya sabía lo que se necesitaba: tila y azahar.

Don Víctor se tranquilizó. Estaba acostumbrado al ataque de su querida esposa; padecía la infeliz, pero no era nada.

—No pienses en ello, que ya sabes que es lo mejor.

—Sí; tienes razón; acércate, háblame, siéntate aquí.

Don Víctor se sentó sobre la cama y *depositó* un beso paternal en la frente de su señora esposa. Ella le apretó la cabeza contra su pecho y derramó algunas lágrimas. Notadas que fueron las cuales por don Víctor, exclamó éste:

—¿Ves?, ya lloras; buena señal. La tormenta de nervios se deshace en agua; está conjurado el ataque, verás como no sigue.

En efecto, Ana comenzó a sentirse mejor. Hablaron. Ella manifestó una ternura que él le agradeció en lo que valía. Volvió Petra con la tila.

Don Víctor observó que la muchacha no había reparado el desorden de su traje, que no era traje, pues se componía de la camisa, un pañuelo de lana, corto, echado sobre los hombros, y una falda que, mal atada al cuerpo, dejaba adivinar los encantos de la doncella, dado que fueran encantos, que don Víctor no entraba en tales averiguaciones, por más que sin querer aventuró, para sus adentros, la hipótesis de que las carnes debían de ser muy blancas, toda vez que la chica era rubia azafranada...

Con la tila y el azahar Anita acabó de serenarse. Respiró con fuerza; sintió un bienestar que le llenó el alma de optimismo.

«¡Qué solícita era Petra!, y su Víctor ¡qué bueno!»

«Y había sido hermoso, no cabía duda. Verdad era que sus cincuenta y tantos años parecían sesenta; pero sesenta años de una robustez envidiable; su bigote blanco, su perilla blanca, sus cejas grises, le daban venerable y hasta heroico aspecto de brigadier y aun de general. No parecía un Regente de Audiencia jubilado, sino un ilustre caudillo en situación de cuartel.»

Petra, temblando de frío, con los brazos cruzados, unos blanquísimos brazos bien torneados, se retiró discretamente, pero se quedó en la sala contigua esperando órdenes.

Ana se empeñó en que Quintanar —casi siempre le llamaba así— bebiese aquella poca tila que quedaba en la taza.

¡Pero si don Víctor no creía en los nervios! ¡Si estaba sereno! Muerto de sueño, pero tranquilo.

«No importaba. Era un capricho. No lo conocía él, pero se había asustado.»

—Que no, hija mía; que te juro...

—Que sí, que sí...

Don Víctor tomó tila y acto continuo bostezó enérgicamente.

—¿Tienes frío?

—¡Frío yo!

Y pensó que dentro de tres horas, antes de amanecer, saldría con gran sigilo por la puerta del parque —la huerta de Ozores—. Entonces sí que haría frío, sobre todo cuando llegaran al Montico, él y su quetido Frígilis, su Pílades cinegético, como le llamaba. Iban de caza; una caza prohibida, a tales horas, por la Regenta. Anita no dejó a Víctor tan pronto como él quisiera. Estaba muy habladora su querida mujercita. Le recordó mil episodios de la vida conyugal, siempre tranquila y armoniosa.

—¿No quisieras tener un hijo, Víctor? —preguntó la esposa apoyando la cabeza en el pecho del marido.

—¡Con mil amores! —contestó el ex regente buscando en su corazón la fibra del amor paternal. No la encontró; y para figurarse algo parecido pensó en su reclamo de perdiz, escogidísimo regalo de Frígilis.

«Si mi mujer supiera que sólo puedo disponer de dos horas y media de descanso, me dejaría volver a la cama.»

Pero la pobrecita lo ignoraba todo, debía ignorarlo. Más de media hora tardó la Regenta en cansarse de aquella locuacidad nerviosa. ¡Qué de proyectos!, ¡qué de horizontes de color de rosa! Y siempre, siempre juntos Víctor y ella.

—¿Verdad?

—Sí, hijita mía, sí; pero debes descansar; te exaltas hablando...

—Tienes razón; siento una fatiga dulce... Voy a dormir.

El se inclinó para besarle la frente, pero ella, echándole los brazos al cuello y hacia atrás la cabeza, recibió en los labios el beso. Don Víctor se puso un poco encarnado; sintió hervir la sangre. Pero no se atrevió. Además, antes de tres horas debía estar camino del Montico con la escopeta al hombro. Si se quedaba con su mujer, adiós cacería... Y Frígilis era inexorable en esta materia. Todo lo perdonaba menos faltar o llegar tarde a un madrugón por el estilo.

«Sálvense los principios», pensó el cazador.

—¡Buenas noches, tórtola mía!

Y se acordó de las que tenía en la pajarera.

Y después de *depositar* otro beso, por propia iniciativa, en la frente de Ana, salió de la alcoba con la palmatoria en la diestra mano; con la izquierda levantó el cortinaje granate; volvióse, saludó a su esposa con una sonrisa, y con majestuoso paso, no obstante calzar bordadas zapatillas, se restituyó a su habitación que estaba al otro extremo del caserón de los Ozores.

Atravesó un gran salón que se llamaba el estrado; anduvo por pasillos anchos y largos, llegó a una galería de cristales y allí vaciló un momento. Volvió pie atrás, desanduvo todos los pasillos y discretamente llamó a una puerta.

Petra se presentó en el mismo desorden de antes.

—¿Qué hay? ¿Se ha puesto peor?

—No es eso, muchacha —contestó don Víctor.

«¡Qué desfachatez! Aquella joven ¿no consideraba que estaba casi desnuda?»

—Es que..., es que... por si Anselmo se duerme y no oye la señal de don Tomás (Frígilis)... Como es tan bruto Anselmo... Quiero que tú me llames si oyes los tres ladridos..., ya sabes..., don Tomás...

—Sí, ya sé. Descuide usted, señor. En cuanto ladre don Tomás iré a llamarle. ¿No hay más? —añadió la rubia azafranada, con ojos provocativos.

—Nada más. Y acuéstate, que estás muy a la ligera y hace mucho frío.

Ella fingió un rubor que estaba muy lejos de su ánimo y volvió la espalda no muy cubierta. Don Víctor levantó entonces los ojos y pudo apreciar que eran, en efecto, encantos los que no velaba bien aquella chica.

Se cerró la puerta del cuarto de Petra, y don Víctor emprendió de nuevo su majestuosa marcha por los pasillos.

Pero antes de entrar en su cuarto se dijo:

—¡Ea!, ya que estoy levantado voy a dar un vistazo a mi gente.

En un extremo de la galería de cristales había un puerta; la empujó suavemente y entró en la casa habitación de sus pájaros que dormían el sueño de los justos.

Con la mano que llevaba libre hizo una pantalla para la luz de la palmatoria, y de puntillas se acercó a la canariera. No había novedad. Su visita inoportuna no fue notada más que por dos o tres canarios, que movieron las alas estremeciéndose y ocultaron la cabeza entre la pluma. Siguió adelante. Las tórtolas también dormían; allí hubo ciertos murmullos de desaprobación, y don Víctor se alejó por no ser indiscreto. Se acercó a la jaula «del tordo más filarmónico de la provincia, sin vanidad». El tordo estaba enhiesto sobre un travesaño, *con los hombros encogidos;* pero no dormía. Sus ojos se fijaron de un modo impertinente en los de su amo y no quiso reconocerle. Toda la noche se hubiera estado el animalejo mira que te mirarás, con aire de desafío, sin bajar la mirada; «le conocía bien; era muy aragonés. ¡Y cómo se parecía a Ripamilán!» Siguió adelante. Quiso ver la codorniz; pero la salvaje africana se daba de cabezadas, asustada, contra el techo de lienzo de su jaula cháta, y la dejó tranquilizarse. Ante el reclamo de perdiz quedó extasiado. Si algún pensamiento impuro manchara acaso su conciencia poco antes, la contemplación del reclamo, aquella obra maestra de la Naturaleza, le devolvió toda la elevación de miras y grandeza de espíritu que convenía al primer ornitólogo y al cazador sin rival de Vetusta.

Equilibrado el ánimo, volvió don Víctor al amor de las sábanas.

En aquella estancia dormían años atrás, en la cama dorada de Anita, él y ella, amantes esposos. Pero... habían coincidido en una idea.

A ella la molestaba él con sus madrugones de cazador; a él le molestaba ella porque le hacía sacrificarse y madrugar menos de lo que debía, por no despertarla. Además, los pájaros estaban en una especie de destierro, muy lejos del amo. Traerlos cerca estando allí Ana, sería una crueldad; no la dejarían dormir la mañana. Pero él ¡con qué deleite hubiera saboreado el primer silbido del tordo, el arrullo voluptuoso de las tórtolas, el monótono ritmo de la codorniz, el chas chas cacofónico, dulce al cazador, de la perdiz huraña!

No se recuerda quién, pero él piensa que Anita, se atrevió a manifestar el deseo de una separación en cuanto al tálamo —*quo ad thorum*—. Fue acogida con mal disimulado júbilo la proposición tímida, y el matrimonio mejor avenido del mundo dividió el lecho. Ella se fue al otro extremo del caserón, que era caliente porque estaba al mediodía, y él se quedó en su alcoba. Pudo Anita dormir en adelante la mañana, sin que nadie interrumpiera esta delicia, y pudo Quintanar levantarse con la aurora y recrear el oído con los cercanos conciertos matutinos de codornices, tordos, perdices, tórtolas y canarios. Si algo faltaba antes para la completa armonía de aquella pareja, ya estaba colmada su felicidad doméstica, por lo que toca a la concordia.

Y a este propósito solía decir don Víctor, recordando su magistratura:

—La libertad de cada cual se extiende hasta el límite en que empieza la libertad de los demás; por tener esto en cuenta, he sido siempre feliz en mi matrimonio.

Quiso dormir el poco tiempo de que disponía para ello, pero no pudo. En cuanto se quedaba trasvolado, soñaba que oía los tres ladridos de Frígilis.

¡Cosa extraña! Otras veces no le sucedía esto, dormía a pierna suelta y despertaba en el momento oportuno.

¡Habría sido la tila! Volvió a encender luz. Cogió el único libro que tenía sobre la mesa de noche. Era un tomo de mucho bulto. «Calderón de la Barca», decían unas letras doradas en el lomo. Leyó.

Siempre había sido muy aficionado a representar comedias, y le deleitaba especialmente el teatro del siglo diecisiete. Deliraba por las costumbres de aquel tiempo en que se sabía lo que era honor y mantenerlo. Según él, nadie como Calderón entendía en achaques del puntillo de honor, ni daba nadie las estocadas que lavan reputaciones tan a tiempo, ni en el discreteo de lo que era amor y no lo era, le llegaba autor alguno a la suela de los zapatos. En lo de tomar justa y sabrosa venganza los maridos ultrajados, el divino don Pedro había discurrido como nadie, y sin quitar a *El castigo sin venganza* y otros portentos de Lope el mérito que tenían, don Víctor nada encontraba como *El médico de su honra.*

—Si mi mujer —decía a Frígilis— fuese capaz de caer en liviandad digna de castigo...

—Lo cual es absurdo, un supuesto...

—Bien, pero suponiendo ese absurdo..., yo le doy una sangría suelta.

Y hasta nombraba el albéitar a quien había de llamar y tapar los ojos con todo lo demás del argumento. Tampoco le parecía mal lo de prender fuego a la casa y vengar secretamente el supuesto adulterio de su mujer. Si llegara el caso, que claro que no llegaría, él no pensaba prorrumpir en preciosa tirada de versos, porque ni era poeta ni quería calentarse al calor de su casa incendiada; pero en todo lo demás había de ser, dado el caso, no menos riguroso que tales y otros caballeros parecidos de aquella España de mejores días.

Frígilis opinaba que todo aquello estaba bien en las comedias, pero que en el mundo un marido no está para divertir al público con emociones fuertes, y lo que debe hacer en tan apurada situación es perseguir al seductor ante los tribunales y procurar que su mujer vaya a un convento.

—¡Absurdo!, ¡absurdo! —gritaba don Víctor—. Jamás se hizo cosa por el estilo en los gloriosos siglos de estos insignes poetas. Afortunadamente —añadía calmándose—, yo no me veré nunca en el doloroso trance de excogitar medios para vengar tales agravios; pero juro a Dios que llegado el caso, mis atrocidades serían dignas de ser puestas en décimas calderonianas.

Y lo pensaba como lo decía.

Todas las noches antes de dormir se daba un atracón de honra a la antigua, como él decía; honra habladora, así con la espada como con la discreta lengua. Quintanar manejaba el florete, la espada española, la daga. Esta afición le había venido de su pasión por el teatro. Cuando *trabajaba* como aficionado, había comprendido en los numerosos duelos que tuvo en escena la necesidad de la esgrima, y con tal calor lo tomó, y tal disposición natural tenía, que llegó a ser poco menos que un maestro. Por supuesto, no entraba en sus planes matar a nadie; era un espadachín lírico. Pero su mayor habilidad estaba en el manejo de la pistola; encendía un fósforo con una bala a veinticinco pasos, mataba un mosquito a treinta y se lucía con otros ejercicios por el estilo. Pero no era jactancioso. Estimaba en poco su destreza; casi nadie sabía de ella. Lo principal era tener aquella sublime idea del honor, tan propia para redondillas y hasta sonetos. Él era pacífico; nunca había pegado a nadie. Las muertes que había firmado como juez, le habían causado siempre inapetencias, dolores de cabeza, a pesar de que se creía irresponsable.

Leía, pues, don Víctor a Calderón, sin cansarse, y próximo estaba a ver cómo se atravesaban con sendas quintillas dos valerosos caballeros que pretendían la misma dama, cuando oyó tres ladridos lejanos. ¡Era Frígilis!

Doña Ana tardó mucho en dormirse, pero su vigilia ya no fue impaciente, desabrida. El espíritu se había refrigerado con el nuevo sesgo de los pensamientos. Aquel noble esposo a quien debía la dignidad y la independencia de su vida, bien merecía la abnegación constante a que ella estaba resuelta. Le había sacrificado su juventud: ¿por qué no continuar el sacrificio? No pensó más en aquellos años en que había una calumnia capaz de corromper la más pura inocencia; pensó en lo presente. Tal vez había sido providencial aquella aventura de la barca de Trébol. Si al principio, por ser tan niña, no había sacado ninguna enseñanza de aquella injusta persecución de la calumnia, más adelante, gracias a ella, aprendió a guardar las apariencias; supo, recordando lo pasado, que para el mundo no hay más virtud que la ostensible y aparatosa. Su alma se regocijó contemplando en la fantasía el holocausto del general respeto, de la admiración que como virtuosa y bella se le tributaba. En Vetusta, decir la Regenta era decir la perfecta casada. Ya no veía Anita la *estúpida existencia* de antes. Recordaba que la llamaban madre de los pobres. Sin ser beata, las más ardientes fanáticas la consideraban buena católica. Los más atrevidos tenorios, famosos por sus temeridades, bajaban ante ella los ojos, y su hermosura se adoraba en silencio... Aquel mismo don Álvaro, que tenía fama de atreverse a todo y conseguirlo todo, la quería, la adoraba sin duda alguna, estaba segura; más de dos años hacía que ella lo había conocido; pero él no había hablado más que con los ojos, donde Ana fingía no adivinar una pasión que era un crimen.

Verdad era que en estos últimos meses, sobre todo desde algunas semanas a esta parte, se mostraba más atrevido..., hasta algo imprudente, él que era la prudencia misma, y sólo por esto digno de que ella no se irritara contra su infame intento..., pero ya sabría contenerle; sí, ella le pondría a raya helándole con una mirada... Y pensando en convertir en carámbano a don Álvaro Mesía, mientras él se obstinaba en ser de fuego, se quedó dormida dulcemente.

En tanto, allá abajo, en el parque, miraba al balcón cerrado del tocador de la Regenta, don Víctor, pálido y ojeroso, como si saliera de una orgía; daba pataditas en el suelo para sacudir el frío y decía a Frígilis, su amigo...

—¡Pobrecita! ¡Cuán ajena estará, allá en su tranquilo sueño, de que su esposo la engaña y sale de casa dos horas antes de lo que ella piensa!...

Frígilis sonrió como un filósofo y echó a andar delante. Era un señor ni alto ni bajo, cuadrado; vestía cazadora de paño

pardo; iba tocado con gorra negra con orejeras, y por único
abrigo ostentaba una inmensa bufanda a cuadros, que le daba
diez vueltas al cuello. Lo demás, todo era utensilios y atributos
de caza, pero sobrios, como los de un Nemrod.

Don Víctor, al llegar a la puerta del parque, volvió a mirar
hacia el balcón, lleno de remordimientos.

—Anda, anda, que es tarde —murmuró Frígilis.

No había amanecido.

Cuatro

La familia de los Ozores era una de las más antiguas de Vetusta. Era el tal apellido de muchos condes y marqueses, y pocos nobles había en la ciudad que no fueran, por un lado o por otro, algo parientes de tan ilustre linaje.

Don Carlos, padre de Ana, era el primogénito de un segundón del conde de Ozores. Don Carlos tuvo dos hermanas, Anunciación y Agueda, que con su padre habitaron mucho tiempo el caserón de sus mayores. La rama principal, la de los condes, vivía años hacía emigrada.

El primogénito del segundón quiso tener una carrera, ser algo más que heredero de algunas caserías, unos cuantos foros y un palacio achacoso de goteras. Fue ingeniero militar. Se portó como un valiente; en muchas batallas demostró grandes conocimientos en el arte de Vauban, construyó duraderos y bien dispuestos fuertes en varias costas y llegó pronto a coronel de ejército, comandante del cuerpo. Cansado de casamatas, cortinas, paralelas y castillos, procuróse un empleo en la corte y fue perdiendo sus aficiones militares, quedándose sólo con las científicas: prefirió la física y las matemáticas a las aplicaciones de tales ciencias, al arte, y cada día fue menos guerrero. Pero al mismo tiempo se entregaba a las delicias de Capua, y por fin, después de muchos amoríos, tuvo un amor serio, una pasión de sabio (o cosa parecida) que ya no es joven.

Loco de amor se casó don Carlos Ozores a los treinta y cinco años con una humilde modista italiana que vivía en medio de seducciones sin cuento, honrada y pobre. Esta fue la madre de Ana, que al nacer se quedó sin ella.

«¡Menos mal!», pensaban las hermanas de don Carlos allá en su caserón de Vetusta.

Su matrimonio había originado al coronel un rompimiento con su familia. Se escribieron dos cartas secas y no hubo más relaciones.

—¡Si viviera mi padre —pensaba Ozores— de fijo perdonaba este matrimonio desigual.

—¡Si viviera padre, moriría de disgusto! —decían las solteronas implacables.

Toda la nobleza vetustense aprobaba la conducta de aquellas señoritas, que vieron un castigo de Dios en el desgraciado puerperio de la modista italiana, su cuñada indigna.

El palacio de los Ozores era de don Carlos, sus hermanas se lo dijeron en otra carta fría y lacónica:

«Estaban dispuestas a abandonarlo, si él lo exigía; sólo le pedían que pensase cómo se había de conservar aquel resto precioso de tanta nobleza.»

El coronel contestó «que por Dios y todos los santos continuasen viviendo donde habían nacido, que él se lo suplicaba por bien de la misma finca, que sin ellas se vendría a tierra».

Las solteronas, sin contestar ni transigir en lo del matrimonio, se quedaron en el palacio para que no se derrumbara.

A don Carlos le dolió mucho que ni siquiera se le preguntase por su hija. La nobleza vetustense opinó que muerto el perro no se acabase la rabia; que la muerte providencial de la modista no era motivo suficiente para hacer las paces con el infame don Carlos ni para enterarse de la suerte de su hija.

Tiempo había para proteger a la niña, sin menoscabo de la dignidad, si, como era de presumir, la conducta loca de su padre la arrastraba a la pobreza. Además, se corrió por Vetusta que don Carlos se había hecho masón, republicano y por consiguiente ateo. Sus hermanas se vistieron de negro y en el gran salón, en el estrado, recibieron a toda la aristocracia de Vetusta como si se tratara de visitas de duelo.

La estancia estaba casi a oscuras; por los grandes balcones no se dejaba pasar más que un rayo de luz; se hablaba poco, se suspiraba y se oía el aleteo de los abanicos.

—¡Cuánto mejor hubiese sido que se hubiera vuelto loco! —exclamó el marqués de Vegallana, jefe del partido conservador de Vetusta.

—¡Qué... loco! —contestó una de las hermanas, doña Anunciación—. Diga usted, marqués, que ojalá Dios se acordase de él, antes que verle así.

Hubo unánime aprobación por señas. Muchas cabezas se inclinaron lánguidamente; y se volvió a suspirar. Aquello del republicanismo no necesitaba comentarios.

Don Carlos, en efecto, se había hecho liberal de los avanzados, y de los estudios fisicomatemáticos había pasado a los filosóficos; y de resultas era un hombre que ya no creía sino lo que tocaba, hecha excepción de la libertad, que no la pudo tocar nunca y creyó en ella muchos años. La vida de liberal en ejercicio en aquellos tiempos tenía poco de tranquila. Don Carlos se dedicó a filósofo y a conspirador, para lo cual creyó oportuno pedir la absoluta.

—Yo ingeniero, no podría conspirar nunca (creía en el espíritu de cuerpo); como particular, puedo procurar la salvación
del país por los medios más adecuados.

No hay que pensar que era tonto don Carlos, sino un buen
matemático, bastante instruido en varias materias. Pudo reunir
una mediana biblioteca en donde había no pocos libros de los
condenados en el Indice. Amaba la literatura con ardor y era,
por entonces, todo lo romántico que se necesitaba ser para
conspirar con progresistas.

Lo que pudiera haber de falso y contradictorio en el carácter
de don Carlos era obra de su tiempo. No le faltaba talento, era
apasionado y se asimilaba con facilidad ideas que entendía muy
pronto, pero no se distinguía por lo original ni por lo prudente.
Su amor propio de librepensador no había llegado a esa jerarquía del orgullo en que sólo se admite lo que uno crea para
sí mismo. De todas maneras, era simpático.

De sus defectos, su hija fue la víctima. Después de llorar
mucho la muerte de su esposa, don Carlos volvió a pensar en
asuntos que a él se le antojaron serios, como v. gr., propagar
el libre examen dentro de un círculo determinado de españoles;
procurar el triunfo del sistema representativo en toda su integridad. Tanto valía entonces esto como dedicarse a bandolero
sin protección, por lo que toca a la necesidad de vivir a salto
de mata. Un conspirador no puede tener consigo una niña sin
madre. Le hablaron de colegios, pero los aborrecía. Tomó un
aya, una española inglesa que en nada se parecía a la de Cer-
vantes, pues no tenía encantos morales, y de los corporales, si
de algunos disponía, hacía mal uso. Esto lo ignoraba don Carlos,
que admitió al aya en calidad de católica liberal. Se le había
dicho:

«—Es una mujer ilustrada, aunque española; educada en Inglaterra, donde ha aprendido el noble espíritu de la tolerancia.»

Y además, curaba el entendimiento y el corazón a los niños
con píldoras de la Biblia y pastillas de novela inglesa para uso
de las familias. Era, en fin, una hipocritona de las que saben
que a los hombres no les gustan las mujeres beatas, pero tampoco descreídas, sino, así un término medio, que los hombres
mismos no saben cómo ha de ser. La hipocresía de doña Camila llegaba hasta el punto de tenerla en el temperamento, pues
siendo su aspecto el de una estatua anafrodita, el de un ser sin
sexo, su pasión principal era la lujuria, satisfecha a la inglesa;
una lujuria que pudiera llamarse metodista si no fuera una
profanación.

Tuvo que emigrar don Carlos, y Ana quedó en poder de doña
Camila, que por imprudencia imperdonable de Ozores se vio
disponiendo a su antojo de la mayor parte de las rentas de su
amo, cada vez más flacas, pues las conspiraciones cuestan caras
al que las paga.

Aconsejaron los médicos aires del campo y del mar para la

niña y el aya escribió a don Carlos que un su amigo, Iriarte, el que le había recomendado a doña Camila, vendía en una provincia del norte, limítrofe de Vetusta, una casa de campo en un pueblecillo pintoresco, puerto de mar y saludable a todos los vientos. Ozores dio órdenes para que se vendiese como se pudiera en la provincia de Vetusta la poca hacienda que no había malbaratado antes, y la mitad del producto de tan loca enajenación la dedicó a la compra de aquella quinta de su amigo Iriarte. La otra mitad fue destinada al socorro de los patriotas más o menos auténticos. En Vetusta no le quedaba mas que su palacio que habitaban, sin pagar renta, las solteronas. La casa de campo y los predios que la rodeaban y pertenecían valían mucho menos de lo que podía presumir el conspirador, si juzgaba por lo que le costaban, pero él no paraba mientes en tal materia: se iba arrruinando ni más ni menos que su patria; pero así como la lista civil le dolía lo mismo que si la pagase él entera, de las mangas y capirotes que hacían con sus bienes le importaba poco. No era todo desprendimiento; vagamente veía en lontananza un porvenir de indemnizaciones patrióticas, que aunque estaban en el programa de su partido, a él no le alcanzaron.

A las nuevas haciendas de don Carlos se fueron Anita, el aya, los criados y tras ellos el *hombre,* como llamó siempre la niña al personaje que turbaba no pocas veces el sueño de su inocencia. Era Iriarte, el amante de doña Camila y antiguo dueño de la casa de campo.

El aya había procurado seducir a don Carlos; sabía que su difunta esposa era una humilde modista, y ella, doña Camila Portocarrero, que se creía descendiente de nobles, bien podía aspirar a la sucesión de la italiana. Creyó que don Carlos se había casado por compromiso, que era un hombre que se casaba con la servidumbre. Conocía este tipo y sabía cómo se le trataba. Pero fue inútil. En el poco tiempo que pudo aprovechar para hacer la prueba de su sabio y complicado sistema de seducción, don Carlos no echó de ver siquiera que se le tendía una red amorosa. Por aquella época era él casi sansimoniano. Emigró Ozores y doña Camila juró odio eterno al ingrato, y consagró, con la paciencia de los reformistas ingleses, un culto de envidia póstuma a la modista italiana que había conseguido casarse con aquel estuco. Anita pagó por los dos.

El aya afirmaba en todas partes, entre interjecciones aspiradas, que la educación de aquella señorita de cuatro años exigía cuidados muy especiales. Con alusiones maliciosas, vagas y envueltas en misterios a la condición social de la italiana, daba a entender que la ciencia de educar no esperaba nada bueno de aquel retoño de meridionales concupiscencias. En voz baja decía el aya que «la madre de Anita tal vez antes que modista había sido bailarina».

De todas suertes, doña Camila se rodeó de precauciones pe-

dagógicas y preparó a la infancia de Ana Ozores un verdadero
gimnasio de moralidad inglesa. Cuando aquella planta tierna
comenzó a asomar a flor de tierra, se encontró ya con un rodrigón al lado para que creciera derecha. El aya aseguraba que
Anita necesitaba aquel palo seco junto a sí y estar atada a él
fuertemente. El palo seco era doña Camila. El encierro y el
ayuno fueron sus disciplinas.

Ana que jamás encontraba alegría, risas y besos en la vida,
se dio a soñar todo eso desde los cuatro años. En el momento
de perder la libertad se desesperaba, pero sus lágrimas se iban
secando al fuego de la imaginación, que le caldeaba el cerebro
y las mejillas. La niña fantaseaba primero milagros que la salvaban de sus prisiones que eran una muerte, figurábase vuelos
imposibles.

«Yo tengo unas alas y vuelo por los tejados —pensaba—;
me marcho como esas mariposas»; y dicho y hecho, ya no estaba
allí. Iba volando por el azul que veía allá arriba.

Si doña Camila se acercaba a la puerta a escuchar por el ojo
de la llave, no oía nada. La niña con los ojos muy abiertos,
brillantes, los pómulos colorados, estaba horas y horas recorriendo espacios que ella creaba llenos de ensueños confusos,
pero iluminados por una luz difusa que centelleaba en su cerebro.

Nunca pedía perdón; no lo necesitaba. Salía del encierro pensativa, altanera, callada; seguía soñando; la dieta le daba nueva
fuerza para ello. La heroína de sus novelas de entonces era una
madre. A los seis años había hecho un poema en su cabecita
rizada de un rubio oscuro. Aquel poema estaba compuesto de
las lágrimas de sus tristezas de huérfana maltratada y de fragmentos de cuentos que oía a los criados y a los pastores de Loreto. Siempre que podía se escapaba de casa; corría sola por los
prados, entraba en las cabañas, donde la conocían y acaricia-
ban, sobre todo los perros grandes; solía comer con los pastores. Volvía de sus correrías por el campo, como la abeja con el
jugo de las flores, con material para su poema. Como Poussin
cogía hierbas en los prados para estudiar la naturaleza que tras-
ladaba al lienzo, Anita volvía de sus escapatorias de salvaje con
los ojos y la fantasía llenos de tesoros que fueron lo mejor que
gozó en su vida. A los veintisiete años Ana Ozores hubiera
podido contar aquel poema desde el principio al fin, y eso que
en cada nueva edad le había añadido una parte. En la primera
había una paloma encantada con un alfiler negro clavado en la
cabeza: era la reina mora; su madre, la madre de Ana que no
parecía. Todas las palomas con manchas negras en la cabeza
podían ser una madre, según la lógica poética de Anita.

La idea del libro, como manantial de mentiras hermosas, fue
la revelación más grande de toda su infancia. ¡Saber leer! Esta
ambición fue su pasión primera. Los dolores que doña Camila
le hizo padecer antes de conseguir que aprendiera las sílabas,

perdonóselos ella de todo corazón. Al fin supo leer. Pero los
libros que llegaban a sus manos no le hablaban de aquellas
cosas con que soñaba. No importaba; ella les haría hablar de
lo que quisiese.

Le enseñaban geografía; donde había enumeraciones fatigosas
de ríos y montañas, veía Ana aguas corrientes, cristalinas y la
sierra con sus pinos altísimos y soberbios troncos; nunca olvidó
la definición de isla, porque se figuraba un jardín rodeado por
el mar, y era un contento. La historia sagrada fue el maná de
su fantasía en la aridez de las lecciones de doña Camila. Adquirió
su poema formas concretas, ya no fue nebuloso; y en las tiendas
de los israelitas, que ella bordó con franjas de colores, acamparon
ejércitos de bravos marineros de Loreto, de pierna desnuda,
musculosa y velluda, de gorro catalán, de rostro curtido, triste
y bondadoso, barba espesa y rizada y ojos negros.

La poesía épica predomina lo mismo que en la infancia de
los pueblos en la de los hombres. Ana soñó en adelante más
que nada en batallas, una Ilíada, mejor, un Ramayana sin argumento. Necesitaba un héroe y le encontró: Germán, el niño
de Colondres. Sin que él sospechara las aventuras peligrosas en
que su amiga le metía, se dejaba querer y acudía a las citas
que ella le daba en la barca de Trébol.

Nada le decía de aquellas grandes batallas que le obligaba
a ganar en el Extremo Oriente, en las que ella le asistía haciendo
el papel de reina consorte, con arranques de amazona. Algunas
veces le propuso, hablándole al oído, viajes muy arriesgados a
países remotos que él ni de nombre conocía. Germán aceptaba
inmediatamente, y estaba dispuesto a convertirse en diligencia
si Ana aceptaba el cargo de mula, o viceversa. No era eso.
La niña quería ir a tierra de moros de verdad, a matar infieles o
a convertirlos, como Germán quisiera. Germán prefería matarlos;
y dicho y hecho se metían en la barca, mientras el barquero
dormía a la sombra de un cobertizo en la orilla. A costa de
grandes sudores conseguían un ligero balanceo del gran navío
que tripulaban, y entonces era cuando se creían bogando a toda
vela por mares nunca navegados.

Germán gritaba:

—¡Orza!... ¡A babor, a estribor! ¡Hombre al agua!... ¡Un
tiburón!...

Pero tampoco era aquello lo que quería Anita; quería marchar de veras, muy lejos, huyendo de doña Camila. La única
ocasión en que Germán correspondió al tipo ideal que de su
carácter y prendas se había forjado Anita, fue cuando aceptó
la escapatoria nocturna para ver juntos la luna desde la barca
y contarse cuentos. Este proyecto le pareció más viable que el
de irse a Morería, y se llevó a cabo. Ya se sabe cómo entendió
la grosera y lasciva doña Camila la aventura de los niños. Era
de tal índole la maldad de esta hembra, que daba por buenas
las desazones que el lance pudiera causarle, por la responsabili-

dad que ella tenía, con tal de ver comprobados por los hechos sus pronósticos.

«—¡Como su madre! —decía a las personas de confianza—. ¡*Improper, improper!* ¡Si ya lo decía yo! El instinto..., la sangre... No basta la educación contra la naturaleza.»

Desde entonces educó a la niña sin esperanzas de salvarla, como si cultivara una flor podrida ya por la mordedura de un gusano. No esperaba nada, pero cumplía su deber. Loreto era una aldea, y como doña Camila refería la aventura a quien la quisiera oír, llorando la infeliz, rendida bajo el peso de la responsabilidad (y ella poco podía contra la naturaleza), el escándalo corrió de boca en boca, y hasta en el casino se supo lo de aquella confesión a que se obligó a la reo. Se discutió el caso fisiológicamente. Se formaron partidos; unos decían que bien podía ser, y se citaban multitud de ejemplos de precocidad semejante.

—Créanlo ustedes —decía el amante de doña Camila—, el hombre nace naturalmente malo, y la mujer lo mismo.

Otros negaban la verosimilitud del hecho cuando menos.

—Si ponen ustedes eso en un libro, nadie lo creerá.

Ana fue objeto de curiosidad general. Querían verla, desmenuzar sus gestos, sus movimientos para ver si se le conocía en algo.

—Lo que es desarrollada, lo está, y mucho, para su edad... —decía el hombre de doña Camila, que saboreaba por adelantado la lujuria de lo porvenir.

—En efecto, parece una mujercita.

Y se la devoraba con los ojos; se deseaba un milagroso crecimiento instantáneo de aquellos encantos que no estaban en la niña, sino en la imaginación de los socios del casino.

A Germán, que no pareció por Loreto, se le atribuían quince años. «Por ese lado no había dificultad.»

Doña Camila se creyó obligada en conciencia a indicar algo a la familia. Al padre no; sería un golpe de muerte. Escribió a las tías de Vetusta.

«¡Era el último porrazo! El nombre de los Ozores deshonrado! Porque, al fin, Ozores era la niña, aunque indigna.»

Entonces doña Anuncia, la hermana mayor, escribió a don Carlos, porque el caso era apurado. No le contaba el lance de la deshonra *c* por *b,* porque ni sabía cómo había sido, ni era decente referir a un padre tales escándalos, ni una señorita, una soltera, aunque tuviese más de cuarenta años, podía descender a ciertos pormenores. Se le escribió a don Carlos nada más que esto: que era preciso llevar consigo a Anita, pues si la niña no vivía al lado de su padre, corría grandes riesgos: si no, estaba en peligro inminente el honor de los Ozores. Don Carlos entonces no podía restituirse a la patria, como él decía.

Pasaron años; pudo y quiso acogerse a una amnistía, y volvió desengañado. Doña Camila y Ana se trasladaron a Madrid y allí vivían parte del año los tres juntos, pero el verano y el otoño los pasaban en la quinta de Loreto.

La calumnia con que el aya había querido manchar para siempre la pureza virginal de Anita se fue desvaneciendo; el mundo se olvidó de semejante absurdo, y cuando la niña llegó a los catorce años, ya nadie se acordaba de la grosera y cruel impostura, a no ser el aya, su hombre, que seguía esperando, y las tías de Vetusta. Pero se acordaba, y mucho, Ana misma. Al principio la calumnia habíale hecho poco daño, era una de tantas injusticias de doña Camila; pero poco a poco fue entrando en su espíritu una sospecha, aplicó sus potencias con intensidad increíble al enigma que tanta influencia tenía en su vida, que a tantas precauciones obligaba al aya; quiso saber lo que era aquel pecado de que la acusaban, y en la maldad de doña Camila y en la torpe vida, mal disimulada, de esta mujer, se afiló la malicia de la niña, que fue comprendiendo en qué consistía tener honor y en qué perderlo; y como todos daban a entender que su aventura de la barca de Trébol había sido una vergüenza, su ignorancia dio por cierto su pecado. Mucho después, cuando su inocencia perdió el último velo y pudo ella ver claro, ya estaba muy lejos aquella edad; recordaba vagamente su amistad con el niño de Colondres, sólo distinguía bien el recuerdo, y dudaba, dudaba si había sido culpable de todo aquello que decían. Cuando ya nadie pensaba en tal cosa, pensaba ella todavía, y confundiendo actos inocentes con verdaderas culpas, de todo iba desconfiando. Creyó en una gran injusticia que era la ley del mundo, porque Dios quería; tuvo miedo de lo que los hombres opinaban de todas las acciones, y contradiciendo poderosos instintos de su naturaleza, vivió en perpetua escuela de disimulo, contuvo los impulsos de espontánea alegría; y ella, antes altiva, capaz de oponerse al mundo entero, se declaró vencida, siguió la conducta moral que se le impuso, sin discutirla, ciegamente, sin fe en, ella, pero sin hacer traición nunca.

Ya era así cuando su padre volvió de la emigración. No le satisfizo aquel carácter.

¿No se le había dicho que la niña era un peligro para el honor de los Ozores? Pues él veía, por el contrario, una muchacha demasiado tímida y reservada, de una prudencia exagerada para sus años. Ya le pesaba de haber entregado su hija a la gazmoñería inglesa que, según él, no servía para la raza latina. Volvía de la emigración muy latino. Afortunadamente allí estaba él para corregir aquella educación viciosa. Despidió a doña Camila y se encargó de la instrucción de su hija. En el extranjero se había hecho don Carlos más filósofo y menos político. Para España no había salvación. Era un pueblo gastado. América se tragaba a Europa, además. Le preocupaban mucho las carnes en conserva que venían de los Estados Unidos.

«—Nos comen, nos comen. Somos pobres, muy pobres, unos miserables que sólo entendemos de tomar el sol.»

El sí era pobre, y más cada día, pero achacaba su estrechez a la decadencia general, a la falta de sangre en la raza y otros disparates. Le quedaban la biblioteca, que había mejorado, y los amigos, nuevos, por supuesto.

Todos los días se ponía a discusión delante de Ana, al tomar café, la divinidad de Cristo. Unos le llamaban el primer demócrata. Otros decían que era un símbolo del sol y los apóstoles las constelaciones del Zodíaco.

Ana procuraba retirarse en cuanto podía hacerlo sin ofender la susceptibilidad de aquel librepensador que era su padre. ¡Con qué tristeza pensaba la niña, sin querer pensarlo, que los amigos de su padre eran personas poco delicadas, habladores temerarios! Y su mismo papá, esto era lo peor, y había que pensarlo también, su querido papá, que era un hombre de talento, capaz de inventar la pólvora, un reloj, el telégrafo, cualquier cosa, se iba volviendo loco a fuerza de filosofar, y no sabía vivir con una hija que ya entendía más que él de asuntos religiosos.

Aquella sumisión exterior, aquel sacrificio de la vida ordinaria, de las relaciones vulgares a las preocupaciones y a las injusticias del mundo, no eran hipocresía en Anita, no eran la careta del orgullo; pero no podía juzgarse por tales apariencias de lo que pasaba dentro de ella. Así como en la infancia se refugiaba dentro de su fantasía para huir de la prosaica y necia persecución de doña Camila, ya adolescente se encerraba también dentro de su cerebro para compensar las humillaciones y tristezas que sufría su espíritu. No osaba ya oponer los impulsos propios a lo que creía conjuración de todos los necios del mundo, pero a sus solas se desquitaba. El enemigo era más fuerte, pero a ella le quedaba aquel reducto inexpugnable.

Nunca le habían enseñado la religión como un sentimiento que consuela: doña Camila entendía el cristianismo como la geografía o el arte de coser y planchar; era una asignatura de adorno o una necesidad doméstica. Nada le dijo contra el dogma, pero jamás la dulzura de Jesús procuró explicársela con un beso de madre. María Santísima era la Madre de Dios, en efecto; pero una vez que Ana volvió del campo diciendo que la Virgen, según le constaba a ella, lavaba en el río los pañales del Niño Jesús, doña Camila, indignada, exclamó:

—¡Improper! ¿Quién le inculcará a esta chiquilla estas sandeces del vulgo?

En este particular don Carlos aprobaba el criterio de doña Camila; precisamente él creía que el Misterio de la Encarnación era como la lluvia de oro de Júpiter; y remontándose más, en virtud de la Mitología comparada, encontraba en la religión de los indios dogmas parecidos.

Ana en casa de su padre disponía de pocos libros devotos. Pero en cambio, sabía mucha Mitología, con velos y sin ellos.

Sólo aquello que el rubor más elemental manda que se tape, era lo que ocultaba don Carlos a su hija. Todo lo demás podía

y debía conocerlo. ¿Por qué no? Y con multitud de citas explicaba y recomendaba Ozores la educación·*omnilateral y armónica,* como la entendía él.

—Yo quiero —concluía— que mi hija sepa el bien y el mal
para que libremente escoja el bien; porque si no, ¿qué mérito
tendrían sus obras?

Sin embargo, si su hija fuese funámbula y trabajase en el
alambre, don Carlos pondría una red debajo, aunque perdiese
mérito el ejercicio.

De las novelas modernas algunas le prohibía leer, pero en
cuanto se trataba de arte clásico, «de verdadero arte», ya no
había velos, podía leerse todo. El romántico Ozores era clásico
después de su viaje por Italia.

—¡El arte no tiene sexo! —gritaba—. Vean ustedes, yo entrego a mi hija esos grabados que representan el arte antiguo
con todas las bellezas del desnudo que en vano querríamos imitar los modernos. ¡Ya no hay desnudo! —Y suspiraba.

La Mitología llegó a conocerla Anita como en su infancia la
historia de Israel.

—*Honni soit qui mal y pense!* —repetía don Carlos—; y lo
otro de: *Oh, procul, procul estote prophani!*

Y no tomaba más precauciones.

Por fortuna en el espíritu de Ana la impresión más fuerte
del arte antiguo y de las fábulas griegas, fue puramente estética;
se excitó su fantasía, sobre todo, y gracias a ella, no a don
Carlos, aquel inoportuno estudio del desnudo clásico no causó
estragos.

La muchacha envidiaba a los dioses de Homero que vivían
como ella había soñado que se debía vivir, al aire libre, con
mucha luz, muchas aventuras y sin la férula de un aya semi-
inglesa.

También envidiaba a los pastores de Teócrito, Bión y Mosco;
soñaba con la gruta fresca y sombría del Cíclope enamorado,
y gozaba mucho, con cierta melancolía, trasladándose con sus
ilusiones a aquella Sicilia ardiente que ella se figuraba como
un nido de amores. Pero como de abandonarse a sus instintos,
a sus ensueños y quimeras se había originado la nebulosa aventura de la barca de Trébol, que la avergonzaba todavía, miraba
con desconfianza y hasta repugnancia moral cuanto hablaba de
relaciones entre hombres y mujeres, si de ellas nacía algún
placer, por ideal que fuese. Aquellas confusiones, mezcla de malicia y de inocencia, en que la habían sumergido las calumnias
del aya y los groseros comentarios del vulgo, la hicieron fría,
desabrida, huraña para todo lo que fuese amor, según se lo
figuraba. Se la había separado sistemáticamente del trato íntimo
de los hombres, como se aparta del fuego una materia inflamable.
Doña Camila la educaba como si fuera un polvorín. «Se había
equivocado su natural instinto de la niñez; aquella amistad de
Germán había sido un pecado, ¿quién lo diría? Lo mejor era

huir del hombre. No quería más humillaciones.» Esta aberración
de su espíritu la facilitaban las circunstancias. Don Carlos no
tenía más amistad que la de unos cuantos hongos, filosofastros
y conspiradores; estos caballeros debían de estar solos en el
mundo; si tenían hijos y mujer, no los presentaban ni hablaban
de ellos nunca. Anita no tenía amigas. Además, don Carlos la
trataba como si fuese ella el arte, como si no tuviera sexo. Era
aquélla una educación neutra. A pesar de que Ozores pedía a
grito pelado la emancipación de la mujer y aplaudía cada vez
que en París una dama le quemaba la cara con vitriolo a su
amante, en el fondo de su conciencia tenía a la hembra por un
ser inferior, como un buen animal doméstico. No se paraba a
pensar lo que podía necesitar Anita. A su madre la había querido mucho, le había besado los pies desnudos durante la luna
de miel, que había sido exagerada; pero poco a poco, sin querer,
había visto él también en ella a la antigua modista, y la trató,
al fin, como un buen amo, suave y contento. Fuera por lo que
fuere, él creía cumplir con Anita llevándola al Museo de Pinturas, a la Armería, algunas veces al Real y casi siempre a paseo
con algunos librepensadores, amigos suyos, que se paraban para
discutir a cada diez pasos. Eran de esos hombres que casi nunca
han hablado con mujeres. Esta especie de varones, aunque parece rara, abunda más de lo que pudiera creerse. El hombre que
no habla con mujeres se suele conocer en que habla mucho de
la mujer en general; pero los amigotes de Ozores ni esto hacían;
eran pinos solitarios del norte que no suspiraban por ninguna
palmera del mediodía.

Aunque Ana llegaba a la edad en que la niña ya puede gustar
como mujer, no llamaba la atención: nadie se había enamorado
de ella. Entre doña Camila y don Carlos habían ajado las rosas
de su rostro; aquella turgencia y expansión de formas que al
amante del aya le arrancaban chispas de los ojos, habían contenido su crecimiento; Anita iba a transformarse en mujer cuando
parecía muy lejos aún de esta crisis; estaba delgada, pálida, débil;
sus quince años eran ingratos: a los diez tenía las apariencias
de los trece, y a los quince representaba dos menos.

Como todavía no se ha convenido en mantener a costa del
erario a los filósofos, don Carlos, que no se ocupaba más que
en arreglar el mundo y condenarlo tal como era, se vio pronto
en apurada situación económica.

«Ya estaba cansado; bastante había combatido en la vida»,
según él, y no se le ocurrió buscar trabajo; no quería trabajar
más. Prefirió retirarse a su quinta de Loreto, accediendo a las
súplicas de Anita, que se lo pedía con las manos en cruz. La
pobre muchacha se aburría mucho en Madrid. Mientras a su
imaginación le entregaban a Grecia, el Olimpo, el Museo de
Pinturas, ella, Ana Ozores, la de carne y hueso, tenía que vivir
en una calle estrecha y oscura, en un mísero entresuelo que se
le caía sobre la cabeza. Ciertas vecinas querían llevarla a paseo,

a una tertulia y a los teatros extraviados que ellas frecuentaban.
La pobreza en Madrid tiene que ser o resignada o cursi. Aquellas
vecinas eran cursis. Anita no podía sufrirlas; le daban asco ellas,
su tertulia y sus teatros. Pronto la llamaron el comino orgulloso,
la mona sabia. Los seis meses de aldea los pasaba mucho mejor,
aun con ser aquel lugar el de su antiguo cautiverio y el de la
aventura de la barca, y la calumnia subsiguiente. Pero de cuantos
podían recordarle aquella *vergüenza,* sólo veía ella al señor Iriarte, el hombre del aya, que visitaba a don Carlos y miraba a la
niña con ojos de cosechero que se prepara a recoger los frutos.

Cuando don Carlos decidió vivir en Loreto todo el año, para
hacer economías, Anita le besó en los ojos y en la boca y fue
por un día entero la niña expansiva y alegre que había empezado
a brotar antes de ser trasplantada al invernadero pedagógico de
doña Camila.

Otros años se llevaba a la aldea algún cajón de libros: esta
vez se mandó con el maragato la biblioteca entera, el orgullo
legítimo de don Carlos.

Un día de sol, en mayo, Ana, que se preparaba a una vida
nueva, por dentro, cantaba alegre limpiando los estantes de la
biblioteca en la quinta. Colocaba en los cajones los libros, después de sacudirles el polvo, por el orden señalado en el catálogo
escrito por don Carlos.

Vio un tomo en francés, forrado de cartulina amarilla; creyó
que era una de aquellas novelas que su padre le prohibía leer,
y ya iba a dejar el libro, cuando leyó en el lomo: *Confesiones
de San Agustín.*

¿Qué hacía allí San Agustín?

Don Carlos era un librepensador que no leía libros de santos,
ni de curas, ni de *neos,* como él decía. Pero San Agustín era
una de las pocas excepciones. Le consideraba como filósofo.

Ana sintió un impulso irresistible; quiso leer aquel libro inmediatamente. Sabía que San Agustín había sido un pagano libertino, a quien habían convertido voces del cielo por influencia
de las lágrimas de su madre, Santa Mónica. No sabía más. Dejó
el plumero con que sacudía el polvo; y en pie, bañados por un
rayo de sol su cabeza pequeña y rizada y el libro abierto, leyó
las primeras páginas. Don Carlos no estaba en casa. Ana salió
con el libro debajo del brazo; fue a la huerta. Entró en el
cenador, cubierto de espesa enredadera perenne. Las sombras
de las hojuelas de la bóveda verde jugueteaban sobre las hojas
del libro, blancas y negras y brillantes; se oía cerca, detrás, el
murmullo discreto y fresco del agua de una acequia que corría
despacio calentándose al sol; fuera de la huerta sonaban las ramas
de los altos álamos con el suave castañeteo de las hojas nuevas
y claras que brillaban como lanzas de acero.

Ana leía con el alma agarrada a las letras. Cuando concluía
una página, ya su espíritu estaba leyendo el otro lado. Aquello
sí que era nuevo. Toda la Mitología era una locura, según el

santo. Y el amor, aquel amor, lo que ella se figuraba, pecado, pequeñez; un error, una ceguera. Bien había hecho ella en vivir prevenida. Recordó que en Madrid dos estudiantes le habían escrito cartas a que ella no contestaba. Era su única aventura, después de la vergüenza de la barca de Trébol. El santo decía que los niños son por instinto malos, que su perversión innata hace gozar y reír a los que los aman; pero sus gracias son defectos; el egoísmo, la ira, la vanidad, los impulsan.

«Es verdad, es verdad», pensaba ella arrepentida.

Pero entonces hacía falta otra cosa. ¿Aquel vacío de su corazón iba a llenarse? Aquella vida sin alicientes, negra en lo pasado, negra en lo porvenir, inútil, rodeada de inconvenientes y necedades, ¿iba a terminar? Como si fuera un estallido, sintió dentro de la cabeza un «sí» tremendo que se deshizo en chispas brillantes dentro del cerebro. Pasaba esto mientras seguía leyendo; aún estaba aturdida, casi espantada por aquella voz que oyera dentro de sí, cuando llegó al pasaje en donde el santo refiere que paseándose él también por un jardín oyó una voz que le decía: *Tolle, lege*», y que corrió al texto sagrado y leyó un versículo de la Biblia... Ana gritó, sintió un temblor por toda la piel de su cuerpo y en la raíz de los cabellos como un soplo que los erizó y los dejó erizados muchos segundos.

Tuvo miedo de lo sobrenatural; creyó que iba a aparecérsele algo... Pero aquel pánico pasó, y la pobre niña sin madre sintió dulce corriente que le suavizaba el pecho al subir a las fuentes de los ojos. Las lágrimas agolpándose en ellos le quitaban la vista.

Y lloró sobre las *Confesiones de San Agustín,* como sobre el seno de una madre. Su alma se hacía mujer en aquel momento.

Por la tarde acabó de leer el libro. Dejó los últimos capítulos que no entendía.

De noche, en la biblioteca, discutían don Carlos, un clérigo de Loreto y varios aficionados a la filosofía y a la buena sidra, que prodigaba el arruinado Ozores con tal de tener contrincantes. Decía que pensar a solas es pensar a medias. Necesitaba una oposición. El capellán quería dejar bien puesto el pabellón de la Iglesia y pasar agradablemente las noches que se hacían eternas en Loreto, aun en primavera.

Ana, sentada lejos, casi hundida y perdida en una butaca grande de gutapercha, de grandes orejas, donde había ella soñado mucho despierta, soñaba también ahora con los ojos muy abiertos, inmóviles. Pensaba en San Agustín; se le figuraba con gran mitra dorada y capa de raso y oro, recorriendo el desierto en un Africa que poblaba ella de fieras y de palmeras que llegaban a las nubes.

Era, como en la infancia, un delicioso imaginar; otro canto de su poema. Sólo con recordar la dulzura de San Agustín al reconciliarse en su cátedra con un amigo que asistió a oírle, del cual vivía separado, sentía Ana inefable ternura que le hacía amar al universo entero en aquel obispo.

En el mismo instante juraba don Carlos que el cristianismo era una importación de la Bactriana.

No estaba seguro de que fuera Bactriana lo que había leído, pero en sus disputas de la aldea era poco escrupuloso en los datos históricos, porque contaba con la ignorancia del concurso.

El capellán no sabía lo que era la Bactriana; y así le parecía el más ridículo y gracioso disparate la ocurrencia de traer de allí al cristianismo.

Y muerto de risa, decía:

—Pero hombre, buena *Batrania* te dé Dios; ¿dónde ha leído eso el señor Ozores?

«El capellán no era un San Agustín —pensaba Anita—; no, porque San Agustín no bebería sidra ni refutaría tan mal argumentos como los de su padre. No importaba, el clérigo tenía razón, y eso bastaba; decía grandes verdades sin saberlo.» Don Carlos en aquel momento se puso a defender a los maniqueos.

—Menos absurdo me parece creer en un Dios bueno y otro malo, que creer en Jehová Eloïm que era un déspota, un dictador, un polaco.

«¡Su padre era maniqueo! Buenos ponía a los maniqueos San Agustín, que también había creído errores así. Pero su padre llegaría a convertirse; como ella, que tenía lleno el corazón de amor para todos y de fe en Dios y en el santo Obispo de Hipona.»

Después, buscando en la biblioteca, halló el *Genio del Cristianismo,* que fue una revelación para ella. Probar la religión por la belleza le pareció la mejor ocurrencia del mundo. Si su razón se resistía a los argumentos de Chateaubriand, pronto la fantasía se declaraba vencida y con ella el albedrío.

«Valiente mequetrefe era el señor Chateaubriand, según don Carlos. El tenía sus obras porque el estilo no era malo.» Se hablaba muy mal de Chateaubriand por aquel tiempo en todas partes.

Después leyó Ana *Los Mártires.* Ella hubiera sido de buen grado Cimodocea; su padre podía pasar por un Demodoco bastante regular, sobre todo después de su viaje a Italia, que le había hecho pagano. Pero ¿Eudoro? ¿dónde estaba Eudoro? Pensó en Germán. ¿Qué habría sido de él?

Difícil le fue encontrar entre los libros de su padre otros que hablasen, para bien, se entiende, de religión. Un tomo del *Parnaso Español* estaba consagrado a la poesía religiosa. Los más eran versos pesados, oscuros, pero entre ellos vio algunos que le hicieron mejor impresión que el mismo Chateaubriand. Unas quintillas de Fray Luis de León comenzaban así:

> Si quieres, como algún día,
> alabar rubios cabellos,
> alaba los de María,
> más dorados y más bellos
> que el sol claro al mediodía.

El poeta eclesiástico, que olvidaba otros cabellos para alabar los de María, le pareció sublime en su ternura; aquellos cinco versos despertaron en el corazón de Ana lo que puede llamarse el *sentimiento de la Virgen,* porque no se parece a ningún otro. Y aquella fue su locura de amor religioso.

María, además de Reina de los Cielos, era una Madre, la de los afligidos. Aunque se le hubiese presentado, no hubiera tenido miedo. La devoción de la Virgen entró con más fuerza que la de San Agustín y de la Chateaubriand en el corazón de aquella niña que se estaba convirtiendo en mujer. El Ave María y la Salve adquirieron para ella nuevo sentido. Rezaba sin cesar. Pero no basta aquello, quería más, quería inventar ella misma oraciones.

Don Carlos tenía también el *Cantar de los Cantares,* en la versión poética de San Juan de la Cruz. Estaba entre los libros prohibidos para Anita.

—A mí no me la dan —decía don Carlos, guiñando un ojo—; esta *amada* podrá ser la Iglesia, pero... yo no me fío..., no me fío...

Y disparataba sin conciencia; porque él, incapaz de calumniar a sus semejantes, cuando se trataba de santos y curas creía que no estaba de más.

Ana leyó los versos de San Juan, y entonces sintió la lengua expedita para improvisar oraciones; las recitaba en verso en sus paseos solitarios por el monte de Loreto, que olía a tomillo y caía a pico sobre el mar.

Versos *a lo San Juan,* como se decía ella, le salían a borbotones del alma, hechos de una pieza, sencillos, dulces y apasionados; y hablaba con la Virgen de aquella manera.

Notaba Anita, excitada, nerviosa —y sentía un dolor extraño en la cabeza al notarlo—, una misteriosa analogía entre los versos de San Juan y aquella fragancia del tomillo que ella pisaba al subir por el monte.

Verdad era que de algún tiempo a aquella parte su pensamiento, sin que ella quisiese, buscaba y encontraba secretas relaciones entre las cosas, y por todas sentía un cariño melancólico que acababa por ser una jaqueca aguda.

Una tarde de otoño, después de admitir una copa de cumín que su padre quiso que bebiera detrás del café, Anita salió sola, con el proyecto de empezar a escribir un libro, allá arriba, en la hondonada de los pinos, que ella conocía bien; era *una obra* que días antes había imaginado, una colección de poesías «A la Virgen».

Don Carlos le permitía pasear sin compañía cuando subía al monte de los tomillares por la puerta del jardín; por allí no podía verla nadie, y al monte no se subía más que a buscar leña.

Aquel día su paseo fue más largo que otras veces. La cuesta era ardua, el camino como de cabras; pavorosos acantilados a la derecha caían a pico sobre el mar, que deshacía su cólera con bramidos que llegaban a lo alto como ruidos subterráneos. A la izquierda los tomillares acompañaban el camino hasta la cumbre, coronada por pinos entre cuyas ramas el viento imitaba como un eco la queja inextinguible del océano. Ana subía a paso largo. El esfuerzo que exigía la cuesta la excitaba; se sentía calenturienta; de sus mejillas, entonces siempre heladas, brotaba fuego, como en lejanos días. Subía con una ansiedad apasionada, como si fuera camino del cielo por la cuesta arriba.

Después de un recodo de la senda que seguía, Ana vio de repente nuevo panorama; Loreto quedó invisible. Enfrente estaba el mar, que antes oía sin verlo; el mar, mucho mayor que visto desde el puerto, más pacífico, más solemne; desde allí las olas no parecían sacudidas violentas de una fiera enjaulada, sino el ritmo de una canción sublime, vibraciones de placas sonoras, iguales, simétricas, que iban de Oriente a Occidente. En los últimos términos del ocaso columbraba un anfiteatro de montañas que parecían escala de gigantes para ascender al cielo; nubes y cumbres se confundían, y se mandaban reflejados sus colores. En lo más alto de aquel *cumulus* de piedra azulada Ana divisó un punto; sabía que era un santuario. Allí estaba la Virgen. En aquel momento todos los celajes del ocaso se rasgaban, brotando luz de sus entrañas para formar una aureola a la Madre de Dios, que tenía en aquella cima su templo. La puesta del sol era una apoteosis. Las velas de las lanchas de Loreto, hundidas en la sombra del monte, allá abajo, parecían palomas que volaban sobre las aguas.

Al fin llegó Ana a la *hondonada de los pinos*. Era una cañada entre dos lomas bajas coronadas de arbustos y con algunos ejemplares muy lucidos del árbol que le daba nombre. El cauce de un torrente seco dejaba ver su fondo de piedra blanquecina en medio de la cañada; un pájaro, que a la niña se le antojó ruiseñor, cantaba escondido en los arbustos de la loma de poniente. Ana se sentó sobre una piedra cerca del cauce seco. Se creía en el desierto. No había allí ruido que recordara al hombre. El mar que ya no veía ella, volvía a sonar como murmullo subterráneo; los pinos sonaban como el mar y el pájaro como un ruiseñor. Estaba segura de su soledad. Abrió un libro de memorias, lo puso en sus rodillas, y escribió con lápiz en la primera página: «A la Virgen».

Meditó, esperando la inspiración sagrada.

Antes de escribir dejó hablar al pensamiento.

Cuando el lápiz trazó el primer verso, ya estaba terminada, dentro del alma, la primera estancia. Siguió el lápiz corriendo sobre el papel, pero siempre el alma iba más de prisa; los versos engendraban los versos, como un beso provoca un ciento; de cada concepto amoroso y rítmico brotaban enjambres de ideas poéticas, que nacían vestidas con todos los colores y perfumes de aquel decir poético, sencillo, noble, apasionado.

Cuando todavía el pensamiento seguía dictando a borbotones, tuvo la mano que renunciar a seguirle, porque el lápiz ya no

podía escribir: los ojos de Ana no veían las letras ni el papel,
estaban llenos de lágrimas. Sentía latigazos en las sienes, y en
la garganta una mano de hierro que apretaba.

Se puso en pie, quiso hablar, gritó; al fin su voz resonó en
la cañada; calló el supuesto ruiseñor, y los versos de Ana, re-
citados como una oración entre lágrimas, salieron al viento repetidos por las resonancias del monte. Llamaba con palabras de
fuego a su Madre Celestial. Su propia voz la entusiasmó, sintió
escalofríos, y ya no pudo hablar: se doblaron sus rodillas, apoyó
la frente en la tierra. Un espanto místico la dominó un momento.
No osaba levantar los ojos. Temía estar rodeada de lo sobrenatural. Una luz más fuerte que la del sol atravesaba sus párpados cerrados. Sintió ruido cerca, gritó, alzó la cabeza despa-
vorida... No tenía duda, una zarza de la loma de enfrente se
movía..., y con los ojos abiertos al milagro, vio un pájaro oscuro
saliendo de un matorral y pasar sobre su frente.

Cinco

La señorita doña Anunciación Ozores había llegado a los cuarenta y siete años sin salir de la provincia de Vetusta. Era por consiguiente una gran molestia, tal vez un peligro, aventurarse a recorrer en veinte horas de diligencia la carretera de la costa que llegaba hasta Loreto. La acompañaron en su viaje don Cayetano Ripamilán, canónigo respetable por su condición y sus años, y una antigua criada de los Ozores.

Había muerto don Carlos de repente, de noche, sin confesión, sin ningún sacramento. El médico decía que algún derrame, algún vaso... Materialismo puro. Doña Anuncia veía la mano de Dios que castiga sin palo ni piedra. Esto no impidió que durante el viaje manifestase la señorita de Ozores, vestida de riguroso luto, un dolor apenas mitigado por la resignación cristiana.

«Ana, la hija de la modista, había caído en cama; estaba sola, en poder de criados; no había más remedio que ir a recogerla. Ante aquella muerte concluían las diferencias de familia.»

«Muerto el perro, se acabó la rabia», había dicho uno de los nobles de Vetusta.

Doña Anuncia y don Cayetano encontraron a la joven en peligro de muerte. Era una fiebre nerviosa; una crisis terrible, había dicho el médico; la enfermedad había coincidido con ciertas transformaciones propias de la edad; propias sí, pero delante de señoritas no debían explicarse con la claridad y los pormenores que empleaba el doctor. Don Cayetano podía oírlo todo, pero doña Anuncia hubiera preferido metáforas y perífrasis. «El desarrollo contenido», «la crítica y misteriosa metamorfosis», «la crisálida que se rompe», todo eso estaba bien; pero el médico añadía unos detalles que doña Anuncia no vacilaba en calificar de groseros.

«—¡Qué gentes trataba mi hermano!» —decía poniendo los ojos en blanco.

Quince días había vivido sola en poder de criados aquella pobre niña, huérfana y enferma, pues doña Anuncia no se decidió a emprender el viaje de las veinte horas hasta que se le pidió esta obra de caridad en nombre de su sobrina moribunda. Ana estaba ya enferma cuando la sobrecogió la catástrofe. Su enfermedad era melancólica; sentía tristezas que no se explicaba. La pérdida de su padre la asustó más que la afligió al principio. No lloraba; pasaba el día temblando de frío, en una somnolencia poblada de pensamientos disparatados. Sintió un egoísmo horrible, lleno de remordimientos. Más que la muerte de su padre le dolía entonces su abandono, que la aterraba. Todo su valor desapareció; se sintió esclava de los demás. No bastaba la fuerza de sufrir en silencio, ni el refugiarse en la vida interior; necesitaba del mundo, un asilo. Sabía que estaba muy pobre. Su padre, meses antes de morir, había vendido a vil precio a sus hermanas el palacio de Vetusta. Aquél era el último resto de su herencia. El producto de tan mala venta había servido para pagar deudas antiguas. Pero quedaban otras. La misma quinta estaba hipotecada, y su valor no podía sacar a nadie de apuros. En manos del filósofo no había hecho más que ir perdiendo.

«—Es decir, que estoy casi en la miseria.»

Sus derechos de orfandad, que le dijeron que serían una ayuda irrisoria, poco más que nada, tardaría en cobrarlos; no tenía quien le explicase cómo y dónde se pedían. Estaba sola, completamente sola; ¿qué iba a ser de ella? Los amigos del filósofo no le sirvieron de nada. No sabían más que discutir. El capellán no apareció por allí; la muerte repentina de don Carlos olía un poco a azufre.

Un día, tres o cuatro después de enterrado su padre, Ana quiso levantarse y no pudo. El lecho la sujetaba con brazos invisibles. La noche anterior se había dormido con los dientes apretados y temblando de frío. Había querido escribir a sus tías de Vetusta y no había podido coordinar las palabras; hasta dudaba de su ortografía.

Tuvo pesadillas, y aunque hizo esfuerzos para no declararse enferma, el mal pudo más, la rindió. El médico habló de fiebre, de grandes cuidados necesarios; le hizo preguntas a que ella no sabía ni quería contestar. Estaba sola y era absurdo. El doctor dijo que no tenía con quién entenderse; añadió pestes de la incuria de los criados.

«—La dejarán a usted morir, hija mía.»

Ana dio gritos, se asustó mucho, se sintió muy cobarde; llorando y con las manos en cruz, pidió que llamaran a sus tías, unas hermanas de su padre que vivían en Vetusta y que tenía entendido que eran muy buenas cristianas.

Las tías sentían un vago remordimiento por la compra del caserón. Comprendían que valía más, mucho más de lo que habían pagado por él, abusando de la situación apurada de don

Carlos, que además era un aturdido en materia de intereses.
¡El, que había renegado de la fe de los Ozores! «Por no ser
víctima de una mixtificación.»

Se presentaba ocasión de tranquilizar la conciencia amparando
a la desventurada hija del hermano de sus pecados.

Doña Anuncia pudo apreciar mejor la grandeza de su buena
obra cuando vio que Ana «estaba en la calle» o poco menos.
La quinta que ellas habían imaginado digna de un Ozores, aunque fuese extraviado, era una casa de aldea muy pintada, pero
sin valor, con una huerta de medianas utilidades. Y además
estaba sujeta a una deuda que mal se podría enjugar con lo que
ella valía. ¡Estaba fresca Anita! Ni rico había sabido hacerse
el infeliz ateo. ¡Perder el alma y el cuerpo, el cielo y la tierra!
Negocio redondo. Pero, en fin, a lo hecho pecho.

Había echado sobre sus hombros una carga bien pesada: mas
¿quién no tiene su cruz?

Ana tardó un mes en dejar el lecho.

Pero doña Anuncia se aburría en Loreto, donde no había
sociedad; y el viaje, la vuelta a Vetusta, se precipitó contra los
consejos del mediquillo grosero, que prodigaba los términos técnicos más transparentes.

En cuanto llegaron a Vetusta, la huérfana tuvo «un retraso
en su convalecencia», según el médico de la casa, que era comedido y no llamaba las cosas por su nombre.

El retraso fue otra fiebre en que la vida de Ana peligró de
nuevo.

Las señoritas de Ozores y la nobleza de Vetusta suspendieron
el juicio que iba a merecerles la hija de don Carlos y de la
modista italiana hasta poder reunir datos suficientes. Mientras
la joven estuvo entre la vida y la muerte, doña Anuncia encontró
irreprochable su conducta.

En honor de la verdad, nada había que decir contra su educación ni contra su carácter: hacía muy buena enferma. No pedía
nada; tomaba todo lo que le daban, y si se le preguntaba:

—¿Cómo estás, Anita?

—Algo mejor, señora —contestaba la joven siempre que podía.
Otras veces no contestaba, porque le faltaban fuerzas para
hablar. Y a veces no oía siquiera.

Durante la nueva convalecencia no fue impertinente.

No se quejaba; todo estaba bien; no se permitía excesos.

En el círculo aristocrático de Vetusta, a que pertenecían naturalmente las señoritas de Ozores, no se hablaba más que de la
abnegación de estas santas mujeres.

Glocester, o sea don Restituto Mourelo, canónigo raso a la
sazón, decía con voz meliflua y misteriosa en la tertulia del
marqués de Vegallana:

—Señores, ésta es la virtud antigua; no es falsa y gárrula
filantropía moderna. Las señoritas de Ozores están llevando a
cabo una obra de caridad que si quisiéramos analizarla detenida-

mente nos daría por resultado una larga serie de buenas acciones.
No sólo se trata de echar sobre sí la enorme carga de mantener,
y creo que hasta de vestir y calzar, a una persona que las sobre-
vivirá, según todas las probabilidades, carga que es de por vida
o vitalicia por consiguiente; sino que además esa joven representa una abdicación, que me abstengo de calificar, una abdicación de su señor padre...

—Una abdicación abominable —se atrevió a decir un barón
tronado.

—Abominable —añadió Glocester, inclinándose—. Representa
una alianza nefasta en que la sangre, a todas luces azul, de los
Ozores se mezcló en mala hora con sangre plebeya; y lo que
es peor..., según todos sabemos, representa esa niña la poco
meticulosa moralidad de su madre, de su infausta...

—Sí, señor —interrumpió la marquesa de Vegallana, que no
toleraba los discursos de Glocester—; sí, señor, su madre era
una perdida, corriente; pero la chica se presenta bien, según
dicen sus tías; es muy dócil y muy callada.

—Ya lo creo que calla; como que no puede hablar aún de
pura debilidad.

Esto lo dijo el médico de la aristocracia, don Robustiano, que
asistía a Anita.

Aquella noche se acordó en la tertulia acoger a la hija de don
Carlos como una Ozores, descendiente de la mejor nobleza. No se
hablaría para nada de su madre; esto quedaba prohibido, pero
ella sería considerada como sobrina de quien tantos elogios
merecía.

Gran consuelo recibieron doña Anuncia y doña Agueda al
saber por el médico esta resolución de la nobleza vetustense.

Ana estaba muchas horas sola. Sus tías tenían costumbre de
trabajar —hacer calceta y colcha— en el comedor; la alcoba
de la sobrina estaba al otro extremo de la casa.

Además las ilustres damas pasaban mucho tiempo fuera del
triste caserón de sus mayores. Visitaban a lo mejor de Vetusta,
sin contar la visita al Santísimo y la Vela, que les tocaba una
vez por semana. Asistían a todas las novenas, a todos los sermones, a todas las cofradías, y a todas las tertulias de buen tono.
Comían dos o tres veces por semana fuera de casa. Lo más del
tiempo lo empleaban en pagar visitas. Esta era la ocupación
a que daban más importancia entre todas las de su atareada
existencia. No pagar una visita *de clase* les parecía el mayor
crimen que se podía cometer en una sociedad civilizada. Amaban
la religión, porque éste era un timbre de su nobleza, pero no
eran muy devotas; en su corazón el culto principal era el de
la clase, y si hubieran sido incompatibles la Visita a la Corte
de María y a la tertulia de Vegallana, María Santísima, en su
inmensa bondad, hubiera perdonado, pero ellas hubieran asistido
a la tertulia.

toque melodramático?

La etiqueta, según se entendía en Vetusta, era la ley por que se gobernaba el mundo; a ella se debía la armonía celeste.

Suprimida la etiqueta, las estrellas chocarían y se aplastarían probablemente. ¿Qué sabía de estas cosas la sobrinita? Esta era la cuestión. Las miradas de doña Agueda, algo más gruesa, más joven y más bondadosa que su hermana, iban cargadas de estas preguntas cuando se clavaban en Anita al darle un caldo.

La huérfana sonreía siempre; daba las gracias siempre. Estaba conforme con todo. Las tías veían con impaciencia que se prolongaba aquel estado. La niña no acababa de sanar, ni recaía; no se presentaba ninguna solución. Además, así no se podía conocer su verdadero carácter. Aquella sumisión absoluta podía ser efecto de la enfermedad. Don Robustiano dijo que eso era.

Una tarde, tal vez creyendo que dormía la sobrinilla, o sin recordar que estaba cerca, en el gabinete contiguo a su alcoba hablaron las dos hermanas de un asunto muy importante.

—Estoy temblando, ¿a que no sabes por qué? —decía doña Anuncia.

—¿Si será por lo mismo que a mí me preocupa?

—¿Qué es?

—Si esa chica...

—Si aquella vergüenza...

—¡Eso!

—¿Te acuerdas de la carta del aya?

—Como que yo la conservo.

—Tenía la chiquilla doce o catorce años, ¿verdad?

—Algo menos, pero peor todavía.

—Y tú crees... que...

—¡Bah!, pues claro.

—¿Si será una Obdulita?

—O una Tarsilita. ¿Te acuerdas de Tarsila, que tuvo aquel lance con aquel cadete, y después con Alvarito Mesía no sé qué amoríos?

—Todo era inocencia —decían los bobalicones de aquí.

—Pues mira la inocencia; creo que en Madrid tiene así los amantes (juntando y separando los dedos).

—Si es claro, si genio y figura...

—Cuando falta una base firme...

—¡Si sabrá una!...

— Pues, ¿Obdulita? Ya ves lo que se dijo el año pasado; después se negó, se aseguró que era una calumnia...

—¡A mí, que soy tambor de marina!

—¡Si sabrá una!

—¡Si una hubiera querido!

Y suspiró esta señorita de Ozores. Suspiró su hermana también.

Ana que descansaba, vestida, sobre su pobre lecho, saltó de él a las primeras palabras de aquella conversación. Pálida como una muerta, con dos lágrimas heladas en los párpados, con las manos flacas en cruz, oyó todo el diálogo de sus tías.

No hablaban a solas como delante de los señores *de clase;* no eran prudentes, no eran comedidas, no rebuscaban las frases. Doña Anuncia decía palabras que la hubieran escandalizado en labios ajenos. La conversación no tardó en volver al pecado de Ana, a la vergüenza de que les hablaba la carta de doña Camila. La huérfana oía, desde su alcoba, historias que sublevaban su pudor, que le enseñaban mil desnudeces que no había visto en los libros de Mitología. Pero aquellas mujeres ya se habían olvidado de ella. Tarsila, Obdulia, Visitación, otro pimpollo que se escapaba por el balcón en compañía de su novio, la misma marquesa de Vegallana, sus hijas, sus sobrinas de la aldea, todo Vetusta, la de clase inclusive, salía allí a la vergüenza, en aquella venganza solitaria de las dos señoritas incasables de Ozores. En aquel mundo de flaquezas, de escándalos, ¿quién recordaba ya la aventura, poco conocida al cabo, de la sobrinilla enferma?

Volvieron sin embargo las solteronas al punto de partida; según ellas, se trataba de un marinero que había abusado de la inocencia o de la precocidad de la niña. Se discutió, como en el casino de Loreto, la verosimilitud del delito desde el punto de vista fisiológico. Hablaron aquellas dos señoritas como dos comadronas matriculadas. ¡Qué riqueza de datos! ¡Qué empirismo tan provisto de documentos! Doña Anuncia tenía la boca llena de agua. Buscaba a cada momento el recipiente de porcelana que estaba a los pies de la butaca.

«En cuanto a la moral, tampoco era el caso grave, porque en Vetusta nadie debía de saber nada. Lo malo sería que aquella muchacha hubiera seguido con vida tan disoluta. Pero no había motivo para creerlo. Nada más habían sabido que la condenase. Sobre todo, pronto se había de ver.»

Ana, que tuvo valor para sufrir hasta la última palabra, comprendió que sus tías lo perdonaban todo, menos las apariencias: que con tal de ser en adelante como ellas, se olvidaba lo pasado, fuese como fuese. Cómo eran ellas ya lo iba conociendo. Pero estudiaría más.

Había habido algunos minutos de silencio.

Doña Agueda lo rompió diciendo:

—Y yo creo que la chica, si se repone, va a ser guapa.

—Creo que era algo raquítica; por lo menos, estaba poco desarrollada...

—Eso no importa; así fui yo, y después que... —Ana sintió brasas en las mejillas—, empecé a engordar, a comer bien me puse como un rollo de manteca.

Y suspiró otra vez doña Agueda, acordándose del rollo que había sido.

Doña Anuncia había tenido sus motivos para no engordar: unos amores románticos rabiosos. De aquellos amores le habían quedado varias canciones a la luna, en una especie de canto llano que ella misma acompañaba con la guitarra. Una de las canciones comenzaba diciendo:

>Esa luna que brilla en el cielo
>melancólicamente me inspira:
>es el último son de mi lira
>que por última vez resonó.

Se trataba de un condenado a muerte.

El bello ideal de doña Anuncia había sido siempre un viaje
a Venecia con un amante; pero una vez que el siglo estaba
metalizado y las muchachas no sabían enamorarse, ella quería
utilizar, si era posible, la hermosura de Ana, que si se alimentaba bien sería guapa como su padre y todos los Ozores, pues
lo traían de raza. Sí, era preciso darle bien de comer, engordarla. Después se le buscaba un novio. Empresa difícil, pero no
imposible. En un noble no había que pensar. Estos eran muy
finos, muy galantes con las de su clase, pero si no tenían dote
se casaban con las hijas de los americanos y de los pasiegos ricos.
Lo sabían ellas por una dolorosa experiencia. Los chicos *innobles,*
que pudiera decirse, de Vetusta, no eran grandes proporciones;
pero aunque se quisiera apencar —apencar decía doña Agueda
en el seno de la confianza— con algún abogadote, ninguno de
aquellos bobalicones se atrevería a enamorar a una Ozores, aunque se muriese por ella. Los indianos deseaban más la nobleza
y se atrevían más; confiaban en el prestigio de su dinero. Se
buscaría por consiguiente un americano. Lo primero era que la
chica sanase y engordase.

Ana comprendió su obligación inmediata; sanar pronto.

La convalecencia iba siendo impertinente. Toda su voluntad
la empleó en procurar cuanto antes la salud.

Desde el día en que el médico dijo que el comer bien era
ya oportuno, ella, con lágrimas en los ojos, comió cuanto pudo.
A no haber oído aquella conversación de las tías, la pobre huérfana no se hubiera atrevido a comer mucho, aunque tuviera
apetito, por no aumentar el peso de aquella carga: ella. Pero
ya sabía a qué atenerse. Querían engordarla como una vaca que
ha de ir al mercado. Era preciso devorar, aunque costase un
poco de llanto al principio el pasar los bocados.

La naturaleza vino pronto en ayuda de aquel esfuerzo terrible
de la voluntad. Ana quería fuerzas, salud, colores, carne, hermosura, quería poder librar pronto a sus tías de su presencia.
El cuidarse mucho, el alimentarse bien, le pareció entonces el
deber supremo. El estado de su ánimo no contradecía estos
propósitos.

Aquellos accesos de religiosidad que ella había creído revelación providencial de una vocación verdadera habían desaparecido. Ellos determinaron la crisis violenta que puso en peligro
la vida de Ana, pero al volver la salud no volvieron con ella;
la sangre nueva no la traía.

En los insomnios, en las exaltaciones nerviosas, que tocaban
en el delirio, las visiones místicas, las intuiciones poderosas de

la fe, los enternecimientos repentinos le habían servido de consuelo unas veces y de tormento otras. Había notado con tristeza que aquella fe suya era demasiado vaga; creía mucho y no sabía a punto fijo en qué; su desgracia más grande, la muerte de su padre, no había tenido consuelo tan fuerte como ella lo esperaba en la piedad que había creído tan firme y tan honda, aunque tan nueva. Para aquella ausencia, para la necesidad que sentía de creer que vería a su padre en otro mundo, servíale sin embargo la religión; pero muy poco para consuelo de los propios males, para remediar las angustias del egoísmo asustado, de los apuros del momento que nacían de la soledad y la pobreza. El pánico de su abandono, que fue el sentimiento que venció a todos, no lo curaba la fe.

«La Virgen está conmigo», pensaba Ana en el lecho, allá en Loreto; y acababa por llorar, por rezar fervorosamente y sentir sobre su cabeza las caricias de la mano invisible de Dios; pero sobrevenía un ataque nervioso, sentía la congoja de la soledad, de la frialdad ambiente, del abandono sordo y mudo, y entonces las imágenes místicas no acudían. Hacía falta un amparo visible. Por eso pensó en sus tías, a quien no conocía, de las que sabía poco bueno, y deseó su presencia, creyó firmemente en la fuerza de la sangre, en los lazos de la familia...

Durante la convalecencia de la primera fiebre, las primeras fuerzas que tuvo las gastó el cerebro imaginando poemas, novelas, dramas y poesías sueltas. Comenzaba este componer constante, este imaginar sin tregua por ser agradable entretenimiento y además halagaba su vanidad; pero al fin era un tormento. Todo lo que imaginaba le parecía excelente, y al contemplar la belleza que acababa de crear, la admiraba tanto, que lloraba enternecida, lloraba lo mismo que cuando pensaba en el amor del Niño Jesús y de su Santa Madre. En algunos momentos de reflexión serena examinaba con disgusto la semejanza de aquellas dos emociones. Tan profunda y sinceramente enternecida se sentía al contemplar la hermosura de la idea de Dios ¿Sería que uno y otro sentimiento eran religiosos? ¿O era en la vanidad, en el egoísmo, estaba la causa de aquel enternecimiento? De todas suertes ella padecía mucho. Se le figuraba que toda la vida se le había subido a la cabeza; que el estómago era una máquina parada, y el cerebro un horno en que ardía todo lo que ella era por dentro. El pensar sin querer, contra su voluntad, algo complicado, original, delicado, exquisito, llegó a causarle náuseas y se le antojó envidiar a los animales, a las plantas, a las piedras.

En la convalecencia de la segunda fiebre, en Vetusta, volvió esta actividad indomable del pensamiento a molestarla; pero poco después de comenzar a comer bien, mediante aquellos esfuerzos supremos, notó que unas ruedas que le daban vueltas dentro del cráneo se movían más despacio y con armónico movimiento. Ya no imaginaba tantos héroes y heroínas, y los que le quedaban en la cabeza eran menos fantásticos, sus sentimientos menos alambicados, y se complacía en describir su belleza exterior; los colocaba en parajes deliciosos y pintorescos, y acababan todas las aventuras en batallas o en escenas de amor.

Al despertar todas las mañanas se sorprendía Anita con una sonrisa en el alma y una plácida pereza en el cuerpo. Las tías le permitían levantarse tarde, y gozaba con delicia de aquellas horas. Para ella su lecho no estaba ya en aquel caserón de sus mayores, ni en Vetusta, ni en la tierra; estaba flotando en el aire, no sabía dónde. Ella se dejaba columpiar dentro de la blanda barquilla en aquel navegar aéreo de sus ensueños... Y mientras los personajes de su fantasía se decían ternezas, ella les preparaba un suculento almuerzo en un jardín de fragancias purísimas y penetrantes. Ana aspiraba con placer voluptuoso los aromas ideales de sus visiones turgentes.

Algunas veces, por desgracia, el príncipe ruso vestido con pieles finas o el noble escocés que lucía torneada y robusta pantorrilla con media de cuadros brillantes, se convertían de repente en un caballero enfermo del hígado, pálido, delgado, tocado con sombrero de jipijapa, que se despedía de la señora de sus pensamientos diciendo:

—«Adiosito. Ahorita vuelvo»—con un balanceo de hamaca en los diminutivos. Era el indiano que veían en lontananza ella y las tías.

Doña Agueda era muy buena cocinera; conocía el empirismo del arte, y además lo profesaba por principios. Sabía de memoria *El Cocinero Europeo,* un libro que contiene el arte de confeccionar todos los platos de las cocinas inglesa, francesa, italiana, española y otras. Pero salía por un ojo de la cara el guisar como el *Europeo,* según doña Agueda. Cuando se trataba de una gran comida o merienda de la aristocracia, ella dirigía las operaciones en la cocina del marqués de Vegallana y entonces recurría al *Europeo.* En su casa había muy poco dinero y allí se contentaba con las recetas que heredara de sus mayores. Maravillas y primores de la cocina casera comió Anita en cuanto el estómago pudo tolerarlas. Doña Agueda con unos ojos dulzones, inútilmente grandes, que nadie había querido para sí, miraba extasiada a la convaleciente que iba engordando a ojos vistas, según las de Ozores. Mientras la joven saboreaba aquellos manjares tributando un elogio a la cocinera a cada bocado, doña Agueda, satisfecha en lo más profundo de su vanidad, pasaba la mano pequeña y regordeta, con dedos como chorizos llenos de sortijas, por el cabello ondeado entre rubio y castaño de la sobrinita de sus pecados, como ella decía. El artista y su obra se dedicaban mutuas sonrisas entre plato y plato.

Doña Anuncia no cocinaba, pero iba a la compra con la criada y traía lo mejor de lo más barato. Ayudábala a comprar bien un antiguo catedrático de psicología, lógica y ética, gran partidario de la escuela escocesa y de los embutidos caseros. No se fiaba mucho ni del testimonio de sus sentidos ni de las longanizas de la plaza. Era muy amigo de doña Anuncia y la ayudaba a regatear.

La solterona después del mercado recorría las casas de la nobleza para pregonar aquel exceso de caridad con que ella y su hermana daban ejemplo al mundo.

—Si ustedes la vieran —decía—, está desconocida; se la ve engordar. Parece un globo que se va hinchando poco a poco. Verdad es que aquella Agueda tiene unas manos... En fin, ustedes saben por experiencia cómo guisa mi hermanita. Yo me desvivo por la niña. En casa no entendemos la caridad a medias. Todos los días se ve recoger a un pariente pobre, ¿para qué? para ahorrar un criado o una doncella; se le arroja un mendrugo y no se le paga soldada. Pero nosotras entendemos la caridad de otro modo. En fin, ustedes verán a la niña. Y que va a ser guapa. Ya verán ustedes.

En efecto, la nobleza iba en romería a ver el prodigio, a ver engordar a la niña.

El elemento masculino notó mucho antes que el femenino la extraordinaria belleza de Anita. Pocos meses después de la fiebre, Ana había crecido milagrosamente, sus formas habían tomado una amplitud armónica que tenía orgullosa a la nobleza vetustense. La verdad era que el tipo aristocrático no se perdía, pese a la chusma que no quiere clases. Aquella niña en cuanto la habían separado de una vida vulgar, en poder de un padre extraviado y liberalote, y la habían alimentado bien, había recobrado el tipo de la raza. Se votó por unanimidad que era hermosísima. La plebe opinaba lo mismo que la nobleza, y la clase media era de igual parecer. En poco tiempo se consolidó la fama de aquella hermosura y Anita Ozores fue por aclamación la muchacha más bonita del pueblo. Cuando llegaba un forastero, se le enseñaba la torre de la catedral, el Paseo de Verano, y, si era posible, la sobrina de los Ozores. Eran las tres maravillas de la población.

Doña Agueda agradecía este triunfo como Fidias pudiera haber agradecido la admiración que el mundo tributó a su Minerva.

—¡Es una estatua griega! —había dicho la marquesa de Vegallana, que se figuraba las estatuas griegas según la idea que le había dado un adorador suyo, amante de las formas abultadas.

—¡Es la Venus *del Nilo!* —decía con embeleso un pollastre llamado Ronzal, alias el Estudiante.

—Más bien que la de Milo, la de Médicis —rectificaba el joven y ya sabio Saturnino Bermúdez, que sabía lo que quería decir, o poco menos.

—¡Es *un* Fidias! —exclamaba el marqués de Vegallana, que había viajado y recordaba que se decía: «un Zurbarán», «un Murillo», etc., etc., tratándose de cuadros.

Y Bermúdez se atrevía a rectificar también.

—En mi opinión más parece de Praxiteles.

El marqués se encogía de hombros:

—Sea Praxiteles.

Las señoras eran las que podían juzgar mejor, porque muchas de ellas habían conseguido ver a Anita como se ven las estatuas. No sabían si era *un* Fidias o *un* Praxiteles, pero sí que era una real moza; un *bijou,* decía la baronesa tronada que había estado ocho días en la Exposición de París.

Su belleza salvó a la huérfana. Se la admitió sin reparo en *la clase,* en la intimidad de la clase por su hermosura. Nadie se acordaba de la modista italiana. Tampoco Ana debía mentarla siquiera, según orden expresa de las tías. Se había olvidado todo, incluso el republicanismo del padre, todo: era un perdón general. Ana era de la clase; la honraba con su hermosura, como un caballo de sangre y de piel de seda honra la caballeriza y hasta la casa de un potentado.

Las señoritas nobles no envidiaban mucho a Anita, porque era pobre. Para ellas la hermosura era cosa secundaria; daban más valor a la dote y a los vestidos, y creían que las proporciones —los novios aceptables— harían lo mismo. Sabían a qué atenerse. En las tertulias, en los bailes, en las excursiones campestres, no le faltarían a *la sobrina* adoradores; los muchachos de la aristocracia eran casi todos libertinos más o menos disimulados; les atraía la hermosura de Ana, pero no se casarían con ella. Cada niña aristocrática no necesitaba más cuidado que prohibir a su novio formal —el futuro esposo— *hacer el amor* a la huérfana, a lo menos en presencia de su futura. Si Anita se descuidaba, pensaban las herederas, podía verse comprometida sin ninguna utilidad. Dentro de la nobleza no era probable que se casara. Los nobles ricos buscaban a las aristócratas ricas, sus iguales; los nobles pobres buscaban su acomodo en la parte nueva de Vetusta, en la Colonia india, como llamaban al barrio de los americanos los aristócratas. Un indiano plebeyo, un *vespucio* —como también los apellidaban—, pagaba caro el placer de verse suegro de un título, o de un caballero linajudo por lo menos.

El cálculo de las tías respecto al matrimonio de Ana no se había modificado a pesar de la gran hermosura de su sobrina. Por guapa no se casaría con un noble; era preciso abdicar, dejarla casarse con un ricacho plebeyo. Entretanto, se necesitaba mucha vigilancia y tener advertida a la niña.

—En el gran mundo de Vetusta —decía doña Anuncia— es preciso un ten con ten muy difícil de aprender.

Aunque la explicación de este equilibrio o ten con ten era un poco embarazosa, y más para una señorita que oficialmente debía ignorarlo todo, y en este caso estaba doña Anuncia, convinieron las hermanas en que era indispensable dar instrucciones a la chica.

Pocas veces se permitía Ana manifestar deseos, gustos o repugnancias, y menos éstas, tratándose de los gustos y predilecciones de sus tías; pero una noche no pudo menos de expresar su opinión al volver sola de la tertulia íntima de Vegallana.

—¿Te has divertido mucho? —preguntó doña Anuncia, que se había quedado en el comedor, junto a la gran chimenea, leyendo el folletín de *Las Novedades*. (Era liberal en materia de folletines.)

—No, señora; no me he divertido. Y no quisiera volver allá sin alguna de ustedes. Cuando voy sola...

—¿Qué? —exclamó doña Anuncia, invitando a su sobrina con el tono áspero de aquel monosílabo a que no profiriese censura de ningún género contra la tertulia de su predilección.

—Cuando voy sola..., me aburren demasiado aquellos caballeritos.

No era esto lo que quería decir. Bien lo comprendió su tía, pero quería más claridad y replicó:

—¡Aburren!, ¡aburren! Explíquese usted, señorita. ¿Es que le parece poco fina la sociedad de Vetusta?

Por el usted y la ironía comprendió Ana que doña Anuncia se había disgustado.

—No es eso, tía; es que hay algunos... muy atrevidos... No sé qué se figuran. Ustedes no quieren que yo sea oscura, seria, huraña...

—Claro que no.

—Pues que no sean ellos atrevidos. Si Obdulia les consiente ciertas cosas..., yo no quiero, yo no quiero.

—Ni yo quiero tampoco que tú te compares con Obdulia. Ella es... una cualquier cosa, que no sé cómo la admiten en la tertulia; y por darse tono, por decir que es íntima de la marquesa y de sus hijas, pasa por todo. Tú eres de la clase.

—Es que no sólo Obdulia es la que tolera... lo que yo no quiero tolerar. Las mismas Emma, Pilar y Lola consienten confianzas...

—¡No me toques a las hijas del marqués! —gritó la tía, poniéndose en pie y dejando caer el Werther sobre la raída alfombra.

«Soy una bestia —pensó—; debía haber callado.» Cada vez que faltaba a su propósito de no contradecir a las tías, sentía una especie de remordimiento, como el del artista que se equivoca.

Entró doña Agueda. Había oído la conversación desde el gabinete. Las dos hermanas se miraron. Era llegada la ocasión de explicar lo del ten con ten.

—Oye, Anita —dijo con voz meliflua la perfecta cocinera—; tú eres una niña; y aunque nosotras poco sabemos del mundo, tenemos alguna experiencia, por lo que se observa.

—Eso es; por lo que observamos en los demás.

—En el mundo en que has entrado, y al que perteneces de derecho, es necesario... un ten con ten especial.

—Un ten con ten, eso.

—Sobre todo en el trato con los hombres. Tú habrás notado que en público los de la clase jamás faltan a la más estricta y meticulosa... eso, decencia.

—Que es lo principal —dijo doña Anuncia, como quien recita el decálogo.

—Nunca habrás visto a Manolito, ni a Paquito, ni al baroncito, ni al vizconde, ni a Mesía, que no es noble, pero anda con ellos, propasarse en lo más mínimo... Pero en el trato íntimo, el que no es más que de la clase, ya es otra cosa.

—Otra cosa muy distinta —dijo doña Anuncia, comprendiendo que a ella, por mayor en edad, le tocaba seguir explicando el ten con ten.

—Como todos somos parientes —continuó— de cerca o de lejos, nos tratamos como tales; y ni porque se te acerquen mucho para hablarte; ni porque hagan alusiones picarescas, y siempre llenas de gracia, a la hermosura de tus hombros, a lo torneado de lo poco, poquísimo de pantorrilla que te hayan visto al bajarte del coche; por nada de eso, ni aun por algo más, con tal que no sea mucho, debes asustarte, ni escandalizarte, ni darte por ofendida.

—De ninguna manera —apoyó doña Agueda.

—Lo contrario es dar a entender una malicia que no debes tener. Tu inocencia te sirve para tolerar todo eso.

—Así hacen Pilar, Emma y Lola.

—Pero...

—Pero, hija...

—Pero, si lo que no es de esperar...

—De ninguna manera...

—Alguno se propasase a mayores, lo que se llama mayores, sobre todo, tomándolo en serio y obsequiándote (palabra de la juventud de doña Anuncia), obsequiándote en regla, entonces no te fíes; déjale decir, pero no te dejes tocar. Al que te proponga amores formales, no le toleres pellizcos, ni nada que no sea inofensivo. Escandalizarse es ridículo, es como no saber con qué se come alguna cosa...

—Es una falta de educación entre la clase...

—Y tolerar demasiado es exponerse. Tú no te has de casar con ninguno de ellos...

—Ni gana, tía —dijo Anita sin poder contenerse, pesándole en seguida haberlo dicho.

Doña Agueda se sonrió.

—Eso de la gana te lo guardas para ti —exclamó doña Anuncia, puesta en pie otra vez, y dejando caer el Werther al suelo—. Eres muy orgullosa —añadió.

—Déjala; el que no se consuela...

—Tienes razón; están verdes. Pero lo que importa es que tú no olvides lo que te digo. Es necesario que dejes antes de entrar en casa de la marquesa ese aire displicente y ese tonillo seco, porque es una impertinencia. Lo que está bien, muy bien, y ya ves como lo bueno se te alaba, es que en público mantengas el severo continente que merece no menos elogios del público que tu palmito y buen talle.

—Sí, hija mía —interrumpió doña Agueda—. Es necesario sacar partido de los dones que el Señor ha prodigado en ti a manos llenas.

Ana se moría de vergüenza. Estos elogios eran el mayor martirio. Se figuraba sacada a pública subasta. Doña Agueda y después su hermana trataron con gran espacio el asunto de la cotización probable de aquella hermosura que consideraban obra suya. Para doña Agueda la belleza de Ana era uno de los mejores embutidos; estaba orgullosa de aquella cara, como pudiera estarlo de una morcilla. Lo demás, lo que se refería a la esbeltez, lo había hecho la raza, decía doña Anuncia, que se picaba de esbelta, porque era delgada.

Al ventilar semejante negocio, el tipo de la trotaconventos de salón, que sólo se diferencia de las otras en que no hace ruido, asomaba a la figura de aquellas solteronas, como anuncio de vejez de bruja; la chimenea arrojaba a la pared las siluetas contrahechas de aquellas señoritas, y los movimientos de la llama y los gestos de ellas producían en la sombra un embrión de aquelarre.

Lo que eran los hombres, y especialmente los indianos, lo que no les gustaba, la manera de marearlos, lo que había que conceder antes, lo que no se había de tolerar después, todo esto se discutió por largo, siempre concluyendo con la protesta de que era hija tanta sabiduría de la observación en cabeza ajena.

—Por lo demás, ni tu tía Agueda ni yo manifestamos nunca afición al matrimonio.

Así fue como se le explicó a la huérfana lo del ten con ten.

Aquella noche lloró en su lecho Ana como lloraba bajo el poder de doña Camila. Pero había cenado muy bien. Al despertar sintió la deliciosa pereza que era casi el único placer en aquella vida. Como entonces ya no había motivo para no madrugar y el trabajo la reclamaba en aquella casa desde muy temprano, procuraba despertar mucho antes de lo necesario para gozar de aquellos sueños de la mañana, rebozada con el dulce calor de las sábanas.

Uno a uno, despreciaba todos los elogios que a su hermosura tributaban los señoritos nobles y los abogadetes de Vetusta y cuantos la veían; pero al despertar, como una neblina de incienso bien oliente envolvían su voluptuoso amanecer del alma aquellas dulces alabanzas de tantos labios condensados en una sola, y con deleite saboreaba Ana aquel perfume. Y como la historia ha de atreverse a decirlo todo, según manda Tácito, sépase que Anita, casta por vigor del temperamento, encontraba exquisito deleite en verificar la justicia de aquellas alabanzas. Era verdad, era hermosa. Comprendía aquellos ardores que con miradas unos, con palabras misteriosas otros, daban a entender

todos los jóvenes de Vetusta. Pero ¿el amor?, ¿era aquello el
amor? No, eso estaba en un porvenir lejano todavía. Debía de
ser demasiado grande, demasiado hermoso para estar tan cerca
de aquella miserable vida que la ahogaba, entre las necedades
y pequeñeces que la rodeaban. Acaso el amor no vendría nunca;
pero prefería perderlo a profanarlo. Toda su resignación aparente
era por dentro un pesimismo invencible; se había convencido
de que estaba condenada a vivir entre necios; creía en la fuerza
superior de la estupidez general; ella tenía razón contra todos,
pero estaba debajo, era la vencida. Además su miseria, su abandono, la preocupaban más que todo; su pensamiento principal
era librar a sus tías de aquella carga, de aquella obra de caridad
que cada día pregonaban más solemnemente las viejas.

Quería emanciparse; pero ¿cómo? Ella no podía ganarse la
vida trabajando; antes la hubieran asesinado los Ozores; no había
manera decorosa de salir de allí a no ser el matrimonio o el
convento.

Pero la devoción de Ana ya estaba calificada y condenada
por la autoridad competente. Las tías, que habían maliciado algo
de aquel misticismo pasajero, se habían burlado de él cruelmente. Además la falsa devoción de la niña venía complicada con
el mayor y más ridículo defecto que en Vetusta podía tener
una señorita: la literatura. Era éste el único vicio grave que
las tías habían descubierto en la joven y ya se le había cortado
de raíz.

Cuando doña Anuncia topó en la mesilla de noche de Ana
con un cuaderno de versos, un tintero y una pluma, manifestó
igual asombro que si hubiera visto un revólver, una baraja o
una botella de aguardiente. Aquello era una cosa hombruna, un
vicio de hombres vulgares, plebeyos. Si hubiera fumado, no
hubiese sido mayor la estupefacción de aquellas solteronas. «¡Una
Ozores literata!»

«Por allí, por allí asomaba la oreja de la modista italiana que,
en efecto, debía de haber sido bailarina, como insinuaba doña
Camila en su célebre carta.»

El cuaderno de versos se había presentado a los padres graves
de la aristocracia y del cabildo.

El marqués de Vegallana, a quien sus viajes daban fama de
instruido, declaró que los versos eran libres.

Doña Anuncia se volvió loca de ira.

—¿Conque indecentes, libres? ¡Quién lo dijera! La bailarina...

—No, Anuncia, no te alteres. Libres quiere decir blancos, que
no tienen consonantes; cosa que tú no entiendes. Por lo demás,
los versos no son malos. Pero más vale que no los escriba. No he
conocido ninguna literata que fuese mujer de bien.

Lo mismo opinó el barón tronado, que había vivido en Madrid
mantenido por una poetisa traductora de folletines.

El señor Ripamilán, canónigo, dijo que los versos eran regu-

lares, acaso buenos, pero de una escuela romántico-religiosa que
a él le empalagaba.

—Son imitaciones de Lamartine en estilo seudoclásico; no me
gustan, aunque demuestran gran habilidad en Anita. Además,
las mujeres deben ocuparse en más dulces tareas; las musas no
escriben, inspiran.

La marquesa de Vegallana, que leía libros escandalosos con
singular deleite, condenó los versos por mojigatos. «Que no se
le mezclase a ella lo humano con lo divino. En la iglesia como
en la iglesia, y en literatura, ancha Castilla.» Además, no le
gustaba la poesía; prefería las novelas en que se pinta todo a
lo vivo y tal como pasa. «¡Si sabría ella lo que era el mundo!
En cuanto a la *sobrinita,* era indudable que había que cortarle
aquellos arranques de falsa piedad novelesca. Para ser literata,
además, se necesitaba mucho talento. Ella lo hubiera sido a vivir
en otra atmósfera. ¡Lo que habían visto sus ojos!» Y recordaba
unas *Aventuras de una cortesana,* que había ella proyectado allá
en sus verdores, ricos de experiencia.

Tan general y viva fue la protesta del *gran mundo* de Vetusta
contra los conatos literarios de Ana, que ella misma se creyó
en ridículo y engañada por la vanidad.

A solas en su alcoba algunas noches en que la tristeza la
atormentaba, volvía a escribir versos, pero los rasgaba en seguida y arrojaba el papel por el balcón para que sus tías no
tropezasen con el cuerpo del delito. La persecución en esta
materia llegó a tal extremo, tales disgustos le causó su afán de
expresar por escrito sus ideas y sus penas, que tuvo que renunciar en absoluto a la pluma; se juró a sí misma no ser «la literata», aquel ente híbrido y abominable de que se hablaba en
Vetusta como de los monstruos asquerosos y horribles.

Las amiguitas, que habían sabido algo, y nunca tenían qué
censurar en Ana, aprovecharon este flaco para *ponerla en berlina*
delante de los hombres, y a veces lo consiguieron. No se sabía
quién —pero se creía que Obdulia— había inventado un apodo
para Ana. La llamaban sus amigas y los jóvenes desairados *Jorge
Sandio.*

Mucho tiempo después de haber abandonado toda pretensión
de poetisa, aún se hablaba delante de ella con maliciosa complacencia de las literatas. Ana se turbaba, como si se tratase de
algún crimen suyo que se hubiera descubierto.

—En una mujer hermosa es imperdonable el vicio de escribir
—decía el baroncito, clavando los ojos en Ana y creyendo
agradarla.

—¿Y quién se casa con una literata? —decía Vegallana sin
mala intención—. A mí no me gustaría que mi mujer tuviese
más talento que yo.

La marquesa se encogía de hombros. Creía firmemente que
su marido era un idiota. «¡A qué llamarán talento los maridos!»,
pensaba, satisfecha de lo pasado.

—Yo no quiero que mi mujer se ponga los pantalones —añadía el afeminado baroncito. Y la marquesa, vengando en él lo de su marido, decía:

—Pues, hijo mío, serán ustedes un matrimonio *sans-culotte*.

Fuera de estas defensas relativas de la marquesa era unánime la opinión: la literata era un absurdo viviente.

«Tenían razón en este punto aquellos necios —llegó a pensar Ana—; no escribiría más.» Pero ella se vengaba de las burlas despreciándolas y desdeñando los obsequios de aquellos que su orgullo tenía por majaderos aristocráticos. Admitía el culto que se tributaba a su hermosura, pero como algunos hombres eminentes desvanecidos, uno por uno despreciaba a los fieles que se prosternaban ante el ídolo. Para ella eran incompatibles el amor y cualquiera de aquellos nobles, audaces antes, cobardes ya ante su desdén supremo. Era demasiado crédula en cuanto se refería a las cosas vanas y repugnantes del mundo en que vivía; para tales materias prefería las advertencias de doña Anuncia al propio criterio. Al principio se le había figurado que ella, con un poco de arte, hubiera podido conquistar a cualquiera de aquellos nobles ricos que se divertían con todas y se casaban con la de mayor dote. Pero le pareció una indignidad asquerosa semejante idea; ni una sola vez trató de ensayar sus recursos y prefirió creer a su tía: aquellos aristócratas interesados no eran maridos posibles. Se acostumbró a esta idea, y miraba a sus amigos y parientes como a los figurines de las sastrerías: en efecto, los veía tan enclenques de espíritu, que se le antojaban de papel marquilla.

Los *pollos* de la aristocracia acabaron por confesar que Ana era una excepción; o calculaba más que sus mismas tías, o era una virtud efectiva.

«¡Qué diablo, alguna había de haber!»

Los seductores de la clase media, que anhelaban siempre *meter la cabeza* en la aristocracia, declararon lo mismo: «Ana era invulnerable».

—Esperará algún príncipe ruso —decía Alvarito Mesía, que vivía entre plebeyos y nobles. Alvarito no había dicho nunca a Anita: «Buenos ojos tienes». Eran dos orgullos paralelos.

Se fue a Madrid Mesía, a cepillar un poco el provincialismo. Dejaba en Vetusta muchas víctimas de su buen talle y arte de enamorar, pero los mayores estragos pensaba hacerlos a la vuelta.

La tarde en que Alvaro tomó la diligencia, Ana había salido a paseo con sus tías por la carretera de Madrid. Encontraron el coche. Alvaro las vio y saludó desde la berlina. Se encontraron los ojos de Ana y de Mesía. Se miraron como si hasta aquel momento nunca se hubieran visto bien.

«Buenos ojos —pensó el Tenorio—; no sabía yo a lo que saben, hasta ahora.»

Y continuó:

«Esa será una de las primeras.»

Más de una hora fue viendo aquella nube de polvo que parecía de luz y en medio los ojos de *la sobrina*.

La sobrina también llevó a casa la imagen de don Alvaro entre ceja y ceja.

Y pensaba:

«Ese será de los menos malos. Parecía más distinguido; y no era pesado; tenía cierta dignidad..., era comedido..., frío con elegancia...; el menos tonto sin duda.»

El pesimismo la hizo repetir muchos días seguidos:

«Se ha ido el menos tonto.»

Pero al mes ya no se acordaba de don Alvaro; ni don Alvaro de Ana en cuanto llegó a Madrid.

«¡Oh!, el convento, el convento; ése era su recurso más natural y decoroso. El convento o el americano.»

El confesor de Anita, Ripamilán, oyó la proposición de la joven como quien oye llover.

—¡Ta, ta, ta, ta! —dijo en voz alta, sin pensar que estaba en la iglesia—. Hija mía, las esposas de Jesús no se hacen de tu maderita. Haz feliz a un cristiano, que bien puedes, y déjate de vocaciones improvisadas. La culpa la tiene el romanticismo con sus dramas escandalosos de monjitas que se escapan en brazos de trovadores con plumero y capitanes de forajidos. Has de saber, Anita mía, que yo tengo para ti un novio, paisano mío. Vuélvete a casa, que allá iré yo y te hablaré del asunto. Aquí sería una profanación.

El candidato de Ripamilán era un magistrado, natural de Zaragoza, joven para oidor y algo maduro, aunque no mucho, para novio. Tenía entonces la señorita doña Ana Ozores diecinueve años y el señor don Víctor Quintanar pasaba de los cuarenta. Pero estaba muy bien conservado. Ana suplicó a don Cayetano que nada dijese a sus tías de aquella proporción, hasta que ella tratase algún tiempo a Quintanar; porque si doña Anuncia sabía algo, impondría el novio sin más examen.

«—Nada más justo; prefiero que estas cosas las resuelva el corazón; Moratín, mi querido Moratín, nos lo enseña gallardamente en su comedia inmortal: *El sí de las niñas*.»

Se quedó en ello.

¡Quién hubiera dicho a doña Anuncia que aquel novio soñado, que ya empezaba a tardar, pasaba todos los días cerca de ellas, en el Espolón, el Paseo de invierno, o en la carretera de Madrid, orlada de altos álamos que se juntaban a lo lejos!

Ana había notado que todas las tardes se encontraban con don Tomás Crespo, el íntimo de la casa, y un caballero que se la comía con los ojos. Don Tomás era una de las pocas personas a quien ella estimaba de veras, por ver en él prendas morales raras en Vetusta, a saber: la tolerancia, la alegría expansiva, y la despreocupación en materias supersticiosas.

El caballero las miraba de lejos, mientras don Tomás se detenía a saludarlas. Aquel señor era Quintanar: el magistrado. Efectivamente, no estaba mal conservado. Era muy pulcro de traje y de aspecto simpático.

«Era *un forastero,* palabra de sentido especial en Vetusta, para las señoritas de Ozores, que no le habían visto aún en ninguna casa *de las suyas.*»

—Es un magistrado —les había dicho Crespo un día—; un aragonés muy cabal, valiente, gran cazador, muy pundoroso y gran aficionado de comedias; representa como ' Carlos Latorre. Sobre todo en el teatro antiguo es lo que hay que ver.

Esto era todo lo que las tías sabían del novio que se les preparaba a escondidas.

Una tarde Crespo, enterado de que la niña ya sabía algo, sin encomendarse a Dios ni al diablo, detuvo a las de Ozores en la carretera de Castilla y les presentó al señor don Víctor Quintanar, magistrado. Las acompañaron aquellos señores durante el paseo y hasta dejarlas en el sombrío portal del caserón de Ozores. Doña Anuncia ofreció la casa a don Víctor. Este pensaba que las tías conocían su honesta pretensión, y al día siguiente, de levita y pantalón negros, visitó a las nobles damas. Ana le trató con mucha amabilidad. Le pareció muy simpático.

La única persona con quien ella se atrevía a hablar algo de lo que le pasaba por dentro era don Tomás Crespo, libre, decía él, de todas las preocupaciones, inclusive la de no tenerlas, que era de las más tontas.

Ana observaba mucho. Se creía superior a los que la rodeaban, y pensaba que debía de haber en otra parte una sociedad que viviese como ella quisiera vivir y que tuviese sus mismas ideas. Pero entretanto Vetusta era su cárcel, la necia rutina, un mar de hielo que la tenía sujeta, inmóvil. Sus tías, las jóvenes aristócratas, las beatas, todo aquello era más fuerte que ella; no podía luchar, se rendía a discreción y se reservaba el derecho de despreciar a su tirano, viviendo de sueños.

Pero Crespo era una excepción, un amigo verdadero, que entendía a medias palabras lo que las tías, el barón, etcétera, no hubieran entendido en tomos como casas.

A don Tomás le llamaban *Frígilis,* porque si se le refería un desliz de los que suelen castigar los pueblos con hipócritas aspavientos de moralidad asustadiza, él se encogía de hombros, no por indiferencia, sino por filosofía, y exclamaba sonriendo:

—¿Qué quieren ustedes? Somos *frígilis;* como decía el otro. *Frígilis* quería decir frágiles. Tal era la divisa de don Tomás: la fragilidad humana.

El mismo había sido frágil. Había creído demasiado en las leyes de la adaptación al medio. Pero de esto ya se hablará en su día. Ocho años más adelante brillaba en todo su esplendor su noble manía de perdonarlo todo.

Era sagaz para buscar el bien en el fondo de las almas, y había adivinado en Anita tesoros espirituales.

—Mire usted, don Víctor —le decía a su amigo—, esa niña merece un rey, y por lo menos un magistrado que pronto será Regente, como usted, v. gr. Figúrese usted una mina de oro en un país donde nadie sabe explotar las minas de oro; eso es Anita en mi querida Vetusta. En Vetusta, lo mejor es el arbolado.

—Deje usted la flora, don Tomás.

—Tiene usted razón, me pierdo... Decía que Anita es una mujer de primer orden. ¿Ve usted qué hermoso es su cuerpecito, que le tiene a usted hecho un caramelo? Pues cuando vea usted su alma, se derretirá como ese caramelo puesto al sol. Debo advertir a usted que para mí un alma buena no es más que un alma sana; la bondad nace de la salud.

—Es usted un poco materialista, pero yo no me enfado. Decía usted que la niña...

—¡Soy cuerno!, señor mío; y usted dispense. A mí no hay que ponerme motes. Aborrezco los sistemas. Lo que digo es que sólo creo en la bondad que da la naturaleza; a un árbol la salud ha de entrarle por las raíces..., pues es lo mismo el alma...

Y seguía filosofando para venir a parar en que Anita era la mejor muchacha de Vetusta.

Crespo, según él dijo, tomó un día por su cuenta a la joven para recomendarle al señor Quintanar.

«Era el único novio digno de ella. Los cuarenta años y pico eran como los de los árboles que duran siglos, una juventud, la primera juventud. Más viejo es un perro de diez años que un cuervo de ciento, si es cierto que los cuervos duran siglos.»

Ana apreciaba en mucho los consejos de Frígilis. Admitió el trato de Quintanar, pero a beneficio de inventario y con las demás condiciones que había impuesto a don Cayetano: no sabrían nada las tías. Don Víctor aceptó aquella manera de ser pretendiente.

—Mire usted —decía Frígilis—, el secretillo es la salsa de estos negocios; la chica picará más pronto...; ya verá usted cómo pica...

Ana pasaba el tiempo sin sentir al lado de Quintanar.»

«Tenía ideas puras, nobles, elevadas y hasta poéticas.»

No se teñía las canas, era sencillo, aunque en el lenguaje algo declamador y altisonante. Este vicio lo debía a los muchos versos de Lope y Calderón que sabía de memoria; le costaba trabajo no hablar como Sancho Ortiz o don Gutierre Alfonso.

Pero a solas se decía Anita:

«¿No es una temeridad casarse sin amor? ¿No decían que su vocación religiosa era falsa, que ella no servía para esposa de Jesús porque no lo amaba bastante? Pues si tampoco amaba a don Víctor, tampoco debía casarse con él.»

Consultado Ripamilán, contestó:

—«¿Que entre un magistrado, que no es Presidente de Sala siquiera, y el Salvador del mundo, había mucha diferencia? ¿No confesaba Anita que le agradaba don Víctor? Sí. Pues cada día le encontraría más gracia. Mientras que en el convento, la que empieza sin amor acaba desesperada.»

Don Cayetano, que sabía ponerse serio, llegado el caso, procuró convencer a su amiguita de que su piedad, si era suficiente para una mujer honrada en el mundo, no bastaba para los sacrificios del claustro.

«Todo aquello de haber llorado de amor leyendo a San Agustín y a San Juan de la Cruz no valía nada; había sido cosa de la edad crítica que atravesaba entonces. En cuanto a Chateaubriand, no había que hacer caso de él. Todo eso de hacerse monja sin vocación estaba bien para el teatro; pero en el mundo no había Manriques ni Tenorios que escalasen conventos, a Dios gracias. La verdadera piedad consistía en hacer feliz a tan cumplido y enamorado caballero como el señor Quintanar, su paisano y amigo.»

Ana renunció poco a poco a la idea de ser monja. Su conciencia le gritaba que no era aquél el sacrificio que ella podía hacer. El claustro era probablemente lo mismo que Vetusta; no era con Jesús con quien iba a vivir, sino con *hermanas* más parecidas de fijo a sus tías que a San Agustín y a Santa Teresa. Algo se supo en el círculo de la nobleza de las «veleidades místicas» de Anita, y las que la habían llamado *Jorge Sandio* no se mordieron la lengua y criticaron con mayor crueldad el nuevo antojo.

Se confesaba que era virtuosa, en cuanto no se le conocía ningún *trapicheo;* pero esto era poco para creerse con vocación de santa.

«¿Por ventura las demás eran unas tales?»

—Es guapa, pero orgullosa —decía la baronesa tronada, que tenía a su marido y a su hijo enamorados en vano de la sobrinita.

No fue Ana quien apresuró su resolución, como esperaba Frígilis; fueron las tías que descubrieron un novio para la niña. El nuevo pretendiente era el americano deseado y temido, don Frutos Redondo, procedente de Matanzas con cargamento de millones. Venía dispuesto a edificar el mejor *chalet* de Vetusta, a tener los mejores coches de Vetusta, a ser diputado por Vetusta y a casarse con la mujer más guapa de Vetusta. Vio a Anita, le dijeron que aquélla era la hermosura del pueblo, y se sintió herido de punta de amor. Se le advirtió que no le bastaban sus onzas para conquistar aquella plaza. Entonces se enamoró mucho más. Se hizo presentar en casa de las Ozores y pidió a doña Anuncia la mano de la sobrina.

Después doña Anuncia se encerró en el comedor con doña Agueda, y terminada la conferencia compareció Anita. Doña

Anuncia se puso en pie al lado de la chimenea seudofeudal; dejó
caer sobre la alfombra *La Etelvina,* novela que había encantado
su juventud, y exclamó:

—Señorita..., hija mía; ha llegado un momento que puede
ser decisivo en tu existencia. (Era el estilo de *La Etelvina.)*
Tu tía y yo hemos hecho por ti todo género de sacrificios; ni
nuestra miseria, a duras penas disimulada delante del mundo,
nos ha impedido rodearte de todas las comodidades apetecibles.
La caridad, es inagotable, pero no lo son nuestros recursos.
Nosotras no te hemos recordado jamás lo que nos debes (se lo
recordaban al comer y al cenar todos los días), nosotras hemos
perdonado tu origen, es decir, el de tu desgraciada madre, todo,
todo ha sido aquí olvidado. Pues bien, todo esto lo pagarías
tú con la más negra ingratitud, con la ingratitud más criminal
si a la proposición que vamos a hacerte contestaras con una
negativa... incalificable.

—Incalificable —repitió doña Agueda—. Pero creo inútil todo
sermón —añadió— porque la niña saltará de alegría cuando
sepa de lo que se trata.

—Eso quiero saber; en qué puedo yo servir a ustedes, a
quienes tanto debo.

—Todo.

—Sí, todo, querida tía.

—Como supongo —prosiguió doña Anuncia— que ya no te
acordarás siquiera de aquella locura del monjío...

—No, señora...

—En ese caso —interrumpió doña Agueda—, como no que-
rrás quedarte sola en el mundo el día que nosotras faltemos...

—Ni tendrás algún amorcillo oculto, que sería indecente...

—Y como nosotras no podemos más...

—Y como es tu deber aceptar la felicidad que se te ofrece...

—Te morirás de gusto cuando sepas que don Frutos Redondo,
el más rico del Espolón, ha pedido hoy mismo tu mano.

Ana, contra el expreso mandato de sus tías, no se murió de
gusto. Calló; no se atrevía a dar una negativa categórica.

Pero doña Anuncia no necesitó más para dar rienda suelta al
basilisco que llevaba dentro de sus entrañas. Su silueta, en las
sombras de la pared, parecía ahora la de una bruja gigantesca;
otras veces, multiplicándose por los saltos de la llama y por
los saltos y contorsiones de la vieja, figuraba todo un infierno
desencadenado; había momentos en que la sombra de la señorita Ozores tenía tres cabezas en la pared y tres o cuatro en
el techo, y se diría que de todas ellas salían gritos y alaridos,
según lo que vociferaba doña Anuncia sola.

Doña Agueda misma estaba horrorizada.

La sobrina permaneció ocho días encerrada en la alcoba después de aquella escena. Al cumplirse el novenario de la en-
cerrona, que algo tenía de arresto, doña Anuncia se presentó
tranquila, digna, severa, a leer la sentencia. «No le faltaría a

la hija de la bailarina —¿quién dudaba ya que la modista había bailado?—, no le faltaría una cama en el palacio de sus mayores; pero ellas, las tías, no tenían qué poner a la mesa; todo lo había comido la niña.»

Ana escribió a Frígilis.

Y al día siguiente don Víctor Quintanar, de tiros largos, como el día de la primera visita, entró en el estrado de los Ozores. Venía a pedir la mano de Ana, «a quien creía no ser indiferente».

«Daba aquel paso antes de lo que pensaba, porque acababa de ser ascendido; iba a Granada en calidad de Presidente de Sala y quería llevarse a su esposa, si su ardiente deseo era cumplido. Contaba con su sueldo y algunas viñas y no pocos rebaños en la Almunia de don Godino. Nunca hubiera osado a pedir la mano de tan preclara, ilustre y hermosa joven sin poder ofrecerle, ya que no la opulencia, una *aurea mediocritas,* como había dicho el latino.»

Doña Anuncia quedó deslumbrada... ¡Don Godino... *mediocritas*... la cruz de Isabel la Católica!... Era mucha tentación.

Frígilis había advertido a don Víctor, al ponerle la cruz al pecho, que a doña Anuncia la enamoraban los discursos que no entendía y las condecoraciones.

Quintanar mientras hablaba se sentía en ridículo; pero la vieja estaba fascinada.

«Don Frutos —pensaba ella— había aplastado terrones en los suburbios de Vetusta, doce años antes; se acordaba de haberle visto en mangas de camisa.»

La Ozores contestó:

«Que ella no podía disponer de la mano de su sobrina, aunque la joven consintiera, sin consultar, sin tomar la venia de la nobleza, de la clase.»

Los señores del margen, los de la Audiencia, eran la segunda aristocracia en Vetusta, aunque no figuraban tanto como en otros días.

La justicia era respetada con un terror supersticioso heredado de muchos siglos. Los más soliviantados liberales de Vetusta que hablaban de anarquía y de quemarlo todo, temblaban ante la voz de un ujier de la Sala de lo Criminal que gritaba porque un testigo cruzaba las piernas:

—¡Guarden ceremonia!

La aristocracia, la primera, opinó que Anita hacía una boda loca.

La hizo.

Don Frutos se volvió a Matanzas, prometiendo volver vengado, es decir, con muchos más millones. Cumplió su promesa.

Pasó un mes, y Ana de Ozores de Quintanar, con su caballeresco esposo, salía por la carretera de Castilla en la berlina de aquella diligencia en que había visto marchar a don Alvaro Mesía por el mismo camino.

Toda Vetusta fue a despedirlos: la nobleza y la clase media.
Frígilis tenía lágrimas en los ojos.

—En cuanto puedan ustedes dar la vuelta..., hay que darla
—decía con un pie en el estribo y la cabeza dentro del coche—.
Será usted la Regenta de Vetusta, Anita.

—No lo permite la ley, por causa de las tías —contestaba
don Víctor.

—¡Bah, bah! Ya se arreglaría eso... Será usted la Regenta.
Don Cayetano quiso también subir al estribo, pero no pudo.

Doña Anuncia y doña Agueda habían quedado en el estrado,
casi a oscuras, suspirando, rodeadas de algunos amigos y amigas, quizá los mismos que les dieran en otra ocasión aquel pésame por la muerte civil de don Carlos.

—Y ella va contenta —decía el barón.

—¡Uf! Ya lo creo...

—La juventud es ingrata...

—Señores, que va a arrancar, *desapartarse* —gritó el zagal de
la diligencia.

Y partió el coche. Don Víctor oprimía entre las suyas las
manos de aquella esposa que le envidiaba un pueblo entero.

Un ¡adiós! llenó los ámbitos de la Plaza Nueva: era un adiós
triste de verdad, era la despedida de la maravilla del pueblo;
Vetusta en masa veía marchar a la nueva Presidenta de Sala
como pudiera haber visto que le llevaban la torre de la catedral,
otra maravilla.

Entretanto, Ana pensaba que tal vez no había entre aquella
muchedumbre que admiraba su hermosura otro más digno de
poseerla que aquel don Víctor, a pesar de sus cuarenta y pico,
pico misterioso.

Cuando, ya cerca de la noche, mientras subían cuestas que el
ganado tomaba al paso, el nuevo Presidente de Sala le preguntaba si era él por su ventura el primer hombre a quien había
querido, Ana inclinaba la cabeza y decía con una melancolía
que le sonaba al marido a voluptuoso abandono:

—Sí, sí, el primero, el único.

«No le amaba, no; pero procuraría amarle.»

Cerró la noche. Ana, apoyada la cabeza en las sobadas almohadillas de aquel coche viejo, cerraba los ojos, fingía dormir y
escuchaba el ruido atronador y confuso de vidrios, hierros y madera de la diligencia desvencijada, y se le antojaba oír en aquel
estrépito los últimos gritos de la despedida.

Ni uno solo de aquellos hombres que quedaban allá abajo
le había hablado de amor, de amor cierto, ni se lo había inspirado. Repasando todos los años de la inútil juventud, recordaba,
como la mayor delicia que pudiera cargarse al capítulo de amor
tal vez, alguna mirada de algún desconocido en uno de aquellos
paseos por las carreteras orladas de árboles poblados de gorriones
y jilgueros.

Entre ella y los jóvenes de la sociedad en que vivía, pronto habían puesto el orgullo de Ana y la necedad de los otros un muro de hielo.

«No se casarían con ella —había dicho doña Anuncia— porque era pobre; pero ella les tomaba la delantera y los despreciaba por fatuos y adocenados.»

Si alguno había querido tratarla como a Obdulia, pronto había encontrado un desdén altivo y una ironía cruel capaces de helar una brasa.

«Tal vez, aunque no era seguro, ni mucho menos, entre aquellos hombres que la admiraban de lejos, devorándola con los ojos, habría alguno digno de ser querido..., pero las tías se encargaban de mantener las distancias que exigía el tono, y los pobres abogadillos o lo que fueran, tal vez demócratas teóricos, respetaban aquellas preocupaciones, y participaban, a su pesar, de ellas. No se acercaban.» Todos los que habían producido en Ana algún efecto, aunque no grande, hablando con los ojos, eran cualquier cosa menos proporciones. En Vetusta la juventud pobre no sabe ganarse la vida, a lo sumo se gana la miseria; muchachos y muchachas se comen a miradas, se quieren, hasta se lo dicen..., pero *lo dejan;* falta una posición; las muchachas pierden su hermosura y acaban en beatas; los muchachos dejan el luciente sombrero de copa, se embozan en la capa y se hacen jugadores.

Los que quieren medrar salen del pueblo; allí no hay más ricos que los que heredan o hacen fortuna lejos de la soñolienta Vetusta.

«Entre americanos, pasiegos y mayorazguetes fatuos, burdos y grotescos hubiera podido escoger —seguía pensando Ana—. Que lo dijera don Frutos Redondo... Pero, además, ¿para qué engañarse a sí misma? No estaba en Vetusta, no podía estar en aquel pobre rincón la realidad del sueño, el héroe del poema, que primero se había llamado Germán, después San Agustín, Obispo de Hipona, después Chateaubriand y después con cien nombres, todo grandeza, esplendor, dulzura delicada, rara y escogida...»

«Y ahora estaba casada. Era un crimen, pero un crimen verdadero, no como el de la barca de Trébol, pensar en otros hombres. Don Víctor era la muralla de la China de sus ensueños. Toda fantástica aparición que rebasara de aquellos cinco pies y varias pulgadas de hombre que tenía al lado, era un delito. Todo había concluido... sin haber empezado.»

Abrió Ana los ojos y miró a su don Víctor que a la luz de una lámpara de viaje, calada hasta las orejas una gorra de seda, leía tranquilamente, algo arrugado el entrecejo, *El Mayor Monstruo los celos o el Tetrarca de Jerusalén,* del inmortal Calderón de la Barca.

Seis

El Casino de Vetusta ocupaba un caserón solitario, de piedra ennegrecida por los ultrajes de la humedad, en una plazuela sucia y triste cerca de San Pedro, la iglesia antiquísima vecina de la catedral. Los socios jóvenes querían mudarse, pero el cambio de domicilio sería la muerte de la sociedad según el elemento serio y de más arraigo. No se mudó el Casino y siguió remendando como pudo sus goteras y demás achaques de abolengo. Tres generaciones habían bostezado en aquellas salas estrechas y oscuras, y esta solemnidad del aburrimiento heredado no debía trocarse por los azares de un porvenir dudoso en la parte nueva del pueblo, en la Colonia. Además, decían los viejos, si el Casino deja de residir en la Encimada, adiós casino. Era un aristócrata.

Generalmente el salón de baile se enseñaba a los forasteros con orgullo; lo demás se confesaba que valía poco.

Los dependientes de la casa vestían un uniforme parecido al de la policía urbana. El forastero que llamaba a un mozo de servicio podía creer, por la falta de costumbre, que venían a prenderle. Solían tener los camareros muy mala educación, también heredada. El uniforme se les había puesto para que se conociese en algo que eran ellos los criados.

En el vestíbulo había dos porteros cerca de una mesa de pino. Era costumbre inveterada que aquellos señores no saludaran a los socios que entraban o salían. Pero desde que era de la Junta Ronzal, que había visto otros usos con sus cortos viajes, los porteros se inclinaban al pasar un socio sin importancia, y hasta dejaban oír un gruñido, que bien interpretado podía tomarse por un saludo; si era un individuo de la Junta se levantaba de su silla cosa de medio palmo; si era Ronzal se levantaban un palmo entero, y si pasaba don Alvaro Mesía, presidente de la sociedad, se ponían de pie y se cuadraban como reclutas.

Después del vestíbulo se encontraban tres o cuatro pasillos
convertidos en salas de espera, de descanso, de conversación,
de juego de dominó, todo ello junto y como quiera. Más adelante había otra sala más lujosa, con grandes chimeneas que
consumían mucha leña, pero no tanta como decían los mozos.
Aquella leña suscitaba graves polémicas en las juntas generales
de fin de año. En tal estancia se prohibía el estridente dominó,
y allí se juntaban los más serios y los más importantes personajes de Vetusta. Allí no se debía alborotar porque al extremo
de oriente, detrás de un majestuoso *portier* de terciopelo carmesí, estaba la sala del tresillo, que se llamaba el gabinete rojo.
En éste había de reinar el silencio, y si era posible también
en la sala contigua. Antes estaba el tresillo cerca de los billares,
pero el ruido de las bolas y los tacos molestaba a los tresillistas,
que se fueron al gabinete rojo, donde estaba entonces el de
lectura. El gabinete de lectura se fue cerca de los billares. La
sala del tresillo jamás recibía la luz del sol: siempre permanecía
en tinieblas caliginosas, que hacían palpables las tristes llamas
de las bujías, semejantes a lámparas de minero en las entrañas
de la tierra.

Don Pompeyo Guimarán, un filósofo que odiaba el tresillo,
llamaba a los del gabinete rojo los monederos falsos. Se le figuraba que en aquel antro donde se penetraba con silencio misterioso, donde se contenía toda alegría, toda expansión del ánimo,
no se podía hacer nada lícito. Los más bulliciosos muchachos
al entrar en el gabinete del tresillo se revestían de una seriedad
prematura; parecían sacerdotes jóvenes de un culto extraño. Entrar allí era para los vetustenses como dejar la toga pretexta y
tomar la viril. Jugando o viendo jugar estaba siempre algún
joven pálido, ensimismado, que afectaba despreciar los vanos
placeres, hastiado tal vez, y preferir los serios cuidados del solo
y el codillo. Examinar con algún detenimiento a los habitantes
sacerdotes de este culto ceremonioso y circunspecto de la espada
y el basto, es conocer a Vetusta intelectual en uno de sus as-
pectos característicos.

En efecto, aunque el jefe de Fomento aseguraba que todos
los vetustenses eran unos chambones, no era esto más que un
pretexto para subir al *cuarto del crimen* en busca de más pingües
y rápidas ganancias; porque jugar se jugaba en el casino de
Vetusta con una perfección que ya era famosa. No faltaban los
inexpertos, y aun éstos eran necesarios, porque si no, ¿quién
ganaría a quién? Pero contra la afirmación del jefe de Fomento
protestaban los hechos. De Vetusta y sólo de Vetusta, salieron
aquellos insignes tresillistas que, una vez en esferas más altas,
tendieron el vuelo y llegaron a ocupar puestos eminentes en la
administración del Estado, debiéndolo todo a la ciencia de los
estuches.

Hay cuatro mesas en sendas esquinas y otros dos pares en
medio. De las ocho, la mitad están ocupadas. Alrededor, sen-

tados o en pie, varios mirones, los más esclavos de su vicio.
Se habla poco. Las más veces para pedir un cigarro de papel.
Se dan pocos consejos. No se necesitan o no sirven. Basilio
Méndez, empleado del Ayuntamiento, es el mejor *espada* de los
presentes. Es pálido y flaco. No se sabe si viste de artesano
o de persona decente, como dicen en Vetusta. El sueldo no le
bastaba para sus necesidades; tiene mujer y cinco hijos; se ayuda
con el tresillo; se le respeta. Juega como quien trabaja sin gusto:
de mal humor; es brusco; apenas contesta si le hablan. El va
a su negocio: una casa de tres pisos que está construyendo a
costa del tresillo junto al Espolón. A su lado está don Matías,
el procurador: juega al tresillo para huir del *monte*. Cuando la
suerte le es adversa *arriba*, baja y se expone a ganar al tresillo
todo lo que puede y a perder muy poco, porque si pierde lo
deja. El que descansa en este momento, porque acaba de repartir
las cartas, y juegan cuatro, es la gallina de los huevos de oro
del Procurador y de don Basilio. Le van matando, pero por consunción. Es un mayorazgo de aldea; le llaman Vinculete. Antes
venía de su pueblo durante las ferias a jugar al tresillo; después
se hizo diputado provincial para venir a jugar al tresillo también, y por fin se hizo vecino de Vetusta para no separarse
nunca de aquellos *espadas* a quienes admiraba, de camino que
les hacía ricos sin sospecharlo. El tresillo de su pueblo no le
divertía. Vinculete jugaba desde las tres de la tarde hasta las
dos de la mañana, sin más descanso que el preciso para cenar
de mala manera. Don Basilio y el Procurador alternaban en el
cuidado de desplumarle; se relevaban; pero a veces le desplu-
maban a un tiempo. El cuarto jugador era cualquiera. En las
otras mesas las partidas eran más iguales. Jugaban muchos forasteros, casi todos empleados.

Es un axioma que en el juego se conoce la buena educación.
Había allí muchas personas muy bien educadas, pero como reinaba la mayor confianza solían oírse frases como éstas:

—Le digo a usted que me lo ha dado usted.
—Yo le digo a usted que no.
—Yo le digo a usted que sí.
—Pues miente usted.
—Valiente crianza tiene usted.
—Mejor que la de usted.

Se trataba de un duro falso.

Para que la armonía pudiera subsistir, por una especie de
equilibrio que la naturaleza establecía entre los temperamentos,
resultaba que unos tresillistas eran temerones y de un genio
endiablado, y otros. v. gr. Vinculete, pacíficos como corderos
y miedosos como palomas.

Don Basilio aseguraba que el mayorazguete no jugaba con
toda la limpieza necesaria.

Vinculete solía sostener los fueros de su dignidad, y entonces
gritaba el del Ayuntamiento:

—¡Conmigo nadie se insolenta!

Y daba un puñetazo en la mesa.

Vinculete callaba y seguía recibiendo codillos.

Estas disputas, nada frecuentes, interrumpían el silencio pocos instantes; la calma renacía pronto y volvía aquélla [la sala del tresillo] a ser un templo jamás profanado por ríos de sangre.

El gabinete de lectura, que también servía de biblioteca, era estrecho y no muy largo. En medio había una mesa oblonga cubierta de bayeta verde y rodeada de sillones de terciopelo de Utrecht. La biblioteca consistía en un estante de nogal no grande, empotrado en la pared. Allí estaban representando la sabiduría de la sociedad el *Diccionario* y la *Gramática* de la Academia. Estos libros se habían comprado con motivo de las repetidas disputas de algunos socios que no estaban conformes respecto del significado y aun de la ortografía de ciertas palabras. Había además una colección incompleta de la *Revue des deux mondes*, y otras de varias ilustraciones. La *Ilustración francesa* se había dejado en un arranque de patriotismo, por culpa de un grabado en que aparecían no se sabe qué reyes de España matando toros. Con ocasión de esta medida radical y patriótica se pronunciaron en la junta general muchos y buenos discursos en que fueron citados oportunamente los héroes de Sagunto, los de Covadonga y por último los del año ocho. En los cajones inferiores del estante había algunos libros de más sólida enseñanza, pero la llave de aquel departamento se había perdido.

Cuando un socio pedía un libro de aquéllos, el conserje se acercaba de mal talante al pedigüeño y le hacía repetir la demanda.

—Sí, señor, la crónica de Vetusta...

—Pero ¿usted sabe que está ahí?

—Sí, señor, ahí está...

—El caso es... —y se rascaba una oreja el señor conserje—, como no hay costumbre...

—¿Costumbre de qué?

—En fin, buscaré la llave.

El conserje daba media vuelta y marchaba a paso de tortuga.

El socio, que había de ser nuevo necesariamente para andar en tales pretensiones, podía entretenerse mientras tanto mirando el mapa de Rusia y Turquía y el *Padre nuestro* en grabados, que adornaban las paredes de aquel centro de instrucción y recreo. Volvía el conserje con las manos en los bolsillos y una sonrisa maliciosa en los labios.

—Lo que yo decía, señorito..., se ha perdido la llave.

Los socios antiguos miraban la biblioteca como si estuviera pintada en la pared.

De los periódicos e ilustraciones se hacía más uso; tanto, que aquéllos desaparecían casi todas las noches y los grabados de mérito eran cuidadosamente arrancados. Esta cuestión del hurto de periódicos era de las difíciles que tenían que resolver las juntas. ¿Qué se hacía? ¿Se les ponía grillete a los papeles? Los socios arrancaban las hojas o se llevaban papel y hierro. Se resolvió últimamente dejar los periódicos libres, pero ejercer una gran vigilancia. Era inútil. Don Frutos Redondo, el más rico americano, no podía dormirse sin leer en la cama el *Imparcial* del casino. Y no había de trasladar su lecho al gabinete de lectura. Se llevaba el periódico. Aquellos cinco céntimos que ahorraba de esta manera, le sabían a gloria. En cuanto al papel de cartas que desaparecía también, y era más caro, se tomó la resolución de dar un pliego, y gracias, al socio que lo pedía con mucha necesidad. El conserje había adquirido un humor de alcaide de presidio en este trato. Miraba a los socios que leían como a gente de sospechosa probidad; les guardaba escasas consideraciones. No siempre que se le llamaba acudía, y solía negarse a mudar las plumas oxidadas.

Alrededor de la mesa cabían doce personas. Pocas veces había tantos lectores, a no ser a la hora del correo. La mayor parte de los socios amantes del saber no leían más que noticias.

El más digno de consideración entre los abonados al gabinete de lectura era un caballero apoplético, que había llevado grano a Inglaterra y se creía en la obligación de leer la prensa extranjera. Llegaba a las nueve de la noche indefectiblemente, tomaba *Le Fígaro*, después *The Times*, que colocaba encima, se ponía las gafas de oro, y arrullado por cierto silbido tenue de los mecheros del gas, se quedaba dulcemente dormido sobre el primer periódico del mundo. Era un derecho que nadie le disputaba. Poco después de morir este señor, de apoplejía, sobre *The Times*, se averiguó que no sabía inglés. Otro lector asiduo era un joven opositor a fiscalías y registros que devoraba la *Gaceta* sin dejar una subasta. Era un Alcubilla en un tomo; sabía de memoria cuánto se ha hecho, deshecho, arreglado y vuelto a destrozar en nuestra administración pública.

A su lado solía sentarse un caballero que tenía un vicio secreto: escribir cartas a los periódicos de la corte con las noticias más contradictorias. Firmaba «El Corresponsal», y siempre que un papel de Madrid decía «Lo de Vetusta», era cosa de él. Al día siguiente desmentía en otro periódico sus noticias y resultaba que «Lo de Vetusta» no era nada. Así se había hecho un redomado escéptico en materia de prensa. «¡Si sabría él cómo se hacían los periódicos!» Cuando franceses y alemanes vinieron a las manos, «El Corresponsal» dudaba de la guerra; era cosa de los bolsistas acaso; no se convenció de que algo había hasta la rendición de Metz.

El poeta Trifón Cármenes también acudía sin falta a la hora del correo. Pasaba revista a varios periódicos con febril ansiedad y desaparecía en seguida con un desengaño más en el alma. Era que «no se lo habían publicado». Se trataba de alguna poesía o cuento fantástico que había mandado a cualquier periódico y que no acababa de salir. Cármenes, que en los certámenes de

Vetusta se llevaba todas las rosas naturales, no podía conseguir
que sus versos tuvieran cabida en la prensa madrileña; y eso
que empleaba en las cartas con que recomendaba las composi-
ciones la finura del mundo. La fórmula solía ser ésta: «Muy
señor mío y de mi más distinguida consideración: adjuntos le
remito unos versos para que, si los estima dignos de tan señalado honor, vean la luz pública en las columnas de su acreditado
periódico. Escritos sin pretensiones..., etc., etc.» Pero, nada;
no salían. Pedía, después de un año, que se los devolvieran.
Pero «no se devolvían los originales». Aprovechaba el borrador
y publicaba aquello en *El Lábaro,* el periódico reaccionario de
Vetusta.

Otro lector constante era un vejete semiidiota que jamás se
acostaba sin haber leído todos los *fondos* de la prensa que
llegaba al casino. Deleitábale singularmente la prosa amazaco-
tada de un periódico que tenía fama de hábil y circunspecto.
Los conceptos estaban envueltos en tales eufemismos, preteri-
ciones y circunloquios, y tan se quebraban de sutiles, que el
viejo se quedaba siempre a buenas noches.

—¡Qué habilidad! —decía sin entender palabra.

Por lo mismo creía en la habilidad, porque si él la echara
de ver, ya no la habría.

Una noche despertó a su esposa el lector de fondos diciendo:

—Oye, Paca, ¿sabes que no puedo dormir?... A ver si tú
entiendes esto que he leído hoy en el periódico: «No deja de
dejar de parecernos reprensible...» ¿Lo entiendes tú, Paca? ¿Es
que les parece reprensible o que no? Hasta que lo resuelva no
puedo dormir...

Estos y otros lectores asiduos se pasan los periódicos de mano
en mano, en silencio, devorando noticias que leen repetidas en
ocho o diez papeles. Así se alimentan aquellos espíritus que
antes de las once de la noche se van a dormir satisfechos, convencidos de que el cajero de tal parte se ha escapado con los
fondos. Lo han leído en ocho o diez fuentes distintas. Todos
estos caballeros respetables y dignos de estima viven esclavos
de tamaña servidumbre, la servidumbre del noticierismo cortesano. Mucho más de la mitad del caudal fugitivo de sus conocimientos consiste en los recortes de la *Correspondencia* que
los periódicos pobres se van echando, como pelotas, de tijeras
en tijeras.

Muchas veces, cuando reinaba aquel silencio de biblioteca, en
que parecía oírse el ruido de la elaboración cerebral de los
sesudos lectores, de repente un estrépito de terremoto hacía
temblar el piso y los cristales. Los socios antiguos no hacían
caso, ni levantaban los ojos; los nuevos, espantados, miraban
al techo y a las paredes esperando ver desmoronarse el edificio...
No era eso. Era que los señores del billar azotaban el pavimento con las mazas de los tacos. Era proverbial el ingenioso
buen humor de los señores socios.

A las once de la noche no quedaba nadie en el gabinete de lectura. El conserje, medio dormido, doblaba los papeles, daba media vuelta a la llave del gas, y dejaba casi en tinieblas la estancia. Y se volvía a dormir a la conserjería.

Entonces era cuando entraba don Amadeo Bedoya, capitán de artillería, en traje de paisano, embozado en un carrick de ancha esclavina. Miraba bien..., no había nadie..., la oscuridad le favorecía. Se acercaba al estante con mucha cautela; sacaba una llave, abría el cajón inferior, tomaba un libro, dejaba otro que venía oculto bajo la esclavina, escondía el primero entre sus pliegues y cerraba el cajón. Se acercaba a la mesa, después de respirar fuerte, silbaba la marcha real, y fingía echar un vistazo a los periódicos. ¡Periódicos a él! Por hacer que, hacemos estaba allí cinco minutos, y salía triunfante. No era un ladrón, era un bibliófilo. La llave de Bedoya era la que el conserje había perdido. Don Amadeo era el don Saturnino Bermúdez de tropa. Había sido un bravo militar; pero como hubiera tenido el honor años atrás de ser elegido presidente de un *Ateneo de infantería,* y vístose en la necesidad de estudiar y pronunciar un discurso, se encontró con gran sorpresa excelente orador en su opinión y la de los jefes, y de una en otra vino a parar en hombre de letras, hasta el punto de jurarse solemnemente y con la energía que tan bien sienta en los defensores de la patria, ser un erudito. Empezó a llamar la atención de los vetustenses aquel militar que sabía de letras más que muchos paisanos, y el mismo Bedoya se animaba al trabajo con la gracia de lo que a él se le antojaba contraste de la artillería y la literatura. Poco a poco llegó a ser miembro, ya correspondiente, ya de número, de muchas sociedades científicas, artísticas y literarias. Despuntaba en la arqueología y en la botánica, sobre todo en la relación de ésta con la horticultura. Era un especialista en las enfermedades de la patata, y tenía un trabajo sobre el particular que no acababa de premiarle el gobierno. También le daba el naipe para la biografía militar. Sabía de varios tenientes generales que habían sido otros tantos Farnesios y Spínolas, sin que lo sospechara el mundo; y sacaba a relucir la historia de tal brigadier que si, conforme no mandó, hubiera mandado la acción de tal parte, hubiera conquistado la gloria de un Napoleón, en vez de perder las posiciones, como en efecto las había perdido el general inepto.

De esta clase de biografías de personas que pudieron ser importantes, estaban las fuentes en libros como aquellos que había en el cajón inferior del estante del casino. Más ejemplares habría por el mundo, pero no se sabía de ellos, y Bedoya era de esa clase de eruditos que encuentran el mérito en copiar lo que nadie ha querido leer. En cuanto él veía en el papel de su propiedad los párrafos que iba copiando con aquella letra inglesa esbelta y pulcra que Dios le había dado, ya se le antojaba obra suya todo aquello. Pero su fuerte eran las antigüedades.

Para él un objeto de arte no tenía mérito aunque fuese del
tiempo de Noé, si no era suyo. Así como Bermúdez amaba la
antigüedad por sí misma, el polvo por el polvo, Bedoya era
más subjetivo, como él decía, necesitaba que le perteneciera el
objeto amado. «¡Si él pudiera hablar! Tamañitos se quedarían
Bermúdez y el Magistral y *tutti quanti.*» Pero no podía hablar.
Iría a presidio probablemente si hablara. «En fin, en puridad,
tenía... —y miraba a los lados al decirlo—, tenía un precioso
manuscrito de Felipe II, un documento político de gran importancia.» Lo había robado en el archivo de Simancas. ¿Cómo?
Ese era su orgullo. Así es que Bedoya, seguro de aquella superioridad, miraba por encima del hombro a los demás anticuarios
y callaba. Callaba por miedo al presidio.

El *cuarto del crimen*, la sala de los juegos de azar, y más
concretamente de la ruleta y el monte, estaba en el segundo
piso. Se llegaba a ella después de recorrer muchos pasillos oscuros y estrechos. La autoridad no había turbado jamás la calma
de aquel refugio repuesto y escondido del arte aleatorio, ni en
los tiempos de mayor moralidad pública. A ruegos de los gacetilleros, singularmente el del *Lábaro,* se perseguía cruelmente la
prostitución, pero el juego no se podía perseguir. En cuanto a
las «infames que comerciaban con su cuerpo», como decía Cármenes escribiendo de incógnito los fondos del *Lábaro,* ¿cómo no
habían de ser maltratadas si diariamente se publicaban excitaciones de este género en la prensa local?

Casi todos los días salía a la luz una gacetilla que se titulaba,
por ejemplo: *¡Esas palomas!* o *¡Fuego en ellas!,* y en una ocasión el mismísimo don Saturnino Bermúdez escribió su gacetilla
correspondiente que se llamaba a secas *Meretrices,* y acababa
diciendo: «de la impúdica *scortum*».

Volviendo al juego, si algún gobernador enérgico había amenazado a los socios del Casino con darles un susto, los jugadores
influyentes le habían pronosticado una cesantía. Lo ordinario
siempre fue que hiciese la vista gorda, y no faltaron a veces
subvenciones en la forma más decorosa posible, como decían
las partes contratantes. Los jugadores vetustenses tenían una
virtud: no trasnochaban. Eran hombres ocupados que tenían
que madrugar. Tal médico se recogía a las diez después de perder las ganancias del día: se levantaba a las seis de la mañana,
recorría todo el pueblo entre charcos y entre lodo, desafiaba
la nieve, el granizo, el frío, el viento; y después de ímprobo
trabajo, volvía, como con una ofrenda ante el altar, a depositar
sobre el tapete verde las pesetas ganadas. Abogados, procura-
dores, escribanos, comerciantes, industriales, empleados, propieta-
rios, todos hacían lo mismo. En el tresillo, en el gabinete de
lectura, en el billar, en las salas de conversación, de dominó
y ajedrez, había siempre las mismas personas, los aficionados
respectivos; pero el *cuarto del crimen* era el lugar donde se

reunían todos los oficios, todas las edades, todas las ideas, todos los gustos, todos los temperamentos. .

No en balde se afirmaba que Vetusta se distinguía por su acendrado patriotismo, su religiosidad y su afición a los juegos prohibidos. La religiosidad y el patriotismo se explicaban por la historia; la afición al juego por lo mucho que llovía en Vetusta. ¿Qué habían de hacer los socios, si no se podía pasear? Por eso proponía don Pompeyo Guimarán, el filósofo, que la catedral se convirtiera en paseo cubierto. «¡*Risum teneatis!*», contestaba Cármenes en la gacetilla del *Lábaro*.

La religiosidad, aunque en la forma lamentable de la superstición, se manifestaba en el mismo vicio de la tafurería. Se contaban en el casino portentos de credulidad de los jugadores más famosos. Un comerciante, liberal y nada timorato, tenía depositados en la puerta de aquel centro de recreo un par de zapatos viejos. Llegaba al casino, calzaba los zapatos de suela rota y subía a probar fortuna. Juraba que jamás llevando botas nuevas le había favorecido la suerte. Venía a ser un jugador de la orden de los descalzos. Entre su fe y cierta maliciosa experiencia le daban ganancias seguras. Un año hizo una espléndida novena a San Francisco, a la cual acudió toda *Vetusta edificada*, como decía Bermúdez.

Después que Bedoya salía del casino, pasando sin ser visto de los porteros, que dormían suavemente, no quedaban allí más socios que ocho o diez trasnochadores jurados: pocos y siempre los mismos. Unos eran personajes averiados que habían contraído la costumbre de trasnochar en Madrid; otros, elegantes y calaveras de Vetusta que los imitaban. Pero de esta tertulia de última hora tendremos que hablar más adelante, porque a ella asistían personajes importantes de esta historia.

Eran las tres y media de la tarde. Llovía. En la sala contigua al gabinete viejo estaban los socios de costumbre, los que no jugaban a nada y los seis que jugaban al ajedrez. Estos habían colocado el respectivo tablero junto a un balcón, para tener más luz. En el fondo de la sala parecía que iba a anochecer. Sobre una mesa de mármol brillaba entre humo espeso de tabaco, como una estrella detrás de la niebla, la llama de una bujía que servía para dar lumbre a los cigarros. Ocultos en la sombra de un rincón, alrededor de aquella mesa, arrellanados en un diván unos, otros en mecedoras de paja, estaba media docena de socios fundadores, que de tiempo inmemorial acudían a las tres en punto a tomar café y copa. Hablaban poco. Ninguno se permitía jamás aventurar un aserto que no pudiera ser admitido por unanimidad. Allí se juzgaba a los hombres y los sucesos del día, pero sin apasionamiento; se condenaba, sin ofenderle, a todo innovador, al que había hecho algo que saliese de lo ordinario. Se elogiaba, sin gran entusiasmo, a los ciudadanos que sabían ser comedidos, corteses, incapaces de exagerar cosa alguna. Antes mentir que exagerar. Don Saturnino Bermúdez había recibido más de una vez el homenaje de una admiración prudente en aquel círculo de señores respetables. Pero en general preferían éstos hablar de animales: v. gr., del instinto de algunos, como el perro y el elefante, aunque siempre negándoles, por supuesto, la inteligencia: «el castor fabrica hoy su vivienda lo mismo que en tiempo de Adán; no hay inteligencia, es instinto». Hablaban también de la utilidad de otros irracionales: el cerdo, del cual se aprovecha todo, la vaca, el gato, etc., etc. Y aun les parecía más interesante la conversación si se refería a objetos inanimados. El derecho civil también les encantaba en lo que atañe al parentesco y a la herencia. Pasaba un socio cualquiera, y si no le conocía alguno de aquellos fundadores, preguntaba:

—¿Quién es ése?

—Ése es hijo de..., nieto de..., que casó con..., que era hermana de...

Y como las cerezas, salían enganchados por el parentesco casi todos los vetustenses. Esta conversación terminaba siempre con una frase:

—Si se va a mirar, aquí todos somos algo parientes.

La meteorología tampoco faltaba nunca en los tópicos de las conferencias. El viento que soplaba tenía siempre muy preocupados a los socios beneméritos. El invierno actual siempre era más frío que todos los que recordaban, menos uno.

También a veces se murmuraba un poco, pero con el mayor comedimiento, sobre todo si se hablaba de clérigos, señoras o autoridades.

A pesar de la amenidad de tales conversaciones, el grupo de venerables ancianos, con los que sólo había un joven y éste calvo, prefería al más grato palique el silencio; y a él se consagraba principalmente aquella especie de siesta que dormían despiertos. Casi siempre callaban.

No lejos de ellos, y por cierto molestándolos a veces no poco, había dos o tres grupos de alborotadores; y a lo lejos se oía el antipático estrépito del dominó, que habían desterrado de su sala los venerables. Los del dominó eran casi siempre los mismos: un catedrático, dos ingenieros civiles y un magistrado. Reían y gritaban mucho; se insultaban, pero siempre en broma. Aquellos cuatro amigos, ligados por el seis doble, hubieran vendido la ciencia, la justicia y las obras públicas por salvar a cualquiera de la partida. En el salón de baile, donde no se permitía jugar ni tomar café, se paseaban los señores de la Audiencia y otros personajes, v. gr., el marqués de Vegallana, los días de mucha agua, cuando él no podía dar sus paseos.

La animación estaba en los grupos de alborotadores antes citados.

—«Allí no se respetaba nada ni a nadie» —decían los viejos del rincón—. Aunque estaban a dos pasos de ellos, rara vez se mezclaban las conversaciones. Los ancianos callaban y juzgaban.

—¡Qué atolondramiento! —dijo un *venerable* en voz baja.

—Observe usted —le respondieron— que rara vez hablan de intereses reales de la provincia.

—Unicamente cuando viene el señor Mesía...

—Oh, es que el señor Mesía... es otra cosa.

—Sí, es mucho hombre. Muy entendido en Hacienda y eso que llaman Economía política.

—Yo también creo en la Economía Política.

—Yo no creo, pero respeto mucho la memoria de Flórez Estrada, a quien he conocido.

Todo menos disputar; en cuanto asomaba una discusión, se le echaba tierra encima y a callar todos.

En la mesa de enfrente gritaba un señor que había sido alcalde liberal y era usurero con todos los sistemas políticos; malicioso, y enemigo de los curas, porque así creía probar su liberalismo con poco trabajo.

—Pero, vamos a ver —decía—, ¿quién le ha asegurado a usted que el Magistral no ha querido confesar a la Regenta?

—Me lo ha dicho quien vio por sus ojos a doña Anita entrar en la capilla de don Fermín y a don Fermín salir sin saludar a la Regenta.

—Pues yo los he visto saludarse y hablar en el Espolón.

—Es verdad —gritó un tercero—, yo también los vi. De Pas iba con el Arcipreste y la Regenta con Visitación. Es más, el Magistral se puso muy colorado.

—¡Hombre, hombre! —exclamó el ex alcalde, fingiendo escandalizarse.

—¡Pues yo sé más que todos ustedes —vociferó un pollo que imitaba a Zamacois, a Luján, a Romea, el sobrino, a todos los actores cómicos de Madrid, donde acababa de licenciarse en Medicina.

Bajó la voz, hizo una seña que significaba sigilo; todos los del corro se acercaron a él, y con la mano puesta al lado de la boca, como una mampara, dejando caer la silla en que estaba a caballo, hasta apoyar el respaldo en la mesa, dijo:

—Me lo ha contado Paquito Vegallana; el Arcipreste, el célebre don Cayetano, ha rogado a Anita que cambie de confesor, porque...

—¡Hombre, hombre!, ¿qué sabes tú por qué? —interrumpió el enemigo del clero—. ¡El secreto de la confesión!

—¡Bueno, bueno! Yo lo sé de buena tinta. Paquito me lo ha dicho. Mesía —y bajó mucho más la voz—. Mesía le pone varas a la Regenta.

Escándalo general. Murmullo en el rincón oscuro.

«Aquello era demasiado.»

«Se podía murmurar, hablar sin fundamento, pero no tanto. Vaya por el Magistral y el secreto de la confesión; ¡pero tocar a la Regenta! Era un imprudente aquel sietemesino, sin duda.»

—Señores, yo no digo que la Regenta tome varas, sino que Alvaro quiere ponérselas, lo cual es muy distinto.

Todos negaron la probabilidad del aserto.

—Hombre..., la Regenta..., ¡es algo mucho!

El pollo se encogió de hombros.

«Estaba seguro. Se lo había dicho el marquesito, el íntimo de Mesía.»

—Y, vamos a ver —preguntó el señor Foja, el ex alcalde—: ¿qué tiene que ver eso de las varas que Mesía quiere poner a la Regenta con el Magistral y la confesión?

No quería dejar su presa. No siempre en el Casino se podía hablar mal de los curas.

—Pues tiene mucho que ver; porque el Arcipreste ha pedido auxilio al otro; quiere dejarle la carga de la conciencia de la otra.

—Muchacho, muchacho, que te resbalas —advirtió el padre del deslenguado, que estaba presente y admiraba la desfachatez de su hijo, adquirida positivamente en Madrid, y muy a su costa.

—Quiero decir que Anita es muy cavilosa, como todos sabemos —y seguía bajando la voz, y los demás acercándose hasta formar un racimo de cabezas, dignas de otra campana de Huesca—; es cavilosa y tal vez haya notado las miradas..., y demás, ¿eh?, del otro... y querrá curarse en salud... y el Arcipreste no está para casos de conciencia complicados, y el Magistral sabe mucho de eso.

El corro no pudo menos de sonreír en señal de aprobación.

Al papá del maldiciente se le caía la baba, y guiñaba un ojo a un amigo. No cabía duda que los chicos sólo en Madrid se despabilan. Caro cuesta, pero al fin se tocan los resultados.

El desparpajo del muchacho solía suscitar protestas, pero luego vencía la elocuencia de sus maliciosos epigramas y del retintín manolesco de sus gestos y acento.

Empezaba entonces el llamado género flamenco a ser de buen tono en ciertos barrios del arte y en algunas sociedades. El mediquillo vestía pantalón muy ajustado y combinaba sabiamente los cuernos que entonces se llevaban sobre la frente con los mechones que los toreros echan sobre las sienes. Su peinado parecía una peluca de marquetería.

Se llamaba Joaquín Orgaz y *se timaba* con todas las niñas casaderas de la población, lo cual quiere decir que las miraba con insistencia y tenía el gusto de ser mirado por ellas. Había acabado la carrera aquel año y su propósito era casarse cuanto antes con una muchacha rica. Ella aportaría el dote y él su figura, el título de médico y sus habilidades flamencas. No era tonto, pero la esclavitud de la moda le hacía parecer más adocenado de lo que acaso fuera. Si en Madrid era uno de tantos,

en Vetusta no podía temer a más de cinco o seis rivales impor-
tadores de semejantes maneras. En los meses de vacaciones aprovechaba el tiempo buscando el trato de las familias ricas o nobles
de Vetusta. Se había hecho amigo íntimo de Paquito Vegallana
y, aunque de lejos, algo le tocaba del esplendor que irradiaba
el célebre Mesía, flor y nata de los elegantes de Vetusta. Orgaz
le llamaba Alvaro, por lo muy familiar que era el trato de Paco
y de Mesía, y como él tuteaba a Paquito... por eso.

Se animó Joaquín con el buen éxito de sus murmuraciones y
sostuvo que era cursi aquel respeto y admiración que inspiraba
la Regenta.

—Es una mujer hermosa, hermosísima; si ustedes quieren, de
talento, digna de otro teatro, de volar más alto...; si ustedes
me apuran diré que es una mujer superior, si hay mujeres así,
pero al fin es mujer, *et nihil humani*...

No sabía lo que significaba este latín, ni adónde iba a parar,
ni de quién era, pero lo usaba siempre que se trataba de debilidades posibles.

Los socios rieron a carcajadas.

«¡Hasta en latín sabe maldecir el pillastre!», pensó el padre,
más satisfecho cada vez de los sacrificios que le costaba aquel
enemigo.

Joaquinito, encarnado de placer, y un poco por el anís del
mono que había bebido, creyó del caso coronar el edificio de
su gloria cantando algo nuevo. Se puso en pie, estiró una pierna,
giró sobre un tacón y cantó, o *se* cantó, como él decía:

Abreme la puerta,
puerta del postigo...

«Era preciso acabar con las preocupaciones del pueblo. ¡La
Regenta! ¿Dejaría de ser de carne y hueso? Y Alvaro siempre
había sido irresistible...» Orgaz hijo suspendió el baile, que
había emprendido mientras hacía sus observaciones. En la sala
vecina habían sonado unas pisadas que hacían temblar el pavimento.

—Ahí está el inglés —dijo entre dientes el flamenco; y se
puso un poco pálido.

En efecto, era Ronzal.

Pepe Ronzal —alias Trabuco, no se sabe por qué— era natural de Pernueces, una aldea de la provincia. Hijo de un ganadero rico, pudo hacer sus estudios, que ya se verá qué estudios
fueron, en la capital. Aficionado al monte, como Vinculete al
tresillo, desde la adolescencia, ni durante las vacaciones quería
volver a Pernueces, ganoso de no perder ni unas judías. No pudo
concluir la carrera. No bastó la tradicional benevolencia de los

profesores para que Trabuco consiguiera hacerse licenciado en ambos derechos.

Una vez le preguntaron en un examen:

—¿Qué es testamento, hijo mío?

—Testamento..., ello mismo lo dice, es el que hacen los difuntos.

Además de Trabuco le llamaban el Estudiante, por una antonomasia irónica que él no comprendía.

Pasó el tiempo; murió el ganadero; Pepe Ronzal dejó de ser el Estudiante, vendió tierras, se trasladó a la capital y empezó a ser hombre político, no se sabe a punto fijo cómo ni por qué.

Ello fue que de una mesa de colegio electoral pasó a ser del Ayuntamiento, y de concejal pasó a diputado provincial por Pernueces. Si nunca pudo sacudir de sí la prístina ignorancia, en el andar, y en el vestir y hasta en el saludar, fue consiguiendo paulatinos progresos, y se necesitaba ser un poco antiguo en Vetusta para recordar todo lo agreste que aquel hombre había sido. Desde el año de la Restauración en adelante pasaba ya Ronzal por hombre de iniciativa, afortunado en amores de cierto género y en negocios de quintas. Era muy decidido partidario de las instituciones vigentes. Se peinaba por el modelo de los sellos y las pesetas, y en cuanto al calzado lo usaba fortísimo, blindado. Creía que esto le daba cierto aspecto de noble inglés.

«—Yo soy muy inglés en todas mis cosas —decía con énfasis—, sobre todo en las botas.»

«*Militaba*» en el partido más reaccionario de los que turnaban en el poder.

«—Dadme un pueblo sajón —decía— y seré liberal.»

Más adelante fue liberal sin que le dieran el pueblo sajón, sino otra cosa que no pertenece a esta historia.

Era alto, grueso y no mal formado; tenía la cabeza pequeña, redonda y la frente estrecha; ojos montaraces, sin expresión, asustados, que no movía siempre que quería, sino cuando podía. Hablar con Ronzal, verle a él animado, decidor, disparatando con gran energía y entusiasmo, y notar que sus ojos no se movían, ni expresaban nada de aquello, sino que miraban fijos con el pasmo y la desconfianza de los animales del monte, daba escalofríos.

Era de buen color moreno y tenía la pierna muy bien formada. En lo que se había adelantado a su tiempo era en los pantalones, porque los traía muy cortos. Siempre llevaba guantes, hiciera calor o frío, fuesen oportunos o no. Para él siempre había sido el guante el distintivo de la finura, como decía, del señorío, según decía también. Además, le sudaban las manos.

Aborrecía lo que olía a plebe. Los *republicanitos* tenían en él un enemigo formidable. Un día de San Francisco no puso colgaduras en los balcones del Casino el conserje. Ronzal, que era ya de la Junta, quiso arrojar por uno de aquellos balcones al mísero dependiente.

—¡Señor —gritaba el conserje—, si hoy es San Francisco de Paula!

—¿Qué importa, animal? —respondió Trabuco, furioso—. ¡No hay Paula que valga; en siendo San Francisco es día de gala y se cuelga!

Así entendía él que se servía a las Instituciones.

Con rasgos como éste fue haciéndose respetar poco a poco.

Lo que es cara a cara ya nadie se reía de él. No le faltó perspicacia para comprender que el mundo daba mucho a las apariencias, y que en el Casino pasaban por más sabios los que gritaban más, eran más tercos y leían más periódicos del día. Y se dijo:

«—Esto de la sabiduría es un complemento necesario. Seré sabio. Afortunadamente, tengo energía (tenía muy buenos puños) y a testarudo nadie me gana, y disfruto de un pulmón como un manolito (monolito, por supuesto). Sin más que esto y leer *La Correspondencia*, seré el Hipócrates de la provincia.»

Hipócrates era el maestro de Platón, a quien nunca llamó Sócrates Trabuco, ni le hacía falta.

Desde entonces leyó periódicos y novelas de Pigault-Lebrun y Paul de Kock, únicos libros que podía mirar sin dormirse acto continuo. Oía con atención las conversaciones que le sonaban a sabiduría; y sobre todo, procuraba imponerse dando muchas voces y quedando siempre encima.

Si los argumentos del contrario le apuraban un poco, sacaba lo que no puede llamarse el Cristo, porque era un *rotín*, y blandiéndolo, gritaba:

—¡Y conste que yo sostendré esto en todos los terrenos!, ¡en todos los terrenos!

Y repetía lo de terreno cinco o seis veces para que el otro se fijara en el tropo y en el garrote y se diera por vencido.

Comprendía que allí las discusiones de menos compromiso eran las de más bulto y de cosas remotas, y así era su fuerte la política exterior. Cuanto más lejos estaba el país cuyos intereses se discutían, más le convenía. En tal caso el peligro estaba en los *lapsus* geográficos. Solía confundir los países con los generales que mandaban los ejércitos invasores. En cierta desgraciada polémica hubo de venir a las manos con el capitán Bedoya, que le negaba la existencia del general Sebastopol.

También creyó que su fama de hombre de talento se afianzaría probando sus fuerzas en el ajedrez, y aplicó a este juego mucha energía. Una tarde que jugaba en presencia de varios socios y llevaba perdidas muchas piezas, vio su salvación en convertir en reina un peoncillo.

—¡Este va a reina! —exclamó fijando con los suyos los ojos del adversario.

—No puede ser.

—¿Cómo que no puede ser?

Y el contrario, por instinto, retiró una pieza que estorbaba el paso del peón que debía ir a reina.

—A reina va, y lo hago cuestión personal —añadió envalentonado Trabuco, dándose un puñetazo en el pecho.

Y el contrario, sin querer, le dejó otra casilla libre.

Y así, de una en otra, jugándose la vida en todas ellas, convirtió el peón en reina y ganó el juego el enérgico diputado provincial de Pernueces.

Siete

Estas y otras cualidades distinguían a Pepe Ronzal, a quien Joaquinito Orgaz tenía mucho miedo. Tal vez sabía el de Pernueces que Joaquín imitaba perfectamente sus disparates y manera de decirlos. Además, Ronzal aborrecía a don Alvaro Mesía y a cuantos le alababan y eran amigos suyos. Joaquín era uña y carne del marquesito —el hijo del marqués de Vegallana— y éste el amigo íntimo de don Alvaro.

—Buenas tardes, señores— dijo Ronzal sentándose en el corro. Dejó los guantes sobre la mesa, pidió café y se puso a mirar de hito en hito a Joaquín, que hubiera querido hacerse invisible.

—¿De quién se murmura, pollo? —preguntó el diputado dando una palmada en el muslo no muy lucido del sietemesino.

Para piernas, Ronzal. En efecto, las estiró al lado de las del joven para que pudiesen comparar aquellos señores.

Joaquín contestó:

—De nadie.

Y encogió los hombros.

—No lo creo. Estos madrileñitos siempre tienen algo que decir de los infelices provincianos.

—Así es la verdad —dijo el ex alcalde—. Su amigo de usted, el Provisor, era hoy la víctima.

Ronzal se puso serio.

—¡Hola! —dijo—, ¿también *espifor?* (Espíritu fuerte en el francés de Trabuco.)

—Se trataba —añadió Foja— de las varas que toma o no toma cierta dama, hasta hoy muy respetada, y de los refuerzos espirituales que su atribulada conciencia busca o no busca en la dirección moral de don Fermín... ¡Je, je!...

Ronzal no entendía.

—A ver, a ver; exijo que se hable claro.

Joaquinito miró a su papá como pidiendo auxilio.

El señor Orgaz se atrevió a murmurar:

—Hombre, eso de exigir...

—Sí, señor; exigir. ¡Y hago la cuestión personal!

—Pero ¿qué es lo que usted exige? —preguntó el muchacho, agotando su valor en este rasgo de energía.

—Exijo lo que tengo derecho a exigir, eso es; y repito que hago la cuestión personal.

—Pero ¿qué cuestión?

—¡Esa!

Joaquinito volvió a encogerse de hombros, pálido como un muerto. Comprendió que el tener razón era allí lo de menos. A Ronzal ya le echaban chispas los ojos montaraces. Se había embrollado y esto era lo que más le irritaba siempre, perder el discurso a lo mejor.

—Sí, señor, esa cuestión; y quiero que se hable claro.

Ni él mismo sabía lo que exigía.

Foja se encargó de poner las cosas claras.

—El señor Ronzal quiere que se le explique si se piensa que es él quien pone las varas que esa señora toma o deja de tomar.

—¡Eso es! —dijo Ronzal, que no pensaba en tal cosa, pero que se sintió halagado con la suposición.

—Quiero saber —añadió— si se piensa que yo soy capaz de poner en tela de juicio la virtud de esa señora tan respetable...

—Pero ¿qué señora?

—Esa, don Joaquinito, ésa; y de mí no se burla nadie.

La disputa se acaloró; tuvieron que intervenir los señores venerables del rincón oscuro; tan grave fue el incidente. Se pusieron por unanimidad de parte del señor Ronzal, si bien reconocían que se enfadaba demasiado. Le explicaron el caso, pues aún no había dejado que le enterasen. «No se trataba de Ronzal. Se había dicho allí, con más o menos prudencia, que el señor Magistral iba a ser en adelante el confesor de la señora doña Ana de Ozores de Quintanar, porque esta ilustre y virtuosísima dama, huyendo de las asechanzas de un galán, que no era el señor Ronzal...

—Es Mesía —interrumpió Joaquín.

—Pues miente quien tal diga —gritó Trabuco muy disgustado con la noticia—. Y ese señor don Juan Tenorio puede llamar a otra puerta, que la Regenta es una fortaleza inexpugnable. Y en cuanto al que trae tales cuentos a un establecimiento público...

—El Casino no es un establecimiento público —interrumpió Foja.

—Y se hablaba entre amigos, en confianza —añadió Orgaz, padre.

—Y eso del don Juan Tenorio vaya usted a decírselo a Mesía —gritó Orgaz hijo desde la puerta, dispuesto a echar a correr si la pulla ponía fuera de sí al bárbaro de Pernueces.

No hubo tal cosa. Se puso como un tomate Trabuco, pero no se movió, y dijo:

—¡Ni Mesía ni San Mesía me asustan a mí! Y yo lo que digo,
lo digo cara a cara y a la faz del mundo, *surbicesorbi* (a la ciudad
y al mundo en el latín ronzalesco). No parece sino que don
Alvarito se come los niños crudos, y que todas las mujeres se le...
—Y dijo una atrocidad que escandalizó a los señores del rincón
oscuro.

—¡Silencio! —se atrevió a decir bajando la voz Joaquinito, sin
dejar la puerta.

—¿Cómo silencio? A mí nadie... ¡caballerito!

Se oyó una carcajada sonora, retumbante, que heló la sangre
del fogoso Ronzal. No cabía duda, era la carcajada de Mesía.
Estaba hablando con los señores del dominó en la sala contigua.
Le acompañaban Paco Vegallana y don Frutos Redondo. Llegaron
adonde estaba Ronzal. Este había vuelto a sentarse y se quejaba
de que se le había enfriado el café, que tomaba a pequeños
sorbos. Había hecho una seña a los del corro. Quería decir que
callaba por pura discreción

Don Alvaro Mesía era más alto que Ronzal y mucho más
esbelto. Se vestía en París y solía ir él mismo a tomarse las
medidas. Ronzal encargaba la ropa a Madrid; por cada traje le
pedían el valor de tres y nunca le sentaban bien las levitas.
Siempre iba a la penúltima moda. Mesía iba muchas veces a
Madrid y al extranjero. Aunque era de Vetusta, no tenía el
acento del país. Ronzal parecía gallego cuando quería pronunciar
en perfecto castellano. Mesía hablaba en francés, en italiano y
un poco en inglés. El diputado por Pernueces tenía soberana
envidia al Presidente del Casino.

Ningún vetustense le parecía superior al hijo de su madre ni
por el valor, ni por la elegancia, ni por la fortuna con las
damas, ni por el prestigio político, si se exceptuaba a don Alvaro.
Trabuco tenía que confesarse inferior a éste, que era su bello
ideal. Ante su fantasía el Presidente del Casino era todo un
hombre de novela y hasta de poema. Creíale más valiente que
el Cid, más diestro en las armas que el Zuavo, su figura le
parecía un figurín intachable, aquella ropa el eterno modelo de
la ropa; y en cuanto a la fama que don Alvaro gozaba de audaz
e irresistible conquistador, reputábala auténtica y el más envidiable patrimonio que pudiera codiciar un hombre amigo de
divertirse en este pícaro mundo. Aunque pasaba la vida pro-
palando los rumores maliciosos que corrían acerca del origen
de la regular fortuna que se atribuía al Presidente, él, Ronzal,
no creía que ni un solo céntimo hubiese sido adquirido de
mala fe.

Ronzal era reaccionario dentro de la dinastía, y Mesía, dinástico también, figuraba como jefe del partido liberal de Vetusta,
que acataba las Instituciones. En todas partes le veía enfrente,
pero vencedor. Mandaban los de Ronzal, éste era diputado de
la comisión permanente, y sin embargo, entraba don Alvaro en
la Diputación, y él quedaba en la sombra; no era Mesía de la

casa, tenía allí una exigua minoría, y desde el portero al Presidente todos se le quitaban el sombrero, y don Alvaro para
aquí, y don Alvaro para allá; y no había alcalde de don Alvaro
que no viese aprobadas sus cuentas, ni quinto de Mesía que no
estuviera enfermo de muerte, ni en fin, expediente que él
moviese que no volara.

¡Y sobre todo las mujeres!

Muchas veces en el teatro, cuando todo el público fijaba la
atención en el escenario, un espectador, Ronzal, desde la platea
de proscenio, clavaba la mirada en el elegante Mesía, aquel
gallo rubio, pálido, de ojos pardos, fríos casi siempre, pero
candentes para dar hechizos a una mujer. Aquella pechera, aquel
plastón (como decía Ronzal) inimitable, de un brillo que no
sabían sacar en Vetusta, que no veía en las camisas de Madrid,
atraía los ojos del diputado provincial como la luz a las mariposas. Atribuía supersticiosamente al *plastón* gran parte en las
victorias de amor de su enemigo.

El, Ronzal, también lucía mucho la pechera, pero insensiblemente tendía al chaleco cerrado y a la corbata acartonada. Volvía
a ver la pechera del otro, y volvía él a los chalecos abiertos.
Miraba a Mesía Ronzal, y si aplaudía su modelo aborrecido,
aplaudía él, pero pausadamente y sin ruido, como el otro. Ponía
los codos en el antepecho del palco y cruzaba las manos, y se
volvía para hablar con sus amigos aquel don Alvaro de una
manera singular que Trabuco no supo imitar en su vida. Si Mesía
paseaba los gemelos por los palcos y las butacas, seguía Ronzal
el movimiento de aquéllos, que se le antojaban dos cañones
cargados de mortífera metralla: ¡infeliz de la mujer a quien
apuntara aquel asesino de corazones! Señora o señorita, ya la
tenía Ronzal por muerta de amor o deshonrada cuando menos.

Mejor que todos conocía las víctimas que el don Juan de
Vetusta iba haciendo, lo espiaba, seguía con sus miradas sus
pasos, interpretaba sus sonrisas, y más de una vez (antes morir
que confesarlo), más de una vez esperó el tiempo que solía
tardar el *otro* en cansarse de una dama para procurar cogerla
en las torpes y groseras redes de la seducción ronzalesca.

En tales ocasiones solía encontrarse con que aquellos platos
de segunda mesa se los comía Paco Vegallana, el marquesito.

Todo esto sabía Trabuco, pero no lo decía a nadie.

Negaba las conquistas de Mesía.

—Ya está viejo —solía decir—; no digo que allá en sus
verdores, cuando las costumbres estaban perdidas, gracias a la
Gloriosa..., no digo que entonces no haya tenido alguna aventurilla... Pero hoy por hoy, en el actual momento histórico
—el de Pernueces se crecía hablando de esto—, la moralidad
de nuestras familias es el mejor escudo.

Estas conversaciones se repetían todos los días; el objeto de
la murmuración variaba poco, los comentarios menos y las frases

de efecto nada. Casi podría anunciarse lo que cada cual iba a decir y cuándo lo diría.

Don Alvaro notó que su presencia había hecho cesar alguna conversación. Estaba acostumbrado a ello. Sabía el odio que le consagraba el de Pernueces y la admiración de que este odio iba acompañado. Le divertía y le convenía la inquina de Ronzal, gran propagandista de la leyenda de que era Mesía el héroe; y aquella leyenda era muy útil, para muchas cosas. También hacía conocido la imitación grotesca del Estudiante —él le llamaba así todavía— y se complacía en observarle, como si se mirase en un espejo de la *Rigolade*. No le quería mal. Le hubiera hecho un favor, siendo cosa fácil. Algunos le había hecho tal vez, sin que el otro lo supiera.

Aunque sin aludir ya a la Regenta, se volvió a hablar de mujeres casadas.

Ronzal, como otros días, defendía en tesis general la moralidad presente, debida a la Restauración.

—Vamos, que usted, Ronzalillo, en estos tiempos de moralidad... —dijo el alcalde, con su malicia de siempre.

Sonrió un momento Trabuco, pero recobrando la serenidad, exclamó:

—Ni yo ni nadie; créanme ustedes. En Vetusta la vida no tiene incentivos para el vicio. No digo que todo sea virtud, pero faltan las ocasiones. Y la sana influencia del clero, sobre todo del clero catedral, hace mucho. Tenemos un Obispo que es un santo, un Magistral...

—Hombre, el Magistral... No me venga usted a mí con cuentos... Si yo hablara... Además, todos ustedes saben...

El que empleaba estas reticencias era Foja.

—El señor Magistral —dijo Mesía, hablando por primera vez al corro— no es un místico que digamos, pero no creo que sea solicitante.

—¿Qué significa esto? —preguntó Joaquinito Orgaz.

Se lo explicó Foja.

Se discutió si el Magistral lo era. Dijeron que no Ronzal, Orgaz padre, el Marquesito, Mesía y otros cuatro; que sí Foia, Joaquinito y otros dos.

Ganada la votación, para contentar a la minoría, el presidente del Casino declaró imparcialmente que «el verdadero pecado del Provisor era la simonía».

El marquesito, licenciado en derecho civil y canónico, se hizo explicar la palabreja.

Según don Alvaro, la ambición y la avaricia eran los pecados capitales del Magistral, la avaricia sobre todo; por lo demás era un sabio; acaso el único sabio de Vetusta; un orador incomparablemente mejor que el Obispo.

—No es un santo —añadía—, pero no se puede creer nada de lo que se dice de doña Obdulia y él, ni lo de él y Visitación; y en cuanto a sus relaciones con los Páez, yo que soy amigo de

corazón de don Manuel, y conozco a su hija desde que era así
—media vara—, protesto contra todas esas calumniosas especies.
(Ronzal apuntó la palabra; él creía que se decía especias.)
—¿Qué especies? —preguntó el marquesito, que para eso es-
taba allí.
—¿No lo sabes? Pues dicen que Olvidito está supeditada a
la voluntad de don Fermín; que no se casa ni se casará porque
él quiere hacerla monja, y que don Manuel autoriza esto, y...
—Y yo juro que es verdad, señor don Alvaro —gritó Foja.
—Pero ¿cree usted también que el Magistral haga el amor
a la niña?
—Eso es lo que yo no sé.
—Ni lo otro —dijo Ronzal.
Mesía le miró, aprobando sus palabras con una inclinación de
cabeza y una afable sonrisa.
—Señores —añadió Trabuco, animándose—, esto es escanda-
loso. Aquí todo se convierte en política. El señor Magistral es
una persona muy digna por todos conceptos.
—Díjolo Blas.
—¡Lo digo yo!
—Como si lo dijera el gato.
Hubo una pausa. El ex alcalde no era un Joaquinito Orgaz.
Aquello de gato pedía sangre, Ronzal estaba seguro, pero no
sabía cómo contestar al liberalote.
Por último dijo:
—Es usted un grosero.
Foja, que sabía insultar, pero también perdonaba los insultos,
no se tuvo por ofendido.
—Yo lo que digo lo pruebo —replicó—; el Magistral es el
azote de la provincia: tiene embobado al Obispo, metido en
un puño al clero; se ha hecho millonario en cinco o seis años
que lleva de Provisor; la curia de Palacio no es una curia eclesiástica, sino una sucursal de los Montes de Toledo. Y del confesonario nada quiero decir; y de la Junta de las Paulinas tampoco; y de las niñas del Catecismo... chitón,. porque más vale
no hablar; y de la Corte de María...; pasemos a otro asunto.
En fin, que no hay por dónde cogerlo. Esta es la verdad, la pura
verdad: y el día que haya en España un gobierno medio liberal
siquiera, ese hombre saldrá de aquí con la sotana entre las piernas.
He dicho.
El ex alcalde entendía así la libertad: o se perseguía o no se
perseguía al clero. Esta persecución y la libertad de comercio
era lo esencial. La libertad de comercio para él se reducía a la
libertad del interés. Todavía era más usurero que clerófobo.
Aunque maldiciente, no solía atreverse a insultar a los curas
de tan desfachatada manera, y aquel discurso produjo asombro.
¿Cómo aquel socarrón, marrullero, siempre alerta, se había
dejado llevar de aquel arrebato? No había tal cosa. Estaba muy
sereno. Bien sabía su papel. Su propósito era agradar a don

Alvaro, por causas que él conocía; y aunque el presidente del Casino fingiera defender al canónigo, a Foja le constaba que no le quería bien ni mucho menos.

—Señor Foja —respondió Mesía, seguro de que todos esperaban que él hablase—, hay cuando menos notable exageración en todo lo que usted ha dicho.

—*Vox populi...*

—El pueblo es un majadero —gritó Ronzal—. El pueblo crucificó a Nuestro Señor Jesucristo, el pueblo dio la cicuta a Hipócrates.

—A Sócrates —corrigió Orgaz, hijo, vengándose bajo el seguro de la presencia de don Alvaro.

—El pueblo —continuó el otro sin hacer caso— mató a Luis XVI...

—¡Adiós!, ya se desató —interrumpió Foja.

Y cogiendo el sombrero añadió:

—Abur, señores; donde hablan los sabios sobramos los ignorantes.

Y se aproximó a la puerta.

—Hombre, a propósito de sabios —dijo don Frutos Redondo, el americano, que hasta entonces no había hablado—. Tengo pendiente una apuesta con usted, señor Ronzal..., ya recordará usted... aquella palabreja.

—¿Cuál?

—Avena. Usted decía que se escribe con *h*...

—Y me mantengo en lo dicho, y lo hago cuestión personal...

—No, no; a mí no me venga usted con circunloquios; usted había apostado unos callos...

—Van apostados.

—Pues bueno, ¡ajajá! Que traigan el Calepino, ese que hay en la biblioteca.

—¡Que lo traigan!

Un mozo trajo el diccionario. Estas consultas eran frecuentes.

—Búsquelo usted primero con *h* —dijo Ronzal con voz de trueno a Joaquinito, que había tomado a su cargo, con deleite, la tarea de aplastar al de Pernueces.

Don Frutos se bañaba en agua de rosas. Un millón, de los muchos que tenía, hubiera dado él por una victoria así. Ahora verían quién era más bruto. Guiñaba los ojos a todos, reía satisfecho, frotaba las manos.

—¡Qué callada!, ¡qué callada!

Orgaz, solemnemente, buscó avena con *h*. No pareció.

—Será que la busca usted con *b;* búsquela usted con *v* de corazón.

—Nada, señor Ronzal, no parece.

—Ahora búsquela usted sin *h* —exclamó don Frutos, ya muy serio, queriendo tomar un continente digno en el momento de la victoria.

Ronzal estaba como un tomate. Miró a Mesía, que fingió estar distraído.

Por fin Trabuco, dispuesto a jugar el todo por el todo, se puso de pie en medio de la sala y cogió bruscamente el diccionario de manos de Orgaz, que creyó que iba a arrojárselo a la cabeza. No; lo lanzó sobre un diván y gritando dijo:

—Señores, sostenga lo que quiera ese libraco, yo aseguro, bajo palabra de honor, que el diccionario que tengo en casa pone avena con *h*.

Don Frutos iba a protestar, pero Ronzal añadió sin darle tiempo.

—El que lo niegue me arroja un mentís, duda de mi honor, me tira a la cara un guante, y en tal caso... me tiene a su disposición; ya se sabe cómo se arreglan estas cosas.

Don Frutos abrió la boca.

Foja, desde la puerta, se atrevió a decir:

—Señor Ronzal, no creo que el señor Redondo, ni nadie, se atreva a dudar de su palabra de usted. Si usted tiene un diccionario en que lleva *h* la avena, con su pan se lo coma; y aun calculo yo qué diccionario será ése... Debe ser el diccionario de Autoridades...

—Sí, señor; es el diccionario del Gobierno...

—Pues ése es el que manda; y usted tiene razón, y don Frutos confunde la avena con La Habana, donde hizo su fortuna...

Don Frutos se dio por satisfecho. Había comprendido el chiste de la avena que se había de comer el otro y fingió creerse vencido.

—Señores —dijo—, corriente, no se hable más de esto; yo pago la callada.

Casi siempre pasaba él allí por el más ignorante, y el ver a Ronzal objeto de burla general, le puso muy contento.

Se quedó en que aquella noche cenarían todos los del corro a costa de don Frutos. ¡Raro desprendimiento en aquel corazón amante de la economía! Ronzal creyó que una vez más se había impuesto a fuerza de energía; ¡y ahora delante de don Alvaro! Aceptó la cena y el papel de vencedor, por más que estaba seguro de que en su casa no había diccionario. Pero ya que Foja lo decía...

Había cesado la lluvia. Se disolvió la reunión, despidiéndose hasta la noche. Aquéllos eran, fuera de Orgaz padre, los ordinarios trasnochadores.

La cena sería a última hora. Mesía ofreció asistir a pesar de sus muchas ocupaciones.

¡Cuánto envidió esta frase Ronzal! Comprendió que todos habían interpretado lo mismo que él aquellas «ocupaciones». Eran, ¡ay!, cita de amor. «¡Tal vez con la Regenta!», pensó el de Pernueces, y se prometió espiarlos.

Don Alvaro Mesía, Paco Vegallana y Joaquín Orgaz salieron

juntos. El marquesito comprendió que a don Alvaro le estorbaba Orgaz.

—Oye, Joaquín, ahora que me acuerdo, ¿no sabes lo que pasa?

—Tú dirás.

—Que tienes un rival temible.

—¿En qué... plaza?

—Tienes razón, olvidaba tus muchas empresas... Se trata de Obdulia.

—¡Hola, hola! —dijo Mesía, sonriendo de pura lástima—; ¿conque tiene usted en asedio a la viudita?

—Sí —dijo Paco—; es... el Gran Cerco de Viena.

Joaquín, a pesar de lo flamenco, se turbó, entre avergonzado y hueco. Sabía positivamente que don Alvaro había sido amante de Obdulia, porque ella se lo había confesado. «¡El único!», según la dama. Pero Orgaz sospechaba que había heredado aquellos amores Paco. Obdulia juraba que no.

—Pues tu rival es don Saturnino Bermúdez, el descendiente de cien reyes, ya sabes, mi primo, según él... Ayer creo que hubo un escándalo en la catedral, que el Palomo tuvo que echarlos poco menos que a escobazos: ¿qué creías tú? ¿Que Obdulia sólo tenía citas en las carboneras? Pues también en los palacios y en los templos...

Pauperum tabernas, regumque turres.

Joaquinito, fingiendo mal buen humor, preguntó:

—Pero tú, ¿cómo sabes todo eso?

—Es muy sencillo. La señora de Infanzón... ya sabe éste quién es.

—Sí —dijo Mesía—, la de Palomares...

—Esa; fue a la catedral con Obdulia, las acompañó el arqueólogo, y en la capilla de las reliquias, en los sótanos, en la bóveda, en todas partes, creo que se daban unos... apretones... La Infanzón se lo contó a mamá, que se moría de risa; la lugareña estaba furiosa... Hoy mi madre, para divertirse, ya sabes lo que a la pobre le gustan estas cosas, quería ver a Obdulia y a don Saturno juntos, en casa, a ver qué cara ponían, aludiendo mamá a lo de ayer. La llamó, pero Obdulia se disculpó diciendo que esta tarde tenía que pasarla en casa de Visitación para hacer las empanadas de la merienda... ya sabes lo de la tertulia de la otra...

—Sí, ya sé.

—Conque allí las tienes, con los brazos al aire... y... ya sabes..., en fin, que está el horno para pasteles.

—En honor de la verdad —observó Mesía—, la viuda está apetitosa en tales circunstancias. Yo la he visto en casa de éste, con su gran mandil blanco, su falda bajera ceñida al cuerpo, la

pantorrilla un poco al aire y los brazos con todo al fresco...,
colorada, excitadota...

El flamenco tragó saliva.

—Es la mujer X —dijo sin poder contenerse—. ¿Y él?
—añadió.

—¿Quién?

—El sabihondo ese...

—¡Ah! ¿Don Saturnino? Pues tampoco fue a casa. Contestó
muy fino en una esquela perfumada, como todas las suyas, que
parecen de *cocotte* de sacristía...

—¿Qué contestó?

—Que estaba en cama y que hiciera mamá el favor de mandarle la receta de aquella purga tan eficaz que ella conoce.
El pobre Bermúdez sería feliz, dado que te desbanque, si no
fueran esas irregularidades de las vías digestivas.

Joaquín siguió algunos minutos hablando de aquellas bromas
y se despidió.

—¡Pobre diablo! —dijo Mesía.

—Es pesado como un plomo.

Callaron. Vegallana miraba de soslayo a su amigo de vez en
cuando. Don Alvaro iba pensativo. Aquel silencio era de esos
que preceden a confidencias interesantes de dos amigos íntimos.

Aquella amistad era como la de un padre joven y un hijo
que le trata como a un camarada respetable y de más seso. Pero
además Paco veía en Mesía un héroe. Ni el ser heredero del
título más envidiable de Vetusta, ni su buena figura, ni su
partido con las mujeres, envanecían a Paco tanto como su intimidad con don Alvaro. Cuarenta años y alguno más contaba el
Presidente del Casino, de veinticinco a veintiséis el futuro marqués, y a pesar de esta diferencia en la edad, congeniaban,
tenían los mismos gustos, las mismas ideas, porque Vegallana
procuraba imitar en ideas y gustos a su ídolo. No le imitaba
en el vestir ni en las maneras, porque discretamente, al notar
algunos conatos de ello, don Alvaro le había hecho comprender
que tales imitaciones eran ridículas y cursis. Burlándose de Trabuco, había apartado a Paco, que tenía instintos de verdadero
elegante, de tales propósitos. Y así era el marquesito original,
vestía a la moda, según la entendía su sastre en Madrid, que
le tomaba en serio, que le cuidaba, como a parroquiano inteligente y de mérito. No exageraba ni por ajustar demasiado la
ropa, ni por dejarla demasiado holgada, ni se excedía en los
picos de los cuellos, ni en las alas de los sombreros.

Procuraba tener estilo indumentario para no parecerse a cualquier figurín. No creía en los sastres de Vetusta y ni unas tra-
billas compraba en su tierra. Nadie era sastre en su patria.
En verano prefería los sombreros blancos, los chalecos claros
y las corbatas alegres. La esencia del vestir estaba en la pulcritud
y la corrección, y el peligro en la exageración adocenada. Era
blanco, sonrosado, pero sin rastro de afeminamiento, porque

tenía hermosa piel, buena sangre, mucha salud; las mujeres le alababan sobre todo la boca, dientes inclusive, la mano y el pie. Hasta en aquellos lugares donde el hombre suele perder todo encanto, porque es el deber, lograba conquistas verdaderas, y de ello se pagaba no poco el marquesito, que trataba con desdén a las queridas ganadas en buena lid, y con grandes miramientos y hasta cariño a las que le costaban su dinero. Su literatura se había reducido a la *Historia de la prostitución*, por Dufour, a la *Dama de las Camelias* y sus derivados, con algunos panegíricos novelescos más de la mujer caída. Creía en el buen corazón de las que llamaba Bermúdez meretrices y en la corrupción absoluta de las clases superiores. Estaba seguro de que si no venía otra irrupción de bárbaros, el mundo se pudriría de un día a otro. Lo lamentaba, pero lo encontraba muy divertido.

Además, pensaba que el buen casado necesita haber corrido muchas aventuras. El estaba destinado a cierta heredera tan escuálida como virtuosa, y había puesto por condición, para comprometer su mano, que le dejaran muchos años de libertad, en la que se prepararía a ser un buen marido. La duda que le atormentaba y consultaba con Mesía era ésta:

—¿Debo casarme pronto para que mi mujer no llegue a mis brazos hecha una vieja? ¿Debo preferir tomarla vieja y ser libre más tiempo para disfrutar de otras lozanías?

No pensaba él, por supuesto, abstenerse del amor adúltero en casándose; pero, ¿y la comodidad?, ¿y el andar a salto de mata, ocultándose como un criminal?

Prefería seguir preparándose para ser un buen esposo.

Después de Mesía, pocos seductores había tan afortunados como el marquesito. La vanidad solía ayudarle en sus conquistas; no pocas mujeres se rendían al futuro marqués de Vegallana; pero otras veces, y esto era lo que él prefería, vencían sus ojos azules, suaves y amorosos, su manera de entender los placeres.

—Para gozar —decía—, las de treinta a cuarenta. Son las que saben más y mejor, y quieren a uno por sus prendas personales.

Como una dama rica y elegante deja vestidos casi nuevos a sus doncellas, Mesía más de una vez dejaba en brazos de Paco amores apenas usados. Y Paco, por ser quien era el otro, los tomaba de buen grado. Tanto le admiraba.

Paco era de mediana estatura, y cogido del brazo de su amigo, parecía bajo, porque Mesía era más alto que el buen mozo de Pernueces.

—¿Adónde vamos? —preguntó Vegallana, queriendo provocar así la confidencia que esperaba.

Don Alvaro se encogió de hombros.

—Puede ser que esté ella en mi casa.

—¿Quién?

—Anita. ¡Bah!

Don Alvaro sonrió, mirando con cariño paternal a Paco.

Le cogió por los hombros y le atrajo hacia sí, mientras decía:

—¡Muchacho, tú eres *l'enfant terrible!* ¡Qué ingenuidad! Pero ¿quién te ha dicho a ti...?

—Estos.

Y puso Paco dos dedos sobre los ojos.

—¿Qué has visto? No puede ser. Yo estoy seguro de no haber sido indiscreto.

—¿Y ella?

—Ella..., no estoy seguro de que sepa que me gusta.

—¡Bah! Estoy seguro yo... Y más; estoy seguro de que le gustas tú.

Una mano de Mesía tembló ligeramente sobre el hombro de Vegallana.

El marquesito lo sintió, y vio en el rostro de su amigo grandes esfuerzos por ocultar la alegría. Los ojos fríos del *dandy* se animaron. Chupó el cigarro y arrojó el humo para ocultar con él la expresión de sus emociones.

Anduvieron algunos pasos en silencio.

—¿Qué has visto tú... en ella?

—¡Hola, hola! Parece que pica.

—¡Ya lo creo! ¿Y dónde creerás que pica?

Vegallana se volvió para mirar a Mesía.

Este señaló el corazón con ademán jocoserio.

—¡Puf! —hizo con los labios Paco.

—¿Lo dudas?

—Lo niego.

—No seas tonto. ¿Tú no crees en la posibilidad de enamorarse?

—Yo me enamoro muy fácilmente...

—No es eso.

—¿Y te pones colorado?

—Sí, me da vergüenza, ¿qué quieres? Esto debe de ser la vejez.

—Pero, vamos a ver, ¿qué sientes?

Mesía explicó a Paco lo que sentía. Le engañó como engañaba a ciertas mujeres que tenían educación y sentimientos semejantes a los del marquesito. La fantasía de Paco, sus costumbres, la especial perversión de su sentido moral, le hacían afeminado en el alma en el sentido de parecerse a tantas y tantas señoras y señoritas, sin malos humores, ociosas, de buen diente, criadas en el ocio y el regalo, en medio del vicio fácil y corriente.

Era muy capaz de un sentimentalismo vago que, como esas mujeres, tomaba por exquisita sensibilidad, casi casi por virtud. Pero esta virtud para damas se rige por leyes de una moral privilegiada, mucho menos severa que la desabrida moral del vulgo. Paco, sin pensar mucho en ello, y sin pensar claramente, esperaba todavía un amor puro, un amor grande, como el de los libros y las comedias; comprendía que era ridículo buscarlo y se declaraba escéptico en esta materia; pero allá adentro, en regiones de su espíritu en que él entraba rara vez, veía vagamente *algo mejor* que el ordinario galanteo, algo más serio que los apetitos carnales satisfechos y la vanidad contenta. Necesitaba para que todo eso saliera a la superficie, para darse cuenta de ello, que fantasía más poderosa que la suya provocase la actividad de su cerebro; la elocuencia de Mesía, insinuante, corrosiva, era el incentivo más a propósito. En un cuarto de hora, empleado en recorrer calles y plazuelas, don Alvaro hizo sentir al otro aquellos algos indefinidos del amor dosimétrico, que era la más alta idealidad a que llegaba el espíritu del marquesito.

Sí, todo aquello era puro. Se trataba de una mujer casada, es verdad; pero el amor ideal, el amor de las almas elegantes y escogidas, no se para en barras. En París, y hasta en Madrid, se ama a las señoras casadas sin inconveniente. En esto no hay diferencia entre el amor puro y el ordinario.

Importaba mucho al jefe del partido liberal dinástico de Vetusta que Paquito le creyera enamorado de aquella manera sutil y alambicada. Si se convencía de la pureza y fuerza de esta pasión, le ayudaría no poco. La amistad entre los Vegallana y la Regenta era íntima. Paco jamás había dicho una palabra de amor a su amiga Anita, v ésta le estimaba mucho; lo poco expansiva que era ella con Paco lo había sido mejor que con otros; en la casa del marqués, además, se la podía ver a menudo; en otras casas pocas veces. Si Mesía quería conseguir algo, no era posible prescindir de Paquito. Supongamos que Ana consentía en hablar con don Alvaro a solas. ¿Dónde podía ser? ¿En casa del Regente? Imposible, pensaba el seductor; esto ya sería una traición formal, de las que asustan más a las mujeres; semejantes enredos no podía admitirlos la Regenta, por lo menos al principio. La casa de Paco era un terreno neutral; el lugar más a propósito para comenzar en regla un asedio y esperar los acontecimientos. Don Alvaro lo sabía por larga experiencia. En casa de Vegallana había ganado sus más heroicas victorias de amor. Su orgullo le aconsejaba que no hiciera en favor de Ana Ozores una excepción que a todo Vetusta le parecería indispensable.

Por lo mismo, quería él vencer allí para que vieran.

Había de ser en el salón amarillo, en el célebre salón amarillo. ¿Qué sabía Vetusta de estas cosas? Tan mujer era la Regenta como las demás; ¿por qué se empeñaban todas en imaginarla invulnerable? ¿Qué blindaje llevaba en el corazón? ¿Con qué unto singular, milagroso, hacía incombustible la carne flaca aquella hembra? Mesía no creía en la virtud absoluta de la mujer; en esto pensaba que consistía la superioridad que todos le reconocían. Un hombre hermoso, como él lo era sin duda, con tales ideas tenía que ser irresistible.

«Creo en mí y no creo en ellas.» Esta era su divisa.

Para lo que servía aquel supersticioso respeto que inspiraba a Vetusta la virtud de la Regenta era, bien lo conocía él, para aguijonearle el deseo, para hacerle empeñarse más y más, para que fuese poco menos que verdad aquello del enamoramiento que le estaba contando a su amiguito.

«El era, ante todo, un hombre político; un hombre político que aprovechaba el amor y otras pasiones para el medro personal.» Este era su dogma hacía más de seis años. Antes conquistaba por conquistar. Ahora con su cuenta y razón; por algo y para algo. Precisamente tenía entre manos un vastísimo plan en que entraba por mucho la señora de un personaje político que había conocido en los baños de Palomares. Era otra virtud. Una virtud a prueba de bomba; del gran mundo. Pues bien, había empezado a minar aquella fortaleza. ¡Era todo un plan! Esperaba en el buen éxito, pero no se apresuraba. El, el conquistador a lo Alejandro, el que había rendido la castidad de una robusta aldeana en dos horas de pugilato, el que había deshecho una boda en una noche, para sustituir al novio, el Tenorio repentista, en los casos graves procedía con la paciencia de un estudiante tímido que ama platónicamente. Había mujeres que sólo así sucumbían; a no ser que abundasen las ocasiones de los ataques bruscos con seguridad del secreto; entonces se acortaban mucho los plazos del rendimiento. La señora del personaje de Madrid era de las que exigían años. Pero el triunfo en este caso aseguraba grandes adelantos en la carrera, y esto era lo principal en Mesía, el hombre político. ¡Ahora se empezaba a hablar en Vetusta de si él ponía o no ponía los ojos en la Regenta! ¡Vergüenza le daba confesárselo a sí propio! ¡Dos años hacía que ella debía de creerle enamorado de sus prendas! Sí, dos años llevaba de prudente, sigiloso culto externo, casi siempre mudo, sin más elocuencia que la de los ojos, ciertas idas y venidas, y determinadas actitudes ora de tristeza, ora de impaciencia, tal vez de desesperación. Y ¡mayor vergüenza todavía!, otros dos años había empleado en merecer el poeta Trifón Cármenes, enamorado líricamente de la Regenta. Bien lo había conocido don Alvaro, y aunque el rival no le parecía temible, era muy ridículo coincidir con tamaño personaje en la fecha de las operaciones y en el sistema de ataque. Pero al principio no había más remedio, había que proceder así. Claro es que el poeta se había quedado muy atrás; no había pasado de esta situación, poco lisonjera: la Regenta no sabía que aquel chico estaba enamorado de ella. Lo veía a veces mirarla con fijeza y pensaba:

«¡Qué distraído es ese poetilla de *El Lábaro*! Deben de tenerle muy preocupado las consonantes.» Y en seguida se olvidaba de que había Cármenes en el mundo. Entonces ya no le quedaba al poeta más testigo de su dolor que Mesía, la única persona del mundo que entendía el sentido oculto y hondo de los versos eróticos de Cármenes. Aquellas elegías parecían charadas, y sólo podía descifrarlas don Alvaro, dueño de la clave.

Esta parte ridícula, según él, de su empeño, ponía furioso unas veces al gentil Mesía y otras de muy buen humor. ¡Era chusco! ¡El, rival de Trifón! Había que dar un asalto. Ya debía de estar aquello bastante preparado. Aquello era el corazón de la Regenta.

El presidente del Casino apreciaba el progreso de la cultura por la lentitud o rapidez en esta clase de asuntos. Vetusta era un pueblo primitivo. Dígalo, si no, lo que a él le pasaba con Anita Ozores. Verdad era que en aquellos dos años había rendido otras fortalezas. Pero ninguna aventura había sido de las ruidosas; nada podía saber la Regenta de cierto, y el amor y la constancia del discreto adorador debían de ser para ella cosa poco menos que segura. La prudencia y el sigilo eran dotes positivas de don Alvaro en tales asuntos. Sus aventuras actuales pocos las conocían; las que sonaban y hasta refería él, siempre eran antiguas. Con esto y la natural vanidad que lleva a la mujer a creerse querida de veras, la Regenta podía, si le importaba, creer que el Tenorio de Vetusta había dejado de serlo para convertirse en fino, constante y platónico amador de su gentileza. Esto era lo que él quería saber a punto fijo. ¿Creería en él? ¿Le sacrificaría la tranquilidad de la conciencia y otras comodidades que ahora disfrutaba en su hogar honrado?

Algunas insinuaciones tal vez temerarias le habían hecho perder terreno, y con ellas había coincidido el cambio de confesores de la Regenta.

«Todo se puede echar a perder ahora —había pensado don Alvaro—. La devoción sería un rival más temible que Cármenes; el Magistral, un cancerbero más respetable que don Víctor Quintanar, mi buen amigo.»

No había más remedio que jugar el todo por el todo. Había llegado la época de la recolección: ¿serían calabazas? No lo esperaba; los síntomas no eran malos; pero, aunque se lo ocultase a sí mismo, no las tenía todas consigo. Por eso le irritaba más la supersticiosa fe de Vetusta en la virtud de aquella señora; le irritaba más porque él, sin querer, participaba de aquella fe estúpida.

«Y con todo, yo tengo datos en contra, pensaba, ciertos indicios. Y además, no creía en la mujer fuerte. ¡Señor, si hasta la Biblia lo dice! Mujer fuerte. ¿quién la hallará?»

Si hubiese conocido Paco Vegallana estos pensamientos de su amigo, que probaban la falsedad de su amor, le hubiera negado su eficaz auxilio en la conquista de la Regenta. Sólo el amor fuerte, invencible, podía disculparlo todo. A lo menos, así lo decía la moral de Paco. Queriendo tanto y tan bien como decía don Alvaro, nada de más haría la Regenta en corresponderle. Una mujer casada peca menos que una soltera cometiendo una falta, porque, es claro, la casada... no se compromete.

«—¡Esta es la moral positiva! —decía el marquesito, muy serio, cuando alguien le oponía cualquier argumento—. Sí, señor,

ésta es la moral moderna, la científica; y eso que se llama el
positivismo no predica otra cosa; lo inmoral es lo que hace
daño positivo a alguien. ¿Qué daño se le hace a un marido
que no lo sabe?»

Creía Paco que así hablaba la filosofía de última novedad,
que él estimaba excelente para tales aplicaciones, aunque, como
buen conservador, no la quería en las Universidades.

«¿Por qué? Porque el saber esas cosas no es para chicos.»
Cuando llegaron al portal del palacio de Vegallana, su futuro
dueño tenía lágrimas en los ojos. ¡Tanto le había ablandado el
alma la elocuencia de Mesía! ¡Qué grande contemplaba ahora
a su don Alvaro! Mucho más grande que nunca. ¿Conque el
escéptico redomado. el hombre frío, el *dandy* desengañado, tenía otro hombre dentro? ¡Quién lo pensara! ¡Y qué bien casaban aquellos colores (aquellos matices delicados, quería decir
Paco), aquel contraste de la aparente indiferencia, del elegante
pesimismo con el oculto fervor erótico, un si es no es romántico! Si en vez de la *Historia de la Prostitución* Paquito hubiese leído ciertas novelas de moda, hubiera sabido que don
Alvaro no hacía más que imitar —y de mala manera. porque él
era ante todo un hombre político— a los héroes de aquellos
libros elegantes. Sin embargo, algo encontraba Paco en sus lecturas parecido a Mesía; era éste una Margarita Gauthier del
sexo fuerte; un hombre capaz de redimirse por amor. Era necesario redimirle, ayudarle a toda costa.

«Y que perdonase don Víctor Quintanar, incapaz de ser escéptico, frío y prosaico por fuera, romántico y dulzón por dentro.»
Cuando subían la escalera, Paco Vegallana, el muchacho de
más partido entre las mozas del ídem, estaba resuelto:

1.º A favorecer en cuanto púdiese los amores, que él daba
por seguros, de la Regenta y Mesía. Y

2.º A buscar, para uso propio, un acomodo neorromántico,
una *pasión-verdad*, compatible con su afición a las formas am-
plias y a las turgencias hiperbólicas que él no llamaba así, por
supuesto.

—¿Quién está arriba? —preguntó a un criado, seguro de que
estaría la Regenta «porque se lo daba el corazón».

—Hay dos señoras.

—¿Quiénes son?

El criado meditó.

—Una creo que es doña Visita, aunque no las he visto; pero
se la oye de lejos... la otra..., no sé.

—Bueno, bueno —dijo Paco, volviéndose a Mesía—. Son
ellas. Estos días Visita no se separa de Ana.

A Mesía le temblaron un poco las piernas, muy contra su
deseo.

—Oye —dijo—, llévame primero a tu cuarto. Quiero que
allí me expliques, como si te fueras a morir. la verdad, nada

más que la verdad, de lo que hayas notado en ella que pueda serme favorable.

—Bien; subamos.

Paco se turbó. La verdad de lo que había notado... no era gran cosa. Pero, ¡bah!, con un poco de imaginación..., y precisamente él estaba tan excitado en aquel momento...

Las habitaciones del marquesito estaban en el segundo piso. Al llegar al vestíbulo del primero, oyeron grandes carcajadas... Era en la cocina. Era la carcajada eterna de Visita.

—¡Están en la cocina! —dijo Mesía, asombrado y recordando otros tiempos.

—Oye —observó Paco—. ¿no esperaba Visita a Obdulia en su casa para hacer empanadas y no sé qué más?

—Sí, ella lo dijo.

—Entonces... ¿cómo está aquí Visitación?

—¿Y qué hacen en la cocina?

Una hermosa cabeza de mujer, cubierta con un gorro blanco de fantasía, apareció en una ventana al otro lado del patio que había en medio de la casa. Debajo del gorro blanco flotaban graciosos y abundantes rizos negros, una boca fresca y alegre sonreía, unos ojos muy grandes y habladores hacían gestos, unos brazos robustos y bien torneados, blancos y macizos, rematados por manos de muñeca, mostraban, levantándolo por encima del gorro, un pollo pelado, que palpitaba con las ansias de la muerte; del pico caían gotas de sangre.

Obdulia, dirigiéndose a los atónitos caballeros, hizo ademán de retorcer el pescuezo a su víctima y gritó triunfante:

—¡Yo misma! ¡He sido yo misma! ¡Así, a todos los hombres!...

«¡Era Obdulia! ¡Obdulia! Luego no estaba la otra.»

Ocho

El marqués de Vegallana era en Vetusta el jefe del partido más reaccionario entre los dinásticos; pero no tenía afición a la política y más servía de adorno que de otra cosa. Tenía siempre un favorito que era el jefe verdadero. El favorito actual era (¡oh escándalo del juego natural de las instituciones y del turno pacífico!), ni más ni menos, don Alvaro Mesía, el jefe del partido liberal dinástico. El reaccionario creía resolver sus propios asuntos y en realidad obedecía a las inspiraciones de Mesía. Pero éste no abusaba de su poder secreto. Como un jugador de ajedrez que juega solo y lo mismo se interesa por los blancos que por los negros, don Alvaro cuidaba de los negocios conservadores lo mismo que de los liberales. Eran panes prestados. Si mandaban los del marqués, don Alvaro repartía estanquillos, comisiones y licencias de caza, y a menudo algo más suculento, como si fueran gobierno los suyos; pero cuando venían los liberales, el marqués de Vegallana seguía siendo árbitro en las elecciones, gracias a Mesía, y daba estanquillos, empleos y hasta prebendas. Así era el turno pacífico en Vetusta, a pesar de las apariencias de encarnizada discordia. Los soldados de fila, como se llamaban ellos, se apaleaban allá en las aldeas, y los jefes se entendían, eran uña y carne. Los más listos algo sospechaban, pero no se protestaban, se procuraba sacar tajada doble, aprovechando el secreto.

Vegallana tenía una gran pasión: la de «tragarse leguas», o sea dar paseos de muchos kilómetros.

Le aburrían las intrigas de la politiquilla.

Era cacique honorario; el cacique en funciones, su mano derecha, Mesía. Don Alvaro era al marqués en política, lo que a Paquito en amores, su Mentor, su Ninfa Egeria. Padre e hijo se consideraban incapaces de pensar en las respectivas materias sin la ayuda de su Pitonisa. Aquí estaba el secreto de la política de Vegallana, conocido por pocos.

Los más, al salir de una junta del «Salón de Antigüedades», solían exclamar:

—¡Qué cabeza la de este marqués! ¡Nació para amaños electorales, para manejar pueblos!

—No, y los años no le rinden; siempre es el mismo.

Y todo lo que alababan era obra del otro, de Mesía. Cuando éste quería castigar a alguno de los suyos, le ponía enfrente de un candidato reaccionario a quien había de dejar el triunfo. El marqués agradecía a don Alvaro su abnegación, y le pagaba diciéndole, por ejemplo:

—Oiga usted; mi correligionario Fulano quiere tal cosa, pero a mí me carga ese hombre; haga usted que triunfe el pretendiente liberal. Y entonces Mesía premiaba los servicios de algún servidor fidelísimo.

¡Quién le hubiera dicho a Ronzal que él debía el verse diputado de la Comisión a una de estas sabias combinaciones!

El marqués decía que «la fatalidad le había llevado a militar en un partido reaccionario: el nacimiento, los compromisos de clase; pero su temperamento era de liberal». Tenía grandes «amistades personales» en las aldeas, y repartía abrazos por el distrito en muchas leguas a la redonda. Durante las elecciones, cuando muchos, casi todos, le creían manejando la complicada máquina de las influencias, el único servicio positivo y directo que prestaba era el de agente electoral. Pedía un puñado de candidaturas a Mesía y las repartía por las parroquias electorales que visitaba en sus paseos de Judío Errante.

Cuando emprendía una excursión por camino desconocido, contaba los pasos, aunque hubiese medidas oficiales, porque no se fiaba de los kilómetros del Gobierno. Contaba los pasos, y los millares los señalaba con piedras menudas que metía en los bolsillos de la americana. Llegaba a casa y descargaba sobre una mesa aquellos sacos para contar más satisfecho las piedras miliarias. Aquella noche en la tertulia se hablaba en primer término del paseo de Vegallana.

—¿A dónde bueno, marqués? —le preguntaba un amigo que le encontraba en el campo.

—A Cardona por la Carbayeda..., mil ciento una..., mil ciento dos..., tres..., cuatro... —Y seguía marcando el paso, apoyándose en un palo con nudos y ahumado, como el de los aldeanos de la tierra.

Aquel garrote, la sencilla americana y el hongo flexible de anchas alas eran garantía de su popularidad en las aldeas. Tenía todo el orgullo y todas las preocupaciones de sus compañeros en nobleza vetustense, pero afectaba una llaneza que era el encanto de las almas sencillas.

Tenía otra manía, corolario de sus paseos, la manía de las pesas y medidas. Sabía en números decimales la capacidad de todos los teatros, congresos, iglesias, bolsas, circos y demás edificios notables de Europa. «Covent Garden tiene tantos metros

de ancho por tantos de largo y tantos de altura»; y hallaba el
cubo en un decir Jesús. El Real tiene tantos metros cúbicos
menos que la Gran Opera. Mentía cuando quería deslumbrar al
auditorio, pero podía ser exacto, si se le antojaba. «A mí hechos, datos, números —decía—; lo demás... filosofía alemana.»

En arquitectura le preocupaban mucho las proporciones. Para
que hubiese proporción entre la catedral y la plazuela, conven-
dría retirar tres o cuatro metros la catedral. Y él lo hubiera
propuesto de buen grado. Era el enemigo natural de don Saturnino Bermúdez en materia de monumentos históricos y ornato
público. Todo lo quería alineado. Soñaba con las calles de
Nueva York —que nunca había visto—, y si le sacaban este
argumento:

—Pero la nobleza se opone por su propia esencia a esas
igualdades.

Contestaba:

—Señor mío, *distingue tempora*... (no quería decir eso), no
tergiversemos, no involucremos, *post hoc ergo propter hoc* (tampoco quería decir eso). La verdadera desigualdad está en la
sangre, pero los tejados deben medirse todos por un rasero.
Así lo hace América, que nos lleva una gran ventaja.

La Colonia, la parte nueva de Vetusta, merced a la influencia
poderosa del marqués, por un rasero se había medido.

No había una casa más alta que otra.

Protestaban algunos americanos que querían hacer palacios de
ocho pisos para ver desde las guardillas el campanario de su
pueblo; pero el Municipio, bajo la presión del marqués, nivelaba
todos los tejados «dejando para otras esferas de la vida las
naturales desigualdades de la sociedad en que vivimos», como
decía el marqués en un artículo anónimo que publicó en El
Lábaro.

La marquesa tenía a su esposo por un grandísimo majadero,
condición que ella creía casi universal en los maridos. Ella sí
que era liberal. Muy devota, pero muy liberal, porque lo uno
no quitaba lo otro. Su devoción consistía en presidir muchas
cofradías, pedir limosna con gran descaro a la puerta de las
iglesias, azotando la bandeja con una moneda de cinco duros,
regalar platos de dulce a los canónigos, convidarles a comer,
mandar capones al Obispo y fruta a las monjas para que hicieran conservas. La libertad, según esta señora, se refería principalmente al sexto mandamiento. Ella no había sido ni mala
ni buena, sino como todas las que no son completamente malas;
pero tenía la virtud de la más amplia tolerancia. Opinaba que
lo único bueno que la aristocracia de ahora podía hacer era
divertirse. ¿No podía imitar las virtudes de la nobleza de otros
tiempos? Pues que imitara sus vicios. Para la marquesa no había
más que Luis XV y Regencia. Los muebles de su salón amarillo y la chimenea de su gabinete estaban copiados de una sala

de Versalles, según aseguraban el tapicero y el arquitecto; pero el amor de la marquesa a lo mullido y almohadillado había ido introduciendo grandes modificaciones en el salón Regencia.

El capitán Bedoya, el gran anticuario, murmuraba del salón amarillo, diciendo:

—La marquesa se empeña en llamar aquello estilo de la Regencia; ¿por dónde? Como no sea de la regencia de Espartero...

Los muebles eran lujosos, pero estaban maltratados, y lo que era peor, desde el punto de vista arqueológico, convertidos en flagrantes anacronismos.

Les había hecho sufrir varios cambios, aunque siempre sobre la base del amarillo, cubriéndolos con damasco, primero, con seda brochada después, y últimamente con raso basteado, *capitoné* que ella decía, en almohadillas muy abultadas y menudas, que a don Saturnino se le antojaban impúdicas. El tapicero protestó en tiempo oportuno; en el salón sentaba mal lo *capitoné*, según su dogma, pero la marquesa se reía de estas imposiciones oficiales. En los demás muebles del salón, espejos, consolas, colgaduras, etc., se había pasado de lo que entendiera el mueblista por Regencia a la mezcla más escandalosa, según el capricho y las comodidades de la marquesa. Si se le hablaba de mal gusto, contestaba que la moda moderna era lo *confortable* y la libertad. Los antiguos cuadros de la escuela de Cenceño sin duda, pero al fin venerables como recuerdos de familia, los había mandado al segundo piso, y en su lugar puso alegres acuarelas, mucho torero y mucha manola y algún fraile pícaro; y con escándalo de Bedoya y de Bermúdez, hasta había colgado de las paredes cromos un poco verdes y nada artísticos. En el gabinete contiguo, donde pasaba el día la marquesa, la anarquía de los muebles era completa, pero todos eran cómodos; casi todos servían para acostarse: sillas largas, mecedoras, marquesitas, confidentes, taburetes, todo era una conjuración de la pereza; en entrando ahí daban tentaciones de echarse a la larga. El sofá, de panza anchísima y turgente con sus botones ocultos entre el raso, como pistilos de rosas amarillas, era una muda anacreóntica, acompañada con los olores excitantes de las cien esencias que la marquesa arrojaba a todos los vientos.

La excelentísima señora doña Rufina de Robledo, marquesa de Vegallana, se levantaba a las doce, almorzaba, y hasta la hora de comer leía novelas o hacía crochet, sentada o echada en algún mueble del gabinete. La gran chimenea tenía lumbre desde octubre a mayo. De noche iba al teatro doña Rufina siempre que había función, aunque nevase o cayeran rayos; para eso tenía carruajes. *Si no había teatro*, y era esto muy frecuente en Vetusta, se quedaba en su gabinete, donde recibía a los amigos y amigas que quisieran hablar de sus cosas, mientras ella leía periódicos satíricos con caricaturas, revistas y novelas. Sólo intervenía en la conversación para hacer alguna advertencia del género de los epigramas del Arcipreste, su buen amigo. En

estas breves interrupciones, doña Rufina demostraba un gran
conocimiento del mundo y un pesimismo de buen tono respecto
de la virtud. Para ella no había más pecado mortal que la
hipocresía; y llamaba hipócritas a todos los que no dejaban
traslucir aficiones eróticas que podían no tener. Pero esto no lo
admitía ella. Cuando alguno *salía garante* de una virtud, la
marquesa, sin separar los ojos de sus caricaturas, movía la cabeza de un lado a otro y murmuraba entre dientes postizos,
como si rumiase negaciones. A veces pronunciaba claramente:

—A mí con ésas..., que soy tambor de marina.

No era tambor, pero quería dar a entender que había sido
más fiel a las costumbres de la Regencia que a sus muebles.
Sus citas históricas solían referirse a las queridas de Enrique VIII
y a las de Luis XIV.

En tanto, el salón amarillo estaba en una discreta oscuridad,
si había pocos tertulios. Cuando pasaban de media docena, se
encendía una lámpara de cristal tallado, colgada en medio del
salón. Estaba a bastante altura; sólo podía llegar a la llave
del gas Mesía, el mejor mozo. Los demás se quejaban. Era una
injusticia.

—¿Para qué poner tan alta la lámpara? —decían algunos un
tanto ofendidos.

Doña Rufina se encogía de hombros.

—Cosas de ése —respondía, aludiendo a su marido.

No era muy escrupuloso el marqués en materia de moral privada; pero una noche había entrado palpando las paredes para
atravesar el salón, y al llegar al gabinete, una puerta estaba
entornada; su mano tropezó con una nariz en las tinieblas, oyó
un grito de mujer —estaba seguro—, y sintió ruido de sillas
y pasos apagados en la alfombra. Calló por discreción, pero
ordenó a los criados que colocaran más alta la lámpara. Así
nadie podría quitarle luz ni apagarla. Pero resultó una desigualdad irritante, porque Mesía, poniéndose de puntillas, llegaba
a la llave del gas.

De las tres hijas de los marqueses, dos, Pilar y Lola, se
habían casado y vivían en Madrid; Emma, la segunda, había
muerto tísica. Aquella escasa vigilancia a que la marquesa se
creía obligada cuando sus hijas vivían con ella, había desaparecido. Era el único consuelo de tanta soledad. En tiempo de
ferias, doña Rufina hacía venir a alguna sobrina de las muchas
que tenía por los pueblos de la provincia. Aquellas lugareñas
linajudas esperaban con ansia la época de las ferias, cuando
les tocaba el turno de ir a Vetusta. Desde niñas se acostumbraban a mirar como temporada de excepcional placer la que
se pasaba con la tía, en medio de *lo mejorcito* de la capital.
Algunos padres timoratos oponían argumentos de aquella moralidad privada que no preocupaba al marqués, pero al fin la
vanidad triunfaba, y siempre tenía su sobrina en ferias la señora
marquesa de Vegallana. Las sobrinitas ocupaban los aposentos

de las hijas ausentes; el de Emma no volvió a ser habitado, pero se entraba en él cuando hacía falta. —Las muchachas animaban por algunas semanas con el ruido de mejores días aquellas salas y pasillos, alcobas y gabinetes, demasiado grandes y tristes cuando estaban desiertos. De noche, sin embargo, no faltaba algazara en el piso principal, hubiera sobrinas o no. En el segundo, de día y de noche había aventuras, pero silenciosas. Un personaje de ellas siempre era Paquito. Cuando estaba sereno, juraba que no había cosa peor que perseguir a la servidumbre femenina en la propia casa; pero no podía dominarse. *Videor meliore,* le decía don Saturno, sin que Paco lo entendiese. En la tertulia de la marquesa, con sobrinas o sin ellas, predominaba la juventud. Las muchachas de las familias más distinguidas iban muy a menudo a hacer compañía a la pobre señora que se había quedado sin sus tres hijas. Previamente se daba cita al novio respectivo; y cuando no, esperaban los acontecimientos. Allí se improvisaban los noviazgos, y del salón amarillo habían salido muchos matrimonios *in extremis,* como decía Paquito creyendo que *in extremis* significaba una cosa muy divertida. Pero lo que salía más veces era asunto para la crónica escandalosa. Se respetaba la casa del marqués, pero se despellejaba a los tertulios. Se contaba cualquier aventurilla y se añadía casi siempre:

—Lo más odioso es que esas... tales hayan escogido para sus... cuales una casa tan respetable, tan digna.

Los liberales avanzados, los que no se andaban con paños calientes, sostenían que la casa era lo peor.

Sin embargo, los maldicientes procuraban ser presentados en aquella casa donde había tantas aventuras.

Aunque algo se habían relajado las costumbres y ya no era un círculo tan estrecho como en el tiempo de doña Anuncia y doña Agueda (q. e. p. d.) el *de la clase,* aún no era para todos el entrar en la tertulia de confianza de Vegallana. Los mismos tertulios procuraban cerrar las puertas, porque se daban tono así, y además no les convenían testigos. «Estaban mejor en *petit comité*». El espíritu de tolerancia de la marquesa había contagiado a sus amigos. Nadie espiaba a nadie. Cada cual a su asunto. Como el ama de la casa autorizaba sobradamente la tertulia, las mamás, que nada esperaban ya de las vanidades del mundo, dejaban ir a las niñas solas. Además, nunca faltaban casadas todavía ganosas de cuidar la honra de sus retoños o de divertirse por cuenta propia. ¿Y quién duda que éstas se harían respetar? Allí estaba Visitación, por ejemplo. Algunas madres había que no pasaban por esto; pero eran las ridículas, así como los maridos seguían una conducta análoga. Algún canónigo solía dar mayores garantías de moralidad con su presencia, aunque es cierto que no era esto frecuente, ni el canónigo paraba allí mucho tiempo. El clero catedral prefería visitar a la marquesa de día. A los escrupulosos se les llamaba hipócritas, y adelante.

La marquesa sabía que en su casa se enamoraban los jóvenes un poco a lo vivo. A veces, mientras leía, notaba que alguien abría la puerta con gran cuidado, sin ruido, por no distraerla; levantaba los ojos: faltaba Fulanito, bueno. Volvía a notar lo mismo, volvía a mirar, faltaba Fulanita, bueno, ¿y qué? Seguía leyendo. Y pensaba: «Todos son personas decentes, todos saben lo que se debe a mi casa, y en cuestión de *peccata minuta*..., allá los interesados». Y encogía los hombros. Este criterio ya lo aplicaba cuando vivían con ella sus hijas. Entonces seguía pensando: «Buenas son mis nenas; si alguno se propasa, las conozco, me avisarán con una bofetada sonora..., y lo demás..., niñerías; mientras no avisan, niñerías. En efecto, sus hijas se habían casado, y nadie se las había devuelto quejándose de lesión enormísima. Si había habido algo, serían niñerías. Y la otra había muerto porque Dios había querido. Una tisis, la enfermedad de moda. Cuando se había tratado de sus hijas, al notar algún síntoma de peligro, siempre había puesto con franqueza y maestría el oportuno remedio, sin escándalo, pero sin rodeos».

Pero con las amiguitas que ahora iban a acompañarla por las noches, no tomaba ninguna precaución.

—«Madres tienen», decía, o «con su pan se lo coman».

Y añadía siempre lo de:

—Mientras no falten a lo que se debe a esta casa...

Uno de los que más partido habían sacado de estas ideas de la marquesa y de su tertulia era Mesía.

«Pero a aquel hombre se le podía perdonar todo. ¡Qué tacto, qué prudencia, qué discreción!»

«Entre monjas podría vivir este hombre sin que hubiera miedo de un escándalo.»

A Paco, a su adorado Paco, le había puesto cien veces por modelo la habilidad y el sigilo de Mesía al sorprender al hijo de sus entrañas en brazos de alguna costurera, planchadora o doncella de la casa.

Su Paco era torpe, no sabía...

«—¡Es indecente que yo te sorprenda en tus desmanes, muchacho!... No llegas al plato y te quieres comer las tajadas... Aprende primero a ser cauto, y después..., tu alma tu palma.»

Y añadía, creyendo haber sido demasiado indulgente:

«—Además, esas aventuras... no deben tenerse en casa... Pregunta a Mesía.»

Era su madre quien había iniciado al marquesito en el culto que tributaba al Tenorio vetustense.

La marquesa, viendo incorregible a su hijo, tomó el partido de subir siempre al segundo piso, tosiendo y hablando a gritos.

En la época en que venían las sobrinas, había además de la tertulia, conciertos, comidas, excursiones al campo, todo como en los mejores tiempos. La alegría corría otra vez por toda la casa; no había rincones seguros contra el atrevimiento de los amigos íntimos; y en los gabinetes, y hasta en las alcobas donde

estaba aún el lecho virginal de las hijas de Vegallana, sonaban
a veces carcajadas, gritos comprimidos, delatores de los juegos
en que consistía la vida de aquella Arcadia casera.

Aquella Arcadia la veía don Alvaro con ojos acariciadores;
en aquella casa tenía el teatro de sus mejores triunfos; cada
mueble le contaba una historia en íntimo secreto; en la seriedad
de las sillas panzudas y de los sillones solemnes, con sus brazos
de ídolos orientales, encontraba una garantía del eterno silencio
que les recomendaba. Parecía decirle la madera de fino barniz
blanco: «No temas; no hablará nadie una palabra». En el salón
amarillo veía el galán un libro de memorias, de memorias dulces
y alegres, no cuando Dios quería, sino ahora y siempre; las
prendas por su bien halladas eran los tapices discretos, la seda
de los asientos, basteada, turgente, blanda y muda; la alfombra
tupida, que se parecía al mismo Mesía en lo de apagar todo
rumor que delatase secretos amorosos.

El marqués pasaba por todo. Eran cosas de su mujer.

«Si no había podido moralizarla a ella, mal había de moralizar
a sus tertulios.» El vivía en el segundo piso.

Había comprendido que el salón amarillo había ido perdiendo
poco a poco la severidad propia de un estrado, y se había decidido a convertir en *sala de recibir* la del segundo, que estaba
sobre el salón Regencia.

La marquesa jamás subía al nuevo estrado. Toda visita, fuese
de quien fuese, la recibía abajo. Las del marqués, cuando eran
de cumplido, se morían de frío en el salón de antigüedades.
El salón de antigüedades y el despacho del marqués «constituían,
como él decía, la parte seria de la casa». En el despacho todo
era de roble mate; nada, absolutamente nada, de oro; madera
y sólo madera. Vegallana tenía en mucho la severidad de su
despacho; nada más serio que el roble para casos tales. La «sobriedad del mueblaje» rayaba en pobreza.

—¡Mi celda! —decía el marqués con afectación.

Daba frío entrar allí, y Vegallana entraba pocas veces. De
las paredes del *salón de antigüedades* pendían tapices más o menos auténticos, pero de notoria antigüedad.

Era lo único que al capitán Bedoya le parecía digno de respeto
en aquel museo de trampas, según su expresión. El marqués
tenía la vanidad de ser anticuario por su dinero: pero le costaba
mucha plata lo que resultaba al cabo obra de los *truqueurs*,
palabra del capitán. El implacable Bedoya, asiduo tertulio de
la marquesa, compadecía a Vegallana y hasta le despreciaba;
pero por no disgustarle no había querido darle pruebas inequí-
vocas de una triste verdad, a saber: que sus muebles Enrique II
del salón de antigüedades eran menos viejos que el mismo
marqués. Este los tenía por auténticos, por coetáneos del hijo
del rey caballero; ¡los había comprado él mismo en París!...
Pues Bedoya, al que le aducía este argumento en casa de Vegallana, le llamaba aparte, y sin que nadie los viera, subía con

él al segundo piso, se encerraba en el salón de antigüedades, y con el mismo sigilo de ladrón con que sacaba libros del casino, se dirigía a una silla Enrique II, le daba media vuelta, buscaba cierta parte escondida de un pie del mueble; allí había hecho él varios agujeros con un cortaplumas y los había tapado con cera del color de la silla; quitaba la cera con el cortaplumas, raspaba la madera y... ¡oh triunfo!, ésta no se deshacía en polvo; saltaba en astillas muy pequeñas, pero no en polvo.

—¿Ve usted? —decía Bedoya.

—¿Qué?

—La madera es nueva; si fuese del tiempo que el marqués supone, se desharía en polvo; la madera vieja siempre deja caer el polvo de los roedores: eso lo conocemos nosotros, no los aficionados, que no tienen más que su dinero y credulidad: esto es *truquage*, puro *truquage*.

Ponía la cera en los agujeros, dejaba la silla en su sitio y descendía triunfante diciendo por la escalera:

—¡Conque ya ve usted! Sólo que al pobre marqués, por supuesto, no hay que decirle una palabra.

Mucho sintió Paco Vegallana, en el primer momento, encontrar en su casa a Obdulia aquella tarde. No estaba él para bromas. Las confidencias de don Alvaro le habían enternecido, y su espíritu volaba en una atmósfera ideal; aquel airecillo romántico le hacía en las entrañas sabrosas cosquillas, más punzantes por la falta de uso. Pocas veces se hallaba él en semejante disposición de ánimo.

Obdulia y Visitación, desde la ventana de la cocina que daba al patio, les llamaban a grandes voces, riendo como locas.

—¡Aquí, aquí! ¡A trabajar todo el mundo! —gritaba Visita, chupándose los dedos llenos de almíbar.

—Pero ¿qué es esto, señoras? ¿No estaban ustedes en casa de Visita preparando la merienda?

Visita se ruborizó levemente.

Se celebró a carcajadas el chasco que se llevaría el pobre Joaquinito Orgaz, que había ido *a caza* de Obdulia...

Obdulia lo explicó todo. En casa de Visita faltaban los moldes de cierto flan, invención de la difunta doña Agueda Ozores; además, el horno de la cocina no tenía tanto hueco como el de la cocina de la marquesa; en fin, no le adornaban otras condiciones técnicas, que no entendían ellos. Vamos, que ni los emparedados, ni los flanes, ni los almíbares se habrían podido hacer en la cocina de Visita, y sin decir ¡agua va! habían trasladado su campamento a casa de Vegallana.

La idea les había parecido muy graciosa a Obdulia y a Visita. Habían sorprendido a la marquesa, que dormía la siesta en su gabinete. Salvo el haberla despertado, todo le había parecido bien. Y sin moverse había dado sus órdenes.

—A Pedro (el cocinero), a Colás (el pinche) y a las chicas,

que ayuden a estas señoras y que vayan por todo lo que necesiten.

Y doña Rufina, volviéndose a las damas, había dicho sonriente:

—¡Ea!, ahora fuera, gente loca; a la cocina y dejadme en paz.

Y se había enfrascado en la lectura de *Los Mohicanos* de Dumas.

Visita hacía muy a menudo semejantes irrupciones en casa de cualquier amiga. Ella entendía así la amistad. ¡Pero si su cocina era infernal! La chimenea devolvía el humo; no se podía entrar allí sin asfixiarse, ni en el comedor, que estaba cerca. Pocos vetustenses podían jactarse de haber visto ni el comedor ni la cocina de Visita. Y eso que tenía tertulia y se representaban charadas y se corría por los pasillos. Pero ella cerraba ciertas puertas para que no pasase el humo; y decía señalando a los estrechos y oscuros pasadizos:

—Por ahí corran ustedes lo que quieran, loquillas; pero nadie me abra esa puerta.

Toda su prodigalidad de señora que recibe de confianza se reducía a entregar vestidos y pañuelos de estambre, todo viejo, para que los *pollos* de imaginación se disfrazasen de mujeres o de turcos. Aquellas prendas se depositaban en una alcoba donde había una cama de excusa, pero sin colchón ni ropa; con las cuerdas al aire. Aquél era el vestuario de los actores y actrices de charadas. Se vestían todos juntos porque todo se ponía sobre el propio traje. Además Visita no alumbraba el cuarto, ¿para qué? Desde la sala se oía a lo mejor, detrás de las cortinillas de tafetán verde:

—Pepe, que le doy a usted un cachete.

—¡Hola, hola!, eso no estaba en el programa...

—Niños, niños, formalidad.

—¿Por qué no les da usted una luz, Visita?

—Señores, porque esos locos son capaces de quemar la casa...

—Tiene razón Visita, tiene razón —gritaban desde dentro Joaquín Orgaz o el Pepe de la bofetada.

Donde Visitación demostraba su intimidad con los amigos, su franqueza y trato sencillísimo, era en casa de los demás. Allí hacía locuras.

Hablaba mucho, a gritos, con diez carcajadas por cada frase. Se le había alabado su aturdimiento gracioso a los quince años, y ya cerca de los treinta y cinco aún era un torbellino, una cascada de alegría, según le decía en el álbum Cármenes el poeta. Lo que era una catarata de mala crianza, según doña Paula, la madre del Provisor, que nunca había querido pagarle las visitas. Pero catarata, cascada, torbellino, todo lo era con cuenta y razón. Su aturdimiento era obra de un estudio profundo y minucioso: se aturdía mientras su ojo avizor buscaba la presa..., algún dije, una golosina, cualquier cosa, menos dinero. Creía, o mejor, fingía creer, que las cosas no valen nada, que sólo la moneda es riqueza.

—Señora, le debo a usted dos cuartos de la limosna que dio usted por mí el otro día.

—Deje, usted, Visita, vaya una cantidad..., no me avergüence usted.

—¡No faltaba más!... Tome usted... ¡Y qué alfiletero tan mono!

—No vale nada.

—¡Es precioso!

—Está a su disposición.

—No me lo diga usted dos veces.

—Está a su disposición..., ¡vaya una alhaja!

—¿Sí? Pues me lo llevo...; mire usted que soy una urraca...

Y sí que era una urraca, como que así la llamaba doña Paula: la urraca ladrona.

Donde hacía estragos era en los comestibles.

Llegaba a casa de una vecina riendo a carcajadas.

—¿Sabes lo que me pasa? Nada, que no parece; hemos perdido la llave del armario o de la alacena... y aquí me tienes muerta de hambre. A ver, a ver, dame algo, socarrona; o meriendo, o me caigo de hambre.

Dos veces a la semana se jugaba en su casa a la lotería o a la aduana. Se dejaba un fondo para una merienda en el campo; se nombraba una comisión para que lo preparase todo. Sus miembros eran invariablemente Visita y un primo suyo. Visita, por economía, y porque le daba asco el pastelero y el confitero, fabricaba por su cuenta, y bajo su dirección, los hojaldres, los almíbares, todo lo que podía hacerse en su cocina. Después resultaba que en su cocina no se podía hacer nada. ¡El pícaro humo! El casero que no ensanchaba el horno... ¡Diablos coronados! Dios la perdonara.

El caso es que recurría en el apuro a la cocina de Vegallana, u otra de buena casa, las más veces a aquélla. Allí se hacía todo. Visita disponía de los criados del marqués; previo el consentimiento del cocinero, por lo que respecta a la cocina, sacaba algunas provisiones de la despensa; mandaba a la tienda por azúcar, pasas, pimienta, sal, ¡diablos coronados! si el señor Pedro no abría los cajones de sus armarios; que viniera todo lo que se necesitaba. «¿Dinero? Deje usted, ahí tengo yo cuenta.» Después todo aquello aparecía en la cuenta del marqués. Equivocaciones; como habían ido sus criados a comprar... Se comían la merienda. En la primera noche de tertulia se hacían los comentarios.

—Visita, ¿qué tal?, ¿nos hemos empeñado?

—Poca cosa..., un piquillo...

—Pues a ver, a ver, que se pague.

—Nada más justo.

—A escote.

—Dejen ustedes; ¿se quieren ustedes callar? No se hable de eso, no merece la pena.

Visita tenía principio para algunas semanas y postres para meses. Su esposo era un humilde empleado del Banco, pero de muy buena familia, pariente de títulos. Si Visita no se ingeniara, ¿cómo se mantendría aquel decente pasar que era indispensable para continuar siendo parientes de la nobleza?

Cuando Visitación era soltera, se dijo —¡de quién no se dice!— si había saltado o no había saltado por un balcón..., no por causa de incendio, sino por causa de un novio que algunos presumían que había sido Mesía. Todas eran conjeturas; cierto nada. Como ella era algo ligera..., como no guardaba las apariencias...

Ya nadie se acordaba de aquello; seguía siendo aturdida, tenía fama de golosa y de *gorrona* —según la expresión que se usaba en Vetusta como en todas partes—, pero nada más. Era insoportable con su alegría intempestiva; mas en materia grave, en lo que no admite parvedad de materia, nadie la acusaba, a lo menos públicamente. Por supuesto, que no se cuenta tal o cual descuidillo...

Era alta, delgada, rubia, graciosa, pero no tanto como pensaba ella; sus ojos pequeñuelos, que cerraba entornándolos hasta hacerlos invisibles, tenían cierta malicia, pero no el encanto voluptuoso por lo picante, que ella suponía. Al tocarle la mano cuando no tenía guante, notaba el tacto el pringue de alguna golosina que Visita acababa de comer.

Don Alvaro, en el seno de la confianza, hablaba con desprecio de Visitación y hacía gestos mal disimulados de asco. Aseguraba que tenía un pie bonito y una pantorrilla mucho mejor de lo que podía esperarse; pero calzaba mal..., y enaguas y medias dejaban mucho que desear...; ya se le entendía. Y solía limpiar los labios con el pañuelo después de decir esto.

Paco Vegallana juraba que usaba aquella señora ligas de balduque, y que él le había conocido una de bramante. Todo esto, por supuesto, se decía nada más entre hombres, y habían de ser discretos.

Los bajos de Obdulia, en cambio, eran irreprochables; no así su conducta: pero de esto ya no se hablaba de puro sabido. Ella, sin embargo, negaba a cada uno de sus amantes todas sus relaciones anteriores, menos las de Mesía. Eran su orgullo. Aquel hombre la había fascinado, ¿para qué negarlo? Pero sólo él. Era viuda y jamás recordaba al difunto; parecía la viuda de Alvarito; «¡era su único pasado!»

Aquella tarde estaban guapas las dos; era preciso confesarlo. Por lo menos Paco Vegallana lo confesaba ingenuamente. Y sin que renunciara a consagrar el resto del día al idealismo, en buena hora despertado por las relaciones de su amigo, consintió el marquesito en pasar a la cocina de su casa, a oler lo que guisaban aquellas señoras.

En la cocina de los Vegallana se reflejaba su positiva grandeza.

No, no eran nobles tronados: abundancia, limpieza, desahogo, esmero, refinamiento en el arte culinario, todo esto y más se notaba desde el momento de entrar allí.

Pedro, el cocinero, y Colás, su pinche, preparaban la comida ordinaria, y parecía que se trataba de un banquete. Por toda la provincia tenía esparcidos sus dominios el marqués, en forma de arrendamientos que allí se llaman caseríos, y a más de la renta, que era baja, por consistir el lujo en esta materia en no subirla jamás, pagaban los colonos el tributo de los mejores frutos naturales de su corral, del río vecino, de la caza de los montes. Liebres, conejos, perdices, arceas, salmones, truchas, capones, gallinas, acudían mal de su grado a la cocina del marqués, como convocados a nueva Arca de Noé en trance de diluvio universal. A todas horas, de día y de noche, en alguna parte de la provincia se estaban preparando las provisiones de la mesa de Vegallana; podía asegurarse.

A medianoche, cuando los hornos estaban apagados y dormía Pedro, y dormía el amo, y nadie pensaba en comer, allá a dos leguas de Vetusta, en el río Celonio velaba un pobre aldeano tripulando miserable barca medio podrida y que hacía mucha agua. Debajo del peñón sombrío, que como torre inclinada amenaza caer sobre la corriente, y hace más oscura la oscuridad del río en el remanso, acechaba el paso del salmón, empuñando un haz de paja encendida, cuya llama se refleja en las ondas como estela de fuego. Aquel salmón que pescara el colono del magnate a la luz de una hoguera portátil era el mismo que ahora estaba sangrando, todo lonjas, esperando el momento de entregarse a la parrilla, sobre una mesa de pino, blanca y pulcra.

También de noche, cerca del alba, emprendía su viaje al monte el casero, que se preciaba de regalar a su *señor* las primeras arceas, las mejores perdices; y allí estaban las perdices, sobre la mesa de pino, ofreciendo el contraste de sus plumas pardas con el rojo y plata del salmón despedazado. Allí cerca, en la despensa, gallinas, pichones, anguilas monstruosas, jamones monumentales, morcillas blancas y morenas, chorizos purpurinos, en aparente desorden yacían amontonados o pendían de retorcidos ganchos de hierro, según su género. Aquella despensa devoraba lo más exquisito de la fauna y la flora comestibles de la provincia. Los colores vivos de la fruta mejor sazonada y de mayor tamaño animaban el cuadro, algo melancólico si hubiesen estado solos aquellos tonos apagados de la naturaleza muerta, ya embutida, ya salada. Peras amarillentas, otras de asar, casi rojas, manzanas de oro y grana, montones de nueces, avellanas y castañas, daban alegría, variedad y armoniosa distribución de luz y sombra al conjunto, suculento sin más que verlo, mientras al olfato llegaban mezclados los olores punzantes de la química culinaria y los aromas suaves y discretos de naranjas, limones, manzanas y heno, que era el blando lecho de la fruta.

Y todo aquello había sido movimiento, luz, vida, ruido, cantando en el bosque, volando por el cielo azul, serpeando por las frescas linfas, luciendo al sol destellos de todo el iris, al pender de las ramas, en vega, prados, ríos, montes... «¡Indudablemente Vegallana sabía ser un gran señor!», pensaba suspirando Visita, que soñaba muerta de envidia con aquella despensa, exposición permanente de lo más apetecible que cría la provincia.

El marqués sonreía cuando le hablaban de ampliar el sufragio. «¿Y qué?, ¿no son casi todos cosecheros míos?, ¿no me regalan sus mejores frutos? Los que me dan los bocados más apetitosos, ¿me negarán el voto insustancial, *flatus vocis?*»

El ajuar de la cocina abundante, rico, ostentoso, despedía rayos desde todas las paredes, sobre el hogar, sobre mesas y arcones; era digno de la despensa; y Pedro, altivo, displicente, ordenaba todo aquello con voz imperiosa; mandaba allí como un tirano. Comía lo mejor; mantenía las tradiciones de la disciplina culinaria; vigilaba el servicio del comedor desde lejos, pues no era un cocinero vulgar, egida sólo de pucheros y peroles, sino un capitán general metido en el fuego y atento a la mesa. No era viejo. Tenía cuarenta años muy bien cuidados; amaba mucho y se creía un lechuguino, en la esfera propia de su cargo, cuando dejaba el mandil y se vestía de señorito.

Colás era un pinche de vocación decidida, colorado y vivo, de ojos maliciosos y manos listas. Los dos personajes, a más de la robusta montañesa que tenía a su servicio Visita, ayudaban a las damas en su tarea. Pedro, sin dejar lo principal, que era la comida de sus amos, colaboraba sabiamente. Había empezado por tolerar nada más aquella irrupción de la merienda. La cocina daba espacio para todo; aquello no valía nada, y otorgó el cocinero su indispensable permiso con un desdén mal disimulado. Poco a poco pasó del estado de tolerancia al de protección: primero se rebajó hasta dar algunos consejos a la montañesa, después se dio un pellizco. Se animó aquello.

—Colás, ponte a la disposición de esas señoras —dijo Pedro con voz solemne.

Porque el mandato de la marquesa no había bastado; el pinche obedecía a Pedro, y Pedro a su deber. Si la marquesa le hubiera exigido algo contrario a sus convicciones de artista no hubiese conseguido más que su dimisión. Era su lenguaje. Leía muchos periódicos antes de convertirlos en cucuruchos.

Cuando Obdulia, picada por la frialdad del altivo cocinero, comenzó a seducirle con miradas de medio minuto y algún choque involuntario, Pedro se rindió, y de rato en rato daba algunos toques de maestro a la merienda de Visita.

Llegó a más; quiso enamorar a doña Obdulia con pruebas de su habilidad, y acudía siempre que se presentaba una cuestión teórica o una dificultad práctica.

«¿Qué se echa ahora?
»¿Qué se tuesta primero?

»¿Cuántas vueltas se les da a estos huevos?
»¿Cómo se envuelve esta pasta?
»¿Lleva esto pimienta o no la lleva?
»¿Será una indiscreción poner aquí canela?
»¿Cómo se baten estas claras?
»El almíbar, ¿está en su punto?»
A todo dieron cumplida respuesta la inteligencia y la habilidad de Pedro. Cuando no bastaba una explicación, ponía él la mano en el asunto y era cosa hecha.

Obdulia, que había aprendido en Madrid de su prima Tarsila a premiar con sus favores a los ingenios preclaros, a los hijos ilustres del arte y de la ciencia; no de otro modo que la tarde anterior había vuelto loco de placer y de voluptuosidad al señor Bermúdez, en premio de su erudición arqueológica, ahora vino en otorgar fortuitos y subrepticios favores al cocinero de Vegallana con miradas ardientes, como al descuido, al oír una luminosa teoría acerca de la grasa de cerdo; un apretón de manos, al parecer casual, al remover una misma masa, al meter los dedos en el mismo recipiente, verbigracia, un perol. El cocinero estuvo a punto de caer de espaldas, de puro goce, cuando, por motivo del punto que le convenía al dulce de melocotón, Obdulia se acercó al dignísimo Pedro y sonriendo le metió en la boca la misma cucharilla que ella acababa de tocar con sus labios de rubí (este rubí es del cocinero).

Al personaje del mandil se le apareció en lontananza la conquista de aquella señora como una recompensa final, digna de una vida entera consagrada a salpimentar la comida de tantos caballeros y damas, que gracias a él habían encontrado más fácil y provocativo el camino de los dulces y sustanciales amores.

Pedro llegó a donde pocas veces: a consentir que las criadas de la casa intervinieran en los asuntos de los negros pucheros de hierro. El amaba a la mujer, a todas las mujeres, pero no creía en sus facultades culinarias; otro era su destino. La cocina y la mujer son términos antitéticos, palabras que había aprendido en sus cucuruchos de papel impreso. La libertad y el gobierno son antitéticos, había leído en un periódico rojo, y aplicaba la frase a la cocina y a la mujer. Lo que pensaba todo Vetusta de las literatas, lo pensaba Pedro de las cocineras. Las llamaba marimachos.

Si se le decía que los cocineros son más caros y gastan más, respondía:

—Amigo, el que no sea rico que no coma.

Por lo demás, él era socialista, pero en otras materias.

Cuando entraron en la cocina los señoritos, Pedro volvió a su continente habitual, al gesto displicente que usaba con las criadas y con los *caseros* que traían los provisiones desde la aldea, remota a veces. El fogón era un dios, y él su pontífice máximo; los demás sacrificaban en las aras del fogón, y Pedro celebraba misteriosamente y en silencio. Volvió a su gesto des-

deñoso, porque así entendía el respeto a los amos. Apenas contestaba si le hablaban. No tardó en ver por sus ojos que la
donna e mobile, como cantaba él a menudo, Obdulia, en cuanto
entraron los otros, lo olvidó por completo. ¡Antes había olvidado
a don Saturnino, que yacía en «el lecho del dolcr» con sendos
parches de sebo en las sienes, entregado al placer de rumiar los
dulces recuerdos de aquella tarde arqueológica!

La conversación de metafísica erótica que Mesía y Paco acababan de dejar no les permitía, al principio, participar de aquel
entusiasmo gastronómico y culinario a que estaban entregadas
las damas. Verdad es que la hora de comer se acercaba y aquellos olores excitaban el apetito. Pero el ideal no come. Mesía
gozaba del arte supremo de entrar en carboneras, cocinas y hasta
molinos, sin coger tiznes, grasa, ni harina. Estaba en la cocina
del marqués como en el salón amarillo, a sus anchas y sin
tropezar con nada. Allí mismo había repartido él besos en muy
distintas y apartadas épocas. No había tal vez un rincón de
aquella casa libre de semejantes recuerdos para don Alvaro. En
cuanto a Paquito, no se diga. Su primer amor había sido una
criada que tenía su dormitorio en lo que hoy era despensa.
Sabía el marquesito andar por la cocina a oscuras, a gatas, y ya
había medido con su agazapado cuerpo las dimensiones de la
carbonera provisional que había cerca del fogón.

No tardaron los señoritos, a pesar del ideal, en tomar parte
más activa en el entusiasmo alegre y expansivo de aquellas artistas. También ellos eran pintores. Y a pesar de las burlas
casi irrespetuosas del pinche, y de la sonrisa insultante de Pedro,
los dos caballeros quisieron probar sus habilidades metiendo la
mano en pastas y almíbares y en cuanto se preparaba. Paco se
puso perdido. Mesía estaba como un armiño metido a marmitón.

Obdulia había tropezado quinientas veces con el marquesito;
se rozaban sus brazos, sus rodillas, las manos sobre todo, durante minutos, y fingían no pensar en ello. Un movimiento brusco
de la dama, que traía falda corta, recogida y apretada al cuerpo
con las cintas del delantal blanco, dejó ver a Paco parte, gran
parte, de una media escocesa de un gusto nuevo. Siempre había
considerado el joven aristócrata como una antinomia del amor
aquella preferencia que él daba a la escultura humana con velos
sobre el desnudo puro. ¿Por qué le excitaba más el velo que
la carne? No se lo explicaba. Veía la rolliza pantorrilla de una
aldeana descalza de pie y pierna, ¡y nada!; ¡veía una media
hasta ocho dedos más arriba del tobillo!..., ¡y adiós idealismo!
Y así fue esta vez. Es más; si la media de Obdulia no hubiera
sido escocesa, tal vez el mozo no hubiese perdido la tranquilidad de su reposo idealista; pero aquellos cuadros rojos, negros
y verdes, con listillas de otros colores, le volvieron a la torpe
y grosera realidad, y Obdulia notó en seguida que triunfaba.

Para la viuda, uno de los placeres más refinados era «una
sesión» alegre con uno de sus antiguos amantes; aquello de no

principiar por los preliminares le parecía delicioso. Después, los recuerdos tenían un encanto... ¡Saborear como cosa presente un recuerdo!, ¿qué mayor dicha? Paco había sido su amante. Ella hubiera preferido a Mesía, que estaba en las mismas condiciones y era mucho más antiguo. Pero Alvaro estaba hecho un salvaje. La trataba como don Saturnino, antes de atreverse; con la finura del mundo y la miraba con la indiferencia fría y honrada con que la miraba el señor Obispo. Estaba segura de que ni al Obispo ni a Mesía les sugería su presencia jamás un deseo carnal. Era intratable aquel don Alvaro. También lo era el Obispo. Y sin embargo, bien lo sabía Dios, ella le había sido fiel —a Mesía por supuesto—, todavía le amaba o cosa parecida. Le hubiera preferido siempre a todos. Pero él no quería ya. Aquello se había acabado.

Se habían cansado de jugar a los cocineros. Visita era la que todavía encontraba placer en registrar cacerolas, y revolver vasares, armarios y alacenas. Siempre hablaba con alguna golosina en la boca. Pedro notó que guardaba en una faltriquera terrones de azúcar y papeles de azafrán puro, que se consumía en la cocina del marqués, con gran envidia de la urraca ladrona. También almacenó entre las faldas un paquete de té superior. Cada uno de estos hurtos los amenizaba con carcajadas, explicaciones humorísticas que ya no hacían reir. Todos sabían que aquél era el vicio de doña Visita.

Las señoras dejaron a los criados el cuidado de la merienda, y se fueron a lavar las manos y arreglar traje y peinado. Ya sabían dónde estaba el tocador para tales casos. Era la habitación donde había muerto la hija segunda de los marqueses. Ya nadie pensaba en esto. Allí estaba el lecho, pero no quedaba de la pobre niña ni una prenda, ni un recuerdo.

Mesía y Paco entraron con las señoras, ¿por qué no? Se conocían demasiado para fingir escrúpulos. Además, «no se les había de ver nada», como dijo Obdulia. Paco y la viuda se lavaron juntos las manos en una misma jofaina; los dedos se enroscaban en los dedos dentro del agua. Era un placer muy picante, según ella. Esto les recordó mejores días. El sol, que se acercaba al ocaso, entraba hasta los pies de la cama, y envolvía en una aureola a aquella pareja de aturdidos. El calor del fogón, las bromas y la faena habían encendido brasas en las mejillas de Obdulia. Una oreja se le echaba fuego. Estaba excitada, quería algo y no sabía qué. No era cosa de comer, de fijo, porque había probado de cien golosinas y hasta algo de la comida del marqués por chanza.

Visitación y Mesía, más tranquilos, conversaban al balcón, apoyados en el hierro frío del antepecho. «No volverían la cara; estaba ella segura.» Entre estos camaradas, jamás se falta a ciertos pactos tácitos.

El marquesito soltó una carcajada.

—¿De qué te ríes? —dijo Obdulia.

—De Joaquinito Orgaz, el flamenco, que andará buscándote por todas partes. Es chusco, ¿eh?

Obdulia meditó y al fin rio a carcajadas. «Era chusco, en efecto.» Se había sentado sobre la cama de la difunta. Los pies de la viuda se movían oscilando como péndulos. Se veía otra vez la media escocesa. Ahora se veían dos.

Obdulia suspiró. Se habló de lo pasado. «En rigor, siempre se habían querido; había *algo* que les unía a pesar suyo. Se tronaba porque la constancia es imposible y hastía al cabo; eran ridículas unas relaciones muy largas; esto lo habían aprendido los dos en Madrid. Los matrimonios deben aburrirse a los dos años, a más tardar; los arreglos pueden tirar algo más, poco.»

—Pero ¿verdad —dijo Obdulia poniéndose más guapa— que esto de encontrarse de vez en cuando se parece un poco a un buen día de sol en invierno, en esta tierra maldita del agua y la niebla?

—¡Magnífico! —exclamó Paco—, es verdad; una cosa sentía yo que no sabía explicarme... y era eso.

Y como le pareciera alambicado y poético este sentimiento, se consagró a enamorar de todo corazón a la viuda por aquella tarde.

Era lo que llamaba ella saborear los recuerdos.

Visitación también tenía brasas en las mejillas, y sus ojos pequeños los habían hermoseado el calor de la cocina y la animación de la broma, arrancándole reflejos de fingida pasión. Su pelo, de un rubio oscuro, era rizoso y caía en mechones revueltos sobre su frente. Hablaban ella y don Alvaro como hermanos cariñosos. El había sido su primer amor serio, es decir, el primero que le había hecho cometer imprudencias, como, verbigracia, saltar de noche por un balcón. ¡Pero estaba ya tan lejos todo aquello! La vida había puesto por medio todos sus prosaicos cuidados.

La necesidad de acudir a cada paso con expedientes a restañar las heridas del crédito, a conjurar la bancarrota, había convertido el espíritu de *aquella loca* al positivismo vulgar, y había atajado las demasías eróticas de su fantasía juvenil.

Hacía muy buena casada, en opinión de las gentes; esto es, atendía con gran esmero y diligencia a la hacienda y a los quehaceres domésticos.

Mesía y Visita no tenían en el invierno de sus amores aquellos días de sol de que hablaba Obdulia. Pero cuando se veían a solas y alguno de ellos tenía algún cuidado o preocupación, de esos que piden confidentes y consejeros, se lo decían todo, o casi todo; se hablaban en voz baja, muy cerca uno de otro, y volvían a llamarse de tú como antaño. Parecían un matrimonio bien avenido, aunque sin amor ya a fuerza de años.

—¡Bah! —decía Visitación con un poco de tristeza verdadera, que daba interés al ocaso de su hermosura—; ¡bah!, tú has caído esta vez de veras, te lo conozco yo. Pero también te digo una cosa: que te va a costar tu trabajo...

Mesía hablaba de la Regenta con Visita con más franqueza que con Paco. Su *política* tenía que ser diferente. Al marquesito había que hablarle de amor puro, por los motivos explicados antes; a Visita de una conquista más. Comprendía don Alvaro que Visitación quería precipitar a la Regenta en el agujero negro donde habían caído ella y tantas otras. Visita era amiga de Ana desde que ésta había venido a Vetusta con su tía doña Anunciación y con Ripamilán, el hoy Arcipreste. Admiraba a su amiguita, elogiaba su hermosura y su virtud; pero la hermosura la molestaba como a todas, y la virtud la volvía loca. Quería ver aquel armiño en el lodo. La aburría tanta alabanza. Todo Vetusta diciendo: «La Regenta, la Regenta es inexpugnable». Al cabo llegaba a cansar aquella canción eterna. Hasta el modo de llamarla era tonto. ¡La Regenta! ¿Por qué? ¿No había otra? Ella lo había sido en Vetusta poco tiempo. Su marido había dejado la carrera muy pronto. ¿A qué venía aquello de Regenta por aquí, Regenta por allí? Poco tiempo tenía la mujer del empleado del Banco para consagrarlo a estas malas pasiones de pura fantasía y mala intención; necesitaba la atención para la prosa de la vida, que era bien difícil; pero algún desahogo había de tener: pues bien, éste, procurar que Ana fuese al fin y al cabo como todas. No se separaba de ella en cuanto podía: a la iglesia, al paseo, al teatro, iban juntas casi siempre, aunque Ana iba pocas veces. La del Banco, desde que había descubierto algún interés por don Alvaro en su amiga y en Mesía deseos de vencer aquella virtud, no pensaba más que en precipitar lo que en su concepto era necesario. No creía a nadie capaz de resistir a su antiguo novio.

En cuanto estaban solos, hablaban de aquel asunto.

Alvaro negaba que hubiese por su parte amor; era un capricho fuerte arraigado en él por las dificultades.

Visita fingía preferir que fuese una pasión verdadera; disimulaba el placer íntimo que encontraba en las afirmaciones del otro.

—Ya lo sabes, Visita; amar no es para todas las edades.

—No hablemos de eso.

—Se quiere una vez, y después... se las arregla uno como puede.

Mesía, al decir esto, encogía los hombros con un gesto de desesperación humorística que a él y a sus adoratrices se les antojaba muy interesante, byroniano (si las adoratrices sabían de Byron).

—Y ella es hermosa, Alvarín, hermosa, hermosa; eso te lo juro yo.

—Sí, eso a la vista está.

—No, no todo está a la vista, como comprendes. Y como ella no hace lo que esa otra (apuntaba con el dedo pulgar hacia atrás, donde se oía el cuchicheo de Paco y Obdulia); como

Ana jamás se aprieta con cintas y poleas las enaguas y las faldas...
ni se embute... ¡Si la vieras!

—Me la figuro.

—No es lo mismo.

Hubo una pausa. Y continuó Visita:

—¿Ves esa cara dulce, apacible, que sólo tiene algo de pasión
en los ojos, y ésa como a la sombra debajo de las pestañas,
contenida?...

—¿Verdad que tiene razón Frígilis?

—¿Qué dice ese sonámbulo?

—Que la Regenta se parece mucho a la Virgen de la Silla.

—Es verdad; la cara sí...

—Y la expresión; y aquel modo de inclinar la cabeza cuando
está distraída; parece que está acariciando a un niño con la
barba redonda y pura...

—¡Hola, hola!, ¡el pintor!

Las chispas de los ojos de la jamona saltaron como las de un
brasero aventado.

—¡Dice que no está enamorado y la compara con la Virgen!...

—Creo que la pobre siente mucho no tener un hijo.

Visita encogió los hombros, y después de pasar algo amargo,
que tenía en la garganta, dijo con voz ronca y rápida.

—Que lo tenga.

Mesía disimuló la repugnancia que le produjo aquella frase.

—Pero, ¡ay, Alvarín! Si la pudieras ver en su cuarto, sobre
todo cuando le da un ataque de esos que la hacen retorcerse...
¡Cómo salta sobre la cama! Parece otra... Entonces, no sé por
qué, me explico yo el capricho de la piel de tigre que dicen
que le regaló un inglés americano. ¿Te acuerdas de aquel baile
fantástico que bailaban los Bufos que vinieron el año pasado?

—Sí, ¿qué?

—¿Te acuerdas de aquella Danza de las Bacantes? Pues eso
parece, sólo que mucho mejor; una bacante como serían las
de verdad, si la hubo allá, en esos países que dicen. Eso parece
cuando se retuerce. ¡Cómo se ríe cuando está en el ataque!
Tiene los ojos llenos de lágrimas, y en la boca unos pliegues
tentadores, y dentro de la remonísima garganta suenan unos
ruidos, unos ayes, unas quejas subterráneas; parece que allá
dentro se lamenta el amor siempre callado y en prisiones, ¡qué
sé yo! ¡Suspira de un modo, da unos abrazos a las almohadas!
¡Y se encoge con una pereza! Cualquiera diría que en los ataques tiene pesadillas, y que rabia de celos o se muere de amor...
Ese estúpido de don Víctor, con sus pájaros y sus comedias,
y su Frígilis el de los gallos en injerto, no es un hombre. Todo
esto es una injusticia; el mundo no debía ser así. Y no es así.
Sois los hombres los que habéis inventado toda esa farsa...

Calló un poco, perdido el hilo del discurso, y añadió:

—Yo me entiendo.

Después de calmarse volvió a su asunto.

—¡Si la vieras! Es que no es así como se quiera. Verás... Tiene los brazos...

Y describía minuciosamente, con los pormenores que ella podía explicar a un hombre que había sido su amante y era su camarada, todas las turgencias de Ana, su perfección plástica, los encantos velados, como decía Cármenes en el *Lábaro*. Pero les daba su nombre propio unas veces, y cuando no lo tenían, o ella lo ignoraba, usaba caprichosos diminutivos inventados en otro tiempo por Alvaro en el entusiasmo de las más dulces confianzas. Aquellos nombres, afeminados aunque fuesen masculinos, estaban grabados como si fuesen de fuego en la memoria de Visita; no salían a sus labios sino al hablar con Alvaro, y pocas veces. Le sabían a gloria a la del Banco. Pero después le quedaba un dejo amargo... «Todo aquello ya como si no: el marido, los hijos, la plaza, los criados, el casero... ¡diablos coronados!»

Visita iba señalando en su cuerpo, sin coquetería, sin pensar en lo que hacía, las partes correspondientes de la Regenta, que describía con entusiasmo; y dijo al terminar su descripción apuntando hacia atrás:

—Se precia «esa otra» de buenas formas... ¡Buena comparación tiene!

La cita era sabia y oportuna. Visitación suponía a don Alvaro enterado de lo que era aquella otra, ¡y no había comparación!

Quien ahora tragaba saliva era el presidente del Casino, colorado como una amapola. Ya tenía él en sus ojos, casi siempre apagados, las chispas que saltaban de los de Visita.

—Pero te ha de costar mucho trabajo...

—Puede que no tanto —dijo Mesía sin contenerse.

—Ella tragar..., ya tragó el anzuelo.

—¿Crees tú?

—Sí, estoy segura. Pero no te fíes: puedes marcharte con una tajada y dejar el pez en el agua.

—Como yo vea el momento de tirar...

—Mucho tiempo llevas pensándolo.

—¿Quién te lo ha dicho?

—Estos.

Y puso dos dedos sobre los ojos.

—Y lo de ella, ¿cómo lo sabes?

—¡Curiosón!, ¡el que no está enamorado!...

—¿Enamorado? Ni por pienso..., pero es natural que quiera saber cómo está ella..., para echar mis cuentas.

—Ella no está como un guante, pero por dentro andará la procesión. Menudean los ataques de nervios. Ya sabes que cuando se casó cesaron, que después volvieron, pero nunca con la frecuencia de ahora. Su humor es desigual. Exagera la severidad con que juzga a las demás, la aburre todo. ¡Pasa unas encerronas!

—¡Ta, ta, ta! Eso no es decir nada.

—Es mucho.

—Nada en mi favor.

—Tú ¿qué sabes? Mira, si le hablan de ti, palidece o se pone como un tomate, enmudece y después cambia de conversación en cuanto puede hablar. En el teatro, en el momento en que tú vuelves la cara, te clava los ojos, y cuando el público está más atento a la escena y ella cree que nadie la observa, te clava los gemelos. Pero la observo yo, por curiosidad, claro, porque a mí, en último caso, ¿qué? Su alma, su palma.

—¿No eres su amiga íntima?

—Su amiga, sí. ¿Intima? Ella no tiene más intimidades que las de dentro de su cabeza. Tiene ese defectillo; es muy cavilosa, y todo se lo guarda. Por ella no sabré nunca nada.

Un momento de silencio.

—A no ser que ahora se lo cuente todo al Magistral... Ya sabrás que le ha tomado de confesor.

—Sí, eso dicen; creo que es cosa del Arcipreste, que se cansa de asistir al confesonario.

—No, es cosa de ella; tiene otra vez sus proyectos de misticismo.

Visita llamaba misticismo a toda devoción que no fuera como la suya, que no era devoción.

—Ana, cuando chica, allá en Loreto, tuvo ya, según yo averigüé, arranques así..., como de loca..., y vio visiones..., en fin, desarreglos. Ahora vuelve; pero es por otra causa (y señaló al corazón). Está enamorada, Alvarico, no te quepa duda.

Don Alvaro sintió un profundo y tiernísimo agradecimiento. ¡Le daban una fe en sí mismo aquellas palabras!

No quería saber más: o mejor, comprendió que nada positivo podía añadir Visita.

Vio en el rostro de aquella mujer una amargura que revelaban ciertos músculos, mientras otros luchaban por borrar aquel gesto. Su voz temblaba un poco. Daba lástima. A lo menos, la sintió Mesía.

—Deja eso —dijo acercándose a su amiga—. No hablemos de otros; hablemos de nosotros. Estás guapísima...

—Ahora... ¿con ésas? (Parecía que hablaba con lengua metálica.)

—Tontina..., si tú no fueras tan desconfiada...

—¿Qué novedades son éstas? —preguntaron los labios y la lengua de placas de acero.

—Novedades... ¿Las llamas novedades..., ingrata?

Don Alvaro acercó su rostro al de la dama golosa. Nadie pasaba por la calle. Era de las más desiertas; crecía hierba entre las piedras. Aquel silencio era el que llamaba solemne y aristocrático don Saturnino.

Los que estaban detrás, Obdulia y Paco, no veían; don Alvaro estaba seguro. Se aproximó más a Visita. Sonó una bofetada; y después la carcajada estrepitosa de la del Banco, que dio un paso atrás, huyendo de don Alvaro.

—¡Loca!..., ¡idiota!... —gritó Mesía, limpiando su mejilla, que sintió húmeda y pegajosa.

—¡Vuelve por otra!, a mí que soy tambor de marina, como dice la marquesa.

La dama, completamente tranquila, sonriente, se metió un terrón de azúcar en la boca.

Era su sistema. Se prohibía a sí misma, por desconfianza, las dulzuras de los engaños de amor, y los compensaba con golosinas, que «se pegaban al riñón».

Mesía recordó con tristeza, mezclada de remordimiento, la noche en que aquella mujer saltaba por un balcón, llena de fe y enamorada.

Por una esquina de la calle, del lado de la catedral, apareció una señora que los del balcón reconocieron al momento. Era la Regenta. Venía de negro, de mantilla; la acompañaba Petra, su doncella. Pronto estuvieron debajo de ellos. Ana iba distraída, porque no levantó la cabeza.

—Anita, Anita —gritó Visitación.

Entonces Mesía pudo ver el rostro de la Regenta, que sonreía y saludaba. Nunca la había visto tan hermosa. Traía las mejillas sonrosadas, y ella era pálida; también parecía haber estado al lado de un fogón como Visita y Obdulia: en sus ojos había un brillo seco, destellos de alegría que se difundían en reflejos por todo el rostro. Venía con cara de sonreír a sus ideas.

Y además de esto, notó Mesía que le había mirado sin conmoverse, sin turbarse, como a Visita, ni más ni menos: hasta en su saludo, más franco y expansivo que otras veces, había visto una especie de desaire, la expresión de una indiferencia que le irritaba. Era como si le hubiera dicho: gozquecillo, tú no muerdes, no te temo. Se vería. Por lo pronto, aquella afabilidad era desprecio. ¿Qué había pasado en la catedral? ¿Qué hombre era aquel don Fermín que en una sola conferencia había cambiado aquella mujer?

Todo esto pensó en un momento, irritado, con vehemente deseo de salir de dudas y vacilaciones. Pero nada le salió al rostro. Saludó con su aire grave, con aquel aire de *gentleman* que tanto le envidiaba Trabuco, su admirador y mortal enemigo.

—¿Has confesado?

—Sí, ahora mismo.

—¿Con el Magistral, por supuesto?

—Sí, con él.

—¿Qué tal? Excelente, ¿verdad? ¿Qué te decía yo? ¿No subes?

—No, ahora no puedo.

Obdulia oyó la voz de Ana y corrió al balcón, sin cuidarse de reparar el desorden de su traje y peinado.

—¡Ana, sube; anda, tonta! —gritó la viuda mientras devoraba a la Regenta con los ojos de pies a cabeza.

Para Obdulia las demás mujeres no tenían más valor que el de un maniquí de colgar vestidos; para trapos, ellas; para todo lo demás, los hombres.

Ana se excusó otra vez; tenía que hacer. Saludó con graciosa sonrisa y siguió adelante. Un momento se habían encontrado sus ojos con los de Mesía, pero no se habían turbado ni escondido como otras veces; le habían mirado distraído, sin que ella procurase evitar *el contacto* de aquellas pupilas cargadas de lascivia y de amor propio irritado, confundido con el deseo.

Todos callaban en el balcón mientras la Regenta se alejaba y desaparecía por la calle desierta. Todos la siguieron con la mirada hasta que dobló la esquina. Obdulia dijo queriendo afectar un tono desdeñoso:

—Va muy sencilla.

Y se volvió al gabinete.

—¡Cómetela!... —gritó Visita al oído de Alvaro, con voz en que asomaba un poco de burla. Y añadió muy seria—: ¡Cuidado con el Magistral, que sabe mucha teología parda!...

Nueve

En la Plaza Nueva, en una rinconada sumida ya en la sombra, está el palacio de los Ozores, de fachada ostentosa recargada, sin elegancia, de sillares ennegrecidos, como los del Casino, por la humedad que trepa hasta el tejado por las paredes.

Al llegar al portal Ana se detuvo; se estremeció como si sintiera frío. Miró hacia la bocacalle próxima; por allí el horizonte se abría lleno de resplandores. La calle del Aguila era una pendiente rápida que dejaba ver en lontananza la sierra y los prados que forman su falda, verdes y relucientes entonces. Cruzaban la plaza y pasaban sobre los tejados golondrinas gárrulas, inquietas, que iban y venían, como si hiciesen sus visitas de despedida, próximo el viaje de invierno.

—Oye, Petra, no llames; vamos a dar un paseo...
—¿Las dos solas?
—Sí, las dos..., por los prados, a campo traviesa.
—Pero, señorita, los prados estarán muy mojados...
—Por algún camino... extraviado..., por donde no haya gente. Tú que eres de esas aldeas y conoces todo eso, ¿no sabes por dónde podemos ir sin que encontremos a nadie?
—Pero, si estará todo húmedo...
—Ya no; el sol habrá secado la tierra... ¡Yo traigo buen calzado! ¡Anda... vamos... Petra!

Ana suplicaba con la voz como una niña caprichosa y con el gesto, como una mística que solicita favores celestiales.

Petra miró asombrada a su señora. Nunca la había visto así. ¿Qué era de aquella frialdad habitual, de aquella tranquilidad que parecía recelo y desconfianza disimulada?

Tenía la doncella algo más de veinticinco años; era rubia de color de azafrán, muy blanca, de facciones correctas; su hermosura podía excitar deseos, pero difícilmente producir simpatías. Procuraba disimular el acento desagradable de la provincia y hablaba con afectación insoportable. Había servido en muchas ca-

sas principales. Era buena para todo, y se aburría en casa de
Quintanar, donde no había aventuras, ni propias ni ajenas. Amos
y criados parecían de estuco. Don Víctor era un viejo tal vez
amigo de los amores fáciles, pero jamás había pasado su atrevimiento de alguna mirada insistente, pegajosa, y algún piropo
envuelto en circunloquios que no le comprometían. El ama era
muy callada, muy cavilosa; o no tenía nada que tapar, o lo
tapaba muy bien. Sin embargo, Petra había adquirido la convicción de que aquella señora estaba muy aburrida. Aprovechaba la doncella las pocas ocasiones que se le ofrecían para pro-
curarse la confianza de la Regenta. Era solícita, discreta, y fingía
humildad, virtud la más difícil en su concepto.

Un paseo a campo traviesa, después de confesar, solas, en una
tarde húmeda, daba mucho en qué pensar a Petra. Ella no deseaba otra cosa, pero insistía en su posición, por ver a dónde
llegaba el capricho del ama. Otras habían empezado así.

Bajaron por la calle del Aguila. A su extremo, pasaba, perpendicular, la carretera de Madrid.

—Por ahí no —dijo el ama—. Por aquí; vamos hacia la fuente de Mari-Pepa.

—A estas horas no hay nadie por estos sitios, y el piso ya
estará seco; todavía da el sol. Mire usted, allí está la fuente.

Petra mostró a su señora, allá abajo, en la vega, una orla
de álamos que parecía en aquel momento de plata y oro, según
la iluminaban los rayos oblicuos del poniente. El camino era
estrecho, pero igual y firme; a los lados se extendían prados de
hierba alta y espesa y campos de hortaliza. Huertas y prados
los riegan las aguas de la ciudad y son más fértiles que toda la
campiña; los prados, de un verde fuerte, con tornasoles azula-
dos, casi negros, parecen de tupido terciopelo. Reflejando los
rayos del sol en el ocaso, deslumbraban. Así brillaban entonces.
Ana entornaba los ojos con delicia, como bañándose en la luz
tamizada por aquella frescura del suelo.

Setos de madreselva y zarzamora orlaban el camino, y de
trecho en trecho se erguía el tronco de un negrillo, robusto y
achaparrado, de enorme cabezota, como un as de bastos, con
algunos retoños en la calvicie, varillas débiles que la brisa sacudía, haciendo resonar como castañuelas las hojas solitarias de
sus extremos.

—Mire usted, señora, ¡cosa más rara!, a ninguna de esas ramas le queda más hoja que la más alta, la de la punta...

Después de esta observación, y otras por el estilo, Petra se
paraba a coger florecillas en los setos, se pinchaba los dedos, se
enganchaba el vestido en las zarzas, daba gritos, reía; iba tomando cierta confianza al verse sola con su ama, en medio de
los prados, por caminos de mala fama, solitarios, que sabían de
ella tantas cosas dignas de ser calladas.

Petra no se fiaba de la piedad repentina de la Regenta.

«¡Más de una hora de confesión! La carita como iluminada

al levantarse con la absolución encima... y ahora este paseo por los campos..., y reír..., y permitirle ciertas libertades... No me fío; esperemos.»

La doncella de Ana era amiga de llegar en sus cálculos y fantasías a las últimas consecuencias. Ya veía en lontananza propinas sonantes, en monedas de oro. Pero aquel sesgo religioso que tomaba la cosa —daba por supuesto que había algo— traía complicaciones que ofrecía novedad para la misma Petra, que había visto lo que ella y Dios y aquellos y otros caminos solitarios sabían.

Llegaron a la fuente de Mari-Pepa. Estaba a la sombra de robustos castaños que tenían la corteza acribillada de cicatrices en forma de iniciales y algunas expresando nombres enteros. La orla de álamos que se veía desde lejos servía como de muralla para hacer el lugar más escondido y darle sombra a la hora de ponerse el sol; por oriente se levantaba una loma que daba abrigo al apacible retiro formado por la naturaleza en torno del manantial. Aunque situado en una hondonada, desde allí se veía magnífico paisaje, porque a la parte de occidente otras ondas del terreno que semejaban un oleaje de verdura dejaban contemplar los lejanos términos, y allá confundido con la neblina, el Corfín, una montaña que escondía sus crestas en las nubes y caía a pico sobre valles ocultos detrás de colinas y montes más próximos. El sol sesgaba el ambiente, en que parecía flotar polvo luminoso, detrás del cual aparecía el Corfín con un tinte cárdeno.

Ana se sentó sobre las raíces descubiertas de un castaño que daba sombra a la fuente. Contemplaba las laderas de la montaña iluminada como por luces de bengala, y casi entre sueños oía a su lado el murmullo discreto del manantial y de la corriente que se precipitaba a refrescar los prados. Sobre las ramas del castaño saltaban gorriones y pinzones que no cerraban el pico y no acababan nunca de cantar formalmente, distraídos en cualquier cosa, inquietos, revoltosos y vanamente gárrulos. Hojas secas caían de cuando en cuando de las ramas al manantial; flotaban dando vueltas con lenta marcha, y, acercándose al cauce estrecho por donde el agua salía, se deslizaban rápidas, rectas, y desaparecían en la corriente, donde la superficie tersa se convertía en rizada plata. Una nevatilla (en Vetusta *lavandera*) picoteaba el suelo y brincaba a los pies de Ana, sin miedo, fiada en la agilidad de sus alas; daba vueltas, barría el polvo con la cola, se acercaba al agua, bebía, de un salto llegaba al seto, se escondía un momento entre las ramas de la zarzamora, por pura curiosidad, volvía a aparecer, siempre alegre, pizpireta; quedó inmóvil un instante, como si deliberase; y de repente, como asustada, por aprensión, sin el menor motivo, tendió el vuelo, recto y rápido al principio, ondulante y pausado después, y se perdió en la atmósfera que el sol oblicuo teñía de púrpura. Ana siguió el vuelo de la *lavandera* con la

mirada mientras pudo. «Estos animalitos —pensó— sienten,
quieren y hasta hacen reflexiones... Ese pajarillo ha tenido una
idea de repente; se ha cansado de esta sombra y se ha ido a
buscar luz, calor, espacio. ¡Feliz él! Cansarse, ¡es tan natural!»
Ella misma, la Regenta, estaba bien cansada de aquella sombra
en que había vivido siempre. ¿Sería algo nuevo, algo digno de
ser amado aquello que el Magistral le había prometido? Cuando ella le había dicho que en la adolescencia había tenido an-
tojos místicos y que después sus tías y todas las amigas de
Vetusta le habían hecho despreciar aquella vanidad piadosa,
¿qué había contestado el Magistral? Bien se acordaba; le zumbaba todavía en los oídos aquella voz dulce que salía en pedazos, como por tamiz, por los cuadrillos de la celosía del confesonario. Le había dicho, con unas palabras muy elocuentes, que
ella no podía repetir al pie de la letra, algo parecido a esto:
«Hija mía, ni aquellos anhelos de usted, buscando a Dios antes de conocerle, eran acendrada piedad, ni los desdenes con
que después fueron maltratados tuvieron pizca de prudencia».
Pizca había dicho, estaba ella segura. La elocuencia del Magistral en el confesonario no era como la que usaba en el púlpito;
ahora lo notaba. En el confesonario aprovechaba las palabras
familiares que dicen tan bien ciertas cosas que jamás había
visto ella en los libros llenos de retórica. Y le había puesto una
comparación: «Si usted, hija mía, se baña en un río y revolviendo el agua al nadar, por juego como solemos hacer, encuentra entre la arena una pepita de oro, pequeñísima, que
no vale una peseta, ¿se creerá usted ya millonaria?, ¿pensará
que aquel descubrimiento la va a hacer rica?, ¿que todo el
río va a venir arrastrando monedas de cinco duros con la carita del rey y que todo va a ser para usted? Eso sería absurdo.
Pero, por esto, ¿va usted a tirar con desdén la pepita y seguir
jugueteando con el agua, moviendo los brazos y haciendo saltar
la corriente al azotarla con los pies y sin pensar ya nunca más
en aquel poquito de oro que encontró en la arena?» Estaba
muy bien puesta la comparación. Ella se había visto con su
traje de baño, sin mangas, braceando en el río, a la sombra
de avellanos y nogales, y en la orilla estaba el Magistral con
su roquete blanquísimo, de rodillas, pidiéndole, con las manos
juntas, que no arrojase la pepita de oro. La elocuencia era
aquello, hablar así, que se viera lo que se decía. Se había entusiasmado con aquel fluir de palabras dulces, nuevas, llenas
de una alegría celestial; había abierto su corazón delante de
aquel agujero con varillas atravesadas. También ella había dicho
muchas palabras que no había usado en su vida hablando con
los demás. Entonces el Magistral, allá dentro, callaba; y cuando
ella terminó, la voz del confesonario temblaba al decir: «Hija
mía, esa historia de sus tristezas, de sus ensueños, de sus aprensiones, merece que yo medite mucho. Su alma es noble, y sólo
porque en este sitio yo no puedo tributar elogios al penitente,

me abstengo de señalar dónde está el oro y dónde está el lodo...
y de hacerle ver que hay más oro de lo que parece. Sin embargo, usted está enferma; toda alma que viene aquí está enferma. Yo no sé cómo hay quien hable mal de la confesión;
aparte de su carácter de institución divina, aun mirándola como
asunto de utilidad humana, ¿no comprende usted y puede comprender cualquiera que es necesario este hospital de almas para
los enfermos del espíritu?» El Magistral había hablado de las
consultas que los periódicos protestantes establecen para dilu-
cidar casos de conciencia. «Las señoras protestantes, que no tienen padre espiritual, acuden a la prensa. ¿No es esto ridículo?»
El Provisor había sonreído con la voz.

Y había continuado diciendo lo que en substancia era esto:
«No debía ella acudir allí sólo a pedir la absolución de sus
pecados; el alma tiene, como el cuerpo, su terapéutica y su
higiene; el confesor es médico higienista; pero así como el enfermo que no toma la medicina o que oculta su enfermedad,
y el sano que no sigue el régimen que se le indica para conservar la salud, a sí mismos se hacen daño, a sí propios se engañan; lo mismo se engaña y se daña a sí propio el pecador
que oculta los pecados, o no los confiesa tales como son, o los
examina de prisa y mal, o falta al régimen espiritual que se le
impone. No bastaba una conferencia para curar un alma, ni
acudir con enfermedades viejas y descuidadas era querer sanar
de veras. De todo esto se deducía racionalmente, aparte todo
precepto religioso, la necesidad de confesar a menudo. No se
trataba de cumplir con una fórmula: confesar no era eso. Era
indispensable escoger con cuidado el confesor, cuando se trataba de ponerse en cura; pero una vez escogido, era preciso con-
siderarle como lo que era en efecto, padre espiritual; y hablando fuera de todo sentido religioso, como hermano mayor del
alma, con quien las penas se desahogan y los anhelos se comu-
nican, y las esperanzas se afirman y las dudas se desvanecen.
Si todo esto no lo ordenase nuestra religión, lo mandaría el
sentido común. La religión es toda razón, desde el dogma más
alto hasta el pormenor menos importante del rito.»

Aquella conformidad de la fe y de la razón encantaba a la
Regenta. ¿Cómo tenía ella veintisiete años y jamás había oído
esto? No se había atrevido a preguntárselo al Magistral, pero
tiempo habría.

Un gorrión con un grano de trigo en el pico se puso enfrente de Ana y se atrevió a mirarla con insolencia. La dama
se acordó del Arcipreste, que tenía el don de parecerse a los
pájaros.

«Era un buen señor Ripamilán; pero ¡qué manera de confesar! Una rutina que nunca le había enseñado nada. A no ser
su matrimonio, nada había sacado de aquellas confesiones. Decía el pobre hombre que se sabía de memoria los pecados de
la Regenta y la interrumpía siempre con su eterno: 'Bien, bien,

adelante: ¿qué más? Adelante..., reza tres padrenuestros, una salve y reparte limosnas'. ¡Qué hombre tan raro! ¿Cuándo le había hablado don Cayetano de si tenía ella este o el otro temperamento? Pues el Magistral en seguida le había dicho que era un temperamento especial, que todo esto y más había que tener en cuenta. Esto era completamente nuevo.»

Además, la había halagado mucho el notar que don Fermín le hablaba como a persona ilustrada, como a un hombre de letras: le había citado autores, dando por supuesto que los conocía, y al usar sin reparo palabras técnicas, se guardaba de explicárselas.

«¡Y qué *elevación!* ¿Qué era la virtud? ¿Qué era la santidad? Aquello había sido lo mejor. La virtud era la belleza del alma, la pulcritud, la cosa más fácil para los espíritus nobles y limpios. Para un perezoso enemigo de la ropa limpia y del agua, la pulcritud es un tormento, un imposible; para una persona decente (así había dicho) una necesidad de las más imperiosas de la vida. La religión no presentaba como una senda ardua la de la virtud sino para los que viven sumidos en el pecado; pero el hombre nuevo siempre estaba despierto en nosotros; no había más que darle una voz y acudía. La virtud comienza por un esfuerzo ligero, si bien contrario al hábito adquirido; al día siguiente el esfuerzo era menos costoso y su eficacia mayor por la «velocidad adquirida», por la «inercia del bien», esto era mecánico (así lo había dicho el señor De Pas). La virtud podía definirse: el equilibrio estable del alma. Además, era una alegría; un buen día de sol; ráfagas de aire fresco embalsamado; el alma virtuosa se convertía en una pajarera donde gorjeaban alegres los dones del Espíritu Santo animando el corazón en las tristezas de la vida. Aquella melancolía de que ella se quejaba era nostalgia de la virtud a que llegaría y por la que suspiraba su espíritu como por su patria. La virtud era cuestión de arte, de habilidad. No sólo se conseguía por el ayuno, por el ascetismo; éste era un medio muy santo; pero había otros. En la vida bulliciosa de nuestras ciudades se puede aspirar también a la perfección.» (En aquel momento se figuraba la Regenta como una Babilonia aquella Vetusta que le pareciera siempre tan pequeña, tan monótona y triste.) «Ella que había leído a San Agustín, ¿no recordaba que el Santo Obispo gustaba de la música religiosa, no por el deleite de los sentidos, sino porque elevaba el alma? Pues así todas las artes, así la contemplación de la naturaleza, la lectura de las obras históricas, y de las filosóficas, siendo puras, podía elevar el alma y ponerla en el diapasón de la santidad de la virtud. ¿Por qué no? ¡Ah!, y después, cuando se llegaba más arriba, a la seguridad de sí mismo, cuando ya no se temía la tentación, sino con temor prudente, se encontraban edificantes muchos espectáculos que antes eran peligrosos. Así, por ejemplo, la lectura de libros prohibidos, veneno para los débiles, era purga para los fuertes. Al que llega a cierto grado de fortaleza, la presencia del mal le edifica a su modo, por el contraste.» El Magistral no había dicho si él era tan fuerte como todo eso, pero ella suponía que sí. De todas maneras, la virtud y la piedad eran cosas bien diferentes de lo que le habían enseñado sus tías y la devoción vulgar (así la llamó para sus adentros) que había aprendido como una rutina. Sí, la religión verdadera se parecía en definitiva a sus ensueños de adolescente, a sus visiones del monte de Loreto más que a la sosa y estúpida disciplina que le habían enseñado como piedad seria y verdadera. ¡Y cuántas más lecciones le había prometido el Magistral para otro día! ¡Cuántas cosas nuevas iba a saber y a sentir! ¡Y qué dicha tener un alma hermana, hermana mayor, a quien poder hablar de tales asuntos, los más interesantes, los más altos sin duda!

De la *cuestión personal*, esto es, de los pecados de Ana, se había hablado poco; el Magistral generalizaba en seguida. «No tenía datos, necesitaba conocer la mujer.»

Al recordar esto sintió la Regenta escrúpulos. Le había dado la absolución y ella no había dicho nada de su inclinación a don Alvaro. «Sí, inclinación. Ahora que consideraba vencido aquel impulso pecaminoso, quería mirarlo de frente. Era inclinación. Nada de disfrazar las faltas. Había hablado, sin precisar nada, de malos pensamientos, pero le parecía indecoroso e injusto para con ella misma, hasta grosero, personificar aquellas tentaciones, decir que se trataba de un solo hombre, de tales prendas, y señalar los peligros que había. Pero ¿debía haberlo hecho? Tal vez. Sin embargo, ¿no hubiera sido poner en berlina a don Víctor sin por qué ni para qué, puesto que ella le era fiel de hecho y de voluntad y se lo sería eternamente? Y con todo, debió haber especificado más en aquella parte de la confesión. ¿Estaba bien absuelta? ¿Podría comulgar tranquila al día siguiente? Eso no, de ningún modo; no comulgaría; se quedaría en la cama fingiendo una jaqueca; de tarde iría a reconciliar, y al otro día la comunión. Este era el mejor plan. La resolución de no comulgar a la mañana siguiente le dio una alegría de niña; era como un día de asueto. Podía pasar la noche pensando en la religión, en la virtud en general, por aquel sistema nuevo, y no preocuparse todavía con el cuidado de recibir al Señor dignamente. Era una prórroga, un respiro. Y ya no le parecía impropio dar rienda suelta a su alegría, aquella alegría causada por fuerzas morales puramente y que tal vez era la alborada del día esplendoroso de la virtud.

»¡Qué feliz sería aquel Magistral, anegado en luz de alegría virtuosa, llena el alma de pájaros que le cantaban como coros de ángeles dentro del corazón! Así él tenía aquella sonrisa eterna, y se paseaba con tanto garbo por el Espolón en medio de perezosos del alma, de espíritus pequeños y... vetustenses. ¡Y qué color de salud!

»¡Vetusta, Vetusta encerraba aquel tesoro! ¿Cómo no sería Obispo el Magistral? ¡Quién sabe! ¿Por qué era ella, aunque digna de otro mundo, nada más que una señora ex regenta de Vetusta? El lugar de la escena era lo de menos; la variedad, la hermosura, estaban en las almas. Ese pajarillo no tiene alma y vuela con alas de pluma, yo tengo espíritu y volaré con las alas invisibles del corazón, cruzando el ambiente puro, radiante de la virtud.»

Se estremeció de frío. Volvió a la realidad. Todo quedó en la sombra. El sol ocultaba entre nubes pardas y espesas, detrás de la cortina de álamos, el último pedazo de su lumbre que se le había quedado atrás, como un trapillo de púrpura. La sombra y el frío fueron repentinos. Un coro estridente de ranas despidió al sol desde un charco del prado vecino. Parecía un himno de salvajes paganos a las tinieblas que se acercaban por oriente. La Regenta recordó las carracas de Semana Santa, cuando se apaga la luz del ángulo misterioso y se rompen las cataratas del entusiasmo infantil con estrépito horrísono.

—¡Petra! ¡Preta! —gritó.

Estaba sola. ¿Adónde había ido su doncella?

Un sapo en cuclillas miraba a la Regenta encaramado en una raíz gruesa, que salía de la tierra como una garra. Lo tenía a un palmo de su vestido. Ana dio un grito, tuvo miedo. Se le figuró que aquel sapo había estado oyéndola pensar y se burlaba de sus ilusiones.

—¡Petra! ¡Petra!

La doncella no respondía. El sapo la miraba con una impertinencia que le daba asco y un pavor tonto.

Llegó Petra. Venía sudando, muy encarnada, con la respiración fatigosa. Le caían hasta los ojos los rizos dorados y menudos. Como había visto tan ensimismada a la señora, se había llegado al molino de su primo Antonio, que estaba allí cerca, a un tiro de fusil.

Ana le fijó los ojos con los suyos, pero ella desafió aquella mirada de inquisidor. Su primo Antonio, el molinero, estaba enamorado de la doncella; el ama lo sabía. Petra pensaba casarse con él, pero más adelante, cuando fuera más rico y ella más vieja. De vez en cuando, iba a verle para que no se apagase aquel fuego con que ella contaba para calentarse en la vejez. Miraba el molino como una caja de ahorros donde ella iba depositando sus economías de amor. Ana, sin saber por qué, sintió un poco de ira. «¿Cómo serían aquellos amores de Petra y el molinero? ¿Qué le importaba a ella?...» Pero la manera de mirar a Petra, estudiando los pormenores de su traje, algo descompuesto, la fatiga, que no podía ocultar, el sudor, el color de sus mejillas, revelaba una curiosidad que quería ocultar en vano la Regenta. «¿Qué había hecho en el molino aquella mujer?» Este pensamiento baladí, obsesión estúpida que era casi un dolor, absorbía toda la atención de Ana, a su pesar.

—Vamos, vamos, que es tarde.

—Sí, señora; es tarde. Entraremos en casa cuando ya estén encendidos los faroles.

—No, no tanto.

—Ya verá usted.

—Si no te hubieras detenido en la fragua de tu primo...

—¿Qué fragua? Es un molino, señora.

A Petra le supo a malicia lo que era una equivocación.

Cuando llegaban a las primeras casas de Vetusta, oscurecía. La luz amarillenta del gas brillaba de trecho en trecho, cerca de las ramas polvorientas de las raquíticas acacias que adornaban el *boulevard,* nombre popular de la calle por donde entraban en el pueblo.

—¿Cómo me has traído por aquí?

—¿Qué importa?

Petra se encogió de hombros. En vez de subir por la calle del Aguila habían dado un rodeo y entraban por una de las pocas calles nuevas de Vetusta, de casas de tres pisos, iguales, cargadas de galerías con cristales de colores chillones y discordantes. La acera de tres metros de anchura, una acera hiperbólica para Vetusta, estaba orlada por una fila de faroles en columna, de hierro pintado de verde, y por otra fila de árboles, prisioneros en estrecha caja de madera, verde también. Por esto se llamaba *El boulevard,* o lo que era en rigor, *Calle del Triunfo de 1836.* Al anochecer, hora en que dejaban el trabajo los obreros, se convertía aquella acera en paseo, donde era difícil andar sin pararse a cada tres pasos. Costureras, chalequeras, planchadoras, ribeteadoras, cigarreras, fosforeras y armeros, zapateros, sastres, carpinteros y hasta albañiles y canteros, sin contar otras muchas clases de industriales, se daban cita bajo las acacias del triunfo y paseaban allí una hora, arrastrando los pies sobre las piedras con estridente sonsonete.

Había comenzado aquel paseo años atrás como una especie de parodia; imitaban las muchachas del pueblo los modales, la voz, las conversaciones de las señoritas, y los obreros jóvenes se fingían caballeros, cogidos del brazo y paseando con afectada paciencia. Poco a poco la broma se convirtió en costumbre y merced a ella la ciudad solitaria, triste de día, se animaba al comenzar la noche, con una alegría exaltada, que parecía una excitación nerviosa de toda la «pobretería», como decían los tertulios de Vegallana. Era la fuerza de los talleres que salía al aire libre; los músculos se movían por su cuenta, a su gusto, libres de la monotonía de la faena rutinaria. Cada cual, además, sin darse cuenta de ello, estaba satisfecho de haber hecho algo útil, de haber trabajado. Las muchachas reían sin motivo, se pellizcaban, tropezaban unas con otras, se amontonaban, y al pasar los grupos de obreros, crecía la algazara; había golpes en la espalda, carcajadas de malicia, gritos de mentida indignación, de falso pudor, no por hipocresía, sino como si se tratara de un paso de comedia. Los remilgos eran fingidos, pero el que se propasaba se exponía a salir con las mejillas ardiendo. Las virtudes que había allí sabían defenderse a bofetadas. En general, se movía aquella multitud con cierto orden. Se paseaba en filas de ida y vuelta. Algunos señoritos se mezclaban con los grupos de obreros. A ellas les solía parecer bien un piropo de un estudiante o de un hortera; pero la indignación fingida era mayor cuando un *levita* se propasaba y siempre acompañaba a la protesta del pudor el sarcasmo. Aquellas jóvenes, que no siempre estaban seguras de cenar al volver a casa, insultaban al transeúnte que las llamaba hermosas, suponiendo que el *futraque* tenía *carpanta*, o sea hambre. A lo sumo concedían que comería cañamones. Los expertos no se aturdían por estos improperios convencionales, que eran allí el buen tono; insistían y acababan por sacar tajada, si la había. La virtud y el vicio se codeaban sin escrúpulo, iguales por el traje, que era bastante descuidado. Aunque había algunas jóvenes limpias, de aquel montón de hijas del trabajo que hace sudar salía un olor picante, que los habituales transeúntes ni siquiera notaban, pero que era molesto, triste; un olor de miseria perezosa, abandonada. Aquel perfume de harapo lo respiraban muchas mujeres hermosas, unas fuertes, esbeltas, otras delicadas, dulces, pero todas mal vestidas, mal lavadas las más, mal peinadas algunas. El estrépito era infernal; todos hablaban a gritos, todos reían, unos silbaban, otros cantaban. Niñas de catorce años, con rostro de ángel, oían sin turbarse blasfemias y obscenidades que a veces las hacían reír como locas. Todos eran jóvenes. El trabajador viejo no tiene esa alegría. Entre los hombres, acaso ninguno había de treinta años. El obrero pronto se hace taciturno, pronto pierde la alegría expansiva, sin causa. Hay pocos viejos verdes entre los proletarios.

Ana se vio envuelta, sin pensarlo, por aquella multitud. No se podía salir de la acera. Había mucho lodo y pasaban carros y coches sin cesar; era la hora del correo, y aquél el camino de la estación.

Los grupos se abrían para dejar paso a la Regenta. Los mozalbetes más osados acercaban a ella el rostro con cierta insolencia, pero la belleza bondadosa de aquella cara de María Santísima les imponía admiración y respeto.

Las chalequeras no murmuraban ni reían al pasar Ana.

—¡Es la Regenta!

—¡Qué guapa es!

Esto decían ellas y ellos. Era una alabanza espontánea, desinteresada.

—¡Olé, salero! ¡Viva tu mare! —se atrevió a gritar un andaluz con acento gallego.

Su entusiasmo le costó una *galleta* —un coscorrón— de un su amigo, más respetuoso.

—¡So bruto, mira que es la Regenta!

Era popular su hermosura.

A Petra también le decían los pollastres que era un arcángel; iba contenta. Ana sonreía y aceleraba el paso.

—Dónde nos hemos metido...

—¿Qué importa? Ya ve usted que no se la comen. Muchas señoritas podrían aprender crianza de estos pelagatos.

Alguna otra vez había pasado la Regenta por allí a tales horas, pero en esta ocasión, con una especie de doble vista, creía ver, sentir allí, en aquel montón de ropa sucia, en el mismo olor, picante de la *chusma*, en la algazara de aquellas turbas, una forma del placer del amor; del amor que era por lo visto una necesidad universal. También había cuchicheos secretos, al oído, entre aquel estrépito; rostros lánguidos, ceños de enamorados celosos, miradas como rayos de pasión... Entre aquel cinismo aparente de los diálogos, de los roces bruscos, de los tropezones insolentes, de la brutalidad jactanciosa, había flores delicadas, verdadero pudor, ilusiones puras, ensueños amorosos que vivían allí sin conciencia de los miasmas de la miseria.

Ana participó un momento de aquella voluptuosidad andrajosa. Pensó en sí misma, en su vida consagrada al sacrificio, a una prohibición absoluta del placer, y se tuvo esa lástima profunda del egoísmo excitado ante las propias desdichas. «Yo soy más pobre que todas éstas. Mi criada tiene a su molinero, que le dice al oído palabras que le encienden el rostro; aquí oigo carcajadas del placer que causan emociones para mí desconocidas...»

En aquel momento tuvieron que detenerse entre la multitud. Había un drama en la acera. Un joven alto, pelo negro y rizoso, muy moreno, vestido con blusa azul, gritaba:

—¡La mato!, ¡la mato! Dejadme, que quiero matarla.

Sus compañeros le sujetaban; querían llevárselе. El mozo echaba fuego por los ojos.

—¿Qué es eso? —preguntó Petra.

—Nada —dijo uno—, celucos.

—Sí —gritó una joven—, pero si ella se descuida la ahoga.

—Bien merecido lo tiene; es una tal...

El joven de la blusa azul salió del paseo, a viva fuerza, casi arrastrado por sus amigos. Al pasar junto a la Regenta, la miró cara a cara, distraído, pensando en su venganza; pero ella sintió aquellos ojos en los suyos como un contacto violento. ¡Eran los *celucos*! ¡Así miraban los celos! Era una belleza infernal, sin duda, la de aquellos ojos, pero ¡qué fuerte, qué humana!

Dejaron ama y criada por fin el *boulevard* y entraron en la calle del Comercio. De las tiendas salían haces de luz que llegaban al arroyo, iluminando las piedras húmedas cubiertas de lodo. Delante del escaparate de una confitería nueva, la más lujosa de Vetusta, un grupo de *pillos* de ocho a doce años discutía la calidad y el nombre de aquellas golosinas que no eran para ellos, y cuyas excelencias sólo podían apreciar por conjeturas.

El más pequeño lamía el cristal con éxtasis delicioso, con los ojos cerrados.

—Eso se llama *pitisa* —dijo uno en tono dogmático.

—¡Ay qué farol! Si eso es un *pionono;* si sabré yo...

También aquella escena enterneció a la Regenta. Siempre sentía apretada la garganta y lágrimas en los ojos cuando veía a los niños pobres admirar los dulces o los juguetes de los escaparates. No eran para ellos; esto le parecía la más terrible crueldad de la injusticia. Pero, además, ahora aquellos granujas, discutiendo el nombre de lo que no habían de comer, se le antojaban compañeros de desgracia, hermanitos suyos, sin saber por qué. Quiso llegar pronto a casa. Aquel enternecerse por todo la asustaba. Temía el ataque, estaba muy nerviosa.

—Corre, Petra, corre —dijo con voz muy débil.

—Espere usted..., señora..., allí... parece que nos hacen seña... ¡sí, a nosotras es! ¡Ah!, son ellos, sí.

—¿Quién?

—El señorito Paco y don Alvaro.

Petra notó que su ama temblaba un poco y palidecía.

—¿Dónde están? A ver si podemos, antes que...

Ya no podían escapar. Don Alvaro y Paco estaban delante de ellas. El marquesito las detuvo haciendo una cortesía exagerada, que era una de sus maneras de *hacer esprit*, como decía ya el mismo Ronzal. Mesía saludó muy formalmente.

De la confitería nueva salían chorros de gas que deslumbraban a los vetustenses, no acostumbrados a tales despilfarros de gas. Don Alvaro veía a la Regenta envuelta en aquella claridad de batería de teatro y notó en la primera mirada que no era ya·la mujer distraída de aquella tarde. Sin saber por qué, le había desanimado la mirada plácida, franca, tranquila de poco antes, y sin mayor fundamento; la de ahora, tímida, rápida, miedosa, le pareció una esperanza más, la sumisión de Ana, el triunfo. «No sería tanto, pero él se alegraba de verse animado. Sin fe en sí mismo no daría un paso. Y había que dar muchos y pronto.»

En Vetusta llueve casi todo el año, y los pocos días buenos se aprovechan para respirar el aire libre. Pero los paseos no están concurridos más que los días de fiesta. Las señoritas pobres, que son las más, no se resignan a enseñar el mismo vestido una tarde y otra, y siempre. De noche es otra cosa; se sale de trapillo, se recorre la parte nueva, la calle del Comercio, la plaza del Pan, que tiene soportales, aunque muy estrechos, el *boulevard* un poco·más tarde, cuando ya está durmiendo la *chusma*. Y el pretexto es comprar algo. ¡En una casa hacen falta tantas cosas! Se entra en las tiendas, pero se compra poco. La calle del Comercio es el núcleo de estos paseos nocturnos y algo disimulados. Los caballeros van y vienen por la ancha acera y miran con mayor o menor descaro a las damas sentadas junto al mostrador. Con un ojo en las novedades de la estación y con otro en la calle, regatean los precios y cazan lisonjas y señas al vuelo. Los mancebos son casi todos catalanes, pero pronuncian el castellano con suficiente corrección. Son amables, guapos casi todos. Los más tienen la barba cortada a lo Jesucristo. Muchos ojos negros almibarados, y rosas en las mejillas. Inclinan la cabeza con una languidez entre romántica y cachazuda; aquello lo mismo puede significar: «Señorita, *abrigo* una pasión secreta, que...» «Señorita, ni la paciencia de Job..., pero tendré paciencia.»

—¡Oh, le estoy cansando a usted! —dice Visitación a un rubio con cuello marinero, a quien ha hecho ya cargar con cincuenta piezas de percal.

—¡Ah, no, señora!; es mi obligación... Y además lo hago con la mejor voluntad... «El mancebo ha de ser incansable, para eso está allí.»

Visitación siempre tiene que hacer un mandilón para la criada, pero no se decide nunca. Otras noches es ella la que está desnuda.

—Me va a coger el invierno sin un hilo sobre mi cuerpo.

El mancebo sonríe con amabilidad, figurándose de buen grado a la dama delgada, pero de buenas formas, tiritando en camisa bajo los rigores de una nevada...

—¡No sea usted malo! ¡No sea usted tan material! —responde ella, turbándose como una niña aturdida que sospecha haber sido indiscreta, y clava en el mancebo los ojos risueños, arrugaditos, que Visitación cree que echan chispas. El catalán finge que se deja seducir por aquellos ojos, y en cada vara rebaja un perro chico.

Visitación triunfa. Pero no sabe que el mismo percal se lo vendió a Obdulia rebajando un perro grande, y con una ganancia superior a la que podía esperar el mancebo sonriente y con barba de judío.

Las bellas vetustenses, como dice el gacetillero de *El Lábaro*, no saben salir de las tiendas de modas. Lo ven todo, lo revuelven todo, y les queda tiempo para *marear* a los horteras y tomar varas al sesgo (frase de Orgaz) de los señoritos que pasean por la acera disputando en voz alta para anunciar su presencia. Domina allí una alegría bulliciosa, la alegría sin motivo, que es la más expansiva y contentadiza. ¿Quién lo diría? No sólo «el elemento joven de ambos sexos» (de *El Lábaro*), sino las personas formales: magistrados, catedráticos, autoridades, abogados, hasta clérigos, están deseando todo el día, sin darse cuenta, la hora de las tiendas, los días que *hace bueno* y pueden las damas «decorosamente» coger la mantilla y echarse a la calle. Es aquélla una hora de cita que, sin saberlo ellos mismos, se dan los vetustenses para satisfacer la necesidad de verse, y codearse y oír ruido humano. Es de notar que los vetustenses se

aman y se aborrecen; se necesitan y se desprecian. Uno por
uno, el vetustense maldice de sus conciudadanos, pero defiende
el carácter del pueblo *en masa,* y si le sacan de allí suspira por
volver. En el paseo de la noche, que viene a ser subrepticio,
a lo menos así lo llama don Saturnino, hay además el atractivo
que le presta la fantasía. El gas no es para prodigado por un
Ayuntamiento lleno de deudas, y un farol aquí, otro a cincuenta
pasos (si no hace luna; en las noches románticas no hay gas),
no deslumbran ni quitan a la noche su misterio. Se ve lo que
no hay. Cada cual, según su imaginación, atribuye a los que
pasan la figura que quiere.

—Parecen otras las chicas —dicen los pollos.

Los vetustenses gozan la ilusión de creerse en otra parte sin
salir de su pueblo. Todo se vuelve caras nuevas, que después
no son nuevas.

—¿Quiénes son ésas? —Y resulta que son las de Mínguez,
es decir, las eternas Mínguez, las de ayer, las de anteayer, las
de siempre. ¡Pero, mientras, la ilusión dura!... En los pueblos
donde pocas veces se tienen espectáculos gratuitos, lo es y más
interesante el de contemplarse mutuamente. Un paseo, *cogido
por los cabellos,* es un placer delicado, intenso, que gozan con
delicia inefable las masas proletarias de la honrada clase media
española.

Hay estudiante que se acuesta satisfecho con media docena
de miradas recogidas acá y allá, en sus idas y venidas por el
Espolón o por la calle del Comercio; y niña casadera que tiene
para ocho días con una flor amorosa que fingió desdeñar por
impertinente y que saborea a sus solas, mientras borda unas zapatillas durante siete días mortales, detrás del cristal que azota
la lluvia incansable. Así se explica aquel entrar y salir en los
comercios, aquel reír por cualquier cosa, aquel encontrar gracia
en cada frase de un hortera, en la diablura de un estudiante
que mete la cabeza por un escaparate abierto. Todo es movimiento, risa, algazara. Este pueblo es el mismo que asiste silencioso, grave, estirado, a los paseos de solemnidad, y compungido, cabizbajo, lleno de unción (de *El Lábaro),* a los sermones,
a las novenas, a los oficios de Semana Santa y hasta al miserere.

Ana creía ver en cada rostro la llama de la poesía. Las vetustenses le parecían más guapas, más elegantes, más seducto-
ras que otros días; y en los hombres veía aire distinguido, ademanes resueltos, corte romántico; con la imaginación iba juntando por parejas a hombres y mujeres según pasaban, y ya se le
antojaba que vivía en una ciudad donde criadas, costureras y
señoritas amaban y eran amadas por molineros, obreros, estudiantes y militares de la reserva.

Sólo ella no tenía amor; ella y los niños pobres que lamían
los cristales de las confiterías eran los desheredados. Una ola

de rebeldía se movía en su sangre, camino del cerebro. Temía otra vez el ataque.

«¿Qué era aquello, Señor, qué era aquello? ¿Por qué en día semejante, cuando su espíritu acababa de entrar en vida nueva, vida de víctima, pero no de sacrificio estéril, sin testigos, sino acompañado por la voz animadora de un alma hermana; por qué en ocasión tan importuna se presentaba aquel afán de sus entrañas, que ella creía cosa de los nervios, a mortificarla, a gritar ¡guerra! dentro de la cabeza, y a volver lo de arriba abajo? ¿No había estado en la fuente de Mari-Pepa entregada a la esperanza de la virtud? ¿No se abrían nuevos horizontes a su alma? ¿No iba a vivir para algo en adelante? ¡Oh!, ¡quién le hubiera puesto al señor Magistral allí!» Su mano tropezó con la de un hombre. Sintió un calor dulce y un contacto pegajoso. No era el Magistral. Era don Álvaro, que venía a su lado hablando de cualquier cosa. Ella apenas le oía, ni quería atribuir a su presencia aquel cambio de temperatura moral, que lamentaba para sus adentros, en tanto que veía a las jóvenes y a las jamonas vetustenses coquetear en la acera y en las tiendas deslumbrantes de gas.

Don Álvaro opinaba lo contrario, que bastaba su presencia y su contacto para adelantar los acontecimientos. Para tener idea de lo que Mesía pensaba del prestigio de su *físico*, hay que figurarse una máquina eléctrica con conciencia de que puede echar chispas. El se creía una máquina eléctrica de amor. La cuestión era que la máquina estuviese preparada. Era fatuo hasta ese extremo, pero dígase en su abono que nadie lo sabía, y que podía citar numerosos hechos que acreditaban el motivo de aquella vanidad monstruosa. Se creía hombre de talento —él era principalmente un político—; confiaba en su experiencia de hombre de mundo, y en su arte de Tenorio, pero humildemente se declaraba a sí mismo que todo esto era nada comparado con el prestigio de su belleza corporal. «Para seducir a mujeres gastadas, ahítas de amor, mimosas, de gustos estragados..., tal vez no basta la figura, ni es lo principal siquiera; pero las vírgenes *honradas* (conocía él otra clase) y las casadas honestas se rinden al buen mozo.»

—No conozco seductores corcovados ni enanos —decía, encogiéndose de hombros, las pocas veces que con sus amigos íntimos hablaba de estas cosas: solía ser después de cenar fuerte—. ¿Se me habla de extravíos del gusto? Eso es la excepcional; pero nadie querrá ser en el amor lo que es el asafétida en los olores; y sin embargo, las damas romanas de la decadencia...

Paco Vegallana acudía entonces con el testimonio de las lecturas tecnicoescandalosas. Describía todas las aberraciones de la lubricidad femenil en lo antiguo, en la Edad Media y en los tiempos modernos. No había nada nuevo. «Lo mismo que hacen las parisienses más pervertidas, lo sabían y hacían las meretrices de Babilonia y de Cerbatana.»

Paco padecía distracciones cada vez que se remontaba a la historia antigua. Esta Cerbatana era Ecbatana, pero él la llamaba así por equivocación indudablemente. Ya sabía a qué ciudad se refería. Era una que tenía muchas murallas de colores diferentes. Lo había leído en la *Historia de la prostitución;* en la de Dufour no, en otra que conocía también. Era un sabio.

—Yo he leído —añadía don Alvaro en casos tales— que ha habido princesas y reinas encaprichadas y *metidas* con monos, así como suena, monos.

—Sí, señor —acudía Paco a decir—, lo afirma Víctor Hugo en una novela que en francés se llama *El hombre que ríe* y en español *De orden del rey.*

—Pero fuera de eso, que es lo excepcional —continuaba Mesía diciendo—, hay que desengañarse; lo que buscan las mujeres es un buen *físico.*

—Eso creo yo —solía razonar Ronzal—, la mujer es así *urbi-cesorbi* (en todas partes, en el latín de Trabuco).

Además, don Alvaro era profundamente materialista, y esto no lo confesaba a nadie. Como en él lo principal era el político, transigía con la religión de los mayores de Paco y se reía de la separación de la Iglesia y el Estado. Es más, le parecía de mal tono llevar la contraria a los católicos de buena fe. En París había aprendido ya en 1867, cuando fue a la exposición, que lo chic era el creer como el carbonero. Sport y catolicismo, esto era la moda que continuaba imperando. Pero es claro que lo de creer era decir que se creía. Él no tenía fe alguna, «ni bendita la falta», a no ser cuando le entraba el miedo de la muerte. Cuando caía enfermo y se encontraba en la fonda solo, abandonado de todo cariño verdadero, entonces sentía sinceramente, a pesar de haber corrido tanto, no ser un cristiano sincero. Pero sanaba y decía: «¡Bah!, todo eso es efecto de la debilidad.» Sin embargo, bueno era *ilustrarse,* fundar en algo aquel materialismo que tan bien casaba con sus demás ideas respecto del mundo y la manera de explotarlo. Había pedido a un amigo libros que le probasen el materialismo en pocas palabras. Empezó por aprender que ya no había tal metafísica, idea que le pareció excelente, porque evitaba muchos rompecabezas. Leyó *Fuerza y materia* de Buchner y algunos libros de Flammarión, pero éstos le disgustaron; hablaba mal de la Iglesia y bien del cielo, de Dios, del alma... y precisamente él quería todo lo contrario. Flammarión no era chic. También leyó a Moleschott y a Wirchow y a Wogt traducidos, cubiertos con papel de color de azafrán. No entendió mucho, pero se iba al grano: todo era masa gris; corriente, lo que él quería. Lo principal era que no hubiese infierno. También leyó en francés el poema de Lucrecio *De rerum natura:* llegó hasta la mitad. Decía bien el poeta, pero aquello era muy largo. Ya no veía más que átomos, y su buena figura era un feliz conjunto de moléculas en forma de gancho para prender a todas las mujeres bonitas que se le pusieran delante. Así estaba por dentro Mesía en punto a creencias, pero a estos subterráneos no había llegado el mismo Paco, que era buen católico, según Mesía. Aquello era para él solo, mientras estaba en Vetusta. En sus viajes a París sacaba el fondo del baúl y el fondo del materialismo. A sus queridas, cuando no eran demasiado beatas y estaban muy enamoradas, procuraba imbuirlas en sus ideas acerca del átomo y la fuerza. El materialismo de Mesía era fácil de entender; lo explicaba en dos conferencias. Cuando la mujer se convencía de que no había metafísica, le iba mucho mejor a don Alvaro.

Al recordar una hembra de las convertidas al epicureísmo, solía decir don Alvaro con una llama en los ojos, muy abiertos:

—¡Qué mujer aquélla! —Y suspiraba. Aquella mujer nunca había sido vetustense. Las vetustenses tampoco creían en la metafísica, no sabían de ella, pero no pasaban por ciertas cosas.

Don Alvaro iba al lado de Ana, convencido de que su presencia bastaba para producir efectos deletéreos en aquella virtud en que él mismo creía. Las palabras eran por entonces, y sin perjuicio, lo de menos. El también solía hablar con elocuencia al alma, ¡vaya!, pero en otras circunstancias; más adelante.

Paco iba detrás sin desdeñar la conversación de Petra, que se mirlaba hablando con el marquesito. En materia de amor la criada no creía en las clases y concebía muy bien que un noble se encaprichara y se casase con ella, verbigracia. No decía que don Paquito estuviera en tal caso, ni mucho menos; pero le alababa el pelo de oro y la blancura del cutis, y por algo se empieza.

—Debe de aburrirse usted mucho en Vetusta, Ana —decía don Alvaro.

Buscaba en vano manera natural de llevar la conversación a un punto por lo menos análogo al que pensaba tratar muy por largo, llegada la ocasión oportuna.

—Sí, a veces me aburro. ¡Llueve tanto!

—Y aunque no llueva. Usted no va a ninguna parte.

—Será que usted no se fija en mí; bastante salgo.

Estas palabras, apenas dichas, le parecieron imprudentes. ¿Era ella quien las había pronunciado? Así hablaba Obdulia con los hombres; ¡pero ella, Ana!

Don Alvaro se vio en un apuro. ¿Qué pretendía aquella señora? ¿Provocar una conversación para aludir a lo que había entre ellos, que en rigor no era nada que mereciese comentarios? ¿Debía él extrañar aquella suposición de Ana? ¡Que no se fijaba en ella! ¿Era coquetería vulgar o algo más alambicado que él no se explicaba? ¿Quería dar por nulo todo lo que ambos sabían, las citas, sin citarse, en tal iglesia, en el teatro, en el paseo? ¿Quería negar valor a las miradas fijas, intensas, que a veces le otorgaba como favor celestial que no debe prodigarse?

El primer impulso de Ana había sido inconsciente.

Había hablado como quien repite una frase hecha, sin sentido; pero después pensó que aquella respuesta podía servir para
desanimar a Mesía dándole a entender que ella no había entrado en aquel pacto de sordomudos. Pero esto mismo era inoportuno. Era demasiado negar, era negar la evidencia.

Don Alvaro temía aventurar mucho aquella noche, y creyó
lo menos ridículo «hacerse el interesante», según el estilo que
empleaban los vetustenses para tales materias. Y dijo con el
tono de una galantería vulgar, obligada:

—Señora, usted dondequiera que esté tiene que llamar la atención, aun del más distraído.

Y como esto le pareció cursi y algo anfibológico, añadió algunas palabras, no menos vulgares y frías.

No comprendía él todavía que aquello de *hacerse el interesante*, si hubiera sido ridículo tratándose de otras mujeres, era
la mejor arma contra la Regenta. Ana lo olvidó todo de repente para pensar en el dolor que sintió al oír aquellas palabras.
«¿Si habré yo visto visiones? ¿Si jamás este hombre me habrá mirado con amor; si aquel verle en todas partes sería casualidad; si sus ojos estarían distraídos al fijarse en mí? Aquellas tristezas, aquellos arranques mal disimulados de impaciencia,
de despecho, que yo observaba con el rabillo del ojo —¡ay!, sí,
esto era lo cierto, ¡con el rabillo!—, ¿serían ilusiones mías?
¡Nada más que ilusiones! ¡Pero no podía ser!» Y sentía sudores y escalofríos al imaginarlo. Nunca, nunca accedería ella a
satisfacer las ansias que aquellas miradas le revelaban con muda
elocuencia; sería virtuosa siempre, consumaría el sacrificio, su
don Víctor y nada más, es decir, nada; pero la nada era su dote
de amor. ¡Mas renunciar a la tentación misma! Esto era demasiado. La tentación era suya, su único placer. ¡Bastante hacía con
no dejarse vencer, pero quería dejarse tentar!

La idea de que Mesía nada esperaba de ella, ni nada solicitaba, le parecía un agujero negro abierto en su corazón que
se iba llenando de vacío. «¡No, no; la tentación era suya, su
placer, el único! ¿Qué haría si no luchaba? Y más, más todavía, pensaba sin poder remediarlo, ella no debía, no quería querer; pero ser querida, ¿por qué no? ¡Oh, de qué manera tan
terrible acababa aquel día que había tenido por feliz, aquel día
en que se le presentaba un compañero del alma, el Magistral,
el confesor que le decía que era tan fácil la virtud! Sí, era fácil, bien lo sabía ella, pero si le quitaban la tentación no tendría mérito, sería prosa pura, una cosa vetustense, lo que ella
más aborrecía...»

Don Alvaro, que si no era tan buen político como se figuraba, de diplomacia del galanteo entendía un poco, comprendió
pronto que, sin saber cómo, había acertado.

En la voz de ·la Regenta, en el desconcierto de sus palabras, notó que le había hecho efecto la sequedad de la vulgarísima galantería. «¿Esperaba ya una declaración? ¡Pero si mañana va a comulgar! ¿Qué mujer es ésta? ¡Una hermosísima mujer!», añadió el materialista en sus adentros al mirarla a su lado con llamas en los ojos y carmín en las mejillas.

Habían llegado al portal del caserón de los Ozores, y se detuvieron. El farol dorado que pendía del techo alumbraba apenas el ancho zaguán. Estaban casi a oscuras. Hacía algunos minutos que callaban.

—¿Y Petra? ¿Y Paco? —preguntó la Regenta, alarmada.

—Ahí vienen, ahora dan vuelta a la esquina.

Anita sentía seca la boca; para hablar necesitaba humedecer con la lengua los labios. Lo vio Mesía, que adoraba este gesto de la Regenta, y sin poder contenerse, fuera de su plan, *natura naturans,* exclamó:

—¡Qué monísima! ¡Qué monísima!

Pero lo dijo con voz ronca, sin conciencia de que hablaba, muy bajo, sin alarde de atrevimiento. Fue una fuga de pasión, que por lo mismo importaba más que una flor insípida, y no era una desfachatez. Podía tomarse por una declaración, por una brutalidad de la naturaleza excitada, por todo, menos por una osadía impertinente, imposible en el más cumplido caballero.

Ana fingió no oír, pero sus ojos la delataron, y brillando en la sombra, buscando a don Alvaro que había retrocedido un paso en la oscuridad, le pagaron con creces las delicias que aquellas palabras dejaron caer como lluvia benéfica en el alma de la Regenta.

«Es mía», pensó don Alvaro con deleite superior al que él mismo esperaba en el día del triunfo.

—¿Quieren ustedes subir a descansar? —preguntó la dama a los caballeros, al ver llegar a Paco.

—No, gracias. Yo volveré luego con mamá a buscarte.

—¿A buscarme?

—Sí; ¿no te lo ha dicho ése? Hoy vas al teatro con nosotros. Hay estreno; es decir, un estreno de don Pedro Calderón de la Barca, el ídolo de tu marido. ¿No sabes? Ha venido un actor de Madrid, Perales, muy amigo mío, que imita a Calvo muy bien. Hoy hacen *La Vida es Sueño*... ¡No faltaba más! Tienes que venir. ¡Una solemnidad! Mamá se empeña. Espera vestida.

—Pero, criatura, si mañana tengo que comulgar.

—Eso ¿qué importa?

—¡Vaya si importa!

—Lo dejas para otro día. En fin, ya arreglarás eso con mamá; porque ella viene a buscarte.

Y sin atender a más, salió del portal el aturdido marquesito.

Petra ya estaba dentro, en el patio, haciendo como que no

oía. «Ya sabía a qué atenerse; *era aquél*. Por lo menos aquél era uno. El marquesito la había entretenido a ella para dejar solos a los otros. Se le conocía en que estaba tan frío. No le había dado ni un mal abrazo en lo oscuro.» Escuchó. Oyó que don Alvaro se despedía con una voz temblona y muy humilde.

—¿Irá usted al teatro?

—No, de fijo no —contestó la Regenta, cerrando detrás de sí la puerta y entrando en el patio.

Diez

A las ocho en punto, la berlina de la marquesa venía arrancando chispas por las mal empedradas calles de la Encimada; llegaba a la Plaza Nueva y se detenía delante del caserón arrinconado.

La marquesa, de azul y oro, luciendo asomos de encantos que fueron, hoy mustios collados, con las canas teñidas de negro y el tinte empolvado de blanco, entraba en el comedor de la Regenta abriendo puertas con estrépito.

—¡Cómo!, ¿qué es esto? ¿No te has vestido?

—¡Qué terca! —exclamó Paquito, que acompañaba a su madre.

Don Víctor inclinó la cabeza y encogió los hombros, dando a entender que no era responsable de aquella terquedad.

«El sí, estaba dispuesto.» En efecto, se abrochaba los guantes y lucía su levita de tricot muy ajustada.

Ana sonrió a la marquesa.

—Pero, señora, si es una locura, ¿por qué se ha molestado usted?

—¿Cómo locura? Ahora mismo te vas a vestir. Pues ya que me he molestado, como tú dices, no será en vano. ¡Ea!, arriba; o aquí mismo, delante de estos señores, te peino, te calzo y te visto.

—Eso es —dijo Paco—, te vestimos, te peinamos...

Don Víctor insistió también.

—La Vida es Sueño, hija mía, es el portento de los portentos del teatro... Es un drama simbólico..., filosófico.

—Sí, ya sé, Quintanar...

—Y Perales, que lo dice tan bien, mi amigo Perales...

—Y que habrá tanta gente —añadió la marquesa.

—Por Dios, señora; con mil amores; si no fuera... ¿No voy otras veces? ¡Pero si mañana tengo que comulgar!

—¡Ta, ta, ta, ta! ¿Y qué tiene eso que ver? ¿Lo sabe la gen-. te? ¿Vas tú al teatro a pecar?

—¡El arte es una religión! —advirtió don Víctor consultando su reloj, temeroso de perder lo de:

> Hipogrifo violento
> que corriste parejas con el viento.

Después supo que esto lo suprimían. «¡Qué escándalo!»

—Pero, niña —prosiguió—, demasiado nos honra la marquesa.

—¡Qué honra ni qué calabazas!... Pero ha de venir.

—No, señora; es inútil insistir.

Disputaron mucho tiempo; pero, al fin, doña Rufina, que también quería ver empezar, cedió y se llevó a don Víctor, que hizo algunos remilgos.

—Ya que ella es tan terca, me quedaré yo también.

—¡No faltaba más! —exclamó la Regenta asustada—. ¿No vas otras noches?

Don Víctor insistió otro poco en quedarse, en perder aquel drama de dramas.

Pero al fin Ana se vio sola en el comedor, cerca de aquella chimenea de campana, churrigueresca, exuberante de relieves de yeso, pintada con colores de lagarto; la chimenea, al amor de cuya lumbre leyera en otros días tantos folletines la señorita doña Anunciación Ozores, que en paz descansa. Ahora no había allí fuego; la hornilla, descubierta, era un agujero de tristeza.

Petra recogió el servicio del café. Andaba perezosa. Entró y salió muchas veces. El ama no la veía siquiera; miraba, sin mover los párpados, a la hornilla negra y fría. La doncella se comía con los ojos a la señora. «¡No va al teatro! Aquí pasa algo. ¿Estorbaré? ¿Me necesitará?»

—¿Querrá algo la señora? —preguntó

Sobresaltada, la Regenta respondió:

—¿Yo?... ¿qué?... Nada; vete.

«Después de todo, era una tontería haber dado aquel desaire a la marquesa, estando decidida a no comulgar al día siguiente. Pero ¿y por qué no había de comulgar? ¿Era ella una beata con escrúpulos necios? ¿Qué tenía que echarse en cara? ¿En qué había faltado? Todo Vetusta en aquel momento estaba gozando entre ruido, luz, música, alegría; y ella sola, sola, allí en aquel comedor oscuro, triste, frío, lleno de recuerdos odiosos o necios, huyendo la ocasión de dar pábulo a una pasión que halagaría a la mujer más presuntuosa. ¿Era esto pecar? Nada tenía ella que ver con don Alvaro. Podía él estar todo lo enamorado que quisiera, pero ella jamás le otorgaría el favor más insignificante. Desde ahora, ni mirarle siquiera. Estaba decidida. ¿Qué había de confesar? Nada. ¿Para qué reconciliar? Para nada. Podía comulgar sin miedo; sí, madrugaría, comulgaría.

¡Pero bastaba, bastaba, por Dios, de pensar en aquello! Se volvía loca. Aquel continuo estudiar su pensamiento, acecharse a sí misma, acusarse, por ideas inocentes, de malos pensamientos, era un martirio. Un martirio que añadía a los que la vida le había traído y seguía trayendo sin buscarlos. Pero ¿qué había de hacer sino cavilar una mujer como ella? ¿En qué se había de divertir? ¿En cazar con liga o con reclamo como su marido? ¿En plantar eucaliptus donde no querían nacer, como Frígilis?»

En aquel momento vio a todos los vetustenses felices a su modo, entregados unos al vicio, otros a cualquier manía, pero todos satisfechos. Sólo ella estaba allí como en un destierro. «Pero, ¡ay!, era una desterrada que no tenía patria adonde volver, ni por la cual suspirar. Había vivido en Granada, en Zaragoza, en Granada otra vez, y en Valladolid; don Víctor siempre con ella; ¿qué había dejado ni a orillas del Ebro, el río del Trovador, ni a orillas del Genil y el Darro? Nada; a lo más algún conato de aventura ridícula. Se acordó del inglés que tenía un carmen junto a la Alhambra, el que se enamoró de ella y le regaló la piel de tigre cazado en la India por sus criados. Había sabido más adelante que aquel hombre, que en una carta —que ella rasgó— le juraba ahorcarse de un árbol histórico de los jardines del Generalife «junto a las fuentes de eterna poesía y voluptuosa frescura», aquel pobre míster Brooke se había casado con una gitana del Albaicín. Buen provecho; pero de todas maneras era una aventura estúpida. La piel de tigre la conservaba, por el tigre, no por el inglés.» Esta historia no la sabía bien Obdulia; creía que se trataba de un norteamericano; se lo había dicho Visitación...

«¿Por qué no había ido al teatro? Tal vez allí hubiera podido alejar de sí aquellas ideas tristes, desconsoladoras, que se clavaban en su cerebro como alfileres en un acerico. Si estaba siendo una tonta. ¿Por qué no había de hacer lo que todas las demás?»

En aquel instante pensaba como si no hubiera en toda la ciudad más mujeres honestas que ella. Se puso en pie; estaba impaciente, casi airada. Miró a la llama de la lámpara suspendida sobre la mesa... La ofendía aquella luz. Salió del comedor: entró en el gabinete; abrió el balcón, apoyó los codos en el hierro y la cabeza en las manos. La luna brillaba enfrente, detrás de los soberbios eucaliptus del «Parque», plantados por Frígilis. Duraba aquel viento sur blando, templado, perezoso; a veces ráfagas vivas movían como sonajas de panderetas las hojas que empezaban a secarse y sonaban con timbre metálico Eran como estremecimientos de aquella naturaleza próxima a dormir su sueño de invierno.

Ana oía ruidos confusos de la ciudad con resonancias prolongadas, melancólicas; gritos, fragmentos de canciones lejanas, ladridos, todo desvanecido en el aire, como la luz blanquecina reverberada por la niebla tenue que se cernía sobre Vetusta, y parecía el cuerpo del viento blando y caliente. Miró al cielo, a la luz grande que tenía enfrente, sin saber lo que miraba; sintió en los ojos un polvo de claridad argentina, hilo de plata que bajaba desde lo alto a sus ojos, como telas de araña; las lágrimas refractaban así los rayos de la luna.

«¿Por qué lloraba? ¿A qué venía aquello? También ella era bien necia. Tenía miedo de estos enternecimientos que no servían para nada.»

La luna la miraba a ella con un ojo solo, metido el otro en el abismo; los eucaliptus de Frígilis, inclinando leve y majestuosamente sus copas, se acercaban unos a otros, cuchicheando, como diciéndose discretamente lo que pensaban de aquella loca, de aquella mujer sin madre, sin hijos, sin amor, que había jurado fidelidad eterna a un hombre que prefería un buen macho de perdiz a todas las caricias conyugales.

«Aquel Frígilis, el de los eucaliptus, había tenido la culpa. Se lo había metido por los ojos. Y hacía ocho años y todavía pensaba en esta mala pasada de Frígilis como si fuera una injuria de la víspera. ¿Y si se hubiera casado con don Frutos Redondo? Acaso le hubiera sido infiel. ¡Pero aquel don Víctor era tan bueno, tan caballero! Parecía un padre, y aparte le fue jurada, era una villanía, una ingratitud engañarle. Con don Frutos hubiera sido tal vez otra cosa. No hubiera habido más remedio. ¡Sería tan brutal, tan grosero! Don Alvaro entonces la hubiera robado, sí, y estarían al fin del mundo a estas horas. Y si Redondo se incomodaba, tendría que batirse con Mesía.» Ana contempló a don Frutos, el mísero tendido sobre la arena, ahogándose en un charco de sangre, como la que ella había visto en la plaza de toros, una sangre casi negra, muy espesa y con espuma.

«¡Qué horror!» Tuvo asco de aquella imagen y de las ideas que la habían traído.

«¡Qué miserable soy en estas horas de desaliento! ¡Qué infamias estoy pensando!...» Se ahogaba en el balcón. Quiso bajar a la huerta, al «Parque»; sin pedir luz ni encenderla, alumbrada por la luna, atravesó algunas habitaciones buscando la escalera del parterre; pero al pasar cerca del despacho de Quintanar, cambió de propósito y se dijo: «Entraré ahí; ése debe de tener fósforos sobre la mesa. Voy a escribir al Magistral; le diré que me espere mañana de tarde; necesito reconciliar; yo no puedo recibir la comunión así; se lo contaré todo, todo, lo de dentro, lo de más adentro también.»

El despacho estaba a oscuras; allí no entraba la luna. Ana avanzó tentando las paredes. A cada paso tropezaba con un mueble. Se arrepintió de haberse aventurado sin luz en aquella estancia que no tenía un pie cuadrado libre de estorbos. Pero ya no era cosa de volverse atrás. Dio un paso sin apoyarse en la pared, siguió de frente, con las manos de avanzada para evitar un choque...

—¡Ay! ¡Jesús! ¿Quién va, quién es? ¿Quién me sujeta? —gritó horrorizada.

Su mano había tocado un objeto frío, metálico, que había cedido a la presión, y en seguida oyó un chasquido y sintió dos golpes simultáneos en el brazo, que quedó preso entre unas tenazas inflexibles que oprimían la carne con fuerza. Con toda la que le dio el miedo, sacudió el brazo para librarse de aquella prisión, mientras seguía gritando:

—¡Petra! ¡Luz! ¿Quién está aquí?

Las tenazas no soltaron la presa; siguieron su movimiento, y Ana sintió un peso y oyó el estrépito de cristales que se quebraban en el pavimento al caer en compañía de otros objetos, resonantes al chocar con el piso. No se atrevía a coger con la otra mano las tenazas que la oprimían, y no se libraba de ellas aunque seguía sacudiendo el brazo. Buscó la puerta, tropezó mil veces; ya sin tino, todo lo echaba a tierra; sonaba sin cesar el ruido de algo que se quebraba o rodaba con estrépito por el suelo. Llegó Petra con luz.

—¡Señora, señora!, ¿qué es esto? ¡Ladrones!

—¡No, calla! Ven acá, quítame esto que me oprime como unas tenazas.

Ana estaba roja de vergüenza y de ira. Sentía una indignación tan grande como la cólera de Aquiles, el hijo de Peleo.

Petra intentó arrancar el brazo de su ama de aquella trampa en que había caído.

Era una máquina que, según Frígilis y Quintanar, sus inventores, serviría para coger zorros en los gallineros en cuanto acabasen ellos de vencer cierta dificultad de mecánica que retardaba la aplicación del artefacto.

Era necesario que el hocico del animal tocase en un punto determinado; si tocaba, inmediatamente caía sobre su cabeza una barra metálica y otra idéntica le sujetaba por debajo de la quijada inferior. La fuerza del resorte no era suficiente para matar al ladrón de corral, pero sí para detenerlo, merced a ciertos ganchos incruentos sabiamente preparados. Ni Frígilis ni Quintanar querían sangre; no pretendían más que tener bien sujeto al delincuente cogido *in fraganti* Si estos inventores no hubieran sabido armonizar los intereses de la industria con los estatutos de la sociedad protectora de animales, lo hubiera pasado mal aquella noche la Regenta. Por fortuna, Quintanar era correccionalista; quería la enmienda del culpable, pero no su destrucción. Los zorros que él cazara, sobrevivirían. No faltaba, para que la máquina fuese perfecta, más que esto: que los ladrones de gallinas viniesen a tropezar con el botón del resorte endiablado, como había tropezado aquella señora.

Ni Petra ni su ama conocían el uso de aquel artefacto que

tuviéron que destrozar. Y buenos sudores les costó para separarlo del brazo que magullaba.

Petra contenía la risa a duras penas. Se contentó con decir:

—¡Qué estropicio! —apuntando a los pedazos de loza, cristal y otras materias incalificables que yacían sobre el piso.

—Si hubiese sido yo, me despedía don Víctor... ¡Ay, señora! Si ha roto usted tres de esos tiestos nuevos... ¡y el cuadro de las mariposas se ha hecho pedacitos!, ¡y se ha roto una vitrina del herbario! y...

—¡Basta! Deja esa luz ahí, vete —interrumpió la Regenta.

Petra insistió, gozándose en la disimulada cólera de su ama.

—¿Quiere usted que traiga árnica, señora? Mire usted, tiene el brazo amoratado... Ya lo creo..., apenas mordería con fuerza ese demonio de guillotina... Pero, ¿qué será eso? ¿Usted lo sabe?

—Yo..., no..., no; déjame. Tráeme un poco de agua.

—Ya lo creo, y tila; si está usted pálida como una muerta. Pero ¿por qué andaba usted a oscuras, señora? ¡Qué susto!, ¡pero qué susto!... ¿Qué demonches de diablura será eso? Pues para cazar gorriones no es... Y lo hemos roto..., mire usted... Pero no hubo remedio.

Petra salió, volviendo con árnica que no quiso aplicarse la Regenta; después vino con tila, recogió los restos de los cachivaches y los puso sobre mesas y armarios como si fueran reliquias santas. Sentía un júbilo singular viendo aquella ruina de objetos que ella tenía que considerar como vasos sagrados de un culto desconocido.

—¡Si hubiera sido yo! —repetía entre dientes, al juntar los últimos pedazos, puesta en cuclillas.

Gozaba con delicia de aquella catástrofe, desde el punto de vista de su irresponsabilidad.

Ana bajó a la huerta, olvidada ya de la carta que quería escribir. Le dolía el brazo. Le dolía con el escozor moral de las bofetadas que deshonran. Le parecía una vergüenza y una degradación ridícula todo aquello. Estaba furiosa. «¡Su don Víctor! ¡Aquel idiota! Sí, idiota; en aquel momento no se volvía atrás. ¡Qué diría Petra para sus adentros! ¿Qué marido era aquel que cazaba con trampa a su esposa?» Miró a la luna y se le figuró que le hacía muecas burlándose de su aventura. Los árboles seguían hablándose al oído, murmurando con todas las hojas; comentaban con irónica sonrisilla el lance de la guillotina, como decía Petra.

«¡Qué hermosa noche! Pero ¿quién era ella para admirar la noche serena? ¿Qué tenía que ver toda aquella poesía melancólica de cielo y tierra con lo que le sucedía a ella?»

«Si pensaría Quintanar que una mujer es de hierro y puede resistir, sin caer en la tentación, manías de un marido que inventa máquinas absurdas para magullar los brazos de su esposa. Su marido era botánico, ornitólogo, floricultor, arboricultor, cazador, crítico de comedias, cómico, jurisconsulto; todo menos un marido. Quería más a Frígilis que a su mujer. ¿Y quién era Frígilis? Un loco; simpático años atrás, pero ahora completamente *ido*, intratable; un hombre que tenía la manía de aclimatación, que todo lo quería armonizar, mezclar y confundir; que injertaba perales en manzanos y creía que todo era uno y lo mismo, y pretendía que el caso era «adaptarse al medio». Un hombre que había llegado en su orgía de disparates a injertar gallos ingleses en gallos españoles: ¡lo había visto ella! Unos pobrecitos animales con la cresta despedazada, y encima, sujeto con trapos, un muñón de carne cruda, sanguinolenta, ¡qué asco! Aquel Herodes era el Pílades de su marido. Y hacía tres años que ella vivía entre aquel par de sonámbulos, sin más relaciones íntimas. Bastaba, bastaba, no podía más; aquello era la gota de agua que hace desbordar... ¡Caer en una trampa que su marido coloca en su despacho como si fuera el monte! ¿No era esto el colmo de lo ridículo?»

La exageración de aquel sentimiento de cólera injustísima, pueril, la hizo notar su error. «¡Ella sí que era ridícula! ¡Irritarse de aquel modo por un incidente vulgar, insignificante!» Y volvió contra sí todo el desprecio. «¿Qué culpa tiene él de que yo entre a deshora, sin luz, en su despacho? ¿Qué motivo racional de queja tenía ella? Ninguno. ¡Oh!, no había pretexto, no había pretexto para la ingratitud...»

«Pero no importaba; ella se moría de hastío. Tenía veintisiete años, la juventud huía; veintisiete años de mujer eran la puerta de la vejez, a que ya estaba llamando... Y no había gozado una sola vez esas delicias del amor de que hablan todos, que son el asunto de comedias, novelas y hasta de la historia. El amor es lo único que vale la pena de vivir, había ella oído y leído muchas veces. Pero ¿qué amor? ¿Dónde estaba ese amor? Ella no lo conocía. Y recordaba, entre avergonzada y furiosa, que su luna de miel había sido una excitación inútil, una alarma de los sentidos, un sarcasmo en el fondo; sí, sí, ¿para qué ocultárselo a sí misma si a veces se lo estaba diciendo el recuerdo?: la primera noche, al despertar en su lecho de esposa, sintió junto a sí la respiración de un magistrado; le pareció un despropósito y una desfachatez que ya que estaba allí dentro el señor Quintanar, no estuviera con su levita larga de tricot y su pantalón negro de castor; recordaba que las delicias materiales, irremediables, la avergonzaban, y se reían de ella al mismo tiempo que la aturdían: el gozar sin querer junto a aquel hombre le sonaba como la frase del miércoles de ceniza *¡quia pulvis es!*, eres polvo, eres materia..., pero al mismo tiempo se aclaraba el sentido de todo aquello que había leído en las mitologías, de lo que había oído a criados y pastores murmurar con malicia... ¡Lo que aquello era y lo que podía haber sido! Y en aquel presidio de castidad no le quedaba ni el consuelo de ser tenida por mártir y heroína. Recordaba también las palabras de envidia, las miradas de curiosidad de doña Agueda (q. e. p. d.) en los primeros días del matrimonio; recordaba que ella, que jamás decía palabras irrespetuosas a sus tías, había tenido que esforzarse para no gritar: «¡Idiota!», al ver a su tía mirarla así. Y aquello continuaba, aquello se había sufrido en Granada, en Zaragoza, en Granada otra vez y luego en Valladolid. Y ni siquiera la compadecían. Nada de hijos. Don Víctor no era pesado, eso es verdad. Se había cansado pronto de hacer el galán, y paulatinamente había pasado al papel de barba, que le sentaba mejor. ¡Oh, y lo que es como un padre se había hecho querer, eso sí!; no podía ella acostarse sin un beso de su marido en la frente. Pero llegaba la primavera, y ella misma, ella le buscaba los besos en la boca; le remordía la conciencia de no quererle como marido, de no desear sus caricias; y además tenía miedo a los sentidos excitados en vano. De todo aquello resultaba una gran injusticia, no sabía de quién, un dolor irremediable que ni siquiera tenía el atractivo de los dolores poéticos; era un dolor vergonzoso, como las enfermedades que ella había visto en Madrid anunciadas en faroles verdes y encarnados. ¿Cómo había de confesar aquello, sobre todo así, como lo pensaba? Y otra cosa no era confesar.»

«Y la juventud huía, como aquellas nubecillas de plata rizada que pasaban con alas rápidas delante de la luna... Ahora estaban plateadas, pero corrían, volaban, se alejaban de aquel baño de luz argentina y caían en las tinieblas, que eran la vejez, la vejez triste, sin esperanzas de amor. Detrás de los vellones de plata que como bandadas de aves cruzaban el cielo, venía una gran nube negra que llegaba hasta el horizonte. Las imágenes entonces se invirtieron; Ana vio que la luna era la que corría a caer en aquella sima de oscuridad, a extinguir su luz en aquel mar de tinieblas.»

«Lo mismo era ella; como la luna, corría solitaria por el mundo a abismarse en la vejez, en la oscuridad del alma, sin amor, sin esperanza de él... ¡Oh, no, no, eso no!»

Sentía en las entrañas gritos de protesta, que le parecía que reclamaban con suprema elocuencia, inspirados por la justicia, derechos de la carne, derechos de la hermosura. Y la luna seguía corriendo, como despeñada, a caer en el abismo de la nube negra que la tragaría como un mar de betún. Ana, casi delirante, veía su destino en aquellas apariencias nocturnas del cielo, y la luna era ella, y la nube la vejez, la vejez terrible, sin esperanza de ser amada. Tendió las manos al cielo, corrió por los senderos del «Parque», como si quisiera volar y torcer el curso del astro eternamente romántico. Pero la luna se anegó en los vapores espesos de la atmósfera, y Vetusta quedó envuelta en la sombra. La silueta de la catedral, que a la luz de la clara noche se destacaba con su espiritual contorno, transparentando el cielo con sus encajes de piedra, rodeada de estrellas, como la Virgen de los cuadros, en la oscuridad ya no fue más que un fantasma puntiagudo; más sombra en la sombra.

Ana, lánguida, desmayado el ánimo, apoyó la cabeza en las rejas frías de la gran puerta de hierro que era la entrada del «Parque» por la calle de Tras-la-cerca. Así estuvo mucho tiempo, mirando las tinieblas de fuera, abstraída en su dolor, sueltas las riendas de la voluntad, como las del pensamiento que iba y venía, sin saber por dónde, a merced de impulsos en que no tenía conciencia.

Casi tocando con la frente de Ana, metida entre dos rejas, pasó un bulto por la calle solitaria, pegado a la pared del «Parque».

«¡Es él!», pensó la Regenta, que conoció a don Alvaro, aunque la aparición fue momentánea; y retrocedió asustada. Dudaba si había pasado por la calle o por su cerebro.

Era don Alvaro en efecto. Estaba en el teatro, pero en un entreacto se le ocurrió salir a satisfacer una curiosidad intensa que había sentido. «Si por casualidad estuviese en el balcón... no estará, es casi seguro, pero ¿si estuviese?» ¿No tenía él la vida llena de felices accidentes de este género? ¿No debía a la buena suerte, a la *chance,* que decía don Alvaro, gran parte de sus triunfos? ¡Yo y la ocasión!, era una de sus divisas. ¡Oh!, si la veía, la hablaba, le decía que sin ella ya no podía vivir, que venía a rondar su casa como un enamorado de veinte años, platónico y romántico, que se contentaba con ver por fuera aquel paraíso... Sí, todas estas sandeces le diría con la elocuencia que ya se le ocurriría a su debido tiempo. El caso era que por casualidad estuviese en el balcón. Salió del teatro, subió por la calle de Roma, atravesó la Plaza del Pan y entró en la del Aguila. Al llegar a la Plaza Nueva se detuvo, miró desde lejos a la rinconada. No había nadie al balcón. Ya lo suponía él. No siempre salen bien las corazonadas. No importaba. Dio algunos paseos por la plaza, desierta a tales horas... Nadie; no se asomaba ni un gato. «Una vez allí, ¿por qué no continuar el cerco romántico?» Se reía de sí mismo. ¡Cuántos años tenía que remontar en la historia de sus amores para encontrar paseos de aquella índole! Sin embargo de la risa, sin temor al barro que debía de haber en la calle de Tras-la-cerca, que no estaba empedrada, se metió por un arco de la Plaza Nueva, entró en un callejón, después en otro, y llegó al cabo a la calle a que daba la puerta del «Parque». Allí no había casas, ni aceras, ni faroles; era una calle porque la llamaban así, pero consistía en un camino maltrecho, de piso desigual y fangoso entre dos paredones, uno de la Cárcel y otro de la huerta de los Ozores. Al acercarse a la puerta, pegada a la pared, por huir del fango, Mesía creyó sentir la corazonada verdadera, la que él llamaba así, porque era como una adivinación instantánea, una especie de doble vista. Sus mayores triunfos de todos géneros habían venido así, con la corazonada verdadera,

sintiendo él de repente, poco antes de la victoria, un valor
insólito, una seguridad absoluta; latidos en las sienes, sangre
en las mejillas, angustia en la garganta... Se paró. «Estaba allí
la Regenta, allí en el «Parque», se lo decía aquello que estaba
sintiendo. ¿Qué haría si el corazón no le engañaba? Lo de siempre en tales casos: ¡jugar el todo por el todo! Pedirle de rodillas sobre el lodo que abriera; y si se negaba, saltar la verja,
aunque era poco menos que imposible; pero, sí, la saltaría. ¡Si
volviera a salir la luna! No, no saldría; la nube era inmensa y
muy espesa; tardaría media hora la claridad.»

Llegó a la verja; él vio a la Regenta primero que ella a él.
La conoció, la adivinó antes.

«¡Es tuya! —le gritó el demonio de la seducción—; te adora, te espera.»

Pero no pudo hablar, no pudo detenerse. Tuvo miedo a su
víctima. La superstición vetustense respecto de la virtud de
Ana la sintió él en sí; aquella virtud, como el Cid, ahuyentaba
al enemigo después de muerta acaso; él huir, ¡lo que nunca
había hecho! Tenía miedo. ¡La primera vez!

Siguió; dio tres, cuatro pasos más sin resolverse a volver
pie atrás, por más que el demonio de la seducción le sujetaba
los brazos, le atraía hacia la puerta y se le burlaba con palabras
de fuego al oído, llamándole: «¡Cobarde, seductor de meretrices! ¡Atrévete, atrévete con la verdadera virtud; ahora o nunca!...»

—¡Ahora, ahora! —gritó Mesía con el único valor grande
que tenía; —y ya a diez pasos de la verja volvió atrás furioso,
gritando:

—¡Ana! ¡Ana!

Le contestó el silencio. En la oscuridad del «Parque» no vio
más que las sombras de los eucaliptus, acacias y castaños de
Indias, y allá a los lejos, como una pirámide negra, la silueta
de la *Washingtonia*, el único amor de Frígilis, que la plantó y
vio crecer sus hojas, su tronco, sus ramas.

Esperó en vano.

—Ana, Ana —volvió a decir quedo, muy quedo; pero sólo
le contestaban las hojas secas, arrastradas por el viento suave
sobre la arena de los senderos.

Ana había huido. Al ver tan cerca aquella tentación que
amaba, tuvo pavor, el pánico de la honradez, y corrió a esconderse en su alcoba, cerrando puertas tras de sí, como si aquel
libertino pudiera perseguirla, atravesando la muralla del *Parque*.
Sí, sentía ella que don Alvaro se infiltraba, se infiltraba en las
almas, se filtraba por las piedras; en aquella casa todo se iba llenando de él, temía verle aparecer de pronto, como ante la verja
del *Parque*.

«¿Será el demonio quien hace que sucedan estas casualidades?», pensó seriamente Ana, que no era supersticiosa.

Tenía miedo; veía su virtud y su casa bloqueadas, y acaba-

ba de ver al enemigo asomar por una brecha. Si la proximidad
del crimen había despertado el instinto de la inveterada honradez, la proximidad del amor había dejado un perfume en el
alma de la Regenta que empezaba a infestarse.

«¡Qué fácil era el crimen! Aquella puerta..., la noche, la
oscuridad... Todo se volvía cómplice. Pero ella resistiría. ¡Oh!,
¡sí! Aquella tentación fuerte, prometiendo encantos, placeres des-
conocidos, era un enemigo digno de ella. Prefería luchar así. La
lucha vulgar de la vida ordinaria, la batalla de todos los días
con el hastío, el ridículo, la prosa, la fatigaban; era una guerra
en un subterráneo entre fango. Pero luchar con un hombre hermoso, que acecha, que se aparece como un conjuro a un pensamiento; que llama desde la sombra; que tiene como una aureola, un perfume de amor..., esto era algo, esto era digno de ella.
Lucharía.

Don Víctor volvió del teatro y se dirigió al gabinete de
su mujer. Ana se le arrojó a los brazos, le ciñó con los suyos la
cabeza y lloró abundantemente sobre las solapas de la levita
de tricot.

La crisis nerviosa se resolvía, como la noche anterior, en lágrimas, en ímpetus de piadosos propósitos de fidelidad conyugal. Su don Víctor, a pesar de las máquinas infernales, era el
deber, y el Magistral sería la égida que la salvaría de todos los
golpes de la tentación formidable.

Pero Quintanar no estaba enterado. Venía del teatro muerto
de sueño —¡no había dormido la noche anterior!— y lleno de
entusiasmo liricodramático. Francamente, aquellos enternecimientos periódicos le parecían excesivos y molestos a la larga. «¿Qué
diablos tenía su mujer?»

—Pero, hija, ¿qué te pasa? Tú estás mala.

—No, Víctor, no; déjame, déjame, por Dios, ser así. ¿No
sabes que soy nerviosa? Necesito esto, necesito quererte mucho y acariciarte... y que tú me quieras también así.

—¡Alma mía, con mil amores! Pero... esto no es natural,
quiero decir..., está muy en orden, pero a estas horas..., es decir..., a estas alturas..., vamos... que... Y si hubiéramos reñido, se explicaría mejor; pero así, sin más ni más... Yo te
quiero infinito, ya lo sabes; pero tú estás mala y por eso te
pones así; sí, hija mía, estos extremos...

—No son extremos, Quintanar —dijo Ana sollozando y haciendo esfuerzos supremos para idealizar a don Víctor, que traía
el lazo de la corbata debajo de una oreja.

—Bien, vida mía, no serán; pero tú estás mala. Ayer amagó
el ataque, te pusiste nerviosilla... Hoy ya ves como estás. Tú
tienes algo.

Ana movió la cabeza negando.

—Sí, hija mía; hemos hablado de eso, en el palco, la marquesa, don Robustiano y yo. El doctor opina que la vida que
llevas no es sana, que necesitas dar variedad a la actividad ce-

rebral y hacer ejercicio; es decir, distracciones y paseos. La marquesa dice que eres demasiado formal, demasiado buena, que necesitas un poco de aire libre, ir y venir..., y yo, por último, opino lo mismo, y estoy resuelto, esto lo digo con mucha energía, a que termine la vida de aislamiento. Parece que todo te aburre; tú vives allá en tus sueños... Basta, hija mía, basta de soñar. ¿Te acuerdas de lo que te pasó en Granada? Meses enteros estuviste sin querer teatros ni visitas, ni más que escapadas a la Alhambra y al Generalife; y allí leyendo y papando moscas te pasabas las horas muertas. Resultado: que enfermaste, y si no me trasladan a Valladolid, te me mueres. ¿Y en Valladolid? Recobraste la salud gracias a la fuerza de los alimentos, pero la melancolía mal disimulada seguía, los nervios erre que erre... Volvemos a Vetusta, casi pasando por encima de la ley, y nos coge el luto de tu pobre tía Águeda, que se fue a juntar con la otra, y con ese pretexto te encierras en este caserón y no hay quien te saque al sol en un año. Leer y trabajar como si estuvieras a destajo. No me interrumpas; ya sabes que riño pocas veces; pero ya que ha llegado la ocasión, he de decirlo todo; eso es, todo. Frígilis me lo repite sin cesar: «Anita no es feliz».

—¿Qué sabe él?

—Bien sabes que él te quiere, que es nuestro mejor amigo.

—Pero ¿por qué dice que no soy feliz? ¿En qué lo conoce?...

—No lo sé; yo no lo había notado, lo confieso, pero ya me voy inclinando a su parecer. Estas escenas nocturnas...

—Son los nervios, Quintanar.

—Pues guerra a los nervios, ¡caracoles!

—Sí...

—Nada; fallo: que debo condenar y condeno esta vida que haces, y desde mañana mismo, otra nueva. Iremos a todas partes, y si me apuras, le mando a Paco o al mismísimo Mesía, el Tenorio, el simpático Tenorio, que te enamoren...

—¡Qué atrocidad!...

—¡Programa! —gritó don Víctor—: al teatro dos veces a la semana por lo menos; a la tertulia de la marquesa cada cinco o seis días; al Espolón todas las tardes que haga bueno; a las reuniones de confianza del Casino en cuanto se inauguren este año; a las meriendas de la marquesa, a las excursiones de la *high life* vetustense, y a la catedral cuando predique don Fermín y repiquen gordo. ¡Ah!, y por el verano a Palomares, a bañarse y a vestir batas anchas que dejen entrar el aire del mar hasta el cuerpo. ¡Ea!, ya sabes tu vida. Y esto no es un programa de gobierno, sino que se cumplirá en todas sus partes. La marquesa, don Robustiano y Paquito me han prometido ayudarme, y Visitación, que estaba en la platea de Páez, también me dijo que contara con ella para sacarte de tus casillas. Sí, señora, saldremos de nuestras casillas. No quiero más nervios, no quiero que Frígilis diga que no eres feliz...

—¿Qué sabe él?

—Ni quiero llantos que me quitan a mí el sueño. Cuando lloras sin saber por qué, hija mía, me entra una comezón, un miedo supersticioso... Se me figura que anuncia una desgracia.

Ana tembló, como sintiendo escalofríos.

—¿Ves? tiemblas. A la cama, a la cama, ángel mío; todos a la cama; yo me estoy cayendo.

Bostezó don Víctor y salió del gabinete después de depositar un casto beso en la frente de su mujer.

Entró en su despacho. Estaba de mal humor. «Aquella enfermedad misteriosa de Ana —porque era una enfermedad, estaba seguro— le preocupaba y le molestaba. No estaba él para templar gaitas; los nervios le eran antipáticos; estas penas sin causa conocida no le inspiraban compasión, le irritaban, le parecían mimos de enfermo; él quería mucho a su mujer, pero a los nervios los aborrecía. Además en el teatro había tenido una discusión acalorada: un majadero, un sietemesino que estudiaba en Madrid, había dicho que el teatro de Lope y de Calderón no debía imitarse en nuestros días, que en las tablas era poco natural el verso, que para los dramas de la época era mejor la prosa. ¡Imbécil! ¡Que el verso es poco natural! Cuando lo natural sería que todos, sin distinción de clases, al vernos ultrajados, prorrumpiéramos en quintillas sonoras. La poesía sería siempre el lenguaje del entusiasmo, como dice el ilustre Jovellanos. Figurémonos que yo me llamo Benavides y que Carvajal quiere quitarme la honra:

> a oscuras, como el ladrón
> de infame merecimiento;

pues ¿dónde habrá cosa más natural que incomodarme yo, y exclamar con Tirso de Molina (representando):

> A satisfacer la fama
> que me habéis hurtado vengo;
> mi agravio es león que brama;
> un león por armas tengo,
> y Benavides se llama.
> De vuestros torpes amores
> dará venganza a mi enojo,
> mostrando a mis sucesores
> la nobleza de un león rojo
> en sangre de dos traidores...?»

Don Víctor se fijó en un velador, que era Carvajal, y ya iba a conceder la palabra, para que dijese en son de disculpa:

> Desde que sois mi cuñado
> ni de palabras me afrento..., etc.

cuando vio con espanto sobre el mueble los restos de su herbario, de sus tiestos, de su colección de mariposas, de una docena de aparatos delicados que le servían en sus variadas industrias de fabricante de jaulas y grilleras, artista en marquetería, coleccionador entomólogo y botánico, y otras no menos respetables:

—¡Dios mío, ¿qué es esto? —gritó en prosa culta—, ¿quién ha causado esta devastación?... ¡Petra! ¡Anselmo! —Y se colgó del cordón de la campanilla.

Entró Petra sonriente.

—¿Qué ha sido esto?

—Señor, yo no he sido. Habrán entrado los gatos.

—¡Cómo los gatos! ¿Por quién se me toma a mí?

Don Víctor alborotaba pocas veces; pero si se tocaba a los cacharros de su museo, como él llamaba aquella exposición permanente de manías, se transformaba en un Segismundo. En efecto, sin darse cuenta de ello, comenzó a parodiar a Perales, a quien acababa de ver dando patadas en la escena y gritando como un energúmeno.

—¡A ver, Anselmo!, que venga Anselmo, que le voy a tirar por el balcón si no me explica esto.

Anselmo compareció. Tampoco había sido él.

En medio de su cólera, vio Quintanar en un rincón la trampa de los zorros, despedazada, inservible.

—¡Esto más! ¡Vive Dios! Yo que iba a dar en cara a Frígilis... ¡Pero, señor, quién anduvo aquí!

Acudió Ana, porque llegó a su cuarto el ruido.

Lo explicó todo.

—Pero tú, Petra —añadió—, ¿por qué no le has dicho la verdad al señor?

—Señora, yo..., no sabía si debía...

—¿Si debías qué? —preguntó don Víctor con expresión de no comprender.

—Si debía...

—Al amo no hay que ocultarle nunca nada —dijo la Regenta clavando los ojos altaneros en la criada.

Petra sonrió torciendo la boca, y bajó la cabeza.

Don Víctor miraba a todos con entrecejo de estupidez pasajera.

Se quedó solo en su despacho meditando sobre las ruinas de sus inventos y colecciones.

«¡Dios mío!, ¡si estará loca la pobrecita!», decía entre suspiros Quintanar, con las manos en la cabeza. Se acostó decidido a consultar seriamente *lo* de su mujer.

Pronto descansaban todos en la casa, menos Petra, que en medio de un pasillo, con una palmatoria en la mano, espiaba el silencio del hogar honrado con miradas cargadas de preguntas.

«Había visto ella muchas cosas en su vida de servidumbre. En aquella casa iba a pasar algo. ¿Qué habría hecho la señora

en la huerta? ¿No se le había figurado a ella oír allá, hacia
la puerta del «Parque», una voz?... Sería aprensión..., pero...
algo, algo había allí. ¿Qué papel le reservarían? ¿Contarían con
ella? ¡Ay de *ellos* si no!»

Y con una delicia morbosa, la rubia lúbrica olfateaba la
deshonra de aquel hogar, oyendo a lo lejos los ronquidos de
Anselmo, «otro estúpido que jamás había venido a buscarla en
el secreto de la noche...»

Once

El Magistral era gran madrugador. Su vida llena de ocupaciones de muy distinto género no le dejaba libre para el estudio más que las horas primeras del día y las más altas de la noche. Dormía muy poco. Su doble misión de hombre de gobierno en la diócesis y sabio de la catedral le imponía un trabajo abrumador; además, era un clérigo de mundo; recibía y devolvía muchas visitas, y este cuidado, uno de los más fastidiosos, pero de los más importantes, le robaba mucho tiempo. Por la mañana estudiaba filosofía y teología, leía las revistas científicas de los jesuitas, y escribía sus sermones y otros trabajos literarios. Preparaba una *Historia de la Diócesis de Vetusta,* obra seria, original, que daría mucha luz a ciertos puntos oscuros de los anales eclesiásticos de España. De este libro, sin conocerlo, hablaba muy mal don Saturnino Bermúdez, cuando estaba un poco alegre, después de comer. Uno de sus secretos era que «el Magistral merecía el nombre de sabio, pero no precisamente el de arqueólogo; nadie sirve para todo».

Don Fermín escribía a la luz tenue y blanca del crepúsculo; la mañana estaba fresca; de vez en cuando, por vía de descanso, De Pas se entretenía en soplarse los dedos. Meditaba. Tenía los pies envueltos en un mantón viejo de su madre. Cubríale la cabeza un gorro de terciopelo negro, raído; la sotana, bordada de zurcidos, pardeaba de puro vieja, y las mangas de la chaqueta que vestía debajo de la sotana relucían con el brillo triste del paño muy rozado. Aquel traje sórdido, que tal contraste mostraba con la elegancia, riqueza y pulcritud que ante el mundo lucía el Magistral, desaparecía concluido el trabajo, al aproximarse la hora de las visitas probables. Entonces vestía don Fermín un cómodo, flamante y bien cortado balandrán, y en un rincón de la alcoba se escondía las zapatillas de orillo y el gorro con mugre; el zapato que admiraba Bismarck, el delantero, y el solideo que brillaban como un sol negro, ocupaban los respectivos extremos del importante personaje.

En su despacho sólo recibía a los que quería deslumbrar por sabio; en Vetusta y toda su provincia la sabiduría no deslumbraba a casi nadie, y así la mayor parte de las visitas pasaban al salón inmediato.

Pocos podían jactarse de conocer la casa del Provisor de arriba abajo; casi nadie había visto más que el vestíbulo, la escalera, un pasillo, la antesala y el salón de cortinaje verde y sillería con funda de tela gris; y aun el salón medio se veía porque estaba poco menos que a oscuras.

Uno de los argumentos que empleaban los que defendían la honradez del Provisor consistía en recordar la modestia de su ajuar y de su vida doméstica.

Justamente se había hablado de esto la tarde anterior en el Espolón, en un corrillo de murmuradores, clérigos unos, seglares otros.

—Entre su madre y él puede que no gasten doce mil reales al año —decía muy serio Ripamilán, el venerable Arcipreste—. El viste bien, eso sí, con elegancia, hasta con lujo, pero conserva mucho tiempo la ropa, la cuida, la cepilla bien, y esta partida del presupuesto viene a ser insignificante. Recuerden ustedes, señores, lo que nos duraba un sombrero de teja en los ominosos tiempos en que no nos pagaba el Gobierno. Y en lo demás, ¿qué gastan? Doña Paula, con su hábito negro de Santa Rita, total estameña, su mantón apretado a la espalda y su pañuelo de seda para la cabeza, bien pegado a las sienes, ya está vestida para todo el año. ¿Y comer? Yo no les he visto comer, pero todo se sabe; el catedrático de Psicología, Lógica y Etica, que saben ustedes que es muy amigo mío, aunque partidario de no sé qué endiablada escuela escocesa, y que se pasa la vida en el mercado cubierto, como si aquello fuese la Stoa o la Academia, pues ese filósofo dice que jamás ha visto a la criada del Provisor comprar salmón, y besugo sólo cuando está barato, muy barato. Pues ¿y la casa? La casa, todos ustedes lo saben, es una cabaña limpia, es la casa de un verdadero sacerdote de Jesús. Lo mejor es lo que conocemos todos, el salón: ¡y válgate Dios qué salón! A la moda del rey que rabió: solemne, pulcro, eso sí; ¡pero qué de trampas tapa aquella oscuridad! ¿Quién nos dice que las sillas de damasco verde no tienen abiertas las entrañas? ¿Las han visto ustedes alguna vez sin funda? ¿Y la consola panzuda, antiquísima, de un dorado que fue, con su reloj de música sin música y sin cuerda? Señores, no se me diga: el Magistral es pobre, y cuanto se murmura de cohechos y simonías es infame calumnia.

—Todo eso es verdad —contestó Foja, el ex alcalde usurero, que estaba presente siempre en conversaciones de este género. Parecía ubicuo para murmurar—. No se puede negar que viven como miserables, pero lo mismo hace el señor Carraspi-

que, y ése es millonario. Los avaros siempre son los más ricos.
Para tener dinero, tenerlo. Doña Paula esconde su gato, ¡un
gatazo! ¿Y las casas que compra el Magistral por esos pueblos?
¿Y las fincas que ha adquirido doña Paula en Matalerejo, en
Toraces, en Cañedo, en Somieda? ¿Y las acciones del Banco?

—¡Calumnia, pura calumnia! Usted no ha visto las escritu-
ras; usted no ha visto las pólizas; usted no ha visto nada...

—Pero sé quién lo ha visto.

—¿Quién?

—¡El mundo entero! —gritó don Santos Barinaga, que siempre acudía a maldecir de su mortal enemigo el Provisor—. ¡El
mundo entero! .Yo, yo... ¡Si yo hablara!... ¡Pero ya hablaré!

—¡Bah, bah, bah!, don Santos; usted no puede ser juez ni
testigo en este proceso.

—¿Por qué?

—Porque usted aborrece al Magistral.

—Claro que sí... —Y enseñaba los puños apretados—. ¡Y ya
me las pagará!

—Pero usted le aborrece por aquello de «¿quién es tu enemigo? El de tu oficio». Usted vende objetos de culto: cálices,
patenas, vinajeras, lámparas, sagrarios, casullas, cera y hasta
hostias...

—Sí, señor; y a mucha honra, señor Arcipreste.

—Hombre, eso ya lo sé; pero usted vende eso y...

—¡Hola, hola! —interrumpió Foja—. Preciosa confesión. ¡Dato precioso! Don Cayetano confiesa que don Santos y don Fermín son enemigos porque son del mismo oficio. Luego reconoce
el eminente Ripamilán que es cierto lo que dice el mundo entero: que, contra las leyes divinas y humanas, el Magistral es
comerciante, es el dueño, el verdadero dueño de *La Cruz Roja*,
el bazar de artículos de iglesia, al que por fas o por nefas todos
los curas de todas las parroquias del obispado han de venir
velis nolis a comprar lo que necesitan y lo que no necesitan.

—Permítame usted, señor Foja, o señor diablo...

—Y el vulgo, es claro, es malicioso; y como da la pícara
casualidad de que *La Cruz Roja* ocupa los bajos de la casa
contigua a la del Provisor, y como da la picarísima casualidad
de que sabemos todos que hay comunicación por los sótanos,
entre casa y casa...

—Hombre, no sea usted barullón ni embustero.

—Poco a poco, señor canónigo, yo no soy barullero, ni miento, ni soy oscurantista, ni admito ancas de nadie y menos de
un cura.

—No será usted oscurantista, pero tiene la mollera a oscuras
para todo lo que no sea picardía. ¿Qué tiene que ver que al
señor Barinaga, al bueno de don Santos, se le haya metido en
la cabeza que su comercio de quincalla y cera va a menos por
una competencia imaginaria que, según él, le hace el Provisor?
¿Qué tiene que ver eso, alma de cántaro, con que el bazar,

como lo llama, de *La Cruz Roja* tenga sótanos y el Magistral sea comerciante aunque lo prohiban los cánones y el Código de comercio? Sea usted liberal, que eso no es ofender a Dios, pero no sea usted un boquirroto y mire más lo que dice.

—Oiga usted, don Cayetano; ni la edad, ni el ser aragonés, le dan a usted derecho para desvergonzarse...

—¡Poco ruido, poco ruido, señor Ficrabrás! —repuso el canónigo, terciando el manteo.

Es de advertir que el tono de broma en que estas palabras fuertes se decían les quitaba toda gravedad y aire de ofensa. En Vetusta el buen humor consiste en soltarse pullas y *frescas* todo el año, como en perpetuo carnaval, y el que se enfada desentona y se le tiene por mal educado.

—Es que yo —gritó el ex alcalde— mato un canónigo como un mosquito.

—Ya lo supongo; con alguna calumnia. Venga usted acá, viborezno librepensador, Voltaire de monterilla, Lutero con cascabeles, según ese disparatado modo de pensar que usa vuecencia, también se podrá asegurar lo que dice el vulgo de los préstamos del Magistral al veinte por ciento.

—*Non capisco* —respondió el ex alcalde, que sabía italiano de ópera.

—Sí me entiende usted; pero hablaré más claro. ¿No es usted otro libelo infamatorio con lengua y pies, que viera yo cortados, de los muchos que sacrifican la honra del Magistral? Pues si don Santos le maldice porque le roba los parroquianos de su tienda de quincalla, usted le aborrece por lo de la usura; ¿quién es tu enemigo?

—Poco a poco, señor Ripamilán, que se me sube el humo a las narices.

—Dirá usted que se le baja, porque lo tiene usted en lugar de sesos.

—¿Me ha llamado usted usurero?

—Eso; clarito.

—Yo empleo mi capital honradamente, y ayudo al empresario, al trabajador; soy uno de los agentes de la industria y recojo la natural ganancia... Estas son habas contadas; y si estos curas de misa y olla que ahora se usan supieran algo de algo, sabrían que la Economía Política me autoriza para cobrar el anticipo, el riesgo, y, cuando hay caso, la prima del seguro...

—Del seguro se va usted, señor economista cascaciruelas...

—Yo contribuyo a la circulación de la riqueza.

—Como una esponja a la circulación del agua.

—Y los curas son los zánganos de la colmena social...

—Hombre, si a zánganos vamos...

—Los curas son los mostrencos...

—Si a mostrencos vamos, conocía yo un alcaldito en tiempos de la *Gloriosa*...

—¿Qué tiene usted que decir de la *Gloriosa?* Me parece que la Revolución le hizo a usted Ilustrísimo Señor...

—¡Hizo un cuerno! Me hicieron mis méritos, mis trabajos, mis... ¡señor ciruclo!

—Déjese usted de insultos y explique por qué he de ser yo enemigo personal del Provisor. ¿Reparto yo dinero por las aldeas al treinta por ciento? Y el dinero que yo presto, ¿procede de capellanías *cuyo soy* el depositario sin facultades para lucrar con el interés del depósito? Mis rentas ¿proceden de los cristianos bobalicones que tienen algo que ver con la curia eclesiástica? ¿Robo yo en esos montes de Toledo que se llaman *Palacio?*

—De manera, que si usted empieza a disparatar y a pasarse a mayores, yo le dejo con la palabra en la boca.

—Con usted no va nada, don Cayetano o don Fuguillas; usted podrá ser un viejecito verde, pero no es un... un Magistral..., un Provisor..., un Candelas eclesiástico.

Todos los presentes, menos don Santos, convinieron en que aquello era demasiado fuerte.

—¡Hombre, un Candelas!.

Don Santos Barinaga gritó:

—No, señores, no es un Candelas, porque aquél espejo de ladrones caballerosos era muy generoso, y robaba con exposición de la vida. Además, robaba a los ricos y daba a los pobres.

—Sí, desnudaba a un santo para vestir a otro.

—Pues el Provisor desnuda a todos los santos para vestirse él. Es un pillo, a fe de Barinaga, un pillo que ya sé yo de qué muerte va a morir.

Barinaga olía a aguardiente. Era el olor de su bilis.

Don Cayetano se encogió de hombros y dio media vuelta. Y mientras se alejaba, iba diciendo:

—Y éstos son los liberales que quieren hacernos felices... Y ahora rabian porque no les dejan decir esas picardías en los periódicos...

Conversaciones de este género las había a diario en Vetusta; en el paseo, en las calles, en el Casino, hasta en la sacristía de la catedral.

De Pas sabía todo lo que se murmuraba. Tenía varios espías, verdaderos esbirros de sotana. El más activo, perspicaz y disimulado era el segundo organista de la catedral, que ya había sido delator en el seminario. Entonces iba al paraíso del teatro a sorprender a los aprendices de cura aficionados a Talía o quien fuese. Era un presbítero joven, chato, favorito de la madre del Provisor, doña Paula. Se apellidaba Campillo.

A don Fermín no le importaba mucho lo que dijeran, pero quería saber lo que se murmuraba y a dónde llegaban las injurias.

No pensaba en tal cosa el Magistral aquella mañana fría de octubre, mientras se soplaba los dedos meditabundo.

Una cosa era lo que debiera estar pensando y otra lo que pensaba sin poder remediarlo. Quería buscar dentro de sí fervor religioso, acendrada fe, que necesitaba para inspirarse y escribir un párrafo sonoro, rotundo, elocuente, con la fuerza de la convicción; pero la voluntad no obedecía y dejaba al pensamiento entretenerse con los recuerdos que le asediaban. La mano fina, aristocrática, trazaba rayitas paralelas en el margen de una cuartilla; después, encima, dibujaba otras rayitas, cruzando las primeras; y aquello semejaba una celosía. Detrás de la celosía se le figuró ver un manto negro y dos chispas detrás del manto, dos ojos que brillaban en la oscuridad. ¡Y si no hubiese más que los ojos!

«¡Pero aquella voz! ¡Aquella voz transformada por la emoción religiosa, por el pudor de la castidad que se desnuda sin remordimiento, pero no sin vergüenza ante un confesonario!...»

«¿Qué mujer era aquélla? ¿Había en Vetusta aquel tesoro de gracias espirituales, aquella conquista reservada para la Iglesia, y él, el amo espiritual de la provincia, no lo había sabido antes?»

El pobre don Cayetano era hombre de algún talento para ciertas cosas, para lo formal, para las superficialidades de la vida mundana; pero ¿qué sabía él de dirigir un alma como la de aquella señora?

Don Fermín no perdonaba al Arcipreste el no haberle entregado mucho antes aquella joya que él, Ripamilán, no sabía apreciar en todo su valor. Y gracias que por pereza se había decidido a dejarle aquel tesoro.

Don Cayetano le había hablado con mucha seriedad de la Regenta.

«—Don Fermín —le había dicho—, usted es el único que podrá entenderse con esta hija mía querida, que a mí iba a volverme loco si continuaba contándome sus aprensiones morales. Soy viejo ya para estos trotes. No la entiendo siquiera. Le pregunto si se acusa de alguna falta y dice que eso no. Pues ¿entonces? Y sin embargo, dale que dale. En fin, yo no sirvo para esas cosas. A usted se la entrego. Ella, en cuanto le indiqué la conveniencia de confesar con usted, aceptó, comprendiendo que yo no daba más de mí. No doy, no. Yo entiendo la religión y la moral a mi manera; una manera muy sencilla..., muy sencilla... Me parece que la piedad no es un rompecabezas... En suma, Anita —ya sabe usted que ha escrito versos— es un poco romántica. Eso no quita que sea una santa; pero quiere traer a la religión el romanticismo, y yo, ¡guarda, Pablo!, no me encuentro con fuerzas para librarla de ese peligro. A usted le será fácil.»

El Arcipreste se había acercado más al Provisor, y estirando el cuello, de puntillas, como pretendiendo, aunque en vano, hablarle al oído, había dicho después:

«—Ella ha visto visiones seudomísticas... allá en Loreto...,
al llegar la edad..., cosa de la sangre..., al ser mujercita, cuando tuvo aquella fiebre y fuimos a buscarla su tía doña Anuncia
y yo. Después, pasó aquello y se hizo literata. En fin, usted
verá. No es una señora como estas de por aquí. Tiene mucho
tesón; parece una malva; pero otra le queda; quiero decir,
que se somete a todo, pero por dentro siempre protesta. Ella
misma se me ha acusado de esto, que conocía que era orgullo.
Aprensiones. No es orgullo; pero resulta de esas cosas que es
desgraciada, aunque nadie lo sospeche. En fin, usted verá. Don
Víctor es como Dios le hizo. No entiende de estos perfiles;
hace lo que yo. Y como no hemos de buscarle un amante para
que desahogue con él —aquí volvió a reír don Cayetano—, lo
mejor será que ustedes se entiendan.»

El Magistral, al recordar este pasaje del discurso del Arcipreste, se acordó también de que él se había puesto como una
amapola.

«¡Lo mejor será que ustedes se entiendan!» En esta frase,
que don Cayetano había dicho sin asomos de malicia, encontraba don Fermín motivo para meditar horas y horas.

Toda la noche había pensado en ello. Algún día, ¿llegarían a
entenderse? ¿Querría doña Ana abrirle de par en par el corazón?

El Magistral conocía una especie de Vetusta subterránea: era
la ciudad oculta de las conciencias. Conocía el interior de todas
las casas importantes y de todas las almas que podían servirle
para algo. Sagaz como ningún vetustense, clérigo o seglar, había
sabido ir poco a poco atrayendo a su confesonario a los principales creyentes de la piadosa ciudad. Las damas de ciertas
pretensiones habían llegado a considerar en el Magistral el único confesor de buen tono. Pero él escogía hijos e hijas de
confesión. Tenía habilidad singular para desechar a los importunos sin desairarlos. Había llegado a confesar a quien quería
y cuando quería. Su memoria para los pecados ajenos era por-
tentosa.

Hasta de los morosos que tardaban seis meses o un año en
acudir al tribunal de la penitencia recordaba la vida y flaquezas. Relacionaba las confesiones de unos con las de otros, y
poco a poco había ido haciendo el plano espiritual de Vetusta,
de Vetusta la noble; desdeñaba a los plebeyos, si no eran ricos,
poderosos, es decir, nobles a su manera. *La Encimada* era toda
suya; la Colonia la iba conquistando poco a poco. Como los
observatorios meteorológicos anuncian los ciclones, el Magistral
hubiera podido anunciar muchas tempestades en Vetusta, dramas de familia, escándalos y aventuras de todo género. Sabía
que la mujer devota, cuando no es muy discreta, al confesarse
delata flaquezas de todos los suyos.

Así, el Magistral conocía los deslices, las manías, los vicios y hasta los crímenes a veces, de muchos señores vetustenses que no confesaban con él o no confesaban con nadie.

A más de un liberal· de los que renegaban de la confesión auricular hubiera podido decirle las veces que se había embriagado, el dinero que había perdido al juego, o si tenía las manos sucias o si maltrataba a su mujer, con otros secretos más íntimos. Muchas veces, en las casas donde era recibido como amigo de confianza, escuchaba en silencio las reyertas de familia, con los ojos discretamente clavados en el suelo; y mientras su gesto daba a entender que nada de aquello le importaba ni comprendía, acaso era el único que estaba en el secreto, el único que tenía el cabo de aquella madeja de discordia. En el fondo de su alma despreciaba a los vetustenses. «Era aquello un montón de basura.» Pero muy buen abono, por lo mismo: él lo empleaba en su huerto; todo aquel cieno que revolvía, le daba hermosos y abundantes frutos.

La Regenta se le presentaba ahora como un tesoro descubierto en su propia heredad. Era suyo, bien suyo; ¿quién osaría disputárselo?

Recordaba minuto por minuto aquella hora —y algo más— de la confesión de la Regenta.

«¡Una hora larga!» El cabildo no hablaría de otra cosa aquella mañana cuando se juntaran, después del coro, los señores canónigos del tertulín.

Don Custodio, el beneficiado, había pasado la tarde anterior sobre espinas; primero con el cuidado de ver llegar a la Regenta, después espiando la confesión, que duraba, duraba «escandalosamente». Iba y venía, fingiendo ocupaciones, por la nave de la derecha y pasaba ya lejos, ya cerca de la capilla del Magistral. Había visto primero a otras mujeres junto a la celosía y a doña Ana en oración, junto al altar. Al pasar otra vez había visto ya a la Regenta con la cabeza apoyada en el confesonario, cubierta con una mantilla..., y vuelta a pasar, y ella quieta, y otra vez..., y siempre allí, siempre lo mismo.

—Don Custodio —le decía Glocester, el ilustre Arcediano, que había notado sus paseos—, ¿qué hay?, ¿ha venido esa dama?

—¡Una hora! ¡Una hora!

—Confesión general. Ya usted ve...

Y más tarde:

—¿Qué hay?

—¡Hora y media!

—Le estará contando los pecados de sus abuelos desde Adán.

Glocester había esperado en la sacristía «el final de aquel escándalo».

El Arcediano · y beneficiado vieron a la Regenta salir de la catedral y juntos se fueron hablando del suceso para esparcir por la ciudad tan´descomunal noticia.

«No pensaban hacer comentarios. El hecho, puramente el hecho. ¡Dos horas!»

En efecto, había sido mucho tiempo. El Magistral no lo había sentido pasar; doña Ana tampoco. La historia de ella había durado mucho. Y además, ¡habían hablado de tantas cosas! Don Fermín estaba satisfecho de su elocuencia, seguro de haber producido efecto. Doña Ana jamás había oído hablar así.

«Aquel anhelo que sentía De Pas antes de conversar en secreto con aquella señora había sido un anuncio de la realidad. Sí, sí, era aquello algo nuevo, algo nuevo para su espíritu, cansado de vivir nada más para la ambición propia y para la codicia ajena, la de su madre. Necesitaba su alma alguna dulzura, una suavidad de corazón que compensara tantas asperezas... ¿Todo había de ser disimular, aborrecer, dominar, conquistar, engañar?»

Recordó sus años de estudiante teólogo en San Marcos, de León, cuando se preparaba, lleno de pura fe, a entrar en la Compañía de Jesús. «Allí, por algún tiempo, había sentido dulces latidos su corazón; había orado con fervor, había meditado con amoroso entusiasmo, dispuesto a sacrificarse *en Jesús*... ¡Todo aquello estaba lejos! No le parecía ser el mismo. ¿No era algo por el estilo lo que creía sentir desde la tarde anterior? ¿No eran las mismas fibras las que vibraban entonces, allá en las orillas del Bernesga, y las que ahora se movían con una música plácida para el alma?» En los labios del Magistral asomó una sonrisa de amargura. «Aunque todo ello era una ilusión, un sueño, ¿por qué no soñar? ¿Y quién sabe si esta ambición que me devora no es más que una forma impropia de otra pasión más noble? Este fuego, ¿no podrá arder para un afecto más alto, más digno del alma? ¿No podría yo abrasarme en más pura llama que la de esta ambición? ¡Y qué ambición! Bien mezquina, bien miserable. ¿No valdrá más la conquista del espíritu de esa señora que el asalto de una mitra, del capelo, de la misma tiara?»

El Magistral se sorprendió dibujando la tiara en el margen del papel.

Suspiró, arrojó aquella pluma, como si tuviera la culpa de tales pensamientos, que ya se le antojaban vanos, y sacudiendo la cabeza, se puso a escribir.

El último párrafo decía:

«El suceso tan esperado por el mundo católico, la definición del dogma de la infalibilidad pontificia, había llegado por fin en el glorioso día de eterna memoria, el 18 de julio de 1870: *hœc dies quam fecit Dominus...*»

El Magistral continuó:

«Confirmábase al fin de solemne modo la doctrina del cuarto Concilio de Constantinopla que dijo: *Prima salus est rectœ fidei regulam custodire;* confirmábase la doctrina que los griegos profesaron con aprobación del segundo Concilio lionense, y se

declaraba y definía, *sacro approbante Concilio,* que el Romano
Pontífice, *quum ex cathedra loquitur,* goza plenamente, *per as-
sistentiam divinam,* de aquella infalibilidad de que el Divino
Redentor ha querido proveer a su iglesia.»

Don Fermín soltó la pluma y dejó caer la cabeza sobre las
manos.

«Ignoraba lo que tenía, pero no podía escribir. ¿Sería el
asunto? Acaso no estaría él aquella mañana para tratar materia tan sublime. ¡La infalibilidad! Terrible, pero valentísimo dogma: un desafío formidable de la fe, rodeada por una incredu-
lidad de un siglo que se ríe. Era como estar en el Circo entre
fieras, y llamarlas, azuzarlas, pincharlas... ¡Mejor! Así debía
ser.» El Magistral había sido desde el principio de la batalla
entusiástico partidario de la declaración. «Era el valor, la voluntad enérgica, la afirmación del imperio, una aventura teológica parecida a las de Alejandro Magno en la guerra y las de
Colón en el mar.»

Había defendido el dogma heroico en Roma, en el púlpito,
con elocuencia entonces espontánea, con calor, como si el infalible fuera él. Llamaba a Dupanloup cobarde. En Madrid había
llamado mucho la atención predicando en las Calatravas, al volver de Roma con el buen obispo de Vetusta. El tema había sido
también la infalibilidad. Los periódicos le habían comparado con
los mejores oradores católicos, con Monescillo, con Manterola,
eclesiásticos como él, con Nocedal, con Vinader, con Estrada,
legos.

«Y nada, no había pasado de ochavo. La Iglesia es así, pensaba De Pas, con la cabeza apoyada en las manos y los codos
sobre la mesa, olvidado ya del Papa infalible; la Iglesia pro-
clama la humildad y es humilde como ser abstracto, colectivo,
en la jerarquía, para contener la impaciencia de la ambición
que espera desde abajo. Yo me lucí en Roma, admiré a los
fieles en Madrid, deslumbro a los vetustenses y seré Obispo
cuando llegue a los sesenta. Entonces haré yo la comedia de la
humildad y no aceptaré esa limosna. Los intrigantes suben; los
amigos, los aduladores, los lacayos, medran sin necesidad de sermones; pero nosotros, los que hemos de ascender por nuestro
mérito apostólico, no podemos ser impacientes, tenemos que
esperar en una actitud digna de sumisión y respeto. ¡Farsa, pura
farsa! Oh, ¡si yo echase a volar mi dinero! Pero mi dinero es
de mi madre, y además yo no quiero comprar lo que es mío,
lo que merezco por mi cabeza, no por mis arcas. ¿No quedába-
mos en que era yo una lumbrera? ¿No se dijo que en mí tenía
firme columna el templo cristiano? Pues sí soy una columna,
¿por qué no me echan encima el peso que me toca? Soy columna
o palillo de dientes, señor cardenal? ¿En qué quedamos?»

El Magistral, que estaba solo y seguro de ello, dio un puñetazo sobre la mesa.

—Voy, señorito —gritó una voz dulce y fresca desde una habitación contigua.

El Magistral no oyó siquiera. En seguida entró en el despacho una joven de veinte años, alta, delgada, pálida, pero de formas suficientemente rellenas para los contornos que necesita la hermosura femenina. La palidez era de un tono suave, delicado, que hacía muy buen contraste con el negro de andrina de los ojos grandes, soñadores, de movimientos bruscos, unos ojos que parecía que hacían gimnasia, obligados día y noche a las contorsiones místicas de una piedad maquinal, mitad postiza y falsificada. Las facciones de aquel rostro se acercaban al canon griego y casaba muy bien con ellas la dulce seriedad de la fisonomía. En esta figura larga, pero no sin gracia, espiritual, no flaca, solemne, hierática, todo estaba mudo menos los ojos y la dulzura, que era como un perfume elocuente de todo el cuerpo.

Era la doncella de doña Paula, Teresina. Dormía cerca del despacho y de la alcoba del *señorito.* Esta proximidad había sido siempre una exigencia de doña Paula. Ella habitaba el segundo piso, a sus anchas; no quería ruido de curas y frailes entrando y saliendo; pero tampoco consentía que su hijo, su pobre Fermín, que para ella siempre sería un niño a quien había que cuidar mucho, durmiese lejos de toda criatura cristiana. La doncella había de tener su lecho cerca del *señorito,* por si llamaba, para avisar a la madre, que bajaba inmediatamente.

En casa el Magistral era el *señorito.* Así le nombraba el ama delante de los criados y era el tratamiento que ellos le daban y tenían que darle.

A doña Paula, que no siempre había sido *señora,* le sonaba mejor el *señorito* que un usía. Las doncellas de doña Paula venían siempre de su aldea; las escogía ella cuando iba por el verano al campo. Las conservaba mucho tiempo. La condición de dormir cerca del *señorito,* por si llamaba, se les imponía con una naturalidad edénica. Ni las muchachas ni el Magistral habían opuesto nunca el menor reparo. Los ojos azules, claros, sin expresión, muy abiertos, de doña Paula alejaban la posibilidad de toda sospecha; por los ojos se le conocía que no toleraba que se pusiese en tela de juicio la pureza de costumbres de su hijo y la inocencia de su sueño; ni al mismo Provisor le hubiera consentido media palabra de protesta, ni una leve objeción en nombre del qué dirán. ¿Qué habían de decir? Allí la castidad de ella, que era viuda, y la de su hijo, que era sacerdote, se tenían por indiscutibles; eran de una evidencia absoluta; ni se podía hablar de tal cosa. «Don Fermín continuaba siendo un niño que jamás crecería para la malicia.» Esto era un dogma en aquella casa. Doña Paula exigía que se creyera que ella creía en la pureza perfecta de su hijo. Pero todo en silencio.

Teresina entró abrochando los corchetes más altos del cuer-

po de su hábito negro (de los Dolores) y en seguida ató cerca
de la cintura, en la espalda, el pañuelo de seda también negro
que le cruzaba el pecho.

—¿Qué quería el señorito? ¿Se siente mal? ¿Traeré ya el
café?

—¿Yo? Hija mía..., no..., no he llamado.

Teresina sonrió. Se pasó una mano mórbida y fina por los
ojos, abrió un poco la boca y añadió:

—Apostaría... haber oído...

—No, yo no. ¿Qué hora es?

Teresina miró al reloj que estaba sobre la cabeza del Magistral. Le dijo la hora y ofreció otra vez el café, todo sonriendo
con cierta coquetería, contenida por la expresión de piedad que
allí era la librea.

—¿Y mi madre?

—Duerme. Se acostó muy tarde. Como están con las cuentas
del trimestre...

—Bien: tráeme el café, hija mía.

Teresina, antes de salir, puso orden en los muebles, que no
pecaban de insurrectos, que estaban como ella los había dejado
el día anterior; también tocó los libros de la mesa, pero no
se atrevió con los que yacían sobre las sillas y en el suelo.
Aquéllos no se tocaban. Mientras Teresina estuvo en el despacho, el Magistral la siguió impaciente con la mirada, algo frun-
cido el entrecejo, como esperando que se fuera para seguir trabajando o meditando.

Hasta que tuvo el café delante no recordó que él solía decir
misa, que era un señor cura. ¿La tenía? ¿Había prometido decirla? No pudo resolver sus dudas. Pero la seguridad con que
Teresa procedía le tranquilizó.

Ni doña Paula ni Teresa olvidaban jamás estos pormenores.
Ellas eran las encargadas de oír la campana del coro, de apuntar las misas, de cuanto se refería a los asuntos del rito. De
Pas cumplía con estos deberes rutinarios, pero necesitaba que
se los recordasen. ¡Tenía tantas cosas en la cabeza! Sus olvi-
dos eran dentro de casa, porque fuera se jactaba de ser el más
fiel guardador de cuanto la Sinodal exigía, y daba frecuentes
lecciones al mismo maestro de ceremonias.

Tomó el café y se levantó para dar algunos paseos por el
despacho; quería distraerse, sacudir aquellos pensamientos importunos que no le permitían adelantar en su trabajo.

Teresina entraba y salía sin pedir permiso, pero andaba por
allí como el silencio en persona; no hacía el menor ruido. Llevó el servicio del café, volvió a buscar un jarro de estaño y el
cubo del lavabo; entró de nuevo con ellos y una toalla limpia.
Entró en la alcoba, dejando la puerta de cristales abierta, y se
puso a *levantar* la cama, operación que consistía en sacudir las
almohadas y los colchones, doblar las sábanas y la colcha y guar-
darlas entre colchón y colchón. tender una manta sobre el lecho

y colocar una sobre otra las almohadas sacudidas, pero sin funda. El Magistral dormía algunos días la siesta, y doña Paula,
por economía, le preparaba así la cama. Hacerla formalmente
hubiera sido un despilfarro de lavado y planchado.

Don Fermín volvió a sentarse en su sillón. Desde allí veía,
distraído, los movimientos rápidos de la falda negra de Teresina, que apretaba las piernas contra la cama para hacer fuerza
al manejar los pesados colchones. Ella azotaba la lana con vigor y la falda subía y bajaba a cada golpe con violenta sacudida,
dejando descubiertos los bajos de las enaguas bordadas y muy
limpias y algo de la pantorrilla. El Magistral seguía con los
ojos los movimientos de la faena doméstica, pero su pensamiento
estaba muy lejos. En uno de sus movimientos, casi tendida de
bruces sobre la cama, Teresina dejó ver más de media pantorrilla y mucha tela blanca. De Pas sintió en la retina toda
aquella blancura, como si hubiera visto un relámpago, y discretamente se levantó y volvió a sus paseos. La doncella, jadeante, con un brazo oculto en el pliegue de un colchón do-
blado, se volvió de repente, casi tendida de espaldas sobre la
cama. Sonreía y tenía un poco de color de rosa en las mejillas.

—¿Le molesta el ruido, señorito?...

El Magistral miró a la hermosa beata, que en aquel momento no conservaba ningún gesto de hipocresía. Apoyando la mano
en el dintel de la puerta de la alcoba, dijo el amo, sonriente
como la criada:

—La verdad, Teresina..., el trabajo de hoy es muy importante. Si te es igual, vuelve luego, y acabarás de arreglar esto
cuando yo no esté.

—Bien está, señorito, bien está —respondió la criada, muy
seria, con voz gangosa y tono de canto llano.

Y con mucha prisa, haciendo saltar la ropa cerca del techo,
acabó de levantar la cama y salió de las habitaciones del señorito.

El cual paseó tres o cuatro minutos entre los libros tumba-
dos en el suelo, por los senderos que dejaban libres aquellos
parterres de teología y cánones. Después de fumar tres pitillos
volvió a sentarse. Escribió sin descanso hasta las diez. Cuando
el sol se le metió por los puntos de la pluma, levantó la cabeza, satisfecho de su tarea.

Miró al cielo. Estaba alegre, sin nubes. El buen tiempo en
Vetusta vale más por lo raro. El Magistral se frotó las manos
suavemente. Estaba contento. Mientras había escrito, casi por
máquina, una defensa, *calamo currente,* de la Infalibilidad, con
destino a cierta Revista Católica que leían católicos convencidos
nada más, había estado madurando su plan de ataque.

Pensaba lo mismo que la Regenta: que había hecho un hallazgo, que iba a tener un alma hermana.

El, que leía a los autores enemigos, como a los amigos, recordaba una poética narración del impío Renán en que figura-

ban un fraile de allá de Suecia o Noruega, y una joven devota,
alemana, si le era fiel la memoria. De todas suertes, eran dos
almas que se amaban en Jesús, a través de gran distancia. No
había en aquellas relaciones nada de sentimentalismo falso, seu-
dorreligioso; eran afectos puros, nada parecidos a los amores
de un Lutero, ni siquiera de un Abelardo; era la verdad severa,
noble, inmaculada del amor místico; amor anafrodítico, incapaz
de mancharse con el lodo de la carne, ni en sueños. «¿Por qué
recordaba ahora esta leyenda, piadosa y novelesca? ¿Qué tenía
él que ver con un monje romántico y fanático, místico y apasionado, de la Edad Media... y sueco? El era el Magistral de
Vetusta, un cura del siglo diecinueve, un *carca,* un oscurantista, un zángano de la colmena social, como decía Foja el usurero.»

Y al pensar esto, mirándose al espejo, mientras se lavaba y
peinaba, De Pas sonreía con amargura mitigada por el dejo de
optimismo que le quedaba de sus reflexiones de poco antes.

Estaba desnudo de medio cuerpo arriba. El cuello robusto
parecía más fuerte ahora por la tensión a que le obligaba la
violencia de la postura, al inclinarse sobre el lavabo de mármol
blanco. Los brazos, cubiertos de vello negro ensortijado, lo mismo que el pecho alto y fuerte, parecían de un atleta. El Magistral miraba con tristeza sus músculos de acero, de una fuerza
inútil. Era muy blanco y fino el cutis, que una emoción cualquiera teñía de color de rosa. Por consejo de don Robustiano,
el médico, De Pas hacía gimnasia con pesas de muchas libras;
era un hércules. Un día de revolución, un patriota le había dado
el ¡quién vive! en las afueras, cerca de la noche. De Pas rompió el fusil de chispa en las espaldas del aguerrido centinela,
que le había querido coser a bayonetazos, porque no se entregaba a discreción. Nadie supo aquella hazaña, ni el mismo don
Santos Barinaga, que andaba a caza de las calumnias y verdades que corrían contra *La Cruz Roja,* como él llamaba, colecti-
vamente, al Provisor y a su madre. En cuanto al miliciano, había callado, jurando odio eterno al clero y a los fusiles de chispa.
Era uno de los que al murmurar del Magistral añadían:

«¡Si yo hablara!»

Mientras estaba lavándose, desnudo de la cintura arriba, don
Fermín se acordaba de sus proezas en el juego de bolos, allá
en la aldea, cuando aprovechaba vacaciones del seminario para
ser medio salvaje corriendo por breñas y vericuetos; el mozo
fuerte y velludo, que tenía enfrente, en el espejo, le parecía
un *otro yo* que se había perdido, que había quedado en los
montes, desnudo, cubierto de pelo como el rey de Babilonia,
pero libre, feliz...

Le asustaba tal espectáculo, le llevaba muy lejos de sus pensamientos de ahora, y se apresuró a vestirse. En cuanto se abrochó el alzacuello, el Magistral volvió a ser la imagen de la mansedumbre cristiana, fuerte pero espiritual, humilde; seguía sien-

do esbelto, pero no formidable. Se parecía un poco a su querida torre de la catedral, también robusta, también proporcionada, esbelta y bizarra; mística, pero de piedra.

Quedó satisfecho, con la conciencia de su cuerpo fuerte, oculto bajo el manteo epiceno y la sotana flotante y escultural.

Iba a salir.

Teresina apareció en el umbral, seria, con la mirada en el suelo, con la expresión de los santos de cromo.

—¿Qué hay?

—Una joven pregunta si se puede ver al señorito.

—¿A mí? —Don Fermín encogió los hombros—. ¿Quién es?

—Petra, la doncella de la señora Regenta.

Al decir esto, los ojos de Teresina se fijaron sin miedo en los de su amo.

—¿No dice a qué viene?

—No ha dicho nada más.

—Pues que pase.

Petra se presentó sola en el despacho, vestida de negro, con el pelo de azafrán sobre la frente, sin rizos ni ondas, con los ojos humillados y con sonrisa dulce y candorosa en los labios.

El Magistral la reconoció. Era una joven que se había obstinado en confesar con él y que lo había conseguido a fuerza de tenacidad y paciencia; pero después había tenido que desairarla varias veces, para que no le importunase.

Era de las infelices que creen los absurdos que la calumnia propala para descrédito de los sacerdotes. Confesaba cosas de su alcoba, se desnudaba ante la celosía entre llanto de falso arrepentimiento. Era hermosa, incitante; pero el Magistral la había alejado de sí, como haría con Obdulia, si las exigencias sociales no lo impidiesen.

Petra se presentó como si fuese una desconocida; como si persona tan insignificante debiera de estar borrada de la memoria de personaje tan alto. Tal vez en otras circunstancias no hubiera tenido buen recibimiento; pero al saber que venía de parte de doña Ana, sintió el clérigo dulce piedad, y perdonó de repente a aquella extraviada criatura sus insinuaciones vanas y perversas de otro tiempo. Fingió también no reconocerla.

Teresina los espiaba desde la sombra en el pasadizo inmediato. El Magistral lo presumía y habló como si fuera delante de testigos.

—¿Es usted criada de la señora de Quintanar?

—Sí, señor; su doncella.

—¿Viene usted de su parte?

—Sí, señor; traigo una carta para Usía.

Aquel usía hizo sonreír al Provisor, que lo creyó muy oportuno.

—¿Y no es más que eso?

—No, señor.

—Entonces...

—La señora ha dicho que entregara a Usía mismo esta carta, que era urgente, y los criados podrían perderla... o tardar en entregarla a Usía.

Teresina se movió en el pasillo. La oyó el Magistral y dijo:

—En mi casa no se extravían las cartas. Si otra vez viene usted con un recado por escrito, puede usted entregarlo ahí fuera..., con toda confianza.

Petra sonrió de un modo que ella creyó discreto y retorció una punta del delantal.

—Perdóneme Usía —dijo con voz temblorosa y ruborizándose.

—No hay de qué, hija mía. Agradezco su celo.

Don Fermín estaba pensando que aquella mujer podría serle útil, no sabía él cuándo, ni cómo, ni para qué. Sintió deseos de ponerla de su parte, sin saber por qué esto podía importarle. También se le pasó por la imaginación decir a la Regenta que era poco edificante la conducta de aquella muchacha. Pero todo era prematuro.

Por ahora se contentó con despedirla con un saludo señoril, cortés pero frío. Cuando Petra iba a atravesar el umbral, ocupó la puerta por completo una mujer tan alta casi como el Magistral y que parecía más ancha de hombros; tenía la figura cortada a hachazos, vestía como una percha. Era doña Paula, la madre del Provisor. Tenía sesenta años, que parecían poco más de cincuenta. Debajo de un pañuelo de seda negro que cubría su cabeza, atado a la barba, asomaban trenzas fuertes de un gris sucio y lustroso; la frente era estrecha y huesuda, pálida, como todo el rostro; los ojos, de un azul muy claro, no tenían más expresión que la semejanza de un contacto frío, eran ojos mudos; por ellos nadie sabría nada de aquella mujer. La nariz, la boca y la barba se parecían mucho a las del Magistral. Un mantón negro de merino, ceñido con fuerza a la espalda angulosa, caía sin gracia sobre el hábito, negro también, de estameña con ribetes blancos. Parecía doña Paula, por traje y rostro, una amortajada.

Petra saludó un poco turbada. Doña Paula la midió con los ojos, sin disimulo.

—¿Qué quería usted? —preguntó, como pudo haberlo preguntado a la pared.

Petra se repuso, y casi con altanería contestó:

—Era un recado para el señor Magistral.

Y salió del despacho.

En la puerta de la escalera la recibió con afable sonrisa Teresina y se despidieron con sendos besos en las mejillas, como las señoritas de Vetusta. Eran amigas, ambas de la aristocracia de la servidumbre. Se respetaban sin perjuicio de tenerse envidia. Petra envidiaba a Teresina la estatura, los ojos y la casa del Magistral. Teresina envidiaba a Petra su desenvoltura, su gracia, su conocimiento de las maneras finas y de la vida de ciudad.

—¿Qué te quiere esa señora? —preguntó doña Paula en cuanto se vio a solas con su hijo.

—No sé; aún no he abierto la carta.

—¿Una carta?

—Sí, ésa.

Don Fermín hubiera deseado a su madre a cien leguas. No
podía ocultar la impaciencia, a pesar del dominio sobre sí mismo, que era una de sus mayores fuerzas; ansiaba poder leer
la carta, y temía ruborizarse delante de su madre. «¿Ruborizarse?» sí, sin motivo, sin saber por qué; pero estaba seguro
de que si abría aquel sobre delante de doña Paula, se pondría
como una cereza. Cosas de los nervios. Pero su madre era
como era.

Doña Paula se sentó en el borde de una silla, apoyó los codos sobre la mesa, que era de las llamadas de ministro, y emprendió la difícil tarea de envolver un cigarro de papel, gordo
como un dedo. Doña Paula fumaba; pero «desde que eran de
la catedral» fumaba en secreto, sólo delante de la familia y algunos amigos íntimos.

El Magistral dio dos vueltas por el despacho y en una de
ellas cogió disimuladamente la carta de la Regenta y la guardó
en un bolsillo interior, debajo de la sotana.

—Adiós, madre; voy a dar los días al señor de Carraspique.

—¿Tan temprano?

—Sí, porque después se llena aquello de visitas y tengo que
hablarle a solas.

—¿No la lees?

—¿Qué he de leer?

—Esa carta.

—Luego, en la calle; no será urgente.

—Por si acaso, léela aquí, por si tienes que contestar en seguida o dejar algún recado; ¿no comprendes?

De Pas hizo un gesto de indiferencia y leyó la carta.

Leyó en alta voz. Otra cosa, hubiera sido despertar sospechas.
No estaba su madre acostumbrada a que hubiera secretos para
ella. «Además, ¿qué podía decir la Regenta? Nada de particular.»

*Mi querido amigo: hoy no he podido ir a comulgar; necesito
ver a usted antes; necesito reconciliar. No crea usted que son
escrúpulos de esos contra los que usted me prevenía; creo que
se trata de una cosa seria. Si usted fuera tan amable que consintiera en oírme esta tarde un momento, mucho se lo agrade-
cería su hija espiritual y afectísima amiga q. b. s. m.*

ANA DE OZORES DE QUINTANAR.

—¡Jesús, qué carta! —exclamó doña Paula con los ojos clavados en su hijo.

—¿Qué tiene? —preguntó el Magistral, volviendo la espalda.

—¿Te parece bien ese modo de escribir al confesor? Parece cosa de doña Obdulita. ¿No dices que la Regenta es tan discreta? Esa carta es de una tonta o de una loca.

—No es loca ni tonta, madre. Es que no sabe de estas cosas todavía... Me escribe como a un amigo cualquiera.

—Vamos, es una pagana que quiere convertirse.

El Magistral calló. Con su madre no disputaba.

—Ayer tarde no fuiste a ver al señor de Ronzal.

—Se me pasó la hora de la cita.

—Ya lo sé; estuviste dos horas y media en el confesonario, y el señor Ronzal se cansó de esperar y no tuvo contestación que dar al señor Pablo, que se volvió al pueblo creyendo que tú y Ronzal y yo y todos somos unos mequetrefes sin palabra, que sabemos explotarlos cuando los necesitamos y cuando ellos nos necesitan los dejamos en la estacada.

—Pero, madre, tiempo hay; el chico está en el cuartel, no se lo han llevado; no salen para Valladolid hasta el sábado. Hay tiempo.

—Sí, hay tiempo para que se pudra en el calabozo. ¿Y qué dirá Ronzal? Si tú, que estás más interesado, te olvidas del asunto, ¿que hará él?

—Pero, señora, el deber es primero.

—El deber, el deber... es cumplir con la gente, Fermo. ¿Y por qué se le ha antojado al espantajo de don Cayetano encajarte ahora esa herencia?

—¿Qué herencia?

De Pas daba vueltas en una mano al sombrero de teja, de alas sueltas, y se apoyaba en el marco de la puerta, indicando deseos de salir pronto.

—¿Qué herencia? —repitió.

—Esa señora; esa de la carta, que por lo visto cree que mi hijo no tiene más que hacer que verla a ella.

—Madre, es usted injusta.

—Fermo, yo bien sé lo que me digo. Tú eres demasiado bueno. Te endiosas y no ves ni entiendes.

Doña Paula creía que endiosarse valía tanto como elevar el pensamiento a las regiones celestes.

—El Arcediano y don Custodio —prosiguió— hicieron anoche comidilla de la confesata en la tertulia de doña Visitación, esa tarasca; sí, señor, comidilla de la confesata de la otra; y si había durado dos horas o no había durado dos horas...

El Magistral se santiguó y dijo:

—¿Ya murmuran? ¡Infames!

—Sí, ¡va, ya!, y por eso hablo yo: porque estas cosas, en tiempo. ¿Te acuerdas de la Brigadiera? ¿Te acuerdas de lo que me dio que hacer aquella miserable calumnia por ser tú noble y confiadote?... Fermo, te lo he dicho mil veces; no basta la virtud, es necesario saber aparentarla.

—Yo desprecio la calumnia, madre.

—Yo no, hijo.

—¿No ve usted cómo a pesar de sus dicharachos yo los piso a todos?

—Sí, hasta ahora; pero ¿quién responde? Tantas veces va el cántaro a la fuente... Don Fortunato es una malva, corriente; no es un Obispo, es un borrego, pero...

—¡Le tengo en un puño!

—Ya lo sé, y yo en otro; pero ya sabes que es ciego cuando se empeña en una cosa; y si Su Ilustrísima polichinela da otra vez en la manía de que pueden decir verdad los que te calumnian, estás perdido.

—Don Fortunato no se mueve sin orden mía.

—No te fíes, es porque te cree infalible; pero el día que le hagan ver tus escándalos...

—¿Cómo ha de ver eso, madre?

—Bueno, ya me entiendes; creerlos como si los viera; ese día estamos perdidos; la malva, el polichinela, el borrego, será un tigre, y del Provisorato te echa a la cárcel de corona.

—Madre..., está usted exaltada... Ve usted visiones.

—Bueno, bueno; yo me entiendo.

Doña Paula se puso en pie y arrojó la punta del pitillo apurada y sucia.

Prosiguió:

—No quiero más cartitas; no quiero conferencias en la catedral; que vaya al sermón la señora Regenta si quiere buenos consejos; allí hablas para todos los cristianos; que vaya a oírte al sermón y que me deje en paz.

—¿Conque Glocester?...

—Sí, y don Custodio.

—¿Y a usted quién le ha dicho?

—El Chato.

—¿Campillo?

—Él mismo.

—Pero ¿qué han visto? ¿Qué pueden decir esos miserables? ¿Cómo se habla de esas cosas en una tertulia de señoras? ¿Cómo entiende esta gente el respeto a las cosas sagradas?

—¡Ta, ta, ta, ta! Envidia, pura envidia. ¿Respeto? Dios lo dé. El Arcediano querría confesar a la de Quintanar, es natural, él es muy amigo de darse tono y de que digan... ¡Dios me perdone!, pero creo que le gusta que murmuren de él y que digan si enamora a las beatas o no las enamora... ¡Es un farolón... y un malvado!

—Madre, usted exagera; ¿cómo un sacerdote...?

—Fermo, tú eres un papanatas; el mundo está perdido: por eso todos piensan mal y por eso hay que andar con cien ojos. Hay que aparentar más virtud de la que se tiene, aunque se sea un ángel. ¿No sabes que de nosotros dicen mil perrerías? Glocester, don Custodio, Foja, don Santos, y el mismísimo don

Alvaro Mesía, con toda su diplomacia, pasan la vida desacre-
ditándote. Si hacemos y acontecemos en palacio (doña Paula
empezó a contar por los dedos); si nos comemos la diócesis;
si entramos en el Provisorato desnudos y ahora somos los primeros accionistas del Banco; si tú cobras esto y lo otro; si nuestros paniaguados andan por ahí como esponjas recogiendo el
oro y el moro, para venir a soltarlo en la alberca de casa; si el
Obispo es un maniquí en nuestras manos; si vendemos cera,
si vendemos aras, si tú hiciste cambiar las de todas las parroquias del Obispado para que te compraran a ti las nuevas; si
don Santos se arruina por culpa nuestra y no del aguardiente;
si tú robas a los que piden dispensas; si te comes capellanías;
si yo cobro diezmos y primicias en toda la diócesis; si...
—¡Basta, madre, basta por Dios!
—Y por contera, tus amoríos, tus abusos de consejero espiritual. Tú —vuelta a contar por los dedos, pero además con pataditas en el suelo, como llevando el compás— tienes fanatizado
medio pueblo; las de Carraspique se han metido monjas por
culpa tuya, y una de ellas está muriendo tísica por culpa tuya,
también, como si tú fueras la humedad y la inmundicia de
aquella pocilga; tú tienes la culpa de que no se case la de Páez,
la primera millonaria de Vetusta, que no encuentra novio que
le agrade..., por culpa tuya.
—Madre...
—¿Qué más? Hasta les parece mal que enseñes la doctrina
a las niñas de la Santa Obra del Catecismo.
—¡Miserables!
—Sí, miserables; pero van siendo muchos miserables, y el
día menos pensado nos tumban.
—Eso no, madre —gritó el Magistral perdiendo el aplomo,
con las mejillas y las puntas de acero, que tenía en las pupilas,
erizadas como dispuestas a la defensa—. Eso no, madre. Yo los
tengo a todos debajo del zapato, y los aplasto el día que quiera. Soy el más fuerte. Ellos todos, todos, sin dejar uno, son
unos estúpidos; ni mala intención saben tener.
Doña Paula sonrió, sin que su hijo lo notase. «Así te quiero»,
pensó, y siguió diciendo:
—Pero el único flaco que podemos presentarles es éste, Fermo; bien lo sabes; acuérdate de la otra vez.
—Aquélla era una... mujer perdida.
—Pero te engañó, ¿verdad?
—No, madre, no me engañó; ¿qué sabe usted?
Los ojos de doña Paula eran un par de inquisidores. Aquello de la Brigadiera nunca había podido aclararlo. Sólo sabía,
por su mal, que había sido un escándalo que apenas se pudo
sofocar antes que fuera tarde. A De Pas le repugnaban tales
recuerdos. Eran cosas de la juventud. ¡Qué necedad temer que
él volviese a descuidarse ahora, a los treinta y cinco años! Entonces, en la época de la Brigadiera, no tenía él experiencia, le

halagaba la vanagloria, le seducía y mareaba el incienso de la adulación.

«Si mi madre me viera por dentro, no tendría esos temores con que ahora se mortifica.»

Doña Paula insistió en pintarle los peligros de la calumnia; sabía que le lastimaba el alma, pero a su juicio era un dolor necesario, porque temía para su hijo la caída de Salomón.

La madre de don Fermín creía en la omnipotencia de la mujer. Ella era buen ejemplo. No temía que las intrigas del Cabildo pudiesen gran cosa contra el prestigio de su Fermín, que era el instrumento de que ella, doña Paula, se valía para estrujar el Obispado. Fermín era la ambición, el ansia de dominar; su madre la codicia, el ansia de poseer. Doña Paula se figuraba la diócesis como un lagar de sidra de los que había en su aldea; su hijo era la fuerza, la viga y la pesa que exprimían el fruto, oprimiendo, cayendo poco a poco; ella era el tornillo que apretaba; por la espiga de acero de su voluntad iba resbalando la voluntad, para ella de cera, de su hijo; la espiga entraba en la tuerca, era lo natural. «Era mecánico», como decía don Fermín explicando religión. «Pero a una mujer, otra mujer», pensaba el tornillo. «Su hijo era joven todavía, podían seducírselo, como ya otra vez habían intentado, y acaso conseguido. Ella creía en la influencia de la mujer, pero no se fiaba de su virtud. ¡La Regenta, la Regenta!, dicen que es una señora incapaz de pecar, pero, ¿quién lo sabe?» Algo había oído de lo que se murmuraba. Era amiga de algunas beatas de las que tienen un pie en la iglesia y otro en el mundo; estas señoras son las que lo saben todo, a veces aunque no haya nada. Le habían dicho, sobre poco más o menos, y sin estilo flamenco, lo mismo que Orgaz contaba en el Casino dos días antes: que don Álvaro estaba enamorado de la Regenta, o por lo menos quería enamorarla, como a tantas otras. «Aquel don Álvaro era un enemigo de su hijo. Lo sabía ella.» Ni el mismo don Fermín le tenía por enemigo, por más que varias veces había adivinado en él un rival en el dominio de Vetusta. Pero doña Paula tenía superior instinto: veía más que nadie en lo que interesaba al poderío de su hijo. «Aquel don Álvaro era otro buen mozo, listo también, arrogante, hombre de mundo; tenía el prestigio del amor, contaba con las mujeres respectivas de muchos personajes de Vetusta, y a veces con los personajes mismos, gracias a las mujeres; era el jefe de un partido, el brazo derecho, y la cabeza acaso, de los Vegallana... Podía disputar a Fermín, con fuerzas iguales acaso, el dominio de Vetusta, de aquella Vetusta que necesitaba siempre un amo, y cuando no lo tenía se quejaba de la falta *de carácter* de los hombres importantes. Y ¿por qué no había de estar ya Mesía disputando ese dominio? ¿No cabía en lo posible que la Regenta, aquella santa, y don Alvarito se entendieran y quisieran coger en una trampa al pobre Fermo? Estas malas artes, por complicadas y sutiles

que fuesen, las suponía fácilmente doña Paula en cualquier caso,
porque ella pasaba la vida entregada a combinaciones semejantes. De estas sospechas no comunicó a su hijo más que lo suficiente para prevenirle contra la Regenta y sus confesiones de
dos horas. No citó el nombre de Mesía. En los labios le retozaba
esta pregunta:

«Pero ¿de qué demontres hablasteis dos horas seguidas?»

No se atrevió a tanto. «Al fin su hijo era un sacerdote y ella
cristiana.» Preguntar aquello le parecía una irreverencia, un
sacrilegio que hubiera puesto a Fermo fuera de sí, y no había
para qué.

—Adiós, madre —dijo don Fermín cuando doña Paula calló
por no atreverse con la pregunta sacrílega.

Ya estaba en la escalera el Magistral, cuando oyó a su madre
que decía:

—¿De modo que hoy tampoco vas a coro?

—Señora, si ya habrá concluido.

—¡Bueno, bueno! —quedó murmurando ella—. No ganamos
para multas.

Por fin el Magistral se vio fuera de su casa, con el placer
de un estudiante que escapa de la férula de un dómine implacable.

El sol brillaba acercándose al cenit. Sobre Vetusta ni una
sola nube. El cielo parecía andaluz.

Sí, pero el buen humor del Magistral se había nublado; su
madre le había puesto nervioso, airado, no sabía contra quién.

«Aquél era su tirano: un tirano consentido, amado, muy amado, pero formidable a veces. ¿Y cómo romper aquellas cadenas? A ella se lo debía todo. Sin la perseverancia de aquella
mujer, sin su voluntad de acero que iba derecha a un fin rompiendo por todo, ¿qué hubiera sido él? Un pastor en las montañas o un cavador en las minas. El valía más que todos, pero
su madre valía más que él. El instinto de doña Paula era superior a todos los raciocinios. Sin ella hubiera sido él arrolla-
do algunas veces en la lucha de la vida. Sobre todo, cuando
sus pies se enredaban en redes sutiles que le tendía un enemigo,
¿quién le libraba de ellas? Su madre. Era su égida. Sí, ella primero que todo. Su despotismo era la salvación; aquel yugo, saludable. Además, una voz interior le decía que lo mejor de su
alma era su cariño y su respeto filial. En las horas en que a sí
mismo se despreciaba, para encontrar algo puro dentro de sí,
que impidiera que aquella repugnancia llegase a la desesperación, necesitaba recordar esto: que era un buen hijo, humilde,
dócil..., un niño, un niño que nunca se hacía hombre. ¡El que
con los demás era un hombre que solía convertirse en león!»

«Pero ahora sentía una rebelión en el alma. Era una injusticia aquella sospecha de su madre. En la virtud de la Regenta
creía toda Vetusta, y en efecto era un ángel. El sí que no me-

recía besar el polvo que pisaba aquella señora. ¿Quién podía temer de quién?»

En ese momento comprendió la causa de su mal humor repentino. «La madre había hablado de las calumnias con que le querían perder..., de las demasías de ambición, orgullo y sórdida codicia que le imputaban, de la influencia perniciosa en la vida de muchas familias que se le achacaba...; pero, ¿era todo calumnia? Oh, si la Regenta supiese quién era él, no le confiaría los secretos de su corazón. Por un acto de fe, aquella señora había despreciado todas las injurias con que sus enemigos le perseguían a él, no había creído nada de aquello y se había acercado a su confesonario a pedirle luz en las tinieblas de su conciencia, a pedirle un hilo salvador en los abismos que se abrían a cada paso de la vida. Si él hubiera sido un hombre honrado, le hubiera dicho allí mismo: —¡Calle usted, señora!, yo no soy digno de que la majestad de su secreto entre en mi pobre morada; yo soy un hombre que ha aprendido a decir cuatro palabras de consuelo a los pecadores débiles, y cuatro palabras de terror a los pobres de espíritu fanatizados; yo soy de miel con los que vienen a morder el cebo y de hiel con los que han mordido; el señuelo es de azúcar, el alimento que doy a mis prisioneros, de acíbar; yo soy un ambicioso, y lo que es peor, mil veces peor, infinitamente peor, yo soy avariento, yo guardo riquezas mal adquiridas, sí, mal adquiridas; yo soy un déspota en vez de un pastor; yo vendo la Gracia, yo comercio como un judío con la Religión del que arrojó del templo a los mercaderes...; yo soy un miserable, señora; yo no soy digno de ser su confidente, su director espiritual. Aquella elocuencia de ayer era falsa, no me salía del alma, yo no soy el *vir bonus,* yo soy lo que dice el mundo, lo que dicen mis detractores.»

Como el pensamiento le llevaba muy lejos, el Magistral sintió una reacción en su conciencia, reacción favorable a su fama.

«Hagámonos más justicia», pensó sin querer, por el instinto de conservación que tiene el amor propio.

Y entonces recordó que su madre era quien le empujaba a todos aquellos actos de avaricia que ahora le sacaban los colores al rostro.

«Era su madre la que atesoraba; por ella, a quien lo debía todo, había él llegado a manosear y mascar el lodo de aquella sordidez poco escrupulosa. Su pasión propia, la que espontáneamente hacía en él estragos, era la ambición de dominar; pero esto, ¿no era noble en el fondo? Y ¿no era justo al cabo? ¿No merecía él ser el primero de la diócesis? El Obispo ¿no le reconocía de buen grado esta superioridad moral? Bastante hacía él contentándose, por ahora, con no mandar más que en Vetusta. ¡Oh!, estaba seguro. Si algún día su amistad con Ana Ozores llegaba al punto de poder él confesarse ante ella también y decirle cuál era su ambición, ella, que tenía el alma grande, de fijo le absolvería de los pecados cometidos. Los de su madre, aquellos a que le había arrastrado la codicia de su madre, eran los que no tenían disculpa, los feos, los vergonzosos, los inconfesables.»

Mientras tales pensamientos le atormentaban y consolaban sucesivamente, iba el Magistral por las aceras estrechas y gastadas de las calles tortuosas y poco concurridas de la Encimada; iba con las mejillas encendidas, los ojos humildes, la cabeza un poco torcida, según costumbre, recto el airoso cuerpo, majestuoso y rítmico el paso, flotante el ampuloso manteo, sin la sombra de una mancha.

Contestaba a los saludos como si tuviese el alma puesta en ellos, doblando la cintura y destocándose como si pasara un rey; y a veces ni veía al que saludaba.

Este fingimiento era en él segunda naturaleza. Tenía el don de estar hablando con mucho pulso mientras pensaba en otra cosa.

Doña Paula había vuelto a entrar en el despacho de su hijo. Registró la alcoba. Vio la cama *levantada,* tiesa, muda, fresca, sin un pliegue; salió de la alcoba; en el despacho reparó el sofá de reps azul, las butacas, las correctas filas de libros amontonados sobre sillas y tablas por todas partes; se fijó en el orden de la mesa, en el sillón, en el de las sillas. Parecía olfatear con los ojos. Llamó a Teresina; le preguntó cualquier cosa, haciendo en su rostro excavaciones con la mirada, como quien anda a minas; se metió por los pliegues del traje, correcto, como el orden de las sillas, de los libros, de todo. La hizo hablar para apreciar el tono de la voz, como el timbre de una moneda. La despidió.

—Oye... —volvió a decir—. Nada, vete.

Se encogió de hombros.

—Es imposible —dijo entre dientes—; no hay manera de averiguar nada.

Y saliendo del despacho dijo todavía:

—¡Qué capricho de hombres!

Y subiendo la escalera del segundo piso, añadió:

—¡Es como todos, como todos: siempre fuera!

Doce

Don Francisco de Asís Carraspique era uno de los individuos más importantes de la Junta Carlista de Vetusta, y el que hizo más *sacrificios pecuniarios* en tiempo oportuno. Era político porque se le había convencido de que la causa de la Religión no prosperaría si los buenos cristianos no se metían a gobernar. Le dominaba por completo su mujer, fanática ardentísima, que aborrecía a los liberales porque allá en la otra guerra los *cristinos* habían ahorcado de un árbol a su padre sin darle tiempo para confesar. Carraspique frisaba con los sesenta años, y no se distinguía ni por su valor ni por sus dotes de gobierno; se distinguía por sus millones. Era el mayor contribuyente que tenía en la provincia la soberanía subrepticia de don Carlos VII. Su religiosidad (la de Carraspique) sincera, profunda, ciega, era en él toda una virtud; pero la debilidad de su carácter, sus pocas luces naturales y la mala intención de los que le rodeaban convertían su piedad en fuente de disgustos para el mismo don Francisco de Asís, para los suyos y para muchos de fuera.

Doña Lucía, su esposa, confesaba con el Magistral. Este era el pontífice infalible en aquel hogar honrado. Tenían cuatro hijas los Carraspique: todas habían hecho su primera confesión con don Fermín; habían sido educadas en el convento que había escogido don Fermín; y las dos primeras habían profesado, una en las Salesas y otra en las Clarisas.

El palacio de Carraspique, comprado por poco dinero en la quiebra de un noble liberal, que murió del disgusto, estaba enfrente del caserón de los Ozores, en la Plaza Nueva, podrida de vieja.

El Magistral se dejó introducir en el estrado por una criada sesentona, que ladraba a los pobres como los perros malos. A los curas les lamería los pies de buen grado.

—Espere usted un poco, señor Magistral, haga el favor de sentarse; el señor está allá dentro y sale en seguida... (Con voz misteriosa y agria): Está ahí el médico..., ese empecatado primo de la señora.

—Sí, ya, don Robustiano: pues ¿qué hay, Fulgencia?

—Creo que sor Teresa está algo peor; pero no es para tanto alarmar a los pobrecitos señores. ¿Verdad, señor Magistral, que la pobre señorita no está de cuidado?

—Creo que no, Fulgencia; pero ¿qué dice el médico? ¿Viene de allá?

—Sí, señor, de allá; y ahí dentro daba gritos, viene furioso, es un loco. No sé cómo le llaman a él. El parentesco, es cosa del parentesco.

El salón era rectangular, muy espacioso, adornado con gusto severo, sin lujo, con cierta elegancia que nacía de la venerable antigüedad, de la limpieza exquisita, de la sobriedad y de la severidad misma. El único mueble nuevo era un piano de cola Erard.

Llegó al salón don Robustiano y salió Fulgencia hablando entre dientes.

El médico era alto, fornido, de luenga barba blanca. Vestía con el arrogante lujo de ciertos personajes de provincia que quieren revelar en su porte su buena posición social. Era una hermosa figura que se defendía de los ultrajes del tiempo con buen éxito todavía. Don Robustiano era el médico de la nobleza desde muchos años atrás; pero si en política pasaba por reaccionario y se burlaba de los progresistas, en religión se le tenía por volteriano, o lo que él y otros vetustenses entendían por tal. Jamás había leído a Voltaire. pero le admiraba tanto como le aborrecía Glocester, el Arcediano, que no lo había leído tampoco. En punto a letras, las de su ciencia inclusive, don Robustiano no podía alzar el gallo a ningún mediquillo moderno de los que se morían de hambre en Vetusta. Había estudiado poco, pero había ganado mucho. Era un médico de mundo, un doctor de buen trato social. Años atrás, para él todo era flato; ahora todo era «cuestión de nervios». Curaba con buenas palabras; por él nadie sabía que se iba a morir. Solía curar de balde a los amigos; pero si la enfermedad se agravaba, se inhibía, mandaba llamar a otro y no se ofendía. «El no servía para ver morir a una persona querida.»

Al lado de sus enfermos siempre estaba de broma.

«¿Conque se nos quiere usted morir, señor Fulano? Pues vive Dios, que lo hemos de ver..., etc.»

Esta era una frase sacramental; pero tenía otras muchas. Así se había hecho rico. No usaba muchos términos técnicos, porque, según él, a los profanos no se les ha de asustar con griego y latín. No era pedante, pero cuando le apuraban un poco, cuando le contradecían, invocaba el sacrosanto nombre de la ciencia, como si llamase al comisario de policía.

«La ciencia manda esto; la ciencia ordena lo otro.»

Y no se le había de replicar.

Aparte la ciencia, que no era su terreno propio, don Robustiano podía apostar con cualquiera a campechano, alegre, simpático, y hasta hombre de excelente sentido y no escasa perspicacia. Pecaba de hablador.

Al Magistral no le podía tragar, pero temía su influencia en las casas nobles y le trataba con fingida franqueza y amabilidad falsa.

De Pas le tenía a él por un grandísimo majadero, pero le tributaba la cortesía que empleaba siempre en el trato, sin distinguir entre majaderos y hombres de talento.

—¡Oh, mi señor don Fermín! Cuánto bueno... Llega usted a tiempo, amigo mío; el primo está inconsolable. ¡Buen día de su santo! Le he dicho la verdad, toda la verdad; y es claro, ahora que la cosa no tiene remedio, se desespera... Es decir, remedio... yo creo que sí..., pero todas estas ideas exageradas que..., en fin, a usted se le puede hablar con franqueza, porque es una persona ilustrada...

—¿Qué hay, don Robustiano? ¿Viene usted de las Salesas?

—Sí, señor; de aquella pocilga vengo.

—¿Cómo está Rosita?

—¿Qué Rosita? ¡Si ya no hay Rosita! Si ya se acabó Rosita; ahora es sor Teresa, que no tiene rosas ni en el nombre ni en las mejillas.

Don Robustiano se acercó al Magistral; miró a todos los rincones, a todas las puertas, y con la mano delante de la boca, dijo:

—¡Aquello es el acabóse!

El Magistral sintió un escalofrío.

—¿Usted cree...?

—Sí, creo en una catástrofe próxima. Es decir, distingo, distingo en nombre de la ciencia. Yo, Somoza, no puedo esperar nada bueno; yo, hombre de ciencia, necesito declarar, primero: que si la niña sigue respirando en aquel *medio*..., no hay salvación, pero si se la saca de allí..., tal vez haya esperanza; segundo: que es un crimen, un crimen de lesa humanidad no poner los medios que la ciencia aconseja... Señor Magistral, usted que es una persona ilustrada, ¿cree usted que la religión consiste en dejarse morir junto a un albañal? Porque aquello es una letrina; sí, señor, una cloaca.

—Ya sabe usted que es una residencia interina. Las Salesas están haciendo, como usted sabe, su convento junto a la fábrica de pólvora.

—Sí, ya sé; pero cuando el convento esté edificado y las mujeres puedan trasladarse a él, nuestra Rosita habrá muerto.

—Señor Somoza, el cariño le hace a usted, acaso, ver el peligro mayor de lo que es.

—¿Cómo mayor, señor De Pas? ¿Querrá usted saber más que la ciencia? Ya le he dicho a usted lo que la ciencia opina; segundo: que es un crimen de lesa humanidad..: ¡Oh! ¡Si yo cogiera al curita que tiene la culpa de todo esto! Porque aquí anda un cura, señor Magistral, estoy seguro, y usted dispense..., pero ya sabe usted que yo distingo entre clero y clero; si todos fueran como usted... ¿A que mi señor don Fermín no aconseja a ningún padre que tenga cuatro hijas como cuatro soles que las haga monjas una por una a todas, como si fueran los carneros de Panurgo?

El Magistral no pudo menos de sonreír, recordando que los carneros de Panurgo no habían sido monjas ni frailes. Pero don Robustiano repetía lo de los carneros de Panurgo sin saber qué ganado era aquél, como no sabía otras muchas cosas. Ya queda dicho que él no leía libros: le faltaba tiempo.

Don Fermín pensaba: «¿Serán indirectas las necedades de este majadero?»

—Yo sospecho —continuó el doctor— que mi pobre Carraspique está supeditado a la voluntad de algún fanático, verbigracia: el rector del Seminario. ¿No le parece a usted que puede ser el señor Escosura, ese Torquemada *pour rire,* el que ha traído a esta casa tanta desgracia?

—No, señor; no creo que sea ése, ni que haya en esta casa tanta desgracia como usted dice.

—¡Van ya dos niñas al hoyo!

—¿Cómo al hoyo?

—O al convento, llámelo usted hache.

—Pero el convento no es la muerte; como usted comprende, yo no puedo opinar en este punto.

—Sí, sí, comprendo, y usted dispense. Pero, en fin, ya que existen conventos, señor, que los construyan en condiciones higiénicas. Si yo fuera gobierno, cerraba todos los que no estuvieran reconocidos por la ciencia. La higiene pública prescribe...

El señor Somoza expuso latamente varias vulgaridades relativas a la renovación del aire, a la calefacción, aeroterapia y demás asuntos de folletín semicientífico. Después volvió a la desgracia de aquella casa.

—¡Cuatro hijas y dos ya monjas! Esto es absurdo.

—No, señor; absurdo no, porque son ellas las que libremente escogen...

—¡Libremente!, ¡libremente! Ríase usted, señor Magistral, ríase usted, que es una persona tan ilustrada, de esa pretendida libertad. ¿Cabe libertad donde no hay elección? ¿Cabe elección donde no se conoce más que uno de los términos en que ha de consistir?

Don Robustiano hablaba casi como un filósofo cuando se acaloraba.

—Si a mí no se me engaña —continuó—; si yo conozco bien esta comedia. ¿No ve usted, señor mío, que yo las he visto nacer a todas ellas, que las he visto crecer, que he seguido paso a paso todas las vicisitudes de su existencia? Verá usted el sistema.

Don Robustiano se sentó, y prosiguió diciendo:

—Hasta que tienen quince o dieciséis años, las hijas de mis primos no ven el mundo. A los diez o los once van al convento; allí sabe Dios lo que les pasa; ellas no lo pueden decir, porque las cartas que escriben las dictan las monjas y están siempre cortadas por el mismo patrón, según el cual «aquello es el Paraíso». A los quince años vuelven a casa; no traen voluntad; esta facultad del alma, o lo que sea, les queda en el convento como un trasto inútil. Para dar una satisfacción al mundo, a la opinión pública, desde los quince a los dieciocho o diecinueve se representa la farsa piadosa de hacerles ver el siglo... por un agujero. Esta manera de ver el mundo es muy graciosa, mi señor don Fermín. ¿Recuerda usted el convite de la cigüeña? Pues eso. Las niñas ven el mundo dentro de la redoma, pero no lo pueden catar. ¿A los bailes? Dios nos libre. ¿Al teatro? Abominación. ¡A la novena, al sermón! Y de Pascuas a Ramos un paseíto con la mamá por el Espolón o el Paseo de Verano; los ojitos en el suelo; no se habla con nadie; y en seguida a casa. Después viene la gran prueba: el viaje a Madrid. Allí se ven las fieras del Retiro, el Museo de Pinturas, el Naval, la Armería; nada de teatros ni de bailes, que aún son más peligrosos que en Vetusta: correr calles, ver mucha gente desconocida, despearse y a casa. Las niñas vuelven a su tierra diciendo de todo corazón que se han aburrido en la Corte, que su convento de su alma, que cuánto más se divierten allí con las madres y las compañeras. Vuelta a Vetusta. Un mozalbete se enamora de cualquiera de las niñas. ¡*Vade retro!* Se le despide con cajas destempladas. En casa se rezan todas las horas canónicas, maitines, vísperas..., después el rosario con su coronilla, un padrenuestro a cada santo de la Corte Celestial; ayunos, vigilias; y nada de balcón, ni de tertulia, ni de amigas, que son peligrosas.... Eso sí, tocar el piano si se quiere y coser a discreción. Como artículo de lujo se permite a las niñas que se rían a su gusto con los chistes del Arcediano, el diplomático señor Mourelo, alias Glocester. Suelta el buen mozo torcido una gracia babosa, las niñas la ríen, al papá se le cae la baba también, ¡mísero Carraspique!, y *tutti contenti*. El Arcediano no es el cura que hay aquí oculto, no; ese representa la parte contraria, el demonio o el mundo; pero, como es natural, a las niñas les parece que el atractivo mundanal reducido al gracejo de Mouredo es poca cosa; y en cambio el claustro ofrece goces puros y cierta libertad, sí, señor, cierta libertad, si se compara con la vida archimonástica de lo que yo llamo la Regla de doña Lucía, mi prima carnal. ¡Oh, señor De Pas, fácil victoria la de la Iglesia! Las niñas, en vista de que Vetusta es andar de templo en templo con los ojos bajos; Madrid ir de museo en museo rompiéndose los pies y tropezando; el hogar un cuartel místico, con chistes de cura por todo encanto, resuelven *libremente* meterse monjas, para gozar un poco de... autonomía, como dicen los liberalotes, que nos dan una libertad parecida a la que gozan las hijas de Carraspique.

El Magistral oyó con paciencia el discurso del médico, y, por decir algo, dijo:

—No podrá usted negar que en esta casa el trato es jovial, franco; a cien leguas de toda gazmoñería.

—¡Otra farsa! No sé quién diablos ha enseñado a mi prima esta comedia. El que entra aquí piensa que es calumnia lo que se cuenta de la rigidez monástica de este hogar honrado, pero aburrido. Las apariencias engañan. Esta alegría sin saber por qué, estas bromitas de clerigalla, y usted dispense, esta tolerancia formal, puramente exterior, son disimulos para tapar la boca a los profanos.

El Magistral miraba al médico con gran curiosidad y algo de asombro. «¿Cómo aquel hombre de tan escasas luces discurría así en tal materia? ¿Sabía Somoza que era él y nadie más el *cura oculto,* el jefe espiritual de aquella casa? Si lo sabía, ¿cómo le hablaba así? ¿También los tontos tenían el arte de disimular?»

Entró Carraspique en el salón. Traía los ojos húmedos de recientes lágrimas. Abrazó al Magistral y le suplicó fervorosamente que fuese a las Salesas a ver cómo estaba su hija; él no tenía valor para ir en persona. Don Fermín prometió ir aquel mismo día.

Somoza volvió a describir la falta de «condiciones higiénicas» del convento.

—Pero ¿qué quieres que haga, primo mío?

—Hijo, yo nada; yo no quiero nada, porque sé cómo sois. Pero lo que digo es lo siguiente: la niña está muy enferma, y no por culpa suya; su naturaleza era fuerte; en su *constitución* no hay vicio alguno; pero no le da el sol nunca y se le está comiendo la humedad; necesita calor y no lo tiene; luz, y allí le falta; aire puro, y allí se respira la peste; ejercicio, y allí no se mueve; distracciones, y allí no las hay; buen alimento, y allí come mal y poco...: pero no importa; Dios está satisfecho por lo visto. ¿Cuál es la perfección? La vida entre dos alcantarillas. ¿El mundo está perdido? Pues vámonos a vivir metiditos en un... inodoro.

Y como esta palabra, si bien le parecía culta, no expresaba lo que él quería, sino lo contrario, añadió:

—Es un inodoro... que es la *antítesis* —así dijo— de un inodoro.

—En fin, señores —prosiguió—, ustedes defienden el absurdo y ahí no llega mi paciencia. Resumen: la ciencia ofrece la salud de Rosita con aires de aldea, allá junto al mar: vida alegre, buenos alimentos, carne y leche sobre todo. Sin esto, no respondo de nada.

Cogió el sombrero y el bastón de puño de oro, saludó con una cabezada al Magistral y salió murmurando:

—A lo menos San Simeón Estilita estaba sobre una columna, pero no era una columna... de este orden; no era un estercolero.

Doña Lucía se presentó, y con un gesto displicente contestó a las palabras de su primo, que había oído desde lejos.

—Es un loco, hay que dejarle.

—Pero nos quiere mucho —advirtió Carraspique.

—Pero es un loco..., haciéndole favor.

El Magistral, con buenas palabras, vino a decir lo mismo. «No había que hacer caso de Somoza; era un sectario. Ciertamente, el convento provisional de las Salesas no era buena vivienda, estaba situado en un barrio bajo, en lo más hondo de una vertiente del terreno, sin sol; allí desahogaban las mal construidas alcantarillas de gran parte de la Encimada, y, en efecto, en algunas celdas la humedad traspasaba las paredes, y había grietas; no cabía negar que a veces los olores eran insufribles; tales miasmas no podían ser saludables. Pero todo aquello duraría poco, y Rosita no estaba tan mal como el médico decía. El de las monjas aseguraba que no, y que sacarla de allí, sola, separarla de sus queridas compañeras, de su vida regular, hubiera sido matarla.»

Después don Fermín consideró la cuestión desde el punto de vista religioso. «Había algo más que el cuerpo. Aquellos argumentos puramente humanos, mundanos, que se podían oponer a Somoza y otros como él, eran lo de menos. Lo principal era mirar si había escándalo en precipitarse y tomar medidas que alarmasen a la opinión. Por culpa de ellos, por culpa de un excesivo cariño, de una extremada solicitud, podían dar pábulo a la maledicencia. ¿Qué esperaban sino eso los enemigos de la Iglesia? Se diría que el convento de las Salesas era un matadero; que la religión conducía a la juventud lozana a aquella letrina a pudrirse... ¡Se dirían tantas cosas! No, no era posible tomar todavía ninguna medida radical. Había que esperar. Por lo demás, él iría a ver a sor Teresa.»

—¡Sí, don Fermín, por Dios! —exclamó doña Lucía, juntando las manos—, segura estoy de que recobrará la salud aquella querida niña si usted le lleva el consuelo de su palabra.

No se atrevía a llamarla su hija. La creía de Dios, sólo de Dios.

Después se habló de otra cosa. Aunque no se había tratado nunca directamente el asunto, se había convenido, por un acuerdo tácito, que las dos niñas últimas no serían monjas, a no haber en ellas una vocación superior a toda resistencia prudente y moderada. Este implícito convenio era una imposición de la conciencia, o del miedo a la opinión del mundo. La mayor de aquellas dos niñas tenía un pretendiente. El Magistral venía a desahuciarlo. «Era un impío.»

—¿Un impío Ronzal? ¡Su amigo de usted! —se atrevió a decir Carraspique.

—Sí; don Francisco, mi amigo; pero lo primero es lo primero. Yo sacrifico al amigo tratándose de la felicidad de su hija de ustedes.

Una lágrima de las pocas que tenía rodó por el rostro de la

señora de la casa. Más estético y más simétrico hubiera sido que
las lágrimas fueran dos; pero no fue más que una; la del otro
ojo debió de brotar tan pequeña, que la sequedad de aquellos
párpados, siempre enjutos, la tragó antes que asomara.

La lágrima era de agradecimiento. «El Magistral les sacrifica-
ba el nombre y hasta lo conveniencia de un amigo, de un gran
amigo, de un defensor, de un partidario suyo, de todo un Ronzal
el diputado. Bien hacía ella en entregar las llaves del corazón
y de la conciencia a tal hombre, a aquel santo, pensaría mejor.»

Ronzal, alias Trabuco, aspiraba a la mano de una Carraspique,
fuere cual fuere, porque su presupuesto de gastos aumentaba y
el de sus ingresos disminuía; y don Francisco de Asís era un
millonario que educaba muy bien a sus hijas. Pero el Magistral
tenía otros proyectos.

—¿Un impío Ronzal? —preguntó asustado Carraspique.

—Sí, un impío... relativamente. No basta que la religión esté
en los labios, no basta que se respete a la Iglesia y hasta se la
proteja; en la política y en el trato social es necesario contentarse
con eso muchas veces, en los tiempos tristes que alcanzamos, pero
eso es otra cosa. Ronzal, comparado con otros..., con Mesía, por
ejemplo, es un buen cristiano; aun el mismo Mesía, que al cabo
no se ha separado de la Iglesia, es católico, religioso..., comparado con don Pompeyo Guimarán el ateo. Pero ni Mesía ni Ronzal son hombres de fe, y menos de piedad suficiente. ¿Daría usted
una hija a don Álvaro?

—¡Antes muerta!

—Pues Ronzal, aunque se llama conservador y quiere la unidad católica y otros principios que contiene nuestra política, no
es buen cristiano, no lo es como se necesita que lo sea el marido
de una Carraspique.

Aquel calor con que defendía los intereses espirituales de la
familia les llegaba al alma a los amos de la casa.

Ronzal fue desahuciado.

El Magistral habló todavía de otros asuntos. Había que hacer
nuevos desembolsos. Limosnas, grandes limosnas para Roma; para
las Hermanitas de los Pobres, que iban a comprar una casa; limosna para la Santa Obra del Catecismo; limosna para la novena de la Concepción, porque habría que pagar caro un predicador, jesuita, que vendría de lejos. «Era mucho, sí; pero si los
buenos católicos que todavía tenían algo no se sacrificaban, ¿qué
sería de la fe? ¡Si otros pudieran!»

Suspiró doña Lucía al oír. esto. Había comprendido. El Magistral quería decir que si él fuese rico, su dinero sería de San
Pedro y de las instituciones piadosas. «¡Y pensar que había quien
calumniaba a aquel santo suponiéndole cargado de oro!»

Don Fermín antes de salir de aquella casa, donde su imperio
no tenía límites,. volvió a prometer una visita a las Salesas.

«Pero no había que alarmarse, ni perder la paciencia.»

—En el último trance —se atrevió a decir cuando ya lo creyó

oportuno—, suceda lo que Dios quiera; si es preciso sufrir por bien de la fe una prueba terrible, se sufrirá; porque el nombre de cristiano obliga a eso y a mucho más.

Allí don Fermín no decía que la virtud era fácil.

Era poco menos que imposible. La salvación se conseguía a costa de mucho padecer, y la alcanzaban muy pocos. La voz del Magistral en el estilo terrorista no era menos dulce que cuando sus ideas eran también melosas. La de salvación sonaba como la flauta del dios Pan; al decir: «Dios misericordioso, pero justo» aquella lengua imitaba el susurro del aura entre las flores...

Nunca hablaba del fuego del infierno a los Carraspique. Eran tormentos de la conciencia los que les ofrecía para el caso probable de no salvarse, a pesar de tantos disgustos.

Doña Lucía encontraba a don Fermín algo flojo aquella mañana. No hablaba con la sublime unción de otras veces. Su pesimismo piadoso le salía a duras penas de los labios. Notó la buena señora que su director espiritual hablaba como quien piensa en otra cosa.

Salió el Magistral.

Cuando se vio solo en el portal, sin poder contenerse, descargó un puñetazo sobre el pasamano de mármol del último tramo de la suntuosa escalera.

«—¡No hay remedio, no hay remedio! —dijo entre dientes—; no he de empezar ahora a vivir de nuevo. Hay que seguir siendo el mismo.»

Otros días, al salir de aquella casa había gozado el placer fuerte, picante, del orgullo satisfecho; el dominio de las almas, que allí ejercía en absoluto, le daba al amor propio una dulce complacencia... Pero ahora nada de eso. No salía contento. Había procurado abreviar la visita suprimiendo palabras en sus piadosas arengas.

«Aquel idiota de don Robustiano le había puesto de mal humor. Eso debía de ser.»

«Necesitaba arrojar la careta, dar rienda suelta a su mal ánimo, pisar algo con ira...» Se dirigió a Palacio.

Así se llamaba por antonomasia el del Obispo. Sumido en la sombra de la catedral, ocupaban un lado entero de la plazuela húmeda y estrecha que llamaban «La Corralada». Era el palacio un apéndice de la Basílica, coetáneo de la torre, pero de peor gusto, remendado muchas veces en el siglo pasado y el presente. Con emplastos de cal y sinapismos de barro parecía un inválido de la arquitectura, y la fachada principal, renovada, recargada de adornos churriguerescos, sobre todo en la puerta y el balcón de encima, le daba un aspecto grotesco de viejo verde.

El Magistral dejó atrás el zaguán, grande, frío y desnudo, no muy limpio; cruzó un patio cuadrado, con algunas acacias raquíticas y parterres de flores mustias; subió una escalera cuyo primer tramo era de piedra y los demás de castaño casi podrido; y después de un corredor cerrado con mampostería y ventanas es-

trechas, encontró una antesala donde los familiares del Obispo
jugaban al tute. La presencia del Provisor interrumpió el juego.
Los familiares se pusieron de pie y uno de ellos, hermoso, rubio,
de movimientos suaves y ondulantes, de pulquérrimo traje talar,
perfumado, abrió una mampara forrada de damasco color cereza.
De lo mismo estaba tapizada toda la estancia que se vio entonces y que atravesó Da Pas sin detenerse.

—¿Dónde estará, don Anacleto?

—Creo que tiene visita —respondió el paje—. Unas señoras...

—¿Qué señoras?

Don Anacleto encogió los hombros con mucha gracia y sonrió.

Don Fermín vaciló un momento, dio un paso atrás; pero en
seguida volvió a adelantarlo y abrió una puerta de escape, por
donde desapareció.

Después de pasar salas y pasadizos, llegó al *salón claro,* como
se llamaba en Palacio el que destinaba el Obispo a sus visitas
particulares. Era un rectángulo de treinta pies de largo por veinte
de ancho, de techo muy alto cargado de artesones platerescos
de nogal oscuro. Las paredes pintadas de blanco brillante, con
medias cañas a cuadros dorados y estrechas, reflejaban los torrentes de luz que entraban por los balcones, abiertos de par en par
a toda aquella alegría. Los muebles forrados de damasco amarillo,
barnizados de blanco también, de un lujo anticuado, bonachón y
simpático, reían a carcajadas, con sus contorsiones de madera
retorcida, ora en curvas panzudas, ora en columnas salomónicas.
Los brazos de las butacas parecían puestos en jarras, los pies de
las consolas hacían piruetas. No había estera ni alfombra, a no
contar la que rendía homenaje al sofá; era de moqueta y representaba un canastillo de rosas encarnadas, verdes y azules. Era
el gusto de Su Ilustrísima. De las paredes de norte y sur pendían sendos cuadros de Cenceño, pero retocados con colores chillones que daban gloria; los otros muros los adornaban grandes
grabados ingleses con marco de ébano. Allí estaban Judit, Ester,
Dalila y Rebeca en los momentos críticos de su respectiva historia. Un cristo crucificado de marfil sobre una consola, delante
de un espejo, que lo retrataba por la espalda, miraba sin quitarle ojo a Su Santa Madre de mármol, de doble tamaño que El,
colocada sobre la consola de enfrente. No había más santos en
el salón ni otra cosa que revelase la morada de un mitrado.

El Ilustrísimo Señor don Fortunato Camoirán, obispo de Vetusta, dejaba al Provisor gobernar la diócesis a su antojo; pero
en su salón no había de tocar. Por esto había valido poco las
amonestaciones de don Fermín para que Fortunato se abstuviese
de adornar los balcones con jaulas pobres, pero alegres, en que
saltaban y alborotaban aturdiendo al mundo jilgueros y canarios,
que en honor de la verdad, parecían locos.

«—Gracias que no llevo mis pájaros a la catedral para que
canten el Gloria cuando celebro de pontifical. Cuando yo era

párroco de las Veguellinas, jilgueros y alondras y hasta pardales cantaban y silbaban en el coro y era una delicia oírlos.»

Fortunato era un santo alegre que no podía ver una irreverencia donde se podía admirar y amar una obra de Dios.

Glocester, el maquiavélico Arcediano, «opinaba que el Obispo —pero éste era su secreto— no estaba a la altura de su cargo». «—No basta ser bueno —decía— para gobernar una diócesis. Ni los poetas sirven para ministros, ni los místicos para obispos.»

Esta opinión era la más corriente entre el clero del obispado. Los señores de la Junta Carlista creían lo mismo. ¡Jamás habían podido contar para nada con el Obispo!

¿Qué resultaba de aquella excesiva piedad? Que Su Ilustrísima se abandonaba en brazos del Provisor para todo lo referente al gobierno de la Diócesis. Esto, según unos, era la perdición del clero y el culto; según otros, una gran fortuna; pero todos convenían en que el bueno de Camoirán no tenía voluntad.

Era cierto que había aceptado la mitra a condición de escoger, sin que valieran recomendaciones, una persona de su confianza en quien depositar los cuidados del gobierno eclesiástico. El Magistral era sin duda el hombre de más talento que él había conocido. Además, doña Paula, cuando su hijo era un humilde seminarista, había servido en calidad de ama de llaves a Camoirán, a la sazón canónigo de Astorga. Desde entonces aquella mujer de hierro había dominado al pobre santo de cera. El hijo, ayudado por la madre, continuó la tiranía, y, como decían ellos, «le tenían en un puño». Y él estaba así muy contento.

¿Cómo había llegado a Obispo? En una época de nombramientos de intriga, de complacencias palaciegas, para aplacar las quejas de la opinión se buscó un santo a quien dar una mitra y se encontró al canónigo Camoirán.

Llegó a Vetusta echando bendiciones y recibiéndolas del pueblo. Con gran escándalo de su corazón sencillo y humilde se contaban maravillas de su virtud y casi le atribuyeron milagros. En cierta ocasión, cuando hacía su visita a las parroquias de los vericuetos, en el riñón de la montaña, jinete en un borrico, bordeando abismos, entre la nieve, se le presentó una madre desesperada con su hijo en los brazos. Una víbora había mordido al niño.

—¡Sálvemelo, sálvemelo! —gritaba la madre, de rodillas, cerrando el paso al borrico.

—¡Si yo no sé!, ¡si yo no sé! —gritaba el Obispo, desesperado, temiendo por la vida del angelillo.

—¡Sí, sí, tú que eres santo! —replicaba la madre con alaridos.

—¡El cauterio!, ¡el cauterio!, pero yo no sé...

-¡Un milagro!, ¡un milagro!... —repetía la madre.

La vida de Fortunato la ocupaban cuatro grandes cuidados: el culto de la Virgen, los pobres, el púlpito y el confesonario.

Tenía cincuenta años, la cabeza llena de nieve, y su corazón todavía se abrasaba en fuego de amor a María Santísima. Desde el Seminario, y ya había llovido después, su vida había sido una oda consagrada a las alabanzas de la Madre de Dios. Sabía mucha teología, pero su ciencia predilecta consistía en la doctrina de los Misterios que se refieren a la Mujer *sine labe concepta*. De memoria hubiera podido repetir cuanto han dicho los Santos Padres y los místicos en honor de la Virgen, y sabía alabarla en estilo oriental, con metáforas tomadas del desierto, del mar, de los valles floridos, de los montes de cedros; en estilo romántico —que irritaba al Arcipreste—, y en estilo familiar, con frases de cariño paternal, filial y fraternal.

Tenía escrito cinco libros que primero se vendían a peseta y después se regalaban, titulados así: *El Rosal de María* (en verso), *Flores de María, La devoción de la Inmaculada, El Romancero de Nuestra Señora, La Virgen y el Dogma.*

Nunca se le había aparecido la Reina del Cielo, pero consuelos se los daba a manos llenas; y el espíritu se le inundaba de luz y de una alegría que no podían oscurecer ni turbar todas las desdichas del mundo, al menos las que él había padecido.

En limosnas se le iba casi todo el dinero que le daba el Gobierno y mucho de lo que él había heredado. ¡Pero ay del sastre si le quería engañar cobrándole caros los remiendos de sus pantalones! ¿No sabía él lo que eran remiendos? ¿No había zurcido su ropa y cosido botones S. I. muchas veces? En cuanto al zapatero, que era de los más humildes, aguzaba el ingenio para que las piezas y medias suelas que ponía a los zapatos del Obispo estuvieran bien disimuladas.

—Pero, señor —gritaba el ama de llaves, doña Ursula, heredera en el cargo de doña Paula—; si usted pide milagros. ¿Cómo no se han de conocer las puntadas? Compre usted unos zapatos nuevos, como Dios manda, y será mejor.

—¿Y quién te dice a ti, bachillera, que Dios manda comprar zapatos nuevos mientras el prójimo anda sin zapatos? Si ese remendón supiera su oficio, parecerían éstos una gloria.

El Obispo tenía sus motivos para exigir que los remiendos del calzado no se conocieran. El Provisor todos los días le pasaba revista, como a un recluta, mirándole de hito en hito cuando le creía distraído; y si notaba algún descuido de indumentaria que acusara pobreza indigna de un mitrado, le reprendía con acritud.

—Esto es absurdo —decía De Pas—. ¿Quiere usted ser el Obispo de *Los Miserables,* un Obispo de libro prohibido? ¿Hace usted eso para darnos en cara a los demás, que vamos vestidos como personas decentes y como exige el decoro de la Iglesia? ¿Cree usted que si todos luciéramos pantalones remendados como un afilador de navajas o un limpiachimeneas llegaría la Iglesia a dominar en las regiones en que el poder habita?

—No es eso, hijo mío, no es eso —respondía el Obispo, sofocado, con ganas de meterse debajo de tierra—. Si es una gloria

veros vestidos de nuevo; si así debe ser; si ya lo sé. ¿Crees tú
que no gozo yo mirándoos a ti y a don Custodio y al primo del
ministro, tan buenos mozos, tan relucientes, tan lechuguinos, con
vuestro sombrero de teja, cortito, abierto, felpudo..., pues ya lo
creo..., si eso es una bendición de Dios; si así debe ser... Pero
¿sabes tú quién es Rosendo? Es un grandísimo pillo que me
pide tres pesetas por unas medias suelas, y ni siquiera tapa un
agujerito que le puede salir a la piel... Estos son nuevos, palabra
de honor que son nuevos, pero se ríen; ¿qué les hemos de
hacer si tienen buen humor?

Durante algunos años Fortunato había sido el predicador de
moda en Vetusta. Su antecesor rara vez subía al púlpito, y el
verle a él en la cátedra del Espíritu Santo casi todos los días,
despertó la curiosidad primero, después el interés y hasta el entusiasmo de los fieles. Su elocuencia era espontánea, ardiente;
improvisaba; era un orador verdadero; valía más que en el papel,
en el púlpito, en la ocasión. Hablaba de repente, llamas de amor
místico subían de su corazón a su cerebro, y el púlpito se convertía en un pebetero de poesía religiosa cuyos perfumes inundaban el templo, penetraban en las almas. Sin pensar en ello, Fortunato poseía el arte supremo del escalofrío; sí, los sentía el
auditorio al oír aquella palabra de unción elocuente y santa. La
caridad en sus labios era la necesidad suprema, la belleza suma,
el mayor placer. Cuando Fortunato bajaba de la cátedra deseando
a todos la gloria por los siglos de los siglos, la unción del prelado
corría por el templo como una influencia magnética; parecía que
si se tocaban los cuerpos iban a saltar chispas de caridad eléctrica;
el entusiasmo, la conversión, se leían en miradas y sonrisas; en
aquellos momentos los vetustenses tomaban en serio lo de ser
todos hermanos.

Pero esto había sido al principio. Después..., el público empezó a cansarse. Decían que el obispo se prodigaba demasiado. «El
Magistral no se prodigaba.»

—Estudia más los sermones —decían unos.

—Es más profundo, aunque menos ardiente.

—Y más elegante en el decir.

—Y tiene mejor figura en el púlpito.

—El Magistral es un artista, el otro un apóstol.

Hacía mucho tiempo que Glocester, el Arcediano, no se explicaba por qué gustaba el Obispo como predicador. «El confesaba que no entendía aquello. Era demasiado florido.» Para Glocester no pasaba de mera retórica aquello de abrasarse en amor
del prójimo. «Le sonaba a hueco.»

«—¿Y el dogma? ¿Y la controversia? El Obispo nunca hablaba mal de nadie; para él como si no hubiera un grosero materialismo ni una hidra revolucionaria, ni un satánico non serviam
librepensador.»

En concepto de Glocester, Camoirán había comenzado a des-
acreditarse en los sermones de la Audiencia. Todos los viernes de

Cuaresma la Real Audiencia Territorial pagaba y oía con religiosa atención o mística somnolencia un sermón que alguna no-
tabilidad del púlpito vetustense predicaba en Santa María, la
iglesia antiquísima.

«—Pues bien —decía Glocester—, allí no se habla por hablar,
ni lo primero que viene a la boca; allí no basta abrasarse en
fuego divino; es necesario algo más, so pena de ofender la ilustración de aquellos señores. Se habla a jurisconsultos, a hombres
de ciencia, señor mío, y hay que tentarse la ropa antes de subir
a la cátedra sagrada. El Obispo había hablado a los *señores del
margen*, a la Audiencia Territorial, ni más ni menos que al común de los fieles.»

El actual Regente —que no era Quintanar— había dicho, en
confianza, a un oidor que el *sermón no tenía miga*. El oidor había corrido la noticia, y el fiscal se atrevió a decir que el Obispo
no se iba al grano.

Para irse al grano, Glocester. Aquel mismo año, en que Fortunato lo había hecho tan mal, en concepto de los señores magistrados, se lució en un sermón de viernes el sinuoso Arcediano. Ya lo anunciaba él muchos días antes.

—Señores, no llamarse a engaño; a mí hay que leerme entre
líneas; yo no hablo para criadas y soldados; hablo para un público que sepa... eso, leer entre líneas.

La musa de Glocester era la ironía. Aquel viernes memorable,
Mourelo se presentó en el púlpito sonriente, como solía (ocho
días antes se había desacreditado el Obispo), saludó al altar,
saludó a la Audiencia y se dignó saludar al católico auditorio.
Su mirada escudriñó los rincones de la iglesia para ver si, conforme le habían anunciado, algún librepensadorzuelo de Vetusta,
de esos que estudian en Madrid y vuelven podridos, estaba oyéndole.

Vio dos o tres que él conocía, y pensó: «Me alegro; ahora
veréis lo que es bueno».

El Regente —que no era Quintanar—, con el entrecejo arrugado y la toga tersa, sentado en medio de la nave en un sillón
de terciopelo y oro, contemplaba al predicador, preparándose a
separar el grano de la paja, dado que hubiera de todo. Otros
magistrados, menos inclinados a la crítica, se disponían a dormir
disimuladamente, valiéndose de recursos que les suministraba la
experiencia de estrados.

Glocester se fue al grano en seguida. La antífrasis, el eufe-
mismo, la alusión, el sarcasmo, todos los proyectiles de su retórica, que él creía solapada y hábil, los arrojó sobre el impío
Arouet, como él llamaba a Voltaire siempre. Porque Mourelo
andaba todavía a vueltas con el pobre Voltaire; de los modernos impíos sabía poco; algo de Renán y de algún apóstata español, pero nada más. Nombres propios, casi ninguno: el grosero materialismo, el asqueroso sensualismo, los cerdos de los
establos de Epicuro y otras colectividades así hacían el gasto;

pero nada de Strauss ni de las luchas exegéticas de Tubinga y Götinga; amigo, esto quedaba para el Magistral, con no poca envidia de Glocester.

Voltaire, y a veces el extraviado filósofo ginebrino, pagaban el pato. Pero no; otro caballo de batalla tenía el Arcediano: el paganismo, la antigua idolatría. Aquel día, el viernes, estuvo oportunísimo burlándose de los egipcios. Al Regente le costó trabajo contener la risa, que procuraba excitar Glocester.

Aquellos grandísimos puercos que adoraban gatos, puerros y cebollas, le hacían mucha gracia al orador sagrado. «¡Con qué sandunga les tomaba el pelo a los egipcios!», según expresión de Joaquinito Orgaz, religioso por buen tono y que creía sinceramente que era un disparate la idolatría.

«—Sí, Señor Excelentísimo; sí, católico auditorio, aquellos habitantes de las orillas del Nilo, aquellos ciegos cuya sabiduría nos mandan admirar los autores impíos, adoraban el puerro, el ajo, la cebolla.» «*Risum teneatis! Risum teneatis!*», repetía encarándose con el perro de San Roque, que estaba con la boca abierta en el altar de enfrente. El perro no se reía.

Cerca de media hora estuvo abrumando a los Faraones y sus súbditos con tales cuchufletas. «¡Dónde tenían la cabeza aquellos hombres que adoraban tales inmundicias!»

Ronzal, Trabuco, que admiró aquel sermón, dos meses después sacaba partido de las citas de Glocester en las discusiones del casino, y decía:

«—Señores, lo que sostengo aquí y en todos los terrenos, es que si proclamamos la libertad de cultos y el matrimonio civil, pronto volveremos a la idolatría, y seremos como los antiguos egipcios, adoradores de Isis y *Busilis;* una gata y un perro, según creo.»

El Regente opinó, y con él toda la Territorial, que el señor Mourelo, Arcediano, había estado a mayor altura que el señor Obispo. Esto cundió por las tertulias, corrillos y paseos, y cuantos pretendían pasar plaza de personas instruidas lamentaron que no hubiera más fondo en los sermones del prelado, que no se preparase y que se *prodigara tanto.*

Al cabo, la opinión llegó a decir esto, aunque ya sin el visto bueno de Glocester:

«—Que había que desengañarse; el verdadero predicador de Vetusta era el Magistral.»

Pronto fue tal opinión un lugar común, una frase hecha, y desde entonces la fama del Obispo como orador se perdió irremisiblemente. Cuando en Vetusta se decía algo por rutina, era imposible que idea contraria prevaleciese.

Y así, fue en vano que en cierto sermón de Semana Santa Fortunato estuviese sublime al describir la crucifixión de Cristo.

Era en la parroquia de San Isidro, un templo severo, grande; el recinto estaba casi en tinieblas, tinieblas como reflejadas y multiplicadas por los paños negros que cubrían altares, columnas y paredes; sólo allá, en el tabernáculo, brillaban pálidos algunos cirios largos y estrechos, lamiendo casi con la llama los pies del Cristo, que goteaban sangre; el sudor pintado reflejaba la luz con tonos de tristeza. El Obispo hablaba, con una voz de trueno lejano, sumido en la sombra del púlpito; sólo se veía de él, de vez en cuando, un reflejo morado y una mano que se extendía sobre el auditorio. Describía el crujir de los huesos del pecho del Señor al relajar los verdugos las piernas del mártir, para que llegaran los pies al madero en que iban a clavarlos. Jesús se encogía, todo el cuerpo tendía a encaramarse, pero los verdugos forcejeaban; ellos vencerían: «¡Dios mío! ¡Dios mío!», exclamaba el Justo, mientras su cuerpo dislocado se rompía por dentro con chasquidos sordos. Los verdugos se irritaban contra la propia torpeza; no acababan de clavar los pies... Sudaban jadeantes y maldicientes; su aliento manchaba el rostro de Jesús... «¡Y era un Dios!, ¡el Dios único, el Dios de ellos, el nuestro, el de todos! ¡Era Dios!...», gritaba Fortunato horrorizado, con las manos crispadas, retrocediendo hasta tropezar con la piedra fría del pilar; temblando ante una visión, como si aquel aliento de los sayones hubiese tocado su frente y la cruz y Cristo estuvieran allí, suspendidos en la sombra sobre el auditorio, en medio de la nave. La inmensa tristeza, el horror infinito de la ingratitud del hombre matando a Dios, absurdo de maldad, los sintió Fortunato en aquel momento con desconsuelo inefable, como si un universo de dolor pesara sobre su corazón. Y su ademán, su voz, su palabra, supieron decir lo indecible, aquella pena. El mismo, aunque de lejos, y como si se tratara de otro, comprendió que estaba siendo sublime; pero esta idea pasó como un relámpago, se olvidó de sí, y no quedó en la iglesia nadie que comprendiera y sintiera la elocuencia del apóstol, a no ser algún niño de imaginación fuerte y fresca que por vez primera oía la descripción de la escena del Calvario.

A las pausas elocuentes, cargadas de efectos patéticos, a que obligaba al Obispo la fuerza de la emoción, contestaban abajo los suspiros de ordenanza de las beatas, plebeyas y aldeanas, que eran la mayoría del auditorio. Eran los sollozos indispensables de los días de Pasión, los mismos que exhalaban ante un sermón de cura de aldea, mitad suspiros, mitad eructos de la vigilia.

Las señoras no suspiraban; miraban los devocionarios abiertos y hasta pasaban hojas. Los inteligentes opinaban que el prelado «se había descompuesto», tal vez se había perdido. «Aquello era sacar el Cristo.» El púlpito no era aquello. Glocester, desde un rincón, se escandalizaba para sus adentros. «¡Pero *eso* es un cómico!», pensaba; y pensaba repetirlo en saliendo. Creía haber encontrado una frase: «¡Pero *eso* es un cómico!»

El Magistral no era cómico, ni trágico, ni épico. «No le gustaba sacar el Cristo.» En general prescindía en sus sermones de la epopeya cristiana y pocas veces predicó en la Semana de Pa-

sión. «Rehuía los lugares comunes», según don Saturnino Bermúdez. La verdad era que De Pas no tenía en su imaginación la
fuerza plástica necesaria para pintar las escenas del Nuevo Testamento con alguna originalidad y con vigor. Cada vez que necesitaba repetir lo de: *«Y el Verbo se hizo carne»* en lugar del pesebre y el Niño Dios veía, dentro del cerebro, las letras encarnadas del Evangelio de San Juan, en un cuadro de madera en
medio de un altar: *Et Verbum caro factum est.*

En cierta época, cuando era joven, al pensar en estas cosas, la
duda le había atormentado tantas veces con punzadas de remordimiento, si quería figurarse la vida de Jesús, que ya tenía
miedo de tales imágenes; huía de ellas, no quería quebraderos
de cabeza. «Bastante tenía él en qué pensar.» Era un iconoclasta
para sus adentros. Le faltaba el gusto de las artes plásticas; y,
sin atreverse a decirlo, opinaba que los cuadros, aunque fuesen
de grandes pintores, profanaban las iglesias. Del dogma le gustaba la teología pura, la abstracción, y al dogma prefería la moral.
La vocación de la filosofía teológica y el prurito de la controversia
habían nacido ya en el seminario; su espíritu se había empapado
allí de la pasión de escuela, que suple muchas veces al entusiasmo
de la verdadera fe. La experiencia de la vida había despertado su
afición a los estudios morales. Leía con deleite los *Caracteres* de
La Bruyère; de los libros de Balmes sólo admiraba *El Criterio,*
y —¡quién se lo hubiera dicho al señor Carraspique!— en las
novelas, prohibidas tal vez, de autores contemporáneos, estudiaba costumbres, temperamentos, buscaba observaciones, comparando su experiencia con la ajena.

¡Cuántas veces sonreía el Magistral con cierta lástima al leer
en un autor impío las aventuras ideales de un presbítero! «¡Qué
de escrúpulos!, ¡qué de sinuosidades! ¡Cuántos rodeos para pecar! Y después, ¡qué de remordimientos!» «Estos liberales —añadía para sí—, ni siquiera saben tener mala intención. Estos curas se parecen a los míos como los reyes de teatro se parecen a
los reyes.»

Los sermones de don Fermín tenían por asunto casi siempre
o la lucha con la impiedad moderna, la controversia de actualidad, o los vicios y virtudes y sus consecuencias. Él prefería esta
última materia. De vez en cuando, para conservar su fama de
sabio entre las *personas ilustradas* de Vetusta, la emprendía con
los infieles y herejes. Pero no se remontaba a los egipcios, ni
siquiera a Voltaire. Los herejes que descuartizaba el Magistral
eran frescos. Atacaba a los protestantes; se burlaba con gracia
de sus discusiones, buscaba con arte el lado flaco de sus doctrinas y de su disciplina eclesiástica. Describiendo a veces los
Consistorios de Berlín hacía pensar al auditorio: «¡Pero aquellos
desgraciados están locos!»

No era su afán pintar a los enemigos como criminales ence-
nagados en el error, que es delito, sino como duros de mollera.
La vanidad del predicador comunicaba luego con la de sus oyentes

y se hacía una sola; nacía el entusiasmo cordial, magnético, de dos vanidades conformes.

«¡Lástima que tantos y tantos millones de hombres como viven en las tinieblas de la idolatría, de la herejía, etc., no tuviesen el talento natural de los vetustenses, apiñados en el crucero de la catedral, alrededor del púlpito! La salvación del mundo sería un hecho.»

El empeño constante del Magistral en la *cátedra* era demostrar «matemáticamente» la verdad del dogma. «Prescindamos por un momento del auxilio de la fe, ayudémonos sólo de nuestra razón... Ella basta para probar...» ¡Gran interés ponía en que la razón bastase! «¡La razón no explica los misterios, es verdad: pero explica que no se expliquen.» «Esto es mecánico», repetía, descendiendo gustoso al estilo familiar. En tales momentos su elocuencia era sincera; cuando traía entre ceja y ceja un argumento, cuando se esforzaba en demostrar por su *a + b* teológico-racional cualquier artículo de fe, hablaba con calor, con entusiasmo. Entonces, sólo entonces se descomponía un poco; dejaba los ademanes acompasados, suaves, académicos, y encogía las piernas, se bajaba como un cazador en acecho, para disparar sobre el argumento contrario, daba palmadas rápidas, sin medida, sobre el púlpito; se arrugaba su frente, se erizaban las puntas de acero que tenía en los ojos, y la voz se transformaba en trompeta desapacible y algo ronca... Pero, ¡ay!, esto era perderse. *Su* público no entendía aquello..., y De Pas volvía a ser quien era, se erguía, doblaba las puntas de acero y tornaba a descargar citas sobre los abrumadores vetustenses, que salían de allí con jaqueca y diciendo:

«—¡Qué hombre! ¡Qué sabiduría! ¿Cuándo aprenderá estas cosas? ¡Sus días deben de ser de cuarenta y ocho horas!»

Las damas, aunque admiraban también aquello de que Renán copia a los alemanes, y lo de que no hay más sabios que el P. Secchi y otros cinco o seis jesuitas, con lo demás de Götinga y de Tubinga y lo del orientalista Opper, etc., etc., preferían oír al Magistral en sus *sermones de costumbres* y él también prefería agradar a las señoras.

Si en los asuntos dogmáticos buscaba el auxilio de *la sana razón,* en los temas de moral iba siempre a parar a la utilidad. La salvación era un negocio, el gran negocio de la vida. Parecía un Bastiat del púlpito. «El interés y la caridad son una misma cosa. Ser bueno es *entenderla.*» Los muchos indianos que oían al Magistral sonreían de placer ante aquellas fórmulas de la salvación.

«¡Quién se lo hubiera dicho! Después de haber hecho su fortuna en América, ahora en el *país natal,* sin moverse de casa, podían ganar fácilmente el cielo. ¡Habían nacido de pies!» Según De Pas, los malvados eran otros tontos, como los herejes. Y también aquello era mecánico, también lo demostraba por *a + b.* Pintaba a veces, con rasgos dignos de Molière o de Balzac, el tipo del avaro, del borracho, del embustero, del jugador, del soberbio, del envidioso, y después de las vicisitudes de una existencia mísera resultaba siempre que *lo peor era para él*.

Su estudio más acabado era el del joven que se entrega a la lujuria. Le presentaba primero fresco, colorado, alegre, como una flor, lleno de gracia, de sueños de grandeza, esperanza de los suyos y de la patria..., y después, seco, frío, hastiado, mustio, inútil.

Casi siempre se olvidaba de decir la que les esperaba a las víctimas del vicio en el otro mundo. Aquella moral utilitaria la entendían las señoras y los indianos perfectamente. El resumen que hacían de ella en sus adentros era éste:

«¡Guarda, Fabio!».

«¡Qué razón tiene!», pensaban muchas damas al oírle hablar del adulterio. Las más de éstas eran *mujeres honradas* que no habían sido adúlteras, que no habían hecho más que *tontear, como todas*. En ocasiones se les figuraba a las apasionadas de don Fermín que el imprudente contaba desde el púlpito lo que ellas le habían dicho en el confesonario.

También en el tribunal de la penitencia había derrotado el Provisor al Obispo.

Cuando Camoirán llegó a Vetusta, se vio acosado por el *bello sexo* de todas las clases: todas querían al Obispo por padre espiritual. Pero en el confesonario se desacreditó antes que en el púlpito. ¡Era tan soso! Y tenía la manga muy estrecha y sin gracia. Preguntaba poco y mal. Hablaba mucho y a todas les decía casi lo mismo. Además, era demasiado madrugador, y ni siquiera guardaba consideraciones a las señoras delicadas. Se ponía en el confesonario al ser de día.

Se le fue dejando poco a poco. Aquello de tener que mezclarse en la capilla de la Magdalena (del trasaltar) con multitud de criadas y beatas pobres, tenía poca gracia. Y el Obispo las iba llamando por *rigurosa antigüedad*, como en una peluquería, sin tener en cuenta si eran amas o criadas. «Era demasiado *hacer el apóstol*.» Se le dejó.

Pronto se vio rodeado nada más que de populacho madrugador. Canteros, albañiles, zapateros y armeros carlistas, beatas pobres, criadas tocadas de misticismo más o menos auténtico, chalequeras y ribeteadoras: éste fue su pueblo de penitentes bien pronto. «Por eso él se quejaba, muy afligido, de las malas costumbres y de los muchos nacimientos ilegítimos que debía de haber, según su cuenta. ¡Si tratara con señoritas!»

En una ocasión llegó a decirle al gobernador civil:

—Hombre, ¿no estaría en sus atribuciones de usted prohibir el paseo de la zapatilla?

Aludía el Obispo al paseo de los artesanos en el *Boulevard*, entre luz y luz.

Creía que de allí y de los bailes peseteros del Teatro nacía la corrupción creciente de Vetusta.

Así era el buen Fortunato Camoirán, prelado de la diócesis exenta de Vetusta, la muy noble ex corte; aquel humilde Obispo a quien el Provisor, en cuanto entró en el salón, reprendió con una mirada como un rayo.

El Obispo estaba sentado en un sillón y las dos señoras en el sofá.

Eran Visita, la del Banco, y Olvido Páez, la hija de Páez el americano, el segundo millonario de la Colonia.

El Obispo, al ver al Magistral se ruborizó como un estudiante de latín sorprendido por sus mayores con la primera tagarnina.

«¿Qué era aquello?», quería decir la mirada del Magistral, que saludó a las señoras inclinándose con gracia y coquetería inocente. «¡Unas señoras con el Obispo! ¡Y ningún caballero las acompañaba! Esto era nuevo.»

Cosas de Visitación. Se trataba de seducir a Su Ilustrísima para que fuese a honrar con su presencia el solemne reparto de premios a la virtud, «organizado» por cierto círculo filantrópico. El círculo se llamaba *La Libre Hermandad,* nombre feo, poco español y con olor nada santo. En tal sociedad había una junta de caballeros y otra *agregada* de damas *protectrices* (gramática del presidente del Círculo).

La Libre Hermandad se había fundado con ciertos aires de institución independiente *de todo yugo religioso,* y su primer presidente fue el señor don Pompeyo Guimarán, que de milagro no estaba excomulgado y que no comulgaba jamás.

Era el Círculo algo como una oposición a *Las Hermanitas de los Pobres,* a la *Santa Obra del Catecismo,* a las *Escuelas Dominicales,* etc., etc. Desde luego se le declaró la guerra por el elemento religioso y a los pocos meses no había un pobre en todo el *Ayuntamiento* de Vetusta que quisiera las limosnas, los premios ni la enseñanza de *La Libre Hermandad.*

Las niñas de las *Escuelas Dominicales* y los chiquillos del *Catecismo,* que cantaban por las calles en vez de coplas profanas el

> Santo Dios, Santo Fuerte,
> Santo Inmortal,

y lo de

> Venid y vamos todos
> con flores a María,

inventaron un cantar contra el Círculo. Decía así:

> Los niños pobres no quieren
> ir a la Libre Hermandad;
> los niños pobres prefieren
> la Cristiana Caridad.

La *cristiana caridad* y la perfección de la rima revelaban el estilo de don Custodio el beneficiado, que era —a tanto había llegado— director de las Escuelas Dominicales de niñas pobres.

La Libre Hermandad se hubiera muerto de consunción sin el valeroso sacrificio de su presidente. Comprendió el señor Guimarán que los tiempos no estaban para secularizar la caridad y las primeras letras y presentó su dimisión, «sacrificándose, decía, no a las imposiciones del fanatismo, sino al bien de los niños abandonados». Con la dimisión de don Pompeyo y la feliz idea de crear la junta agregada de damas *protectrices* ganó algo la sociedad benéfica, y ya no se la hizo guerra sin cuartel. Pero aún no había lavado su pecado original que llevaba en el nombre. El Provisor despreciaba el tal Círculo.

Visitación fue la primera dama agregada, por su prurito de agregarse a todo. Actualmente era la tesorera de las *protectrices*.

Se trataba ahora de borrar los últimos vestigios de herejía o lo que fuese, congraciándose con la catedral y rogando al señor Obispo que presidiera el solemne reparto de premios aquel año. «Pero ¿quién le ponía el cascabel al gato? Visitación, la del Banco.» ¿Quién más a propósito para tales atrevimientos? Por el bien parecer pidió que en su visita le acompañase otra dama *de viso*. Ninguna quiso ir, no se atrevían. Se votó y se nombró a Olvido Páez, por la representación de su papá y lo bienquista que era la joven en palacio.

«—Sí —decía en la junta Visitación—, que venga Olvido; así no creerá el Magistral que el tiro va contra él; porque como a mí ni me puede ver...»

Y era verdad; el Magistral despreciaba a la del Banco y la tenía por una grandísima cualquier cosa. Era de las pocas señoras que ayudaban al Arcediano en su conspiración contra el Vicario general. Sin embargo, Visita confesaba a veces con don Fermín, a pesar de los desaires de éste. «Ya sabía él a qué iba allí aquella mala pécora; pero chasco se llevaba; la confesaba por los mandamientos, y se acabó.»

«¿Y qué más?, adelante; ¿y qué más? Estilo Ripamilán. A buena parte iba la correveidile de Glocester.»

Fortunato ya había dado palabra de honor de ir a la solemne sesión de *La Libre Hermandad*. Esto y el ver allí a la de Páez su más fiel devota, agravó el mal humor del Vicario. Le costó trabajo estar fino y cortés y lo consiguió gracias a la costumbre de dominarse y disimular. Visitación se complacía en adivinar la cólera del Provisor, y le abrumaba a chistes, y le mareaba con aquel atolondramiento «que a él se le ponía en la boca del estómago».

—Pero, señoras mías —dijo De Pas—, hablemos con formalidad un momento.

—¿Qué? ¿Cómo se entiende? ¿Quiere usted recoger velas, que se desdiga Su Ilustrísima?

—Creo que...

—¡Nada, nada! La palabra es palabra. Nos vamos, nos vamos; ea, ea, conversación; no oigo nada... Vamos, Olvido..., no oigo..., no oigo...

Por una especie de milagro acústico, cada palabra de Visitación sonaba como siete; parecía que estaba allí perorando toda la junta de *protectrices*.

Se levantó y se dirigió a la puerta, llevando como a remolque a la de Páez.

El Magistral protestó en vano: «Aquella sociedad la había fundado un ateo, era enemiga de la Iglesia...»

—No hay tal —gritó desde la puerta Visita—; si así fuera, no figuraríamos nosotras como damas agregadas.

—Yo lo soy —advirtió la de Páez— por empeño de ésta que convenció a papá.

—Pero, señores, si *La Libre Hermandad* ha cantado ya la palinodia; si desde que ingresamos en ella nosotras se acabó lo de la libertad y toda esa jarana...

—Tiene razón —se atrevió a decir el Obispo, a quien todavía engañaba el aturdimiento postizo de la del Banco—; tiene razón esa loquilla...

—¡No tiene tal! —gritó el Provisor, perdiendo un estribo por lo menos—. No tiene tal; y esto ha sido... una imprudencia.

Visita volvió la cara y sacó la lengua. «¡Cómo le trata!», pensó, envidiando a un hombre que osaba llamar imprudente al Obispo.

Las damas salieron: Su Ilustrísima quedó corrido; y después de indicar al Magistral que las acompañara por los pasillos estrechos y enrevesados, se puso a salvo, encerrándose en el oratorio, para evitar explicaciones.

El Magistral no pensó en buscarle.

La de Páez iba con la cabeza baja. Temía también una reprensión del prebendado. Este aprovechó un momento en que Visita se detuvo para saludar a una familia que ella había recomendado al Obispo, y acercándose al oído de la joven dijo en tono de paternal autoridad:

—Ha hecho usted mal, pero muy mal, en acompañar a esta... loca.

—Pero si me votaron...

—Si usted no fuera de esa junta...

—Papá espera a usted hoy a comer. Iba a escribirle yo misma, pero dese usted por convidado.

—Bueno, bueno; ¿no le gusta a usted oír las verdades?

—Lo que digo es que papá...

—Pues hoy no puedo ir... a comer. Estoy convidado hace días..., otro Francisco que..., pero allá nos veremos dentro de una hora; en cuanto despache de prisa y corriendo.

Se despidieron; las damas salieron a la calle y el Provisor entró, dejando atrás pasillos, galerías y salones, en las oficinas del gobierno eclesiástico.

Llegó a su despacho el señor vicario general, y sin saludar a los que allí le esperaban, se sentó en un sillón de terciopelo carmesí, detrás de una mesa de ministro cargada de papeles atados con balduque. Apoyó los codos en el pupitre y escondió la cabeza entre las manos. Sabía que le esperaban, que pretendían hablarle, pero fingía no notarlo. Esta era una de las maneras que usaba para hacer sentir el peso de su tiranía; así humillaba a los subalternos, despreciándolos hasta no verlos a dos pasos. Primero era su mal humor. Un mal humor de color de pez. La bilis le llegaba a los dientes. ¿Por qué? Por nada. Ningún disgusto grave le habían dado; pero tantas pequeñeces juntas le habían echado a perder aquel día que había creído feliz al ver el sol brillante, al lavarse alegre frente al espejo. Primero su madre, tratándole como a un chiquillo, recordándole las calumnias con que le perseguían; después las noticias alarmantes y las bromas necias del médico; luego aquella Visitación, la Libre Hermandad, Olvidito faltando a la disciplina..., y sobre todo aquel demonio de Obispo, abrumándole con su humildad, recordándole nada más que con su presencia de liebre asustada toda una historia de santidad, de grandeza espiritual enfrente de la historia suya, la de don Fermín..., que..., ¿para qué ocultárselo a sí mismo?, era poco edificante. Aquel paralelo eterno que estaba haciendo Fortunato sin saberlo, irritaba al Magistral. Y ahora le irritaba más que nunca. Ahora le parecía que la superioridad intelectual del vicario era nada enfrente de la grandeza moral del Obispo. El era la única persona que sabía comprender todo el valor de Fortunato. ¡Qué poéticas, qué nobles, qué espirituales le parecían ahora la virtud del otro, su elocuencia, su culto romántico de la Virgen! Y las propias habilidades, ¡qué ruines, qué prosaicas! Su carácter fuerte y dominante, ¡qué ridículo en el fondo! «¿A quién dominaba él? ¡A escarabajos!»

—¿Qué hay? —gritó con voz agria, levantando la cabeza y mirando a los escarabajos que tenía enfrente.

Eran un clérigo que parecía seglar y un seglar que parecía clérigo; mal afeitados los dos, peor el sacerdote, que mostraba el rostro lleno de púas negras, ásperas; vestían ambos de paisano, pero como los curas de aldea; el alzacuello del clérigo era blanco y estaba manchado con vino tinto y sudor grasiento; el cuello de la camisa del otro parecía también un alzacuello; pasaba corbatín negro abrochado en el cogote.

Don Carlos Peláez, notario eclesiástico que desempeñaba otros dos o tres cargos en Palacio, no todos compatibles, se jactaba de ser una de las personas más influyentes en la curia eclesiástica y aun en el ánimo del señor Provisor. Bien iba a probarlo ahora interponiendo su favor para arrancar al mísero párroco de Contracayes, aldea de la montaña, de las garras de la disciplina. Había sido un soplo, cosa de envidiosos, y el Provisor sabía que Contracayes (el cura) tenía la debilidad de convertir el confesonario en escuela de seducción. De Pas había querido echar todo el peso de la censura eclesiástica y las más severas penas sobre Contracayes; pero gracias a los ruegos del notario había consentido, antes de proceder, en celebrar una conferencia con el párroco montañés, prometiendo que, si advertía en él verdadero arrepentimiento, se contentaría con un castigo de carácter reservado, que en nada perjudicaría la fama del clérigo, gran elector y muy buen partidario de la causa óptima.

—¿Qué hay? —repitió el Magistral, sonriendo maquinalmente al notario.

Peláez señaló a su compañero, que era un buen mozo, moreno, de cejas muy pobladas, ceño adusto, ojos de color de avellana que echaban fuego, boca grande, orejas puntiagudas, cuello muy robusto y abultada nuez. Parecía todo él tiznado, y no lo estaba; tenía tanto de carbonero como de cura; aquel matiz de las púas negras entre la carne amoratada de las mejillas, se hubiera creído que le cubría todo el cuerpo. Nunca se había visto enfrente del Provisor, a quien temía por los rayos que manejaba, pero nada más hasta el punto que un gigantón salvaje puede temer a quien puede aplastar, en último caso, de una puñada. Notó don Fermín que Contracayes estaba más aturdido que atemorizado. Saludó el cura con un gruñido, y el Provisor no contestó siquiera.

El notario se volvió todo mieles; se sentó de soslayo en una silla para dar a entender al cura que estaba allí como en su casa; hablaba con el lenguaje más familiar posible, sin pecar de irreverente; se permitía bromitas y estuvo a punto de declarar que el pecado de solicitación no era de los más feos y que se podría echar tierra fácilmente al asunto. Y como el Magistral arrugase el ceño, Peláez mudó de conversación y habló con falso aturdimiento de las últimas elecciones y hasta aludió a las hazañas de cierto cura de la montaña que conocía él, que había metido el resuello en el cuerpo a una pareja de la guardia civil. Contracayes sonrió como un oso que supiera hacerlo.

El Magistral estaba pensando en la manera de solicitar a sus penitentes que tendría aquel salvaje... Hubo un momento de silencio. No se había hablado palabra del *negocio* y hasta el mismo Peláez comprendió que había que abordar la *cuestión espinosa*.

Don Fermín, recordando de repente su mal humor, sus contratiempos del día, se puso en pie y encarándose con el párroco, que también se levantó como si fueran a atacarle, dijo con voz áspera:

—Señor mío, estoy enterado de todo, y tengo el disgusto de decirle que su asunto tiene muy mal arreglo. El concilio Tridentino considera el delito que usted ha cometido como semejante a la herejía. No sé si usted sabrá que la Constitución *Universi Domini* de 1622, dada por la santidad de Gregorio XV, le llama a usted y a otro como usted execrables traidores, y la pena que señala al crimen de solicitar *ad turpia* a las penitentes es severísima, y manda además que sea usted degradado y entregado al brazo secular.

El párroco abrió los ojos mucho y miró espantado al notario, que a espaldas de don Fermín le guiñó el ojo.

—Benedicto XIV —continuó el Magistral— confirmó respecto de los solicitantes las penas impuestas por Sixto V y Gregorio XV... y, en fin, por dondequiera que se mire el asunto, está usted perdido...

—Yo creía...

—¡Creía usted mal, señor mío! Y si usted duda de mi palabra, ahí tiene usted en ese estante a Giraldi: *Expositio juris pontificii,* que en el tomo II, parte 1.ª, trata la cuestión con gran copia de datos.

El señor Peláez estaba acostumbrado al estilo del Provisor, que nunca era más erudito que al echar la zarpa sobre una víctima.

—Señor —se atrevió a decir Contracayes, algo amostazado y perdiendo mucha parte del miedo—, con la palabra de V. S. tengo ya bastante, y no es de los sagrados cánones de lo que me quejo, sino de mi mala suerte; que me hizo resbalar y caer donde otros muchos, muchísimos que conozco, resbalan, pero no caen.

El Magistral se volvió de pronto, como si le hubiesen mordido en la espalda.

—¡Salga usted de aquí, señor insolente, y no me duerma usted en Vetusta! —gritó.

—Pero, señor...

—¡Silencio, digo! Silencio y obediencia, o duerme usted en la cárcel de corona.

Y el Magistral descargó un puñetazo formidable sobre la mesa escritorio.

—¡Pues para este viaje no necesitábamos alforjas! —gritó Contracayes, no menos furioso, volviéndose al consternado Peláez, que no había previsto aquel choque de dos malos genios.

—Pero, señores, calma...

—¡Fuera de aquí, so tunante! —gritó el Magistral terciando el manteo, descomponiéndose contra su costumbre—. ¡Desgraciado de ti! ¡Date por perdido, mal clérigo!

—Pero yo ¿qué he dicho, señor? —exclamó el párroco, que se asustó un poco ante la actitud de aquel hombre, en quien reconocía la superioridad moral de un Júpiter eclesiástico.

En cuanto conoció que su autoridad se acataba, De Pas fue amansando el oleaje de su cólera; y al fin, pálido, pero con voz ya severa:

—Salga usted —dijo señalando a la puerta—, salga usted... libre por ser un loco..., pero ni dos horas permanezca en la ciudad, ni hable con alma viviente de lo ocurrido aquí. Y en cuanto a su crimen execrable, yo me entenderé, sin necesidad de ver a usted, con el señor Peláez, y él le comunicará lo que resolvamos.

El clérigo quiso humillarse, pedir perdón...

—Salga usted inmediatamente.

Salió.

Peláez, temblando y lívido, se atrevió a decir:

—¡Cuánto siento!... Señor Magistral...

—No sienta usted nada. Han venido ustedes en mal día. Estoy nervioso. Quise asustarle, imponerle respeto por el terror, y no conté con mi mal humor; me he exaltado de veras, me he dejado llevar de la ira.

—¡Oh, no, eso no! El sí que es un animal, un salvaje...

—Sí, es un salvaje .., pero por lo mismo debía tratarle de otro modo.

—Lo que yo no perdono es el disgusto...

—Deje usted, deje usted; hablaremos de ese bribón otro día. Hoy no puedo; hoy me sería imposible prometer a usted suavizar los rigores de la ley, que está terminante.

—Sí, ya sé..., pero, como nunca se aplica...

—Porque no hay pruebas... como ahora. Y alguna vez se ha de empezar. En fin, ya digo que hablaremos... Necesito estar solo.

Salió también Peláez, y De Pas, entonces a solas con su pensamiento, dejó que le subiera al rostro la sangre amontonada por la vergüenza.

«¡Qué degradación!», pensó; y se puso a dar paseos por el despacho, como una fiera en su jaula.

Cuando se sintió más sereno, tocó un timbre. Entró un joven alto, tonsurado, pálido y triste, tísico probablemente. Era un primo del Magistral que hacía allí veces de secretario.

—¿Qué habéis oído?

—Voces; nada.

—El cura de Contracayes, que es un salvaje...

—Sí, ya sé...

—¿Qué hay?

—Nada urgente.

—¿De modo que puedo irme? ¿No me necesitáis?

—No; hoy no.

—Bueno, pues me voy..., me duele la cabeza. No estoy para nada. Pero no se lo digas a mi madre. Si sabe que dejé el despacho tan pronto, creerá que estoy enfermo...

—Sí, sí, eso sí.

—¡Ah!, oye; la licencia para el oratorio de los de Páez, ¿vino ya?

—Sí.

—¿Está corriente? ¿Puedo llevármela ahora?

—Ahí la tienes, en ese cartapacio.

—¿Va en regla todo? ¿Podrá doblar el coadjutor de Parves?...

—Todo va en regla.

—Aquí veo una tarjeta de don Saturno Bermúdez. ¿A qué vino?

—A lo de siempre, a que no hagamos caso del pobre don Segundo, el cura de Tamaza, que reclama el dinero de las misas de San Gregorio que le ha hecho decir don Saturno...

—Y que no le quiere pagar.

—Es su costumbre. Está empeñado con todo el clero. Ha salvado a medio purgatorio —el joven tonsurado tosió con violencia para contener la risa—, a medio purgatorio a costa de sus *ingleses*...

—El cura de Tamaza es un vocinglero...

—Pero pide lo que le deben...

—Pero no se puede hacer nada... ¿Quieres tú que yo me ponga de punta con el obispillo de levita?

—Eso no. Lo pagaríamos en el *Lábaro,* que él inspira y que ahora te trata bien. A propósito de periódicos, ayer venía en *La Caridad,* de Madrid, una correspondencia de Vetusta, y, mucho me engaño, o en ella andaba la mano de Glocester.

—¿Qué decía?

—Tonturas; que los carlistas estaban enseñoreados de algunas diócesis en que, contra el derecho, eran vicarios generales los que no podían serlo, sino interinamente y por gracia especial; pero que por ciertos servicios a la causa del Pretendiente, los superiores jerárquicos hacían la vista gorda.

—¿De modo que yo no puedo ser vicario general?

—Por lo visto no; porque entre los casos de excepción citan los «prebendados de oficio» y traen a cuento no sé qué disposiciones de los papas.

—Sí, ya sé; un Breve de Paulo V y dos o tres de Gregorio XV. ¡Majaderos! Y milagro será que no vengan también con lo de «ser natural de la diócesis». ¡Idiotas! ¡Qué poco sentido práctico tienen esos falsos católicos! Glocester debe de ser el corresponsal de ese papelucho; esas agudezas romanas son de él. ¡Puf!, ¡qué enemigos, señor, qué enemigos! ¡Bestias, nada más que bestias!

El Magistral respiraba con fuerza, como aparentando ahogarse en aquel ambiente de necedad.

Quiso marcharse sin ver a ningún clérigo ni seglar de los que esperaban en la antesala y en la oficina contigua, pero no pudo defenderse de las invasiones; el señor Carraspique asomó las narices por una puerta.

—¿Se puede?

¡Era Carraspique! «Adelante», hubo que decir.

Venía a recomendar el pronto despacho de una expedición a la agencia de Preces; y algunos asuntos de capellanías... Hubo que acudir a los registros, consultar a los empleados. El Magistral, distraído, se aventuró a pasar del despacho a la oficina, y allí se vio rodeado de litigantes, de pretendientes, casi todos muy afeitados, todos vestidos de negro, o con sotana o con levita

que lo parecía. La oficina no ostentaba el lujo del despacho ni
mucho menos; era grande, fría, sucia; el mobiliario indecoroso, y
tenía un olor de sacristía mezclado con el peculiar de un cuerpo
de guardia. Los empleados tenían la palidez de la abstinencia
y la contemplación, pero producido por los miasmas del cova-
chuelismo, miserable, sórdido y malsano, complicado aquí con la
ictericia de los rapavelas.

Había una mesa en cada esquina, y alrededor de todas, curas
y legos que hablaban, gesticulaban, iban y venían, insistían en
pedir algo con temor de un desaire; los empleados, más tranquilos, fumaban o escribían, contestaban con monosílabos, y a
veces no contestaban. Era una oficina como otra cualquiera, con
algo menos de malos modos y con poco más de hipocresía impasible y cruel.

Cuando entró el Provisor, disminuyó el ruido; los más se
volvieron a él; pero el *jefe* se contentó con poner una mano delante de la cara como rechazando a todos los importunos, y se
fue a una mesa a preguntar por un expediente de mansos. «Lo
que él decía; en las oficinas de Hacienda pública no daban razón; los expedientes de mansos dormían el sueño eterno, cubiertos de polvo.»

El señor Carraspique daba pataditas en el suelo.

—¡Estos liberales! —murmuraba cerca del Magistral—. ¡Qué
Restauración ni qué niño muerto! Son los mismos perros con
distintos collares...

—El Estado se burla de la Iglesia, sí, señor, eso es evidente,
no hay concordato que valga; todo se promete, y no se hace
nada.

Dos curas se acercaron humildemente al Magistral...

Eran de la aldea. También ellos querían saber si los expedientes de mansos...

—Nada, nada, señores, ya lo oyen ustedes —dijo el Provisor
en voz alta, por que se enterasen todos los presentes y no le
aburriesen más—, en las oficinas del gobierno civil dicen que
se resolverán los expedientes uno a uno, porque no hay criterio
general aplicable, es decir, que no se resolverán nunca los expedientes dichosos.

De Pas se vio cogido por la rueda que le sujetaba diariamente
a las fatigas canónico-burocráticas: sin pensarlo, contra su propósito, se encenagó como todos los días en las complicadas cuestiones de su gobierno eclesiástico, mezcladas hasta lo más íntimo
con sus propios intereses y los de su señora madre; con cien
nombres de la disciplina, muchos de los cuales significaban en la
primitiva Iglesia poéticos, puros objetos del culto y del sacerdocio, se disfrazaba allí la eterna cuestión del dinero: espolios,
vacantes, medias annatas, patronato, congruas, capellanías, estola,
pie de altar, licencias, dispensas, derechos, cuartas parroquiales...
y otras muchas docenas de palabras iban y venían, se combina-
ban, repetían y suplían, y en el fondo siempre sonaban a metal,

y siempre el lucro del Provisor, el de su madre, iba agarrado
a todo. Nunca había puesto los pies allí doña Paula, pero su
espíritu parecía presidir el mercado singular de la curia eclesiástica. Ella era el general invisible que dirigía aquellas coti-
dianas batallas; el Magistral era su instrumento inteligente.

Como todos los días, se presentaron aquella mañana cuestiones
turbias que el Provisor acostumbraba resolver como por máquina,
con el criterio de su ganancia, con habilidad pasmosa, y con la
más correcta forma, con pulcritud aparentemente exquisita. Más
de una vez, sin embargo, al resolver una injusticia, un despojo,
una crueldad útil, vaciló su ánimo (estaba nervioso, no sabía
qué hierba había pisado), pero el recuerdo de su madre por un
lado, la presencia de aquellos testigos ordinarios de su frescura,
de su habilidad y firmeza por otro, y en gran parte la fuerza
de la inercia, la costumbre, le mantenían en su puesto; fue el de
siempre, resolvió como siempre, y nadie tuvo allí que pensar si
el Provisor se había vuelto loco, ni él necesitó inventar cuentos
para engañar a su madre. «Doña Paula podía estar satisfecha de
su hijo; de su hijo; no del soñador necio y casquivano que aquella
mañana se turbaba al leer una carta insignificante, y se alegraba
sin saber por qué al ver un sol esplendoroso en un cielo diáfano.
¡El sol, el cielo! ¿Qué le importaban al vicario general de Vetusta? ¿No era él un curial que se hacía millonario para pagar a
su madre deudas sagradas y para saciar con la codicia la sed de
ambiciones fallidas?»

«Sí, sí; eso era él, y no había que hacerse ilusiones, ni buscar
nueva manera de vivir. Debía estar satisfecho y lo estaba.»

«—¡Hora y media en la oficina! —se dijo al salir del palacio,
entre avergonzado y contento; ¡y él que creía no haber pasado
allí veinte minutos!»

Cuando se vio otra vez al aire libre, en la Corralada, De Pas
respiró con fuerza...; se le figuraba aquel día que salir del Palacio
era salir de una cueva. De tanto hablar allá dentro, tenía la
boca seca y amarga y se le antojaba sentir un saborcillo a cobre.
Se encontraba un aire de monedero falso. Se apresuró a dejar
la plazuela que cubría de sombra la parda catedral. Huyó hacia
las calles anchas; dejó la Encimada con sus resonantes aceras gastadas y estrechas, su triste soledad solemne, su hierba entre los
guijarros, sus caserones ahumados, sus rejas de hierro encorva-
das, y buscó la Colonia, saliendo por la Plaza del Pan, la calle
del Comercio y el *boulevard,* de cuyos arbolillos caían hojas secas sobre anchas losas. El manteo del Magistral las atraía, las
arrastraba por la piedra en pos de sí con un ruido de marejada
rítmico y gárrulo.

Allí se veía ya mucho cielo, todo azul; enfrente la silueta del
Corfín, azulada también. Aquello era la alegría, la vida. «¡Capellanías, bulas, medias annatas, reservas! ¿Qué tenía que ver el
mundo, el ancho, el hermoso mundo con todo eso? ¿Sabía aquel
gigante de piedra, el Corfín grave, majestuoso, tranquilo, lo que

eran agencias, ni si la había de Preces, ni por qué costaba dinero el sacar licencias de cualquier cosa?»

Iba el Magistral por el *boulevard* adelante, saludando a diestro y siniestro, asustado con que se le ocurrieran a él estos pensamientos de bucólica religiosa. Precisamente siempre había sido enemigo de las Arcadias eclesiásticas y profesaba una especie de positivismo prosaico respecto de las necesidades temporales de la Iglesia. ¿Estaría enfermo? ¿Se iría a volver loco? Sin poder él remediarlo, mientras el aire fresco —el viento había cambiado del mediodía al noroeste— le llenaba los pulmones de voluptuosa picazón, la fantasía, sin hacer caso de observaciones ni mandatos, seguía herborizando y se había plantado en los siglos primeros de la Iglesia, y el Magistral se veía con una cesta debajo del brazo recogiendo de puerta en puerta por el *boulevard* y el Espolón las ricas frutas que Páez, don Frutos Redondo y demás *Vespucios* de la Colonia arrancaban con sus propias manos en aquellos jardines que, en efecto, iba viendo a un lado y a otro detrás de verjas doradas, entre follaje deslumbrante y lleno de rumores del viento y de los pájaros.

El hotel de Páez era el primero de los seis que adornaban la calle Principal, flanqueándola por la parte del sur. Era un gran cubo que parecía una torre atalaya de las que hay a lo largo de la costa en la provincia de Vetusta, recuerdo, según dicen, de la defensa contra los normandos.

El señor de Páez no temía ningún desembarco de piratas, pues el mar estaba a unas cuantas leguas de su palacio, pero creía que la «*elegancia sólida* consistía en fabricar muros muy espesos, en desperdiciar los mármoles, y, en fin, en trabajos *ciclopios*», según su incorrecta expresión. En lo más alto del frontispicio había, en vez de un escudo, que el señor Páez no tenía, un gran semicírculo de jaspe negro, y en medio, en letras de oro, esta elocuente leyenda: *1868*, que no indicaba más que la fecha de la construcción ciclópea. En las esquinas del terrado de gran balaustrada que coronaba el castillo, sendas águilas de hierro pintado de verde probaban a levantar el vuelo. Aquellas águilas, según el señor Páez, hacían juego con otras dos bordadas en la alfombra de su despacho. No era el bueno de don Francisco el más rico americano de la Colonia; algunos millones más tenía don Frutos, pero al *Vespucio* de las Aguilas «ni don Frutos ni San Frutos ni nadie le ponía el pie delante tocante al rumbo», y él era el único vetustense que hacía visitas en coche y tenía lacayos de librea con galones a diario, si bien a estos lacayos jamás conseguía hacerles vestirse con la pulcritud, corrección y severidad que él había observado en los congéneres de la corte.

Veinticinco años había pasado Páez en Cuba sin oír misa, y el único libro religioso que trajo de América fue el *Evangelio del pueblo,* del señor Henao y Muñoz; no porque fuese Páez demócrata, ¡Dios le librase!, sino porque le gustaba mucho el estilo cortado. Creía firmemente que Dios era una invención de los curas; por lo menos en la Isla no había Dios. Algunos años pasó en Vetusta sin modificar estas ideas, aunque guardándose de publicarlas; pero poco a poco entre su hija y el Magistral le fueron convenciendo de que la religión era un freno para el socialismo y una señal infalible de buen tono. Al cabo llegó Páez a ser el más ferviente partidario de la religión de sus mayores. «Indudablemente —decía—, la Metrópoli debe ser religiosa.» Y se hizo religioso; daba todo el dinero que se le pedía para el culto, y si muchas veces al disparatar lo hacía en menoscabo del dogma, siempre estaba dispuesto a retractarse y a cambiar aquel dislate por otro inofensivo.

Por dos brechas había logrado entrar la religión, en forma de Magistral, en la fortaleza de aquel espíritu librepensador y berroqueño: los dos flacos de Páez eran el amor a su hija y la manía del buen tono.

Decía Olvido con voz aguda y en tono de represión:

«—Papá, eso es cursi»; y don Francisco abominaba de aquello que antes le pareciera excelente.

El Magistral dominaba por completo a Olvidito, y Olvidito mandaba en su papá por la fuerza del cariño y por su conocimiento de lo que llamaban allí buen tono.

Olvido era una joven delgada, pálida, alta, de ojos pardos y orgullosos; no tenía madre y hacía la vida de un idolillo próximamente, suponiendo actividad y conciencia en el ídolo. La servían negros y negras y un blanco, su padre, el esclavo más fiel. Ni un capricho había dejado de satisfacer en su vida la niña. A los dieciocho años se le ocurrió que quería ser desgraciada, como las heroínas de sus novelas, y acabó por inventar un tormento muy romántico y muy divertido. Consistía en figurarse que ella era como el rey Midas del amor, que nadie podía quererla por ella misma, sino por su dinero, de donde resultaba una desgracia muy grande, efectivamente. Cuantos jóvenes elegantes, de buena posición, nobles o de talento relativo, se atrevieron a declararse a Olvido, recibieron las fatales calabazas que ella se había jurado dar a todos con una fórmula invariable. «El amor no era su dote»; no creía en el amor. Poco a poco se fue apoderando de su ánimo aquella farsa inventada por ella y tomó la niña en serio su papel de reina Midas; renunció al amor antes de conocerlo, y se dedicó al lujo con toda el alma. Amó el arte por el arte: ella era la que más riqueza ostentaba en paseos, bailes y teatro; llegó a ser para Olvido una religión el traje. No lucía dos veces uno mismo. Llegaba tarde al paseo, daba tres o cuatro vueltas, y cuando ya se sentía bastante envidiada, a casa, sin dignarse jamás posar los ojos sobre ningún individuo del sexo fuerte en estado de merecer. Los vetustenses llegaron a mirarla como un maniquí cargado de artículos de moda, que sólo divertía a las señoritas. «Era una gran proporción», en quien no había que pensar.

«Olvido espera un príncipe ruso», era la frase consagrada. Cuando un incauto forastero se atrevía a probar fortuna, se le llamaba «el príncipe ruso» por ironía hasta que salía con las manos en la cabeza.

A la de Páez se le ocurrió después, cansada de no tener en el corazón más que trapos, hacerse devota. Buscó al Magistral con buenos modos, como al Magistral le gustaba que le buscasen, y lo encontró. Se entendieron. Para don Fermín aquella muchacha delgada, fría, seca, no era más que el camino que conducía a don Francisco, que empleaba sus millones en comprar influencia. Pero Olvido tuvo la mala ocurrencia de enamorarse místicamente —así se decía ella— del Magistral. Este se hizo el desentendido, aprovechó aquella nueva necedad de la niña para ganar al padre cuanto antes, y como no vio ningún peligro para nadie en la pasión imaginaria de la americanilla antojadiza, no la apartó de su lado, como había hecho con otras mujeres menos tímidas y más temibles para la carne. De Pas tenía un proyecto: casar a Olvido con quien él quisiera. Creía poder conseguirlo, pero aún no había candidato. Aquella proporción debía ser el premio de algún servicio muy grande que se le hiciera a él, no sabía cuándo ni en qué necesidad fuerte.

Aquella mañana se le recibió en el *hotel Páez*, como siempre, bajo palio, según la frase de don Francisco.

Pisando aquellas alfombras, viéndose en aquellos espejos tan grandes como las puertas, hundiendo el cuerpo, voluptuosamente, en aquellas blanduras del lujo cómodo, ostentoso, francamente loco, pródigo y deslumbrador, el Magistral se sentía trasladado a regiones que creía adecuadas a su gran espíritu; él, lo pensaba con orgullo, había nacido para aquello; pero su madre codiciosa, la fortuna propia insuficiente para tanto esplendor, el estado eclesiástico, la necesidad de aparentar modestia y casi estrechez, le tenían alejado del ambiente natural..., que era aquél... El Magistral, al entrar en estos salones y gabinetes, suavizaba más sus modales suaves, y con fácil elegancia manejaba el manteo y plegaba la sotana y movía manos, ojos y cuello con una distinción profana que no llegaba nunca a la desfachatez del cura que reniega del pudor de los hábitos al pisar los palacios del gran mundo o sus sucedáneos. De Pas nunca dejaba de ser el Magistral; pero demostraba, sin más que moverse, sonreír o mirar, que el prebendado, sin dejar de serlo, podía ser hombre de sociedad como cualquiera. Uníase esta gracia a las cualidades físicas de que estaba adornado, a su fama de hombre elocuente, de gran influencia y de talento, y, como decía la marquesa de Vegallana, «era un cura muy presentable».

Don Francisco Páez y su hija suplicaron a don Fermín que comiera con ellos; no tenían a nadie, sería una comida de familia..., los tres solos.

—¡Los tres solos! —decía Olvido dejando de ser sorbete por un momento.

El Magistral, de pie en el umbral de una puerta, con una colgadura de terciopelo cogida y arrugada por su blanca mano, se inclinaba con gracia, sonreía y movía la cabeza pequeña y bien torneada, diciendo *no* con el gesto, con cierta coquetería *epicena*.

—¡Anda, papá!, sujétale —decía Olvido con voz suplicante, arrastrando las sílabas, que parecían salir de la nariz.

—Imposible.

—Es muy terco, hija, déjale; no quiere que le agradezcamos la licencia del oratorio y el permiso para doblar la misa para don Anselmo.

—Agradézcaselo usted a Su Santidad.

—Sí, que por mi cara bonita me entrega Su Santidad esta gracia.

El Magistral sonreía, dispuesto a escapar si querían asirle.

—Pero, vamos a ver, una razón, dé usted una razón —gritó Olvido, otra vez restituida a su natural frigorífico.

El Magistral se puso un poco encarnado.

Tuvo que mentir.

—Estoy convidado en casa de otro Francisco hace tres días; no puedo faltar, sería un desaire... Ya sabe usted lo que son estos pueblos..., qué dirían...

No había tal cosa. Nadie le había convidado a comer. Le esperaba su madre como todos los días.

Sin embargo, al negarse a aceptar aquel convite espontáneo y cordial, que en cualquier otra ocasión le hubiera halagado, obedecía a un presentimiento. No sabía por qué se le figuraba que le iban a convidar en casa de Vegallana, última visita que pensaba hacer. ¿Por qué le habían de convidar? Además, allá comían a la francesa, aunque doña Rufina solía cambiar las horas y comer a la que se le antojaba. De todas suertes, los días de Paquito Vegallana no solían celebrarlos con *gaudeamus,* ni él estaba invitado, ni..., con todo... dejó aquella visita para última hora. Y ¿por qué había de preferir la mesa de los marqueses a la de Páez, no menos espléndida? Aunque quiso rehuir la contestación a esta pregunta capciosa, la conciencia se la dio como un estallido en los oídos, antes que pudiera él preparar una mentira. «Es que la Regenta come a veces con los marqueses, especialmente en días como éste, porque a ella la miran como a una de la familia.»

«¿Y qué le importaban a él ni la familia, ni la Regenta, ni la comida de los marqueses?»

Después de visitar a otros dos Pacos de importancia y a una Paca beata, el Magistral, con un tantico de hambre, de hambre sana, entró por los pórticos de la Plaza Nueva en la calle de los Canónigos, atravesó la de Recoletos y llegó a la de Rúa, y al portero del marqués de Vegallana, que era un enano vestido con librea caprichosa,. le preguntó con voz temblona:

—¿Está el señorito?

En aquel momento se abría la puerta del patio con estrépito

y sonaban dentro carcajadas. El Magistral reconoció la voz de
Visita, que gritaba:

—¡Pues no señor!; no son azules...

—Sí, señora; azules con listas blancas —respondía Paco, batiendo palmas.

—¿A que no? ¿A que no?

—Tonta, tonta —decía otra voz más suave desde una ventana
del primer piso—, no lo creas; si no se ha visto nada... Si estaba
yo más abajo y no vi nada...

Esta voz era la de Ana Ozores.

Al Magistral le zumbaron los oídos... y entró en el patio.

Trece

El sol entraba en el salón amarillo y en el gabinete de la Marquesa por los anchos balcones abiertos de par en par; estaba convidado también, así como el vientecillo indiscreto que movía los flecos de los guardamalletas de raso, los cristales prismáticos de las arañas, y las hojas de los libros y periódicos esparcidos por el centro de la sala y las consolas. Si entraban raudales de luz y aire fresco, salían corrientes de alegría, carcajadas que iban a perder sus resonancias por las calles solitarias de la Encimada, ruido de faldas, de enaguas almidonadas, de manteos crujientes, de sillas traídas y llevadas, de abanicos que aletean... Lo mejor de Vetusta llenaba el salón y el gabinete. Doña Rufina, vestida de azul eléctrico, empolvada la cabeza que adornaban flores naturales que parecían, sin que se supiera por qué, de trapo, doña Rufina reinaba y no gobernaba en aquella sociedad tan de su gusto, donde canónigos reían, aristócratas fatuos hacían el pavo real, muchachuelas coqueteaban, jamonas lucían carne blanca y fuerte, diputados provinciales salvaban la comarca, y elegantes de la legua imitaban las amaneradas formas de sus congéneres de Madrid.

La Marquesa tendida en una silla larga, forrada de satén, estaba en la galería de su gabinete respirando con delicia el aire fresco de la calle. Se disputaba a gritos. Cerca de ella, triunfante, en pie, con un abanico de nácar en la mano derecha, dándose aire voluptuosamente, ostentaba Glocester su buena figura torcida. Con la mano izquierda sujetaba, como con un clavo romano, los pliegues del manteo, que caía con gracia camino del suelo, deteniéndose en brillante montón de tela negra sobre la falda de color cereza de la siempre llamativa Obdulia Fandiño, quien, a los pies de la Marquesa y a los pies del Arcediano, sentada en un taburete histórico —robado al salón arqueológico del Marqués—, se inclinaba más graciosa que recatada y honesta sobre el regazo de su noble amiga. Estas tres personas formaban grupo en el balcón de la galería, y desde el gabinete, sentados aquí y allá, y algunos en pie, oían a Glocester tres canónigos más, el capellán de la casa, don Aniceto, tres damas nobles, la gobernadora civil, Joaquinito Orgaz y otros dos pollos vetustenses, de los que estudiaban en la Corte.

Se discutía a gritos, entre carcajadas, con chistes repetidos de generación en generación y de pueblo en pueblo, y con frases hechas inveteradas, si la mujer puede servir a Dios lo mismo en el siglo que en el claustro, y si se necesita más virtud para atreverse a resistir las tentaciones que asedian en el mundo a una buena madre y fiel esposa que para encerrarse en un convento.

Todas las señoras, menos una, alta, gruesa y vestida con hábito del Carmen —una señora que parecía un fraile—, sostenían que tiene más mérito la buena casada del siglo que la esposa de Jesús.

La gobernadora se exaltaba, accionaba con el abanico cerrado y puesto sobre su cabeza, y llamaba *señor mío* al Arcediano.

Glocester defendía el claustro, pero batiéndose en retirada por galantería, sonriendo y abanicándose.

En el salón se hablaba de política local. Gran conflicto habían creado al Gobierno, en opinión de todos los del corro, el alcalde presidente del Ayuntamiento y la viuda del marqués de Corujedo exigiendo el mismo estanquillo, el importante estanquillo del Espolón para sus respectivos recomendados.

El jefe económico había dicho que allá el gobernador; lo estaba refiriendo él a los presentes. El gobernador había consultado al Gobierno por telégrafo —lo acababa de decir la gobernadora—, y el Gobierno tenía que decidir entre desairar a la dama conservadora que disponía de más votos en Vetusta o a uno de los más firmes apoyos de la causa del orden, que era el señor alcalde.

Los pareceres se dividían. El marqués de Vegallana y Ripamilán, que estaban en medio del grupo, volviéndose a todos lados, opinaban que *ellos gobierno,* darían el estanco a la viuda. «¡Primero que todo eran las señoras!»

Trabuco, o sea Pepe Ronzal, de la comisión provincial, creía, con la mayoría de los presentes, el jefe económico inclusive, que la razón de estado aconsejaba preferir la pretensión del alcalde, aunque éste, según malas lenguas, quería el estanco para una su ex concubina.

—¡Ya ven ustedes, eso es un escándalo! —decía el marqués, que tenía todos sus hijos ilegítimos en la aldea—; ese hombre no sabe recatarse.

—Yo paso por eso —decía el Arcipreste—, lo malo no es que él quiera pagar deudas sagradas, lo malo es haberlas contraído... ¡Pero la otra es una dama!...

Mientras en el salón y en el gabinete se discutía así y de otras muchas maneras, por las habitaciones interiores del primer piso, por el comedor, por los pasillos, por la escalera que conducía al

patio y a la huerta, corrían alegres, revoltosos, Paco Vegallana,
que celebraba sus días, Visitación, Edelmira, sobrina de la marquesa —una niña de quince años que parecía de veinte—, don
Saturnino Bermúdez y el señor de Quintanar; la Regenta y don
Alvaro Mesía presenciaban los juegos inocentes de los otros desde una ventana del comedor que daba al patio.

Quintanar le había pedido a Paco un batín para reemplazar la
levita de tricot, que se le enredaba en las piernas. El batín le
venía ancho y corto. Era de alpaca muy clara.

El Magistral se encontró en la escalera con Visitación y Quintanar, que buscaban por los rincones la petaca del ex regente,
que Edelmira y Paco habían escondido. Don Saturnino Bermúdez, pálido y ojeroso, con una sonrisa cortés que le llegaba de
oreja a oreja, venía detrás, solo, también hecho un loquillo de
la manera más desgraciada del mundo. Daba tristeza verle divertirse, saltar, imitar la alegría bulliciosa de los otros. Pero,
amigo, era su obligación: era pariente, era de los íntimos de la
casa, de los que se quedaban a comer, y necesitaba hacer lo
que los demás, correr, alborotar, y hasta dar pellizcos a las señoras, si a mano venía. Siempre se quedaba solo; si quería decir
algo a la Regenta, a Visitación o a Edelmira, le dejaban las damas con la palabra en la boca, sin poder remediarlo, distraídas.
No era falta de educación, sino que los párrafos de Bermúdez
eran tan complicados, constaban de tantos incisos y colores, que
oírle uno entero sería obra de regla. Cuando vio al Magistral, vio
el cielo abierto; ya tenía pretexto para volver a ser formal. Le
saludó con la finura «que le era característica» y se dispuso a
acompañarle al salón. Paco le había saludado de lejos, de prisa
y mal, porque en aquel momento huía con la petaca de Quintanar a esconderla en la huerta, seguido de Edelmira, su más rolliza y vivaracha y colorada prima.

—Es loco ese chico cuando se pone a enredar —dijo Bermúdez disculpando a su pariente y como recibiendo en calidad de
deudo de los marqueses al señor Magistral.

Don Fermín miró de soslayo a la Regenta y a don Alvaro
que hablaban en la ventana del comedor. Hizo como que no los
veía, y con un poco de fuego en las mejillas, se dejó llevar por
don Saturnino hasta el salón.

Los señores graves le recibieron con las más lisonjeras muestras de respeto y estimación.

—¡Oh, señor Magistral!

—¡Oh, cuánto bueno!

—Aquí está el Antonelli de Vetusta.

El Marqués le dio un abrazo, que envidió un cura pequeño,
paniaguado de la casa.

Ripamilán estrechó la mano de don Fermín con cariño efusivo,
y juntos pasaron al gabinete.

Los tres canónigos se levantaron; la señora que parecía un
fraile sonrió satisfecha y murmuró:

—¡Ah, señor Provisor!...

—Gracias a Dios, señor perdido —gritó la Marquesa incorporándose un poco y alargando una mano, que desde lejos, y gracias a su buena estatura, pudo estrechar el Magistral con gallardía, haciendo un arco sobre el cuerpo gentil, color cereza, de Obdulia, que desde allá abajo parecía querer tragar al buen mozo en los abismos de los grandes ojos negros.

El Arcediano se quedó con el abanico abierto, inmóvil, como aspa de molino sin aire. Comprendió de repente que acababa de ser desbancado; de papel principal se convertía en partiquino. En efecto, su discurso, que escuchaban con deleite curas y damas, se ahogó sin que nadie lo echase de menos. Glocester se sintió eclipsado de tal modo, que hasta creyó tener frío, como si de pronto se hubiera escondido el sol.

«Siempre sucedía lo mismo; había motivo para aborrecer a aquel hombre.» Sin embargo, Moruelo, a fuer de canónigo de mundo, ocultó una vez más sus sentimientos y tendió la mano a su enemigo, acompañando la acción con una catarata de gritos guturales con que significaba su inmensa alegría.

—¡Hola, hola, hola!... —y daba palmaditas en el hombro al otro.

El Magistral no pudo saborear tranquilamente aquel triunfo vulgar, ordinario, porque sin querer pensaba en el grupo de la ventana del comedor. Mientras respondía con modestia y discreción a todos aquellos amigos, su imaginación estaba afuera.

Pasaban minutos y minutos, y los del comedor no venían.

«¿Comería en casa de la marquesa, Anita? Entonces no iría a reconciliar aquella tarde, como rezaba su carta.»

La aparente cordialidad y la alegría expansiva de todos los presentes ocultaban un fondo de rencores y envidias. Aquellas señoras, clérigos y caballeros particulares estaban divididos en dos bandos enemigos en aquel instante: el bando de los envidiados y el de los envidiosos; el de los convidados a comer, que eran pocos, y el de los no convidados. Aunque se hablaba tanto de tantas cosas, la idea que preocupaba a todos era la del convite. No se aludía a él y no se pensaba en otra cosa. Empezaron las despedidas, y los que se iban disimulaban el despecho, cierta vergüenza; se creían humillados, casi en ridículo. Muchacho había que saludaba torpemente y salía como corrido. Las señoras eran las que peor fingían tranquilidad e indiferencia. Algunas salían ruborizadas. Glocester era de los que no estaban convidados. La duda que le mortificaba era ésta: «¿Y él? ¿Está convidado De Pas?» No lo sabía, y no quería marcharse sin averiguarlo. Como pasaba el tiempo, y ya gabinete y salón quedaban poco a poco despejados, el Magistral creyó que debía irse. Se acercó a la Marquesa, pero no tuvo valor para despedirse y le habló de cualquier cosa. En aquel momento entró Visitación en el gabinete, echando fuego por los ojos y mejillas, habló aparte, y «con permiso de aquellos señores», a la Marquesa y a Obdulia: las tres rodearon al Magistral y con permiso de los señores —que ya no eran más que el Arcediano y dos pollos vetustenses insignifican- tes—, tuvieron con él un conciliábulo en que hubo risas, protestas del Magistral, mimosas y elegantes en los gestos que las acom- pañaban. En los murmullos de las damas había súplicas en que- jidos, coqueterías sin sexo, otras con él, aunque honestamente señaladas. Glocester, que fingía atender a lo que decían los pollos insulsos, devoraba con el rabillo del ojo a los del grupo. «No cabía duda, le estaban suplicando que se quedase a comer.» Terminó el conciliábulo, salieron Obdulia y Visitación, corriendo, alborotando, haciendo alarde de la confianza con que trataban a los marqueses, y los jóvenes se despidieron. Quedaban en el gabinete la Marquesa, el Magistral y Glocester. Hubo un momen- to de silencio. El Arcediano se dio un minuto de prórroga para ver si el otro se despedía también. En el salón se oyó la voz de algunos que decían adiós al Marqués. Ya no quedaban en la casa más que los convidados. Glocester, sacando fuerzas de fla- queza, se levantó, tendió la mano a doña Rufina, y salió diciendo chistes, haciendo venias y prodigando risas falsas. Iba ciego; cie- go de vergüenza y de ira. «¡Convidar al otro…, a un prebendado de oficio…, y desairarle a él, que era dignidad! ¡Siempre el ene- migo triunfante! Pero ya las pagaría todas juntas.»

En el portal, mientras se echaba el manteo al hombro (y eso que hacía calor) pensó esta frase: «¡Esta señora marquesa es una… trotaconventos, es una Celestina! ¡Se quiere perder a esa joven! ¡Se quiere *metérselo por los ojos*!» Y salió a la calle pensando atrocidades y buscando fórmula *decorosa* para comuni- car al prójimo lo que pensaba.

Los convidados eran: Quintanar y señora, Obdulia Fandiño, Visitación, doña Petronila Rianzares —la señora que parecía un fraile—, Ripamilán, Alvaro Mesía, Saturnino Bermúdez, Joaquín Orgaz, y a última hora el Magistral con algunos otros vetustenses ilustres, verbigracia, el médico Somoza. Edelmira se cuenta como de la casa, pues en ella era huésped.

Otros años no se celebraban de esta manera los días de Paco; los celebraba él fuera de casa. Pero esta vez se había improvisa- do aquella fiesta de confianza y se comía a la española, por ex- cepción, para visitar por la tarde, en los coches de la casa, el Vívero, donde el marqués tenía una quinta rodeada de grandes bosques y una fábrica de curtidos, montada a la antigua. Se tra- taba de ir a ver los perros de caza y uno del monte de San Ber- nardo que Paco había comprado días antes. Eran su orgullo. Después de las mujeres venales, el marquesito adoraba los ani- males mansos, sobre todo perros y caballos.

Lo de convidar al Magistral había sido un *complot* entre Quin- tanar, Paco y Visitación. La idea se debía a la del Banco. Era una broma que quería darle a Mesía; quería ver al confesor y al diablo, al tentador, uno enfrente de otro. A Quintanar se le dijo que se convidaba a De Pas para ver a Obdulia coquetear con el clérigo, y al pobre Bermúdez, enamorado de la viuda, rabiar en silencio. A Quintanar le pareció bien la ocurrencia, pero dijo «que él se lavaba las manos, por lo que había de irreverente en el propósito; a pesar de que ya se sabía que él consideraba a los curas tan hombres como los demás».

—Por otra parte —añadió el ex regente—, me alegro de que don Fermín coma con nosotros, porque de este modo se le quitará a mi mujer la idea empecatada de ir a reconciliar esta tarde... Quiero que se acostumbre a ver a su nuevo confesor de cerca para que se convenza de que es un hombre como los demás. Eso es, y salvo el respeto debido, a ver si ustedes me lo emborrachan.

Paco no quería perjudicar a Mesía en sus planes, a los cuales tal vez obedecía en parte la fiesta de aquel día; pero encontró muy gracioso y picante el molestar al señor Magistral, si, como Visitación sospechaba, a este ilustre canónigo le disgustaba ver a la Regenta entregada al brazo secular de Mesía.

Visitación había dicho a Paco de buenas a primeras que ella lo sabía todo, que Alvaro tampoco para ella tenía secretos.

—Pero ¿y Ana? ¿Te ha dicho algo?

—¿Ana? En su vida; buena es ella. Pero déjate...

—Por supuesto, que no se trata más que de una *cosa... espiritual*.

—Ya lo creo..., espiritualísima.

—Porque si no, nosotros... no nos prestaríamos... Ya ves... el pobre don Víctor...

—¡Ya se ve! Bromas, chico, nada más que bromas; pero ya verás como al Provisor le saben a cuerno quemado. —Así hablaba Visitación con sus amigos íntimos.

—Le consolará Obdulia, que le asedia y le prefiere a don Saturno, al mitrado y a mi amigo Joaquín.

—Pero él la aborrece, es muy escandalosa..., no le gustan así.

—Tú sí que le odias a él.

—Me cargan los hipócritas, chico. Y oye; a ti te conviene que el Magistral se quede.

—¿Por qué?

—Porque Obdulia te dejará en paz, y podrás cultivar a la primita... ¡Oh, eso sí que no te lo perdono! Protejo la inocencia..., yo vigilaré...

—No seas boba..., basta que esté en mi casa para que yo la respete.

—¡Ay, ay! ¡Qué bueno es eso! Mire el señor del respeto. No me fío...

Edelmira había interrumpido el diálogo, y sin más, se convino en rogar a la Marquesa que convidase, con reiteradas súplicas, si era preciso, al señor Magistral.

Visitación lo arregló todo en un minuto.

Como siempre. Donde ella estaba, nadie hacía nada más que

ella. Pasaba la vida ocupada en su gran pasión de tratar asuntos
de los demás, de chupar golosinas ajenas y comer fuera de casa.
Allá quedaba el modesto marido, el humilde empleado del Banco, de cuerpo pequeño, de rostro de ángel envejecido, atusando
el bigote gris y cuidando de la prole. Visitación lo exigía así. No
había de hacerlo ella todo.

¿Quién guiaba la casa? ¿Quién la salvaba en los apuros?
¿Quién conjuraba las cesantías? ¿Quién sorteaba las dificultades
del presupuesto? ¿Quién era allí el gran arbitrista rentístico?
Visitación. Pues que la dejasen divertirse, salir; no parar en casa
en todo el día. Además, era mujer de tal despacho, que su ajuar
quedaba dispuesto para todo el día, la casa limpia, la comida
preparada antes que en otros lugares se diese un escobazo y se
encendiese lumbre. Algo sucio iba todo, pero ya tranquila la conciencia, salía a caza de noticias, de chismes, de terrones de azúcar
y de recomendaciones la señora del Banco que estaba en todas
partes y siempre en activo servicio.

Su nueva campaña, la más importante acaso de su vida, la
llamaba ella *para meterla por los ojos a ése:* el dativo que se
suplía era Anita. Quería meterle a don Alvaro por los ojos, y
después de la conversación de la tarde anterior con Mesía, no
pensaba en otra cosa. Por la mañana había ido a casa de Quintanar, quien se paseaba por su despacho en mangas de camisa,
con los tirantes bordados colgando: representaban, en colores vivos de seda fina, todos los accidentes de la caza de un ciervo
fabuloso de cornamenta inverosímil. Ocupábase don Víctor en
abrochar un botón del cuello, mordía el labio inferior y esti-
raba la cabeza hacia lo alto, como si pidiera ayuda a lo sobrenatural y divino. Visitación entró en el despacho equivocada.

—¡Ah! Usted dispense —dijo—; ¿estorbo?

—No, hija, no; llega usted a tiempo. Este pícaro botón...

Y mientras le abrochaba la dama, sin quitarse los guantes,
el botón del cuello, don Víctor comenzó a darle cuenta de sus
propósitos irrevocables de distraer a su mujer...

—Mi programa es éste.

Y se lo expuso *c* por *b*.

Visitación lo aprobó en todas sus partes y juntos se fueron al
tocador de Ana, que de prisa, y como ocultándose, cerraba en
aquel instante la carta que poco después don Fermín leía delante de su madre.

Casi a viva fuerza habían hecho Visitación y Quintanar que
Ana se vistiera, «como Dios manda», y saliese con ellos. Visita
se había separado en la plaza de la catedral para ir al asunto de
la *Libre Hermandad*. En casa de Vegallana se volverían a ver.
La Marquesa había escrito muy temprano a los Quintanar con-
vidándoles a comer y anunciándoles el programa del día. Ana
disputó con su marido; quería ir a reconciliar, se lo había dicho
así en una carta al Provisor, no era cosa de traerle y llevarle.
«¡Nada, nada! Don Víctor estaba dispuesto a ser inflexible.»

—Reconciliarás, si te encuentras con fuerzas para ello, después de comer en casa del Marqués; y presto, para ir en seguida al Vivero... ¡No transijo!

Y se fueron a dar los días a varios Franciscos y Franciscas.

A la una y cuarto estaban en casa del Marqués.

Lo primero que vio Ana fue a don Alvaro.

Tuvo miedo de ponerse encarnada, de que le temblase la voz al contestar al cortés saludo de Mesía. Miró a su marido, algo asustada, pero Quintanar estrechaba la mano de don Alvaro con cariñosa efusión. Le era muy simpático, y aunque se trataban poco, cada vez que se hablaban estrechaban los lazos de una amistad incipiente que «amenazaba» ser íntima y duradera. Don Alvaro tenía para Quintanar el raro mérito de no ser terco; en Vetusta todos lo eran según el buen aragonés; pero aquel modelo de caballeros elegantes no insistía en mantener una opinión descabellada; siempre concluía por darle la razón a Quintanar, quien decía a espaldas del buen mozo: «Si éste se fuera a Madrid, ¡haría carrera! ¡Con esa figura, y ese aire, y ese talento social!... ¡Oh, ha de ser un hombre!»

Ana tomó la resolución repentina de dominarse, de tratar a don Alvaro como a todos, sin reservas sospechosas, pensando que en rigor nada había, ni podía, ni debía haber entre los dos.

Cuando, pocos minutos después, hábilmente la sitiaba junto a una ventana del comedor, mientras Víctor iba con Paco a las habitaciones de éste a ponerse el batín ancho y corto, la Regenta necesitó recordar, para mantenerse fría y serena, que nada serio había habido entre ella y aquel hombre; que las miradas que podían haberle envalentonado no eran compromisos de los que echa en cara ningún hombre de mundo. Ana hablaba de los hombres de mundo por lo que había leído en las novelas; ella no los había tratado en este terreno de prueba.

Don Alvaro se guardó de aludir al encuentro de la noche anterior; nada dijo de la escena rápida del parque; pero habló con más confianza, en un tono familiar que nunca había empleado con ella. Se habían hablado pocas veces y siempre entre mucha gente. Ana trataba a todo Vetusta, pero con los hombres siempre habían sido poco íntimas y nada continuadas sus relaciones. Sólo Paco y Frígilis eran amigos de confianza. No era expansiva; su amabilidad invariable no animaba, contenía. Visita aseguraba que aquel corazoncito no tenía puerta. Ella no había encontrado la llave por lo menos.

Don Alvaro habló mucho y bien, con naturalidad y sencillez, procurando agradar a la Regenta por la bondad de sus sentimientos más que por el brillo y originalidad de las ideas. Se veía claramente que buscaba simpatía, cordialidad, y que se ofrecía como un hombre de corazón sano, sin pliegues ni repliegues. Reía con franca jovialidad, abriendo bastante la boca y enseñando una dentadura perfecta. Ana encontró de muy buen gusto el sesgo que Mesía daba a su extraña situación. Cuando don Alvaro callaba, ella volvía a sus miedos; se le figuraba que él también volvía a pensar en lo que mediaba entre ambos, en la aparición diabólica de la noche anterior, en el paseo por las calles, y en tantas citas implícitas, buscadas, indagadas, solicitadas sin saber cómo por él; cobarde, criminalmente consentidas por ella.

Mesía era poco más alto que Ana; don Alvaro tenía que inclinarse para que su aliento, al hablar, rozase blandamente la cabeza graciosa y pequeña de la dama. Parecía una sombra protectora, un abrigo, un apoyo; se estaba bien junto a aquel hombre como una fortaleza. Ana, mientras oía, con la frente inclinada, mirando las piedras del patio, sólo podía vislumbrar de soslayo el gabán claro, pulquérrimo, del buen mozo. Don Alvaro, al moverse con alguna viveza, dejaba al aire un perfume que Ana la primera vez que lo sintió reputó delicioso, después temible; un perfume que debía marear muy pronto; ella no lo conocía, pero debía de tener algo de tabaco bueno y otras cosas puramente masculinas, pero de hombre elegante sólo. A veces la mano del interlocutor se apoyaba sobre el antepecho de la ventana; Ana veía, sin poder remediarlo, unos dedos largos, finos, de cutis blanco, venas azules y uñas pulidas, ovaladas y bien cortadas. Y si bajaba los ojos más, para que el otro no creyese que le contemplaba las manos, veía el pantalón que caía en graciosa curva sobre un pie estrecho, largo, calzado con esmero ultravetustense. No podía haber pecado ni cosa parecida en reconocer que todo aquello era agradable, parecía bien y debía ser así.

Ana oía vagamente los ruidos de la cocina donde Pedro disponía con voces de mando los preparativos de la comida; el rumor de los surtidores del patio y las carcajadas y gritos de su marido, de Visita, de Edelmira y de Paco, que iban y venían por las escaleras, por los corredores, por la huerta, por toda la casa.

No había visto al Provisor entrar. Visita se acercó a la ventana para decirle al oído:

—Hijita, si quieres, puedes confesar ahora porque ahí tienes al padre espiritual... Ya comerá contigo.

Ana se estremeció y se separó de Mesía sin mirarle.

—¡Hola, hola! —dijo don Víctor, que entraba dando el brazo a la robusta y colorada Edelmira—, mujercita mía, ¿conque se está usted de palique con ese caballero? Pues aquí me tiene usted con mi parejita, eso es, en justa venganza.

Sólo Edelmira rió la gracia, que tenía para ella novedad. Pasaron todos al salón donde estaban los demás convidados. Obdulia hablaba con el Magistral y Joaquinito Orgaz, el Marqués discutía con Bermúdez, que inclinaba la cabeza a la derecha, abría la boca hasta las orejas sonriendo, y con la mayor cortesía del mundo ponía en duda las afirmaciones del magnate.

—Sí, señor; yo derribaba San Pedro sin inconveniente y hacía el mercado...

—¡Oh, por Dios, señor Marqués! No creo que usted se atreviera..., sus ideas...

—Mis ideas son otra cosa. El mercado de las hortalizas no puede seguir al aire libre, a la intemperie.

—Pero San Pedro es un monumento y una gloriosa reliquia.

—Es una ruina.

—No tanto...

El Magistral intervino, huyendo de Obdulia, que le asediaba ya, según habían previsto Paco y Visita.

Al entrar en el salón la Regenta, De Pas interrumpió una frase pausada y elegante, porque no pudo menos, y se inclinó saludando sin gran confianza.

Detrás de Ana apareció Mesía, que traía la mejilla izquierda algo encendida y se atusaba el rubio y sedoso bigote. Venía mirando al frente, como quien ve lo que va pensando y no lo que tiene delante. El Magistral le alargó la mano, que Mesía estrechó mientras decía:

—Señor Magistral..., tengo mucho gusto...

Se trataban poco y con mucho cumplido. Ana los vio juntos, los dos altos, un poco más Mesía, los dos esbeltos y elegantes, cada cual en su género; más fornido el Magistral, más noble de formas don Alvaro, más inteligente por gestos y miradas el clérigo, más correcto de facciones el elegante.

Don Alvaro ya miraba al Provisor con prevención, ya le temía; el Provisor no sospechaba que don Alvaro pudiera ser enemigo tentador de la Regenta; si no le quería bien, era por considerar peligrosa para la propia la influencia del otro en Vetusta, y porque sabía que sin ser adversario boquirroto y declarado de la Iglesia, no la estimaba. Cuando le vio con Anita en la ventana, conversando tan distraídos de los demás, sintió don Fermín un malestar que fue creciendo mientras tuvo que esperar su presencia.

Ana le sonrió con dulzura franca y noble y con una humildad pudorosa que aludía, con el rubor ligero que le mostraba, los secretos confesados la tarde anterior. Recordó todo lo que se habían dicho y que había hablado como con nadie en el mundo con aquel hombre que le había halagado el oído y el alma con palabras de esperanza y consuelo, con promesas de luz y de poesía, de vida importante, empleada en algo bueno, grande y digno de lo que ella sentía dentro de sí, como siendo el fondo del alma. En los libros algunas veces había leído algo así, pero ¿qué vetustense sabía hablar de aquel modo? Y era muy diferente leer tan buenas y bellas ideas, y oírlas de un hombre de carne y hueso, que tenía en la voz un calor suave y en las letras silbante música, y miel en palabras y movimientos. También recordó Ana la carta que pocas horas antes le había escrito, y éste era otro lazo agradable, misterioso, que hacía cosquillas a su modo. La carta era inocente, podía leerla el mundo entero; sin embargo, una carta de que podía hablar a un hombre, que no era su marido, y que este hombre tenía acaso guardada cerca de su cuerpo y en la que pensaba tal vez.

No trataba Ana de explicarse cómo esta emoción ligeramente voluptuosa se compadecía con el claro concepto que tenía de la clase de amistad que iba naciendo entre ella y el Magistral. Lo que sabía a ciencia cierta era que en don Fermín estaba la salvación, la promesa de una vida virtuosa sin aburrimiento, llena de ocupaciones nobles, poéticas, que exigían esfuerzos, sacrificios, pero que por lo mismo daban dignidad y grandeza a la existencia muerta, animal, insoportable que Vetusta le ofreciera hasta el día. Por lo mismo que estaba segura de salvarse de la tentación francamente criminal de don Alvaro, entregándose a don Fermín, quería desafiar el peligro y se dejaba mirar a las pupilas por aquellos ojos grises, sin color definido, transparentes, fríos casi siempre, que de pronto se encendían como el fanal de un faro, diciendo con sus llamaradas desvergüenzas de que no tenía derecho a quejarse. Si Ana, asustada, otra vez buscaba amparo en los ojos del Magistral, huyendo de los otros, no encontraba más que el telón de carne blanca que los cubría, aquellos párpados insignificantes, que ni discreción expresaban siquiera, al caer con la casta oportunidad de ordenanza.

Pero al conversar, don Fermín no tenía inconveniente en mirar a las mujeres; miraba también a la Regenta, porque entonces sus ojos no eran más que un modo de puntuación de las palabras; allí no había sentimiento, no había más que inteligencia y ortografía. En silencio y cara a cara era como él no miraba a las señoras si había testigos.

Don Alvaro vio que mientras la conversación general ocupaba a todos los convidados, que esperaban en el salón, en pie los más, la voz que les llamase a la mesa, Ana, disimuladamente, se había acercado al Magistral y junto a un balcón le hablaba un poco turbada y muy quedo, mientras sonreía ruborosa.

Mesía recordó lo que Visitación le había dicho la tarde anterior: «Cuidado con el Magistral, que tiene mucha teología parda». Sin que nadie le instigara, era él ya muy capaz de pensar groseramente de clérigos y mujeres. No creía en la virtud; aquel género de materialismo que era su religión, le llevaba a pensar que nadie podía resistir los impulsos naturales, que los clérigos eran hipócritas necesariamente, y que la lujuria mal refrenada se les escapaba a borbotones por donde podía y cuando podía. Don Alvaro que sabía presentarse como un personaje de novela sentimental e idealista, cuando lo exigían las circunstancias, era en lo que llamaban *El Lábaro* el santuario de la conciencia un cínico sistemático. En general envidiaba a los curas con quienes confesaban sus queridas y los temía. Cuando él tenía mucha influencia sobre alguna mujer, le prohibía confesarse. «Sabía muchas cosas.» En los momentos de pasión desenfrenada a que le arrastraba *a la hembra* siempre que podía, para hacerla degradarse y gozar él de veras con algo nuevo, obligaba a su víctima a desnudar el alma en su presencia, y las aberraciones de los sentidos se transmitían a la lengua, y brotaban entre caricias absurdas y besos disparatos confesiones vergonzosas, secretos de mujer que Mesía saboreaba y apuntaba en la memoria. Como un mal clérigo, que abusa del confesonario, sabía don Alvaro flaquezas cómicas o asquerosas de muchos maridos, de muchos amantes, sus antecesores, y en el número de aquellas crónicas escandalosas entraban, como parte muy importante del caudal de obscenidades, las pretensiones lúbricas de sus *solicitantes,* sus extravíos, dignos de lástima unas veces, repugnantes, odiosas las más. Orgulloso de aquella ciencia, Mesía generalizaba y creía estar en lo firme, y apoyarse en «hechos repetidos hasta lo infinito» al asegurar que la mujer busca en el clérigo el placer secreto y la voluptuosidad espiritual de la tentación, mientras el clérigo abusa, sin excepciones, de las ventajas que le ofrece una institución «cuyo carácter sagrado don Alvaro no discutía...» delante de gente, pero que negaba en sus soledades de materialista en octavo francés, de materialista a lo *commins-voyageur.*

No pensaba, Dios le librase, que el Magistral buscara en su nueva hija de penitencia la satisfacción de groseros y vulgares apetitos; ni él se atrevía a tanto, ni con dama como aquélla era posible intentar semejantes atropellos, pero «por lo fino, por lo fino» —repetía pensándolo—, es lo más probable que pretenda seducir a esta hermosa mujer, desocupada, en la flor de la edad y sin amar. «Sí, este cura quiere hacer lo mismo que yo, sólo que por otro sistema y con los recursos que le facilita su estado y su oficio de confesor... ¡Oh!, debía acudir antes para impedirlo, pero ahora no puedo, aún no tengo autoridad para tanto.» Estas y otras reflexiones análogas pusieron a Mesía de mal humor y airado contra el Magistral, cuya influencia en Vetusta, especialmente sobre el sexo débil y devoto, le molestaba mucho tiempo hacía.

—¿De modo que esta tarde ya no puede ser? —decía Ana con humilde voz, suave, temblorosa.

—No, señora —respondió el Magistral, con el timbre de un céfiro entre flores—; lo principal es cumplir la voluntad de don Víctor, y hasta adelantarse a ella cuando se pueda. Esta tarde alegría, y nada más que alegría. Mañana temprano.

—Pero usted se va a molestar. Usted no tiene costumbre de ir a la catedral a esa hora.

—No importa, iré mañana, es un deber..., y es para mí una satisfacción poder servir a usted, amiga mía.

No era en estas palabras, de una galantería vulgar, donde estaba la dulzura inefable que encontraba Ana en lo que oía: era en la voz, en los movimientos, en un olor de *incienso espiritual* que parecía entrar hasta el alma.

Quedaron en que a la mañana siguiente, muy temprano, don Fermín esperaría en su capilla a la Regenta para reconciliar.

—Y mientras tanto, no pensar en cosas serias; divertirse, alborotar, como manda el señor Quintanar, que además de tener derecho para mandarlo, pide muy cuerdamente. Es muy posible

que sus... tristezas de usted, esas inquietudes... —el Magistral
se puso levemente sonrosado, y le tembló algo la voz, porque
estaba aludiendo a las confidencias de la tarde anterior—, esas
angustias de que usted se queja y se acusa tengan mucho de nerviosas y también puedan curarse, en la parte que al mal físico
corresponde, con esa nueva vida que le aconsejan y le exigen.
Sí, señora, ¿por qué no? Oh, hija mía, cuando nos conozcamos
mejor, cuando usted sepa cómo pienso yo en materia de *placeres mundanos*... (eran sus frases...), los *placeres del mundo* pueden ser, para un alma firme y bien alimentada, pasatiempo inocente, hasta soso, insignificante; distracción útil, que se aprovecha como una medicina insípida, pero eficaz.

Ana comprendía perfectamente. «Quería decir el Magistral que
cuando ella gozase las delicias de la virtud, las diversiones con
que podía solazarse el cuerpo le parecerían juegos pueriles, vulgares, sin gracia, buenos sólo porque la distraían y daban descanso al espíritu. Entendido. Después de todo, así era ahora: ¡la
divertían tan poco los bailes, los teatros, los paseos, los banquetes de Vetusta!»

Quintanar se acercó, y como oyera a don Fermín repetir que
era higiénico el ejercicio y muy saludable la vida alegre, distraída, aplaudió al Magistral con entusiasmo, y aún aumentó su satisfacción cuando supo que ya no reconciliaría Ana aquella
tarde.

—¡Absurdo! —dijo don Fermín—; esta tarde al campo, al
Vivero...

—¡A comer, a comer! —gritó la Marquesa desde la puerta del
salón donde acababa de recibir la noticia.

—¡Santa palabra! —exclamó el Marqués.

Cada cual dijo algo en honor del nuncio, y todos hablando,
gesticulando, contentos, «sin ceremonias», que eran excusadas en
casa de doña Rufina, pasaron al comedor. Los marqueses de Vegallana sabían tratar a sus convidados con todas las reglas de la
etiqueta empalagosa de la aristocracia provincial; pero en estas
fiestas de amigos íntimos, de que a propósito se excluía a los
parientes linajudos que no gustaban de ciertas confianzas, se
portaban como pudiera cualquier plebeyo rico, aunque sin perder, aun en las mayores expansiones, algunos aires de distinción
y señorío vetustense que le eran ingénitos. El Marqués tenía
el arte de saber darse tono *a la pata la llana,* como él decía en
la prosa más humilde que habló aristócrata.

«La comida era de confianza, ya se sabía.» Esto quería decir
que el Marqués y la Marquesa no prescindirían de sus manías y
caprichos gastronómicos en consideración a los convidados; pero
éstos serían tratados a cuerpo de rey; la confianza en aquella
mesa no significaba la escasez ni el desaliño; se prescindía de la
librea, de la vajilla de plata, heredada de un Vegallana, alto
dignatario en México, de las ceremonias molestas; pero no de los
vinos exquisitos, de los aperitivos y entremeses, en que era nota-

ble aquella mesa, ni, en fin, de comer lo mejor que producía la
fauna y la flora de la provincia, en agua, tierra y aire. Otros
aristócratas disputaban a Vegallana la supremacía en cuestión de
nobleza o riqueza, pero ninguno se atrevía a negar que la cocina
y la bodega del Marqués eran las primeras de Vetusta.

Ordinariamente la Marquesa se hacía servir por muchachas de
veinte abriles próximamente, guapas, frescas, alegres, bien vestidas y limpias como el oro.

«—Ello será de mal tono —decía—, cosa de pobretes, pero
todos mis convidados quedan contentos de tal servicio.»

«—Porque tengo observado —añadía—, que a las señoras no
les gustan, por regla general, los criados; no se fijan en ellos,
y a los hombres siempre les gustan las buenas mozas, aunque
sea en la sopa.»

Paquito había acogido con entusiasmo la innovación de su
mamá, diciendo:

«—¡Eso es! Esta servidumbre de doncellas parece que alegra;
me recuerda las horchaterías y algunos cafés de la Exposición.»

Al Marqués le era indiferente el cambio. De todas suertes él
no pecaba en casa, ni siquiera dentro del casco de la población.

El comedor era cuadrado, tenía vistas a la huerta y al patio
mediante cuatro grandes ventanas rasgadas hasta cerca del techo, no muy alto. En cada ventana había acumulado la marquesa
flores en tiestos, jardineras, jarrones japoneses, más o menos auténticos, y contrastaban los colores vivos y metálicos de esta
exposición de flores con los severos tonos del nogal mate que
asombraban el artesonado del techo y se mostraban en moldu-
ras y tableros de los grandes armarios corridos, de cristales, que
rodeaban el comedor en todo el espacio que dejaban libres los
huecos y un gran sofá arrimado a un testero. También adornaban
las paredes, allí donde cabían, cuadros de poco gusto, pero todos alusivos a las múltiples industrias que tienen relación con el
comer bien. Allí la caza del tiempo que se le antojaba a Vegallana del feudalismo; la castellana en el palafrén, el paje a sus pies
con el azor en el puño levantado sobre su cabeza; la garza allá
en las nubes, de color de yema de huevo; más atrás el amo de
aquellos bosques, del castillo roquero y del pueblecillo que se
pierde en lontananza... Enfrente una escena de novela de Feuillet;
caza también; pero sin garza, ni azor, ni señor feudal: un rincón
del bosque, una dama que monta a la inglesa, y un jinete que le
va a los alcances dispuesto, según todas las señas, a besarle una
mano en cuanto pueda cogerla... En otra parte una mesa revuelta; más allá un bodegón de un realismo insufrible después de
comer. Y por último, en el techo, en la vertical del centro de
mesa, en un medallón, el retrato de don Jaime Balmes, sin que
se sepa por qué ni para qué. ¿Qué hace allí el filósofo catalán?
El Marqués no ha querido explicarlo a nadie. A Bermúdez le
parece un absurdo; Ronzal dice que es «un anacronismo»; pero
a pesar de estas y otras murmuraciones, conserva en el meda-

llón a Balmes y no da explicaciones el jefe del partido conservador de Vetusta.

A la Marquesa le parece ésta una de las tonterías menos car-
gantes de su marido.

Se sentaron los convidados; no hubo más sillas destinadas que
las de la derecha e izquierda respectivas de los amos de la casa.
A la derecha de doña Rufina se sentó Ripamilán y a su izquierda
el Magistral; a la derecha del Marqués doña Petronila Rianzares
y a la izquierda don Víctor Quintanar. Los demás, donde quisieron o pudieron. Paco estaba entre Edelmira y Visitación; la
Regenta entre Ripamilán y don Alvaro; Obdulia entre el Magistral y Joaquín Orgaz; don Saturnino Bermúdez entre doña Petronila y el capellán de los Vegallana. Don Víctor tenía a su
izquierda a don Robustiano Somoza, el rozagante médico de la
nobleza, que comía con la servilleta sujeta al cuello con un gracioso nudo.

El Marqués, antes que los demás comiesen la sopa, se sirvió
un gran plato de sardinas, mientras hablaba con doña Petronila
del derribo de San Pedro, que a la dama le parecía ignominioso.
Los convidados en tanto se entretenían con los variados, ricos
y raros entremeses. ¡Ya lo sabían! Estaban en confianza y había
que respetar las costumbres que todos conocían. Vegallana empezaba siempre por sus sardinas; devoraba unas cuantas docenas,
y en seguida se levantaba, y discretamente desaparecía del comedor. Siguiendo uso inveterado, todos hicieron como que no notaban la ausencia del Marqués; y en tanto llegó y se sirvió la sopa.
Cuando el amo de la casa volvió a su asiento, estaba un poco
pálido y sudaba.

—¿Qué tal? —preguntó la marquesa entre dientes, más con el
gesto que con los labios.

Y su esposo contestó con una inclinación de cabeza, que quería decir:

—¡Perfectamente! —Y en tanto se servía un buen plato de
sopa de tortuga. El marqués ya no tenía las sardinas en el
cuerpo.

Otro misterio como el de Balmes en el techo.

La marquesa hacía sus comistrajos singulares, en que nadie
reparaba ya tampoco; comía lechuga con casi todos los platos y
todo lo rociaba con vinagre o lo untaba con mostaza. Sus vecinos conocían sus caprichos de la mesa y la servían solícitos, con
alardes de larga experiencia en aquellas combinaciones de adere-
zos avinagrados en que ayudaban al ama de casa. Ripamilán,
mientras discutía acalorado con su querido amigo don Víctor,
en pie, moviendo la cabeza como un resorte, arreglaba la ensalada tercera de la marquesa, con una habilidad de máquina en
buen uso, y la señora le dejaba hacer, tranquila, aunque sin quitar ojo de sus manos, segura del acierto del diminuto canónigo.

—¡Señor mío! —gritaba Ripamilán, mientras disolvía sal en
el plato de doña Rufina batiendo el aceite y el vinagre con la

punta de un cuchillo—; ¡señor mío!, yo creo que el señor de
Carraspique está en su perfecto derecho; y no sé de dónde le
vienen a usted esas ideas disolventes, que en cuarenta años que
llevamos de trato no le he conocido...

—¡Oiga usted, mal clérigo! —exclamó Quintanar, que estaba
de muy buen humor y empezaba a sentirse rejuvenecido—; yo
bien sé lo que me digo, y ni tú ni ningún calaverilla ochentón
como tú me da a mí lecciones de moralidad. Pero yo soy liberal...

—Pamplinas.

—Más liberal. hoy que ayer, mañana más que hoy...

—¡Bravo!, ¡bravo! —gritaron Paco y Edelmira, que también
se sentían muy jóvenes; y obligaron a don Víctor a chocar las
copas.

Todo aquello era broma; ni don Víctor era hoy más liberal
que ayer, ni trataba de usted a Ripamilán, ni le tenía por calavera; pero así se manifestaba allí la alegría que a todos los presentes comunicaba aquel vino transparente que lucía en fino cristal, ya con reflejos de oro, ya con misteriosos tornasoles de gruta
mágica, en el amaranto y el violeta oscuro del Burdeos en que
se bañaban los rayos más atrevidos del sol, que entraba atravesando la verdura de la hojarasca, tapiz de las ventanas del
patio. ¿Por qué no alegrarse? ¿Por qué no reír, disparatar? Todo
era contento: allá en la huerta rumores de agua y de árboles
que mecía el viento, cánticos locos de pájaros dicharacheros; de
las ventanas del patio venían perfumes traídos por el airecillo
que hacía sonajas de las hojas de las plantas. Los surtidores de
abajo eran una orquesta que acompañaba al bullicioso banquete;
Pepa y Rosa, vestidas de colorines, pero con trajes de buen corte
ceñido, airosas, limpias como armiños, sinuosas al andar de faldas sonoras, risueñas, rubia la una, morena como mulata la que
tenía nombre de flor, servían con gracia, rapidez, buen humor y
acierto, enseñando a los hombres dientes de perlas, inclinándose
con las fuentes con coquetona humildad, de modo que, según
Ripamilán, aquella buena comida presentada así era miel sobre
hojuelas.

Los de la mesa correspondían a la alegría ambiente; reían,
gritaban ya, se obsequiaban, se alababan mutuamente con pullas
discretas, por medio de antífrasis; ya se sabía que una censura
desvergonzada quería decir todo lo contrario: era un elogio sin
pudor.

En la cocina había ecos de la alegría del comedor; Pepa y
Rosa, cuando entraban con los platos, venían sonriendo todavía
al espectáculo que dejaban allá dentro; en toda la casa no había en aquel momento más que un personaje completamente serio: Pedro el cocinero. Ya se divertiría después, pero ahora
pensaba en su responsabilidad; iba y venía, dirigía aquello como
una batalla; se asomaba a veces a la puerta del comedor y rectificaba los ligeros errores del servicio con miradas magnéticas a

que obedecían Pepa y Rosa como autómatas, disciplinadas, a pesar de la expansión y la algazara, cual veteranos.

Después de Pedro, los menos bulliciosos eran la Regenta y el Magistral; a veces se miraban, se sonreían; De Pas dirigía la mirada a Anita de rato a rato, tendiendo hacia ella el busto por detrás de la Marquesa, para hacerse oír; don Alvaro los observaba entonces, silencioso, cejijunto, sin pensar que le miraba Visitación, que estaba a su lado. Un pisotón discreto de la del Banco le sacaba de sus distracciones.

—Pican, pican —decía Visita.

—¿El qué? —preguntaba la Marquesa, que comía sin cesar y muy contenta entre el bullicio—, ¿qué es lo que pica?

—Los pimientos, señora.

Y don Alvaro agradecía a Visitación el aviso y volvía a engolfarse en el palique general, ocultando como podía su aburrimiento, que para sus adentros llamaba soberano.

«¡Cosa más rara! Estaba tocando el vestido y a veces hasta sentía una rodilla de la Regenta, de la mujer que deseaba —¿cuándo se veía él en otra?—, y sin embargo se aburría, le parecía estar allí de más, seguro de que aquella comida no le serviría para nada en sus planes, y de que la Regenta no era mujer que se alegrase en tales ocasiones, a lo menos por ahora.»

«Sería una gran imprudencia dar un paso más; si yo aprovechase la excitación de la comida, me perdería para mucho tiempo en el ánimo de esta señora; estoy seguro de que ella también se siente excitadilla, de que también está pensando en mis rodillas y en mis codos; pero no es tiempo todavía de aprovechar estas ventajas fisiológicas... Esta ocasión no es ocasión... Veremos allá en el Vivero; pero aquí nada, nada; por más que pinche el apetito.» Y estaba más fino con Anita, la obsequiaba con *la distinción* con que él sabía hacerlo, pero nada más. Visitación veía visiones. «¿Qué era aquello?» Miraba pasmada a Mesía cuando nadie lo notaba, y abría los ojos mucho, hinchando los carrillos, gesto que daba a entender algo como esto:

«Me pareces un papanatas, y me pasma que estés hecho un doctrino cuando yo te he puesto a su lado con el mejor propósito.»

Mesía, por toda respuesta, se acercaba entonces a ella, le pisaba un pie; pero la del Banco le recibía a paraditas, con lo que daba a entender «que era tambor de marina» y que seguía dominando en ella el criterio que había presidido a la bofetada de la tarde anterior.

Paco no se atrevía a pisar a su *prima nueva,* pero la tenía encantada con sus bromas de señorito fino, que vivió y *la corrió* en Madrid. Además, ¡olía tan bien el primo y a cosas tan frescas y al mismo tiempo tan delicadas y elegantes! Allá en su pueblo Edelmira había pensado mucho en el marquesito, a quien había visto dos o tres veces siendo ella muy niña y él un adolescente. Ahora le veía como nuevo y superaba en mucho a sus sueños e imaginaciones; era más guapo, más sonrosado, más alegre y más gordo. El marquesito vestía aquella tarde un traje de alpaca fina, de color garbanzo, chaleco del mismo color, de piqué, y calzaba unas babuchas de verano que Edelmira consideraba el colmo de la elegancia, aunque parecía cosa de turcos. Los dijes del primo, la camisa de color, la corbata, las sortijas ricas y vistosas, las manos que parecían de señorita, todo esto encantaba a Edelmira, que era también muy amiga de la limpieza y de la salud.

Paco había ido aproximando una rodilla a la falda de la joven; al fin sintió una dureza suave, y ya iba a retroceder, pero la niña permaneció tan tranquila, que el primo dejó aquella pierna arrimada allí como si la hubiese olvidado. La inocencia de Edelmira era tan poco espantadiza, que Paco hubiera podido propasarse a pisarla un pie sin que ella protestase, a no sentirse lastimada. «Además —pensaba la joven—, éstas son cosas de aquí»; la tradición contaba mayores maravillas de la casa de los tíos.

Obdulia, sentada enfrente, miraba a veces con languidez a la rozagante pareja. Se acordaba del sol de invierno de la tarde anterior. ¡Paco ya lo había olvidado!, no pensaba más que en aquella hermosura fresca oliendo a hierba y romero que le venía de la aldea a alegrarle los sentidos. Pero la viuda, después de consagrar un recuerdo triste a sus devaneos de la víspera, se volvió al Magistral insinuante, provocativa; procuraba marearle con sus perfumes, con sus miradas de *telón rápido* y con cuantos recursos conocía y podían ser empleados contra semejante hombre y en tales circunstancias. De Pas respondía con mal disimulado despego a las coqueterías de Obdulia, y no le agradecía siquiera el holocausto que le estaba ofreciendo de los obsequios de Joaquín Orgaz, que ella desdeñaba con mal disimulado énfasis.

A Joaquinito le llevaban los demonios. «Aquella mujer era una... tal...», y lo decía en flamenco para sus adentros. «Pues ¿no le estaba poniendo varas al Provisor?». Esto, que no lo notaban o fingían no verlo, los demás convidados, lo estaba observando él por lo que le importaba. Pero no se daba por vencido, insistía en galantear a la viuda, fingiendo no ver lo del Magistral. Ordinariamente, Obdulia y Joaquinito se entendían. ¡Señor! ¡Si había llegado a darle cita en una carbonera! Verdad era que él no podía vanagloriarse de haber tomado aquella plaza... desmantelada; no había gozado los supremos favores... todavía; pero en fin, anticipos..., arras..., o como quiera llamarse, eso sí. ¡Oh!, como él llegara a vencer por completo, y así lo esperaba, ya le pagaría ella aquellos desdenes caprichosos, aquellos cambios de humor, y aquella humillación de posponerle a un *carca*.

El que no esperaba nada, el que estaba desengañado, triste hasta la muerte, era don Saturnino Bermúdez. Después de la escena de la catedral, donde creía haber adelantado tanto —bien a costa de su conciencia—, no había vuelto a ver a Obdulia; y aquella mañana, al acercarse a ella para decirle cuánto había padecido con la ausencia de aquellos días (si bien ocultando los testreñimientos que le habían tenido obseso y en cama), al ir a rezarle al oído el discursito que traía preparado —estilo Feuillet pasado por la sacristía—, Obdulia le había vuelto la espalda, y no una vez, sino tres o cuatro, dándole a entender claramente que *non erat hic locus*, que a él sólo se le toleraría en la iglesia.

«¡Así eran las mujeres! ¡Así era singularmente aquella mujer! ¿Para qué amarlas? ¿Para qué perseguir el ideal del amor? O, mejor dicho: ¿para qué amar a las mujeres vivas, de carne y hueso? Mejor era soñar, seguir soñando.» Así pensaba melancólicamente Bermúdez, que tenía el vino triste, mientras contestaba distraído, pero muy fríamente, a doña Petronila Rianzàres, que se ocupaba en hacer en voz baja un panegírico del Magistral, su ídolo. Bermúdez miraba de cuando en cuando a la Regenta, a quien había amado en secreto, y otras veces a Visitación, a quien había querido siendo él adolescente, allá por la época en que la del Banco, según malas lenguas, se escapó con un novio por un balcón. Ni siquiera Visitación le había hecho caso en su vida; jamás le había mirado con los ojillos arrugados con que ella creía encantar; no era desprecio; era que para las señoras de Vetusta Bermúdez era un sabio, un santo, pero no un hombre. Obdulia había descubierto aquel varón, pero había despreciado en seguida el descubrimiento.

El Magistral, Ripamilán, don Víctor, don Alvaro, el Marqués y el médico llevaban el peso de la conversación general; Vegallana y el Magistral tendían a los asuntos serios; pero Ripamilán y don Víctor daban a todo debate un sesgo festivo, y todos acababan por tomarlo a broma. El Marqués, en cuanto se sintió fuerte, merced al sabio equilibrio gástrico de líquidos y sólidos que él establecía con gran tino, insistió en su espíritu de reformista de cal y canto. «¡Ea!, que quería derribar a San Pedro; y que no se le hablase de sus ideas; aparte de que él no era un fanático, ni el partido conservador debía confundirse con ciertas doctrinas ultramontanas, aparte de esto, una cosa era la religión y otra los intereses locales; el mercado cubierto para las hortalizas era una necesidad. ¿Emplazamiento? Uno solo, no admitía discusión en esto: la plaza de San Pedro; pero ¿cómo?, ¿dónde? Mediante el derribo de la ruinosa iglesia.»

Doña Petronila protestaba invocando la autoridad del Magistral. El Magistral votaba con doña Petronila, pero no esforzaba sus argumentos. Ripamilán, que tenía los ojillos como dos abalorios, gritaba:

—¡Fuera ese iconoclasta! ¡Las hortalizas, las hortalizas! Eso quiere decir que a V. E, señor Marqués, la religión, el arte y la historia le importan menos que un rábano.

—¡Bravo, paisano! —gritó don Víctor, en pie, con una copa de *champagne* en la mano,

—No hay formalidad, no se puede discutir —decía el Marqués—; este Quintanar aplaude ahora al otro y antes se llamaba liberal.

—Pero ¿qué tiene que ver?

—No quiere usted derribar la iglesia, pero quería exclaustrar a las hijas de Carraspique...

—Víctor, Víctor, no disparates —se atrevió a decir sonriendo la Regenta.

—Son bromas —advirtió el Magistral.

—¿Cómo bromas? —gritó el médico—. A la fe de Somoza, que si don Víctor ataca a mi primo Carraspique en broma, yo empuño la espada, le ataco en serio y las cañas se vuelven lanzas. Señores, aquella niña se pudre...

Se acabó la discusión, sin causa, o por causa de los vapores del vino, mejor dicho. Todos hablaban; Paco quería también secularizar a las monjas; Joaquinito Orgaz comenzó a decir chistes flamencos que hacían mucha gracia a la Marquesa y a Edelmira. Visitación llegó a levantarse de la mesa para azotar con el abanico abierto a los que manifestaban ideas poco ortodoxas. Pepa y Rosa y las demás criadas sonreían discretamente, sin atreverse a tomar parte en el desorden, pero un poco menos disciplinadas que al empezar la comida. Pedro ya no se asomaba a la puerta. Se habían roto dos copas. Los pájaros de la huerta se posaban en las enredaderas de las ventanas para ver qué era aquello y mezclaban sus gritos gárrulos y agudos al general estrépito.

—¡El café en el cenador! —ordenó la Marquesa.

—¡Bien, bien! —gritaron don Víctor y Edelmira, que cogidos del brazo y a los acordes de la marcha real (decía el ex Regente), que tocaba allá dentro Visitación en un piano desafinado, se dirigieron los primeros a la huerta, seguidos de Paco, empeñado en ceñir las canas de don Víctor con una corona de azahar. La había encontrado en un armario de la alcoba de su hermana Emma. Allí iba a dormir Edelmira. Salieron todos a la huerta, que era grande, rodeada, como el Parque de los Ozores, de árboles altos y de espesa copa, que ocultaban al vecindario gran parte del recinto. Don Víctor, Paco y Edelmira corrían por los senderos allá lejos entre los árboles. Don Alvaro daba el brazo a la Marquesa, y delante de ellos, detenida por la conversación de doña Rufina, iba Anita, mordiendo hojas de boj de los parterres, con la frente inclinada, los ojos brillantes y las mejillas encendidas. El Magistral se había quedado atrás, en poder de doña Petronila Rianzares, que le hablaba de un asunto serio: la casa de las Hermanitas de los Pobres que se construía cerca del Espolón, en terrenos regalados por doña Petronila con admiración y aplauso de toda Vetusta católica. Era la de Rianzares viuda de un antiguo intendente de La Habana, quien le había dejado una fortuna de las más respetables de la provincia; gran parte de sus rentas la empleaba en servicio de la Iglesia, y especial-

mente en dotar monjas, levantar conventos y proteger la causa
de don Carlos, mientras estuvo en armas el partido. Creíase poco
menos que papisa, y se hubiera atrevido a excomulgar a cualquiera provisionalmente, segura de que el Papa sancionaría su
excomunión; trataba de potencia a potencia al Obispo, y Ripamilán, que no la podía ver porque era un marimacho, según él,
la llamaba el Gran Constantino, aludiendo al emperador que pro-
tegió a la Iglesia. «Piensa la buena señora que por haber sabido
conservar con decoro las tocas de la viudez, y por levantar edificios para obras pías es una santa y poco menos que el Metro-
politano.» Tenía razón el Arcipreste: doña Petronila no pensaba
más que en su protección al culto católico y opinaba que los
demás debían pasarse la vida alabando su munificencia y su castidad de viuda.

No reconocía entre todo el clero vetustense más superior que
el Magistral, a quien consideraba más que al Obispo; «era todo
un gran hombre que por humildad vivía postergado». El Magistral trataba a la de Rianzares como a una reina, según el Arcipreste, o como si fuera el obispo-madre; ella se lo agradecía y se
lo pagaba siendo su abogado más elocuente en todas partes. Donde ella estuviera, que no se murmurase; no lo consentía.

Cuando llegaron al cenador donde se empezaba a servir el
café, la de Rianzares inclinaba su cabeza de fraile corpulento cerca del hombro del Magistral, diciendo con los ojos en blanco,
y llena de miel la boca:

—Vamos, amigo mío. Se lo suplico yo..., acompáñeme al Vivero... Sea amable..., por caridad...

El Magistral, no menos dulce, suave y pegajoso, recibía con
placer aquel incienso, detrás del cual habría tantas talegas.

—Señora..., con mil amores... Si pudiera..., pero tengo que
hacer, a las seis he de estar...

—Oh, no, no valen disculpas... Ayúdeme usted, Marquesa,
ayúdeme usted a convencer a este pícaro.

La Marquesa ayudó, pero fue inútil. Don Fermín se había
propuesto no ir al Vivero aquella tarde: comprendía que eran
allí todos íntimos de la casa, menos él; ya había aceptado el convite porque... no había podido menos, por una debilidad, y no
quería más debilidades. ¿Qué iba a hacer él en aquella excursión? Sabía que al Vivero iban todos aquellos locos, Visitación,
Obdulia, Paco, Mesía, a divertirse con demasiada libertad, a imitar muy a lo vivo los juegos infantiles. Ripamilán se lo había
dicho varias veces. Ripamilán iba sin escrúpulo, pero ya se sabía
que el Arcipreste era como era; él, De Pas, no debía presenciar
aquellas escenas, que sin ser precisamente escandalosas, no eran
para vistas por un canónigo formal. No, no había que prodigarse; siempre había sabido mantenerse en el difícil equilibrio de
sacerdote sociable sin degenerar en mundano; sabía conservar
su buena fama. La excesiva confianza, el trato sobrado familiar,
dañarían a su prestigio; no iría al Vivero. Y buenas ganas se le

pasaban, eso sí; porque aquel señor Mesía se había vuelto a pegar a las faldas de la Regenta, y ya empezaba don Fermín a sospechar si tendría propósitos *non sanctos* el célebre don Juan de
Vetusta.

La Marquesa, sin malicia, como ella hacía las cosas, llamó a
su lado a Anita para decirle:

—Ven acá, ven acá, a ver si a ti te hace más caso que a
nosotras este señor displicente.

—¿De qué se trata?

—De don Fermín, que no quiere venir al Vivero.

El don Fermín, que ya tenía las mejillas algo encendidas por
culpa de las libaciones más frecuentes que de costumbre, se puso
como una cereza cuando vio a la Regenta mirarle cara a cara y
decir con verdadera pena:

—¡Oh, por Dios, no sea usted así!; mire que nos da a todos
un disgusto. Acompáñenos usted, señor Magistral.

En el gesto, en la mirada de la Regenta, podía ver cualquiera,
y lo vieron De Pas y don Alvaro, sincera expresión de disgusto:
era una contrariedad para ella la noticia que le daba la Marquesa.

Por el alma de don Alvaro pasó una emoción parecida a una
quemadura; él, que conocía la materia, no dudó en calificar de
celos aquello que había sentido. Le dio ira el sentirlo. «Quería
decirse que aquella mujer le interesaba más de veras de lo que
él creyera; y había obstáculos, ¡y de qué género! ¡Un cura! Un
cura guapo, había que confesarlo.» Y entonces los ojos apagados
del elegante Mesía brillaron al clavarse en el Magistral, que sintió el choque de la mirada y la resistió con la suya, erizando las
puntas que tenía en las pupilas entre tanta blandura. A don Fermín le asustó la impresión que le produjo, más que las palabras, el gesto de Ana; sintió un agradecimiento dulcísimo, un calor en las entrañas completamente nuevo; ya no se trataba allí
de la vanidad suavemente halagada, sino de unas fibras del corazón que no sabía él cómo sonaban. «¡Qué diablos es esto!»,
pensó De Pas. Y entonces precisamente fue cuando se encontró
con los ojos de don Alvaro. Fue una mirada que se convirtió, al
chocar, en un desafío; una mirada de esas que dan bofetadas;
nadie lo notó más que ellos y la Regenta. Estaban ambos en
pie, cerca uno de otro, los dos arrogantes, esbeltos; la ceñida
levita de Mesía, correcta, severa, ostentaba su gravedad con no
menos dignas y elegantes líneas que el manteo ampuloso, hierático
del clérigo, que relucía al sol, cayendo hasta la tierra.

Ambos le parecieron a la Regenta hermosos, interesantes, algo
como San Miguel y el Diablo, pero el Diablo cuando era Luzbel
todavía; el Diablo Arcángel también; los dos pensaban en ella,
era seguro; don Fermín como un amigo protector, el otro como
un enemigo de su honra, pero amante de su belleza. Ella daría
la victoria al que la merecía, al ángel bueno, que era un poco
menos alto, que no tenía bigote —que siempre parecía bien—,

pero que era gallardo, apuesto a su modo, como se puede ser
debajo de una sotana. Se tenía que confesar la Regenta, aunque pensando un instante nada más en ello, que le complacía
encontrar a su salvador, tan airoso y bizarro, tan distinguido,
como decía Obdulia, que en esto tenía razón. Y sobre todo,
aquellos dos hombres mirándose así por ella, reclamando cada
cual con distinto fin la victoria, la conquista de su voluntad,
eran algo que rompía la monotonía de la vida vetustente, algo
que interesaba, que podía ser dramático, que ya empezaba a
serlo. El honor, aquella quisicosa que andaba siempre en los
versos que recitaba su marido, estaba a salvo, ya se sabe, no
había que pensar en él; pero bueno sería que un hombre de tanta
inteligencia como el Magistral la defendiera contra los ataques
más o menos temibles del buen mozo, que tampoco era rana, que
estaba demostrando mucho tacto, gran prudencia y, lo que era
peor, un interés verdadero por ella. Eso sí, ya estaba convencida:
don Alvaro no quería vencerla por capricho, ni por vanidad,
sino por verdadero amor; de fijo aquel hombre hubiera preferido encontrarla soltera. En rigor, don Víctor era un respetable
estorbo. Pero ella le quería, estaba segura de ello, le quería con
un cariño filial, mezclado de cierta confianza conyugal, que valía
por lo menos tanto, a su modo, como una pasión de otro género.
Y además, si no fuera por don Víctor, el Magistral no tendría
por qué defenderla, ni aquella lucha entre dos hombres *distin-
guidos* que comenzaba aquella tarde tendría razón de ser. No había que olvidar que don Fermín no la quería ni la podía querer
para sí, sino para don Víctor.

Cuando Ana se perdía en estas y otras reflexiones parecidas, se
oyó la voz de Obdulia que daba grandes chillidos pidiendo socorro. Los que tomaban pacíficamente café bajo la glorieta acudieron al extremo de la huerta.

—¿Dónde están?, ¿dónde están? —preguntaba asustada la
Marquesa.

—¡En el columpio!, ¡en el columpio! —dijo el médico don
Robustiano.

Era un columpio de madera, como los que se ofrecen al público
madrileño en la romería de San Isidro, aunque más elegante y
fabricado con esmero. En uno de los asientos, que imitaba la
barquilla de un globo, en cuclillas, sonriente y pálido, don Saturnino Bermúdez, como a una vara del suelo, inmóvil, hacía la
figura más ridícula del mundo, con plena conciencia de ello, y
más ridículo por sus conatos de disimularlo procurando dar a su
situación unos aires de tolerable, que no podía tener. En el otro
extremo, en la barquilla opuesta, que se había enganchado en un
puntal de una pared, restos del andamiaje de su obra reciente,
ostentaba los llamativos colores de su falda y su exuberante persona Obdulia Fandiño, agarrada a la nave como un náufrago del
aire, muy de veras asustada, y coqueta y aparatosa en medio del
susto y de lo que ella creía peligro.

—No se mueva usted, no se mueva usted —gritaba don Víctor, haciendo aspavientos debajo de la barquilla, y probablemente viendo lo que a Obdulia, en aquel trance a lo menos, no le importaba mucho ocultar.

—No te muevas, no te muevas; mira que si te caes te matas —decía Paco, que buscaba algo para desenganchar el columpio.

—Tres metros y medio —dijo el marqués, que llegó a tiempo de dar la medida exacta del batacazo posible, a ojo, como él hacía siempre los cálculos geométricos.

El caso era que ni don Víctor, ni Paco, ni Orgaz podían por su propia industria arbitrar modo de subir a la altura de aquel madero y librar a Obdulia.

—Tuvo la culpa Paco —decía Visitación, ceñidas con una cuerda las piernas, por encima del vestido—. Empezó demasiado fuerte, para que se cayera Saturno y ¡zas!, subió la barquilla allá arriba y al bajar... se enganchó en ese palo.

Obdulia no se movía, pero gritaba sin cesar.

—No grites, hija —decía la Marquesa, que ya no la miraba por no molestarse con la incómoda postura de la cabeza echada hacia atrás—, ya te bajarán.

Probó el marqués a encaramarse sobre una escalera de mano de pocos travesaños, que servía al jardinero para recortar la copa de los arbolillos y las columnas de boj. Pero el marqués, aun subido al palo más alto no llegaba a coger la barquilla del columpio, de modo que pudiera hacer fuerza para descolgarla.

—Que llamen a Diego..., a Bautista... —decía la marquesa.

—Sí, sí; ¡que venga Bautista! —gritaba Obdulia, recordando la fuerza del cochero.

—Es inútil —advirtió el marqués—, Bautista tiene fuerza, pero no alcanza más de mi estatura. No hay más remedio que buscar otra escalera...

—No la hay en el jardín...

—Sabe Dios dónde parecerá...

—¡Por Dios!, ¡por Dios!..., que ya me mareo, que me caigo de miedo.

Entonces don Alvaro, a quien Ana había dirigido una mirada animadora y suplicante, se decidió. Rato hacía que se le había ocurrido que él, gracias a su estatura, podría coger cómodamente la barquilla y arrancarla de sus prisiones..., pero ¿qué le importaba a él Obdulia? Podía hacer una figura ridícula, mancharse la levita. La mirada de Ana le hizo saltar a la escalera. Por fortuna era ágil. La Regenta le vio tan airoso, tan pulcro y elegante en aquella situación de farolero como paseando por el Espolón.

—¡Bravo!, ¡bravo! —gritaron Edelmira y Paco al ver los brazos del hermoso mozo entre los palos de la barquilla del columpio.

—¡No me tires! ¡No me tires! —gritó Obdulia, que sintió las manos de su ex amante debajo de las piernas. Visita le dio un pellizco a Edelmira, a quien ya tuteaba. La chica se fijó en la intención del pellizco porque se había fijado en el tratamiento. ¡Le había llamado de tú!

—Esté usted tranquila; no va con usted nada —respondió don Alvaro, ya arrepentido de haber cedido al ruego tácito de Anita.

Empleaba largos preparativos para colocar los brazos de modo que hicieran la fuerza suficiente para levantar el columpio a pulso. Al intentar el primer esfuerzo, que desde luego resultó inútil, pensó en la cara que estaría poniendo el Magistral.

—¡Aúpa!... —gritó abajo Visitación para mayor ignominia.

—¡No puede usted, no puede usted! ¡No lo mueva usted, es peor! ¡Me voy a matar! —gritó la Fandiño.

Los demás callaban.

—¡Estáte quieta! —dijo en voz baja, ronca y furiosa don Alvaro, que de buena gana la hubiera visto caer de cabeza.

E intentó el segundo esfuerzo sin fortuna.

Aquello no se movía. Sudaba más de vergüenza que de cansancio. Un hombre como él debía poder levantar a pulso aquel peso.

—Deje usted, deje usted, a ver si Bautista —dijo la marquesa—; ¡demonio de chicos!

—Bautista no alcanza —observó otra vez el marqués—. Otra escalera, que vayan a las cocheras. Allí debe de haber...

Don Alvaro dio el tercer empujón. Inútil. Miró hacia abajo como buscando modo de librarse de parte del peso. En el otro cajón, debajo de sus narices, en actitud humilde y ridícula, vio a don Saturnino en cuclillas, inmóvil, olvidado por todos los presentes. Mesía no pudo menos de sonreír, a pesar de que le estaban llevando los demonios. Con deseos de escupirle miró a Bermúdez, que le sonreía sin cesar, y dijo con calma forzada:

—¡Hombre!, ¡pues tiene gracia! ¿Así se está usted? ¿Usted se piensa que yo hago juegos de Alcides y se me pone ahí en calidad de plomo?...

Carcajada general.

—Sí, ríanse ustedes —clamó Obdulia—, pues el lance es gracioso.

—Yo... —balbució Bermúdez—, usted dispense..., como nadie me decía nada, creí que no estorbaba..., y además... creía que al bajarme pudiese empeorar la situación de esa señora... Alguna sacudida...

—¡Ay, no, no!, no se baje usted —gritó la viuda con espanto.

—¿Cómo que no? —rugió furioso don Alvaro—. ¿Quiere usted que yo levante este armatoste con los dos encima y a pulso?...

—Es... que... yo no veo modo..., si no me ayudan...; está tan alto esto...

—Una vara escasa —advirtió el marqués.

Paco tomó en brazos a don Saturno y le sacó del cajón nefando.

—Ahora —dijo— nosotros te ayudaremos, empujando desde aquí abajo...

—Eso es inútil —observó el Magistral con una voz muy dulce—; como el madero aquél se ha metido entre los dos palos de la banda, si no se alza a pulso todo el columpio, no se puede desenganchar.

—Es claro —bramaba desde arriba el otro; y probó otra vez su fuerza.

Pero Bermúdez pesaba muy poco, por lo visto, porque don Alvaro no movió el pesado artefacto.

El elegante se creía a la vergüenza en la picota, y de un brinco, que procuró que fuese gracioso, se puso en tierra. Sacudiendo el polvo de las manos y limpiando el sudor de la frente, dijo:

—¡Es imposible! Que se busque otra escalera.

—Ya podía estar buscada.

—Si yo alcanzase... —insinuó entonces el Magistral, con modestia en la voz y en el gesto.

—Es verdad —dijo la marquesa—, usted es también alto.

—Sí, llega, sí, llega —gritó Paco, que quiso verle hacer títeres.

—Sí, alcanza usted —concluyó Vegallana padre—. Como tenga usted fuerza... Y aquí... nadie le ve.

Lo difícil era subir a lo alto de la escalera sin hacer la triste figura con el traje talar.

—Quítese usted el manteo —observó Ripamilán.

—No hace falta —contestó De Pas, horrorizado ante la idea de que le vieran en sotana.

Y sin perder un ápice de su dignidad, de su gravedad ni de su gracia, subió como una ardilla al travesaño más alto, mientras el manteo flotaba ondulante a su espalda.

—Perfectamente— dijo metiendo los brazos por donde poco antes había introducido los suyos Mesía.

Aplausos en la multitud. Obdulia comprimió un chillido de mal género.

Doña Petronila, extática, con la boca abierta, exclamó por lo bajo:

—¡Qué hombre! ¡Qué lumbrera!

Sin gran esfuerzo aparente, con soltura y gracia, el Magistral suspendió en sus brazos el columpio, que libre de su prisión y contenido en su descenso por la fuerza misma que lo levantara, bajó majestuosamente. Somoza, Paco y Joaquín Orgaz ayudaron a Obdulia a salir del cajón maldito. El Magistral tuvo una verdadera ovación. Paco le admiró en silencio: la fuerza muscular le inspiraba un terror algo religioso; él había malgastado la suya en lides de amor. Tenía bastante carne, pero blanda. Don Alvaro disimuló difícilmente el bochorno. «¡Mayor puerilidad!», pero estaba avergonzado de veras.» Además, él, que miraba a los curas como flacas mujeres, como un sexo débil especial a causa del traje talar y la lenidad que les imponen los cánones, acababa de ver en el Magistral un atleta; un hombre muy capaz de matarle de un puñetazo si llegaba esta ocasión inverosímil. Recordaba Mesía que muchas veces —especialmente con motivo de las elecciones en las aldeas —había él dicho, v. gr.: «Pues al señor cura que no se divierta, que no abuse de la ventaja de sus faldas, porque si me incomodo le cojo por la sotana y le tiro por el balcón.» Siempre se le había figurado, por no haberlo pensado bien, que a los curas, una vez perdido el respeto religioso, se les podía abofetear impunemente; no les suponía valor, ni fuerza, ni sangre en las venas... «Y ahora aquel canónigo, que tal vez era un poco, rival suyo, le daba aquella leccioncita de gimnasia, que muy bien podía ser una saludable advertencia.»

La gratitud de Obdulia no tenía límites, pero el Magistral creyó necesario buscárselos mostrándose frío, seco y dándola a entender que «no lo había hecho por ella». La viuda, sin embargo, insistió en sostener que le debía la vida.

—¡Indudablemente! —corroboraba doña Petronila, que no sospechaba cómo quería pagar Obdulia aquella vida que decía deber al Magistral.

Ana admiró en silencio la fuerza de su padre espiritual, en la que no vio más que un símbolo físico de la fortaleza del alma; fortaleza en que ella tenía, indudablemente, una defensa segura, inexpugnable, contra las tentaciones que empezaban a acosarla.

Visita subió entonces al columpio, pero con las piernas atadas: no quería que se le viesen los bajos.

Obdulia protestó:

—¿Cómo?, ¿pues se veía algo? ¡No quiero!, ¡no quiero! ¿Por qué no se me ha advertido? Esto es una traición.

—Tiene razón esta señora —dijo don Víctor—, igualdad ante la ley; fuera esa cuerda.

Edelmira subió al columpio sin atarse. No había para qué tomar precauciones, no se veía nada.

Don Víctor y Ripamilán se columpiaron también, pero se mareaban.

—Ya están los coches —gritó la Marquesa, desde lejos; y corrieron todos al patio.

La Marquesa, doña Petronila, la Regenta y Ripamilán subieron a la carretela descubierta, carruaje de lujo que había sido excelente pero que estaba anticuado y torpe de movimientos. El tronco de caballos negros era digno del rey. Los demás se acomodaron en un coche antiguo de viaje, sólido, pero de mala facha, tirado por cuatro caballos; era el que servía ordinariamente al Marqués en sus excursiones por la provincia, para llevar y traer electores unas veces y otras para cazar acaso en terreno vedado. ¡Se decían tantas cosas del coche de camino! Su figura se aproximaba a las sillas de posta antiguas, que todavía hacen el ser-

vicio del correo en Madrid desde la Central a las Estaciones.
Lo llamaban la *Góndola* y el *Familiar* y con otros apodos.

Al Magistral se le hizo un poco de sitio, entre Ripamilán y
Anita, con palabra solemne de dejarle en el Espolón, donde él
tenía que buscar a cierta persona. No había tal cosa, era un pretexto para cumplir su propósito de no ir al Vivero.

—Le secuestramos —había dicho Obdulia.

—Sí, sí, secuestrarlo, es lo mejor: no se le dejará apearse
—añadió doña Petronila.

—No; protesto... Entonces no subo.

Subió; y la carretela salió arrancando chispas de los guijarros
puntiagudos por las calles estrechas de la Encimada. Detrás iba
la *Góndola*, atronando al vecindario con horrísono estrépito de
cascabeles, latigazos, cristales saltarines, y voces y carcajadas que
sonaban dentro.

Todavía calentaba el sol y las damas de la carretela improvi-
saron con las sombrillas un toldo de colores que también cobijaba
al Magistral y al Arcipreste. Ripamilán, casi oculto en las faldas
de doña Petronila, a quien llevaba enfrente, iba en sus glorias;
no por su contacto con el Gran Constantino, sino por ir entre
damas, bajo sombrillas, oliendo perfumes femeniles, y sintiendo
el aliento de los abanicos. ¡Salir al campo con señoras! ¡La bucólica cortesana, o poco menos! El bello ideal del poeta setentón,
el eterno amador platónico de Filis y Amarilis con corpiño de
seda, se estaba cumpliendo.

El Magistral iba un poco avergonzado: le pesaba, por un lado,
y por otro no, la casualidad, o lo que fuera, de ir tocando con
Ana. Tocando apenas, por supuesto; ni ella ni él se movían. El
estaba turbado, ella no; iba satisfecha a su lado; seguía figurán-
doselo como un escudo bien labrado y fuerte. Ella le quitaba
el sol, y él la defendía de don Alvaro. «Si este señor viniera al
Vivero..., no se atrevería el otro tal vez a acercarse. Y si no...,
va..., se va a atrever... Claro, como allí cada cual corre por su
lado, y Víctor es capaz de irse con Paco y Edelmira a hacer el
tonto, el chiquillo... No, pues lo que es que le temo no quiero
que le conozca; de modo que si se acerca, no huiré. ¡Si éste
quisiera venir!»

—Don Fermín —le dijo, cerca ya del Espolón, con voz humilde,
con el respeto dulce y sosegado con que le hablaba siempre—,
don Fermín, ¿por qué no viene usted con nosotros? Poco más
de una hora..., creo que volveremos hoy más pronto..., ¡venga
usted..., venga usted!

De Pas sentía unas dulcísimas cosquillas por todo el cuerpo
al oír a la Regenta; y sin pensarlo se inclinaba hacia ella, como
si fuera un imán. Afortunadamente, las otras damas y el Arcipreste iban muy enfrascados en una agradable conversación que
tenía por obieto despellejar a la pobre Obdulia. Ripamilán citaba, como solía en tal manera, al obispo de Nauplia, la fonda de
Madrid, los vestidos de la prima cortesana, etc., etc. No cabe

negar que la resolución del Magistral estuvo a punto de quebrantarse, pero le pareció indigno de él mostrar tan poca voluntad, y temió, además, lo que podía suceder en el Vivero. El no podía hacer el cadete; si don Alvaro quería buscar el desquite de la derrota del columpio y le desafiaba en otra cualquier clase de ejercicio, él, con su manteo y su sotana, y su canonjía a cuestas, estaba muy expuesto a ponerse en ridículo. No, no iría. Y sintió al afirmarse en su propósito una voluptuosidad intensa, profunda; era el orgullo satisfecho. Bien sabía él la fuerza que tenía que emplear para resistir la tentación que salía de aquellos labios más seductores cuanto menos maliciosos; por lo mismo apreció más la propia energía, el temple de su alma, que «indudablemente había venido al mundo para empresas más altas que luchar con oscuros vetustenses».

Volvió los ojos blandos a su amiga, y poniendo en la voz un tono de cariñosa confianza, nuevo, algo parecido, según notó la Regenta, al que había usado Mesía aquella tarde en el balcón del comedor, contestó el Magistral muy quedo:

—No debo ir con ustedes...

Y el gesto, indescriptible, dio a entender que lo sentía, pero que como él era cura, y ella se había confesado con él..., y Paco y Obdulia y Visita eran un poco locos, y en Vetusta los ociosos, que eran casi todos, murmuraban de lo más inocente...

Todo eso, aunque no lo quisiera decir aquel gesto, entendió la Regenta, y se resignó a habérselas otra vez con Mesía sin el amparo del Provisor.

No hablaron más. Se detuvo el carruaje; el Magistral se levantó y saludó a las damas. La Regenta le sonrió como hubiera sonreído muchas veces a su madre si la hubiera conocido. De Pas no sabía sonreír de aquella manera; la blandura de sus ojos no servía para tales trances, y contestó mirando con chispas de que él no se dio cuenta... ni Ana tampoco.

Estaban a la entrada del Espolón, *el paseo de los curas*, según antiguo nombre. Allí se apeó don Fermín entre lamentos de doña Petronila.

—Es usted muy desabrido —dijo la Marquesa, permitiéndose un tono familiar que empleaba con todos los canónigos, menos con don Fermín.

Y hasta se propasó a darle con el abanico cerrado en la mano. Quería significar así su deseo de estrechar la amistad algo fría que mediaba entre el Provisor y los Vegallana. Bien lo comprendió, y lo agradeció, De Pas. Intimar con los Vegallana era intimar con don Víctor y su esposa, ya lo sabía él; siempre estaban juntos unos y otros, en el teatro, en paseo, en todas partes, y la Regenta comía en casa del Marqués muy a menudo. De modo que, para verla, allí mucho mejor que en la catedral. Todo esto se le pasó por las mientes al Magistral en el poco tiempo que necesitó para quitar el pie del estribo y hacer el último saludo a las señoras, dando un paso atrás.

—¡Anda, Bautista! —gritó la marquesa; y la carretela siguió
su marcha ante la expectación de sacerdotes, damas y caballeros
particulares que paseaban en el Espolón, chiquillos que jugaban
en el prado vecino y artesanos que trabajaban al aire libre.

Los ojos del Magistral siguieron mientras pudieron el carruaje. La Regenta le sonreía de lejos, con la expresión dulce y casta
de poco antes, y le saludaba tímidamente sin aspavientos con el
abanico. Después no se vio más que la angulosa silueta de Ripamilán, que movía los brazos como las aspas de un molino de
muñecas.

El otro coche pasó como un relámpago. De Pas vio una mano
enguantada que le saludaba desde una ventanilla. Era una mano
de Obdulia, la viuda eternamente agradecida. No saludaba con
las dos, porque la izquierda se la oprimía dulce y clandestina-
mente Joaquinito Orgaz, quien jamás hizo ascos a platos de
segunda mesa en siendo suculentos.

Catorce

Era el Espolón un paseo estrecho, sin árboles, abrigado de los vientos del nordeste, que son los más fríos en Vetusta, por una muralla no muy alta, pero gruesa y bien conservada, a cuyos extremos ostentaban su arquitectura achaparrada sendas fuentes monumentales de piedra oscura, revelando su origen en el ablativo absoluto *Rege Carolo III,* grabado en medio de cada mole como por obra del agua resbalando por la caliza años y más años. Del otro lado limitaban el paseo largos bancos de piedra también; y no tenía el Espolón más adorno, ni atractivo, a no ser el sol, que, como lo hubiera toda la tarde, calentaba aquella muralla triste. Al abrigo de ella paseaban desde tiempo inmemorial los muchos clérigos que son principal ornamento de la antigua corte vetustense; por invierno de dos a cuatro o cinco de la tarde, y en verano, poco antes de ponerse el sol hasta la noche. Era aquél un lugar, a más de abrigado, solitario y lo que llamaban allí *recogido,* pero esto cuando la Colonia no existía. Ahora lo mejor de la población, el ensanche de Vetusta, iba por aquel lado, y si bien el Espolón y sus inmediaciones se respetaron, a pocos pasos comenzaba el ruido, el movimiento y la animación de los hoteles que se construían, de la barriada *colonial* que se levantaba como por encanto, según *El Lábaro,* para el cual diez o doce años eran un soplo por lo visto.

Preciso es declarar que el clero vetustente, aunque famoso por su intransigencia en cuestiones dogmáticas, morales y hasta disciplinarias, y si se quiere políticas, no había puesto nunca malos ojos a la proximidad del progreso urbano, y antes se felicitaba de que Vetusta se *transformase de día en día,* de modo que a la vuelta de veinte años *no hubiera quien la conociese.* Lo cual demuestra que la civilización bien entendida no la rechazaba el clero, así parroquial como catedral, de la *Vetusta católica* de Bermúdez.

Hubo más: aunque tradicionalmente el Espolón venía siendo patrimonio de sacerdotes, magistrados melancólicos y *familias de luto,* como algunas señoras notasen que el *Paseo de los curas* era más caliente que todos los demás, comenzaron en tertulias y cofradías a tratar la cuestión de si debía trasladarse el paseo de invierno al Espolón. Don Robustiano Somoza, que ante todo era higienista público, gritaba en todas partes:

—¡Pues es claro! Pues si es lo que yo vengo diciendo hace un siglo; pero aquí no se puede luchar con las preocupaciones, con el fanatismo. Esos curas, que son listos, con pretexto de la soledad y el retiro han cogido, allá en tiempo de la sopa boba, han cogido para sí el mejor sitio de recreo, el más abrigado, el más higiénico...

En fin, que algunas señoras de las más encopetadas se atrevieron a romper la tradición, y desde octubre en adelante, hasta que volvía Pascua florida, se pasearon con gran descoco en el Espolón. Tras aquéllas fueron atreviéndose otras; los *pollos* advirtieron que el Paseo de los curas era más corto y más estrecho que el Paseo grande, y esto les convenía. Y en un año se transformó en *Paseo de Invierno* el apetecible Espolón, secularizándose en parte.

Algunos clérigos, viejos o pobres, casi todos protestaron y acabaron por abandonar *su* Espolón desparramándose por las carreteras.

«¡El mundo, la locura, los arrojaba de su solitario recreo! ¡El siglo lo invadía todo!» Y la emprendían por el camino de Castilla y otras calzadas polvorosas entre las filas interminables de álamos y robles.

Pero el elemento joven, los más de los canónigos y beneficiados, los que vestían con más pulcritud y elegancia, los que usaban el sombrero de canal suelta el ala, ancho y corto, se resignaron, y toleraron la invasión de la Vetusta elegante. No tuvieron inconveniente, o lo disimularon, en codearse con damas y caballeros; después de todo, ellos no habían ido a buscar el gentío, el bullicio mundanal; ellos seguían *en su casa,* en sus dominios, haciendo como que no notaban la presencia de los intrusos.

Tal vez a esta nueva costumbre de la vida vetustense debíase en parte el gran esmero que se echaba de ver de poco acá en el traje de muchos sacerdotes. Lo que se puede bien llamar juventud dorada del clero de la capital, tan envidiada por sus colegas de la montaña, que según ellos mismos se embrutecían a ojos vistas, la juventud dorada acudía sin falta todas las tardes de otoño y de invierno que hacía bueno al Espolón; iba lo que se llama reluciente; parecían diamantes negros, y sin que nadie tuviera nada que decir, presenciaban las idas y venidas de las jóvenes elegantes; y los que eran observadores podían notar las señales del amor, de la coquetería, en gestos, movimientos, risas, miradas y rubores. Pero nada más.

Sin embargo, el Rector del Seminario, hombre excesivamente timorato, según frase de la Marquesa de Vegallana, no pasaba

por aquellas mezcolanzas de curas y mujeres paseando todos revueltos, en un recinto que no tenía un tiro de piedra de largo,
y que tendría cinco varas escasas de ancho.

—No, señor —le decía al Obispo—; yo no comprendo que
pueda ser cosa inocente e inofensiva que un sacerdote tropiece
con los codos de todas las señoritas majas del pueblo...

El obispo creía que las señoritas eran incapaces de tales tropezones. «Si fuesen aquellas empecatadas del *boulevard,* las chalequeras...»

Pronto se olvidó la protesta del Rector del Seminario.

—¿Quién hace caso de ese señor? —decía Visitación la del
Banco—. Un hombre cerril; santo, eso sí, pero montaraz. En fin,
¡un hombre que me echó a mí de la sacristía de Santo Domingo
siendo yo tesorera del Corazón de Jesús!

—Un hombre así —aseveraba Obdulia— debía pasar la vida
sobre una columna...

—Como San Simón *Estiliíta* —acudió Trabuco, que estaba presente.

Desde Pascua florida hasta el equinoccio de otoño próximamente, los curas se quedaban casi solos en el Espolón; pero en
octubre volvían algunas señoras que tenían miedo a la humedad y *a la influencia del arbolado* allá arriba en el Paseo de
Verano. La tarde en que el carruaje de los Vegallana dejó al
Magistral a la entrada del Espolón, paseaban allí muchos clérigos y no pocos legos de edad y respetabilidad, pero pocas señoras. Sin embargo, las que había bastaron para comentar con
abundancia de escolios y notas el hecho extraordinario de apearse
el Magistral de la carretela de los Vegallana, donde todas con
sus propios ojos —cada cual— le acababan de ver al lado de
la Regenta. «En nombrando el ruin de Roma...», habían dicho
muchos al ver aparecer la carretela. Los curas, valga la verdad,
también hablaban del suceso *inopinado,* como lo llamaba Mourelo.
El ex alcalde Foja se paseaba en medio del Arcediano, el ilustre
Glocester, y del beneficiado don Custodio, el más almibarado
presbítero de Vetusta. No solía el liberal usurero acompañarse
de sotanas, pero aquella tarde había juntado a los tres enemigos
del Magistral la importancia de los acontecimientos.

—¡Qué desfachatez! —decía Foja.

—Es un insensato; no sabe lo que es diplomacia, lo que es
disimulo —advertía Mourelo.

—Y yo que no quería creer a usted cuando me decía que se
había quedado a comer con ellos...

—¡Ya ve usted! —exclamó Glocester, triunfante.

—¿Y a dónde van los otros?

—Al Vivero, de fijo; ya sabe usted..., a brincar y saltar como
potros...

—¡Esas son las clases conservadoras!

—No, señor; ésa es la excepción...

—Y mire usted que venir en carruaje descubierto...

—Y junto a ella...

—Y apearse aquí —se atrevió a decir el beneficiado.

—Justo; tiene razón éste..., apearse aquí...

—Señor Arcediano, permítame usted decirle que su colega de usted está dejado de la mano de Dios.

—¡Ya lo creo!, ¡ya lo creo!, y lo siento... Pero ese Obispo, ese bendito señor... En fin, ¿qué quiere usted? —indicó Glocester, sonriendo con malicia.

En aquel momento se le ocurrió una frase y para exponerla a su auditorio con toda solemnidad se detuvo, extendió la mano, como separando a los otros dos, y echando el cuerpo del lado de Foja le dijo al oído, a voces:

—¡Amigo mío, de todo ha de haber en la Iglesia de Dios!

Rieron los otros el chiste, y no cesaron las carcajadas, hasta que el Magistral pasó al lado de los murmuradores. Los dos clérigos le saludaron muy cortésmente, y Glocester, dando un paso hacia él, le acarició con una palmadita familiar sobre el hombro.

La envidia se lo comía, pero Glocester no era hombre que gastase menos disimulo. O era diplomático o no lo era.

El Magistral se contentó con escupirle para sus adentros.

Dio algunas vueltas solo, saludando a diestro y siniestro con la amabilidad de costumbre, por máquina, sin ver apenas a quién saludaba. Llevaba el manteo terciado sobre la panza, que comenzaba a indicarse; y mano sobre mano —ya se sabe que eran muy hermosas—, a paso lento (que buen trabajo le costaba, mas de buen grado hubiera echado a correr... detrás de los coches del marqués), anduvo por allí un cuarto de hora desafiando humildemente las miradas de todos, seguro de que todos, o los más, hablaban de él, y de la confesión de dos horas o tres o cuatro. «¡Sabría Dios cuántas serían ya! Aquel Glocester y su don Custodio habrían tenido buen cuidado de hacer rodar la bola... ¡Las cosas que dirían ya los enemigos! Pero ¿qué le importaba a él? Lo que ahora le pesaba era no haber seguido al Vivero; ¡de todos modos, habían de murmurar los miserables! Y en cuanto a las personas decentes, las que a él le importaban, ésas no habían de creer nada malo porque él, como hacía Ripamilán, como habían hecho otros sacerdotes, fuese a las posesiones de Vegallana.»

Algunos amigos verdaderos, o por lo menos partidarios declarados del Magistral, paseaban por el Espolón; pero no se atrevían a acercarse al ilustre Vicario general; llevaba cara de pocos amigos, a pesar de su sonrisita dulce, clavada allí desde que se veía en la calle. Así como a los delicados de la vista la claridad les hace arrugar los párpados, a don Fermín le hacía sonreír; parecía aquella sonrisa con que siempre le veía el público un efecto extraño de la luz en los músculos de su rostro.

Pero esto no engañaba a los que le conocían bien —los más muy a su costa—. El primero que se atrevió a acercarse fue el Deán, que llegaba entonces al Paseo. El mismo De Pas le salió al encuentro. El Deán no hablaba casi nunca, y paseando menos. Se emparejaron, y don Fermín siguió como si estuviera solo. Se acercó después el canónigo pariente del ministro y hubo que hablar, y en seguida se agregó un *obispo de levita* (frase que hacía fortuna por aquella época), y la conversación se animó; se habló de política y de intrigas palaciegas; de mil cosas que le parecían al Magistral necedades, dicharachos indignos de sacerdotes. «Pero ¿y él? ¿En qué iba pensando él? Aquello sí que era pueril, ridículo, y hasta pecaminoso. Pues ¿no se había puesto a fijarse, porque iba con la cabeza gacha, en los manteos y sotanas de sus colegas, y en los suyos, y no estaba pensando que el traje talar era absurdo, que no parecían hombres, que había afeminamiento carnavalesco en aquella industria? ¡Mil locuras! Lo cierto era que le estaba dando vergüenza en aquel momento llevar traje largo y aquella sotana que él otras veces ostentaba con majestuoso talante. Si a lo menos tuviera una abertura lateral, como algunas túnicas..., pero entonces se verían las piernas —¡qué horror!—, los pantalones negros, el varón vergonzante que lleva debajo el cura.»

—¿Qué opina usted? —le preguntó el obispo laico en aquel instante, deteniéndole, poniéndose delante para intimarle la respuesta.

No sabía de qué hablaban, se le había ido el santo al cielo con los cortes de la sotana.

—La verdad es que la cuestión —dijo—, la cuestión... merece pensarse.

—¡Pues eso digo yo! —gritó el otro, triunfante, y le dejó seguir andando.

—¿Ven ustedes? El señor Provisor opina lo mismo que yo; dice que merece estudiarse la cuestión, que es ardua..., ¡ya lo creo!

El Magistral respiró; pero antes de exponerse a otra pregunta *inopinada,* como diría Mourelo, se despidió de aquellos señores, asegurando que tenía que hacer en Palacio.

No podía más; aquella tarde la compañía de sus colegas le asfixiaba; toda aquella tela negra colgando le abrumaba; podía decir cualquier desatino si continuaba allí.

Y se marchó a paso largo. Su última mirada fue para la lontananza del camino del Vivero por donde había visto desaparecer entre nubes de polvo los coches.

«¡Estamos buenos!», iba pensando por las calles. «Era enemigo de dar nombre a las cosas, sobre todo a las difíciles de bautizar. ¿Qué era aquello que a él le pasaba? No tenía nombre. Amor no era; el Magistral no creía en una pasión especial, en un sentimiento puro y noble que se pudiera llamar amor; esto era cosa de novelistas y poetas, y la hipocresía del pecado había recurrido a esa palabra santificante para disfrazar muchas de las mil formas de la lujuria. Lo que él sentía no era lujuria; no le remordía la conciencia. Tenía la convicción de que aquello era

nuevo. ¿Estaría malo? ¿Serían los nervios? Somoza le diría de
fijo que sí.»

«De todas maneras, había sido una necedad, y tal vez una gro-
sería, haber desairado a aquellas señoras. ¿Qué estarían diciendo
de él en el Vivero?»

Subía el Magistral por las primeras calles de la Encimada,
pasó por la puerta del Gobierno civil, y allá dentro, en medio
del patio, vio un pozo que él sabía que estaba ciego. Se acordó
de que Ripamilán le había hablado varias veces de un pozo seco
que había en el Vivero. Paco Vegallana, Obdulia, Visita y demás
gente loca —había dicho el Arcipreste— se entretienen en cortar
helechos, yerbas, ramas de árboles y arrojarlo todo al pozo, y cuando ya llega la hojarasca cerca de la boca..., ¡zas!, se tiran ellos
dentro, primero uno, después otro y a veces dos o tres a un tiempo... Al mismo Ripamilán, con toda su respetabilidad, le habían
hecho descender a aquel agujero, y por cierto que para sacarlo
se había necesitado una cuerda... El Magistral tenía aquel pozo,
que no había visto, delante de los ojos, y se figuraba a Mesía
dentro de él, sobre las ramas y la yerba, con los brazos extendi-
dos esperando la dulce carga del cuerpo mortal de Anita... ¿Tendría ella tan reprensible condescendencia? ¿Se dejaría echar al
pozo? Don Fermín estaba en ascuas. ¿Qué le importaba a él?
Pues estaba en ascuas.

Andaba a la ventura, sin saber adónde ir. Se encontró a la
puerta de su casa. Dio media vuelta, y seguro de que nadie le
había visto, apretó el paso bajando por un callejón que conducía
a la plazuela de Palacio, a la Corralada.

«¡Mi madre! —pensó—. No se había acordado de ella en toda
la tarde.»

¡Había comido fuera de casa sin avisar! Doña Paula consideraba esta falta de disciplina doméstica como pecado de calibre.
Pocas veces los cometía su hijo, y por lo mismo la impresiona-
ban más.

«¡Cómo no se me ocurrió mandarle un recado! Pero... ¿por
quién? ¿No era ridículo decirle a la marquesa: «Señora, necesito
que mi madre sepa que no como hoy con ella?» Aquella esclavitud en que vivía, contento, sí, contento, no le humillaba, pero
no convenía que la conociese el mundo. Y ahora, ¿por qué no
se había quedado en casa? Bastante tiempo había pasado fuera...
¿Volvería pie atrás, desafiaría el mal humor de su madre? No,
no se atrevía; no estaba el suyo para escenas fuertes, le horrorizaba la idea de una filípica embozada, como solían ser las de
su madre, de un discurso de moral utilitaria... De fijo le hablaría de las necedades que le habían contado por la mañana. Y si
le decía: «He comido... con la Regenta, en casa del Marqués»,
¡bueno iba a estar aquello! Pero, Señor, ¡qué luego, qué luego
había empezado la gentuza, la miserable gentuza vetustense, a
murmurar de aquella amistad! ¡En dos días todo aquel runrún,
su madre con los oídos llenos de calumnias, de malicias, y el

alma de sospechas, de miedos y aprensiones!... ¿Y qué había?
Nada; absolutamente nada; una señora que había hecho confesión general y que probablemente a estas horas estaría metida
en un pozo cargado de yerba seca en compañía del mejor mozo
del pueblo. Y él ¿qué tenía que ver con todo aquello? ¡El, el
Vicario general de la diócesis! ¡Oh, sí!, volvería a casa, se impondría a su madre, le diría que era indecoroso insistir en sospechar, procurar disimulos, borrar apariencias. ¿Para qué? El no
tenía nada que tapar en aquel asunto; no era un niño, despreciaba la calumnia, etc.»

Entró en Palacio.

La sombra de la catedral, prolongándose sobre los tejados del
caserón triste y achacoso del Obispo, lo oscurecía todo; mientras
los rayos del sol poniente teñían de púrpura los términos lejanos, y prendían fuego a muchas casas de la Encimada reflejando
llamaradas en los cristales.

El Magistral llegó hasta el gabinete en que el Obispo corregía
las pruebas de una pastoral.

Fortunato levantó la cabeza y sonrió.

—Hola, ¿eres tú?

Don Fermín se sentó en un sofá. Estaba un poco mareado; le
dolía la cabeza y sentía en las fauces ardor y una sequedad pegajosa; se ahogaba en aquel recinto cerrado y estrecho; el alcohol
le había perturbado. Nunca bebía licores, y aquella tarde, distraído, sin saber lo que estaba haciendo, había apurado la copa
de chartreuse o no sabía qué, servida por la Marquesa.

Fortunato leía las pruebas y seguía sonriendo. No parecía temer ya al Magistral. Horas antes esquivaba quedarse a solas con
él de miedo a que le reprendiese por sus condescendencias con
las señoras «protectrices» de la Libre Hermandad. De Pas notó
el cambio.

—¿Me haces el favor de leer lo que dicen estas letras borradas? Yo no veo bien.

De Pas se acercó y leyó.

—¡Chico, apestas!, ¿qué has bebido?

Don Fermín irguió la cabeza y miró al Obispo sorprendido
y ceñudo.

—¿Que apesto? ¿Por qué?

—A bebida hueles. No sé a qué..., a ron..., qué sé yo.

De Pas encogió los hombros dando a entender que la observación era impertinente y baladí. Se apartó de la mesa.

—A propósito. ¿Por qué no has avisado a tu madre?

—¿De qué?

—De que comías fuera...

—Pero ¿usted sabe...?

—Ya lo creo, hijo mío. Dos veces estuvo aquí Teresina de
parte de Paula; qué dónde estaba el señorito, que si había comido aquí. No, hija, no; tuve que salir yo mismo a decírselo.

Y a la media hora vuelta. Que si le había pasado algo al señorito, que la señora estaba asustada, que yo debía saber algo...

El Magistral se paseaba por el gabinete y pisaba muy fuerte;
disimulaba mal su impaciencia, su mal humor, tal vez no pretendía siquiera disimularlos.

—Yo —continuó Fortunato— les dije que no se apurasen, que
habrías comido en casa de Carraspique, o en casa de Páez; como
los dos están de días..., y eso habrá sido, ¿verdad? ¿Con Carraspique habrás comido

—¡No, señor!

—¿Con Páez?

—¡No, señor! ¡Mi madre..., mi madre me trata como a un
niño!

—Te quiere tanto la pobrecita...

—Pero esto es demasiado...

—Oye —exclamó el Obispo dejando de leer pruebas—, ¿de
modo que aún no has vuelto a casa?

El Magistral no contestó; ya estaba en el pasillo. De lejos había dicho:

—Hasta mañana —y había cerrado detrás de sí la puerta del
gabinete con más fuerza de la necesaria.

—Tiene razón el muchacho —se quedó pensando el Obispo,
que trataba al Magistral como un padre débil a un hijo mimado—.
Esta Paula nos maneja a todos como muñecos.

Y continuó corrigiendo la Pastoral.

De Pas tomó por el callejón arriba, desandando el camino;
pero al llegar cerca de su casa, se detuvo. No sabía qué hacer.
La chartreuse o lo que fuera —¿si sería coñac!?— seguía mo-
lestándole y conocía ya él mismo que le olía mal la boca.

«Si se me acercase Glocester ahora, mañana todo Vetusta sabía que yo era un borracho...»

«No subo, no subo. ¡Buena estará mi madre! Y yo no estoy
para oír sermones ni aguantar pullas ni traducir reticencias...
¡Hasta Teresa anda en ello! ¡Dos veces a palacio! ¡El niño perdido! ¡Esto es insufrible!»

El reloj de la catedral dio la hora con golpes lentos; primero
cuatro agudos, después otros graves, roncos, vibrantes.

De Pas, como si su voluntad dependiese de la máquina del
reloj, se decidió de repente y tomó por la calle de la derecha,
cuesta abajo; por la que más pronto podría volver al Espolón.

Se olvidó de su madre, de Teresina, del coñac, del Obispo;
no pensaba más que en los coches del marqués que debían de
estar de vuelta.

El Vicario general de Vetusta, a buen paso, tomó el camino
del Vivero, después de dejar las calles torcidas de la Encimada,
y llegó al Espolón cuando ya estaban encendidos los faroles y desierto el paseo. No pensaba en que estaba haciendo locuras, en
que tantas idas y venidas eran indignas del Provisor del obispado; esto lo pensó después; ahora sólo tenía esa idea. «¿Habrán

pasado ya? No, no debían de haber pasado; apenas había tiempo; ahora es cuando deben de estar cerca...»

«Así como así, la brisa, que ya empieza a soplar, me quitará este calor, este aturdimiento, esta sed...» El agua de las fuentes monumentales murmuraban a lo lejos con melancólica monotonía en medio del silencio en que yacía el paseo triste, solitario. Al acercarse al pilón de la fuente del Oeste, De Pas tuvo tentaciones de aplicar sus labios al tubo de hierro que apretaba con sus dientes un león de piedra, y saciar sus ansias en el chorro bullicioso, incitante... No se atrevió, y dio la vuelta continuando su paseo en la soledad. Al llegar a la otra fuente, iguales ansias, iguales tentaciones... Media vuelta y atrás. Así estuvo paseando media hora. La sed le abrasaba... ¿Por qué no se iba? Porque no quería dejarlos pasar sin verlos; sin ver los coches, se entiende. Ana volvería, era natural, en la carretela, y al pasar junto a un farol podría verla, sin ser visto, o por lo menos sin ser conocido. La sed que esperase.

El reloj de la Universidad dio tres campanadas. ¡Tres cuartos de hora! Andaría adelantado. No. La catedral, que era la autoridad cronométrica, ratificó la afirmación de la Universidad; por lo que pudiera valer, *el reloj del Ayuntamiento*, que no había podido secularizar el tiempo, vino a confirmar lo dicho lacónicamente por sus colegas, exponiendo su opinión con una voz aguda de esquilón cursi.

—Pero ¿qué hace allá esa gente? —se preguntó el Magistral, aunque añadiendo para satisfacción de su conciencia, que a él, por supuesto, no le importaba nada.

Hasta entonces no había reparado en unos chiquillos, de diez a doce años, *pillos de la calle*, que jugaban allí cerca, alrededor de un farol, de los que señalaban el límite del paseo y de la carretera en los espacios que dejaban libres los bancos de piedra. Entre los pillastres había una niña, que hacía de *madre*. Se trataba del *zurriágame la melunga*, juego popular al alcance de todas las fortunas. La *madre* estaba sentada al pie del farol, en el pedestal de la columna de hierro; un pañuelo muy sucio en forma de látigo, atado con un soberbio nudo por el medio, era el zurriago, que representaba allí el poder coercitivo. La niña haraposa empuñaba el lienzo por un extremo y el otro iba pasando de mano en mano por el corro de chiquillos.

—¿Na...? —decía la *madre*.

—Narigudo —contestó un pillo rubio, el más fuerte de la compañía, que siempre se colocaba el primero por derecho de conquista.

El pañuelo pasó a otro.

—¿Na...?

—Narices.

—Otro. ¿Na...?

—Napoleón.

—¡Ay, qué mainate! ¿Qué es Napoleón? —gritó el Sansón del

corro, acercándose a su afectísimo amigo y poniéndole un codo
delante de las narices.

—Napoleón..., ¡ay, qué rediós!, es un duro.

—¡Qué há é ser!

—¡No hay más cera!

—Te rompo..., si no fueses tan mandria..., te inflaba el mo-
rro..., por farolero.

—¿Qué más da, si no es eso? —dijo la niña poniendo paces—.
A ver el otro. ¿Na...? ¿Na...?

—Natalia... Tampoco. No acertó ninguno.

—Otra rueda.

—¡Da señas, tísica! —escupió más que dijo el dictador.

Y abriendo las piernas y agachándose como dispuesto a correr detrás de los compañeros a latigazos, dio una vuelta al pañuelo alrededor de la mano y añadió:

—¡Da señas que se entiendan o te rompo el alma!

Y tiraba por el látigo como queriendo arrancarlo del poder de
la *madre*.

—Señas..., señas... ¿a que no aciertas?

—¿A que sí?

—No tires...

—Pues da señas...

—¡Es una cosa muy rica!, ¡muy rica!, ¡muy rica!

—¿Que se come?

—Pues claro..., siendo muy rica...

—¿Dónde las hay?

—Las comen los señores...

—Eso no vale, ¡so tísica! ¡Qué sé yo lo que comen los señores!

—Pues alguna vez puede ser que las hayas visto.

—¿De qué color?

—Amarilla, amarilla...

—¡Naranjas, rediós! —aulló el pillastre, y dio un tirón al pañuelo, preparándose a emprenderla a latigazos con sus compañeros

—¡Que me arrancas el brazo, bruto, y que no es eso!

Los demás pilletes ya se habían puesto en salvo y corrían por
la carretera y el Espolón.

—¡Venir! ¡Venir!, que no es eso —gritó la *madre*.

—¡Que sí es!, ¡bacalao! Te rompo... Pues ¿no son amarillas
las naranjas? ¿Y no son cosa rica?

—Pero naranjas las comes tú también.

—Claro, si se las robo a la señora Jeroma en el puesto.

—Pues no es eso. Otro.

—¿Na...? ¿Na...?

Un niño flaco, pálido, casi desnudo, tomó la punta del pañuelo; le brillaban los ojos..., le temblaba la voz..., y mirando
con miedo al de las naranjas, dijo muy quedo:

—¡Natillas!...

—¡Zurriágame la melunga! —gritó entusiasmada la madre—,
¡castaños de catalunga!

Y todos corrieron, mientras el vencedor iba detrás con piernas vacilantes, sin gran deseo de azotar a sus amigos, contento
con el triunfo, pero sin deseos de venganza.

El Rojo no quería correr: protestaba.

—¡Rediós!, ¿qué son natillas? —gritaba poniendo la mano delante de la cara, mientras tímidamente el Ratón le castigaba con
simulacros de azotes.

Y añadía furioso el Rojo:

—Di: ¡a la oreja!, tísica, ¡o te baldo!

—¡A la oreja!, ¡a la oreja!

El Ratón se vio acosado por todos sus colegas, que se le col-
garon de las orejas.

—¡Zurriágame la melunga! —volvió a gritar la madre, y los
pillos se dispersaron otra vez.

En aquel momento el Magistral se acercó a la niña.

La madre dio un grito espantada. Creía que era su padre
que venía a recogerla a bofetadas y a puntapiés como solía.

—Dime, hija mía, ¿has visto pasar dos coches?

—¿Para dónde? —contestó ella poniéndose en pie.

—Para arriba. Uno con dos caballos y otro con cuatro con
cascabeles..., hace poco...

—No, señor, me parece que no... Espere usted, señor cura, a
ver si ésos... ¡A la oreja madre! ¡A la oreja madre! —gritó, y la
bandada de mochuelos acudió al farol delante del Ratón. Al ver
al Provisor, todos menos el Rojo le rodearon, descubriendo la cabeza los que tenían gorra, y le besaron la mano por turno nada
pacífico. Unos se limpiaron primeramente las narices y la boca;
otros no.

—¿Habéis visto pasar dos coches para arriba?

—Sí.

—No.

—Dos.

—Tres.

—Para abajo.

—Mentira, mainate... ¡Si te inflo!... Para arriba, señor cura.

—Era una galera.

—Un coche, ¡farol!

—Dos carros eran, mainate.

—¡Te rompo!...

—¡Te inflo!

El Magistral no pudo averiguar nada. Se inclinó a creer que
habían pasado. Pero no dejó el paseo; continuó dando vueltas,
y limpiándose la mano besada por la chusma. Le molestaba mucho el pringue, y en el pilón de una de las fuentes se lavó un
poco los dedos.

Los pilletes se dispersaron. Quedó solo don Fermín con un
murciélago que volaba yendo y viniendo sobre su cabeza, casi

tocándole con las alas diabólicas. También el murciélago llegó a molestarle; apenas pasaba, volvíase, cada vez era más reducida la órbita de su vuelo.

«Deben de ser dos», pensó el Magistral, que cada vez que veía al animalucho encima sentía un poco de frío en las raíces del pelo.

La noche estaba hermosa, acababan de desvanecerse las últimas claridades pálidas del crepúsculo. Sobre la sierra, cuya silueta señalaba una faja de vapor tenue y luminosa, brillaban las estrellas del carro, la Osa Mayor, y Aldebarán, por la parte del Corfín, casi rozando la cresta más alta de la cordillera oscura, lucía solitario en una región desierta del cielo. La brisa se dormía y el silbido de los sapos llenaba el campo de perezosa tristeza, como cántico de un culto fatalista y resignado. Los ruidos de la ciudad alta llegaban apagados y con intermitencias de silencio profundo. En la Colonia, más cercana, todo callaba.

Don Fermín no era aficionado a contemplar la noche serena; lo había sido mucho tiempo hacía, en el Seminario, en los Jesuitas y en los primeros años de su vida de sacerdote, cuando estaba delicado y tenía aquellas tristezas y aquellos escrúpulos que le comían el alma. Después la vida le había hecho hombre, había seguido la escuela de su madre, una aldeana que no veía en el campo más que la explotación de la tierra. Aquello que se llamaba en los libros la poesía, se le había muerto a él años atrás; ya lo creo, hacía muchos años. ¡Las estrellas! ¡Qué pocas veces las había mirado con atención desde que era canónigo!... De Pas se detuvo, se descubrió, limpió el sudor de la frente y se quedó mirando a los astros que brillaban sobre su cabeza sumidos en el abismo de lo alto: «Tenía razón Pitágoras, parecía que cantaban». En aquel silencio oía los latidos de la sangre de su cabeza, y también se le figuró oír otro ruido, así como de campanillas que sonasen más lejos... ¿Eran ellos? ¿Eran los coches que volvían? La carretela no llevaba cascabeles, pero los caballos de la *Góndola* sí. ¿O serían cigarras, grillos, ranas, cualquier cosa de las que cantan en el campo acompañando el silencio de la noche?... No..., no; eran cascabeles, ahora estaba seguro; ya sonaban más cerca, con cierto compás, cada vez más cerca.

—¡Deben de ser ellos! ¡Qué tarde! —dijo en voz alta, acercándose a la cuneta de la carretera, a la sombra de un farol de los del paseo.

Esperó algunos minutos, con la cabeza tendida en dirección del Vivero, espiando todos los ruidos... Vio dos luces entre la oscuridad lejana, después cuatro; eran ellos, los dos coches. El ruido rítmico de los cascabeles se hizo claro, estridente; a veces se mezclaban con él otros que parecían gritos, fragmentos de canciones.

«—¡Qué locos!, ¡vienen cantando!»

Ya se oía el rumor sordo y como subterráneo de las ruedas,

el aliento fogoso de los caballos cansados..., y, por fin, la voz
chillona de Ripamilán... Ahora callaban los del coche grande.
La carretela iba a pasar junto al Magistral, que se apretó a la
columna de hierro, para no ser visto. Pasó la carretela a trote
largo. De Pas se hizo todo ojos. En el lugar de Ripamilán vio
a don Víctor Quintanar, y en el de la Regenta a Ripamilán; sí,
los vio perfectamente. ¡No venía la Regenta en el coche abierto!
¡Venía con los otros! ¡Y al marido le habían echado a la carretela con el canónigo, la marquesa y doña Petronila!... Luego, don
Alvaro y ella venían juntos..., ¡y acaso venían todos borrachos,
por lo menos alegres!

«¡Qué indecencia!», pensó, sintiendo el despecho atravesado
en la garganta.

Y sin saber que parodiaba a Glocester, añadió:

«¡Se la quieren echar en los brazos! ¡Esa marquesa es una
Celestina de afición!»

«¡Y venían cantando!»

Los coches se alejaban; subían por la calle principal de la Colonia, sin algazara; las luces de los faroles se bamboleaban, se
ocultaban y volvían a aparecer, cada vez más pequeñas.

«¡Ahora callan!», pensó don Fermín. «¡Peor, mucho peor!»
Los cascabeles volvieron a sonar como canto lejano de grillos
y cigarras en noche de estío...

El Magistral, olvidado de las estrellas, dejó el Espolón y subió a buen paso por la calle principal de la Colonia, en pos de
los coches de Vegallana...

Si no fuera por vergüenza, hubiera echado a correr por la
cuesta arriba. ¿Para qué? Para nada. Por desahogar el mal humor, por emplear en algo aquella fuerza que sentía en sus músculos, en su alma ociosa, molesta como un hormigueo...

Al pasar junto al jardín de Páez, la luz de gas que brillaba
entre las filigranas de hierro de la verja, en un globo de cristal
opaco, le hizo ver su sombra de cura dibujada fantásticamente
sobre la polvorienta carretera.

Se avergonzó, testigo él mismo de sus locuras, y contuvo el
paso.

«Debo de estar borracho. Esto tiene que pasar. ¡Bah!, no faltaba más, siempre he sido dueño de mí..., y ahora había de empezar a ser... un majadero.»

Se acordó de su cita con la Regenta. Sintió un alivio su furor
sordo. «Pronto es mañana... A las ocho ya sabré yo..., sí, lo sabré..., porque se lo preguntaré todo. ¿Por qué no? A mi manera. Tengo derecho.»

Llegó al *boulevard*, estaba solitario: ya había terminado el
paseo de los obreros; subió por la calle del Comercio, por la
plaza del Pan, y al llegar a la plaza Nueva miró a la Rinconada.
En el caserón de los Ozores no vio más luz que la del portal.

«¿No los habrán dejado en casa? ¿Están juntos todavía?» Y sin
pensar lo que hacía, siguió hasta la calle de la Rúa, por el mis-

mo camino que había andado a mediodía. Los balcones de casa
del marqués estaban también ahora abiertos; pero la luz no entraba por ellos, salía a cortar las tinieblas de la calle estrecha,
apenas alumbrada por lejanos faroles de gas macilento. De Pas
oyó gritos, carcajadas, y las voces roncas y metálicas del piano
desafinado.

«—¡Sigue la broma! —se dijo mordiéndose los labios—. Pero
yo ¿qué hago aquí? ¿Qué me importa todo esto? Si ella es
como todas, mañana lo sabré! ¡Estoy loco!, ¡estoy borracho!...
¡Si me viera mi madre!»

En la pared de la casa de enfrente la luz que salía por los
balcones interrumpía con grandes rectángulos la sombra, y por
aquella claridad descarada y chillona pasaban figuras negras,
como dibujos de linterna mágica. Unas veces era un talle de
mujer, otras una mano enorme, luego un bigote como una manga
de riego; esto vio De Pas frente al balcón del gabinete; frente
a los del salón las sombras de la pared eran más pequeñas, pero
muchas y confusas; y se movían y mezclaban hasta marear al
canónigo.

«No bailan», pensó. Pero esta idea no le consolaba.

Más allá del balcón del gabinete había otro cerrado. Era el
de la habitación en que había muerto la hija de los marqueses.
El Magistral recordaba haber estado allí, de rodillas, con una
hacha de cera en la mano, mientras le daban a la pobre joven
el Señor. Hacía mucho tiempo. Aquel balcón se abrió de repente.
De Pas vio una figura de mujer que se apretaba a las rejas de
hierro y se inclinaba sobre la barandilla, como si fuera a arrojarse a la calle. Confusamente pudo columbrar unos brazos que
oprimían a la dama la cintura; ella forcejeaba por desasirse.
«¿Quién era?» Imposible distinguirlo; parecía alta, bien formada;
lo mismo podía ser Obdulia que la Regenta. «Es decir, la Regenta no podía ser; ¡no faltaba más! Y el de los brazos ¿quién
era? ¿Por qué no salía al balcón?» De Pas estaba seguro de no
ser visto, en completa oscuridad, en un portal de enfrente. No
pasaba nadie; pero podían pasar..., y ¿qué se pensaría si le veían
allí, espiando a los convidados del marqués? Debía marcharse...,
sí; pero hasta que aquellos bultos se retirasen del balcón no
podía moverse. La dama desconocida, de espalda a la calle, ahora, inclinando la cabeza hacia el interlocutor invisible, hablaba
tranquilamente y se defendía como por máquina, con leves manotadas felinas, de unas manos que de vez en cuando intentaban
cogerla por los hombros.

«¡Están a oscuras! No hay luz en esa habitación... ¡Qué escándalo!», pensó don Fermín, que seguía inmóvil.

La del balcón hablaba, pero tan quedo que no era posible
conocerla por la voz; era un murmullo cargado de eses, completamente anónimo.

«Por supuesto que ella no es», meditaba el del portal.

A pesar de estas reflexiones que no podían ser más racionales, no estaba tranquilo. La oscuridad del balcón le sofocaba,
como si fuese falta de aire. La cabeza de la silueta de señora
desapareció un momento; hubo un silencio solemne y en medio
de él sonó claro, casi estridente, el chasquido de un beso bila-
teral. Después un chillido como el de Rosina en el primer acto
del *Barbero*.

El Magistral respiró. «No era ella, era Obdulia.» En el balcón no quedaba nadie; don Fermín salió del portal, arrimado a la
pared, y se alejó a buen paso. «No era ella, de fijo no era ella
—iba pensando—. Era la otra.»

Quince

En lo alto de la escalera, en el descanso del primer piso, doña Paula, con una palmatoria en una mano y el cordel de la puerta de la calle en la otra, veía silenciosa, inmóvil, a su hijo subir lentamente con la cabeza inclinada, oculto el rostro por el sombrero de anchas alas.

Le había abierto ella misma, sin preguntar quién era, segura de que tenía que ser él. Ni una palabra al verle. El hijo subía, y la madre no se movía, parecía dispuesta a estorbarle el paso, allí en medio, tiesa, como un fantasma negro, largo y anguloso.

Cuando De Pas llegaba a los últimos peldaños, doña Paula dejó el puesto y entró en el despacho. Don Fermín la miró entonces, sin que ella le viese.

Reparó que su madre traía parches untados con sebo sobre las sienes; unos parches grandes, ostentosos.

«Lo sabe todo», pensó el Provisor. Cuando su madre callaba y se ponía parches de sebo, daba a entender que no podía estar más enfadada, que estaba furiosa. Al pasar junto al comedor, De Pas vio la mesa puesta con dos cubiertos. Era temprano para cenar, otras noches no se extendía el mantel hasta las nueve y media; y acababan de dar las nueve.

Doña Paula encendió sobre la mesa del despacho el quinqué de aceite con que velaba su hijo.

El se sentó en el sofá, dejó el sombrero a un lado y se limpió la frente con el pañuelo. Miró a doña Paula.

—¿Le duele la cabeza, madre?

—Me ha dolido. ¡Teresina!

—Señora.

—¡La cena!

Y salió del despacho. El Provisor hizo un gesto de paciencia y salió tras ella. «No era todavía hora de cenar, faltaban más de cuarenta minutos, pero ¿quién se lo decía a ella?»

Doña Paula se sentó junto a la mesa, de lado, como los cómicos malos en el teatro. Junto al cubierto de don Fermín había un palillero, un taller con sal, aceite y vinagre. Su servilleta
tenía servilletero, la de su madre no.

Teresina, grave, con la mirada en el suelo, entró con el primer plato, que era una ensalada.

—¿No te sientas? —preguntó al Provisor su madre.

—No tengo apetito..., pero tengo mucha sed...

—¿Estás malo?

—No, señora..., eso no.

—¿Cenarás más tarde?

—No, señora, tampoco...

El Magistral ocupó su asiento enfrente de doña Paula, que se
sirvió en silencio.

Con un codo apoyado en la mesa y la cabeza en la mano, De
Pas contemplaba a su señora madre, que comía de prisa, distraída, más pálida que solía estar, con los grandes ojos azules, claros y fríos, fijos en un pensamiento que debía de ver ella en
el suelo.

Teresina entraba y salía sin hacer ruido, como un gato bien
educado. Acercó la ensalada al señorito.

—Ya he dicho que no ceno.

—Déjale, no cena. Ella no lo había oído, hombre.

Y acarició a la criada con los ojos.

Nuevo silencio.

De Pas hubiera preferido una discusión inmediatamente. Todo,
antes que los parches y el silencio. Estaba sintiendo náuseas y
no se atrevía a pedir una taza de té. Se moría de sed, pero
temía beber agua.

Doña Paula hablaba con Teresa más que de costumbre y con
una amabilidad que usaba muy pocas veces.

La trataba como si hubiera que consolarla de alguna desgracia de que en parte tuviera la misma doña Paula la culpa. Esto
al menos creyó notar el Magistral.

Faltaba algo que estaba en el aparador, y el ama se levantaba y lo traía ella misma.

Pidió azúcar don Fermín para echarlo en el vaso de agua y su
madre dijo:

—Está arriba la azucarera, en mi cuarto... Deja, iré yor por
ella.

—Pero, madre...

—Déjame.

Teresina quedó a solas con su amo, y mientras le servía agua
dejando caer el chorro desde muy alto, suspiró discretamente.

De Pas la miró, un poco sorprendido. Estaba muy guapa; parecía una virgen de cera. Ella no levantó los ojos. De todas maneras, le era antipática. Su madre la mimaba y a los criados no
hay que darles alas.

Bajó doña Paula, y cuando salió Teresina dijo, mientras miraba hacia la puerta:

—La pobre no sé cómo tiene cuerpo.

—¿Por qué? —preguntó don Fermín, que acababa de oír el primer trueno.

Su madre, que estaba en pie junto a él, revolviendo el azúcar en el vaso, le miró desde arriba con gesto de indignación.

—¿Por qué? Ha ido esta tarde dos veces a Palacio, una vez a casa del Arcipreste, otra a casa de Carraspique, otra a casa de Páez, otra a casa del Chato, dos a la catedral, dos a la Santa Obra, una vez a las Paulinas, otra..., ¡qué sé yo! Está muerta la pobre.

—¿Y a qué ha ido? —contestó De Pas al segundo trueno.

Pausa solemne. Doña Paula volvió a sentarse, y haciendo alarde de una paciencia que ni la de un santo, dijo, con mucha calma, pesando las sílabas:

—A buscarte, Fermo, a eso ha ido.

—Mal hecho, madre. Yo no soy un chiquillo para que se me busque de casa en casa. ¿Qué diría Carraspique?, ¿qué diría Páez? Todo eso es ridículo...

—Ella no tiene la culpa; hace lo que le mandan. Si está mal hecho, ríñeme a mí.

—Un hijo no riñe a su madre.

—Pero la mata a disgustos; la compromete, compromete la casa, la fortuna, la honra, la posición..., todo..., por una..., por una... ¿Dónde ha comido usted?

Era inútil mentir, además de ser vergonzoso. Su madre lo sabía todo, de fijo. El Chato se lo habría contado, el Chato que le habría visto apearse de la carretela en el Espolón.

—He comido con los marqueses de Vegallana; eran los días de Paquito; se empeñaron..., no hubo remedio; y no mandé aviso..., porque era ridículo, porque allí no tengo confianza para eso...

—¿Quién comió allí?

—Cincuenta, ¿qué sé yo?

—¡Basta, Fermo, basta de disimulos! —gritó con voz ronca la de los parches. Se levantó, cerró la puerta, y en pie desde lejos prosiguió:

—Has ido allí a buscar a esa... señora... Has comido a su lado..., has paseado con ella en coche descubierto, te ha visto toda Vetusta, te has apeado en el Espolón: ya tenemos otra Brigadiera... Parece que necesitas el escándalo, quieres perderme.

—¡Madre! ¡Madre!...

—¡Sí, no hay madre que valga! ¿Te has acordado de tu madre en todo el día? ¿No la has dejado comer sola, o, mejor dicho, no comer? ¿Te importó nada que tu madre se asustara, como era natural? ¿Y qué has hecho después hasta las diez de la noche?

—¡Madre, madre, por Dios! Yo no soy un niño...

—No, no eres un niño; a ti no te duele que tu madre se
consuma de impaciencia, se muera de incertidumbre. La madre
es un mueble que sirve para cuidar de la hacienda, como un
perro; tu madre te da su sangre, se arranca los ojos por ti, se
condena por ti, pero tú no eres un niño, y das tu sangre, y los
ojos, y la salvación... por una mujerota.

—¡Madre!

—¡Por una mala mujer!

—¡Señora!

—Cien veces, mil veces peor que esas que le tiran de la levita a don Saturno, porque ésas cobran, y dejan en paz al que
las ha buscado; pero las señoras chupan la vida, la honra, des-
hacen en un mes lo que yo hice en veinte años... ¡Fermo, eres
un ingrato!, ¡eres un loco!

Se sentó fatigada, y con el pañuelo que traía a la cabeza improvisó una banda para las sienes.

—¡Va a estallarme la frente!

—¡Madre, por Dios! Sosiéguese usted. Nunca la he visto así...
Pero ¿qué pasa?, ¿qué pasa?... Todo es calumnia..., ¡y qué
pronto, qué pronto la han urdido! ¡Qué Brigadiera ni qué señoronas!... Si no hay nada de eso... Si yo le juro que no es eso...
¡Si no hay nada!

—No tienes corazón, Fermo, no tienes corazón.

—Señora, ve usted lo que no hay..., yo le aseguro...

—¿Qué has hecho hasta las diez de la noche? Rondar la casa
de esa gigantona..., de fijo...

—¡Por Dios, señora!, eso es indigno de usted. Está usted
insultando a una mujer honrada, inocente, virtuosa; no he hablado con ella tres veces. Es una santa.

—Es una como las otras.

—¿Como qué otras?

—Como las otras.

—¡Señora! ¡Si la oyeran a usted!...

—¡Ta, ta, ta! Si me oyeran, me callaría. Fermo..., a buen en-
tendedor... Mira, Fermo..., tú no te acuerdas, pero yo sí..., yo
soy la madre que te parió, ¿sabes?, y te conozco..., y conozco
el mundo..., y sé tenerlo todo en cuenta..., todo... Pero de
estas cosas no podemos hablar tú y yo..., ni a solas...; ya me
entiendes... Pero bastante buena soy, bastante he callado, bastante he visto.

—No ha visto usted nada...

—Tienes razón, no he visto..., pero he comprendido, y ya
ves... Nunca te hablé de estas... porquerías, pero ahora parece
que te complaces en que te vean..., tomas por el peor camino...

—Madre, usted lo ha dicho, es absurdo, es indecoroso que
usted y yo hablemos, aunque sea en cifra, de ciertas cosas...

—Ya lo veo, Fermo, pero tú lo quieres. Lo de hoy ha sido
un escándalo.

—Pero si yo le juro a usted que no hay nada; que esto no

tiene nada que ver con todas esas otras calumnias de antaño...

—Peor; peor que peor... Y sobre todo, lo que yo temo es que el otro se entere, que Camoirán crea todo eso que ya dicen.

—¡Que ya dicen!, ¡en dos días!

—Sí, en dos; en medio..., en una hora... ¿No ves que te tienen gana?, ¿que llueve sobre mojado? ¿Hace dos días? Pues ellos dirán que hace dos meses, dos años, lo que quieran. ¿Empieza ahora? Pues dirán que ahora se ha descubierto. Conocen al Obispo, saben que sólo por ahí pueden atacarte... Que le digan a Camoirán que has robado el copón... No lo cree..., pero eso sí; ¡acuérdate de la Brigadiera!...

—¡Qué Brigadiera, madre, qué Brigadiera!... Es que no podemos hablar de estas cosas. Pero... si yo le explicara a usted...

—No necesito saber nada..., todo lo comprendo..., todo lo sé... a mi modo. Fermo, ¿te fue bien toda la vida dejándote guiar por tu madre en estas cosas miserables de tejas abajo? ¿Te fue bien?

—¡Sí, madre mía, sí!

—¿Te saqué yo o no de la pobreza?

—¡Sí, madre del alma!

—¿No nos dejó tu pobre padre muertos de hambre y con el agua al cuello, todo embargado, todo perdido?

—Sí, señora, sí..., y eternamente yo...

—Déjate de eternidades. Yo no quiero palabras, quiero que sigas creyéndome a mí; yo sé lo que hago. Tú predicas, tú alucinas al mundo con tus buenas palabras y buenas formas. Yo sigo mi juego... Fermo, si siempre ha sido así, ¿por qué te me tuerces? ¿Por qué te me escapas?

—Si no hay tal, madre.

—Sí hay tal, Fermo. No eres un niño, dices..., es verdad, pero peor si eres un tonto... Sí, un tonto con toda tu sabiduría. ¿Sabes tú pegar puñaladas por la espalda en la honra? Pues mira al Arcediano, torcido y todo, las da como un maestro. Ahí tienes un ignorante que sabe más que tú.

Doña Paula se había arrancado los parches, las trenzas espesas de su pelo blanco cayeron sobre los hombros y la espalda; los ojos, apagados casi siempre, echaban fuego ahora, y aquella mujer cortada a hachazos parecía una estatua rústica de la Elocuencia prudente y cargada de experiencia.

La tempestad se había deshecho en lluvia de palabras y consejos. Ya no se reñía, se discutía con calor, pero sin ira. Los recuerdos evocados, sin intención patética, por doña Paula habían enternecido a Fermo. Ya había allí un hijo y una madre, y no había miedo de que las palabras fuesen rayos.

Doña Paula no se enternecía, tenía esa ventaja. Llamaba mojigangas a las caricias, y quería a su hijo mucho, a su manera, desde lejos. Era el suyo un cariño opresor, un tirano. Fermo, además de su hijo era su capital, una fábrica de dinero. Ella le había hecho hombre, a costa de sacrificios, de vergüenzas de que él no sabía ni la mitad, de vigilias, de sudores, de cálculos, de paciencia, de astucia, de energía y de pecados sórdidos; por consiguiente no pedía mucho si pedía intereses al resultado de sus esfuerzos, al Provisor de Vetusta. El mundo era de su hijo, porque él era el de más talento, el más elocuente, el más sagaz, el más sabio, el más hermoso; pero su hijo era de ella, debía cobrar los réditos de su capital, y si la fábrica se paraba o se descomponía, podía reclamar daños y perjuicios, tenía derecho a exigir que Fermo continuase produciendo.

En Matalerejo, en su tierra, Paula Raíces vivió muchos años al lado de las minas de carbón en que trabajaba su padre, un miserable labrador que ganaba la vida cultivando una mala tierra de maíz y patatas, y con la ayuda de un jornal. Aquellos hombres que salían de las cuevas negros, sudando carbón y con los ojos hinchados, adustos, blasfemos como demonios, manejaban más plata entre los dedos sucios que los campesinos que removían la tierra en la superficie de los campos y segaban y amontonaban la yerba de los prados frescos y floridos. El dinero estaba en las entrañas de la tierra; había que cavar hondo para sacar provecho. En Matalerejo, y en todo su valle, reina la codicia, y los niños rubios de tez amarillenta que pululan a orillas del río negro que serpea por las faldas de los altos montes de castaños y helechos parecen hijos de sueños de avaricia. Paula era de niña rubia como una mazorca; tenía los ojos casi blancos de puro claros, y en el alma, desde que tuvo uso de razón, toda la codicia del pueblo junta. En las minas, y en las fábricas que la rodean, hay trabajo para los niños en cuanto pueden sostener en la cabeza un cesto con un poco de tierra. Los ochavos que ganan así los hijos de los pobres son en Matalerejo la semilla de la avaricia arrojada en aquellos corazones tiernos, semilla de metal que se incrusta en las entrañas y jamás se arranca de allí. Paula veía en su casa la miseria todos los días; o faltaba pan para cenar o para comer; el padre gastaba en la taberna y en el juego lo que ganaba en la mina.

La niña fue aprendiendo lo que valía el dinero, por la gran pena con que los suyos lo lloraban ausente. A los nueve años era Paula una espiga tostada por el sol, larga y seca; ya no se reía: pellizcaba a las amigas con mucha fuerza, trabajaba mucho y escondía cuartos en un agujero del corral. La codicia la hizo mujer antes de tiempo; tenía una seriedad prematura, un juicio firme y frío.

Hablaba poco y miraba mucho. Despreciaba la pobreza de su casa y vivía con la idea constante de volar..., de volar sobre aquella miseria. Pero ¿cómo? Las alas tenían que ser de oro. ¿Dónde estaba el oro? Ella no podía bajar a la mina.

Su espíritu observador notó en la iglesia un filón menos oscuro y triste que el de las cuevas de allá abajo. «El cura no trabajaba y era más rico que su padre y los demás cavadores de las minas. Si ella fuera hombre no pararía hasta hacerse cura.

Pero podía ser ama como la señora Rita.» Comenzó a frecuentar
la iglesia; no perdió novena, ni rogativas, ni misiones, ni rosario,
y siempre salía la última del templo. Los vecinos de Matalerejo
habían enterrado la antigua piedad entre el carbón; eran indiferentes y tenían fama de herejes en los pueblos comarcanos.
Por esto pudo notar la señora Rita la piedad de Paula bien pronto. «La hija de Antón Raíces, le dijo al señor cura, tira para
santa, no sale de la iglesia.» El cura habló a la chicuela, y aseguró
a Rita que era una Teresa de Jesús en ciernes. En una enfermedad del ama, el párroco pidió a Raíces su hija para reemplazar
a Rita en su servicio. Rita sanó, pero Paula no salió de la Rectoral. Se acabó el ir y venir con el cesto de tierra. Se vistió de
negro, y por amor de Dios se olvidó de sus padres. A los dos
años la señora Rita salía de la casa del cura enseñando los puños a Paula y llevándose en un cofre sus ahorros de veinte años.
El cura murió de viejo, y el nuevo párroco, de treinta años,
admitió a la hija de Raíces como parte integrante de la casa
Rectoral. Paula era entonces una joven alta, blanca, fresca, de
carne dura, y piel fina, pero mal hecha. Una noche, a las doce,
a la luz de la luna salió de la Rectoral, que estaba en lo alto
de una loma rodeada de castaños y acacias, cien pasos más abajo
de la iglesia. Llevaba en los brazos un pañuelo negro que envolvía ropa blanca. Detrás de ella salió una sombra, con gorro
de dormir, y en mangas de camisa... Al ver que la seguían,
Paula corrió por la callejuela que bajaba al valle. El del gorro
la alcanzó, la cogió por la saya de estameña y la obligó a detenerse; hablaron; él abría los brazos, ponía las manos sobre el
corazón, besaba dos dedos en cruz; ella decía no con la cabeza.
Después de media hora de lucha, los dos volvieron a la Rectoral; entró él, ella detrás y cerró por dentro después de decir
a un perro que ladraba:
—Chito, Nay, que es el amo.
Paula fue el tirano del cura desde aquella noche, sin mengua
de su honor. Un momento de flaqueza en la soledad le costó al
párroco, sin saciar el apetito, muchos años de esclavitud. Tenía
fama de santo; era un joven que predicaba moralidad, castidad,
sobre todo a los curas de la comarca, y predicaba con el ejemplo. Y una noche, reparando al cenar que Paula era mal formada, angulosa, sintió una lascivia de salvaje, irresistible, ciega, excitada por aquellos ángulos de carne y hueso, por aquellas caderas
desairadas, por aquellas piernas largas, fuertes, que debían de
ser como las de un hombre. A la primera insinuación amorosa,
brusca, significada más por gestos que por palabras, el ama
contestó con un gruñido, y fingiendo no comprender lo que le
pedían; a la segunda intentona, que fue un ataque brutal, sin
arte, de hombre casto que se vuelve loco de lujuria en un momento, Paula dio por respuesta un brinco, una patada; y sin
decir palabra se fue a su cuarto, hizo un lío de ropa, símbolo

de despedida, porque tenía allí, muchos baúles cargados de trapos y otros artículos, y salió diciendo desde la escalera:

—¡Señor cura!, yo me voy a dormir a casa de mi padre.

La transacción le costó al clérigo humillarse hasta el polvo,
una abdicación absoluta. Vivieron en paz en adelante, pero él
vio siempre en ella a su señor de horca y cuchillo; tenía su
honor en las manos; podía perderle. No le perdió. Pero una noche, cuando el cura cenaba, tarde, después de estudiar, Paula
se acercó a él y le pidió que la oyese en confesión.

—Hija mía, ¿a estas horas?

—Sí, señor, ahora me atrevo..., y no respondo de volver a
atreverme jamás.

Le confesó que estaba encinta.

Francisco de Pas, un licenciado de artillería, que entraba
mucho en casa del cura, de quien era algo pariente, la había
requerido de amores y ella le había contestado a bofetadas —el
cura se puso colorado; se acordó de la patada que había recibido
él—, pero el licenciado había sido terco, y había vuelto a re-
quebrarla, y a prometerla casarse en cuanto sacaran el estanquillo
que le tenían prometido los del Gobierno; ella se había tran-
quilizado y desde entonces admitía al habla aquel buque sospe-
choso. Según costumbre de la tierra, iba el de artillería a hablar
con Paula a medianoche, no por la reja, que no las hay en
Matalerejo, sino en el corredor de la panera, una casa de tablas
sostenida por anchos pilares a dos o tres varas del suelo. Allí
dormía ella en el verano. Francisco faltó una noche a lo convenido, fue audaz, pasó del corredor al interior de la panera;
luchó Paula; luchó hasta caer rendida —lo juraba ante un Cristo—,
rendida por la fuerza del artillero. Desde aquella noche le tomó
ojeriza, pero quería casarse con él. De aquella traición acaso
nació Fermín a los dos meses de haber unido el buen párroco
a Paula y Francisco con lazo inquebrantable. Todos los vecinos
dijeron que Fermín era hijo del cura, quien dotó al ama con
buenas peluconas. Francisco de Pas no era interesado; siempre
había tenido intención de casarse con Paula, pero los vecinos
le habían llenado el alma de sospechas y espinas, y él, creyendo
que podía el cura estar riéndose de un licenciado, hizo lo que
hizo. Pero aquella noche, que fue como la de una batalla a oscuras, terrible, le convenció de la inocencia del párroco y de la
virtud de Paula. Aquello no se fingía; mucho sabía el artillero
de las trampas del mundo, de las doncellas falsas, pero él se fue
a su casa al alba persuadido de que había vencido, bien o mal,
una honra verdadera. Y volvió a su proyecto de casarse con el
ama del cura. Así se lo juró a ella, de rodillas, como él había
visto a los galanes en los teatros, allá por el mundo adelante.

«—Yo te pediré a tus padres y al cura mañana mismo.

«—No —dijo ella—, ahora no.»

Y siguieron viéndose. Cuando Paula estuvo segura de que ha-

bía fruto de aquella traición, o de las concesiones subsiguientes,
dijo a su novio: «—Ahora se lo digo al amo, y tú, cuando él te
llame, te niegas a casarte, dices que dicen que no eres tú solo...,
que en fin...

«—Sí, sí, ya entiendo.

«—¡Lo que sospechabas, animal!

«—Sí, ya sé.

«—Pues eso.

«—¿Y después?

«—Después deja que el cura te ofrezca..., y no digas que
bueno a la primer promesa; deja que suba el precio..., ni a la segunda. A la tercera date por vencido...»

Y así fue. Paula arrancó de una vez al pobre párroco de Matalerejo, el más casto del Arciprestazgo, el resto del precio que
ella había puesto al silencio. ¡Con qué fervor predicaba el buen
hombre después la castidad firme! «Un momento de debilidad
te pierde, pecador; ¡basta un momento! Un deseo, un deseo que
no sacias siquiera, te cuesta la salvación.» (Y todos tus ahorros,
y la paz del hogar, y la tranquilidad de toda la vida, añadía para
sus adentros.)

Paula compró grandes partidas de vino y lo vendía al por
mayor a los taberneros de Matalerejo; empezó bien el comercio
gracias a su inteligencia, a su actividad. Ella trabajaba por los
dos. Francisco era muy *fantástico,* según su mujer. Le gustaba
contar sus hazañas y hasta sus aventuras, esto en secreto, después de colocar unos cuantos pellejos de Toro, al beber en compañía del parroquiano. Era rumboso, y en el calor de la amistad
improvisada en la taberna abría créditos exorbitantes a los taberneros, sus consumidores. Esto originó reyertas trágicas; hubo
sillas por el aire, cuchillos que acababan por clavarse en una
mesa de pino, amenazas sordas y reconciliaciones expresivas, por
parte del artillero; secas, frías, nada sinceras, por parte de su
mujer. La manía de dar al fiado llegó a ser un vicio, una pasión del manirroto licenciado. Le gustaba darse tono de rico y
despreciaba el dinero con gran prosopopeya. «¡Los países que él
había visto!, ¡las mujeres que él había seducido, allá muy lejos!»
Sus amigos los taberneros, que no habían visto más río que el de
su patria, le engañaban al segundo vaso. Mientras él se perdía
en sus recuerdos y en sus sueños pretéritos, que daba por realiza-
dos, sus compadres, interrumpiéndole entre alabanzas y admiraciones, le sacaban pellejos y más pellejos de vino pagaderos.

«—De eso no había que hablar.» «El hombre es honrado —decía el artillero; y añadía—: Si yo tengo un duro, pongo por
ejemplo, y un amigo, por una comparación, necesita ese duro...,
y quien dice un duro dice veinte arrobas de vino, pongo por
caso...»

Pocos años necesitó, a pesar de la prosperidad con que el comercio había empezado, para tocar en la bancarrota. Se atrevió

un parroquiano a no pagar, y tras él fueron otros, y al fin no le pagaba casi nadie. Paula, que había dominado a dos curas, y estaba dispuesta a dominar el mundo, no podía con su marido.

«—Lo que tú quieras, tienes razón —decía él.» Y a la media hora volvía a las andadas. Si ella se irritaba, se le acababa a él lo que llamaba la paciencia, y una vez en el terreno de la fuerza, el artillero vencía siempre; fuerte era como un roble Paula, pero Francisco había sido el más arrogante mozo de nuestro ejército, y tenía músculos de oso. Había nacido en lo más alto de la montaña y hasta los veinte años había servido en los puertos, cuidando ganado. Cuando la pobreza llamó a las puertas y Paula se decidió a dejar su comercio, De Pas decretó dedicar los pocos cuartos que sacaron libres a la industria ganadera. Tomó vacas en aparcería y se fue con su mujer y su hijo a su pueblo, a vivir del pastoreo, en los más empinados vericuetos. Allí pasó la niñez y llegó a la adolescencia Fermín, a quien su madre había deseado hacer clérigo.

«—Pastor y vaquero ha de ser, como su abuelo y como su padre», gritaba el licenciado cada vez que la madre hablaba de mandar al niño a aprender latín con el cura de Matalerejo.

El comercio de ganado no fue mejor que el de vino. A Francisco se le ocurrió que él había sido siempre un gran tirador; se consagró a la caza y perseguía corzas, jabalíes, y hasta con el oso, las pocas veces que se le presentaba, se atrevía. Una tarde de invierno vio Paula llegar a la aldea cuatro hombres que conducían a hombros el cuerpo destrozado de su marido en unas angarillas improvisadas con ramas de roble. Había caído de lo alto de una peña abrazado a la osa malherida que perseguían los vaqueros hacía una semana. Murió con gloria el artillero, pero su viuda se encontró abrumada de trampas, de deudas y, para sarcasmo de la suerte, dueña de créditos sin fin que no se cobrarían jamás. Volvió a Matalerejo, después de perder por embargo cuanto tenía. Llevaba aquellos papeles inútiles y el hijo que había de ser clérigo. Era Fermín ya un mozalbete como un castillo; sus quince años parecían veinte; pero Paula hacía de él cuanto quería, le manejaba mejor que a su padre. Le hizo estudiar latín con el cura, el mismo que había dado la dote perdida por el difunto. Había que adelantar tiempo, y Fermín lo adelantó; estudiaba por cuatro y trabajaba en los quehaceres domésticos de la rectoral; cuidaba la huerta además, y así ganaba comida y enseñanza. Iba a dormir a la cabaña de su madre, que a la boca de una mina había levantado cuatro tablas, para instalar una taberna. Los gastos del nuevo comercio, que no subieron a mucho, corrieron aún por cuenta del párroco, quien hizo el desinteresado más por caridad que por miedo. Ya no temía lo que pudiera decir Paula, ni ella creía tampoco en la fuerza del arma con que en un tiempo había amenazado terrible, cruel y fría.

La taberna prosperaba. Los mineros la encontraban al salir a

la claridad, y allí, sin dar otro paso, apagaban la sed y el hambre, y la pasión del juego que dominaba a casi todos. Detrás
de unas tablas, que dejaban pasar las blasfemias y el ruido del
dinero, estudiaba en las noches de invierno interminables el
hijo del cura, como le llamaban cínicamente los obreros, delante
de su madre, no en presencia de Fermín, que había probado a
muchos que el estudio no le había debilitado los brazos. El espectáculo de la ignorancia, del vicio y del embrutecimiento le
repugnaban hasta darle náuseas y se arrojaba con fervor en la
sincera piedad, y devoraba los libros y ansiaba lo mismo que
para él quería su madre: el seminario, la sotana, que era la toga
del hombre libre, la que le podría arrancar de la esclavitud a
que se vería condenado con todos aquellos miserables si no le
llevaban sus esfuerzos a otra vida mejor, una digna del vuelo
de su ambición y de los instintos que despertaban en su espíritu. Paula padeció mucho en esta época; la ganancia era segura y muy superior a lo que pudieran pensar los que no la veían
a ella explotar los brutales apetitos, ciegos y nada escogidos de
aquella turba de las minas; pero su oficio tenía los peligros del
domador de fieras; todos los días, todas las noches había en la
taberna pendencias, brillaban las navajas, volaban por el aire los
bancos. La energía de Paula se ejercitaba en calmar aquel oleaje
de pasiones brutales, y con más ahínco en obligar al que rompía
algo a pagarlo, y a buen precio. También ponía en la cuenta, a
su modo, el perjuicio del escándalo. A veces quería Fermín ayudarla, intervenir con sus puños en las escenas trágicas de la taberna, pero su madre se lo prohibía:

—Tú a estudiar, tú vas a ser cura y no debes ver sangre.
Si te ven entre estos ladrones, creerán que eres uno de ellos.

Fermín, por respeto y por asco, obedecía, y cuando el estrépito era horrísono, tapaba los oídos y procuraba enfrascarse en
el trabajo hasta olvidar lo que pasaba detrás de aquellas tablas, en la taberna. Algo más que las reyertas entre los parroquianos ocultaba Paula a su hijo. Aunque ya no era joven, su
cuerpo fuerte, su piel tersa y blanca, sus brazos fornidos, sus
caderas exuberantes, excitaban la lujuria de aquellos miserables
que vivían en tinieblas. «*La Muerta* es un buen bocado», se decía en las minas. La llamaban *La Muerta* por su blancura pálida;
y creyendo fácil aquella conquista, muchos borrachos se arrojaban
sobre ella como sobre una presa; pero Paula los recibía a puñadas, a patadas, a palos; más de un vaso rompió en la cabeza
de una fiera de las cuevas y tuvo el valor de cobrárselo. Estos
ataques de la lujuria animal solían ser a las altas horas de la
noche, cuando el enamorado salvaje se eternizaba sobre su banco, para esperar la soledad. Fermín estudiaba o dormía. Paula
cerraba la puerta de la calle, porque la autoridad le obligaba a
ello. No despedía al borracho, aunque conocía su propósito, porque mientras estaba allí hacía consumo, suprema aspiración de
Paula. Y entonces empezaba la lucha. Ella se defendía en silen-

cio. Aunque él gritase, Fermín no acudía; pensaba que era una
riña entre mineros.

Además, le temían unos por fuerte, otros por hijo, y procuraban vencer sin que él se enterase. Pero nunca vencían. A lo
sumo un abrazo furtivo, un beso como un rasguño. Nada. Paula
despreciaba aquella baba. Más asco le daba barrer las inmundicias que dejaban allí aquellos osos de la cueva.

Todo por su hijo; por ganar para pagarle la carrera; lo quería
teólogo, nada de misa y olla. Allí estaba ella para barrer hacia
la calle aquel lodo que entraba todos los días por la puerta
de la taberna; a ella la manchaba, pero a él no; él allá dentro
con Dios y los santos, bebiendo en los libros la ciencia que le
había de hacer señor; y su madre allí fuera, manejando inmundicia entre la que iba recogiendo ochavo a ochavo el porvenir
de su hijo; el de ella, también, pues estaba segura de que llegaría a ser una señora. Allá en la Montaña, en cuanto Fermín
había aprendido a leer y escribir, le había obligado a enseñarle
a ella su ciencia. Leía y escribía. En la taberna, entre tantas blasfemias, entre los aullidos de borrachos y jugadores, ella devoraba libros, que pedía al cura.

Más de una vez la guardia civil tuvo que visitarla y cada
poco tiempo iba a la cabeza del partido a declarar en causa por
lesiones o hurto.

El cura, Fermín, y hasta los guardias, que estimaban su honradez, la habían aconsejado en muchas ocasiones que dejase aquel
tráfico repugnante; ¿no la aburría pasar la vida entre borrachos
y jugadores que se convertían tan a menudo en asesinos?

«¡No, no y no! Que la dejasen a ella. Estaba haciendo bol-
són, sin que nadie lo sospechase... En cualquier otra industria
que emprendiese, con sus pocos recursos, no podría ganar la
décima parte de lo que iba ganando allí. Los mineros salían de
la oscuridad con el bolsillo repleto, la sed y el hambre excita-
das; pagaban bien, derrochaban y comían y bebían veneno barato en calidad de vino y manjares buenos y caros. En la taberna
de Paula todo era falsificado; ella compraba lo peor de lo peor,
y los borrachos lo comían y bebían sin saber lo que tragaban,
y los jugadores sin mirarlo siquiera, fija el alma en los naipes.»

El consumo era mucho, la ganancia en cada artículo considerable. Por eso no había prendido ya fuego a la taberna con todos
los *ladrones* dentro.

No dejó el tráfico hasta que los estudios y la edad de Fermín
lo exigieron. Hubo que dejar el país, y por recomendaciones del
párroco de Matalerejo, Paula fue a servir de ama de llaves al
cura de la Virgen del Camino, a una legua de León, en un páramo. Fermín, también por influencia de Matalerejo (el cura), y
del párroco de la Virgen del Camino, entró en San Marcos de
León en el colegio de los jesuitas, que pocos años antes se habían instalado en las orillas del Bernesga. El muchacho resistió
todas las pruebas a que los PP. le sometieron; demostró bien

pronto gran talento, sagacidad, vocación, y el P. Rector llegó a
decir que aquel chico había nacido jesuita. Paula callaba, pero
estaba resuelta a sacar de allí a su hijo en tiempo oportuno,
cuando ella pudiera asegurarle un porvenir fuera de aquella santa casa. No le querría jesuita. Le quería canónigo, obispo, quién
sabe cuántas cosas más. El hablaba de misiones en el Oriente,
de tribus, de los mártires del Japón, de imitar su ejemplo; leía
a su madre, con los ojos brillantes de entusiasmo, los periódicos
que hablaban de los peligros del P. Sevillano, de la Compañía,
allá en tierra de salvajes. Paula sonreía y callaba. ¡Bueno estaría que después de tantos sacrificios el hijo se le convirtiera en
mártir! Nada, nada de locuras; ni siquiera la locura de la cruz.
En el Santuario de la Virgen del Camino se manejaba mucha
plata el día que se abre el tesoro de la Virgen, en presencia de
la Autoridad civil; pero el cura es pobre. Paula veía pasar por
sus manos los duros y las pesetas, pero aquello era como agua
del mar para el sediento; no sacaba nada en limpio de revolver
trigo y plata de la Milagrosa Imagen. Su fama de perfecta ama
de cura corrió por toda la provincia. El párroco de la Virgen
tenía la imprudencia de alabar su talento culinario, su despacho,
su integridad, su pulcritud, su piedad y demás cualidades delante de otros clérigos, a la mesa, después de comer bien y beber mejor. Cundió la fama de Paula, y un canónigo de Astorga
se la arrebató al cura de la Virgen. Fue una traición y Paula
una ingrata. Sin embargo, el canónigo era un santo, la traición
no había sido suya. Don Fortunato Camoirán no era capaz de
traiciones. Le propusieron una ama de llaves y la aceptó, sin
sospechar que a los pocos meses sería él su esclavo.

Nada convenía a Paula como un amo santo. Al año de servir
al canónigo Camoirán se vanagloriaba de haberle salvado varias
veces de la bancarrota: sin ella hubiera tirado la casa por la
ventana: todo hubiera sido de los pobres y de los tunantes y
holgazanes que le saqueaban con la ganzúa de la caridad. Paula
puso en orden todo aquello. Camoirán se lo agradeció y siguió
dando limosna a hurtadillas, pero poca; lo que podía sisar al
ama. Era el canónigo incapaz de gobernarse en las necesidades
premiosas de la vida, no entendía palabra de los intereses del
mundo, y al poco tiempo llegó a comprender que Paula era sus
ojos, sus manos, sus oídos, hasta su sentido común. Sin Paula
acaso, acaso le hubieran llevado a un hospital por loco y pobre.

Aquel imperio fue el más tiránico que ejerció en su vida el
ama de llaves. Lo aprovechó para la carrera de Fermín: el canónigo comprendió que debía mirar al estudiante como a cosa
suya; si Paula le consagraba la vida a él, él debía consagrar sus
cuidados y su dinero y su influencia al hijo de Paula. Además,
el mozo le enamoraba también; era tan discreto, tan sagaz como
su madre y más amable, más suave en el trato. Pero había que
sacarle de San Marcos, lo aseguraba Paula; el mozo lo deseaba,
y sobre todo la salud quebrantada del aprendiz de jesuita lo

exigía. Se le sacó y entró en el seminario, a terminar la teología. Fue presbítero, y obtuvo un economato de los buenos, y fue
llamado a predicar en San Isidro de León, y en Astorga, y en
Villafranca y dondequiera que el canónigo Camoirán, famoso ya
por su piedad, tenía influencia. Cuando a Fortunato le ofrecie-
ron el Obispado de Vetusta, él vaciló, mejor dicho, se propuso
pedir de rodillas que le dejaran en paz; pero Paula le amenazó
con abandonarle. «¡Eso era absurdo!» Solo ya no podría vivir.
«No por usted, señor, por el chico es necesario aceptar.»
    «Acaso tenía razón.» Camoirán aceptó por el chico... y fueron
todos a Vetusta. Pero allí se le buscó al Obispo una ama de
llaves, y Paula siguió ejerciendo desde su casa sus funciones de
suprema inspección. Fermín fue medrando, medrando; el muchacho valía, pero más valía su madre. Ella le había hecho hombre, es decir, cura; ella le había hecho niño mimado de un Obispo, ella le había empujado para llegar adonde había subido, y
ella ganaba lo que ganaba, podía lo que podía..., ¡y él era un
ingrato!
    A esta conclusión llegaba el Magistral aquella noche, en que,
después de larga conversación con su madre, se encerró en su
despacho a repasar en la memoria todo lo que él sabía de los
sacrificios que aquella mujer fuerte había emprendido y realizado por él, por que él subiera, por que dominase y ganara riquezas y honores.
    «¡Sí, era un ingrato! ¡Un ingrato!» Y el amor filial le arran-
caba dos lágrimas de fuego que enjugaba, sorprendido de sentir
humedad en aquellas fuentes secas por tantos años.
    «¿Cómo lloraba él? ¡Cosa más rara! ¿Sería el alcohol la causa
de aquel llanto? Acaso. ¿Sería... lo que había sucedido aquel
día? Tal vez todo mezclado. ¡Oh!, pero también, también el amor
que él tenía a su madre era cosa tierna, grande, digna, que le
elevaba a sus propios ojos.»
    Abrió el balcón del despacho de par en par. Ya había salido
la luna, que parecía ir rodando sobre el tejado de enfrente. La
calle estaba desierta, la noche fresca; se respiraba bien; los rayos pálidos de la luna y los soplos suaves del aire le parecieron
caricias. «¡Qué cosas tan nuevas, o, mejor, tan antiguas, tan antiguas y tan olvidadas estaba sintiendo! ¡Oh!, para él no era
nuevo, no, sentir oprimido el pecho al mirar la luna, al escuchar los silencios de la noche; así había él empezado a ponerse
enfermucho, allá en los jesuitas; pero entonces sus anhelos eran
vagos, y ahora no; ahora anhelaba..., tampoco se atrevía a pedir
claridad y precisión a sus deseos... Pero ya no eran tristezas místicas, ansiedades de filósofo atado a un teólogo lo que le angus-
tiaba y producía aquel dulce dolor que parecía una perezosa di-
latación de las fibras más hondas...» La sonrisa de la Regenta se
le presentó unida a la boca, a las mejillas, a los ojos que le dieran vida..., y recordó una a una todas las veces que le había
sonreído. En los libros aquello se llamaba estar enamorado plató-

nicamente; pero él no creía en palabras. No; estaba seguro que aquello no era amor. El mundo entero, y su madre con todo el mundo, pensaban groseramente al calificar de pecaminosa aquella amistad inocente. ¡Si sabría él lo que era bueno y lo que era malo! Su madre le quería mucho, a ella se lo debía todo, ya se sabe, pero... no sabía ella sentir con suavidad,. no entendía de afectos finos, sublimes..., había que perdonarla. Sí, pero él necesitaba amor más blando que el de doña Paula, más íntimo, de más fácil comunión por razón de la edad, de la educación, de los gustos... El, aunque viviera con su madre querida, no tenía hogar, hogar suyo, y eso debía ser la dicha suprema de las almas serias, de las almas que pretendían merecer el nombre de grandes. Le faltaba compañía en el mundo; era indudable.

De una casa de la misma calle, por un balcón abierto, salían las notas dulces, lánguidas, perezosas de un violín que tocaban manos expertas. Se trataba de motivos del tercer acto del *Fausto*. El Magistral no conocía la música, no podía asociarla a las escenas a que correspondía, pero comprendía que se hablaba de amor. El oír con deleite, como oía, aquella música insinuante, ya era molicie, ya era placer sensual, peligroso; pero... ¡decía tan bien aquel violín las cosas raras que estaba sintiendo él!

De repente se acordó de sus treinta y cinco años, de la vida estéril que había tenido, fecunda sólo en sobresaltos y remordimientos, cada vez menos punzantes, pero más soporíferos para el espíritu. Se tuvo una lástima tiernísima; y mientras el violín gemía diciendo a su modo:

> *Al pallido chiaror*
> *che vien degli astri d'or,*
> *dami ancor contemplar il tuo viso...,*

el Magistral lloraba para adentro, mirando a la luna a través de unas telarañas de hilos de lágrimas que le inundaban los ojos... Mirábala ni más ni menos como decía Trifón Cármenes en *El Lábaro* que la contemplaba él, todos los jueves y domingos, los días de folletín literario.

«¡Medrados estamos!», pensó don Fermín al dar en idea tan extravagante. Y entonces volvió a ocurrírsele que en aquel sentimentalismo de última hora debía de tener gran parte la copa de coñac, o lo que fuese. Abajo era día de cuentas. Muy a menudo se las tomaba doña Paula al buen Froilán Zapico, el propietario de *La Cruz Roja* ante el público y el derecho mercantil. Froilán era un esclavo blanco de doña Paula, a ella se lo debía todo, hasta el no haber ido a presidio; le tenía agarrado, como ella decía, por todas partes, y por eso le dejaba figurar como dueño del comercio, sin miedo de una traición. Le llamaba de tú y muchas veces animal y pillastre. El sonreía, fumaba su pipa, siempre pegada a la boca, y decía con una calma de filósofo cínico: «Cosas del ama». Vestía de levita, y hasta usaba guantes negros en las procesiones. Tenía que parecer un señor, para dar aire de verosimilitud a su propiedad de *La Cruz Roja,* el comercio más próspero de Vetusta, el único en su género, desde que el mísero don Santos Barinaga se había ido arruinando.

Doña Paula había casado a Froilán con una criada de las que ella tomaba en la aldea, una de las que habían precedido a Teresa en sus funciones de doncella cerca del señorito. Había dormido, como Teresa ahora, a cuatro pasos del Magistral.

Este matrimonio era una recompensa para Juana, la mujer de Froilán. Zapico oyó la proposición de su ama con aire socarrón. Creía comprender. Pero él era muy filósofo; no se paraba en ciertos requisitos que otros miran mucho. El ama, al proponerle el matrimonio, había pensado: «Esto es algo fuerte; pero ¡ay de de él si se subleva!» Froilán no se subleva. Juana era muy buena moza, y sabía cuidar a un hombre. Se casó Zapico, y al día siguiente de la boda, doña Paula, que le miraba de soslayo, con un gesto de desconfianza, tal vez algo arrepentida «de haber estirado mucho la cuerda», observó que el novio estaba muy contento, muy amable con ella y hecho un almíbar con su mujer.

«Gordas las tragas, Froilán, eres un valiente», pensaba ella admirándole y despreciándole al mismo tiempo.

Y él sonreía con más socarronería que nunca.

«Buen chasco se había llevado la señora; si ella supiera...», pensaba él fumando su pipa. Pero es claro que jamás dijo a doña Paula el secreto de aquella noche en que hubo sorpresas muy diferentes de las que suponía la señora.

Era el único secreto que había entre ama y esclavo; la única mala pasada que ella le había querido jugar... Y como tampoco había tenido mal resultado, sino muy beneficioso para Zapico, éste seguía estimando a doña Paula. Ella, al verle tan contento, nada resentido, rabiaba por atreverse a preguntar; y él, muy satisfecho con el engaño del ama, que había sido en su provecho, rabiaba por decir algo; pero los dos callaban. No había más que ciertas miradas mutuas que ambos sorprendían a veces. Se encontraban a menudo cavando cada cual con los ojos en el rostro del otro para encontrar el secreto... Pero nada de palabras. Doña Paula encogía los hombros y Froilán reía pasando la mano por las barbas de puercoespín que tenía debajo del mentón afeitado.

Allí lo serio era el dinero. Las cuentas siempre ajustadas, limpias. Froilán era fiel por conveniencia y por miedo. En aquella casa el recuento de la moneda era un culto. Desde niño se había acostumbrado don Fermín a la seriedad religiosa con que se trataban los asuntos de dinero y al respeto supersticioso con que se manejaba el oro y la plata. Allá abajo, en la trastienda de *La Cruz Roja,* a la que no se pasaba, desde la casa del Magistral por sótanos, como suponía la maledicencia, sino por ancha puerta abierta en la medianería, en el piso terreno, doña Paula, subida a una plataforma, ante un pupitre verde, repasaba los libros del comercio y en serones de esparto y bolsas grasientas contaba y recontaba el oro, la plata y el cobre o el bronce que Froilán iba entregándole, en pie, en una grada de la plataforma, más baja que la mesa en que el ama repasaba los libros. Parecía ella una sacerdotisa y él un acólito de aquel culto plutónico. El mismo don Fermín, las veces que presenciaba aquellas ceremonias, sentía un vago respeto supersticioso, sobre todo si contemplaba el rostro de su madre, más pálido entonces, algo parecido a una estatua de marfil, la de una Minerva amarilla, la Palas Atenea de la Crusología.

Aquella noche el Magistral no quiso complacer a su madre bajando a la trastienda, le daba asco; imaginaba que abajo había un gran foco de podredumbre, aguas sucias estancadas. Oía vagos rumores lejanos del chocar de los cuartos viejos, de la plata y del oro, de cristalino timbre. Aquellos ruidos apagados por la distancia subían por el hueco de la escalera, en el silencio profundo de toda la casa. El violín volvió a rasgar el silencio de fuera con notas temblorosas, que parecían titilar como las estrellas. Ya no se trataba de las ansias amorosas de Fausto en la mirada casta y pura de Margarita; ahora el instrumentista arrastraba perezosamente por las cuerdas del violín los quejidos de la Traviata momentos antes de morir.

El Magistral vio aparecer por una esquina de la calle un bulto que se acercaba con paso vacilante, y que caminaba ya por la acera, ya por el arroyo. Era don Santos Barinaga, que volvía a su casa —tres puertas más arriba de la del Magistral, en la acera de enfrente—. De Pas no le conoció hasta que le vio debajo de su balcón. Pero antes, al pasar junto a la casa donde sonaba el violín, Barinaga, que venía hablando solo, se detuvo y calló. Se quitó el sombrero, que era verde, de figura de cono truncado, y alzando la cabeza escuchó con aire de inteligente. De vez en cuando, hacía signos de aprobación... «Conocía aquello; era la *Traviata* o el *Miserere del Trovador,* pero en fin, cosa buena.»

«Perfecta... mente —dijo en voz alta—; que sea muy enhorabuena, Agustinito... Eso..., eso..., el cultivo de las artes... Nada de comercio... en esta tierra de ladrones. ¿Eh?»

«Es el hijo del cerero», añadió mirando a un lado, hacia el suelo, como contándoselo a otro que estuviese junto a él y más bajo. El violín calló, y don Santos dio media vuelta, como buscando las notas que se habían extinguido. Entonces vio frente por frente, iluminado por un farol, un rótulo de letras doradas que decía: *La Cruz Roja.*

Barinaga se cubrió, dio una palmada en la copa del sombrero verde y extendiendo un brazo, mientras se tambaleaba en mitad del arroyo, gritó:

—¡Ladrones! Sí, señor —dijo en voz más baja—; no retiro una sola palabra... Ladrones; usted y su madre, señor Provisor..., ¡ladrones!

Barinaga hablaba con el letrero de la tienda, pero el Magistral sintió brasas en las mejillas, y antes que pudiera notar su presencia el vecino, se retiró del balcón, y sin el menor ruido, poco a poco, entornó las vidrieras hasta no dejar más que un intersticio por donde ver y oír sin ser visto. Para mayor seguridad bajó la luz del quinqué y lo metió en la alcoba. Volvió al balcón, a espiar las palabras y los movimientos. de aquel borracho, a quien despreciaba todo el año y que aquella noche, sin que él supiera por qué le asustaba y le irritaba. Otras veces, a la misma hora, le había sentido en la calle murmurar imprecaciones, mientras él velaba trabajando; pero nunca había querido levantarse para oír las necedades de aquel perdido. Bien sabía que les atribuía a él y a su madre la ruina del comercio de quincalla de que vivía; pero ¿quién hacía caso de un miserable, víctima del aguardiente?

Barinaga seguía diciendo:

—Sí, señor Provisor, es usted un ladrón y un simoníaco, como le llama a usted el señor Foja..., que es un liberal..., eso es, un liberal probado...

Y como La Cruz Roja no respondía, don Santos, dirigiéndose a su propia sombra, que se le iba subiendo a las barbas según se acercaba a la puerta cerrada del comercio, tomándola por el mismísimo señor De Pas, le dijo:

—¡Señor oscurantista! ¡Apagaluces!... Usted ha arruinado a mi familia... Usted me ha hecho a mí hereje..., masón; sí, señor, ahora soy masón... por vengarme..., por... ¡Abajo la clerigalla!

Esto lo dijo bastante alto para que lo oyese el sereno que daba la vuelta a la esquina. El borracho sintió en los ojos la claridad viva y desvergonzada de un ángulo de luz que brotaba de la linterna de Pepe, su buen amigo. El sereno, aquel Pepe, conoció a don Santos y se acercó sin acelerar el paso.

—Buenas noches, amigo; tú eres un hombre honrado... y te aprecio..., pero este carcunda, este comeostras, este rapavelas, este maldito tirano de la Iglesia, este Provisor... es un ladrón, y lo sostengo... Toma un pitillo.

Tomó el pitillo Pepe, escondió la linterna, arrimó a la pared el chuzo y dijo con voz grave:

—Don Santos, ya es hora de acostarse; ¿quiere que abra la puerta?

—¿Qué puerta?

—La de su casa...

—Yo no tengo ya casa..., yo soy un pordiosero... ¿No lo ves? ¿No ves qué pantalones, qué levita? Y mi hija... es una mala pécora... También me la han robado los curas, pero no ha sido éste... Este me ha robado la parroquia..., me ha arruinado..., y don Custodio me roba el amor de mi hija... Yo no tengo familia..., yo no tengo hogar... ni tengo puchero a la lumbre... ¡Y dicen que bebo! ¿Qué he de hacer, Pepe? Si no fuera por ti..., por ti y por el aguardiente..., ¿qué sería de este anciano?

—Vamos, don Santos, vamos a casa...

—Te digo que no tengo casa..., déjame... Hoy tengo que hacer aquí... Vete, vete tú... Es un secreto... Ellos creen... que

no se sabe..., pero yo lo sé..., yo les espío..., yo les oigo...
Vete..., no me preguntes..., vete.

—Pero no hay que alborotar, don Santos; porque ya se han
quejado de usted los vecinos..., y yo... qué quiere usted...

—Sí, tú..., es claro, como soy un pobre... Vete, déjame con
esta ralea de bandidos, o te rompo el chuzo en la cabeza.

El sereno cantó la hora y siguió adelante.

Don Santos le convidaba a veces a *echar* una copa... ¿Qué
había de hacer? Además, no solía alborotar demasiado.

Quedó solo Barinaga en la calle, y el Magistral arriba, detrás de las vidrieras entreabiertas, sin perder de vista al que
ya llamaba para sus adentros su víctima.

Don Santos volvió a su monólogo, interrumpido por entorpe-
cimientos del estómago y por las dificultades de la lengua.

—¡Miserables! —decía con voz patética de bajo profundo—,
¡miserables!... ¡Ministro de Dios! ¡Ministro de un cuerno!... El
ministro soy yo, Santos Barinaga, honrado comerciante, que no
hago la forzosa a nadie..., que no robo el pan a nadie..., que no
obligo a los curas de toda la diócesis..., eso, eso, a comprar en
mi tienda cálices, patenas, vinajeras, casullas, lámparas (iba contando con los dedos, que encontraba con dificultad) y demás, con
otros artículos..., como aras. Sí, señor, ¡que nos oigan los sordos,
señor Magistral! Usted ha hecho renovar las aras de todas las
iglesias del obispado..., y yo, que lo supe, adquirí una gran partida de ellas..., porque creí que era usted... una persona decente..., un cristiano... ¡Buen cristiano te dé Dios! Jesús..., que
era un gran liberal, como el señor Foja..., eso es..., un republicano..., no vendía aras, y arrojaba a los mercaderes del templo...
Total, que estoy empeñado, embargado, desvalijado..., y usted ha
vendido cientos de aras al precio que ha querido... ¡Se sabe todo,
todo, señor apagaluces..., *don* Simón el Mago... Torquemada...
Calomarde! ¿Ven ustedes este santurrón? Pues hasta vende hostias... y cera... Ha arruinado también al cerero... Y papel pintado... El mismo ha hecho empapelar el Santuario de Palomares... Que lo diga la Sociedad de Mareantes de aquel puerto...
Si es un ladrón..., si lo tengo dicho..., un ladrón, un Felipe II...
Oígalo usted, ¡so pillo!, yo no tengo esta noche qué cenar, no
habrá lumbre en mi cocina... Pediré una taza de té..., y mi
hija me dará un rosario... ¡Sois unos miserables! (Pausa.) ¡Vaya
un siglo de las luces! (señalando al farol). ¡Me río yo... de las
luces! ¿Para qué quiero yo faroles si no cuelgan de ellos a los
ladrones...? ¡Rayos y truenos! ¿Y esa revolución? ¡El petróleo!...,
¡venga petróleo!...

Calló un momento el borracho, y a tropezones llegó a la puerta
de *La Cruz Roja*. Aplicó el oído al agujero de una cerradura, y
después de escuchar con atención, rió con lo que llaman en las
comedias risa sardónica:

—¡Ja, ja, ja! —venía a decir, con la garganta y las narices—.
¡Ya están dándole vueltas!... Allá dentro bien os oigo, miserables,

no os ocultéis... Bien os oigo repartiros mi dinero, ladrones; ese oro es mío; esa plata es del cerero... ¡Venga mi dinero, señora doña Paula..., venga mi dinero, caballero De Pas, o somos caballeros o no!... ¡Mi dinero es mío! Digo, me parece. ¡Pues venga!...

Volvió a callar y aplicar el oído a la cerradura.

El Magistral abrió el balcón sin ruido y se inclinó sobre la barandilla para ver a don Santos.

—¿Oirá algo? Parece imposible...

Y volviendo la cabeza hacia el interior oscuro y silencioso de la casa, escuchó también con atención profunda..., Sí, él oía algo. Era el choque de las monedas, pero el ruido era confuso, podía conocerse sabiendo antes que estaban contando dinero, pero desde la calle no debía de oírse nada. Era imposible... Mas la idea de que la alucinación del borracho coincidiese con la realidad le disgustaba más todavía, le asustaba, con un miedo supersticioso...

—Esos miserables tienen ahí toda la moneda de la diócesis. Y todo eso es mío y del cerero... ¡Ladrones!... Caballero Magistral, entendámonos; usted predica una religión de paz... Pues bien, ese dinero es mío...

Se irguió don Santos; volvió a descargar una palmada sobre el sombrero verde, y extendiendo una mano y dando un paso atrás, exclamó:

—Nada de violencias... ¡Abrase a la justicia! ¡En nombre de la ley, abajo esa puerta!

—¡Señor don Santos, a la cama! —dijo el sereno, ya de vuelta—. No puedo consentir que usted siga escandalizando.

—Abra usted esa puerta, derríbela usted, señor Pepe. Usted representa la ley... Pues bien..., ahí están contando mi dinero.

—¡Ea, ea, don Santos, basta de desatinos!

Y le cogió por un brazo, para llevárselo por fuerza.

—Porque soy pobre... ¡Ingrato! —dijo Barinaga cayendo en profundo desaliento.

Se dejó arrastrar.

El Magistral, desde su balcón, escondido en la oscuridad, los siguió con la mirada, sin adelantar, olvidado del mundo entero menos de aquel don Santos Barinaga que le había estado arrojando lodo al rostro, desde el charco de su embriaguez lastimosa.

Don Fermín estaba como aterrado, pendiente el alma de los vaivenes de aquel borracho, de las palabras que más eructaba que decía: «¿Podía una copa de coñac, una comida algo fuerte, un poco de Burdeos, producir aquella irritación en la conciencia, en el cerebro, o donde fuera?» No lo sabía, pero jamás la presencia de una de sus víctimas le había causado aquellos escalofríos trágicos que se le paseaban ahora por el cuerpo. Se figuraba la tienda vacía, los anaqueles desiertos, mostrando su fondo de color de chocolate, como nichos preparados para sus muertos... Y veía el hogar frío, sin una chispa entre la ceniza. ¡Quién pudiera enviarle a aquel pobre viejo la taza de té por que suspiraba en su extravío; o caldo caliente, algo de lo que sirve a los enfermos y a los ancianos en sus desfallecimientos!

Don Santos y el sereno llegaron, después de buen rato, a la puerta de la tienda de Barinaga, que era también entrada de la casa. El Magistral oyó retumbar los golpes del chuzo contra la madera. No abrían. Al Provisor le consumía la impaciencia. «¿Se habrá dormido esta beatuela?», pensó.

A sus oídos llegaban confusas y con resonancias metálicas las palabras del sereno y de Barinaga; parecía que hablaban un idioma extraño.

Repitió Pepe los golpes, y al cabo de dos minutos se abrió un balcón y una voz agria dijo desde arriba:

—¡Ahí va la llave!

El balcón se cerró con estrépito. Entró don Santos en la tienda, que era como el Magistral se la había representado, y dejándose alumbrar por el sereno atravesó el triste almacén, donde retumbaban los pasos como bajo una bóveda, y subió la escalera lentamente, respirando con fatiga. El sereno salió, después de entregar la llave al amo de la casa. Cerró de un golpe y se fue calle arriba. Oscuridad y silencio. El Magistral abrió entonces el balcón de par en par y tendió el cuerpo sobre la barandilla, hacia la casa de Barinaga, pretendiendo oír algo.

Al principio parecía aprensión lo que oía, como si sonara dentro del cerebro..., pero después, cuando se vio luz detrás de los cristales, el Magistral pudo asegurar que allí dentro reñían, arrojaban algo sobre el piso de madera...

Celestina, la hija de Barinaga, era una beata ofidiana, confesaba con don Custodio y trataba a su padre como a un leproso que causa horror. El bando del Arcediano y del beneficiado había querido sacar gran partido de la situación del infeliz don Santos para combatir al Magistral; para ello conquistaron a Celestina; pero Celestina no pudo conquistar a su padre. Bebía el señor Barinaga, y esto ya no se podía culpar de su saña al Provisor. «Es claro —dirían los partidarios de don Fermín—, todo lo gasta en aguardiente, está siempre borracho y espanta la parroquia. ¿Cómo se quiere que el clero consuma los géneros de un perdido, que, además, es un hereje? Esta era otra triste gracia. A pesar de las amonestaciones y malos tratos de su hija, Barinaga no había querido pasarse al partido contrario; se había hecho librepensador y renegaba de todo el culto y de todo el clero. Nada, nada —repetía—; todos son iguales; lo que dice don Pompeyo Guimarán: el mal está en la raíz; ¡fuego con la raíz! ¡Abajo la clerigalla!» Y cuanto más borracho, más de raíz quería cortar. En vano su hija le daba tormento doméstico para convertirle. Sólo conseguía hacerle llorar desesperado, como el infeliz rey Lear, o que montase en cólera y le arrojase a la cabeza algún trasto. Ella pasaba plaza de mártir, pero el mártir era él

Como don Santos había sospechado, Celestina no quiso darle té, ni tila, ni nada; no había nada. No había fuego, ni eran aquellas horas... Hubo gritos, llantos y trastos por el aire. El Magistral, gracias al silencio de la noche, oía vagos rumores de la reyerta, que se alargaba, como si no hubiera sueño en el mundo. A él se le cerraban los ojos, pero no sabía qué fuerza le clavaba al balcón...

Aborrecía en aquel momento a Celestina. Recordó que era la joven que había visto días antes a los pies de don Custodio junto a un confesonario del trasaltar. Aquella tarde no la había reconocido. Tenía facha de sabandija de sacristía..., de cualquier cosa.

Los rumores continuaban. De vez en cuando, se oía el ruido de un golpe seco. Detrás de la vidriera iluminada pasaba de tarde en tarde un cuerpo oscuro.

El sereno cantó las doce a lo lejos.

Poco después cesó el ruido apagado y confuso de voces.

El Magistral esperó. No volvió el rumor. «Ya no reñían.»

La claridad de la vidriera desapareció de repente.

El Magistral siguió espiando el silencio. Nada; ni voces ni luz.

El sereno volvió a cantar las doce más lejos.

De Pas respiró con fuerza y dijo entre dientes:

—¡Ya estará durmiéndola!

Y se oyó el ruido discreto de un balcón que se cierra con miedo de turbar el silencio de la noche.

Pisando quedo entró don Fermín en su alcoba.

Detrás del tabique oyó el crujir de las hojas de maíz del jergón en que dormía Teresa, y después un suspiro estrepitoso.

El Magistral encogió los hombros y se sentó en su lecho.

«Las doce, había dicho el sereno, ¡ya era mañana!, es decir, ya era hoy; dentro de ocho horas la Regenta estaría a sus pies confesando culpas que había olvidado el otro día.»

—¡Sus pecados! —dijo a media voz el Provisor, con los ojos clavados en la llama del quinqué—. ¡Si yo tuviese que confesarle los míos!... ¡Qué asco le darían!

Y dentro del cerebro, como martillazos, oía aquellos gritos de don Santos:

—¡Ladrón..., ladrón..., *rapavelas!*

Dieciséis

Con octubre muere en Vetusta el buen tiempo. Al mediar noviembre suele lucir el sol una semana, pero como si fuera ya otro sol, que tiene prisa y hace sus visitas de despedida preocupado con los preparativos del viaje del invierno. Puede decirse que es una ironía de buen tiempo lo que se llama *el veranillo de San Martín*. Los vetustenses no se fían de aquellos halagos de luz y calor, y se abrigan y buscan su manera peculiar de pasar la vida a nado durante la estación odiosa que se prolonga hasta fines de abril próximamente. Son anfibios que se preparan a vivir debajo del agua la temporada que su destino les condena a este elemento. Unos protestan todos los años haciéndose de nuevas y diciendo: «¡Pero ve usted qué tiempo!»; otros, más filósofos, se consuelan pensando que a las muchas lluvias se debe la fertilidad y hermosura del suelo. «O el cielo o el suelo, todo no puede ser.»

Ana Ozores no era de las que se resignaban. Todos los años, al oír las campanas doblar tristemente el día de los Santos, por la tarde, sentía una angustia nerviosa que encontraba pábulo en los objetos exteriores, y sobre todo en la perspectiva ideal de un invierno, de *otro* invierno húmedo, monótono, interminable, que empezaba con el clamor de aquellos bronces.

Aquel año la tristeza había aparecido a la hora de siempre. Estaba Ana en el comedor. Sobre la mesa quedaban la cafetera de estaño, la taza y la copa en que había tomado café y anís don Víctor, que ya estaba en el Casino jugando al ajedrez. Sobre el platillo de la taza yacía medio puro apagado, cuya ceniza formaba repugnante amasijo impregnado del café frío derramado. Todo esto miraba la Regenta con pena, como si fuesen ruinas del mundo. La insignificancia de aquellos objetos que contemplaba le partía el alma; se le figuraba que eran símbolo del universo, que era así ceniza, frialdad, un cigarro abandonado a la mitad por el hastío del fumador. Además, pensaba en el marido incapaz de fumar un puro entero y de querer por entero a una mujer. Ella era también como aquel cigarro, una cosa que no había servido para uno y que ya no podía servir para otro.

Todas estas locuras las pensaba, sin querer, con mucha formalidad. Las campanas comenzaban a sonar con la terrible promesa de no callarse en toda la tarde ni en toda la noche. Ana se estremeció. Aquellos martillazos estaban destinados a ella; aquella maldad impune, irresponsable, mecánica, del bronce repercutiendo con tenacidad irritante, sin por qué ni para qué, sólo por la razón universal de molestar, creíala descargada sobre su cabeza. No eran *fúnebres lamentos* las campanadas, como decía Trifón Cármenes en aquellos versos de *El Lábaro* del día, que la doncella acababa de poner sobre el regazo de su ama; no eran fúnebres lamentos, no hablaban de los muertos, sino de la tristeza de los vivos, del letargo de todo; ¡tan, tan, tan!, ¡cuántos!, ¡cuántos!, ¡y los que faltaban! ¿Qué contaban aquellos tañidos? Tal vez las gotas de lluvia que iban a caer en aquel *otro* invierno.

La Regenta quiso distraerse, olvidar el ruido inexorable, y miró *El Lábaro*. Venía con orla de luto. El primer fondo que, sin saber lo que hacía, comenzó a leer, hablaba de la brevedad de la existencia y de los acendrados sentimientos católicos de la redacción. «¿Qué eran los placeres de este mundo? ¿Qué la gloria, la riqueza, el amor?» En opinión del articulista, nada; palabras, palabras, como había dicho Shakespeare. Sólo la virtud era cosa sólida. En este mundo no había que buscar la felicidad, la tierra no era el centro de las almas *decididamente*. Por todo lo cual lo más acertado era morirse; y así, el redactor, que había comenzado lamentando lo *solos que se quedaban los muertos*, concluía por envidiar su buena suerte. *Ellos* ya sabían lo que había *más allá*, ya habían resuelto el gran problema de Hamlet: *to be or not to be*. ¿Qué era el más allá? Misterio. De todos modos, el articulista deseaba a los difuntos el descanso y la gloria eterna. Y firmaba: «Trifón Cármenes». Todas aquellas necedades ensartadas en lugares comunes; aquella retórica fiambre, sin pizca de sinceridad, aumentó la tristeza de la Regenta; esto era peor que las campanas, más mecánico, más fatal; era la fatalidad de la estupidez; y también ¡qué triste era ver ideas grandes, tal vez ciertas, y frases, en su original sublimes, allí manoseadas, pisoteadas y por milagros de la necedad convertidas en materia liviana, en lodo de vulgaridad y manchadas por las inmundicias de los tontos!... Aquello era también un símbolo del mundo; ¡las cosas grandes, las ideas puras y bellas, andaban confundidas con la prosa y la falsedad y la maldad, y no había modo de separarlas! Después Cármenes se presentaba en el cementerio y cantaba una elegía de tres columnas, en tercetos entreverados de silva. Ana veía los renglones desiguales como si estuvieran en chino; sin saber por qué no podía leer; no entendía nada; aunque la inercia la obligaba a pasar por allí los ojos, la atención retrocedía, y tres veces leyó los cinco primeros versos, sin saber lo que que-

rían decir... Y de repente, recordó que ella también había escrito versos, y pensó que podían ser muy malos también. «¿Si
habría sido ella una *Trifona*? Probablemente; ¡y qué desconsola-
dor era tener que echar sobre sí misma el desdén que merecía
todo! ¡Y con qué entusiasmo había escrito muchas de aquellas
poesías religiosas, místicas, que ahora le parecían amaneradas,
rapsodias serviles de Fray Luis de León y San Juan de la Cruz!
Y lo peor no era que los versos fueran malos, insignificantes,
vulgares, vacíos... ¿Y los sentimientos que los habían inspirado?
¿Aquella piedad lírica? ¿Había valido algo? No mucho, cuando
ahora, a pesar de los esfuerzos que hacía por volver a sentir una
reacción de religiosidad... ¿Si en el fondo no sería ella más
que una literata vergonzante, a pesar de no escribir ya versos ni
prosa? Sí, sí, le había quedado el espíritu falso, torcido de la
poetisa, que por algo el buen sentido vulgar desprecia.» Como
otras veces, Ana fue tan lejos en este vejamen de sí misma, que
la exageración la obligó a retroceder y no paró hasta echar la
culpa de todos los males a Vetusta, a sus tías, a don Víctor, a
Frígilis; y concluyó por tenerse aquella lástima tierna y profunda
que la hacía tan indulgente a ratos para los propios defectos y
culpas.

Se asomó al balcón. Por la plaza pasaba todo el vecindario de
la Encimada camino del cementerio, que estaba hacia el Oeste,
más allá del Espolón, sobre un cerro. Llevaban los vetustenses
los trajes de cristianar; criadas, nodrizas, soldados y enjambres
de chiquillos eran la mayoría de los transeúntes; hablaban a gritos, gesticulaban alegres; de fijo no pensaban en los muertos.
Niños y mujeres del pueblo pasaban también, cargados de coro-
nas fúnebres baratas, de cirios flacos y otros adornos de sepultura. De vez en cuando, un lacayo de librea, un mozo de cordel,
atravesaban la plaza abrumado por el peso de colosal corona
de siemprevivas, de blandones como columnas y catafalcos por-
tátiles. Era el luto oficial de los ricos, que sin ánimo y tiempo
para visitar a sus muertos, les mandaban aquella especie de be-
salamano. Las *personas decentes* no llegaban al cementerio; las
señoritas emperifolladas no tenían valor para entrar allí y se quedaban en el Espolón paseando, luciendo los trapos y dejándose
ver, como los demás días del año. Tampoco se acordaban de los
difuntos; pero lo disimulaban; los trajes eran oscuros, las conversaciones menos estrepitosas que de costumbre, el gesto algo más
compuesto. Se paseaba en el Espolón como se está en una visita
de duelo en los momentos en que no está delante de ningún pariente cercano del difunto. Reinaba una especie de discreta alegría
contenida. Si en algo se pensaba alusivo a la solemnidad del día,
era en la ventaja positiva de no contarse entre los muertos. Al
más filósofo vetustense se le ocurría que no somos nada, que
muchos de sus conciudadanos que se paseaban tan tranquilos estarían al año que viene con los otros; cualquiera menos él.

Ana aquella tarde aborrecía más que otros días a los vetusten-

ses; aquellas costumbres tradicionales, respetadas sin conciencia
de lo que se hacía, sin fe ni entusiasmo, repetidas con mecánica
igualdad como el rítmico volver de las frases o los gestos de un
loco; aquella tristeza ambiente que no tenía grandeza, que no
se refería a la suerte incierta de los muertos, sino al aburrimiento
seguros de los vivos, se lo ponían a la Regenta sobre el corazón, y
hasta creía sentir la atmósfera cargada de hastío, de un hastío
sin remedio, eterno. Si ella contara lo que sentía a cualquier
vetustense, la llamaría romántica; a su marido no había que
mentarle semejantes penas; en seguida se alborotaba y hablaba
de régimen, y de propaganda, y de cambiar de vida. Todo menos
apiadarse de los nervios o lo que fuera.

Aquel programa famoso de distracciones y placeres formado
entre Quintanar y Visitación había empezado a caer en desuso
a los pocos días, y apenas se cumplía ya ninguna de sus partes.
Al principio Ana se había dejado llevar a paseo, a las excursiones campestres; pero pronto se declaró cansada y opuso una resistencia pasiva que no pudieron vencer don Víctor y la del
Banco.

Visita encogía los hombros. No se explicaba aquello. ¡Qué
mujer era Ana! Ella estaba segura de que Alvaro le parecía
retebién; Alvaro seguía su persecución con gran maña, lo había notado, ella le ayudaba, también sin querer..., y nada. Mesía,
preocupado, triste, bilioso, daba a entender, a su pesar, que no
adelantaba un paso. ¿Andaría el Magistral en el ajo? Visita se
impuso la obligación de espiar la capilla del Magistral; se enteró
bien de las tardes que se sentaba en el confesonario, y se daba
una vuelta por allí mirando por entre las rejas con disimulo,
para ver si estaba la *otra*. Después averiguó que la habían visto
confesando por la mañana a las siete. «¡Hola!, allí había gato.»
No presumía la del Banco las atrocidades que se le habían pasado
por la imaginación a Mesía; no pensaba, Dios la librara, que Ana
fuese capaz de enamorarse de un cura como la escandalosa de
Obdulia o la de Páez, tonta y maniática que despreciaba las
buenas proporciones y cuando chica comía tierra. Ana era también romántica —todo lo que no era parecerse a ella lo llamaba
Visita romanticismo—, pero de otro modo; no, no había que
temer, sobre todo tan pronto, una pasión sacrílega; pero lo que
ella temía era que el Provisor, por hacer guerra al otro —las
razones de pura moralidad no se le ocurrían a la del Banco—,
empleara su grandísimo talento en convertir a la Regenta y hacerla beata. ¡Qué horror! Era preciso evitarlo. Ella, Visita, no
quería renunciar al placer de ver a su amiga caer donde ella
había caído; por lo menos verla padecer con la tentación. Nunca
se le había ocurrido que aquel espectáculo era fuente de placeres
secretos intensos, vivos como pasión fuerte, pero ya que los
había descubierto, quería gozar aquellos extraños sabores picantes de la nueva golosina. Cuando observaba a Mesía en acecho,
cazando, o preparando las redes por lo menos, en el coto de

Quintanar, Visitación sentía la garganta apretada, la boca seca, candelillas en los ojos, fuego en las mejillas, asperezas en los labios. «El dirá lo que quiera, pero está *chiflado*», pensaba con un secreto dolor que tenía en el fondo una voluptuosidad como la que produce una esencia muy fuerte; aquellos pinchazos que sentía en el orgullo, y en algo más guardado, más de las entrañas, los necesitaba ya como el vicioso el vicio que le mata, que le lastima al gozarlo; era el único placer intenso que Visitación se permitía en aquella vida tan gastada, tan vulgar, de emociones repetidas. El dulce no la empalagaba, pero ya le sabía poco a dulce; aquella nueva pasioncilla era cosa más vehemente. Quería ver a la Regenta, a la impecable, en brazos de don Alvaro; y también le gustaba ver a don Alvaro humillado ahora, por más que deseara su victoria, no por él, sino por la caída de la *otra*. Inventó muchos medios para hacerles verse y hablarse sin que ellos lo buscasen, al menos sin que lo buscase Ana. Paco, sin la mala intención de Visita, la ayudaba mucho en tal empresa. Aunque en la primera ocasión oportuna don Alvaro se había hecho ofrecer por el mismo Quintanar el caserón de los Ozores, y ya había aventurado algunas visitas, comprendió que por entonces no debía ser aquél el teatro de sus tentativas, y donde se insinuaba era en el Espolón, con miradas y otros artificios de poco resultado, o en casa de Vegallana y en las excursiones al Vivero con más audacia, aunque no mucha, pero con escasa fortuna. Ana ponía todas las fuerzas de su voluntad en demostrar a don Alvaro que no le temía. Le esperaba siempre, desafiaba sus malas artes; sin jactancia le daba a entender que le tenía por inofensivo.

Las excursiones al Vivero se habían repetido con frecuencia durante todo octubre. Ana veía a Edelmira y a Obdulia, que se había declarado maestra de la niña colorada y fuerte, correr como locas por el bosque de robles seculares perseguidas por Paco Vegallana, Joaquín Orgaz y otros *íntimos;* veíalas arrojarse intrépidas al pozo que estaba cegado y embutido con hierba seca, y en estas y otras escenas de bucólica picante llenas de alegría, misteriosos gritos, sorpresas, sustos, saltos, roces y contactos, no había encontrado más que una tentación grosera, fuerte al acercarse a ella, al tocarla, pero repugnante de lejos, vista a sangre fría. Don Alvaro había notado que por este camino poco se podría adelantar, por ahora, con la Regenta. Nada más ridículo en Vetusta que el romanticismo. Y se llamaba romántico todo lo que no fuese vulgar, pedestre, prosaico, callejero. Visita era el papa de aquel dogma antirromántico. Mirar a la luna medio minuto seguido era romanticismo puro; contemplar en silencio la puesta del sol..., ídem; respirar con delicia el ambiente embalsamado del campo a la hora de la brisa..., ídem; decir algo de las estrellas..., ídem; encontrar expresión amorosa en las miradas, sin necesidad de ponerse al habla..., ídem; tener lástima de los niños pobres..., ídem; comer poco..., ¡oh!, esto era el colmo del romanticismo.

—La de Páez no come garbanzos —decía Visita—, porque eso no es romántico.

La repugnancia que por los juegos locos del Vivero sentía Anita era romanticismo refinado en opinión de la del Banco. Se lo decía ella a don Alvaro:

—Mira, chico, eso es hacer la tonta, la literata, la mujer superior, la platónica... Que yo me escame y no deje acercarse a esos mocosos que luego se van *dando pisto* al Casino con sus demasías, no tiene nada de particular, porque..., en fin, yo me entiendo; pero ella no tiene motivo para desconfiar, porque ni Paco ni Joaquín se van a atrever a tocarle el pelo de la ropa... Todo eso es romanticismo; pero a mí no me la da, por aquello de *pulvisés.*

En eso confiaba Mesía, en el *pulvisés* de Visita; pero se impacientaba ante aquel *romanticismo* de la Regenta. El creía firmemente que «no había más amor que uno, el material, el de los sentidos; que a él había de venir a parar todo aquello, tarde o temprano, pero temía que iba a ser tarde; la Regenta tenía la cabeza a pájaros, y no había que aventurar ni un mal pistón, so pena de exponerse a echarlo a rodar todo».

«Además —pensaba don Alvaro—, el día que yo me atreva, por tener ya preparado el terreno, a intentar un ataque franco, *personal* (era la palabra técnica en su arte de conquistador), no ha de ser en el campo, aunque parece que es el lugar más a propósito. He notado que esta mujer enfrente de la naturaleza, de la bóveda estrellada, de los montes lejanos, al aire libre, en suma, se pone seria como un colchón, calla y se *sublimiza* allá a sus solas. Está hermosísima así, pero no hay que tocar en ella.» Más de una vez, en medio del bosque del Vivero, a solas con Ana, don Alvaro se había sentido en ridículo; se le había figurado que aquella señora, a quien estaba seguro de gustar en el salón del Marqués, allí le despreciaba. Veíala mirarle de hito en hito, levantar después los ojos a las copas de los añosos robles, y se había dicho: «Esta mujer me está midiendo; me está comparando con los árboles y me encuentra pequeño; ¡ya lo creo!»

Lo que no sabía don Alvaro, aunque por ciertos síntomas favorables lo presumiese a veces su vanidad, era que la Regenta soñaba casi todas las noches con él. Irritaba a la de Quintanar esa insistencia de sus ensueños. ¿De qué le servía resistir en vela, luchar con valor y fuerza todo el día, llegar a creerse superior a la obsesión pecaminosa, casi a despreciar la tentación, si la flaca naturaleza a sus solas, abandonada del espíritu, se rendía a discreción, y era masa inerte en poder del enemigo? Al despertar de sus pesadillas con el dejo amargo de las malas pasiones satisfechas, Ana se sublevaba contra las leyes que no conocía, y pensaba, desalentada y agriado el ánimo, en la inutilidad de sus esfuerzos, en las contradicciones que llevaba dentro de sí

misma. Parecíale entonces la humanidad compuesto casual que servía de juguete a una divinidad oculta, burlona como un diablo.
Pronto volvía la fe, que se afanaba en conservar y hasta fortificar —con el terror de quedarse a oscuras y abandonada si la perdía—; volvía a desmoronar aquella torrecilla del orgulloso racio-
nalismo, retoño impuro que renacía mil veces en aquel espíritu
educado lejos de una saludable disciplina religiosa. Se humillaba
Ana a los designios de Dios, pero no por esto desaparecía el
disgusto de sí misma, ni el valor para seguir la lucha se recobraba... Contribuían estos desfallecimientos nocturnos a contener
los progresos de la piedad, que el Magistral procuraba despertar
con gran prudencia, temeroso de perder en un día todo el terreno adelantado, si daba un mal paso.

Ni en la mañana en que la Regenta reconcilió con don Fermín,
antes de comulgar, ni ocho días más tarde cuando volvió al confesonario, ni en las demás conferencias matutinas en que declaró
al padre espiritual dudas, temores, escrúpulos, tristezas, dijo Ana
aquello que al determinarse a rectificar su confesión general se
había propuesto decir: no habló de la gran tentación que la empujaba al adulterio —así se llamaba—, mucho tiempo hacía. Buscó subterfugios para no confesar aquello, se engañó a sí misma,
y el Magistral sólo supo que Ana vivía de hecho separada de su
marido, *quo ad thorum*, por lo que toca al tálamo, no por reyerta,
ni causa alguna vergonzosa, sino por falta de iniciativa en el
esposo y de amor en ella. Sí, eso lo confesó Ana, ella no amaba a su don Víctor como una mujer debe amar al hombre que
escogió, o le escogieron, por compañero; otra cosa había: ella
sentía, más y más cada vez, gritos formidables de la naturaleza,
que la arrastraban a no sabía qué abismos oscuros, donde no
quería caer; sentía tristezas profundas, caprichosas; ternura sin
objeto conocido; ansiedades inefables; sequedades del ánimo repentinas, agrias y espinosas, y todo ello la volvía loca, tenía miedo
no sabía a qué, y buscaba el amparo de la religión para luchar
con los peligros de aquel estado. Esto fue todo lo que pudo saber
el Magistral sobre el particular; nada de acusaciones concretas.
Él tampoco se atrevía a preguntar a la Regenta lo que tratándose
de otra hubiera sido necesariamente parte de su hábil interroga-
torio. Aunque la curiosidad le quemaba las entrañas, aguantaba
la comezón y se contentaba con sus conjeturas: lo principal, lo
primero, no era querer saber a la fuerza más de lo que ella
espontáneamente quería decir; lo principal, lo primero, era mostrarse discreto, desapasionado, superior a los defectos vulgares
de la humanidad.

«En estas primeras conferencias —se decía el Magistral—, no
se trata aún de estudiarla bien a ella, sino de hacerme agradable,
de imponerme por la grandeza de alma; debo hacerla mía por
obra del espíritu, y después... ella hablará... y sabré lo del Vivero, que me parece que no fue nada entre dos platos.»

De lo que había pasado en la excursión del día de San Fran-

cisco de Asís y en otras sucesivas, procuró De Pas enterarse en
las conversaciones que tuvo con su amiga fuera de la Iglesia;
dentro del cajón sagrado no había modo decoroso de preguntar
ciertas menudencias a una mujer como Anita.

La Regenta agradecía al Magistral su prudencia, su discreción.
Veía con placer que más se aplicaba el bendito varón a prepararle una vida virtuosa mediante la consabida *higiene espiritual*
que a escudriñar lo pasado y las turbaciones presentes con preguntas de microscopio, como él las había llamado hablando de
estas cosas.

«Lo principal era no violentar el espíritu indisciplinado de la
Regenta; había que hacerla subir la cuesta de la penitencia sin
que ella lo notase al principio, por una pendiente imperceptible,
que pareciese camino llano; para esto era necesario caminar en
zigzag, hacer muchas curvas, andar mucho y subir poco..., pero
no había otro remedio; después, más arriba, sería otra cosa; ya
se le haría subir por la línea de máxima pendiente.» Así, con
estas metáforas geométricas, pensaba el Magistral en tal asunto,
para él muy importante, porque la idea de que se le escapase
aquella penitente, aquella amiga, le daba miedo.

Una mañana ella le habló por fin de sus ensueños; cada palabra iba cubierta con un velo; pocas bastaron al Magistral para
comprender; la interrumpió, le ahorró la molestia de buscar las
pocas frases cultas con que cuenta nuestro rico idioma para expresar materias escabrosas; y aquel día pudo ser, merced a esto,
la conferencia tan ideal y delicada en la forma como todas las
anteriores. Pero él entró en el coro menos tranquilo que solía.
Arrellanado en su sitial del coro alto, manoseando los relieves
lúbricos de los brazos de su silla, De Pas, mientras los colegiales ponían el grito en el cielo, comentaba, como si rumiara, las
revelaciones de la Regenta.

¡Soñaba! La fortaleza de la vigilia desvanecíase por la noche,
y sin que ella pudiese remediarlo, la mortificaban visiones y sensaciones importunas, que a tener responsabilidad de ellas serían
un pecado cierto... «En plata, que doña Ana soñaba con un
hombre...» Don Fermín se revolvía en la silla de coro, cuyo
asiento duro se le antojaba lleno de brasas y de espinas. Y en
tanto que el dedo índice de la mano derecha frotaba dos pro-
minencias pequeñas y redondas del artístico bajo relieve, que
representaba a las hijas de Lot en un pasaje bíblico, él, sin pensar
en esto, es claro, procuraba arrancar a las tinieblas de su ignorancia el secreto que tanto le importaba: ¿con quién soñaba la
Regenta? ¿Era persona determinada?... Y poniéndose colorado
como una amapola en la penumbra de su asiento, que estaba en
un rincón del coro alto, pensaba: «¿Seré yo?»

Entonces le zumbaban los oídos, y ya no oía las voces graves
del sochantre y de los salmistas, ni el runrún del hebdomadario, que allá abajo gruñía recitando de mala gana los latines de
Prima.

«No, no caería en la tentación de convertir aquella dulcísima amistad naciente, que tantas sensaciones nuevas y exquisitas le prometía, en vulgar escándalo de las pasiones bajas de que sus enemigos le habían acusado otras veces. Verdad era que la idea de ser objeto de los ensueños que confesaba la Regenta le halagaba: esto no podía negarlo, ¿cómo engañarse a sí mismo? ¡Si apenas podía mantenerse sentado sobre la tabla dura! Pero esta delicia de la vanidad satisfecha no tenía que ver con su propósito firme de buscar en Ana, en vez de grosero hartazgo de los sentidos, empleo digno de la gran actividad de su corazón, de su voluntad, que se destruía ocupándose con asunto tan miserable como era aquella lucha con los vetustenses indómitos. Sí, lo que él quería era una afición poderosa, viva, ardiente, eficaz para vencer la ambición, que le parecía ahora ridícula, de verse amo indiscutible de la diócesis. Ya lo era, aunque discutido, y aquello debía bastarle.»

«¿A qué aspirar a un dominio absoluto imposible? Además, quería que su interés por doña Ana ocupase en su alma el lugar privilegiado de aquellos otros anhelos de volar más alto, de ser Obispo, jefe de la Iglesia española, vicario de Cristo tal vez. Esta ambición de algunos momentos, descabellada, pueril, locura que pasaba, pero que volvía, quería vencerla, para no padecer tanto, para conformarse mejor con la vida, para no encontrar tan triste y desabrido el mundo... Y sólo por medio de una pasión noble, ideal, que un alma grande sabría comprender, y que sólo un vetustense miserable, ruin y malicioso podía considerar pecaminosa, sólo por medio de esa pasión cabía lograr tan alto y tan loable intento. Sí, sí —concluía el Magistral—; yo la salvo a ella, y ella, sin saberlo por ahora, me salva a mí.»

Y cantaban los del coro bajo: «*Deus, in adjutorium meum intende*».

La tarde de *Todos los Santos* Ana creyó perder el terreno adelantado en su curación moral; la aridez de alma de que ella se había quejado a don Fermín, y que éste, citando a San Alfonso Ligorio, le había demostrado ser debilidad común, y hasta de los santos, y general duelo de los místicos; esa aridez que parece inacabable al sentirla, le envolvía el espíritu como una cerrazón en el océano; no le dejaba ver ni un rayo de luz del cielo.

«¡Y las campanas toca que tocarás!» Ya pensaba que las tenía dentro del cerebro; que no eran golpes del metal, sino aldabonazos de la neuralgia que quería enseñorearse de aquella mala cabeza, olla de grillos mal avenidos.

Sin que ella los provocase, acudían a su memoria recuerdos de la niñez, fragmentos de las conversaciones de su padre, el filósofo, sentencias de escéptico, paradojas de pesimista, que en los tiempos lejanos en que las había oído no tenían sentido claro para ella, mas que ahora le parecían materia digna de atención.

«De lo que estaba convencida era de que en Vetusta se ahogaba; tal vez el mundo entero no fuese tan insoportable como decían los filósofos y los poetas tristes; pero lo que es de Vetusta, con razón se podía asegurar que era el peor de los poblachones posibles.» Un mes antes había pensado que el Magistral iba a sacarla de aquel hastío, llevándola consigo sin salir de la catedral, a regiones superiores, llenas de luz. «Y capaz de hacerlo como lo decía debía de ser, porque tenía mucho talento, y muchas cosas que explicar; pero ella, ella era la que caía de lo alto a lo mejor, la que volvía a aquel enojo, a la aridez que le secaba el alma en aquel instante.»

Ya no pasaba nadie por la Plaza Nueva; ni lacayos, ni curas, ni chiquillos, ni mujeres del pueblo; todos debían estar ya en el cementerio o en el Espolón...

Ana vio aparecer debajo del arco de la calle del Pan, que une la plaza de este nombre con la Nueva, la arrogante figura de don Alvaro Mesía, jinete en soberbio caballo blanco, de reluciente piel, crin abundante y ondeada, cuello grueso, poderosa cerviz, cola larga y espesa. Era el jaco de pura raza española, y hacíale el jinete piafar, caracolear, revolverse, con gran maestría de la mano y la espuela, como si el caballo mostrase toda aquella impaciencia por su gusto, y no excitado por las ocultas maniobras del dueño. Saludó Mesía de lejos y no vaciló en acercarse a la Rinconada, hasta llegar debajo del balcón de la Regenta.

El estrépito de los cascos del animal sobre las piedras, sus graciosos movimientos, la hermosa figura del jinete, llenaron la plaza de repente de vida y alegría, y la Regenta sintió un soplo de frescura en el alma. ¡Qué a tiempo aparecía el galán! Algo sospechó él de tal oportunidad al ver en los ojos y en los labios de Ana, dulce, franca y persistente sonrisa.

No le negó la delicia de anegarse en su mirada, y no trató de ocultar el efecto que en ella producía la de don Alvaro. Hablaron del caballo, del cementerio, de la tristeza del día, de la necedad de aburrirse todos de común acuerdo, de lo inhabitable que era Vetusta. Ana estaba locuaz, hasta se atrevió a decir lisonjas, que si directamente iban al caballo, también comprendían al jinete.

Don Alvaro estaba pasmado, y si no supiera ya por experiencia que aquella fortaleza tenía muchos órdenes de murallas, y que al día siguiente podría encontrarse con que era lo más inexpugnable lo que ahora se le antojaba brecha, hubiese creído llegada la ocasión de dar el ataque *personal,* como llamaba al más brutal y ejecutivo. Pero ni siquiera se atrevió a intentar acercarse, lo cual hubiera sido en todo caso muy difícil, pues no había de dejar el caballo en la plaza. Lo que hacía era aproximarse lo más que podía al balcón, ponerse en pie sobre los estribos, estirar el cuello y hablar bajo para que ella tuviese que inclinarse sobre la barandilla si quería oírle, que sí quería aquella tarde.

¡Cosa más rara! En todo estaban de acuerdo; después de tantas conversaciones, se encontraba ahora con que tenían una porción de gustos idénticos. En un incidente del diálogo se acordaron del día en que Mesía dejó a Vetusta y encontró en la carretera de Castilla a Anita, que volvía de paseo con sus tías. Se discutió la probabilidad de que fuese el mismo coche y el mismo asiento el que poco después ocupaba ella cuando salió para Granada con su esposo...

Ana se sentía caer en un pozo, según ahondaba, ahondaba en los ojos de aquel hombre que tenía allí debajo; parecía que toda la sangre se le subía a la cabeza, que las ideas se mezclaban y confundían, que las nociones morales se deslucían, que los resortes de la voluntad se aflojaban; y viendo como veía un peligro, y desde luego una imprudencia en hablar así con don Alvaro, en mirarle con deleite que no se ocultaba, en alabarle y abrirle el arca secreta de los deseos y los gustos, no se arrepentía de nada de esto, se dejaba resbalar, gozándose en caer, como si aquel placer fuese una venganza de antiguas injusticias sociales, de bromas pesadas de la suerte, y sobre todo de la estupidez vetustense que condenaba toda vida que no fuese la monótona, sosa y necia de los insípidos vecinos de la Encimada y la Colonia... Ana sentía deshacerse el hielo, humedecerse la aridez; pasaba la crisis, pero no como otras veces, no se resolvería en lágrimas de ternura abstracta, ideal, en propósitos de vida santa, en anhelos de abnegación y sacrificios; no era la fortaleza, más o menos fantástica, de otras veces quien la sacaba del desierto de los pensamientos secos, fríos, desabridos, infecundos; era cosa nueva, era un relajamiento, algo que al dilacerar la voluntad, al vencerla, causaba en las entrañas placer, como un soplo fresco que recorriese las venas y la médula de los huesos. «Si ese hombre no viniese a caballo, y pudiera subir, y se arrojara a mis pies, en este instante me vencía.» Pensaba esto y casi lo decía con los ojos. Se le secaba la boca y pasaba la lengua por los labios. Y como si al caballo le hiciese cosquillas aquel gesto de la señora del balcón, saltaba y azotaba las piedras con el hierro; mientras las miradas del jinete eran cohetes que se encaramaban a la barandilla en que descansaba el pecho fuerte y bien torneado de la Regenta.

Callaron, después de haber dicho tantas cosas. No se había hablado palabra de amor, es claro; ni don Alvaro se había permitido galantería alguna directa y sobrado significativa; mas no por eso dejaban de estar los dos convencidos de que por señas invisibles, por efluvios, por adivinación o como fuera, uno a otro se lo estaban diciendo todo; ella conocía que a don Alvaro le estaba quemando vivo la pasión allá abajo; que al sentirse admirado, tal vez amado en aquel momento, el agradecimiento tierno y dulce del amante y el amor irritado con el agradecimiento y con el señuelo de la ocasión le derretían; y Mesía comprendía y sentía lo que estaba pasando por Ana, aquel abandono, aquella flojedad del ánimo.

«¡Lástima —pensaba el caballero— que me coja tan lejos, y a caballo, y sin poder apearme decorosamente, este *momento crí-*

tico!...» Al cual momento groseramente llamaba él para sus adentros el *cuarto de hora.*

No había tal cuarto de hora, o por lo menos no era aquel
cuarto de la hora a que aludía el materialista elegante.

Todo Vetusta se aburría aquella tarde, o tal se imaginaba Ana
por lo menos; parecía que el mundo se iba a acabar aquel día,
no por agua ni fuego, sino por hastío, por la gran culpa de la
estupidez humana, cuando Mesía, apareciendo a caballo en la
plaza, vistoso, alegre, venía a interrumpir tanta tristeza fría y
cenicienta con una nota de color vivo, de gracia y fuerza. Era una
especie de resurrección del ánimo, de la imaginación y del sentimiento la aparición de aquella arrogante figura de caballo y caballero en una pieza, inquietos, ruidosos, llenando la plaza de
repente. Era un rayo de sol en una cerrazón de la niebla, era la
viva reivindicación de sus derechos, una protesta alegre y estrepitosa contra la apatía convencional, contra el silencio de muerte
de las calles y contra el ruido necio de los campanarios.

Ello era que, sin saber por qué, Ana, nerviosa, vio aparecer
a don Alvaro como un náufrago puede ver el buque salvador
que viene a sacarle de un peñón aislado en el océano. Ideas y
sentimientos que ella tenía aprisionados como peligrosos enemigos rompieron las ligaduras; y fue un motín general del alma,
que hubiera asustado al Magistral de haberlo visto, lo que la
Regenta sintió con deleite dentro de sí.

Don Alvaro no recordaba siquiera que la Iglesia celebraba
aquel día la fiesta de Todos los Santos; había salido a paseo
porque le gustaba el campo de Vetusta en otoño y porque sentía
opresiones, ansiedades que se le quitaban a caballo, corriendo mucho, bañándose en el aire que le iba cortando el aliento en la
carrera...

«¡Perfectamente! Mesía con aquella despreocupación, pensando
en su placer, en la naturaleza, en el aire libre, era la realidad
racional, la vida que se complace en sí misma; los otros, los
que tocaban las campanas y *conmemoraban* maquinalmente a los
muertos que tenían olvidados, eran las bestias de reata, la eterna
Vetusta que había aplastado su existencia entera (la de Anita)
con el peso de preocupaciones absurdas; la Vetusta que la había
hecho infeliz... ¡Oh, pero estaba aún a tiempo! Se sublevaba,
se sublevaba; que lo supieran sus tías, difuntas; que lo supiera
su marido; que lo supiera la hipócrita aristocracia del pueblo, los
Vegallana, los Corujedos..., toda la clase..., se sublevaba...» Así
era el cuarto de hora de Anita, y no como se lo figuraba don
Alvaro, que mientras hablaba, sin propasarse, estaba pensando en
dónde podía dejar un momento el caballo. No había modo; sin
violencia, que podía echarlo todo a perder, no se podía buscar
pretexto para subir a casa de la Regenta en aquel momento.

Gran satisfacción fue para don Víctor Quintanar, que volvía
del casino, encontrar a su mujer conversando alegremente con el

simpático y caballeresco don Alvaro, a quien él iba cobrando una afición que, según frase suya, «no solía prodigar...»

—Estoy por decir —aseguraba— que después de Frígilis, Ripamilán y Vegallana, ya es don Alvaro el vecino a quien más aprecio.

No pudiendo dar a su amigo los golpecitos en el hombro con que solía saludarle, los aplicó a las ancas del jaco, que se dignó mirar, volviendo un poco la cabeza al humilde infante.

—Hola, hola, hipógrifo violento
                        que corriste parejas con el viento—

dijo don Víctor, que manifestaba a menudo su buen humor recitando versos del príncipe *de nuestros ingenios* o de algún otro de los *astros de primera magnitud.*

—A propósito de teatro, don Alvaro, ¿conque esta noche el buen Perales nos da por fin *Don Juan Tenorio?* Algunos beatos habían intrigado para que hoy no hubiera función... ¡Mayor absurdo!... El teatro es moral, cuando lo es por supuesto; además, la tradición, la costumbre...

Don Víctor habló largo y tendido de la moralidad en el arte, separándose a veces del hipógrifo violento, que se impacientaba con aquella disertación académica.

Don Alvaro aprovechó la primera ocasión que tuvo para suplicar a Quintanar que obligase a su esposa a ver el «Don Juan».

—Calle usted, hombre..., vergüenza da decirlo, pero es la verdad... Mi mujercita, por una de esas rarísimas casualidades que hay en la vida..., nunca ha visto ni leído el Tenorio. Sabe versos sueltos de él, como todos los españoles, pero no conoce el drama... o la comedia, lo que sea, porque, con perdón de Zorrilla, yo no sé si... ¡Demonio de animal, me ha metido la cola por los ojos!

—Sepárese usted un poco, porque éste no sabe estarse quieto... Pero dice usted que Anita no ha visto el Tenorio, ¡eso es imperdonable!

Aunque a don Alvaro el drama de Zorrilla le parecía inmoral, falso, absurdo, muy malo, y siempre decía que era mucho mejor el *Don Juan* de Molière (que no había leído), le convenía ahora alabar el poema popular, y lo hizo con frases de gacetillero agradecido.

Quintanar no le perdonaba a Zorrilla la ocurrencia de atar a Mejía codo con codo, y le parecía indigna de un caballero la aventura de don Juan con doña Inés de Pantoja. «Así cualquiera es conquistador.» Pero fuera de esto, juzgaba *hermosa creación* la de Zorrilla, aunque las había mejores en nuestro teatro moderno. A don Alvaro se le antojaba muy verosímil y muy ingenioso y oportuno el expediente de sujetar a don Luis y meterse en casa de su novia en calidad de prometido. Aventuras así las había llevado él a feliz término, y no por eso se creía deshonrado, pues el amor no se anda con libros de caballerías, y unas eran las empresas del placer y otras las de la vanagloria; cuando se trataba de éstas, lo mismo él que don Juan sabía proceder con todos los requisitos del punto de honor. Pero esta opinión también se la calló el jefe del partido liberal dinástico de Vetusta, y unió sus ruegos a los de don Víctor para obligar a doña Ana a ir al teatro aquella noche.

—Si es una perezosa; si ya no quiere salir; si ha vuelto a las andadas, a las encerronas... y..., pero..., ¡lo que es hoy no tienes escape!

En fin, tanto insistieron, que Ana, puestos los ojos en los de Mesía, prometió solemnemente ir al teatro.

Y fue.

Entró a las ocho y cuarto —la función comenzaba a las ocho— en el palco de los Vegallana, en compañía de la Marquesa, Edelmira, Paco y Quintanar.

El teatro de Vetusta, o sea *nuestro Coliseo de la plaza del Pan,* según le llamaba en elegante perífrasis el gacetillero y crítico de *El Lábaro,* era un antiguo corral de comedias que amenazaba ruina y daba entrada gratis a todos los vientos de la rosa náutica. Si soplaba el norte y nevaba, solían deslizarse algunos copos por la claraboya de la lucerna. Al levantarse el telón pensaban los espectadores sensatos en la pulmonía, y algunos de las butacas se embozaban prescindiendo de la buena crianza. Era un axioma vetustense que al teatro había que ir abrigado. Las más distinguidas señoritas, que en el Espolón y el Paseo Grande lucían todo el año vestidos de colores alegres, blancos, rojos, no llevaban al coliseo de la plaza del Pan más que gris y negro y matices infinitos del castaño, a no ser en los días de gran etiqueta. Los cómicos temblaban de frío en el escenario, dentro de la cota de malla, y las bailarinas aparecían azules y moradas dando diente con diente debajo de los polvos de arroz.

Las decoraciones se habían ido deteriorando, y el Ayuntamiento, donde predominaban los enemigos del arte, no pensaba en reemplazarlas. Como en la comedia que representan en el bosque los personajes del *Sueño de una noche de verano,* la fantasía tenía que suplir en el teatro de Vetusta las deficiencias del lienzo y del cartón. No había ya más bambalinas que las de *salón regio,* que figuraban en sabia perspectiva artesonado de oro y plata, y las de cielo azul y sereno. Pero como en la mayor parte de nuestros dramas modernos se exige *sala decentemente amueblada,* sin artesones ni cosa parecida, los directores de escena solían decidirse en tales casos por el cielo azul. A veces los telones y bastidores se hacían los remolones o se precipitaban en su caída, y en una ocasión, el buen Diego Marsilla, atado a un árbol codo con codo, se encontró de repente en el camarín de doña Isabel de Segura, con lo que el drama se hizo inverosímil a todas luces. La decoración de bosque se había desplomado.

Ya estaban los vetustenses acostumbrados a estos que llamaba

Ronzal anacronismos, pasaban por todo, en particular las *personas decentes* de palcos principales y plateas, que no iban al teatro a ver la función, sino a mirarse y despellejarse de lejos. En
Vetusta las señoras no quieren las butacas, que, en efecto, no
son dignas de señoras, ni butacas siquiera; sólo se degradan tanto
las cursis y alguna dama de aldea en tiempo de feria. Los pollos
elegantes tampoco frecuentan la sala, o patio, como se llama todavía. Se reparten por palcos y plateas, donde, apenas recatados,
fuman, ríen, alborotan, interrumpen la representación, por ser
todo esto de muy buen tono y fiel imitación de lo que muchos
han visto en algunos teatros de Madrid. Las mamás desengañadas
dormitan en el fondo de los palcos; las que son o se tienen por
dignas de lucirse, comparten con las jóvenes la seria ocupación
de ostentar sus encantos y sus vestidos oscuros, mientras con los
ojos y la lengua cortan los de las demás. En opinión de la dama
vetustense, en general, el arte dramático es un pretexto para pasar tres horas cada dos noches observando los trapos y los trapicheos de sus vecinas y amigas. No oyen, ni ven ni entienden
lo que pasa en el escenario; únicamente cuando los cómicos hacen mucho ruido, bien con armas de fuego, o con una de esas
anagnórisis en que todos resultan padres e hijos de todos y enamorados de sus parientes más cercanos, con los consiguientes alaridos —sólo entonces vuelve la cabeza la buena dama de Vetusta,
para ver si ha ocurrido allá adentro alguna catástrofe de verdad.
No es mucho más atento ni impresionable el resto del público
ilustrado de la culta capital. En lo que están casi todos de acuerdo
es en que la zarzuela es superior al *verso*, y la estadística demuestra que todas las compañías de *verso* truenan en Vetusta y
se disuelven. Las partes de por medio suelen quedarse en el pueblo y se les conoce porque les coge el invierno con ropa de
verano, muy ajustada por lo general. Unos se hacen vecinos y se
dedican a coristas endémicos para todas las óperas y zarzuelas
que haya que cantar, y otros consiguen un beneficio en que ellos
pasan a primeros papeles, y ayudados por varios jóvenes aficionados de la población, representan alguna obra de empeño, ganan
diez o doce duros y se van a otra provincia a tronar otra vez.
Estos artistas de *verso* también paran a veces en la cárcel, según
el gobierno que rige los destinos de la nación. Suele tener la
culpa el empresario, que no paga y además insulta el hambre
de los actores. Al considerar esta mala suerte de las compañías
dramáticas en Vetusta, podría creerse que el vecindario no amaba
la escena, y así es en general, pero no faltan clases enteras, la
de mancebos de tienda, la de los cajistas, por ejemplo, que cul-
tivan en teatros caseros el *difícil arte de Talía,* y con *grandes resultados* según *El Lábaro* y otros periódicos *locales*—.

Cuando Ana Ozores se sentó en el palco de Vegallana, en el
sitio de preferencia que la marquesa no quería ocupar nunca, en
las plateas y principales hubo cuchicheos y movimientos. La
fama de hermosa que gozaba, y el verla en el teatro de tarde en

tarde, explicaba, en parte, la curiosidad general. Pero, además, hacía algunas semanas que se hablaba mucho de la Regenta, se comentaba su cambio de confesor, que por cierto coincidía con el afán del señor Quintanar de llevar a su mujer a todas partes. Se discutía si el Magistral haría de su partido a la de Ozores, si llegaría a dominar a don Víctor por medio de su esposa, como había hecho en casa de Carraspique. Algunos más audaces, más maliciosos, y que se creían más enterados, decían al oído de sus *íntimos* que no faltaba quien procurase contrarrestar la influencia del Provisor.

Visitación y Paco Vegallana, que eran los que podían hablar con fundamento, guardaban prudente reserva; era Obdulia quien se daba aires de saber muchas cosas que no sabía.

«—¡La Regenta! ¡Bah!, la Regenta será como todas... Las demás somos tan buenas como ella..., pero su temperamento frío, su poco trato, su orgullo de mujer intachable, la hacen ser menos expansiva y por eso nadie se atreve a murmurar... Pero tan buenas como ella son muchas...»

Las reticencias de la Fandiño eran todavía recibidas con desconfianza en casi todas partes. Pero con motivo de condenar su mala lengua, corría de boca en boca el asunto de sus murmuraciones vagas y cobardes. Obdulia meditaba poco lo que decía, hablaba siempre aturdida, por máquina, pensando en otra cosa; iba sacándole filo a la calumnia, sin sospecharlo. Además, el mayor crimen que podía haber en la Regenta, no creía ella que a tanto llegase, era seguir la corriente. «En Madrid y en el extranjero, esto es el pan nuestro de cada día; pero en Vetusta fingen que se escandalizan de ciertas libertades de la moda, las mismas que se las toman de tapadillo, entre sustos y miedos, sin gracia, del modo cursi como aquí se hace todo. Pero ¡qué se puede esperar de unas mujeres que no se bañan, ni usan las esponjas más que para lavar a los *bebés!*» Obdulia, cuando hablaba con algún forastero, desahogaba su desprecio describiendo la hipocresía anticuada y la suciedad de las mujeres de Vetusta.

«—Créame usted —repetía—, no sabe su cuerpo lo que es una esponja, se lavan como gatas y se la pegan al marido como en tiempo del rey que rabió. ¡Cuánta porquería y cuánta ignorancia!»

Ana, acostumbrada muchos años hacía a la mirada curiosa, insistente y fría del público, no reparaba casi nunca en el efecto que producía su entrada en la iglesia, en el paseo, en el teatro. Pero la noche de aquel día de Todos los Santos recibió como agradable incienso el tributo espontáneo de admiración, y no vio en él, como otras veces, curiosidad estúpida, ni envidia ni malicia. Desde la aparición de don Alvaro en la plaza, el humor de Ana había cambiado, pasando de la aridez y el hastío negro y frío a una región de luz y calor que bañaban y penetraban todas las cosas: aquellas bruscas transformaciones del ánimo las atribuía supersticiosamente a una voluntad superior, que regía la marcha de los sucesos, preparándolos, como experto autor de co-

medias, según convenía al destino de los seres. Esta idea, que no
aplicaba con entera fe a los demás, la creía evidente en lo que
a ella misma le importaba; estaba segura de que Dios le daba
de cuando en cuando avisos, le presentaba coincidencias para que
ella aprovechase ocasiones, oyese lecciones y consejos. Tal vez era
esto lo más profundo en la fe religiosa de Ana; creía en una
atención directa, ostensible y singular de Dios a los actos de su
vida, a su destino, a sus dolores y placeres; sin esta creencia no
hubiera sabido resistir las contrariedades de una existencia triste,
sosa, descaminada, inútil. Aquellos ocho años vividos al lado de
un hombre que ella creía vulgar, bueno de la manera más mo-
desta del mundo, maniático, insustancial; aquellos ocho años de
juventud sin amor, sin fuego de pasión alguna, sin más atractivo
que tentaciones efímeras, rechazadas al aparecer, creía ella que no
hubiera podido sufrirlos a no pensar que Dios se los había mandado para probar el temple de su alma y tener en qué fundar
la predilección con que la miraba. Se creía en sus momentos de
fe egoísta admirada por el Ojo invisible de la Providencia. El
que todo lo ve y la veía a ella, estaba satisfecho, y la vanidad
de la Regenta necesitaba esta convicción para no dejarse llevar
de otros instintos, de otras voces que, arrancándola de sus abstracciones, le presentaban imágenes plásticas de objetos del mundo amables, llenas de vida y de calor.

Cuando descubrió en el confesonario del Magistral un *alma
hermana,* un espíritu *supravetustense* capaz de llevarla por un camino de flores y de estrellas a la región luciente de la virtud,
también creyó Ana que el hallazgo se lo debía a Dios, y como
aviso celestial pensaba aprovecharlo.

Ahora, al sentir revolución repentina en las entrañas en presencia de un gallardo jinete, que venía a turbar, con las corvetas
de su caballo, el silencio triste de un día de marasmo, la Regenta
no vaciló en creer lo que le decían voces interiores de independencia, amor, alegría, voluptuosidad pura, bella, digna de las almas grandes. Sus horas de rebelión nunca habían sido tan seguidas. Desde aquella tarde ningún momento había dejado de pensar
lo mismo: que era absurdo que la vida pasase como una muerte,
que el amor era un derecho de la juventud, que Vetusta era un
lodazal de vulgaridades, que su marido era una especie de tutor
muy respetable, a quien ella sólo debía la honra del cuerpo, no
el fondo de su espíritu, que era una especie de subsuelo, que él
no sospechaba siquiera que existiese; de aquello que don Víctor
llamaba los nervios, asesorado por el doctor don Robustiano Somoza, y que era el fondo de su ser, lo más suyo, lo que ella era,
en suma, de aquello no tenía que darle cuenta. «Amaré, lo amaré todo, lloraré de amor, soñaré como quiera y con quien quiera;
no pecará mi cuerpo, pero el alma la tendré anegada en el placer de sentir esas dos cosas prohibidas por quien no es capaz de
comprenderlas.» Estos pensamientos, que sentía Ana volar por
su cerebro como un torbellino, sin poder contenerlos, como si

fuesen voces de otro que retumbaban allí, la llenaban de un
terror que la encantaba. Si algo en ella temía el engaño, veía el
sofisma debajo de aquella gárrula turba de ideas sublevadas, que
reclamaban supuestos derechos, Ana procuraba ahogarlo, y como
engañándose a sí misma, la voluntad tomaba la resolución cobarde, egoísta, de «dejarse ir».

Así llegó al teatro. Había cedido a los ruegos de don Alvaro
y de don Víctor sin saber cómo; temiendo que aquello era una
cita y una promesa; y sin embargo, iba. Cuando se vio sola delante del espejo en su tocador, se la figuró que la Ana de enfrente le pedía cuentas; y formulando su pensamiento en períodos completos dentro del cerebro, se dijo:

«—Bueno, voy; pero es claro que si voy me comprometo con
mi honra a no dejar que ese hombre adquiera sobre mí derecho
alguno; no sé lo que pasará allí, no sé hasta qué punto alcanza
este aliento de libertad que ha venido de repente a inundar la
sequedad de dentro; pero el ir al teatro es prueba de que allí
no ha de haber pacto alguno que ofenda al decoro; no saldré de
allí con menos honor que tengo.»

Y después de pensar y resolver esto, se vistió y se peinó lo
mejor que supo, y no volvió a poner en tela de juicio puntos de
honra, peligros, ni compromisos de los que a un don Víctor tanto
gustaba ver en versos de Calderón y de Moreto.

El palco de Vegallana era una platea contigua a la del proscenio, que en Vetusta llamaban bolsa, porque la separa un tabique de las otras y queda aparte, algo escondida. La bolsa de
enfrente —izquierda del actor—, era la de Mesía y otros elegantes del Casino: algunos banqueros, un título y dos americanos,
de los cuales el principal era don Frutos Redondo, sin duda alguna. Don Frutos no perdía función: a éste le gustaba el verso,
«el verso y tente tieso», como él decía, y se declaraba a sí mismo,
con la autoridad de sus millones de pesos, *inteligente de primera
fuerza,* en achaques de comedias y dramas. «¡No veo la tostada!», decía don Frutos, que había aprendido esta frase poco culta
y poco inteligible en los artículos de fondo de un periódico serio.
«No veo la tostada», decía, refiriéndose a cualquier comedia en
que no había una lección moral, o por lo menos no la había
al alcance de Redondo; y en no viendo él la tostada, condenaba al autor, y hasta decía que defraudaba a los espectadores, ha-
ciéndoles perder un tiempo precioso. De todas partes quería sacar provecho don Frutos, y prueba de ello es que decía, por
ejemplo:

«Que Manrique se enamora de Leonor, y que el conde también se enamora, y se la disputan hasta que ella y el perdulario
del poeta, amén de la gitana, se van al otro barrio, ¿y qué?, ¿qué
enseña eso?, ¿qué vamos aprendiendo?, ¿qué voy yo ganando
con esto? Nada.»

A pesar de don Frutos y sus altercados de crítica dramática,
la bolsa de don Alvaro, que así se llamaba en todas partes, era

la más *distinguida*, la que más atraía las miradas de las mamás
y de las niñas y también las de los pollos vetustenses que no
podían aspirar a la honra de ser abonados de aquel rincón aristocrático, elegante, donde se reunían los *hombres de mundo* (en
Vetusta el mundo se andaba pronto) presididos por el jefe del
partido liberal dinástico. La mayor parte de los allí congregados
habían vivido en Madrid algún tiempo y todavía imitaban costumbres, modales y gestos que habían observado allá. Así es que
a semejanza de los socios de un club madrileño, hablaban a gritos en su palco, conversaban con los cómicos a veces, decían
galanterías o desvergüenzas a coristas y bailarinas, y se burlaban de los grandes ideales románticos que pasaban por la escena
mal vestidos, pero llenos de poesía. Todos eran escépticos en materia de moral doméstica, no creían en virtud de mujer nacida,
salvo don Frutos, que conservaba frescas sus creencias, y despreciaban el amor, consagrándose con toda el alma, o mejor, con
todo el cuerpo, a los amoríos; creían que un hombre de mundo
no puede vivir sin querida, y todos la tenían, más o menos barata; las cómicas eran la carnaza que preferían para tragar el
anzuelo de la lujuria rebozado con la vanidad de imitar costumbres corrompidas de pueblos grandes. Bailarinas de desecho, can-
tatrices inválidas, matronas del género serio demasiado sentimentales en su juventud pretérita, eran perseguidas, obsequiadas, re-
galadas y hasta aburridas por aquellos seductores de campanario,
incapaces los más de intentar una aventura sin el amparo de su
bolsillo o sin contar con los humores herpéticos de la dama
perseguida, o cualquier otra enfermedad física o moral que la
hiciesen fácil, traída y llevada.

El único conquistador serio del bando era don Alvaro, y todos
le envidiaban tanto como admiraban su fortuna y hermosa estampa. Pero nadie como Pepe Ronzal, alias Trabuco y antes El Estudiante, abonado de la bolsa de enfrente, la vecina al palco
de Vegallana. Trabuco era el núcleo de la que se llamaba *la otra
bolsa*, y había procurado rivalizar en elegancia, *sans façon* y *mundo* con los de Mesía. Pero a su palco concurrían *elementos he-
terogéneos*, muchos de los cuales lo echaban todo a perder; y no
eran escépticos, sino cínicos, ni seductores más o menos auténticos, sino compradores de carne humana. Los abonados de esta
otra bolsa eran Ronzal, Foja, Páez (que además tenía palco para
su hija), Bedoya, un escribano famoso por su lujuria, que le costaba mucho dinero, por su arte para descubrir vírgenes en las
aldeas y por sus buenas relaciones con todas las Celestinas del
pueblo; un escultor no comprendido, que no colocaba sus estatuas y se dedicaba a especulaciones de arqueólogo embustero; el
juez de primera instancia, que se dividía a sí mismo en dos
entidades: 1.ª, el juez, incorruptible, intratable, puercoespín sin
pizca de educación, y 2.ª, el hombre de sociedad, perseguidor de
casadas de mala fama, consuelo de todas las que lloraban desengaños de amores desgraciados, y tres o cuatro vejetes verdes del

partido conservador, concejales, que todo lo convertían en política. Pero si éstos eran los que pagaban el palco, a él concurrían cuantos socios del Casino tenían amistad con cualquiera de
ellos. Ronzal había protestado varias veces. —¡Señores, parece
esto la *cazuela!*— había dicho a menudo, pero en balde. Allí iba
Joaquinito Orgaz, y cuantos sietemesinos madrileños pasaban por
Vetusta, y hasta los que habían nacido y crecido en el pueblo
y no lucían más que un barniz de la corte, y como la bolsa del
otro era respetada y sólo se atrevían a visitarla personas de posición, a Ronzal le llevaban los diablos. Desde su bolsa, hasta
se arrojaban perros-chicos a la escena, para exagerar la falta de
compostura de los de enfrente. Algunos insolentes fumaban allí
a vista del público y dejaban caer bolas de papel sobre alguna
respetable calva de la orquesta. De vez en cuando les llamaban
al orden desde el paraíso o desde las butacas, pero ellos despreciaban a la multitud y la miraban con aires de desafío. Hablaban con los amigos que ocupaban las bolsas de los palcos principales, y hacían señas ostentosas y nada pulcras a ciertas señoritas cursis que no se casaban nunca y vivían una juventud eterna,
siempre alegres, siempre estrepitosas y siempre desdeñando las
preocupaciones del recato. Estas damas eran pocas; la mayoría
pecaban por el extremo de la seriedad insulsa, y en cuanto se
veían expuestas a la contemplación del público, tomaban gestos
y posturas de estatuas egipcias de la primera época.

Cuando había estreno de algún drama o comedia muy aplaudi-
da en Madrid, en el palco de Ronzal se discutía a grito pelado
y solía predominar el criterio de un acendrado provincialismo, que
parecía allí lo más natural tratándose de arte. No había salido de
Vetusta ningún dramaturgo ilustre, y por lo mismo se miraba
con ojeriza a los de fuera. Eso de que Madrid se quisiera im-
poner en todo, no lo toleraban en la bolsa de Ronzal. Se llegó
en alguna ocasión a declarar que se despreciaba la comedia porque los madrileños la habían aplaudido mucho, y «en Vetusta no
se admitían imposiciones de nadie», no se seguía un juicio hecho. La ópera, la ópera era el delirio de aquellos escribanos y
concejales; pagaban un dineral por oír un cuarteto, que a ellos
se les antojaba contratado en el cielo, que sonaba como sillas
y mesas arrastradas por el suelo con motivo de un desestero.

—¡Se acuerdan ustedes de la Pallavicini! ¡Qué voz de arcángel! —decía Foja, socarrón, escéptico en todo, pero creyente fanático en la música de los cuartetos de ópera de lance.

—¡Oh! Como al barítono Battistini yo no he oído nada —respondía el escribano, que estimaba la voz de barítono por lo *varonil,* más que la del tenor y la del bajo.

—Pues más varonil es la del bajo —decía Foja.

—No lo crea usted. ¿Y usted qué dice, Ronzal?

—Yo... distingo... si el bajo es cantante... Pero a mí no me
vengan ustedes con música. ¿Saben ustedes lo que yo digo? Que

la música es el ruido que menos me incomoda... ¡Ja!, ¡ja!, ¡ja!
Además, para tenor ahí tenemos a Castelar... ¡Ja!, ¡ja!, ¡ja!

El escribano reía también el chiste, y los concejales sonreían, no por la gracia, sino por la intención.

Aunque el palco de los marqueses tocaba con el de Ronzal, pocas veces los abonados del último se atrevían a entablar conversación con los Vegallana o quien allí estuviera convidado. Además de que el tabique intermedio dificultaba la conversación, los más no se atrevían, de hecho, a dar por no existente una diferencia de clases de que en teoría muchos se burlaban.

«Todos somos iguales, decían muchos burgueses de Vetusta, la nobleza ya no es nadie, ahora todo lo puede el dinero, el talento, el valor», etc., etc. Pero a pesar de tanta alharaca, a los más se les conocía hasta en su falso desprecio que participaban desde abajo de las preocupaciones que mantenían los nobles desde arriba.

En cambio, los de la bolsa de don Alvaro saludaban a los Vegallana, sonreían a la marquesa, asestaban los gemelos a Edelmira y hacían señas al Marqués y a Paco, que solían visitar aquel rincón *comm'il faut*.

También esto lo envidiaba Ronzal, que era amigo político de Vegallana; pero trataba poco a la Marquesa.

—¡Es demasiado borrico! —decía doña Rufina cuando le hablaban de Trabuco; y procuraba tenerle alejado, tratándole con frialdad ceremoniosa.

Ronzal se vengaba diciendo que la Marquesa era republicana y que escribía en *La Flaca* de Barcelona, y que había sido una cualquier cosa en su juventud. Estas calumnias le servían de desahogo y si le preguntaban el motivo de su inquina, contestaba:

«—Señores, yo me debo a la causa que defiendo, y veo con tristeza, con grande, con profunda tristeza, que esa señora, la Marquesa, doña Rufina, *en una palabra*, desacredita el partido conservador dinástico de Vetusta.»

Después de saborear el tributo de admiración del público, Ana miró a la bolsa de Mesía. Allí estaba él, reluciente, armado de aquella pechera blanquísima y tersa, la envidia de las envidias de Trabuco. En aquel momento don Juan Tenorio arrancaba la careta del rostro de su venerable padre; Ana tuvo que mirar entonces a la escena, porque la inaudita demasía de don Juan había producido buen efecto en el público del paraíso, que aplaudía entusiasmado. Perales, el imitador de Calvo, saludaba con modesto ademán, algo sorprendido de que se le aplaudiese en escena que no era de empeño.

—¡Mire usted el pueblo! —dijo un concejal de la *otra bolsa*, volviéndose a Foja, el ex alcalde liberal.

—¿Qué tiene el pueblo?

—¡Que es un majadero! Aplaude la gran felonía de arrancar la careta de un enmascarado...

—Que resulta padre —añadió Ronzal—; circunstancia agravante.

—El hombre abandonado a sus instintos es naturalmente inmoral, y como el pueblo no tiene educación...

El juez aprobó con la cabeza, sin separar los ojos de los gemelos con que apuntaba a Obdulía, vestida de negro y rojo y sentada sobre tres almohadones en un palco contiguo al de Mesía.

Ana empezó a hacerse cargo del drama en el momento en que Perales decía con un desdén gracioso y elegante:

> Son pláticas de familia
> de las que nunca hice caso...

Era el cómico alto, rubio —aquella noche—, flexible, elegante y suelto, lucía buena pierna, y le sentaba de perlas el traje fantástico, con pretensiones de arqueológico, que ceñía su figura esbelta. Don Víctor estaba enamorado de Perales; él no había visto a Calvo, y el imitador le parecía excelente intérprete de las comedias de capa y espada. Le había oído decir con énfasis musical las décimas de la *Vida es sueño,* le había admirado en *El desdén con el desdén,* declamando con soltura y gran meneo de brazos y piernas las sutiles razones que comienzan así:

> Y por que veáis que es error
> que haya en el mundo quien crea
> que el que quiere lisonjea,
> escuchad lo que es amor.

y concluyen:

> A su propia conveniencia
> dirige amor su fatiga,
> luego es clara consecuencia
> que ni con amor se obliga
> ni con su correspondencia.

Y don Víctor le reputaba excelentísimo cómico. No paró hasta que se lo presentaron; y a su casa le hubiera hecho ir si su mujer fuera otra. En general, don Víctor envidiaba a todo el que dejaba ver la contera de una espada debajo de una capa de grana, aunque fuese en las tablas y sólo de noche. Conoció que Anita contemplaba con gusto los ademanes y la figura de don Juan y se acercó a ella el buen Quintanar diciéndole al oído con voz trémula por la emoción:

—¿Verdad, hijita, que es un buen mozo? ¡Y qué movimientos tan artísticos de brazo y pierna! Dicen que eso es falso, que los hombres no andamos así... ¡Pero debiéramos andar! Y así seguramente andaríamos y gesticularíamos los españoles en el siglo de oro, cuando éramos dueños del mundo —esto ya lo decía más

alto para que lo oyeran todos los presentes—. Bueno estaría que
ahora que vamos a perder a Cuba, resto de nuestras grandezas, nos
diéramos esos aires de señores y midiéramos el paso.

La Regenta no oía a su marido; el drama empezaba a intere-
sarla de veras; cuando cayó el telón, quedó con gran curiosidad
y deseo de saber en qué paraba la apuesta de don Juan y Mejía.

En el primer entreacto don Alvaro no se movió de su asiento;
de cuando en cuando miraba a la Regenta, pero con suma discreción y prudencia, que ella notó y le agradeció. Dos o tres veces se sonrieron y sólo la última vez que tal osaron, sorprendió
aquella correspondencia Pepe Ronzal, que, como siempre, seguía
la pista a los telégrafos de su aborrecido y admirado modelo.

Trabuco se propuso redoblar su atención, observar mucho y
ser una tumba, callar como un muerto. «¡Pero aquello era grave,
muy grave!» Y la envidia se lo comía.

Empezó el segundo acto, y don Alvaro notó que por aquella
noche tenía un poderoso rival: el drama. Anita comenzó a comprender y sentir el valor artístico del don Juan emprendedor,
loco, valiente y trapacero de Zorrilla; a ella también la fascinaba
como a la doncella de doña Ana de Pantoja, y a la trotaconventos que ofrecía el amor de sor Inés, como una mercancía... La
calle oscura, estrecha, la esquina, la reja de doña Ana..., los
desvelos de Ciutti, las trazas de don Juan; la arrogancia de Mejía;
la traición *interina* del Burlador, que no necesitaba, por una sola
vez, dar pruebas de valor; los preparativos diabólicos de la gran
aventura, del asalto del convento, llegaron al alma de la Regenta con todo el vigor y frescura dramáticos que tienen y que
muchos no saben apreciar, o porque conocen el drama desde antes
de tener criterio para saborearle y ya no les impresiona, o porque tienen el gusto de madera de tinteros. Ana estaba admirada
de la poesía que andaba por aquellas callejas de lienzo, que ella
transformaba en sólidos edificios de otra edad; y admiraba no
menos el desdén con que se veía y oía todo aquello desde palcos
y butacas; aquella noche del paraíso, alegre, entusiasmado, le parecía mucho más inteligente y culto que el *señorío* vetustense.

Ana se sentía transportada a la época de Don Juan, que se
figuraba como el vago romanticismo arqueológico quiere que haya
sido; y entonces, volviendo al egoísmo de sus sentimientos, deploraba no haber nacido cuatro o cinco siglos antes. «Tal vez en
aquella época fuera divertida la existencia en Vetusta; habría
entonces conventos poblados de nobles y hermosas damas, amantes atrevidos, serenatas de trovadores en las calles y postigos;
aquellas tristes, sucias y estrechas plazas y calles tendrían, como
ahora, aspecto feo, pero las llenaría la poesía del tiempo, y las
fachadas ennegrecidas por la humedad, las rejas de hierro, los
soportales sombríos, las tinieblas de las rinconadas en las noches sin luna, el fanatismo de los habitantes, las venganzas de
vecindad, todo sería dramático, digno del verso de un Zorrilla, y
no como ahora suciedad, prosa, fealdad desnuda. Comparar aque-

lla Edad Media soñada —ella colocaba a Don Juan Tenorio
en la Edad Media por culpa de Perales— con los espectadores
que la rodeaban a ella en aquel instante, era un triste despertar.
Capas negras y pardas, sombreros de copa alta absurdos, horrorosos..., todo triste, todo negro, todo desmañado, sin expresión...,
frío..., hasta Don Alvaro parecíale entonces mezclado con la
prosa común. ¡Cuánto más le hubiera admirado con el ferrerue
lo, la gorra y el jubón y el calzón de punto de Perales!... Desde aquel momento vistió a su adorador con los arreos del cómico, y a éste en cuanto volvió a la escena le dio el gesto y las
facciones de Mesía, sin quitarle el propio andar, la voz dulce y
melódica y demás cualidades artísticas.

El tercer acto fue una revelación de poesía apasionada para
doña Ana. Al ver a doña Inés en su celda, sintió la Regenta
escalofríos; la novicia se parecía a ella; Ana lo conoció al mismo
tiempo que el público; hubo un murmullo de admiración, y muchos espectadores se atrevieron a volver el rostro al palco de Vegallana con disimulo. La González era cómica por amor; se había
enamorado de Perales, que la había robado; casados en secreto,
recorrían después todas las provincias, y para ayuda del presupuesto conyugal la enamorada joven, que era hija de padres ricos,
se decidió a pisar las tablas; imitaba a quien Perales la había
mandado imitar, pero en algunas ocasiones se atrevía a ser original
y hacía excelentes papeles de virgen amante. Era muy guapa, y
con el hábito blanco de novicia, la cabeza prisionera de la rígida
toca, muy coloradas las mejillas, lucientes los ojos, los labios hechos fuego, las manos en postura hierática y la modestia y castidad más límpida en toda la figura, interesaba profundamente.
Decía los versos de doña Inés con voz cristalina y trémula, y en
los momentos de ceguera amorosa se dejaba llevar por la pasión
cierta —porque se trataba de su marido— y llegaba a un realismo poético que ni Perales ni la mayor parte del público eran
capaces de apreciar en lo mucho que valía.

Doña Ana sí; clavados los ojos en la hija del Comendador, olvidada de todo lo que estaba fuera de la escena, bebió con ansiedad toda la poesía de aquella celda casta en que se estaba fil-
trando el amor por las paredes. «—¡Pero esto es divino!», dijo
volviéndose hacia su marido, mientras pasaba la lengua por los
labios secos. La carta de don Juan escondida en el libro devoto,
leída con voz temblorosa primero, con terror supersticioso después, por doña Inés, mientras Brígida acercaba su bujía al papel;
la proximidad casi sobrenatural del Tenorio, el espanto que sus
hechizos supuestos producen en la novicia, que ya cree sentirlos,
todo, todo lo que pasaba allí y lo que ella adivinaba, producía en
Ana un efecto de magia poética, y le costaba trabajo contener
las lágrimas que se le agolpaban a los ojos.

«¡Ay! Sí, el amor era aquello, un filtro, una atmósfera de
fuego, una locura mística; huir de él era imposible; imposible
gozar mayor aventura que saborearle con todos sus venenos. Ana

se comparaba con la hija del Comendador; el caserón de los Ozores era su convento, su marido la regla estrecha de hastío y frialdad en que ya había profesado ocho años hacía... y don Juan... ¡Don Juan aquel Mesía que también se filtraba por las paredes, aparecía por milagro y llenaba el aire con su presencia!»

Entre el acto tercero y el cuarto don Alvaro vino al palco de los marqueses.

Ana, al darle la mano, tuvo miedo de que él se atreviera a apretarla un poco; pero no hubo tal; dio aquel tirón enérgico que él siempre daba, siguiendo la moda que en Madrid empezaba entonces; pero no apretó; se sentó a su lado, eso sí, y al poco rato hablaban, aislados de la conversación general.

Don Víctor había salido a los pasillos a fumar y disputar con los pollastres vetustenses que despreciaban el romanticismo y citaban a Dumas y a Sardou, repitiendo lo que habían oído en la corte.

Ana, sin dar tiempo a don Alvaro para buscar buena embocadura a la conversación, dejó caer sobre la prosaica imaginación del petimetre el chorro abundante de poesía que había bebido en el poema gallardo, fresco, exuberante de hermosura y color del maestro Zorrilla.

La pobre Regenta estuvo elocuente; se figuró que el jefe del partido liberal dinástico la entendía, que no era como aquellos vetustenses de cal y canto que hasta se sonreían con lástima al oír tantos versos «bonitos, sonoros, pero sin miga», según aseguró don Frutos en el palco de la Marquesa.

A Mesía le extrañó y hasta disgustó el entusiasmo de Ana. ¡Hablar del *Don Juan Tenorio* como si se tratase de un estreno! ¡Si el *Don Juan* de Zorrilla ya sólo servía para hacer parodias!... No fue posible tratar cosa de provecho, y el Tenorio Vetustense procuró ponerse en la cuerda de su amiga y hacerse el sentimental disimulado, como los hay en las comedias y en las novelas de Feuillet; mucho *esprit* que oculta un corazón de oro que se esconde por miedo a las espinas de la realidad... Esto era el colmo de la *distinción* según lo entendía don Alvaro, y así procuró aquella noche presentarse a la Regenta, a quien «estaba visto que había que enamorar por todo lo alto».

Ana, que se dejaba devorar por los ojos grises del seductor y le enseñaba sin pestañear los suyos dulces y apasionados, no pudo en su exaltación notar el amaneramiento, la falsedad del idealismo copiado de su interlocutor; apenas le oía, hablaba ella sin cesar, creía que lo que estaba diciendo él coincidía con las propias ideas; este espejismo del entusiasmo vidente, que suele aparecer en tales casos, fue lo que valió a don Alvaro aquella noche. También le sirvió mucho su hermosura varonil y noble, ayudada por la expresión de su pasioncilla, en aquel momento irritada. Además, el rostro del buen mozo, sobre ser correcto, tenía una expresión espiritual y melancólica, que era puramente de apariencia; combinación de líneas y sombras, algo también las huellas de una vida malgastada en el vicio y el amor. Cuando comenzó el cuarto acto, Ana puso un dedo en la boca, y sonriendo a don Alvaro, le dijo:

—¡Ahora silencio! Bastante hemos charlado..., déjeme usted oír.

—Es que... no sé... si debo despedirme...

—No..., no... ¿Por qué? —respondió ella, arrepentida al instante de haberlo dicho.

—No sé si estorbaré, si habrá sitio...

—Sitio sí, porque Quintanar está en la bolsa de ustedes... Mírele usted.

Era verdad; estaba allí disputando con don Frutos, que insistía en que el *Don Juan Tenorio* carecía de la miga suficiente.

Don Alvaro permaneció junto a la Regenta.

Ella le dejaba ver el cuello vigoroso y mórbido, blanco y tentador con su vello negro algo rizado y el nacimiento provocador del moño, que subía por la nuca arriba con graciosa tensión y convergencia del cabello. Dudaba don Alvaro si debía en aquella situación atreverse a acercarse un poco más de lo acostumbrado. Sentía en las rodillas el roce de la falda de Ana, más abajo adivinaba su pie, lo tocaba a veces un instante. «Ella estaba aquella noche... *en punto de caramelo*» (frase simbólica en el pensamiento de Mesía), y con todo no se atrevió. No se acercó ni más ni menos; y eso que ya no tenía allí caballo que lo estorbase. «¡Pero la buena señora se había *sublimizado* tanto! Y como él, por no perderla de vista, y por agradarla, se había hecho el romántico también, el *espiritual*, el *místico*..., ¡quién diablos iba ahora a arriesgar un ataque *personal y pedestre!*... Se había puesto aquello en una *tesitura* endemoniada.» Y lo peor era que no había probabilidades de hacer entrar, en mucho tiempo, a la Regenta por el aro; ¿quién iba a decirle: «Bájese usted, amiga mía, que todo esto es volar por los *espacios imaginarios*»? Por estas consideraciones, que le estaban dando vergüenza, que le parecían ridículas al cabo, don Alvaro resistió el vehemente deseo de pisar un pie a la Regenta o tocarle la pierna con sus rodillas.

Que era lo que estaba haciendo Paquito con Edelmira, su prima. La robusta virgen de aldea parecía un carbón encendido, y mientras don Juan, de rodillas ante doña Inés, le preguntaba si no era verdad que en aquella apartada orilla se respiraba mejor, ella se ahogaba y tragaba saliva, sintiendo el pataleo de su primo y oyéndole, cerca de la oreja, palabras que parecían chispas de fragua. Edelmira, a pesar de no haber desmejorado, tenía los ojos rodeados de un ligero tinte oscuro. Se abanicaba sin punto de reposo y tapaba la boca con el abanico cuando en medio de una situación culminante del drama se le antojaba a ella reírse a carcajadas con las ocurrencias del marquesito, que tenía unas cosas...

Para Ana, el cuarto acto no ofrecía punto de comparación con los acontecimientos de su propia vida..., ella aún no había llegado al cuarto acto. «¿Representaba aquello lo porvenir? ¿Sucumbiría ella como doña Inés?, ¿caería en los brazos de don Juan loca de amor? No lo esperaba; creía tener valor para no entregar jamás el cuerpo, aquel miserable cuerpo que era propiedad de don Víctor, sin duda alguna.» De todas suertes, ¡qué cuarto acto tan poético! El Guadalquivir allá abajo... Sevilla a lo lejos... La quinta de don Juan, la barca debajo del balcón..., la *declaración* a la luz de la luna... ¡Si aquello era romanticismo, el romanticismo era eterno!... Doña Inés decía:

> Don Juan, don Juan, yo lo imploro
> de tu hidalga condición...

Estos versos, que ha querido hacer ridículos y vulgares, manchándolos con su baba, la necedad prosaica, pasándolos mil y mil veces por sus labios viscosos como vientre de sapo, sonaron en los oídos de Ana aquella noche como frase sublime de un amor inocente y puro que se entrega con la fe en el objeto amado, natural en todo gran amor. Ana, entonces, no pudo evitarlo, lloró, lloró, sintiendo por aquella Inés una compasión infinita. No era ya una escena erótica lo que ella veía allí; era algo religioso; el alma saltaba a las ideas más altas, al sentimiento purísimo de la caridad universal..., no sabía a qué; ello era que se sentía desfallecer de tanta emoción.

Las lágrimas de la Regenta nadie las notó. Don Alvaro sólo observó que el seno se le movía con más rapidez y se levantaba más al respirar. Se equivocó el hombre de mundo; creyó que la emoción acusada por aquel respirar violento la causaba su gallarda y próxima presencia, creyó en un influjo *puramente fisiológico* y por poco se pierde... Buscó a tientas el pie de Ana... en el mismo instante en que ella, de una en otra, había llegado a pensar en Dios, en el amor ideal, puro, universal, que abarcaba al Creador y a la criatura... Por fortuna para él, Mesía no encontró, entre la hojarasca de las enaguas, ningún pie de Anita, que acababa de apoyar los dos en la silla de Edelmira.

El altercado de don Juan y el Comendador hizo a la Regenta volver a la realidad del drama y fijarse en la terquedad del buen Ulloa; como se había empeñado la imaginación exaltada en comparar lo que pasaba en Vetusta con lo que sucedía en Sevilla, sintió supersticioso miedo al ver el mal en que paraban aquellas aventuras del libertino andaluz; el pistoletazo con que don Juan saldaba sus cuentas con el Comendador la hizo temblar; fue un presentimiento terrible. Ana vio de repente, como a la luz de un relámpago, a don Víctor vestido de terciopelo negro, con jubón y ferreruelo, bañado en sangre, boca arriba, y a don Alvaro con una pistola en la mano, enfrente del cadáver.

La Marquesa dijo después de caer el telón que ella no aguantaba más Tenorio.

—Yo me voy, hijos míos; no me gusta ver cementerios ni es-

queletos; demasiado tiempo le queda a uno para eso. Adiós.
Vosotros quedaos si queréis... ¡Jesús!, las once y media, no se
acaba esto a las dos...

Ana, a quien explicó su esposo el argumento de la segunda
parte del drama, prefirió llevar la impresión de la primera, que
la tenía encantada, y salió con la Marquesa y Mesía.

Edelmira se quedó con don Víctor y Paco.

—Yo llevaré a la niña y usted déjeme a ésa en casa, señora
Marquesa —dijo Quintanar.

Mesía se despidió al dejar dentro del coche a las damas. Entonces apretó un poco la mano de Anita, que la retiró asustada.

Don Alvaro se volvió al palco del marqués a dar conversación a don Víctor. Eran panes prestados: Paco necesitaba que
le distrajeran a Quintanar para quedarse como a solas con Edelmira; Mesía, que tantas veces había utilizado servicios análogos
del marquesito, fue a cumplir con su deber.

Además, siempre que se le ofrecía, aprovechaba la ocasión de
estrechar su amistad con el simpático aragonés, que había de ser
su víctima, andando el tiempo, o poco había de poder él.

Con mil amores acogió Quintanar al buen mozo y le expuso
sus ideas en punto a literatura dramática, concluyendo como siempre con su teoría del honor según se entendía en el siglo de oro,
cuando el sol no se ponía en nuestros dominios.

—Mire usted —decía don Víctor, a quien ya escuchaba con
interés don Alvaro—, mire usted, yo ordinariamente soy muy pacífico. Nadie dirá que yo, ex regente de Audiencia, que me jubilé
casi casi por no firmar más sentencias de muerte, nadie dirá, repito, que tengo ese punto de honor quisquilloso de nuestros an-
tepasados, que los pollastres de ahí abajo llaman inverosímil; pues
bien, seguro estoy, me lo da el corazón, de que si mi mujer —hipótesis absurda— me faltase..., se lo tengo dicho a Tomás Crespo
muchas veces..., le daba una sangría suelta.

(«¡Animal!», pensó don Alvaro.)

—Y en cuanto a su cómplice..., ¡oh!, en cuanto a su cómplice..., por de pronto yo manejo la espada y la pistola como un
maestro; cuando era aficionado a representar en los teatros caseros, es decir, cuando mi edad y posición social me permitían
trabajar, porque la afición aún me dura, comprendiendo que era
muy ridículo batirse mal en las tablas, tomé maestro de esgrima,
y dio la casualidad de que demostré en seguida grandes facultades
para el arma blanca. Yo soy pacífico, es verdad, nunca me ha
dado nadie motivo para hacerle un rasguño. Pero figúrese usted..., el día que... Pues lo mismo y mucho más puedo decir
de la pistola. Donde pongo el ojo... Pues bien, como decía,
al cómplice lo traspasaba; sí, prefiero esto; la pistola es del
drama moderno, es prosaica; de modo que le mataría con arma
blanca... Pero voy a mi tesis... Mi tesis era... ¿Qué?... ¿Usted
recuerda?

Don Alvaro no recordaba, pero lo de matar al cómplice con arma blanca le había alarmado un poco.

Cuando Mesía, ya cerca de las tres, de vuelta del Casino, trataba de llamar el sueño imaginando voluptuosas escenas de amor que se prometía convertir en realidad bien pronto, al lado de la Regenta, protagonista de ellas, vio de repente, y ya casi dormido, la figura vulgar y bonachona de don Víctor. Pero le vio, entre los primeros disparates del ensueño, vestido de toga y birrete, con una espada en la mano. Era la espada de Perales en el Tenorio, de enormes gavilanes.

Anita no recordaba haber soñado aquella noche con don Alvaro. Durmió profundamente. Al despertar, cerca de las diez, vio a su lado a Petra, la doncella rubia y taimada, que sonreía discretamente.

—Mucho he dormido. ¿Por qué no me has despertado antes?

—Como la señorita pasó mala noche...

—¿Mala noche?..., ¿yo?

—Sí, hablaba alto, soñaba a gritos...

—¿Yo?

—Sí, alguna pesadilla.

—¿Y tú... me has oído desde...?

—Sí, señora, no me había acostado todavía; me quedé a esperar por el señor, porque Anselmo es tan bruto, que se duerme... Vino el amo a las dos.

—Y yo he hablado alto...

—Poco después de llegar el señor. El no oyó nada; no quiso entrar por no despertar a la señorita. Yo volví a ver si dormía..., si quería algo..., y creí que era una pesadilla... Pero no me atreví a despertarla...

Ana se sentía fatigada. Le sabía mal la boca y temía los amagos de la jaqueca.

—¡Una pesadilla! Pero si yo no recuerdo haber padecido...

—No, pesadilla mala... no sería... porque sonreía la señora..., daba vueltas...

—Y... y... ¿qué decía?

—¡Oh... qué decía! No se entendía bien..., palabras sueltas..., nombres...

—¿Qué nombres?... —Ana preguntó esto encendido el rostro por el rubor...—. ¿Qué nombres? —repitió.

—Llamaba la señora... al amo.

—¿Al amo?

—Sí... sí, señora; decía: ¡Víctor! ¡Víctor!

Ana comprendió que Petra mentía. Ella casi siempre llamaba a su marido Quintanar.

Además, la sonrisa no disimulada de la doncella aumentaba las sospechas de la señora.

Calló y procuró ocultar su confusión.

Entonces, acercándose más a la cama y bajando la voz, Petra dijo, ya seria:

—Han traído esto para la señora...

—¿Una carta? ¿De quién? —preguntó con voz trémula Ana, arrebatando el papel de manos de Petra

«¡Si aquel loco se habría propasado!... Era absurdo.»

Petra, después de observar la expresión de susto que se pintó en el rostro del ama, añadió:

—De parte del señor Magistral debe ser, porque lo ha traído Teresina, la doncella de doña Paula.

Ana afirmó con la cabeza mientras leía.

Petra salió sin ruido, como una gata. Sonreía a sus pensamientos.

La carta del Magistral, escrita en papel levemente perfumado, y con una cruz morada sobre la fecha, decía así:

Señora y amiga mía: Esta tarde me tendrá usted en la capilla de cinco a cinco y media. No necesitará usted esperar, porque será hoy la única persona que confiese. Ya sabe que no me tocaba hoy sentarme, pero me ha parecido preferible avisar a usted para esta tarde y por razones que le explicará su atento amigo y servidor

Fermín de Pas.

No decía capellán.

«¡Cosa extraña! Ana se había olvidado del Magistral desde la tarde anterior; ni una vez sola desde la aparición de don Álvaro a caballo había pasado por su cerebro la imagen grave y airosa del respetado, estimado y admirado padre espiritual. Y ahora se presentaba de repente dándole un susto, como sorprendiéndola en pecado de infidelidad. Por la primera vez sintió Ana la vergüenza de su imprudente conducta. Lo que no había despertado en ella la presencia de don Víctor, lo despertaba la imagen de don Fermín... Ahora se creía infiel de pensamiento, pero, ¡cosa más rara!, infiel a un hombre a quien no debía fidelidad ni podía debérsela.»

«Es verdad —pensaba—; habíamos quedado en que mañana temprano iría a confesar... y se me había olvidado; y ahora él adelanta la confesión... Quiere que vaya esta tarde. ¡Imposible! No estoy preparada... Con estas idas..., con esta revolución del alma... ¡Imposible!»

Se vistió de prisa, cogió papel que tenía el mismo olor que el del Magistral, pero más fuerte, y escribió a don Fermín una carta muy dulce con mano trémula, turbada, como si cometiera una felonía. Le engañaba; le decía que se sentía mal, que había tenido la jaqueca y le suplicaba que la dispensase; que ella le avisaría... ¡Imposible!»

Entregó a Petra el papel embustero y le dio orden de llevarlo a su destino inmediatamente, y sin que el señor se enterase.

Don Víctor ya había manifestado varias veces su no conformidad, como él decía, con aquella frecuencia del sacramento de la confesión; como temía que se le tuviese por poco enérgico, y era muy poco enérgico en su casa en efecto, alborotaba mucho cuando se enfadaba.

Para evitar el ruido, molesto aunque sin consecuencias, Ana procuraba que su esposo no se enterase de aquellas frecuentes escapatorias a la catedral.

«¡No podía presumir el buen señor que por su bien eran!»

Petra había sido tomada por confidente y cómplice de estos inocentes tapadillos. Pero la criada, fingiendo creer los motivos que alegaba su ama para ocultar la devoción, sospechaba horrores.

Iba camino de la casa del Magistral con la misiva y pensaba:

«Lo que yo me temía, a pares: los tiene a pares; uno diablo y otro santo. *¡Así en la tierra como en el cielo!*»

Ana estuvo todo el día inquieta, descontenta de sí misma; no se arrepentía de haber puesto en peligro su honor, dando alas —siquiera fuesen de sutil gasa espiritual— a la audacia amorosa de don Alvaro; no le pesaba de engañar al pobre don Víctor, porque le reservaba el cuerpo, su propiedad legítima..., pero ¡pensar que no se había acordado del Magistral ni una vez en toda la noche anterior, a pesar de haber estado pensando y sintiendo tantas cosas sublimes!

«Y por contera, le engañaba, le decía que estaba enferma para excusar el verle... ¡Le tenía miedo!..., y hasta el estilo dulce, casi cariñoso de la carta era traidor... ¡Aquello no era digno de ella! Para don Víctor había que guardar el cuerpo, pero al Magistral, ¿no había que reservarle el alma?»

Diecisiete

Al oscurecer de aquel mismo día, que era el de Difuntos, Petra anunció a la Regenta, que paseaba en el *Parque,* entre los eucaliptus de Frígilis, la visita del señor Magistral.

—Enciende la lámpara del gabinete y antes hazle pasar a la huerta... —dijo Ana sorprendida y algo asustada.

El Magistral pasó por el patio al *Parque.* Ana le esperaba sentada dentro del cenador. «Estaba hermosa la tarde, parecía de Septiembre; no duraría mucho el buen tiempo; luego se caería el cielo hecho agua sobre Vetusta...»

Todo esto se dijo al principio. Ana se turbó cuando el Magistral se atrevió a preguntarle por la jaqueca.

«¡Se había olvidado de su mentira!» Explicó lo mejor que pudo su presencia en el *Parque* a pesar de la jaqueca.

El Magistral confirmó su sospecha. Le había engañado su dulce amiga.

Estaba el clérigo pálido, le temblaba un poco la voz, y se movía sin cesar en la mecedora en que se le había invitado a sentarse.

Seguían hablando de cosas indiferentes, y Ana esperaba con temor que don Fermín abordase el motivo de su extraordinaria visita.

El caso era que el motivo... no podía explicarse. Había sido un arranque de mal humor, una salida de tono que ya casi sentía, y cuya causa de ningún modo podía él explicar a aquella señora.

El Chato, el clérigo que servía de esbirro a doña Paula, tenía el vicio de ir al teatro disfrazado. Había cogido esta afición en sus tiempos de espionaje en el seminario; entonces el rector le mandaba al *paraíso* para delatar a los seminaristas que allí viera; ahora el Chato iba por cuenta propia. Había estado en el teatro la noche anterior y había visto a la Regenta. Al día siguiente, por la mañana, lo supo doña Paula, y al comer, en un incidente de la conversación, tuvo habilidad para darle la noticia a su hijo.

—No creo que esa señora haya ido ayer al teatro.

—Pues yo lo sé por quien la ha visto.

El Magistral se sintió herido, le dolió el amor propio al verse en ridículo por culpa de su amiga. Era el caso que en Vetusta los beatos y todo el *mundo devoto* consideraban al teatro como recreo prohibido en toda la cuaresma y algunos otros días del año, entre ellos el de *Todos los Santos*. Muchas señoras abonadas habían dejado su palco desierto la noche anterior, sin permitir la entrada en él a nadie para señalar así mejor su protesta. La de Páez no había ido, doña Petronila o sea El Gran Constantino, que no iba nunca, pero tenía abonadas a cuatro sobrinas, tampoco les había consentido asistir.

«Y Ana, que pasaba por hija predilecta de confesión del Magistral, por devota en ejercicio, se había presentado en el teatro en noche prohibida, rompiendo por todo, haciendo alarde de no respetar piadosos escrúpulos, pues precisamente ella no frecuentaba semejante sitio... Y precisamente aquella noche...»

El Magistral había salido de su casa disgustado.

«A él no le importaba que fuese o no al teatro por ahora, tiempo llegaría en que sería otra cosa; pero la gente murmuraría; don Custodio, el Arcediano, todos sus enemigos se burlarían, hablarían de la escasa fuerza que el Magistral ejercía sobre sus penitentes... Temía el ridículo. La culpa la tenía él, que tardaba demasiado en ir apretando los tornillos de la devoción a doña Ana.»

Llegó a la sacristía y encontró al Arcipreste, al ilustre Ripamilán, disputando como si se tratara de un asalto de esgrima, con aspavientos y manotadas al aire; su contendiente era el Arcediano, el señor Moruelo, que con más calma y sonriendo, sostenía que la Regenta o no era devota de buena ley, o no debía haber ido al teatro en noche de *Todos los Santos*.

Ripamilán gritaba:

—Señor mío, los deberes sociales están por encima de todo.

El deán se escandalizó.

—¡Oh!, ¡oh! —dijo—. Eso no, señor Arcipreste..., los deberes religiosos..., los religiosos..., eso es...

Y tomó un polvo de rapé extraído con mal pulso de una caja de nácar. Así solía él terminar los períodos complicados.

—Los deberes sociales... son muy respetables en efecto —dijo el canónigo pariente del ministro, a quien la proposición había parecido regalista, y por consiguiente digna de aprobación por parte de un primo del notario mayor del reino.

—Los deberes sociales —replicó Glocester tranquilo, con almíbar en las palabras, pausadas y subrayadas—, los deberes sociales, con permiso de usted, son respetabilísimos, pero quiere Dios, consiente su infinita bondad, que estén siempre en armonía con los deberes religiosos...

—¡Absurdo! —exclamó Ripamilán, dando un salto.

—¡Absurdo! —dijo el deán, cerrando de un bofetón la caja de nácar.

—¡Absurdo! —afirmó el canónigo regalista.

—Señores, los deberes no pueden contradecirse, el deber social, por ser tal deber, no puede oponerse al deber religioso... Lo dice el respetable Taparelli...

—¿Tapa qué? —preguntó el deán—. No me venga usted con autores alemanes... Este Mourelo siempre ha sido un hereje...

—Señores, estamos fuera de la cuestión —gritó Ripamilán—; el caso es...

—No estamos tal —insistió Glocester, que no quería en presencia de don Fermín sostener su tesis de la escasa religiosidad de la Regenta.

Tuvo habilidad para llevar la disputa al *terreno filosófico* y de allí al teológico, que fue como echarle agua al fuego. Aquellas venerables dignidades profesaban a la sagrada ciencia un respeto singular, que consistía en no querer hablar nunca de *cosas altas*.

A don Fermín le bastó lo que oyó al entrar en la sacristía para comprender que se había comentado lo del teatro. Su mal humor fue en aumento. «Lo sabía toda Vetusta, su influencia moral había perdido crédito..., y la autora de todo aquello tenía la crueldad de negarse a una cita.» El se la había dado para decirle que no debía confesar por las mañanas, sino de tarde, porque así no se fijaba en ellos el público de las beatas con atención exclusiva... «Debe usted confesar entre todas, y además algunos días en que no se sabe que me siento; yo le avisaré a usted, y entonces... podremos hablar más por largo.» Todo esto había pensado decirle aquella tarde, y ella respondía que «estaba con jaqueca». En casa de Páez también le hablaron del escándalo del teatro. «Habían ido varias damas que habían prometido no ir; y había ido Ana Ozores, que nunca asistía.»

El Magistral salió de casa de Páez bufando; la sonrisa burlona de Olvido, que se celaba ya, le había puesto furioso...

Y sin pensar lo que hacía, se había ido derecho a la Plaza Nueva, se había metido en la Rinconada y había llamado a la puerta de la Regenta... Por eso estaba allí.

¿Quién iba a explicar semejante motivo de una visita?

Al ver que Ana había mentido, que estaba buena y había buscado un embuste para no acudir a su cita, el mal humor de don Fermín rayó en ira y necesitó toda la fuerza de la costumbre para contenerse y seguir sonriente.

«¿Qué derechos tenía él sobre aquella mujer? Ninguno. ¿Cómo dominarla si quería sublevarse? No había modo. ¿Por el terror de la religión? Patarata. La religión para aquella señora nunca podría ser el terror. ¿Por la persuasión, por el interés, por el cariño? El no podía jactarse de tenerla persuadida, interesada y menos enamorada, de la manera espiritual a que aspiraba.»

No había más remedio que la diplomacia. «Humíllate y ya

te ensalzarás», era su máxima, que no tenía nada que ver con la promesa evangélica.

En vista de que los asuntos vulgares de conversación llevaban trazas de sucederse hasta lo infinito, el Magistral, que no quería marcharse sin hacer algo, puso término a las palabras insignificantes con una pausa larga y una mirada profunda y triste a la bóveda estrellada. Estaba sentado en la entrada del cenador.

Y había comenzado la noche, pero no hacía frío allí, o por lo menos no lo sentían. Ana había contestado a Petra, al anunciar ésta que había luz en el gabinete:

—Bien; allá vamos.

El Magistral había dicho que si doña Ana se sentía ya bien, no era malo estar al aire libre.

El silencio de don Fermín y su mirada a las estrellas indicaron a la dama que se iba a tratar de algo grave.

Así fue. El Magistral dijo:

—Todavía no he explicado a usted por qué pretendía yo que fuese a la catedral esta tarde. Quería decirle, y por eso he venido, además de que me interesaba saber cómo seguía, quería decirle que no creo conveniente que usted confiese por la mañana.

Ana preguntó el motivo con los ojos.

—Hay varias razones: don Víctor, que según usted me ha dicho, no gusta de que usted frecuente la iglesia, y menos de que madrugue para ello, se alarmará menos si usted va de tarde... y hasta puede no saberlo siquiera muchas veces. No hay en esto engaño. Si pregunta, se le dice la verdad, pero si calla..., se calla. Como se trata de una cosa inocente, no hay engaño ni asomo de disimulo.

—Eso es verdad.

—Otra razón. Por la mañana yo confieso pocas veces, y esta excepción hecha en favor de usted hace murmurar a mis enemigos, que son muchos y de infinitas clases.

—¿Usted tiene enemigos?

—¡Oh, amiga mía!: cuenta las estrellas si puedes —y señaló al cielo—, el número de mis enemigos es infinito como las estrellas.

El Magistral sonrió como un mártir entre llamas.

Doña Ana sintió terribles remordimientos por haber engañado y olvidado a aquel santo varón, que era perseguido por sus virtudes y ni siquiera se quejaba. Aquella sonrisa y la comparación de las estrellas le llegaron al alma a la Regenta. «¡Tenía enemigos!», pensó, y le entraron vehementes deseos de defenderle contra todos.

—Además —prosiguió don Fermín—, hay señoras que se tienen por muy devotas, y caballeros que se estiman muy religiosos, que se divierten en observar quién entra y quién sale en las capillas de la catedral, quién confiesa a menudo, quién se descuida, cuánto duran las confesiones... y también de esta murmuración se aprovechan los enemigos.

La Regenta se puso colorada sin saber a punto fijo por qué.

—De modo, amiga mía —continuó De Pas, que no creía oportuno insistir en el último punto—, de modo, que será mejor que usted acuda a la hora ordinaria, entre las demás. Y algunas veces, cuando usted tenga muchas cosas que decir, me avisa con tiempo y le señalo hora en un día de los que no me toca confesar. Esto no lo sabrá nadie, porque no han de ser tan miserables que nos sigan los pasos...

A la Regenta, aquello de los días excepcionales le parecía más arriesgado que todo, pero no quiso oponerse al bendito don Fermín en nada.

—Señor, yo haré todo lo que usted diga; iré cuando usted me indique; mi confianza absoluta está puesta en usted. A usted solo en el mundo he abierto mi corazón, usted sabe cuánto pienso y siento... De usted espero luz en la oscuridad que tantas veces me rodea.

Ana, al llegar aquí notó que su lenguaje se hacía entonado, impropio de ella, y se detuvo; aquellas metáforas parecían mal, pero no sabía decir de otro modo sus afanes, a no hablar con una claridad excesiva.

El Magistral, que no pensaba en la retórica, sintió un consuelo oyendo a su amiga hablar así.

Se animó..., y habló de lo que le mortificaba.

—Pues, hija mía, usando, o tal vez abusando de ese poder discrecional —sonrisa e inclinación de cabeza—, voy a permitirme reñir a usted un poco.

Nueva sonrisa y una mirada sostenida, de las pocas que se toleraba.

Ana tuvo un miedo pueril que la embelleció mucho, como pudo notar y notó De Pas.

—Ayer ha estado usted en el teatro.

La Regenta abrió los ojos mucho, como diciendo irreflexivamente: ¿Y eso qué?

—Ya sabe usted que yo, en general, soy enemigo de las preocupaciones que toman por religión muchos espíritus apocados... A usted no sólo le es lícito ir a los espectáculos, sino que le conviene; necesita usted distracciones; su señor marido pide como un santo; pero ayer... era día prohibido.

—Ya no me acordaba... Ni creía que... La verdad... no me pareció...

—Es natural, Anita, es naturalísimo. Pero no es eso. Ayer el teatro era espectáculo tan inocente, para usted, como el resto del año. El caso es que la Vetusta devota, que después de todo es la nuestra, la que exagerando o no ciertas ideas se acerca a nuestro modo de ver las cosas..., esa respetable parte del pueblo mira como un escándalo la infracción de ciertas costumbres piadosas...

Ana encogió los hombros. «No entendía aquello... ¡Escándalo! Ella que en el teatro había llegado, de idea grande en idea
grande, a sentir un entusiasmo artístico religioso que la había
edificado...»

El Magistral, con una mirada sola, comprendió que su cliente
(«él era un médico del espíritu») se resistía a tomar la medicina; y pensó, recordando la alegoría de la cuesta: «No quiere
tanta pendiente, hagámosela parecida a lo llano».

—Hija mía, el mal no está en que usted haya perdido nada;
su virtud de usted no peligra ni mucho menos con lo hecho...,
pero... —vuelta al tono festivo— y ¿mi orgullito de médico? Un
enfermo que se me rebela..., ¡ahí es nada! Se ha murmurado, se
ha dicho que las hijas de confesión del Magistral no deben de
temer su manga estrecha cuando asisten al *Don Juan Tenorio*,
en vez de rezar por los difuntos.

—¿Se ha hablado de eso?

—¡Bah! En San Vicente, en casa de doña Petronila, que ha
defendido a usted, y hasta en la catedral. El señor Moruelo dudaba de la piedad de doña Ana Ozores de Quintanar...

—¿De modo... que he sido imprudente..., que he puesto a
usted en ridículo?...

—¡Por Dios, hija mía!, ¡dónde vamos a parar! ¡Esa imaginación, Anita, esa imaginación! ¿Cuándo mandaremos en ella?
¡Ridículo! ¡Imprudente!... A mí no pueden ponerme en ridículo
más actos que aquellos de que soy responsable, no entiendo el
ridículo de otro modo... Usted no ha sido imprudente, ha sido
inocente, no ha pensado en las lenguas ociosas. Todo ello es nada,
y figúrese usted el caso que yo haré de hablillas insustanciales...
Todo ha sido broma; para llegar a un punto más importante,
que atañe a lo que nos interesa, a la curación de su espíritu de
usted... en lo que depende de la parte moral. Ya sabe que yo
creo que un buen médico (no precisamente el señor Somoza, que
es persona excelente y médico muy regular) podría ayudarme
mucho.

Pausa. El Magistral deja de mirar a las estrellas, acerca un
poco su mecedora a la Regenta y prosigue:

—Anita, aunque en el confesonario yo me atrevo a hablar a
usted como un médico del alma, no sólo como sacerdote que ata
y desata, por razones muy serias, que ya conoce usted; a pesar
de que allí he llegado a conocer bastante aproximadamente a la
realidad, lo que pasa por usted, sin embargo, creo... —le temblaba la voz; temía arriesgar demasiado—, creo... que la eficacia de
nuestras conferencias sería mayor si algunas veces habláramos
de nuestras cosas fuera de la iglesia.

Anita, que estaba en la oscuridad, sintió fuego en las mejillas, y por la primera vez, desde que le trataba, vio en el Magistral un hombre, un hombre hermoso, fuerte; que tenía fama
entre ciertas gentes mal pensadas de enamorado y atrevido. En el

silencio que siguió a las palabras del Provisor, se oyó la respiración agitada de su amiga.

Don Fermín continuó tranquilo:

—En la iglesia hay algo que impone reserva, que impide analizar muchos puntos muy interesantes; siempre tenemos prisa, y yo... no puedo prescindir de mi carácter de juez, sin faltar a mi deber en aquel sitio. Usted misma no habla allí con la libertad y extensión que son precisas para entender todo lo que quiere decir. Allí, además, parece odioso hablar de lo que no es pecado o por lo menos camino de él; hacer la cuenta de las buenas cualidades, por ejemplo, es casi profanación, no se trata allí de eso; y sin embargo, para nuestro objeto, eso es también indispensable. Usted, que ha leído, sabe perfectamente que muchos clérigos que han escrito acerca de las costumbres y carácter de la mujer de su tiempo han recargado las sombras, han llenado sus cuadros de negro..., porque hablaban de la mujer del confesionario, la que cuenta sus extravíos y prefiere exagerarlos a ocultarlos, la que calla, como es allí natural, sus virtudes, sus grandezas. Ejemplo de esto pueden ser, sin salir de España, el célebre Arcipreste de Hita, Tirso de Molina y otros muchos...

Ana escuchaba con la boca un poco abierta. Aquel señor hablando con la suavidad de un arroyo que corre entre flores y arena fina, la encantaba. Ya no pensaba en las torpes calumnias de los enemigos del Magistral; ya no se acordaba de que aquél era hombre, y se hubiera sentado sin miedo sobre sus rodillas como había oído decir que hacen las señoras con los caballeros en los tranvías de Nueva York.

—Pues bien —prosiguió don Fermín—, nosotros necesitamos toda la verdad, no la verdad fea sólo, sino también la hermosa. ¿Para qué hemos de curar lo sano? ¿Para qué cortar el miembro útil? Muchas cosas, de las que he notado que usted no se atreve a hablar en la capilla, estoy seguro de que me las expondría aquí, por ejemplo, sin inconveniente..., y esas confidencias amistosas, familiares, son las que yo echo de menos. Además, usted necesita, no sólo que la censuren, que la corrijan, sino que la animen también, elogiando sincera y noblemente la mucha parte buena que hay en ciertas ideas y en los actos que usted cree completamente malos. Y en el confesonario no debe abusarse de ese análisis justo, pero, en rigor, extraño al tribunal de la penitencia... Y basta de argumentos; usted me ha entendido desde el primero perfectamente, pero allá va el último, ahora que me acuerdo. De ese modo, hablando de nuestro pleito fuera de la catedral, no es preciso que usted vaya a confesar muy a menudo, y nadie podrá decir si frecuenta o no frecuenta el sacramento demasiado; y además, podemos despachar más pronto la cuenta de los pecados y pecadillos, los días de confesión.

El Magistral estaba pasmado de su audacia. Aquel plan, que no tenía preparado, que era sólo una idea vaga que había desechado mil veces por temeraria, había sido un atrevimiento de la pasión, que podía haber asustado a la Regenta y hacerla sospechar de la intención de su confesor. Después de su audacia, el Magistral temblaba, esperando las palabras de Ana.

Ingenua, entusiasmada con el proyecto, convencida por las razones expuestas, habló la Regenta a borbotones, como solía de tarde en tarde, y dio a los motivos expuestos por su amigo nueva fuerza con el calor de sus poéticas ideas.

«¡Oh!, sí, aquello era mejor, sin perjuicio de continuar en el templo la buena tarea comenzada, para dar a Dios lo que era de Dios.» Ana aceptaba aquella amistad piadosa que se ofrecía a oír sus confidencias, a dar consejos, a consolarla en la aridez de alma que la atormentaba a menudo.

El Magistral oía ahora recogido en un silencio contemplativo; apoyaba la cabeza oculta en la sombra, en una barra de hierro de la armazón de la glorieta, en la que se enroscaban el jazmín y la madreselva; la locuacidad de Ana le sabía a gloria, las palabras expansivas, llenas de partículas del corazón de aquella mujer, exaltada al hablar de sus tristezas con la esperanza del consuelo, iban cayendo en el ánimo del Magistral como un riego de agua perfumada; la sequedad desaparecía, la tirantez se convertía en muelle flojedad. «¡Habla, habla así, se decía el clérigo, bendita sea tu boca!»

No se oía más que la voz dulce de Ana, y de tarde en tarde el ruido de hojas que caían o que la brisa, apenas sensible aquella noche, removía sobre la arena de los senderos.

Ni el Magistral ni la Regenta se acordaban del tiempo.

—Sí, tiene usted cien veces razón —decía ella—, yo necesito una palabra de amistad y de consejo muchos días que siento ese desabrimiento que me arranca todas las ideas buenas y sólo me deja la tristeza y la desesperación.

—¡Oh, no; eso no, Anita! ¡La desesperación! ¡Qué palabra!

—Ayer tarde no puede usted figurarse cómo estaba yo.

—Muy aburrida, ¿verdad? ¿Las campanas?...

El Magistral sonrió.

—No se ría usted; serán los nervios, como dice Quintanar, o lo que se quiera, pero yo estaba llena de un tedio horroroso, que debía ser un gran pecado... Si yo lo pudiera remediar...

—No debe decirse así —interrumpió el Magistral, poniendo en la voz la mayor suavidad que pudo—. No sería un pecado ese tedio si se pudiera remediar; pero, a Dios gracias, se quiere y se puede curar..., y de eso se trata, amiga mía.

Anita, a quien las confesiones emborrachaban, cuando sabía que entendía su confidente todo, o casi todo lo que ella quería dar a entender, se decidió a decir al Magistral *lo demás*, lo que había venido detrás del hastío de aquella tarde... No ocultó sino lo que ella tenía por causa puramente ocasional; no habló de don Alvaro ni del caballo blanco.

—Otras veces —decía—, aquella sequedad se convierte en llanto, en ansia de sacrificio, en propósitos de abnegación... Usted

lo sabe; pero ayer, la exaltación tomó otro rumbo... Yo no sé...,
no sé explicarlo bien... Si lo digo como yo puedo hablar..., al
pie de la letra, es pecado, es una rebelión, es horrible..., pero
tal como yo lo sentía, no.

El Magistral oyó entonces lo que pasó por el alma de su amiga durante aquellas horas de revolución, que Ana reputaba ya
célebres en la historia de su solitario espíritu. Aunque ella no
explicaba con exactitud lo que había sentido y pensado, él lo
entendía perfectamente

Más trabajo le costó adivinar cómo podía haber llegado Ana
a pensar en Dios, a sentir tierna y profunda piedad con motivo
de don Juan Tenorio.

«Ana decía que acaso estaba loca, pero que aquello no era
nuevo en ella, que muchas veces le había sucedido en medio de
espectáculos que nada tenían de religiosos, sentir poco a poco
el influjo de una piedad consoladora, lágrimas de amor de Dios,
esperanza infinita, caridad sin límites, y una fe que era una
evidencia... Un día, después de dar una peseta a un niño pobre
para comprar un globo de goma, como otros que acababan de
repartirse otros niños, había tenido que esconder el rostro para
que no la viesen llorar; aquel llanto, que era al principio muy
amargo, después, por gracia de las ideas que habían ido surgiendo
en su cerebro, había sido más dulce, y Dios había sido en su
alma una voz potente, una mano que acariciaba las asperezas de
dentro... ¿Qué sabía ella? No podía explicarse.» Y suplicaba al
Magistral que la entendiese. «Pues la noche anterior había pasado algo por el estilo, al ver a la pobre novicia, a sor Inés,
caer en brazos de don Juan..., ya veía el Magistral qué situación tan poco religiosa...; pues bien, ella, de una en otra, al
sentir lástima de aquella inocente enamorada..., había llegado a
pensar en Dios, a amar a Dios, a sentir a Dios muy cerca... ni
más ni menos que el día en que regaló a un niño pobre un globo
de colores. ¿Qué era aquello? Demasiado sabía ella que no era
piedad verdadera, que con semejantes arrebatos nada ganaba para
con Dios..., pero ¿no serían tampoco más que nervios? ¿Serían
indicios peligrosos de un espíritu aventurero, exaltado, torcido
desde la infancia?»

«Había de todo.» El Magistral, procurando vencer la exaltación que le había comunicado su amiga, quiso hablar con toda
calma y prudencia. «Había de todo. Había un tesoro de sentimiento que se podía aprovechar para la virtud; pero había también un peligro. La noche anterior el peligro había sido grande
—y esto lo decía sin saber palabra de la presencia de don Álvaro
en el palco de Anita—, y era necesario evitar la repetición de
accesos por el estilo.»

Había hablado la Regenta de ansiedades invencibles, del anhelo de volar más allá de las estrechas paredes de su caserón, de
sentir más, con más fuerza, de vivir para algo más que para
vegetar como otras; había hablado también de un amor univer-

sal, que no era ridículo, por más que se burlasen de él los que
no lo comprendían...; había llegado a decir que sería hipócrita
si aseguraba que bastaba para colmar los anhelos que sentía el
cariño suave, frío, prosaico, distraído de Quintanar, entregado
a sus comedias, a sus colecciones, a su amigo Frígilis y a su escopeta...

—Todo aquello —añadió el Magistral después de presentarlo
en resumen—, de puro religioso rayaba en pecado.

—Sí, dicho así, como yo lo he dicho, sí... Pero como lo siento, no; ¡oh!, estoy segura de que, tal como lo siento, nada de lo
que he dicho es pecado... sentirlo; peligro habrá, no lo niego,
pero ¡pecado no! Por lo demás —cambio de voz—, dicho... hasta
es ridículo, suena a romanticismo necio, vulgar, ya lo sé... ¡Pero
no es eso, no es eso!

—Es que yo no lo entiendo como usted lo dice, sino como usted lo siente, amiga mía; es necesario que usted me crea; lo entiendo como es... Pero así y todo, hay peligro que raya en pecado, por ser peligro... Déjeme usted hablar a mí, Anita. y verá
cómo nos entendemos. El peligro que hay, decía, raya en pecado..., pero añado, será pecado claramente si no se aplica toda
esa energía de su alma ardentísima a un objeto digno de ella,
digno de una mujer honrada, Ana. Si dejamos que vuelvan esos
accesos sin tenerles preparada tarea de virtud, ejercicio sano...,
ellos tomarán el camino de atajo, el del vicio, créalo usted, Anita. Es muy santo, muy bueno que usted, con motivo de dar a
un niño un globo de colores, llegue a pensar en Dios, a sentir
eso que llama usted la presencia de Dios; si algo de panteísmo
puede haber en lo que usted dice, no es peligroso, por tratarse
de usted, y yo me encargaría, en todo caso, de cortar ese mal
de raíz; pero ahora no se trata de eso. No es santo, ni es bueno,
amiga mía, que al ver a un libertino en la celda de una monja...
o a la monja en casa del libertino y en sus brazos, usted se de-
dique a pensar en Dios, con ocasión del abrazo de aquellos sacrílegos amantes. Eso es malo, eso es despreciar los caminos naturales de la piedad, es despreciar con orgullo egoísta la sana moral, pretendiendo, por abismos y cieno y toda clase de podredumbre, llegar a donde los justos llegan por muy diferentes pasos. Dispénseme si hablo con esta severidad; en este momento
es indispensable.

Hizo una pausa el Magistral para observar si Ana subía con
dificultad aquella pendiente que le ponía en el camino.

Ana callaba, meditando las palabras del confesor, recogida,
seria, abismada en sus reflexiones. Sin darse cuenta de ello, le
agradaba aquella energía, complacíase en aquella oposición, estimaba más que halagos y elogios las frases fuertes, casi duras,
del Magistral.

El cual prosiguió, aflojando la cuerda:

—Es necesario y urgente, muy urgente, aprovechar esas buenas tendencias, esa predisposición piadosa, que así la llamaré

ahora, porque no es ocasión de explicar a usted los grados, caminos y descaminos de la gracia, materia delicadísima, peligrosa...
Decía que hay que aprovechar esas tendencias a la piedad y a la
contemplación, que son en usted muy antiguas, pues ya vienen
de la infancia, en beneficio de la virtud... y por medio de cosas
santas. Aquí tiene usted el porqué de muchas ocupaciones del
cristiano, el porqué del culto externo, más visible y hasta apara-
toso en la religión verdadera que en las frías confesiones protestantes. Necesita usted objetos que le sugieran la idea santa de
Dios, ocupaciones que le llenen el alma de energía piadosa, que
satisfagan sus instintos, como usted dice, de amor universal...
Pues todo eso, hija mía, se puede lograr, satisfacer y cumplir en
la vida, aparentemente prosaica y hasta cursi, como la llamaría
doña Obdulia, de una mujer piadosa, de una... *beata,* para emplear la palabra fea, *escandalosa.* Sí, amiga mía —el Magistral reía
al decir esto—, lo que usted necesita para calmar esa sed de amor
infinito... es ser *beata.* Y ahora soy yo el que exige que usted
me comprenda, y no me tome la letra y deje el espíritu. Hay que
ser beata, es decir, no hay que contentarse con llamarse religiosa,
cristiana, y vivir como un pagano, creyendo esas vulgaridades de
que lo esencial es el fondo, que las menudencias del culto y de
la disciplina quedan para los espíritus pequeños y comineros; no,
hija mía, no, lo esencial es todo; la forma es fondo, y parece natural que Dios diga a una mujer que pretende amarle: «Hija, pues
para acordarte de mí no debes necesitar que a Zorrilla se le
haya ocurrido pintar los amores de una monja y un libertino;
ven a mi templo, y allí encontrarán los sentidos incentivo del
alma para la oración, para la meditación y para esos actos de fe,
esperanza y caridad que son todo mi culto en resumen...»
    Anita, al oír este familiar lenguaje, casi jocoso, del Magistral,
con motivo de cosas tan grandes y sublimes, sintió lágrimas y risas mezcladas, y lloró riendo como Andrómaca.
    La noche corría a todo correr. La torre de la catedral, que es-
piaba a los interlocutores de la glorieta desde lejos, entre la
niebla que empezaba a subir por aquel lado, dejó oír tres campanadas como un aviso. Le parecía que ya habían hablado bastante. Pero ellos no oyeron la señal de la torre que vigilaba.
    Petra fue la que dijo, para sí, desde la sombra del patio:
    —¡Las ocho menos cuarto! Y no llevan traza de callarse...
    La doncella ardía de curiosidad, aventuraba algunos pasos, de
puntillas, hacia la glorieta, esquivando tropezar con las hojas
secas para no hacer ruido; pero tenía miedo de ser vista y retrocedía hasta el patio, desde donde no podía oír más que un
murmullo, no palabras. Sintió que Anselmo abría la puerta del
zaguán y que el amo subía. Corrió Petra a su encuentro. Si le
preguntaba por la señora, estaba dispuesta a mentir, a decir que
había subido al segundo piso, o a los desvanes, dondequiera, a
tal o cual tarea doméstica; iba preparada a ocultar la visita del
Magistral sin que nadie se lo hubiera mandado; pero creía lle-

gado el caso de adelantarse a los deseos del ama y de su amigo
don Fermín. «¿No le habían hecho llevar cartas «sin necesidad
de que lo supiera don Víctor?» Pues ¿qué necesidad había de
que supiera que llevaban más de una hora de palique en el cenador, y a oscuras?»

Quintanar no preguntó por su mujer; no era esto nuevo en
él; solía olvidarla, sobre todo cuando ténía algo entre manos.
Pidió luz para el despacho, se sentó a su mesa, y separando libros y papeles, dejó encima del pupitre un envoltorio que tenía
debajo del brazo. Era una máquina de cargar cartuchos de fusil.
Acababa de apostar con Frígilis que él hacía tantas docenas de
cartuchos en una hora, y venía dispuesto a intentar la prueba.
No pensaba en otra cosa. Llegó la luz. Quintanar miró con
los ojos penetrantes de puro distraídos a Petra. La doncella
se turbó.

—Oye.
—¿Señor?...
—Nada... Oye...
—¿Señor?...
—¿Anda ese reloj?
—Sí, señor, le ha dado usted cuerda ayer...
—¿De modo que son las ocho menos diez?
—Sí, señor.

Petra temblaba, pero seguía dispuesta a mentir si le preguntaba por el ama.

—Bien; vete.

Y don Víctor se puso a atacar con rapidez cartuchos y más
cartuchos.

En tanto el Magistral había explicado latamente lo que quería
dar a entender con lo de la vida beata.

«Era ya tiempo de que Ana procurase entrar en el camino de
la perfección; los trabajos preparatorios ya podían darse por hechos; si otras iban a la iglesia, a las cofradías y demás lugares
ordinarios de la vida devota con un espíritu rutinario que hacía
nulas respecto a la perfección moral aquellas prácticas piadosas;
ella, Ana, podía sacar gran utilidad para la ocupación digna de
su alma de aquellos mismos lugares y quehaceres. ¿Qué había
sido Santa Teresa? Una monja, una fundadora de conventos;
¿cuántas monjas había habido que no habían pasado de ser mujeres vulgares? La vida de una monja puede caer en la rutina
también, ser poco meritoria a los ojos de Dios, y nada útil para
satisfacer las ansias de un alma ardiente. Y sin embargo, a la
Santa Doctora ¿qué mundos tan grandes, qué Universo de soles
no le había dado aquella vida del claustro? La gran actividad
va en nosotros mismos, si somos capaces de ella. Pero hay que
buscar la ocasión en las ocupaciones de la vida buena. Era necesario que Anita frecuentase en adelante las fiestas del culto;
que oyese más sermones, más misas, que asistiera a las novenas,
que fuese de la sociedad de San Vicente, pero socia activa, que

visitara a los enfermos y los vigilara, que entrase en el Catecismo; al principio tales ocupaciones podrían parecerle pesadas,
insustanciales, prosaicas, desviadas del camino que conduce a la
vida de la piedad acendrada, pero poco a poco iría tomando el
gusto a tan humildes menesteres; iría penetrando los misteriosos encantos de la oración, del culto público, que si parece hasta
frívolo pasatiempo en las almas tibias, en el vulgo de los fieles,
que están en el templo nada más con los sentidos, es edificante
espectáculo para quien siente devoción profunda.»

—Verá usted —decía el Magistral— cómo llega un día en
que no necesita a Zorrilla ni poeta nacido para llorar de ternura y elevarse, de una en otra, como usted dice, hasta la idea
santa de Dios: Tiene la Iglesia, amiga mía, tal sagacidad para
buscar el camino de las entrañas. Verá usted, verá usted cómo
reconoce la sabiduría de Nuestra Madre en muchos ritos, en muchas ceremonias y pompas del culto que ahora pueden anto-
jársele indiferentes, insignificantes. ¡Nuestras fiestas! ¡Qué cosa
más hermosa, querida hija mía! Llegará, por ejemplo, la Nochebuena, y usted empleará su imaginación poderosa en representar-
se las escenas de pura poesía del Nacimiento de Jesús... Volverán a ser para usted las que ya parecían vulgaridades de villan-
cicos, grandes poemas, manantial de ternura, y llorará pensando
en el Niño Dios... Y usted me dirá entonces si aquellas lágrimas son más dulces y frescas que las que anoche le arrancaba
el bueno de don Juan Tenorio...

—A los sermones de cualquiera, no hay para qué ir —prosiguió De Pas—, porque a veces la palabra de un pobre cura de
aldea encierra en su sencillez tosca tesoros de verdad, enseñan-
zas lacónicas admirables, rasgos de filosofía profunda y sincera,
parábolas nuevas dignas de la Biblia; pero como esto es pocas
veces, conviene acudir a los sermones de oradores acreditados.
Oiga usted al señor Obispo en los días que él quiere lucirse...
Oiga usted... a otros buenos predicadores que hay... Y si no fuera
vanidad intolerable, añadiría óigame usted a mí algunos días
de los que Dios quiere que no me explique mal del todo. Sí,
porque así como hay cosas que no pueden decirse desde el púlpito, que exigen el confesonario o la conferencia familiar, hay
otras que piden la cátedra, que sería ridículo decirlas de silla
a silla..., por ejemplo, algo de lo que yo tengo que advertir a
usted respecto de esas vagas y aparentes visiones de Dios en
idea... tocadas, hija mía, de panteísmo, sin que usted se dé
cuenta de ello.

Más habló el Magistral para exponer el plan de vida devota
a que había de entregarse en cuerpo y alma su amiga desde el
día siguiente, y terminó tratando con detenimiento especial la
cuestión de las lecturas.

Recomendó particularmente la vida de algunos santos y las
obras de Santa Teresa y algunos místicos.

«Basta con leer la vida de la Santa Doctora y la de María de

Chantal, Santa Juana Francisca, por supuesto, sabiendo leer entre líneas, para perfeccionarse, no al principio, sino más adelante. Al principio es un gran peligro el desaliento que produce la comparación entre la propia vida y la de los santos. ¡Ay de usted si desmaya porque ve que para Teresa son pecados muchos actos que usted creía dignos de elogio. Pasará usted la vergüenza de ver que era vanidad muy grande creerse buena mucho antes de serlo, tomar por voces de Dios voces que la santa llama del diablo..., pero en estos pasajes no hay que detenerse... No hay que comparar...., hay que seguir leyendo..., y cuando se haya vivido algún tiempo dentro de la disciplina sana, vuelta a leer, y cada vez el libro sabrá mejor, y dará más frutos.

»Si nos proponemos llegar a ser una Santa Teresa, ¡adiós todo!, se ve la infinita distancia y no emprendemos el camino. Adónde se ha de llegar, eso Dios lo dirá después; ahora andar, andar hacia adelante es lo que importa.

»Y a todo esto, ¿hemos de vestir de estameña, y mostrar el rostro compungido, inclinado al suelo, y hemos de dar tormento al marido con la inquisición en casa, y con el huir los paseos y negarse al trato del mundo? Dios nos libre, Anita, Dios nos libre... La paz del hogar no es cosa de juego... ¿Y la salud? La salud del cuerpo ¿dónde la dejamos? Pues ¿no se trataba de ponernos en cura? ¿No estábamos ahora hablando del espíritu y su remedio? Pues el cuerpo quiere aire libre, distracciones honestas, y todo eso ha de continuar en el grado que se necesite y que indicarán las circunstancias.»

Una ráfaga de aire frío hizo temblar a la Regenta y arremolinó hojas secas a la entrada del cenador. El Magistral se puso en pie, como si le hubieran pinchado, y dijo con voz de susto:

—¡Caramba!, debe de ser muy tarde. Nos hemos entretenido aquí charlando..., charlando...

«No le haría gracia que don Víctor los encontrase a tales horas en el parque, dentro del cenador, solos y a la luz de las estrellas...» Pero esto que pensó se guardó de decirlo. Salió de la glorieta hablando en voz alta, muy alta, aparentando no temer al ruido, pero temiéndolo.

Ana salió tras él, ensimismada, sin acordarse de que había en el mundo maridos, ni días, ni noches, ni horas, ni sitios inconvenientes para hablar a solas con un hombre joven, guapo, robusto, aunque sea clérigo.

El Magistral, como equivocando el camino, se dirigió hacia la puerta del patio, aunque parecía lo natural subir por la escalera de la galería y pasar por las habitaciones de Quitanar.

En el patio estaba Petra, como un centinela, en el mismo sitio en que había recibido al Provisor.

—¿Ha venido el señor? —preguntó la Regenta.

—Sí, señora —respondió en voz baja la doncella—; está en su despacho.

—¿Quiere usted verle? —dijo Ana volviéndose al Magistral.

Don Fermín contestó:

—Con mucho gusto...

«¡Disimulan, disimulan conmigo!», pensó Petra con rabia.

—Con. mucho gusto... si no fuera tan tarde... Debía estar a las ocho en palacio... y van a dar las ocho y media... No puedo detenerme, salúdele usted de mi parte.

—Como usted quiera.

—Además, estará abismado en sus trabajos..., no quiero distraerle... Saldré por aquí... Buenas noches, señora, muy buenas noches.

«Disimulan», volvió a pensar Petra, mientras abría la puerta que conducía al zaguán.

Entonces el Magistral se acercó a la Regenta y de prisa y en voz baja dijo:

—Se me había olvidado advertirle que... el lugar más a propósito para... verse... es en casa de doña Petronila. Ya hablaremos.

—Bien —contestó la Regenta.

—Lo he pensado, es lo mejor.

—Sí, sí, tiene usted razón.

Subió Ana por la escalera principal y salió al portal don Fermín. En la puerta se detuvo, miró a Petra mientras se embozaba, y la vio con los ojos fijos en el suelo, con una llave grande en la mano, y esperando a que pasara él para cerrar. Parecía la estatua del sigilo. De Pas la acarició con una palmadita familiar en el hombro y dijo sonriendo:

—Ya hace fresco, muchacha.

Petra le miró cara a cara, y sonrió con la mayor gracia que supo y sin perder su actitud humilde.

—¿Estás contenta con los señores?

—Doña Ana es un ángel.

—Ya lo creo. Adiós, hija mía, adiós. Sube, sube, que aquí hay corriente... y estás muy coloradilla..., debes de tener calor...

—Salga usted, salga usted, y por mí no tema.

—Cierra ya, hija mía, puedes cerrar.

—No, señor, si cierro no verá usted bien hasta llegar a la esquina...

—Muchas gracias..., adiós, adiós.

—Buenas noches, don Fermín.

Esto lo dijo Petra muy bajo, sacando la cabeza fuera del portal, y cerró con gran cuidado de no hacer cualquier ruido.

«¡Don Fermín!», pensó el Magistral. «¿Por qué me llama ésta don Fermín? ¿Qué se habrá figurado? Mejor, mejor... Sí, mejor. Conviene tenerla propicia como a la otra.»

La otra era Teresina, su criada.

Petra subió y se presentó en el tocador de doña Ana sin ser llamada.

—¿Qué quieres? —preguntó el ama, que se estaba embozando en su chal porque sentía mucho frío.

—El señor no me ha preguntado por la señora. Yo no le he dicho... que estaba ahí don Fermín.

—¿Quién?...

—Don Fermín.

—¡Ah! Bien, bien... ¿Para qué? ¿Qué importa?

Petra se mordió los labios y dio media vuelta murmurando:

—¡Orgullosa! ¿Si creerá que no tenemos ojos?... Pues si a una no le diera la gana..., pero yo lo hago por el otro.

Sí, Petra lo hacía por el otro, por el Magistral, a quien quería agradar a toda costa. Tenía sus planes la rubia lúbrica.

Don Víctor Quintanar se presentó media hora después a su mujer con manchas de pólvora en la frente y en las mejillas.

No supo nada de la visita nocturna del Magistral. «No preguntó nada: ¿para qué decírselo?»

A la mañana siguiente, antes de salir el sol, Frígilis entró en el parque de Ozores por la puerta de atrás, con la llave que él tenía para su uso particular. El amigo íntimo de Quintanar era el dictador en aquel pueblo de árboles y arbustos. Los días que no iban de caza, el señor Crespo se los pasaba recorriendo sus *dominios,* que así llamaba al parque de Quintanar; podaba, injertaba, plantaba o trasplantaba, según las estaciones y otras circunstancias. Estaba prohibido a todo el mundo, incluso el dueño del bosque, tocar una hoja. Allí mandaba Frígilis y nadie más. En cuanto entró, se dirigió al cenador. Recordaba haber dejado encima de la mesa de mármol, o de un banco, en fin, allí dentro, unas semillas preparadas para mandar a cierta exposición de floricultura. Buscó y sobre una mecedora encontró un guante de seda morada entre las semillas esparcidas y mezcladas sobre la paja y por el suelo.

Soltó un taco madrugador y cogió el guante con dos dedos, levantándolo hasta los ojos.

—¿Quién diablos ha andado aquí? —preguntó a las auras matutinas.

Guardó el guante en un bolsillo, recogió las semillas que no había llevado el viento, y con gran cuidado volvió a escoger y separar los granos. Se trataba de una singularísima especie de pensamientos monocromos, invención suya.

Cuando sintió ruido en la casa, llamó a gritos:

—¡Anselmo! ¡Petra! ¡Servanda! ¡Petra!...

Apareció Petra con el cabello suelto, en chambra, y mal tapada con un mantón viejo del ama. Parecía la aurora de las doradas guedejas; pero Frígilis, malhumorado, se encaró con la aurora.

—Oye, tú, buena pécora, ¿qué demonio de obispo entra aquí por la noche a destrozarme las semillas?

—¿Qué dice usted, que no le entiendo? —contestó Petra desde el patio.

—Digo que ayer me retiré yo de la huerta cerca del oscurecer, que dejé allá dentro unas semillas envueltas en un papel..., y ahora me encuentro la simiente revuelta con la tierra en el suelo, y sobre la butaca este guante de canónigo... ¿Quién ha estado aquí de noche?

—¡De noche! Usted sueña, don Tomás.

—¡Ira de Dios! De noche, digo...

—A ver el guante...

—Toma —contestó Frígilis arrojando desde lejos la prenda.

—¡Pues... está bueno!; ¡ja, ja, ja!... Buen canónigo te dé Dios... Lo que entiende usted de modas, don Tomás... Pues ¿no dice que es un guante de canónigo?

—Pues ¿de quién es?

—De mi señora... ¿No ve usted la mano... qué chiquitita? A no ser que haya *canónigas* también.

—¿Y se usan ahora guantes morados?

—Pues claro..., con vestidos de cierto color...

Frígilis encogió los hombros.

—Pero mis semillas, mis semillas, ¿quién me las ha echado a rodar?

—El gato, ¿qué duda tiene?, el gatito pequeño, el Moreno, el mismo que habrá llevado el guante a la glorieta... ¡Es lo más urraca!...

En la pajarera de Quintanar cantó un jilguero.

—¡El gato!, ¡el Moreno!... —dijo Frígilis, moviendo la cabeza—, qué gato... ni qué...

Una sonrisa seráfica iluminó su rostro de repente, y volviéndose a Petra, señaló a la galería con la mano izquierda:

—¡Es mi macho!, ¡es mi macho! ¿Oyes? Estoy seguro, ¡es mi macho!..., y tu amo que decía que su canario..., que iba a cantar primero, ¿oyes?..., ¿oyes? Es mi macho, se lo he prestado quince días para que lo viese vencer... ¡Es mi macho!

Frígilis olvidó el guante y el gato, y quedó arrobado oyendo el repiqueteo estridente, fresco, alegre del jilguero de sus amores.

Petra escondió en el seno de nieve apretada el guante morado del Magistral.

Dieciocho

Las nubes pardas, opacas, anchas como estepas, venían del Oeste, tropezaban con las crestas de Corfín, se desgarraban, y deshechas en agua, caían sobre Vetusta, unas en diagonales vertiginosas, como latigazos furibundos, como castigo bíblico; otras cachazudas, tranquilas, en delgados hilos verticales. Pasaban, y venían otras, y después otras que parecían las de antes, que habían dado la vuelta al mundo para desgarrarse en Corfín otra vez. La tierra fungosa se descarnaba como los huesos de Job; sobre la sierra se dejaba arrastrar por el viento perezoso, la niebla lenta y desmayada, semejante a un penacho de pluma gris; y toda la campiña entumecida, desnuda, se extendía a lo lejos, inmóvil como el cadáver de un náufrago que chorrea el agua de las olas que se arrojaron a la orilla. La tristeza resignada, fatal, de la piedra que la gota eterna horada, era la expresión muda del valle y del monte; la naturaleza muerta parecía esperar que el agua disolviera su cuerpo inerte, inútil. La torre de la catedral aparecía a lo lejos, entre la cerrazón, como un mástil sumergido. La desolación del campo era resignada, poética en su dolor silencioso; pero la tristeza de la ciudad negruzca, donde la humedad sucia rezumaba por tejados y paredes agrietadas, parecía mezquina, repugnante, chillona, como canturria de pobre de solemnidad. Molestaba; no inspiraba melancolía, sino un tedio desesperado. Frígilis prefería mojarse a campo raso, y arrastraba consigo a Quintanar lejos de Vetusta, cerca del mar, a las praderas y marismas solitarias de Palomares y Roca Tajada, donde fatigaban el monte y la llanura, persiguiendo arceas y chochas en lo espeso de los altozanos nemorosos, y en las planicies escuetas, melancólicos y quejumbrosos alcaravanes, nubes de estorninos, tordos de agua, patos marinos y bandadas oscuras de peguetas diligentes. Para estas excursiones lejanas, don Víctor contaba con el beneplácito de su esposa. Se salía al ser de día, en el tren correo, se llegaba a Roca Tajada una hora después, y a las diez de la noche entraban en Vetusta silenciosos, cargados de ramilletes de pluma y como sopa en vino. Allá en las marismas de Palomares, don Víctor solía echar de menos el teatro. «¡Si el tren saliese dos horas antes, menos mal!» Frígilis no echaba de menos nada. Su devoción a la caza, a la vida al aire libre, en el campo, en la soledad triste y dulce, era profunda, sin rival; Quintanar compartía aquella afición con su amor a las farsas del escenario. Frígilis en el teatro se aburría y se constipaba. Tenía horror a las corrientes de aire, y no se creía seguro más que en medio de la campiña, que no tiene puertas.

Crespo tenía bien definida y arraigada su vocación: la naturaleza; Quintanar había llegado a viejo sin saber «cuál era su destino en la tierra», como él decía, usando del lenguaje del tiempo romántico, del que le quedaban algunos resabios. Era el espíritu del ex regente, de blanda cera; fácilmente tomaba todas las formas y fácilmente las cambiaba por otras nuevas. Creíase hombre de energía, porque a veces usaba en casa un lenguaje imperativo, de bando municipal; pero no era, en rigor, más que una pasta para que otros hiciesen de él lo que quisieran. Así se explicaba que, siendo valiente, jamás hubiera tenido ocasión de mostrar su valor luchando contra una voluntad contraria. Él sostenía que en su casa no se hacía más que lo que él quería, y no echaba de ver que siempre acababa por querer lo que determinaban los demás. Si Ana Ozores hubiera tenido un carácter dominante, don Víctor se hubiese visto en la triste condición de esclavo; por fortuna, la Regenta dejaba al buen esposo entregado a las veleidades de sus caprichos y se contentaba con negarle toda influencia sobre los propios gustos y aficiones. Aquel programa de diversiones, alegría, actividad bulliciosa, que había publicado a son de trompeta. Quintanar, se cumplía sólo en las partes y por el tiempo que a su esposa le parecían bien; si ella prefería quedar en casa, volver a sus ensueños, don Víctor, que había prometido y hasta jurado no ceder, poco a poco cedía; procuraba que la retirada fuese honrosa, fingía transigir y creía a salvo su honor de hombre enérgico y amo de su casa, permitiéndose la audacia de gruñir un poco, entre dientes, cuando ya nadie le oía. Los criados le imponían su voluntad, sin que él lo sospechara. Hasta en el comedor se le había derrotado. Amante, como buen aragonés, de los platos fuertes, del vino espeso, de la clásica abundancia, había ido cediendo poco a poco, sin conocerlo, y comía ya mucho menos, y pasaba por los manjares más fantásticos que suculentos que agradaban a su mujer. No era que Anita se los impusiese, sino que las cocineras preferían agradar al ama, porque allí veían una voluntad seria, y en el señor sólo encontraban un predicador que les aburría con sermones que no entendían. Hasta en el estilo se notaba que Quintanar carecía de carácter. Hablaba como el periódico o el libro que acababa de leer, y algunos giros, inflexiones de voz y otras cualidades de su oratoria, que parecían señales de una *manera* original, no eran más que vestigios de afi-

ciones y ocupaciones pasadas. Así, hablaba a veces como una sentencia del Tribunal Supremo, usaba en la conversación familiar
el tecnicismo jurídico, y esto era lo único que en él quedaba del
antiguo magistrado. No poco había contribuido en Quintanar a
privarle de originalidad y resolución el contraste de su oficio y
de sus aficiones. Si para algo había nacido, era sin duda para
cómico de la legua, o mejor, para aficionado de teatro casero. Si
la sociedad estuviera constituida de modo que fuese una carrera
suficiente para ganarse la vida, la de cómico aficionado, Quintanar lo hubiera sido hasta la muerte y hubiera llegado a *trabajar,*
frase suya, tan bien como cualquiera de esos *otros primeros ga-*
lanes que recorren las capitales de provincia, a guisa de buho-
neros.

Pero don Víctor comprendió que el cómico en España no vive
de su honrado trabajo si no se entrega a la vergüenza de servir
al público el arte en las compañías de comediantes de oficio;
comprendió además que él necesitaba con el tiempo *crea- una*
familia, y entró en la carrera judicial a regañadientes. Quiso la
suerte, y quisieron las buenas relaciones de los suyos, que Quintanar fuera ascendiendo con rapidez, y se vio magistrado y
se vio regente de la Audiencia de Granada, a una edad en que
todavía se sentía capaz de representar el *Alcalde de Zalamea* con
toda la energía que el papel exige. Pero la espina la llevaba en
el corazón; reconocía que el cargo de magistrado es delicadísimo,
grande su responsabilidad, pero él... «era ante todo un artista».
Aborrecía los pleitos, amaba las tablas y no podía pisarlas *digna-*
mente. Este era el torcedor de su espíritu. Si le hubiese sido
lícito representar comedias, quizá no hubiera hecho otra cosa en
la vida, pero como le estaba prohibido por el decoro y otra porción de serias consideraciones, procuraba buscar otros caminos a
la comezón de ser algo más que una rueda del poder judicial,
complicada máquina; y era cazador, botánico, inventor, ebanista,
filósofo, todo lo que querían hacer de él su amigo Frígilis y los
viento del azar y del capricho.

Frígilis había formado a su querido Víctor, al cabo de tantos
años de trato íntimo, a su imagen y semejanza, en cuanto era
posible. Salía Quintanar de la servidumbre ignorada de su domicilio para entrar en el poder dictatorial, aunque ilustrado, de
Tomás Crespo, aquel pedazo de su corazón, a quien no sabía si
quería tanto como a su Anita del alma. La simpatía había nacido
de una pasión común: la caza. Pero la caza antes no era más que
un ejercicio de hombre primitivo para el aragonés; cazaba sin
saber lo que eran las perdices, ni las liebres y conejos, por dentro; Frígilis estudiaba la fauna y la flora del país de camino que
cazaba, y además meditaba como filósofo de la naturaleza. Crespo
hablaba poco, y menos en el campo; no solía discutir; prefería
sentar su opinión lacónicamente, sin cuidarse de convencer a
quien le oía. Así la influencia de la filosofía naturalista de Frígilis llegó al alma de Quintanar por aluvión: insensiblemente, se

le fueron pegando al cerebro las ideas de aquel *buen hombre,*
de quien los vetustenses decían que era un *chiflado,* un tontiloco.

Frígilis despreciaba la opinión de sus paisanos y compadecía
su pobreza de espíritu. «La humanidad era mala», pero no tenía
la culpa ella. El *oídium* consumía la uva, el *pintón* dañaba el
maíz, las patatas tenían su peste, vacas y cerdos la suya; el vetustense tenía la envidia, su oídium, la ignorancia su pintón,
¿qué culpa tenía él?» Frígilis disculpaba todos los extravíos, perdonaba todos los pecados, huía del contagio y procuraba librar
de él a los pocos a quien quería. Visitaba pocas casas y muchas
huertas; sus grandes conocimientos y práctica hábil en arboricultura y floricultura le hacía árbitro de todos los *parques* y jardines del pueblo; conocía hoja por hoja la huerta del marqués de
Corujedo, había plantado árboles en la de Vegallana, visitaba de
tarde en tarde el jardín inglés de doña Petronila; pero ni conocía de vista al Gran Constantino, el obispo madre, ni había entrado jamás en el gabinete de doña Rufina, ni tenía con el marqués de Corujedo más trato que el del Casino. Se entendía con
los jardineros. En cuanto las lluvias de invierno se inauguraban,
después del irónico verano de San Martín, a Frígilis se le caía
encima Vetusta y sólo pasaba en su recinto los días en que le
reclamaban sus árboles y sus flores.

Quintanar le seguía, muerto de sueño, encerrado en su uniforme de cazador, de que se reía no poco Frígilis, quien usaba la
misma ropa en el monte y en la ciudad, y los mismos zapatos
blancos de suela fuerte, claveteada. Se metían en un coche de
tercera clase, entre aldeanos alegres, frescos, colorados; Quintanar dormitaba dando cabezadas contra la tabla dura; Frígilis repartía o tomaba cigarros de papel, gordos; y más decidor que en
Vetusta, hablaba, jovial, expansivo, con los hijos del campo, de
las cosechas de hogaño y de las nubes de antaño; si la conversación degeneraba y caía en los pleitos, torcía el gesto y dejaba de
atender, para abismarse en la contemplación de aquella campiña
triste ahora, siempre querida para él, que la conocía palmo a
palmo.

Ana envidiaba a su marido la dicha de huir de Vetusta, de ir
a mojarse a los montes y a las marismas, en la soledad, lejos de
aquellos tejados de un rojo negruzco que el agua que les caía del
cielo hacía una inmundicia.

«¡Ah, sí! Ella estaba dispuesta a procurar la salvación de su
alma, a buscar el camino seguro de la virtud; pero ¡cuánto mejor se hubiera abierto su espíritu a estas grandezas religiosas en
un escenario más digno de tan sublime poesía! ¡Cuán difícil era
admirar la creación para elevarse a la idea del Creador en aquella
Encimada taciturna, calada de humedad hasta los huesos de piedra y madera carcomida; de calles estrechas, cubiertas de hierba
—hierba alegre en el campo, allí símbolo de abandono—, lami-
das sin cesar por las goteras de los tejados, de monótono y

eterno ruido acompasado al salpicar los guijarros puntiagudos!»

No se explicaba la Regenta cómo Visitación iba y venía de casa en casa, alegre como siempre, risueña, sin miedo al agua ni menos al fango del arroyo... sin pensar siquiera en que llovía, sin acordarse de que el cielo era un sudario en vez de un manto azul, como debiera. Para Visita era el tiempo siempre el mismo, no pensaba en él, y sólo le servía de tópico de conversación en las visitas de cumplido.

La del Banco, como pajarita de las nieves, saltaba de piedra en piedra, esquivaba los charcos, y de paso, dejaba ver el pie no mal calzado, las enaguas no muy limpias, y a veces algo de una pantorrilla digna de mejor media. Tampoco a Obdulia el agua la encerraba en casa, ni la entumecía: también alegre y bulliciosa corría de portal en portal, desafiando los más recios chaparrones, riendo a carcajadas si una gota indiscreta mojaba la garganta, que palpitaba tibia; y era de ver el arte con que sus bajos, con instintos de armiño, cruzaban todo aquel peligro del cieno, inmaculados, copos de nieve calada, dibujos y hojarasca sonante de espuma de Holanda; tentación de Bermúdez, el arqueólogo espiritualista.

Notaba Ana con tristeza y casi envidia que en general los vetustenses se resignaban sin gran esfuerzo con aquella vida submarina, que duraba gran parte del otoño, lo más del invierno y casi toda la primavera. Cada cual buscaba su rincón y parecían no menos contentos que Frígilis huyendo a las llanuras vecinas del mar a mojarse a sus anchas.

La Marquesa de Vegallana se levantaba más tarde si llovía más; en su lecho blindado contra los más recios ataques del frío, disfrutaba deleites que ella no sabía explicar, leyendo, bien arropada, novelas de viajes al polo, de cazas de osos, y otras que tenían su acción en Rusia o en la Alemania del Norte por lo menos. El contraste del calorcillo y la inmovilidad que ella gozaba con los grandes fríos que habían de sufrir los héroes de sus libros, y con los largos paseos que se daban por el globo, era el mayor placer que gozaba al cabo del año doña Rufina. Oír el agua que azota los cristales allá fuera, y estar compadeciéndose de un pobre niño perdido en los hielos... ¡qué delicia para un alma tierna, *a su modo,* como la de la señora Marquesa!

—Yo no soy sentimental —decía ella a don Saturnino Bermúdez, que la oía con la cabeza torcida y la sonrisa estirada con clavijas de oreja a oreja—, yo no soy sentimental, es decir, no me gusta la sensiblería, pero leyendo ciertas cosas, me siento bondadosa..., me enternezco..., lloro..., pero no hago alarde de ello.

—Es el don de lágrimas de que habla Santa Teresa, señora —respondía el arqueólogo; y suspiraba como echando la llave al cajón de los secretos sentimentales.

El Marqués hacía lo que los gatos en enero. Desaparecía por temporadas de Vetusta. Decía que iba a preparar las elecciones.

Pero sus *íntimos* le habían oído, en el secreto de la confianza, después de comer bien, a la hora de las confesiones, que para él no había afrodisíaco mejor que el frío. «Ni los mariscos producen en mí el efecto del agua y la nieve.» Y como sus aventuras eran todas rurales, salía el buen Vegallana a desafiar los elementos, recorriendo las aldeas, entre lodo, hielo y nieve, en su coche de camino. Y así preparaba las elecciones, buscando votos para un porvenir lejano, según frase picaresca de don Cayetano Ripamilán, siempre dispuesto a perdonar esta clase de extravíos.

La tertulia de la Marquesa veía el cielo abierto en cuanto el tiempo se metía en agua. Los que tenían el privilegio envidiable y envidiado de penetrar en aquella estufa perfumada bendecían los chubascos que daban pretexto para asistir todas las noches al gabinete de doña Rufina. ¿Qué habían de hacer si no? ¿Adónde habían de ir? En la chimenea ardían los bosques seculares de los dominios del Marqués; aquellas encinas feudales se carbonizaban con majestuosos chirridos. A su calor no se contaban *antiguas consejas,* como presumía Trifón Cármenes que había de suceder por fuerza en todo *hogar señorial,* pero se murmuraba del mundo entero, se inventaban calumnias nuevas y se amaba con toda la franqueza prosaica y sensual que, según Bermúdez, «era la característica del presente momento histórico, desnudo de toda presea ideal y poética». El gabinete no era grande, eran muchos los muebles, y los contertulios se tocaban, se rozaban, se oprimían, si no había otro remedio. ¿Quién pensaba en los aguaceros?

En las reuniones de segundo orden, que abundaban en Vetusta, la humedad excitaba la alegría; cada cual se iba al agujero de costumbre, y era de oír, por ejemplo, la algazara con que entraban en el portal de la casa de Visita «los que la favorecían una vez por semana honrando sus salones», que eran sala y gabinete; eran de oír las carcajadas, las bromas de los tertulios guarecidos bajo los paraguas, que recibían con estrépito las duchas de los tremendos *serpentones* de hojalata. Todos despreciaban el agua, pensando en los placeres esotéricos de la lotería y de las charadas representadas.

En cuanto al «elemento devoto de Vetusta» —frase de *El Lábaro*—, se metía en novenas así que el tiempo se metía en agua. El elemento devoto era todo el pueblo en llegando el mal tiempo, y hasta los socios «del Viernes Santo», unos perdidos que se juntaban durante la semana de Pasión a comer de carne en la fonda, hasta ésos acudían al templo, si bien a criticar a los predicadores y mirar a las muchachas. Este fervor religioso de Vetusta comenzaba con la Novena de las Ánimas, poco popular, y la muy concurrida del Corazón de Jesús, no cesando hasta que se celebraba la más famosa de todas, la de los Dolores, y la poco menos favorecida de la Madre del Amor Hermoso, en el florido mayo, esta última. Pero además de las novenas, tenían las almas piadosas otras muchas ocasiones de alabar a Dios y sus santos, en solemnidades tan notables como las fiestas de Pascua y las de Cuaresma, especialmente en los sermones de la Audiencia, pagados por la Territorial todos los viernes de aquel tiempo santo y de meditación, según Cármenes.

El temporal retrasó no poco el cumplimiento de aquel plan de higiene moral, impuesto suavemente por don Fermín a su querida amiga. Ana aborrecía el lodo y la humedad; le crispaba los nervios la frialdad de la calle húmeda y sucia, y apenas salía del sombrío caserón de los Ozores. Había confesado otras dos veces antes de terminar noviembre, pero no se había decidido a ir a casa de doña Petronila, ni el Magistral se atrevió a recordarle aquella cita. El Gran Constantino sabía ya por su querido y admirado señor De Pas, quien la visitaba más a menudo ahora, que doña Ana deseaba ayudarla en sus santas labores y en la administración de tantas obras piadosas como ella dirigía y pagaba sabiamente.

«—¿Cuándo viene por acá ese ángel hermosísimo?» —preguntaba al obispo madre, en estilo de novena, cargado de superlativos abstractos.

Las beatas que servían de cuestores de palacio en el del Gran Constantino, las del *cónclave,* como las llamaba Ripamilán, esperaban con ansiedad mística y con una curiosidad maligna a la nueva compañera, que tanto prestigio traería con su juventud y su hermosura a la piadosa y complicada empresa de salvar el mundo en Jesús y por Jesús; pues nada menos que esto se proponían aquellas devotas de armas tomar, militantes como coraceros.

Pero Ana, sin saber por qué, sentía una vaga repugnancia cuando pensaba en ir a casa de doña Petronila; le parecía mejor ver al Magistral en la iglesia; allí encontraba ella el fervor religioso necesario para confesar sus ideas malas, sus deseos peligrosos. El Magistral comenzó a impacientarse; la Regenta no subía la cuesta, persistía en sus peligrosos anhelos panteísticos, que así los calificaba él, se empeñaba en que era piedad aquella ternura que sentía con motivo de espectáculos profanos, y declaraba francamente que las lecturas devotas le sugerían reflexiones probablemente heréticas, o por lo menos poco a propósito para llegar a la profunda fe que el Magistral exigía como preparación absolutamente indispensable para dar un paso en firme. Otras veces los libros piadosos la hacían caer en somnolencia melancólica o en una especie de marasmo intelectual que parecía estupidez. En cuanto a la oración, Ana decía que recitar de memoria plegarias era un ejercicio inútil, soporífero, que le irritaba los nervios; las repetía cien veces, para fijar en ellas la atención, y llegaba a sentir náuseas antes de conseguir un poco de fervor... «Nada, nada de eso; no hay cosa peor que rezar así —respondía el Magistral—; a la oración ya llegaremos; por ahora en este punto basta con sus antiguas devociones.» Y aunque temiendo los peligros de la fantasía de Ana, por no perder

terreno, tenía que dejarla abandonarse a los espontáneos arranques de ternura piadosa que venían sin saber cómo, a lo mejor,
provocados por cualquier accidente que ninguna relación parecía
tener con las ideas religiosas. El miedo a las expansiones naturales de aquel espíritu ardiente le había hecho cambiar el plan
suave de los primeros días por aquel otro expuesto en el cenador
del Parque, más parecido a la ordinaria disciplina a que él some-
tía a los penitentes; pero ya veía don Fermín que era preciso
volver a la blandura y dejar al instinto de su amiga más parte
en la ardua tarea de ganar para el bien aquellos tesoros de sentimiento y de grandeza ideal. Este sistema de la cuerda floja
retrasaba el triunfo, pero le permitía a él presentarse a los ojos
de Ana más simpático, hablando el lenguaje de aquella vaguedad romántica que ella creía religiosidad sincera, y no pasaba de
ser una idolatría disimulada, según don Fermín. No, él no se
dejaba seducir por panteísmos, aunque fuesen tan bien parecidos
como el de su amiga.

De lo que él estaba seguro era del efecto profundo y saludable que en semejante mujer tenían que producir las bellezas del
culto el día en que ella las presenciara con atención y dispuesto
el ánimo a las sensaciones místicas por aquella excitación nerviosa, de cuyos accesos tantas noticias tenía ya el confesor diligente.

Cuando ella volvía a hablarle de aburrimiento, del dolor del
hastío, de la estupidez del agua cayendo sin cesar, él repetía:
«A la iglesia, hija mía, a la iglesia; no a rezar; a estarse allí, a
soñar allí, a pensar allí oyendo la música del órgano y de nuestra
excelente capilla, oliendo el incienso del altar mayor, sintiendo
el calor de los cirios, viendo cuanto allí brilla y se mueve, contemplando las altas bóvedas, los pilares esbeltos, las pinturas suaves y misteriosamente poéticas de los cristales de colores...»

Poca gracia le hacía a don Fermín esta retórica, a lo Chateaubriand; siempre había creído que recomendar la religión por su
hermosura exterior era ofender la santidad del dogma, pero sabía
hacer de tripas corazón y amoldarse a las circunstancias. Además,
sin que él quisiera pensar en ello, le halagaba la esperanza de
encontrar a menudo en la catedral, en las Conferencias de San
Vicente, en el Catecismo, a su amiga, que allí le vería triunfante luciendo su talento, su ciencia y su elegancia natural y
sencilla.

Pero cada día era mayor la repugnancia de Anita a pisar la
calle; la humedad le daba horror, la tenía encogida, envuelta en
un mantón, al lado de la chimenea monumental del comedor té-
trico, horas y horas, de día y de noche. Don Víctor no paraba en
casa. Si no estaba de caza, entraba y salía, pero sin detenerse;
apenas se detenía en su despacho. Le había tomado cierto miedo.
Varias máquinas de las que estaba inventando o perfeccionando
se le habían sublevado, erizándose de inesperadas dificultades de
mecánica racional. Allí estaban, cubiertos de glorioso polvo, sobre
la mesa del despacho, diabólicos artefactos de acero y madera,

esperando en posturas interinas a que don Víctor emprendiese
el estudio *serio* de las matemáticas, de todas las matemáticas, que
tenía aplazado por culpa de la compañía dramática de Perales.
En tanto, Quintanar, un poco avergonzado en presencia de aquellos juguetes irónicos, que se le reían en las barbas, esquivaba
su despacho siempre que podía, y ni cartas escribía allí. Además,
las colecciones botánicas, mineralógicas y entomológicas yacían
en un desorden caótico, y la pereza de emprender la tarea penosa de volver a clasificar tantas hierbas y mosquitos también le
alejaba de su casa. Iba al Casino a disputar y a jugar al ajedrez;
hacía muchas visitas y buscaba modo de no aburrirse metido
en su casa. «Mejor», pensaba Ana sin querer. Su don Víctor, a
quien en principio ella estimaba, respetaba y hasta quería todo
lo que era menester, a su juicio, le iba pareciendo más insustancial cada día; y cada vez que se le ponía delante echaba a rodar
los proyectos de vía piadosa que Ana poco a poco iba acumulan-
do en su cerebro, dispuesta a ser, en cuanto mejorase el tiempo,
una *beata* en el sentido en que el Magistral lo había solicitado.
Mientras pensaba en el marido abstracto, todo iba bien; sabía
ella que su deber era amarle, cuidarle, obedecerle; pero se presentaba el señor Quintanar con el lazo de la corbata de seda
negra torcido, junto a una oreja, vivaracho, inquieto, lleno de
pensamientos insignificantes, ocupado en cualquier cosa baladí,
tomando con todo el calor natural lo más mezquino y digno de
olvido, y ella sin poder remediarlo, y con más fuerza por causa
del disimulo, sentía un rencor sordo, irracional, pero invencible
por el momento, y culpaba al universo entero del absurdo de
estar unida para siempre con semejante hombre. Salía don Víctor
dejando tras sí las puertas abiertas, dando órdenes caprichosas
para que se cumplieran en su ausencia; y cuando Ana ya sola,
pegada a la chimenea taciturna, de figuras de yeso ahumado, quería volver a su propedéutica piadosa, a los preparativos de vida
virtuosa, encontraba anegada en vinagre toda aquella sentimental
fábrica de su religiosidad, y calificaba de hipocresía toda su
resignación. «¡Oh, no, no! ¡Yo no puedo ser buena!, yo no
sé ser buena; no puedo perdonar las flaquezas del prójimo, o si
las perdono, no puedo tolerarlas. Ese hombre y este pueblo me
llenan la vida de prosa miserable; diga lo que quiera don Fermín, para volar hacen falta alas, aires...» Estos pensamientos la
llevaban a veces tan lejos, que la imagen de don Alvaro volvía
a presentarse brindando con la protesta, con aquella amable, brillante, dulcísima protesta de los sentidos poetizados, que había
clavado en su corazón con puñaladas de los ojos el elegante *dandy*
la tarde memorable de «Todos los Santos». Entonces Ana se ponía en pie, recorría el comedor a grandes pasos, hundida la
cabeza en el embozo del chal apretado al cuerpo, daba vueltas
alrededor de la mesa oval, y acababa por acercarse a los vidrios
del balcón y apretar contra ellos la frente. Salía, cruzando el
estrado triste, pasillos y galerías, llegaba a su gabinete y tam-

bién allí se apretaba contra los vidrios y miraba con ojos distraídos, muy abiertos y fijos, las ramas desnudas de los castaños
de Indias y los soberbios eucaliptus, cubiertos de hojas largas,
metálicas, de un verde mate, temblorosas y resonantes. Si no llovía mucho, Frígilis solía andar por allí; más tiempo faltaba Quintanar de casa que Frígilis de la huerta. Ana acababa por verle.
«Aquél había sido su único amigo en la triste juventud, en el
tiempo de servidumbre miserable; y ahora casi le odiaba; él la
había casado; y sin remordimiento alguno, sin pensar en aquella
torpeza, se dedicaba ahora a sus árboles, que podaba sin compasión, que injertaba a su gusto, sin consultar con ellos, sin saber
si ellos querían aquellos tajos y aquellos injertos...» «¡Y pensar
que aquel hombre había sido inteligente, amable! Y ahora... no
era más que una máquina agrícola, unas tijeras, una segadora mecánica. ¡A quien no embrutecía la vida de Vetusta!»

Frígilis, si veía a su querida Ana detrás de los cristales, la
saludaba con una sonrisa y volvía a inclinarse sobre la tierra;
aplastaba un caracol, cortaba un vástago importuno, afirmaba un
rodrigón y seguía adelante, arrastrando los zapatos blancos sobre
la arena húmeda de los senderos... Y Ana veía desaparecer entre
las ramas aquel sombrero redondo, flexible, siempre gris, aquel
tapabocas de cuadros de pana eternamente colgado al cuello,
aquella cazadora parda y aquellos pantalones ni anchos ni estrechos, ni nuevos ni viejos, de ramitos borrosos de lana verde y
roja alternando sobre fondo negro.

A menudo visitaban a la Regenta la del Banco y el marquesito. Paco estaba admirado de la heroica resistencia de la de
Ozores; no comprendía él que su ídolo, su don Alvaro, tardase
tanto en conquistar una voluntad, en rendir una virtud, si la
voluntad estaba ya conquistada.

—Ella está enamorada de ti, de eso estoy seguro —decía Paco
a Mesía en el Casino, a última hora, cuando sólo quedaban allí
los trasnochadores de oficio.

Estaban los dos sentados junto a un velador cubierto con fina
y blanca servilleta; cenaban con sendas medias botellas de Burdeos al lado, y llegaban al momento necesario de la expansión y
las confidencias. Mesía, melancólico, pasando a tragos la nostalgia de lo infinito, que también tienen los *descreídos* a su modo,
inclinaba mustia la gallarda y fina cabeza de un rubio pálido, y
parecía un poco más viejo que de ordinario. Callaba y comía
y bebía. Paco, con la boca llena, pero no por modo grosero, sino
casi elegante, hablaba, brillante la pupila, rojas las mejillas, con
el sombrero echado hacia el cogote.

—Ella está enamorada, de eso estoy seguro. Pero tú..., tú no
eres el de otras veces..., parece que la temes. Nunca quieres venir conmigo a su casa..., y eso que don Víctor nunca está, siempre anda con el espiritista de Frígilis por esos montes.

Paco creía que Frígilis era espiritista, opinión muy generalizada en Vetusta.

—En su casa no se puede adelantar nada. Es una mujer rara...,
histérica..., hay que estudiarla bien. Dejadme a mí.

No quería confesar que se tenía por derrotado; creía firmemente que Ana estaba entregada al Magistral. No quería aquella conversación; se sentía ahora humillado con la protección de Paco,
solicitada meses antes por él. Sin saberlo, el marquesito le hacía
daño cada vez que le hablaba de tal asunto y le proponía planes
de ataque y medios para entrar en la plaza por sorpresa. «¿Cuándo había necesitado él, Mesía, socorros por el estilo? ¿Cuándo
había permitido a nadie saber el cómo y a qué hora vencía a
una mujer?... ¡Y esta señora le humillaba así! ¡Cómo se reiría
de el Visita, aunque lo disimulaba!; y el mismo Paco, ¿qué pensaría? ¡Ah, Regenta, Regenta, si venzo al fin... ya me las paga-
rás!» Pero ya no esperaba vencer: lidiaba desesperado. En vano,
siempre que el tiempo lo permitía, montaba en su hermoso caballo de pura raza española, pasaba y repasaba la Plaza Nueva,
y algunas veces veía detrás de los cristales, en la Rinconada, a la
de Quintanar, que le saludaba amable y tranquila; pero no era
el caballo talismán como él había creído porque la escena de la
tarde aquélla no se repitió nunca. «Sí, lo que yo temía, no fue
más que un cuarto de hora que no pude aprovechar.» Creía con
fe inquebrantable que ya su único recurso sería la ocasión difi-
cilísima, casi imposible, de un ataque brusco, bárbaro, coincidiendo con otro cuarto de hora. Pero esto no colmaba su deseo, no
satisfacía su amor propio, sería un placer efímero y una venganza... ¡Y además era casi imposible! Pocas veces se había atrevido a visitar a la Regenta, que no le recibía si no estaba don
Víctor en casa. Quintanar, en cambio, le abría los brazos y le
estrechaba con efusión, cada día más enamorado, como él decía,
de aquel hermoso figurín; ¡qué arrogante primer galán en comedia de costumbres haría el dignísimo don Alvaro! Pero ya que
las tablas no le llamasen, ¿por qué no se hacía diputado a
Cortes? Mesía había nacido para algo más que cabeza de ratón;
era poco ser jefe de un partido, que nunca era poder, en una capital de segundo orden. ¿Por qué no se iba a Madrid con un
acta en el bolsillo?

Cuando le dirigía estas preguntas lisonjeras, don Alvaro inclinaba la cabeza y miraba con gesto compungido a la Regenta,
como diciendo:

«—¡Por usted, por el amor que le tengo, estoy yo en este
miserable rincón!»

—Usted es de la madera de los ministros...

—¡Oh!... don Víctor..., no crea usted que eso me halaga.
¡Ministro! ¿Para qué? Yo no tengo ambición política... Si mi-
lito en un partido es por servir a mi país, pero la política me
es antipática... Tanta farsa..., tanta mentira...

—Efectivamente, en los Estados Unidos sólo son políticos los perdidos…, pero en España… es otra cosa. Un hombre como usted… Subiría mi don Álvaro como la espuma.

Pero don Álvaro suspiraba y volvía los ojos a la Regenta… Por lo demás, él seguía considerando que ante todo era un hombre político. Lo de ir a Madrid lo dejaba para más adelante. Ahora hacía diputados desde Vetusta y se quedaba allí; pero en cuanto tuviera más blanda a la señora del ministro, él volaría, él volaría…, seguro de no dar un batacazo. Estos eran sus planes. Pero además aquella resistencia de Ana, que había creído vencer, si no en pocas semanas, en pocos meses, era un nuevo motivo para retrasar el cambio de vecindad. ¿Cómo ir a Madrid sin vencer a aquella mujer? Y aquella mujer parecía ya invencible.

Desde la noche de Todos los Santos, Mesía, vergüenza le daba confesárselo a sí mismo, no había adelantado un paso. Ocho días había estado sin conseguir hablar a solas un momento con Ana, y cuando logró tal intento, fue para convencerse de que aquella exaltación de la tarde dichosa había pasado acaso para siempre.

Visitación se volvía loca. Su marido, el señor Cuervo, y sus hijos comían los garbanzos duros, se lavaban sin toalla porque ella había salido con las llaves, como siempre, y no acababa de volver. «¿Cómo había de volver si aquella empecatada de Regenta no se daba a partido, y resistía al hombre irresistible con heroicidad de roca?» El mísero empleado del Banco retorcía el bigotillo engomado y con voz de tiple decía a la muchedumbre de sus hijos, que lloraban por la sopa:

—Silencio, niños, que mamá riñe si se come sin ella. —Y la sopa se enfriaba, y al fin aparecía Visitación, sofocada, distraída, de mal humor. Venía de casa de Vegallana, donde había conseguido que Ana y Álvaro se hablaran a solas un momento, por casualidad… que había preparado ella. ¡Pero buena conversación te dé Dios! El había salido mordiéndose el bigote y le había dicho a ella, a Visita: «¡Déjame en paz!», al querer darle una broma. «¡Déjame en paz!», señal de que no daba un paso. Visitación sentía ahora una vergüenza retrospectiva; recordaba el tiempo que había tardado en ceder, lo comparaba con la resistencia de Ana y… se le encendían las mejillas de cólera, de envidia, de pudor malo, falso. Algo le decía en la conciencia que el oficio que había tomado era miserable…, pero buena estaba ella para oír consejos de comedia moral y gritos interiores; aquel anhelo villano era una pasión cada día más fuerte, era de un saborcillo agridulce y picante que prefería ya a todas las dulzuras de la confitería. Era una pasión, una cosa que recordaba la juventud, aunque al mismo tiempo parecía síntoma de la vejez. En fin, ella no trataba de resistir, y había llegado a creer que sería capaz de arrojar a su amiga a la fuerza en brazos del antiguo amante. De todos modos, en casa de Visita faltaba la limpieza de suelo y muebles, de sala y cocina, y no era su hogar una taza de plata, y día hubo que el marido no encontró camisa en el armario y se fue al Banco... con un camisolín de su mujer, que simulaba bien o mal un cuello marinero.

Pero tanto afán era inútil; ni Visita, ni Paco, ni los paseos a caballo de Mesía, conseguían rendir a la Regenta. ¡Y si al menos se viera que era indiferencia aquella fortaleza! Pero, no; a leguas se veía, según los tres, que Ana estaba interesada. Esto era lo que les irritaba más, sobre todo a Visita. Don Alvaro no hablaba de este mal negocio con la del Banco, por más que ella le hurgaba. Con Paco únicamente desahogaba, y pocas veces. Pero Ana creía en un complot, y esto la ayudaba no poco en su defensa. Iba de tarde en tarde a casa de Vegallana, a pesar de las protestas pesadas, insufribles de Quintanar, que repetía:

—¡Qué dirán esos señores, Anita, qué dirán los Marqueses!

Si don Alvaro perdía la esperanza, el Magistral tampoco estaba satisfecho. Veía muy lejos el día de la victoria; la inercia de Ana le presentaba cada vez nuevos obstáculos con que él no había contado. Además, su amor propio estaba herido. Si alguna vez había ensayado interesar a su amiga descubriéndole, o por vía de ejemplo o por alarde de confianza, algo de la propia historia íntima, ella había escuchado distraída, como absorta en el egoísmo de sus penas y cuidados. Más había: aquella señora que hablaba de grandes sacrificios, que pretendía vivir consagrada a la felicidad ajena, se negaba a violentar costumbres, saliendo de casa a menudo, pisando lodo, desafiando la lluvia. Se negaba a madrugar mucho, y alegando como si se tratase de cosa santa, las exigencias de la salud, los caprichos de sus nervios. «El madrugar mucho me mata; la humedad me pone como una máquina eléctrica.» Esto era humillante para la religión y *depresivo* para don Fermín; era, de otro modo, un jarro de agua que le enfriaba el alma al Provisor y le quitaba el sueño.

Una tarde entró De Pas en el confesonario con tan mal humor, que Celedonio el monaguillo le vio cerrar la celosía con un golpe violento. Don Fermín bajaba del campanario, donde, según solía de vez en cuando, había estado registrando con su catalejo los rincones de las casas y de las huertas. Había visto a la Regenta en el Parque pasear leyendo un libro que debía ser la historia de Santa Juana Francisca, que él mismo le había regalado. Pues bien, Ana, después de leer cinco minutos, había arrojado el libro con desdén sobre un banco.

—¡Oh!, ¡oh! ¡Estamos mal! —había exclamado el clérigo desde la torre; conteniendo en seguida la ira, como si Ana pudiera oír sus quejas. Después habían aparecido en el Parque dos hombres: Mesía y Quintanar. Don Alvaro había estrechado la mano de la Regenta, que no la había retirado tan pronto como debiera; «¡aunque no fuese más que por estar viéndolos él!». Don Víctor había desaparecido y el seductor de oficio y la dama se habían ocultado poco a poco entre los árboles, en un recodo de un sendero. El Magistral sintió entonces impulsos de arrojarse de la torre. Lo hubiera hecho a estar seguro de volar sin inconve-

niente. Poco después había vuelto a presentarse don Víctor, el
tonto de don Víctor, con sombrero bajo y sin gabán, de cazadora
clara, acompañado de don Tomás Crespo, el del tapabocas; los dos
se habían ido en busca de los otros y los cuatro juntos se presentaron de nuevo, ante el objetivo del catalejo, que temblaba en las
manos finas del canónigo. Don Víctor levantaba la cabeza, extendía el brazo, señalaba a las nubes y daba pataditas en el suelo.
Ana había desaparecido otra vez, había entrado en la casa, olvidando a Santa Juana Francisca sobre el banco, y a los dos minutos estaba otra vez allí con el chal y sombrero; y los cuatro
habían salido por la puerta del parque, que abrió Frígilis con
su llave. ¡Iban al campo!

Cuando don Fermín se vio encerrado entre las cuatro tablas
de su confesonario, se comparó al criminal metido en el cepo.

Aquel día las hijas de confesión del Magistral le encontraron
distraído, impaciente; le sentían dar vueltas en el banco, la madera del armatoste crujía, las penitencias eran desproporciona-
das, enormes.

En vano esperó, con loca esperanza, ver a la Regenta presentarse en la capilla, por casualidad, por impulso repentino, como
quiera que fuese, presentarse, que era lo que él quería, lo que él
necesitaba. Verdad era que no habían quedado en tal cosa; ocho
días faltaban para la próxima confesión, ¿por qué había de venir?
«Porque sí, porque él lo necesitaba, porque quería hablarla, decirle que aquello no estaba bien, que él no era un saco para
dejarlo arrimado a una pared, que la piedad no era cosa de juego
y que los libros edificantes no se tiran con desdén sobre los bancos de la huerta, ni se pierde uno entre los árboles de Frígilis
sin más ni más, en compañía de un buen mozo materialista y
corrompido.» Pero no, no apareció por la capilla Ana. «Sabe
Dios dónde estarían. ¿Qué expedición era aquélla? Necedades de
don Víctor; había levantado el brazo señalando a las nubes; aquello parecía como responder del buen tiempo; en efecto, la tarde
estaba hermosa, podía asegurarse que no llovería... Pero, ¿y qué?
¿Era esa razón suficiente para salir con el enemigo al campo?
Porque aquél era el enemigo, sí, don Fermín volvía a sospecharlo. La Regenta, sin embargo, jamás se había acusado de una
afición singular; hablaba de tentaciones en general y de ensueños
lascivos, pero no confesaba amar a un hombre determinado.
Y Ana, su dulce amiga, no mentía jamás, y menos en el tribunal
santo. Pero entonces, ¿con quién soñaba? El Magistral recordó
la dulcísima hipótesis que había acariciado algún día... y ahora
se oponía esta otra que le hacía saltar dentro del cajón de celosías: «¡Supongamos que sueña con... ese caballero!» Salió de
la capilla furioso, sin disimularlo apenas. Encontró el trascoro a don Custodio y no le contestó al saludo; entró en la sacristía y amenazó al *Palomo* con la cesantía, porque el gato había
vuelto a ensuciar los cajones de la ropa. Pasó después al palacio,
y el Obispo sufrió una fuerte represión de las que en tono casi

irrespetuoso, avinagrado, espinoso, solía enderezarle su Provisor.
El buen Fortunato estaba en un apuro, no tenía dinero para
pagar una cuenta de un sastre que había hecho sotanas nuevas
a los familiares de S. I. Y el sastre, con las mejores maneras del
mundo, pedía los cuartos en un papel sobado, lleno de letras
gordas, que el Obispo tenía entre los dedos. El alfayate llamaba
serenísimo señor al prelado, pero pedía lo suyo.

Fortunato, temblorosa la voz, solicitaba un préstamo. El Magistral se hizo rogar, y ofreció anticipar dinero después de humillar cien veces al buen pastor, que tomaba al pie de la letra
las metáforas religiosas.

«¿A qué habían venido las sotanas nuevas? Y sobre todo,
¿por qué las pagaba él, Fortunato, de su bolsillo? Si sabía que
no tenía un cuarto, porque toda la paga repartía antes de co-
brarla, ¿por qué se comprometía?» Fortunato confesó que parecía un subteniente de los sometidos a descuento; dijo que quería
salir de aquella vida de trampas.

«—Yo no sé lo que debo ya a tu madre, Fermín; debe de ser
un dineral.»

«—Sí, señor, un dineral, pero lo peor no es que usted nos
arruine, sino que se arruina también, y lo sabe el mundo, y esto
es un desprestigio de la Iglesia... Empeñarse por los pobres...
Ser un tramposo de la caridad. Hombre, por Dios, ¿dónde vamos
a parar? Cristo ha dicho: reparte tus bienes y sígueme, pero no
ha dicho: reparte los bienes de los demás.»

«—Hablas como un sabio, hijo mío, hablas como un sabio,
y si no fuera indecoroso, pedía al ministro que me pusiera a
descuento, a ver si me corregía.»

Después entró en las oficinas De Pas, y allí tuvieron motivo
para acordarse mucho tiempo de la visita. Todo lo encontró mal;
revolvió expedientes, descubrió abusos, sacudió polvo, amenazó
con suspender sueldos, negó todo lo que pudo, preparó dos o
tres castigos para varios párrocos de aldea, y por fin dijo, ya en
la puerta, que «no daba un cuarto» para una suscripción de los
marineros náufragos de Palomares.

—Señor —le dijo llorando un pobre pescador de barba blanca,
con un gorro catalán en la mano—, ¡señor, que este año nos
morimos de hambre!, ¡que no da para borona la costera del
besugo!...

Pero el Magistral salió sin responder siquiera, pensando en
Ana y en Mesía; y a la media hora, cuando paseaba por el Espolón solo y a paso largo, olvidando el compás de su marcha
ordinaria, le repetía en los sesos, no sabía qué voz: «¡besugo,
besugo!».

«¿Por qué se acordaba él del besugo?» Y encogió los hombros
irritado también con aquella obsesión de estúpido.

—No faltaba más que ahora me volviera loco.

Pasaron ocho días, y a la hora señalada Anita se presentó de
rodillas ante la celosía del confesonario.

Después de la absolución enjugó una lágrima que caía por su mejilla, se levantó y salió al pórtico. Allí esperó al Magistral, y juntos, cerca ya del oscurecer, llegaron a casa de doña Petronila.

Estaba sola el Gran Constantino; repasaba las cuentas de la *Madre del Amor Hermoso,* con sus ojazos de color de avellana asomados a los cristales de unas gafas de oro. Era muy morena, la frente muy huesuda, los párpados salientes, ceja gris espesa, como la gran mata de pelo áspero que ceñía su cabeza; barba redonda y carnosa, nariz de corrección insignificante, boca grande, labios pálidos y gruesos. Era alta, ancha de hombros, y su larga viudez casta parecía haber echado sobre su cuerpo algo como matorral de pureza que le daba cierto aspecto de virgen vetusta. El vestido era negro, hábito de los Dolores, con una correa de charol muy ancha y escudo de plata chillón, ostentoso, en la manga, ceñida a la muñeca de gañán con presillas de abalorios.

Estaba sentada delante de un escritorio de armario con figuras chinescas, doradas, incrustadas en la madera negra. Se levantó, abrazó a la Regenta y besó la mano del Magistral. Les suplicó, después de agradecer la sorpresa de la visita, que la dejasen terminar aquel embrollo de números; y dama y clérigo se vieron solos en el salón sombrío, de damasco verde oscuro y de papel gris y oro. Ana se sentó en el sofá, el Magistral a su lado en un sillón. Las maderas de los balcones entornados dejaban pasar rayos estrechos de la luz del día moribundo; apenas se veían Ana y De Pas. Del gabinete de la derecha salió un gato blanco, gordo, de cola opulenta y de curvas elegantes; se acercó al sofá, paso a paso, levantó la cabeza perezoso, mirando a la Regenta, dejó oír un leve y mimoso quejido gutural, y después de frotar el lomo familiarmente contra la sotana del Provisor, salió al pasillo con lentitud, sin ruido, como si anduviera entre algodones. Ana tuvo aprensión de que olía a incienso el blanquísimo gato; de todas maneras, parecía un símbolo de la devoción doméstica de doña Petronila. En toda la casa reinaba el silencio de una caja almohadillada; el ambiente era tibio y estaba ligeramente perfumado por algo que olía a cera y a estoraque y acaso a espliego... Ana sentía una somnolencia dulce, pero algo amargante; se estaba allí bien, pero se temía vagamente la asfixia.

Doña Petronila tardaba. Una criada, de hábito negro también, entró con una lámpara antigua de bronce, que dejó sobre un velador después de decir con voz de monja acatarrada: «¡Buenas noches!», sin levantar los ojos de la alfombra de fieltro a cuadros verdes y grises.

Volvieron a quedar solos Ana y su confesor.

Interrumpiendo un silencio de algunos minutos, dijo el Magistral con una voz que se parecía a la del gato blanco:

—No se puede imaginar, amiguita mía, cuánto le agradezco esta resolución.

—Hubiera usted hablado antes.

—Bastante he hablado, picarilla...

—Pero no como hoy; nunca me dijo usted que era un desaire que yo le hacía y que ya sabían estas señoras el negarme a venir ...¡Llovía tanto!... Ya sabe usted que a mí la humedad me mata; la calle mojada me horroriza... Yo estoy enferma..., sí, señor, a pesar de estos colores y de esta carne, como dice don Robustiano, estoy enferma; a veces se me figura que soy por dentro un montón de arena que se desmorona... No sé cómo explicarlo..., siento grietas en la vida..., me divido dentro de mí..., me achico, me anulo... ¡Si usted me viera por dentro, me tendría lástima! Pero a pesar de todo eso, si usted me hubiese hablado como hoy antes, hubiese venido aunque fuera a nado. Sí, don Fermín, yo seré cualquier cosa, pero no desagradecida. Yo sé lo que debo a usted, y que nunca podré pagárselo. Una voz, una voz en el desierto solitario en que yo vivía, no puede usted figurarse lo que valía para mí... y la voz de usted vino tan a tiempo... Yo no he tenido madre, viví como usted sabe... No sé ser buena; tiene usted razón, no quiero la virtud si no es pura poesía, y la poesía de la virtud parece prosa al que no es virtuoso... Ya lo sé. Por eso quiero que usted me guíe. Vendré a esta casa, imitaré a estas señoras, me ocuparé con la tarea que ellas me impongan... Haré todo lo que usted manda; no ya por sumisión, por egoísmo, porque está visto que no sé disponer de mí; prefiero que me mande usted... Yo quiero volver a ser una niña, empezar mi educación, ser algo de una vez, seguir siempre un impulso, no ir y venir como ahora... Y además, necesito curarme; a veces temo volverme loca... Ya se lo he dicho a usted; hay noches que, desvelada en la cama, procuro alejar las ideas tristes pensando en Dios, en su presencia. «Si El está aquí, ¿qué importa todo?» Esto me digo, pero no vale, porque, ya se lo he dicho, me saltan de repente en la cabeza ideas antiguas, como dolores de llagas manoseadas, ideas de rebelión, argumentos impíos, preocupaciones necias, tercas, que no sé cuándo aprendí, que vagamente recuerdo haber oído en mi casa, cuando vivía mi padre. Y a veces se me antoja preguntarme: ¿si será Dios esta idea mía y nada más, este peso doloroso que me parece sentir en el cerebro cada vez que me esfuerzo por probarme a mí misma la presencia de Dios?...

—¡Anita, Anita... calle usted..., calle usted, que se exalta! Sí, sí, hay peligro, ya lo veo, gran peligro, pero nos salvaremos, estoy seguro de ello; usted es buena, el Señor está con usted, y yo daría mi vida por sacarla de esas aprensiones... Todo ello es enfermedad, es flato, nervios..., ¿qué sé yo? Pero es material, no tiene nada que ver con el alma...; pero el contacto es un peligro, sí, Anita; no ya por mí, por usted es necesario entrar en la vida devota práctica... ¡Las obras, las obras, amiga mía! Esto es serio, necesitamos remedios enérgicos. Si a usted le repugnan a veces ciertas palabras, ciertas acciones de estas buenas señoras, no se deje llevar por la imaginación, no las condene ligeramente; perdone las flaquezas ajenas y piense bien, y no se cuide de apariencias... Y ahora, hablando un poco de mí, ¡si usted pudiera penetrar en mi alma, Anita! Yo sí que jamás podré pagarle esta hermosa resolución de esta tarde...

—¡Habló usted de un modo!...

—Hablé con el alma...

—Yo estaba siendo una ingrata sin saberlo...

—Pero, al fin, vida nueva; ¿no es verdad, hija mía?

—Sí, sí, padre mío, vida nueva.

Callaron y se miraron. Don Fermín, sin pensar en contenerse, cogió una mano de la Regenta, que estaba apoyada en un almohadón de crochet, y la oprimió entre las suyas, sacudiéndola. Ana sintió fuego en el rostro, pero le pareció absurdo alarmarse. Los dos se habían levantado, y entonces entró doña Petronila, a quien dijo De Pas sin soltar la mano de la Regenta.

—Señora mía, llega usted a tiempo; usted será testigo de que la oveja ofrece solemnemente al pastor no separarse jamás del redil que escoge.

El Gran Constantino besó la frente de Ana.

Fue un beso solemne, apretado, pero frío... Parecía poner allí el sello de una cofradía mojado en hielo...

Diecinueve

Don Robustiano Somoza, en cuanto asomaba marzo, atribuía las enfermedades de sus clientes a la *Primavera médica,* de la que no tenía muy claro concepto; pero como su misión principal era consolar a los afligidos, y solía satisfacerles esta explicación climatológica, el médico buen mozo no pensaba en buscar otra. La *Primavera médica* fue la que *postró en cama,* según don Robustiano, a la Regenta, que se acostó una noche de fines de marzo con los dientes apretados sin querer, y la cabeza llena de fuegos artificiales. Al despertar al día siguiente, saliendo de sueños poblados de larvas, comprendió que tenía fiebre.

Quintanar estaba de caza en las marismas de Palomares; no volvería hasta las diez de la noche. Anselmo fue a llamar al médico, y Petra se instaló a la cabecera de la cama, como un perro fiel. La cocinera, Servanda, iba y venía con tazas de tila, silenciosa, sin disimular su indiferencia; era nueva en la casa y venía del monte. Mucho hacía que Anita no había tenido uno de aquellos impulsos cariñosos de que solía ser objeto don Víctor, pero aquel día, a la tarde, sobre todo al oscurecer, lloró ocultando el rostro, pensando en el esposo ausente. «¡Cuánto deseaba su presencia! Sólo él podría acompañarla en la soledad de enfermo que empezaba aquel día». En vano la Marquesa, Paco, Visitación y Ripamilán acudieron presurosos al tener noticia del mal; a todos los recibió afablemente, sonrió a todos, pero contaba los minutos que faltaban para las diez de la noche. «¡Su Quintanar! Aquél era el verdadero amigo, el padre, la madre, todo.» La Marquesa estuvo poco tiempo junto a su amiga enferma; le tocó la frente y dijo que no era nada, que tenía razón Somoza, la *primavera médica*... y habló de zarzaparrilla y se despidió pronto. Paco admiraba en silencio la hermosura de Ana, cuya cabeza hundida en la blancura blanda de las almohadas le parecía «una joya en su estuche...». Observó Visita que más que nunca se parecía entonces Ana a la Virgen de la Silla. La fiebre daba luz y lumbre a los ojos de la Regenta, y a su rostro rosas encarnadas; y en el sonreír parecía una santa. Paco pensó, sin querer, «que estaba apetitosa». Se ofreció mucho, como su madre, y salió. En el pasillo dio un pellizco a Petra, que traía un vaso de agua azucarada. Visita dejó la mantilla sobre el lecho de su amiga y se preparó a meterse en todo, sin hacer caso del gesto impertinente de Petra. «¿Quién se fiaba de criados? Afortunadamente estaba ella allí para todo lo que hiciera falta.»

«Por lo demás, tu Quintanar del alma hemos de confesar que tiene sus cosas: ¿a quién se le ocurre irse de caza dejándote así?»

—Pero ¿qué sabía él?...

—Pues ¿no te quejabas ya anoche?

—Ese Frígilis tiene la culpa de todo.

—Y quien anda con Frígilis se vuelve loco, ni más ni menos que él. ¿No es ese Frígilis el que injertaba gallos ingleses?

—Sí, sí, él era.

—¿Y el que dice que nuestros abuelos eran monos? Valiente mono mal educado está él...; pero, mujer, si ni siquiera viste de persona decente... Yo nunca le he visto el cuello de la camisa..., ni *chistera*...

Somoza volvió a las ocho de la noche; a pesar de la *primavera médica,* no estaba tranquilo; miró la lengua a la enferma, le tomó el pulso, le mandó aplicar al sobaco un termómetro que sacó del bolsillo, y contó los grados. Se puso el doctor como una cereza... Miró a Visita con torvo ceño y echándose a adivinar, exclamó con enojo:

—¡Estamos mal! Aquí se ha hablado mucho. Me la han aturdido, ¿verdad? ¡Como si lo viera!... ¡Mucha gente, de fijo..., mucha conversación!...

Entonces fue Visita quien sintió encendido el rostro. Somoza había adivinado. No sabía medicina, pero sabía con quién trataba. Recetó; censuró también a don Víctor por su intempestiva ausencia; dijo que un loco hacía ciento; que Frígilis sabía tanto de darwinismo como él de herrar moscas; dio dos palmaditas en la cara a la Regenta, complaciéndose en el contacto; y cerrando puertas con estrépito, salió, no sin despedirse hasta mañana temprano, desde lejos.

Visitación, mientras sentada a los pies de la cama devoraba una buena ración de dulce de conserva, aseguraba con la boca llena que Somoza y la carabina de Ambrosio todo era uno. La del Banco creía en la medicina casera y renegaba de los médicos. Dos veces la había sacado a ella de peligros puerperales una famosa matrona sin matrícula ni Dios que lo fundó.

—Di tú que todo es farsa en este mundo. ¡Cómo decir que estás peor porque se ha procurado distraerte! ¡Animal! ¡Qué sabrá él lo que es una mujer nerviosa, de imaginación viva! De fijo que si no estoy yo, aquí te consumes todo el día pensando tristezas y dándole vueltas a la idea de tu Quintanar ausente; «que por qué no estará aquí, que si es un buen marido, que ya no es un niño, para no reflexionar..., y qué sé yo; las cosas que se le ocurren a una en la soledad, estando mala y con motivo para quejarse de algunos.»

Ana estudiaba el modo de oír a Visita sin enterarse de lo que decía, pensando en otra cosa, única manera de hacer soportable el tormento de su palique. A las diez y cuarto entró en la alcoba don Víctor, chorreando pájaros y arreos de caza, con grandes polainas y cinturón de cuero; detrás venía don Tomás Crespo, Frígilis, con sombrero gris arrugado, tapabocas de cuadros y zapatos blancos de triple suela. Quintanar dejó caer al suelo un impermeable, como Manrique arroja la capa en el primer acto de *El trovador;* y en cuanto tal hizo, saltó a los brazos de su mujer llenándola de besos la frente, sin acordarse de que había testigos.

«¡Ay, sí!, aquello era el padre, la madre, el hermano, la fortaleza dulce de la caricia conocida, el amparo espiritual del amor casero; no, no estaba sola en el mundo, su Quintanar era suyo.» Eterna fidelidad le juró callando, en el beso largo, intenso, con que pagó los del marido. El bigote de don Víctor parecía una escoba mojada; con la humedad que traía de las marismas roció la frente de su esposa; pero ella no sintió repugnancia, y vio oro y plata en aquellos pelos tiesos que parecían un cepillo de hierbas hechas cenizas por la raíz y tostadas por las puntas.

También don Víctor opinó que «aquello no sería nada», pero de todos modos lamentó en el alma no haber venido en el tren de las cuatro y media.

—Ya lo ves, Crespo, si hubiera obedecido a aquella corazonada. Sí, señora —añadió dirigiéndose a Visita—, que lo diga éste, no sé por qué se me figuró que debía volver más temprano a casa...

—¡Oh!, sí, de eso esté usted seguro. Hay presentimientos —gritó la del Banco, que se disponía a narrar tres o cuatro adivinaciones suyas.

—Pero éste tuvo la culpa...

Frígilis encogió los hombros y tomó el pulso a la enferma, que le apretó la mano, perdonándoselo todo. La verdad era que don Víctor había querido volver temprano para no perder el teatro. Pero esto no se podía decir. Frígilis, en silencio, tuvo una vez más ocasión de negar la existencia de los avisos sobrenaturales. —Se había destocado, y su cabello espeso, de color montaraz, cortado por igual, parecía una mata, una muestra de las breñas. Cerraba los ojos grises y arrugaba el entrecejo; le enojaba la luz, tropezaba con los muebles, olía al monte; traía pegado al cuerpo la niebla de las marismas y parecía rodeado de la oscuridad y la frescura del campo. Tenía algo de la fiera que cae en la trampa, del murciélago que entra por su mal en vivienda humana llamado por la luz... Y cerca de Ana, nerviosa, aprensiva, febril, semejaba el símbolo de la salud queriendo *contagiar* con sus emanaciones a la enferma.

Cuando quedaron solos marido y mujer, después de conseguir, no sin trabajo, que Visita renunciara a sacrificarse quedándose a velar a su amiga, Ana volvió a solicitar los brazos del esposo y le dijo con voz en que temblaba el llanto:

—No te acuestes todavía, estoy muy asustadiza, te necesito, estáte aquí, por Dios, Quintanar.

—Sí, hija, sí, pues no faltaba más... —Y solícito, cariñoso, le ceñía el embozo de las sábanas a la espalda sonrosada, de raso, que él no miraba siquiera. Pero la Regenta notó luego que su marido estaba preocupado.

—¿Qué tienes? ¿Tienes aprensión? ¿Crees que estoy peor de lo que dicen..., y quieres disimular?

—No, hija, no..., por amor de Dios..., no es eso.

—Sí, sí; te lo conozco yo; pues no temas, no; yo te aseguro que esto pasará; lo conozco ya; ya sabes cómo soy, parece que me amaga una enfermedad..., y después no es nada... Ahora sí, estoy nerviosa, se me figura a lo mejor que me abandona el mundo, que me quedo sola, sola, y te necesito a ti..., pero esto pasa, esto es nervioso...

—Sí, hija, claro, nervioso.

Y sin poder contenerse, se levantó diciendo:

—Vida mía, soy contigo.

Y salió por la puerta de escape.

—A ver —gritó en el pasillo—; Petra, Servanda, Anselmo, cualquiera... ¿Se llevó la perdiz don Tomás?

Anselmo registró las aves muertas, depositándolas en la cocina, y contestó desde lejos:

—¡Sí, señor; aquí no hay perdices!

—¡Ira de Dios! ¡Pardiez, mal haya! ¡Siempre el mismo! Si es más, la maté yo..., si estoy seguro de que fue mi tiro... ¡Es lo más vanidoso! ¡Anselmo!, oye esto que te digo: mañana al ser de día, ¿entiendes?, te *personas* en casa de don Tomás, y le pides de mi parte, con la mayor energía y seriedad, la perdiz, esté como esté, ¿entiendes? Y que no es broma; y aunque esté pelada, quiero que me la restituyan... *Suum cuique.*

Ana oyó los gritos, y se apresuró a perdonar aquella debilidad inocente de su esposo. «Todos los cazadores son así», pensó con la benevolencia de la fiebre incipiente.

Volvió don Víctor, y la sonrisa dulce, cristiana de su esposa, le restituyó la calma, ya que la perdiz no podía.

Hasta la una y media no *concilió* el sueño su mujer, *y entonces y sólo entonces* pudo don Víctor disponerse a dormir.

Una vez en mangas de camisa ante su lecho, consideró que era un contratiempo serio la enfermedad de su queridísima Ana. «El no estaba alarmado, bien lo sabía Dios; no había peligro; si lo hubiese, lo conocería en el susto, en el dolor que le estaría atormentando; no había susto, no había dolor, luego no había peligro. Pero había contratiempo; por lo pronto, adiós teatro para muchos días, y aunque se trataba ahora de una compañía

de zarzuela, que era un *género híbrido,* sin embargo, él confesaba
que empezaba a saborear las bellezas suaves y sencillas de la zarzuela seria, y había encontrado noches pasadas cierto *color local*
en *Marina,* y *sabor* de época en *El Dominó Azul,* in contar con
los amores contrariados del *Juramento,* que eran cosa delicada.
Pero, ¿y la expedición con el gobernador de la provincia para
inaugurar el ferrocarril económico de Occidente? ¿Y las partidas
de dominó con el ingeniero jefe en el casino? ¿Y los paseos largos que necesitaba para hacer bien la digestión?» La idea de no
salir de casa en muchos días le aterraba... Se acostó de muy mal
humor. Apagó la luz. La oscuridad le sugirió un remordimiento:
«Era un egoísta, no pensaba en su pobrecita mujer, sino en su
comodidad, en sus caprichos.» Y, como en desagravio, para engañarse a sí propio, suspiró con fuerza y exclamó en voz alta:
    —¡Pobrecita de mi alma!
    Y se durmió satisfecho.
    Despertó con la cabeza llena de proyectos, como solía; pero
de repente pensó en Ana, en la fiebre, y se llenó su alma de
tristeza cobarde... «¡Sabe Dios lo que sería aquello!» La botica,
los jaropes que él aborrecía, el miedo a equivocar las dosis, el
pavor que le inspiraban las medicinas verdosas, creyendo que podían ser veneno —para don Víctor el veneno, a pesar de sus
estudios fisicoquímicos, siempre era verde o amarillo—, las equivocaciones y torpezas de las criadas, las horas de hastío y silencio al pie del lecho de la enferma, las inquietudes naturales, el
estar pendiente de las palabras de Somoza, el hablar con todos
los que quisieran enterarse de la misma cosa, de los grados de la
enfermedad... todas estas incomodidades se aglomeraron en la
imaginación de don Víctor, que escupió bilis repetidas veces, y
se levantó lleno de lástima de sí mismo. Fue a la alcoba de su
mujer y se olvidó de repente de todo aquello: Ana estaba mal,
había delirado; no habían querido despertarle, pero la señora
había pasado una noche terrible, según Petra, que había velado.
    Somoza llegó a las ocho.
    —¿Qué es? ¿Qué tiene? ¿Hay gravedad?
    Don Víctor, con las manos cruzadas, apretadas, convulso, pre-
guntaba estas cosas delante de la enferma, que, aunque aletar-
gada, oía.
    El médico no contestó. Recetó y salió al gabinete.
    —¿Qué hay?, ¿qué hay? —repetía allí Quintanar con voz
trémula y muy bajo—. ¿Qué hay?
    Don Robustiano le miró con desprecio, con odio y con in-
dignación.
    «¡Qué hay!, ¡qué hay! Eso pronto se pregunta», don Robus-
tiano no sabía lo que iba a haber, pero parecía algo gordo por
las señas; esto pensó, pero dijo:
    —Hay... que andar en un pie, tener mucho cuidado, no de-

jarla en poder de criadas, ni de Visitación, que la aturde con su
cháchara; eso hay.

—Pero ¿es cosa grave?, ¿es cosa grave?

—¡Ps!..., es y no es. No, no es grave; la ciencia no puede
decir que es grave, ni puede negarlo. Pero, hijo, usted no entiende de esto. ¿Se trata de una hepatitis? Puede... Tal vez
hay gastroenteritis..., tal vez..., pero hay fenómenos reflejos que
engañan...

—¿De modo que no son los nervios? ¿Ni la *primavera médica?*

—Hombre, los nervios siempre andan en el ajo..., y la primavera..., la sangre..., la savia nueva..., es claro..., todo influye.
Pero usted no puede entender esto...

—No, señor, no puedo. En mis ratos de ocio he leído libros
de medicina, conozco el Jaccoud, pero semejante lectura me daba
ganas de... vamos, sentía náuseas y se me figuraba oír la sangre
circular, y creía que era así..., una cosa como el depósito del
Lozoya, con canales, compuertas en el corazón...

—Bueno, bueno, por mí no dispare usted más. Hasta la
tarde; si hay novedad, avisar. ¡Ah!, y no echarle encima demasiada ropa, ni dejar que entre Visitación..., que la aturde. La
ciencia prohíbe terminantemente que esa señora protectora de comadronas parteras meta aquí la pata.

Cuatro días después, don Robustiano mandaba en su lugar a
un médico joven, su protegido; creía llegado el caso de inhibirse;
ya se sabía, él no podía asistir a las personas muy queridas cuando llegaban a cierto estado.

El sustituto era un muchacho inteligente, muy estudioso. Declaró que la enfermedad no era grave, pero sí larga y de convalecencia penosa. No le gustaba usar los nombres vulgares y poco
exactos de las enfermedades y empleaba los técnicos si le apuraban, no por ridícula pedantería, sino por salir con su gusto de
no enterar a los profanos de lo que no importa que sepan, y en
rigor no pueden saber. Ello fue que Anita creyó que se moría,
y padeció aún más que en el tiempo del mayor peligro cuando
empezaron a decirle que estaba mejor. Al saber que había pasado seis días en aquella torpeza con intervalos de exaltación y
delirio, extrañó mucho que se le hubiese hecho tan corto aquel
largo martirio.

La debilidad la tenía, aún más que rendida, exaltada y vi-
driosa. Todo lo veía de un color amarillento pálido; entre los
objetos y ella, flotaban infinitos puntos y circulillos de aire, como
burbujas a veces, como telarañas muy sutiles otras: si dejaba los
brazos tendidos sobre el embozo de su lecho y miraba las manos
flacas, surcadas por haces de azul sobre fondo blanco mate, creía
de repente que aquellos dedos no eran suyos, que el moverlos
no dependía de su voluntad, y el decidirse a querer ocultar las
manos, le costaba gran esfuerzo. Sus mayores congojas eran al
tomar el primer alimento: unos caldos insípidos, desabridos, que

don Víctor enfriaba a soplos, soplando con fe y perseverancia, dando a entender su celo y su cariño en aquel modo de soplar. El ideal del caldo, según Quintanar, nunca lo *realizaban* las criadas de Vetusta. De esto hablaba él, mientras Ana sentía sudores mortales que parecían sacarle de la piel la última fuerza, y hasta el ánimo de vivir. Cerraba los ojos, y dejaba de sentirse por fuera y por dentro; a veces se le escapaba la conciencia de su unidad, empezaba a verse repartida en mil, y el horror dominándola producía una reacción de energía suficiente a volverla a su *yo,* como a un puerto seguro; al recobrar esta conciencia de sí, se sentía padeciendo mucho, pero casi gozaba con tal dolor, que al fin era la vida, prueba de que ella era quien era. Si don Víctor hablaba a su lado, sin querer Ana seguía entonces el pensamiento de su esposo, y contra su deseo, la atención se fijaba en los juicios de Quintanar, y la inteligencia les aplicaba rigurosa crítica, un análisis sutil y doloroso para la enferma, que al pulverizar a pesar suyo las sinrazones del marido, padecía tormento indescriptible, en el cerebro, según ella.

Veía al médico muy preocupado con el *tronco* y sin pensar en los dolores inefables que ella sentía en lo más suyo, en algo que sería cuerpo, pero que parecía alma, según era íntimo. Todos los días había que palpar el vientre y hacer preguntas relativas a las funciones más humildes de la vida animal; don Víctor, que no se fiaba de su memoria, siempre reloj en mano, llevaba en un cuaderno un registro en que asentaba con pulcras abreviaturas, y con estilo gongorino, lo que al médico importaba saber de estos pormenores.

Mientras duró el temor de la gravedad, el amante esposo no pensó más que en la enferma y cumplió como bueno; si era a veces importuno, descuidado, o poco hábil, era sin conciencia. Después empezó a aburrirse, a echar de menos la vida ordinaria, y exageraba al decir las horas que pasaba en vela. Para resistir mejor su cruz, decidió tomarle afición al oficio de enfermero y lo consiguió; llegó a ser para él tan divertido como hacer pórticos ojivales de marquetería, el preparar menjurjes y pintarle el cuerpo a su mujer con yodo; soplar y limpiar caldos y consultar el reloj para contar los minutos y hasta los segundos, operación en que llegó a poner una exactitud que impacientaba a Petra y a Servanda. Esperaba con afán la visita del médico, primero para hacerse decir veinte veces que Ana iba mejor, mucho mejor, y además gozar con la conversación alegre, ajena a todas las enfermedades del mundo, que seguía a la parte facultativa de la visita. El sustituto de Somoza no era hablador, pero se divertía oyendo a Quintanar, y éste llegó a profesar gran cariño a Benítez, que así se llamaba. El contraste de los cuidados vulgares, insignificantes; de la alcoba estrecha y llena de una atmósfera pesada; de la vida monótona de casa, con los grandes intereses de la Europa, la guerra de Rusia, el aire libre, la última zarzuela, encantaban a don Víctor, que llevaba la conversación a cosas frescas, grandes

y de muchos accidentes. También le gustaba discutir con Benítez y sondearle, como él decía. Uno de los problemas que más
preocupaban al amo de la casa, era el de la pluralidad de los
mundos habitados. El creía que sí, que había habitantes en todos
los astros, la generosidad de Dios lo exigía, y citaba a Flammarión y las cartas de Feijoo y la opinión de un obispo inglés, cuyo
nombre no recordaba: «Míster no sé cuántos», porque para él
todos los ingleses eran míster.

Desde que el médico declaró que la mejoría, aunque lenta, sería
continua probablemente, Quintanar, muy contento, no permitió
que se dudase de aquella no interrumpida marcha en busca de
la salud. Su egoísmo candoroso, pero fuerte, estaba cansado de
pensar en los demás, de olvidarse a sí mismo, no quería más
tiempo de servidumbre, y si Ana se quejaba, su marido torcía
el gesto, y hasta llegó a hablar con voz agridulce de la paciencia
y de la formalidad.

—No seamos niños, Ana; tú estás mejor; eso que tienes es
efecto de la debilidad... No pienses en ello... es aprensión, la
aprensión hace más víctimas que el mal.

Y repetía infaliblemente la parábola del cólera y la aprensión.

La idea de una recaída, de un estancamiento siquiera, le parecía subversiva, una maquinación contra su reposo. «El no era
de piedra. No podría resistir...»

Ya no tenía compasión de la enferma; ya no había allí más
que nervios...; y empezó a pensar en sí mismo exclusivamente.
Entraba y salía a cada momento en la alcoba de Ana; casi nunca
se sentaba, y hasta llegó a fastidiarle el registro de medicinas
y demás pormenores íntimos. El médico tuvo que entenderse con
Petra. Quintanar inventaba sofismas y hasta mentiras para estar
fuera, en su despacho, en el Parque. «¡Qué gran cosa eran el
Arte y la Naturaleza! En rigor todo era uno, Dios, el autor de
todo.» Y respiraba don Víctor las auras de abril con placer voluptuoso, tragando aire a dos carrillos. Volvió a componer sus
maquinillas, soñó con nuevos inventos, y envidió a Frígilis la
aclimatación del Eucaliptus glóbulus en Vetusta.

La Regenta notó la ausencia de su marido; la dejaba sola horas y horas que a él le parecían minutos. Cuando las congojas la
anegaban en mares de tristeza, que parecían sin orillas, cuando
se sentía como aislada del mundo, abandonada sin remedio, ya
no llamaba a Quintanar, aunque era el único ser vivo de quien
entonces se acordaba; prefería dejarle tranquilo allá fuera, porque si venía le hacía daño con aquel desdén gárrulo y absurdo
de los padecimientos nerviosos.

Una tarde de color de plomo, más triste por ser de primavera
y parecer de invierno, la Regenta, incorporada en el lecho, entre
murallas de almohadas, sola, oscuro ya el fondo de la alcoba,
donde tomaban posturas trágicas abrigos de ella y unos pantalones que don Víctor dejara allí; sin fe en el médico, creyendo en
no sabía qué mal incurable que no comprendían los doctores de

Vetusta, tuvo de repente, como un amargor del cerebro, esta idea: «Estoy sola en el mundo». Y el mundo era plomizo, amarillento o negro, según las horas, según los días; el mundo era un rumor triste, lejano, apagado, donde había canciones de niñas, monótonas, sin sentido; estrépito de ruedas que hacen temblar los cristales, rechinar las piedras, y que se pierde a lo lejos como el gruñir de las olas rencorosas; el mundo era una contradanza del sol dando vueltas más rápidas alrededor de la tierra, y esto eran los días; nada. Las gentes entraban y salían en su alcoba como en el escenario de un teatro, hablaban allí con afectado interés y pensaban en lo de fuera: su realidad era otra, aquello la máscara. Nadie amaba a nadie. Así era el mundo y ella estaba sola. Miró a su cuerpo y le pareció tierra. «Era cómplice de los otros, también se escapaba en cuanto podía; se parecía más al mundo que a ella, era más del mundo que de ella.» «Yo soy mi alma», dijo entre dientes, y soltando las sábanas que sus manos oprimían, resbaló en el lecho, y quedó supina mientras el muro de almohadas se desmoronaba. Lloró con los ojos cerrados. La vida volvía entre aquellas olas de lágrimas. Oyó la campana de un reloj de la casa. Era la hora de una medicina. Era aquella tarde el encargado de dársela Quintanar y no aparecía. Ana esperó. No quiso llamar, y se inclinó hacia la mesilla de noche. Sobre un bloque de pasta verde estaba un vaso. Lo tomó y bebió. Entonces leyó distraída en el lomo del libro voluminoso: *Obras de Santa Teresa. I.*

Se estremeció, tuvo un terror vago; acudió de repente a su memoria aquella tarde de la lectura de San Agustín en la glorieta de su huerto, en Loreto, cuando era niña, y creyó oír voces sobrenaturales que estallaban en su cerebro; ahora no tenía la cándida fe de entonces. «Era una casualidad, pura casualidad la presencia de aquel libro místico coincidiendo con los pensamientos de abandono que la entristecían, y despertando ideas de piedad, con fuerte impulso, con calor del alma, serias, profundas, no impuestas, sino como reveladas y acogidas al punto con abrazos del deseo... Pero no importaba, fuera o no aviso del cielo, ella tomaba la lección, aprovechaba la coincidencia, entendía el sentido profundo del azar. ¿No se quejaba de que estaba sola, no había caído como desvanecida por la idea del abandono?... Pues allí estaban aquellas letras doradas: *Obras de Santa Teresa. I.* ¡Cuánta elocuencia en un letrero! «¡Estás sola! Pues ¿y Dios?»

El pensamiento de Dios fue entonces como una brasa metida en el corazón; todo ardió allí dentro en piedad; y Ana, con irresistible ímpetu de fe ostensible, viva, material, fortísima, se puso de rodillas sobre el lecho, toda blanca; y ciega por el llanto, las manos juntas temblando sobre la cabeza, balbuciente, exclamó con voz de niña enferma y amorosa:

—¡Padre mío, Padre mío! ¡Señor, Señor! ¡Dios de mi alma!

Sintió escalofríos y ondas de mareo que subían al cerebro;

se apoyó en el frío estuco, y cayó sin sentido sobre la colcha de damasco rojo.

A pesar de la prohibición de don Víctor, vino el retroceso, recayó la enferma, y se volvió a los sustos, a los apuros, a las noches en vela; el médico volvió a ser un oráculo, los pormenores de alcoba negocios arduos, el reloj un dictador lacónico.

Ana tuvo aquellas noches sueños horribles. Al amanecer, cuando la luz pálida y cobarde se arrastraba por el suelo, después de entrar laminada por los intersticios del balcón, despertaba sofocada por aquellas visiones, como náufrago que sale a la orilla... Parecíale sentir todavía el roce de los fantasmas groseros y cínicos, cubiertos de peste; oler hediondas emanaciones de sus podredumbres, respirar en la atmósfera fría, casi viscosa, de los subterráneos en que el delirio la aprisionaba. Andrajosos vestiglos, amenazándola con el contacto de sus llagas purulentas, la obligaban, entre carcajadas, a pasar una y cien veces por angosto agujero abierto en el suelo, donde su cuerpo no cabía sin darle tormento. Entonces creía morir. Una noche la Regenta reconoció en aquel subterráneo las catacumbas, según las descripciones románticas de Chateaubriand y Wisseman; pero en vez de vírgenes de blanca túnica, vagaban por las galerías húmedas, angostas y aplastadas larvas asquerosas, descarnadas, cubiertas de casullas de oro, capas pluviales y manteos, que al tocarlos eran como alas de murciélago. Ana corría, corría sin poder avanzar cuanto anhelaba, buscando el agujero angosto, queriendo antes destrozar en él sus carnes que sufrir el olor y el contacto de las asquerosas carátulas; pero al llegar a la salida, unas le pedían besos, otras oro, y ella ocultaba el rostro y repartía monedas de plata y cobre, mientras oía cantar responsos a carcajadas y le salpicaba el rostro el agua sucia de los hisopos que bebían en los charcos.

Cuando despertó, se sintió anegada en sudor frío y tuvo asco de su propio cuerpo y aprensión de que su lecho olía como el fétido humor de los hisopos de la pesadilla...

«¿Iría a morir? ¿Eran aquellos sueños repugnantes emanaciones de la sepultura, el sabor anticipado de la tierra? Y aquellos subterráneos y sus larvas ¿eran imitación del Infierno? ¡El Infierno! Nunca había pensado en él despacio; era una de tantas creencias irreflexivas en ella como en los más de los fieles; creía en el Infierno como en todo lo que mandaba creer la Iglesia, porque siempre que su pensamiento se había rebelado, ella lo había sometido con acto de pretendida fe, había dicho «creo a ciegas», tomando las palabras y la resolución de creer por la creencia. Pero otra cosa era en esta ocasión: el Infierno ya no era un dogma englobado en otros; ella había sentido su olor, su sabor... y comprendía que antes, en rigor, no creía en el Infierno. Sí, sí, era material o lo parecía, ¿por qué no? ¡Qué vana se le antojaba ahora a la Regenta la filosofía superficial del optimismo bullanguero, del espiritualismo abstracto, bonachón, sin sentido de la realidad triste del mundo! ¡Había Infierno! Era

así... la podredumbre de la materia para los espíritus podridos...
¡Y ella había pecado, sí, sí, había pecado! ¡Qué diferentes crite-
rios el que ahora aplicaba a sus culpas, y el que el mundo solía
tener y con el cual ella se había absuelto de ciertas *ligerezas* que
ya le pesaban como plomo!» Y recordaba máximas y aforismos
religiosos que había oído al Magistral, sin penetrar su terrible
severidad, aquel sentido lúgubre y hondo que no parecían tener
en sus labios finos, suaves, llenos de silbantes sonidos del pulquérrimo canónigo.

Ya había subido el sol gran trecho del cielo, ya calentaba la
mañana con tibias caricias de un abril de Vetusta; en la casa
creían postrada o dormida a la Regenta y no abrían las maderas
del balcón, ni interrumpían el descanso de la enferma. Ana sentía el día en el melancólico regalo que su mismo lecho, tantas
veces aborrecido, le prestaba en aquellas horas de la mañana de
primavera; otra vez volvía la vida a moverse en aquel cuerpo
mustio, asolado, como campo de batalla; la vida iba avanzando
por aquel terreno de su victoria, dudosa de ella todavía. El cerebro recobraba los dominios de la lógica, su salud; la memoria,
firme, no era ya un tormento ni se mezclaba con visiones y disparates.

Ana, contenta de que la dejasen sola, de que la creyesen dormida o en sopor, repasaba en su conciencia aquellos pecados de
que quería acusarse; era relator la memoria, fiscal la imaginación, y poco a poco, según las olas de salud subían en su marea,
la enferma, perdido el terror con que despetara, oía la acusación
con dulce curiosidad creciente; la idea del Infierno se desvanecía
como mueren las vibraciones de una placa, lejos ya de las sensaciones de asco y terror. Aquellas culpas recordadas, que eran la
vida, la realidad ordinaria, pasaban por el cerebro de Ana como
un alimento, daban calor, fuerza al ánimo, y sin que el remordimiento se extinguiera, el relato adquiría más y más interés.

Pasaron entonces por el recuerdo todos los días que siguieron
al entumecimiento del rigoroso temporal, cuando el espíritu de
Ana había dejado aquella especie de vida de culebra invernante.
Recordó la romería de San Blas, en la carretera de la Fábrica
Vieja, aquella tarde de sol que era una fiesta del cielo; la torre
de la catedral allá arriba, como en la cúspide de un monumento,
encaje de piedra oscura sobre fondo de naranja y de violeta de
un cielo suave, listado, de nubes largas, estrechas, ondeadas, quietas sobre el abismo, como esperando a que se acostara el sol
para cerrar el horizonte... Sin saber cómo, San Blas anunciaba la
primavera; Ana esperaba ya aquellos días en que, con largos
intervalos de mal tiempo, aparece un poco de luz que arranca
vibraciones de alegría y resplandor al verde dormido de los campos vetustenses; aquellos días que son algo mejor que abril y
mayo; su esperanza. Las ideas tristes habían volado como pájaros de invierno. Ana se había visto en el paseo de San Blas,
rodeada del mundo, agasajada, y a su lado iba don Alvaro Mesía,

enamorado, triste de tanto amor, resignado, cariñoso sin interés, suave y tierno, sin esperanza. Algo así como el mismo encanto del día: en rigor, el invierno, nada, pero en la tranquilidad y tibia y vaga alegría del ambiente, una delicia que saboreaba con inefable gozo la Regenta.

Así don Alvaro; no sería jamás suya, eso no; ese verano ardiente no vendría, ni siquiera le consentiría hablarle claro, insistir en sus pretensiones; pero tenerle a su lado, *sentirle* quererla, adorarla, eso sí: era dulce, era suave, era un placer tranquilo, profundo... Ella le miraba con llamaradas que apagaba al brotar de los ojos, le sonreía como una diosa que admite el holocausto, pero no una diosa humilde, maternal, llena de caridad y de gracia, sino de amor de fuego. Tal había sido el paseo de San Blas.

Desde aquella tarde Mesía había recobrado parte de sus esperanzas; creyó otra vez en la influencia del *físico* y se propuso estar al lado de Ana la mayor cantidad de tiempo posible. Era una villanía, pero recurrió a la ciega amistad de don Víctor. En el Casino se sentaba a su lado, tenía la paciencia de verle jugar al dominó o al ajedrez, y terminada la partida, le cogía del brazo, y como solía llover, paseaban por el salón largo, el de baile, oscuro, triste, resonante bajo las pisadas de las cinco o seis parejas que lo medían de arriba abajo a grandes pasos, que tenían por el furor de los tacones algo de protesta contra el mal tiempo. Veterano del Casino había que llevaba andando en aquel salón camino suficiente para llegar a la luna. Paseaban los dos amigos, y Mesía iba entrando, entrando por el alma del jubilado regente y tomando posesión de todos sus rincones.

Don Víctor llegó a creer que a Mesía ya no le importaban en el mundo más negocios que los de él, los de Quintanar, y sin miedo de aburrirle, tardes enteras le tenía amarrado a su brazo, dando vueltas por las tablas temblonas del salón, parándose a cada pasaje interesante del relato o siempre que había una duda que consultar con el amigo. Don Alvaro sufría el tormento pensando en la venganza. Mucho tiempo se había resistido su delicadeza, o lo que fuese, a emprender aquel camino subterráneo y traidor, pero ya no podía menos. Además, «¡qué diablo!, mayores bellaquerías había en la historia de sus aventuras».

Don Víctor se paraba, soltaba el brazo del confidente, levantaba la cabeza para mirarle cara a cara, y decía, por ejemplo:

—Mire usted, aquí en el secreto de la... pues... contando con el sigilo de usted... Frígilis tiene también sus defectos. Yo le quiero más que un hermano, eso sí, pero él..., el me tiene en poco..., créalo usted... No me lo niegue usted, es inútil, yo le conozco mejor: me tiene en poco, se cree muy superior. Yo no le niego ciertas ventajas. Sabe más arboricultura, conoce mejor los cazaderos; es más constante que yo en el trabajo..., pero ¡tirar mejor que yo!, ¡hombre, por Dios! ¿Y el talento mecánico? El es torpe de dedos y tardo de ingenio —Y don Víctor, parán-

dose otra vez, y casi al oído de don Alvaro, añadía—: Diré la
palabra: ¡un rutinario!

Quintanar era inagotable en el capítulo de las quejas y de la
envidia pequeña, al por menor, cuando se trataba de su amigo
íntimo, de su Frígilis; se sentía dominado por él y desahogaba
la colerilla sorda, cobarde, bonachona en el fondo, en estas confidencias; Mesía era una especie de rival de Frígilis que asomaba; don Víctor encontraba cierta satisfacción maligna en la infidelidad incipiente.

Don Alvaro callaba y oía. Sólo cuando trataba don Víctor de
su buena puntería, se quedaba un poco preocupado. Le parecía
imposible que se pudiera hablar tanto de un hombre tan insignificante como don Tomás Crespo, a quien él creía loco de nacimiento.

Anochecía, seguía lloviendo, los mozos de servicio encendían
dos o tres luces de gas en el salón, y Quintanar conocía por
esta seña y por el cansancio, que le arrancaba sudor copioso,
que había hablado mucho; sentía entonces remordimientos, se
apiadaba de Mesía, le agradecía en el alma su silencio y atención, y le invitaba muchas veces a tomar un vaso de cerveza alemana en su casa.

La frase era:

—¿Vamos a la Rinconada?

Mesía, callando, seguía a don Víctor.

Una intuición singular le decía al ex regente que pagaba bien
al amigo su atención llevándoselo a casa. ¿Por qué don Alvaro
había de tener gusto en seguirle? Si se lo hubieran preguntado
a Quintanar, no hubiese podido responder. Pero se lo daba el
corazón; lo había observado, sin fijarse en la observación: a Mesía le gustaba entrar en la casa de la Rinconada.

Solía llevarle al despacho, a su museo, como él decía; allí le
explicaba el mecanismo de aquellos intrincados maderos y resortes, y convencido de la ignorancia de su amigo, le engañaba sin
conciencia. Lo que no consentía don Alvaro era que se pasase
revista a las colecciones de hierbas y de insectos: le mareaba el
fijar sucesiva y rápidamente la atención en tantas cosas inútiles.
El único *bicho* que le era simpático a don Alvaro era un pavo
real disecado por Frígilis y su amigo. Solía acariciarle la pechuga, mientras Quintanar disertaba.

—Bueno —decía don Víctor—, pues pasaremos a mi gabinete,
ya que usted desprecia mis colecciones... Anselmo, la cerveza al
gabinete.

El gabinete era otro museo: estaban allí las armas y la indumentaria. Una panoplia antigua completa, otras dos modernas
muy brillantes y bordadas; escopetas, pistolas y trabucos de todas
épocas y tamaños llenaban las paredes y los rincones. En arcas
y armarios guardaba don Víctor, con el cariño de un coleccionador, los trajes de aficionado que había lucido en mejores tiempos. Si se entusiasmaba hablando de sus marchitos laureles, abría

las arcas, abría los armarios, y seda, galones y plumas, abalorios y cintajos en mezcla de colores chillones saltaban a la alfombra, y en aquel mar de recuerdos de trapo perdía la cabeza Quintanar. En una caja de latón, entre hierba, guardaba como oro en paño un objeto que, a primera vista, se le antojó a Mesía una serpiente; en efecto, yacía enroscada y era verdinegro el bulto... No había que temer Don Víctor no domaba fieras; aquello era la cadena que él había arrastrado representando el Segismundo de *La vida es sueño,* en el primer acto.

—Mire usted, amigo mío, a usted puedo decírselo; no es inmodestia; reconozco, ¿cómo no?, la superioridad de Perales en el teatro antiguo, su Segismundo es una revelación, concedo; revela mejor que el mío la filosofía del drama, pero... no me gusta su modo de arrastrar la cadena; parecía un perro con maza; yo la manejaba con mucha mayor verosimilitud y naturalidad; arrastraba la cadena, créame usted, como si no hubiese arrastrado otra cosa en mi vida. Tanto, que una noche, en Calatayud, me arrojaron todo ese hierro al escenario, como símbolo de mi habilidad. Por poco se hunde el tablado. Guardo esa cadena como el mejor recuerdo de mi efímera vida artística.

Mesía esperaba la presencia de Ana y así podía retrasar la conversación de su amigo, pero muchas veces la Regenta no aparecía por el gabinete de su marido, y el galán tenía que contentarse con el *bock* de cerveza y el teatro de Calderón y Lope.

Pero ya estaba en casa. Poco a poco fue atreviéndose a ir a cualquier hora, y Ana, sin sentirlo, se le encontró a su lado como un objeto familiar. Iba siendo Mesía al caserón lo que Frígilis a la huerta.

Aquel procedimiento rastrero, de villano, debió irritarla, pero no la irritó; tuvo que confesar que no despreciaba ni aborrecía a don Alvaro, a pesar de que sus intenciones eran torcidas, miserables; quería abusar de la confianza de don Víctor. «Pero, ¿y si no quería? ¿Si se contentaba con estar cerca de ella, con verla y hablarla a menudo y tenerla por amiga? Veríamos. Si él se propasaba, estaba segura de resistir, y hasta valor sentía para echarle en cara su crimen, su bajeza y arrojarle de casa.»

Pasaron días, y Ana cada vez estaba más tranquila. «No, no se propasaba; no hacía más que admirarla, amarla en silencio. Ni una palabra peligrosa, ni un gesto atrevido, nada de acechar ocasiones, nada de buscar *escenas;* una honradez cabal; el amor que respeta la honra, la pasión que se alimenta de ver y respirar el ambiente que rodea al ser amado. El placer que ella sentía, también tenía que confesárselo, era el más intenso que había saboreado en su vida. Poco decir era porque ¡había gozado tan poco!» Al sentir cerca de sí a don Alvaro, segura de que no había peligro, respiraba con delicia, dejaba el espíritu en una somnolencia moral que la tenía bajo los efectos del opio. Comparaba ella la situación a la ventura de flotar sobre mansa corriente perezosa, sombría, a la hora de la siesta; el agua va al abismo, el

cuerpo flota..., pero hay la seguridad de salir de la corriente
cuando el peligro se acerque; basta con un esfuerzo, dos golpes
de los brazos y se está afuera, en la orilla... Ya sabía Ana en
sus adentros que aquello no estaba bien, porque ella no podía
responder de la prudencia de don Alvaro. «Pero ¿no estaba segura de sí misma? Sí, pues, entonces, ¿por qué no dejarle venir
a casa, contemplarla, mostrar los cuidados de una madre, la fidelidad de un perro?» «Además, quien mandaba en casa era su
marido, no era ella. ¿Buscaba ella a Mesía? No. ¿Mandaba ella
a Quintanar que le trajese? No. Pues bastaba. Obrar de otro
modo hubiera sido alarmar al esposo sin motivo, infundir sospechas sin fundamento, tal vez robar a don Víctor para siempre la
paz del alma. Lo mejor era callar, estar alerta, y... gozar la tibia
llama de la pasión de soslayo; que con ser poco tal calor, era
la más viva hoguera a que ella se había arrimado en su vida.»
    «Y al Magistral no se le decía nada de esto. ¿Para qué? No
había pecado. Había ocasión, pero no se buscaba.» Además, Ana,
puesto que defendía su virtud, creía prudente ocultar todo lo
que fueran personalidades al confesor. «Si crecía el peligro, hablaría. Mientras tanto, no.»
    Entonces fue cuando el Provisor vio con su catalejo, desde
el campanario de la Catedral, los preparativos de una expedición
al campo en la que acompañaban a la Regenta, Mesía, Frígilis
y Quintanar. No fue aquélla sola; muchas veces, en cuanto veía
un rayo de sol, a don Víctor se le antojaba aprovechar el buen
tiempo y echar una cana al aire en los ventorrillos de la carretera
de Castilla o en los de Vistalegre, en compañía de las personas
que más quería en Vetusta, a saber: su cara esposa, Frígilis y
don Alvaro. El pobre Ripamilán era invitado, pero decía que si
no le llevaban en coche... «El espíritu no faltaba, pero los huesos no tienen espíritu.»
    Se comía, allá arriba, lo que salía al paso, lo que daban los
pasmados venteros: chorizos tostados, chorreando sangre, unas
migas, huevos fritos, cualquier cosa; el pan era duro, ¡mejor!,
el vino malo, sabía a la pez, ¡mejor! Esto le gustaba a Quintanar: y en el tal gusto coincidía con su esposa, amiga también
de estas meriendas aventuradas, en las que encontraba un condi-
mento picante que despertaba el hambre y la alegría infantil. En
aquellos altozanos se respiraba el aire como cosa nueva; se ca-
lentaban a los rayos del sol con voluptuosa pereza, como si el
sol de Vetusta, de allá abajo, fuera menos benéfico. Notaba Ana
que en aquella altura, en aquel escenario, mitad pastoril, mitad
de novela picaresca, entre arrieros, maritornes y señores de castillos, a lo don Quijote, se despertaba en ella el instinto del
arte plástico y el sentido de la observación; reparaba las siluetas
de árboles, gallinas, patos, cerdos, y se fijaba en las líneas que
pedían el lápiz, veía más matices en los colores, descubría grupos
artísticos, combinaciones de composición sabia y armónica, y en
suma, se le revelaba la naturaleza como poeta y pintor en todo

lo que veía y oía, en la respuesta aguda de una aldeana o de
un zafio gañán, en los episodios de la vida del corral, en los
grupos de las nubes, en la melancolía de una mula cansada y cubierta de polvo, en la sombra de un árbol, en los reflejos de un
charco, y sobre todo en el ritmo recóndito de los fenómenos, di-
visibles a lo infinito, sucediéndose, coincidiendo, formando la trama dramática del tiempo con una armonía superior a nuestras
facultades perceptivas, que más se adivina que de ella se da
testimonio. Este nuevo sentido de que tenía conciencia Ana en
estas expediciones a los ventorrillos altos de Vistalegre, camino
de Corfín, le inundaba de visiones el cerebro y la sumía en dulce
inercia en que hasta el imaginar acababa por ser una fatiga. Entonces la sacaban de sus éxtasis naturalistas una atención delicada
de Mesía o una salida de buen humor intempestivo de Quintanar. Don Víctor creía que en el campo, sobre todo si se merienda, no se debe hacer más que locuras; y por supuesto, era,
según él, indispensable que alguien se disfrazase cambiando, por
lo menos, de sombrero. El solía en tales ocasiones buscar un
aldeano que usara la antigua montera del país; se la pedía en
préstamo, y se presentaba cubierto con aquel trapo de pana negra
al respetable concurso. Se reían por complacerle. Se merendaba
casi siempre al aire libre, contemplando allá abajo el caserío par-
dusco de Vetusta; la catedral parecía desde allí hundida en un
pozo, y muy chiquita; esbelta, pero como un juguete; detrás el
humo de las fábricas en la barriada de los obreros en el Campo
del Sol, y más allá los campos de maíz, ahora verdes con el al-
cacer, los prados, los bosques de castaños y robles..., las colinas
de un verde oscuro, y la niebla, por fin, confundiéndose con los
picachos de los puertos lejanos. Se filosofaba mientras se comía,
tal vez con los dedos, salchichón o chorizos mal tostados, queso
duro o tortillas de jamón, lo que fuese; se hablaba al descuido,
lentamente, pensando en cosas más hondas que las que se decía,
con los ojos clavados en la lontananza, detrás de la cual se veía
el recuerdo, lo desconocido, la vaguedad del sueño; se hablaba
de lo que era el mundo, de lo que era la sociedad, de lo que era
el tiempo, de la muerte, de la otra vida, del cielo, de Dios; se
evocaba la infancia, las fechas lejanas en que había una memoria
común; y un sentimentalismo, como desprendido de la niebla
que bajaba de Corfín, se extendía sobre los comensales bucólicos
y su filosofía de sobremesa.

Comenzaba la brisa; picaba un poco y tenía sus peligros, pero
halagaba la piel; salía una estrella; el cuarto de luna —que a
don Víctor le parecía la plegadera de oro que le habían regalado
en Granada—, tomaba color, es decir, luz. La conversación, ya
perezosa, daba entonces en la astronomía y se paraba en el concepto de lo infinito; se acababa por tener un deseo vago de oír
música. Entonces Quintanar recordaba que se cantaba aquella
noche *El Relámpago* o *Los Magyares;* levantaba el campo, y paso
a paso, volvían a la soñolienta Vetusta, dejándose resbalar por

la pendiente suave de la carretera. Frígilis dejaba el brazo a la
Regenta, que indefectiblemente lo buscaba; y Mesía, resignado,
firme en su propósito de ser prudente mientras fuera necesario,
se emparejaba con don Víctor, que tal vez se permitía cantar a
su modo el *Spirto gentil* o la *Casta diva;* aunque prefería recitar versos, sin que jamás se le olvidase decir con Góngora:

> A su cabaña los guía
> que el sol deja el horizonte,
> y el humo de su cabaña
> les va sirviendo de norte.

Los sapos cantaban en los prados, el viento cuchicheaba en las
ramas desnudas, que chocaban alegres, inclinándose, preñadas ya
de las nuevas hojas; y Ana, apoyándose tranquila en el brazo
fuerte del mejor amigo, olfateaba en el ambiente los anuncios
inefables de la primavera. De esto hablaban ella y Frígilis. Crespo, satisfecho, tranquilo, apacible, en voz baja, como respetando
el primer sueño del campo, su ídolo, dejaba caer sus palabras
como un rocío en el alma de Ana, que entonces comprendía aquella adoración tranquila, aquel culto poético, nada romántico, que
consagraba Frígilis a la naturaleza, sin llamarla así, por supuesto. Nada de *grandes síntesis*, de cuadros disolventes, de filosofía
panteística; pormenores, historia de los pájaros, de las plantas,
de las nubes, de los astros; la experiencia de la vida natural
llena de lecciones de una observación riquísima. El amor de Frígilis a la naturaleza era más de marido que de amante, y más de
madre que de otra cosa. En aquellos momentos, al volver a Vetusta con Ana del brazo, se hacía elocuente, hablaba largo y sin
miedo, aunque siempre pausadamente; en su voz había arrullos
amorosos para el campo, que describía, y temblaba en sus labios el agradecimiento con que oía a otra persona palabras de
cariño y de interés por árboles, pájaros y flores. Ana envidiaba
en tales horas aquella existencia de árbol inteligente, y se apoyaba
y casi recostaba en Frígilis como en una encina venerable. Y detrás venía el otro, ella lo sentía. A veces hablaba con Ana don
Alvaro, y Ana contestaba con voz afable, como en pago de su
prudencia y de su martirio... «Porque, sin duda, sufrir tanto
tiempo a Quintanar era un martirio.»
     Don Alvaro sudaba de congoja. Don Víctor se le colgaba del
brazo, levantaba los ojos al cielo y se divertía en encontrar parecidos entre los nubarrones de la noche y las formas más vulgares de la tierra.
     «—Mire usted, mire usted, aquel cúmulo es lo mismo que Ri-
pamilán; figúreselo usted con la teja en la mano.
     »—Aquel cirro negro parece la moña de un torero...»
     Don Alvaro, al llegar a la Rinconada, mientras dejaba pasar
delante a don Víctor, que traía llavín, levantaba el puño cerrado

sobre la cabeza del insoportable amigo... No descargaba el golpe, no..., pero... «¡Ya lo descargaría!»

«¡Oh —pensaba—, lo que es ahora estoy en mi derecho! Ojo por ojo.»

Así vivía Ana, menos aburrida, si no contenta, sin grandes remordimientos, aunque no satisfecha de sí misma. Ni permitía a don Alvaro acercarse, alentar esperanzas que ella sustentase, ni le rechazaba con el categórico desdén que la virtud, lo que se llama la virtud, exigía. Estas medias tintas de la moralidad le parecían entonces a ella las más conformes a la flaca naturaleza humana. «¿Por qué he de creerme más fuerte de lo que soy?»

También volvió a frecuentar la casa de Vegallana. Fue muy bien recibida. La del Banco se la comía a besos, le hablaba de modas, le mandaba patrones a casa, y le recordaba visitas que tenía que pagar y a que ella la acompañaba, porque don Víctor se negaba a perder el tiempo en estos cumplidos.

—Señor —gritaba él—, yo no sirvo para eso; no se me haga a mí hablar del tiempo, del mal servicio de criadas, de la carestía de los comestibles. ¡Exíjase de mí cualquier cosa menos hacer visitas de cumplido!

«Yo soy artista, no sirvo para esas nimiedades», decía para sus adentros.

Visitación procuraba meterle a Ana, a manos llenas, por los ojos, por la boca, por todos los sentidos, el demonio, el mundo y la carne; el buen tiempo la ayudaba.

La Regenta no tomaba con gran calor aquellas diversiones, pero las prefería a su estéril soledad, en que buscando ideas piadosas encontraba tristezas, un hastío hondo y el rencoroso espíritu de protesta de la carne pisoteada, que bramaba en cuanto podía. «Era mejor vivir como todos, dejarse ir, ocupar el ánimo con los pasatiempos vulgares, sosos, pero que, al fin, llenan las horas...»

En esta situación estaba cuando el Magistral le dijo en el confesonario que se perdía, que él la había visto arrojar con desdén sobre un banco de césped la historia de Santa Juana Francisca... Aquella tarde De Pas estuvo más elocuente que nunca; ella comprendió que estaba siendo una ingrata, no sólo con Dios, sino con su apóstol, aquel apóstol todo fuego, razón luminosa, lengua de oro, de oro líquido... La voz del sacerdote vibraba, su aliento quemaba, y Ana creyó oír sollozos comprimidos. «Era preciso seguirle o abandonarle; él no era el capellán complaciente que sirve a los grandes como lacayo espiritual; él era el padre del alma, el padre, ya que no se le quería oír como hermano. Había que seguirle o dejarle.» Y después había hablado de lo que él mismo sentía, de sus ilusiones respecto de ella. «Sí, Ana —Ana la había llamado, estaba ella segura—, yo había soñado lo que parecía anunciarse desde nuestra primera entrevista, un espíritu compañero, un hermano menor, de sexo diferente para juntar facultades opuestas en armónica unión; yo había

soñado que ya no era Vetusta para mí cárcel fría, ni semillero
de envidias que se convierten en culebras, sino el lugar en que
habitaba un espíritu noble, puro y delicado, que al buscarme
para caminar en la vía santa de salvación, sin saberlo, me guiaba
también por esa vía; yo esperaba que usted fuese lo que aquella
historia que llorando me contaba, prometía..., lo que usted me
prometió cien veces después... Pero no, usted desconfía de mí,
no me cree digno de su dirección espiritual, y para satisfacer
esas ansias de amor ideal que siente, tal vez ya busca en el mundo quien la comprenda y pueda ser su confidente.»

—No, no —repetía Ana llorando. Pero él había seguido hablando de su despecho, cada vez más triste, cada vez con más
ardor en las palabras y en el aliento... Y habían concluido por
reconciliarse, por prometerse nueva vida, verdadera reforma, eficaz cambio de costumbres; y ella, exaltada, le había dicho:

—¿Quiere usted que hoy mismo le acompañe a casa de doña
Petronila?

—Sí, sí; eso, lo mejor es eso —había contestado él. Y habían
ido juntos sin pensar ni uno ni otro lo que hacían.

Desde aquella tarde había empezado para la Regenta la vida
de la devota práctica; pero duró poco la eficacia de aquel impulso en que no había piedad acendrada, sino gratitud, el deseo
de complacer al hombre que tanto trabajaba por salvarla, y que
era tan elocuente y que tanto valía. Ana, a veces, no pudiendo
elevar su atención a las cosas invisibles, a la contemplación piadosa, procuraba preparar este viaje místico pensando en el Magistral: «¡Oh, qué grande hombre! ¡Y qué bien penetraba en el
espíritu, y qué bien hablaba de lo que parece inefable, de los
subterráneos de las intenciones, de las delicadezas del sentimiento! ¡Y cuánto le debía ella! ¿Por qué tanto interés si aquella
pecadora no lo merecía?» Las lágrimas se agolpaban a los ojos
de Ana. Lloraba de gratitud y de admiración. Y no pudiendo meditar sobre cosas santas, piadosas, poníase la mantilla y corría
a la conferencia de San Vicente, o a la Junta del Corazón o al
Catecismo, o a misa..., donde correspondiera. Pero la fe era tibia; por allí no se iba a donde ella había deseado. Además, se
conocía; sabía que ella, de entregarse a Dios, se entregaría de
veras; que mientras su devoción fuese callejera, ostentosa y distraída, ella misma la tendría en poco, y cualquier pasión mala,
pero fuerte, la haría polvo.

Mas, resuelta a huir de los extremos, a ser *como todo el mundo*,
insistió en seguir a las *demás beatas* en todos sus pasos, y aunque sin gusto, entró en todas las cofradías, fue hija y hermana,
según se quiso, de cuantas juntas piadosas lo solicitaron.

Dividía el tiempo entre el mundo y la iglesia: ni más ni menos que doña Petronila, Olvido Páez, Obdulia y en cierto modo
la Marquesa. Se la vio en casa de Vegallana y en las Paulinas,
en el Vivero y en el Catecismo, en el teatro y en el sermón.

Casi todos los días tenían ocasión de hablar con ella, en sus respectivos círculos, el Magistral y don Alvaro, y a veces uno y otro en el mundo y uno y otro en el templo; lugares había en que Ana ignoraba si estaba allí en cuanto mujer devota o en cuanto mujer de sociedad.

Pero ni De Pas ni Mesía estaban satisfechos. Los dos esperaban vencer, pero a ninguno se le acercaba la hora del triunfo.

—Esta mujer —decía don Alvaro— es *peor* que Troya.

—El remedio ha sido peor que la enfermedad —pensaba don Fermín.

Ana veía en los pormenores de la vida de beata mil motivos de repugnancia; pero prefería apartar de ellos la atención: no dejaba que el espíritu de contradicción buscase las debilidades, las groserías, las miserias de aquella devoción exterior y bullanguera. No quería censurar, no quería ver.

Pero a sí misma se comparaba al cadáver del Cid venciendo moros. No era ella, era su cuerpo el que llevaban de iglesia en iglesia.

Y volvió la inquietud honda y sorda a minar su alma. Esperaba ya otra época de luchas interiores, de aridez y rebelión.

Una noche, después de oír un sermón soporífero, entró en su tocador, casi avergonzada de haber estado dos horas en la iglesia como una piedra; oyendo, sin piedad y sin indignación, sin lástima siquiera, necedades monótonas, tristes; viendo ceremonias que nada le decían al alma...

—¡Oh, no. no! —se dijo, mientras se desnudaba—, yo no puedo seguir así.

Y luego, sacudiendo la cabeza y extendiendo los brazos hacia el techo, había añadido en voz alta, para dar más solemnidad a su protesta:

—¡Salvarme o perderme!, pero no aniquilarme en esta vida de idiota... ¡Cualquier cosa... menos ser como *todas ésas*!

Y a los pocos días cayó enferma.

Cuando esta historia de sus tibiezas y de sus cobardes y perezosas transacciones con el mundo pasaba por la memoria de Ana, con formas plásticas, teatrales —gracias a la salud que volvía a rodar con la sangre—, sentía la débil convaleciente remordimientos que ella se complacía en creer intensos, punzantes. «¡Oh, qué diferencia entre aquel sopor moral en que vivía pocas semanas antes, y la agudeza de su conciencia ahora, allí postrada, sin poder levantar el embozo de la colcha con la mano, pero con fuerza en la voluntad para levantar el plomo del pecado, que la abrumaba con su pesadumbre!»

«¡Esta sí que era resolución firme! Iba a ser buena, buena, de Dios, sólo de Dios; ya lo vería el Magistral. Y él, don Fermín, sería su maestro vivo, de carne y hueso; pero además tendría otro: la santa doctora, la divina Teresa de Jesús..., que estaba allí, junto a su cabecera, esperándola amorosa, para entregarle los tesoros de su espíritu.»

Ana, burlando los decretos del médico, probó en los primeros días de aquella segunda convalecencia a leer en el libro querido: iba a él como un niño a una golosina.

Pero no podía. Las letras saltaban, estallaban, se escondían,
daban la vuelta..., cambiaban de color, y la cabeza se iba... «Esperaría, esperaría.» Y dejaba el libro sobre la mesilla de noche,
y con delicia que tenía mucho de voluptuosidad, se entretenía
en imaginar que pasaban los días, que recobraba la energía corporal; se contemplaba en el Parque, en el cenador, o en lo más
espeso de la arboleda, leyendo, devorando a su Santa Teresa.
«¡Qué de cosas le diría ahora que ella no había sabido comprender cuando la leyera distraída, maquinalmente y sin gusto!»

La impaciencia pudo más que las órdenes del médico, y antes
de dejar el lecho, cuando empezaron a permitirle otra vez incorporarse entre almohadones, algo más fuerte ya, Ana hizo nuevo
ensayo, y entonces encontró las letras firmes, quietas, compactas;
el papel blanco no era un abismo sin fondo, sino tersa y consis-
tente superficie. Leyó; leyó siempre que pudo. En cuanto la
dejaban sola, y eran largas sus soledades, los ojos se agarraban
a las páginas místicas de la santa de Avila, y a no ser lágrimas
de ternura, ya nada turbaba aquel coloquio de dos almas a través de tres siglos.

Veinte

Don Pompeyo Guimarán, presidente dimisionario de la *Libre Hermandad,* natural de Vetusta, era de famillia portuguesa; y don Saturnino Bermúdez, el arqueólogo y etnógrafo, que dividía a todos los amigos en celtas, iberos y celtíberos, sin más que mirarles el ángulo facial y a lo sumo palparles el cráneo, aseguraba que a don Pompeyo le quedaba mucho de la gente lusitana, no precisamente en el cráneo, sino más bien en el abdomen. Don Pompeyo no decía que sí ni que no; cierto era que él tenía un poco de panza, no mucho, obra de la edad y la vida sedentaria; que andaba muy tieso, porque creía que «quien era recto como espíritu, digámoslo así, debía serlo como físico»; pero en punto a los vestigios de raza y nación él se declaraba neutral: quería decir que le era indiferente esta cuestión, toda vez que tan español consideraba a un portugués, como a un castellano, como a un extremeño. De modo que siempre que se le hablaba de tal asunto acababa por hacer una calurosa defensa de la unión ibérica, unión que debía iniciarse en el arte, la industria y el comercio, para llegar después a la política. Además, ¿qué le importaban a don Pompeyo estos accidentes del nacimiento? Su inteligencia andaba siempre por más altas regiones. El en este mundo era principalmente un *altruista,* palabreja que, preciso es confesarlo, no había conocido hasta que con motivo de una disputa filosófica de la que salió derrotado, el amor propio un tanto ofendido le llevó a leer las obras de Comte. Allí vio que los hombres se dividían en egoístas y *altruistas,* y él, a impulsos de su buen natural, se declaró *altruista* de por vida; y, en efecto, se la pasó metiéndose en lo que no le importaba. Tenía algunas haciendas, pocas, la mayor parte procedentes de bienes nacionales; y de su renta vivía con mujer y cuatro hijas casaderas.

Comía sopa, cocido y principio; cada cinco años se hacía una levita, cada tres compraba un sombrero alto, lamentándose de las exigencias de la moda, porque el viejo quedaba siempre en muy

buen uso. A esto lo llamaba él su *aurea mediocritas*. Pudo haber
sido empleado; pero «¿con quién?; ¡si aquí nunca hay gobier-
nos!» Cargos gratuitos los desempeñaba siempre que se le ofrecían, porque sus conciudadanos le tenían a su disposición, sobre
todo si se trataba de dar a cada uno lo suyo. A pesar de tanta
modestia y parsimonia en los gastos, los maliciosos atribuían su
exaltado liberalismo y su descreimiento y desprecio del culto y
del clero a la procedencia de sus tierras. «¡Claro —decían las beatas en los corrillos de San Vicente de Paúl, y los ultramontanos
en la redacción de *El Lábaro*—, claro, como lo que tiene lo debe
a los despojos impíos de los liberalotes! ¿Cómo no ha de aborrecer al clero si se está comiendo los bienes de la Iglesia?» A esto
hubiera objetado don Pompeyo, si no despreciara tales hablillas
«abroquelado en el santuario de su conciencia», hubiera contestado que don Leandro Lobezno, el obispo de levita, el preste
Juan de Vetusta, el seráfico presidente de la Juventud Católica,
era millonario gracias a los bienes nacionales que había comprado cierto tío a quien heredara el don Leandro. Pero no, don
Pompeyo no contestaba. Él aborrecía el fanatismo, pero perdonaba a los fanáticos.

«¿No era él un filósofo? Bien sabía Dios que sí.» Esto de que
bien lo sabía Dios era una frase hecha, como él decía, que se le
escapaba sin querer, porque, en verdad sea dicho, don Pompeyo
Guimarán no creía en Dios. No hay para qué ocultarlo. Era público y notorio. Don Pompeyo era el ateo de Vetusta. «¡El único!», decía él, las pocas veces que podía abrir el corazón a un
amigo. Y al decir ¡el único!, aunque afectaba profundo dolor
por la ceguedad en que, según él, vivían sus conciudadanos, el
observador notaba que había más orgullo y satisfacción en esta
frase que verdadera pena por la falta de propaganda. Él daba
ejemplo de ateísmo por todas partes, pero nadie le seguía.

En Vetusta no se aclimataba esta planta; él era el único ejemplar, robusto, inquebrantable, eso sí, pero el único. Y don Pompeyo sentía remordimientos cuando se sorprendía deseando que
jamás cundiese *la doctrina racional, salvadora*, que por tal la tenía. Todos le llamaban el *Ateo*, pero la experiencia había convencido a los más fanáticos de que no mordía. «Era el león
enamorado de una doncella —decía elegantemente Glocester—,
una fiera sin dientes.» Hasta las más recalcitrantes beatas pasaban al lado del *Ateo* sin echarle una mala maldición: era como
un oso viejo, ciego y con bozal que anduviese domesticado, de
calle en calle, divirtiendo a los chiquillos; olía mal, pero no pasaba de ahí. Sin embargo, varias veces se había pensado en darle
un disgusto serio para que se convirtiera o abandonase el pueblo.
Esto dependía del mayor o menor celo apostólico de los obispos. Uno hubo —después llegó a cardenal— que pensó seriamente en excomulgar a don Pompeyo. Este recibió la noticia
en el Casino —todavía iba al Casino entonces—. Una sonrisa
angelical se dibujó en su rostro: así debió de sonreír el griego

que dijo: pega, pero escucha. La boca se le hizo agua; aquella
excomunión le hacía cosquillas en el alma; ¡qué más podía ambicionar! En seguida pensó en tomar una postura moral digna
de las circunstancias. Nada de aspavientos, nada de protestas. Se
contentó con decir:

—El señor obispo no tiene derecho de excomulgar a quien
no comulga; pero venga en buena hora la excomunión... y ahí
me las den todas.

Su mujer y cuatro hijas pensaban de muy distinta manera.
En vano quiso ocultarlas que el rayo amenazaba su hogar tranquilo. La casa de don Pompeyo se convirtió en un mar de lágrimas; hubo síncopes; doña Gertrudis cayó en cama. El infeliz
Guimarán sintió terribles remordimientos; sintió, además, inesperada debilidad en las piernas y en el espíritu. «¡No que él se
convirtiera!, ¡eso jamás!, pero ¡su Gertrudis, sus niñas!», y lloraba el desgraciado; y volviéndose del lado hacia donde caía
el palacio episcopal, enseñaba los puños y gritaba entre suspiros
y sollozos:

«—¡Me tienen atado, me tienen atado esos hijos de la aberración y la ceguera! ¡Desgraciado de mí! ¡Pero más dignos de
compasión ellos, que no ven la luz del mediodía ni el sol de la
Justicia!»

Ni aun en tan amargos instantes insultaba al Obispo y demás
alto clero. Tuvo que transigir; tuvo que tolerar lo que al principio le sublevaba sólo pensando que sus hijas se *moviesen*, que
sus amigos pusieran en juego sus relaciones para que el Obispo
se metiera el rayo en el bolsillo... Se consiguió, no sin trabajo, y
sin necesidad de que don Pompeyo se retractase de sus errores.
Se echó tierra al ateísmo de Guimarán. El calló una temporada,
pero luego volvió a la carga, incansable en aquella propaganda,
que en el fondo de su corazón deseaba infructuosa, por el gusto
de ser el único ejemplar de la, para él, preciosa especie del ateo.
Sus principales batallas las daba en el Casino, donde pasaba media vida —después lo abandonó por motivos poderosos—. Los
vetustenses eran, en general, poco aficionados a la teología; ni
para bien ni para mal les agradaba hablar de las cosas de *tejas
arriba*. Los *avanzados* se contentaban con atacar al clero, contar
chascarrillos escandalosos en que hacían principal papel curas
y amas de cura; en esta amena conversación entraban también
con gusto algunos conservadores muy ortodoxos. Si creían haber
llegado demasiado lejos y temían que alguien pudiera sospechar
de su acendrada religiosidad, se añadía, después de la murmuración escandalosa:

—Por supuesto, que éstas son las excepciones.

—No hay regla sin excepción —decía don Frutos el americano.

—La excepción confirma la regla —añadía Ronzal el diputado.

Y hasta había quien dijera:

—Y hay que distinguir entre la religión y sus ministros. Ellos son hombres como nosotros...

Los avanzados presentaban objeciones, defendían la solidaridad del dogma y el sacerdote, y entonces el mismo don Pompeyo tenía que ponerse de parte de los reaccionarios, hasta cierto punto, y decir:

—Señores, no confundamos las cosas, el mal está en la raíz... El clero no es malo ni bueno; es como tiene que ser...

Al oír tal, todos se levantaban en contra, unos porque defendía al clero y otros porque atacaba el dogma. Bien decía él que estaba completamente solo, que era el *único*. De aquellas discusiones, que buscaba y provocaba todos los días, afirmaba él que «salía su espíritu, llamémosle así, lleno de amargura (y no era verdad, el remordimiento se lo decía), lleno de amargura, porque en Vetusta nadie pensaba; se vegetaba y nada más. Mucho de intrigas, mucho de politiquilla, mucho de intereses materiales mal entendidos, y nada de filosofía, nada de elevar el pensamiento a las regiones de lo ideal. Había algún erudito que otro, varios canonistas, tal cual jurisconsulto, pero pensador ninguno. No había más pensador que él.» «—Señores —decía a gritos después de tomar café, cerca del gabinete del tresillo—, si aquí se habla de las graves cuestiones de la inmortalidad del alma, que yo niego por supuesto, de la Providencia, que yo niego también, o toman ustedes la cosa a broma, a guasa, como dicen ustedes, o sólo se preocupan con el aspecto utilitario, egoísta, de la cuestión: si Ronzal será inmortal, si don Frutos prefiere el aniquilamiento a la vida futura sin recuerdo de lo presente... Señores, ¿qué importa lo que quiera don Frutos ni lo que prefiera Ronzal? La cuestión no es ésta; la cuestión es —y contaba por los dedos— si hay Dios o no hay Dios: si caso de haberlo, piensa para algo en la mísera humanidad, si...

»—¡Chitón! ¡Silencio! —gritaban desde dentro los del tresillo; y don Pompeyo bajaba la voz, y el corro se alejaba de los tresillistas, lleno de respeto, obedientes todos, convencidos de que aquello del juego era cosa mucho más seria que las teologías de don Pompeyo, más práctica, más respetable.»

—Miren ustedes —decía Ronzal, que todavía no era sabio—, yo creo todo lo que cree y confiesa la Iglesia, pero la verdad, eso de que el cielo ha de ser una contemplación eterna de la Divinidad.... hombre, eso es pesado.

—¿Y qué? —objetaba el americano don Frutos, en voz baja también, temeroso de nuevo aviso de los tresillistas—; ¿y qué? Yo me contento con pasar la vida eterna mano sobre mano. Bastante he trabajado en este mundo. ¡Peor sería eso que dice *Alancardan,* o san Cardan, o san Diablo!, pues... que...

No sabía cómo explicarlo el pobre don Frutos. «Ello venía a ser que en muriéndonos íbamos a otra estrella, y de allí a otra, a pasar otra vez las de Caín, y ganarnos la vida.» La idea de volver, en Venus o en Marte, a buscar negros al Africa y comprarlos y venderlos a espaldas de la ley, le parecía absurda a Redondo y le volvía loco. «Antes el aniquilamiento, como dice el ateo.» Concluía limpiando el copioso sudor de la frente, provocado por aquel esfuerzo intelectual, tan fuera de sus hábitos. Con esta cuestión de la inmortalidad era con la que abría don Pompeyo brecha en el alcázar de la fe de los socios, pero siempre concluían por cerrar aquella brecha con las salvedades de rúbrica. «Por supuesto, Dios sobre todo... Doctores tiene la Iglesia...»

Y en último caso, don Pompeyo ya les iba aburriendo con sus teologías. Le dejaban solo. Los tresillistas se quejaron a la Junta. Tuvo que cambiar de mesa y de sala, si quiso seguir predicando ateísmo.

«¡Este era el estado del libre examen en Vetusta!», pensaba Guimarán con tristeza mezclada de orgullo.

En el billar tampoco querían teología racional. Don Pompeyo, más abandonado cada día, se colocaba taciturno, como Jeremías podría pararse en una plaza de Jerusalén, se colocaba, abierto de piernas, delante de la mesa pequeña, la de carambolas, y largo rato contemplaba a aquellos ilusos que pasaban las horas de la brevísima existencia viendo chocar o no chocar tres bolas de marfil. Algunas veces tropezaba la maza de un taco con el abdomen de don Pompeyo.

—Usted dispense, señor Guimarán.

—Está usted dispensado, joven —respondía el pensador, rascándose la barba con una ironía trágica, profunda, y sonriendo, mientras movía la cabeza dando a entender que estaba perdido el mundo.

Aburrido de tanta *superficialidad* subía al *cuarto del crimen*, a ver los partidarios del azar. Allí oía el nombre de Dios a cada momento, pero en términos que no le parecían nada filosóficos.

—¡Don Pompeyo, tiene usted razón! —gritaba un perdido al despedirse de la última peseta—, ¡tiene usted razón, no hay Providencia!

—¡Joven, no sea usted majadero, y no confunda las cosas!

Y salía furioso del Casino. «No se podía ir allá.»

Cuando *estalló la Revolución de Septiembre,* Guimarán tuvo esperanzas de que el libre pensamiento tomase vuelo. Pero, nada. ¡Todo era hablar mal del clero! Se creó una sociedad de filósofos..., y resultó espiritista; el jefe era un estudiante madrileño que se divertía en volver locos a unos cuantos zapateros y sastres. Salió ganando la Iglesia, porque los infelices menestrales comenzaron a ver visiones y pidieron confesión a gritos, arrepintiéndose de sus errores con toda el alma. Y nada más; a eso se había reducido la *revolución religiosa* en Vetusta, como no se cuente a los que *comían de carne* en Viernes Santo.

Don Pompeyo no creía en Dios, pero creía en la Justicia. En figurándosela con J mayúscula, tomaba para él cierto aire de divinidad, y sin darse cuenta de ello, era idólatra de aquella palabra abstracta. Por la *Justicia* se hubiera dejado hacer tajadas.

«La Justicia le obligaba a reconocer que el actual obispo de Vetusta, don Fortunato Camoirán, era una persona respetable, un varón virtuoso, digno; equivocado, equivocado de medio a medio, pero digno. ¿Tenía un ideal?, pues don Pompeyo le respetaba.»

Don Pompeyo no leía, meditaba. Después de las obras de Comte —que no pudo terminar—, no volvió a leer libro alguno; y en verdad, él no los tenía tampoco. Pero meditaba.

Algunas veces discutía con Frígilis, en quien reconocía la *madera de un librepensador,* pero mal educado. No le quería bien.

«—¡Ese es panteísta! —decía con desdén—. Ese adora la naturaleza, los animales y los árboles especialmente... además, no es filósofo; no quiere pensar en las grandes cosas, sólo estudia nimiedades... Está muy hueco porque después de cien mil ensayos ridículos aclimató el eucaliptus en Vetusta... ¿Y qué? ¿Qué problema metafísico resuelve el *Eucaliptus globulus?* Por lo demás, yo reconozco que es íntegro..., y que sabe..., que sabe... por más que su decantado darwinismo... y aquella locura de injertar gallos ingleses...»

Guimarán fue varias veces derrotado por Frígilis en sus polémicas. Frígilis era apóstol ferviente del transformismo; le parecía absurdo y hasta ridículo hacer ascos al abolengo animal... Don Pompeyo, aunque se sentía seducido por aquella teoría que *dejaba* un subido y delicioso olor a herética y atea, no se decidía a creerse descendiente de cien orangutanes; sonreía como si le hiciesen cosquillas... pero no se determinaba a decir sí, ni a decir no.

—Mi última afirmación es la duda... Se me hace cuesta arriba.

Pero de todas suertes, su ateísmo quedaba en pie; para negar a Dios con la constancia y energía con que él lo negaba, no hacía falta leer mucho, ni hacer experimentos, ni meterse a cocinero químico.

—¡Mi razón me dice que no hay Dios; no hay más que Justicia!

Frígilis, mientras don Pompeyo afirmaba estas cosas, le miraba sonriendo con benevolencia; y con un poco de burla, en que había algo de caridad, le decía:

—Pero, señor Guimarán, ¿tan seguro está usted de que no hay Dios?

—¡Sí, señor mío! ¡Mis principios son fijos!, ¡fijos!, ¿entiende usted? Y yo no necesito manosear librotes y revolver tripas de cristianos y de animales para llegar a mi conclusión categórica... Si su ciencia de usted, después de tanta retorta y tanto protoplasma y demás zarandajas, no da por resultado más que esa duda, guárdese la ciencia de los libros en donde quiera, que yo no la he menester.

El honrado Guimarán daba media vuelta y se iba furioso, llena el alma de rencores y envidias pasajeras, y Frígilis seguía sonriendo y movía la cabeza a un lado y a otro.

Si le preguntaban qué opinaba del *Ateo,* decía:

—¿Quién, don Pompeyo? Es una buena persona. No sabe nada, pero tiene muy buen corazón.

Guimarán juró —tenía que parar en ello—, juró no poner jamás los pies en el Casino.

«—Lo que se ha hecho allí conmigo no se hace con ningún cristiano.»

Tenía el estilo sembrado de frases y modismos puramente ortodoxos, pero protestaba en seguida contra «aquellas metáforas y solecismos del lenguaje».

Lo que habían hecho con él había sido celebrar el aniversario 25º de la exaltación de Pío Nono al Pontificado, colgando los tapices de gala y sacando a relucir los aparatos de gas con que iluminaban la fachada en las grandes solemnidades.

Don Pompeyo se dirigió a la Junta en papel de oficio citando los artículos del Reglamento, que, en su opinión, «prohibían semejantes muestras de júbilo por parte de una corporación que, por su calidad de círculo de recreo, no debía, no podía tener religión positiva determinada».

Y en el salón daba gritos, mientras los mozos colgaban los tapices de los balcones; hacía aspavientos, e invocaba la tolerancia religiosa, la libertad de cultos y hasta la sesión del juego de pelota.

—Pero, hombre —le decía Ronzal, con deseos de pegarle—, ¿qué le importa a usted que el Casino cuelgue e ilumine? ¿Qué le ha hecho a usted la Santidad de Pío Nono?

—¿Qué me ha hecho la Santidad? Se lo diré a usted, sí, señor, se lo diré a usted. Pío Nono me era... hasta simpático..., reconocía en él un hombre de buena fe... Pero la infalibilidad ha puesto entre los dos una muralla de hielo; un abismo que no se puede salvar... ¡Un hombre infalible! ¿Comprende usted eso, Ronzal?

—Sí, señor, perfectamente. Es la cosa más clara...

—Pues explíquemelo usted.

—¡Entendámonos, señor Guimarán, si usted quiere examinarme... sepa usted que yo... no aguanto ancas...!

—No se trata aquí de la grupa de nadie..., sino de que usted pruebe la infali...

—¿La *infalibilidad?*

—Sí, señor..., la infalibilidad..., la in... fa... li... bi... li...

—Oiga usted, señor don Pompeyo, que a mí las canas no me asustan, y si usted se burla, yo hago la cuestión personal...

—¿Cómo personal? ¿También usted es infalible?

—¡Señor Guimarán!

—En resumen, señor mío...

—Eso es, *reasumiendo...*

—Yo me borro de la lista.

—¡Pues tal día hará un año!

Ronzal no demostró el porqué de la infalibilidad, pero don Pompeyo se borró de la lista del casino.

Perdió aquel refugio de sus horas desocupadas, que eran muchas, y anduvo como alma en pena vagando de café en café hasta que al cabo de algunos años tropezó con don Santos Barinaga en el *Restaurant y café de la Paz*, donde todas las noches el enemigo implacable del Magistral se preparaba a mal morir bebiendo un coñac con honores de espíritu de vino.

Entablaron amistad que llegó a ser íntima. Don Santos había sido siempre un buen católico; es más, de la Iglesia vivía, pues su comercio era de objetos de culto. Pero desde que el monopolio mal disfrazado de competencia de «La Cruz Roja» había empezado a *labrar su ruina*, iba sintiendo cada día más vacilante el alcázar de su fe... y más vacilantes las piernas. Empezaba, como otros muchos, por negar la virtud del sacerdocio, y además —esto no se sabe que lo hayan hecho otros heresiarcas— coincidía en él aquel desprecio de los ordenados *in sacris* con la afición desmesurada al alcohol en sus varias manifestaciones.

Poco trabajo le costó a Guimarán hacer un prosélito de don Santos. De día en día y de copa en copa avanzaba la impiedad en aquel espíritu; y llegó a creer que Jesucristo no era más que una constelación, disparate que había leído don Pompeyo en un libro viejo que compró en la feria. Guimarán tenía la impiedad fría del filósofo; Barinaga los rencores del sectario, la ira del apóstata.

Cuando le parecía al buen tendero que iba demasiado lejos en sus negocios, para ocultar el miedo, se ponía de pie, copa en mano, y decía solemnemente:

—¡En último caso, si me equivoco, si blasfemo... toda la responsabilidad caiga sobre ese pillo..., sobre ese *rapavelas...*, sobre ese maldito don Fermín!...

El café de la Paz era grande, frío; el gas amarillento y escaso parecía llenar de humo la atmósfera cargada con el de los cigarros y las cocinas; a la hora en que los dos amigos conferenciaban, estaba desierto el salón; los mozos, de chaqueta negra y mandil blanco, dormitaban por los rincones. Un gato pardo iba y venía por el mostrador a la mesa de don Santos, se le quedaba mirando largo rato, pero convencido de que no decía más que disparates, bostezaba y daba media vuelta.

Guimarán veía con gran satisfacción los progresos de la impiedad en aquel espíritu lleno de pasión; no había llegado don Santos al ateísmo, «pero éste era un grado de perfección filosófica que tal vez le venía muy ancho al antiguo comerciante de cálices y patenas». Don Pompeyo se contentaba con arrancarle las raíces y retoños de toda religión positiva. No le agradaba verle cada vez más *enfrascado* en el aguardiente y el coñac; pero don Santos, si no bebía, no daba pie con bola, no entendía palabra de lugares teológicos. Había que dejarle beber.

A las diez y media de la noche salían juntos; don Pompeyo

daba el brazo a don Santos y le acompañaba hasta dejarle bastante lejos del café, porque si no, se volvía solo. En la esquina de una calleja se despedían con largo apretón de manos, y Guimarán, sereno y satisfecho, se restituía a su hogar tranquilo donde le esperaban su amante esposa y cuatro hijas que le adoraban.

Don Santos quedaba solo en batalla con las quimeras del alcohol, con nieblas en el pensamiento y en los ojos. Su pie vacilaba; el pudor, entregado a sí mismo, luchaba por encontrar una marcha y un continente decoroso; pero en vano; un movimiento de zigzag agitaba todo el cuerpo del enfermo; cada paso era un triunfo; la cabeza se tenía mal sobre los hombros... y de la laringe del borracho salían, como arrullos de tórtola, gritos sofocados de protesta, de una protesta monótona, inarticulada, que era a su modo expresión de una idea fija, o mejor, de un odio clavado en aquel cerebro con el martillo de la manía. A todas las manchas de las paredes, a todas las sombras de los faroles les contaba, gruñendo, la historia de su ruina, y no había piedra de aquel camino que no supiese la escandalosa leyenda de la fortuna del Magistral.

Si Barinaga tomó de don Pompeyo su apostasía, Guimarán se contagió con el odio de don Santos al Provisor y a doña Paula. «¡Era escandaloso, ciertamente, aquel tráfico indigno!» Los dos viejos fueron trompas de la fama contra la honra del Provisor. Don Santos alborotó la vecindad muchas noches; no bastó la intervención del sereno; llegó a dar puñadas, bastonazos y hasta patadas en la puerta de *La Cruz Roja*. El dueño del establecimiento se quejó a la autoridad, creció el escándalo, los enemigos del Magistral atizaron la discordia; en todas partes se gritaba: «¿Cómo se entiende? ¿Van a prender a don Santos, después de haberle arruinado? ¿Se atrevería la autoridad a tomar una *medida represiva?*»

En el cabildo, Glocester, el maquiavélico Arcediano, hablaba al oído de los canónigos «de descrédito colectivo, de lo que la Iglesia, y la catedral sobre todo, perdían con aquellas *algaradas* (frase de Glocester)». El beneficiado don Custodio apoyaba al señor Mourelo.

—¡Y si fuera eso lo peor! —decía el Arcediano.

Y entonces comenzaba el segundo capítulo de la murmuración. Lo peor era que, con razón o sin ella, pero no sin que las apariencias diesen motivo para las hablillas, se decía que el Magistral quería seducir, y en camino estaba, nada menos que a la Regenta.

—¡Hombre, eso no! —gritaba el chantre—. ¡Ella está hecha una santa; después de su enfermedad, desde que estuvo si la entrega o no la entrega, su vida es ejemplar! Si antes era una señora virtuosa, como hay muchas, ahora es una perfecta cristiana. Está más delgadilla, más pálida, pero hermosísima..., quiero decir, que edifica, que es una santa..., vamos..., una santa...

—Señor, yo quiero hechos..., y el público no se fía de santidades..., se fía de hechos.

Y Glocester citaba muchos hechos: la frecuencia de las confesiones de Anita Ozores, lo mucho que duraban las visitas del Provisor al Caserón, las visitas de la Regenta a doña Petronila.

—¡Cómo! ¿Y qué? ¿Qué tenemos con esas visitas? ¿También va usted a creer que doña Petronila se presta?

—Señor..., yo no creo ni dejo de creer... Yo cito hechos y digo lo que dice el público. El escándalo crece.

Era verdad. Tal maña se daban Glocester y don Custodio y otros señores del cabildo, algunos empleados de la curia eclesiástica, y entre el elemento lego Foja y don Alvaro, éste por debajo de cuerda y conteniéndose en lo que se refería a la simonía y despotismo que se achacaba al Provisor. En el Casino tampoco se hablaba de otra cosa. Ya todos aseguraban haber encontrado a don Santos dando patadas a la puerta de *La Cruz Roja* y desafiando a gritos al Magistral. Había bandos: unos reclamaban la intervención de la autoridad, otros sostenían *el derecho del pataleo* de Barinaga.

El Chato iba y venía, espiaba en todas partes, y dos o tres veces al día entraba en casa del Provisor a dar parte de las murmuraciones a su jefe, doña Paula, que le pagaba bien.

La madre de don Fermín vivía en perpetua zozobra; pero no desmayaba. «Ya que él quería perderse, allí estaba ella para salvarle.» Era lo principal visitar al Obispo, conseguir que la murmuración, la calumnia o lo que fuese no llegara a Su Ilustrísima. Doña Paula pasaba gran parte del día y de la noche en palacio. Su lugarteniente, Ursula, el ama de llaves del Obispo, tenía orden de no dejar a ninguna persona sospechosa llegar a la cámara de su dueño; los familiares, gente devota de doña Paula, hechuras suyas, obedecían a la misma consigna. El Magistral, aunque le disgustaba emplearse en tal oficio, también espiaba y vigilaba; el instinto de conservación le obligaba a secundar los planes de su madre.

Doña Paula y don Fermín hablaban poco; se defendían por acuerdo tácito; empleaban el mismo sistema sin comunicárselo. Estaba la madre irritada. «Su hijo la engañaba, la perdía. Para ella doña Ana Ozores, la dichosa Regenta, era ya *barragana* —esta palabra decía para sus adentros—, barragana de su Fermo. Por allí iba a romper la soga: por allí hacía agua el barco. Si se hablaba tanto de los abusos de la curia eclesiástica, de *La Cruz Roja* y de don Santos, era porque el *otro negocio,* el más escandaloso, el de las *faldas,* traía consigo los demás.» Esto pensaba ella. «Lo otro es antiguo. Ya nadie hacía caso de esas habillas, por viejas, por gastadas, pero con el escándalo nuevo, con lo de esa mala pécora, hipócrita y astuta, todo se renueva, todo toma importancia, y muchos pocos hacen un mucho. Si Fortunato sabe algo, cree algo, nos hundimos.» Al dueño de *La Cruz*

Roja se le prohibió oír los golpes que descargaba en la puerta
todas las noches el borracho de don Santos. No se volvió a pensar en pedir auxilio a la autoridad. Se compró al sereno y se
le dio orden de que evitara el ruido ante todo. Era inútil. Muchos vecinos ya esperaban con curiosidad maliciosa la hora del
alboroto, y salían a los balcones a presenciar la escena.

Pero doña Paula tenía además que seguir los pasos a su hijo.
El Chato había visto a la Regenta y al Magistral entrar juntos
al anochecer en casa de doña Petronila. Y ya lo sabía doña
Paula. Pero también les había visto don Custodio y se lo había
dicho a Glocester y después los dos a todo Vetusta.

En tanto, en el café de la Paz había a público para oír a
don Pompeyo y a don Santos maldecir de las religiones positivas y especialmente del señor Vicario general, como llamaba
siempre a De Pas el señor Guimarán. Entre el *pueblo bajo* corría
la historia de las aras, de la ruina de don Santos, de los millones del Magistral depositados en el Banco; con tal motivo algunos obreros de la Fábrica vieja hablaban de ahorcar al clero en
masa. A esto lo llamaban cortar por lo sano. Los trabajadores
carlistas dudaban; tenía entre ellos amigos el Magistral, pero si
le respetaban por sacerdote, le temían por rico... y sospechaban
algo. De lo que no hablaba la multitud era del asunto de *las
faldas.* Allá cuando la Revolución, se había dicho si tenía o no
tenía don Fermín aventuras en los barrios bajos; pero ya nadie
se acordaba por allí de tales cuentos. Los obreros que entonces
llevaban la voz en la propaganda revolucionaria habían muerto o
habían envejecido, o se habían dispersado, o estaban desengaña-
dos de *la idea;* la generación nueva no era clerófoba más que a
ratos; era amiga de la taberna, no del club. Se hablaba sólo de
revolución social, y ya se decía que los curas no son ni más
ni menos malos que los demás *burgueses.* Malo era el fanatismo,
pero el *capital* era peor. No había en los barrios bajos un elemento de activa propaganda contra las sotanas. El Magistral era
allí más despreciado que aborrecido. Pero el escándalo de don
Santos el de los Cristos, como le llamaban; dos o tres rasgos de
despotismo en la curia eclesiástica, el dineral que costaba casarse —como si antes no costara lo mismo— y las acciones del Banco, volvieron a encender los odios, y esta vez se habló de colgar
al Provisor y *demás clerigalla.*

Quien más gozaba con aquella propaganda de infamia, después
de Glocester, que la creía obra suya exclusivamente, era don
Alvaro Mesía. Ya aborrecía de muerte al Magistral. «Era el primer hombre, ¡y *con faldas!,* que le ponía el pie delante: el primer
rival que le disputaba una presa, y con trazas de llevársela.» Tal
vez se la había llevado ya. Tal vez la fina y corrosiva labor del
confesonario había podido más que su sistema prudente, que
aquel sitio de meses y meses, al fin del cual el *arte* decía que
estaba la rendición de la más robusta fortaleza. Yo pongo el
cerco, pero ¿quién sabe si él ha entrado por la mina? El *dandy*

vetustense sudaba de congoja recordando lo mucho que había
padecido bajo el poder de don Víctor Quintanar, que según su
cuenta, en pocos meses de íntima amistad le había *declamado*
todo el teatro de Calderón, Lope, Tirso, Rojas, Moreto y Alar-
cón. Y todo ¿para qué? «Para que el diablo haga a esa señora
caer en cama, tomarle miedo a la muerte, y de amable, sensible
y condescendiente —que era el primer paso—, convertirse en
arisca, timorata, mística..., pero mística de verdad. ¿Y quién
se la había puesto así? El Magistral, ¿qué duda cabía? Cuando
él comenzaba a preparar la escena de la declaración, a la que
había de seguir de cerca la del *ataque personal*, cuando la próxima primavera prometía eficaz ayuda..., se encuentra con que
la señora tiene fiebre.» «La señora no recibe», y estuvo sin verla
quince días. Se le permitía llegar al gabinete, preguntar cómo
estaba, pero no entrar en la alcoba. El había ido a visitarla todos
los días, pero como si no, no le dejaban verla. Y, ¡oh rabia!, el
Magistral, él lo había visto, pasaba sin obstáculo, y estaba solo
con ella. «La lucha era desigual.» Durante la primera convalecencia, que duró pocos días, se le permitió a él también entrar
en la alcoba dos o tres veces; pero nunca pudo hablar a solas
con Ana. Y lo más triste había sido después, cuando la segunda
arremetida del mal, que fue tan peligrosa, cedió el paso poco a
poco a la salud. Ana le recibió en su gabinete. ¡Pero cómo! Por
de pronto estaba bastante delgada, y pálida como una muerta.
«Hermosísima, eso sí, hermosísima..., pero a lo romántico. Con
mujeres de aquellas carnes y de aquella sangre no luchaba él.
Estaba entregada a Dios. ¡Claro! ¡Apenas comía! No podía levantar un brazo sin cansarse.» Don Álvaro calculaba, furioso de
impaciencia, cuánto tiempo tardaría aquella *naturaleza* en adquirir la fuerza necesaria para volver a sentir los impulsos sensuales,
que eran la fe viva del señor Mesía y su esperanza. Tardaría
mucho. Mientras tanto, él no podría emprender nada de provecho. «Y el Magistral estaba haciendo allí su agosto embutiendo
aquel cerebro débil de visiones celestes... Ana era otra para él.
No le miraba jamás, y las pocas palabras con que contestaba a las
preguntas de cariñoso interés eran corteses, afables, pero frías,
como cortadas por patrón. A veces se le ocurría a él si se las
dictaría el Magistral.» Una tarde comía la Regenta en presencia
de su esposo, don Álvaro y De Pas. Le costaba lágrimas cada
bocado. El Magistral opinaba que a la fuerza no debía comer. Entonces Mesía tomó con mucho calor la defensa del alimento obli-
gatorio.

—Yo creo, con permiso de este señor canónigo, que lo principal aquí es sentirse bien; y pronto, para que no se apodere la
anemia de ese organismo...

—¡Oh, amigo mío! —respondió el Magistral, sonriendo con
mucha amabilidad—, la anemia, usted sabe mejor que yo que
puede venir a pesar del alimento... Además, comer no es lo
mismo que alimentarse...

—Pues, con permiso del señor canónigo, yo aconsejaría carne cruda, mucha carne a la inglesa...

«¡Oh!, le corría prisa; hubiera dado sangre de un brazo por verla correr por aquellas venas que se figuraba exhaustas. ¡La vida, la fuerza a todo trance, para aquella mujer!» Hasta habló un día don Alvaro de transfusiones. «La ciencia había adelantado mucho en esta materia.»

Somoza solía aprobar moviendo la cabeza y diciendo:

—¡Mucho, mucho! ¡Oh, sí la ciencia!, ¡mucho!... La transfusión... ¡claro! —Tenía mucho miedo a los conocimientos médicos de don Alvaro. Aquel hombre que iba a París y traía aquellos sombreros blandos y citaba a Claudio Bernard y a Pasteur..., debía de saber más que él de medicina moderna... porque él, Somoza, no leía libros, ya se sabe, no tenía tiempo.

Pero la Regenta mejoraba; volvía la sangre, aunque poco a poco; los músculos se fortalecían y redondeaban... y la frialdad y la reserva no desaparecían. Don Víctor siempre el mismo para su don Alvaro; seguían las confidencias acompañadas de cerveza..., pero Ana jamás se presentaba. Si don Alvaro se atrevía a preguntar por ella, don Víctor fingía no oír, o mudaba de conversación; si el otro insistía, Quintanar suspiraba, y encogiendo los hombros, decía:

—¡Déjela usted..., estará rezando!

—¡Rezando!... Pero tanto rezar puede matarla...

—No, si no reza..., es decir..., oración mental... ¿Qué sé yo? Cosas de ella. Hay que dejarla.

Y suspiraba otra vez. Sí, había que dejarla. Pero a solas, don Alvaro se mesaba los rubios y finos cabellos, y, ¡quién lo diría!, se llamaba animal, bestia, bruto, como si no fuera todo lo mismo, y se decía:

—¡Me he portado como un cadete! Me ha perdido la timidez. Debí dar el *ataque personal* una noche que la encontré a oscuras..., ó aquella tarde del cenador...

Pero no lo había dado... Y ahora no había remedio. Un día llegó Ana *al extremo* de retirar la mano que él solicitaba con la suya extendida. Buscó un pretexto con la habilidad rápida que tienen las mujeres... y... no le dio la mano. No volvió a tocarle aquellos dedos suaves. Y es más, apenas la veía.

«¡Oh, a él, a don Alvaro Mesía le pasaba aquello! ¿Y el ridículo? ¡Qué diría Visita, qué diría Obdulia, qué diría Ronzal, qué diría el mundo entero!

»Dirían que un cura le había derrotado. ¡Aquello pedía sangre! Sí, pero ésta era otra.» Si don Alvaro se figuraba al Magistral vestido de levita, acudiendo a un duelo a que él le retaba..., sentía escalofríos. Se acordaba de la prueba de fuerza muscular en que el canónigo le había vencido delante de Ana misma. Aquel valor que él sentía ante una sotana, por la esperanza irreflexiva de que la mansedumbre obliga al clérigo a no devolver las bofetadas, aquel valor desaparecía pensando en los

puños de don Fermín. «No había salida. No había más que acabar con él ayudando a Foja, ayudando a Glocester, a todos los
enemigos del tirano eclesiástico.»

Por las tardes, paseándose en el Espolón, donde ya iban quedándose a sus anchas curas y magistrados, porque el mundanal
ruido se iba a la sombra de los árboles frondosos del Paseo grande, don Alvaro solía cruzarse con el Provisor; y se saludaban con
grandes reverencias, pero el seglar se sentía humillado, y un
rubor ligero le subía a las mejillas. Se le figuraba que todos los
presentes les miraban a los dos y los comparaban, y encontraban más fuerte, más hábil, más airoso, al vencedor, al cura. Don
Fermín era el de siempre: arrogante en su humildad, que más
quería parecer cortesía que virtud cristiana; sonriente, esbelto,
armonioso al andar, enfático en el sonsonete rítmico del manteo
ampuloso, pasaba desafiando el qué dirán, con imperturbable sangre fría. Solían juntarse en el Espolón los tres mejores mozos
del Cabildo: el chantre, alto y corpulento; el pariente del ministro, más fino, más delgado, pero muy largo también, y don Fermín, el más elegante y poco menos alto que la dignidad. Gasta-
ban entre los tres muchas varas de paño negro reluciente, in-
maculado; eran como firmes columnas de la Iglesia, enlutadas
con fúnebres colgaduras. Y a pesar de la tristeza del traje y de
la seriedad del continente, don Alvaro adivinaba en aquel grupo
una seducción para las vetustenses; iba allí el prestigio de la
Iglesia, el prestigio de la gracia, el prestigio del talento, el prestigio de la salud, de la fuerza y de la carne, que medró cuanto
quiso... El se figuraba tres monjas hermosas, buenas mozas, que
tuviesen además talento, gracia; se las figuraba paseando por el
Espolón..., y estaba seguro de que los ojos de los hombres se
irían tras ellas. Pues lo mismo debía de suceder trocados los
sexos. Y, en efecto, en los saludos que las señoras que todavía paseaban en el Espolón dedicaban a los tres buenos mozos
del Cabildo, a las tres torres davídicas, creía ver el Presidente
del Casino ocultos deseos, declaraciones inconscientes de lascivia
refinada y contrahecha.

Cada día aumentaba en don Alvaro la superstición del confesonario, cada día creía más poderosa la influencia del cura sobre
la mujer que le cuenta sus culpas. Y mirando a las damas que
iban y venían, unas elegantes, lujosas, otras enlutadas o con hábito humilde, todas deseando a su modo agradar, todas procu-
rándolo, Mesía imaginaba secretos hilos invisibles que iban de
faldas a faldas, de la sotana a la basquiña, del cura a la hembra.

En suma, don Alvaro tenía celos, envidia y rabia. Su materialismo subrepticio era más radical que nunca. «Nada, nada,
fuerza y materia, no hay más que eso», pensaba.

Y si no fuera porque los partidos avanzados nunca son poder
o lo son poco tiempo, se hubiera declarado demagogo y enemigo
de la religión del Estado.

Llegó al extremo de proponer en la Junta del Casino que no

se celebrara en adelante ninguna fiesta de orden religioso colgando e iluminando los balcones. Ronzal se opuso, pero el Presidente se impuso y se votó aquella abstención. ¡Había triunfado al cabo don Pompeyo Guimarán!

Don Alvaro quería que el ateo volviese al Casino, hacía falta aquel refuerzo a los que se empeñaban en deshonrar al Magistral. Foja y Joaquinito Orgaz, que capitaneaban la partida de los murmuradores, propusieron a don Álvaro que fuera una comisión a buscar a don Pompeyo para restituirlo al Casino, «de donde nunca debió haber salido». Se celebraría la «restauración» de Guimarán con una buena cena. Paco, el marquesito, a pesar de que como buen aristócrata se creía obligado a ser religioso *en la forma por lo menos,* se opuso al principio a los proyectos de Foja y Orgaz, pero considerando que su amigo, su ídolo Mesía, deseaba tener allí al otro para que le ayudara a desacreditar al Provisor, y considerando que iban a divertirse de veras en el *gaudeamus* de la noche, falló que debía ayudar y ayudaba a los enemigos del Magistral y se agregó a la comisión que fue a buscar a don Pompeyo.

Fueron el señor Foja, ex alcalde, Paco Vegallana y Joaquín Orgaz.

Los recibió el señor Guimarán en su despacho, lleno de periódicos y bustos de yeso, baratos, que representaban bien o mal o Voltaire, Rousseau, Dante, Franklin y Torcuato Tasso, por el orden de colocación sobre la cornisa de los estantes, llenos de libros viejos.

Usaba don Pompeyo en casa bata de cuadros azules y blancos, en forma de tablero de damas. Acogió a los comisionados con la amabilidad que le distinguía y ocultando mal la sorpresa.

¿A qué vendrían aquellos señores? ¿Querrían darle alguna broma? No lo esperaba. De todos modos, el ver allí al hijo del marqués de Vegallana le inundaba el alma de alegría, aunque él no quisiera reconocerlo.

Cuando supo de lo que se trataba, por boca de Foja, tuvo que levantarse para ocultar su emoción. Sintió que la hebilla del chaleco estallaba en su espalda.

—Señores —pudo decir al cabo con voz temblorosa—, si un juramento solemne no me obligara a permanecer en el ostracismo que voluntariamente me impuse hace tantos años, o mejor dicho, que me impusieron el fanatismo y la injusticia, si eso no fuera, yo volvería con mil amores al seno de aquella sociedad, de la que fui fundador con otros seis o siete amigos. ¿Y cómo no, señores, si allí corrieron los mejores días para mí, en pláticas provechosas y amenas con el elemento más culto de la población? Allí la tolerancia solía tener su asiento; y las personas, los personajes en quien más arraigadas están ciertas ideas venerables al fin, porque son profesadas con sinceridad y vienen hasta cierto punto de abolengo, obligan por la raza, esos mismos personajes, entre los cuales cuento al papá de este joven ilustrado, a mi

buen amigo y condiscípulo el excelentísimo señor marqués de
Vegallana, respetaban mis opiniones, como yo las suyas. Lo que
ustedes hacen ahora nunca lo agradeceré yo bastante. Pero lo
principal ya se ha logrado: la libertad del pensamiento vuelve a
brillar en el Casino. Mi aspiración se ha realizado. Ahora, por lo
que a mí toca, señores, debo aclarar que no puedo romper un
voto solemne, un juramento..., y no iré con ustedes, aunque
bien quisiera.

La comisión insistió, conociendo en la cara de don Pompeyo
que vencerían.

Foja presentó un argumento de mucha fuerza.

—Dice usted, señor don Pompeyo, que por su gusto vendría
con nosotros, se restituiría al Casino...

—¡Con mil amores! Esa es la palabra..., me restituiría...

—Que únicamente le retrae el juramento...

—Eso, el juramento solemne de no poner en mi vida allí los
pies...

—Pero ¿qué solemnidad, ni qué castañuelas? Y usted dispense que me exprese así. El que jura, pone a Dios por testigo;
pero usted no cree en Dios..., luego usted no puede jurar.

—Perfectamente —dijo Joaquinito Orgaz—; de *p* y *p* y doble
u. —Y se puso en pie para hacer una pirueta flamenca.

Creía Joaquín que en casa de un ateo de profesión, de un loco,
en otros términos, la buena crianza estaba de más.

Don Pompeyo se quedó mirando a Orgaz asombrado de su
desfachatez, mientras consideraba el argumento de Foja.

No tenía qué contestar.

Al cabo dijo:

—La verdad es... que jurar..., yo no puedo jurar..., pero...
metafóricamente... Además, puedo prometer por mi honor...

—Pero, amigo, en aquella ocasión usted no prometió por su
honor; juró usted no poner allí los pies... Todo Vetusta recuerda las palabras de usted.

Don Pompeyo sintió vapores en la cabeza al oír que toda Vetusta recordaba sus palabras.

Pero insistió, aunque más débilmente cada vez, en su negativa.

Foja guiñó el ojo al marquesito. Empezó entonces éste el ataque, y Guimarán no pudo resistir más. Se rindió.

¡El hijo de Vegallana, del primer aristócrata, venía a suplicarle
que volviera al Casino! ¡Oh!, aquello era demasiado. No pudo
sostener la fortaleza de su resolución.

—Después de todo —dijo—, en el mero hecho de haberse res-
tablecido la legislación que yo invocaba, ya puedo pisar sin desdo-
ro aquel pavimento...

—Pues claro que puede usted pisar. Nada, nada; póngase usted la levita, que la cena espera.

—¿Qué cena?

—Sí, señor; se ha acordado por el elemento vencedor, por los

que solicitan la presencia de usted, obsequiarle con un banquete... y vamos a cenar juntos unos doce amigos...

Don Pompeyo no sabía si debía aceptar... No le dejaron ser
modesto, y corrió aturdido a ponerse la levita y el sombrero de
copa alta. Estaba deslumbrado, y creía sentir alrededor de su
cuerpo un baño, un baño de agua rosada.

La presencia del marquesito era el principal factor de aquella
alegría. «¡Oh!, al fin la aristocracia era algo, algo más que una
palabra, era un elemento histórico, una grandeza positiva..., podía haber nobleza y no haber Dios..., ¿qué duda cabía?»

Una hora después, en el comedor del casino, que ocupaba una
crujía del segundo piso, no lejos de la sala de juego, se sentaban
a la mesa, presidida por don Pompeyo Guimarán, don Alvaro
Mesía, enfrente del protagonista, y en agradable confusión después, sin pensar en preferencias de sitio, Paco Vegallana, Orgaz,
padre e hijo, Foja, don Frutos Redondo —que acudía a todas las
cenas, fuesen del partido religioso o político que fuesen—, el capitán Bedoya, el coronel Fulgosio, desterrado por republicano,
famoso por sus malas pulgas y buena espada, un tal Juanito Reseco, que escribía en los periódicos de Madrid y venía a Vetusta,
su patria, a darse tono de vez en cuando, y además un banquero y varios jóvenes de la «bolsa» de Mesía, trasnochadores abonados del Casino.

Pocas veces comía en la fonda don Pompeyo, y como sus
relaciones con los poderosos de la tierra eran muy poco íntimas, casi nunca veía una mesa bien puesta. Así, le parecía digno
de Baltasar aquel vulgarísimo aparato de restaurante provinciano.
El mantel adamascado, más terso que fino; los platos pesados,
gruesos, de blanco mate con filete de oro; las servilletas en forma
de tienda de campaña dentro de las copas grandes; la fila esca-
lonada de las destinadas a los vinos; las conchas de porcelana
que ostentaban rojos pimientos, cárdena lengua de escarlata,
húmedas aceitunas, pepinillos rozagantes y otros entremeses; la
gravedad aristocrática de las botellas de Burdeos, que guardaban
su aromático licor como un secreto; los reflejos de la luz que-
brándose en el vino y en las copas vacías y en los cubiertos relucientes de plata Meneses; el centro de mesa en que se erguía
un ramillete de trapo con guardia de honor de dos floreros cilín-
dricos con pinturas chinescas, de cuya boca salían imitaciones groseras de no se sabía qué plantas, pero que a don Pompeyo le
recordaban la cabellera rubia y estopa de alguna *miss* de circo
ecuestre; las cajas de cigarros, unas de madera olorosa, otras de
latón; los talleres cursis y embarazosos cargados con aceite y vinagre y con más especias que un barco de Oriente; todo contribuía a deslumbrar al buen ateo, que contemplaba sonriendo y
fascinado el conjunto claro, alegre, fresco, vivo, lleno de promesas, de la mesa aún pulcra, correcta, intacta.

Se comenzó a comer sin mucho ruido; todos se esforzaban en
decir chistes. Joaquinito se burlaba del servicio y hablaba de

Fornos... y de La Taurina y el Puerto, donde se cenaba *por todo lo flamenco.*

Todos comían mucho, menos don Pompeyo, a quien la emoción apretaba la garganta. Desde el segundo plato comenzó a atormentarle un cuidado. «Estoy —pensó— en el ineludible compromiso de brindar; tengo que improvisar un discurso.» Y ya no comió bocado que le aprovechase. Oía hablar como quien oye llover; sonreía a derecha e izquierda, contestaba con monosílabos, pero él pensaba en su brindis; las orejas se le convertían en brasas y a veces sentía náuseas y temblor de piernas. En resumidas cuentas, estaba pasando un mal rato. El esperaba que las cosas sucedieran así: hablaría primero don Alvaro, haría un elogio de la constancia con que él, don Pompeyo, había sostenido la idea santa de la libertad de pensamiento, y prometería en nombre de la Junta que el Casino jamás tendría religión, como no debía tenerla el Estado. Después hablarían Foja, el marquesito y otros, abundando en las mismas ideas..., y por último él, Guimarán, tendría que levantarse a... *hacer el resumen.* Y mientras comía y bebía maquinalmente, preparaba su arenga, sin poder pasar del exordio, que quería original, sin afectación, modesto sin falsa humildad... «Estos jóvenes... debieron haberme avisado ayer... y entonces tendría yo tiempo.»

Contra lo que esperaba el *ateo,* la conversación, al llegar el champaña, había tomado un rumbo que no podía llevarla a los asuntos serios que él creía propios de aquella solemnidad. Se hablaba de mujeres. Casi todos echaban de menos la edad de las ilusiones, no por las ilusiones, sino por la secreta fuerza, que según ellos, era su origen. Se declaraban, aún los jóvenes, en la edad triste en que el amor es de cabeza, pura imaginación. Sólo Paco, franco y noble, confesaba que se sentía mejor que nunca, a pesar de haber vivido tanto como cualquiera.

Uno de los compañeros de bolsa de Mesía, viejo verde de cincuenta años, el señor Palma, banquero, lamentaba que la juventud no fuese eterna, y con lágrimas en los ojos, de pie, con una copa ya vacía en la mano, exponía su sistema filosófico, de un pesimismo desgarrador, como decía el capitán Bedoya. Hubo interrupciones y entonces la conversación tomó un vuelo más alto: Guimarán se dignó prestar atención. Se hablaba ya de la otra vida, y de la moral, que era relativa según la opinión de la mayoría.

Foja, pálido, desencajado, con voz temblorosa, sostenía que no había moral de ninguna clase —y también se puso de pie—; que el hombre era un animal de costumbres; que cada cual barría para dentro.

—*Homo homini lupus* —advirtió Bedoya, el capitán.

El coronel Fulgosio le miró con respeto y aprobó la proposición, sin entenderla.

—Eso es la lucha por la existencia —dijo muy serio Joaquinito Orgaz.

—No hay más que materia —añadió Foja, que sólo en sus borracheras exponía sus opiniones filosóficas.

—Fuerza y materia —dijo Orgaz padre, que lo había oído a su hijo.

—Materia... y pesetas —rectificó Juanito Reseco, con voz aguda, estridente y cargada de una ironía que Orgaz padre no podía comprender.

—Eso es —gritó el orador Palma; y siguió brindando por todas las excelencias naturales que él echaba de menos en su miserable cuerpo de anémico incurable.

Se volvió al amor y a las mujeres, y comenzaron las confesiones, coincidiendo con el café y los licores, sacatrapos del corazón. Entre la ceniza de los cigarros, las migas de pan, las manchas de salsa y vino, rodaron el nombre y el honor de muchas señoras. «Allí se podía decir todo, estaban solos, todos eran unos.» Mesía hablaba poco; era su costumbre en tales casos. Temía estas expansiones en que se toma por amigo a cualquiera y en que se dicen secretos que en vano después se querría recoger. Mientras los demás referían aventuras vulgares, sin gloria, él, atento a sus pensamientos, con un codo apoyado en la mesa y la barba apoyada en la mano, fumaba un buen cigarro, besando el tabaco con cariño y voluptuosa calma; los ojos animados, húmedos, llenos de reflejos de la luz y de reflejos eléctricos del vino, se fijaban en el techo. Las demás figuras de la cena eran vulgares, su embriaguez no tenía dignidad, ni gracia la libertad de sus posturas. Mesía estaba hermoso; se notaban mejor que nunca la esbeltez y armonía de sus formas de buen mozo elegante; en su rostro correcto los vapores de la gula no imprimían groseras tintas, sino cierta espiritualidad entre melancólica y lasciva; se veía allí al hombre de vicio, pero sacerdote, no víctima: dominaba él a su borrachera, morigerada, señoril, discreta. Don Alvaro, a solas entre aquellos pobres diablos, soñaba despierto, enternecido. En aquellos momentos se creía enamorado de veras, y se creía y se sentía de veras interesante. Aunque él era sensualista, ¡qué diablo!, la sensualidad, pensaba, también tiene su romanticismo. El claire de lune es claire de lune aunque la luna sea un cacho de hierro viejo, una herradura de algún caballo del sol.

Y pasaban por su memoria y por su imaginación recuerdos de noches de amor, no todas claras ni todas poéticas, pero muchas, muchas noches de amor. Y sintió comezón de hablar, de contar sus hazañas. Este prurito era nuevo en él, no lo había sentido hasta que la Regenta le había humillado con su resistencia.

Dos o tres veces intervino en la algazara para dar su dictamen tan lleno de experiencia en asuntos amorosos. Y todos se volvieron a él, y callaron los demás para oírle. Entonces habló, sin poder remediarlo, para satisfacer secreto impulso de rehabilitarse con su historia. Habló el maestro. Quitó el codo de la mesa y apoyó en ella los dos brazos cruzando las manos, entre cuyos dedos oprimía el cigarro, cargado con una pulgada de ceniza;

inclinó un poco la cabeza, con ciérto misticismo báquico, y con los ojos levantados a la luz de la araña, con palabra suave, tibia, lenta, comenzó la confesión, que oían sus amigos con silencio de iglesia. Los que estaban lejos, se incorporaban para escuchar, apoyándose en la mesa o en el hombro más cercano. Recordaba el cuadro, por modo miserable, la *Cena* de Leonardo de Vinci.

La atención profunda del auditorio, el interés que se asomaba a las miradas y a las bocas entreabiertas, sedujeron al Tenorio de Vetusta, le halagaron, y habló como podría hablar sobre el pecho de un amigo. Joaquín Orgaz y el marquesito oían con recogimiento de sectario al maestro. Aquella palabra era de sabiduría.

Unas veces las aventuras eran románticas, peligrosas, de audacia y fortuna; las más probaban la flaqueza de la mujer, sea quien sea; otras demostraban la necesidad de prescindir de escrúpulos; muchas el buen éxito de la constancia, de la astucia y de la rapidez en el ataque.

De vez en cuando, el silencio era interrumpido por carcajadas estrepitosas: era que una aventura cómica alegraba al concurso, sacándole de su estupor malsano y corrosivo. Entre la admiración general, serpeaba la envidia abrazada a la lujuria: las tenías del alma. Los ojos brillaban secos.

El arte del seductor se extendía sobre aquel mantel, ya arrugado y sucio, anfiteatro propio del cadáver del amor carnal.

Mesía se dejaba ver por dentro, más que por complacer a sus oyentes, por oírse a sí mismo, por saber que él era todavía quien era.

«Las trazas del amor eran casi siempre malas artes; era un soñador el que pensase otra cosa. Alguna vez se le había arrojado a Mesía a los brazos una mujer loca de puro enamorado; pero estas aventuras eran muy raras. Además, si la mujer no fuera tan lasciva a ratos, las victorias escasearían; por amor puro se entregan pocas. Más hace la ocasión que la seducción. La seducción debe transformarse en ocasión.»

Llegó el caso de contar cómo había podido don Alvaro vencer a la hija de un maestro de la Fábrica vieja, muy honrado, que velaba por el honor de su casa como un Argos. Angelina tenía padre, madre, abuela, hermanos; ella era pura como un armiño... Mesía había empezado por seducir a los parientes. En cada casa entraba según lo exigía la vida de aquel hogar. Jugaba al escondite con los niños, les fabricaba pajaritas de papel, jugaba al dominó con la abuela, servía a la madre de devanadera, oía con paciencia y fingida atención las lucubraciones socialistas y humanitarias del padre, encantaba a todos; llegaba a ser el tertulio necesario, el paño de lágrimas, el consejero, el mejor ornamento de la casa; la llenaba con su hermosa presencia; era dulce, cariñoso, tenía blanduras de padrazo; cuidaba de los intereses domésticos como si fueran propios, hasta ponía paz entre los criados y los amos. Así iba entrando, entrando en el corazón de todos; los amores con Angelina —o quien fuera, pues de tales aventuras había tenido muchas— comenzaban en secreto; y poco a poco, junto a la camilla, una mesa cubierta con gran tapete debajo del cual hay un brasero; en el balcón, al oscurecer, en cuantas ocasiones podía, se acercaba, se apretaba contra su víctima, la llenaba de deseos de él, de su arrogante belleza varonil y simpática; después hablaba de amor como en broma, con un tono de paternal amparo que parecía la misma inocencia; y cualquier día o cualquier noche, en una merienda en el campo, después de la cena de Nochebuena, mientras los demás de la familia reían alegres, descuidados, la pasión de Angelina llegaba al paroxismo, la ocasión echaba el resto y la deshonra entraba en la casa, y el amigo íntimo, el favorito de todos, salía para no volver nunca.

Los que oían a don Alvaro se figuraban presenciar aquellas escenas de amistad íntima, tranquilas, dulces, llenas de expansión y confianza; en el rostro del seductor, en sus ademanes, en las sonrisas, en la voz, se reflejaban, por virtud del recuerdo, la bondad suave, el aire bonachón y entrañable, la franqueza sencilla, noble, familiar, la habilidad casera, todas las artes y cualidades que hacían vencer a Mesía en lides tales.

—Otras veces, amigos, había que recurrir a la fuerza. Renunciar a una victoria que se consigue con los puños y sudando gotas como garbanzos, entre arañazos y coces, es ser un platónico del amor, un *cursi;* el verdadero don Juan del siglo, y de todos los siglos tal vez, vence como puede; es romántico, caballeresco, pundonoroso cuando conviene; grosero, violento, descarado, torpe, si hace falta.

Nunca se le olvidaría a don Alvaro un combate de amor que duró tres noches, y fue más glorioso para la vencida que para el vencedor. La escena representaba una panera, casa de madera sostenida por cuatro pies de piedra, como las habitaciones palúdicas sustentadas por troncos, y las de algunos pueblos salvajes. En la panera dormía Ramona, aldeana, y cerca de su lecho de madera pintada de azul y rojo, que rechinaba a cada movimiento del jergón, yacía la cosecha de maíz de su casería, en montón deleznable que subía al techo.

Allí fue la batalla. Y don Alvaro, como si lo estuviera pasando todavía, describía la oscuridad de la noche, las dificultades del escalo, los ladridos del perro, el crujir de la ventana del corredor al saltar el pestillo; y después las quejas de la cama frágil, el gruñir del jergón de gárrulas hojas de mazorca, y la protesta muda, pero enérgica, brutal, de la moza, que se defendía a puñadas, a patadas, con los dientes, despertando en él, decía don Alvaro, una lascivia montaraz, desconocida, fuerte, invencible.

Hubo momentos en que peleé, como César en Munda, por la vida. Era Ramona, señores, morena; su carne de cañón, dura, tersa, y aquellos brazos que yo deseaba enlazados a mi cuerpo,

en arrebato amoroso, me probaban su fuerza dando tortura a los
míos oprimidos, inertes. Mi deseo era más poderoso, porque tenía
un incentivo más picante que la pimienta: conocía yo que Ramona gozaba, gozaba como una loca en la refriega. Segura de no
ser vencida por la fuerza, enamorada a su modo del *señorito,*
sobre todo por su audacia, acostumbrada a tales devaneos mudos, gimnásticos, callaba, forcejeaba, mordía con deleite, magullaba con ·voluptuosidad bárbara, y encontraba placer de salvaje
en el martirio de mis sentidos, que tocaban su presa, y se sentían
dominados por ella. La cama se hundió; rodamos por el suelo,
y rodando llegamos al monte de maíz. Entonces salió la luna,
entraron sus rayos por la ventana que yo dejara abierta, y vi a
mi robusta aldeana, en pie, hundida una pierna entre los granos
de oro y la rodilla de la otra clavada sobre mi pecho. Me inti-
maba la muerte o la huida, amenazándome con una medida para
áridos, cajón enorme de madera con chapas de hierro. Huí, huí
por la ventana del corredor, de la panera salté al callejón como
pude, y tuve que emprender, ya sin fuerzas, nueva lucha con el
perro —pausa—. Pero volví a la noche siguiente. El perro ladró
menos. La ventana no estaba cerrada, el pestillo estaba descompuesto; Ramona no dormía, me esperaba; en cuanto me sintió,
descargó tremendo bofetón sobre mi rostro. No importaba. Vol-
vimos a la lucha; los mismos incidentes; rodamos, nos anegamos
en maíz; yo tragué muchos granos. Y tampoco vencí aquella
noche. Salí de allí por un armisticio, con promesas de futura
victoria. Y a la noche tercera luché todavía; me había engañado;
el premio me costó batalla nueva, y sólo pude recogerlo entre
molestias sin cuento, por culpa del maíz deleznable, curioso, importuno, entremetido. Ramona, ya rendida, se quejaba también.
Nos hundíamos, olvidados de todo, y si no estuviera mandado
que lo cómico no acabe en trágico, en ·buena retórica, en aquel
montón inquieto hubieran encontrado sepultura Alvaro y Ramona, sofocados por uno de nuestros más humildes cereales.

Aplausos y carcajadas ahogaron la voz del narrador. Y entonces don Álvaro, gozoso, entusiasmado, quiso deslumbrar a su
auditorio con el contraste de aventuras románticas, en que él
aparecía como un caballero de la Tabla Redonda.

Y a todo esto don Pompeyo Guimarán olvidaba su exordio,
interesado a su pesar en las aventuras eróticas del *frívolo* Presidente del Casino. Paco Vegallana había hecho beber al ateo,
sin que éste lo sintiera, más de lo que la justicia manda. No
estaba borracho, pero se sentía mal y a su pesar encontraba cierto deleite en oír aquellas escenas escandalosas que en otra ocasión le hubieran indignado.

Mesía, al fin, cansado, y algo arrepentido de haber hablado
tanto, puso término a sus confesiones, y volviéndose a don Pompeyo le invitó a usar de la palabra.

—Don Pompeyo —dijo, y se puso en pie tambaleándose, lo
cual probaba que, si no el vino, sus recuerdos le habían em-

briagado—, don Pompeyo, puesto que ésta es la hora de las
revelaciones, es preciso que usted nos diga cuál es el fondo de
su alma...

—Señores —interrumpió el ateo—, el fondo de mi alma lo
traigo en la superficie para que el mundo se entere.

—¡Bravo!, ¡bravo! —gritó el concurso.

Y se vertieron y rompieron algunas copas.

—Propongo —gritó Juanito Reseco, encaramado en una silla— que, en vista de ese rasgo de genio..., se le permita lla-
marnos de tú y estar a la recíproca.

—¡Admitido! ¡Aprobado!

—Pues bien —prosiguió Juanito—; oh, tú, Pompeyo, pompo-
so Pompeyo, voy a darte un disgusto. Tú piensas que en Vetusta no hay más ateos que tú...

—¡Caballerito!...

—Pues yo soy otro, *anch'io...sono pittore*. Sólo que tú eres un
ateo progresista, un ateo fanático, un teólogo patas arriba... Tú
pasas la vida mirando al cielo..., pero lo miras cabeza abajo y
por debajo de tus piernas. Y aunque hay contradicción aparente
en eso de patas arriba y patas abajo..., todo se concilia, o se
resuelve la antinomia, como dicen los filósofos cursis, considerando que el ser bípedo no es para todos...

—Caballerito..., no comprendo esa jerga filosófica. Antes que
usted naciera, estaba yo cansado de ser ateo, y si lo que usted
se propone es insultar mis canas, y mi consecuencia...

—Decía que eres un teólogo patas arriba; pues sabe que en
el mundo civilizado ya nadie habla de Dios, ni para bien ni
para mal. La cuestión de si hay Dios o no lo hay, no se resuelve..., se disuelve. Tú no puedes entender eso; pero oye lo
que importa: tú, fanático de la negación, morirás en el seno de
la Iglesia, del que nunca debiste haber salido. *Amen dico vobis*.

Y cayó Juanito debajo de la mesa.

A todos había indignado su discurso, menos a Mesía, que extendiendo su mano hacia él, exclamó:

—¡Perdonadle... porque ha bebido mucho!

—Ese Juanito —decía el coronel a don Frutos el americano—
me parece un gran pedante.

—Es un hambriento con más orgullo que don Rodrigo en la
horca.

Se habló de religión otra vez. Don Frutos expuso sus creencias con una palabra aquí, otra allí, haciendo islas y continen-
tes de vino tinto sobre el mantel y suplicando con los ojos que
le terminasen las cláusulas.

Insistía don Frutos en que él sentía que su alma era inmortal; había otro mundo, además de las Américas, otro mundo
mejor al cual iban las almas de los que no habían robado en
las carreteras. Además, Dios era misericordioso, hacía la vista
gorda. Y por supuesto, quería don Frutos ir a ese mundo mejor

con el recuerdo de la mala vida pasada, porque si no, ¡vaya una gracia!

—¿Para qué querrá don Frutos acordarse de lo bruto que ha sido sobre el haz de la tierra? —preguntaba Foja al oído de Orgaz hijo.

—Señores —gritó Joaquín—, si en la otra vida no hay *cante* o es *cante* adulterado, renuncio al más allá.

Y dio un salto sobre la mesa, agarrándose a una columna y comenzó un baile flamenco con perfección clásica. No faltaron jaleadores, y sonaban las palmas mientras cantaba el mediquillo con voz ronca y melancolía de chulo:

> Es una cooosa
> que maravilla, mamá,
> ver al Frascueeelo
> la pantorriiiilla, mamá...

Don Pompeyo sentía escalofríos. ¡Qué degradación! Meditaba y veía dos Orgaz hijo sobre la mesa.

—Me han embriagado con sus herejías..., quiero decir..., con sus blasfemias... —dijo al marquesito, que callaba, pensando que todo aquello era muy soso sin mujeres.

Joaquín gritó:

—Allá va una a la salud de don Pompeyo.

Y comenzó una copla impía y brutal alusiva a una sagrada imagen.

—¡Alto ahí, señor mío! —exclamó indignado el buen Guimarán al oír el penúltimo verso—. Mi salud no necesita de semejantes indecencias; y lo que ustedes hacen con tamañas blasfemias indecorosas es la causa, el caldo gordo del clero; porque tenga usted entendido, joven inexperto y procaz, que por el mundo han pasado muchas religiones positivas, y hoy se ha creído esto y mañana lo otro; pero de lo que nunca han prescindido los pueblos cultos, ni ahora ni en la antigüedad, es de la buena crianza y del respeto que nos debemos todos.

—¡Bien, muy bien! —dijeron todos, incluso Joaquín.

—Y yo estoy cansado de que se me tome a mí por un iconoclasta; sí, iconoclasta soy, pero iconoclasta del vicio, apóstol de la virtud y heresiarca de las tinieblas que envuelven la inteligencia y el corazón de la humanidad.

—¡Bravo! ¡Bravo!

—Y si por alguien se ha creído que yo puedo fraternizar con el escándalo, aunarme con la desfachatez y adherirme a la orgía, protesto indignado, que a muy otra cosa he venido aquí. Y creo llegado el momento de que se hable con alguna formalidad.

—Perfectamente —interrumpió Foja—, el señor Guimarán ha hablado como un libro, y eso que no los lee, pero no importa, ha hablado como el libro de su conciencia, según él dice. Aquí, señores, nos hemos reunido para celebrar la vuelta del señor Guimarán al hogar doméstico, llamémosle así, del Casino. Pero, ¡ah!, señores diputados, ¿por qué ha vuelto al Casino el señor Guimarán? *Tatiste question*, como dice Trabuco, a quien siento no ver entre nosotros —aplausos, risas—. Pues ha vuelto porque nos hemos emancipado de la repugnante tutela del fanatismo, y ha vuelto a fundar una sociedad cuya sesión inagural estáis celebrando, acaso sin saberlo. Esta sociedad, que desde luego no se llamará de la templanza, se propone perseguir a los fariseos, arrancar las caretas de los hipócritas y arrancar del cuerpo social de Vetusta las sanguijuelas místicas que chupan su sangre. (Estrepitosos aplausos. Paco se abstiene y piensa lo mismo que antes: que faltan chicas.) Señores..., guerra al clero usurpador, invasor, inquisidor; guerra a esa parte del clero que comercia con las cosas santas, que se vale de subterráneos para entrar con sus tentáculos de pólipo en las arcas de *La Cruz Roja*...

—¡Ahí, ahí le duele!...

—A ese clero que condena a la tisis del hambre a dignos comerciantes, a padres de familia; a ese clero que dispersa los hogares y hunde en alcantarillas inmundas, mal llamadas celdas, a las vírgenes del Señor, y que entiende que las entrega a Jesús, entregándolas a la muerte. (Frenéticos aplausos.) Juremos todos ser trompetas del escándalo, para que tanto sea, y a tales oídos llegue, que la ruina del enemigo común sea un hecho. Porque, señores, nadie como yo respeta al clero parroquial, ese clero honrado, pobre, humilde..., pero al alto clero... muera... y, sobre todo..., muera el señor Provisor..., el...

—¡Muera, muera! —contestaron algunos: Joaquín; el coronel, que estaba sereno, pero quería que muriese el Magistral, y otros dos o tres comensales borrachos.

Cuando se levantaron de la mesa, amanecía. Se había hablado mucho más; se había contado la historia del Provisor tal como la narraba la leyenda escandalosa. Convinieron, hasta los más prudentes, en que era preciso fundar seriamente aquella sociedad propuesta por Foja. Se acordó juntarse a cenar una vez al mes y hacer una gran propaganda contra el Magistral. Al salir, repartidos en grupos, se decían en voz baja:

—Todo esto lo ha preparado Mesía; don Fermín es su rival y él quiere arruinarle, aniquilarle.

—Pero ¿quién llevará el gato al agua?

—¿Qué gato?

—¿O la gata?

—El Magistral.

—Alvaro.

—O los dos...

—O ninguno.

—En fin —advirtió Foja—, yo ni quito ni pongo rey.

—Pero ayudo a mi señor —concluyó el coro.

Mesía, Paco Vegallana y Joaquín Orgaz acompañaron a don Pompeyo a su casa. Era una mañana de un junio alegre, tibia, sonrosada. El sol anunciaba sus rayos en los colores vivos de las nubes de Oriente. Los pasos de los trasnochadores retumbaban en las calles de la Encimada como si anduvieran sobre una caja sonora. Aunque no hacía frío, todos habían levantado el cuello de la levita o lo que fuese. Don Pompeyo iba taciturno. Abrió la puerta de su casa con su llavín; entró sin hacer ruido, y a poco cerraba los ojos, metido en su lecho, por no ver la claridad acusadora que entraba por las rendijas de los balcones cerrados. Aquello de acostarse de día era una revolución que mareaba a Guimarán; dudaba si las leyes del mundo seguían siendo las mismas. Al cerrar los ojos, sintió que su lecho, siempre inmóvil, también se sublevaba bajando y subiendo. Poco después se creía en el océano, encerrado en un camarote, víctima del mareo y corriendo borrasca.

Se levantó a las doce y no quiso hablar con su mujer y sus hijas de la cena, de la dichosa cena. Sin embargo, aunque se prometió no verse en otra, pocas horas después, en el Casino, donde le recibieron con muestras de simpatía y júbilo, ofrecía solemnemente volver a las andadas, acudir a los *gaudeamus* mensuales en que se daría cuenta de los trabajos de la *sociedad innominada* que había fundado *inter-pocula*.

Doña Paula supo por el Chato, a quien se lo contó un mozo del restaurante del Casino, cuanto se había hablado en la cena inaugural, y lo que pretendían aquellos señores. Cuando el Magistral oyó a su madre que se había gritado: «Muera el Provisor», encogió los hombros, se levantó y salió de casa.

—Este chico anda tonto..., yo no sé lo que tiene; parece que no está en este mundo... ¡Oh, maldita Regenta! ¡Esa mala pécora me lo tiene embrujado!

Al mes siguiente se celebró la segunda sesión de la *Innominada;* se bebió, se emborracharon los que solían y se dio cuenta de los trabajos de propaganda. Foja participó que se había entendido en secreto con el Arcediano, don Custodio y otros *enemigos capitulares* —así dijo— del Provisor. Se sabían muchos escándalos nuevos; el elemento eclesiástico y el secular, de común acuerdo para librar a Vetusta del enemigo general, tramaba la ruina del monstruo; pronto se llegaría a poner en manos del Obispo las pruebas de aquellas prevaricaciones de todas clases que se acusaba a don Fermín De Pas. Lo peor de todo, lo que haría saltar al Obispo, era lo que se refería al abuso indecoroso del confesonario. Se contaban horrores; en fin, ello diría.

Don Alvaro propuso que las cenas mensuales se suspendiesen hasta el otoño, y suplicó que se guardase el más profundo secreto. Además, él, sintiéndolo, tenía que privarse en adelante de asistir a tales reuniones: su espíritu allí quedaba, pero él, don Alvaro, por razones poderosas, que suplicaba a los presentes respetaran, se abstendría de acudir a tan agradables banquetes.

Quince días después, a mediados de julio, entraba una tarde el Presidente del Casino en el caserón de los Ozores. Iba a despedirse. Don Víctor le recibió en el despacho. Estaba el amo de la casa en mangas de camisa, como solía en cuanto llegaba el verano, aunque no tuviera mucho calor. Para él venían a ser ideas inseparables el estío y aquel traje ligero. Quintanar, al ver a don Alvaro, suspiró, le tendió ambas manos, después de dejar un libro negro sobre la mesa, y exclamó:

—¡Oh, mi queridísimo Mesías! ¡Ingrato! Cuánto tiempo sin parecer por aquí...

—Vengo a despedirme. Me voy a dar una vuelta por la provincia, después a los baños de Sobrón y a mediados de Agosto estaré de vuelta en Palomares, por no perder la costumbre.

—De modo que hasta Septiembre...

—Hasta fines de Septiembre no nos veremos.

Don Alvaro hablaba alto, como si quisiera que le oyesen en toda la casa.

Don Víctor lamentó aquella ausencia. Suspiró. «Era un nuevo contratiempo, nuevo asunto de tristeza.»

Notó don Alvaro que su amigo estaba menos decidor que antes, que se movía y gesticulaba menos.

—¿Ha estado usted malo?

—¡Quia! ¿Quién, yo? ¡Ni pensarlo! Pues que, ¿tengo mala cara? Dígame usted con franqueza..., ¿tengo mala cara?... Pálido... ¿tal vez?, ¿pálido?

—No, no, nada de eso. Pero se me figura que está usted menos alegre, preocupado..., qué sé yo...

Don Víctor suspiró otra vez. Tras una pausa, preguntó con tono quejumbroso:

—¿Ha leído usted eso?

—¿Qué es eso?

—Kempis, la *Imitación de Jesucristo*...

—¿Cómo? ¡Usted! ¿También usted?...

—Es un libro que quita el humor. Le hace a uno pensar en unas cosas... que no se le habían ocurrido nunca... No importa. La vida, de todas maneras, es bien triste. Vea usted. Todo es pasajero. Usted se nos va... Los marqueses se van... Visita se va... Ripamilán ya se marchó... Vetusta antes de quince días se quedará sola; de la Colonia... ni un alma queda... De la Encimada se ausenta lo mejor..., quedan los pobres, los jornaleros... y nosotros. Nosotros no salimos este año. ¡Y qué triste es un verano entero en Vetusta! El césped del Paseo grande se pone como un ruedo de esparto..., no se ve un alma por allí, en las calles no hay más que perros y policías... Mire usted, prefiero el invierno con todas sus borrascas y su agua eterna...,

qué sé yo... A mí el frío me anima... En fin, felices ustedes los
que se van...

Y don Víctor suspiró otra vez.

—Voy a llamar a mi mujer. ¿Querrá usted decirle adiós, verdad? Es natural.

—No..., si está ocupada..., no la moleste usted.

—No faltaba más. Ocupada... Ella siempre está ocupada...
y desocupada..., qué sé yo. Cosas de ella.

Salió. Don Alvaro tomó en las manos el Kempis; era un ejemplar nuevo, pero tenía manoseadas las cien primeras páginas,
y llenas de registros. Nunca había leído él aquello. Lo miraba
como una caja explosiva. Lo dejó sobre la mesa con miedo y con
ciertas precauciones.

Ana entró en el despacho. Vestía hábito del Carmen. Seguía
pálida, pero había vuelto a engordar un poco. A Mesía le latió
el corazón y se le apretó la garganta, con lo que se asustó un
poco.

Aquella mujer despertaba en él ahora una ira sorda, mezclada
de un deseo intenso, doloroso. La miraba como el descubridor
de una isla o un continènte, a quien la tempestad arrastrara lejos
de la orilla, tal vez para siempre, antes de poner el pie en
tierra. «¡Qué sabía él si jamás aquella mujer sería suya!» Su
orgullo no renunciaba a ella. Pero otras voces le decían: «Re-
nuncia para siempre a la Regenta.» Ya se vería. Pero era doloroso aplazar otra vez, y sabía Dios hasta cuándo, toda esperanza,
todo proyecto de conquista.

Quería observar en el rostro de Ana la huella de una emoción, al decirle que se marchaba sin saber cuándo volvería. Pero
Ana oyó la noticia como distraída; ni un solo músculo de su
rostro se movió.

—Nosotros —dijo— nos quedamos este verano en Vetusta. Yo
no puedo bañarme, y el médico me ha dicho que el aire del mar
más podría hacerme daño que provecho por ahora.

—Vetusta se pone muy triste por el verano.

—No..., no me parece...

Don Víctor los dejó solos.

Don Alvaro clavó los ojos en el rostro de Ana con audacia,
y ella levantó los suyos, grandes, suaves, tranquilos, y miró sin
miedo al seductor, a la tentación de años y años. Sintió él que
perdía el aplomo, creyó que iba a decir o hacer alguna atrocidad;
y sin poder contenerse, se puso en pie delante de ella.

—¿Se marcha usted ya?

«Si yo me arrojo a sus pies ahora, ¿qué pasa aquí?», se preguntó don Alvaro. Y sin saber lo que hacía, tendió la mano enguantada y dijo temblando:

—Anita..., si usted quiere... algo para las provincias.

—Que usted se divierta mucho, Alvaro... —contestó ella sin
asomo de ironía. Pero a él se le figuró que se ˙burlaba de su

torpeza ridícula, de su miedo estúpido... y sintió vehementes deseos de ahogarla. La mano de la Regenta tocó la de Mesía sin temblar, fría, seca.

Salió el buen mozo tropezando con el pavo real disecado y después con la puerta. En el pasillo se despidió de su amigo Quintanar.

La Regenta sacó del seno un crucifijo y sobre el marfil caliente y amarillo puso los labios, mientras los ojos, rebosando lágrimas, buscaban el cielo azul entre las nubes pardas.

Veintiuno

Ana leyó en su lecho, a escondidas de don Víctor, los cuarenta capítulos de la *Vida de Santa Teresa escrita por ella misma*.

Fue en aquella convalecencia larga, llena de sobresaltos, de pasmos y crisis nerviosas. Don Víctor, a quien los remordimientos, durante la recaída de su mujer, habían hecho jurar que hasta verla salva, sana, jamás se apartaría de ella, faltó al juramento en cuanto la creyó fuera de peligro. Un día se aventuró a dar una vuelta por el Casino; después iba a ver los periódicos; más adelante jugaba una partida de ajedrez, y «ya se sabe lo pesado que es este juego». Al fin, sin dar pretexto alguno, estaba fuera toda la tarde. La casa se le caía encima. «Empezaba el calor —porque don Víctor, en cuestión de temperatura, se regía por el calendario— y ya se sabía que él no podía trabajar en su despacho en cuanto el sudor le molestaba; necesitaba el aire libre; mucho paseo, mucha naturaleza.»

La Marquesa, Visitación, Obdulia, doña Petronila y otras amigas que habían hecho compañía a la Regenta mientras duró el mal tiempo, ahora la visitaban cada dos o tres días y las visitas eran breves. Hacía un sol hermoso, días azules, sin una nube en el cielo; había que aprovechar el buen tiempo; era la época del año en que Vetusta se anima un poco: había teatro, paseos concurridos, con música, forasteros..., una exposición de minerales. Hasta Petra pidió una tarde permiso a la señora para ir a ver un arco de carbón que habían construido...

Ana pasaba horas y más horas en la soledad de su caserón; a su lecho llegaban los ruidos lejanos de la calle apagados, como aprensión de los sentidos. Allá abajo, en la cocina, quedaba Servanda, y a veces Petra. Anselmo silbaba en el patio, acariciando un gato de Angola, su único amigo.

La Regenta sentía más la soledad con tal compañía; aquellos criados indiferentes, mudos, respetuosos, sin cariño, le hacían echar de menos la humanidad que compadece. Petra le era antipática. La temía sin saber por qué. Para tranquilizarse un tanto, cuando las congojas nerviosas la invadían, preguntaba a la doncella:

—¿Anda don Tomás por la huerta?

Si Frígilis estaba en el Parque, sentía un amparo cerca de sí. Se calmaba. Crespo subía una vez cada tarde a verla; pero no se sentaba casi nunca. Estaba cinco minutos en el gabinete, paseando del balcón a la puerta, y se despedía con un gruñido cariñoso.

Ana, a quien tanto molestaba aquel abandono en los momentos de debilidad en que los nervios exaltados la mortificaban con tristeza y desconsuelo, cuando estaba serena, sobre todo después de dormir algunas horas o de tomar alimento con gusto, llegaba a sentir un placer sutil, casi voluptuoso, en aquella soledad. El balcón del gabinete daba al parque; incorporándose en el lecho, veía detrás de los cristales las copas de algunos árboles que brillaban en la hoja nueva, rumorosa, tersa y fresca. Gorjeos de pájaros y rayos de un sol vivo, fuerte y alegre la hablaban de la vida de fuera, de la naturaleza que resucitaba, con esperanzas de salud y alegría para todos.

«Ella también iba a renacer, iba a resucitar, ¡pero a qué mundo tan diferente! ¡Cuán otra iba a ser de la que había sido! Se preparaba a sí misma una vida de sacrificios, pero sin intermitencias de malos pensamientos y de rebelión sorda y rencorosa, una vida de buenas obras, de amor a todas las criaturas, y por consiguiente a su marido, amor en Dios y por Dios.» Pero entretanto, mientras no podía moverse de aquella prisión de sus dolores, el alma volaba siguiendo desde lejos el espíritu sutil, sencillo, a pesar de tanta sutileza, de la santa enamorada de Cristo.

Ana vivía ahora de una pasión; tenía un ídolo y era feliz entre sobresaltos nerviosos, punzadas de la carne enferma, miserias del barro humano de que, por su desgracia, estaba hecha. A veces leyendo se mareaba; no veía las letras, tenía que cerrar los ojos, inclinar la cabeza sobre las almohadas y *dejarse desvanecer*. Pero recobraba el sentido, y a riesgo de nuevo pasmo volvía a la lectura, a devorar aquellas páginas por las cuales en otro tiempo su espíritu distraído, creyéndose, vanamente, religioso, había pasado sin ver lo que allí estaba, con hastío, pensando que las visiones de una mística del siglo dieciséis no podían edificar su alma aprensiva, delicada, triste.

La debilidad había aguzado y exaltado sus facultades; Ana penetraba con la razón y con el sentimiento en los más recónditos pliegues del alma mística que hablaba en aquel papel áspero, de un blanco sucio, de letra borrosa y apelmazada. Pasmábase de que el mundo entero no estuviese convertido, de que toda la humanidad no cantara sin cesar las alabanzas de la santa

de Avila. ¡Oh!, bien decía aquel bendito, dulce, triste y tierno
Fray Luis de León: la mano de Santa Teresa, al escribir, era
guiada por el Espíritu Santo, y por eso enciende el corazón de
quien la saborea.

«Sí, bien encendido tenía el suyo Ana; no más, no más ídolos en la tierra. Amar a Dios, a Dios por conducto de la santa,
de la adorada heroína de tantas hazañas del espíritu, de tantas
victorias sobre la carne.»

Pensando en ella sentía a veces punzante deseo de haber vivido en tiempo de Santa Teresa; o si no: ¡qué placer celestial
si ella viviese ahora! Ana la hubiera buscado en el último rincón del mundo; antes la hubiera escrito derritiéndose de amor
y admiración en la carta que le dirigiese. No estaba la Regenta
acostumbrada a convertir sus arrebatos religiosos en oraciones
mentales, según los prudentes consejos del Magistral; su educación pagana, dislocada, confusa, daba extrañas formas a la piedad sincera, asomaba con todos sus resabios de incoherencia y
ligereza después de tantos años.

Deseaba encontrar semejanzas, aunque fuesen remotas, entre
la vida de Santa Teresa y la suya, aplicar a las circunstancias en
que ella se veía los pensamientos que la mística dedicaba a las
vicisitudes de su historia.

El espíritu de imitación se apoderaba de la lectora, sin darse
ella cuenta de tamaño atrevimiento.

La Santa había encontrado refuerzo de piedad en el *Tercer
Abecedario* por Fr. Francisco de Osuna, y Ana mandó a Petra
a las librerías a buscar aquel libro. No apareció el *Tercer Abecedario,* el Magistral no lo tenía tampoco. Pero mejor era su
suerte en lo tocante al confesor. Veinte años lo había buscado
Teresa de Jesús como convenía que fuera, y no aparecía. Ana
recordaba entonces a su Magistral y lloraba enternecida. «¡Qué
grande hombre era y cuánto le debía! ¿Quién sino él había sembrado aquella piedad en su alma?»

En cuanto pudo levantarse, uno de sus primeros cuidados fue
escribir a don Fermín una carta con que había soñado ella muchas noches, que era uno de sus caprichos de convaleciente. La
escribió sin que lo supiera Quintanar, que le tenía prohibido
toda clase de quebraderos de cabeza.

De Pas visitaba a menudo a la Regenta, y estaba encantado
de los progresos que la piedad más pura hacía en aquel espíritu.
Pero ella quería escribirle; de palabra no se atrevía a decir ciertas cosas íntimas, profundas; además no podía decirlas; y sobre
todo, la retórica, que era indispensable emplear, porque a ideas
grandes, grandes palabras, le parecía amanerada, falsa en la conversación de silla a silla.

La carta, de tres pliegos, la llevó Petra a casa del Provisor;
la recibió Teresina sonriente, más pálida y más delgada que meses atrás, pero más contenta. El Magistral se encerró en su despacho para leer. Cuando su madre le llamó a comer, don Fermín

se presentó con los ojos relucientes y las mejillas como brasas.
Doña Paula miraba a su hijo y a Teresina alternativamente,
encogía los hombros cuando no la veían ni la doncella, que iba
y venía con platos y fuentes, ni su hijo, que miraba al mantel
distraído, comiendo maquinalmente, y muy poco. Teresina era
ya toda del señorito; nada decía al ama de las cartas que a don
Fermín entregaba. Las traía Petra, que llamaba a la puerta con
seña particular, bajaba Teresa, en silencio, se besaban como las
señoritas, en ambas mejillas, cuchicheaban, reían sin ruido y se
daban algún pellizco. Petra reconocía cierta superioridad en la
otra, la alababa la mata de pelo negro, los ojos de Dolorosa, el
cutis y demás prendas envidiables de su amiga. Teresina prometía futuras ventajas a Petra, y se despedían con más besos.
—¿Quién ha estado ahí? —preguntaba doña Paula.
«Era un pobre o uno del pueblo.» Nunca se decía la verdad.
Doña Paula no sospechaba nada contra la lealtad de la doncella.
Registrándole el baúl, en su ausencia, había encontrado varias
alhajas que bien valdrían dos mil reales. Había sonreído entre
satisfecha y envidiosa. «Dos mil reales valdría aquello..., sí...,
era demasiado para un escándalo. Si el decoro lo permitiese...,
si no fuese por vergüenza..., exigiría que se le dejase a ella re-
compensar a las gentes como merecían, sin despilfarros ociosos.
El descubrimiento la satisfacía; aquello era obra suya al fin y al
cabo, pero los dos mil reales le dolían: también eran suyos.»
Al día siguiente de recibir la carta, muy temprano, el Magistral salió de casa, fue al Paseo grande, buscó un lugar retirado en los jardines que lo rodean; y sin más compañía que los
pájaros locos de alegría, y las flores, que hacían su tocado lavándose con rocío, volvió a leer aquellos pliegos en que Ana le
mandaba el corazón desleído en retórica mística. Ya casi sabía de
memoria algunos párrafos de los que le parecían más interesantes y para él más halagüeños; y como la alegría le inundaba
el corazón, se sentía hecho un chiquillo aquella mañana sonrosada de un día de fines de mayo, nublado, fresco, antes que el
sol rasgara el toldo blanquecino con tonos de rosa que cubría la
lontananza por Oriente.
Se puso de pie el Magistral, miró a todos lados por encima
del seto de boj que rodeaba su escondite, y al verse solo, solo
de seguro, se le ocurrió mezclar a la cháchara insustancial y armoniosa de los pájaros que saltaban de rama en rama sobre su
cabeza su voz más dulce y melódica, recitando aquellas palabras
de espiritual hermosura que la Regenta le había escrito.
«Ya tengo el don de lágrimas —leyó el Magistral en voz alta,
como diciéndoselo a jilgueros y gorriones, petirrojos y demás vecinos de la enramada—, ya lloro, amigo mío, por algo más que
mis penas; lloro de amor, llena el alma de la presencia del Señor a quien usted y la santa querida me enseñaron a conocer.
No tema que vuelva la pereza a detenerme en casa olvidada de
mi salvación; ya sé que la tibieza es muerte, leído tengo lo que

dice nuestra querida Madre y Maestra hablando de sus pecados: 'No hacía caso de los veniales y esto fue lo que me destruyó'. Yo ni de los mortales hice caso, y aunque usted me advertía del peligro, seguí mucho tiempo ciega; pero Dios me mandó a tiempo (creo yo que era tiempo; ¿verdad, hermano mío?), me mandó a tiempo el mal; vi en las pesadillas de la fiebre el Infierno, y vílo como nuestra Santa en agujero angustioso, donde mi cuerpo estrujado padecía tormentos que no se pueden describir; y a mí, además, por la carne aterida y erizada me pasaban llagas asquerosas, unos fantasmas que eran diablos vestidos, por irrisión, de clérigos, con casullas y capas pluviales. En fin, de esto ya le hablé. Pero no sólo del terror nació mi piedad, que ahora creo que va de veras, sino también de amor de Dios, y de un deseo vehemente de seguir a millones de millones de leguas a mi modelo inmortal. Y para decirlo todo, sepa que en mucho, en mucho, debo al afán de no ser ingrata esta voluntad firme de hacerme buena. Santa Teresa vivió muchos años sin encontrar quien pudiera guiarla como ella quería; yo, más débil, recibí más pronto el amparo de Dios por mano de quien quisiera llamar mi padre y prefiere que no le llame sino hermano mío; sí, hermano mío, hermano muy querido, me complazco en llamárselo, aquí ahora, segura del secreto, sin oídos profanos que entenderían las palabras con la impureza ruin que ellos llevarán dentro de sí; feliz yo mil veces que a la primera ocasión en que tuve idea de ser buena, hallé quien me ayudara a serlo. ¡Y cuánto tiempo tardé en entenderle del todo! Pero mi hermano, mi hermano mayor querido me perdona, ¿verdad? Y si necesita pruebas, si quiere que sufra penitencias, hable, mande, verá cómo obedezco. Mas no extraño haber querido tanto tiempo lo que la santa declara haber querido también 'concertar vida espiritual y contentos y gustos y pasatiempos sensuales'. Ahora esto se acabó. Usted dirá por dónde hemos de ir; yo iré ciega. De la confianza cariñosa de que me hablaba el otro día, al salir yo de aquel paroxismo, estoy también enamorada, quiero también que sea como lo dijo mi hermano. Y hasta en eso seguiremos, además de esos monjes alemanes o suecos de que usted me habló, a la misma Teresa de Jesús, que, como usted sabe, con buenas palabras y creo yo que hasta con bromas alegres que tenía, con purísima intención, con un clérigo amigo suyo, consiguió apartarle del pecado. Recuerdo lo que dice: aquel confesor le tenía gran afición, pero estaba perdido por culpa de unos amores sacrílegos; habíale hechizado una mujer con malas artes, con un idolillo puesto al cuello, y no cesó el mal hasta que la Santa, por la gran afición que su confesor le tenía, logró que él le entregase el hechizo, aquel ídolo que era prenda del amor infame; y usted sabe que ella lo arrojó al río y el clérigo dejó su pecado y murió después libre de tan gran delito. Amistades así ayudan en la vida, que sin ellas es como un desierto, y los que de ellas pudieran sospechar son los malvados, que no han

de saberlas, porque son incapaces de entender como se debe
cosa tan buena y que tanto sirve para la salvación de los débiles.
Aquí el débil no es el confesor, sino la penitente; usted no tiene
hechizos colgados del cuello, ni tenemos ídolos que echar al
río... Yo soy la pecadora, aunque ningún hombre hizo el mal
que aquella mujer del clérigo hechizado; sólo quise a mi marido; y de éste sabe usted de qué modo estoy enamorada; no con
pasión que quite a Dios cosa suya, sino con el suave afecto y los
tiernos cuidados que se le deben. En esto he mejorado mucho;
porque Fray Luis de León me enseñó en su *Perfecta casada* que
en cada estado la obligación es diferente; en el mío mi esposo
merecía más de lo que yo le daba, pero advertida por el sabio
poeta y por usted, ya voy poniendo más esmero en cuidar a mi
Quintanar y en quererle como usted sabe que puedo. Y por cierto que he de poner por obra un proyecto que tengo, que es convertirle poco a poco y hacerle leer libros santos en vez de pa-
trañas de comedias. Algo he de conseguir, que él es dócil y usted me ayudará. También en esto imitaré a nuestra Doctora, que
puso empeño en traer a mayor piedad a su buen padre, que ya
tenía mucha...»

Estos últimos párrafos ya no los leía el Magistral en voz alta,
sino que había vuelto a sentarse y leía sin ruido y para adentro. Aunque algunos celos tenía de Santa Teresa, de la que
veía enamorada a su amiga, estaba satisfecho, y el gozo le saltaba
por ojos, mejillas y labios. «Aquello era vivir; lo demás era vegetar. Ana era, al fin, todo aquello que él había soñado, lo que
una voz secreta le había dicho el día en que ella se había acercado por primera vez a su confesonario.» Seguía el Magistral
ocultándose a sí mismo las ramificaciones carnales que pudiera tener aquella pasión ideal que ya se confesaban los dos *hermanos;* no quería pensar en esto, no quería sustos de conciencia
ni peligros de otro género, no quería más que gozar aquella
dicha que se le entraba por el alma.

Al leer lo de «hermano mayor querido...», le daba el corazón unos
unos brincos que causaban delicia mortal, un placer doloroso
que era la emoción más fuerte de su vida; pues bueno, esto
bastaba, esto era el hecho, la realidad; ¿qué falta hacía darle
un nombre? Lo que importaba era la cosa, no el nombre. Además, acabase aquello como acabase, él estaba seguro de que
nada tenía que ver lo que él sentía por Ana con la vulgar satisfacción de apetitos que a él no le atormentaban. Cuando pensaba así, oyó el Magistral a su espalda, detrás del árbol en que
se apoyaba, al otro lado del seto, una voz de niño que recitaba
con canturia de escuela «*Veritas in re est res ipsa, veritas in
intellectu...*» Era un seminarista de primer año de filosofía que
repasaba la primera lección de la obra de texto, Balmes. El Magistral se alejó sin ser visto, pensando entonces en los años en
que él también aprendía que «la verdad en la cosa es la cosa
misma». Ahora le importaba muy poco la cosa misma, y la ver-

dad y todo..., no quería más que hundir el alma en aquella pasión innominada que le hacía olvidar el mundo entero, su ambición de clérigo, las trampas sórdidas de su madre de que él era ejecutor, las calumnias, las cábalas de los enemigos, los recuerdos vergonzosos, todo, todo, menos aquel lazo de dos almas, aquella intimidad con Ana Ozores. ¡Cuántos años habían vivido cerca uno de otro sin conocerse, sin sospechar lo que les guardaba el destino! Sí, el destino, pensaba el Magistral, no quería decirse a sí mismo la Providencia; nada de teología, nada de quebraderos de cabeza que habían hecho de su adolescencia y primera juventud un árbol estéril por donde sólo pasaban fantasmas, aprensiones de loco, figuras apocalípticas. Bastaba para siempre de todo aquello. Ni aquello ni lo que había seguido: la ceguera de los sentidos, la brutalidad de las pasiones bajas, subrepticiamente satisfechas hasta el hartazgo; esto es vergonzoso, más que por nada por el secreto, por la hipocresía, por la sombra en que había ido envuelto; ahora, sin aprensión, sin escrúpulos, sin tormentos de cerebro, la dicha presente; aquella que gozaba en una mañana de mayo cerca de junio, contento de vivir, amigo del campo, de los pájaros, con deseos de beber rocío, de oler las rosas que formaban guirnaldas en las enramadas, de abrir los capullos turgentes y morder los estambres ocultos y encogidos en su cuna de pétalos. El Magistral arrancó un botón de rosa, con miedo de ser visto; sintió placer de niño con el contacto fresco del rocío que cubría aquel huevecillo de rosal; como no olía a nada más que a juventud y frescura, los sentidos no aplacaban sus deseos, que eran ansias de morder, de gozar con el gusto, de escudriñar misterios naturales debajo de aquellas capas de raso... El Magistral, perdiéndose por senderos cubiertos por los árboles, bajaba hacia Vetusta cantando entre dientes, y tiraba al alto el capullo, que volvía a caer en su mano, dejando en cada salto una hoja por el aire; cuando el botón ya no tuvo más que las arrugadas e informes de dentro, don Fermín se lo metió en la boca y mordió con apetito extraño, con una voluptuosidad refinada de que él no se daba cuenta.

Llegó a la catedral. Entró en el coro. El *Palomo* barría. Don Fermín le habló con caricias en la voz. Le debía muchos desagravios. ¡Cuántos sofiones inútiles había sufrido el pobre perrero! Ahora le halagaba, alababa su celo, su amor a la catedral; el *Palomo*, pasmado y agradecido, se deshacía en cumplidos y buenas palabras. De Pas se acercó al facistol, hojeó los libros grandes de rezo y hasta solfeó un poco en voz baja, leyendo la música señalada con notas cuadradas, de un centímetro por lado. Todo estaba bien. Los órganos allá arriba extendían su lengüetería en rayas verticales y horizontales, deslumbrantes; parecían dos soles cara a cara. Angeles dorados tocaban el violín cerca de la bóveda, a la que trepaban los relieves platerescos de los órganos; detrás del coro, en lo alto de las naves laterales, las ventanas y rosetones dejaban pasar la luz deshaciéndola en rojo, azul, verde y amarillo.

En un lado San Cristóbal sonreía con boca encarnada de una cuarta, partida por un plomo, al Niño de la Bola, que mantenía un mundo verde sobre su mano amarilla. Enfrente vio el Magistral el pesebre de Belén, cuadriculado también por rayas opacas. Jesús sonreía a la mula y al buey en su cuna de heno color naranja. Don Fermín miraba todo aquello como la primera vez en su vida. Hacía un fresco agradable en la iglesia, y el olor de humedad mezclado con el de la cera le parecía fino, misteriosamente simbólico y a su modo voluptuoso. Aquella mañana cumplió en el coro como el mejor, y sintió no ser hebdomadario para lucirse. Glocester, al verle tan alegre y decidor, amable con amigos y enemigos ocultos, se dijo: «¡Disimula! ¡Pues a disimulo no me ha de ganar este simoníaco!» Y se deshizo en amabilidad, cortesía y bromas lisonjeras. «Bueno era él.»

—¿Ha visto usted —decía al salir de la catedral don Custodio— qué satisfecho está el Provisor?

Y contestaba Glocester, al oído del beneficiado:

—Es que ya no tiene vergüenza; se ha puesto el mundo por montera.

—Debe de haber pasado algo gordo...

—¿A qué crimen alude usted?

—Al de adulterio.

—¡Ps!..., yo creo que... todavía están algo verdes. Sin embargo, por él no quedará, y el crimen es el mismo...

A Glocester le disgustaba figurarse al Magistral vencedor de la Regenta. Era caso de envidia. Pero convenía suponerlo, para cargar el delito a la cuenta de los muchos que atribuían al enemigo.

Don Fermín, a las once, recordó que era día de conferencia en la Santa Obra del Catecismo de las Niñas. Él era el director de aquella institución docente y piadosa, que celebraba sus sesiones en el crucero de la iglesia de Santa María la Blanca. Sentía el humor más a propósito para el caso. Con mucho gusto entró en aquel templo risueño, alegre, con sus adornos flamígeros de piedra blanca esponjosa. En medio del recinto se levantaba una plataforma de tabla de pino, de quita y pon; sobre ella a un lado había tres filas de bancos sin respaldo, y enfrente de ellos una mesa cubierta de damasco viejo manchado de cera, presidida por un sillón de pana roja y varios taburetes de igual paño. El sillón era para el Magistral, los taburetes para los capellanes catequistas, y en los bancos se sentaban las niñas de siete a catorce años que aprendían la doctrina cristiana, más algo de liturgia, historia sagrada y cánticos religiosos.

Cuando De Pas entró en el templo hubo un murmullo en los bancos de la plataforma, semejante al rumor de una ráfaga que rueda sobre las copas de los árboles.

Tomó el amado director agua bendita, y después de santiguar-

se, subió, radiante de alegría evangélica, las gradas de la plataforma, se frotó las manos y a una niña de ocho años que encontró de pie al paso la sujetó suavemente; y mientras él miraba
a la bóveda y mordía el labio inferior, oprimía contra su cuerpo
la cabeza rubia, y entre los dedos de la mano estrujaba, sin las-
timarla, una oreja rosada.

—¿Qué pájaro me habrá dicho a mí que doña Rufinita no
quiere ser buena, y enreda en la iglesia y descompone el coro
cuando canta?

Carcajada general. Las niñas ríen de todo corazón y el templo
retumba devolviendo el eco de la alegría desde la bóveda blanca,
llena de luz que penetra por ventanas anchas de cristales comunes.

Todo lo que dice allí el Magistral se ríe; es un chiste. Niños
y clérigos están como en su casa. Los pocos fieles esparcidos por
la iglesia son beatas que rezan con devoción; no se piensa en
ellas. A veces son espectadores de aquella algazara algunos ado-
lescentes y pollos con cascarón que tienen en los bancos de la
plataforma sus amores. Los catequistas, jóvenes todos, no ven
con buenos ojos a tales señoritos que vienen con propósitos profanos.

El Magistral no se sentó en el sillón de la presidencia. Prefería pasear por el tablado, haciendo eses, inclinando el cuerpo
con ondulaciones de palmera, acercándose de vez en cuando a
los bancos llenos de alegría para azotar una mejilla con suave palmada, o decir al oído de un angelito con faldas un secreto que
excita la curiosidad de todas y origina siempre una broma de
las que sabe preparar don Fermín de modo que acaben en lección moral o religiosa. También los catequistas, alegres, graciosos,
vivarachos, van y vienen, reprenden a las educandas con palabras
de miel y sonrisas paternales, y se meten entre banco y banco
mezclando lo negro de sus manteos redundantes con las faldas
cortas de colores vivos, y el blanco de nieve de las medias que
ciñen pantorrillas de mujer a las que el traje largo no dio todavía patente de tales. En la primera fila se mueven, siempre inquietas, sobre la dura tabla, las niñas de ocho a diez años, ana-
froditas las más, hombrunas casi en gestos, líneas y contornos,
algunas rodeadas de precoces turgencias, que sin disimulo deja ver
su traje de inocentes, algo avergonzadas, sin conciencia clara de
ello, de su desarrollo temprano. Mirando estos capullos de mujer, don Fermín recordaba el botón rosa que acababa de mascar,
del que un fragmento arrugado se le asomaba a los labios todavía.
En las siguientes filas estaban las educandas de doce y trece primaveras, presumidillas, entonadas; y detrás de éstas las señoritas
que frisaban con los quince, flor y nata de la hermosura vetustense algunas de ellas, casi todas iniciadas en los misterios legen-
darios del amor de devaneo, muchas próximas a la transforma-
ción natural que revela el sexo, y dos o tres, pequeñas, pálidas
y recias, mujeres ya, disfrazadas de niñas, con ojos pensadores

cargados de malicia disimulada. Cuando comenzaban las lecciones y los ensayos de coro, las niñas se levantaban, se repartían en secciones por el tablado, formaban círculos, los deshacían, como bailarinas de ópera; y las catequistas, dirigiendo aquellos remolinos ordenados, aspiraban, entre tanta juventud verde, aromas espirituales de voluptuosidad quintaesenciada con cierta dentera moral que les encendía las mejillas y los ojos, y causaban en su naturaleza robusta efectos análogos a los del *kirsch* o del ajenjo.

El Magistral, como el pez en el agua, entre aquellas rosas que eran suyas y no del Ayuntamiento como las del *Paseo grande,* se recreaba en los ojos de las que ya los tenían transparentes de malicia; y, más sutilmente, encontraba placer en manosear cabellos de ángeles menores. Llegó la hora de los discursos, después de los cánticos, en que la voz de algunas revelaba, mejor que su cuerpo, los misterios fisiológicos por que estaban pasando. Una joven de quince años, catorce oficialmente, se adelantó, y colocada cerca de la mesa recitó con desparpajo una filípica un tanto moderada por los eufemismos de la retórica jesuítica contra los materialistas modernos, que negaban la inmortalidad del alma. Era rubia, de un blanco de jaspe, de facciones correctas, a excepción de la barba que apuntaba hacia arriba; tenía el torso de mujer, y debajo de la falda ajustada se dibujaban muslos poderosos, macizos, de curvas armoniosas, de seducción extraña. Tenía los ojos azules claros; el metal de la voz, vibrante, poco agradable, hierático en su monotonía, expresaba bien el fanatismo casi inconsciente de un alma que preparaban para el convento. La rubia hermosa, con brazos de escultura griega, no entendía cabalmente lo que iba diciendo, pero adivinaba el sentido de su arenga, y le daba el tono de intolerancia y de soberbia que le convenía. También ella parecía una estatua de la soberbia y de la intolerancia: una estatua hermosísima. Sus compañeras, los catequistas, el escaso público esparcido por la nave, la oían con asombro, sin pensar en lo que decía, sino en la belleza de su cuerpo y el tono imponente de su voz metálica. Era la obediencia ciega de mujer hablando; el símbolo del fanatismo sentimental, la iniciación del *eterno femenino* en la eterna idolatría. El Magistral, con la boca abierta, sin sonreír, ya con las agujas de las pupilas erizadas, devoraba a miradas aquella arrogante amazona de la religión, que labrara con arte la naturaleza, por fuera, y él por dentro, por el alma. Sí, era obra suya aquel fanatismo deslumbrador; aquella rubia era la perla de su museo de beatas; pero todavía estaba en el taller. Cuando aquel vestido gris, que no tapaba los pies elegantes y algo largos, y dejaba ver dos dedos de pierna de matrona esbelta, llegase al suelo, la maravilla de su estudio saldría a luz, el público la admiraría y para sí la guardaría la Iglesia.

La historia sagrada estaba a cargo de una morena regordeta, de facciones finas, de expresión dulce, tímida y nerviosa. Apretaba con el cuerpo del vestido tempranos frutos naturales, como

si fueran una vergüenza; y más que en su oración pensaba en
que los muchachos que miraban desde abajo podían verle las
pantorrillas, que tapaba mal la falda, a pesar de los esfuerzos de
la castidad instintiva. No pudo terminar la historia de los Ma-
cabeos, que tenía a su cargo. Se le puso un nudo en la garganta,
le zumbaron los oídos y todo el lado derecho de la cabeza se
quedó de repente frío y el cutis pálido. Se ponía enferma de
vergüenza. Tuvo que salir de la iglesia. El desparpajo de otras
oradoras precoces hizo olvidar la escena triste y desairada de la
niña pusilánime, que había salido llorando. El Magistral reanimó
también el espíritu de la escuela con chascarrillos morales y apó-
logos jocomísticos. Las muchachas se morían de risa, se retorcían en los bancos, y dejaban ver a los profanos y a los catequistas relámpagos de blancura debajo de las faldas que movían
indiscretas, sin pensar en ello muchas, algunas sin pensar en
otra cosa.

Cuando salió don Fermín de Santa María la Blanca, tenía la
boca hecha agua engomada. Aquellas sensaciones, que le habían
invadido por sorpresa, le recordaban años que quedaban muy
atrás. No le gustaba aquello; era poca formalidad. «¡Diablo de
chicas!», iban pensando. De todas suertes, lo que le pasaba probaba que aún era joven, que no era por necesidad disfrazada de
idealismo por lo que se juraba ser platónico, siempre platónico,
o por lo menos indefinidamente en sus relaciones con la fiel
y querida amiga. Volvió su pensamiento a la Regenta, y aquel
vago y picante anhelo con que saliera de la iglesia se convirtió
en deseo fuerte y definido de ver a doña Ana, de agradecerle
su carta y decírselo con la más eficaz elocuencia que pudiera.

Tuvo bastante fortaleza para contener sus ansias y dejar para
la tarde la visita. Su madre le habló como siempre, de lo que
se murmuraba, y él encogió los hombros. Oía la voz dura y seca
de doña Paula anunciando, por asustarle, el cataclismo de su fortuna, la ruina de su honra, como si le hablase de los cataclismos
geológicos del tiempo de Noé. Le parecía que era otro Provisor
aquel de quien el público se quejaba. «¡Ambición, simonía, soberbia, sordidez, escándalo!..., ¿qué tenía él que ver con todo
aquello? ¿Para qué perseguían a aquel pobre don Fermín si ya
había muerto? Ahora el don Fermín era otro, otro que despreciaba a sus vecinos y ni siquiera se tomaba la molestia de que-
rerlos mal. El vivía para su pasión, que le ennoblecía, que le re-
dimía. Si le apuraban, daría una campanada.» El Magistral gozaba
encontrando dentro de sí semejante hombre, más fuerte que nunca, decidido a todo, enamorado de la vida, que tiene guardados
para sus predilectos estos sentimientos intensos, avasalladores. La
realidad adquiría para el nuevo sentido, era más realidad. Se
acordaba de las dudas de los filósofos y los ensueños de los teó-
logos y le daban lástima. Los unos negando al mundo, los otros
volatilizándolo, parecíanle desocupados dignos de compasión. «La
filosofía era una manera de bostezar.» «La vida era lo que sen-

tía él, él, que estaba en el riñón de la actividad, del sentimiento. Una mujer deslumbrante de hermosura por alma y cuerpo, que en una hora de confesión le había hecho ver mundos nuevos, le llamaba ahora su *hermano mayor querido,* se entregaba a él, para ser guiada por las sendas y trochas del misticismo apasionado, poético... Afortunadamente él tenía arte para todo: sabría ser místico, hasta donde hiciera falta, perderse en las nubes sin olvidar la tierra.» Recordaba que años atrás había pensado en escribir novelas, en hacer una *Sibila* verdaderamente cristiana, y una *Fabiola* moderna; lo había dejado, no por sentirse con pocas facultades, sino porque le hacía daño gastar imaginación. «Las novelas era mejor vivirlas.»

Cosa así pensaba, dando golpecitos con un cuchillo sobre una corteza de pan, mientras su madre narraba las cábalas de Glocester y las maquinaciones de los *conjurados* del Casino.

En cuanto pudo, el Magistral escapó de casa, prometiendo ir a sondear al Obispo. Tomó el camino de la Plaza Nueva. El caserón de la Rinconada le pareció envuelto en una aureola.

Le recibieron Ana y don Víctor en el comedor. Ya era amigo de confianza. Durante las dos enfermedades de la Regenta, el Magistral había prestado muchos servicios a don Víctor, y éste, aunque le era algo antipático el Magistral, se los había agradecido. Pero ya empezaba Quintanar, que siempre había sido regalista, a sospechar algo malo de *la influencia del sacerdocio* en su hogar, o sea el *imperio.* «El clero era absorbente.» Sobre todo don Fermín había sido un poco jesuita. «¡Jesuita! ¡El casuismo!... ¡El Paraguay!... *Caveant consules!*» Aunque la cortesía, ley suprema, le obligaba al más fino trato, no menos que la gratitud, don Víctor estuvo un poco frío con el canónigo, pero de modo que el otro no lo echó de ver siquiera. Notó que estorbaba allí el amo de la casa, pero nada más.

Ana afectuosa, lánguida todavía, había estrechado la mano a su confesor, que sin darse cuenta prolongó cuanto pudo el contacto. Don Víctor los dejó solos a eso de las seis. Le esperaban en el Gobierno Civil para una junta de ganaderos. Se trataba de traer sementales del extranjero. Pero don Víctor trataba principalmente de que le eligiesen segundo vicepresidente y reclamaba para Frígilis la primera secretaría. «Frígilis había jurado renunciarla, pero no importaba; de todas suertes la elección era una honra para ellos, aunque lo negase el sarraceno de Tomás.» Quintanar contaba con el gobernador. Salió.

La Regenta sonrió a don Fermín y dijo:

—Dirá usted que soy una loca; ¿para qué escribirle cuando podemos hablar todos los días? No pude menos. ¡Soy tan feliz! ¡Y debo en tanta parte a usted mi felicidad! Quise contener aquel impulso y no pude. A veces me reprendo a mí misma porque pienso que robo a Dios muchos pensamientos, para consagrarlos al hombre que se sirvió escoger para salvarme.

El Magistral se sentía como estrangulado por la emoción. La

Regenta hablaba ni más ni menos como él la había hecho hablar tantas veces en las novelas que se contaba a sí mismo al dormirse.

No vaciló en referir todo lo que había pasado por él desde que leyera aquella carta. «El mundo sin una amistad como la suya era un páramo inhabitable; para las almas enamoradas de lo infinito, vivir en Vetusta la vida ordinaria de los demás era como encerrarse en un cuarto estrecho con un brasero. Era el suicidio por asfixia... Pero abriendo aquella ventana que tenía vista al cielo, ya no había que temer.»

La Regenta habló de Santa Teresa con entusiasmo de idólatra; el Magistral aprobaba su admiración, pero con menos calor que empleaba al hablar de. ellos, de su amistad y de la piedad acendrada que veía ahora en Anita. Don Fermín tenía celos de la Santa de Avila.

Además, veía a su amiga demasiado inclinada a las especulaciones místicas, temía que cayera en el éxtasis, que tenía siempre complicaciones nerviosas, y era preciso evitar que pudiesen culparle a él de otra enfermedad probable, si Ana seguía aquel camino peligroso. Aconsejó la actividad piadosa. «En su estado y en el tiempo en que vivía la pura contemplación tenía que dejar mucho espacio a las buenas obras. Si ahora sentía Anita cierta pereza de rozarse otra vez con el mundo, se debía a la convalecencia de que en rigor no había salido; pero cuando el vigor volviera por completo, ya no la asustaría la acción; el ir y venir; el trabajar en la obra de piedad a que se la invitaba.»

Desde aquel día el Magistral influyó cuanto pudo en aquel espíritu que dominaba por entonces, para arrancarle de la contemplación y atraerle a la vida activa. «Si se remontaba demasiado, le olvidaría a él, que al fin era un ser finito. Santa Teresa había dicho, y Ana recordaba a cada momento que tenía: '... Una luz de parecerle de poca estima todo lo que se acaba', y como don Fermín había de acabarse, le espantaba la idea de que por eso Ana llegase a tenerle en poco.»

No hubiera sido el temor vano si las cosas hubiesen seguido como los primeros meses. Aunque tanto quería a su confesor, Ana muchas horas le olvidaba por completo como a todas las cosas del mundo.

Encerrada en su alcoba o en su tocador, que ya tenía algo de oratorio, sin necesidad de estímulos exteriores, perdida en las soledades del alma, de rodillas o sentada al pie de su lecho, sobre la piel de tigre, con los ojos casi siempre cerrados, gozaba la voluptuosidad dúctil de imaginar el mundo anegado en la esencia divina, hecho polvo ante ella. Veía a Dios con evidencia tal, que a veces sentía deseos vehementes de levantarse, correr a los balcones y predicar al mundo, mostrándole la verdad que ella palpaba y entonces le costaba trabajo reconocer la realidad de las criaturas. «¡Qué pequeñas eran!, ¡qué frágiles! ¡Cuánto más tenían de apariencia que de nada! Lo único que en ellas valía no era de ellas, era de Dios, era cosa prestada. ¡Dichas!, ¡dolores! Palabras nada más; ¿cómo apreciarlos y distinguirlos si lo poco, lo nada que duraban no daba tiempo a ello?» Ana recordaba la vida de unos mosquitos muy pequeños que corrían todas las mañanas a la orilla del río, volaban desde la ribera sobre las aguas y en medio de ellas morían y eran pasto de unos peces que contaban todos los días con aquel alimento. Pues así era el vivir para todas las criaturas, un rayo de sol que se cruza, para volver a la sombra de que se vino. Y estos pensamientos, que antiguamente la atormentaban, ahora le daban alegría. Porque el vivir era el estar sin Dios, el morir renacer en Él, pero renunciando a sí mismo.

Y como si sus entrañas entrasen en una fundición, Ana sentía chisporroteos dentro de sí, fuego líquido, que la evaporaba... y llegaba a no sentir nada más que una idea pura, vaga, que aborrecía toda determinación, que se complacía en su simplicidad. Prolongaba cuanto podía aquel estado; tenía horror al movimiento, a la variedad, a la vida.

Entonces solía don Víctor asomar la cabeza, con su gorro de borla dorada, por la puerta de escape, que abría con cautela, sin ruido... Anita no le oía; y él, un poco asustado, con una emoción como creía que la tendría entrando en la alcoba de un muerto, se retiraba de puntillas, con un respeto supersticioso. A dos cosas tenía horror: al magnetismo y al éxtasis. ¡Ni electricidad ni misticismo! Una vez le había dado una bofetada a un chusco que le había cogido por la levita, en el gabinete de física de la Universidad, para hacerle entrar en una corriente eléctrica. Don Víctor había sentido la sacudida, pero acto continuo, ¡zas!, había santiguado al gracioso. El magnetismo, en que creía —aunque estaba en mantillas, según él, esta ciencia—, le asustaba también; le parecía emoción superior a sus fuerzas. «Yo no necesito de eso para creer en la Providencia. Me basta con una buena tronada para reconocer que hay un más allá y un Juez Supremo. Al que no le convence un rayo, no le convence nada.»

Pero respetaba la religiosidad exaltada de su esposa desde que veía que iba de veras.

Llegaba de la calle; llamaba con una aldabonada suave..., subía la escalera procurando que sus botas no rechinasen, como solían, y preguntaba a Petra en voz baja, con cierto misterio triste:

—Y la señora, ¿dónde está?

Como si preguntara: ¿cómo va la enferma? Así andaba por todo el caserón, como si se estuviera muriendo alguno. Sin darse cuenta del porqué, don Víctor se figuraba el misticismo de su mujer como una cefalalgia muy aguda. Lo principal era no hacer ruido. Si el gato de Anselmo mayaba abajo, en el patio, don Víctor se enfurecía, pero sin dar voces, gritaba con timbre apagado y gutural:

—¡A ver ese gato!, ¡que se calle, o que lo maten!

Entraba en su despacho. Volvía entonces a sus máquinas y colecciones: a veces tenía que clavar, serrar o cepillar. ¿Cómo no hacer ruido? Sobre todo, el martillo atronaba la casa. Quintanar lo forró con bayeta negra, como un catafalco, y así clavaba; los martillazos, apagados, tenían una resonancia mate, fúnebre, de mal agüero, que llenaba de melancolía a don Víctor. Los canarios, jilgueros y tordos de su pajarera, que hacían demasiado ruido fueron encerrados bajo llave, para que no llegasen sus cánticos profanos al tocador-oratorio de la Regenta.

Se acostumbró don Víctor de tal modo a hablar en voz baja, que hasta en la huerta, paseándose con Frígilis, eran sus palabras un rumorcillo leve.

—Pero, hombre, parece que hablas con sordina... —decía Crespo, malhumorado.

Quintanar le consultaba acerca del *estado* de Ana.

—A ti ¿qué te parece de esto?

—¡Ps!..., allá ella. Sus razones tendrá.

—Yo creo, Tomás, aquí para *inter nos*..., que Anita se nos hace santa, si Dios no lo remedia. A mí me asusta a veces. ¡Si vieses qué ojos en cuanto se distrae! Ello sería un honor para la familia..., indudablemente; pero... ofrece sus molestias... Sobre todo, yo no sirvo para esto. Me da miedo lo sobrenatural. ¿Tendrá apariciones?

Frígilis se permitía la confianza de no contestar a las que estimaba sandeces de su amigo.

«También él pensaba en Anita. La veía muchas veces desde la huerta, en su gabinete, sentada, arrodillada, o de bruces al balcón mirando al cielo. Ella casi nunca reparaba en él; no era como antes, que le saludaba siempre. Aquello de Ana también era una enfermedad, y grave, sólo que él no sabía clasificarla. Era como si tratándose de un árbol empezara a echar flores y más flores, gastando en esto toda la savia; y se quedara delgado, delgado y cada vez más florido; después se secaban las raíces, el tronco, las ramas y los ramos, y las flores, cada vez más hermosas, venían al suelo con la leña seca; y en el suelo..., en el suelo..., si no había un milagro, se marchitaban, se pudrían, se hacían lodo como todo lo demás. Así era la enfermedad de Anita. En cuanto al contagio, que debía de haberlo habido, él lo atribuía al Magistral. Se acordaba del guante morado. Mucho tiempo lo había tenido olvidado; pero un día se le ocurrió preguntar a la Regenta si las señoras usaban guantes de seda morada y ella se había reído. Era, por consiguiente, un guante de canónigo. Ripamilán no los usaba casi nunca. No quedaba más canónigo probable que el Magistral; el único bastante listo para meter aquellas cosas en la cabeza de Ana. Del Magistral era el guante, sin duda. Y Petra andaba en el ajo. Era encubridora. ¿De qué? Esta era la cuestión. De nada malo debía de ser. Anita era virtuosa. Pero la virtud era relativa como todo; y sobre todo, Anita era de carne y hueso. Frígilis no temía lo presente, sino lo futuro; lo que podía suceder. No veía una falta, sino un peligro. Algo había oído de lo que se murmuraba en Vetusta, aunque en su presencia no se atrevían las malas lenguas a poner en tela de juicio el honor de los Quintanar. Se le miraba como hermano de don Víctor. De todas maneras, él estaría alerta.» Y seguía velando por los árboles de don Víctor y por su honor «tal vez en peligro».

Petra tampoco veía claro. Estaba desorientada. La conducta de su ama le parecía propia de una loca. «¿A qué venía aquella santidad? ¿A quién engañaba? ¡Oh!, si no fuera porque ella quería tener contento al Magistral, no serviría más tiempo a la hipócrita que la utilizaba como correo secreto y no le daba una mala propina, ni le decía palabra de sus trapicheos ni le ponía una buena cara, a no ser aquella de beata bobalicona con que engañaba a todos.»

Petra se encerraba en su cuarto. Colgada de un clavo a la cabecera de su cama de madera tenía una cartera de viaje, sucia y vieja. Allí guardaba con llave sus ahorros, ciertas sisas de mayor cuantía y algunos papeles que podían comprometerla. De allí sacaba el guante morado del Magistral, del que a nadie había hablado. Era una prueba, no sabía de qué, pero adivinaba que, sin saber ella cómo ni cuándo, aquella prenda podía llegar a valer mucho.

«¿Y qué probaba aquel guante respecto a la santidad de la señora? Que era una hipócrita. ¡Si no fuera por el Magistral!»

Los Vegallana y sus amigos estaban asustados. El Marqués creía en la santidad de Anita; la Marquesa encogía los hombros; temía por la cabeza de aquella chica. Visitación estaba *volada*, furiosa. «¡Sus planes por tierra! ¡Ana resistía! ¡No era de tierra como ella!» Obdulia Fandiño no envidiaba la santidad de su amiga la Regenta, sino *el ruido que metía*, lo mucho que se hablaba de ella por todo el pueblo. Jamás había hecho *tanta sensación* ella, la viudita, con el vestido más escandaloso, como Ana con su hábito y su *beatería*. «¡Qué atrasado, pero qué atrasado estaba aquel miserable lugarón!»

Entretanto, Ana recobraba el apetito, la salud volvía a borbotones. Tenía sueños castos, tales se le antojaba, sin sujeto humano, como decía Ripamilán, pero dulces, suaves. Sentía, medio dormida, a la hora de amanecer sobre todo, palpitaciones de las entrañas que eran agradable cosquilleo; otras veces, como si por sus venas corriese arroyo de leche y miel, se le figuraba que el sentido del gusto, de un gusto exquisito, intenso, se le había trasladado al pecho, más abajo, mejor, no sabía dónde, no era en el estómago, era claro, pero tampoco en el corazón, era en el medio. Despertaba sonriendo a la luz. Su pensamiento primero, sin falta, era para el Señor. Oía los gritos de los pájaros en la huerta, encontraba en ellos sentido místico, y la piedad matutina de Ana era optimista. El mundo era bueno, Dios se recreaba en su obra. Cada día encontraba la Regenta mayor consistencia en la idea de las cosas infinitas; ya no le costaba tanto trabajo reconocer su realidad; volvían los seres materiales a tener para ella la poesía inefable del dibujo; la plasticidad de los cuerpos era una especie de bienestar de la materia, una prueba de la solidez del universo; y Ana se sentía bien en medio de la vida. Pensaba en las armonías del mundo y veía que todo era bueno, según su género. La idea de Dios, la emoción profunda, intensa, que le causaba la evidencia de la divinidad presente, no se deslucían, no se borraban; pero Dios ya no se le aparecía en la idea de su soledad sublime, sino presidiendo amorosamente el coro de los mundos, la creación infinita. Empezó a olvidar algunas noches la lectura de Santa Teresa. Seguía enamorada de la Doctora sublime, pero algunas opiniones de la Santa prefería pasarlas por alto, estaban en pugna con las ideas propias; «al fin no en balde habían pasado tres siglos». Empezó Ana a comprender mejor lo que el Magistral le quería decir al hablarle de actividad piadosa.

«Es verdad —se decía—, no he de vivir en este egoísmo de recrearme en Dios; necesito, sí, trabajar más y más en la oración mental y en la contemplación, para ver más y más cada .día en esa región de luz en que el alma penetra, pero... ¿Y mis hermanos? La caridad exige que se piense en los demás. Ya puedo, ya puedo salir, vivir, sacrificarme por el prójimo; ya estoy fuerte, Dios lo ha permitido.»

El Magistral, mientras duraba la debilidad, le había prohibido incorporarse para rezar de rodillas sus oraciones de la mañana. Pero ella en cuanto sintió aquella bienhechora fortaleza de los músculos, que es como el amor propio del cuerpo, gozóse en distender los miembros, que volvían a cubrirse de rosas pálidas, otra vez repletos de vida circulante. Y sin descender del lecho, sobre las sábanas tibias, levemente mecidas por los muelles del colchón al incorporarse, rezaba, toda de blanco, sumidas las rodillas redondas y de raso en la blandura apetecible. Rezaba, y a veces en el entusiasmo de su fervor religioso acercaba el rostro al Cristo inclinado sobre la cabecera, y besaba las llagas de la imagen llorando a mares. Pensaba que aquellas lágrimas dulces eran la miel mezclada que corría dentro y ahora saltaba por los ojos en raudal inagotable. Cuando estuvo mejor, aún más fuerte, huyó la pereza del colchón y saltó al suelo y rezó sobre la piel de tigre. Aún quería más dureza, y separaba la piel y sobre la moqueta que forraba el pavimento hincaba las rodillas. Pensó en el cilicio, lo deseó con fuego en la carne, que quería beber el dolor desconocido, pero el Magistral había prohibido tales tormentos sabrosos.

El primer objeto a que Ana quiso aplicar su caridad ardiente fue la conversión de su marido. Santa Teresa había trabajado por la piedad de su padre, que ya era cristiano de los buenos, pero habíale ella querido más piadoso todavía. Ana se propuso emplear su celo en ganar para Dios el alma de don Víctor, «que venía también a ser su padre».

La suavidad, la dulzura, la elocuencia, las caricias, fueron los medios, lícitos todos, que empleó con arte de maestro. Quintanar tardó en conocer que su Anita, su querida Anita, quería

convertirle a la piedad verdadera. Al principio sólo notó que su
mujer se hacía más comunicativa, cariñosa a todas horas, como
antes lo era después de los ataques nerviosos y en ausencias o enfermedades. «¿Quería discutir por pasar el rato? Enhorabuena;
él amaba la discusión.» Y sostenía la tesis contraria para mantener animado el debate. Pero, amigo, la Regenta había ido haciendo la cuestión personal; ya no se trataba de si Cristo había re-
dimido a todas las *Humanidades* repartidas por los planetas, de
una sola vez, o yendo de estrella en estrella a sufrir en todas
muerte de cruz; ahora se trataba ya de si don Víctor confesaba
muy de tarde en tarde, si perdía o no muchas misas —y sí que
las perdía—. «Además, los libros en que apacentaba el espíritu
eran vanos; comedias, mentiras fútiles y peligrosas.»

—Tú nunca has leído vidas de santos, ¿verdad?

—Sí, hija, sí, y autos sacramentales...

—No es eso..., Quintanar; hablo de *La Leyenda de Oro* y del
Año Cristiano de Croisset, por ejemplo.

—¿Sabes, hija mía?... Yo prefiero los libros de meditación...

—Pues toma el Kempis, la *Imitación de Cristo*..., lee y me-
dita.

Y se lo hizo leer.

Y entre *Kempis* y la Regenta, y el calor que empezaba a molestarle, y la prohibición de los baños, le quitaron el humor al
digno magistrado. Ya no leía, al dormirse, a Calderón, sino a Job
y al dichoso Kempis. «¡Vaya unas cosas que decía aquel demon-
che de fraile o lo que fuese! No, y lo que es razón tenía, es claro;
el mundo, bien mirado, era un montón de escorias. El no podía
quejarse, en su vida no había habido desengaños terribles, grandes contrariedades, aparte de la muy considerable de no haber
sido cómico; pero en tesis general, el mundo estaba perdido.
Y además, esto de hacerse viejo, que le tocaba a él como a cada
cual, era un gravísimo inconveniente. En la muerte no quería
pensar, porque eso le ponía malo, y Dios no manda que enferme-
mos. La muerte..., la muerte..., él tenía así... una vaga y disparatada esperanza de no morirse... ¡La medicina progresa tanto!
Y además, se podía morir sin grandes dolores, por más que
Frígilis lo negaba.» En fin, no quería pensar en la muerte. Poco
a poco Kempis fue tiznándole el alma de negro y don Víctor
llegó a despreciar las cosas por efímeras. Una tarde, en su *Parque*,
contemplaba a Frígilis que estaba a sus pies agachado plantando
cebolletas de camelia, embebido en su operación.

«¡Valiente filósofo era Frígilis!» Don Víctor le miraba desde
la altura de su pesimismo prestado, y le despreciaba y compadecía. «¡Plantar cebolletas! ¿No prohibía San Alfonso Ligorio plantar árboles en general y edificar casas, que al cabo de los años
mil se caen? Pues entonces, ¿para qué plantar cebolletas, si todo
era un soplo, nada?...»

«Corriente, pero aquello de disgustarse de todo era poco divertido. ¿Qué iba él a hacer mano sobre mano un verano entero sin baños, ni bromas en las aguas de Termasaltas?»

«Y quedaba el rabo por desollar. La cuestión de salvarse o no salvarse. Aquello era serio. A él le daba el corazón que se salvaría; pero los santos escritores presentaban como tan difícil la cosa, que ya le inquietaban ciertas dudas... ¿Si no habría sido él toda su vida bastante bueno? Había que pensar en esto; pero, ¡Dios mío!, él no quería quebraderos de cabeza. Ya, cuando lo de la jubilación, fundada en una enfermedad que no tenía, le había costado gran trabajo arreglar sus papeles y pedir recomendaciones, y la jubilación era cosa temporal..., conque la salvación del alma, la jubilación eterna como quien decía, ¡apenas iba a exigir esfuerzos, expedientes, y también recomendaciones! Era preciso entregarse a su esposa para que le ayudase en tan arduo negocio.»

La Regenta conoció bien pronto que don Víctor se entregaba. Aunque ella hubiera querido más acendrada piedad, tuvo que contentarse con el dolor de atrición que claramente manifestaba su marido. Y no tuvo escrúpulo en asustarle un poco más de lo que estaba, recordándole las penas del Infierno, aunque estos recursos de terror le repugnaban a ella. Quintanar mostraba gran empeño en sostener que el fuego de que se trataba no era material, era simbólico.

—No es de fe —repetía—, en mi opinión, creer que ese fuego es físico, material; es un símbolo, el símbolo del remordimiento.

Algo le tranquilizaba la idea de que le tostasen con símbolos en el caso desesperado de no salvarse, como deseaba seriamente.

El primer esfuerzo que hizo Anita para salir de casa, tuvo por objeto llevar a su don Víctor a la Iglesia. Confesaron los dos con el Magistral.

A don Víctor al comulgar le atormentaba la idea de que no había confesado un pecadillo considerable: tenía sus dudas respecto de la infalibilidad pontificia.

El canónigo Döllinger, de quien no sabía más sino que existía y que se había separado de la Iglesia, le seducía por su tenacidad, que le recordaba la de su tierra, Aragón, el reino más noble y testarudo del Universo.

Los días para la Regenta se deslizaban suavemente.

El Magistral, su maestro, y don Víctor, su discípulo, eran los compañeros de su vida al parecer sosa, monótona, pero *por dentro* llena de emociones. Seguía encontrando en la oración mental delicias inefables. Dios era no menos amable como Padre de las criaturas, como Director de la gran «fábrica de la inmensa arquitectura», que en la pura contemplación de su Idea. Además, pensaba Anita, fuera orgullo aspirar ahora a la visión de la Divinidad directamente; me faltan muchos pasos, muchas *moradas*. Ya llegaré si el Señor lo tiene así dispuesto. Ahora debo hacer lo que dice el Magistral; ya que las fuerzas vuelven a mi cuerpo, aprovecharlas en una actividad piadosa, que es lo que él llama higiene del espíritu. La ociosidad me volvería al pecado, como volvía a la misma Santa Teresa. Si para ella tenía tan grave peligro, ¡qué será para mí!

Anita recibía las pocas visitas que don Alvaro se atrevía a hacerle, sin alterarse, tranquila en su presencia, y tranquila después que se marchaba. Procuraba apartar de él su pensamiento con la conciencia de que era aquel recuerdo una llaga del espíritu que tocándola dolería. Tuvo valor para mostrarse fría con él, para cortar el paso a la confianza, para negarle la mano, para todo, hasta para verle despedirse... Pero en cuanto le vio salir tropezando, «ciego de amor y pena», creía ella, una lástima infinita le inundó el alma, y tembló de miedo; su seno se hinchó con un suspiro..., y la carne flaca tropezó con el Cristo amarillento de marfil que el Magistral había regalado a su amiga para que lo llevase sobre el pecho.

Ana besó la imagen y volvió los ojos al cielo.

—Jesús, Jesús, tú no puedes tener un rival. Sería infame, sería asqueroso...

Y recordó la ira de Jesús cuando se aparecía a Teresa, que le olvidaba.

—Sería engañar a Dios, engañar al Magistral pensar en ese hombre ni un solo instante, ni siquiera para compadecerle... ¡Oh!, ¡qué hipócrita, qué gazmoña miserable sería yo si tal hiciera! ¡Qué romanticismo del género más ridículo y repugnante sería el mío, si después de tanta piedad que yo creí profunda, vocación de mi vida en adelante, volviera una pasión prohibida a enroscarse en el corazón, o en la carne, o donde sea!... ¡No, no! ¡Ridículo, villano, infame, vergonzoso, además de criminal! ¡Mil veces no! Quiero morir, morir, Señor, antes que caer otra vez en aquellos pensamientos que manchan el alma y le clavan las alas al suelo, entre lodo ..

Pero al día siguiente de la despedida de don Alvaro, Ana despertó pensando en él. «Ya no estaba en Vetusta. Mejor. La terrible tentación le volvía la espalda, huía derrotada... Mejor..., era un favor especial de Dios.»

Aquella tarde bajó al parque, a la hora en que don Alvaro se había despedido el día anterior.

«Veinticuatro horas hacía ya.» Otras veces había estado días y días sin verle, y le parecía muy tolerable la ausencia y corta. Pero estas veinticuatro horas eran de otra manera, se contaban por minutos..., que es como se cuentan las horas. «Y bien, lo normal, lo constante, lo que debía ser ya siempre, era aquello..., el no verle. Veinticuatro horas y después otras tantas..., y así... toda la vida.»

Hacía mucho calor. Ni debajo del toldo espeso de los castaños de Indias, ahora cargados de anchas hojas y penachos blancos, podía Ana respirar una ráfaga de aire fresco. Su pensamiento quería elevarse, volar al cielo, pero el calor, de unos treinta grados, que en Vetusta es mucho, le derretía las alas al pensamiento y caía en la tierra, que ardía, en concepto de Ana.

Y para que no se le antojase volar más en toda la tarde, se presentó en el parque Visitación Olías de Cuervo, a quien el verano *sentaba* bien, y dejaba lucir trajes de percal fantásticos y baratos. Venía alegre, vaporosa, y con las apariencias de un torbellino; daba gana de cerrar los ojos al verla acercarse. En la calle la había querido abrazar un mozo de cordel. La aventura, ridícula y todo, la había rejuvenecido, había encendido chispas en sus ojuelos, y «¡Ea!, venía con afán de abrazar ella también». Abrazó a la Regenta, se la comió a besos..., y después de contarle el *paso de comedia* del mozo de cordel, gritó de repente:

—A propósito, ¿no te ha contado Víctor lo de Alvaro?

Visita tenía cogida por las muñecas a su amiga. Estaba tomándola el pulso a su modo.

Clavó con sus ojos menudos los de Ana y repitió:

—¿No sabes lo de Alvaro?

El pulso se alteró, lo sintió ella con gran satisfacción. «A mí con santidades —pensó ; *pulvises*, como dijo el otro.»

—¿Qué le pasa? ¿Que se ha marchado ya? Ya lo sé.

—No, no es eso.

—¿Qué? ¿No se ha marchado?

Nueva alteración del pulso, según Visita.

—Sí, hija, sí, se ha marchado, pero verás cómo. Ya sabes que tenía relaciones con la señora de ese que es o fue ministro, no recuerdo, en fin, ya sabes quién es, ese que viene a baños a Palomares.

—Sí, sí, bien...

—Pues bueno; esta mañana, lo ha visto medio Vetusta, al ir Mesía a tomar el tren de Madrid, el correo, él que sube..., ¿estás?, se encontró con esa ministra, que es muy guapa por cierto, en medio del andén. ¡Figúrate! Total, que ella bajaba para Palomares, donde ha comprado una especie de chalet o demonios; bueno, pues, cátate que nuestro Alvarito, en vez de tomar el tren que subía, el de Madrid, toma el que baja, da órdenes a su criado para que recoja corriendo el equipaje y se mete en el reservado que traía la ministra, un coche salón con cama y demás. Y el marido no venía, por supuesto; ella, dos criados y los *bebés* como dice Obdulia. ¡Figúrate! Todo Vetusta, que estaba en la estación esta mañana por casualidad, se ha hecho cruces. Es mucho Alvaro. ¿Pero ella? ¿Qué te parece de ella? A eso vamos; a lo escandalosas que son esas señoronas de Madrid. Y eso que ésta tiene fama de virtuosa, ¡uf!, ¡yo lo creo!... ¡La virtuosísima señora ministra de Gracia y salero!... ¡Pero, señor, cómo demonches se llama ese tipo de ministro!...

Ana recordaba perfectamente cómo se llamaba aquel «tipo de ministro», pero no quiso decirlo; sintió que palidecía, por un frío de muerte que le subió al rostro; dio media vuelta, y disimulando cuanto pudo, se recostó en un árbol. Fingió entretenerse en rayar la corteza del tronco, y mudando de conversación, preguntó a Visita por un niño que tenía enfermo.

Pero Visita era tambor de marina, como decían ella y la Marquesa; de otro modo, que nadie se la pegaba; conoció la turbación de Ana, y con gran júbilo confirmó para sus adentros la teoría del *pulvises* o sea de la ceniza universal.

«Ana tenía celos; luego, tenía amor; no hay humo sin fuego.»

Se despidió al poco rato; ya había dado su noticia, ya sabía lo que quería; no era cosa de perder el tiempo; necesitaba hacer en otra parte otra buena obra por el estilo. Se marchó como la marejada que se retira. Dejó los senderos blancos como si los hubiesen peinado. La escoba almidonada de enaguas y percal engomado dejó rastro de rayas sinuosas y paralelas grabado en la arena.

Ana tuvo miedo. La tentación, la vieja tentación de don Alvaro, le había sabido a cosa nueva; se le figuró un momento que aquel dolor que sintiera al saber lo de la ministra era más de las entrañas que sus demás penas; era un dolor que la aturdía, que pedía remedio a gritos desde dentro... Por la primera vez, después de su enfermedad, sintió la rebelión en el alma.

«¡Oh!, no; no quería volver a empezar. Ella era de Jesús, lo había jurado. Pero el enemigo era fuerte, mucho más de lo que ella había creído. Otras veces había desafiado el peligro; ahora temblaba delante de él. Antes la tentación era bella por el contastre, por la hermosura dramática de la lucha, por el placer de la victoria; ahora no era más que formidable; detrás de la tentación no estaba ya sólo el placer prohibido, desconocido, seductor a su modo para la imaginación; estaban además el castigo, la cólera de Dios, el infierno. Todo había cambiado; su vocación religiosa, su pacto serio con Jesús, la obligaban de otro modo más fuerte que los lazos demasiado sutiles del deber vagamente admitido por la conciencia, sin pensar en sanción divina. Antes no quería pecar por dignidad, por gratitud, porque... no. Ahora el pecado era algo más que el adulterio repugnante, era la burla, la blasfemia, el escarnio de Jesús..., y era el infierno. Si caía en los lazos de la tentación, ¿quién la consolaría cuando viniese el remordimiento tardío?, ¿cómo clamar a Jesús, otra vez? ¿Cómo pensar en Teresa, que jamás había caído? No, no la llamaría, preferiría morir desesperada y sola. Pero ¿después? El infierno, aquella verdad tremenda, sublime en su mal sin término.»

—Tú vencerás, Dios mío, tú vencerás —exclamó en voz alta, hablando con las nubecillas rosadas que imitaban en el cielo las olas del mar en calma.

Aquella noche lloró la Regenta lágrimas que salían de lo más profundo de sus entrañas, de rodillas sobre la piel de tigre, con la cabeza hundida en el lecho, los brazos tendidos más allá de la cabeza, las manos en cruz.

Desde el día siguiente el Magistral notó con mucha alegría

que Ana volvía su piedad del lado por donde él quería llevarla. «Menos contemplación y más devociones, obras piadosas y culto externo, que entretiene la imaginación.»

Con un entusiasmo que tenía sus remolinos que atraían las voluntades, Ana se consagró a la piedad activa, a las obras de caridad, a la enseñanza, a la propaganda, a las prácticas de devoción complicada y bizantina, que era la que predominaba en Vetusta. Aquellas exageraciones, que tal le había parecido en otro tiempo, ahora las encontraba justificables, como los amantes se explican las mil tonterías ridículas que se dicen a solas.

«¿No había en los amores humanos un vocabulario infantil, ridículo, sin sentido para los profanos? Sí, lo había, ella no podía asegurarlo por experiencia, pero lo había leído y el corazón se lo confirmaba. Pues bien, el amor de Dios, a su manera, podía tener sus niñerías, sus nimiedades, ridículas para las almas frías, indiferentes.» Hasta llegó a comprender los superlativos de letanía de doña Petronila o sea el Gran Constantino.

Al Magistral mismo se atrevía la Regenta a hablarle con cierto mimo, con una confianza llena de palabras de sentido nuevo y convenido, con su estilo que podría llamarse humorismo piadoso. Y además, se permitía Ana interesarse por los bienes puramente temporales de su confesor. No le dejaba pasar debilidades, exponerse a un constipado. «¡Buena la haríamos si usted se me muriese! Todo esto, señor mío, es egoísmo, ni Dios ni usted han de agradecerlo.»

Con estas palabras, y con las sonrisas que las acompañaban, el Magistral tenía para rumiar ocho días felicidad inefable. «Sí, inefable. El no se explicaba qué era aquello. No sospechaba que en el mundo, en el pícaro mundo se podía gozar así. A los treinta y seis años, cuando él creía que ya nadie podía enseñarle nada, una señora inocente, joven, sin mundo, venía a mostrarle un universo nuevo, donde sin más que una sonrisita, una palabra, que era como la letra de una música que había en el modo de decirla, se veía uno de repente entre los ángeles, gozando como en el Paraíso, sin querer nada más, sin pensar en nada más. ¡Gozando y gozando!»

Ni por las mientes se le pasaba reflexionar sobre su situación. ¿Era aquello pecado? ¿Era aquello amor del que está prohibido a un sacerdote? Ni para bien ni para mal se acordaba don Fermín de tales preguntas. Peor para ella si se hubiera acordado.

—¡Usted nunca me habla de sí mismo! —le decía Ana con tono de reconvención, una mañana de Agosto, en el parque, metiéndole una rosa de Alejandría, muy grande, muy olorosa, por la boca y por los ojos. Estaban solos. Tácitamente habían convenido en que aquellas expansiones de la amistad eran inocentes. Ellos eran dos ángeles puros que no tenían cuerpo. Anita estaba tan segura de que para nada entraba en aquella amistad la carne, que ella era la que se propasaba, la que daba primero cada paso nuevo en el terreno resbaladizo de la intimidad entre varón y hembra.

El Magistral, con la cara llena de rocío de la flor y el corazón más fresco todavía, contestó:

—¿Hablarle de mí mismo? ¡Para qué! Yo tengo, por razón de mi oficio en la Iglesia militante, la mitad de mi vida entregada a la calumnia, al odio, a la envidia, que la devoran y hacen de ella lo que quieren: se me persigue, se me preparan asechanzas, hasta hay sociedades secretas que tienen por objeto derribarme, como ellos dicen, de lo que llaman el poder... Todo eso es miseria, Ana, yo lo desprecio. Puedo asegurar a usted que yo no pienso más que en la otra mitad de mí mismo, que es la que traigo aquí, la que vive en la paz dulce de la fe, acompañada de almas nobles, santas, como la de una señora... que usted conoce... y a quien no aprecia en todo lo que vale...

Y el Magistral sonrió como un ángel, mientras aspiraba con delicia el perfume de la rosa de Alejandría, que Ana sin resistencia había dejado en manos del clérigo.

Ella se puso seria, quiso explicaciones. «Se le perseguía, se le calumniaba..., tenía enemigos..., ¡y él sin decir nada a su amiga! ¡Estaba bueno!» Algo había oído ella mucho tiempo hacía, pero vagamente. Se acusaba al Magistral, a lo que podía entender, de vicios tan torpes, de tan miserables delitos, que lo grosero de la calumnia la hacía de puro inverosímil, inofensiva casi.

La Regenta había despreciado y hasta olvidado aquellos rumores que llegaban de tarde en tarde a sus oídos. Pero ya que el Magistral mismo se quejaba, daba a entender que aquella persecución le dolía, era necesario saber más, procurar el consuelo de aquel corazón atribulado, buscar remedios eficaces, ayudar al justo perseguido, calumniado, que además del justo era el padre espiritual, el hermano mayor del alma, el faro de luz mística, el guía en el camino del cielo.

Aquella mañana de Agosto el Provisor la señaló como una de las más felices de su vida. Ana le obligó a hablar, a contárselo todo. El, elocuente, con imaginación viva, fuerte y hábil, improvisó de palabra una de aquellas novelas que hubiera escrito a no robarle el tiempo ocupaciones más serias. Se sentaron en el cenador. Don Fermín dijo, primero, sonriendo, que él también quería confesarse con ella. «¿Creía Ana que era perfecto? ¿Que no había pasiones debajo de la sotana? ¡Ay, sí! Demasiado cierto era por desgracia.» La confesión del Magistral se pareció a las de muchos autores que en vez de contar sus pecados aprovechan la ocasión de pintarse en sí mismos como héroes, echando al mundo la culpa de sus males, y quedándose con faltas leves, por confesar algo.

De aquella confidencia, Ana sacó en limpio que el Magistral, como ella creía, era un alma grande, que no había tenido más delito que cierta vaga melancolía en la juventud y una ambición noble, *elevada,* en la edad viril. Pero aquella ambición había desaparecido ante otra más grande, más pura, la de salvar las almas buenas, la de ella por ejemplo. Ana, al oír aquello, cerraba los ojos para contener el llanto, y se juraba en silencio consagrarse a procurar la felicidad de aquel hombre a quien tanto debía, que tan grande se le mostraba, que prefería vivir cerca de ella para guiarla en el camino de la virtud a ser Obispo, Cardenal, Pontífice. «¡Y le calumniaban! ¡Y tenía enemigos! ¡Y había habido tiempo en que querían ponerle en ridículo, porque ella, Anita, seguía entregada a las vanidades del mundo, a pesar de ser hija de confesión de don Fermín! ¡Oh, ya verían, ya verían en adelante!»

«¿Qué cosa mejor que aquella pasión ideal, aquel afán por una buena obra, aquella abnegación, a que se proponía entregarse, para combatir la tentación cada vez más temible del recuerdo de Mesía, que estaba en Palomares enamorado de la ministra?»

De Pas ya no sabía dónde iba a parar aquello.

Ana le admiraba, le cuidaba, estaba por decir que le adoraba, de tal suerte, que el peligro cada día era mayor. «Aunque la pasión que él sentía nada tenía que ver con la lascivia vulgar —estaba seguro de ello— ni era amor a lo profano, ni tenía nombre ni le hacía falta, podía ir a dar no se sabía dónde. Y el Magistral estaba seguro de que al menor descuido de la carne, intrusa, temible, la Regenta saltaría hacia atrás, se indignaría y él perdería su prestigio casi sobrenatural de que estaba rodeado. Además, suponiendo que aquello parase en un amor sacrílego y adúltero, miserablemente sacrílego, por haber tenido tales comienzos, ¡adiós encanto! Ya sabía él lo que era esto. Una locura grosera de algunos meses. Después un dejo de remordimiento mezclado de asco de sí mismo; verse despreciable, bajo, insufrible; y después ira y orgullo, y ambición vulgar y huracanes en la Curia eclesiástica. No, no. La Regenta debía de ser otra cosa. Había que hacer a toda costa que aquello no pudiese degenerar en amor carnal que se satisface. Y sobre todo, lo de antes, que la Regenta se llamaría a engaño; era seguro.»

Y después de una pausa, pensaba el Magistral:

«Y en último caso, ello dirá.»

Don Víctor estaba cada día más triste. Por una parte, aquel dolor de atrición, aquel miedo a no salvarse a pesar de ser tan bueno, de no haber hecho mal a nadie; por otro lado, el calor, aquel sudor continuo, aquellas noches sin dormir..., la soledad de Vetusta..., la hierba agostada del Paseo grande, la falta de espectáculos... «Y además, que nadie le comprendía. Frígilis era un estuco: en tratándose de cosas espirituales ya se sabía que no había que contar con él. Ni el verano le sofocaba, ni el invierno le encogía: era un marmolillo. ¡Y a su mujer y al Magistral el estío de Vetusta, aquella tristeza de calles y paseos no les disgustaba!» Iba don Víctor al Casino: ni un alma. Algún magistrado sin vacaciones que jugaba al billar con un mozo de la casa. En el gabinete de lectura, Trifón Cármenes repasando *Ilustraciones* antiguas; en el tresillo ni un socio; no le quedaba más que el dominó, que le era antipático por el ruido de las fichas y por aquello de estar sumando sin parar. Su contendiente del ajedrez estaba en unos baños. «¡Claro!, *todo el mundo* se estaba bañando.» Aunque don Víctor, otros veranos, si bien pasaba junto al mar un mes, no se bañaba más que dos o tres veces, ahora echaba de menos todos los días la frescura de las olas. En el casino leía los periódicos de *La Costa:* conciertos nocturnos al aire libre, jiras campestres, regatas, de todo esto hablaban; ¡cuánta gente!, ¡cuánta música! ¡Teatro, circo!, barcos, grandes vapores ingleses..., y el mar..., el mar inmenso... ¡Aquello era divertirse! Don Víctor suspiraba y se volvía a casa.

«No estaba la señora.»

Pero estaba Kempis.

Allí, abierto, sobre la mesilla de noche. Sin poder resistir el impulso, Quintanar tomaba el libro, después de quitarse el *chaquet* de alpaca y quedarse en mangas de camisa: tomaba el libro y leía... «¡Vuelta al miedo, a la tristeza, a la languidez espiritual! Era en efecto el mundo una lacería, como decía el texto, y sobre todo en el verano. Vetusta era un pueblo moribundo. Aquella misma verdura de los árboles, tan desnudos en invierno, era bien venida en primavera, pero causaba ahora hastío: casi se deseaba la rama escueta, que tiene mejor dibujo.» Hasta era capaz de hacerse artista de veras don Víctor a fuerza de triste y aburrido.

Y Ana volvía contenta de la calle. «Mejor, más valía que alguno lo pasara bien: él no era egoísta.»

«Pero ¿qué gracia le encontraría su mujer a la soledad de Vetusta? Además, ¿no estaba allí el Kempis sangrando, probando, como tres y dos son cinco, que en el mundo nunca hay motivo para estar alegre? Verdad era que su Anita era feliz por razones más altas. El no podía llegar a tal grado de piedad. Temía a Dios, reconocía su grandeza, ¡es claro!, había hecho las estrellas, el mar, en fin, todo... Pero una vez reconocido este Infinito Poder, él, Víctor Quintanar, seguía aburriéndose en aquel pueblo abandonado, sin teatro, ni paseos, sin mar, sin regatas, sin nada de este mundo. ¡Oh, si no fuera por sus pájaros!»

En tanto, Ana, cada día más activa, procuraba olvidar, y muchas veces lo conseguía, lo que llamaba la tentación, que cada vez era más formidable; y cuanto más temida, más fuerte. Pero huía de ella, acogíase a la piedad, y visitaba con celo apostólico y ardiente caridad las moradas miserables de los pobres hacinados en pocilgas y cuevas; llevaba el consuelo de la religión para el espíritu y la limosna para el cuerpo; solían acompañarla doña Petronila Rianzares o alguna otra dama de su cónclave; pero también iba sola. De cuantas ocupaciones le imponía la vida devota, ésta era la que más le agradaba.

El verano robaba gran parte del contingente de aquellos ejércitos piadosos del Corazón de Jesús, la Corte de María, el Catecismo, las Paulinas y demás instituciones análogas; muchas señoras iban a baños o a la aldea. Pero el núcleo quedaba: era el grupo numeroso y considerable de beatas ilustres que rodeaban al Gran Constantino, a doña Petronila. Durante los meses del calor disminuían bastante las limosnas, pero se hablaba mucho en las cofradías, preparando las fiestas de otoño y de invierno; y además, se murmuraba un poco de las ausentes. La Regenta, sin entrar jamás en estos conciliábulos, los perdonaba como falta leve, «que ella, cargada de otras más graves, no tenía derecho a censurar».

Don Fermín y Ana se veían todos los días; en el caserón de los Ozores, unas veces, otras en el Catecismo, en la catedral, en San Vicente de Paúl, y más a menudo en casa de doña Petronila. El obispo-madre siempre estaba ocupada; los dejaba solos en el salón oscuro, y ella, con permiso de sus amigos, se iba a arreglar sus cuentas o lo que fuese.

Vetusta era de ellos: la soledad del verano parecía darles posesión del pueblo; hablaban en el pórtico de la catedral mucho tiempo para despedirse, sin miedo de ser vistos; como si aquella soledad de la iglesia se extendiera a todo el pueblo. Anita encontraba la vida de Vetusta más tolerable que en invierno. En este particular no se entendían ella y su marido.

Don Fermín hubiera deseado que la estación no pasara, que los ausentes se quedaran por allá. Su madre había ido a Matalerejo a cobrar rentas y preparar la recolección; a recoger intereses de mucho dinero esparcido por aquellas montañas. Teresina era el ama de casa. Alegre todo el día, activa, solícita, llenaba el hogar del Magistral de cantares religiosos a los que daba, sin saber cómo, sentido profano, aire de la calle. Aquel tono alegre era más picante por el contraste con el rostro de Dolorosa de la joven. Teresina había tomado un poco de color, y los ojos, rodeados de ligeras sombras, eran más profundos, más hermosos que nunca en aquella oscuridad dulce y misteriosa de las pupilas. Amo y criada estaban contentos. La libertad les sabía a gloria. Cada cual hacía lo que quería. No estaba doña Paula, no había que dar cuentas a nadie. Y no faltaba nada. El señorito lo tenía todo a su tiempo y en su sitio como siempre. Ya podía vivir sin la señora.

El Magistral salía y entraba sin temor de interrogatorios insidiosos; si volvía tarde, no importaba. Todo, todo le sonreía. ¡Ojalá fuera eterno el verano! Hasta sus enemigos habían cedido en la calumnia; ya no se murmuraba tanto; muchos de los calumniadores veraneaban; a los que quedaban les faltaba audi-

torio. Don Santos Barinaga no salía de casa, estaba enfermo.
Sólo Foja, que no veraneaba, por economía, procuraba mantener
el fuego sagrado de la murmuración en el Casino, entre cuatro
o cinco socios aburridos, que iban allí media hora a tomar café.
En fin, parecía aquello una suspensión de hostilidades. «Bien
venida fuera; don Fermín aceptaba la lucha, si se ofrecía, pero
prefería la paz. Sobre todo ahora, que tenía más que hacer, algo
mejor y más dulce que odiar y perseguir a miserables, dignos de
desprecio y de lástima.»

Aquella felicidad que saboreaba De Pas como un gastrónomo
los bocados, aquella libertad, aquella pereza moral que el verano
hacía más voluptuosa para su cuerpo robusto, los sueños vagos
de amor sin nombre, la deliciosa realidad de ver a la Regenta
a todas horas y mirarse en sus ojos y oírle dulcísimas palabras
de una amistad misteriosa, casi mística, hacían desear a don
Fermín que el sol se detuviera otra vez, que el tiempo no pasara. Aquel Agosto, tan triste para don Víctor, era para el Magistral el tiempo más dichoso de su vida.

Cuando oía, desde su despacho, muy temprano, el «Santo Dios,
Santo Fuerte», que cantaba, como si fueran malagueñas, Teresina, que hacía la limpieza allá fuera, tentaciones sentía de cantar
él también. No cantaba, pero se levantaba, salía al pasillo.

—Teresina, el chocolate —gritaba alegre, frotándose las manos.
Y pasaba al comedor.

La doncella, a poco, llegaba con el desayuno en reluciente jíca-
ra de china con ramitos de oro. Cerraba tras sí la puerta, y se
acercaba a la mesa; dejaba sobre ella el servicio, extendía la
servilleta delante del señorito... y esperaba inmóvil a su lado.

Don Fermín, risueño, mojaba un bizcocho en chocolate; Teresa acercaba el rostro al amo, separando el cuerpo de la mesa;
abría la boca de labios finos y muy rojos, con gesto cómico sacaba más de lo preciso la lengua, húmeda y colorada; en ella de-
positaba el bizcocho don Fermín, con dientes de perlas lo partía
la criada, y el *señorito* se comía la otra mitad.

Y así todas las mañanas.

Veintidós

Alegre, rozagante, como nuevo volvió de los baños de Termasaltas el señor Arcediano don Restituto Mourelo, dispuesto a emprender otra campaña, que esperaba fuese la última y decisiva, «contra el despotismo del simoníaco y lascivo enemigo de la Iglesia que, apoderado del ánimo del señor Obispo, tenía sojuzgada a la diócesis». Con esta perífrasis aludía al señor Provisor el diplomático Glocester.

El primer disgustillo que tuvo De Pas aquel verano fue esta noticia, que le dieron en el coro, por la mañana.

«Ha llegado Glocester.»

«No le temía; ni a él ni a nadie..., ¡pero estaba tan cansado de luchar y aborrecer!»

Mourelo se encontró con otros muchos murmuradores de refresco y con los *de depósito,* que no estaban menos ganosos de romper el fuego contra el común enemigo. Todos ardían en el santo entusiasmo de la maledicencia. Los que venían de las aldeas y pueblos de pesca traían hambre de cuentos y chismes; la soledad del campo les había abierto el apetito de la murmuración; por aquellas montañas y valles de la provincia, ¿de quién se iba a maldecir? «¡Su Vetusta querida! ¡Oh!, no hay como los centros de civilización para despellejar cómodamente al prójimo. En los pueblos se habla mal del médico, del boticario, del cura, del alcalde; pero ellos los vetustenses, los de la capital, ¿cómo han de contentarse con tan miserable comidilla?» *Cives romanus sum,* decía Mourelo: «Quiero murmuración digna de mí. Aplastemos, con la lengua, al coloso, no al médico de Termasaltas por ejemplo».

Y Foja y los demás que se habían quedado, también ansiaban la vuelta de los ausentes, para contarles las novedades y comentarlas todos juntos. La animación de Vetusta renacía en el cabildo, cofradías, casino, calles y paseos cuando los del veraneo empezaban a aparecer. Las amistades falsas, gastadas hasta hacerse insoportables durante el común aburrimiento de un invierno sin fin, ahora se renovaban; los que volvían encontraban gracia y talento en los que habían quedado y viceversa; todos reían los chistes y las picardías de todos. Poco a poco los círculos de la murmuración se animaban, la calumnia encendía los hornos, y los últimos que llegaban, los rezagados, encontraban aquello hecho una gloria. «¡Qué ocurrencias, qué fina malicia, qué perspicacia! ¡Oh, el ingenio vetustense!»

El Magistral fue aquel año la víctima de las dionisíacas de la injuria: no se hablaba más que de él.

«Don Santos Barinaga, el rival mercantil de *La Cruz Roja,* la víctima del monopolio ilegal y escandaloso de doña Paula y su hijo; el pobre don Santos, se moría sin remedio, según don Robustiano Somoza, el médico de la aristocracia, cuyas ideas no eran sospechosas.»

—¿Y de qué dirán ustedes que se muere? —preguntaba Foja en un corrillo, delante de la catedral, al salir de misa de doce.

—Se morirá de borracho —contestaba Ripamilán.

—No, señor, ¡se muere de hambre!...

—Se muere de aguardiente.

—¡De hambre!...

Y llegaba don Robustiano al corro y *hablaba la ciencia:*

—Yo no acuso a nadie, la ciencia no acusa a nadie, otra es su misión. Yo no niego que el alcoholismo crónico tenga parte en la enfermedad de Barinaga, pero sus efectos, sin duda, hubieran podido *cohonestarse* (así decía) con una buena alimentación. Además, hoy día el pobre don Santos ya no tiene dinero ni para emborracharse, ya no puede beber de pura miseria... Y aunque ustedes no comprendan esto, la ciencia declara que la privación del alcohol precipita la muerte de ese hombre, enfermo por abuso del alcohol...

—¿Cómo es eso, hombre? —preguntaba el Arcipreste.

—A ver, explíquese usted —decía Foja.

Don Robustiano sonreía; movía la cabeza con gesto de compasión y se dignaba explicar aquello. «Don Santos, aunque se pasmasen aquellos señores, a pesar de morir envenenado por el alcohol, necesitaba más alcohol para *tirar* algunos meses más. Sin el aguardiente, que le mataba, se moriría más pronto.»

—Pero, don Robustiano, ¿cómo puede ser eso?

—Señor Foja, ahí verá usted. ¿Conoce usted a Todd?

—¿A quién?

—A Todd.

—No, señor.

—Pues no hable usted. ¿Sabe usted lo que es el poder hipotérmico del alcohol? Tampoco; pues cállese usted. ¿Sabe usted con qué se come el poder diaforético del citado alcohol? Tampoco; pues sonsoniche. ¿Niega usted la acción hemostática del alcohol reconocida por Campbell y Chevrière? Hará usted mal en negarla; se entiende, si se trata del uso interno. De modo que no sabe usted una palabra...

—Pues por eso pregunto... Pero oiga usted, señor mío, por mucho que usted sepa, y diga lo que quiera el señor Todd, ni la ciencia, ni santa ciencia, tienen derecho para calumniar a don Santos Barinaga; harto tiene el pobre con morirse de hambre y de disgusto, sin que usted, por haber leído, sabe Dios dónde y con cuánta prisa, un articulillo acerca del aguardiente, digámoslo así, se crea autorizado para insultar a mi buen amigo y llamarle borrachón en términos técnicos.

—Poco a poco —gritó Ripamilán—, en eso estoy yo conforme con la ciencia y con el señor Somoza, su legítimo representante. No sé si un clavo saca otro clavo en medicina, ni si la mancha de la borrachera con otra verde se quita, pero don Santos es un tonel en persona y tiene más espíritu de vino en el cuerpo que sangre en las venas; es una mecha empapada en alcohol... Prenda usted fuego y verá...

—Yo, señor Ripamilán, para confundir a este progresista trasnochado no necesito que me ayude la Iglesia; me sobra y me basta con la ciencia, que es, en definitiva, mi religión.

Y volviéndose a Foja, añadía el médico:

—Oiga usted, señor decurión retirado, ¿conoce usted la acción del alcohol en las flegmasias de los bebedores? No mienta usted, porque no la conoce.

—¡Váyase usted a paseo, señor Fraigerundio de hospital! ¡El embustero será usted! ¡Pues hombre!, bonita manía saca el señor doctor; hacérsenos el sabio ahora. A la vejez viruelas.

—Menos insultos y más hechos.

—Menos botarga y más sentido común...

—Caballero miliciano, yo soy el hombre de ciencia y usted es un doceañista en conserva... Chomel admite, y con él todo el que tenga dos dedos de frente, que en las enfermedades de los borrachos es imprescindible la administración de los espirituosos...

—¡Pero si yo niego la menor, so alcornoque!

—En medicina no hay mayores ni menores, ni judías, ni contrajudías, señor tahúr.

—La menor es que sea borracho Barinaga...

—De modo que si usted me niega los... pródromos del mal...

Don Robustiano se puso colorado al pensar que había dicho un disparate.

—Qué hipódromos ni qué hipopótamos; yo defiendo a un ausente...

—En fin, una palabra para concluir: ¿niega usted que si a un borracho se le priva por completo del alcohol, es lo más fácil que se presente un decaimiento alarmante, un verdadero colapso?...

—Mire usted, señor pedantón, si sigue usted rompiéndome el tímpano con esas palabrotas, le cito yo a usted cincuenta mil versos y sentencias en latín y le dejo bizco; y si no oiga usted:

Ordine confectu, quisque libellus habet:
quis, quid, coram quo, quo jure petatur et a quo.
Cultus disparitas, vis, ordo, ligamen, honestas...

Ripamilán se retorcía de risa. Somoza, furioso, gritaba; y se
oía: colapso..., flegmasía..., cardiopatía..., y el ex alcalde, sin
atender, continuaba mezclando latines:

Masculino, es fustis, axis
turris, caulis, sanguis, collis...
piscis, vermis, callis, follis.

El médico y el prestamista estuvieron a punto de venir a las
manos. No se pudo averiguar de qué se moría don Santos, pero
a la media hora se corría por Vetusta que, por culpa del Provisor, se habían pegado y desafiado Foja y Somoza, y no se sabía si el mismo Ripamilán había recogido alguna bofetada.

Por algunos días vino a eclipsar al valetudinario Barinaga,
que, en efecto, se consumía en la miseria, un suceso de gravedad
suma, según Glocester y Foja y bandos respectivos: «La hija
de Carraspique, sor Teresa, agonizaba en el *inmundo asilo* de
las Salesas, en la celda que era, según Somoza, un *inodoro,*
por no decir todo lo contrario».

Y dicho y hecho. Rosa Carraspique en el mundo, sor Teresa
en el convento, murió de una tuberculosis, según Somoza, de una
tisis caseosa, según el médico de las monjas, que era dualista en
materia de tisis.

Pero lo que no dudó ningún enemigo del Provisor fue que
la culpa de aquella muerte la tenía don Fermín, fuese lo que
quiera de los pulmones de la chica.

Doña Paula y don Alvaro llegaron a Vetusta el mismo día,
aquel en que *voló al cielo un ángel más* en opinión de Trifon-
cito Cármenes, que seguía siendo romántico, contra los consejos
de don Cayetano.

Un periódico liberal del pueblo, *El Alerta*, publicaba una tras
otra estas dos gacetillas, que pusieron a don Fermín de un humor endiablado.

«*Bien venido.*—De vuelta de su excursión veraniega ha llegado a esta capital el ilustre caudillo del partido liberal dinástico
de Vetusta, el Ilmo. Sr. D. Alvaro Mesía. Dicen los numerosos
amigos que han acudido a visitar a nuestro distinguido correligionario, que viene dispuesto a proseguir su campaña de propaganda sensatamente liberal, así en el orden político, como en
el moral, canónico y religioso. Cuente con nuestro humilde apoyo para vencer los obstáculos tradicionales que aquí opone al
verdadero progreso un despotismo teocrático de que está ya todo
Vetusta hasta los pelos, como se dice vulgarmente.»

«*En paz descanse.*—Ha fallecido en su celda del convento de
las Salesas la señorita doña Rosa Carraspique y Somoza, hija del

conocido capitalista ultramontano don Francisco de Asís, monja profesa con el nombre de sor Teresa. Mucho tendríamos que decir si quisiéramos hacernos eco de todos los comentarios a que ha dado lugar esta desgracia inopinada. Sólo diremos que, en concepto de los facultativos más acreditados, no ha sido extraña a la pérdida que lamentamos la falta de condiciones higiénicas del edificio miserable que habitan las Salesas. Pero, además, se nos ocurre preguntar: ¿Es muy higiénico que *ciertos roedores* se introduzcan en el seno del hogar para ir minando poco a poco y con influencia deletérea y *seudo religiosa* la paz de las familias, la tranquilidad de las conciencias?

»Si todos los elementos liberales, sin exageraciones, de nuestra culta capital no aúnan sus esfuerzos para combatir al poderoso tirano hierocrático que nos oprime, pronto seremos todos víctimas del fanatismo más torpe y descarado.—R. I. P.»

Ripamilán, con mal acuerdo, y sin que lo supiera el Magistral, se decidió a tomar la pluma y publicar en el *Lábaro* un articulejo, sin firma, defendiendo a su amigo, a las Salesas, y a la gramática, maltratada por el periódico progresista, según el canónigo. «Aparte, decía entre otras cosas, de que no sabemos si la monja profesa es el señor Carraspique o su hija, ¿quiere decirme el periodista cascaciruelas, etc., etc...?»

Aquel cascaciruelas delató al Arcipreste; era su estilo humorístico: lo conocieron todos.

En Vetusta los insultos y murmuraciones en letras de molde llamaban mucho la atención. En vano publicaba Cármenes odas y elegías, nadie las leía; pero la gacetilla más insignificante que pudiera molestar un poco a cualquier vecino era leída, comentada días y días; y cuando había tiroteo de sueltos o comunicados, los *habituales abonados* no querían mejor diversión.

Por todo lo cual fue mayor el escándalo, y no se habló en mucho tiempo más que de la *influencia deletérea* del Magistral y de la muerte de sor Teresa.

—Sobre su conciencia tiene esa desgracia.

—Es un vampiro espiritual, que chupa la sangre de nuestras hijas.

—Esto es una especie de contribución de sangre que pagamos al fanatismo.

—Esto es una especie de tributo de las cien doncellas.

El Magistral hubiera querido poder despreciar tantos disparates, tales absurdos, pero a su pesar le irritaban. Creyó al principio que su pasión noble, sublime, le levantaría cien codos sobre todas aquellas miserias, pero el oleaje de la falsa indignación pública salpicaba su alma, llegaba tan arriba como su deliquio sin nombre; y la ira le borraba del cerebro muchas veces las más puras ideas, las impresiones más dulces y risueñas. Se ponía loco de cólera, y más y más le irritaba el no poder dominar sus arrebatos. Además, el mal era cierto; no por ser desatinada la acusación de los necios era menos poderosa y temible. Notaba el

Magistral que su poder se tambaleaba, que el esfuerzo de tantos y tantos miserables servía para minarle el terreno. En muchas casas empezaba a notar cierta reserva; dejaron de confesar con él algunas señoras de liberales, y el mismo Fortunato, el Obispo, a quien tenía De Pas en un puño, se atrevía a mirarle con ojos fríos y llenos de preguntas que entraban por las pupilas del Magistral como puntas de acero.

Volvió la época del paseo en el Espolón, y don Fermín, al pasear allí su humilde arrogancia, su hermosa figura de buen mozo místico, observaba que ya no era aquello una marcha triunfal, un camino de gloria; en los saludos, en las miradas, en los cuchicheos que dejaba detrás de sí, como una estela, hasta en la manera de dejarle libre el paso los transeúntes, notaba asperezas, espinas, una sorda enemistad general, algo como el miedo que está próximo a tener sus peculiares valentías insolentes.

Y en casa, doña Paula ceñuda, silenciosa, desconfiada, preparándose para una tormenta, recogiendo velas, es decir, dinero, realizando cuanto podía, cobrando deudas, con fiebre de deshacerse de los géneros de *La Cruz Roja*. «No parecía sino que se preparaba una liquidación. ¿A qué venía aquello?» Doña Paula no daba explicaciones. «Sabía a qué atenerse: su hijo, su Fermo, estaba perdido; aquella *pájara*, aquella Regenta, santurrona en pecado mortal, le tenía ciego, loco; ¡sabía Dios lo que pasaría en aquel caserón de los Ozores! ¡Qué escándalo! Todo se lo iba a llevar la trampa. Había que prepararse. ¡Oh!, podrían arrojarla de Vetusta. pero ella no se iría sin llevarse medio pueblo entre los dientes.» Por eso mordía con aquel furor que asustaba a su hijo.

Fermo, el *señorito*, pensaba a solas, en su despacho de Fausto eclesiástico: «¡Solo, estoy solo, ni mi madre me consuela! ¿Qué he de hacer? Entregarme con toda el alma a esta pasión noble, fuerte... ¡Ana, Ana y nada más en el mundo! Ella también está sola, ella también me necesita... Los dos juntos bastamos para vencer a todos estos necios y malvados».

Pálido, casi amarillo, agitado, muy nervioso, llegaba De Pas al lado de su amiga mística, cada vez más hermosa, de nuevo fresca y rozagante, de formas llenas, fuertes y armoniosas. La dulzura parecía una aureola de Anita. La salud había vuelto, purificada con cierta unción de idealidad, al cuerpo de arrogante transtiberina de aquel modelo de *madonna*.

Don Víctor Quintanar se había restituido a su amistad íntima con don Alvaro Mesía, en cuanto regresó éste de Palomares, y al poco tiempo notó el Magistral que el converso se le rebelaba. Si bien seguía creyéndose profundamente píadoso, don Víctor hacía distinciones sospechosas entre la religión y el clero, entre el catolicismo y el ultramontanismo. «Yo soy tan católico como el primero», ésta era su frase cada vez que decía alguna herejía o algo parecido; pero se metía a interpretar a su modo los textos del Antiguo y Nuevo Testamento y hasta se atrevía a decir de-

lante de curas y señoras que el hombre virtuoso es siempre un
sacerdote, y que un bosque secular es el templo más propio de
la religión pura, y que Jesucristo había sido liberal, con otros
disparates. No era esto lo peor, sino que la Regenta y don Fermín notaban en Quintanar cierta frialdad cada vez que los veía
juntos, y el Magistral tuvo que fingirse distraído ante algunos
desaires disimulados.

Don Alvaro no iba a casa de los Ozores sino muy de tarde
en tarde y sólo hacía visitas de cumplido, muy breves. ¿Por qué
así?, preguntaba don Víctor. Y con medias palabras, su amigo le
daba a entender que la Regenta le recibía con mala voluntad y
que a él no le gustaba estorbar. Además, no era él solo el que
se retraía. El mismo Paco, el marquesito, que en otro tiempo no
hacía más que entrar y salir, ahora apenas aparecía por aquella
casa. Visitación también iba de tarde en tarde, la Marquesa casi
nunca, y así todos los amigos y amigas; el Magistral y sólo el Magistral. Aquel buen señor «hacía el vacío» en derredor de la
Regenta. Ella estaba contenta, no parecía echar de menos a nadie; pero él, don Víctor, no era de la misma opinión; quería
trato, conversación, amena compañía.

Seguía confesando y comulgando cada dos meses, pero *Kempis*
seguía cubierto de polvo entre libros profanos; conservaba el
miedo al Infierno Quintanar, «pero no quería prescindir por
completo de las ventajas positivas que le ofrecía su breve existencia sobre el haz de la tierra». «Y sobre todo, no quería que
el fanatismo se enseñorease de su casa.» Los consejos que para
excitarlo le daba Mesía, allá en el Casino, los tomaba muy en
cuenta don Víctor, y siempre se estaba preparando para ponerlos
por obra, pero no se atrevía. No llegaba a más su audacia que a
poner un gesto de vinagre de cuando en cuando, muy de tarde
en tarde, al enemigo, al Magistral; pero como éste fingía no
comprender aquellas indirectas mímicas, no se adelantaba nada.

Don Víctor llegó a reconocer, pero sin confesarlo a nadie,
que él era menos enérgico de lo que había creído; «no, no tenía
fuerza para oponerse al jesuitismo que había invadido su hogar».
¡Oh, por algo él vacilaba antes de consentir a De Pas apode-
rarse del ánimo de su esposa! Sí..., al fin había sido jesuita...
Quintanar acabó por comparar el poder del Provisor en el caserón de los Ozores con el que tuvieron los jesuitas en el Paraguay. «Sí, mi casa es otro Paraguay.» Y cada día se encontraba
más incapaz de oponerse a la *perniciosa influencia*. No sabía más
que poner mala cara y parar poco en casa.

Con esto sólo consiguió que la Regenta y el Magistral convi-
niesen en verse más a menudo fuera del caserón y menos veces
en él. «Mejor era hablarse en casa de doña Petronila. ¿Para qué
molestar al pobre don Víctor? Ya que amistades nocivas le
apartaban otra vez del buen camino y le envenenaban el alma
con insinuaciones malévolas, con sospechas torpes e impías, más
valía dejarle en paz, apartar de su vista el espectáculo inocente,

mas para él poco agradable, de dos almas hermanas que viven unidas, con lazo fuerte, en la piedad y el idealismo más poético.»

En casa de doña Petronila, en el salón de balcones discretamente entornados, de alfombra de fieltro gris, era donde pasaban horas y horas los dos amigos del alma hablando de intereses espirituales, como decía el Gran Constantino, sin más testigo que el gato blanco, cada vez más gordo, que iba y venía sin ruido, y se frotaba el lomo contra las faldas de la Regenta y el manteo del Magistral, cada día más familiarmente.

Anita notaba en don Fermín una palidez interesante, grandes cercos amoratados junto a los ojos, una fatiga en la voz y en el aliento que la ponía en cuidado.

Le suplicaba que se cuidase, se lo pedía con voz de madre cariñosa que ruega al hijo de sus entrañas que tome una medicina. El respondía sonriendo, echando fuego por los ojos, «que no tenía nada, que era aprensión, que no había que pensar en su cuerpo miserable».

Algunos días había en sus diálogos pausas embarazosas; el silencio se prolongaba molestándoles como un hablador importuno.

Los dos guardaban un secreto. Cuando creían conocerse uno a otro hasta el último rincón del alma, estaba pensando cada cual en la mala acción que cometía callando lo que callaba.

El Magistral padecía mucho siempre que Ana le hablaba de la salud que él perdía. «¡Si ella supiera!»

Resuelto a que su amistad «con aquel ángel hermoso» no acabase de mala manera, en una aventura de grosero materialismo llena de remordimientos y dejos repugnantes; seguro de que aquella mujer ponía en aquel lazo piadoso toda la sinceridad de un alma pura, y que degradarla, caso de que se pudiera, sería hacerle perder su mayor encanto, el Magistral, que vivía ya nada más de esta refinada pasión que según él no tenía nombre, luchaba con tentaciones formidables, y sólo conseguía contrarrestar las rebeliones súbitas y furiosas de la carne con armisticios vergonzosos que le parecían una especie de infidelidad. En vano pensaba: ¿qué le importa a mi doña Ana que mi corpachón de cazador montañés viva como quiera cuando me aparto de ella? Nada de mi cuerpo me pide ella; el alma es toda suya, y nada del alma pongo al saciar, lejos de su presencia, apetitos que ella misma sin saberlo excita; en vano pensaba esto, porque agudos remordimientos le pinchaban cada vez que Ana, solícita, dulce y sonriente, le pedía con las manos en cruz que se cuidara, que no se entregase todas sus horas al trabajo y a la penitencia. «¿Qué sería de ella sin él?»

«—Figurémonos que usted se me muere: ¿qué va a ser de mí?»

«Es horroroso, es horroroso —pensaba el Magistral— pasar plaza de santo a sus ojos, y ser un pobre cuerpo de barro que vive como el barro ha de vivir. Engañar a los demás, no me duele; ¡pero a ella! Y no hay más remedio.» Quería que le

consolase el reflexionar que *por ella* era todo aquello, que por
ella había él vuelto a sentir con vigor las pasiones de la juventud que creyera muertas, y que por ella, por respetar su pureza,
se encenagaba él en antiguos charcos; pero esta idea no le consolaba, no apagaba el remordimiento.

Algunas semanas pasaba Teresina triste, temerosa de haber
perdido su dominio sobre el *señorito;* entonces era cuando el
Magistral vivía al lado de Ana libre de congojas, tranquilo en
su conciencia; pero poco a poco el tormento de la tentación
reaparecía; sus ataques eran más terribles, sobre todo más peligrosos, que los del remordimiento; la castidad de Ana, su inocencia de mujer virtuosa, su piedad sincera, la fe con que creía
en aquella amistad espiritual, sin mezcla de pecado, eran incentivo para la pasión de don Fermín y hacían mayor el peligro;
porque ella que no temía nada malo, vivía descuidada sin ver
que su confianza, su cariñosa solicitud, aquella dulce intimidad,
todo lo que hacía y decía era leña que echaba en una hoguera. Y volvía De Pas, para evitar mayores males, a sus precauciones, que eran el contento de Teresina, lo que ella creía con
orgullo su victoria.

Ana también tenía su secreto. Su piedad era sincera, su deseo
de salvarse firme, su propósito de ascender de morada en morada, como decía la santa de Avila, serio; pero la tentación era
cada día más formidable. Cuanto más horroroso le parecía el pecado de pensar en don Alvaro, más placer encontraba en él. Ya
no dudaba que aquel hombre representaba para ella la perdición,
pero tampoco que estaba enamorada de él cuanto en ella había de
mundano, carnal, frágil y perecedero. Ya no se hubiera atrevido,
como en otro tiempo, a mirarle cara a cara, a verle a su lado
horas y horas, a probarle que su presencia la dejaba impasible:
no, ahora huir de él, de su sombra, de su recuerdo; era el demonio, era el poderoso enemigo de Jesús. No había más remedio
que huir de él; esto era humildad, lo de antes orgullo loco. A la
gracia y sólo a la gracia debía el vivir pura todavía; abandonada
a sí misma, Ana se confesaba que sucumbiría; si el Señor aflo-
jara la mano un momento, don Alvaro podría extender la suya
y tomar su presa. Por todo lo cual no quería ni verle. Pero, sin
querer, pensaba en él. Desechaba aquellos pensamientos con todas sus fuerzas, pero volvían. ¡Qué horrible remordimiento! ¿Qué
pensaría Jesús?, y también, ¿qué pensaría el Magistral si lo supiera? A la Regenta le repugnaba, como una villanía, como una
bajeza, aquella predilección con que sus sentidos se recreaban
en el recuerdo de Mesía, apenas se les dejaba suelta la rienda
un momento. ¿Por qué Mesía? El remordimiento que la infidelidad a Jesús despertaba en ella era de terror, de tristeza profunda, pero se envolvía en una vaguedad ideal que lo atenuaba;
el remordimiento de su infidelidad al amigo del alma, el hermano mayor, a don Fermín, era punzante, era el que traía aquel
asco de sí misma, el tormento incomparable de tener que des-

preciarse. Además, Anita no se atrevía a confesar aquello con el Magistral.

Hubiera sido hacerle mucho daño, destrozar el encanto de sus relaciones de pura idealidad. Volvía a valerse de sofismas para callar en la confesión aquella flaqueza: «ella no quería». En cuanto mandaba en su pensamiento, lo apartaba de las imágenes pecaminosas; huía de don Alvaro, no pecaba voluntariamente. ¿Habría pecado involuntario? De esto habló un día con el Magistral, sin decirle que la consulta le importaba por ella misma. Don Fermín contestó que la cuestión era compleja..., y le citó autores. Entre ellos recordó Ana que estaba Pascal en sus *Provinciales;* ella tenía aquel libro, lo leyó..., y creyó volverse loca. «¡Oh!, el ser bueno era además cuestión de talento. Tantos distingos, tantas sutilezas la aturdían.» Pero siguió callando el tormento de la tentación. Arma poderosa para combatirla fue la ardiente caridad con que la Regenta se consagró a defender y consolar a De Pas cuando sus enemigos desataron contra él los huracanes de la injuria, que Ana creía de todo en todo calumniosa.

La idea de sacrificarse por salvar a aquel hombre a quien debía la redención de su espíritu se apoderó de la devota. Fue como una pasión poderosa, de las que avasallan, y Ana la acogió con placer, porque así alimentaba el hambre de amor que sentía, de amor que tuviese objeto sensible, algo finito, una criatura. «Sí, sí, pensaba, yo combatiré la inclinación al mal, enamorándome de este bien, de este sacrificio, de esta abnegación. Estoy dispuesta a morir por este hombre, si es preciso...» Pero no había modo de poner por obra tales propósitos. Ana buscaba y no encontraba manera de sacrificarse por el Magistral. ¿Qué podía ella hacer para contrarrestar la violencia de la calumnia? Nada. Nada por ahora. Pero tenía esperanza; tal vez se presentaría un modo de utilizar en beneficio del *pobre mártir* aquella abnegación a que estaba resuelta... Mientras llegaba el momento, no podía más que consolarle, y esto sabía hacerlo de modo que el Magistral tenía que emplear esfuerzos de titán para contenerse y no demostrarle su agradecimiento puesto de rodillas y besándole los pies desnudos, elegantes y siempre muy bien calzados.

Y en tanto Foja, Mourelo, don Custodio, Guimarán, *El Alerta* y, entre bastidores, don Alvaro y Visitación Olías de Cuervo trabajaban como titanes por derrumbar aquella montaña que tenían encima: el poder del Magistral.

Si la muerte de sor Teresa fue un golpe que hizo temblar al Provisor en aquel alto asiento en que se le figuraban sus enemigos, y si pudo por algún tiempo dejar en la sombra al pobre don Santos Barinaga, al cabo de algunas semanas éste volvió a brillar dentro de su aureola de víctima y la compasión fementida del público marrullero se volvió a él, solícita, con cuidados de madrastra que representa la comedia de la *segunda madre*. A los vetustenses, en general, les importaba poco la vida o la muerte de don Santos; nadie había extendido una mano para sacarle de su miseria; hasta seguían llamándole borracho; pero en cambio todos se indignaban contra el Provisor, todos maldecían al autor de tanta desgracia, y quedaban muy satisfechos, creyendo, o fingiendo creer, que así la caridad quedaría contenta.

«—¡Oh!, en este siglo —gritaba Foja en el Casino—, en este siglo calumniado por los enemigos de todo progreso, en este siglo *materialista* y *corrompido,* no se puede ya impunemente insultar los sentimientos filantrópicos del pueblo, sin que una voz unánime se levante a protestar en nombre de la humanidad ultrajada. El pobre don Santos Barinaga, víctima del monopolio escandaloso de *La Cruz Roja,* muere de hambre en los desiertos almacenes donde un tiempo brillaban los vasos sagrados, patenas y copones, lámparas y candeleros con otros cien objetos de culto; muere en aquel rincón y muere de inanición, señores, por culpa del simoníaco que todos conocemos: muere, sí, morirá; pero el que se burla con artificios de nuestro código mercantil y de las leyes de la Iglesia, comerciando a pesar de ser sacerdote; el que mata de hambre al pobre ciudadano señor Barinaga, ése no se gozará en su obra mucho tiempo, porque la indignación pública sube, sube, como la marea... ¡y acabará por tragarse al tirano...!»

Pero a pesar de este discurso y otros por el estilo, a Foja no se le ocurría mandar una gallina a don Santos para que le hiciesen caldo.

Y como él obraban todos los defensores teóricos del comerciante arruinado. Decían a una que moría de hambre, y nadie al visitarle le llevaba un pedazo de pan. Y hasta le visitaban pocos. Foja solía entrar y salir en seguida: en cuanto se cercioraba de la miseria y de la enfermedad del pobre anciano, ya tenía bastante; salía corriendo a decir pestes del *otro,* del Provisor: así creía servir a la buena causa del progreso y de la *humanidad solidaria.*

La fama bien sentada de hereje que había conquistado en los últimos tiempos el buen don Santos retraía a muchas almas piadosas que de buen grado le hubieran socorrido.

Y solamente las *Paulinas* fueron osadas a acercarse al lecho del vejete para ofrecerle los auxilios materiales de la sociedad y los espirituales de la Iglesia.

Fue en vano.

—Afortunadamente —decía don Pompeyo Guimarán al referir el lance—, afortunadamente estaba yo allí para evitar una indignidad.

Don Santos había dado plenos poderes a su amigo don Pompeyo para rechazar en su nombre *toda sugestión del fanatismo.*

Guimarán estaba muy satisfecho con «aquella *misión delicada* e importante, que exigía grandes dotes de energía y arraigadas convicciones por su parte».

En efecto, llegaron al zaquizamí desnudo y frío en que yacía aquella víctima del alcoholismo crónico los enviados de *San Vicente de Paúl,* que eran doña Petronila, o sea el Gran Constantino, y el beneficiado don Custodio; la hija de Barinaga, la beata paliducha y seca, los recibió abajo, en la tienda vacía, lloriqueando. Hablaron los tres en voz baja; don Custodio decía las palabras, llenas de silbidos suaves —imitación del Magistral—, al oído de su hija de penitencia; la consolaba, y ella, levantando los ojos llenos de lágrimas, los fijaba como quien se acomoda en sitio conocido y frecuentado en los del clérigo de almíbar.

Subieron, de puntillas, dispuestos a intentar un ataque contra el enemigo.

—¿Conque está arriba don Pompeyo? —preguntó en la escalera don Custodio.

—Sí; no sale de casa estos días; mi padre me arroja a mí de su lado y clama por ese hereje chocho...

Don Pompeyo Guimarán oyó la voz del beneficiado y le sonó a cura. Se preparó a la defensa, y procuró tomar un continente digno de un librepensador convencido y prudentísimo. Echó las manos cruzadas a la espalda, haciendo crujir la madera vieja del piso de castaño comido por los gusanos. En la alcoba contigua, sin puerta, separada de la sala por una cortina sucia de percal encarnado, se oían los quejidos frecuentes y la respiración fatigosa del enfermo.

—¿Quién está ahí? —preguntó don Santos con voz débil, sin más energía que la de una ira impotente.

—Creo que son ellos; pero no tema usted. Aquí estoy yo. Usted, silencio, que no le conviene irritarse. Yo me basto y me sobro.

Entró el enemigo; y aunque venía de paz y don Pompeyo se había propuesto ser muy prudente, en cuanto doña Petronila abrió el pico, el ateo extendió una mano y dijo interrumpiendo:

—Dispénseme usted, señora, y dispense este digno sacerdote católico..., vienen ustedes equivocados; aquí no se admiten limosnas condicionales...

—¿Cómo condicionales?... —preguntó don Custodio, con muy buenos modos.

—No se sulfure usted, amigo mío, que otra me parece que es su misión en la tierra; mire usted como yo hablo con toda tranquilidad...

—Hombre, me parece que yo no he dicho...

—Usted ha dicho: ¿cómo condicionales?, y a mí no se me impone nadie, vista por los pies, vista por la cabeza. Yo no odio al clero sistemáticamente, pero exijo buena crianza en toda persona culta...

—Caballero, no venimos aquí a disputar, venimos a ejercer la caridad...

—Condicional...

—¡Qué condicional ni qué calabazas! —gritó doña Petronila,

que no comprendía por qué se había de tener tantos miramientos con un ateo loco—. Usted no tiene —añadió— autoridad alguna en esta casa; esta señorita es hija de don Santos y con
ella y con él es con quien queremos entendernos. Venimos a
ofrecer espontáneamente los auxilios que nuestra sociedad presta...

—A condición de una retractación indigna, ya lo sé. Don Santos ha delegado en mí todos los poderes de su autonomía religiosa, y en su nombre, y con los mejores modos, les intimo la
retirada...

Y don Pompeyo extendió una mano hacia la puerta y así estuvo un rato contemplando su brazo estirado y su energía.

Pero tuvo que bajar el brazo, porque doña Petronila replicó
que no estaba dispuesta a recibir órdenes de un entremetido...

—Señora, aquí los entremetidos son ustedes... No se les ha
llamado, no se les quiere; aquí sólo se admite la caridad que
no pide cédula de comunión.

—Nosotros tampoco pedimos cédula...

—Señor cura, a mí no me venga usted con argucias de seminario; la filosofía moderna ha demostrado que el escolasticismo
es un tejido de puerilidades, y yo sé a lo que vienen ustedes.
Quieren comprar las arraigadas convicciones de mi amigo por
un plato de lentejas; una taza de caldo por la confesión de un
dogma; una peseta por una apostasía... ¡Esto es indigno!

—¡Pero, caballero!...

—Señor cura, acabemos. Don Santos está dispuesto a morir
sin confesar ni comulgar; no reconoce la religión de sus mayores. Estas son sus condiciones irrevocables; pues bien, a ese precio, ¿consienten ustedes en asistirle, cuidarle, darle el alimento
y las medicinas que necesita?

—¡Pero, señor mío!...

—¡Ah!..., ¡señor de usted..., ya decía yo! ¿Ve usted cómo
a mí la escolástica no me confunde?

—Todo eso y mucho más —dijo el Gran Constantino— queremos tratarlo con el interesado.

—Pues no será...

—Pues sí será...

—Señora, salvo el sexo, estoy dispuesto a arrojarles a ustedes
por las escaleras si insisten en su procaz atentado...

Y don Pompeyo se colocó delante de la cortina de percal para
cortar el paso al obispo-madre.

—¿Quién va?, ¿quién va? —gritó desde dentro Barinaga, ronco y jadeante.

—Son las Paulinas —respondió Guimarán.

—¡Rayos y truenos! Fuera de mi casa... ¿No tiene usted una
escoba, don Pompeyo? Fuego en ellas..., infames... ¿Y no anda
ahí un cura también?...

—Sí, señor, anda...

—¿Será el Magistral, el ladrón, el *rapavelas,* el que me ha
despojado... y vendrán a burlarse?... ¡Oh!, si yo me levanto...

Pero usted ¿qué hace que no les balda a palos? Fuera de mi
casa... La justicia... ¿Ya no hay justicia? ¿No hay justicia para
los pobres?

—Tranquilícese usted, que no es el Magistral.

—Sí es, sí es; lo sé yo; ¿no ve usted que es el amo del cota-
rro, el presidente de las Paulinas?... Entre usted, entre usted,
so bandido..., y verá usted con qué arma digna de usted le aplasto los cascos...

—Calma, calma, amigo mío; yo me basto y me sobro para
despedir con buenos modos a estos señores.

—No, no, si es el Provisor, déjele usted que entre, que quiero matarle yo mismo... ¿Quién llora ahí?

—Es su hija de usted...

—¡Ah grandísima hipocritona, si me levanto, mala pécora! La
que mata a su padre de hambre, la que echa cuentas de rosario
y pelos en el caldo, la que me echa en las narices el polvo de la
sala, la que se va a misa de alba y vuelve a la hora de comer...
¡Infame, si me levanto!

—Padre, por Dios, por Nuestra Señora del Amor Hermoso,
tranquilícese usted... Está aquí doña Petronila, está un señor
sacerdote...

—Será tu don Custodio..., el que te me ha robado..., el majo
del cabildo... ¡Ah, barragana, si os cojo a los dos!...

—¡Jesús, Jesús! Vámonos de aquí —gritó doña Petronila buscando la escalera.

Pero no pudieron marchar tan pronto, porque la hija de don
Santos cayó desmayada. La bajaron a la tienda, para librarla de
los gritos furiosos y de las injurias de su padre. Quedó el campo
por don Pompeyo, que volvió a sus paseos y después fue a la
cocina a espumar el puchero miserable de don Santos.

«Allí no había más caridad que la de él. Cierto que no podía ser pródigo con su amigo, porque la propia familia, tan nu-
merosa, tenía apenas lo necesario; pero solicitud, atenciones no
le faltarían al enfermo.»

Volvió a poco soplando un líquido pálido y humeante en el
que flotaban partículas de carbón.

Se lo hizo beber a don Santos, sujetándole la cabeza que temblaba y sin permitirle tomar la taza con su flaca mano, que temblaba también.

De esta manera quedó el campo libre y por don Pompeyo, el
cual no pensaba más que en asegurar *el triunfo de sus ideas,*
para lo que era necesario estar de guardia todo el tiempo posible al lado del enfermo, y así evitar que la hija de don Santos
introdujese allí subrepticiamente «el elemento clerical».

Guimarán madrugaba para correr a casa de Barinaga; estaba
allí casi siempre hasta la hora de cenar, y esta *necesidad material*
la despachaba en un decir Jesús, dando prisa a la criada, a su
mujer, a las niñas.

—¡Ea, ea!..., menos cháchara, la sopa... que me esperan...

Comía, recogía los mendrugos de pan que quedaban sobre la mesa, un poco de azúcar y otros desperdicios, se los metía en un bolsillo y echaba a correr.

Algunas noches entraba en su hogar gritando:

—¡A ver!, ¡a ver!, las zapatillas y el frasco del anís, que hoy velo a don Santos.

La esposa de don Pompeyo suspiraba y entregaba las zapatillas suizas y el frasco del aguardiente, y el amo de la casa desaparecía.

Foja, los Orgaz, Glocester, «como particular, no como sacerdote», don Alvaro Mesía, los socios librepensadores que comían de carne solemnemente en Semana Santa, algunos de los que asistían a las cenas secretas del Casino, los redactores del *Alerta* y otros muchos enemigos del Provisor visitaban de vez en cuando a don Santos; todos compadecían aquella miseria entre protestas de cólera mal comprimida. «¡Oh!, el hombre que había reducido a tal estado al señor Barinaga era bien miserable; merecía la pública execración.» Pero nada más. Casi nadie se atrevía a dejar allí una limosna «por no ofender la susceptibilidad del enfermo». Muchos se ofrecían a velarle en caso de necesidad.

Don Pompeyo recibía las visitas como si él fuera el amo de la casa; Celestina tenía que tolerarlo porque su padre lo exigía.

—El es mi único hijo, descastada..., mi único padre..., mi único amigo... Tú eres la que estás aquí de más. ¡Mala entraña!..., ¡mojigata!... —gritaba desde su alcoba el borracho moribundo.

La enfermedad se agravó con las fuertes heladas con que terminó aquel año noviembre.

El primer día de diciembre Celestina se propuso, de acuerdo con don Custodio, dar el último ataque para conseguir que su padre admitiera los Sacramentos.

Al entrar, por la mañana, a eso de las ocho, don Pompeyo Guimarán, que venía soplándose los dedos, la beata le detuvo en la tienda abandonada, fría, llena de ratones.

Empleó la joven toda clase de resortes; pidió, suplicó, se puso de rodillas con las manos en cruz, lloró... Después exigió, amenazó, insultó; todo fue inútil.

—Hable usted con su papá —decía Guimarán por toda contestación—. Yo no hago más que cumplir su voluntad.

Celestina, desesperada, se acercó al lecho de su padre, lloró otra vez, de rodillas, con la cabeza hundida en el flaco jergón, mientras don Santos repetía con voz pausada, débil, que tenía una majestad especial, compuesta de dolor, locura, abyección y miseria:

—¡Mojigata, sal de mi presencia! Como hay Dios en los cielos, abomino de ti y de tu clerigalla... Fuera todos... Nadie me entre en la tienda, que no me dejarán un copón... ni una patena... ¡Esa lámpara, señor bandido! Y tú, hija de perdición, no ocultes debajo del mandil eso..., eso..., ese sacramento. ¡Fuera de aquí!

—¡Padre, padre, por compasión..., admita usted los Santos Sacramentos!

—Me los han robado todos, y las lámparas...; y tú los ayudas..., eres cómplice... ¡A la cárcel!

—Padre, señor, por compasión de su hija..., los Sacramentos... Tome usted..., tome usted...

—No, no quiero..., seamos razonables. Una partida de sacramentos..., ¿para qué? Si la tomo..., ahí se pudrirá en la tienda. El Provisor les prohibe comprar aquí... Ellos, los pobrecitos curas de aldea..., ¿qué han de hacer?... ¡Infelices! Le temen..., le temen... ¡Infame! ¡Infelices!

Y don Santos se incorporó como pudo, inclinó la cabeza sobre el pecho, y lloró en silencio.

Y repetía de tarde en tarde:

—¡Infelices!...

Celestina salió de la alcoba sollozando.

«Su padre había perdido la cabeza. Ya no podría confesar si no recobraba la razón..., sólo por un milagro de Dios.»

—Ni puede, ni quiere, ni debe —exclamó don Pompeyo cruzado de brazos, inflexible, dispuesto a no dejarse enternecer por el dolor ajeno.

El día de la Concepción, muy temprano, el médico, Somoza, dijo que don Santos moriría al oscurecer.

El enfermo perdía el uso de la poca razón que tenía muy a menudo; se necesitaba alguna impresión fuerte para que volviese a discurrir lo poco que sabía. La entrada de don Robustiano, o sea de la ciencia, le hacía volver la atención a lo exterior. Al mediodía le anunció Celestina que quería verle el señor Carraspique. Aquel honor inesperado puso al moribundo muy despierto. Carraspique, sin saludar a don Pompeyo, que se quedó, siempre cruzado de brazos, a la puerta de la alcoba, se colocó a la cabecera de Barinaga en compañía de un clérigo, el cura de la parroquia. Era éste un anciano de rostro simpático, de voz dulce, hablaba con el acento del país muy pronunciado. Carraspique, a quien en otro tiempo había pedido dinero prestado don Santos, tenía alguna autoridad sobre el enfermo; no se hablaban muchos años hacía, pero se estimaban a pesar de las ideas y de la frialdad que el tiempo había traído. Barinaga, con buenos modos, usando un lenguaje culto, que no era ordinario en él, se negó a las pretensiones del ilustre carlista y sincero creyente don Francisco Carraspique.

—Todo es inútil..., la Iglesia me ha arruinado..., no quiero nada con la Iglesia... Creo en Dios..., creo en Jesucristo..., que era... un grande hombre..., pero no quiero confesarme, señor Carraspique, y siento... darle a usted este disgusto. Por lo demás..., yo estoy seguro..: de que esto que tengo... se curaría... o por lo menos... se..., se..., con aguardiente... Crea usted que muero por falta de líquidos... gaseosos... y sólidos...

Don Santos levantó un poco la cabeza y conoció al cura de la parroquia.

—Don Antero..., usted también... por aquí... Me alegro... Así... podrá usted dar fe pública... como escribano... espiritual..., digámoslo así..., de esto que digo... y es todo mi testamento: que muero, yo, Santos Barinaga..., por falta de líquidos suficientemente... alcohólicos..., que muero... de... eso... que llama el señor médico... Colasa... o Colás... segundo...

Se detuvo, la tos le sofocaba. Hizo un esfuerzo y trayendo hacia la barba el embozo sucio de la sábana rota, continuó:

—Item: muero por falta... de tabaco... Otrosí... muero... por falta de alimento... sano... Y de esto tienen la culpa el señor Magistral y mi señora hija...

—Vamos, don Santos —se atrevió a decir el cura—, no aflija usted a la pobre Celestina. Hablemos de otra cosa. Ni usted se muere, ni nada de eso. Va usted a sanar en seguida... Esta tarde le traeré yo, con toda solemnidad, lo que usted necesita, pero antes es preciso que hablemos a solas un rato. Y después..., después..., recibirá usted el Pan del alma...

—¡El pan del cuerpo! —gritó con supremo esfuerzo el moribundo, irritado cuanto podía—. ¡El pan del cuerpo es lo que yo necesito!... Que así me salve Dios... ¡Muero de hambre! Sí, el pan del cuerpo..., ¡que muero de hambre!..., ¡de hambre!...

Fueron sus últimas palabras razonables. Poco después empezaba el delirio. Celestina lloraba a los pies del lecho. Don Antero, el cura, se paseaba, con los brazos cruzados, por la sala; admiraba lo que él llamaba la muerte del justo. Carraspique había corrido a Palacio.

Llegó, y todo se supo; el Obispo rezaba ante una imagen de la Virgen, y al oír que don Santos se negaba a recibir al Señor, y a confesar, levantó las manos cruzadas..., y con voz dulcemente majestuosa y llena de lágrimas, exclamó:

—¡Madre mía, madre de Dios, ilumina a ese desgraciado!...

Estaba pálido el buen Fortunato; le temblaba el labio inferior, algo grueso, al balbucear sus plegarias íntimas.

El Magistral se paseaba a grandes pasos, con las manos a la espalda, en la cámara roja, cubierta de damasco.

Carraspique, que vestía el luto reciente de su hija miraba a don Fermín con los ojos arrasados en lágrimas.

«Don Fermín padecía, pensaba el pobre don Francisco», y sin querer, con gran remordimiento, él se alegraba un poco, gozaba el placer de una venganza... «irracional..., injusta todo lo que se quiera, pero gozaba acordándose de su hija muerta».

Sí, don Fermín padecía. «Aquella necedad del tendero de enfrente era una complicación.»

De Pas ya no era el mismo que sentía remordimientos románticos aquella noche de luna al ver a don Santos arrastrar su degradación y su miseria por el arroyo; ahora no era más que un egoísta, no vivía más que para su pasión; lo que podía turbarle en el deliquio sin nombre que gozaba en presencia de Ana, eso aborrecía; lo que pudiera traer una solución al terrible conflicto, cada vez más terrible, de los sentidos enfrenados y de la eternidad pura de su pasión, eso amaba. Lo demás del mundo no existía. «Y ahora don Santos moría escandalosamente, moría como un perro, habría que enterrarle en aquel pozo inmundo, desamparado, que había detrás del cementerio y que servía para los *enterramientos civiles;* ¡y de todo eso iba a tener la culpa él, y Vetusta se le iba a echar encima!» Ya empezaba el runrún del motín, el Chato venía a cada momento a decirle que la calle de don Santos y la tienda se llenaba de gente, de enemigos del Magistral..., que se le llamaba el asesino en los grupos —porque él obligaba al Chato a decirle la verdad sin rodeos—, asesino, ladrón... El Magistral, al llegar a este pasaje de sus reflexiones, sin poder contenerse, golpeó el pavimento con el pie. Carraspique dio un salto. El Obispo, saliendo de su oratorio, con las manos en cruz, se acercó al Provisor.

—Por Dios, Fermo, por Dios te pido que me dejes...

—¿Qué?...

—Ir yo mismo; ver a ese hombre... Quiero verle yo. A mí me ha de obedecer... Yo he de persuadirle... Que traigan un coche si no quieres que me vean, una tartana, un carro..., lo que quieras... Voy a verle, sí, voy a verle.

—¡Locuras, señor, locuras! —rugió el Provisor, sacudiendo la cabeza.

—¡Pero, Fermo, es un alma que se pierde!

—No hay que salir de aquí. Ir... el Obispo... a un hereje contumaz, absurdo...

—Por lo mismo, Fermo...

—¡Bueno!, ¡bueno! *Los Miserables,* siempre la comedia... La escena del Convencional, ¿no es eso? Don Santos es un borracho insolente que escupiría al Obispo con mucha frescura; don Pompeyo discutiría con Su Ilustrísima si había Dios o no había Dios... No hay que pensar en ello. ¡Absurdo moverse de aquí!

Hubo algunos momentos de silencio. Carraspique, único testigo de la escena, temblaba y admiraba con terror el poder del Magistral y su energía.

«Era verdad, tenía a Su Ilustrísima en un puño.» Después continuó don Fermín:

—Además, sería inútil ir allá. El señor Carraspique lo ha dicho... Barinaga ya ha perdido el conocimiento, ¿verdad? Ya es tarde, ya no hay que hacer allí. Está ya como si hubiese muerto.

Carraspique, aunque con mucho miedo, animado por su afán piadoso de salvar a don Santos, se atrevió a decir:

—Sin embargo, tal vez... Se ven muchos casos...

—¿Casos de qué? —preguntó el Magistral con un tono y una mirada que parecían navajas de afeitar—. ¿Casos de qué? —repitió porque el otro callaba.

—Puede pasar el delirio y volver a la razón el enfermo.

—No lo crea usted. Además, allí está el cura... Para eso está don Antero... Su Ilustrísima no puede, no saldrá de aquí.

Y no salió.

El que entraba y salía era el Chato, Campillo, que hablaba en secreto con don Fermín y volvía a la calle a recoger rumores y a espiar al enemigo. El cual se presentaba amenazador en la calle estrecha y empinada en que vivía don Santos, casi enfrente de la casa del Magistral. Era la calle de *los Canónigos,* una de las más feas y más aristocráticas de la Encimada.

Al oscurecer de aquel día no se podía pasar sin muchos codazos y tropezones por delante de la tienda triste y desnuda de Barinaga. Sus amigos, que habían aumentado prodigiosamente en pocas horas, interceptaban la acera y llegaban hasta el arroyo divididos en grupos que cuchicheaban, se mezclaban, se disolvían.

Por allí andaban Foja, los dos Orgaz y algunos otros de los socios del Casino que asistían a las cenas mensuales en que se conspiraba contra el Provisor. El ex alcalde se multiplicaba, entraba y salía en casa de don Santos, bajaba con noticias, le rodeaban los amigos.

—Está expirando.

—Pero ¿conserva el conocimiento?

—Ya lo creo, como usted y como yo. —Era mentira. Barinaga moría hablando, pero sin saber lo que decía; sus frases eran incoherentes; mezclaba su odio al Magistral con las quejas contra su hija. Unas veces se lamentaba como el rey Lear y otras blasfemaba como un carretero.

—Y diga usted, señor Foja, ¿hay arriba algún cura? Dicen que ha venido el mismo Magistral...

—¿El Magistral? ¡No faltaba más! Sería añadir el sarcasmo a la... al... No vendrá, no. Quien está arriba es don Antero, el cura de la parroquia; el pobre es un bendito, un fanático digno de lástima y cree cumplir con su deber..., pero como si cantara. Dos Santos era un hombre de convicciones arraigadas.

—¿Cómo era? Pues ¿ha muerto ya? —preguntó uno que llegaba en aquel momento.

—No señor, no ha muerto. Digo eso, porque ya está más allá que acá.

—También don Pompeyo se ha portado con mucha energía, según dicen...

—También...

—Pero estando sano es más fácil.

—Y como no va con él la cosa...

—Morirá esta noche.

—El médico no ha vuelto.

—Somoza aseguraba que moriría esta tarde.

—Pues por eso no ha vuelto, porque se ha equivocado...

—El cura dice que durará hasta mañana.

—Y muere de hambre.

—Dicen que lo ha dicho él mismo.

—Sí, señor, fueron sus últimas palabras sensatas —advirtió Foja, contradiciéndose—. Dicen que dijo: «El pan del cuerpo es el que yo necesito, ¡que así me salve Dios muero de hambre!»

A Orgaz hijo se le escapó la risa, que procuró ahogar con el embozo de la capa.

—Sí, ríase usted, joven, que el caso es para bromas.

—Hombre, no me río del moribundo..., me río de la gracia.

—Profundísima lección debía llamarla usted. Se muere de hambre, es un hecho; le dan una hostia consagrada, que yo respeto, que yo venero, pero no le dan un panecillo. Así habló un maestro de escuela perseguido por su liberalismo... y por el hambre.

—Yo soy tan católico como el primero —dijo un maestro de la Fábrica Vieja, de larga perilla rizada y gris, socialista cristiano a su manera—, soy tan católico como el primero, pero creo que al Magistral se le debería arrastrar hoy y colgarlo de ese farol, para que viese salir el entierro...

—La verdad es, señores —observó Foja—, que si don Santos muere fuera del seno de la Iglesia, como un judío, se debe al señor Provisor.

—Es claro.

—Evidente.

—¿Quién lo duda?

—Y diga usted, señor Foja, ¿no le enterrarán en sagrado, verdad?

—Eso creo: los cánones están sangrando; quiero decir que la Sinodal está terminante. —Y se puso algo colorado, porque no sabía si los cánones sangraban o no, ni si la Sinodal hablaba del caso.

—¡De modo que le van a enterrar como un perro!

—Eso es lo de menos —dijo el maestro de la Fábrica—, toda la tierra está consagrada por el trabajo del hombre.

—Y además, en muriéndose uno...

—Más despacio, señores, más despacio —interrumpió Foja, que no quería desperdiciar el arma que le ponían en las manos para atacar al Magistral—. Estas cosas no se pueden juzgar filosóficamente. Filosóficamente es claro que no le importa a uno que le entierren dondequiera. Pero ¿y la familia? ¿Y la sociedad? ¿Y la honra? Todos ustedes saben que el local destinado en nuestro cementerio *municipal* —y subrayó la palabra— a los cadáveres no católicos, digámoslo así...

Orgaz hijo sonrió.

—Ya sé, joven, ya sé que he cometido un *lapsus*. Pero no sea usted tan material.

Aquel grupo de progresistas y socialistas serios miró *en masa* al mediquillo impertinente con desprecio.

Y dijo el socialista cristiano:

—Aquí lo que sobra es la materia; la letra mata, caballero,

y tengo dicho mil veces que lo que sobran en España son oradores...

—Pues usted no habla mal ni poco; acuérdese del club difunto, señor Parcerisa...

Y Orgaz hijo dio una palmadita en el hombro al de la Fábrica.

Parcerisa sonrió satisfecho.

La conversación se extravió. Se discutió si el Ayuntamiento
disputaba o no con suficiente energía al Obispo la administración
del cementerio.

En tanto, subían y bajaban amigas y amigos, curas y legos
que iban a ver al enfermo o a su hija. Don Pompeyo había
hecho llevar a Celestina a su cuarto y allí recibía la beata a sus
correligionarias y a los sacerdotes que venían a consolarla. Guimarán no dejaba entrar en la sala más que a los espíritus fuertes, o por lo menos, si no tan fuertes como él, que eso era difícil, partidarios de dejar a un moribundo «expirar en la confesión que le parezca, o sin religión alguna si lo considera conveniente».

—¡Muerte gloriosa! —decía don Pompeyo al oído de cualquier enemigo del Provisor que venía a compadecerse a última
hora de la miseria de Barinaga—. ¡Muerte gloriosa! ¡Qué energía! ¡Qué tesón! Ni la muerte de Sócrates... Porque a Sócrates
nadie le mandó confesarse.

Los que subían o bajaban, al pasar por la tienda abandonada
echaban una mirada a los desiertos estantes y al escaparate cubierto de polvo y cerrado por fuera con tablas viejas y desven-
cijadas.

Sobre el mostrador, pintado de color de chocolate, un velón
de petróleo alumbraba malamente el triste almacén, cuya desnudez daba frío. Aquellos anaqueles vacíos representaban a su modo
el estómago de don Santos. Las últimas existencias, que había
tenido allí años y años cubiertas de polvo, las había vendido por
cuatro cuartos a un comerciante de aldea; con el producto de
aquella liquidación miserable había vivido y se había emborrachado en la última parte de su vida el pobre Barinaga. Ahora
los ratones roían las tablas de los estantes y la consunción roía
las entrañas del tendero.

Murió al amanecer.

Las nieblas de Corfín dormían todavía sobre los tejados y a
lo largo de las calles de Vetusta. La mañana estaba templada y
húmeda. La luz cenicienta penetraba por todas las rendijas como
un polvo pegajoso y sucio. Don Pompeyo había pasado la noche
al lado del moribundo, solo, completamente solo, porque no había de contarse un perro faldero que se moría de viejo, sin salir
jamás de casa. Abrió Guimarán el balcón de par en par; una
ráfaga húmeda sacudió la cortina de percal y la triste luz del día
de plomo cayó sobre la palidez del cadáver tibio.

A las ocho se sacó a Celestina de la «casa mortuoria» y *el cuer-*

po, metido ya en su caja de pino, lisa y estrecha, fue depositado sobre el mostrador de la tienda vacía, a las diez. No volvió a aparecer por allí ningún sacerdote ni beata alguna.

—Mejor —decía don Pompeyo, que se multiplicaba.

—Para nada queremos cuervos —exclamaba Foja, que se multiplicaba también.

—Esto tiene que ser una manifestación —decía el ex alcalde a muchos correligionarios y otros enemigos del Magistral reunidos en la tienda, al pie del cadáver—. Esto tiene que ser una manifestación: el gobierno no nos permite otras, aprovechemos esta coyuntura. Además, esto es una iniquidad: ese pobre viejo ha muerto de hambre, asesinado por los acaparadores sacrílegos de *La Cruz Roja.* Y para mayor deshonra y ludibrio, ahora se le niega honrada y cristiana sepultura, y habrá que enterrarle en los escombros, allá, detrás de la tapia nueva, en aquel estercolero que dedican a los entierros civiles esos infames...

—¡Muerto de hambre y enterrado como un perro! —exclamó el maestro de escuela, perseguido por sus ideas.

—¡Oh, hay que protestar muy alto!

—¡Sí, sí!

—¡Esto es una iniquidad!

—¡Hay que hacer una manifestación!

Hablaban también muchos conjurados con trazas de curiales de palacio; eran amigos del Arcediano, del implacable Mourelo, que conspiraba desde la sombra.

—A ver usted, señor Sousa, usted que escribe los telegramas del *Alerta...,* es preciso que hoy retrasen ustedes un poco el número para que haya tiempo de insertar algo...

—Sí, señor, ahora mismo voy a la imprenta y con la mayor energía que permite la ley, la pícara ley de imprenta, redactaré allí mismo un suelto convocando a los liberales, amigos de la justicia, etc., etc... Descuide usted, señor Foja.

—Llame usted al suelto: *Entierro civil.*

—Sí, señor; así lo haré.

—Con letras grandes

—Como puños, ya verá usted.

—Eso podrá servir de aviso a todo el pueblo liberal...

—¿Vendrán los de la Fábrica?

—¡Ya lo creo! —exclamó Parcerisa—. Ahora mismo voy yo a calentar a la gente. Esto no nos lo puede prohibir el gobierno...

—Como no se alborote...

El entierro fue cerca del anochecer. Sólo así podían asistir los de la Fábrica.

Llovía. Caían hilos de agua perezosa, diagonales, sutiles. La calle se cubrió de paraguas.

El Magistral, que espiaba detrás de las vidrieras de su despacho, vio un fondo negro y pardo; y de repente, como si se alzase sobre un pavés, apareció por encima de todo una caja negra, estrecha y larga, que al salir de la tienda se inclinó hacia delante y se detuvo como vacilando. Era don Santos que salía por última vez de su casa. Parecía dudar entre desafiar el agua o volver a su vivienda. Salió; se perdió el ataúd entre el oleaje de seda y percal oscuro. En el balcón que había sobre la puerta, entre las rejas asomó la cabeza de un perro de lanas negro y sucio: el Magistral lo miró con terror. El faldero estiró el pescuezo, procuró mirar a la calle y se le erizaron las orejas. Ladró a la caja, a los paraguas y volvió a esconderse. Lo habían olvidado en la sala, cerrada con llave por don Pompeyo.

Guimarán, de levita negra, presidía el duelo.

Delante del féretro, en filas, iban muchos obreros y algunos comerciantes al por menor, con más, varios zapateros y sastres, rezando padrenuestros.

Guimarán había propuesto que no se dijese palabra.

«No había muerto el gran Barinaga, aquel mártir de las ideas, dentro de ninguna confesión cristiana; luego era contradictorio...»

—Deje usted, deje usted —había advertido Foja con mal gesto—. No seamos intransigentes, no extrememos las cosas. Es de más efecto que se rece.

—Esto es una manifestación anticatólica —observó el maestro de escuela.

—Es anticlerical —dijo otro liberal probado.

—El tiro va contra el Provisor —manifestó un lampiño, de la policía secreta de Glocester.

Así, pues, se convino que se rezaría y se rezó.

—*Requiescat in pace* —decía Parcerisa, que rezaba delante, con voz solemne, al terminar cada oración.

Y contestaban los de la fila, que llevaban hachas encendidas:

—*Requiescat in pace*.

Ni el latín ni la cera le gustaban a don Pompeyo, pero había que transigir.

«Todo aquello era una contradicción, pero Vetusta no estaba preparada para un verdadero entierro civil.»

Las mujeres del pueblo, que cogían agua en las fuentes públicas, las ribeteadoras y costureras que paseaban por la calle del Comercio y por el *boulevard,* arrastrando por el lodo con perezosa marcha los pies mal calzados; las criadas que con la cesta al brazo iban a comprar la cena, se arremolinaban al pasar el entierro y por gran mayoría de votos condenaban el atrevimiento de enterrar «a un cristiano» —sinónimo de hombre—, sin necesidad de curas. Algunas buenas mozas, mal pergeñadas, alababan la idea en voz alta.

Hubo una que gritó:

—¡Así, que rabien los de la pitanza!

Esta imprudencia provocó otra del lado contrario.

—¡*Anday*, judíos! —exclamaba una moza del partido, azotando con un zueco la espalda de muchos de sus conocidos, peones de albañil y canteros.

Detrás del duelo iba una escasa representación del sexo débil; pero, según las de la cesta y las de las fuentes públicas, «eran malas mujeres».

—¡Anda tú, *pendón!*

—¿Adónde vais, *pingos?*

Y las correligionarias de don Pompeyo reían a carcajadas, demostrando así lo poco arraigado de sus convicciones. La noche se acercaba; el cementerio estaba lejos, y hubo que apretar el paso.

La lluvia empezó a caer perpendicular, pero en gotas mayores; los paraguas retumbaban con estrépito lúgubre y chorreaban por todas sus varillas. Los balcones se abrían y cerraban, cuajados de cabezas de curiosos.

Se miraba el espectáculo generalmente con curiosidad burlona, con algo de desprecio. «Pero por lo mismo se declaraba mayor el delito del Magistral. Aquel pobre don Santos había muerto como un perro por culpa del Provisor; había renegado de la religión por culpa del Provisor; había muerto de hambre y sin Sacramentos por culpa del Provisor.»

«Y ahora los revolucionarios, que de todo sacan raja, aprovechan la ocasión para hacer una de las suyas...»

«Y por culpa del Provisor...»

«No se puede estirar demasiado la cuerda.»

«Ese hombre nos pierde a todos.»

Estos eran los comentarios en los balcones. Y después de cerrarlos, continuaban dentro las censuras. Muchas amistades perdió De Pas aquella tarde.

Sin que se supiera cómo, llegó a ser un *lugar común,* verdad evidente para Vetusta, que «Barinaga había muerto como un perro por culpa del Magistral».

Los amigos que le quedaban a don Fermín reconocían que no se podía luchar, por aquellos días a lo menos, contra aquella afirmación injusta, pero tan generalizada.

El entierro dejó atrás la calle Principal de la Colonia, que estaba convertida en un lodazal de un kilómetro de largo, y empezó a subir la cuesta que terminaba en el cementerio. El agua volvía a azotar a los del duelo en diagonales, que el viento hacía penetrar por debajo de los paraguas. Llovía a latigazos. Una nube negra, en forma de pájaro monstruoso, cubría toda la ciudad y lanzaba sobre el duelo aquel chaparrón furioso. Parecía que los arrojaba de Vetusta, silbándoles con las fauces del viento que soplaba por la espalda.

Se subía la cuesta a buen paso. La percalina de que iba forrado el féretro miserable se había abierto por dos o tres lados; se veía la carne blanca de la madera, que chorreaba el agua. Los que conducían el cadáver le zarandeaban. La fatiga y cierta superstición inconsciente les habían hecho perder gran parte del respeto que merecía el difunto. Todos los hachones se habían apagado y chorreaban agua en vez de cera. Se hablaba alto en las filas.

—¡De prisa! ¡De prisa! —se oía a cada paso.

Algunos se permitían decir chistes alusivos a la tormenta. En el duelo había más circunspección, pero todos convenían en la necesidad de apretar el paso.

Aquel furor de los elementos despertó muchas preocupaciones taciturnas.

Don Pompeyo llevaba los pies encharcados, y era sabido que la humedad le hacía mucho daño, le ponía nervioso y con esto se le achicaba el ánimo.

—No hay Dios, es claro —iba pensando—, pero si le hubiera, podría creerse que nos está dando azotes con estos diablos de aguaceros.

Llegaron a lo alto, a la cima de aquella loma. La tapia del cementerio se destacaba en la claridad plomiza del cielo como una faja negra del horizonte. No se veía nada distintamente. Los cipreses, detrás de la tapia, se balanceaban, parecían fantasmas que se hablaban al oído, tramando algo contra los atrevidos que se acercaban a turbar la paz del camposanto.

En la puerta se detuvo el cortejo. Hubo algunas dificultades para entrar. Se habían olvidado ciertos pormenores y la mala fe del enterrador —tal vez la del capellán también— ponía obstáculos reglamentarios.

—¡A ver, dónde está Foja! —gritó don Pompeyo, que no se encontraba con ánimo para dar otra batalla al oscurantismo clerical.

Foja no estaba allí. Nadie le había visto en el duelo.

Don Pompeyo sintió el ánimo desfallecer. «Estoy solo; ese capitán Araña me ha dejado solo.»

Sacó fuerzas de flaqueza, y ayudado por la indignación general, se impuso. El cortejo entró en el cementerio, pero no por la puerta principal, sino por una especie de brecha abierta en la tapia del corralón inmundo, estrecho y lleno de ortigas y escajos en que se enterraba a los que morían fuera de la Iglesia católica. Eran muy pocos. El enterrador actual sólo recordaba tres o cuatro entierros así.

El duelo se despidió sin ceremonia; a latigazos lo despedía el viento con disciplinas de agua helada.

Don Pompeyo Guimarán salió del cementerio el último. «Era su deber.»

Había cerrado la noche. Se detuvo solo, completamente solo, en lo alto de la cuesta. «A su espalda, a veinte pasos, tenía la tapia fúnebre. Allí detrás quedaba el mísero amigo, abandonado, pronto olvidado del mundo entero; estaba a flor de tierra, separado de los demás vetustenses que habían sido, por un muro que era una deshonra; perdido, como el esqueleto de un rocín, entre ortigas, escajos y lodo... Por aquella brecha penetraban

perros y gatos en el cementerio civil... A toda profanación estaba abierto... Y allí estaba don Santos..., el buen Barinaga, que
había vendido patenas y viriles... y creía en ellos... en otro tiempo. ¡Y todo aquello era obra suya..., de don Pompeyo; él, en
el café-restaurante de la Paz, había comenzado a demoler el alcázar de la fe... del pobre comerciante!...»

Un escalofrío sacudió el cuerpo de Guimarán. Se abrochó.
«Había sido *otra* imprudencia venir sin capa.»

Entonces sintió que no sentía ya el agua... «Era que ya no
llovía.» Sobre Vetusta brillaban entre grandes espacios de sombra algunas luces pálidas, las estrellas; y entre las sombras de la
ciudad aparecían puntos rojizos simétricos: los faroles.

Guimarán volvió a temblar; sintió la humedad de los pies de
nuevo..., y apretó el paso. Hubo más: se le figuró que le seguían; que a veces le tocaban sutilmente las faldas de la levita
y el cabello del cogote... Y como estaba solo, seguramente solo...,
no tuvo inconveniente en emprender por la cuesta abajo un
trote ligero, con el paraguas debajo del brazo.

«No, no hay Dios —iba pensando—, pero si lo hubiera, estábamos frescos...»

Y más abajo:

«Y de todas maneras, eso de que le han de enterrar a uno de
fijo, sin escape, en ese estercolero..., no tiene gracia.»

Y corría, sintiendo de vez en cuando escalofríos.

Don Pompeyo tuvo fiebre aquella noche.

«Ya lo decía él: ¡la humedad!»

Deliró.

«Soñaba que él era de cal y canto y que tenía una brecha en
el vientre y por allí entraban y salían gatos y perros, y alguno
que otro diablejo con rabo.»

Veintitrés

Tecum principium in die virtutis tuœ in splendorum sanctorum, ex utero ante luciferum genui te.

Esto leyó la Regenta sin entenderlo bien; y la traducción del *Eucologio* decía: «Tú poseerás el principado y el imperio en el día de tu poderío y en medio del resplandor que brillará en tus santos: yo te he engendrado de mis entrañas desde antes del nacimiento del lucero de la mañana.»

Y más adelante leía Ana con los ojos clavados en su devocionario: *Dominus dixit and me: Filius meus es tu ego hodie genui te. Alleluia.*

¡Sí, sí, aleluya!, ¡aleluya!, le gritaba el corazón a ella..., y el órgano, como si entendiese lo que quería el corazón de la Regenta, dejaba escapar unos diablillos de notas alegres, revoltosas, que luego llenaban los ámbitos oscuros de la catedral, subían a la bóveda y pugnaban por salir a la calle, remontándose al cielo... empapando el mundo de música retozona. Decía el órgano a su manera:

> Adiós, María Dolores,
> marcho mañana
> en un barco de flores
> para La Habana.

Y de repente, cambiaba de aire y gritaba:

> La casa del señor cura
> nunca la vi como ahora...

Y sin pizca de formalidad, se interrumpía para cantar:

> Arriba, Manolillo,
> abajo, Manolé,
> de la quinta pasada

yo te liberté;
de la que viene ahora
no sé si podré...,
arriba, Manolillo.
Manolillo, Manolé.

Y todo esto era porque hacía mil ochocientos setenta y tantos
años había nacido en el portal de Belén el Niño Jesús... ¿Qué
le importaba al órgano? Y sin embargo, parecía que se volvía
loco de alegría..., que perdía la cabeza y echaba por aquellos
tubos cónicos, por aquellas trompetas y cañones, chorros de notas que parecían lucecillas para alumbrar las almas.

El templo estaba oscuro. De trecho en trecho, colgado de un
clavo en algún pilar, un quinqué de petróleo con reverbero
interrumpía las tinieblas, que volvían a dominar poco más adelante. No había más luz que aquella esparcida por las naves, el
trasaltar y el trascoro, y los cirios del altar y las velas del coro
que brillaban a lo lejos, en alto, como estrellitas. Pero la música
alegre botando de pilar en capilla, del pavimento a la bóveda,
parecía iluminar la catedral con rayos del alba. Y no eran más
que las doce. Empezaba la *misa del gallo*.

El órgano, con motivo de la alegría cristiana de aquella hora
sublime, recordaba todos los aires populares clásicos en la tierra
vetustente y los que el capricho del pueblo había puesto en
moda aquellos últimos años. A la Regenta le temblaba el alma
con una emoción religiosa, dulce, risueña, en que rebosaba una
caridad universal; amor a todos los hombres y a todas las criaturas..., a las aves, a los brutos, a las hierbas del campo..., a los
gusanos de la tierra..., a las ondas del mar, a los suspiros del
aire... «La cosa era bien clara, la religión no podía ser más sencilla, más evidente: Dios estaba en el cielo presidiendo y amando su obra maravillosa, el Universo; el hijo de Dios había nacido en la tierra y por tal honor y divina prueba de cariño, el
mundo entero se alegraba y se ennoblecía; y no importaba que
hubiesen pasado tantos siglos, el amor no cuenta el tiempo; hoy
era tan cierto como en tiempo de los apóstoles que Dios había
venido al mundo; el motivo para estar contentos todos los seres,
el mismo. Por consiguiente, el organista hacía muy bien en declarar dignos del templo aquellos aires humildes, con que solía
alegrarse el pueblo y que cantaban las vetustenses en sus bailes
bulliciosos a cielo abierto. Aquel recuerdo de canciones efímeras,
que habían sido un poco de aire olvidado, le parecía a la Regenta una delicada obra de caridad por parte del músico... Recordar lo más humilde, lo que menos vale, un poco de viento que
pasó... y dignificar las emociones profanas del amor, de la alegría juvenil, haciendo resonar sus cantares en el templo, como
ofrenda a los pies de Jesús... todo esto era hermoso, según Ana;
la religión que lo consentía, maternal, cariñosa, artística.»

«No había allí barreras, en aquel momento, entre el templo

y el mundo; la naturaleza entraba a borbotones por la puerta de
la iglesia; en la música del órgano había recuerdos del verano,
de las romerías alegres del campo, de los cánticos de los marineros a la orilla del mar; y había olor a tomillo y a madreselva, y
olor a la playa, y olor arisco del monte, y dominándolos a todos
olor místico, de poesía inefable... que arrancaba lágrimas...» La
vigilia exaltaba los nervios de la, Regenta. Su pensamiento, al
remontarse, se extraviaba y, al difundirse, se desvanecía... Apoyó la cabeza contra la panza churrigueresca de un altar de piedra, nuevo, que era el principal de la capilla en que estaba, sumida en la sombra. Apenas pensaba ya, no hacía más que sentir.

La verja de bronce dorado que separaba la capilla mayor del
crucero se interrumpía en ambos extremos para dejar espacio a
los púlpitos de hierro, todos de filigrana. Servían de atriles para
la Epístola y el Evangelio sendas águilas doradas con las alas
abiertas. Ana vio aparecer en el púlpito de la izquierda del altar
la figura de Glocester, siempre torcida, pero arrogante: la rica
casulla de tela briscada despedía rayos herida por la luz de los
ciriales que acompañaban al canónigo. El Arcediano, en cuanto
calló el órgano, como quien quiere interrumpir una broma con
una nota seria, leyó la epístola de San Pablo Apóstol a Tito, capítulo segundo, dándole una intención que no tenía. Agradábale
a Glocester tener ocupada por su cuenta la atención del público, y leía despacio, señalando con fuerza las terminaciones en
us y en *i* y en *is:* por el tono que se daba al leer, no parecía
sino que la epístola de San Pablo era cosa del mismo Glocester,
una composicioncilla suya. El órgano, como si hubiera oído llover, en cuanto terminó el presuntuoso Arcediano, soltó el trapo,
abrió todos sus agujeros y volvió a regar la catedral con chorri-
tos de canciones alegres; el fuelle parecía soplar en una fragua
de la que salían chispas de música retozona; ahora tocaba como
las gaitas del país, imitando el modo tosco e incorrecto con que
el gaitero jurado del Ayuntamiento interpretaba el brindis de la
Traviata y el Miserere de *El Trovador*. Por último, y cuando ya
Ripamilán asomaba la cabecita vivaracha sobre el antepecho del
otro púlpito para cantar el Evangelio, el organista la emprendió
con la *mandilona:*

> Ahora sí que estarás contentón,
>   mandilón,
>   mandilón,
>   mandilón.

Los carlistas y liberales que llenaban el crucero celebraron la
gracia, hubo cuchicheos, risas comprimidas, y en esto vio la
Regenta un signo de paz universal. En aquel momento, pensaba
ella, unidos todos ante el Dios de todos, que nacía, las diferencias políticas eran nimiedades que se olvidaban.

Ripamilán no pudo menos de sonreír, mientras colocaba, con

gran dificultad, el libro en que había de leer el Evangelio de San Lucas, sobre las alas del águila de hierro.

El Arcediano, en la escalera del púlpito, esperaba con los brazos cruzados sobre la panza; cerca de él y haciendo guardia, estaban dos acólitos con los ciriales; uno era Celedonio.

—*Secuentia Sancti Evangelii secundum Lucaaam!* —cantó Ripamilán, muerto de sueño y aprovechándose del canto llano para bostezar en la última nota.

—*In illo tempore!...* —continuó—. En aquel tiempo se promulgó un edicto mandando empadronar a todo el mundo. Fue cosa de César Augusto, muy aficionado a la estadística. «Este empadronamiento fue hecho por Cirino, que después fue gobernador de la Siria.» Ripamilán se dormía sobre el recuerdo de Cirino, pero al llegar al empadronamiento de José, se animó el Arcipreste, figurándose a los santos esposos camino de Bethlehem (o mejor Belén). «Y sucedió que hallándose allí le llegó a María la hora de su alumbramiento, y dio a luz a su Hijo primogénito y envolvióle en pañales y recostóle en un pesebre.»

Ripamilán leía ahora pausadamente, a ver si se enteraba el público. Cuando llegó a los pastores que estaban en vela, cuidando sus rebaños, don Cayetano recordó su grandísima afición a la égloga y se enterneció muy de veras.

Más enternecida estaba la Regenta, que seguía en su libro la sencilla y sublime narración. «¡El Niño Dios! ¡El Niño Dios! Ella comprendía ahora toda la grandeza de aquella Religión dulce y poética que comenzaba en una cuna y acababa en una cruz. ¡Bendito Dios!, las dulzuras que le pasaban por el alma, las mieles que gustaba su corazón, o algo que tenía un poco más abajo, más hacia el medio de su cuerpo... Y aquel Ripamilán allá arriba, aquel viejecillo que contaba lo del parto como si acabara de asistir a él. También Ripamilán estaba hermoso a su manera.»

En tanto, el *público* empezaba a impacientarse, se iba acabando la formalidad, y en algunos rincones se oían risas que provocaba algún chusco. En la nave del trasaltar, la más oscura, escondidos en la sombra de los pilares y en las capillas, algunos señoritos se divertían en echar a rodar sobre el juego de damas del pavimento de mármol monedas de cobre, cuyo profano estrépito despertaba la codicia de la gente menuda; bandas de pilletes que ya esperaban ojo avizor la tradicional profanación, corrían tras las monedas, y al caer tantos sobre una sola en racimo de carne y andrajos, excitaban la risa de los fieles, mientras ellos se empujaban, pisaban y mordían disputándose el ochavo miserable.

Pero llegaba la *ronda,* y el racimo de pillos se deshacía, cada cual corría por su lado. La *ronda* la presidía el señor Magistral, de roquete y capa de coro; en las manos, cruzadas sobre el vientre, llevaba el bonete; a derecha e izquierda, como dándole guardia, caminaban con paso solemne acólitos con sendas hachas de cera. La *ronda* daba vueltas por el trascoro, las naves y el trasaltar. Se vigilaba para evitar abusos de mayor cuantía. La oscuridad del templo, los excesos de la colación clásica, la falta de respeto que el pueblo creía tradicional en la *misa del gallo,* hacían necesarias todas estas precauciones.

Había otra clase de profanaciones que no podía evitar la ronda. Apiñábase el público en el crucero, oprimiéndose unos a otros contra la verja del altar mayor, y la valla del centro, debajo de los púlpitos, y quedaban en el resto de la catedral muy a sus anchas los pocos que preferían la comodidad al calorcillo humano de aquel montón de carne repleta. Como la religión es igual para todos, allí se mezclaban todas las clases, edades y condiciones. Obdulia Fandiño, en pie, oía la misa apoyando su devocionario en la espalda de Pedro, el cocinero de Vegallana, y en la nuca sentía la viuda el aliento de Pepe Ronzal, que no podía, ni tal vez quería, impedir que los de atrás empujasen. Para la de Fandiño, la religión era esto: apretarse, estrujarse sin distinción de clases ni sexos en las grandes solemnidades con que la Iglesia conmemora acontecimientos importantes de que ella, Obdulia, tenía muy confusa idea; Visitación estaba también allí, más cerca de la capilla, con la cabeza metida entre las rejas. Paco Vegallana, cerca de Visitación, fingía resistir la fuerza anónima que le arrojaba, como un oleaje, sobre su prima Edelmira. La joven, roja como una cereza, con los ojos en un San José de su devocionario y el alma en los movimientos de su primo, procuraba huir de la valla del centro contra la cual amenazaban aplastarla aquellas olas humanas, que allí en lo oscuro imitaban las del mar batiendo un peñasco en la negrura de su sombra. Todo el *elemento joven* de que hablaba *El Lábaro* en sus crónicas del pequeñísimo *gran mundo* de Vetusta estaba allí, en el crucero de la catedral, oyendo como entre sueños el órgano, digiriendo la colación de Nochebuena, viendo lucecillas, sintiendo entre temblores de la pereza pinchazos de la carne. El sueño traía impíos disparates, ideas que eran profanaciones, y se desechaban para atenerse a los pecados veniales con que brindaba la realidad ambiente. Miradas y sonrisas, si la distancia no consentía otra cosa, iban y venían enfilándose como podían en aquella selva espesa de cabezas humanas. Se tosía mucho y no todas las toses eran ingenuas. En aquella quietud soporífera, en aquella oscuridad de pesadilla, hubieran permanecido aquellos caballeritos y aquellas señoritas hasta el amanecer, de buen grado. Obdulia pensaba, aunque es claro que no lo decía sino en el seno de la mayor confianza, pensaba que el *hacer el oso,* que era a lo que llamaba *timarse* Joaquín Orgaz, si siempre era agradable, lo era mucho más en la iglesia, porque allí tenía un *cachet.* Y para la viuda las cosas con *cachet* eran las mejores.

«En la inmoralidad que acusaba aquella aglomeración de malos cristianos», estaba pensando precisamente don Pompeyo Guimarán, que, mal curado de una fiebre, había consentido en cenar con don Alvaro, Orgaz, Foja y demás trasnochadores en el Casino, y había venido con ellos a la misa del gallo.

«¡Sí, le remordía la conciencia, en medio de su embriaguez, pero el hecho era que estaba allí! Habían empezado por emborracharle con un licor dulce que ahora le estaba dando náuseas, un licor que le había convertido el estómago en algo así como una perfumería... ¡Puf!, ¡qué asco!; después le habían hecho comer más de la cuenta y beber, últimamente, de todo. Y cuando él se preparaba a volverse a su casa, si alguno de aquellos señores tenía la bondad de acompañarle, ¡oh, colmo de las bromas pesadas y ofensivas!, habían dado con él en medio de la catedral, donde no había puesto los pies hacía muchos años. Había protestado, había querido marcharse, pero no le dejaron, y él tampoco se atrevía a buscar solo su casa; y en la calle hacía frío.»

—Señores —dijo en voz baja a don Alvaro y a Orgaz—, conste que protesto, y que obedezco a fuerza mayor, a la fuerza de la borrachera de ustedes, al permanecer en semejante sitio.

—¡Bien, hombre, bien!

—Conste que esto no es una abdicación...

—No..., qué ha de ser abdicación...

—Ni una profanación. Yo respeto todas las religiones, aunque no profeso ninguna... ¿Qué dirá el mundo si sabe que yo vengo aquí... con una compañía de borrachos matriculados? Reconozco en el *Palomo* el derecho de arrojarme del templo a latigazos o a patadas...

—Ya lo sabemos, hombre... —pudo balbucear Foja—. En resumen: don Pompeyo reconoce que él aquí representa lo mismo... que los perros en misa.

—Comparación exacta..., eso, yo aquí lo mismo que un perro... Y además, esto repugna... Oigan ustedes a ese organista, borracho como ustedes. probablemente: convierte el templo del Señor, llamémoslo así, en un baile de candil..., en una orgía... Señores, ¿en qué quedamos?; ¿es que ha nacido Cristo, o es que ha resucitado el dios Pan?

—¡Y Pun, Pin, Pun!... ¡Yo soy el general... Bum Bum!

Esto lo cantó bajito Joaquín Orgaz, tocando el tambor en la cabeza de Guimarán. Y acto continuo el mediquillo salió de la capilla oscura donde se representaba tal escena, y se fue a buscar una aguja en un pajar, como él dijo, esto es, a buscar a Obdulia entre la multitud. Y la encontró, emparejada entre el formidable Ronzal y el cocinero de Paco. Joaquín dio media vuelta y se volvió al lado de don Pompeyo.

La capilla desde la que oía misa la Regenta estaba separada sólo por una verja alta de la en que se habían escondido los trasnochadores del Casino. Ana oyó la voz de Orgaz, que disuadía al ateo de su propósito de abandonar el templo. Pero de una capilla a otra no se distinguían las personas, pues sólo se veían bultos.

Cuando pasó la ronda fue otra cosa; las hachas de los acólitos dejaron a Anita ver, a una claridad temblona y amarillenta, la figura arrogante del Magistral al mismo tiempo que la esbelta y graciosa de don Alvaro, que con los ojos medio cerrados, semidormido, con la cabeza inclinada y cogido de la verja que separaba las capillas, parecía atender a los oficios divinos con el recogimiento propio de un sincero cristiano.

El Magistral también pudo ver a la Regenta y a don Alvaro, casi juntos, aunque mediaba entre ellos la verja. Le tembló el bonete en las manos; necesitó gran esfuerzo para continuar aquella procesión que en aquel instante le pareció ridícula.

Mesía no vio ni al Magistral ni a la Regenta, ni a nadie. Estaba medio dormido en pie. Estaba borracho, pero en la embriaguez no era nunca escandaloso. Nadie sospechaba su estado.

Ana siguió viendo a don Alvaro aun después que la ronda se alejó con sus luces soñolientas. Siguió viéndole en su cerebro, y se le antojó vestido de rojo, con un traje muy ajustado y muy airoso. No sabía si era aquello un traje de Mefistófeles de ópera o el de cazador elegante, pero estaba el enemigo muy hermoso, muy hermoso... «¡Y estaba allí cerca, detrás de aquella reja; si daba tres pasos podía tocarla a ella!» El órgano se despedía de los fieles con las mayores locuras del repertorio; un aire que Ana había oído por primera vez al lado de Mesía, en la romería de San Blas, aquel mismo año... Cerró los ojos, que se le habían llenado de lágrimas... ¡Por dónde la tomaba ahora la tentación! Se hacía sentimental, tierna, evocaba recuerdos, la autoridad de los recuerdos, que era siempre cosa sagrada, dulce, entrañable... «¿Qué había pasado en aquella romería de San Blas? Nada, y sin embargo, ahora, recordando aquella tarde, por culpa del organista, Ana veía a don Alvaro a su lado, muerto de amor, mudo de respeto, y así misma se veía contenta en lo más hondo del alma... ¡ay sí, ay sí!..., en unas honduras del alma, o del cuerpo, o del infierno... a que no llegaban las suaves pláticas de misticismo y fraternidad de que seguía gozando en compañía de aquel señor canónigo que acababa de pasar por allí, con las manos cruzadas sobre el vientre, rodeado de monaguillos.»

Cuando Ana procuró sacudir, moviendo la cabeza, aquellas imágenes importunas y pecaminosas, el templo iba quedándose vacío. Tuvo ella frío y casi miedo a la sombra de un confesonario en que se apoyaba. Se levantó y salió de la catedral, que empezaba a dormirse.

El órgano se había callado como un borracho que duerme después de alborotar el mundo. Las luces se apagaban...

En el pórtico encontró Ana al Magistral.

Don Fermín estaba pálido; lo vio ella a la luz de una cerilla que encendieron por allí. Cuando volvió la oscuridad, De Pas se acercó a la Regenta y, con una voz dulce en que había quejas, le preguntó:

—¿Se ha divertido usted en misa?

—¡Divertirme en misa!

—Quiero decir... si le ha gustado... lo que tocan..., lo que cantan...

Notó Ana que su confesor no sabía lo que decía.

En aquel momento salían del pórtico; en la calle había algunos grupos de rezagados. Había que separarse.

—¡Buenas noches, buenas noches! —dijo el Magistral con tono de mal humor, casi con ira.

Y embozándose sin decir más, tomó a paso largo el camino de su casa.

Ana sintió deseos de seguirle: ella no sabía por qué, pero le tenía enfadado: ¿qué había hecho ella? Pensar, pensar en el enemigo, gozar con recuerdos vitandos..., pero..., de todo eso, ¿cómo podía tener don Fermín noticia?... ¡Y se había marchado así! Una profunda lástima y una gratitud que parecía amor invadieron el ánimo de Ana en aquel instante... «¡Oh! ¿Por qué ella no podía ahora ir con aquel hombre, llamarle, consolarle..., probarle que era la de siempre, que ella no le volvía la espalda como tantas otras?...» «Sí, sí, le volvían la espalda a él, el santo, el hombre de genio, el mártir de la piedad..., le volvían la espalda las que antes se le disputaban, y todo ¿por qué? Por viles calumnias. Ella no, ella creía en él..., le seguiría ciega al fin del mundo; sabía que entre él y Santa Teresa la habían salvado del Infierno...» Pero no se podía correr detrás de él para consolarle, para decirle todo esto. ¡Qué hubiera pensado, sin ir más lejos, Petra la doncella, que estaba allí, a su lado, silenciosa, sonriente, cada día más antipática y más servicial..., y más insufrible!

Petra, mientras hablaron el Magistral y Ana, se había separado discretamente dos pasos. Al ver al Provisor escapar y embozarse con tanto garbo, pensó la criada:

«Están de monos», y sonrió.

La Regenta tomó el camino de la Plaza Nueva. Iba andando medio dormida; estaba como embriagada de sueño y música y fantasía... Sin saber cómo, se encontró en el portal de su casa pensando en el Niño Jesús, en su cuna, en el portal de Belén. Ella se figuraba la escena como la representaba un *nacimiento* que había visto aquella noche a primera hora.

Cuando se quedó sola en su tocador, se puso a despeinarse frente al espejo; suelto, el cabello cayó sobre la espalda.

«Era verdad, ella se parecía a la Virgen, a la Virgen de la Silla..., pero le faltaba el niño»; y cruzada de brazos, se estuvo contemplando algunos segundos.

A veces tenía miedo de volverse loca. La piedad huía de repente, y la dominaba una pereza invencible de buscar el remedio para aquella sequedad del alma en la oración o en las lecturas piadosas. Ya meditaba pocas veces. Si se paraba a evocar pensamientos religiosos, a contemplar abstracciones sagradas, en vez de Dios se le presentaba Mesía.

«Creía que había muerto aquella Ana que iba y venía de la

desesperación a la esperanza, de la rebeldía a la resignación, y
no había tal; estaba allí, dentro de ella; sojuzgada, sí, perseguida,
arrinconada, pero no muerta. Como San Juan Degollado, daba
voces desde la cisterna en que Herodías le guardaba, la Regenta rebelde, la pecadora de pensamiento, gritaba desde el fondo
de las entrañas, y sus gritos se oían por todo el cerebro. Aquella
Ana prohibida era una especie de tenia que se comía todos los
buenos propósitos de Ana la devota, la *hermana* humilde y cariñosa del Magistral.

»¡El Niño Jesús! ¡Qué dulce emoción despertaba aquella imagen! Pero ¿por qué había servido el evocarla para dar tormento
al cerebro? La necesidad del amor maternal se despertaba en
aquella hora de vigilia con una vaguedad tierna, anhelante.»

Ana se vio en su tocador en una soledad que la asustaba y
daba frío... ¡Un hijo, un hijo hubiera puesto fin a tanta angustia, en todas aquellas luchas de su espíritu ocioso, que buscaba
fuera del centro natural de la vida, fuera del hogar, pábulo para
el afán de amor, objeto para la sed de sacrificios...

Sin saber lo que hacía, Ana salió de sus habitaciones, atravesó el estrado, a oscuras, como solía, dejó atrás un pasillo, el comedor, la galería... y sin ruido, llegó a la puerta de la alcoba
de Quintanar. No estaba bien cerrada aquella puerta, y por un
intersticio vio Ana claridad. No dormía su marido. Se oía un
runrún de palabras.

«¿Con quién habla ese hombre?» Acercó la Regenta el rostro a la raya de luz y vio a don Víctor sentado en su lecho; de
medio cuerpo abajo lo cubría la ropa de la cama, y la parte del
torso que quedaba fuera, abrigábala una chaqueta de franela
roja; no usaba gorro de dormir don Víctor por una superstición
respetable; él, incapaz de sospechar de Ana la falta más leve,
huía de los gorros de noche por una preocupación literaria. Decía
que el gorro de dormir era una punta que atraía los atributos
de la infidelidad conyugal. Pero aquella noche había tenido frío,
y a falta de gorro de algodón o de hilo, se había cubierto con
el que usaba de día, aquel gorro verde con larga borla de oro.
Ana vio y oyó que en aquel traje grotesco Quintanar leía en
voz alta, a la luz de un candelabro elástico clavado en la pared.

Pero hacía más que leer, declamaba; y, con cierto miedo de
que su marido se hubiera vuelto loco, pudo ver la Regenta que
don Víctor, entusiasmado, levantaba un brazo cuya mano oprimía temblorosa el puño de una espada muy larga, de soberbios
gavilanes retorcidos. Y don Víctor leía con énfasis y esgrimía el
acero brillante, como si estuviera armando caballero al espíritu
familiar de las comedias de capa y espada.

Admitida la situación en que se creía Quintanar, era muy noble y verosímil acción la de azotar el aire con el limpio acero.
Se trataba de defender en hermosos versos del siglo diecisiete,
a una señora que un su hermano quería descubrir y matar, y

don Víctor juraba en quintillas que antes le harían a él tajadas que consentir, siendo como era caballero, atrocidad semejante.

Pero como la Regenta no estaba en antecedentes, sintió el alma en los pies al considerar que aquel hombre con gorro y chaqueta de franela que repartía mandobles desde la cama a la una de la noche, era su marido, la única persona de este mundo que tenía derecho a las caricias de ella, a su amor, a procurarle aquellas delicias que ella suponía en la maternidad, que tanto echaba de menos ahora, con motivo del portal de Belén y otros recuerdos análogos.

Iba la Regenta al cuarto de su marido con ánimo de conversar, si estaba despierto, de hablarle de la misa del gallo, sentada a su lado, sobre el lecho. Quería la infeliz desechar las ideas que la volvían loca, aquellas emociones contradictorias de piedad exaltada, y de la carne rebelde y desabrida; quería palabras dulces, intimidad cordial, el calor de la familia..., algo más, aunque la avergonzaba vagamente el quererlo, quería..., no sabía qué..., a qué tenía derecho...; y encontraba a su marido declamando de medio cuerpo arriba, como muñeco de resortes que salta en una caja de sorpresas. La ola de la indignación subió al rostro de la Regenta y lo cubrió de llamas rojas. Dio un paso atrás Anita, decidiendo no entrar en el teatro de su marido..., pero su falda meneó algo en el suelo, porque don Víctor gritó asustado:

—¿Quién anda ahí?

No respondió Ana.

—¿Quién anda ahí? —repitió exaltado don Víctor, que se había asustado un poco a sí mismo con aquellos versos fanfarrones.

Y algo más tranquilo, dijo a poco:

—¡Petra! ¡Petra! ¿Eres tú, Petra?

Una sospecha cruzó por la imaginación de Ana; unos celos grotescos, tal los reputó, se le aparecieron casi como una forma de la tentación que la perseguía.

«¿Si aquel hombre sería amante de su criada?»

«¡Anselmo! ¡Anselmo!» —añadió don Víctor en el mismo tono suave y familiar.

Y Ana se retiró de puntillas, avergonzada de muchas cosas, de sus sospechas, de su vago deseo que ya se le antojaba ridículo, de su marido, de sí misma...

«¡Oh!, qué ridículo viaje por salas y pasillos a oscuras, a las dos de la madrugada, en busca de un imposible, de una grotesca farsa..., de un absurdo cómico..., pero tan amargo para ella...» Y Ana, sin querer, como siempre, mientras iba a tontas por el salón, pero sin tropezar, pensaba: «Y si ahora, por milagro, por milagro de amor, Alvaro se presentase aquí en esta oscuridad, y me cogiese, y me abrazase por la cintura y me dijera: «Tú eres mi amor...», yo infeliz, yo miserable, yo carne flaca, qué haría sino sucumbir..., perder el sentido en sus brazos... «¡Sí, sucumbir!», gritó todo dentro de ella; y desvanecida, buscó a

tientas el sofá de damasco, y sobre él, tendida, medio desnuda,
lloró, lloró sin saber cuanto tiempo.

Una campanada del reloj del comedor la despertó de aquella
somnolencia de fiebre; tembló de frío, y a tientas otra vez, el
cabello por la espalda, la bata desceñida, y abierta por el pecho,
llegó Ana a su tocador; la luz de esperma que se reflejaba
en el espejo estaba próxima a extinguirse, se acababa..., y Ana
se vio como un hermoso fantasma flotante en el fondo oscuro
de alcoba que tenía enfrente, en el cristal límpido. Sonrió a su
imagen con una amargura que le pareció diabólica..., tuvo miedo
de sí misma. Se refugió en la alcoba, y sobre la piel de tigre
dejó caer toda la ropa de que se despojaba para dormir. En un
rincón del cuarto había dejado Petra olvidados los zorros con
que limpiaba algunos muebles que necesitaban tales disciplinas;
y pensando ella misma en que estaba borracha..., no sabía de
qué, Ana, desnuda, viendo a trechos su propia carne de raso
entre la holanda, saltó al rincón, empuñó los zorros de ribetes
de lana negra... y sin piedad azotó su hermosura inútil, una,
dos, diez veces... Y como aquello también era ridículo, arrojó
lejos de sí las prosaicas disciplinas, entró de un brinco de bacante
en su lecho; y más exaltada en su cólera por la frialdad voluptuosa de las sábanas, algo húmedas, mordió con furor la almohada. A fuerza de no querer pensar, por huir de sí misma, media
hora después se quedó dormida.

Aquella misma mañana, a las ocho, Ana, sola, pasaba por delante de la casa del Magistral. ¿A qué había ido allí? Aquél no
era el camino de la catedral. Una vaga esperanza de encontrar
a don Fermín, de verle al balcón, de algo que ella no podía precisar, le había hecho tomar por la calle de los Canónigos. No
topó con el suyo. Se dirigió a la catedral y se sentó sobre la
tarima que había en medio del crucero, desde el coro a la capilla del Altar Mayor. Apoyada la cabeza en la valla dorada, fría
como un carámbano, la Regenta estuvo oyendo misa desde lejos,
rezando oraciones que no terminaban y soñando despierta hasta
que concluyó el coro. Vio entrar en él a su amigo, a De Pas,
a quien sonrió cariñosa, con la dulzura que a él le entraba por
las entrañas como si fuera fuego; el Magistral no sonrió, pero
su mirada fue intensa; duró muy poco, pero dijo muchas cosas,
acusó, se quejó, inquirió, perdonó, agradeció... Y pasó don Fermín. Entró en el coro y se fue a su rincón. Terminadas las horas canónicas, el Magistral salió, se inclinó ante el Altar, se dirigió a la sacristía, y a poco volvió a verla la Regenta, sin róquete,
muceta ni capa, con manteo y el sombrero en la mano. Otra vez
se miraron. Ahora sonrieron los dos. Ana se levantó cinco minutos después. Sin necesidad de decírselo, no por señas, acudieron ambos a una cita... Se encontraron a poco en el salón de
doña Petronila Rianzares, donde había muchas señoras y tres
clérigos. Allí se había reunido la flor y nata de lo que llamaba
El Alerta «el elemento levítico» de la población.. Aquellas seño-

ras de respetable aspecto las más, guapas y jóvenes algunas, celebraban con alegría evangélica el natalicio de Nuestro Señor
Jesucristo, como si el hijo de María hubiese venido al mundo
exclusivamente para ellas y otras cuantas personas distinguidas.
La Natividad del Señor se les antojaba algo como una fiesta de
familia. Doña Petronila, con una manteleta de raso negro, antiquísima, mal cortada, recibía a su *mundo devoto* como si estuviese ella de cumpleaños. Todo se volvía allí sonrisas, apretones de
manos, elogios mutuos, carcajadas sonoras, que reflejaban el interior contento de aquellas almas en gracia de Dios. El Magistral fue recibido en triunfo. ¡Qué fino!, ¡qué atento! Una hora
después tenía que subir al púlpito, en la catedral, a predicar un
sermón de los de tabla, ¡y sin embargo acudía antes a dar las
Pascuas a su amiga doña Petronila! «¡Qué hombre!, ¡qué ángel!,
¡qué pico de oro!, ¡qué lumbrera!»

El descrédito de don Fermín no había llegado al círculo de
doña Petronila; allí nadie dudaba de la virtud del Provisor, nadie
la discutía. Si alguno de los presentes, fuera de aquel salón venerable, se atrevía a calumniar a aquel santo, no se sabía, no se
quería saber, pero en casa del Gran Constantino nadie osaría
poner en tela de juicio la santidad del Crisóstomo vetustense.

Por poco tiempo consiguieron verse solos Ana y don Fermín.
Fue en el gabinete de doña Petronila. Ella los encontró...; pero
sonriéndoles y saludando con la mano les dijo, desde la puerta:

—Nada, nada... Venía por unos papeles... Ya volveré.

Ana iba a llamarla: «no había secretos, ¿por qué se retiraba
aquella señora?...» Esto quería decirle, pero un gesto del Magistral la contuvo.

—Déjela usted —dijo De Pas con un tono imperioso que a
la Regenta siempre le sonaba bien. Eso quería ella, que el Magistral mandase, dispusiera de ella y de sus actos.

Ana se volvió hacia De Pas, que estaba cerca del balcón, y
le sonrió como poco antes en la catedral. Aquella sonrisa pedía
perdón y bendecía.

Don Fermín estaba pálido, le temblaba la voz. Estaba más delgado que por el verano. En esto pensaba Anita.

—¡Estoy tan cansado! —dijo él, y suspiró con mucha tristeza.

Ana se sentó a su lado, al verle dejarse caer en una butaca.

—¡Estoy tan solo!

—¿Cómo solo?... No entiendo.

—Mi madre me adora, ya lo sé... pero no es como yo; ella
procura mi bien por un camino... que yo no quiero seguir ya...
Usted sabe todo esto, Ana.

—Pero... ¿por qué está usted solo? Y... ¿los demás?

—Los demás... no son mi madre. No son nada mío. ¿Qué tiene usted, Ana? ¿Se pone usted mala? ¿Qué es esto? Llamaré...

—No, no, de ningún modo... Un escalofrío..., un temblor...
Ya pasó... Esto no es nada.

—¿Tendrá usted un ataque?

—No..., el ataque se presenta con otros síntomas... Deje usted..., deje usted. Esto es frío..., humedad..., nada...

Callaron.

De Pas vio que Ana contenía el llanto que quería saltar a la cara.

—¿Qué sucede aquí? Yo necesito saberlo todo, tengo derecho..., creo que tengo derecho...

Ana cayó de rodillas a los pies de su *hermano mayor*, y sollozando pudo decir:

—Sí, todo lo sabrá usted..., pero aquí no, en la iglesia... Mañana..., temprano...

—¡No, no, esta tarde!

El Magistral se puso de pie. Sin que lo viese ella, que tenía escondida la cabeza entre las manos, levantó los brazos y llevó los puños crispados a los ojos. Dio dos vueltas por el gabinete. Volvió a paso largo al lado de la Regenta, que seguía de rodillas, sollozando y ahogando el llanto para que no sonase.

—Ahora, Ana, ahora es mejor... Aquí..., aún hay tiempo...

—Aquí no, no... Ya es hora..., va usted a llegar tarde...

—Pero ¿qué es esto?, ¿qué pasa? Por caridad..., señora..., por compasión, Ana..., no ve usted que tiemblo como una vara verde... Yo no soy un juguete... ¿Qué debo temer?, ¿qué debo temer?... Ayer ese hombre estaba borracho... Él y otros pasaron delante de mi casa... a las tres de la madrugada... Orgaz le llamaba a gritos: «¡Alvaro! ¡Alvaro!, aquí vive... tu rival». Eso decía: tu rival... ¡La calumnia ha llegado hasta ahí!...

Ana miró espantada al Provisor... Parecía que no comprendía sus palabras...

—Sí, señora, les pesa nuestra amistad, y quieren separarnos, y así podrán conseguirlo..., echar lodo en medio..., y se acabó...

Era la primera vez que el Magistral hablaba así. Jamás se había acordado en sus conversaciones de aquel peligro, de aquella calumnia; él pensaba en ella, pero no convenía a sus planes decir a la Regenta: yo soy hombre tú eres mujer, el mundo juzga con malicia... Pero ahora, sin poder contenerse, había dicho: *tu rival*, con fuerza..., aunque aquellas palabras pudiesen asustar a la Regenta.

«Sí, sí, él también era hombre, podía ser rival, ¿por qué no?» No se conocía; se paseaba por el gabinete como una fiera en su jaula; comprendía que en aquel momento diría todo lo que le sugiriesen la pasión exaltada, el amor propio herido... Después le pesaría de haber hablado... Pero no importaba, ahora quería desahogar. «¡Ay!, no era el Fermín de antaño.»

Ana se levantó, esperó a que el Magistral llegase en sus paseos al extremo del gabinete, y dijo:

—No me ha comprendido usted... Yo soy la que está sola... Usted es el ingrato... Su madre le querrá más que yo..., pero no le debe tanto como yo... Yo he jurado a Dios morir por

usted si hace falta... El mundo entero le calumnia, le persigue...,
y yo aborrezco al mundo entero y me arrojo a los pies de usted
a contarle mis secretos más hondos. No sabía qué sacrificio podría hacer por usted... Ahora ya lo sé... usted me lo ha descubierto... Hablan de mi honra... ¡Miserables! Yo no sospechaba que se pudiera hablar de eso..., pero bueno, que hablen...,
yo no quiero separarme del mártir que persiguen con calumnias
como a pedradas... Quiero que las piedras que le hieran a usted
me hieran a mí..., yo he de estar a sus pies hasta la muerte...
¡Ya sé para qué sirvo yo! ¡Ya sé para qué nací yo! Para esto...
Para estar a los pies del mártir que matan a calumnias...

—¡Silencio! Silencio, Anita..., que vuelve esa señora...

El Magistral, que ahora estaba rojo, y tenía los pómulos como
brasas, se acercó a la Regenta, le oprimió las manos y dijo ronco, estrangulado por la pasión:

—¡Ana, Ana!... Sin falta esta tarde... Y ahora a la catedral...,
junto al altar de la Concepción, enfrente del púlpito...

—Hasta la tarde; pero vaya usted tranquilo... Casi todo lo
que tenía que decir... está dicho...

—¡Pero ese hombre!...

—De ese hombre..., nada.

La voz de doña Petronila se había oído cuando el Magistral
avisó que llegaba. Hablaba desde lejos la señora de Rianzares,
que decía:

—Allá va, allá va el señor Magistral, está en mi gabinete solo,
repasando su sermón sin duda...

Y entró cuando Ana se volvía un poco para ocultar a su amigo la confusión que él hubiera leído en el rostro de ella, a no
haber tenido que atender a doña Petronila, que gritaba:

—Vamos, listo, listo..., que le esperan..., que creo que ha
empezado la misa...

El Magistral desapareció por la puerta de la alcoba, por donde
había entrado el ama de la casa.

Miró el Gran Constantino a la Regenta y tomándole la cabeza con ambas manos la besó con estrépito en la frente; y después dijo:

—Pero ¡qué hermosísima está hoy esta rosa de Jericó!

—¡A la catedral, a la catedral! —gritaron los del salón.

Y llegaron Ana y el obispo-madre al trascoro al mismo tiempo
que De Pas subía con majestuoso paso al púlpito, donde Ripamilán cantara al comenzar el día el Evangelio de San Lucas.

Buscaron sitio al pie del altar de la Concepción.

—Desde aquí se ve perfectamente —dijo doña Petronila.

E inclinándose hacia Ana, añadió en voz baja y melosa:

—¡Mírelo usted, está hoy lo que se llama hermosísimo ese
apóstol de los gentiles! ¡Qué roquete! Parece de espuma... En
el nombre del Padre... del Hijo... y del Espíritu Santo...

Veinticuatro

Pero, ¿y si él se empeña en que vaya?

—Es muy débil... Si insistimos, cederá.

—¿Y si no cede, si se obstina?

—Pero ¿por qué?

—Porque... es así... no sé quién se lo ha metido por la cabeza, dice que le pongo en ridículo si no voy... Y nos alude..., habla del que tiene la culpa de esto... Dice que él no es el amo de su casa, que se la gobiernan desde fuera... Y después, que la Marquesa está ya algo fría con nosotros por causa de tantos desaires..., ¡qué sé yo!

—Bien, pues si todavía se obstina... entonces... tendremos que ir a ese baile dichoso. No hay que enfadarle. Al fin es quien es. Y el otro ¿anda con él? ¿Tan amigotes siempre?

—Ya se sabe que a casa no le lleva...

—¿Y es de etiqueta el baile?

—Creo... que sí...

—¿Hay que ir escotada?

—¡Ps!..., no. Aquí la etiqueta es para los hombres. Ellas van como quieren; algunas completamente *subidas*.

—Nosotros iremos... *subidos*, ¿eh?

—Sí, es claro... ¿Cuándo toca la catedral?, ¿pasado? Pues pasado iré a la capilla con el vestido que he de llevar al baile.

—¿Cómo puede ser eso?...

—Siendo... Son cosas de mujer, señor curioso. El cuerpo se separa de la falda... y como pienso ir oscura... puedo llevar el cuerpo a confesar... y veremos el cuello al levantar la mantilla. Y quedaremos satisfechos.

—Así lo espero.

Don Fermín quedó muy satisfecho del vestido, aunque no de que *fuéramos* al baile. El vestido, según pudo entrever acercando los ojos a la celosía del confesionario, era bastante subido, no dejaba ver más que un ángulo del pecho en que apenas cabía la cruz de brillantes, que Ana llevó también a la Iglesia para que se viera cómo hacía el conjunto.

Y la Regenta fue al baile del Casino, porque como ella esperaba, don Víctor se empeñó «en que se fuera, y se fue».

Aquel acto de energía, verdaderamente extraordinario, le hacía pensar al ex regente, mientras subían la escalera del caserón negruzco del Casino, que él, don Víctor, hubiera sido un regular dictador. «Le faltaba un teatro, pero no carácter. Que lo dijera su mujer, que mal de su grado subía colgada de su brazo, hermosísima, casi contenta, pese a todos los confesores del mundo. Ya no estábamos en el Paraguay: ¡a él jesuitas!»

Era lunes de Carnaval. El día anterior, el domingo, se había discutido con mucho calor en el Casino si la sociedad abriría o no abriría sus salones aquel año. Era costumbre inveterada que aquel *círculo aristocrático* —como le llamaba *El Alerta,* a cuyos redactores no se convidaba nunca, porque se empeñaban en asistir de *jacquet*— diese baile, pero jamás de trajes, el lunes de Carnaval.

—¿Por qué no ha de ser este año como los demás? —preguntaba Ronzal, que acababa de hacerse un frac en Madrid.

—Porque este año el Carnaval está muy desanimado por culpa de los Misioneros, por eso —respondía Foja, a quien había metido en la Junta directiva don Álvaro.

—La verdad es —dijo el Presidente, Mesía— que nos exponemos a un desaire. La mayor parte de las señoritas *comm'il faut* están entregadas en cuerpo y alma a los jesuitas, creo que muchas traen cilicios debajo de la camisa.

—¡Qué horror! —exclamó don Víctor, que estaba presente, aunque no era de la Junta. (Pero por no separarse de Mesía.)

—Sí, señor, cilicios —corroboró Foja—. Amigo, el Magistral no puede tanto. No ha conseguido que sus hijas de confesión usen cilicios y otras invenciones diabólicas.

—Porque tampoco se lo ha propuesto —contestó Ronzal.

Don Álvaro observó que Quintanar se ponía colorado. Le había sabido mal la alusión de Foja. «Sí, aludía a su mujer al hablar del Magistral; con él iba la pulla.»

—Lo cierto es —continuó el ex alcalde— que nos exponemos a un desaire, como dice muy bien el Presidente. La flor y nata de la *conservaduría,* que son las que animan esto, no vendrán; las conozco bien: ahora se divierten en jugar a las santas. Ahora son místicas..., zurriagazo y tente tieso, ¡ja, ja, ja!

—A mí se me ocurre una cosa —dijo Mesía—. Exploremos el terreno. Hagamos que los socios que tienen relaciones con las familias distinguidas se enteren de si las niñas vienen o no. Si ellas asisten, las demás, las de reata, vendrán de fijo, *malgré* todos los jesuitas y padres descalzos del mundo.

—¡Magnífico! ¡Magnífico!

—Pues nada, a trabajar, a trabajar.

Cada cual ofreció traer a quien pudiera.

Don Víctor, a quien otra pulla de Foja había picado mucho
no pudo menos de decir:

—Yo, señores..., respondo de traer a mi mujer. Esa no baila,
pero hace bulto.

—¡Oh, gran adquisición! —dijo un socio—; si doña Ana viene, será un gran ejemplo, porque ella, hace tanto tiempo retirada... ¡Oh!, será un gran ejemplo.

—Efectivamente. Que se corra que viene la Regenta y se lle-
rará esto con lo mejorcito...

—Señor Quintanar —dijo el ex alcalde—, se le declara a us-
ter benemérito del Casino... si consigue traer a su señora la Regenta.

—¡Pues sí señor que vendrá!... En mi casa, señor Foja, una
ligera insinuación mía es un decreto sancionado...

Y don Víctor se fue a casa maldiciendo de la hora en que se
le había ocurrido asistir a la Junta.

«¿Por qué habría ofrecido él lo que no había de cumplir?
Sin embargo, la palabra era palabra.»

Tiempo hacía que Quintanar no leía a Kempis, ni pensaba
ya en el infierno con horror. De su piedad pasajera sólo le quedaba la convicción de que son necesarias las buenas obras, además de la fe, para salvarse, y la costumbre de persignarse al levantarse, al salir de casa, al dormir, etc., etc. Había vuelto a Calderón y Lope con más entusiasmo que nunca. Se encerraba en su
despacho o en su alcoba y recitaba grandes *relaciones* como él
decía, de las más famosas comedias, casi siempre con la espada
en la mano. Así le había sorprendido su mujer, sin que él lo
supiera nunca, la noche de Nochebuena. Verdad es que había
cenado fuerte el buen señor y se le había ocurrido celebrar a
su modo el Nacimiento de Jesús.

Pero si la propia religiosidad había volado, o se había escondido en pliegues recónditos del alma, donde él no la encontraba,
don Víctor respetaba la piedad ajena.

«No obstante —se decía a sí mismo, animándose al ataque—,
mi mujer ya no va para santa; respeto como antes su piedad,
pero ya no me da miedo; ya es una devota como otras muchas,
va y viene, y no se detiene; pero ya no tenemos aquellas encerronas con que a mí me asustaba, como si tuviéramos un pararrayos en casa. ¡Ea!, pues, me atrevo, se lo digo...»

Y se lo dijo. Se lo dijo cuando acababan de comer. Con gran
sorpresa del enérgico marido «que no quería que su casa fuese
un nuevo Paraguay» —alusión que no entendió Ana—, la esposa
no resistió tanto como él esperaba; se rindió pronto. Pero él
lo achacó a la propia energía. «Comprende que yo no he de ceder y no se obstina.»

Cuando Ana consultó con el Magistral, en casa de doña Petronila, ya tenía dado su consentimiento. Pero pensaba retirarlo
si el canónigo decía *non possumus*.

Todo se arregló, menos la conciencia de Ana, que siguió intranquila. «¿Por qué había dicho que sí después de una débil resistencia? ¿A qué iba ella al baile? Por obedecer a su marido, es claro; pero ¿por qué estaba segura de que meses antes no le hubiera obedecido y ahora sí?»

«No lo sabía; no quería saberlo. No quería atormentarse más. El baile y ella, ¿qué tenían que ver? ¿Qué le importaba a ella, a la hermana de don Fermín el santo, el mártir, que bailasen o no las muchachas insulsas de Vetusta en el salón estrecho y largo del Casino? Nada, nada.»

Así pensaba mientras se dejaba peinar por su doncella y con las propias manos sujetaba la cruz de diamantes sobre el fondo blanco de aquel ángulo de carne que el cuerpo subido del vestido oscuro dejaba ver.

Ronzal, de la comisión que recibía a las señoras, se apresuró, en cuanto asomaron los de Quintanar en el vestíbulo, a ofrecer a la Regenta su brazo. ¿Cuál? «El derecho, sin duda el derecho», pensó. Grande fue su pena al notar que Paco Vegallana ofrecía a Olvido Páez, que entraba al mismo tiempo, no el brazo derecho, sino el izquierdo. De todos modos, entró en el salón triunfante, sin embargo, para participar del triunfo de Ana. Las conversaciones se suspendieron, las miradas se clavaron en la hija de la italiana. Hubo un rumor de asombro:

—¡La Regenta!
—¡La Regenta!
—¡Quién lo diría!
—¡Pobre Magistral!
—¡Y qué hermosa!
—Pero ¡qué sencilla!...

Esta exclamación fue de Obdulia.

—¡Qué sencilla!, pero ¡qué hermosa!...
—La Virgen de la Silla...
—La Venus del Nilo, como dice Trabuco.

Esto lo dijo Joaquín Orgaz.

El círculo de la nobleza se abrió para acoger en su seno a la *Hija pródiga de la Sociedad,* como acertó a decir el barón de la Barcaza, que *in illo tempore* había estado muy enamorado de Anita, a pesar de la señora baronesa e hijas.

La Marquesa de Vegallana, todavía de azul eléctrico, se levantó de su silla de raso carmesí con respaldo de nogal, y abrazó sin que pareciera mal a su querida Anita.

—Hija, gracias a Dios, creía que era el desaire ciento uno.

La Marquesa también había puesto empeño en que Ana asistiera al baile y a la cena, «que tendría la *élite* en *petit comité*». Todos estos galicismos los había importado Mesía.

—Pero ¡qué divina, Ana; pero qué divina! —le decía a la Regenta cara a cara, y con voz gangosa, la hija mayor del barón, Rudesinda, que, según don Saturnino Bermúdez, era una *belleza ojival.* En efecto, parecía una torrecilla gótica, aunque, por cier-

tas curvas del busto, sobre todo del cuello, a la Marquesa se le
antojaba «un caballo de ajedrez».

Por lo demás, a ella y a sus dos hermanas las llamaban los
plebeyos «Las tres desgracias», y a su señor padre, barón de la
Barcaza, el barón de la *Deuda flotante*, aludiendo al título y a
los muchos acreedores del magnate.

Solía esta familia, digna de mejores rentas, pasar gran parte
del año en Madrid, y las *niñas* —de veintiséis años la menor—,
cuando estaban en público ante los vetustenses, fingían disimular
su desprecio de todo lo que les rodeaba. Refugiábanse en el círculo aristocrático, donde también entraban por especial privilegio
Visitación y Obdulia, parientes de nobles. Las señoritas de la
clase media —y cuenta que en Vetusta el gobernador civil y familia entraban en la aristocracia— se vengaban de aquel desdén
mal disimulado contándoles los huesos de la pechuga a las del
barón y a las otras jóvenes aristócratas. Daba la casualidad de
que casi todas las niñas nobles de Vetusta eran flacas.

Ana se sentó al lado de la Marquesa de Vegallana, única persona que le era simpática entre todas las del corro. Entonces
anunciaba la orquesta un rigodón.

Y no fue vana su amenaza; a los dos minutos aquellos violines y violas, clarinetes y flautas, a quien acompañaba en su
laboriosa gestación armónica un piano Érard, comenzaron a llenar el aire con sus acordes, como se prometía decir en *El Lábaro* del día siguiente Trifón Cármenes, el cual había osado preguntar a la hija segunda del barón «si le favorecía». Mal gesto
puso Fabiolita, que así se llamaba, pero una seña de su padre
la obligó *a favorecer* a Trifón, aunque se propuso no contestarle,
si él se atrevía a hablar, más que con monosílabos. El barón de
la Deuda Flotante creía en el poder de la prensa periódica, pero
su hija no. Enfrente de esta pareja se colocó el resplandeciente
Ronzal, el gallardo Trabuco, diputado de la comisión y miembro de la Junta directiva del Casino. La pechera que lucía Ronzal no podía ser más brillante. Estaba él orgulloso de aquella
pechera, de aquel frac madrileño, de aquellas botas sin tacones
que eran la última moda, lo más *chic,* como ya empezaba a decirse en Vetusta. Pero no estaba tan satisfecho de sus conocimientos y habilidad en el *arte de Terpsícore* —otra frase que
Trifón se proponía emplear—. Tenía a su lado Trabuco, como
pareja, a Olvido Páez, que no le miraba siquiera. Pero él no
pensaba en esto, pensaba en que, según veía, tarde ya, le tocaba
romper la marcha; su *vis-à-vis* era Trifón, y Trifón había empezado a ponerse en movimiento. Trabuco sudaba antes de haber
motivo para ello. A cada momento se metía los dedos de la mano
derecha entre el cuello de la camisa y lo que él llamaba *mi pescuezo* cuando «apostaba la cabeza» por cualquier cosa. Aquel movimiento le parecía muy elegante y sobre todo era muy socorrido.
Mientras la de Páez daba a entender con su aire melancólico y
aburrido que su reino no era de este mundo, y que Ronzal ha-

bía hecho demasiado atreviéndose a invitarla a bailar, el diputado
ponía los cinco sentidos en no equivocarse, en no pisar el vestido
ni los pies a ninguna señorita, y en imitar servilmente las idas
y venidas y las genuflexiones de Trifón. Mal poeta era Cármenes, pero el rigodón lo conocía muy a fondo. Bien se lo envidiaba Ronzal. La de Páez y la del barón sonreían discretamente,
como diciendo: «¡Vaya todo por Dios!», o bien: «¡qué par de
cursis nos han tocado en suerte!» Pero Ronzal, como si cantaran;
pensaba en la pechera, en el cuello de la camisa, y en las colas
de los vestidos. A su derecha tenía Trabuco a Joaquín Orgaz,
que hablaba sin cesar con su pareja, una americana muy rica y
muy perezosa. Como el salón era estrecho y las costumbres vetustenses un poco descuidadas, las parejas, mientras no les tocaba moverse, se sentaban en la silla que tenían detrás de sí muy
cerca. Ronzal, que no podía sentarse, porque no tenía dónde,
pensaba que aquello era una corruptela, y era verdad. La de
Páez y la del barón apenas se ponían en pie; se dejaban caer
sobre su silla respectiva, como si cada figura del rigodón fuera
un viaje alrededor del mundo.

Después del rigodón vino un vals. Ronzal se retiró a fumar
un cigarro de papel. El no bailaba vals, no había podido aprender nunca. Todas las puertas del salón estaban atestadas de socios... que no tenían frac. Un frac en Vetusta suponía *cierta
posición*. Muchos *pollos* se figuraban que semejante prenda exigía la fortuna de un Montecristo.

Y como el baile era de etiqueta, la más florida juventud se
quedaba a la puerta. Unos fingían desdeñar el ridículo placer de
dar vueltas por ahí como una peonza... *para nada*. Otros hacían
alarde de desidia, de escepticismo, de cualquier cosa que fuera
incompatible con el frac, según ellos. Y algunos, más ingenuos,
confesaban la penuria de su presupuesto, maldecían de las exigencias sociales... y se reservaban para «última hora»... Porque
a última hora bailaban, pese a Ronzal, los de levita, los de
jacquet y hasta los de cazadora. «¡No faltaba más!»

Saturnino Bermúdez, que tenía frac, y clac y todo lo necesario, llegó un poco tarde al salón. Se detuvo en una puerta...
y... tembló. No podía remediarlo... La emoción de entrar en
los salones en día solemne era para él semejante a la de echarse
al agua. Y en efecto, cualquier observador hubiera dicho que
aquel hombre creía estar en aquel umbral a la orilla del océano.
Contestaba Saturno con sonrisas muy corteses a las bromas de los
envidiosos sin frac que le decían:

—¡Vamos, hombre, láncese usted, valor!

—Ya..., ya... voy... No si... ya... voy...

Y sujetó bien los guantes, y se arregló el lazo de la corbata,
y se aseguró de que el pañuelo estaba en su sitio, y... también
pasó dos dedos por la tirilla de la camisola. Por último..., a la
una, a las dos... —a las dos se compuso el peinado con los dedos, sin recordar que traía la cabeza como un recluta—, y des-

pués de este ademán automático, muy frecuente en los que van a arrojarse al baño de cabeza..., después de esto, ¡al agua! Saturno entra en el salón, saludando a diestro y siniestro, y aunque parece que su propósito es enterarse de quién está allí, en el *fuero interno* bien sabe él que lo que busca es un rincón de un diván o una silla, que le sirva de puerto en aquella arriesgada navegación por los mares del *gran mundo*. Pero poco a poco se acostumbra al agua, es decir, al salón, y ya está allí muy tranquilo, y baila y dice galanterías en unos párrafos tan largos y complicados, que nadie se los agradece.

Ana, al principio, tenía sueño. Eran las doce. No pensaba más que en lo que pasaba ante sus ojos. No quería reflexionar. Al entrar en el Casino se había dicho: «¿Se acercará don Alvaro a saludarme?» Y había sentido miedo y estuvo tentada de fingirse enferma para volver a casa. Pero aquella idea pasó. Alvaro no acababa de aparecer por allí. La Marquesa hablaba como una cotorra. Anita contestaba con sonrisas... De pronto, apareció Visitación la del Banco, que vestía un traje de organdí con flores de trapo por arriba y por debajo. El escote era exagerado.

—Chica, vienes escandalosa —le dijo la Marquesa, mientras le mordía la cara al besarla, para apagar así la risa.

Visita miró como pudo hacia donde había mirado doña Rufina, y contestó sin turbarse:

—¡Bah, no me parece! Pero no sería extraño, porque ni tiempo he tenido para mirarme al espejo... ¡Aquellos demonios de hijos! Su padre, que no tiene energía, que no sabe engañarlos..., no me los podía quitar de encima. Pero, Ana, ¿qué es esto? ¿Tú aquí? Pero feísima mía, ¿qué es esto? ¿Qué bula tenemos?...

Y al decir esto, estaba ya la del Banco con los brazos abiertos frente a la Regenta, y chocaban las rodillas de una dama con las de la otra.

La que estaba de pie inclinaba el cuerpo hacia atrás.

Media hora después, Visita, un poco escondida detrás del cortinaje de un balcón, refería una historia a la Regenta, que la oía atenta, vuelta hacia el rincón de su amiga.

El baile se animaba, la maledicencia y los recelos ridículos de la etiqueta fría e irracional de nobles y plebeyos codeándose dejaban el puesto a otros vicios y pasiones. Ronzal ya no parecía a la de Páez un *hombre tosco*, sino un hombre; las del barón se humanizaban, las niñas de *la clase media* olvidaban los huesos que enseñaba la nobleza, y pensaban en la alegría ambiente, se entregaban al baile con furor invencible, como ansiando beber en aquella atmósfera perfumada, demasiado perfumada tal vez, el licor desconocido que pudiera saciar sus vagos anhelos. Las cursis, si eran bonitas, ya no parecían cursis; ya no se pensaba en la *reina del baile*, en el *mejor traje*, en las joyas más ricas; la juventud buscaba a la juventud, algo de amor volaba por allí; ya había miradas de fuego, sonrisas perezosas que presentían imposibles, celos dramáticos que daban al conjunto un tono de grandeza. Las niñas más recatadas, y hasta las más parecidas a muñecas de resorte, hacían pensar en la mujer que traían debajo de aquellos vestidos vulgares y de aquella educación falsa y desabrida.

Ana, a las dos de la mañana, se levantó de su silla por vez primera y consintió en dar una vuelta por el salón, en un intermedio del baile. Visita iba a su lado callada, pensativa, satisfecha de lo que acababa de hacer. Había referido a la Regenta la historia de don Alvaro desde principios del verano pasado hasta la fecha. La del Banco echaba fuego por los ojos y mejillas. Saboreaba el triunfo de su elocuencia. Ana disimulaba mal la impresión viva y profunda que le causaron las palabras de su amiga. «¡Don Alvaro había vencido la virtud de la *ministra,* había sido su amante todo el verano en Palomares..., y después se había burlado de ella, no había querido seguirla a Madrid!» Esta era en resumen la historia. Y el final así, lo recordaba Ana palabra por palabra:

«Cuando Alvaro me lo contó todo, había dicho Visita, le pregunté, porque ya sabes que nos tratamos con mucha confianza; pues bien, le pregunté:

»—Pero, chico, ¿cómo diablos dejaste a esa mujer siendo tan hermosa, influyente... y tan lista como dices? ¿Por qué no seguirla a Madrid?

»Y Alvaro me contestó muy triste, ya sabes qué cara pone cuando habla así, me contestó:

»—¡Pché!..., para amoríos basta el verano. El invierno es para el amor verdadero. Además, la ministra, como tú la llamas, a pesar de todos sus encantos, no consiguió lo que yo quería... Hacerme olvidar... lo que no te importa. Y después de suspirar como tú sabes que él suspira, añadió Alvaro: ¿Dejar a Vetusta? Ay, no, eso no... Y, chica, palabra de honor, le dio un temblorcito así como un escalofrío... Ya ves —dijo luego, queriendo sonreír—, me ofrecían un distrito, un distrito de cunero, *sine cura* admirable (sine cura, dijo)... apetitoso bocado... ¡pero, quiá!... Yo estoy atado a una cadena..., y la beso en vez de morderla. —Y me apretó la mano, chica, y se fue, yo creo que para que no lo viera llorar.»

Esto era lo más sustancial de las confidencias de Visita. Ana saludaba a diestro y siniestro, hablaba con muchos amigos, pero no pensaba más que en aquella confesión de don Alvaro. «De que era verosímil respondían el efecto que su presencia, la de Ana, había producido aquella tarde en el Casino... Ahora, ahora mismo, mientras se paseaba, llegaba a sus oídos el rumor dulce, más dulce que todos los rumores de la alabanza contenida, de la admiración estupefacta..., de la galantería sincera y discreta... ¿Por qué don Alvaro no había de estar tan enamorado como la historia de Visita daba a entender?»

—Oye, tú —dijo la del Banco, volviéndose de repente a la Regenta—, ¿quién será esa cadena?

—¿Qué cadena? —preguntó con voz temblorosa Anita.

—¡Bah!, la que sujeta a Mesía, la mujer que le tiene enamorado de veras. ¡Ah, infame! Quien tal hizo, que tal pague... Pero ¿quién será?

—¿Qué... sé yo?...

—¿Te atreverías tú a preguntárselo?

—Dios me libre.

—Debe de ser casada.

—¡Jesús!

—Mira, esta noche le voy a sentar junto a ti, a ver si después de la cena se atreve a decírtelo... Pregúntaselo tú misma...

—¡Visitación!, tú estás loca...

—¡Ja, ja, ja!... Ahí le tienes..., ahí le tienes... Ya me contarás...

La de Olías de Cuervo soltó el brazo de Ana y desapareció entre los grupos que dificultaban el tránsito por el salón estrecho.

La Regenta vio enfrente de sí a don Álvaro, del brazo de Quintanar, su inseparable amigo.

El frac, la corbata, la pechera, el chaleco y el pantalón de Mesía no se parecían a las prendas análogas de los demás. Ana vio esto sin querer, sin pensar apenas en ello. Pero fue lo primero que vio. Se le figuraban ya todos los caballeros que andaban por allí, don Víctor inclusive, criados vestidos de etiqueta; todos eran camareros: el único señor, Mesía. De todas maneras estaba bien don Álvaro; de frac era como mejor estaba. En todas partes parecía hermoso, dominaba a todos con su arrogante figura; allí en el baile, debajo de aquella araña de cristal, que casi tocaba con la cabeza, era más elegante, más bizarro, más airoso que en cualquier otro sitio. El baile animado, ardiendo de voluptuosidad fuerte y disimulada, era el cuadro propio para servir de fondo a la figura que ella, la pobre Ana, había visto tantas veces en sueños.

Todo esto pasó por el cerebro de la Regenta mientras Mesía, sin ocultar la emoción que le ponía pálido, se inclinaba con gracia, y alargaba tímidamente una mano.

Antes que ella quisiera, Ana sintió sus dedos entre los del enemigo tentador... Debajo de la piel fina del guante, la sensación fue más suave, más corrosiva. Ana la sintió llegar como una corriente fría y vibrante a sus entrañas, más abajo del pecho. Le zumbaron los oídos, el baile se transformó de repente para ella en una fiesta nueva, desconocida, de irresistible belleza, de diabólica seducción. Temió perder el sentido..., y sin saber cómo, se vio colgada de un brazo de Mesía... Y entre un torbellino de faldas de color y de ropa negra, oyendo a lo lejos la madera constipada de los violines y los chirridos del bronce, que a ella se le antojaba música voluptuosa, pudo comprender que la arrastraban fuera del salón. Gritaba la Marquesa, reía a carcajadas Obdulia, sonaba la voz gangosa de una hija del barón... y atrás quedaba el ruido del vals que comenzaba.

«¿Adónde la llevaban?» A cenar.

—A cenar, hija mía —le dijo al oído Quintanar—. ¡Y por Dios, Anita, que no se te ocurra negarte..., sería un desaire!...

La Marquesa de Vegallana y su tertulia, más las del barón de la Barcaza y Pepe Ronzal, cenaron en el gabinete de lectura. Todo fue cosa de Trabuco. «Convídesele —había dicho Mesía—, y la vanidad satisfecha le inspirará maravillas.» En efecto, Ronzal, abusando de su cargo en la Junta directiva, acaparó lo mejor del restaurante, tomó por asalto el gabinete de lectura, quitó periódicos de la mesa y puso manteles, cerró con llave la puerta, hizo que entrara el servicio por una de escape que estaba cerca del armario de libros, y allí pudo cenar la flor y nata de la nobleza vetustense con sus paniaguados y amigos de confianza. Obdulia se encargó desde el primer momento de premiar el celo y la actividad de Trabuco, que estaba loco de contento. Todas las damas le felicitaron por su energía para cerrar aquello con llave y por el buen gusto de la mesa. Los ojos montaraces le echaban chispas, pero no se movían. Obdulia le sentó a su lado. ¡Feliz Ronzal aquella noche!

Ana se encontró sentada entre la Marquesa y don Alvaro. Enfrente don Víctor, un poco alegre, fingía enamorar a Visitación y recitaba versos de sus poetas adorados y repetía hasta parecer un martillo:

> ¿Qué delito cometí
> para odiarme, ingrata fiera?
> Quiera Dios..., pero no quiera
> que te quiero más que a mí.

—Por Dios y las once mil..., cállese usted, Quintanar —decía la Marquesa.

Pero el otro continuaba, siempre declamando para su Visitación:

> En fin, señora, me veo
> sin mí, sin Dios y sin vos,
> sin vos porque no os poseo...

Y Visitación le tapaba la boca con las manos.

—¡Escandaloso, escandaloso! —gritaba.

Las de la Deuda Flotante sonreían y se miraban como diciéndose: «¡Buena sociedad la de la Marquesa!»

El Marqués le decía en tanto al Barón:

—¡Cómo estamos en confianza!...

—¡Oh, perfectamente, perfectamente!...

Y buscaba el de la Barcaza una silla junto a una jamona aristócrata que estaba sola.

Paco tenía otra vez en Vetusta a su prima Edelmira y «le hacía el amor por todo lo alto», aunque a su madre no le gustaba, porque era feo engañar a una prima.

Joaquín Orgaz había prometido cantar *por lo flamenco* a los postres.

La cena era breve, pero buena: platos fuertes, buen champaña; en fin, como decía el Marqués, primero mar y pimienta, después fantasía y alcohol.

Todos, las baronesas inclusive, se reían de los plebeyos que allá fuera seguían bailando y tenían que contentarse con los helados que se servían sobre las mesas de billar.

De vez en cuando, daban golpes en la puerta por fuera.

—¿Quién está ahí? —gritaba Ronzal con su alabada energía.

—Mi abrigo..., café con leche..., tengo ahí dentro mi abrigo...

—¡Ja, ja, ja!... —contestaban los de dentro.

—¡Está esto que arde! —le decía Joaquín Orgaz a una niña del barón, que sonreía y miraba al techo.

«Sí, ardía aquello, pero sin faltar a las reglas del buen tono vetustense», decía el Marqués al barón, que estaba ya como un tomate y cada vez más cerca de la jamona.

La Marquesa tenía sueño, pero así y todo, le gustaba la broma.

—Así debiera ser siempre —le decía a Saturnino, que estaba decidido a emborracharse para no desentonar.

—Este poblachón se va poniendo lo más soso. ¿Verdad, pollo?

—So... sí... si... mo... —Saturno bebió una copa de champaña acto continuo. Lo de pollo le había halagado.

A la Marquesa se le ocurrió el disparate, tal vez sugerido por las tinieblas del sueño, de mirar muy fijamente a Bermúdez, y ponerle unos ojos que ella sabía que *in illo tempore* mareaban a cualquiera.

—¿Por qué no se casa usted? —preguntó doña Rufina, seria y melancólica, al parecer.

Bermúdez sostuvo la mirada de la ilustre dama y olvidó por un momento los cincuenta años de la Marquesa. Suspiró..., y en seguida se le subió el champaña a las narices, tosió, se puso casi negro, medio asfixiado, y la Marquesa tuvo que darle palmadas en la espalda.

Cuando Saturnino volvió en sí, la de Vegallana tenía los ojos cerrados y sólo los abría de tarde en tarde para mirar a la Regenta y a Mesía.

¡El idilio senil con que soñó un instante Bermúdez se había deshecho..., y eso que él ya se había acordado de Ninón de Lenclós para justificar a los ojos del mundo unas relaciones con doña Rufina!

En tanto, don Alvaro le estaba refiriendo a Ana la misma historia que ella había oído ya a Visita, aunque en forma muy distinta.

No había podido la Regenta resistir a la tentación de preguntarle si se había divertido mucho aquel verano...

Mesía vio el cielo abierto en aquella pregunta.

Supo *hacerse el interesante,* lo cual poco trabajo le costaba

tratándose de Ana, que cada día iba descubriendo en él, aun
sin verle, más encantos diabólicos.

El ruido, las luces, la algazara, la comida excitante, el vino,
el café..., el ambiente, todo contribuía a embotar la voluntad, a
despertar la pereza y los instintos de voluptosidad... Ana se
creía próxima a una asfixia moral... Encontraba a su pesar una
delicia intensa en todos aquellos vulgares placeres, en aquella
seducción de una cena de baile, que para los demás era ya goce
gastado... Sentía ella más que todos juntos los efectos de aquella atmósfera envenenada de lascivia romántica y señoril, y ella
era la que tenía allí que luchar contra la tentación. Había en
todos sus sentidos la irritabilidad y la delicadeza de la piel nueva para el tacto. Todo le llegaba a las entrañas, todo era nuevo
para ella. En el *bouquet* del vino, en el sabor del queso Gruyère,
en las chispas del champaña, en el reflejo de unos ojos, hasta en
el contraste del pelo negro de Ronzal y su frente pálida y morena..., en todo encontraba Anita aquella noche belleza, misterioso atractivo, un valor íntimo, una expresión amorosa...

—¡Qué colorada está Anita! —le decía Paco a Visitación por
lo bajo.

—Claro, de un lado la pone así la proximidad de Alvaro.

—¿Y del otro?

—Del otro la pone así... las majaderías de su esposo, que me
está dando jaqueca.

En efecto, estaba inaguantable don Víctor con sus versos,
por buenos que fueran.

Alvaro, en cuanto vio a la Regenta en el salón, sintió lo que
él llamaba la corazonada. *Aquella cara,* aquella palidez repentina,
le dieron a entender que la noche era suya, que había llegado el
momento de arriesgar algo.

Nunca había desistido de conquistar aquella plaza.

¡No faltaba más! Pero comprendiendo que mientras reinase
en el corazón de Ana lo que él llamaba el misticismo erótico
—era tan grosero como todo esto al pensar—, no podría adelantar un paso, se había retirado, había levantado el campo hasta
mejor ocasión. Además esperaba que la ausencia, la indiferencia
fingida y la historia de sus amores con la *ministra* le prepararían
el terreno.

«Por supuesto, concluía, siempre y cuando que la fortaleza no
se haya rendido al caudillo de la Iglesia. Si el Magistral es aquí
el amo..., entonces no tengo que esperar nada... y además, ya
no vale tanto la victoria.»

«Sin buscar él la ocasión, se la ofrecía aquella noche: le habían puesto a la Regenta a su lado... La corazonada le decía
que adelante...; pues, adelante. Lo primero que quería averiguar
era lo del *otro,* si el Magistral mandaba allí.»

En su narración tuvo que alterar la verdad histórica, porque
a la Regenta no se le podía hablar francamente de amores con
una mujer casada —«tan atrasada estaba aquella señora»—, pero

vino a dar a entender, como pudo, que él había despreciado la
pasión de una mujer codiciada por muchos... porque..., porque..., para el hijo de su madre los amoríos ya no eran ni siquiera un pasatiempo, desde que el amor le había caído encima
del alma como un castigo.

El rostro de la dama, al decir Mesía aquello y otras cosas
por el estilo, todas de novela perfumada, le dejó ver al gallo vetustense que el Magistral no era dueño del corazón de Anita.
Pero como en la anatomía humana nos encontramos con muchos más órganos que el corazón, Mesía no se dio por satisfecho, porque pensó: «Suponiendo que Ana esté enamorada de
mí, necesito todavía saber si la carne flaca no me ha buscado
un sucedáneo».

No; don Alvaro no se hacía ilusiones. A esta modestia material y grosera le obligaba una filosofía que cada vez le parecía
más firme.

Ana sintió que un pie de don Alvaro rozaba el suyo y a veces
lo apretaba. No recordaba en qué momento había empezado
aquel contacto, más cuando puso en él la atención, sintió un
miedo parecido al del ataque nervioso más violento, pero mezclado por un placer material tan intenso, que no lo recordaba
igual en su vida. El miedo, el terror, era como el de aquella
noche en que vio a Mesía pasar por el calle de la Traslacerca,
junto a la verja del parque; pero el placer era nuevo, nuevo en
absoluto, y tan fuerte, que la ataba como con cadenas de hierro
a lo que ella ya estaba juzgando crimen, caída, perdición.

Don Alvaro habló de amor disimuladamente, con una melancolía bonachona, familiar, con una pasión dulce, suave, insinuante... Recordó mil incidentes sin importancia ostensible que Ana
recordaba también. Ella no hablaba, pero oía. Los pies también seguían su diálogo, diálogo poético sin duda, a pesar de la
piel de becerro, porque la intensidad de la sensación engrande-
cía la humildad prosaica del contacto.

Cuando Ana tuvo fuerza para separar todo su cuerpo de
aquel placer del roce ligero con don Alvaro, otro peligro mayor
se presentó en seguida: se oía a lo lejos la música del salón.

—¡A bailar, a bailar! —gritaban Paco, Edelmira, Obdulia y
Ronzal.

Para Trabuco era el paraíso aquel baile, que él llamó clandestino, allí, entre los mejores, lejos del vulgo de la clase media.

Se entreabrió la puerta para oír mejor la música, se separó la
mesa hacia un rincón, y apretándose unas a otras las parejas
sin poder moverse del sitio que tomaban, se empezó aquel baile
improvisado.

Don Víctor gritó:

—Ana, ¡a bailar! Alvaro, cójala usted...

No quería abdicar su dictadura el buen Quintanar; don Alvaro
ofreció el brazo a la Regenta, que buscó valor para negarse y
no lo encontró.

Ana había olvidado casi la polca; Mesía la llevaba como en el
aire, como en un rapto; sintió que aquel cuerpo macizo, ardiente, de curvas dulces, temblaba en sus brazos.

Ana callaba, no veía, no oía, no hacía más que sentir un
placer que parecía fuego; aquel goce intenso, irresistible, la espantaba; se dejaba llevar como cuerpo muerto, como una catástrofe; se le figuraba que dentro de ella se había roto algo,
la virtud, la fe, la vergüenza; estaba perdida, pensaba vagamente...

El Presidente del Casino en tanto, acariciando con el deseo
aquel tesoro de belleza material que tenía en los brazos, pensaba... «¡Es mía!, ¡ese Magistral debe de ser un cobarde! Es
mía... Éste es el primer abrazo de que ha gozado esta pobre
mujer.» ¡Ay, sí, era un abrazo, disimulado, hipócrita, diplomático, pero un abrazo para Anita!

—¡Qué sosos van Alvaro y Anita! —decía Obdulia a Ronzal,
su pareja.

En aquel instante Mesía notó que la cabeza de Ana caía sobre
la limpia y tersa pechera que envidiaba Trabuco. Se detuvo el
buen mozo, miró a la Regenta, inclinando el rostro, y vio que
estaba desmayada. Tenía dos lágrimas en las mejillas pálidas,
otras dos habían caído sobre la tela almidonada de la pechera.
Alarma general. Se suspende el baile clandestino, don Víctor se
aturde, ruega a su esposa que vuelva en sí..., se busca agua,
esencias... Llega Somoza, pulsa a la dama, pide... un coche. Y se
acuerda que Visita y Quintanar lleven a aquella señora a su
casa, bien tapada, en la berlina de la marquesa. Y así fue. En
cuanto Ana volvió en sí, pidiendo mil perdones por haber turbado la fiesta, don Víctor, de muy mal humor, ya sin miedo, la
llenó el cuerpo de pieles, la embozó, se despidió de la amable
compañía y con la del Banco se llevó a la Regenta a la cama.

«¡El humo!, ¡el calor, la falta de costumbre, la polca después
de cenar, las luces!... Cualquier cosa, en fin, aquello no valía
nada. Podía continuar la fiesta.» Y continuó. Los del salón
se habían enterado. «A la Regenta le había dado el ataque.» «La
habían hecho bailar a la fuerza.» Pero pronto se olvidó el incidente para comentar la conducta de aquellas señoras y caballeros que se encerraban en el gabinete de lectura a cenar y bailar
como si el Casino no fuese de todos...

A las seis de la madrugada, al despedirse Paco de Mesía
con un apretón de manos, a la puerta del Casino, el marquesito
exclamó:

—¡Bravo! ¡Al fin! ¿Eh?

Mesía tardó en contestar; se abrochó su gabán entallado de
color de ceniza, hasta el cuello; se apretó a la garganta un pañuelo de seda blanco, y al cabo dijo:

—¡Ps!... Veremos.

Llegó a su casa, la fonda; llamó al sereno, que tardó en venir;

pero en vez de reñirle como solía, le dio dos palmadas en el hombro y una propina en plata.

—¡Qué contento viene el señorito!... ¿Del baile, eh?

—Señor Roque, del baile...

Y al acostarse, al dejar en una percha una prenda de abrigo interior, de franela, murmuró a media voz don Alvaro, como hablando con el lecho, a cuyo embozo echaba mano:

—¡Lástima que la campaña me coja un poco viejo!...

Veinticinco

Al día siguiente Glocester delante del Magistral, sin compasión, refería en la catedral todo lo que había sucedido en el baile. «La aristocracia se había encerrado en un gabinete de lectura, para cenar y bailar, y doña Ana Ozores, la mismísima Regenta que viste y calza, se había desmayado en brazos del señor don Alvaro Mesía.»

El Magistral, que no había dormido aquella noche, que esperaba noticias de Ana con fiebre de impaciencia, dio media vuelta como un recluta; era la primera vez que el puñal de Glocester, aquella lengua, le llegaba al corazón. Pálido, temblorosa la barba hasta que la sujetó mordiendo el labio inferior, don Fermín miró a su enemigo con asombro y con una expresión de dolor que llenó de alegría el alma torcida del Arcediano. Aquella mirada quería decir: «Venciste, ahora sí, ahora me ha llegado a las entrañas el veneno». De Pas estaba pensando que los miserables, por viles, débiles y necios que parezcan, tienen en su maldad una grandeza formidable. «¡Aquel sapo, aquel pedazo de sotana podrida, sabía dar aquellas puñaladas!» Después don Fermín se acordó de su madre; su madre no le había hecho nunca traición, su madre era suya, era la misma carne; Ana, la otra, una desconocida, un cuerpo extraño que se le había atravesado en el corazón...

Sin disimular apenas, disimulando muy mal su dolor, que era el más hondo, el más frío y sin consuelo que recordaba en su vida, salió De Pas de la sacristía, y anduvo por las naves de la catedral, vacilante, sin saber encontrar la puerta. Ignoraba adónde quería ir, le faltaba en absoluto la voluntad... y al notar que algunos fieles le observaban, se dejó caer de rodillas delante del altar de una capilla. Allí estuvo meditando lo que haría. ¿Ir a casa de la Regenta? Absurdo. Sobre todo, tan temprano. Pero su soledad le horrorizaba..., tenía miedo del aire libre, quería un refugio, todo era enemigo. «Su madre, su madre del alma.»

Salió del templo, corrió, entró en su casa. Doña Paula barría
el comedor; un pañuelo de percal negro le ceñía la cabeza sobre
la plata del pelo espeso y duro, como un turbante.

—¿Vienes del coro?

—Sí, señora.

Doña Paula siguió barriendo.

Don Fermín daba vueltas alrededor de la mesa, alrededor de
su madre. «Allí estaba el consuelo único posible, allí el regazo
en que llorar.... allí la única compasión verdadera, allí el único
contagio posible de la pena; aquel veneno que a él le mataba
sólo sería veneno, saliendo de él, para su madre. El deseo de
partir el dolor le apretaba la garganta con angustias de muerte...
Y no podía, no podía hablar... Era una crueldad de su madre
no adivinar los tormentos del hijo. Doña Paula le miraba como
los demás, como la gente con que había tropezado en la calle,
sin conocer que moría desesperado. ¡Y no podía él hablar!»

—¿Qué tienes, hombre? ¿Qué haces aquí? Te estoy llenando
de polvo la ropa nueva...

Don Fermín salió del comedor. Entró en el despacho. Teresina
hacía la cama del señorito. No le oyó entrar porque cantaba y
la hoja del jergón sacudida le llenaba de estrépito los oídos. El
señorito, como huyendo, salió del despacho también. Salió de
casa. Llegó a la de doña Petronila Rianzares. «La señora estaba
en misa.» Esperó paseando por la sala, con las manos a la espalda unas veces, otras cruzadas sobre el vientre. El gato pulcro
y rollizo entró y saludó a su amigo con un conato de quejido.
Y se le enredó en los pies, haciendo eses con el cuerpo. «Parecía
que el gato sabía ya algo de aquella traición.» El sofá donde
solía sentarse Ana llamó al Magistral con la voz de los recuerdos.
En un extremo del asiento había un muelle algo flojo, la tela
estaba arrugada; allí se sentaba ella. De Pas se sentó en la butaca al lado de aquella tela floja. Cerró los ojos, y una pereza de
vivir que parecía sueño o sopor le embargó el ánimo. Quería
detener el tiempo. Ya deseaba que tardase en volver doña Petronila: le asustaba la actividad, tenía miedo de cualquier resolución; todo sería peor. La muerte ya estaba en el alma. Los
recuerdos lejanos bullían en el cerebro, como preparándose a
bailar la danza macabra del delirio de la agonía. Sintió el olor
de una rosa muy grande que Ana oprimía contra los labios de
su buen amigo, de su hermano mayor; la música de las palabras
se mezclaba con el aroma de la flor en mística composición...
«Ay, sí, amor, y buen amor era todo aquello... Era *un enamorado;* el amor no era todo lascivia, era también aquella pena
del desengaño, aquella soledad repentina, aquel dolor, dulce y
amargo, todo junto, capaz de redimir la culpa más grave. Deber..., sacerdocio..., votos..., castidad..., todo esto le sonaba ahora a hueco; parecían palabras de una comedia. Le habían engañado, le habían pisoteado el alma, esto era lo cierto, lo positivo,
esto no lo habían inventado obispos viejos; el mundo, el mundo

era el que le daba aquella enseñanza. Ana era suya, ésta era la ley suprema de justicia. Ella, ella misma lo había jurado; no se sabía para qué era suya, pero lo era...» El Magistral se puso en pie de repente; el tiempo volaba, lo acababa de sentir él como un bofetón; podían estar conspirando los otros con el tiempo y contra él; tal vez estaban juntos ya a aquellas horas... «¡Infame, infame! Y le había ido a enseñar la cruz de diamantes a la capilla... para que viese el traje en que le iba a deshonrar...; sí, a deshonrar... El era allí el dueño, el esposo, el esposo espiritual... Don Víctor no era más que un idiota incapaz de mirar por el honor propio, ni por el ajeno... ¡Aquello era la mujer!»

Salió al pasillo y gritó:

—¿Vino doña Petronila?

—Ahora llama —contestaron.

Entró la de Rianzares. Don Fermín le cortó el saludo en la boca.

—Ahora mismo hay que llamarla —dijo.

—¿A quién?..., ¿a Ana?

—Sí, ahora mismo.

Don Fermín volvió a sus paseos. No quería conversación. La de Rianzares, sierva de aquel hombre, calló y entró en el gabinete.

Pasó media hora. Sonó la campanilla de la puerta. Ana vio al Gran Constantino, que abría.

—¿Qué pasa?

—Don Fermín..., ahí en la sala...

—¡Ah!... Me alegro.

Entró la Regenta, y doña Petronila se fue hacia la cocina, al otro extremo de la casa. «Si llaman, que no estoy», dijo a la criada. Y pasó al oratorio, que tenía cerca de su alcoba.

De Pas vio a la Regenta más hermosa que nunca; en los ojos traía fuego misterioso, en las mejillas el color del entusiasmo, de las conferencias íntimas, espirituales; una aureola de una gloria desconocida para él parecía rodear a aquella mujer que encerraba en el breve espacio de un contorno adorado todo lo que valía algo en la vida, el mundo entero, infinito, de la pasión única.

—¿Qué es esto? —dijo, ronco de repente, don Fermín, plantado, como con raíces, en medio de la sala.

—Lo que yo quería, que nos viéramos en seguida. Yo estoy loca; esta noche creí que me moría... Ayer..., hoy..., no sé cuándo... Estoy loca...

Se ahogaba al hablar...

De Pas sintió una lástima que le pareció vergonzosa.

—Ya lo sé todo; no necesito historias...

—¿Qué es todo?

—Lo de ayer..., lo de hoy... El baile, la cena, ¿qué es esto, Ana, qué es esto?...

—¡Qué baile!, ¡qué cena! No es eso... Me emborracharon...,
qué sé yo... Pero no es eso... Es que tengo miedo... aquí, Fermín, aquí, en la cabeza... ¡Tener lástima de mí! ¡Que tenga
alguno lástima de mí! Yo no tengo madre... Yo estoy sola...

«Era verdad, no tenía madre como él, estaba más sola que él.»
Entonces el amor de don Fermín sintió la lástima inefable que
sólo el amor puede sentir; se acercó a la Regenta, le tomó las
manos.

—A ver, a ver, ¿qué ha sido? A mí me han dicho... Pero
¿qué ha sido?... A ver... —decía la voz trémula y congojosa
del Magistral.

Ana, entre sollozos, refirió lo que podía referir de sus angustias, de sus miedos, de sus tormentos, de aquellas horas de
fiebre. «Después que se vio en su lecho, mil espantosas imágenes
la asaltaron entre los recuerdos confusos del baile... Creyó que
volvía a caer de repente en aquellos pozos negros del delirio en
que se sentía sumergida en las noches lúgubres de su enfermedad... Después la idea del mal que había hecho la había horrorizado...» Y Ana se interrumpía al ver al Magistral quedarse
lívido, y como rectificando añadía, «el mal..., es decir..., el no
haber sido bastante buena...». La enfermedad había sido una
lección, una lección olvidada, y aquella mañana, al sentir en
el lecho la misma flaqueza, aquel desgajarse de las entrañas, que
parecían pulverizarse allá dentro, aquel desvanecerse la vida en
el delirio..., la conciencia había visto, como a la luz de un fo-
gonazo, horrores de vergüenza, de castigo, el espejo de la propia
miseria, el reflejo del cieno triste que se lleva en el alma...
Y después..., la locura, sin duda la locura..., un dudar de todo
espantoso, repentino, obstinado, doloroso. Dios, el mismo Dios
ya no era para ella más que una idea fija, una manía, algo que
se movía en su cerebro royéndolo, como un sonido de tictac,
como el del insecto que late en las paredes y se llama el *reloj
de la muerte.*

—¡Oh!, sí, estuve loca —seguía Anita espantada todavía—,
estuve loca una hora... ¡Qué hora! Un siglo... Ya no pedía
más que salud, reposo..., la conciencia clara de mí misma...
Pero, ¡ay, no! Dios, mi Dios querido... Yo... todo, todos des-
aparecíamos. ¡Todo era polvo allá dentro!

Y los ojos de Ana, fijos en el espanto, veían sobre la alfombra una imagen confusa del recuerdo formidable...

De Pas callaba. También él tuvo un momento la sensación
fría del terror. La locura pasó por su imaginación como un
mareo.

«¡Si se le volviera loca!» Una ola de púrpura inundó el rostro del clérigo. Primero había visto desvanecerse dentro de
aquella cabeza de gracia musical lo que él amaba debajo de
aquella hermosura, el alma de la Regenta, su pensamiento; después pensó en aquella hermosura exterior incólume, en la espe-

ranza de saciar su amor sin miedo de testigos, solo, solo él con
un cuerpo adorado...

—¡Salvarme, quiero salvarme! —gritó Ana de repente volviendo a la realidad—. Quiero volver a nuestro verano, al verano
dulce, tranquilo..., sí, tranquilo al cabo; a nuestro hablar sin
fin de Dios, del cielo, del alma enamorada de las ideas de
arriba... Sí, quiero que mi hermano me salve, que Teresa me
ilumine, que el espejo de su vida no se oscurezca a mis ojos,
que Dios me acaricie el alma... Fermín, esto es confesar...
Aquí..., no importa el lugar; donde quiera... sí, confesar...

—Eso quiero yo, Ana; saber..., saberlo todo. Yo también pa-
dezco, yo también creía morirme, aquí mismo..., sentado ahí...,
donde otras veces hablábamos del cielo... y de nosotros. Ana, yo
soy de carne y hueso también; yo también necesito un alma
hermana, pero fiel, no traidora... Sí, creía que moría...

—Por mí, por culpa mía, ¿verdad? Morir por ser yo traidora,
¿si mentía, si me manchaba?...

—Sí, sí..., hay que decirlo todo..., pronto...

—No, no.

—Sí... sí...

—No..., si no digo eso... Si lo diré todo... Pero ¿qué es
todo? Nada... Si... Yo no fui..., si me llevaron a la fuerza...
No, eso no. No sé cómo; no sé por qué cedí. Y allí... hay una
mujer muy mala...

—No, no acusemos a los demás... Los hechos, quiero los hechos. Yo los diré; los sé yo.

—Pero ¿qué?

—Ese hombre, Mesía; Ana..., ¿qué pasó con ese hombre?...

Ana recogió sus fuerzas, atendió a la realidad, a lo que le
preguntaban, con intensidad, luchando con el confesor, batiéndose por su interés que era ocultar lo más hondo de su pensamiento. «Al fin aquello no era el confesionario; además, era caridad mentir, callar a lo menos lo peor.»

—Yo no le amo —fue lo primero que pudo decir después
que consiguió dominarse. Ya no pensaba en su locura, pensaba
en defender su secreto.

—Pero anoche... hoy... no sé a qué hora... ¿qué hubo?

—Bailé con él... Fue Quintanar..., lo mandó Quintanar...

—¡Disculpas no, Ana! Eso no es confesar.

Ana miró en torno... Aquello no era la capilla, a Dios gracias.
Este sofisma de hipócrita era en ella candoroso. Estaba segura
de que un *deber superior* la mandaba mentir: «¿Decirle al Magistral que ella estaba enamorada de Mesía? ¡Primero a su marido!»

—Bailé con él porque quiso mi marido... Me hicieron beber...,
me sentí mal..., estaba mareada..., me desmayé... y me llevaron
a casa.

—El desmayo fue... ¿en los brazos de ese hombre?

—¡En brazos!... ¡Fermín!

—Bien, bien. Así... lo oí yo... ¡Oigámoslo todo! Quiere decirse..., bailando con él...

—Yo no recuerdo... Tal vez...

—¡Infame!...

—Fermín... ¡por Dios, Fermín!

Ana dio un paso atrás.

—Silencio... No hay que gritar... No hay que hacer aspavientos... Yo no como a nadie... ¿A qué ese miedo?... ¿Doy yo espanto, verdad?... ¿Por qué? Yo... ¿qué puedo? ¿Yo quién soy? Yo... ¿qué mando? Mi poder es espiritual... Y usted esta noche no creía en Dios...

—¡En mi Dios! Fermín, caridad...

—Sí, usted lo ha dicho .. Y ése es el camino. Yo sin Dios... no soy nada... Sin Dios puede usted ir a dónde quiera, Ana..., esto se acabó... Estoy en ridículo, Vetusta entera se ríe de mí a carcajadas... Mesía me desprecia, me escupirá en cuanto me vea... El padre espiritual... es un pobre diablo. ¡Oh, pero por quien soy...! ¡Miserable!... ¡Me insulta porque estoy preso!...

El Magistral se sacudió dentro de la sotana, como entre cadenas, y descargó un puñetazo de hércules sobre el testero del sofá.

Después procuró recobrar la razón, se pasó las manos por la frente; requirió el manteo; buscó el sombrero de teja, se obstinó en callar, buscó a tientas la puerta y salió sin volver la cabeza.

Creyó que Ana le seguiría, le llamaría, lloraría... Pero pronto se sintió abandonado. Llegó al portal. Se detuvo, escuchó... Nada, no le llamaban. Desde la calle miró a los balcones. Ninguno se abría. «No le seguían ni con los ojos. Aquella mujer se quedaba allí. Todo era verdad. Le engañaba; era una mujer. ¡Pero cuál! ¡La suya!, ¡la de su alma! ¡Sí, sí, de su alma! Para eso la había querido. Pero las mujeres no entendían esto... La más pura quería otra cosa.» Y pasaban por su memoria mil horrores. La carnaza amontonada de muchos años de confesonario. La conciencia le recordó a Teresina. A Teresina pálida y sonriente que decía, dentro del cerebro: «¿Y tú?...» «El era hombre», se contestaba. Y apretaba el paso. «Yo la quería para mi alma...» «Y su cuerpo también querías, decía la Teresina del cerebro, el cuerpo también..., acuérdate.» «Sí, sí..., pero... esperaba..., esperaría hasta morir... antes que perderla. Porque la quería entera... Es mi mujer..., la mujer de mis entrañas... ¡Y quedaba allá atrás, ya lejos, perdida para siempre!...»

Ana, inmóvil, había visto salir al Magistral sin valor para detenerle, sin fuerzas para llamarle. Una idea con todas sus palabras había sonado dentro de ella, cerca de los oídos. «¡Aquel señor canónigo estaba enamorado de ella!» «Sí, enamorado como un hombre, no con el amor místico, ideal, seráfico que ella se había figurado. Tenía celos, moría de celos... El Magistral no era el hermano mayor del alma, era un hombre que debajo de la sotana ocultaba pasiones, amor, celos, ira... ¡La amaba un canónigo!» Ana se estremeció como al contacto de un cuerpo viscoso y frío. Aquel sarcasmo de amor la hizo sonreír a ella misma con amargura que llegó hasta la boca desde las entrañas. Su padre, don Carlos el librepensador, se le apareció de repente, en mangas de camisa, disputando junto a una mesa, allá en Loreto, con un cura y varios amigotes ateos o progresistas. Recordaba Ana, como si acabara de oírlas, frases de su padre y de aquellos señores: «El clero corrompía las conciencias el clérigo era como los demás, el celibato eclesiástico era una careta». Todo esto que había oído sin entenderlo volvía a su memoria con sentido claro, preciso y como otras tantas lecciones de la experiencia... ¡Querían corromperla! Aquella casa..., aquel silencio..., aquella doña Petronila... Ana sintió asco, vergüenza, y corrió a buscar la puerta. Salió sin despedirse. Llegó a su casa. Don Víctor atronaba el mundo a martillazos. Construía un puente modelo que pensaba presentar en la exposición de San Mateo. Ya no forraba el martillo con bayeta, no, el hierro chocaba contra el hierro, el estrépito era horrísono. «Allí era él el amo, prueba de ello que su mujer había ido al baile: se había acabado el Paraguay, no más misticismo; una prudente piedad heredada de nuestros mayores y basta y sobra. Por lo demás, actividad, industria y artes.... mucha comedia, mucha caza, y mucho martillazo. ¡Zas, zas, zas, pum! ¡Viva la vida!» Así pensaba don Víctor, ceñida al cuerpo la bata escocesa, y clava que te clavarás, en su nuevo taller, en un cuartucho del piso bajo, con puerta al patio. El sol llegaba a los pies de Quintanar arrancando chispas de los abalorios y cinta dorada de las babuchas semiturcas. El carpintero silbaba; el tordo, el mejor tordo de la provincia, que Quintanar llevaba de habitación en habitación, silbaba también, colgada de un alambre su jaula. Ana contempló en silencio a su marido. «¡Era su padre! ¡Le quería como a su padre! Hasta se parecía un poco a don Carlos». Aquel sol de febrero, promesa de primavera; aquel ambiente fresco que convidaba a la actividad, al movimiento; aquellos martillazos, aquellos silbidos, aquellas nubecillas ligeras que cruzaban el cuadrado azul a que servía de marco el alero del tejado..., todo aquello edificaba. «¡Aquélla era su casa, allí era ella la reina, aquella paz era suya!» Al dejar el martillo para coger la sierra, don Víctor vio a su mujer.

Se sonrieron en silencio. «El sol rejuvenecía a Quintanar. Además era un gran carpintero. Sus inventos podían ser más o menos fantásticos, su mecánica idealista, pero hacía de una tabla lo que quería. ¡Y qué limpieza!»

Ana alabó el arte de su marido.

El se animó; se puso colorado de satisfacción y le prometió un costurero para la semana siguiente. «Todo, todo, obra de mis manos.»

La Regenta olvidó un momento el desencanto de aquella mañana. Cuando volvió a su memoria se encontró con que no era

don Fermín un malvado, sino un desgraciado, pero de todas
suertes le parecía absurdo enamorarse siendo canónigo. En todas
las combinaciones del amor romántico había dado la imaginación
de Ana muchas veces, menos en aquélla. «Se concebía el amor
sacrílego de un sacerdote de ópera, ¡pero el de un prebendado
con alzacuello morado!» Además, la honradez protestaba también
con su repugnancia instintiva. «Pero De Pas era digno de compasión. Doña Petronila era la que no tenía perdón. ¡Oh!, si alguna vez volvía ella a hablar con el Magistral, como era probable, porque al fin debían mediar explicaciones, no sería ciertamente en casa de aquella vieja. ¿Qué se había propuesto aquella
señora? ¿Qué estaría pensando de ella, de Ana?»

Cuando volvió de la calle don Víctor muy contento, cantando
trozos de zarzuela, propuso a su mujer, de repente, acceder a la
súplica de la Marquesa que los había convidado a tomar café,
después de almorzar, para ir juntos a paseo..., a ver las máscaras.

—¡Quintanar, por Dios! Basta de broma..., basta de Carnaval... No quiero más fiestas... Estoy cansada... Ayer me hizo
daño el baile... No quiero más..., no quiero más... ¿No te obe-
decí ayer?... Basta, por Dios, basta.

—Bueno, hija, bueno...; no insisto.

Y calló don Víctor, perdiendo parte de su alegría. No se atrevió a hacer uso de aquella energía que Dios le había dado. «No
había para qué estirar demasiado la cuerda.»

Pero él, por supuesto, fue a tomar café y a paseo.

Ana se quedó sola. Desde el balcón abierto de su tocador se
oía la música lejana del Paseo Grande donde se celebraba el
Carnaval. Aquella música confusa, que parecía ráfagas intermi-
tentes, le llenó el alma de tristeza. Pensó en Mesía, el tentador,
y pensó en el Magistral, enamorado, celoso..., indefenso. Ahora
la compasión era infinita... Al fin, había sido quien había abierto
su alma a la luz de la religión, de la virtud... Ana pensó en la
fe quebrantada, agrietada, como si la hubiese sacudido un terremoto. El Magistral y la fe iban demasiado unidos en su espíritu
para que el desengaño no lastimara las creencias. Además, ella
siempre había amado más que creído. Don Fermín había procurado asegurar en ella el temor de Dios y de la Iglesia, la espiritualidad vaga y soñadora..., pero de los dogmas había hablado poco. Ana estaba sintiendo que la fantasía había tenido en
su piedad más influencia de la que conviniera para la solidez
de aquel edificio. Ya estaban lejos los días del misticismo supuesto, de la contemplación... Entonces estaba enferma, la lectura de santa Teresa, la debilidad, la tristeza, le habían encendido el alma con visiones de pura idealidad... Pero con la salud
había vencido la piedad activa, irreflexiva; el Magistral había
eclipsado a la santa, se había hablado más de aquella dulce hermandad en la virtud que de Dios mismo... Ahora comprendía
muchas cosas. Don Fermín la quería para sí... «Todo aquello era
una preparación. ¿Para qué?»

«¡Oh!, Mesía era más noble, luchaba sin visera, mostrando el pecho, anunciando el golpe... No había abusado de su amistad con Víctor, no había insistido ¡Pero los dos la amaban!» La tristeza de Ana encontraba en este pensamiento un consuelo dulce si no intenso. «Ella no podía ser de ninguno; del Magistral no podía ni quería... Le debía eterna gratitud..., pero otra cosa... sería un absurdo repugnante. Daba asco. Bueno estaría empezar a querer en el mundo cerca de los treinta años..., ¡y a un clérigo!... La vergüenza y algo de cólera encendían el rostro de Ana. ¡Pero ese hombre esperaría que yo...! ¡En mi vida!...»

Como aquella tarde pasó muchos días la Regenta. Las mismas ideas cruzaban, combinadas de mil maneras, por su cerebro excitado.

Cuando sentía la presencia de Mesía en el deseo, huía de ella avergonzada, avergonzada también de que no fuera un remordimiento punzante el recuerdo del baile, sobre todo del contacto de don Alvaro. «Pero no lo era, no. Veíalo como un sueño; no se creía responsable, claramente responsable, de lo que había sucedido aquella noche. La habían emborrachado con palabras, con luz, con vanidad, con ruido..., con champaña... Pero ahora sería una miserable si consentía a don Alvaro insistir en sus provocaciones. No quería venderse al sofisma de la tentación que le gritaba en los oídos: al fin don Alvaro no es canónigo; si huyes de él te expones a caer en brazos del otro. Mentira, gritaba la honradez. Ni del uno ni del otro seré. A don Fermín le quiero con el alma, a pesar de su amor, que acaso él no puede vencer como yo no puedo vencer la influencia de Mesía sobre mis sentidos; pero de no amar al Magistral de modo culpable estoy bien segura. Sí, bien segura. Debo huir del Magistral, sí, pero más de don Alvaro. Su pasión es ilegítima también, aunque no repugnante y sacrílega como la del otro... ¡Huiré de los dos!»

No había más refugio que el hogar. Don Víctor con su Frígilis y todos los cacharros del museo de manías, don Víctor con el teatro español a cuestas.

«Pero la casa tenía también su poesía.» Ana se esforzó en encontrársela. ¡Si tuviera hijos, le darían tanto que hacer! ¡Qué delicia! Pero no los había. No era cosa de adoptar a un hospiciano. De todas suertes Ana comenzó a trabajar en casa con afán..., a cuidar a don Víctor con esmero... A los ocho días comprendió que aquello era una hipocresía mayor que todas. Las labores de su casa estaban hechas en poco tiempo. ¿Por qué fingirse a sí misma satisfecha con una actividad insuficiente, insignificante, que no distraía el pensamiento ni media hora? Don Víctor agradecía en el alma aquella solicitud doméstica, pero en lo que tocaba a él hubiera preferido que las cosas siguiesen como hasta allí. Nadie le cosía un botón a su gusto más que él mismo; limpiarle el despacho era martirizarle a él, a don Víctor; la cama era inútil hacérsela con esmero porque de todas maneras había de descomponerla él, sacudir las almohadas y poner el embozo a su gusto. Cuando Ana volvió a dejar los quehaceres domésticos en la antigua marcha, don Víctor se lo agradeció en el alma también y respiró a sus anchas. «Aquellas injerencias de su querida esposa eran dignas de eterno agradecimiento..., pero molestas para él. Más sabe el loco en su casa...»

Don Alvaro no se apresuraba. «Esta vez estaba seguro.» Pero no quería *brusquer* —según pensaba él en francés— un ataque. «La teoría del *cuarto de hora* era una teoría incompleta.» Algo había de eso, pero en ciertos casos los cuartos de hora de una mujer sólo los encuentra un buen relojero. Pensaba dejar que pasara la Cuaresma. Al fin se trataba de una beata que ayunaría y comería de vigilia. Mal negocio. La Pascua florida ofrecía la mejor ocasión. El mundo, después de resucitar Nuestro Señor Jesucristo, parece más alegre, más lícitos sus placeres; la primavera, ya adelantada, ayuda... las fiestas, a que él haría que don Víctor llevase a su mujer, serían aguijones del deseo. «¡Oh!... sí, en la Pascua nos veríamos.»

«Además, quería él prepararse para la campaña. Estaba debilucho. Aquel verano en Palomares había hecho una especie de bancarrota de salud. La señora ministra había amado mucho. Estas exageraciones de las mujeres vencidas siempre estaban en razón directa del cuadrado de las distancias. Es decir, que cuanto más lejos estaba una mujer del vicio, más exagerada era cuando llegaba a caer. La Regenta, si caía, iba a ser exageradísima.» Y se preparaba Mesía. Leyó libros de higiene, hizo gimnasia de salón, paseó mucho a caballo. Y se negó a acompañar a Paco Vegallana a sus aventurillas fáciles y pagaderas a la vista. «El diablo harto de carne...», le decía Paco. Y don Alvaro sonreía y se acostaba temprano. Madrugaba. El Paseo Grande era ya todo perfumes, frescura y cánticos al amanecer. Los pájaros, saltando de rama en rama, preparaban los nidos para los huevos de abril; pero se diría que eran tapiceros de la enramada que adornaban los salones del Paseo Grande para las fiestas de la primavera. Empezaba marzo con calores de junio; desde muy temprano calentaba y picaba el sol. Aquella primavera anticipada, frecuente en Vetusta, era una burla de la naturaleza; después volvía el invierno, como en sus mejores días, con fríos, escarchas y lluvia, lluvia interminable. Pero don Alvaro aprovechaba aquel intervalo de luz y calor, que no por efímero le agradaba menos; no era él de los que medían la felicidad por la duración; es más, no creía en la felicidad, concepto metafísico según él, creía en el placer que no se mide por el tiempo. Una mañana, en el salón principal del Paseo Grande, solitario a tales horas, porque pocos confiaban en aquel anticipo de primavera, vio don Alvaro allá lejos la silueta de un clérigo. Era alto, sus movimientos señoriles. Era el Magistral. Estaban solos en el paseo; tenían que encontrarse, iban uno enfrente de otro, por el mismo lado. Se saludaron sin hablar. Don Alvaro tuvo un poco de miedo, de aprensión de miedo. «Si este hombre —pensó—, enamorado de

la Regenta, desairado por ella, se volviera loco de repente al verme, creyéndome su rival, y se echara sobre mí a puñetazo
limpio aquí, a solas...» Mesía recordaba la escena del columpio
en la huerta de Vegallana.

El Magistral pensó por su parte al ver a don Alvaro: «¡Si yo
me echara sobre este hombre y como puedo, como estoy seguro
de poder, le arrastrara por el suelo, y le pisara la cabeza y las
entrañas!...» Y tuvo miedo de sí mismo. Había leído que en las
personas nerviosas, imágenes y aprensiones de este género provo-
can los actos correspondientes. Se acordó de cierto asesino de los
cuentos de Edgar Poe... Su mirada fue insolente, provocativa.
Saludó como diciendo con los ojos: «¡Toma!, ahí tienes esa bofetada». Pero el saludo y la mirada de Mesía quisieron decir:
«Vaya usted con Dios; no entiendo palabra de eso que usted
me quiere decir».

Y siguieron, cada cual por su lado, pero a la mañana siguiente
no volvieron al Paseo Grande ni uno ni otro. Buscaban allí
contrario objeto: el Magistral paseaba mucho para gastar fuerzas
inútiles; Mesía para recobrar fuerzas perdidas y que esperaba le
hiciesen mucha falta dentro de poco. Cada cual se fue a pasear
en adelante por sitios extraviados. Temían otro encuentro.

Pero pronto tuvieron que quedarse en casa.

Como era de esperar, el invierno volvió con todos sus rigores,
riéndose a carcajadas de los incautos que se creían en plena primavera. Los pájaros se escondieron en sus agujeros y rincones.
Los árboles floridos padecieron los furores de la intemperie,
como engalanadas damiselas que en día de campo, vestidas con
percales alegres, adornos vistosos y delicados de seda y tul, se
ven sorprendidas por un chubasco, al aire libre, sin albergue, sin
paraguas siquiera. Las florecillas blancas y rosadas de los fru-
tales caían muertas sobre el fango; el granizo las despedazaba;
todo volvía atrás; aquel ensayo de primavera temprana había
salido mal; vuelta a empezar, cada mochuelo a su olivo.

Esto fue a la mitad de la Cuaresma. Vetusta se entregó con
reduplicado fervor a sus devociones. Los jesuitas misioneros habían pasado también por allí como una granizada; las flores de
amor y alegría que sembró el Carnaval las destruyeron a penitencia limpia el Padre Maroto, un artillero retirado que predicaba
a cañonazos y sacaba el Cristo, y el Padre Goberna, un melifluo
padre francés que pronunciaba el castellano con la garganta y
las narices y hablaba de *Gomogga* y citaba las grandezas de Ní-
nive y de Babilonia, ya perdidas, al cabo de los años mil, como
prueba de la pequeñez de las cosas humanas. Ello era que Vetusta estaba metida en un puño. Entre el agua y los jesuitas la
tenían triste, aprensiva, cabizbaja. El aspecto general de la naturaleza, parda, disuelta en charcos y lodazales, más que a pensar en la brevedad de la existencia convidaba a reconocer lo poco
que vale el mundo. Todo parecía que iba a disolverse. El Universo, a juzgar por Vetusta y sus contornos, más que un sueño

efímero parecía una pesadilla larga, llena de imágenes sucias y pegajosas. El padre Goberna, que sabía dar *color local* a sus oraciones, no decía en Vetusta que no somos más que un poco de polvo, sino un poco de barro. ¿Polvo en Vetusta? ¡Dios lo diera!

El mal tiempo se llevó la resignación tranquila, perezosa de Anita Ozores. Con la lluvia pertinaz, machacona, volvieron antiguas aprensiones repentinas, protestas de la voluntad, y aquellos cardos que le pinchaban el alma. ¡Y ahora no tenía al Magistral para ayudarla!

Cada día se sentía más sola, más abandonada y ya empezaba a pensar que había sido injusta con el Provisor pensando de él tan mal y dejándole huir desesperado con aquellas sospechas que llevaba clavadas en el corazón como un dardo envenenado. «¿Por qué ella no había sentido más aquel desengaño, aquella profanación de una amistad pura, desinteresada, ideal? Tal vez porque el ser amada, fuera por quien fuera, no podía saberle mal aunque ella tuviese que desdeñar y hasta vituperar aquel amor. Tal vez porque sabía que el remedio de aquella separación estaba en sus manos. ¿No podía ella, el día tal vez próximo, en que necesitara consuelo espiritual, correr al confesonario y persuadir al confesor, a don Fermín, de que ella no era lo que él se figuraba?» Y acaso debía hacerlo cuanto antes. ¿Por qué había de estar pensando De Pas lo que no había? «Sí, había que decirle la verdad, esto es, la verdad de lo que no había; don Alvaro no había conseguido mayor favor de Ana Ozores, esto era lo cierto.»

Pero antes de buscar al Magistral, Ana quiso fortificar el espíritu por sí misma. Sentía la fe vacilante, los sofismas vulgares de don Carlos el librepensador venían a atormentarla a cada instante. Comenzaba por dudar de la virtud del sacerdote y llegaba a dudar de la Iglesia, de muchos dogmas... Pero entonces corría a la Iglesia. Saltando charcos, desafiando chaparrones, iba de parroquia en parroquia, de novena en novena, y pasaba también mucho tiempo en la nave fría de algún templo a la hora en que los fieles solían dejarlos desiertos. Se sentaba en un banco y meditaba. Sonaba y resonaba en la bóveda la tos de un viejo que rezaba en una capilla escondida; los pasos de un monaguillo irreverente retumbaban sobre la tarima de un altar, y como un refuerzo del silencio llegaba a los oídos un rumor tenue de los ruidos de Vetusta. Ana pedía a la soledad y al silencio perezoso de la iglesia algo como una inspiración, o como un perfume de piedad que creía ella debía desprenderse de aquellas paredes santas, de los altares, que a la luz blanca del día ostentaban sus santos de yeso y madera barnizada como gastados por el roce de las oraciones y el humo de la cera. Aquellas imágenes a la luz del día recordaban vagamente las decoraciones de un teatro vistas al sol y a los cómicos en la calle sin los esplendores del gas de las baterías. Pero Anita no pensaba en esto. Buscaba allí la fe

que se desmoronaba. «¿Por qué se desmoronaba? ¿Qué tenía que
ver la Iglesia con el Magistral? ¿No podía aquel señor haberse
enamorado de ella... y ser verdad sin embargo todo lo que dice
el dogma? Claro que sí. Pero rezaba para creer. ¡Oh!, malo sería
que el Magistral no saliese inocente de aquella prueba... Si él,
si el hermano mayor no era más que un hipócrita..., había que
dar la razón en muchas cosas a don Carlos, al que después de
todo era su padre. ¡Sí, sí, era su padre, aquel padre que había
llorado ella con lágrimas del corazón, el que decía que la religión
es un homenaje interior del hombre a Dios, a un Dios que no
podemos imaginar como es, y que no es como dicen las religiones positivas, sino mucho mejor, mucho más grande!... ¡Era su
padre quien decía todas estas herejías!» Y rezaba, rezaba porque
el meditar ya no servía para nada bueno. Y una voz interior
severa y algo pedantesca gritaba después de todo aquello: «Pero
entendámonos, aunque don Carlos tuviera razón, aunque Dios
sea más grande, más bueno que todo lo que pudieran decir y
pensar los libros de los hombres, no por eso perdona los pecados
de que la conciencia acusa a todos. Don Alvaro estará prohibido,
sea Dios como sea. El mal es el mal de todas suertes. Eso sí,
se decía la Regenta, que encontraba consuelo en esta resolución;
aunque la fe caiga, yo seguiré combatiendo esta pasión de mis
sentidos, que seguirá siendo mala...»

Empezó a notar que el templo solitario no excitaba su devoción; aquellas paredes frías, aquella especie de descanso de los
santos a las horas en que cesa la adoración, le recordaban por
extrañas analogías que establecía el cerebro, enfermo acaso, le
recordaban la fatiga de los reyes, la fatiga de los monstruos de
ferias, la fatiga de cómicos, políticos, y cuantos seres tienen por
destino darse en público espectáculo a la admiración material y
boquiabierta de la necia multitud... La iglesia sin culto activo,
la iglesia descansando, llegó a parecerle a ella también algo como
un teatro de día. El sacristán y el acólito subiendo al retablo,
hombreándose con la imagen de madera, colocando los cirios con
simetría, consultando las leyes de la perspectiva, le parecían al
cabo cómplices de no sabía qué engaño... Además de todas estas
aprensiones sacrílegas,, tentación malsana del espíritu enfermo,,
causa de tanta lucha, sentía el tormento de la distracción; las
oraciones comenzaban y no concluían; el estribillo de tal o cual
piadosa leyenda llegaba a darle náuseas; la soledad se poblaba
de mil imágenes, diablillos de la distracción; el silencio era en-
jambre de ruidos interiores. Todo esto la obligó a dejar el templo solitario. Volvió a las horas del culto. Conocía que en la
nueva piedad que buscaba debían tomar parte importante los
sentidos. Buscó el olor del incienso, los resplandores del altar y
de las casullas, el aleteo de la oración común, el susurro del
ora pro nobis de las *masas católicas,* la fuerza misteriosa de la
oración colectiva, la parsimonia sistemática del ceremonial, la

gravedad del sacerdote en funciones, la misteriosa vaguedad del
cántico sagrado que, bajando del coro nada más, parece descender de las nubes; las melodías del órgano que hacían recordar
en un solo momento todas las emociones dulces y calientes de la
piedad antigua, de la fe inmaculada, mezcla de arrullo maternal
y de esperanza mística.

La novena de los Dolores tuvo aquel año en Vetusta una
importancia excepcional, si se ha de creer lo que decía *El Lábaro*.

Por lo menos el templo de San Isidro, donde se celebraba, se
adornó como nunca. Tal semilla de piedad postiza y rumbosa
habían dejado los PP. Goberna y Maroto. No se podía, como
en la novena de la Concepción, colgar el templo de azul y plata,
ni colocar un templete de cartón delante del retablo del altar
mayor imitando capilla gótica de marquetería; pero todo lo que
fue compatible con los siete Dolores de la Virgen se hizo: el
lujo fue majestuoso, triste, fúnebre. Todo era negro y oro. La
capilla de la catedral se trasladó en masa al coro de San Isidro
reforzada por algunas partes rezagadas de la última compañía
de zarzuela, que había tronado en Vetusta. Los sermones se
encomendaron a *otro jesuita,* el P. Martínez, que vino de muy
lejos y cobrando muy caro. En la mesa de petitorio, colocada
frente al altar mayor a espaldas del cancel de la puerta principal, pedían limosna y vendían libros devotos, medallas y esca-
pularios las damas de más alta alcurnia, las más guapas y las
más entrometidas.

La lluvia, el aburrimiento, la piedad, la costumbre, trajeron
su contingente respectivo al templo, que estaba todas las tardes
de bote en bote. No cabía un vetustense más.

Los jóvenes laicos de la ciudad, estudiantes los más, no se
distinguían ni por su excesiva devoción ni por una impiedad
prematura; no pensaban en ciertas cosas; los había carlistas y liberales, pero casi todos iban a misa a ver las muchachas. A la
novena no faltaban; se desparramaban por las capillas y rincones de San Isidro, y terciando la capa, el rostro con un tinte
romántico o picaresco, según el carácter, *se timaban,* como decían ellos, con las niñas casaderas, más recatadas, mejores cristianas, pero no menos ganosas de tener lo que ellas llamaban
relaciones. Mientras el P. Martínez repetía por centésima vez
—y ya llevaba ganados unos cinco mil reales— que como el
dolor de una madre no hay otro, y echaba, sin pizca de dolor
propio, sobre la imagen enlutada del altar, toda la retórica ave-
riada de su oratoria de un barroquismo mustio y sobado, el amor
sacrílego iba y venía volando invisible por naves y capillas, como
una mariposa que la primavera manda desde el campo al pueblo
para anunciar la alegría nueva.

Ana Ozores, cerca del presbiterio, arrodillada, recogiendo el
espíritu para sumirlo en acendrada piedad, oía el runrún lasti-
mero del púlpito, como el rumor lejano de un aguacero acompa-

ñado por ayes del viento cogido entre puertas. No oía al jesuita, oía la elocuencia silenciosa de aquel hecho patente, repetido siglos y siglos en millares de pueblos: la piedad colectiva, la
devoción común, aquella elevación casi milagrosa de un pueblo
entero prosaico, empequeñecido por la pobreza y la ignorancia;
a las regiones de lo ideal, a la adoración de lo Absoluto por
abstracción prodigiosa. En esto pensaba a su modo la Regenta,
y quería que aquella ola de piedad la arrastrase, quería ser molécula de aquella espuma, partícula de aquel polvo, que una
fuerza desconocida arrastraba por el desierto de la vida, camino
de un ideal vagamente comprendido.

Calló el P. Martínez y comenzó el órgano a decir de otro
modo, y mucho mejor, lo mismo que había dicho el orador de
lujo. El órgano parecía sentir más de corazón las penas de
María... Ana pensó en María, en Rossini, en la primera vez
que había oído, a los dieciocho años, en aquella misma Iglesia,
el *Stabat Mater*... Y después que el órgano dijo lo que tenía
que decir, los fieles cantaron como coro-monstruo bien ensayado
el estribillo monótono, solemne, de varias canciones que caían de
arriba como lluvia de flores frescas. Cantaban los niños, cantaban los ancianos, cantaban las mujeres. Y Ana, sin saber por
qué, empezó a llorar. A su lado un niño pobre, rubio, pálido y
delgado, de seis años, sentado en el suelo junto a la falda de
su madre cubierta de harapos, cantaba sin pestañear, fijos los
ojos en la Dolorosa del altar portátil; cantaba, y de repente, por
no se sabe qué asociación de ideas, calló, volvió el rostro a su
madre, y dijo:

—¡Madre, dame pan!

Cantaba un anciano junto a un confesonario, con voz temblorosa, grave y dulce..., olvidado de las fatigas del trabajo a que
el hambre le obligaba, contra los fueros de la vejez. Cantaba
todo el pueblo y el órgano, como un padre, acompañaba el coro
y le guiaba por las regiones ideales, de inefable tristeza consoladora, de la música.

«¡Y había infames, pensó Ana, que querían acabar con aquello!
¡Oh, no, no, yo no! Contigo, Virgen santa, siempre contigo,
siempre a tus pies; estar con los tristes, ésa es la religión eterna,
vivir llorando por las penas del mundo, amar entre lágrimas...»
Y se acordó del Magistral. «¡Oh, qué ingrata, qué cruel había
sido con aquel hombre! ¡Qué triste, qué solo le había dejado!...
Vetusta le insultaba, le escarnecía, le despreciaba, después de
haberle levantado un trono de admiración; y ella, ella, que le
debía su honra, su religión, lo más precioso, le abandonaba y
le olvidaba también... ¿Y por qué? Tal vez, casi de fijo, por
aprensiones de la vanidad y de la malicia torpe y grosera. ¡Ah!,
porque ella estaba tocada del gusano maldito, del amor de los
sentidos; porque ella estaba rendida a don Alvaro si no de hecho,
con el deseo —ésta era la verdad—, porque ella era peca

dora ¿había de serlo también el *hermano de su alma,* el padre espiritual querido? ¿Qué pruebas tenía ella? ¿No podía ser aprensión todo, no podía la vanidad haber visto visiones? ¿Cuándo De Pas se había insinuado de modo que pudiera sospecharse de su pureza? ¿No habían estado mil veces solos, muy cerca uno de otro, no se habían tocado, no había ella, tal vez con imprudencia, aventurado caricias inocentes, someros halagos que hubieran hecho brotar el fuego si lo hubiera habido allí escondido?... ¡Y está abandonado! Se burlan de él hasta en los periódicos; hasta los impíos alaban a los Misioneros, para rebajar la influencia del Magistral; la moda y la calumnia le han arrinconado, y yo, como el vulgo miserable, me pongo a gritar también, ¡crucifícale, crucifícale!... ¿Y el sacrificio que había prometido? ¿Aquel gran sacrificio que yo andaba buscando para pagar lo que debo a ese hombre?...»

En aquel momento cesaron los cánticos del pueblo devoto; siguió silencio solemne; después hubo toses, estrépito de suelas y zuecos sobre la piedra resbaladiza del pavimento..., una impaciencia contenida. Hacia la puerta sonaba el *tictac* de las monedas con que Visitación y la marquesa golpeaban la bandeja para llamar la atención de la caridad distraída. Rechinaban los canceles; había en el aire un cuchicheo tenue. En el coro daban señales de vida violines y flautas con quejidos y suspiros ahogados; se oía el ruido de las hojas del papel de música. Gruñó un violín. Cayeron dos golpes sobre una hojalata... Silencio otra vez... Comenzó el *Stabat Mater.*

La música sublime de Rossini exaltó más y más la fantasía de Ana; una resolución de los nervios irritados brotó en aquel cerebro con fuerza de manía; como una alucinación de la voluntad. Vio, como si allí mismo estuviese, la imagen de su resolución: «sí..., ella, ella, Ana a los pies del Magistral, como María a los pies de la Cruz. El Magistral estaba crucificado también por la calumnia, por la necedad, por la envidia y el desprecio..., y el pueblo asesino le volvía las espaldas y le dejaba allí solo..., y ella..., ella... ¡estaba haciendo lo mismo! ¡Oh, no, al Calvario, al Calvario! Al pie de la cruz del que no era su hijo, sino su padre, su hermano, el hermano y el padre del espíritu».

«La Virgen le decía que sí, que estaba bien hecho; que aquella resolución era digna de un cristiano. Dondequiera que hay una cruz con un muerto, se puede llorar al pie, sin pensar en lo que era el que está allí colgado; mejor se podrá llorar al pie de la cruz de un mártir. Hasta del mal ladrón le estaba dando lástima en aquel momento. ¡Cuánta mayor lástima le daría del Magistral, que, según ella, no era ladrón, ni malo ni bueno!» La forma del sacrificio, el día, la ocasión, todo estaba señalado: se juró no volverse atrás; aquella exaltación era lo que ella necesitaba para poder vivir; si más tarde el cansancio, la relajación de aquellas fibras tirantes, traían a su ánimo la cobardía, los reparos mundanales, prosaicos, el miedo al qué dirán, no haría caso..., iría derecha a su propósito sin vacilar, sin deliberar más. Haría lo que había resuelto. Y tranquila, segura de sí misma, volvió su pensamiento a la Madre Dolorosa, y se arrojó a las olas de la música triste con un arranque de suicida... Sí, quería matar dentro de ella la duda, la pena, la frialdad, la influencia del mundo necio, circunspecto, *mirado*..., quería volver al fuego de la pasión, que era su ambiente.

Veintiséis

Desde el día en que presidió el entierro de don Santos Barinaga, don Pompeyo no volvió a tener hora buena, de salud completa. Los escalofríos que le hicieron temblar en el cementerio y se repitieron, cada vez más fuertes, durante la enfermedad que siguió a la gran mojadura, volvían de cuando en cuando. Guimarán estaba triste sin cesar; aquel sol de justicia que adoraba tenía sus eclipses y el espectáculo de la maldad ambiente desanimaba al buen ateo hasta el punto de hacerle dudar del progreso definitivo de la Humanidad. «Laurent decía bien, estábamos nosotros mucho más adelantados que los bárbaros. ¡Pero había cada pillo todavía! ¿Y la amistad? La amistad era cosa perdida. Paquito Vegallana, Alvaro Mesía, Joaquinito Orgaz, el respetable, o al parecer respetable, señor Foja, que se decían tan amigos suyos, le habían engañado como un chino: se habían burlado de él. Eran unos libertinos que renegaban en sus comilonas de la religión positiva para seducirle a él y librarse del miedo del infierno. Don Pompeyo rompió bruscamente sus relaciones con todos aquellos «espíritus frívolos» y no volvió a poner los pies en el Casino. Tomó esta resolución el día de Navidad, cuando supo que por Vetusta se corría que él, don Pompeyo Guimarán, el hombre que más respetaba todos los cultos, sin creer en ninguno, había profanado la catedral oyendo borracho la misa del gallo. Se llegó a decir que había llevado al templo, debajo de la capa, una botella de anís del mono...» «¡Del mono!..., ¡él...», don Pompeyo!...» No volvió al Casino. «Aquellos infames que le habían embriagado o poco menos, obligándole después a penetrar en el templo, eran muy capaces de haber inventado en seguida la calumnia con que querían perderle. ¿Qué autoridad iba a tener en adelante aquel ateísmo que se emborrachaba para celebrar las fiestas del cristianismo, y que asistía a los santos oficios a blasfemar y hacer eses por las respetables naves de la basílica?»

«¡Bastante tenía él sobre su alma con el entierro civil de Barinaga y la consiguiente ojeriza que gran parte del pueblo había tomado al señor Magistral!»

«No, no quería más luchas religiosas. Ya iba siendo viejo para tamañas empresas. Mejor era callar; vivir en paz con todos.» La muerte de Barinaga le hacía temblar al recordarla. «¡Morir como un perro! ¡Y yo que tengo mujer y cuatro hijas!»

Se hizo misántropo. Siempre salía solo, al oscurecer, y volvía pronto a casa.

Una noche le llamó la atención un ruido de colmena que venía de la parte de la catedral. Oyó cohetes. ¿Qué era aquello? La torre estaba iluminada con vasos y faroles a la veneciana. A sus pies, en el atrio estrecho y corto, de resbaladizo pavimento de piedra, cerrado por verjas de hierro tosco y fuerte, se agolpaba una multitud confusa, como un montón de gusanos negros. De aquel fermento humano brotaban, como burbujas, gritos, carcajadas, y un zumbido sordo que parecía el ruido de la marea de un mar lejano.

Don Pompeyo, que daba diente con diente, de frío, con fiebre, se detuvo en lo más alto de la calle de la Rúa para contemplar aquella muchedumbre apiñada a los pies de la torre, en tan estrecho recinto, cuando podía extenderse a sus anchas por toda la plazuela. «Ya sabía lo que era. *Los católicos* celebraban un aniversario religioso. ¿Pero cómo? ¡Oh ludibrio!» Don Pompeyo se acercó al atrio; observó desde fuera. Lo mejor y lo peor de Vetusta estaba allí amontonado; las chalequeras, los armeros, la flor y nata del paseo del bulevar, aquel gran mundo del andrajo, con sus hedores de miseria, se codeaba insolente y vocinglero con la *Vetusta elegante* del Espolón y de los bailes del Casino; y para colmo del escándalo, según don Pompeyo, *so capa* de celebrar una fiesta religiosa la juventud dorada del clero vetustense, todos aquellos «*licenciados de seminario*», como él los llamaba con pésima intención, paseaban también por allí, apretados, prensados, con sus manteos y todo, en aquel embutido de carne lasciva, a oscuras, casi sin aire que respirar, sin más recreo que el poco honesto de sentir el roce de la especie, el instinto del rebaño, mejor, de la piara.» Y separando los ojos «de aquella podredumbre en fermento, de aquella *gusanera inconsciente*», volviólos Guimarán a lo alto, y miró a la torre que con un punto de luz roja señalaba al cielo... «¡Aquí no hay nada cristiano, pensó, más que ese montón de piedras!»

Huyó de la catedral, triste, aprensivo, dudando de la Humanidad, de la Justicia, del Progreso... y apretando los dientes para que no chocasen los de arriba con los de abajo. Entró en su casa... Pidió tila, se acostó... y al verse rodeado de su mujer y sus hijas, que le echaban sobre el cuerpo cuantas mantas había en casa, el ateo empedernido sintió una dulce ternura nerviosa, un calorcillo confortante y se dijo: «Al fin, hay una religión, la del hogar».

A la mañana siguiente despertó a toda la casa a campanillazos. «Se sentía mal. Que llamasen a Somoza.» Somoza dijo que aquello no era nada. Ocho días después propuso a la señora de Guimarán el arduo problema de lo que allí se llamaba «la preparación del enfermo». «Había que prepararle.» ¿A qué? «A bien morir.»

De las cuatro hijas de don Pompeyo dos se desmayaron en compañía de su madre al oír la noticia.

Las otras dos, más fuertes, deliberaron. ¿Quién le ponía el cascabel al gato? ¿Quién proponía a su señor padre que recibiera los Sacramentos?

Se lo propuso la hija mayor, Agapita.

—Papá, tú eres tan bueno, ¿querrías darme un disgusto, dárselo a mamá, sobre todo, que te quiere tanto... y es tan religiosa?...

—No prosigas, Agapita querida —dijo el enfermo con voz meliflua, débil, mimosa—. Ya sé lo que pides. Que confiese. Está bien, hija mía. ¿Cómo ha de ser? Hace días que esperaba este momento. El señor de Somoza es tan angelical que no quería darme un susto; pero yo conocía que esto iba mal. He pensado mucho en vosotras, en la necesidad de complaceros. Sólo os pido una cosa..., que venga el señor Magistral. Quiero que me oiga en confesión el señor De Pas; necesito que me oiga, y que me perdone.

Agapita lloró sobre el pecho flaco de su padre. Desde la sala habían oído el diálogo Somoza y la hija menor de Guimarán, Perpetua. Media hora después toda Vetusta sabía el milagro. «¡El *Ateo* llamaba al Magistral para que le ayudara a bien morir!»

Don Fermín estaba en cama. Su madre, echada a los pies del lecho, como un perro, gruñía en cuanto olfateaba la presencia de algún importuno. El Magistral se quejaba de neuralgia; el ruido menor le sonaba a patadas en la cabeza. Doña Paula había prohibido los ruidos, todos los ruidos. Se andaba de puntillas y se procuraba volar.

Teresina creyó que el recado de las señoritas de Guimarán era cosa grave, y merecía la pena infringir la regla general.

—Están ahí de parte de la señora y señoritas de Guimarán...

—¡De Guimarán! Tú estás loca... —dijo doña Paula muy bajo.

—¡De Guimarán! —dijo el Magistral que estaba despierto, aunque tenía los ojos cerrados.

—Sí señora, de Guimarán, de don Pompeyo, que se está muriendo y quiere que le vaya a confesar el señorito.

Hijo y madre dieron un salto; doña Paula quedó en pie, don Fermín sentado en su lecho.

Se hizo entrar a la criada de Guimarán y repetir el recado.

La criada lloraba y describía entre suspiros la tristeza de la familia y el consuelo que era ver al señor pedir los Santos Sacramentos.

El Magistral y doña Paula se consultaron con los ojos. Se entendieron.

—¿Te hará daño?

—No. Que voy ahora mismo.

—Salid. Que el señorito está muy enfermo, pero que lo primero es lo primero y que va allá ahora mismo.

Quedaron solos hijo y madre.

—¿Será una broma de ese tunante?

—No, señora; es un pobre diablo. Tenía que acabar así. Pero yo no sabía que estaba enfermo.

De Pas hablaba mientras se vestía ayudado por su madre, que buscó en el fondo de un baúl la ropa de más abrigo.

—Fermo, ¿y si tú te pones malo de veras..., es decir, de cuidado?...

—No, no, no. Deje usted. Esto no admite espera..., y mi cabeza sí. Es preciso llegar allá antes que se sepa por ahí... ¿No comprende usted?

—Sí, claro; tienes razón.

Callaron.

El Magistral se cogió a la pared y al hombro de su madre para tenerse en pie.

En su despacho se sentó un momento.

—¿Mandaremos por un coche?...

—Sí, es claro; ya debía estar hecho eso. A Benito, aquí en la esquina...

Entró Teresa.

—Esta carta para el señorito.

Doña Paula la tomó; no conoció la letra del sobre.

Fermín, sí; era la de Ana, desfigurada, obra de una mano temblorosa...

—¿De quién es? —preguntó la madre al ver que Fermín palidecía.

—No sé..., ya la veré después. Ahora al coche..., a ver a Guimarán...

Y se puso de pie, escondió la carta en un bolsillo interior, y se dirigió a la puerta con paso firme.

Doña Paula, aunque sospechaba, no sabía qué, no se atrevió esta vez a insistir. Le daba lástima de aquel hijo que, enfermo, triste, tal vez desesperado, iba por ella a continuar la historia de su grandeza, de sus ganancias; iba a rescatar el crédito perdido buscando un milagro de los más sonados, de los más eficaces y provechosos, un milagro de conversión .«Era un héroe.» «¡Cuánto había padecido durante aquella Cuaresma!» Ella, doña Paula, había acabado por adivinar que su hijo y la Regenta no se veían ya; habían reñido, por lo visto. Al principio el egoísmo de la madre triunfó y se alegró de aquel rompimiento que suponía. Conoció que su hijo no se humillaría jamás a pedir una reconciliación, que antes moriría desesperado, como un perro, allí, en aquel lecho donde había caído al cabo, después de pasear la cólera comprimida por toda Vetusta y sus alrededores, de día y de noche. Pero la desesperación taciturna de su Fermo, complicada con una enfermedad misteriosa, de mal aspecto, que podía parar en locura, asustó a la madre, que adoraba a su modo al hijo; y noche hubo en que, mientras velaba el dolor de su Fermo, pensó en mil absurdos, en milagros de madre, en ir ella misma a buscar a la infame que tenía la culpa de aquello, y degollarla, o traerla arrastrando por los malditos cabellos, allí, al pie de aquella cama, a velar como ella, a llorar como ella, a salvar a su hijo a toda costa, a costa de la fama, de la salvación, de todo, a salvarle o morir con él... De estas ideas absurdas, que rechaza después el buen sentido, le quedaba a doña Paula una ira sorda, reconcentrada, y una aspiración vaga a formar un proyecto extraño, una intriga para cazar a la Regenta, y hacerla servir para lo que Fermo quisiera..., y después matarla o arrancarle la lengua...

Los primeros días, después de separarse Ana y De Pas, era el Magistral quien preguntaba más a menudo a Teresina, afectando indiferencia, pero sin que su madre le oyera. «¿Ha habido algún recado, alguna carta para mí?» Después, también doña Paula, a solas también, preguntaba a la doncella, con voz gutural, estrangulada: «¿Han traído algún recado..., algún papel... para el señorito?»

No, no habían traído nada. La Cuaresma había pasado así, había comenzado la semana de Dolores, estaba concluyendo..., y nada.

«Debe de ser de ella», pensó doña Paula cuando vio el papel, que presentó Teresina. Sintió ira y placer a un tiempo.

El Magistral sentía en los oídos huracanes. Temía caerse. Pero estaba dispuesto a salir. También se juró negarse a leer la carta delante de su madre, aunque ella lo pidiera puesta en cruz. «Aquella carta era de él, de él solo.» Llegó el coche. Una carretela vieja, desvencijada, tirada por un caballo negro y otro blanco, ambos desfallecidos de hambre y sucios.

Doña Paula, que había acompañado a su hijo hasta el portal, dijo con énfasis al cochero:

—A casa de don Pompeyo Guimarán..., ya sabes...

—Sí, sí...

Dobló el coche la esquina; don Fermín corrió un cristal y gritó.

—Despacio, al paso.

Miró la carta de Ana.

Rompió el sobre con dedos que temblaban y leyó aquellas letras de tinta rosada que saltaban y se confundían enganchadas unas con otras. Adivinó más que descifró los caracteres que se evaporaban ante su vista débil.

«Fermín: necesito ver a usted; quiero pedirle perdón y jurarle que soy digna de su cariñoso amparo; Dios ha querido iluminarme otra vez; la Virgen, estoy segura de ello, la Virgen quiere que yo le busque a usted, que le llame. Pensé en ir yo misma a su casa. Pero temo que sea indiscreción. Sin embargo, iré, a pesar de todo, si es verdad que está usted enfermo y que no puede salir. ¿Dónde le podré hablar? Estoy segura de que por caridad a lo menos no dejará sin respuesta mi carta. Y si la deja, allá voy. Su mejor amiga, su esclava, según ha jurado y sabrá cumplir.—ANA.»

De Pas dejó de sentir sus dolores, no pensó siquiera en esto; miró al cielo, iba a oscurecer. Cogió con mano febril la blusa azul del cochero, que volvió la cabeza.

—¿Qué hay, señorito?

—A la Plaza Nueva..., a la Rinconada...

—Sí, ya sé...; pero ¿ahora?

—Sí, ahora mismo, y a escape.

El coche siguió al paso.

«Si está don Víctor, que no lo quiera Dios, basta con que Ana me mire, con que me vea allí... Si no está..., mejor. Entonces hablaré, hablaré...»

Y cansado por tantos esfuerzos y sorpresas, don Fermín dejó caer la cabeza sobre el sobado reps azul del testero, y en aquel rincón oscuro del coche, ocultando el rostro en las manos que ardían, lloró como un niño, sin vergüenza de aquellas lágrimas de que él solo sabría.

No estaba don Víctor en casa.

El Magistral estuvo en el caserón de los Ozores desde las siete hasta más de las ocho y media. Cuando salió, el cochero dormía en el pescante. Había encendido los faroles del coche y esperaba, seguro de cobrar caro aquel sueño. Don Fermín entró en casa de don Pompeyo a las nueve menos cuarto. La sala estaba llena de curas y seglares devotos. Todas las hijas de Guimarán salieron al encuentro del Provisor, cuyo rostro relucía con una palidez que parecía sobrenatural. Se hubiera dicho que le rodeaba una aureola.

Tres veces se había mandado aviso a casa del Magistral para que viniera en seguida. Don Pompeyo quería confesar, pero con De Pas y sólo con De Pas: decía que sólo al Magistral quería decir sus pecados y declarar sus errores; que una voz interior le pedía con fuerza invencible que llamara al Magistral, y sólo al Magistral.

Doña Paula contestaba que su hijo había salido a las siete, en coche, en cuanto había recibido aviso, que había ido derecho a casa de Guimarán. Pero como no llegaba, se repetían los recados. Doña Paula estaba furiosa. ¿Qué era de su hijo? ¿Qué nueva locura era aquélla?

Al fin las de Guimarán, en vista de que el Provisor no parecía, llamaron al Arcediano, a don Custodio, al cura de la parroquia, y a otros clérigos que más o menos trataban al enfermo. Todo inútil. El quería al Magistral; la voz interior se lo pedía a gritos. Glocester, al lado de aquel lecho de muerte, se moría de envidia y estaba verde de ira, aunque sonreía como siempre.

—Pero, señor don Pompeyo, hágase usted cargo de que todos somos sacerdotes del Crucificado..., y siendo sincera su conversión de usted...

—Sí, señor, sincera; yo nunca he engañado a nadie. Yo quiero reconciliarme con la Iglesia, morir en su seno, si está de Dios que muera...

—¡Oh!, no, eso no...

—Tal creo yo; pero de todas suertes... quiero volver al redil... de mis mayores..., pero ha de ser con ayuda del señor don Fermín; tengo motivos poderosos para exigir esto, son voces de mi conciencia...

—¡Oh!, muy respetable..., muy respetable... Pero si ese señor Magistral no parece...

—Si no parece, cuando el peligro sea mayor, confesaré con cualquiera de ustedes. Entretanto, quiero esperarle. Estoy decidido a esperar.

El cura de la parroquia no consiguió más que el Arcediano. De don Custodio no hay que hablar. Todos aquellos señores sacerdotes «estaban allí en ridículo», según opinión de Glocester. La verdad era que un color se les iba y otro se les venía.

—¡Será esto un complot! —dijo Mourelo al oído de don Custodio.

Después de tanto hacerse esperar, llegó el Magistral.

Las hijas de Guimarán le llevaron en triunfo junto a su padre.

De Pas parecía un santo bajado del cielo; una alegría de arcángel satisfecho brillaba en su rostro hermoso, fuerte, en que había reflejos de una juventud de aldeano robusto y fino de facciones; era la juventud de la pasión, rozagante en aquel momento. Mientras Guimarán estrechaba la mano enguantada del Provisor, éste, sin poder traer su pensamiento a la realidad presente, seguía saboreando la escena de dulcísima reconciliación en que acababa de representar papel tan importante. «¡Ana era suya otra vez, su esclava! Ella lo había dicho de rodillas, llorando... ¡Y aquel proyecto, aquel irrevocable propósito de hacer ver a toda Vetusta en ocasión solemne que la Regenta era sierva de su confesor, que creía en él con fe ciega!...» Al recordar esto, con todos los pormenores de la gran prueba ofrecida por Ana, don Fermín sintió que le temblaban las piernas; era el desfallecimiento de aquel deleite que él llamaba moral, pero que le llegaba a los huesos en forma de soplo caliente. Pidió una silla. Se sentó al lado del enfermo y por primera vez vio lo que tenía delante: un rostro pálido, avellanado, todo huesos y pellejo que parecía pergamino claro. Los ojos de Guimarán tenían una humedad reluciente, estaban muy abiertos, miraban a los abismos de ideas en que se perdía aquel cerebro enfermo, y parecían dos ventanas a que se asomaba el asombro mudo.

Quedaron solos el enfermo y el confesor.

De Pas se acordó de su madre, de los jesuitas, de Barinaga, de Glocester, de Mesía, de Foja, del Obispo, y aunque con repugnancia se decidió a sacar todo el partido posible de aquella conversión que se le venía a las manos. En un solo día ¡cuánta felicidad! Ana y la influencia que se habían separado de él volvían a un tiempo; Ana, más humilde que nunca, la influencia con cierto carácter sobrenatural. Sí, él estaba seguro de ello, conocía a los vetustenses; un entierro les había hecho despreciar a su tirano, otro entierro les haría arrodillarse a sus pies, fanatizados unos, asustados por lo menos los demás. Mientras hablaba con don Pompeyo de la religión, de sus dulzuras, de la necesidad de una Iglesia que se funde en revelaciones positivas, el Magistral preparaba todo un plan para sacar provecho de su victoria... Ya que aquel tontiloco se le metía entre los dedos, no sería en vano. Los otros tontos, los que creían que Guimarán era ateo de puro malvado y de puro sabio, mirarían aquella conquista como cosa muy seria, como una ganancia de incalculable valor para la Iglesia.

«¡El ateo! Aunque todos le tenían por inofensivo, creían los más en su maldad ingénita y en una misteriosa superioridad diabólica. Y aquel diablo, aquel malhechor se arrojaba a los pies del señor espiritual de Vetusta... ¡Oh!, ¡qué gran efecto teatral!... No, no sería él bobo, su madre tenía razón, había que sacar provecho... Y después, aquello no era más que una preparación para otro triunfo más importante; ¿no se había dicho que hasta la Regenta le abandonaba? Pues ya se vería lo que iba a hacer la Regenta...» Don Fermín se ahogaba de placer, de orgullo; se le atragantaban las pasiones mientras don Pompeyo tosía, y entre esputo y esputo de flema decía con voz débil:

—Puede usted creer..., señor Magistral..., que ha sido un milagro esto..., sí, un milagro... He visto coros de ángeles, he pensado en el Niño Dios... metidito en su cuna..., en el portal de Belén..., y he sentido una ternura... así..., como paternal..., ¡qué sé yo!... Eso es sublime, don Fermín... sublime... ¡Dios en una cuna... y yo, ciego..., que negaba!... Pero dice usted bien... Yo me he pasado la vida pensando en Dios, hablando de El..., sólo que al revés..., todo lo entendía al revés...

Y continuaba su discurso incoherente, interrumpido por toses y por sollozos.

Después el Magistral le hizo callar y escucharle.

Habló mucho y bien don Fermín. Era necesario para obtener el perdón de Dios que don Pompeyo, antes de sanar, porque sin duda sanaría —y eso pensaba él también—, diese un ejemplo edificante de piedad. Su conversión debía ser solemne, para escarmiento de pícaros y enseñanza saludable de los creyentes tibios.

—Puede usted hacer un gran beneficio a la Iglesia, a quien tantos males ha hecho...

—Pues usted dirá..., don Fermín...; yo soy esclavo de su voluntad... Quiero el perdón de Dios y el de usted..., el de usted, a quien tanto he ofendido haciéndome eco de calumnias... Y crea usted que yo no le quería a usted mal, pero como mi propósito era combatir el fanatismo, al clero en general..., y además Barinaga sólo así podía ser conquistado... ¡Oh, Barinaga!, ¡infeliz don Santos! ¿Estará en el infierno, verdad, don Fermín? ¡Infeliz! ¡Y por mi culpa!

—Quién sabe... Los designios de Dios son inescrutables... Y además, puede contarse con su bondad infinita... ¡Quién sabe!... Lo principal es que nosotros demos ahora un notable ejemplo de piedad acendrada. Esta lección puede traer muchas conversiones detrás de sí. ¡Ah, don Pompeyo, no sabe usted cuánto puede ganar la Religión con lo que usted ha hecho y piensa hacer!...

A la mañana siguiente toda Vetusta edificada se preparaba a acompañar el Viático que por la tarde debía ser administrado al señor Guimarán. Era Domingo de Ramos. No se respiraba por las calles del pueblo más que religión.

—¡El papel Provisor sube! —decía Foja, furioso, al oído de Glocester, a quien encontró en el atrio de la catedral, al salir de misa.

—¡Esto es un complot!

—Lo que es un idiota ese don Pompeyo.

—No, un complot.

La verdad era que el *papel Provisor subía* mucho más de lo que podían sus enemigos figurarse.

Así como no se explicaba fácilmente por qué el descrédito había sido tan grande y en tan poco tiempo, tampoco ahora podía nadie darse cuenta de cómo en pocas horas en el espíritu de la opinión se había vuelto en favor del Magistral, hasta el punto de que ya nadie se atrevía delante de gente a recordar sus vicios y pecados; y no se hablaba más que de la conversión milagrosa que había hecho.

No importaba que Moruelo gritase en todas partes:

—Pero si no fue él, si fue un arranque espontáneo del ateo... Si así hacen todos los espíritus fuertes cuando les llega su hora...

Nadie hacía caso del murmurador. «Milagro sí lo había, pero lo había hecho el Magistral.» Ya nadie dudaba esto. «Era un gran hombre, había que reconocerlo.» Doña Paula, por medio del Chato y otros ayudantes, doña Petronila, su cónclave, Ripamilán, el mismo obispo, que había abrazado al Magistral en la catedral poco después de bendecir las palmas, todos éstos, y otros muchos, eran propagandistas entusiastas de la gloria reciente, fresca, de don Fermín, de su triunfo palmario sobre las huestes de Satán.

Foja, Mourelo, don Custodio, por consejo de Mesía, que habló con el ex alcalde, desistieron de contrarrestar la poderosa corriente de la opinión, favorable hasta no poder más, a don Fermín.

«Más valía esperar; ya pasaría aquella racha y volvería toda Vetusta a ver al milagroso don Fermín de Pas tal como era, *en toda su horrible desnudez.*»

Después que comulgó don Pompeyo con toda la solemnidad requerida por las circunstancias, teniendo a su lado al *cura de cabecera,* a don Fermín y a Somoza, el médico, Vetusta entera, que había acudido a la casa y a las puertas de la casa del converso, se esparció por todo el recinto de la ciudad haciéndose lenguas de la unción con que moría el ateo, a quien ahora todos concedían talento extraordinario y una sabiduría descomunal, y pregonando el celo apostólico del Provisor, su tacto, su influencia evangélica, que parecía cosa de magia o de milagro.

Terminada la ceremonia religiosa, hubo junta de médicos. Somoza se había equivocado como solía. Don Pompeyo estaba enfermo de muerte, pero podía durar muchos días: era fuerte..., no había más que oírle hablar.

Somoza mantuvo su opinión con energía heroica. «Cierto que podía durar algunos días más de los que él había anunciado, el señor Guimarán; pero la ciencia no podía menos de declarar que la muerte era inminente. Podía durar, sí, el enfermo, mil y mil veces sí, pero ¿debido a qué? Indudablemente a la influencia moral de los Sacramentos. No que él, don Robustiano Somoza, hombre científico ante todo, creyese en la eficacia material de la religión; pero sin incurrir en un fanatismo que pugnaba con todas sus convicciones de hombre de ciencia, como tenía dicho, podía admitir y admitía, aleccionado por la experiencia, que lo psíquico influye en lo físico y viceversa, y que la conversión repentina de don Pompeyo podía haber determinado una variación en el curso natural de su enfermedad..., todo lo cual era extraño a la ciencia médica como tal y sin más.»

En efecto, don Pompeyo duró hasta el Miércoles Santo.

Trifón Cármenes, desde el día en que se supo la conversión de Guimarán, concibió la empecatada idea de consagrar una *hoja literaria* de *El Lábaro* al importantísimo suceso. Pero había que esperar a que el enfermo saliese de peligro o se fuera al otro mundo. Esto último era lo más probable y lo que más convenía a los planes de Cármenes, el cual desde el Domingo de Ramos tenía a punto de terminar una larguísima composición poética en que se *cantaba* la muerte del ateo felizmente restituido a la fe de Cristo. La oda elegíaca, o elegía a secas, lo que fuera, que Trifón no lo sabía, comenzaba así:

¿Qué me anuncia ese fúnebre lamento?...

El poeta iba y venía de la *casa mortuoria,* como él la llamaba ya para sus adentros, a la redacción, de la redacción a la casa mortuoria.

—¿Cómo está? —preguntaba en voz muy baja, desde el portal.

La criada contestaba:

—Sigue lo mismo.

Y Trifón corría, se encerraba con su elegía y continuaba escribiendo·

> ¡Duda fatal, incertidumbre impía!...
> Parada en el umbral, la Parca fiera,
> ni ceja ni adelanta en su porfía;
> como sombra de horror, calla y espera...

Pasaban algunas horas, volvía a presentarse Trifón en casa del moribundo; con voz meliflua y tenue decía:

—¿Cómo sigue don Pompeyo?

—Algo recargado —le contestaban.

Volvía a escape a la redacción, anhelante; «había que trabajar con ahínco, podía morirse aquel señor y la poesía quedar sin el último pergeño...». Y escribía con *pulso febril:*

> Mas, ¡ay!, en vano fue; del almo ciclo
> la sentencia se cumple; inexorable...

No sabía Trifón lo que significaba almo, es decir, no lo sabía a punto fijo; pero le sonaba bien.

Cuando la criada de Guimarán le contestaba: «Que el señor había pasado mejor la noche», Cármenes, sin darse cuenta de ello, torcía el gesto, y sentía una impresión desagradable parecida a la que experimentaba cuando llegaba a convencerse de que un periódico de Madrid no le publicaba los versos que le había remitido. El no quería mal a nadie, pero lo cierto era que, una vez tan adelantada la elegía, don Pompeyo le iba a hacer un flaco servicio si no se moría cuanto antes.

Murió. Murió el Miércoles Santo. El Magistral y Trifón respiraron. También respiró Somoza. Los tres hubieran quedado en ridículo a suceder otra cosa. En cuanto a Cármenes, terminó sus versos de esta suerte:

> No le lloréis. Del bronce los tañidos
> himnos de gloria son; la Iglesia santa
> le recogió en su seno..., etc.

Al pobre Trifón le salían los versos montados unos sobre otros: igual defecto tenía en los dedos de los pies.

El entierro del ateo fue una solemnidad como pocas. *Acompañaron a la última morada el cadáver del finado* las autoridades civiles y militares; una comisión del cabildo presidida por el deán, la audiencia, la universidad, y además cuantos se preciaban de buenos o malos católicos. La viuda y las huérfanas recibían especial favor y consuelo con aquella pública manifestación de simpatía. El Magistral iba presidiendo el duelo de familia: no era pariente del difunto, pero le había sacado de las garras del Demonio. Según Glocester, que se quedó en la sala capitular murmurando, «aquello, más que el entierro de un cristiano, fue la apoteosis pagana del pío, felice, triunfador Vicario general». En efecto, el pueblo se lo enseñaba con el dedo: «Aquél es, aquél es, decía la muchedumbre señalando al Apóstol, al Magistral.» Los milagros que doña Paula había hecho correr entre las masas impresionables e iliteratas no son para dichos. El mismo señor Obispo, en su último sermón a las beatas pobres y clase de tropa, criadas de servicio, etc., etc., había aludido al triunfo de aquel hijo predilecto de la Iglesia...

—No habrá más remedio que agachar la cabeza y dejar pasar el temporal —decía Foja.

Los que estaban furiosos eran los librepensadores que comían de carne en una fonda todos los Viernes Santos.

—¡Aquel don Pompeyo les había desacreditado!

—¡Vaya un librepensador!

—¡Era un gallina!

—¡Murió loco!

—¡Le dieron hechizos!

—¿Qué hechizos? Morfina.

—El clero, milagros del clero...

—Le convirtieron con opio...

—La debilidad hace solas esos milagros...

—Sobre todo era un badulaque...

El Jueves Santo llegó con una noticia que había de hacer época en los anales de Vetusta, anales que por cierto escribía con gran cachaza un profesor del instituto, autor también de unos comentarios acerca de la Jota Aragonesa.

En casa de Vegallana la tal noticia *estalló como una bomba.* Volvía la Marquesa, toda de negro, de pedir en la mesa de Santa María con Visitación; volvía también Obdulia Fandiño, que había pedido en San Pedro, a la hora en que visitaban los *monumentos* los oficiales de la guarnición; y todas aquellas señoras, en el gabinete de la Marquesa reunidas, escuchaban pasmadas lo que solemnemente decía el Gran Constantino, doña Petronila Rianzares, que había recaudado veinte duros en la mesa de petitorio de San Isidro. Y decía el obispo madre:

—Sí, señora Marquesa, no se haga usted cruces, Anita está resuelta a dar este gran ejemplo a la ciudad y al mundo...

—Pero Quintanar... no lo consentirá...

—Ya ha consentido..., a regañadientes, por supuesto. Ana le ha hecho comprender que se trataba de un voto sagrado, y que impedirle cumplir su promesa sería un acto de despotismo que ella no perdonaría jamás...

—¿Y el pobre calzonazos dio su permiso? —dijo Visita, colorada de indignación—. ¡Qué maridos de la isla de San Balandrán! —añadió acordándose del suyo.

La marquesa no acababa de santiguarse. «Aquello no era piedad, no era religión; era locura, simplemente locura. La devoción racional, *ilustrada,* de buen tono, era aquella otra, pedir para el Hospital a las corporaciones y particulares a las puertas del templo, regalar estandartes bordados a la parroquia; ¡pero vestirse de mamarracho y darse en espectáculo!»

—¡Por Dios, Marquesa! Cualquiera que la oyera a usted la tomaría por una demagoga, por una *Suñera...*

—Pues yo, ¿qué he dicho?

—Pues ¿le parece a usted poco? Llamar mamarracho a una *nazarena...*

La Marquesa encogió los hombros y volvió a santiguarse. Obdulia tenía la boca seca y los ojos inflamados. Sentía una inmensa curiosidad y cierta envidia vaga...

«¡Ana iba a darse en espectáculo!», cierto, ésa era la frase. ¿Qué más hubiera querido ella, la de Fandiño, que darse en espectáculo, que hacerse mirar y contemplar por toda Vetusta?

—¿Y el traje? ¿Cómo es el traje? ¿Sabe usted?...

—¿Pues no he de saber? —contestó doña Petronila, orgullosa porque estaba enterada de todo—. Ana llevará túnica talar morada, de terciopelo, con franja *marron foncé...*

—¿Marron foncé?... —objetó Obdulia—. No dice bien...; oro sería mejor.

—¿Qué sabe usted de estas cosas?... Yo misma he dirigido el trabajo de la modista; Ana tampoco entiende de eso y me ha dejado a mí el cuidado de todos los pormenores.

—Y la túnica ¿es de vuelo?

—Un poco...

—¿Y cola?...

—No, ras con ras...

—¿Y calzado?, ¿sandalias?...

—¡Calzado! ¿Qué calzado? El pie desnudo...

—¡Descalza! —gritaron las tres damas.

—Pues claro, hijas; ahí está la gracia... Ana ha ofrecido ir descalza...

—¿Y si llueve?

—¿Y las piedras?

—Pero se va a destrozar la piel...

—Esa mujer está loca...

—Pero ¿dónde ha visto ella a nadie hacer esas diabluras?

—¡Por Dios, Marquesa, no blasfeme usted! Diabluras un voto como éste, un ejemplo tan cristiano, de humildad tan edificante...

—Pero ¿cómo se le ha ocurrido... eso? ¿Dónde ha visto ella eso?...

—Por lo pronto, lo ha visto en Zaragoza y en otros pueblos de los muchos que ha recorrido... Y aunque no lo hubiera visto, siempre sería meritorio exponerse a los sarcasmos de los impíos y a las burlas disimuladas de los fariseos y de las fariseas..., que fue justamente lo que hizo el Señor por nosotros pecadores.

—¡Descalza! —repetía asombrada Obdulia. La envidia crecía

en su pecho. «Oh, lo que es esto, pensaba, indudablemente tiene *cachet*. Sale de lo vulgar, es una *boutade*, es algo... de un buen tono superfino...»

El Marqués entró en aquel momento con don Víctor colgado del brazo.

Vegallana venía consolando al mísero Quintanar, que no ocultaba su tristeza, su decaimiento de ánimo.

Doña Petronila se despidió antes que el atribulado ex regente pudiera echarle el tanto de culpa que le correspondía en aquella aventura que él reputaba una desgracia.

—Vamos a ver, Quintanar· —preguntó la Marquesa, con verdadero interés y mucha curiosidad...

—Señora... mi querida Rufina..., esto es..., que como dice el poeta...

¡No podían vencerme... y me vencieron!

—Déjese usted de versos, alma de Dios... ¿Quién le ha metido a Ana eso en la cabeza?

—¿Quién había de ser? Santa Teresa..., digo...; no..., el Paraguay.

—¿El Para...?

—No, no es eso. No sé lo que me digo... Quiero decir... Señores, mi mujer está loca... Yo creo que está loca... Lo he dicho mil veces... El caso es... que cuando yo creía tenerla dominada, cuando yo creía que el misticismo y el Provisor eran agua pasada que no movía molino..., cuando yo no dudaba de mi poder discrecional en mi hogar..., a lo mejor, ¡zas!, mi mujer me viene con la embajada de la procesión.

—Pero si en Vetusta jamás ha hecho eso nadie...

—Sí tal —dijo el Marqués—. Todos los años va, en el entierro de Cristo, Vinagre, o sea, don Belisario Zumarri, el maestro más sanguinario de Vetusta, vestido de Nazareno y con una cruz a cuestas...

—Pero, Marqués, no compare usted a mi mujer con Vinagre.

—No, si yo no comparo...

—Pero, señores, señores, digo yo —repetía doña Rufina—, ¿cuándo ha visto Ana que una señora fuese en el Entierro detrás de la urna con hábito, o lo que sea, de Nazareno?...

—Sí, verlo sí lo ha visto. Lo hemos visto en Zaragoza..., por ejemplo. Pero yo no sé si aquéllas eran señoras de verdad...

—Y además, no irían descalzas —dijo Obdulia...

—¡Descalzas! Y mi mujer ¿va a ir descalza? ¡Ira de Dios! ¡Eso sí que no!... ¡Pardiez!

Gran trabajo costó contener la indignación colérica de don Víctor. El cual, más calmado, se volvió a casa, y entre tener *otra explicación* con su señora o encerrarse en un significativo silencio, prefirió encerrarse en el silencio... y el despacho.

«A sí mismo no se podía engañar. Comprendía que la resolución de Ana era irrevocable.»

El Viernes Santo amaneció plomizo; el Magistral, muy temprano, en cuanto fue de día, se asomó al balcón a consultar las
nubes. «¿Llovería? Hubiera dado años de vida por que el sol
barriera aquel toldo ceniciento y se asomara a iluminar cara a
cara y sin rebozo aquel día de su triunfo... ¡Dos días de triunfo!
¡El Miércoles el entierro del ateo convertido, el Viernes el entierro de Cristo, y en ambos él, don Fermín, triunfante, lleno de
gloria, Vetusta admirada, sometida, los enemigos tragando polvo,
dispersos y aniquilados!»

También Ana miró al cielo muy de mañana, y sin poder remediarlo pensó: «¡Si lloviera!» Lo deseaba y le remordía la conciencia de este deseo. Estaba asustada de su propia obra. «Yo
soy una loca —pensaba—, tomo resoluciones extremas en los
momentos de exaltación y después tengo que cumplirlas cuando
el ánimo decaído, casi inerte, no tiene fuerza para querer.» Recordaba que de rodillas ante el Magistral le había ofrecido aquel
sacrificio, aquella prueba pública y solemne de su adhesión a él,
al perseguido, al calumniado. Se le había ocurrido aquella tremenda traza de mortificación propia de la novena de los Dolores,
oyendo el *Stabat Mater* de Rossini, figurándose con calenturienta
fantasía la escena del Calvario, viendo a María a los pies de
su Hijo, *dum pendebat filium,* como decía la letra. Había recordado, como por inspiración, que ella había visto en Zaragoza a
una mujer vestida de Nazareno, caminar descalza detrás de la
Urna de cristal que encerraba la imagen supina del Señor, y sin
pensarlo más había resuelto, se había jurado a sí misma caminar
así, a la vista del pueblo entero, por todas las calles de Vetusta
detrás de Jesús muerto, cerca de aquel Magistral que padecía
también muerte de cruz, calumniado, despreciado por todos... y
hasta por ella misma... Y ya no había remedio; don Fermín,
después de una oposición no muy obstinada, había accedido y
aceptado la prueba de fidelidad espiritual de Ana; doña Petronila, a quien ya no miraba como tercera repugnante de aventuras
sacrílegas, se había ofrecido a preparar el traje y todos los pormenores del *sacrificio*... ¡Y ahora, cuando era llegado el día,
cuando se acercaba la hora, se le ocurría dudar, temer, desear
que se abrieran las cataratas del cielo y se inundara el mundo
para evitar el trance de la procesión!

Ana pensaba también en su Quintanar. Todo aquello era por
él, cierto; era preciso agarrarse a la piedad para conservar el
honor, pero ¿no había otra manera de ser piadosa? ¿No había
sido un arrebato de locura aquella promesa? ¿No iba a estar en
ridículo aquel marido que tenía que ver a su esposa descalza,
vestida de morado, pisando el lodo de todas las calles de la Encimada, *dándose en espectáculo* a la malicia, a la envidia, a
todos los pecados capitales, que contemplarían desde aceras y
balcones aquel *cuadro vivo* que ella iba a representar? Buscaba

Ana el fuego del entusiasmo, el frenesí de la abnegación que hacía ocho días, en la iglesia, oyendo música, le habían sugerido aquel proyecto; pero el entusiasmo, el frenesí, no volvían; ni la fe siquiera la acompañaba. El miedo a los ojos de Vetusta, a la malicia boquiabierta, la dominaba por completo; ya no creía, ni dejaba de creer; no pensaba ni en Dios, ni en Cristo, ni en María, ni siquiera en la eficacia de su sacrificio para restaurar la fama del Magistral: no pensaba más que en *el escándalo* de aquella exhibición. «Sí, escándalo era; la mujer de su casa, la esposa honesta, protestaba dentro de Ana contra el espectáculo próximo... No, no estaba segura de que su abnegación fuese buena siquiera; acaso era una desfachatez; la paz de su casa, el recato del hogar, lo decían con silencio solemne...» y Ana sudaba de congoja... «¡Lo que había prometido!»

No llovió. El toldo gris del cielo continuó echado sobre el pueblo todo el día. Una hora antes de oscurecer salió la procesión del Entierro de la iglesia de San Isidro.

«—¡Ya llega, ya llega!» —murmuraban los socios del Casino apiñados en los balcones, codeándose, pisándose, estrujándose, los músculos del cuello en tensión, por el afán de ver mejor el extraño espectáculo de contemplar a su sabor a la dama hermosa, a la perla de Vetusta, rodeada de curas y monagos, a pie y descalza, vestida de Nazareno, ni más ni menos que el señor Vinagre, el cruelísimo maestro de escuela.

Como una ola de admiración precedía al fúnebre cortejo; antes de llegar la procesión a una calle, ya se sabía en ella, por las apretadas filas de las aceras, por la muchedumbre asomada a ventanas y balcones, que «la Regenta venía guapísima, pálida, como la Virgen a cuyos pies caminaba». No se hablaba de otra cosa, no se pensaba en otra cosa. Cristo tendido en su lecho, bajo cristales, su Madre de negro, atravesada por siete espadas, que venía detrás, no merecían la atención del pueblo devoto; se esperaba a la Regenta, se la devoraba con los ojos... En frente del Casino, en los balcones de la Real Audiencia, otro palacio churrigueresco de piedra oscura, estaban, detrás de colgaduras carmesí y oro, la gobernadora civil, la militar, la presidenta, la marquesa, Visitación, Obdulia, las del barón y otras muchas damas de la llamada aristocracia por la humilde y envidiosa clase media. Obdulia estaba pálida de emoción. Se moría de envidia. «¡El pueblo entero pendiente de los pasos, de los movimientos, del traje de Ana, de su color, de sus gestos!... ¡Y venía descalza! ¡Los pies blanquísimos, desnudos, admirados y compadecidos por la multitud inmensa!» Esto era para la de Fandiño el bello ideal de la coquetería. Jamás sus desnudos hombros, sus brazos de marfil sirviendo de fondo a negro encaje bordado y bien ceñido; jamás su espalda de curvas vertiginosas, su pecho alto y fornido, y exuberante y tentador, habían atraído así, ni con cien leguas, la atención y la admiración de un pueblo entero, por más que los luciera en bailes, teatros y paseos y también procesiones... ¡Toda aquella carne blanca, dura, turgente, significativa, principal, era menos, por razón de las circunstancias, que dos pies descalzos que apenas se podían entrever de vez en cuando debajo del terciopelo morado de la nazarena! «Y era natural; todo Vetusta —seguía pensando Obdulia— tiene ahora entre ceja y ceja esos pies descalzos. ¿Por qué? Porque hay un *cachet* distinguidísimo en el modo de la exhibición, porque... esto es cuestión de *escenario*.» «¿Cuándo llegará?», preguntaba la viuda, lamiéndose los labios, invadida de una envidia admiradora, y sintiendo extraños dejos de una especie de lujuria bestial, disparatada, inexplicable por lo absurda. Sentía Obdulia en aquel momento así... un deseo vago... de..., de... ser hombre.

Hombre era, y muy hombre, el maestro de escuela Vinagre, don Belisario, que se disfrazaba de Nazareno en tan solemne día, según costumbre inveterada, y era el más terrible Herodes de primeras letras los demás días del año. Todos los chiquillos de su escuela, que le aborrecían de corazón, se agolpaban en calles, plazas y balcones, a ver pasar al señor maestro, con su cruz de cartón al hombro y su corona de espinas al natural, que le pinchaban efectivamente, como se conocía por el movimiento de cejas y la expresión dolorosa de las arrugas de la frente. Deseaban los muchachos cordialmente que aquellas espinas le atravesaran el cráneo. El Entierro de Cristo era la venganza de toda la escuela. Vinagre, en su afán de mortificar a cuantas generaciones pasaban por su mano, se gozaba en lastimar a la suya, en su propia persona. Pero no sólo el prurito de darse tormento como a cada hijo de vecino le había inspirado aquella diablura de coronarse de espinas y dar un gustazo a los recentales de su rebaño pedagógico, sino que era gran parte en aquella exhibición anual la pícara vanidad. El saber que una vez al año, él, Vinagre, don Belisario, era objeto de la *expectación general,* le llenaba el alma de gloria. Nadie se había atrevido a seguir su ejemplo; él era el único Nazareno de la población y gozaba de este privilegio tranquilamente muchos años hacía.

La competencia de doña Ana Ozores en vez de molestarle le colmó de orgullo. Sin encomendarse a Dios ni al diablo, en cuanto la vio salir de San Isidro, se emparejó con ella, la saludó muy cortésmente, y con su cruz a cuestas y todo supo demostrar que él era, ante todo, y aun camino del Calvario, un cumplido caballero; si había charcos, él era el que se metía por ellos para evitar el fango a los pies desnudos y de nácar de aquella ilustre señora, su compañera. Ana iba como ciega, no oía ni entendía tampoco, pero la presencia grotesca de aquel compañero inesperado la hizo ruborizarse y sintió deseos locos de echar a correr. «La habían engañado, nada le habían dicho de aquella caricatura que iba a llevar al lado.» «Oh, si ella tuviese todavía aquel espíritu sinceramente piadoso de otro tiempo, esta nueva mortificación, este escarnio, esta saturación de ridículo le hubiera agradado, porque así el sacrificio era mayor, la fuerza de su abnegación sublime.»

Vinagre admiró como todo el pueblo, especialmente el pueblo bajo, los pies descalzos de la Regenta. En cuanto a él, lucía deslumbradora bota de charol, con perdón de la propiedad histórica. Demasiado sabía Vinagre que las botas de charol no existían en tiempo de Augusto, ni aunque existieran las había de llevar Jesús al Calvario; pero él no era más que un devoto, un devoto que en todo el año no perdía ocasión de lucirse; había que perdonarle la vanidad de ostentar en aquella ocasión sus botas como espejos, que sólo se calzaba en tan solemne día.

«—¡Ya llegan!, ¡ya llegan!» —repitieron los del Casino y las señoras de la Audiencia cuando la procesión llegaba de verdad. Ahora no era un rumor falso, eran *ellos,* era el Entierro.

Cesaron los comentarios en los balcones.

Todas las almas, más o menos ruines, se asomaron a los ojos. Ni un solo vetustense allí presente pensaba en Dios en tal instante.

El pobre don Pompeyo, el ateo, ya había muerto.

Visitación, la del Banco, en vez de mirar como todos hacia la calle estrecha por donde ya asomaban los pendones tristes y desmayados, las cruces y ciriales, observaba el gesto de don Alvaro Mesía, que estaba solo, al parecer, en el último balcón de la fachada del Casino, en el de la esquina. Todo de negro, abrochada la levita ceñida hasta el cuello, don Alvaro, pálido, mordía de rato en rato el puro habano que tenía en la boca, sonreía a veces y se volvía de cuando en cuando a contestar a un interlocutor, invisible para Visita.

Era don Víctor Quintanar. Los dos amigos se habían encerrado en la secretaría del Casino, a ruegos del ex regente, que quería ver sin ser visto lo que él llamaba la *subida al Calvario de su dignidad.* Detrás de Mesía, que daba buena sombra, temblando sin saber por qué, impaciente, casi con fiebre, Quintanar se disponía a ver todo lo que pudiera.

—Mire usted —decía—, si yo tuviera aquí una bomba Orsini... se la arrojaba sin inconveniente al señor Magistral cuando pase triunfante por ahí debajo. ¡Secuestrador!

—Calma, don Víctor, calma; esto es el principio del fin. Estoy seguro de que Ana está muerta de vergüenza a estas horas. Nos la han fanatizado, ¿qué le hemos de hacer?, pero ya abrirá los ojos; el exceso del mal traerá el remedio... Ese hombre ha querido estirar demasiado la cuerda; claro que esto es un gran triunfo para él..., pero Ana tendrá que ver al cabo que ha sido instrumento del orgullo de ese hombre!

—¡Eso, instrumento, vil instrumento! La lleva ahí como un triunfador romano a una esclava... detrás del carro de su gloria...

Don Víctor se embrollaba en estas alegorías; pero lo cierto era que él se figuraba a don Fermín de Pas, en medio de la procesión, y de pie en un carro de cartón, como él había visto entrar al barítono en el escenario del Real, una noche que cantaba el *Poliuto*.

Don Alvaro no fingía su buen humor. Estaba un poco excitado, pero no se sentía vencido; él se atenía a sus experiencias. «Aquel clérigo no había tocado en la Regenta, estaba seguro.» Sonreía de todo corazón, sonreía a sus pensamientos, a sus planes. «Claro que les molestaba a los nervios aquel espectáculo en que aparentemente el rival se mostraba triunfando a la romana, según don Víctor, pero... no había tocado en ella...»

Quintanar, desde su escondite, vio asomar entre las rejas negras del balcón una cruz dorada, remate de un pendón viejo y venerable. Se puso de pies sobre la silla, siempre sin ser visto desde la calle, y reconoció a Celedonio con una cruz de plata entre los brazos.

Mesía, dejando detrás de sí a su amigo, ocupó el medio del balcón, arrogante y desafiando las miradas de los clérigos que pasaban debajo de él.

Los tambores vibraban fúnebres, tristes, empeñados en resucitar un dolor muerto hacía diecinueve siglos; a don Víctor sí le sonaba aquello a himno de muerte; se le figuraba ya que llevaban a su mujer al patíbulo.

El redoble del parche se destacaba en un silencio igual y monótono.

En la calle estrecha, de casas oscuras, se anticipaba el crepúsculo; las largas filas de hachas encendidas se perdían a lo lejos, hacia arriba, mostrando la luz amarillenta de los pabilos, como un rosario de cuentas doradas, roto a trechos. En los cristales de las tiendas cerradas y de algunos balcones se reflejaban las llamas movibles; subían y bajaban en contorsiones fantásticas, como sombras lucientes, en confusión de aquelarre. Aquella multitud silenciosa, aquellos pasos sin ruido, aquellos rostros sin expresión de los colegiales de blancas albas que alumbraban con cera la calle triste, daban al conjunto apariencia de ensueño. No parecían seres vivos aquellos seminaristas cubiertos de blanco y negro, pálidos unos, con cercos morados en los ojos, otros morenos, casi negros, de pelo en matorral, casi todos cejijuntos, preocupados con la idea fija del aburrimiento, máquinas de hacer religión, reclutas de una leva forzosa del hambre y de la holgazanería. Iban a enterrar a Cristo, como a cualquier cristiano, sin pensar en El; a cumplir con el oficio. Después venían en las filas clérigos con manteo, militares, zapateros y sastres vestidos de señores, algunos carlistas, cinco o seis concejales, con traje de señores también. Iba allí Zapico, el dueño ostensible de la Cruz Roja, esclavo de doña Paula. El Cristo tendido en un lecho de batista sudaba gotas de barniz. Parecía haber muerto de consunción. A pesar de la miseria del arte, la estatua supina, por la grandeza del símbolo infundía respeto religioso... Representaba a través de tantos siglos un duelo sublime. Detrás venía la Madre. Alta, escuálida, de negro, pálida como el Hijo, con

cara de muerta como Él. Fija la mirada de idiota en las piedras
de la calle, la impericia del artífice había dado, sin saberlo, a
aquel rostro la expresión muda del dolor espantado, del dolor
que rebosa del sufrimiento. María llevaba siete espadas clavadas
en el pecho. Pero no daba señales de sentirlas; no sentía más
que la muerte que llevaba delante. Se tambaleaba sobre las an-
das. También esto era natural. Desde su altura dominaba la
muchedumbre, pero no la veía. La Madre de Jesús no miraba
a los vetustenses... Don Alvaro Mesía, al pasar cerca de sus pies
la Dolorosa, tuvo miedo, dio un paso atrás en vez de arrodillarse.
El choque de aquella imagen del dolor infinito con los pensamientos de don Alvaro, todos de profanación y lujuria, le es-
pantó a él mismo. Estaba pensando que Ana, después de *aquella
locura* que cometía por el confesor, por De Pas, haría otras
mayores por el amante, por Mesía.

Allí iba la Regenta, a la derecha de Vinagre, un paso más
adelante, a los pies de la Virgen enlutada, detrás de la Urna de
Jesús muerto. También Ana parecía de madera pintada; su palidez era como un barniz. Sus ojos no veían. A cada paso creía
caer sin sentido. Sentía en los pies, que pisaban las piedras y
el lodo, un calor doloroso; cuidaba de que no asomasen debajo
de la túnica morada; pero a veces se veían. Aquellos pies desnudos eran para ella la desnudez de todo el cuerpo y de toda
el alma. «¡Ella era una loca que había caído en una especie de
prostitución singular; no sabía por qué, pero pensaba que después de aquel paseo a la vergüenza ya no había honor en su
casa. Allí iba la tonta, la literata, Jorge Sandio, la mística, la
fatua, la loca, la loca sin vergüenza.» Ni un solo pensamiento de
piedad vino en su ayuda en todo el camino. El pensamiento no le
daba más que vinagre en aquel calvario de su recato. Hasta recordaba textos de Fray Luis de León en la *Perfecta Casada*, que,
según ella, condenaban lo que estaba haciendo. «Me cegó la vanidad, no la piedad», pensaba. «Yo también soy cómica, soy lo que
mi marido.» Si alguna vez se atrevía a mirar hacia atrás, a la
Virgen, sentía hielo en el alma. La Madre de Jesús no la miraba, no hacía caso de ella; pensaba en su dolor cierto; ella,
María, iba allí porque delante llevaba a su Hijo muerto; pero
Ana ¿a qué iba?...

Según el Magistral, iba pregonando su gloria. Don Fermín no
presidía este entierro como el del Miércoles, pero celebraba con
él su nuevo triunfo. Caminaba cerca de Ana, casi a su lado en
la fila derecha, entre otros señores canónigos, con roquete, muceta y capa; empuñaba el cirio apagado, como un cetro. «Él
era el amo de todo aquello. Él, a pesar de las calumnias de
sus enemigos, había convertido al gran ateo de Vetusta haciéndole morir en el seno de la Iglesia; él llevaba allí, a su lado, prisionera con cadenas invisibles, a la señora más admirada por
su hermosura y grandeza de alma en toda Vetusta; iba la Regenta edificando al pueblo entero con su humildad, con aquel

sacrificio de la carne flaca, de las preocupaciones mundanas, y era esto por él, se le debía a él solo. ¿No se decía que los jesuitas le habían eclipsado?, ¿qué los misioneros podían más que él con sus hijas de confesión? Pues allí tenían prueba de lo contrario. ¿Los jesuitas obligaban a las vírgenes vetustenses a ceñir el cilicio? Pues él descalzaba los más floridos pies del pueblo y los arrastraba por el lodo...; allí estaban, asomando a veces debajo de aquel terciopelo morado, entre fango. ¿Quién podía más?» Y después de las sugestiones del orgullo, los temblores cardíacos de la esperanza del amor. «¿Qué serían, cómo serían en adelante sus relaciones con Ana?» Don Fermín se estremecía. Por de pronto mucha cautela. Tal vez el día en que dejé la puerta abierta a los celos la asusté y por eso tardó en volver a buscarme. «Cautela por ahora..., después... ello dirá.» De Pas sentía que lo poco de clérigo que quedaba en su alma desaparecía. Se comparaba a sí mismo a una concha vacía arrojada a la arena por las olas. «El era la cáscara de un sacerdote.»

Al pasar delante del Casino, frente al balcón de Mesía, Ana miraba al suelo, no vio a nadie. Pero don Fermín levantó los ojos y sintió el topetazo de su mirada con la de don Alvaro; el cual reculó otra vez, como al pasar la Virgen, y de pálido pasó a lívido. La mirada del Magistral fue altanera, provocativa, sarcástica con su humildad y dulzura aparentes: quería decir ¡Væ victis! La de Mesía no reconocía la victoria; reconocía una ventaja pasajera..., fue discreta, suavemente irónica, no quería decir: «Venciste, Galileo», sino «hasta el fin nadie es dichoso». De Pas comprendió, con ira, que el del balcón no se daba por vencido.

—¡Va hermosísima! —decían en tanto las señoras del balcón de la Audiencia.

—¡Hermosísima!

—¡Pero se necesita valor!

—Amigo, es una santa.

—Yo creo que va muerta —dijo Obdulia—; ¡qué pálida!, ¡qué *parada*! Parece de escayola.

—Yo creo que va muerta de vergüenza —dijo al oído de la Marquesa, Visita.

Doña Rufina suspiraba con aires de compasión. Y advirtió:

—Lo de ir descalza ha sido una barbaridad. Va a estar en cama ocho días con los pies hechos migas.

La baronesa de la Deuda Flotante, definitivamente domiciliada en Vetusta, se atrevió a decir encogiendo los hombros:

—Dígase lo que se quiera, estos extremos no son propios... de personas decentes.

El Marqués apoyó la idea muy eruditamente.

—Eso es piedad de transtiberina.

—Justo —dijo la baronesa, sin recordar en aquel instante lo que era una transtiberina.

Como en la Audiencia, en todos los balcones de la carrera, después de pasar la procesión, y haber contemplado y admirado la hermosura y la valentía de la Regenta, se murmuraba ya y se encontraban inconvenientes graves en aquel «rasgo de inaudito atrevimiento».

Foja en el Casino, lejos de Mesía y de don Víctor, decía pestes del Magistral y la Regenta. «Todo eso es indigno. No sirve más que para dar alas al Provisor. Lo que ha hecho la Regenta lo pagarán los curas de aldea. Además, la mujer casada, la pierna quebrada y en casa.»

—Sin contar —añadía Joaquín Orgaz— con que esto se presta a exageraciones y abusos. El año que viene vamos a ver a Obdulia Fandiño descalza de pie... y pierna, del brazo de Vinagre.

Se rió mucho la gracia.

Pero también se notó que Orgaz decía aquello porque no había sacado nada de sus pretensiones amorosas o, por lo menos, no había sacado bastante.

El populacho religioso admiraba sin peros ni distingos la humildad de aquella señora. «Aquello era imitar a Cristo de verdad. ¡Emparejarse, como un cualquiera, con el señor Vinagre el Nazareno; y recorrer descalza todo el pueblo!... ¡Bah!, ¡era una santa!»

En cuanto a don Víctor, al pasar debajo de su balcón el Magistral y Ana, preguntó a Mesía:

—¿Están ya ahí?

—Sí, ahí van...

Y el mismo esposo estiró el cuello..., y asomó la cabeza... Lo vio todo. Dio un salto atrás.

—¡Infame! ¡Es un infame! ¡Me la ha fanatizado!

Sintió escalofríos. En aquel instante la charanga del batallón, que iba de escolta, comenzó a repetir una marcha fúnebre.

Al pobre Quintanar se le escaparon dos lágrimas. Se le figuró al oír aquella música que estaba viudo, que aquello era el entierro de su mujer.

—Animo, don Víctor —le dijo Mesía volviéndose a él, y dejando el balcón—. Ya van lejos.

—No; no quiero verla otra vez. ¡Me hace daño!

—Animo... Todo esto pasará...

Y apoyó Mesía una mano en el hombro del viejo.

El cual, agradecido, enternecido, se puso en pie; procuró ceñir con los brazos la espalda y el pecho del amigo, y exclamó con voz solemne y de sollozo:

—¡Lo juro por mi nombre honrado! ¡Antes que esto, prefiero verla en brazos de un amante! Sí, mil veces, sí —añadió—, ¡búsquenle un amante, sedúzcanmela; todo, antes que verla en brazos del fanatismo!...

Y estrechó con calor la mano que don Alvaro le ofrecía.

La marcha fúnebre sonaba a lo lejos. El *chin chin* de los platillos, el *bum bum* del bombo, servían de marco a las palabras grandilocuentes de Quintanar.

—¡Qué sería del hombre en estas tormentas de la vida, si la amistad no ofreciera al pobre náufrago una tabla donde apoyarse!

—*¡Chin, chin, chin! ¡Bom, bom, bom!*

—¡Sí, amigo mío! ¡Primero seducida que fanatizada!...

—Puede usted contar con mi firme amistad, don Víctor; para las ocasiones son los hombres...

—Ya lo sé, Mesía, ya lo sé... ¡Cierre usted el balcón, porque se me figura que tengo ese bombo maldito dentro de la cabeza!

Veintisiete

¡Las diez! ¿Has oído? El reloj del comedor ha dado las diez...
¿Te parece que subamos?...

—Espera un poco; espera que suene la hora en la catedral.

—¡En la catedral! Pero ¿se oye desde aquí, muchacha? ¿Se
oye el reloj de la torre desde aquí?... Mira que es media legua
larga.

—Pues sí, se oye, en estas noches tranquilas ya lo creo que
se oye. ¿Nunca lo habías notado? Espera cinco minutos y oirás
las campanadas..., tristes y apagadas por la distancia...

—La verdad es que la noche está hermosa...

—Parece de agosto.

—Cuando contemplo el cielo,

de innumerables luces rodeado
y miro hacia el suelo...

perdóname, hija mía; sin querer me vuelvo a mis versos...

—¿Y qué?, mejor, Quintanar: eso es muy hermoso. *La Noche
Serena,* ya lo creo. Hace llorar dulcemente. Cuando yo era niña
y empezaba a leer versos, mi autor predilecto era ése.

El recuerdo de Fray Luis de León pasó como una nubecilla
por el pensamiento de Ana, que sintió un poco de melancolía
amarga. Sacudió la cabeza, se puso en pie y dijo:

—Dame el brazo, Quintanar; vamos a dar una vuelta por la
galería de los perales mientras la señora torre de la catedral se
decide a cantar la hora...

—Con mil amores, *mia sposa cara.*

La pareja se escondió bajo la bóveda no muy alta de una
galería de perales franceses en espaldar. La luna atravesaba a

trechos el follaje nuevo y sembraba de charcos de luz el suelo
a lo largo del oscuro camino.

—Mayo se despide con una espléndida noche —dijo Ana, apoyándose con fuerza en el brazo de su marido.

—Es verdad; hoy se acaba mayo. Mañana junio. Junio la
caña en el puño. ¿Te gusta a ti pescar? El río Soto, ya sabes,
ese que está ahí en pasando la Pumarada de Chusquín.

—Sí, ya sé..., donde se bañan Obdulia y Visita algunos veranos antes de ir al mar.

—Justo, ése... Pues el río lleva truchas exquisitas, según me
dijo el Marqués. ¿Quieres que escriba a Frígilis, que nos mande
dos cañas con todos sus accesorios?

—¡Sí, sí, magnífico! Pescaremos.

Don Víctor, satisfecho, sujetó mejor el brazo de su mujer que
colgaba del suyo, y le tomó la mano como un tenor de ópera.
Y cantó:

> *Lasciami, lasciami,*
> *oh lasciami partir...*

Calló y se detuvo. Un rayo de luna le alumbraba las narices.
Miró a su esposa, que también volvió el rostro hacia su marido.

—¿Te gustan los *Hugonotes?* ¿Te acuerdas? Qué mal los
cantaba aquel tenor de Valladolid... Pero oye..., mira qué idea...,
hermosa idea... Figúrate aquí, en medio del Vivero, ahí, junto al
estanque, figúrate a Gayarre o Massini cantando... en esta noche
tranquila, en este silencio..., y nosotros aquí, debajo de esta
bóveda, oyendo, oyendo... Las óperas deberían cantarse así..,
¿Qué nos falta a nosotros ahora? Música, nada más que música...
El panorama hermoso... la brisa... el follaje... la luna..., pues
esto con acompañamiento de un buen cuarteto... y ¡el paraíso!
¡Oh!, los versos..., los versos a veces no dicen tanto como el
pentagrama. Estoy por la canción, por la poesía que se acompaña
en efecto de la lira o de la forminge... ¿Tú sabes lo que era la
forminge, *phorminx?*

Ana sonrió y le explicó el instrumento griego a su buen
esposo.

—Chica, eres una erudita.

Otra nubecilla pasó por la frente de Ana.

El reloj de la catedral, a media legua del Vivero, dio las diez,
pausadas, vibrantes, llenando el aire de melancolía.

—Pues es verdad que se oye —dijo Quintanar.

Y después de un silencio, comentario de la hora, añadió:

—¿Vamos a cenar?

—¡A cenar! —gritó Ana.

Y soltando el brazo de don Víctor corrió, levantando un poco
la falda de la *matinée* que vestía, hasta perderse en la oscuridad
de la bóveda. Quintanar la siguió dando voces:

—Espera, espera... loca, que puedes tropezar.

Cuando salió a la claridad, con el cielo por techo, vio en lo
alto de la escalinata de mármol, con una mano apoyada en el
cancel dorado de la puerta de la casa, a su querida esposa, que
extendía el brazo derecho hacia la luna, con una flor entre los
dedos.

—¿Eh, qué tal, Quintanar? ¿Qué tal efecto de luna hago?...

—¡Magnífico! ¡Magnífica estatua..., original pensamiento!...
oye: «La Aurora suplica a Diana que apresure el curso de la
noche...»

Ana aplaudió y atravesó el umbral. Don Víctor entró detrás
diciéndose a sí mismo en voz alta:

—¡Hija mía! Es otra... Ese Benítez me la ha salvado... Es
otra... ¡Hija de mi alma!

Cenaron en la vajilla de los marqueses. Los dos tenían buen
apetito. Ana hablaba a veces con la boca llena, inclinándose
hacia Quintanar, que sonreía, mascaba con fuerza, y mientras
blandía un cuchillo aprobaba con la cabeza.

—La casa es alegre hasta de noche —dijo ella.

Y añadió:

—Toma, móndame esa manzana...

—«Móndame la manzana, móndame la manzana...» ¿Dónde he
oído yo eso?... ¡Ah, ya!...

—¿Qué tienes, hombre?

Y se atragantó con la risa.

—Es de una zarzuela... De una zarzuela de un académico...
Verás... Se trata de la marquesa de Pompadour: un señor Beltrand anda en su busca; en un molino encuentra una aldeana...,
y, como es natural, se ponen a cenar juntos, y a comer manzanas
por más señas.

—Como tú y yo.

—Justo. Pues bueno, la aldeana, como es natural, también coge
un cuchillo.

—Para matar a Beltrand...

—No, para mondar la manzana...

—Eso ya es inverosímil.

—Lo mismo opinan Beltrand y la orquesta. La orquesta se
eriza de espanto con todos sus violines en trémolo y pitando
con todos sus clarinetes; y Beltrand canta, no menos asustado:

(Cantando y puesto en pie.)

        ¡Cielos!, monda la manzana;
        ¡es la marquesa
        de Pompadour,
        de Pompadour!...

Ana soltó el trapo. Rió de todo corazón el disparate del académico y la gracia de su marido. «La verdad era que Quintanar
parecía otro.»

Petra sirvió el té.

La Regenta, 27   565

—¿Ha vuelto Anselmo de Vetusta? —preguntó el amo.
—Sí, señor, hace una hora...
—¿Ha traído los cartuchos?
—Sí, señor.
—¿Y el alpiste?
—Sí, señor.
—Pues dile que mañana muy temprano tiene que volver a
la ciudad, con un recado para el señor Crespo. Deja..., voy yo
mismo a enterarle... Escribiré dos letras; ¿no te parece, Ana?
Ese Anselmo es tan bruto...
Salió el amo del comedor.
Petra dijo, mientras levantaba el mantel:
—Si la señorita quiere algo..., yo también pienso ir mañana
al ser de día a Vetusta... Tengo que ver a la planchadora... Si
quiere que lleve algún recado... a la señora Marquesa..., o...
—Sí; llevarás dos cartas; las dejaré esta noche sobre la mesa
del gabinete y tú las cogerás mañana, sin hacer ruido. para no
despertarnos.
—Descuide usted.
Una hora después don Víctor dormía en una alcoba espaciosa,
estucada, con dos camas. En el gabinete contiguo Ana escribía
con pluma rápida y que parecía silbar dulcemente al correr sobre
el papel satinado.
—No tardes; no escribas mucho, que te puede hacer daño.
Ya sabes lo que dice Benítez.
—Sí, ya sé; calla y duerme.
Ana escribió primero a su médico, que era en la actualidad
el antiguo sustituto de Somoza. Benítez, el joven de pocas palabras y muchos estudios, observador y taciturno, había permitido
a su enferma, a la Regenta, que escribiera, si este ejercicio la
distraía, a ciertas horas en que la aldea no ofrece ocupación
mejor. «Escríbame usted a mí, por ejemplo, de vez en cuando,
diciéndome lo que sabe que importa para mi pleito. Pero si se
siente mal de esas aprensiones dichosas no me dé pormenores,
bastan generalidades...»
Ana escribía:

*...Buenas noticias. Nada más que buenas noticias. Ya no hay
aprensiones; ya no veo hormigas en el aire, ni burbujas, ni nada
de eso; hablo de ello sin miedo de que vuelvan las visiones:
me siento capaz de leer a Mandsley y a Luys, con todas sus
figuras de sesos y demás interioridades, sin asco ni miedo. Hablo
de mi temor a la locura con Quintanar como de la manía de un
extraño. Estoy segura de mi salud. Gracias, amigo mío; a usted
se la debo. Si no me prohibiera usted filosofar, aquí le explicaría por qué estoy segura de que debo al plan de vida que me
impuso la felicidad inefable de esta salud serena, de este placer
refinado de vivir con sangre pura y corriente en medio de la atmósfera saludable... Pero nada de retórica; recuerdo cuánto le*

disgustan las frases... En fin, estoy como un reloj, que es la
expresión que usted prefiere. El régimen respetado con religiosa
escrupulosidad. El miedo guarda la viña. Seré esclava de la higiene. Todo menos volver a las andadas. Continúo mi diario, en
el cual no me permito el lujo de perderme en psicologías, ya
que usted lo prohíbe también. Todos los días escribo algo, pero
poco. Ya ve que en todo le obedezco. Adiós. No retarde su
visita. Quintanar le saluda... roncando. Ronca, es un hecho. En
aquel tiempo la Regenta hubiera mirado esto como una desgracia
suya, que le mandaba ex profeso el destino para ponerla a prueba. ¡Un marido que ronca! Horror..., basta. Veo que tuerce usted el gesto. Perdón. No más cháchara. A Frígilis que venga con
usted o antes. Diga lo que quiera mi esposo, si Crespo no viene
a prepararme la caña y a convencer a las truchas de que se dejen
pescar no haremos nada. Adiós otra vez. La esclava de su régimen q. b. s. m.

                              ANITA OZORES DE QUINTANAR.

Después de firmar y cerrar esta carta, Ana se puso a continuar
otra que había empezado a escribir por la mañana.
Ahora la pluma corría menos, se detenía en los perfiles.
Por un capricho la Regenta procuraba imitar la letra de la
carta a que contestaba y que tenía delante de los ojos.
«... No se queje de que soy demasiado breve en mis explicaciones. Ya le tengo dicho, amigo mío, que Benítez me prohíbe, y
creo que con razón, analizar mucho, estudiar todos los pormenores de mi pensamiento. No ya el hacerlo, sólo el pensar hacerlo, el desmenuzar mis ideas, me da la aprensión de volver a
sentir aquella horrorosa debilidad del cerebro... No hablemos más
de esto. Bastante hago si le escribo, pues prohibido no lo tienen.
Pero entendámonos. Lo prohibido no es escribir a usted. ¿Hablo
claro? Lo prohibido es escribir mucho, sea a quien sea y sobre
todo de asuntos serios.
¿Que cuándo volvemos a Vetusta? No lo sé, Fermín, no lo sé.
Que yo estoy mucho mejor. Es verdad. Pero quien manda,
manda. Benítez es enérgico, habla poco pero bien; ha prometido curarme si se le obedece, abandonarme si se le engaña o se
desprecian sus mandatos. Estoy decidida a obedecer. Usted me lo
ha dicho siempre: lo primero es que tengamos salud.
¿Que hay tibieza tal vez? No, Fermín, mil veces no. Yo le
convenceré cuando vuelva.
¿Que rezo poco? Es verdad. Pero tal vez es demasiado para
mi salud. ¡Si yo dijera a Quintanar o a Benítez el daño que me
hace, sana y todo, repetir oraciones!... Que en mis cartas no hablo más que de don Víctor y del médico. Pero ¿de qué quiere
que le hable? Aquí no veo más que a mi marido; y Benítez me
acaba de salvar la vida, tal vez la razón... Ya sé que a usted no
le gusta que yo hable de mis miedos de volverme loca..., pero es
verdad, los tuve y le hablo de ellos, para que me ayude a agra-

decer al médico —de quien tanto hablo— mi salvación intelectual. ¿Para qué me hubiera querido mi hermano mayor del alma, sin el alma, o con el alma oscurecida por la locura?...

¿Que se acabó esto y se acabó lo otro?... No y no. No se acabó nada. A su tiempo volverá todo. Menos el visitar a doña Petronila. No me pregunte por qué, pero estoy resuelta a no volver a casa de esa señora. Y... nada más. No puedo ser más larga. Me está prohibido —¡otra vez!—. Acabo de cenar. Su más fiel amiga y penitente, agradecida.

ANA OZORES.»

P. D.—¿Que se conoce que tengo buen humor? También es verdad. Me lo da la salud. Si lo tuviera malo y pensara mal, creería que a usted le pesa de mi buen humor, a juzgar por el tono con que lo dice. Perdón por todas las faltas.

Anita leyó toda esta carta. Tachó algunas palabras; meditó y volvió a escribirlas encima de lo tachado.

Y mientras pasaba la lengua por la goma del sobre, moviendo la cabeza a derecha e izquierda, encogió los hombros y dijo a media voz:

—No tiene por qué ofenderse.

Se acostó en el lecho blanco y alegre que estaba junto al de Quintanar.

El viejo madrugaba más que Ana, y salía a la huerta a esperarla. A las ocho tomaban juntos el chocolate en el invernáculo, que él llamaba con cierto orgullo enfático la serre.

—¡Si esto fuera nuestro!... —pensaba a veces Quintanar, contemplando las plantas exóticas de los anaqueles atestados y de los jarrones etruscos y japoneses más o menos auténticos.

La Regenta no pensaba en los títulos de propiedad del Vivero; gozaba de la naturaleza, de la salud y del relativo lujo que habían acumulado los Vegallana en su famosa quinta, sin fijarse en nada más que gozar. Vivía allí como en un baño, en cuya eficacia creía.

Don Víctor salió de la huerta y atravesando prados, pomaradas y tierras de maíz, buscó entre las casuchas vecinas la bajada al río Soto, y por su orilla el lugar más a propósito para sentar sus reales y pescar, en cuanto volviese Anselmo con los trastos necesarios.

Ana, durante las horas del calor, que ya era respetable, subió a su gabinete, y después de leer un poco, tendida sobre el lecho blanco, se acercó al escritorio de palisandro, y hojeó su libro de memorias. Siempre hacía lo mismo; antes de empezar a escribir en él repasaba algunas páginas, a saltos...

Leyó la primera, que casi sabía de memoria. La leyó con cariño de artista. Decía así, en letra sólo para Ana inteligible, nerviosa y rapidísima:

«¡Memorias!... ¡Diario!... ¿Por qué no? Benítez lo consiente.»

«*Memorias de Juan García,* podría decir algún chusco... Pero como esto no ha de leerlo nadie más que yo... ¿Que es ridículo? ¡Qué ha de ser! Más ridículo sería abstenerme de escribir —ya que es ejercicio que me agrada y no me hace daño, tomado con medida— sólo porque si lo supiera el *mundo* me llamaría cursilona, literata... o romántica, como dice Visita. A Dios gracias, estos miedos al qué dirán ya han pasado. La salud me ha hecho más independiente. Sobre todo ¿qué han de decir si nadie ha de leerlo? Ni Quintanar. Nunca ha entendido mi letra cuando escribo de prisa. Estoy sola, completamente sola. Hablo conmigo misma, secreto absoluto. Puedo reír, llorar, cantar, hablar con Dios, con los pájaros, con la sangre sana y fresca que siento correr dentro de mí. Empecemos por un himno. Hagamos versos en prosa. '¡Salud, salve! A ti debo las ideas nuevas, este vigor del alma, este olvido de larvas y aprensiones... y el equilibrio del ánimo, que me trajo la calma apetecida...' Suspendo el himno porque Quintanar jura que se muere de hambre y me llama desde abajo, desde el comedor, con una aceituna en la boca... Ya bajo, ya bajo... ¡Allá voy!...»

....

El Vivero, mayo 1...

Llueve, son las cinco de la tarde y ha llovido todo el día. *In illo tempore,* me tendría yo por desgraciada sin más que esto. Pensaría en la pequeñez —y la humedad— de las cosas humanas, en el gran aburrimiento universal, etc., etc... Y ahora encuentro natural y hasta muy divertido que llueva. ¿Qué es el agua que cae sobre esas colinas, esos prados y esos bosques? El tocado de la naturaleza. Mañana el sol sacará lustre a toda esa verdura mojada. Y además, aquí en el campo, la lluvia es una música. Mientras Quintanar duerme la siesta —costumbre nueva— y ronca —achaque antiguo y digno de respeto—, yo abro la ventana y oigo

                    el rumor de la lluvia
                      sobre las hojas
                   y el ruido de las alas
                       de las palomas

que se esponjan sobre los tejadillos de su palomar cuadrado, entrando y saliendo por las ventanas angostas. Ese palomar tiene algo de serrallo o de casa de vecindad, según se mire. La vida común con sus horas de hastío, de descuido, de pereza pública, se refleja en las posturas de esas palomas, en sus pasos cortos, en el sacudir de las alas. Hay parejas que se juntan por costumbre, *por deber,* pero se aburren como si cada cual estuviese en el desierto. De repente el macho, supongo que será el macho, tiene una idea, un remordimiento, *improvisa* una pasión *que está muy lejos de sentir,* y besa a la hembra, y hace la rueda, y canta el *rucutucua* y se eriza de plumas... Ella, sorprendida, sin sacu-

dir la pereza corresponde con tibias caricias, y a poco, ambos
fatigados, soñolientos, encontrando en la molicie de mojarse inmóviles, inflados, mayor voluptuosidad que en los devaneos,
vuelven a su quietismo, tranquilos, sin rencores, sin engaño, sin
quejarse de la mutua displicencia. ¡Racionales palomas! Quintanar ronca; yo escribo... Pie atrás. Esto no iba bien. Había algo
de ironía; la ironía siempre tiene algo de bilis... Los amargos
abren el apetito... pero más vale tenerlo sin necesitarlos. A otra
cosa.

....

«Llueve todavía. No importa. Todo el diluvio no me arranca-
ría hoy un gesto de impaciencia. La ventana está cerrada, los
regueros del agua resbalando por el cristal me borran el paisaje.
Víctor ha salido con Frígilis —segunda vista del buen Crespo;
el único grande hombre que conozco de visita—. Bajo un paraguas de Pinón de Pepa —el casero de los marqueses— recorren,
como cobijados en una tienda de campaña, el bosque de encinas
que mi marido llama siempre seculares. Van a comprobar no sé
qué experimento de química, invención de Frígilis, según él. Dios
les haga felices y les conserve los pies secos. Hoy me siento inclinada a la historia, a los recuerdos. No los temo. Poco más de
cinco semanas han pasado y ya me parece de la historia antigua
todo aquello.

«¡Qué tres días! Yo me figuraba estar prostituida de un modo
extraño —aquí la letra de la Regenta se hace casi indescifrable
para ella misma—. Todo Vetusta me había visto los pies desnudos, en medio de una procesión, ¡casi casi del brazo de Vinagre! ¡Y tres días con los pies abrasados por dolores que me
avergonzaban, inmóvil en una butaca! Llamé a Somoza, que se
excusó. Vino el sustituto Benítez, silencioso, frío; pero comprendí
que me observaba con atención cuando yo no le miraba. Debía
de creer que yo me iba volviendo loca. El lo niega, dice que
todo aquello lo explica la exaltación religiosa y la exquisita moralidad con que decidí sacrificarme al bien del que creía ofendido por mis pensamientos y desaires. Benítez cuando se decide
a hablar parece también un confesor. Yo le he dicho secretos de
mi vida interior como quien revela síntomas de una enfermedad.
Conocía yo cuando le hablaba de estas cosas que él, a pesar de
su rostro impasible, me estaba aprendiendo de memoria... El
mal subió de los pies a la cabeza. Tuve fiebre, guardé cama...
y sentí aquel terror..., aquel terror pánico a la locura. De esto
no quiero hablar ni conmigo misma. Lo dejo por hoy; voy al
piano a recordar la Casta diva... con un dedo.»

....

Pasó Ana, sin querer leerlas, algunas hojas. En ellas había escrito la historia de los días que siguieron al de la procesión,
famosa en los anales de Vetusta. Sí, se había creído prostituida;
aquella publicidad devota le parecía una especie de sacrificio
babilónico, algo como entregarse en el templo de Belo para la

vigilia misteriosa. Además sentía vergüenza; aquello había sido
como lo de ser literata, una cosa ridícula, que acababa por pa-
recérselo a ella misma. No osaba pisar la calle. En todos los
transeúntes adivinaba burlas; cualquier murmuración iba con ella,
en los corrillos se le antojaba que comentaban su locura. «Había
sido ridícula, había hecho una tontería»; esta idea fija la atormentaba. Si quería huir de ella, se la recordaba sin cesar el
dolor de sus pies, que ardían, como abrasados de vergüenza;
aquellos pies que habían sido del público, desnudos una tarde
entera.

Si quería consolarse con la religión y el amparo del Magistral,
su mal era mayor, que sentía que la fe, la fe vigorosa, puramente ortodoxa, se derretía dentro de su alma. En cuanto a
Santa Teresa, había concluido por no poder leerla; prefería esto
al tormento del análisis irreverente a que ella, Ana, se entregaba
sin querer al verse cara a cara con las ideas y las frases de la
santa. ¿Y el Magistral? Aquella compasión intensa que la había
arrojado otra vez a las plantas de aquel hombre ya no existía.
Los triunfos habían desvanecido acaso a don Fermín. De todas
suertes, Ana ya no le tenía lástima; le veía triunfante abusar tal
vez de la victoria, humillar al enemigo... Ahora veía ella claro;
por lo menos no veía tan turbio como antes. Ella había sido tal
vez un instrumento en manos de su *hermano mayor*. Cierto que
De Pas no había vuelto a manifestar con movimientos patéticos
que le descubrieran, ni celos, ni amor, ni cosa parecida; Ana
le observaba con miradas de inquisidor, de las que algo le remordía la conciencia, y sin embargo, no pudo notar síntomas de
pasión mundana. ¿Veía ella mal? ¿Disimulaba él bien? ¿O era
que no había nada? Ello fue que la devoción antigua no volvió,
que la fe se desmoronaba, que las antiguas teorías que sin darse
entonces cuenta de ellas había oído a su padre, Ana las sentía
dentro de sí.

Un panteísmo vago, poético, bonachón y romántico, o mejor,
un deísmo campestre, a lo Rousseau, sentimental y optimista a
la larga, aunque tristón y un poco fosco; esto, todo esto mezclado,
era lo que encontraba ahora Ana dentro de sí y lo que se empeñaba en que fuera todavía pura religión cristiana. No quería
ella ni apostatar, ni filosofar siquiera; también esto le parecía
ridículo, pero sin querer las ideas, las protestas, las censuras, venían en tropel a su mente y a su corazón. Esto era nuevo tormento. A pesar de todo seguía confesando a menudo con don
Fermín. Le guardaba ahora una fidelidad consuetudinaria; temía
los remordimientos si faltaba a lo que creía deber a aquel hombre. Temía sobre todo que si rompía sus relaciones devotas con
él, volviese una reacción de lástima, arrepentimiento y piedad
imaginarias que la arrastrase a otra locura como la del Viernes
Santo. Tantas ideas y sentimientos encontrados, la vida retirada,
y la conciencia de que en ella algo padecía y se rebelaba y ame-

nazaba estallar fueron concausas que trajeron las crisis nerviosas que estaba curando Benítez lo mejor que podía.

Con toda el alma había creído Ana que iba a volverse loca. A una exaltación sentimental sucedía un marasmo del espíritu que causaba atonía moral; la horrorizaba pensar que en tales días eran indiferentes para ella virtud y crimen, pena y gloria, bien y mal. «Dios, como decía ella, se le hacía migajas en el cerebro», y entonces sentía un abandono ambiente y una flaqueza de la voluntad que la atormentaban y producían pánico; el extremo de la tortura era el desprecio de la lógica, la duda de las leyes del pensamiento y de la palabra, y por último el desvanecimiento de la conciencia de su unidad; creía la Regenta que sus facultades morales se separaban, que dentro de ella ya no había nadie que fuese ella, Ana, principal y genuinamente..., y tras esto el vértigo, el terror, que traía la reacción con gritos y pasmos periféricos.

Por muchos días lo olvidó todo para no pensar más que en su salud; la horrorizaba la idea de su locura y el miedo del dolor desconocido, extraño, del cerebro descompuesto. Llamó a Benítez con toda el alma, y principio de la cura fue este mismo afán y el obedecer ciegamente las prescripciones del médico.

Si algo dijo éste de alimentos, ejercicios y hasta baños, lo más y lo principal lo encomendó al cambio de vida, a la distracción, al aire libre, a la alegría, a las emociones tranquilas. ¡Al campo, al campo!, fue el grito de salvación, y Ana y Quintanar —que buen susto había llevado también— gritaron sin cesar desde la mañana a la noche: ¡Al campo, al campo!

Pero ¿dónde estaba el campo? Ellos no tenían en la provincia de Vetusta una quinta de recreo. Don Víctor continuaba siendo propietario en Aragón.

Ana en un arranque de valor, de un valor mucho más heroico de lo que podía suponer su marido, se atrevió a decir:

—Quintanar, ¿qué te parece esta idea?... Irnos a pasar unos meses, hasta que vuelva el invierno...

—¿Adónde?

—A tu tierra, a la Almunia de don Godino.

Don Víctor dio un salto.

—¡Hija, por Dios!... Ya soy viejo para un traqueteo tan grande de mis pobres huesos... ¡La Almunia!... ¡Con mil amores... en otro tiempo, pero ahora! Yo amo la patria, es claro, soy aragonés de corazón, y digo lo que el poeta, que es muy feliz el que no ha visto

> más río que el de su patria;

pero yo soy a estas horas más vetustense que otra cosa, y otro poeta lo ha dicho también, el príncipe Esquilache:

> Porque es la patria al que dichoso fuere
> donde se nace no, donde se quiere.

572 Leopoldo Alas, «Clarín»

¡La Almunia de don Godino! Dónde íbamos a parar... Y además separarnos de Frígilis..., de don Alvaro, de los marqueses, de Benítez, ¡imposible!

No se pensó más en ello. Ana, en el fondo del alma, se alegró de lo muy vetustense que era aquel aragonés.

Esta alegría se la ocultó a sí propia. Creyó haber cumplido con su deber en este punto.

Pero ¿adónde irían a pasar aquellos meses de campo que Benítez exigía como condición indispensable para la salud de Ana?

Un día se hablaba de esto en casa de Vegallana. Estaban presentes a más de Quintanar y los marqueses, Alvaro y Paco.

—El médico —decía el ex regente— exige que la aldea adonde vayamos ofrezca una porción de circunstancias difíciles de reunir.

—Veamos —dijo el marqués.

—Ha de estar cerca de Vetusta para que Benítez pueda hacernos frecuentes visitas y para trasladar a Ana pronto a la ciudad en caso de apuro; ha de ser bastante cómoda, amena, ofrecer un paisaje alegre, tener cerca agua corriente, hierba fresca, leche de vacas..., ¿qué sé yo!

Don Alvaro tuvo una inspiración en aquel momento. Se acercó al oído de Paco y dijo:

—¡El Vivero!

Paco adivinó y admiró. «¡Sólo el genio tenía aquellas revelaciones!»

Sin pensar en que secundaba planes mefistofélicos, dijo en voz baja:

—Papá, no conozco más quinta que reúna las condiciones de Benítez que una... que está a nuestra disposición...

Y a un tiempo, alegres todos por el hallazgo, dijeron los marqueses y su hijo:

—¡El Vivero!

—¡Bravo, bravo, eureka! —repetía el Marqués—. Paco tiene razón, ¡al Vivero!, se van ustedes al Vivero.

Y la Marquesa...

—¡Hermosa idea! ¡Qué gusto! Y nos veremos a menudo antes de irnos a baños...

Don Víctor protestó:

—¡Cómo el Vivero! ¿Y ustedes?

—Nosotros no vamos este año.

—O iremos mucho más tarde.

—Y cuando vayamos cabremos todos.

—Allí hemos dormido, cada cual con entera independencia, más de veinte personas —advirtió Alvaro.

—Es claro; aquello es un convento.

—No se hable más, no se hable más.

—¿Cómo que no se hable más? ¿Y mi delicadeza?

A pesar de la delicadeza de don Víctor, quedó decretado que

su mujer y él y los criados que quisieran llevar, irían a pasar aquellos meses que pedía Benítez en el Vivero, donde serían dueños absolutos... Nada, nada, los marqueses no admitieron objeciones.

«—¿No eran parientes?»

«—Cierto que sí» —tuvo que responder, muy orgulloso, Quintanar.

Ana, al saber la noticia, comprendió que aquello era todo lo contrario de irse a la Almunia de don Godino. Pero no quiso pensar en los peligros que la estancia en el Vivero podía tener. Aborrecía ahora las cavilaciones. Sin embargo, sin investigar las causas de ello, sintió durante todo aquél día una alegría de niña satisfecha en sus gustos más vivos, y aún más intenso fue su placer al despertar a la mañana siguiente con este pensamiento: «Voy al Vivero a hacer vida de aldeana, a correr, respirar, engordar..., alegrar la vida... Allí el sol, el agua corriente, el follaje... la salud...» Y como un acompañamiento musical que cantaba toda aquella perspectiva, Ana sentía una indecisa esperanza, no quería pensar de qué... Pero ello era que el mundo parecía alegrarse, que la idea del Vivero la fortificaba como un placer positivo, de los que se gozan cuando duran las ilusiones. «Aquel Benítez la estaba rejuveneciendo.»

Después de las hojas del libro de memorias que se referían, a su modo, a la materia que va reseñada brevemente, Ana encontró, y en ella se detuvo, la página en que rápidamente había reflejado sus impresiones al entrar en el Vivero en un día de abril que parecía de junio, alegre, ardiente, despejado.

Leyó con deleite aquella página, no recreándose en el estilo, sino en los recuerdos. Decía:
....

«El Romero y el Clavel torcieron de repente; el landó se dobló sin ruido, nos sacudió un poco, dejamos la carretera de Santianes y las ruedas rebotaron sobre la grava nueva de la carretera estrecha del Vivero; los sauces, como una lluvia de hierba suspendida en el aire, nos hacían cosquillas con las puntas de sus ramas, flotando sobre la frente como cabello movido por el viento. Se abrió la gran puerta de la cerca vieja, y los caballos arrancaron chispas del piso empedrado de la *quintana* vieja, despertando con el ruido resonancias en el silencio del *palación* cerrado y vacío. Por mi gusto nos hubiéramos quedado a vivir en aquella casa inmensa, con dos torres de piedra parda y soportales con columnas..., pero el coche siguió al trote; el Marqués tiene la vanidad de hacer que la entrada al Vivero *habitable* sea por aquí, por delante de la antigua mansión señorial... Las ruedas vuelven a callar, como enfundadas, Romero y Clavel machacan sin estrépito con los cascos briosos la arena tersa, blanca y blanda de la avenida ancha y flanqueada de pretil de mármol con macetas y rosetones de verdura exótica.

La *nueva casa* nos sonríe enfrente y delante de la coquetona marquesina de la entrada nos detenemos; silencio general... un momento. Habla el sol..., nosotros gozamos; la limpieza, la corrección, la elegancia, parecen allí obra de la naturaleza, y el follaje, el esplendor de su verdura, los susurros del aire discreto, la hermosura de la perspectiva, los vuelos graciosos de miles de pájaros, parecen importación del lujo; riqueza y naturaleza se juntan allí; el sol, cortesano del *confort,* alumbra más... ¡Cosa extraña! Yo no había visto el Vivero hasta ahora, lo que se llama ver, hasta ahora nunca había comprendido esta armonía íntima del lujo y del campo. Está bien así. Debe haber rincones en la tierra en que no haya nada feo, ni pobre ni triste.

Paco y la Marquesa, que han venido a darnos posesión del Vivero, comen con nosotros y de tarde, al caer el sol, se vuelven a Vetusta.

Ya estamos solos. Examino toda la casa. En el piso bajo salón, billar, gabinete biblioteca, galería de costura sobre el jardín, rodeada de cristales, el comedor con paso a la estufa por la escalinata de mármol blanco. ¡Qué alegría! Todo es cristal, flores, plantas de hojas gigantescas, de colores fuertes, raros. Lo que me agrada más es el capricho del Marqués en el piso principal: una galería con cierre de cristales rodea todo el edificio. He dado dos vueltas a todo el corredor como si nunca hubiera visto el Vivero. ¿Qué será que todo me parece nuevo, mejor, más elegante, más poético? Quintanar está encantado, y se me figura que tiene un poco de envidia.

....

«Vida excelente. La primavera entró en mi alma. Madrugo. El baño me fortifica y me alegra el espíritu. Tendida en la pila, con la mano en el grifo, dejo que el agua tibia me enerve, y la fantasía como en sopor se detiene en imágenes plásticas tranquilas y suaves. Después tiemblo dentro de la sábana y vuelvo gozosa al calor de mi cuerpo, contenta de la vida que siento circular por mis venas. La cabeza está firme; jamás vienen a mortificarme ideas sutiles, alambicadas... Pienso poco, vagamente, y los pormenores de los accidentes ordinarios que me rodean absorben lo mejor de mi atención. Benítez puede estar satisfecho. Así la salud volverá con más fuerza. Vivir es esto: gozar del placer dulce de vegetar al sol.»

....

«Y sin embargo hay horas en que las vibraciones de las cosas me hablan de una música recóndita de ideas y sentimientos. ¿Qué es esta esperanza de un bien incierto? A veces se me antoja todo el Vivero escenario de una comedia o de una novela... Entonces me parece más solitario el bosque, más solitario el palacio. Esta soledad parece meditabunda. Está todo en silencio reflexivo, recordando los ruidos de la alegría y del placer que latieron aquí, o preparándose a retumbar con la algazara de fiestas venideras... Insisto en ello, hay aquí algo de escenario antes de la comedia. Los vetustenses que tienen la dicha de ser convidados a las excursiones del Vivero son los personajes de las escenas que aquí se representan... Obdulia, Visita, Edelmira, Paco, Joaquinito, Alvaro... y tantos otros han hablado aquí, han cantado, corrido, jugado, bailado..., reído sobre todo... Y algo olfateo de la alegría pasada o algo presiento de la alegría futura. Sí, Quintanar dice bien, esto es el paraíso, ¿qué nos falta a nosotros en él? Según Quintanar, nada más que música... ¡Oh!, pues por música que no quede. Corro al salón a tocar *la donna e movile*, con el dedo índice, mi único dedo músico. ¡Qué cursi es esto, según Obdulia!... ¡Una dama que no sabe tocar el piano más que con un dedo!»

....

«Quintanar es feliz. ¡Y es tan bueno! ¡Cómo me cuida! ¡Qué agasajos, qué mimos! Parece otro. Piensa más en mí que en la marquetería. ¡Pasa días enteros sin serrar nada! No hay alma que no tenga su poesía en el fondo. Su alegría es demasiado bulliciosa, pero es sincera. Yo no podría vivir aquí sin él. Imagínole ausente, me veo aquí sola y tengo miedo y siento la soledad... Luego no me estorba, luego su compañía me agrada.»

....

«Petra, la misma Petra, me gusta aquí en el campo. Se viste como las aldeanas del país, canta con ellas en la *quintana*, se mete en la danza y toca la *trompa* con maestría. Ayer, al morir el día, junto a la Puerta Vieja tocaba, con la lengüeta de hierro vibrando en sus labios, los aires del país, monótonos y de dulce tristeza. Pepe, el casero, cantaba cantares andaluces convertidos en vetustenses... y Petra tañía la *trompa* quejumbrosa, y yo sentía lágrimas dulces dentro del pecho... y la vaga esperanza volvía a iluminar mi espíritu. Cuanto más triste la lengüeta de la *trompa*, más esperanza, más alegría dentro de mí. Todo esto es salud, nada más que salud.»

....

«He traído al Vivero algunos libros de mi padre. Hacía muchos años que no los había abierto. Quintanar los tenía en los cajones más altos de sus estantes.

»¡Qué impresiones! He encontrado entre las hojas de una *Mitología ilustrada* pedacitos de hierba de Loreto..., eran polvo; papeles escritos en que reconocí mis garabatos de niña..., y un marinero dibujado por mi pluma que, según la leyenda que tiene al pie, era Germán.»

....

«Probablemente Benítez condenara este afán de leer y me prohibiría la desmedida afición. ¡Oh, qué cosas tan nuevas encuentro en estos libros que apenas entendía en Loreto! Los dioses, los héroes, la vida al aire ilbre, el arte por religión, un cielo lleno de pasiones humanas, el contento de este mundo..., el olvido de las tristezas hondas, del porvenir incierto..., un

pueblo joven, sano en suma... Quisiera saber dibujar para dar
formas a estas imágenes de la Mitología que me asedian.»

....

Ana, después de leer estas y otras páginas, escribió sus impresiones de aquellos días. Don Víctor vino a interrumpirla para
anunciarle que ya había instalado su tienda de campaña a la
orilla del río, en el paraje más ameno y fresco, junto a una
mancha de sombra en el agua, donde infaliblemente habría
truchas.

Desde aquella tarde pescaron. Pescaron poco, pero muy alabado. Ana leía, sentada en su banqueta de lona blanca con
franjas azules, mientras sujetaba la caña con la mano izquierda,
sin más fuerza que la necesaria para que la corriente no la
llevase.

Mientras ella, a orillas del río Soto, a media legua de Vetusta
en compañía de su Quintanar, dejaba a las truchas escapar
muertas de risa, su imaginación, vuelta a los tiempos y a los parajes clásicos, se bañaba en el Cefiso, aspiraba los perfumes de
las rosas del Tempé, volaba al Escamandro, subía al Taigeto y
saltaba de isla en isla de Lesbos a las Cíclades, de Chipre a
Sicilia...

Día hubo en que viajaba con Baco, Anita, recorriendo la India
o bien navegando en el barco prodigioso de cuyo mástil floreciente pendían racimos y retorcidos tallos, y tuvo que saltar de
repente a la prosaica orilla del Soto, llamada por la voz del ex
regente que gritaba:

—¡Pero, muchacha, que te están comiendo el cebo!

No importaba; Ana era feliz y Quintanar también. «¡Parece
otro!», se decía ella. «¡Parece otra!», pensaba él.

El tiempo volaba. Junio se metió en calor. Vetusta en verano
es una Andalucía en primavera. Ana todas las mañanas, *por la
fresca* recorría la huerta y sacudía las ramas cargadas de cerezas
acompañada de don Víctor, Pepe el casero y Petra; llenaban grandes cestas, forradas con hojas de higuera, de aquellos corales húmedos y relucientes, y la Regenta sentía singular voluptuosidad
sana y risueña al pasar la finísima mano blanca por las cerezas apiñadas sobre la verdura de las hojas anchas y bordadas. Aquellas
cestas iban a Vetusta a casa del Marqués y a veces a las de sus
amigos. Una mañana vio Ana que Petra y Pepe llenaban de la
más colorada fruta un canastillo de paja blanca y de colores.
Ana se acercó a ayudarlos. De pronto, dijo:

—¿Para quién es esto?

—Para don Alvaro —contestó Petra.

—Sí, voy a llevárselo yo mismo a la fonda —añadió Pepe,
sonriendo ya a la propina que veía en lontananza.

Ana sintió que su mano temblaba sobre las cerezas y aquel
contacto le pareció de repente más dulce y voluptuoso.

Y cuando nadie la veía, a hurtadillas, sin pensar lo que hacía,
sin poder contenerse, como una colegiala enamorada, besó con

fuego la paja blanca del canastillo. Besó las cerezas también..., y hasta mordió una que dejó allí, señalada apenas por la huella de dos dientes.

Y asustada de su desfachatez pensó todo el día en la aventura, sin vergüenza.

«¡También esto era cosa de la salud!»

La víspera de San Pedro, por la noche, el Magistral recibió un B. L. M. del Marqués de Vegallana invitándole a pasar el día siguiente, desde la hora en que le dejasen libre sus deberes de la catedral, en el Vivero en compañía de los dueños de la quinta y de sus actuales inquilinos los señores de Quintanar, más otros muchos buenos amigos. Pertenecía el Vivero a la parroquia rural de San Pedro de Santianes; Pepe el caseto era aquel año factor de la fiesta de la parroquia, y pensaba echar la casa por la ventana, «para no dejar mal al señor Marqués».

Anita, en la postdata de su última carta, decía al confesor: «El Marqués me ha dicho que piensa invitar a usted a la romería de San Pedro. Somos nosotros *los factores*... Supongo que no faltará usted. Sería un solemne desaire».

«No, no faltaré —pensaba don Fermín dando vueltas en la cama—. Ojalá tuviera valor para faltar, para despreciaros, para olvidarlo todo..., pero ya estoy cansado de luchar con esta maldita obsesión que me vence siempre. Sí, si he de acabar por ir, si estoy seguro de que al fin he de tomar el camino del Vivero, más vale ahorrarme el tormento de la batalla y declararme vencido. Iré.»

Y no pudo dormir una hora seguida en toda la noche. Pero esto es achaque antiguo ya. Desde que Anita «*había vuelto a engañarle*», don Fermín no gozaba hora de sosiego.

Como el Marqués no le había invitado a hacer el viaje en su coche, lo cual tal vez indicaba cierta frialdad premeditada, que De Pas fingía no sentir, tuvo el señor canónigo que ir en persona a alquilar una berlina. Mandó que le esperase fuera del Espolón a las diez en punto. Fue a la catedral, pero no pudo parar allí, y a las nueve y media ya estaba en medio de la carretera de Santianes o del Vivero paseándola a lo ancho, agitado, pálido, de un humor de mil diablos.

«¿A qué voy yo allá? De fijo estará el otro. ¿Qué voy yo a hacer allí? ¡Maldito Vivero!» La berlina tardaba. De Pas daba patadilas de impaciencia. Por fin, llegó el coche destartalado, sucio, a paso de tortuga.

—¡Al Vivero, a escape! —gritó don Fermín, dejándose caer como un plomo sobre el asiento duro, que crujió.

Sonrió el cochero, sacudió un latigazo al aire, el caballo extenuado saltó sobre la carretera dos o tres minutos, y como si aquello fuese una falta de formalidad indigna de sus años, que eran muchos, volvió al paso perezoso sin protesta de nadie.

El Magistral recordó que en aquella misma berlina, u otro coche de la misma casa por lo menos, pocas semanas antes iba él llorando de alegría, llena el alma de esperanzas, de proyectos que le hacían cosquillas en los sentidos y en lo más profundo de las entrañas. Y ahora un presentimiento le decía que todo había acabado, que Ana ya no era suya, que iba a perderla, y que aquel viaje al Vivero era ridículo; que si estaba allí Mesía, como era casi seguro, todas las ventajas eran del petimetre. Vestía el Provisor balandrán de alpaca fina con botones muy pequeños, de esclavina cortada en forma de alas de murciélago. Tenía algo su traje del que luce Mefistófeles en el *Fausto* en el acto de la serenata. Había deliberado mucho tiempo a solas: ¿qué ropa llevaría? Cada vez le pesaba más la sotana y le abrumaba más el manteo. El sombrero de teja larga era odioso; demasiado corto era cursi, ridículo, parecía cosa de don Custodio; muy cerrado, antiguo; muy abierto, indigno de un Vicario general. ¿Iría de levita? *Vade retro!* No, el cura de levita se convierte por fuerza en cura de aldea o en clérigo liberal. El Magistral muy pocas veces recurría a tal indumentaria. ¡Oh!, si le fuera lícito vestir su traje de cazador, su zamarra ceñida, su pantalón fuerte y apretado al muslo, sus botas de montar, su chambergo, entonces sí, iría de paisano, y la vanidad le decía que en tal caso no tendría que temer el parangón con el arrogante mozo a quien aborrecía. Sí, a quien aborrecía.

Don Fermín ya no se lo ocultaba a sí mismo. No daba nombre a su pasión, pero reconocía todos sus derechos y estaba muy lejos de sentir remordimientos. «El era cura, cura, una cosa ridícula, puestas las cosas en el estado a que habían llegado.» Había comprendido que Ana sentía repugnancia ante el canónigo en cuanto el canónigo quería demostrar que además era hombre. «Y sí era hombre, ¡vive Dios que era hombre!, y tanto más que el otro; capaz de deshacerle entre sus brazos, de arrojarle tan alto como una pelota...» Dejaba de pensar en sus tristezas y en su cólera. Miraba como tonto los accidentes del paisaje, los palos del telégrafo que iba dejando atrás de tarde en tarde. Tuvo que levantar los vidrios de las ventanillas porque el polvo le sofocaba. El sol le aburría y le picaba; no había cortinas. El viaje se hacía interminable. Aquella media legua se había estirado indefinidamente. «El Marqués se había portado como un grosero no ofreciéndole un asiento en su coche. La culpa la tenía él, que había aceptado el convite. Pero ¿qué remedio?»

Oyó el estrépito de cascos de caballos que machacaban la grava reciente detrás de la berlina. Se asomó a ver quiénes eran los jinetes y reconoció a don Alvaro y a Paco, que pasaron al galope de dos hermosos caballos blancos, de pura raza española.

Ellos no le vieron; el placer de la carrera los llevaba absortos y no repararon en la mísera berlina que seguía al paso. Incapaz de toda noble emulación, el mísero jaco de alquiler siguió caminando lo menos posible, seguro de que la felicidad no estaba en el término de ninguna carrera de este mundo. Para comer mal, siempre se llega a tiempo. Esta era toda su filosofía. El cochero debía de ser discípulo del caballo.

Cuando el Magistral llegó al Vivero no había ningún convidado en la casa, ni los marqueses, ni los de Quintanar estaban tampoco.

Petra se le presentó vestida de aldeana, con una coquetería provocativa, luciendo rizos de oro sobre la cabeza, el dengue de pana sujeto atrás, sobre el justillo de ramos de seda escarlata muy apretado al cuerpo esbelto; la saya de bayeta verde de mucho vuelo cubría otra roja que se vislumbraba cerca de los pies, calzados con botas de tela. Estaba hermosa y segura de ello. Sonrió al Magistral, y dijo:

—Los señores están en San Pedro.

—Ya lo suponía, hija mía, pero vengo muerto de sed y...

La aldeana fingida sirvió en la glorieta del jardín al Magistral un refresco delicioso que improvisó con arte.

—Dios te lo pague, Petrica.

Y hablaron.

Hablaron de la vida que hacían allí los señores.

Petra dijo que doña Ana parecía otra; ¡qué alegre!, ¡qué revoltosa! Nada de encerrarse en la capilla horas y horas, nada de rezar siglos y siglos, nada de leer a su Santa Teresa eternidades... Vamos, era otra. ¿Y salud? Como un roble.

—El señorito Paco ¿vino? —preguntó de repente De Pas.

—Sí, señor, hará un cuarto de hora. Llegaron él y el señorito Álvaro, a caballo, a escape; tomaron un refresco como usted, y corrieron a San Pedro... Creo que no habían oído misa y quisieron coger la de la fiesta...

En aquel momento, hacia Oriente sonaron estrepitosos estallidos de cohetes cargados de dinamita.

—Ya están al alzar —dijo la doncella.

Petra observaba con el rabillo del ojo la impaciencia del Magistral, que preguntó:

—La iglesia está cerca, creo, saliendo por ahí por el bosque, ¿verdad?

—Sí, señor; pero hay tres callejas que se cruzan y puede darse en el río en vez de... Si quiere usted ir, le acompañaré yo misma; ahora no tengo nada que hacer allá dentro...

—Si eres tan amable...

Petra echó a andar delante del Magistral. Por un postigo salieron de la huerta y entraron en el bosque de corpulentas encinas y robles retorcidos y ásperos. Ocupaba el bosque las laderas de una loma y el altozano, que era lo más espeso. Subían un repecho, y don Fermín veía los bajos irisados de chillona bayeta que mostraba sin miedo Petra, más algo de la muy bordada falda blanca y de una media de seda calada, refinada coquetería que quitaba propiedad al traje y por lo mismo le daba picante atractivo.

—¡Qué calor, don Fermín! —decía la rubia, enjugando el sudor de la frente con pañuelo de batista barata.

—Mucho, rubita, mucho —respondió el Magistral, desabrochándose el maldito balandrán y soplando con fuerza.

—Y eso que a usted la fatiga no debe rendirle, que allá en Matalerejo tengo entendido que corre como un gamo por los vericuetos...

—¿Quién te lo ha dicho a ti?

—¡Bah!, Teresina...

—¿Sois amigas, eh?

—Mucho.

Silencio. Los dos meditan. El canónigo reanuda el diálogo.

—No creas; yo, aquí donde me ves, soy un aldeano; juego a los bolos que ya ya...

Petra se detuvo y se volvió para ver a don Fermín que hacía el ademán de arrojar una bola de roble por la cóncava bolera adelante...

Rió la doncella, y continuando la marcha, dijo:

—No, que es usted fuerte no necesita decirlo: bien a la vista está.

Callaron otra vez.

Detrás de la loma, y ya más cerca, estallaron cohetes de dinamita, y en seguida la gaita y el tamboril de timbre tembloroso, apagadas las voces por la distancia, resonaron al través de la hojarasca del bosque.

La gaita hablaba a las entrañas del Provisor y de Petra, ambos aldeanos. Volvieron a mirarse y a sonreírse.

—Ya vuelven —dijo Petra, deteniéndose de nuevo.

—¿Llegamos tarde?

—Sí, señor; la comitiva tomará el camino de la calleja de abajo, y cuando lleguemos nosotros a la iglesia, ya estarán en el Vivero...

—De modo...

—De modo, que es mejor volvernos. ¡Ay, don Fermín, perdóneme usted este paseo..., esta molestia!...

—No, hija, no hay de qué..., al contrario... Aquí se está bien..., esta sombra... Pero yo estoy algo cansado..., y con tu permiso..., entre aquellas raíces, sobre aquel montón verde y fresco de hierba segada..., ¿eh?, ¿qué te parece?, voy a sentarme un rato...

Y lo hizo como lo dijo.

Petra, sin atreverse a sentarse y sin querer dejar el puesto, miró al suelo ruborosa, hizo movimientos felinos, y se puso a retorcer una punta del delantal...

—¿Cansado?, ¡bah! —se atrevió a decir—. Un mozo como usted...

La gaita y el tambor llenaban las bóvedas verdes con sus chorretadas alegres ahora, luego melancólicas, cargadas siempre de ideales perfumes campestres, de recuerdos amables.

El Magistral mordía hierbas largas y ásperas y meditaba con una sonrisa àmarga entre los labios. «¡Ironías de la suerte! El fruto que se ofrecía, que le caía en la boca, allí..., despreciado..., y el imposible codiciado..., cuanto más imposible, más codicado... Sin embargo, para que fuese menos ridícula su situación en el Vivero le parecía muy oportuno poner por obra lo que meditaba. Y además a él le convenía tener de su parte a la doncella de la Regenta, hacerla suya, completamente suya...»

—Petra...

—¿Señor? —gritó ella, fingiendo susto.

—¿Quieres crecer? Pues bastante buena moza eres. Mira, no seas tonta..., si no tienes prisa..., puedes sentarte... Así como así, yo quisiera preguntarte... algunas cositas respecto de...

—Lo que usted quiera, don Fermín. Por aquí de fijo no pasa nadie; porque, sobre que poca gente atraviesa el bosque para ir a la iglesia, los que van siguen la trocha de abajo... Por aquí rara vez pasa un alma. Pero si usted quiere hablar a sus anchas, allá un poco más arriba hay una cabaña que se llama la casa del leñador; es muy fresca y tiene asientos muy cómodos...

—Mejor que mejor. Hablaremos más a gusto. Vamos allá.

Se levantó y emprendieron la marcha. Subían en silencio. El monte se hacía más espeso.

La gaita y el tambor sonaban ya muy lejos, como una aprensión de ruido.

Petra, al llegar a la casa del leñador, se dejó caer sobre la hierba, algo distante de don Fermín ; y encarnada como su saya bajera, se atrevió a mirarle cara a cara con ojos serios y decidores.

El Magistral se sentó dentro de la cabaña.

Hablaron.

Por algo don Fermín temía el momento de encontrarse con la comitiva, como decía Petra. Cuando media hora después entraba solo por el postigo del bosque en la huerta, lo primero que vio fue a la Regenta metida en el pozo seco, cargado de hierba, y a su lado a don Alvaro, que se defendía y la defendía de los ataques de Obdulia, Visita, Edelmira, Paco, Joaquín y don Víctor, que arrojaban sobre ellos todo el heno que podían robar a puñados de una vara de hierba, que se erguía en la próxima pomarada de Pepe el casero.

El Marqués gritaba desde la galería del primer piso:

—¡Eh, locos!, ¡locos!, que os echo los perros, que destrozáis la hierba de Pepe... ¿Qué va a cenar el ganado? ¡Locos!... Pepe, no lejos del pozo, vestido con los trapos de cristianar, más una corbata negra que había creído digna de un factor, dejaba hacer, dejaba pasar, se rascaba la cabeza y sonreía gozoso...

—Deje, señor, deje que *rebrinquen* los señoritos, que la *erba* yo la apañaré... en sin perjuicio...

La Regenta, con la cabeza cubierta de heno, con los ojos medio cerrados, no pudo ver al Magistral hasta que se acabó la broma y le tocó salir del pozo... con ayuda de don Alvaro y los que estaban fuera.

No se avergonzó de que su confesor la hubiera visto en tal situación... Le saludó amable, bulliciosa, y volvió con Obdulia, con Visita y con Edelmira a correr por la huerta, seguida de Paco, Joaquín, don Alvaro y don Víctor.

Del Magistral se apoderó el Marqués, que le llevó al salón donde estaban la Marquesa, la gobernadora civil, la baronesa y su hija mayor, que no quería correr con *aquellos locos;* el barón, Ripamilán, Bermúdez, que tampoco quería correr, Benítez el médico de Anita, y otros vetustenses ilustres.

—Mire usted, señor Provisor —dijo Vegallana—; la fiesta se ha dividido en dos partes: como Pepe es el factor, ha convidado a todos los curas de la comarca, catorce salvo error; yo les he propuesto venirse a comer aquí con nosotros, pero como algunos de ellos son cerriles, comprendí que preferían verse libres de damas y caballeretes de la ciudad y se les ha puesto su mesa en el palacio viejo, donde yo pienso acompañarlos. Ahora bien, yo proponía a Ripamilán que viniese conmigo, pero él no quiere... Si usted fuese tan amable que me acompañara, aquellos buenos párrocos se creerían honrados infinitamente... ¡Ya ve usted, como usted es el señor Vicario general!...

No hubo más remedio. El Magistral tuvo que comer con el Marqués y los curas en el palacio viejo.

Petra se encargó de presidir el servicio de la *mesa de aldea,* aún vestida de aldeana del país, y colorada, echando chispas de oro de los rizos de la frente, y chispas de brasa de los ojos vivos, elocuentes, llenos de una alegría maligna que robaba los corazones de los aldeanos y de algunos clérigos rurales.

A la hora del café don Fermín no pudo resistir más, se escapó como pudo y volvió a la casa nueva, donde la algaraza había llegado a ser estrépito de los diablos. En el momento de entrar él, don Víctor (con una montera *picona* en la cabeza) cantaba un dúo con Ripamilán, rejuvenecido, junto al piano, que tocaba como sabía don Alvaro, con un puro en la boca, zarandeando el cuerpo y cerrando y abriendo los ojos brillantes que el humo del cigarro cegaba.

Las señoras ya no estaban allí. La Marquesa, la gobernadora y la baronesa paseaban por la huerta; la gente *joven,* Obdulia, Visita, Ana, Edelmira y la niña del barón, corrían solas por el bosque.

Se las oía gritar, desde la galería de cristales. Obdulia, Visita y Edelmira llamaban con aquellas carcajadas y chillidos a los hombres.

Así lo comprendió Joaquín, que propuso a Paco dejar el concierto de Quintanar y don Cayetano y correr detrás de *aquéllas.*

—Deja, luego —decía Paco , que gozaba mucho con las canciones antiquísimas de Ripamilán y ya se iba cansando a ratos de su prima.

Cuando Quintanar y el Arcipreste se quedaron roncos, que fue pronto, se dejó el piano y se cumplieron los deseos de Orgaz. El, Paco, Mesía y Bermúdez salieron de la casa y entraron en el bosque. «Ya no se oían los gritos de *aquéllas*.» «¿Se habrían escondido? Eso debía ser.»

«A buscarlas cada cual por su lado.»

«¡Magnífico!, ¡magnífico!»

Se dispersaron, y pronto dejaron de verse unos a otros.

Bermúdez, en cuanto se sintió solo, se sentó sobre la hierba. Un encuentro a solas con cualquiera de aquellas señoras y señoritas en un bosque espeso de encinas seculares, le parecía una situación que exigía una oratoria especial de la que él no se sentía capaz. Y, sin embargo, qué deliciosa podría ser una conferencia íntima con Obdulia o con Ana *sobre la verde alfombra!*

El Magistral tuvo que quedarse con Ripamilán, don Víctor, el gobernador, Benítez y otros señores graves. Benítez era joven, pero prefería hacer la digestión sentado y fumando un buen cigarro.

Don Víctor se acercó al médico, en el hueco de un balcón, y De Pas pudo oir el diálogo que entablaron.

—¡Oh, no puede usted figurarse cuánto le debo!

—¿A mí, don Víctor?

—Sí, a usted; Ana es otra. ¡Qué alegría, qué salud, qué apetito! Se acabaron las cavilaciones, la devoción exagerada, las aprensiones, los nervios..., las locuras..., como aquella de la procesión... ¡Oh!, cada vez que me acuerdo se me crispan los... Pues nada, ya no hay nada de aquello. Ella misma está avergonzada de lo pasado. Se ha convencido de que la santidad ya no es cosa de este siglo. Este es el siglo de las luces, no es el siglo de los santos. ¿No opina usted lo mismo, señor Benítez?

—Sí, señor —dijo el médico, sonriendo y chupando su cigarro.

—¿De modo que usted opina que mi mujer está curada del todo?..., ¿radicalmente?...

—Doña Ana, amigo mío, no estaba enferma; se lo he dicho a usted cien veces; lo que tenía se curaba sin más que cambiar de vida; pero no era enfermedad...; por eso no puede decirse con exactitud que se ha curado... Por lo demás..., esa misma exaltación de la alegría, ese optimismo, ese olvido sistemático de sus antiguas aprensiones..., no son más que el reverso de la misma medalla.

—¿Cómo? Usted me asusta.

—Pues no hay por qué. Doña Ana es así; extremosa..., viva..., exaltada..., necesita mucha actividad, algo que la estimule... Necesita...

Benítez mascaba el cigarro y miraba a don Víctor, que abría mucho los ojos, con expresión misteriosa de lástima un poco burlesca.

—¿Qué necesita?

—Eso..., un estímulo fuerte, algo que le ocupe la atención

con... fuerza; una actividad... grande..., en fin, eso..., que es extremosa por temperamento... Ayer era mística, estaba enamorada del cielo; ahora come bien, se pasea al aire libre, entre árboles y flores... y tiene el amor de la vida alegre, de la naturaleza, la manía de la salud...

—Es verdad; no habla más que de salud la pobrecita.

—¡Qué pobrecita! ¿Pobrecita por qué?

—¿Por qué? Por esos extremos..., por esos estímulos que necesita...

—Y eso ¿qué importa? Su temperamento exige todo eso...

—¿De modo que usted cree que ayer era devota, exageradamente devota porque..., tal vez había quien influía en su espíritu en cierto sentido?...

—Justo. Es muy probable.

Don Víctor, aturdido como solía, hablaba sin miedo de ser oído, sin ver al Magistral, que fingiendo leer un periódico y a ratos atender a Ripamilán, se esforzaba en no perder ni una palabra del diálogo del balcón.

—¿De modo... que el cambio de Anita se debe a... otra influencia?... Su pasión por el campo, por la alegría, por las distracciones, ¿se debe... a nuevo influjo?

—Sí, señor; es un aforismo médico: *ubi irritatio ibi fluxus.*

—¡Perfectamente! *Ubi irritatio...* justo, *ibi... fluxus!* ¡Convencido! Pero aquí el nuevo influjo... ¿dónde está? Veo el otro, el clero, el jesuitismo..., pero, ¿y éste? ¿Quién representa esta nueva influencia..., esta nueva *irritatio* que pudiéramos decir?...

—Pues es bien claro. Nosotros. El nuevo régimen, la higiene, el Vivero..., usted..., yo..., los alimentos sanos...; la leche..., el aire..., el heno..., el tufillo del establo..., la brisa de la mañana..., etc., etc.

—Basta, basta; comprendido: la higene..., la leche..., el olor del ganado... ¡Magnífico!... ¡De modo que Ana está salvada!

—Sí, señor.

—¿Por qué esta nueva exageración no puede llevarnos a nada malo?...

Benítez escupió un pedazo del puro, que había roto con los dientes, y contestó con la misma sonrisa de antes:

—A nada.

—¡Santa Bárbara! —gritó Quintanar cerrando los ojos y poniéndose en pie de un salto.

Y tras el relámpago, que le había deslumbrado, retumbó un trueno que hizo temblar las paredes. Cesaron todas las conversaciones, todos se pusieron en pie; Ripamilán y don Víctor estaban pálidos. Eran dos hombres valientes de veras que se echaban a temblar en cuanto sonaba un trueno.

Ripamilán, aunque algo sordo de algunos años acá, había oído perfectamente la descarga de las nubes y ya se sentía mal. No tenía bastante confianza para pedir un colchón con que taparse la cabeza, según acostumbraba hacer en su casa.

Todos los convidados, menos los dos miedosos, se acercaron a los balcones para ver llover. Caía el agua a torrentes. Allá al extremo de la huerta se veía a la Marquesa y a las señoras que la acompañaban refugiadas bajo la cúpula del Belvedere que dominaba el paisaje, en una esquina del predio, junto a la tapia.

—¿Y los chicos? —preguntó Ripamilán, asustado, fingiendo temer por los demás.

Llamaba *los chicos* a los que habían salido al bosque.

—¡Es verdad! ¿Qué era de ellos? Hay que buscarlos... Se van a poner perdidos —exclamó Quintanar, acordándose de su mujer, lleno de remordimientos por no haberlo dicho antes.

El Magistral no pensaba en otra cosa, pero callaba. Estaba pasando un purgatorio y aquello era ya el colmo. «Los otros en el bosque..., y el cielo cayendo a cántaros sobre ellos... ¡A qué cosas no estaría obligando la galantería a don Alvaro en aquel momento!»

—Es preciso ir a buscarlos —decía el gobernador.

—Hay que llevarles paraguas...

—Y el caso es que la Marquesa está sitiada por el chubasco allá abajo y no puede disponer...

—Y el Marqués está con sus curas en el palacio viejo y no puede venir y mandar...

Y se deliberó largamente qué se haría.

—Hay que salvar a los náufragos —dijo el barón a guisa de chiste.

El Magistral, que había salido del salón, se presentó con dos paraguas grandes de aldea, verdes, de percal. Ofreció uno a don Víctor, diciendo:

—Vamos, Quintanar, usted que es cazador..., y yo que también lo soy..., ¡al monte!, ¡al monte!

Y con los ojos, al decir esto, se lo comía, y le insultaba llamándole con las agujas de las pupilas idiota, Juan Lanas y cosas peores.

—¡Bravo, bravo! —gritaron aquellos señores, que aplaudían el heroísmo ajeno.

Un trueno formidable, simultáneo con el relámpago, estalló sobre la casa y puso pálidos a los más valientes.

—¡Vamos, vamos, pronto! —gritó el Magistral, cuya palidez no la causaba la tormenta. El trueno le sonaba a carcajadas de su mala suerte, a sarcasmos del diablo que se burlaba de él y de su miserable condición de clérigo.

—Pero..., don Fermín —se atrevió a decir Quintanar—, por lo mismo que soy cazador... conozco el peligro. El árbol atrae el rayo— Ahí arriba también hay laureles, el laurel llama la electricidad; ¡si fueran pinos, menos mal!, ¡pero el laurel!...

—¿Qué quiere usted decir? ¿Que los parta un rayo a los otros? No ve usted que con ellos está doña Ana...

—Sí, verdad es..., pero ¿no podría ir Pepe con algún criado..., con Anselmo...? Usted va a mojarse el balandrán... y la sotana...

—¡Al monte, don Víctor!, ¡al monte! —rugió el Provisor.
Y la voz terrible fue apagada por un trueno más horrísono
que los anteriores.

—Señores —dijo Ripamilán, que estaba escondido en una alcoba—. No se apuren ustedes, los chicos deben de estar a techo.

—¿Cómo a techo?...

—Sí, Fermín, no se asuste usted. A techo..., en la casa del
leñador, que usted no conoce; es una cabaña rústica, que el
marqués hizo construir con cañas y césped allá arriba, en lo más
espeso del monte...

El Magistral no quiso oír más. Salió con un paraguas bajo
el brazo y dejó caer el otro a los pies de don Víctor.

El cual recogió el arma defensiva, que llamó escudo para sus
adentros, y siguió sin chistar «al loco del Magistral», sin explicarse por qué se empeñaba en que fueran ellos a buscar a la
Regenta y no los criados.

Tampoco los señores del salón comprendían aquello; y sonreían con discreta y apenas dibujada malicia al decir que era un
misterio la conducta del Magistral.

—Tenía razón don Víctor —advirtió el barón—; ¿por qué no
habían de haber ido los criados?

—Además —dijo el gobernador—, eso parece una lección a
todos nosotros, especialmente a usted, que tiene por allá a su
hija...

El trueno que estalló en aquel instante se le antojó a Ripamilán que había metido cien rayos en la casa.

El miedo era ya general.

—¡Ea, ea, señores! —dijo el Arcipreste desde la alcoba—, a
rezar tocan; yo voy a rezar con permiso de ustedes... *In nomine
Patris*...

Veintiocho

¿Adónde van ustedes? —gritaba la Marquesa desde el *Belvedere* al Magistral y a don Víctor, que uno tras otro, a veinte pasos de distancia, corrían por el bosque, calados ya hasta los huesos, chorreando el agua por todos los pliegues de la ropa y por las alas del sombrero.

—¡Al infierno! ¡Qué sé yo dónde me lleva este hombre! —contestó don Víctor, sin dar muchas voces, furioso, empeñado en abrir el paraguas que tropezaba con las ramas y se enredaba en las zarzas.

La Marquesa continuaba vociferando, y hablaba por señas, pero don Víctor ya no la entendía y don Fermín ni la oía siquiera.

—Pero aguarde usted, santo varón; espere usted, ¡deliberemos; formemos un plan!... ¿Adónde me lleva usted?

Por lo visto tampoco oía a Quintanar aquel santo varón, porque continuaba subiendo a paso largo, sin mirar hacia atrás un momento.

De rama a rama, de tronco a tronco, en todas direcciones subían y bajaban hilos de araña que se le metían por los ojos y boca al ex regente, que escupía y se sacudía las telas sutilísimas con asco y rabia.

—¡Esto es un telar! —gritaba, y se envolvía en los hilos como si fueran cables; procuraba evitarlos y tropezaba, resbalaba y caía de hinojos, blasfemando, contra su costumbre—. También es ocurrencia de chicos venir al monte a divertirse... Si no hay más que arañas y espinas... Don Fermín, espere usted, por las once mil... de a caballo, que yo me pierdo y me caigo.

Un trueno le contestó y le hizo arrodillarse con el susto.

No osó blasfemar otra vez.

—¡Don Fermín!, ¡don Fermín! ¡Espere usted en nombre de la humanidad!

De Pas se detuvo, se volvió, le miró desde arriba con lástima y disimulando la ira, y le dijo lo menos malo de cuanto se le ocurría.

—Parece mentira que sea usted cazador.

—Soy cazador en seco, compadre, pero esto es el diluvio, y un bombardeo..., y las arañas se me meten en el estómago..., ¡y sobre todo a mí me gustan las acciones heroicas que tienen alguna utilidad! *Nisi utile est id quod facimus, stulta est gloria,* ha dicho Baglivio. ¿Adónde vamos nosotros, a ver, dígamelo usted si lo sabe?

—A buscar a doña Ana que estará... poniéndose perdida...

—¡Quiá perdida! ¿Cree usted que son tontos? De fijo están a techo... ¿Cree usted que han de estar papando... arañas y nadando como nosotros? ¿No saben el camino? Dirá usted que les llevamos paraguas; ¿y para qué sirven los paraguas?

El Magistral se puso colorado. En efecto, los paraguas no servían de nada en el bosque.

—Haga usted lo que quiera —dijo—, yo sigo.

—Eso es darme una lección —replicó don Víctor, algo picado y continuando también la ascensión penosa.

—No, señor.

—Sí, señor; eso... es ser más papista que el Papa. Me parece a mí que mi mujer me importa más a mí que a nadie... Y usted dispense este lenguaje... pero, francamente, esto ha sido una quijotada.

Quintanar comprendió que aquello era una insolencia, pero estaba furioso y no quiso recogerla.

El primer impulso de don Fermín fue descargar el puño del paraguas sobre la cabeza de aquel hombre que se le antojaba idiota en aquella ocasión; pero se contuvo por multitud de consideraciones... y continuó subiendo en silencio.

A lo que iba, iba; todos aquellos insultos le sonaban como le sonarían a un náufrago los que le arrojasen desde tierra... Dos ideas llevaba clavadas en el cerebro con clavos de fuego: *Ubi irritatio ibi fluxus* decía una; y la otra: ¡estarán en la casa del leñador! No creía el Provisor en una Providencia que aprovecha juegos de la suerte, combinaciones de teatro para dar lecciones, pero supersticiosamente enlazaba el recuerdo de la mañana, de su paseo y conversación con Petra, con las escenas también campestres en que temía groseramente ver enredada a la Regenta:

«*Ubi irritatio ibi fluxus*», iba pensando; es verdad, es verdad..., he estado ciego... La mujer siempre es mujer, la más pura... es mujer..., y yo fui un majadero desde el primer día... Y ahora es tarde... y la perdí por completo. Y ese infame...

Echó a correr monte arriba.

«¡Pero ese hombre está loco!», pensaba Quintanar, que le seguía jadeante, con un palmo de lengua colgando y a veinte pasos otra vez.

El Magistral procuraba orientarse, recordar por dónde había

bajado pocas horas antes de la casa del leñador. Se perdía, confundía las señales, iba y venía... y don Víctor detrás, librándose de las arañas como de leones, de sus hilos como de cadenas.

«Lo mejor es subir por la máxima pendiente, ello está hacia lo más alto... pero arriba hay meseta, vaya usted a buscar...»

Se detuvo. Como si nada hubiera dicho don Víctor, con cara amable y voz dulce y suplicante advirtió:

—Señor Quintanar, si queremos dar con ellos tenemos que separarnos; hágame usted el favor de subir por ahí, por la derecha...

Don Víctor se negó, pero el Magistral insistiendo, y con alusiones embozadas al miedo positivo de su compañero, logró picar otra vez su amor propio y le obligó a torcer por la derecha.

Entonces, en cuanto se vio solo, De Pas subió corriendo cuanto podía, tropezando con troncos y zarzas, ramas caídas y ramas pendientes... Iba ciego; le daba el corazón, que reventaba de celos, de cólera, que iba a sorprender a don Alvaro y a la Regenta en coloquio amoroso cuando menos. «¿Por qué? ¿No era lo probable que estuvieran con ellos Paco, Joaquín, Visita, Obdulia y los demás que habían subido al bosque?» No, no, gritaba el presentimiento. Y razonaba diciendo: don Alvaro sabe mucho de estas aventuras, ya habrá él aprovechado la ocasión, ya se habrá dado trazas para quedarse a solas con ella. Paco y Joaquín no habrán puesto obstáculos, habrán procurado lo mismo para quedarse con Obdulia y Edelmira, respectivamente. Visitación los habrá ayudado. Bermúdez es un idiota... De fijo, están solos. Y vuelta a correr cuanto podía, tropezando sin cesar, arrastrando con dificultad el balandrán empapado que pesaba arrobas, la sotana desgarrada a trechos y cubierta de lodo y telarañas mojadas. También él llevaba la boca y los ojos envueltos en hilos pegajosos, tenues, entremetidos.

Llegó a lo más alto, a lo más espeso. Los truenos, todavía formidables, retumbaban ya más lejos. Se había equivocado, no estaba hacia aquel lado la cabaña. Siguió hacia la derecha, separando con dificultad las espinas de cien plantas ariscas, que le cerraban el paso. Al fin vio entre las ramas la caseta rústica... Alguien se movía dentro... Corrió como un loco, sin saber lo que iba a hacer, si encontraba allí lo que esperaba..., dispuesto a matar si era preciso..., ciego...

—¡Jinojo!, que me ha dado usted un susto... —gritó don Víctor, que descansaba allí dentro, sobre un banco rústico, mientras retorcía con fuerza el sombrero flexible que chorreaba una catarata de agua clara.

—¡No están! —dijo el Magistral sin pensar en la sospecha que podían despertar su aspecto, su conducta, su voz trémula, todo lo que delataba a voces su pasión, sus celos, su indignación de marido ultrajado, absurda en él.

Pero don Víctor también estaba preocupado. No le faltaba motivo.

—Mire usted lo que me he encontrado aquí —dijo, y sacó del bolsillo, entre dos dedos, una liga de seda roja con hebilla de plata.

—¿Qué es eso? —preguntó De Pas, sin poder ocultar su ansiedad.

—¡Una liga de mi mujer! —contestó aquel marido, tranquilo como tal, pero sorprendido con el hallazgo por lo raro.

—¡Una liga de su mujer!

El Magistral abrió la boca estupefacto, admirando la estupidez de aquel hombre que aún no sospechaba nada.

—Es decir —continuó Quintanar—. una liga que fue de mi mujer, pero que me consta que ya no es suya... Sé que no le sirven..., desde que ha engordado con los aires de la aldea..., con la leche..., etcétera, y que se las ha regalado a su doncella..., a Petra. De modo que esta liga es de Petra. Petra ha estado aquí. Esto es lo que me preocupa... ¿A qué ha venido Petra aquí... a perder las ligas? Por esto estoy preocupado, y he creído oportuna dar a usted estas explicaciones... Al fin es de mi casa, está a mi servicio y me importa su honra... Y estoy seguro, esta liga es de Petra.

Don Fermín estaba rojo de vergüenza, lo sentía él. Todo aquello, que había podido ser trágico, se había convertido en una aventura cómica, ridícula, y el remordimiento de lo grotesco empezó a pincharle el cerebro con botonazos de jaqueca... Por fortuna, don Víctor, según observó De Pas, no estaba para atender a la vergüenza de los demás, pensaba en la suya; se había puesto también muy colorado. Comprendió el Magistral por qué torcidos senderos conocía el ex regente las ligas de su mujer.

También Quintanar tenía, además de vergüenza, celos.

No podía saber De Pas hasta qué punto había llegado la debilidad de don Víctor, que se decía a sí mismo: «Probablemente, este clérigo, malicioso como todos, estará sospechando... lo que no ha habido».

Lo cierto era que don Víctor, al cabo, había cedido hasta cierto punto a las insinuaciones de Petra.

Pero acordándose de lo que debía a su esposa, de lo que se debía a sí mismo, de lo que debía a sus años, y de otra porción de deudas, y sobre todo, por fatalidad de su destino que nunca le había permitido llevar a término natural cierta clase de empresas, era lo cierto que había retrocedido en *aquel camino de perdición* desde el día en que una tentativa de seducción se le frustró, por fingido pudor de la criada. «No había, en suma, llegado a ser dueño de los encantos de su doncella, pero en aquellos primeros y últimos escarceos amorosos había podido adquirir la convicción de que la Regenta había regalado a Petra unas ligas que el amante esposo le había regalado a ella.»

«—¿Por qué se le había ido la lengua delante del Magistral? No podía explicárselo; los celos, si así podían llamarse, le habían hecho hablar alto. Por lo demás, él despreciaba a la rubia lúbrica en el fondo del alma..., y sólo en un momento de exaltación... de la mente había podido...»

La tempestad ya estaba lejos... Los árboles continuaban chorreando el agua de las nubes, pero el cielo empezaba a llenarse de azul.

Por decir algo, don Víctor dijo:

—Verá usted cómo esto repite a la noche... Por allá abajo viene otro mal semblante..., mire usted por entre aquellas ramas...

—Vamos a bajar antes que vuelva el agua —advirtió De Pas, que hubiera querido estar cinco estados bajo tierra.

Los dos se tenían miedo.

Los dos bajaron silenciosos, pensando en la liga de Petra.

Antes de llegar a la huerta se encontraron con Pepe el casero que los llamó de lejos, entre los árboles.

—Don Víctor, don Víctor... ¡Eh!, don Víctor..., por aquí.

—¿Qué pasa? ¿Han perecido? ¿Alguna desgracia?

—¿Qué desgracia? No, señor, que los señoritos y las señoritas ya estaban en casa muy tranquilos cuando ustedes estarían llegando a mitad del monte... Apenas se han mojado... Yo salí, por orden de la señora Marquesa, en su busca apenas comenzó a llover... Fui con el carro y el toldo encerado a la calleja de Arreo donde sabía yo que el señorito Paco había de aparecer, porque aquél es el camino más corto y la casa de Chinto está allí, a los cuatro pasos... En casa de Chinto estaban todas las señoritas, que no se habían mojado apenas... porque en el monte cuando empieza el chaparrón se está como a techo... De modo que todos están en casa muertos de risa, menos la señora doña Anita, que teme por usted... y por este señor cura...

—Pero y la señora Marquesa, ¿cómo no nos advirtió?...

—Pues si dice que le llamaba a usted a voces y que usted no hacía caso, y que ella le decía que ya había salido el carro...

Y Pepe se reía a carcajadas.

—No ha sido mala broma, je, je... Probecicos, y da lástima verles..., sobre todo este señor cura está hecho un *eciomo,* perdonando la comparanza, es una sopa... Anda, anda, y cómo se le ha ponío too el melindrán éste..., y la sotana paece un charco...

Tenía razón Pepe. De Pas y don Víctor se miraban y se encontraban aspecto de náufragos.

—Anden, anden, ángeles de Dios, que la mojadura puede llegar a los huesos y darles un romantismo...

—Ya ha llegado, Pepe, ya ha llegado.

—La señorita Ana ya tié preparada ropa caliente para usté y creo que no falta pa este señor cura: y si no, yo tengo una camisa fina que podría ponérsela una princesa...

El Magistral, en vez de entrar en la huerta por el postigo por donde habían salido, dio vuelta a la muralla y entró en las cocheras, de donde hizo sacar su miserable berlina de alquiler,

Don Víctor no le vio siquiera separarse de él. Tan absorto iba.

Encontró el Magistral al Marqués, que no quería dejarle marchar en aquel estado...

—Pero si va usted a coger una pulmonía... Múdese usted... Ahí habrá ropa...

No hubo modo de convencerle.

—Despídame usted de la Marquesa. En una carrera estoy en mi casa...

Y dejó el Vivero, no tan a escape como él hubiera querido, sino a un trote falso que poco a poco se fue convirtiendo en un paso menos que regular.

—Pero hombre, castigue usted a ese animal —gritaba don Fermín al cochero—. Mire usted que voy calado hasta los huesos... y quiero llegar pronto a mi casa.

El cochero, ante la perspectiva de una propina, descargó dos tremendos latigazos sobre los lomos del rocín, que vino a pagar así la ira concentrada por tantas horas en el pecho del Provisor. Aquellos latigazos los hubiera descargado el canónigo de buen grado sobre el rostro de Mesía.

Cuando el miserable y desvencijado vehículo llegaba a las primeras casas de los arrabales de Vetusta, oscurecía. La noche, según había anunciado don Víctor, amenazaba con una nueva tormenta. Todo el cielo se cubría de nubes pardas que se ennegrecían poco a poco. Ya se veían relámpagos extensos en el horizonte por el norte y oeste, y de tarde en tarde zumbaba rodando un trueno allá muy lejos.

Don Fermín llevaba el alma sofocada de hastío, de desprecio de sí mismo. ¡Qué jornada! —pensaba—, ¡qué jornada! No le quedaba ni el consuelo de compadecerse; merecido tenía todo aquello; el mundo era como el confesonario lo mostraba, un montón de basura; las pasiones nobles, grandes, sueños, aprensiones, hipocresía del vicio... Buena prueba era él mismo, que a pesar de sentirse enamorado por modo angélico, caía una y otra vez en groseras aventuras, y satisfacía con un miserable los apetitos más bajos. Y al fin Teresina... era de su casa, pero Petra era de la otra, de Ana. Ya no se disculpaba con los sofismas del maquiavelismo, de la conveniencia de tener de su parte a la criada. Con unas cuantas monedas de oro hubiera conseguido lo mismo. ¡Y don Víctor! Otro miserable y además un estúpido que merecía cuanto mal le viniera encima, como él, como Ana lo merecían también, como lo merecía el mundo entero, que era un lodazal... ¡Oh, aquellos relámpagos debían quemar el mundo entero si se quería hacer justicia de una vez!

Lo que más le irritaba era que su conciencia le envolvía a él también en el general desprecio... «Todo era pequeño, asqueroso, bajo... y él como todo.»

«¿Y lo que había dicho el médico? *Ubi irritatio...,* es decir, que Ana caería en brazos de don Alvaro..., ¡que era fatal aquella caída!... Y tanto misticismo, y tanto hermano mayor del alma... ¿para qué había servido? Farsa, hipocresía, hipocresía inconsciente, como la propia, como la del universo entero...»

El Magistral daba diente con diente. El frío le hizo pensar en la ropa, la ropa en su madre.

«Esta es otra. ¿Qué va a decir al verme entrar así? Tendré que inventar una mentira. ¡Bah!, una más ¿qué importa?... Y los otros allá... a sus anchas... Podrán, si quieren, cometer sus torpezas delante del mismo idiota del marido... ¡Oh!, ¿quién es aquí el marido? ¿Quién es aquí el ofendido? ¡Yo!, ¡yo!, que siento la ofensa, que la preveo, que la huelo en el aire..., no él que no la ve aun puesta delante de los ojos...»

Idea tuvo de arrojarse del coche, y a pie, a todo correr, volver furioso al Vivero a sorprender «lo que el presentimiento le daba por seguro, lo que no había pasado tal vez en el bosque, pero lo que estaría pasando en la casa... entre aquellos borrachos disimulados, y aquellas damas lascivas, locas y encubridoras...»

Un trueno que retumbó sobre Vetusta sirvió de acompañamiento a la cólera del canónigo.

—¡Eso!, ¡eso! —rugió mientras abría la portezuela y se apeaba frente a su casa—. ¡Esto sólo se arregla con rayos!

Y entró en su casa después de pagar al cochero.

Los rayos que quería le esperaban arriba dispuestos a estallar sobre su cabeza.

Cuando se acostó aquella noche, pensaba que en su vida había tenido tan formidable reyerta con su señora madre ni había visto jamás a doña Paula ostentar mayores parches de sebo en las sienes.

Y al dormirse, la última idea que le perseguía, la que más le atormentaba con sus punzadas, era la del ridículo.

«¡Qué aventuras tan grotescas!... ¡Qué horrorosa ironía de lo cómico durante todo el día! Y... la culpa de todo la tenía la odiosa, la repugnante sotana...»

Los últimos pensamientos del Magistral fueron maldiciones. Pero a pesar de todo durmió, rendido por tanta fatiga.

Allá en el Vivero los convidados habían puesto a mal tiempo buena cara, y mientras en el palacio viejo los curas rurales, el Marqués y algunos otros señores de Vetusta jugaban al tresillo a primera hora y más tarde al monte, que llamaba el clero del campo *la santina,* en la casa nueva todas las damas y los caballeros que habían querido correr por los prados en la romería procuraban divertirse como podían y se bailaba, se tocaba el piano, se cantaba y se jugaba al escondite por toda la casa. Ya se sabía que al Vivero no se iba a otra cosa. Visitación, Obdulia, y Edelmira también, eran las que conocían mejor los lugares más escondidos, donde había puertas de escape, y todo lo que exigían aquellos juegos infantiles a que se entregaban, sin pensar en los muchos años que tenían varias de aquellas personas tan alegres.

A don Víctor se le recibió en triunfo; triunfo burlesco. Algunas, Visita y Paco entre ellos, querían coronarlo, pero él prefirió correr a su cuarto para mudarse de pies a cabeza.

Entró con él la Regenta para ayudarle.

—¿Y don Fermín? —preguntó.

—Tu don Fermín es un botarate, hija mía, y perdona —contestó Quintanar de mal humor, mientras se mudaba los calcetines.

Y refirió a su mujer todo lo que les había sucedido, menos el hallazgo de la liga.

Ana convino en que De Pas había llevado la galantería a un extremo ridículo, sobre todo ridículo en un sacerdote.

—¿A quién le importará más mi mujer, a él o a mí? —repetía a cada instante el marido, como supremo argumento contra el Magistral.

«Sí —pensaba Ana—, tiene razón don Alvaro, ese hombre... tiene celos, celos de amante..., y lo que ha hecho hoy ha sido una imprudencia... Debo huir de él, tiene razón Alvaro.»

Mesía y Paco, en los días anteriores, habían venido varias veces al Vivero, a caballo; Mesía había encontrado a la Regenta expansiva, alegre, confiada: y sin hablar palabra de amor pudo conseguir que ella escuchase consejos que él juraba eran higiénicos principalmente.

«El misticismo era una exaltación nerviosa.»

En eso estaba Ana también, asustada todavía con los recuerdos de sus aprensiones.

«Además, el Magistral no era un místico; lo menos malo que se podía pensar de él era que se proponía ganar a las señoras de categoría para adquirir más y más influencia.»

Cuando don Alvaro se atrevió a decir esto, ya sus confidencias habían sido muy íntimas.

De amor no se hablaba; Mesía, aunque con trabajo, respetaba a la Regenta hasta el punto de no tocarle al pelo de la ropa. Ella se lo agradecía y, como en tiempo antiguo, procuraba aturdirse, no pensar en los peligros de aquella amistad; y lo conseguía mejor que antes.

«Mi salud —pensaba— exige que yo sea como todas: basta para siempre de cavilaciones y propósitos quijotescos y excesivos: quiero paz, quiero calma... seré como todas. Mi honor no padecerá..., pero los escrúpulos me volverían a la locura, a las aprensiones horrorosas...»

Y temblaba recordando las tristezas y los errores pasados.

La pasión, menos vocinglera que antes, subrepticia, seguía minando el terreno, y a los pocos latidos de la conciencia contestaba con sofismas.

Cuando Quintanar refirió los pasos imprudentes del Magistral, Ana sintió por un momento algo de odio. «¿Cómo? ¿Su mismo confesor la comprometía? Si Víctor fuera otro. ¿no podría haber sospechado o de don Alvaro o del canónigo mismo? Pues

¿no estaba bien claro que todo aquello eran celos? ¡No faltaba
más!, ¡qué horror!, ¡qué asco! ¡Amores con un clérigo!»

Y ahora sí que la imagen de don Alvaro se le presentaba
risueña, elegante, fresca y viva. «Al fin aquello estaba dentro
de las leyes naturales y sociales..., a lo menos era cosa menos
repugnante..., menos ridícula; no, lo que es ridículo, nada...,
¡pero un canónigo!...»

Y le parecía que el pecado de querer a un Mesía era ya poco
menos que nada, sobre todo si servía para huir de los amores de
un Magistral... «Pero ¡qué se habría figurado aquel señor cura!»

No se acordaba la Regenta ahora de aquello del «hermano
mayor del alma», ni de la leña que ella, sin mala intención, sin
asomo de coquetería, había arrojado al fuego de que ahora se
avergonzaba. La pasión, que ahora halagaba con su nueva vida,
vencedora, próxima a estallar, le sugería sofisma tras sofisma
para encontrar repugnante, odiosa, criminal la conducta del Provisor, y noble, caballeresca la de Mesía.

El cual, aquella misma mañana en el pozo lleno de hierba,
antes en el patio de la iglesia, por las callejas, cuando venían
detrás del tambor y de la gaita, en el bosque, después en el
carro de Pepe, donde venían juntos, casi sentada ella encima
de él, sin poder remediarlo, más tarde en el salón, en todas
partes y en todo el día le había estado dejando ver que la
adoraba, «pero no se lo había dicho, por respeto..., a fuerza
de quererla tanto».

Y comparando proceder con proceder, Anita encontraba abominable el del clérigo.

Y le faltó tiempo para decírselo a don Alvaro.

En tono confidencial, que al lechuguino le supo a gloria, le
fue diciendo, cuando pudo hablarle sin que los oyeran:

—¿Qué le parece a usted la conducta del Magistral?

¿Qué le había de parecer a don Alvaro? ¡Abominable! Pues
¿qué era lo que él, don Alvaro, tenía dicho? Que no había que
fiarse del Provisor, etc., etc.

«—Sí, Ana, está enamorado de usted, loco, loco... Eso se lo
conocí yo hace mucho tiempo... porque..., porque...»

Y don Alvaro sonreía de un modo que lo decía todo perfectamente, y hasta con acompañamiento de una música dulcísima
que la Regenta creía oír dentro de sus entrañas; una música
que le salía de los ojos y de la boca..., «¡qué sabía ella!, pero
aquello era una delicia mucho más fuerte que todas las del
misticismo».

Cuando hablaban así, como *otros dos hermanos del alma,* empezaba la noche, retumbaban los truenos lejanos y vibraban en
el cielo los relámpagos que a don Fermín le sorprendieron al
entrar en Vetusta. Ana y Mesía estaban solos apoyados en el
antepecho de la galería del primer piso, en una esquina de aquel
corredor de cristales que daba vuelta a toda la casa. La mayor
parte de los convidados abajo, en el salón, se preparaban a vol-

ver a Vetusta, otros preferían aceptar la hospitalidad que los
marqueses les ofrecían en el Vivero por aquella noche. Todo era
abajo ruido, movimiento, órdenes confusas, broma, vacilaciones,
unos que se quedaban y de repente preferían emprender el viaje,
otros que se preparaban a ocupar un asiento en un coche y volvían a la casa prefiriendo «dormir en el suelo aunque fuera».
Ripamilán desde luego aceptó la cama que le ofreció la Marquesa «para él solo».

—Vuelve la tormenta y yo no quiero bromas con la electricidad; me consta que la carrera de un coche atrae el rayo... Me
quedo, me quedo.

Las baronesas prefirieron desafiar la tempestad. El barón quería más quedarse, pero tuvo que seguirlas. También se metió en
el coche el gobernador, pero su esposa se quedó con los marqueses. Bermúdez volvió a Vetusta; Visitación, Obdulia, Edelmira, Paco y Mesía, se quedaban.

Mientras abajo se trataban a gritos y con idas y venidas tan
arduas materias, Edelmira, Obdulia, Visita, Paco y Joaquín corrían como locos por el corredor del primer piso. Visitación
estaba un poco borracha, no tanto por lo que había bebido como
por lo que había alborotado; Obdulia decía que tenía un clavo
en la sien; había bebido mucho más, pero el torbellino del
baile, las emociones fuertes del escondite, la mantenían en pie,
firme de puro excitada. Edelmira, maestra ya en el arte de divertirse al estilo de la casa de sus tíos, estaba como una amapola y reía y gozaba con estrépito; su alegría era comunicativa
y simpática. Paco la pellizcaba sin compasión y ella despedazaba
los brazos de Paco; Joaquín Orgaz, que había conseguido aquella tarde algunas ventajas positivas en el amor siempre efímero
de Obdulia, pellizcaba también; y había carreras, tropezones,
voces, aprietos, saltos, sustos, sorpresas. Ahora, mientras Ana y
Alvaro hablaban asomados a la galería, sin miedo al agua que
les salpicaba el rostro ni a los relámpagos que rasgaban el horizonte negro enfrente de sus ojos, los demás, en la oscuridad
del corredor estrecho jugaban a un juego de niños que se llamaba en Vetusta *el cachipote*, y que consiste en esconder un
pañuelo convertido en látigo y buscarlo por las señas conocidas
de frío y caliente. El que lo encuentra corre detrás de los otros
a latigazos hasta llegar a la madre. Este juego inocente daba
ocasión a multitud de sabrosos incidentes entre aquellos jugadores todo malicia. A menudo dos manos, una de hembra y
otra de varón, buscaban en el mismo agujero el *cachipote;* los
que corrían se atropellaban, y la verdad histórica exige que se
declare, por más que parezca inverosímil, que muy a menudo
aquellos *chicos* que corrían como locos todos juntos por la estrecha galería, huyendo del látigo, caían al suelo en confuso
montón, mientras el zurriago les medía las espaldas.

Y mientras abajo sonaba el ruido confuso y gárrulo de las
despedidas y preparativos de marcha, y detrás el estrépito de los

que corrían en la galería, y allá en el cielo, de tarde en tarde, el bramido del trueno, la Regenta, sin notar las gotas de agua en el rostro, o encontrando deliciosa aquella frescura, oía por la primera vez de su vida una declaración de amor apasionada pero respetuosa, discreta, toda idealismo, llena de salvedades y eufemismos que las circunstancias y el estado de Ana exigían, con lo cual crecía su encanto, irresistible para aquella mujer que sentía las emociones de los quince años al frisar con los treinta.

No tenía valor, ni aun deseo de mandar a don Alvaro que se callase, que se reportase, que mirase quién era ella. «Bastante lo miraba, bastante se contenía para lo mucho que aseguraba sentir y sentiría de fijo.»

«No, no, que no calle, que hable toda la vida», decía el alma entera. Y Ana, encendida la mejilla, cerca de la cual hablaba el presidente del Casino, no pensaba en tal instante ni en que ella era casada, ni en que había sido *mística,* ni siquiera en que había maridos y magistrales en el mundo. Se sentía caer en un abismo de flores. Aquello era caer, sí, pero *caer al cielo.*

Para lo único que le quedaba un poco de conciencia, fuera de lo presente, era para comparar las delicias que estaba gozando con las que había encontrado en la meditación religiosa. En esta última había un esfuerzo doloroso, una frialdad abstracta, y en rigor algo enfermizo, una exaltación malsana; y en lo que estaba pasando ahora ella era pasiva, no había esfuerzo, no había frialdad, no había más que placer, salud, fuerza, nada de abstracción, nada de tener que figurarse algo ausente, delicia positiva, tangible, inmediata, dicha sin reserva, sin trascender a nada más que a la esperanza de que durase eternamente. «No, por allí no se iba a la locura.»

Don Alvaro estaba elocuente; no pedía nada, ni siquiera una respuesta; es más, lloraba, sin llorar por supuesto, «de pura gratitud, sólo porque le oían». «¡Había callado tanto tiempo! ¿Que había mil preocupaciones, millones de obstáculos que se oponían a su felicidad? Ya lo sabía él; pero él no pedía más que lástima, y la dicha de que le dejaran hablar, de hacerse oír y de no ser tenido por un libertino *vulgar,* necio, que era lo que el *vulgo estúpido* había querido hacer de él.»

Siempre le había gustado mucho a Ana que llamasen al vulgo *estúpido;* para ella la señal de la *distinción* espiritual estaba en el desprecio del vulgo, de los vetustenses. Tenía la Regenta este defecto, tal vez heredado de su padre: que para distinguirse de la *masa de los creyentes* necesitaba recurrir a la teoría hoy muy generalizada del· *vulgo idiota,* de la *bestialidad humana,* etcétera, etcétera.

Por fortuna, don Alvaro sabía perfectamente manejar este resorte: era él capaz de despreciar, llegado el caso, al mismo sol del mediodía si se oponía a sus pasiones. «Todo era preocupación, pequeñez de ánimo… Pero, ¿tenía él derecho para que Ana siguiera sus ideas y despreciase las maliciosas y groseras aprensiones del vulgo? ¡Oh, no!; ya sabía que la *letra* estaba contra él... Al fin, ¿qué era él? Un hombre que hablaba de amor a una señora que era de otro, ante los hombres... Ya lo sabía, sí; no exigía que Ana se hiciese superior a tantas tradiciones, leyes y costumbres, lugares comunes y rutinas como le condenaban; claro que había en el mundo mujeres, virtuosas como la que más, que ya sabían a qué atenerse respecto de la letra de la ley moral que condenaba aquel amor de Mesía; pero ¿podía él pedir a Ana, educada por fanáticos, que había pasado su juventud en un pueblo como Vetusta, podía pedirla que se dignase siquiera alentar su pasión con una esperanza? ¡Oh, no!; demasiado sabía que no..., bastaba con que le oyera. ¡Cuántos años había estado sin querer oírle! ¡Y lo que él había padecido!... Pero, en fin, de esto ya no había que acordarse. El dolor había sido infinito..., infinito..., pero todo lo compensaba la felicidad de aquel momento. Callaba Ana, oía..., pues ¿qué más dicha podía él ambicionar?...»

A la luz de un relámpago, la Regenta vio los ojos de Alvaro brillantes y envueltos en humedad de lágrimas...

También tenía las mejillas húmedas... Ella no pensó que esto podía ser agua del cielo.

«¡Estaba llorando aquel hombre..., el hombre más hermoso que ella había visto, el compañero de sus sueños, el que debió haberlo sido de su vida!...»

«Pero ¿por qué hablaba de agradecimiento? ¿Por qué ella no le interrumpía? ¡Si él supiera..., si él supiera que no podía ni hablar!...»

Ana sentía un placer *puramente material,* pensaba ella, en aquel sitio de sus entrañas que no era el vientre ni el corazón, sino en el medio. Sí, el placer era *puramente material,* pero su intensidad le hacía grandioso, sublime. «Cuando se gozaba tanto, debía de haber derecho a gozar.»

Cuando Alvaro, creyendo bastante cargada la mina, suplicó que se le dijera algo, por ejemplo, si se le perdonaba aquella declaración, si se le quería mal, si se había puesto en ridículo..., si se burlaba de él, etc., Ana, separándose del roce de aquel brazo que la abrazaba, con un mohín de niña, pero sin asomo de coquetería, arisca, como un animal débil y montaraz herido, se quejó..., se quejó con un sonido gutural, hondo, mimoso, de víctima noble, suave. Fue su quejido como un estertor de la virtud que expiraba en aquel espíritu solitario hasta entonces...

Y se alejó de Alvaro, llamó a Visita..., la abrazó nerviosa y dijo, pudiendo al fin hablar:

—¿A qué jugáis, locos...?

—Ahora ya a nada... Jugábamos al cachipote, pero Paco y Edelmira están allá en la esquina del otro frente disputando sobre quién tiene más fuerza, si ella o él... Ven, ven, verás qué puños los de Edelmira.

En la más oscura de las galerías, en un rincón, amontonados,

estaban los demás compañeros de broma; Edelmira y Paco, espalda con espalda, como se baila a veces la *muñeira,* sobre todo
en el teatro, medían sus fuerzas... Paco resistía con dificultad
el empuje violento de su prima, que gozando lo que ella y el
diablo sabían, se incrustaba en la carne de su primo, más blanda
que la suya, empeñada en vencerle y hacerle andar hacia delante
mientras ella andaba hacia atrás. Al cabo Edelmira venció y Paco,
silbado por los presentes, propuso luchar de frente, con las
manos apoyadas en los hombros del contrario. Así se hizo y
esta vez venció Paco.

Joaquín propuso la misma lucha a Obdulia; Visita se atrevió
a medir con la Regenta sus fuerzas. Joaquín y Ana vencieron.
A don Alvaro, que no tenía con quién luchar, se le vino a la
memoria la escena del columpio en que le venció el maldito De
Pas... «Pero ahora le tenía debajo de los pies.»

«Más valía maña que fuerza.»

Siguieron los ejercicios corporales; el ruido del agua, la luz
de los relámpagos, los truenos lejanos, la oscuridad ambiente,
los vapores de la comida, la estrechez del corredor, todo los animaba, los arrojaba a la alegría aldeana, a los juegos brutales
de la lascivia subrepticia, moderados en ellos por instintos de
la educación. Pero volvieron los pellizcos, los gritos, los puñe-
tazos de las mujeres en la cabeza de los varones. Ana jamás
había asistido a escenas semejantes; ella y don Alvaro no tomaban parte activa en la broma al principio, pero al fin le tocó
a la Regenta algún pellizco, ninguno de Mesía, a éste varios de
Obdulia y Visita, y, sin pensarlo, Ana en la general contienda
más de una vez sintió su espalda oprimida por la de Alvaro,
y aunque huía el contacto delicioso, de un sabor especial, en
cuanto lo notaba, el contacto volvía, y Ana iba sintiendo emociones extrañas, nuevas del todo, una inquietud alarmante, so-
focaciones repentinas y una especie de sed de todo el cuerpo
que hasta le quitaba la conciencia de cuanto no fuese aquel rincón oscuro, estrecho, donde cantaban, reían, saltaban... Como
una música lejana, dulcísima en su suavidad, recordaba todos
los pormenores de la declaración amorosa de Mesía...

Fatigados con tanto movimiento y alardes de fuerza, choques
y excitaciones vanas, Paco y Joaquín, antes que Edelmira, Obdulia y Visita, dejaron de correr y *enredar;* y muy serios, con la
melancolía del cansancio, se pusieron a contemplar la luna, que
apareció en el horizonte como una linterna en el campo de batalla de las nubes, que yacían desgarradas por el cielo.

Paco, con regular voz de barítono, cantó pedazos de *Favorita*
y de *Sonámbula,* y Joaquín *salió por malagueñas,* como él decía;
en su voz había una tristeza que contrastaba con la alegría que
le brillaba en los ojos, clavados en los de Obdulia, quien aquella
noche se había propuesto dar el premio de sus favores, no el
principal, al género flamenco. Por fortuna, Joaquín se conforma-
ba con el *accésit.*

Don Víctor, que se aburría abajo, oyó cantar el *Spirto gentil*
y subió. Le daba ahora por la música. Cantar óperas, a su modo,
y oír cantar a los que *afinaban* más que él, era su delicia por
aquella temporada, y si todo esto se hacía a la luz de la luna,
miel sobre hojuelas.

Todos en un grupo, respirando el fresco de la noche, contemplando la luna que salía por la bóveda desgarrando jirones
de nubes de forma caprichosa, cantaban a la vez o por turno y
hablaban en voz baja, como respetando la majestad de la naturaleza dormida, con languidez del cuerpo y del alma.

Don Víctor era más soñador que ninguno de los presentes.
Se acercó a Mesía, consiguió entablar conversación particular con
él; y como encontró a su amigo más atento que nunca, más
cordial, más afectuoso, no tardó en abrirle el alma de par en par.

Cuando ya los otros se habían cansado de la luna y de las
óperas y las malagueñas, don Víctor, que había comido bien y
merendado con frecuentes libaciones, seguía abriendo el pecho
ante la atención de Mesía, atención muda, intachable.

—Mire usted —decía el viejo—, yo no sé cómo soy, pero sin
creerme un Tenorio, siempre he sido afortunado en mis tentativas amorosas; pocas veces las mujeres con quien me he atrevido a ser audaz han tomado a mal mis demasías..., pero debo
decirlo todo: no sé por qué tibieza o encogimiento de carácter,
por frialdad de la sangre o por lo que sea, la mayor parte de
mis aventuras se han quedado a medio camino... No tengo el don
de la constancia.

—Pues es indispensable.

—Ya lo veo; pero no lo tengo. Mis pasiones son fuegos fatuos;
he tenido más de diez mujeres medio rendidas... y muy pocas,
tal vez ninguna puedo decir que haya sido mía... Sin ir más
lejos...

Don Víctor, en el seno de la amistad, seguro de que Mesía
había de ser un pozo, le refirió las persecuciones de que había
sido víctima, las provocaciones lascivas de Petra; y confesó que
al fin, después de resistir mucho tiempo, años, como un José...,
habíase cegado en un momento... y había jugado el todo por el
todo. Pero nada, lo de siempre; bastó que la muchacha opusiera
la resistencia que el fingido pudor exigía, para que él, seguro de
vencer, enfriara, cejase en su descabellado propósito, contentándose con pequeños favores y con el conocimiento exacto de la
hermosura que ya no había de poseer.

Y de una en otra vino a declarar el hallazgo de la liga, aunque sin decir que había sido de su mujer. Le parecía una debilidad indigna de un marido «de mundo» regalarle ligas a su señora. Pidió consejo a Mesía respecto de su conducta futura con
Petra.

—¿Debo despedirla?

—¿Tiene usted celos?

—No, señor; yo no soy el perro del hortelano..., aunque he

de confesar que algo me disgustó en el primer momento el descubrir aquella prueba de su liviandad.

—Pero ¿está usted seguro de que la liga es de Petra?

—¿Ah, sí!; estoy absolutamente seguro.

Y siguió Quintanar hablando, hablando, sin trazas de dejarlo. La alcoba en que dormían Ana y don Víctor tenía una ventana a la galería precisamente del lado en que estaban conversando los dos amigos.

La Regenta abrió de repente las vidrieras y llamó a su marido.

—Pero, Víctor, ¿no te acuestas hoy?

Los dos amigos se volvieron.

Quintanar tenía los ojos inflamados y las mejillas encendidas... Sus confidencias le habían rejuvenecido...

—Pero ¿qué hora es, hija mía?

—Muy tarde... Ya sabes que en la aldea nos recogemos temprano. Los marqueses ya están recogidos. Ahora mismo acaba de llamar la marquesa a Edelmira, que duerme en su cuarto.

—Bobadas de mamá —dijo Paco, de mal humor, apareciendo por un extremo de la galería—. Edelmira prefería dormir con Obdulia, como es natural..., y ahora doña Rufina la hacía acostarse en su misma alcoba... Bobadas... Tonterías de mamá...

—Buena está Obdulia para dormir con nadie —dijo Visita, que venía del cuarto contiguo al de Ana.

—Pues ¿qué tiene?

—Yo creo que una *mica,* una borrachera de mil cosas, de ruido, de fatiga y hasta de vino..., qué sé yo; ello es que está en la cama dando ayes y dice que allí no se acuesta nadie, que quiere dormir sola... Yo me voy junto a ella; voy a poner mi cama al lado de la suya... Buenas noches...

Y acercándose a la ventana sujetó a la Regenta por los hombros, le habló al oído, le llenó de besos estrepitosos la cara y corrió a su cuarto, haciendo antes una mueca de conmiseración burlesca a Joaquinito Orgaz, que, cabizbajo y tristón, rondaba por los pasillos.

—Vamos, vamos, ya ves que todos se retiran. Víctor, a la cama.

Ana sonreía, hermosa y fresca con su traje sencillo de la hora de acostarse.

—¿Y ustedes? —dijo Quintanar.

—Nosotros —respondió Paco— nos hemos quedado sin cama porque la señora gobernadora le dio el capricho de tener miedo a los truenos y quedarse a dormir...

—¿De modo?... —preguntó Ana risueña.

—Que dormiremos en un sofá.

—Vaya, vaya, pues buenas noches.

—Espera un poco, tonta, mira qué buena noche está..., hablemos aquí un poco...

—Yo no tengo sueño; tiene razón Paco; hablemos —dijo don

Víctor, que había entrado en su cuarto y se había puesto las zapatillas y el gorro de borla de oro.

—¿Cómo hablar? No, señor..., a la cama...

Y Ana, coqueta sin querer, amenazó graciosa, provocativa, con cerrar las ventanas y las contraventanas...

Mesía con un mohín le suplicó que esperase...

Y hablando en tono confidencial, comentando los sucesos del día, las bromas, los juegos, estuvieron a la luz de la luna cerca de una hora todavía; Ana y su marido dentro, Paco, Joaquín y Alvaro en la galería...

Don Víctor estaba en sus glorias. Ver a su Anita alegre, expansiva, y allí, cerca del propio lecho, a los amigos jóvenes en cuya compañía se sentía él joven también, ¿qué mayor dicha? Ni la sombra de una sospecha se le asomaba al alma al noble ex regente. Ya todo era silencio en la casa, todos dormían, y sólo en aquel rincón de la galería, junto a aquella ventana abierta había el ruido suave de un cuchicheo. Hablaban a veces dos o tres a un tiempo, pero todos en voz baja, que parecía dar más intimidad e interés a lo que se decían. Ana esquivaba unas veces las miradas de don Alvaro, que fumaba apoyado un codo muy cerca de los de Anita, también reclinada sobre el antepecho. Otras veces, las más, los ojos se clavaban en los ojos y sin que nadie pudiera remediarlo se decían amores, cada vez más elocuentes.

Alvaro, de tarde en tarde, miraba de soslayo y con envidia y codicia al interior de la alcoba... Ana sorprendió alguna de aquellas miradas rápidas y compadeció al enamorado galán, sin tomar a mal su curiosidad indiscreta.

Don Víctor no llevaba traza de poner fin al palique y Ana misma se creyó en el caso de decir:

—Vaya, vaya..., hasta mañana; Víctor, adentro, adentro.

Y cerró las vidrieras, en las narices de Alvaro y de los pollos. Paco y Joaquín desaparecieron en lo oscuro del corredor. Quintanar ya estaba de espaldas, allá en el fondo de la alcoba, en mangas de camisa. Don Alvaro no se movía; y vio a la Regenta detrás de los cristales, cerrando pausadamente las maderas; y ella en medio, en el hueco de luz, mirándole seria, dulce... y después, cuando ya sólo quedaba un intersticio, le miró risueña, juguetona. Volvió a abrir otro poco... y volvió a verle todo el rostro.

—Adiós, adiós, dormir bien —dijo Ana, detrás de las vidrieras; y cerró las contraventanas de golpe y corrió el pestillo.

Como la romería de San Pedro, hubo muchas durante el mes de julio por los alrededores del Vivero. A casi todas asistieron los marqueses y sus amigos. Quintanar y señora esperaban a los de Vetusta en la quinta; y unas veces a pie, otras en coche, se emprendía la marcha, se recorrían aquellas aldeas pintorescas, se oían aquellos cánticos, monótonos, pero siempre agradables, dulces y melancólicos de la danza indígena, y se volvía al oscurecer,

comiendo avellanas y cantando, entre labriegos y campesinas retozonas, confundidos señores y colonos en una mezcla que enternecía a don Víctor, el cual decía: «Vea usted si se pudiera rea-
lizar la igualdad y la fraternidad..., no habría otra cosa mejor
ni más poética».

Mesía y Paco no faltaban ni a una de estas excursiones; pero,
además, solían visitar a la Regenta cada tres o cuatro días. A veces Ana y Quintanar, después de comer, a eso de las cuatro de
la tarde, salían a la carretera de Santianes a esperar a sus amigos.
La soledad le iba pesando un poco a don Víctor y aquellas visitas las agradecía en el alma. Ana, al divisar allá lejos, en el
extremo de la cinta larga y estrecha de carretera, las siluetas de
los dos poderosos caballos blancos de Mesía y Vegallana, sentía
un placer que se le antojaba infantil... y se ponía nerviosa de
ansiedad, que crecía según se acercaban los bultos y se aclaraban las figuras de caballos y jinetes.

Ni Visitación ni Paco se atrevían ya nunca a decir nada a don
Alvaro alusivo a sus pretensiones amorosas: le dejaban hacer;
conocían en *la cara de gloria* del Tenorio que esperaba el triunfo,
que tal vez lo estaba tocando, y comprendían que el pudor, la
vergüenza, mejor dicho, exigía un silencio absoluto respecto del
caso. Don Alvaro agradecía «la delicadeza» de sus cómplices y
callaba también, tranquilo y satisfecho.

A fines del mes comenzó la dispersión general; todos los que
tenían cuatro cuartos, y muchos que no los tenían, dejaron la
capital y buscaron la frescura de la playa.

Don Víctor, loco de contento, salió del Vivero con su mujer
y con Petra y se instaló en el puerto mejor de la provincia,
La Costa, villa floreciente más rica que Vetusta, emporio del ca-
botaje y vestida muy a la moda. Otros años Quintanar pasaba el
mes de agosto en Palomares, adonde iban también Visita, Obdulia y alguna vez los marqueses y Mesía.

—¡Dos años hace que no he veraneado! —decía Quintanar,
alegre como un chiquillo.

La Regenta prefirió La Costa a Palomares porque el Magistral
había suplicado que no se fuera a baños, y que si el médico lo
exigía que por lo menos no se fuera a Palomares. No quiso
Ana contradecir este deseo del confesor y transigió.

«Iremos a La Costa», dijo en la carta en que contestó a don
Fermín. Tenía éste pésima idea de los efectos morales de los
baños de todo el Cantábrico, y especialmente de los baños de
Palomares. La mayor parte de los penitentes volvían de aquel
pueblo de pesca con la conciencia llena de pecadillos que, si tratándose de otros casi le hacían sonreír, en la Regenta le hubieran
hecho muy poca gracia.

Comprendía don Fermín que su influencia iba disminuyendo,
que la fe de Ana se entibiaba y en cambio crecía la desconfianza en ella; y como perder del todo a su Regenta era idea
que le asustaba, dando tormento al orgullo, a los celos, hacía

de tripas corazón, fingía no ver, y mantenía su poder espiritual claudicante «con puntales de tolerancia y estribos de paciencia». La ira la desahogaba sobre el obispo y con la curia eclesiástica. Cada vez era su poder mayor y más cruel su tiranía. Las ventajas de don Alvaro en el ánimo de Ana las pagaba el clero parroquial, aquel clero que Foja decía que respetar tanto.

También Ana prefería aquel *modus vivendi;* no quería volver a las andadas, temía que viniesen la compasión y los remordimientos y las aprensiones a molestarla y al fin hacerla caer enferma, si por completo rompía con el Provisor.

«Me conozco —pensaba—; sé que, después de todo, le tengo cierto cariño, y si abandonase su amistad, una voz insufrible me había de estar gritando siempre en favor suyo. Mejor es esto; ya que él dismula, y finge no ver este cambio, y ya no se queja como al principio, dejémoslo todo así; quiero paz, paz, no más batallas aquí dentro.»

Don Alvaro, en el tono confidencial que había adoptado después de su declaración, había venido a indicar vagamente que no convenía irritar a don Fermín, que él le creía capaz de hacer daño siempre de un modo o de otro. Ana, aunque Alvaro no se atrevía a ser muy explícito en este particular, comprendía lo que su amigo, *nuevo hermano,* quería decir y aprobaba su prudencia.

Por todo lo cual pudo el Provisor atreverse a insinuar aquel deseo que en otro tiempo hubiera sido impuesto en un decreto sin exposición de motivos.

Ana fue a La Costa. Mesía, por disimular, pasó cinco días en Palomares, después se corrió a San Sebastián, y el día de Nuestra Señora de Agosto se presentó en La Costa, en un vapor de Bilbao, nuevo y reluciente.

A don Víctor le gustaba mucho, por una temporada, la vida de fonda. Se había instalado en la más lujosa, de más movimiento y ruido, situada en el Muelle. Allá se fue también Mesía, accediendo a los ruegos de su amigo el ex regente.

Veinte días después volvían los tres juntos a Vetusta; Benítez felicitó a la Regenta por su notable mejoría; ahora sí que estaba la salud asegurada; ¡qué color!, ¡qué morbidez!, ¡qué *sólidamente* robusta volvía!

A don Víctor se le caía la baba. «¡Oh, el mar, si no hay como el mar, y la mesa redonda, y la casa de baños, y los paseos por el muelle, y los conciertos al aire libre…, y los teatros y circos! ¡Qué contento estaba con la vida Quintanar! Su mujer era una joya; la más hermosa de la provincia, como había sido siempre, pero además ahora suya, completamente suya, y de un humor nuevo, alegre, activo, como el que Dios le había otorgado a él…

—¿Y yo?, ¿eh?, ¿qué tal vengo yo, señor Benítez?

—Magnífico; magnífico también; hecho un pollo.

—¡Ya lo creo!

—¿Y este galápago? Este galápago que ya va siendo viejo,

¿qué tal? —Y daba palmaditas en la espalda de Mesía—. Este sí que parece un chiquillo.

Y volviéndose a Frígilis, que estaba presente, algo triste y desmejorado, añadía Quintanar:

—En cambio tú vas a escape para Villavieja..., y eso que tanto tono sabes darte con tu higiene, y tu vida de árbol secular. No, lo que es al siglo no llegas, carcamal...

Y abrazaba y daba palmadas en la espalda también a su Frígilis para que no tuviera celos de Mesía. Quintanar era feliz; quería que lo fueran todos los suyos, su mujer, sus criados, y los amigos, hasta los conocidos, el mundo entero.

Si Mesía le preguntaba en broma:

—¿Qué tal *Kempis?* ¿Qué dice de esto *Kempis?*

El otro contestaba:

—¿Quién? ¡Qué *Kempis* ni qué ocho cuartos!... Voy a hacer obras en el caserón. Voy a blanquear el patio y los pasillos, a empapelar el comedor y picar la piedra de la fachada. Verán ustedes qué hermosa queda la piedra amarillenta después que la piquemos. No quiero oscuridad, no quiero negruras, no quiero tristezas.

Mesía había convencido a la Regenta de que don Víctor, en rigor, venía a ser una cosa así... como un padre. Siempre había pensado ella algo por el estilo.

Sin embargo, se le debía el honor; y a pesar de tanta intimidad, de aquel amor confesado implícitamente, Ana podía decir que don Alvaro no había puesto sus labios en aquella piel con cuyo contacto soñaba de fijo.

Mesía no se daba prisa. «Aquella casada no era como otras; había que conquistarla como a una virgen; en rigor él era su primer amor y los ataques brutales la hubieran asustado, le hubieran robado mil ilusiones. Además a él también le rejuvenecía aquella situación de amor platónico, de intimidad dulcísima en que sólo él hablaba de amor con la boca y ambos con los ojos, la sonrisa y todo lo demás que era mudo y no era deshonesto y grosero.

«Así como así, el verano siempre le tenía un poco lánguido y desmadejado. Calculaba él, con aquella frivolidad afectada y natural al mismo tiempo de materialista práctico, calculaba que allá para el invierno él se sentiría fuerte como un roble y la Regenta estaría suave y dócil como una malva. Además, una barbaridad podía, si no echarlo todo a perder, retrasar las cosas, darles un giro y menos picante y sabroso que el que llevaban. Ello diría, ello diría y no había de tardar.»

Y en tanto la vida era una delicia. El maduro don Juan que, como él decía, *était déjà sur le retour,* se sentía transformado por la juventud y la pasión vehemente y soñadora de Anita. No recordaba don Alvaro haber deseado tanto a una mujer ni haber gozado con los amores platónicos, según él llamaba a todos los no consumados, como estaba gozando entonces.

La Regenta, cayendo, cayendo, era feliz; sentía el mareo de la caída en las entrañas, pero si algunos días al despertar en vez de pensamientos alegres encontraba, entre un poco de bilis, ideas tristes, algo como un remordimiento, pronto se curaba con la nueva metafísica naturalista que, sin darse cuenta de ello, había creado a última hora para satisfacer su afán invencible de llevar siempre a la abstracción, a las generalidades, los sucesos de su vida.

Pero la misma Ana, tan dada a cavilaciones, tenía poco tiempo para ellas. Toda la vida era diversión, excursiones, comidas alegres, teatros, paseos. Entre la casa de los marqueses y la de Quintanar se había establecido una especie de convivencia de que participaban Obdulia, Visita, Alvaro, Joaquín y algunos otros amigos íntimos.

Se iba al Vivero muy a menudo; se corría por el bosque, por la galería que rodeaba la casa, por la huerta, por la orilla del río. Todos parecían cómplices. Obdulia y Visita adoraban a la Regenta, eran esclavas de sus caprichos, se la comían a besos; juraban que eran felices viéndola tan tratable, tan *humanizada.* Y jamás una alusión picaresca, ni una pregunta indiscreta, ni una sorpresa inoportuna. Nadie hablaba allí del peligro que sólo ignoraba Quintanar. Muchas veces, cuando una tormenta como la de San Pedro descargaba sobre el Vivero, se quedaba allí toda la comitiva a pasar la noche. Ana se encontraba, sin buscarlo, pero sin esquivar las ocasiones, en contacto con Alvaro, apretada contra él en coches, palcos, bailes, bosques, muchas veces cada semana.

Un día de noviembre, de los pocos buenos del veranillo de San Martín, se emprendió la última excursión, por aquel año, al Vivero.

La alegría era extremada, nerviosa. *Aquellos chicos,* como seguía llamándolos Ripamilán, también expedicionario a pesar de los años, aquellos chicos que tenían en la quinta de Vegallana los mejores recuerdos de sus juegos alegres, se despedían con pesar de aquel rincón de sus primaveras y sus otoños. Querían saborear hasta la última gota de alegría loca en la libertad del campo, en las confidencias secretas y picantes del bosque. Jamás Visita *hizo la niña* de mejor buena fe; jamás Obdulia consintió a Joaquín *más tonterías,* según su vocabulario lleno de eufemismos; Edelmira y Paco hicieron unas paces rotas ocho días antes; hasta los viejos cantaron, bailaron un minué y corrieron por el bosque; don Víctor hizo diabluras y se cayó al río, pretendiendo saltarlo de un brinco por cierto paraje estrecho.

Ana y Alvaro, al darse la mano por la mañana, al subir al coche, se encontraron en la piel y en la sangre impresiones nuevas. La noche anterior Alvaro había dicho que él se quería morir. No pedía nada, pero se quería morir. Ana en todo el camino de Vetusta al Vivero no dijo más que esto, y bajo, al oído de Alvaro: «Hoy es el último día».

Después de comer, a todos los amantes del Vivero les pre-
ocupó la idea de que la tarde sería muy corta. Joaquín y Obdulia sabían que todo el mundo era patria: «¡pero como allí!»
Edelmira y Paco suspiraban también por sus escondites de la
quinta, que iban a dejar muy pronto... Antes del último arranque
de locura, de las últimas carreras por el bosque y de la última
alegría hubo un cuarto de hora de melancolía..., de cansancio
mezclado de tristeza. La tarde iba a ser corta y la última.
Visita se sentó al piano y tocó la polca de *Salacia,* un baile fantástico de gran espectáculo que se representaba aquellas noches
en Vetusta. *Salacia,* la hija del mar, sacaba a sus hermanas del
océano y no se sabe por qué a las bacantes a bailar en la playa
una danza infernal; Ana recordó la impresión que aquella polca
había causado en sus sentidos... «¡Las bacantes! Asia..., los tir-
sos, la piel de tigre de Baco.» Ana sabía mucho de estos recuerdos mitológicos y pronto había dejado de ver el pobre aparato escénico del teatro de Vetusta y las bailarinas prosaicas y
no todas bien formadas, para trasladarse a la imaginada región
de Oriente, donde su fantasía, a medias ilustrada, veía bosques
misteriosos, carreras frenéticas de las bacantes enloquecidas por
la música estridente y por las libaciones de perpetua orgía, al
aire libre. ¡La bacante!, la fanática de la naturaleza, ebria de los
juegos de su vida lozana y salvaje; el placer sin tregua, el placer
sin medida, sin miedo; aquella carrera desenfrenada por los campos libres, saltando abismos, cayendo con delicia en lo desco-
cido, en el peligro incierto de precipicios y enramadas traidoras
y exuberantes... Mientras Visita recordaba de mala manera en el
piano aquella humilde polca de *Salacia,* que tenía de bueno lo
que tenía de copia, la Regenta dejaba bailar en su cerebro todos
aquellos fantasmas de sus lecturas, de sus sueños y de su pasión
irritada.

De pronto, se le antojó mirar una *Ilustración* que estaba sobre un centro de sala. «La última flor», decía la leyenda de un
grabado en que clavó Ana los ojos. En un jardín, en otoño,
una mujer hermosa, de unos treinta años, aspiraba con frenesí
y oprimía contra su rostro una flor..., la última.

—¡Ea, ea, al monte! —gritó en aquel momento Obdulia desde
la huerta—, ¡al monte, al monte! A despedirse de los árboles...
Visitación azotó con fuerza las teclas violentando el · compás
de su polca..., y en seguida cerró el piano con ímpetu.

—¡Al monte!, ¡al monte! —gritaron de arriba y de abajo.
Y salieron por el postigo a despedirse de robles, encinas, es-
pinos, zarzas, helechos, y de la hierba fresca y verde de la oto-
ñada.

Aquella noche se prolongó la fiesta en Vetusta; era la despedida del buen tiempo; el invierno iba a volver, el diluvio estaba a la puerta... Y se improvisó una cena para todos aquellos
señores. Muchos a las doce, después de bailar y cantar y alborotar, ya tenían apetito; se había comido temprano; otros no

hicieron más que probar golosinas y beber. Como la noche se había quedado tan serena y templada que parecía de las primeras de septiembre se cenó en la estufa nueva que se inauguró en este día; era grande, alta, confortable, construida por modelo de París. Don Alvaro, inteligente en la materia, dijo que se parecía, en pequeño, a la de la princesa Matilde. ¡Cómo envidió Obdulia aquel dato! Y sintió orgullo. ¡Un hombre que había sido su amante podía hablar de la *serre* de la princesa Matilde!

Se cenó allí. En el salón amarillo, donde se había bailado después de volver de Vetusta, mediante algunos tertulios de refresco, se apagaban solas las velas de esperma en los candelabros, corriéndose por culpa del viento que dejaba pasar un balcón abierto. Los criados no habían apagado más que la araña de cristal. Las sillas estaban en desorden; sobre la alfombra yacían dos o tres libros, pedazos de papel, barro del Vivero, hojas de flores, y una rota de Begonia, como un pedazo de brocado viejo. Parecía el salón fatigado. Las figuras de los cromos finos y provocativos de la marquesa reían con sus posturas de falsa gracia violentas y amaneradas. Todo era allí ausencia de honestidad; los muebles sin orden, en posturas inusitadas, parecían amotinados, amenazando contar a los sordos lo que sabían y callaban tantos años hacía. El sofá de ancho asiento amarillo, más prudente y con más experiencia que todos, callaba, conservando su puesto.

Una ráfaga de viento apagó la última luz que alumbraba el cuadro solitario. El reloj de la catedral dio las doce. Se abrió la puerta del salón y pasaron dos bultos. Las pisadas las apagó en seguida la alfombra. Por toda claridad la poca de la calle, producto de la luna nueva y de un farol de enfrente, adulación del municipio nuevo a la casa del Marqués. Al abrirse la puerta se oyó a lo lejos el ruido de la servidumbre en la cocina; carcajadas y el runrún de una guitarra tañida con timidez y cierto respeto a los amos; este rumor se mezclaba con otro más apagado, el que venía de la huerta, atravesaba los cristales de la estufa y llegaba al salón como murmullo de un barrio populoso lejano.

Los dos bultos eran Mesía y Quintanar, que ebrio de confidencias perseguía a su amigo íntimo con el relato de las aventuras de su juventud, allá en la Almunia de don Godino.

Don Alvaro se dejó caer en el sofá, soñoliento y soñador; no oía a don Víctor, oía la voz del deseo ardiente, brutal, que gritaba: «¡Hoy, hoy, ahora, aquí, aquí mismo!»

Y en tanto el ex regente, a quien aquellas sombras del salón y aquella discreta luz del farol de enfrente y del cuarto de luna parecían muy a propósito para confesar sus picardías eróticas, continuaba el relato, para decir de cuando en cuando, a manera de estribillo:

—Pero ¡qué fatalidad! ¿Cree usted que por fin la hice mía? ¡Pues no, señor! Pásmese usted... Lo de siempre, me faltó la constancia, la decisión, el entusiasmo..., y me quedé a media

miel, amigo mío. No sé qué es esto; siempre sucede lo mismo...
En el momento crítico me falta el valor..., y estoy por decir
que el deseo...

Una vez, al repetir esta canción don Víctor, a Mesía se le
antojó atender; oyó lo de quedarse a media miel, lo de faltarle
el valor... y con suprema resolución, casi con ira, pensó: «Este
idiota me está avergonzando sin saberlo. Ya que él lo quiere,
que sea... Esta noche se acaba esto... Y si puedo aquí mismo...»

Poco después los dos amigos, cansados hasta el mismo don
Víctor de confesiones, volvieron a la mesa, donde reinaba la
dulce fraternidad de las buenas digestiones después de las cenas
grandiosas. No estaba allí Anita.

Salió Alvaro sin ser visto, por lo menos sin que nadie pensara en si salía o no, y entró de nuevo en el caserón. En la
cocina seguía la algazara. Lo demás todo era silencio. Volvió al
salón. No había nadie. «No podía ser.» Entró en el gabinete de
la Marquesa... Tampoco vio entre las sombras ningún cuerpo humano. Todo era sillas y butacas. Sobre ellas ningún bulto de
mujer. «No podía ser.» Con aquella fe en sus corazonadas, que
era toda su religión, don Alvaro buscó más en lo oscuro... llegó
al balcón entornado; lo abrió...

—¡Ana!

—¡Jesús!

Veintinueve

«El día de Navidad venga usted a comer el pavo con nosotros. Me lo han mandado de León lleno de nueces. Será cosa exquisita. Además, tengo vino de mi tierra, un Valdiñón que se masca...»

Mesía no faltó a su promesa, y el día de Navidad comió en el caserón de los Ozores. El salón estaba ahora empapelado de azul y oro a cuadros; la gran chimenea churrigueresca se había conservado con sus ondulantes sirenas de abultado seno de yeso. Don Víctor se contentó con pintar de un blanco gris *discreto,* como él decía, todas aquellas cornisas, volutas, acantos, escocias y hojarasca.

A los postres, el amo de la casa se quedó pensativo. Seguía con la mirada disimuladamente las idas y venidas de Petra, que servía a la mesa. Después del café pudo notar don Alvaro que su amigo estaba impaciente. Desde aquel verano, desde que habían vivido juntos en la fonda de La Costa, don Víctor se había acostumbrado a la comensalía de don Alvaro; le encontraba a la mesa más decidor y simpático que en ninguna otra parte y le convidaba a comer a menudo. Pero otras veces, después de charlar cuanto quería, Quintanar solía levantarse, dar una vuelta por el parque, vestirse, siempre cantando, y dejar así media hora larga solos a Anita y a su amigo. Y ahora no, no se movía. Ana y Alvaro se miraban preguntándose con los ojos qué novedad sería aquélla.

La Regenta se inclinó un instante para recoger una servilleta del suelo, y don Víctor hizo a Mesía una seña que quería decir claramente:

—Me estorba ésa; si se fuera..., hablaríamos.

Mesía encogió los hombros.

Cuando Ana levantó la cabeza sonriendo a don Alvaro, éste, sin verlo Quintanar, apuntó a la puerta sin mover más que los ojos.

Ana salió en seguida.

—¡Gracias a Dios! —dijo su marido, respirando con fuerza— Creí que no se marchaba hoy esa muchacha.

Ni siquiera recordaba que otras veces quien se marchaba era él.

—Ahora podremos hablar.

—Usted dirá —respondió tranquilamente Alvaro, chupando su habano y tapándose la cara con el humo, según su costumbre de *enturbiar el aire* cuando le convenía.

«¿Qué tripa se le habrá roto a éste?», pensó con un vago recelo que no se explicaba siquiera.

Don Víctor acercó su silla a la del otro, y tomó el tono de las grandes revelaciones.

—Actualmente —dijo—, todo me sonríe. Soy feliz en mi hogar, no entro ni salgo en la vida pública; ya no temo la invasión absorbente de la Iglesia, cuya influencia deletérea..., pero esa Petra me parece que me quiere dar un disgusto.

Movimiento de sobresalto en Mesía.

—Explíquese usted. ¿Ha vuelto usted a las andadas?

—He vuelto y no he vuelto... Quiero decir..., ha habido escarceos..., explicaciones..., treguas..., promesas de respetar... lo que esa grandísima tunanta no quiere que la respeten..., en suma; ella está picada porque yo prefiero la tranquilidad de mi hogar, la pureza de mi lecho, de mi tálamo..., como si dijéramos, a la satisfacción de efímeros placeres... ¿Me entiende usted? Finge que se alborota por defender su honor, que, en resumidas cuentas, aquí nadie se atreve a amenazar seriamente, y lo que en rigor la irrita es mi frialdad...

—Pero ¿qué hace? Vamos a ver...

—Mire usted, Alvaro, por nada de este mundo daría yo un disgusto a mi Anita, que es ahora modelo de esposas; siempre fue buena, pero antes tenía sus caprichos, ya recuerda usted...

—Sí, sí..., al grano.

—Ahora la pobrecita coincide con mis gustos en todo. Por aquí digo, y por aquí se va. Hasta le ha pasado aquella exaltación un poco selvática, aquel amor excesivo a los placeres bucólicos, aquella exclusiva preocupación de la salud al aire libre, del ejercicio, de la higiene en suma... Todos los extremos son malos, y Benítez me tenía dicho que la verdadera curación de Ana vendría cuando se le viese menos atenta a la salud de su cuerpo, sin volver, ni por pienso, al cuidado excesivo y loco de su alma. ¡Aquello era lo peor!

—Pero... no me dice usted...

—Allá voy; Ana vive ahora en un equilibrio que es garantía de la salud por que tanto tiempo hemos suspirado; ya no hay nervios, quiero decir, ya no nos da aquellos sustos; no tiene jamás veleidades de santa, ni me llena la casa de sotanas...; en fin, es otra, y la paz que ahora disfruto no quiero perderla a ningún precio. Ahora bien... Petra... puede y creo que quiere comprometernos.

—Pero, vamos a ver, ¿qué hace Petra?

—Comprometer la paz de esta casa; temo que quiere dominarnos prevaliéndose de mi situación falsa, falsísima... lo confieso. ¿No comprende usted que para Ana tendría que ser un golpe terrible cualquier revelación de esa... ramerilla hipócrita?

—Pero ¿qué sucede, señor? ¡Hable usted claro y pronto! —gritó Mesía, impaciente, más interesado en el asunto de lo que su amigo podía suponer.

—Más bajo, Alvaro, más bajo. ¿Qué sucede? Mucho. Petra sabe que yo quiero evitar a toda costa un disgusto a mi mujer, porque temo que cualquiera crisis nerviosa lo echase todo a rodar y volviéramos a las andadas. Un desengaño, mi escasa fidelidad descubierta, de fijo la volvería a sus antiguas cavilaciones, a su desprecio del mundo, buscaría consuelo en la religión y ahí teníamos al señor Magistral otra vez... ¡Antes que eso, cualquier cosa! Es preciso evitar a toda costa que Ana sepa que yo, en momentos de ceguera intelectual y sensual, fui capaz de solicitar los favores de esa *scortum,* como las llama don Saturnino.

—Pero ¿por qué ha de saber Ana eso? Si, después de todo, no hay nada que saber...

—Sí; lo que hay basta para clavarle un puñal a la pobrecita. La conozco yo... Y, sobre todo, si Petra dice lo que hay, mi esposa pensará lo demás, lo que no hay.

—Pero ¿Petra?... Acabe usted. ¿Ha dicho algo? ¿Ha amenazado con decir?...

—Esa es la cuestión. Habla gordo, es insolente, trabaja poco, no admite riñas y aspira a ponerse en un pie de igualdad absurdo.

—Absurdo...

—Y la ínfame, ¿con quién creerá usted que está más altiva, más soberbia, más insolente? ¿Conmigo? Eso parecería lo natural. ¡Pues no, señor, con Ana! ¡Pásmese usted, con Ana!

Desde la nube de humo en que estaba envuelto, don Alvaro contestó:

—¡Ya se comprende!... ¡Quiere hacerle a usted la forzosa; tal vez celos!

—Eso digo yo... «Sufre que tu mujer oiga insolencias a la que quisiste hacer tu concubina... o se lo cuento todo.» Este es el lenguaje de la conducta de esa meretriz solapada. Ahora bien: un consejo; solución; ¿qué hago? ¿Sufrir en silencio? Absurdo. Además, puede acabársele la paciencia a Anita, que si ha aguantado hasta ahora es por lo mucho que le queda de cuando fue casi santa... Pero si Ana se incomoda, si sospecha..., si..., ¡triste de mí!

—Calma, hombre, calma.

—¿Qué hacemos, Alvaro, qué hacemos?

—Es muy sencillo.

—¡Sencillo!

—Sí, hay que echar a Petra de esta casa.

Don Víctor saltó en su silla.

—Eso es cortar el nudo...

—Pues no hay más solución. Echarla.

Don Víctor expuso las dificultades y los peligros del remedio, pero don Alvaro prometió allanarlo todo. «Él sabía cómo se trataba a esta gente. Daba la casualidad feliz de que en la fonda en que él vivía como niño mimado hacía tantos años se necesitaba una muchacha para servir a los huéspedes. Petra era que ni pintada para el caso; a ella la halagaría la proposición; se la haría el mismo don Alvaro, y si por caso extraño resistía, él sabría amenazarla de suerte que..., etc., etc.» En fin, don Víctor lo dejó todo en manos de su amigo y se fue al Casino, algo más tranquilo.

—¿Usted se queda a preparar el terreno, eh?

—Sí, hombre, a arreglarlo todo.

En cuanto don Víctor cerró de un golpe la puerta de la escalera, Ana entró asustada en el comedor. Iba a hablar, pero llegó Petra a recoger el servicio del café y calló, fingiendo leer *El Lábaro*. Salió la doncella, y Ana dijo:

—¿Qué hay, Alvaro?...

—Hay, que ya no te queda pretexto para negarme que venga de noche.

—No entiendo...

—Petra marcha de esta casa. Adiós espías.

—¡Petra! ¿Que marcha Petra?

—Sí, él me ha encargado de despedirla; dice que es insolente, que te trata mal...

—¡Dios mío! ¿Lo ha notado él?...

—Sí, boba, pero no te asustes...; él lo toma... por donde no quema...

Mesía explicó a la Regenta el caso. La había enterado de todo y de mucho más. Las tentativas del mísero don Víctor eran para la Regenta, gracias a las calumnias de Alvaro, delitos consumados. Pero ella no atribuía a esto la insolencia de la criada; temía que hubiese descubierto sus amores con Mesía y que aquella soberbia, aquel desafío constante de sus miradas, de sus sonrisas y de sus gestos fuese amenaza de revelar a don Víctor su secreto.

—Ya ves como no era lo que tú temías, aprensiva... Es muy posible, probable, que la pobre chica no sospeche nada, que su atrevimiento no sea más que una amenaza al amo...

Ana se ruborizó. Todo aquello le repugnaba. «¡Aquel marido a quien ella había sacrificado lo mejor de la vida, no sólo era un maníaco, un hombre frío para ella, insustancial, sino que perseguía a las criadas de noche por los pasillos, las sorprendía en su cuarto, les veía las ligas!... ¡Qué asco! No eran celos, ¿cómo habían de ser celos? Era asco; y una especie de remordimiento retrospectivo por haber sacrificado a semejante hombre la vida. Sí, la vida, que era la juventud.»

«Alvaro —seguía pensando Ana— había hecho mal en revelarle aquellas miserias, en hacer traición a Quintanar, por indigno que éste fuera, y, sobre todo, en avergonzarla a ella con las aventuras ridículas y repugnantes del viejo.» Pero como tenía empeño en limpiar de toda culpa a su Mesía, a su señor, al hombre a quien se había entregado en cuerpo y alma *por toda la vida,* según ella, pronto le disculpaba, reflexionando que el pobre Alvaro hacía aquello por amor, por arrojar del pensamiento de su Ana todo escrúpulo, todo miramiento que pudiera atarla al viejo que había hecho de lo mejor de su vida un desierto de tristeza.»

«Tampoco le agradaba a Anita ver a su Alvaro metido en aquellos cuidados domésticos de despedir criadas; y menos encontrarle tan experto en el asunto; todo aquello, de puro prosaico y bajo, era repugnante, pero ¿qué remedio? Alvaro lo hacía por ella, por gozar tranquilamente de aquella felicidad que tantos años de martirio le había costado...»

Estos y todos los demás lunares que en Mesía le obligaba a descubrir de poco acá el endiablado espíritu de análisis, camino de la locura según ella, procuraba Ana convertirlos en otras tantas estrellas luminosas de pura hermosura. Si alguna vez le sobrecogía la idea de perder a don Alvaro, temblaba horrorizada, como en otro tiempo cuando temía perder a Jesús.

Las primeras palabras de amor que Ana, ya vencida, se atrevió a murmurar con voz apasionada y tierna al oído de su vencedor, no el día de la rendición, mucho después, fueron para pedirle el juramento de la constancia..

«Para siempre, Alvaro, para siempre, jurámelo; si no es para siempre, esto es un bochorno, es un crimen infame, villano...»

Mesía había jurado, y seguía jurando todos los días, una eternidad de amores.

La idea de la soledad *despues de aquello* le parecía a la Regenta más horrorosa que en un tiempo se le antojara la imagen del Infierno.

Con amor se podía vivir dondequiera, como quiera, sin pensar más que en el amor mismo...; pero sin él... volverían los fantasmas negros que ella a veces sentía rebullir allá en el fondo de su cabeza, como si asomaran en un horizonte muy lejano, cual primeras sombras de una noche eterna, vacía, espantosa. Ana sentía que acabarse el amor, aquella pasión absorbente, fuerte, nueva, que gozaba por la primera vez en la vida, sería para ella comenzar la locura.

«Sí, Alvaro; si tú me dejaras me volvería loca, de fijo; tengo miedo a mi cerebro cuando estoy sin ti, cuando no pienso en ti. Contigo no pienso más que en quererte.»

Esto solía decir ella en brazos de su amante, gozando sin hipocresía, sin la timidez, que fue al principio real, grande, molesta para Mesía, pero que al desaparecer no dejó en su lugar fingimientos. Ana se entregaba al amor para sentir con toda la vehemencia de su temperamento, y con una especie de furor que groseramente llamaba Mesía, para sí, hambre atrasada.

El estuvo el primer mes asustado. Si los primeros días renegaba del miedo, de la ignorancia y de los escrúpulos *(absurdos en una mujer casada de treinta años,* según la filosofía del Presidente del Casino), pronto vio tan colmada la medida de sus deseos, que llegó a inquietarle «otro aspecto» de sus amores. Nunca había sido más feliz. ¿Quería satisfacer el amor propio a quien la edad empezaba a dar algunos disgustos? Pues Ana, la mujer más hermosa de Vetusta, le adoraba; y le adoraba por él, por su persona, por su cuerpo, por *el físico.* Muchas veces, si a él le daba por hablar largo y tendido, ella le tapaba la boca con la mano y le decía en éxtasis de amor: «No hables». Mesía no echaba esto a mala parte; también él reconocía que lo mejor era callar, dejarse adorar por buen mozo. ¿Quería satisfacer caprichos de la carne ahíta, gozar delicias delicadas de los sentidos? Pues la misma ignorancia de Ana y la fuerza de su pasión y las circunstancias de su vida anterior y las condiciones de su temperamento y la de su hermosura facilitaban estos alambicados goces del gallo, corrido y gastado, pero capaz de morir de placer sin miedo. Y a pesar de tanta felicidad, Mesía estaba intranquilo.

—Está usted desmejorado —le decía Somoza.

—Cuidado —repetía Visitación.

Y él mismo notaba que su rostro perdía la lozana apariencia que había recobrado en aquellos meses de buena vida, de ejercicio y abstinencia que él, prudentemente, había observado antes de dar el ataque decisivo a la fortaleza de la Regenta.

«Sí, sentía que dentro de su cuerpo había algo que hacía *crac* de cuando en cuando. Había polilla por allá dentro. Y lo que él temía no era la enfermedad por la enfermedad, la vejez por la vejez; no, era un buen soldado del amor, héroe del placer, sabría morir en el campo de batalla. Su inquietud era por otro motivo. Morir, bueno; pero decaer, y decaer en presencia de Ana, era horroroso; era ridículo y era infame. Sí; él faltaba a su juramento envejeciendo, perdiendo fuerzas.» Recordaba con escalofríos épocas pasadas en que decadencias pasajeras, producidas por excesos de placer, le habían obligado a recurrir a expedientes bochornosos, buenos para referirlos entre carcajadas en el Casino, a última hora, a Paco, a Joaquín y demás trasnochadores, para referirlos después de pasados, cuando el vigor volvía y ya las trazas cómicas no eran necesarias; pero expedientes odiosos como la miseria y sus engaños. Aquel fingir juventud, virilidad, constancia en el amor corporal, parecíale a don Álvaro semejante a los recursos de la pobreza ostentosa que describe Quevedo en el *Gran Tacaño.* El también había sido más de una vez, después de pródigo, el Gran Tacaño del amor... Pero las trazas antiguas serían imposibles ahora, si llegara el caso de necesitarlas... «No, antes huir o pegarse un tiro. Ana, la pobre Ana, tenía derecho a una juventud eterna e inagotable.» Pero estas ideas tristes, aprensiones de la edad, venían de tarde en tarde; lo más del tiempo semejante inquietud dejaba libre al Tenorio vetustense gozando de aquellos amores que reputaba la gloria más alta de su vida. Por su parte se confesaba todo lo enamorado que él podía estarlo de quien no fuese don Alvaro Mesía. Después del presidente del Casino ningún ser de la tierra le parecía más digno de adoración que su dócil Ana, su Ana frenética de amor, como él había esperado siempre, aun en los días de mayor apartamiento. Don Alvaro no se confesaba a sí mismo que había habido un tiempo en que perdiera la esperanza de vencer a la Regenta. ¡La tenía ahora tan vencida!

Mejor que nunca lo conoció cuando hubo que dar la gran batalla para trasladar al caserón de los Ozores el nido del amor adúltero. Ana se opuso, lloró, suplicó... «No, no; eso no, Alvaro, por Dios no, eso nunca.» Y resistió muchos días a las súplicas del amante, que se quejaba de lo poco y de prisa y sin comodidad que gozaba de su amor. Casi siempre se veían en casa de Vegallana; allí eran sus cariños furtivos, precipitados; pero el reposado dominio de horas y horas de voluptuosa intimidad no era posible conseguirlo, si no se buscaba lugar menos expuesto a sobresaltos, intermitencias y disimulos. Ana se negaba a acudir a un rincón de amores que Alvaro prometía buscar; el mismo Alvaro confesaba que era difícil encontrar semejante rincón seguro en un pueblo *tan atrasado* como Vetusta. Además, el lugar que él pudiera encontrar, al cabo tenía que aparecerle repugnante a ella; y como en Ana la imaginación influía tanto, el desprecio del albergue podía llevarla a la repugnancia del adulterio... No había más remedio que tomar por asilo el caserón de los Ozores. Era lo más seguro, lo más tranquilo, lo más cómodo. Comprendía Alvaro los escrúpulos de Ana, pero se propuso vencerlos y los venció. Sin embargo, si los obstáculos del orden puramente moral, los *escrúpulos místicos,* como se decía Alvaro con frase tan impropia como horriblemente grosera, se dejaron a un lado, a fuerza de pasión, los *inconvenientes materiales,* las precauciones del miedo, opusieron dificultades de más importancia. A don Alvaro se le ocurría que sin tener de su parte a una criada, a la doncella, mejor, era todo, si no imposible, muy difícil; pero ni siquiera se atrevió a proponer a Anita su idea; la vio siempre desconfiada, mostrando antipatía mal oculta hacia Petra, y comprendió además que era muy nueva la Regenta en esta clase de aventuras para llegar al cinismo de ampararse de domésticas, y menos sabiendo de ellas que eran solicitadas por su marido.

Pero otra cosa era conquistar a la criada sin que lo supiera el ama. ¿No era Petra muy tentada de la risa? La aventura de la liga y otras de que él tenía noticia ¿no probaban que era muy fácil interesar en su favor a aquella muchacha? Sí. Y dicho y hecho. En ausencia de Ana y de don Víctor, detrás de la puerta, en los pasillos, donde podía, don Alvaro comenzó el ataque a Petra, que se rindió mucho más pronto de lo que él esperaba. Pero había un inconveniente muy grave. A la chica se le ocurrió ser, o fingirse, desinteresada, preferir los locos juegos del amor a las propinas, ofrecer sus servicios, con discretísimas medias palabras y buenas obras, a cambio de un cariño que Mesía no estaba en circunstancias de prodigar. «¡Pobre Ana, qué sabía ella de todas estas complicaciones!» No sabía tampoco don Alvaro tanto como él creía. Ignoraba, por ejemplo, que Petra podía permitirse el lujo de servirle bien a él sin pensar en el interés, sin más pago que el del amor con que el gallo vetustense ya no podía ser manirroto: no era Petra enemiga del vil metal, ni la ambición de mejorar de suerte y hasta de *esfera,* como ella sabía decir, era floja pasión en su alma, concupiscente de arriba abajo; pero en Mesía no buscaba ella esto; le quería por buen mozo, por burlarse a su modo del ama, a quien aborrecía «por hipócrita, por guapetona y por orgullosa»; le quería por vanidad, y en cuanto a servirle en lo que él deseaba, también a ella le convenía por satisfacer su pasión favorita, después de la lujuria acaso, por satisfacer sus venganzas. Vengábase protegiendo ahora los amores de Mesía y Ana «del idiota de don Víctor», que se ponía a comprometer a las muchachas sin saber de la misa la media; vengábase de la misma Regenta, que caía, caía, gracias a ella, en un agujero sin fondo, que estaba sin saberlo la hipocritona en poder de su criada, la cual el día que le conviniese podía descubrirlo todo. Tenía entre sus uñas a la señora, ¿qué más quería ella? Todas las noches pasaban unas cuantas horas la honra y tal vez la vida del amo pendientes de un hilo que tenía ella, Petra, en la mano, y si ella quería, si a ella se le antojaba, ¡zás! todo se aplastaba de repente..., ardía el mundo. Y como si esto en vez de un placer, en vez de una gloria fuese para Petra una carga, un trabajo, el mejor mozo de Vetusta le pagaba el servicio con *amores* de señorito, que eran los que ella había saboreado siempre con más delicia, por un instinto de señorío que siempre la había dominado. Pero, además, gozaba de otra venganza más suculenta que todas éstas la endiablada moza. ¿Y el Magistral? El Magistral la había querido engañar, la había hecho suya; ella se había entregado creyendo pasar en seguida a la plaza que más envidiaba en Vetusta, la de Teresina. Petra sabía lo bien que colocaba doña Paula a todas las que eran por algún tiempo doncellas en su casa. Teresina, a quien esperaba para muy pronto una colocación de *señorona* allá en cierta administración de bienes del amo, casada con un buen mozo, Teresina le había enterado de lo que ella no había podido observar y adivinar, le había abierto los ojos y llenado la boca de agua; Petra comprendía que la casa del Magistral era el camino más seguro para llegar a casarse y ser *señora* o poco menos... La ocasión había llegado; después de la romería de San

Pedro creía ella que todo era cuestión de semanas, de esperar
una oportunidad; Teresina saldría pronto bien colocada y entraría ella en su puesto... Pero no fue así; el Magistral no volvió
a solicitar a Petra; cuando tuvo que hablarla, no fue para asuntos que a ella directamente le importasen, fue..., ¡qué vergüenza!, para comprarla como espía. Cierto es que el Provisor le
prometió para muy pronto la plaza de Teresina, con todas las
ventajas que su amiga disfrutaba e iba a disfrutar; pero de todas suertes a ella se la había engañado; o mejor, se había
engañado ella; pero esto no quería reconocerlo la orgullosa rubia.
Era el caso que, en su opinión, el Magistral era amante de doña
Ana hacía mucho tiempo, y que la escena del bosque del Vivero
la interpretó la vanidad de la criada como una victoria de su
belleza que había hecho caer en pecado de inconstancia al canónigo. Creyó Petra que don Fermín la quería a ella ahora después de haber querido a su ama. Caprichos así había visto ella
muchos. Cuando se convenció de que don Fermín, por mucho
que disimulase, estaba enamorado como un loco de la Regenta,
furioso de celos, y de que no había sido su amante ni con
cien leguas, y de que a ella, a Petra, sólo la había querido
por instrumento, la ira, la envidia, la soberbia, la lujuria, se su-
blevaron dentro de ella saltando como sierpes; pero las acalló
por de pronto, disimuló, y por entonces sólo dio satisfacción a
la avaricia. Aceptó las proposiciones del canónigo. Ella entraría
en casa de don Fermín el día en que fuese necesario salir del
caserón de los Ozores, pero entretanto prestaría allí sus servicios bien pagada, mejor pagada de lo que podía pensar. El canónigo sabría todo lo que pasaba; si doña Ana recibía visitas, quién
entraba cuando no estaba don Víctor o se quedaba después de
salir el amo, etc., etc.

Petra prometió decir todo lo que hubiera. Fingió no recordar
siquiera ciertas promesas de otro orden que a don Fermín se le
habían escapado en el calor de la improvisación en aquella dichosa mañana del Vivero, de que estaba avergonzado. Cuando
vio don Fermín a Petra tan propicia para servirle por dinero,
sintió más y más haber comenzado por el camino absurdo, vergonzoso de la seducción... ridícula. Aquella aventura, que le recordaba las de antaño, le sonrojaba ahora, porque contradecía en
cierto modo aquel andamiaje de sofismas con que se explicaba
su pasión por la Regenta. «El amor purísimo que yo tengo,
todo lo disculpa.» «Pero ese amor ¿se aviene con aventuras como
las del bosque? Claro que no», le decía la conciencia. Por eso
le repugnaba Petra ahora. Pero no había más remedio que valerse de ella.

Petra era feliz en aquella vida de intrigas complicadas de que
ella sola tenía el cabo. Por ahora a quien servía con lealtad era
a Mesía; éste pagaba con amor, aunque era algo remiso para el
pago, y ella le ayudaba cuanto podía, porque ayudarle era satisfacer los propios deseos: hundir al ama, tenerla en un puño, y

burlarse sangrientamente del *idiota del amo* y del indigno del canónigo. Para más adelante se reservaba la astuta moza el derecho de vender a don Alvaro y ayudar a su señor, al que pagaba, al que había de hacerla a ella señorona, a don Fermín. ¿Cuándo había de ser esto? Ello diría. Si don Alvaro no se portaba bien, podía ocurrir el caso, llegar la oportunidad; si ella se cansaba, o si Teresina dejaba la plaza y por miedo de que otra la ocupase le convenía correr a ella, también podía convenir echarlo a rodar todo. Entretanto, don Fermín no sabía por Petra más que noticias vagas, suficientes para tenerle toda la vida sobre espinas, para hacerle vivir como un loco furioso que tenía además el tormento de disimular sus furores delante del mundo, y de doña Paula singularmente.

De modo que si don Alvaro podía decir con razón: «¡Pobre Ana, que no sabe nada de esto!», también Petra podía exclamar: «¡Pobre don Alvaro, que no sabe ni la cuarta parte de lo que tanto le importa!»

El presidente del Casino de Vetusta no tuvo inconveniente en engañar a la Regenta. Era, según él, muy justo respetar los escrúpulos de aquella adúltera primeriza —otra frase grosera del seductor—, que no podía avenirse a tomar por encubridora a Petra; pero también era equitativo que él, sin decírselo a doña Ana, fingiendo desconfiar también de la doncella, aprovechase los servicios de ésta, preciosos en tales circunstancias. La cuestión era entrar todas las noches en la habitación de la Regenta por el balcón. Esto se decía pronto, pero hacerlo ofrecía serias dificultades. ¿A dónde daba el balcón del tocador? Al parque. ¿Cómo se podía entrar en el parque? Por la puerta. Pero ¿quién tenía la llave de la puerta? Una, Frígilis; con ésta no había que contar; ¿y la otra?, don Víctor. Esta podía sustraérsele, pero Petra dijo que a tanto no se comprometía, que aquello de andar llaves en el ajo era delicado y podía comprometerla. Lo mejor era que el señorito saltase por la pared. Justamente don Alvaro tenía las piernas muy largas. De esta manera la comedia se representaba mejor; segura doña Ana de que don Alvaro saltaba por el muro, no podía sospechar tan fácilmente que tenía cómplices dentro de casa. Después de llegar bajo el balcón, trepar por la reja del piso bajo y encaramarse en la barandilla de hierro era cosa fácil para tan buen mozo.

Todo esto lo hacía don Alvaro sin la ayuda directa, inmediata de Petra, y doña Ana encontraba así muy verosímil todo lo que su amante decía de su industria para entrar en el cuarto de ella. Para lo que servía Petra era para vigilar, para evitar que don Alvaro pudiera ser sorprendido al entrar o al salir, y para darse tales trazas que doña Ana creyese que ella, la doncella, no había estado durante toda la noche en circunstancias de poder notar la presencia del amante. Estaba, además, allí para dar el grito de alarma si llegaba el caso, y para combinar las horas. En el servicio de Petra había algo de la responsabilidad de un jefe de es-

tación de ferrocarril. Don Alvaro sabía, porque don Víctor se
lo había confesado, que el ex regente y Frígilis, en cuanto llegaba el tiempo, salían de caza mucho más temprano de lo que
Ana creía. Petra era la encargada de despertar al amo, porque
Anselmo se dormía sin falta y no cumplía su cometido: Frígilis
llegaba al parque a la hora convenida, ladraba... y bajaba don
Víctor. Llegó a quejarse don Tomás de que sus ladridos no
siempre despertaban al amo ni a la doncella, de que se le hacía
esperar mucho tiempo, y para evitar reyertas y plantones se
acordó que Crespo y Quintanar acudiesen a la misma hora sin
necesidad de ladrar nadie. Para mayor seguridad don Víctor compró un reloj despertador que sonaba como un terremoto, y con
este aviso automático, como él decía, acudió en adelante a la
hora señalada para la cita. Casi todas las mañanas Quintanar y
Crespo llegaban al parque a la misma hora.
    El tren que los llevaba a las marismas y montes de Palomares
salía este año un poco más tarde y no necesitaba levantarse antes
de ser de día.
    Todo esto necesitó saber don Alvaro para no exponerse a un
choque en la vía con Frígilis o con el mismísimo don Víctor. Este
mismo, sin saber lo que hacía, le enteró de sus horas de salida;
y lo demás que necesitaba saber de los pormenores se lo refirió
Petra. Así pues, no había miedo. Lo de saltar la tapia ofreció
algunas dificultades; pero una noche, por la parte de fuera, en la
solitaria calleja de Traslacerca, el Tenorio preparó, removiendo
piedras y quitando cal, dos o tres estribos muy disimulados en
el muro, hacia la esquina; hizo también con disimulo fingidas
grietas o resquicios que le permitieron apoyarse y ayudar la ascensión, y quedó así vencido el principal obstáculo. Por la parte
de dentro todo fue como coser y cantar. Un tonel viejo, arrimado al descuido a la pared, y los restos de una espaldera, fueron
escalones suficientes, sin que nadie pudiese notarlo, para subir y
bajar don Alvaro por la parte del parque con toda la prisa que
pudieran aconsejar las circunstancias. Aquella escalera disimulada
la comparaba don Alvaro con esas cajas de cerillas que ostentan
la popular leyenda: «¿Dónde está la pastora? ¿Dónde estaba la
escala?» Después de verla una vez, no se veía otra cosa; pero al
que no se la mostraban no se le aparecía ella.
    No faltaba más que lo peor, persuadir a la Regenta a que
abriera el balcón. Como a ella no se le podía hablar de las garantías de seguridad que don Alvaro tenía dentro de casa, nada
o poco se podía oponer a sus argumentos relativos a las sospechas probables de la antipática Petra. Pero al fin don Alvaro,
que había triunfado de lo más, triunfó de lo menos: llegó a
comprender Ana que era imposible, y tal vez ridículo, negarse a
recibir en su alcoba a un hombre a quien se había entregado ella
por completo. Mucho valía la castidad del lecho nupcial, o ex
nupcial, mejor dicho, pero ¿no valía más la castidad de la esposa
misma? Entre estos sofismas y la pasión y la constancia en el

pedir dieron la victoria a Mesía, que si no pudo acallar los sobresaltos de Ana, quien a cada ruido creía sentir el espionaje de
Petra, conseguía a menudo hacerla olvidarse de todo para gozar
del delirio amoroso en que él sabía envolverla, como en una nube
envenenada con opio.

Y así pasaban los días, asustada Ana de que tan poco después de la caída fuese ella capaz de recibir a un hombre en su
alcoba, ella, que tantos años había sabido luchar antes de caer.

Aquella tarde de Navidad, después de recoger el servicio del
café, Petra salió de casa y se dirigió a la del Magistral.

La recibió doña Paula. Eran ahora muy buenas amigas. La
madre del Provisor conocía la estrecha simpatía que existía entre
Teresina y la doncella de la Regenta, y por la actual criada del
señorito, de su hijo, sabía que en el ánimo de Fermín Petra era
la persona destinada a sustituir a Teresa el día, próximo ya, en
que ésta alcanzara el premio consabido de salir de allí casada
para administrar ciertos bienes de los *provisores.* Doña Paula,
que entendía a medias palabras, y aun sin necesidad de ellas,
ganosa de satisfacer aquel deseo de su hijo, segun su política
constante, y de satisfacerle de una manera pulcra, intachable en la
forma, anticipándose a él, había resuelto tomar la iniciativa y
ofrecer a Petra ella misma aquel puesto que la rubia lúbrica tanto ambicionaba. La proposición se hizo aquella tarde. Teresina iba
a salir de casa de un día a otro. Petra aceptó sin titubear, temblando de alegría. Hasta que estuvo en el caserón de vuelta no
se le ocurrió pensar que aquella felicidad suya acarreaba la desgracia de muchos, y hasta cierto punto su propio daño. Adiós
amores con don Alvaro, amores cada vez más escasos, más esca-
timados por el libertino gracioso, que iba menudeando las propinas y encareciendo las caricias, pero al fin *amores* señoritos,
que la tenían orgullosa. ¿Qué hacer? No cabía duda, ser prudente, coger el codiciado fruto, entrar en aquella *canonjía,* en casa
del Magistral. ¡Para esto era preciso echar a rodar todo lo demás, romper aquel hilo que ella tenía en la mano y del que
estaban colgadas la honra, la tranquilidad, tal vez la vida de varias personas! Al pensar esto, Petra se encogió de hombros. Se
le figuró ver que caía la Regenta y se aplastaba, que caía el
Magistral y se aplastaba, que caía don Víctor y se convertía en tor-
tilla, que el mismo don Alvaro rodaba por el suelo hecho añicos.
No importaba. Había llegado el momento. Si perdía la ocasión,
la vacante de Teresina, podía entrar otra y adiós *señorío* futuro. No había más remedio que ocupar la plaza inmediatamente.
Pero entonces había que decírselo todo al Provisor, porque en
saliendo de aquella casa ya no podía ser espía, ni ayudar al que
la pagaba a abrir los ojos de aquel estúpido de don Víctor, que,
como era natural, querría vengarse, castigar a los culpables; que
sería lo que necesitaba el canónigo, puesto que él no podía con
sus mantos al hombro ir a desafiar a don Alvaro. Petra discurría perfectamente en estas materias porque leía folletines, la

colección de *Las Novedades,* que dejara en un desván doña Anuncia, y sabía quién desafía a quién, llegado el caso de descubrirse
los amores de una señora casada. El que desafía es el marido, no
un pretendiente desairado, y mucho menos siendo cura. No había
duda, el Magistral la necesitaba a ella en el caserón llegado el
momento crítico... Si salía antes y después no le servía, podía
echarla de casa por inútil. Había que hacerlo todo pronto, inmediatamente. ¿Y qué iba a hacer? Una traición, eso desde luego, pero ¿cómo?...

En esto pensaba cuando entró en el comedor, ya al oscurecer,
a preparar la lámpara. Sintió que la sujetaban por la cintura y
le daban un beso en la nuca.

«Era el otro; ¡pobre, no sabía lo que le aguardaba!»

Don Alvaro, después de su conversación con Ana, la había
hecho retirarse y se había quedado solo en el comedor para «dar
el ataque» a Petra y proponerle, entre caricias, de que cada día
le pesaba más, el cambio de amos. No era cierto que hubiese
vacante en la fonda, pero allí era él el amo y se crearía la vacante.
Con toda la diplomacia que pudo emplear un hombre que se
creía principalmente político y era seductor de oficio, ofreció
a la doncella la nueva posición, «que era divertidísima, y lucra-
tiva como pocas». Don Víctor le tenía miedo, doña Ana también,
cada cual por su motivo, y él, don Alvaro, sería mucho mejor
servido si Petra consentía en salir de la casa.

«Ya ves, hija, tú has cometido una falta, tratar a la señora con altivez, con insolencia; esto, que es feo de por sí, la
asustó a ella haciéndole creer que sabes algo y que abusas de tu
secreto; le asustó a él, que teme que vas a cantar, y me perjudica a mí, como comprendes, porque..., ya ves..., estando asustada ella..., recelosa... pago yo. A ti ya no te necesito en esta
casa, porque yo entro y salgo ya sin guías..., y allá en casa...,
en la fonda puedes sernos útil... Además...»

Además, don Alvaro comprendía que ya no podía pagar a
Petra sus servicios con amor, porque cada día era más urgente
economizarlo; y llevando a la chica a la fonda, allí otros huéspedes hambrientos de esa clase de bocados la distraerían y él
cumpliría con propinas en adelante. En suma, ya le estorbaba
Petra en el caserón de los Ozores por muchos conceptos. Pero
a ella no se le podían dar tales razones.

—Señorito —dijo Petra, que a pesar de su resolución reciente,
sintió en el orgullo una herida de tres pulgadas—, no necesita
apurarse tanto para convencerme de que debo irme de esta casa.

—No, hija, lo que es, si tú lo tomas por donde quema, yo no
insisto...

—No, señor, si no me deja usted explicarme... Si yo quiero
salir de aquí; si precisamente..., pero en cuanto a lo de irme a
la fonda, no señor. Una cosa es que una tenga sus caprichos y

una buena voluntad, ¿entiende usted?, y otra cosa que a una la regalen a los amigos, y la lleven y la traigan..., y...

—Pero, Petrica, si no es eso, si yo por tu bien...

Don Alvaro bajaba la voz y Petra la levantaba.

Pero la astuta moza, que sabía contenerse, cuando era por su bien, se reprimió, y cambiando el tono y el estilo se disculpó, disimuló el enojo, y dijo que todo estaba perfectamente, y que ella misma pediría la soldada y se iría tan contenta, no a la fonda, sino a otra casa; una proporción que tenía, y que no podía decir todavía cuál era. Por lo demás, tan amigos, y si el señorito, don Alvaro, la necesitaba, allí la tenía, porque la ley era ley; y en lo tocante a callar, un sepulcro. Que ella lo había hecho por afición a una persona, que no había por qué ocultarlo, y por lástima de otra, casada con un viejo chocho, inútil y *chiflao* que era una compasión.

Petra engañó otra vez a Mesía. Hasta le consintió nuevas caricias de gratitud, que él juró serían las últimas, por lo de la economía, que le tenía maniático.

Don Víctor supo aquella noche en el Casino que al día siguiente Petra pediría la cuenta, se marcharía. ¡Oh, placer! Quintanar respiró con fuerza de fuelle y abrazó a su amigo.

«Le debía algo mejor que la vida, la tranquilidad de su hogar doméstico.»

Trabajaba don Fermín en su despacho, envueltos los pies en el mantón viejo de su madre; escribía a la luz blanquecina y monótona de la mañana nublada. Un ruido le distrajo, levantó los ojos y vio en medio del umbral a doña Paula, pálida, más pálida que solía.

—¿Qué hay, madre?

—Está ahí esa, Petra, la de Quintanar, que quiere hablarte.

—¡Hablarme!... ¿Tan temprano? ¿Qué hora es?

—Las nueve... Dice que es cosa urgente... Parece que viene asustada..., le tiembla la voz...

El Magistral se puso del color de su madre, y en pie, maquinalmente:

—Que entre, que entre...

Doña Paula dio media vuelta y salió al pasillo. Antes acarició a su hijo con una mirada de compasión de madre.

—Entra... —dijo a Petra, que, toda de negro, esperaba, con la cabeza inclinada sobre el pecho.

Doña Paula quería comerse con los ojos el secreto de la criada. ¿Qué sería? Dudó un momento... Estuvo casi resuelta a preguntar..., pero se contuvo y dijo otra vez:

—Anda, hija mía, entra.

«Hija mía —pensó Petra—, ésta me quiere en casa; segura es mi suerte.»

—¿Qué hay? —gritó el Magistral acercándose a la criada, como queriendo salir al paso a las noticias...

Petra vio que estaban solos... y se echó a llorar.

Don Fermín hizo un gesto de impaciencia, que no vio Petra, porque tenía los ojos humillados. Había querido hablar el canónigo, pero no había podido; sentía en la garganta manos de hierro, y por el espinazo y las piernas sacudimientos y un temblor tenue, frío y constante.

—¡Pronto!, ¿qué pasa?... —pudo preguntar al cabo.

Petra dijo, sin cesar de gemir, que necesitaba que la oyese en confesión, que no sabía si era una buena obra o un pecado lo que iba a hacer, que ella quería servirle a él, servir a su amo, servir a Dios, que al fin religión era también el interés del prójimo, pero... temía..., no sabía si debía...

—¡Habla!, ¡habla!... Te digo que hables pronto. ¿Qué hay, Petra?... ¿Qué hay?... —Don Fermín, con disimulo, apoyó una mano en la mesa. Hubo una pausa—. Habla, por Dios...

—¿En confesión?...

—Petra, habla..., pronto...

—Señor, yo he prometido decir a usted... todo...

—Sí, todo, habla.

—Pero ahora no sé..., no sé... si debo...

Don Fermín corrió a la puerta, la cerró por dentro, y volviéndose rápido y con ademán descompuesto, gritó, sujetando con fuerza el brazo de la criada:

—¡Déjate de disimulos, habla... o te arranco yo las palabras!

Petra le miró cara a cara, fingiendo humildad y miedo; «quería ver el gesto que ponía aquel canónigo al saber que la señorona se la pegaba».

«Petra dijo, sin rodeos, que había visto ella, con sus propios ojos, lo que jamás hubiera creído. El mejor amigo del amo, don Alvaro, que de día no se separaba de don Víctor..., entraba de noche en el cuarto de la señora por el balcón y no salía de allí hasta el amanecer. Ella le había visto una noche, creyendo que soñaba, porque se había puesto a espiar creyendo así desvanecer ciertas sospechas, pero, ¡ay!, era verdad, era verdad... Aquel infame había pervertido a la señorita, una santa... ¡Bien temía don Fermín!...»

Petra seguía hablando, pero hacía rato que De Pas no la oía.

En cuanto comprendió de qué se trataba antes de oír las frases crudas en que pintó la rubia lúbrica el asalto del caserón de los Ozores por el Tenorio vetustense, don Fermín giró sobre los talones, como si fuera a caer desplomado, dio dos pasos inciertos y llegó al balcón, contra cuyos cristales apoyó la frente. Parecía mirar a la calle. Pero tenía los ojos cerrados.

Oía a Petra sin entender bien su palique, le molestaba el ruido de la voz aguda y lacrimosa, no lo que decía, que ya no llegaba a la atención del canónigo; quería mandarla callar, pero no podía, no podía hablar, no podía moverse...

Petra habló todo lo que quiso. Cuando calló, se oyeron nada más que los ruidos apagados de la calle; las ruedas de un coche que corría muy lejos, la voz de un mercader ambulante que pregonaba a grito limpio paños de manos y encajes finos.

El Magistral estaba pensando que el cristal helado que oprimía su frente parecía un cuchillo que le iba cercenando los sesos; y pensaba además que su madre al meterle por la cabeza una sotana le había hecho tan desgraciado, tan miserable, que él era en el mundo lo único digno de lástima. La idea vulgar, falsa y grosera de comparar al clérigo con el eunuco se le fue metiendo también por el cerebro con la humedad del cristal helado. «Sí, él era como un eunuco enamorado, un objeto digno de risa, una cosa repugnante de puro ridícula... Su mujer, la Regenta, que era su mujer, su legítima mujer, no ante Dios, no ante los hombres, ante ellos dos, ante él sobre todo, ante su amor, ante su voluntad de hierro, ante todas las ternuras de su alma, la Regenta, su hermana del alma, su mujer, su esposa, su humilde esposa..., le había engañado, le había deshonrado, como otra mujer cualquiera; y él, que tenía sed de sangre, ansias de apretar el cuello al infame, de ahogarle entre sus brazos, seguro de poder hacerlo, seguro de vencerle, de pisarle, de patearle, de reducirle a cachos, a polvo, a viento; él, atado por los pies con un trapo ignominioso, como un presidiario, como una cabra, como un rocín libre en los prados; él, misérrimo cura, ludibrio de hombre disfrazado de anafrodita, él tenía que callar, morderse la lengua, las manos, el alma, todo lo suyo, nada del otro, nada del infame, del cobarde que le escupía en la cara porque él tenía las manos atadas... ¿Quién le tenía sujeto? El mundo entero... Veinte siglos de religión, millones de espíritus ciegos, perezosos, que no veían el absurdo porque no les dolía a ellos, que llamaban grandeza, abnegación, virtud a lo que era suplicio injusto, bárbaro, necio, y sobre todo cruel..., cruel... Cientos de papas, docenas de concilios, miles de pueblos, millones de piedras de catedrales y cruces y conventos..., toda la historia, toda la civilización, un mundo de plomo, yacían sobre él, sobre sus brazos, sobre sus piernas, eran sus grilletes... Ana que le había consagrado el alma, una fidelidad de amor sobrehumano, le engañaba como a un marido idiota, carnal y grosero... Le dejaba para entregarse a un miserable lechugino, a un fatuo, a un elegante de similor, a un hombre de yeso..., ¡a una estatua hueca!... Y ni siquiera lástima le podía tener el mundo; ni su madre, que creía adorarle, podía darle un consuelo, el consuelo de sus brazos y de sus lágrimas... Si él se estuviera muriendo, su madre estaría a sus pies mesándose el cabello, llorando desesperada; y para aquello, que era mucho peor que morirse, mucho peor que condenarse..., su madre no tenía llanto, abrazos, desesperación, ni miradas siquiera... El no podía hablar, ella no podía adivinar, ni debía... No había más que un deber supremo, el disimulo; silencio..., ¡ni una queja, ni un movimiento! Quería correr, buscar a los traidores, matarlos... ¿Sí? Pues silencio... Ni una mano había que mover, ni un pie fuera de casa... ¡Dentro de un

rato sí, a coro, a coro! Tal vez a decir misa..., ¡a recibir a
Dios!» El Provisor sintió una carcajada de Lucifer dentro del
cuerpo; sí, el diablo se le había reído en las entrañas..., y aquella risa profunda, que tenía raíces en el vientre, en el pecho, le
sofocaba... ¡y le asfixiaba!...

Abrió el balcón de un puñetazo y el aire frío y húmedo le
trajo la idea lejana de la realidad, y oyó la tos discreta de Petra,
que aguardaba allí, detrás, clavándole los ojos en la nuca.

Cerró el balcón don Fermín, volvióse y miró con ojos de
idiota a la rubia, que enjugaba lágrimas villanas. «¿No necesitaba
un instrumento para luchar, para hacer daño? Aquél era el único
que tenía.»

Petra callaba, inmóvil, esperando servir a su dueño.

Gozaba voluptuosa delicia viendo padecer al canónigo, pero
quería más, quería continuar su obra; que la mandasen clavar
en el alma de su ama, de la orgullosa señorona, todas aquellas
agujas que acababa de hundir en las carnes del clérigo loco.

Una voz lenta, ronca, mate, que no parecía haber sonado en
el despacho, voz de ventrílocuo, preguntó:

—Y tú, ¿qué piensas hacer... ahora?

—¿Yo? Dejar aquella casa, señor... «¿No quiere ser franco?
—pensó Petra—, pues que padezca; él vendrá a buscarme donde
quiero que me busque.» Dejar aquella casa —repitió—, ¿qué he
de hacer? Yo no quiero ayudar con mi silencio a la vergüenza
del amo; remediarlo no puedo, pero puedo salir de aquella casa.

—Y a ti... ¿no te importa el honor de don Víctor? Así agra-
deces el pan... que comiste tantos años...

—Señor, y ¿qué puedo hacer por él?

—En saliendo, nada.

—Pues me echan.

—¿Ellos?

—Sí, ellos; ayer el señorito Alvaro, que es el que manda allí...,
porque el amo está ciego, ve por sus ojos; el señorito Alvaro
me puso de patitas en la calle. Hoy debo despedirme. Me ofreció
colocación en la fonda; pero yo prefiero quedar en la calle...

—Vendrás a esta casa, Petra —dijo la voz de caverna, con esfuerzos inútiles por ser dulce.

Petra volvió a llorar. «¿Cómo pagaría ella tal caridad, etcétera, etcétera?»

Aquella ternura facilitó el tratado; cediendo cada cual un
poco de su tesón, se fueron acercando al infame convenio, a la
intriga asquerosa y vil; al principio fingiendo pulcritud, invocando santos intereses, después olvidando estas fórmulas; y por
fin el Magistral ofreció a la moza asegurar su suerte, colmar su
ambición, y ella poner ante los ojos de Quintanar su vergüenza
de modo tan evidente, tan palpable, que aquel señor, si corría
sangre de hombre por su cuerpo, tuviese que castigar a los traidores como tenían bien merecido.

Al terminar aquella conferencia hablaban como dos cómplices

de un crimen difícil. El Magistral excusaba palabras, pero no las que aclaraban su proyecto. «¿Qué iba a hacer Petra para poner a la vista del estúpido Quintanar aquella vergüenza? ¿Revelaciones? No podían hacérsele. ¿Anónimos? Eran expuestos...» «¡Qué!, no señor, nada de eso; ha de verlo él», repetía Petra, olvidada de sus fingimientos, con placer de artista.

Había allí dos criminales apasionados, y ningún testigo de la ignominia; cada cual veía su venganza, no el crimen del otro ni la vergüenza del pacto.

Cuando Petra salió de casa del Magistral, éste sintió dentro de sí un hombre nuevo; el hombre que hería de muerte por venganza, el criminal, el ciego por la pasión, «el asesino, sí, el asesino; la otra era su instrumento, el asesino él. Y no le pesaba, no... Cien muertes, cien muertes para los infames». «¿Qué haría don Víctor? ¿De qué comedia antigua se acordaría para vengar su ultraje cumplidamente? ¿La mataría a ella primero? ¿Iría antes a buscarle a él?...»

Al día siguiente, 27 de diciembre, don Víctor y Frígilis debían tomar el tren de Roca Tajada a las ocho cincuenta para estar en las marismas de Palomares a las nueve y media próximamente. Algo tarde era para comenzar la persecución de los patos y alcaravanes, pero no había de establecer la empresa un tren especial para los cazadores. Así que se madrugaba menos que otros años. Quintanar preparaba su reloj despertador de suerte que le llamase con un estrépito horrísono a las ocho en punto. En un decir Jesús, se lavaba, salía al parque, donde solía esperar dos o tres minutos a Frígilis, si no le encontraba ya allí, y en esto y en el viaje a la estación se empleaba el tiempo necesario para llegar algunos minutos antes de la salida del tren mixto.

De un sueño dulce y profundo, poco frecuente en él, despertó Quintanar aquella mañana con más susto que solía, aturdido por el estridente repique de aquel estertor metálico, rápido y descompasado. Venció con gran trabajo la pereza, bostezó muchas veces, y al decidirse a saltar del lecho no lo hizo sin que el cuerpo encogido protestara del madrugón importuno. El sueño y la pereza le decían que parecía más temprano que otros días, que el despertador mentía como un deslenguado, que no debía de ser ni con mucho la hora que la esfera rezaba. No hizo caso de tales sofismas el cazador, y sin dejar de abrir la boca y estirar los brazos, se dirigió al lavabo y de buenas a primeras zambulló la cabeza en agua fría. Así contestaba don Víctor a las sugestiones de la mísera carne, que pretendía volverse a las ociosas plumas.

Cuando ya tenía *las ideas más despejadas*, reconoció imparcialmente que la pereza aquella mañana no se quejaba de vicio. «Debía de ser, en efecto, bastante más temprano de lo que decía el reloj». Sin embargo, él estaba seguro de que el despertador no adelantaba y de que por su propia mano le había dado cuerda y puéstole en la hora la mañana anterior. Y con todo, debía de ser más temprano de lo que allí decía; no podían ser las ocho, ni siquiera las siete, se lo decía el sueño que volvía, a pesar de las abluciones, y con más autoridad se lo decía la escasa luz del día. El orto del sol hoy debe de ser a las siete y veinte, minuto arriba o abajo; pues bien, el sol no ha salido todavía, es indudable; cierto que la niebla espesísima y las nubes cenicientas y pesadas, que cubren el cielo hacen la mañana muy oscura, pero no importa, el sol no ha salido todavía, es demasiada oscuridad ésta, no deben de ser ni siquiera las siete. No podía consultar el reloj de bolsillo, porque el día anterior al darle cuerda le había encontrado roto el muelle real.

«Lo mejor será llamar.»

Salió a los pasillos en zapatillas.

—¡Petra! ¡Petra! —dijo, queriendo dar voces sin hacer ruido.

—Petra, Petra... ¡Qué diablos!, ¿cómo ha de contestar si ya no está en casa?... La pícara costumbre, el hombre es un animal de costumbres.

Suspiró don Víctor. Se alegraba en el alma de verse libre de aquel testigo y semivíctima de sus flaquezas; pero, así y todo, al recordar ahora que en vano gritaba «¡Petra!» sentía una extraña y poética melancolía. «¡Cosas del corazón humano!»

—¡Servanda, Servanda! ¡Anselmo, Anselmo!

Nadie respondía.

—No hay duda, es muy temprano. No es hora de levantarse los criados siquiera. Pero ¿entonces? ¿Quién me ha adelantado el reloj?... ¡Dos relojes echados a perder en dos días!... Cuando entra la desgracia por una casa...

Don Víctor volvió a dudar. ¿No podían haberse dormido los criados? ¿No podía aquella escasez de luz originarse de la densidad de las nubes? ¿Por qué desconfiar del reloj si nadie había podido tocar en él? ¿Y quién iba a tener interés en adelantarle? ¿Quién iba a permitirse semejante broma? Quintanar pasó a la convicción contraria; se le antojó que bien podían ser las ocho; se vistió de prisa, cogió el frasco de anís, bebió un trago, según acostumbraba cuando salía de caza aquel enemigo mortal del chocolate, y echándose al hombro el saco de las provisiones, repleto de ricos fiambres, bajó a la huerta por la escalera del corredor, pisando de puntillas, como siempre, por no turbar el silencio de la casa. «Pero a los criados ya los compondría él a la vuelta. ¡Perezosos! Ahora no había tiempo para nada... Frígilis debía de estar ya en el parque esperándole impaciente...»

—Pues, señor, si en efecto son las ocho, no he visto día más oscuro en mi vida. Y sin embargo, la niebla no es muy densa..., no..., ni el cielo está muy cargado... No lo entiendo.

Llegó Quintanar al cenador, que era el lugar de cita... ¡Cosa más rara! Frígilis no estaba allí. ¿Andaría por el parque?... Se echó la escopeta al hombro, y salió de la glorieta.

En aquel momento el reloj de la catedral, como si bostezase, dio tres campanadas.

Don Víctor se detuvo pensativo, apoyó la culata de su escopeta en la arena húmeda del sendero y exclamó:

—¡Me lo han adelantado! ¿Pero quién? ¿Son las ocho menos cuarto o las siete menos cuarto? ¡Esta oscuridad!...

Sin saber por qué sintió una angustia extraña, «también él tenía nervios, por lo visto». Sin comprender la causa, le preocupaba y le molestaba mucho aquella incertidumbre. «¿Qué incertidumbre? Estaba antes obcecado; aquella luz no podía ser la de las ocho, eran las siete menos cuarto, aquello era el crepúsculo matutino, ahora estaba seguro... Pero, entonces, ¿quién le había adelantado el despertador más de una hora? ¿Quién y para qué? Y sobre todo, ¿por qué este accidente sin importancia le llegaba tan adentro?, ¿qué presentía?, ¿por qué creía que iba a ponerse malo?...»

Había echado a andar otra vez; iba en dirección a la casa, que se veía entre las ramas deshojadas de los árboles, apiñados por aquella parte. Oyó un ruido que le pareció el de un balcón que abrían con cautela, dio dos pasos más entre los troncos que le impedían saber qué era aquello, y al fin vio que cerraban un balcón de su casa y que un hombre que parecía muy largo se descolgaba, sujeto a las barras y buscando con los pies la reja de una ventana del piso bajo para apoyarse en ella y después saltar sobre un montón de tierra.

«El balcón era el de Anita.»

El hombre se embozó en una capa de vueltas de grana y esquivando la arena de los senderos, saltando de uno a otro cuadro de flores, y corriendo después sobre el césped a brincos, llegó a la muralla, a la esquina que daba a la calleja de Traslacerca; de un salto se puso sobre una pipa medio podrida que estaba allí arrinconada, y haciendo escala de unos restos de palos de espaldar clavados entre la piedra, llegó, gracias a unas piernas muy largas, a verse a caballo sobre el muro. Don Víctor le había seguido de lejos, entre los árboles; había levantado el gatillo de su escopeta sin pensar en ello, por instinto, como en la caza, pero no había apuntado al fugitivo. «Antes quería conocerle.» No se contentaba con adivinarle.

A pesar de la escasa luz del crepúsculo, cuando aquel hombre estuvo a caballo en la tapia, el dueño del parque ya no pudo dudar.

«¡Es Alvaro!», pensó don Víctor, y se echó el arma a la cara. Mesía estaba quieto, mirando hacia la calleja, inclinado el rostro, atento sólo a buscar las piedras y resquicios que le servían de estribos en aquel descendimiento.

«¡Es Alvaro!», pensó otra vez don Víctor, que tenía la cabeza de su amigo al extremo del cañón de la escopeta.

«El estaba entre árboles; aunque el otro mirase hacia el parque no le vería. Podía esperar, podía reflexionar, tiempo había,

era tiro seguro; cuando el otro se moviera para descolgarse...,
entonces.»

«Pero tardaba años, tardaba siglos. Así no se podía vivir, con
aquel cañón que pesaba quintales, mundos de plomo, y aquel
frío que me comía el cuerpo y el alma, no se podía vivir... Mejor
suerte hubiera sido estar al otro extremo del cañón, allí sobre la
tapia... Sí, sí; él hubiera cambiado de sitio. Y eso que el otro
iba a morir.»

«¡Era Alvaro, y no iba a durar un minuto! ¿Caería en el parque o a la calleja?...»

No cayó; descendió sin prisa del lado de Traslacerca, tranquilo,
acostumbrado a tal escalo, conocido ya de las piedras del muro.
Don Víctor le vio desaparecer sin dejar la puntería y sin osar
mover el dedo que apoyaba en el gatillo; ya estaba Mesía en la
calleja y su amigo seguía apuntando al cielo.

—¡Miserable! ¡Debí matarle! —gritó don Víctor cuando ya no
era tiempo; y como si le remordiera la conciencia, corrió a la
puerta del parque, la abrió, salió a la calleja y corrió hacia la
esquina de la tapia por donde había saltado su enemigo. No se
veía a nadie. Quintanar se acercó a la pared y vio en sus piedras
y resquicios *la escalera de su deshonra.*

«Sí, ahora lo veía perfectamente; ahora no veía más que eso;
¡y cuántas veces había pasado por allí sin sospechar que por
aquella tapia se subía a la alcoba de la Regenta! Volvió al parque; reconoció la pared por aquel lado. La pipa medio podrida
arrimada al muro, como al descuido, los palos del espaldar roto
formaban otra escala; aquélla la veía todos los días veinte veces
y hasta ahora no había reparado lo que era: ¡una escala! Aquello
le parecía símbolo de su vida: bien claras estaban en ella las señales de su deshonra, los pasos de la traición; aquella amistad
fingida, aquel sufrirle comedias y confidencias, aquel malquistarle
con el señor Magistral..., todo aquello era otra escala y él no
la había visto nunca, y ahora no veía otra cosa.»

«¿Y Ana? ¡Ana! Aquélla estaba allí, en casa, en el lecho; la
tenía en sus manos, podía matarla, debía matarla. Ya que al otro
le había perdonado la vida..., por horas, nada más que por horas, ¿por qué no empezaba por ella? Sí, sí, ya iba, ya iba; estaba
resuelto, era claro, había que matar, ¿quién lo dudaba? Pero antes..., antes quería meditar, necesitaba calcular..., sí, las consecuencias del delito..., porque al fin era delito...» «Ellos eran
unos infames, habían engañado al esposo, al amigo..., pero él
iba a ser un asesino, digno de disculpa, todo lo que se quiera,
pero asesino.»

Se sentó en un banco de piedra. Pero se levantó en seguida:
el frío del asiento le había llegado a los huesos, y sentía una extraña pereza su cuerpo, un egoísmo material que le pareció a don
Víctor indigno de él y de las circunstancias. Tenía mucho frío y
mucho sueño; sin querer, pensaba en esto con claridad, mientras
las ideas que se referían a su desgracia, a su deshonra, a su ver-

güenza, se mostraban reacias, huían, se confundían y se negaban a ordenarse en forma de raciocinio.

Entró en el cenador y se sentó en una mecedora. Desde allí se veía el balcón de donde había saltado don Alvaro.

El reloj de la catedral dio las siete.

Aquellas campanadas fijaron en la cabeza aturdida de Quintanar la triste realidad... «Le habían adelantado el reloj. ¿Quién? Petra, sin duda Petra. Había sido una venganza. ¡Oh!, una venganza bien cumplida. Ahora le parecía absurdo haber tomado la poca luz del alba por día nublado. Y si Petra no hubiera adelantado el reloj o si él no le hubiese creído, tal vez ignoraría toda la vida la desgracia horrible..., aquella desgracia que había acabado con la felicidad para siempre. La pereza de ser desgraciado, de padecer, unida a la pereza del cuerpo que pedía a gritos colchones y sábanas calientes, entumecían el ánimo de don Víctor, que no quería moverse, ni sentir, ni pensar, ni vivir siquiera. La actividad le horrorizaba... ¡Oh, qué bien si se parase el tiempo! Pero, no, no se paraba; corría, le arrastraba consigo; le gritaba: muévete; haz algo, tu deber; aquí de tus promesas, mata, quema, vocifera, anuncia al mundo tu venganza, despídete de la tranquilidad para siempre, busca energía en el fondo del sueño, de los bostezos arranca los apóstrofes del honor ultrajado, representa tu papel, ahora te toca a ti, ahora no es Perales quien trabaja, eres tú, no es Calderón quien inventa casos de honor, es la vida, es tu pícara suerte, es el mundo miserable que te parecía tan alegre, hecho para divertirse y recitar versos... Anda, anda, corre, sube, mata a la dama, después desafía al galán y mátale también..., no hay otro camino. ¡Y a todo esto sin poder menear pie ni mano, muerto de sueño, aborreciendo la vigilia que presentaba tales miserias, tanta desgracia, que iba a durar ya siempre!»

«Pero había llegado la suya. Aquél era su drama de capa y espada. Los había en el mundo también. ¡Pero qué feos eran, qué horrorosos! ¿Cómo podía ser que tanto deleitasen aquellas traiciones, aquellas muertes, aquellos rencores en verso y en el teatro? ¡Qué malo era el hombre! ¿Por qué recrearse en aquellas tristezas cuando eran ajenas, si tanto dolían cuando eran propias? ¡Y él, el miserable, hombre indigno, cobarde, estaba filosofando y su honor sin vengar todavía!... ¡Había que empezar, volaba el tiempo!... ¡Otro tormento!, ¡el orden de la función!, ¡el orden de la trama! ¿Por dónde iba a empezar, qué iba a decir, qué iba a hacer, cómo la mataba a ella, cómo le buscaba a él?»

El reloj de la catedral dio las siete y media.

De un brinco se puso Quintanar en pie.

—¡Media hora! Media hora en un minuto; y no he oído el cuarto... Y Frígilis va a llegar... y yo no he resuelto...

Don Víctor tuvo conciencia clara de que su voluntad estaba inerte, no podía resolver. Se despreció profundamente, pero más profundo que el desprecio fue el consuelo que sintió al comprender que no tenía valor para matar a nadie, así, tan de repente.

—O subo y la mato ahora mismo, antes que llegue Tomás, o ya no la mato hoy...

Volvió a caer sentado en la mecedora, y aliviada su angustia con la laxitud del ánimo, que ya no luchaba con la impotencia de la voluntad, recobró parte de su vigor el sentimiento, y el dolor de la traición le pinchó por la vez primera con fuerza bastante para arrancarle lágrimas.

Lloró como un anciano, y pensó en que ya lo era. Jamás se le había ocurrido tal idea. Su temperamento le engañaba, fingiendo una juventud sin fin; la desgracia al herirle de repente le desteñía, como un chubasco, todas las canas del espíritu.

«Ay, sí, era un pobre viejo; un pobre viejo, y le engañaban, se burlaban de él. Llegaba la edad en que iba a necesitar una compañera, como un báculo..., y el báculo se le rompía en las manos, la compañera le hacía traición, iba a estar solo..., solo; le abandonaban la mujer y el amigo...»

El dolor, la lástima de sí mismo, trajeron a su pensamiento ideas más naturales y oportunas que las que despertara, entre fantasmas de fiebre y de insomnio, la indignación contrahecha por las lecturas románticas y combatida por la pereza, el egoísmo y la flaqueza del carácter.

No sentía celos, no sentía en aquel momento la vergüenza de la deshonra, no pensaba ya en el mundo, en el ridículo que sobre él caería; pensaba en la traición, sentía el engaño de aquella Ana a quien había dado su honor, su vida, todo. ¡Ay, ahora veía que su cariño era más hondo de lo que él mismo creyera; queríala más ahora que nunca, pero claramente sentía que no era aquel amor de amante, amor de esposo enamorado, sino como de amigo tierno, y de padre..., sí, de padre dulce, indulgente y deseoso de cuidados y atenciones!

«¡Matarla! —eso se decía pronto—, ¡pero matarla!... ¡Bah, bah!... Los cómicos matan en seguida, los poetas también, porque no matan de veras..., pero una persona honrada, un cristiano no mata así, de repente, sin morirse él de dolor, a las personas a quien vive unido con todos los lazos del cariño, de la costumbre... Su Ana era como su hija... Y él sentía su deshonra como la siente un padre; quería castigar, quería vengarse, pero matar era mucho. No, no tendría valor ni hoy ni mañana, ni nunca, ¿para qué engañarse a sí mismo? Mata el que se ciega, el que aborrece; él no estaba ciego, no aborrecía, estaba triste hasta la muerte, ahogándose entre lágrimas heladas; sentía la herida, comprendía todo lo ingrata que era ella, pero no la aborrecía, no quería, no podría matarla. Al otro sí; Alvaro tenía que morir; pero frente a frente, en duelo, no de un tiro, no; con una espada lo mataría, aquello era más noble, más digno de él. Frígilis tenía que encargarse de todo. Pero, ¿cuándo? ¿Ahora? ¿En cuanto llegase? No..., tampoco se atrevía a decírselo así, de repente. Después de hablar con alma humana de tan vergonzoso descubrimiento, ya no había modo de volverse atrás, esto es, de cambiar de resolución, de aplazar ni modificar la venganza. En cuanto alguien lo supiera había que proceder de prisa, con violencia; lo exigía así el mundo, las ideas del honor; él era al fin un marido burlado... Y a ella habría que llevarla a un convento. Y él, él se volvería a su tierra, si no le mataba Mesía; se escondería en La Almunia de don Godino.»

Al llegar aquí se acordó el infeliz esposo que Ana, meses antes, le proponía un viaje a La Almunia. «¡Tal vez si él hubiera aceptado, se hubiese evitado aquella desgracia... irreparable! Sí, irreparable, ¿qué duda cabía?»

«¿Y Petra? ¡Maldita sea! Petra... ¡Es ella quien me hace tan desgraciado, quien me arroja en este pozo oscuro de tristeza, de donde ya no saldré aunque mate al mundo entero; aunque haga pedazos a Mesía y entierre viva a la pobre Ana!... ¡Ay, Ana también va a ser bien infeliz!»

La catedral dio ocho campanadas. «¡Las ocho! Ahora debía yo despertar..., y no sabría nada.»

Este pensamiento le avergonzó. En su cerebro estalló la palabra grosera con que el vulgo mal hablado nombra a los maridos que toleran su deshonra... Y la ira volvió a encenderse en su pecho, sopló con fuerza y barrió el dolor tierno... «¡Venganza!, ¡venganza! —se dijo—, o soy un miserable, un ser digno de desprecio...»

Sintió pasos sobre la arena, levantó la cabeza y vivo a su lado a Frígilis.

—¡Hola!, parece que se ha madrugado —dijo Crespo que gustaba de ser siempre el primero.

—Vamos, vamos —contestó don Víctor, volviendo a levantarse y después de colgar la escopeta del hombro.

La presencia de Frígilis le había asustado; sacó fuerzas de flaqueza para tomar un partido de repente. Se resolvió por fin. Resolvió callar, disimular, ir de caza. «Allá en los prados de las marismas, cuando se quedara solo en acecho, en todo aquel día triste que iba a ser tan largo, meditaría..., y a la vuelta, a la vuelta acaso tendría ya formado su plan, y consultaría con Tomás y le mandaría a desafiar al otro, si era esto lo que procedía. Por ahora callar, disimular. Aquello no podía echarse a volar así como quiera. El descubrimiento que debía a Petra no era para revelarlo sin su cuenta y razón. A Frígilis podía decírselo todo, pero a su tiempo.»

Salieron del parque. El mismo Quintanar cerró la verja con su llave. Crespo iba delante. Miró don Víctor hacia el fondo de la huerta, hacia el caserón que ya le parecía otro... «¿Qué hacía? ¿Era un cobarde aplazando su venganza? No, porque... Ellos no sospechaban nada, no escaparían, no había miedo. Silencio y disimulo, esto hacía falta ahora. Y reflexionar mucho. Cualquier cosa que hiciera ¡iba a ser tan grave! Le acongojaba la idea

de la inmensa responsabilidad de sus próximos actos. El sentir
que de su voluntad siempre tornadiza, impresionable y débil iban
ahora a depender sucesos tan importantes, la suerte de varias personas, le sumía en una especie de pánico taciturno y desesperado. Veleidades tenía de llamar a Frígilis, decírselo todo, po-
nerlo en sus manos todo... «Frígilis, aunque era un soñador, llegado el caso tenía mejor sentido que él; sabría ser más práctico...
¿Qué haría?»

Por lo pronto, seguir a Tomás a la estación. Y callar. Para
hablar siempre era tiempo.

La mañana seguía cenicienta; nubes y más nubes plomizas salían como de un telar de los picos y mesetas del Corfín, caían sobre la Sierra, se arrastraban por sus cumbres, resbalaban hacia
Vetusta y llenaban el espacio de una tristeza gris, muda y sorda.

«No hace frío», observó Frígilis al llegar a la estación. No
llevaba más abrigo que su bufanda a cuadros. Pero decía él que
su cazadora valía por la piel de un proboscidio. No le entraban
balas ni catarros.

En cambio, Quintanar, ceñido al cuerpo el capotón espeso, tenía que hacer esfuerzos para no dar diente con diente.

—No, no hace mucho frío —dijo, por miedo de delatarse.

«Afortunadamente éste es un sonámbulo que no se fija nunca
en si los demás tienen cara de risa o cara de vinagre. Debo de
estar pálido, desencajado..., pero este egoísta no ve nada de
eso.»

Entraron en un coche de tercera. En su mismo banco Frígilis
encontró antiguos conocidos. Eran dos ganaderos que volvían de
Castilla y después de hacer noche en Vetusta buscaban el amor de
su hogar allá en la aldea. Crespo, como si no hubiera en el mundo penas, ni amigos que se ahogaban en ellas, alegre, con aquel
insultante regocijo que le inspiraba a él la helada en las mañanas
más frías del año, frotaba las manos y hablaba del precio de las
reses, y de las ventajas de la aparcería, locuaz, como nunca se le
veía en Vetusta. Parecía que, según el tren se alejaba de los tejados de un rojo sucio, casi pardo de la ciudad triste, sumida en
sueño y en niebla, el alma de Frígilis se ensanchaba, respiraba a
su gusto aquel pulmón de hierro.

«No sospechaba aquel ciego, tan inoportunamente alegre y decidor, que su amigo, su mejor amigo, al romper la marcha el
tren había tenido tentaciones de arrojarse al andén; y después,
de tirarse por la ventanilla a la vía, y correr, correr desalado a
Vetusta, entrar en el caserón de los Ozores y coser a puñaladas
el pecho de una infame...»

Sí, todo esto había querido hacer don Víctor, que se sintió
morir de vergüenza y de cólera contra los infames adúlteros y
contra sí mismo, en cuanto notó que el tren se movía y le alejaba
del lugar del crimen, de su deshonra y de su venganza necesaria...

«¡Soy un miserable, soy un miserable!», gritaba por dentro
Quintanar mientras el tren volaba y Vetusta se quedaba allá le-

jos; tan lejos que detrás de las lomas y de los árboles desnudos
ya sólo se veía la torre de la catedral, como un gallardete negro
destacándose en el fondo blanquecino de Corfín, envuelto por
la niebla que el sol tibio iluminaba de soslayo.

«Huyo de mi deshonra, en vez de lavar la afrenta, huyo de
ella... Esto no tiene nombre. ¡Oh!..., sí lo tiene...» Y ¡zás!, el
nombre que tenía aquello, según Quintanar, estallaba como un
cohete de dinamita en el cerebro del pobre viejo.

«¡Soy un tal, soy un tal!» Y se lo decía a sí mismo con todas
sus letras, y tan alto que le parecía imposible que no le oyeran
todos los presentes.

«Pero el tren huía de Vetusta, silbaba, le silbaba a él; y él
no tenía valor de arrojarse a tierra, de volver al pueblo..., iba
a tardar más de doce horas en ver el caserón, ¡aplazaba su venganza más de doce horas!...»

Pasaron un túnel y no quedó ya nada de Vetusta ni de su
paisaje. Era otro panorama; estaban a espaldas de la sierra; montes rojizos, lomas monótonas como oleaje simétrico se extendían
cerrando el horizonte a la izquierda de la vía. El cielo estaba
oscuro por aquel lado, bajas las nubes, que como grandes sacos
de ropa sucia se deshilachaban sobre las colinas de lontananza;
a la derecha campos de maíz, ahora vacíos, enseñaban la tierra,
negra con la humedad; entre las manchas de las tierras desnudas aparecían el monte bajo, de trecho en trecho, las pomaradas
ahora tristes con sus manzanos sin hojas, con sus ramos afilados,
que parecían manos y dedos de esqueleto. Por aquel lado el cielo
prometía despejarse, la niebla hacía palidecer las nubes altas y
delgadas que empezaban a rasgarse. Sobre el horizonte, hacia el
mar, se extendía una franja lechosa, uniforme y de un matiz
constante. Sobre los castañares, que semejaban ruinas y mostraban descubiertos los que eran en verano misterios de su
follaje, sobre los bosques de robles y sobre los campos desnudos
y las pomaradas tristes pasaban de cuando en cuando en trián-
gulo macedónico bandadas de cuervos, que iban hacia el mar,
como náufragos de la niebla, silenciosos a ratos, y a ratos lamentándose con graznar lúgubre que llegaba a la tierra apagado,
como una queja subterránea.

Mientras Frígilis hablaba de la conveniencia de abandonar el
cultivo del maíz y de cultivar los prados con intensidad, don
Víctor, apoyaba la cabeza sobre la tabla dura del coche de tercera,
miraba al cielo pardo y veía desaparecer entre la niebla una fa-
lange de cuervos por aquel desierto de aire. Ya parecían polvos de
imprenta, después aprensión de la vista, después nada.

«¡Lugarejo, dos minutos!», gritó una voz rápida y ronca.

Don Víctor asomó la cabeza por la ventanilla. La estación,
triste cabaña muy pintada de chocolate y muerta de frío, estaba
al alcance de su mano o poco más distante. Sobre la puerta, aso-

mada a una ventana, una mujer rubia, como de treinta años, daba de mamar a un niño.

«Es la mujer del jefe. Viven en este desierto. Felices ellos», pensó Quintanar.

Pasó el jefe de la estación, que parecía un pordiosero. Era joven; más joven que la mujer de la ventana parecía.

«Se querrán. Ella por lo menos le será fiel.»

Después de esta conjetura, don Víctor se dejó caer otra vez en su asiento. Cerró los ojos, tapó el rostro cuanto pudo con una mano. El tren volvió a moverse. El ruido del hierro y de la madera y la trepidación uniforme eran como canción que atraía el sueño. Quintanar, sin pensar en ello, medía el ritmo de las ruedas pesadas y crujientes con el compás de una marcha que cantaba su tordo, aquel tordo orgullo de la casa... Después midió el paso del tren con los de cierta polca..., y después se quedó dormido.

Media hora después llegaban a la estación en que dejaban el tren para tomar a pie la carretera que los conducía a las marismas de Palomares.

Don Víctor despertó asustado, gracias a un golpe que le dio en el hombro Frígilis.

Había soñado mil disparates inconexos; él mismo, vestido de canónigo con traje de coro, casaba en la iglesia parroquial del Vivero a don Alvaro y a la Regenta. Y don Alvaro estaba en traje de clérigo también, pero con bigote y perilla... Después los tres juntos se habían puesto a cantar el *Barbero,* la escena del piano; él, don Víctor, se había adelantado a las baterías para decir con voz cascada:

Quando la mia Rosina...

el público de las butacas había graznado al oírle como un solo espectador... Todas las butacas estaban llenas de cuervos que abrían el pico mucho y retorcían el pescuezo con ondulaciones de culebra... «Una pesadilla», pensó Quintanar, y entre dormido y despierto emprendía la marcha a pie por la carretera de Palomares abajo. Estaban en Roca Tajada; a la derecha, a pico, se elevaba el monte Areo, partido por aquel desfiladero; estrecha garganta por donde sólo cabían la angosta carretera y el río Abroño, que se cruzaban en mitad de la hoz pasando el camino, perpendicular al río, por un puente de piedra blanca.

Después de almorzar en Roca Tajada, en la taberna de Matiella, estanquero y albañil, grande amigo de Frígilis, los dos amigos cazadores dejaron el camino real, y por prados fangosos de hierba alta, de un verde oscuro, llegaron otra vez a las orillas del Abroño, allí más ancho, rodeado de juncos y arena, rizado por las ondas verdes que le mandaba el mar ya vecino.

Frígilis y Quintanar pasaron el río en una barca, comenzaron a subir una colina coronada por una aldea de casas blancas separadas por pomaradas y laureles, pinos de copa redonda y ancha y álamos esbeltos. El verde de los pinares y de los laureles y de algunos naranjos de las huertas, sobre el verde más claro de las praderas en declive, limpias y como recortadas con tijeras, alegraba la cumbre resaltando bajo el cielo lechoso y entre las paredes blancas, que se comían toda la luz del día, difusa y como cernida a través de las nubes delgadas. Según subían por la falda de la loma, que era como primer escalón para la colina, el terreno se afirmaba, la hierba aclaraba su color y menguaba. Frígilis se detuvo y contempló el monte Areo que tenía enfrente, el río ondulante que quedaba debajo y la franja del mar, azulada con pintas blancas, que se veía en un rincón del horizonte, en apariencia más alto que el río, como una pared oscura que subía hacia las nubes.

Quintanar se sentó sobre una peña que dejaba descubierta el prado. De la parte del Areo, cruzando sobre el río a mucha altura, vieron venir un bando de tordos de agua. Cuando estuvieron a tiro, Frígilis disparó los de su escopeta con tan mala suerte, que no consiguió más que dispersar las apretadas filas.

—¡Tira tú, bobo! —gritó Crespo, furioso.

Quintanar se levantó, apuntó, disparó, y cuatro tordos de agua cayeron heridos por los perdigones que, según pensó en aquel instante don Víctor, debía tener en los sesos el amigo traidor, el infame don Alvaro.

«Sí, aquel tiro era el de Alvaro; los tordos, inocentes, caían a pares, y el ladrón de su honra vivía.» Y, ¡cosa extraña!, cuando allá en el parque había estado apuntando a la cabeza de Mesía, no recordaba que el cartucho mortífero tenía carga de perdigón; suponíalo lleno de postas o de balas.

Muy contra su voluntad, a pesar de la desgracia que tenía encima, el cazador sintió el placer de la vanidad satisfecha. «Frígilis había disparado dos tiros y... nada; dispara él uno solo y... cuatro... Sí, cuatro, allí estaban sangrando sobre el prado, mezclando las gotas rojas con la escarcha blanca de la hierba.»

Media hora después Frígilis tomaba el desquite matando un soberbio pato marino. Quintanar, por gusto, mató un cuervo, que no recogió.

Cazaron hasta las doce, hora de comer sus fiambres. Los perros de Frígilis se aburrían. Aquella caza en que ellos representaban un papel secundario, les parecía una vergüenza; bostezaban y obedecían mal a la voz del amo.

Después de comer los fiambres y de beber regulares tragos, don Víctor sintió su pena con intensidad cuatro veces mayor. Todo lo veía claro, toda la trascendencia de su descubrimiento del amanecer se le aparecía como un tratado clásico de historia. Lo que había sucedido, lo que iba a suceder, lo veía como en un panorama. Y sentía comezón de hablar y ansias de llorar. ¿Por qué no abría el pecho al amigo del alma, al verdadero, al único? No se lo abrió. «No era tiempo.»

Para perseguir un bando de peguetas que volaba de prado en prado, siempre alerta, se separaron. Aquellos pajarracos no se comían, pero Frígilis les tenía declarada la guerra porque se burlaban de los cazadores con una especie de ironía, de sarcasmo que parecía racional. Esperaban, *fingían* estar descuidados, disimulaban su vigilancia, y al ir Frígilis a disparar, escondido tras un seto..., volaban los condenados gritando como brujas sorprendidas en aquelarre. Por eso los perseguía tenaz, irritado.

Se separaron. Si las peguetas iban por un lado al escapar del prado que cubrían ciñéndolo de negro, se encontraban con la descarga de Crespo; si tomaban por el otro lado, disparaba don Víctor.

El cual se quedó solo, sobre una loma dominando el valle. El sol no había conseguido disipar la niebla; se le vislumbraba detrás de un toldo blanquecino, como si fuera una luna de teatro hecha con un poco de aceite sobre un papel. A lo lejos gritaban las agoreras aves de invierno, que después aparecían bajo las nubes, volando fuera de tiro, sin miedo al cazador, pero tristes, cansadas de la vida, suponía Quintanar.

«El campo estaba melancólico. El invierno parecía una desnudez. Y a pesar de todo, ¡qué hermosa era la naturaleza!, ¡qué tranquilamente reposaba!... Los hombres, los hombres eran los que habían engendrado los odios, las traiciones, ¡las leyes convencionales que atan a la desgracia el corazón!» La filosofía de Frígilis, aquel pensador agrónomo que despreciaba la sociedad con sus *falsos principios,* con sus preocupaciones, exageraciones y violencias, se le presentó a Quintanar, a quien el cuerpo repleto le pedía siesta, como la filosofía verdadera, la sabiduría única, eterna. «Vetusta, que quedaba allá, detrás de montes y montes, ¿qué era comparada con el ancho mundo? Nada; un punto. Y todas las ciudades, y todos los agujeros donde el hombre, esa hormiga, fabricaba su albergue, ¿qué eran comparados con los bosques vírgenes, los desiertos, las cordilleras, los vastos mares?... Nada. Y las leyes de honor, las preocupaciones de la vida social todas, ¿qué eran al lado de las grandes y fijas y naturales leyes a que obedecían los astros en el cielo, las olas en el mar, el fuego bajo la tierra, la savia circulando por las plantas?»

Vivos deseos sintió Quintanar por un momento de echar raíces y ramas, y llenarse de musgo como un roble secular de aquellos que veía coronando las cimas del monte Areo. «Vegetar era mucho mejor que vivir.»

Oyó un tiro lejano, después el estrépito de las peguetas que volaban riéndose con estridentes chillidos; las vio pasar sobre su cabeza. No se movió. Que se fueran al diablo. El estaba pensando en Tomás Kempis. Sí, Kempis, a quien había olvidado, tenía razón; dondequiera estaba la cruz. «Arregla —decía el sabio asceta—, arregla y ordena todas las cosas según tu modo de ver y según tu voluntad, y verás que siempre tienes algo que padecer de grado o por fuerza; siempre hallarás la cruz.»

Y también recordaba lo de: «Algunas veces parecerá que Dios te deja, otras veces serás mortificado por el prójimo; y lo que es más, muchas veces te serás molesto a ti mismo».

«¡Sí, el prójimo me mortifica, y yo mismo me molesto, me hago daño hasta sangrar el alma!... No sé lo que debo hacer, ni lo que debo pensar siquiera. Anita me engaña, es una infame, sí..., pero ¿y yo? ¿No la engaño yo a ella? ¿Con qué derecho uní mi frialdad de viejo distraído y frío a los ardores y a los sueños de su juventud romántica y extremosa? ¿Y por qué alegué derechos de mi edad para no servir como soldado del matrimonio y pretendí después batirme como contrabandista del adulterio? ¿Dejará de ser adulterio el del hombre también, digan lo que quieran las leyes?»

Le daba ira encontrarse tan filósofo, pero no podía otra cosa. Comprendía que aquellas meditaciones le alejaban de su venganza, que en el fondo del alma él no quería ya vengarse, quería castigar como un juez recto y salvar su honor, nada más. Y esto mismo le irritaba. Después volvía la lástima tierna de sí mismo, la imagen de la vejez solitaria..., y los alcaravanes, allá en el cielo gris, iban cantando sus ayes como quien recita el Kempis en una lengua desconocida.

«Sí, la tristeza era universal; todo el mundo era podredumbre; el ser humano lo más podrido de todo.»

Y siempre sacaba en consecuencia que él no sabía lo que debía hacer, ni siquiera lo que debía pensar, ni aun lo que debía sentir.

«De todas suertes, las comedias de capa y espada mentían como bellacas; el mundo no era lo que ellas decían: al prójimo no se le atraviesa el cuerpo sin darle tiempo más que para recitar una redondilla. Los hombres honrados y cristianos no matan tanto ni tan de prisa.»

De noche, en el tren, cuando volvían solos a Vetusta en un coche de segunda, por miedo al frío de los de tercera, Frígilis, que miraba el paisaje triste a la luz de la luna, que aquella vez había podido más que el sol y había roto las nubes, Frígilis sintió un suspiro como un barreno detrás de sí, y volvió la cabeza, diciendo:

—¿Qué te pasa, hombre? Todo el día te he visto preocupado, tristón... ¿Qué pasa?

La lamparilla del techo, que alumbraba dos departamentos, apenas rompía las tinieblas de aquel coche que parecía caja de muerto.

Frígilis no podía ver bien el rostro de don Víctor pero le oyó,

de repente, llorar como un chiquillo, y sintió la cabeza fuerte
y blanca de Quintanar apoyada en el hombro del amigo. Sí, se
apoyaba el pobre viejo con cariño, confianza, y con la fuerza
con que se deja caer un muerto. Parecía aquello la abdicación de
su pensamiento, de toda iniciativa.

—Tomás, necesito que me aconsejes. Soy muy desgraciado;
escucha...

Treinta

Y ahora mucho cuidado; mira lo que vas a hacer.

—Tú ¿no entras?

—No, no... Tengo prisa, tengo que hacer.

—¡Me dejas solo ahora!

—Volveré si quieres..., pero... mejor te acostabas pronto. Mañana vendré temprano...

—Te advierto que no te he dicho que sí.

—Bueno, bueno..., adiós.

—Espera, espera..., no me dejes solo... todavía. No te he dicho que sí; tal vez... lo piense más y... me decida por seguir el camino opuesto.

—Pero por de pronto, Víctor, prudencia, disimulo... Es decir, si no quieres exponerte a una desgracia. Ya lo sabes...

—¡Sí, sí! Benítez cree que un gran susto, una impresión fuerte...

—Eso; puede matarla.

—¡Está enferma!

—Sí, más de lo que tú crees.

—¡Está enferma! Y un susto, un susto grande... puede matarla.

—Eso, así como suena.

—Y yo debo subir, y guardar para mí todos estos rencores, toda la hiel tragármela... y disimular, y hablar con ella para que no sospeche y no se asuste... y no se me muera de repente...

—Sí, Víctor, sí; todo eso debes hacer.

—Pero confiesa, Tomás, que todo eso se dice mejor que se hace; y comprende que ese aldabón me inspire miedo, explícate la razón que tengo para tenerle el mismo asco que si fuera de hierro líquido...

Calló a esto Frígilis.

Llegaban de la estación; estaban en el portal del caserón de los .Ozores, que apenas alumbraba a pedazos el farol dorado pendiente del techo.

Quintanar no tenía valor para subir a su casa. No quería llamar. «Iban a abrirle, iba a salir ella, Ana, a su encuentro, se atrevería a sonreír como siempre, tal vez a ponerle la frente cerca de los labios para que la besara... y él tendría que sonreír, y besar y callar..., y acostarse tan sereno como todas las noches... Tomás debía comprender que aquello era demasiado...»

Y además, las revelaciones de Frígilis respecto a la salud de Ana le habían caído al pobre ex regente como una maza sobre la cabeza. «¡Aquella alegría, aquella exaltación que la habían llevado... al crimen, a la infamia de una traición... ¡era una enfermedad! Ana podía morir de repente cualquier día; una impresión extraordinaria lo mismo de dolor que de alegría, mejor si era dolorosa, podía matarla en pocas horas...» Esto había contestado Frígilis a la historia de su amigo. «A Mesía fusilémosle —había dicho—, si eso te consuela; pero hay que esperar, hay que evitar el escándalo, y sobre todo hay que evitar el susto, el espanto que sobrecogería a tu mujer si tú entraras en su alcoba como los maridos de teatro...» Ana, culpable según las leyes divinas y humanas, no lo era tanto en concepto de Frígilis que mereciera la muerte.

—¿Quién quiere matarla? ¡Yo no quiero eso! —había interrumpido don Víctor al oír esto.

Pero Frígilis había replicado:

—Sí quieres tal, si le dices que lo sabes todo. Lo que hay que hacer hay que pensarlo; yo no digo que la perdones, que esa sea la única solución; pero confiesa que el perdonar es una solución también.

—Perdonarla es transigir con la deshonra...

—Eso ya lo veríamos. ¿Tú eres cristiano?

—Sí, de todo corazón, más cada día... Como que ya no veo más refugio para mi alma que la religión...

—Bueno, pues si eres cristiano ya veremos si debes perdonar o no. Pero no se trata de esto todavía; se trata de no cortar el camino al perdón, antes de ver si conviene, dando a tu mujer esa puñalada mortal al entrar en su cuarto y gritar: «¡Muera la esposa infiel!», para que ella conteste: «¡Jesús mil veces!», y caiga redonda. Yo no sé si diría «Jesús mil veces», pero de que caería estoy seguro. Y ya ves, antes de matarla hay que ver si tenemos derecho para ello.

—No, yo no lo tengo; me lo dice la conciencia...

—Y dice perfectamente. Ni yo tengo derecho para aconsejarte nada trágico. Cuando te casé con ella, porque yo te casé, Víctor, bien te acordarás, creía hacer la felicidad de ambos...

—Y no parecía que te habías equivocado. La mía la habías hecho. La de ella... durante más de diez años pareció que también.

—Sí, pareció; pero la procesión andaba por dentro... Diez años
fue buena: la vida es corta... No fue tan poco.

—Mira, Frígilis, tu filosofía no es para consolar a un marido
en mi situación... Ya sé yo todo lo que tú puedes decirme, y
mucho más... Eso no es consolarme...

—Ni yo creo que tu situación admita consuelos más que el
del tiempo y la reflexión lenta y larga... Pero ahora no se trata
de ti, se trata de ella. ¿Te empeñas en coser el cuerpo con un
florete o con una espada a Mesía? Sea; pero hay que ver cuándo
y cómo. Hay que tener calma. Después de lo que sabes de la
enfermedad de Ana, secreto que Benítez me impuso y que rompo por lo apurado del caso, después de saber que puede sucumbir ante una revelación semejante...

—Pero ¿no es peor hacer lo que hace, que saber que yo lo
sé? ¿Quién te asegura a ti que no me despreciará, que no pro-
curará huir con el otro?

—¡Víctor, no seas majadero! El otro... es un zascandil. No
hizo más que esperar que cayera el fruto de maduro... Ella no
está enamorada de Mesía... En cuanto vea que es un cobarde y
que la abandona antes que pelear por ella..., le despreciará, le
maldecirá..., y en cambio los remordimientos la volverán a ti, a
quien siempre quiso.

—¡Que quiso!

—Sí, más que a un padre. ¿Qué mejor prueba quieres que
todo lo pasado? ¿Por qué se hizo mística?... Y la pobre... también tuvo que sufrir ataques... creo yo, de otro lado..., de...
Pero, en fin, de esto no hablemos. ¿Por qué luchó como luchó
sin duda? Porque te quería..., porque te quiere..., te quiere
mucho...

—¡Y me vende!

—¡Te vende!, ¡te vende!... En fin, no hablemos más de eso...,
ya has dicho que no quieres mis filosofías. Ello es, que si armas
arriba una escena de honor ultrajado, en seguida hay otra de entierro.

—¡Hombre, dices las cosas de un modo!...

—La verdad. Un drama completo. Pero en último caso, si
tan irritado estás, si tan ciego te ves, si no puedes atender a razones, ni a tu conciencia, que bien claro te habla; llama, sube,
alborota, quema la casa... O no hagas tanto, que bastará con que
la espantes con tu noticia para que Ana caiga de espaldas y le
estalle dentro una de esas cosas en que tú no crees, pero que son
para la vida como los alambres para el telégrafo. Si estás furioso,
si no puedes contenerte, también tú tendrás disculpas hagas lo
que hagas. (Pausa.) Pero si no, Quintanar, no tienes perdón
de Dios.

Esto último lo dijo Crespo con voz solemne, grave, vibrante,
que hizo a su amigo estremecerse.

Después de este diálogo, parte del cual mantuvieron por el
camino de la estación a casa, y parte dentro del portal, fue

cuando Quintanar se acercó a la puerta para coger el aldabón, y cuando Frígilis exclamó:

—Y ahora mucho cuidado; mira lo que vas a hacer.

Frígilis tenía prisa, quería dejar a don Víctor cuanto antes para correr en busca de don Alvaro y advertirle de que Quintanar sabía su traición, para que se abstuviera de asaltar el parque aquella noche y acudir a la cita, si la tenía como era de suponer. Pensaba Crespo que a Víctor no se le había ocurrido como no se le ocurrieron otras tantas cosas, que aquella noche se repetiría la escena de la anterior, que debía de ser ya antigua costumbre; podía don Alvaro, que no había visto a su víctima cuando le acechaba en el parque, volver a las andadas, sorprenderle Quintanar, y entonces era imposible evitar una tragedia. Además, Frígilis tenía la convicción de que don Alvaro escaparía de Vetusta en cuanto él le dijera que Quintanar iba a desafiarle. No le faltaban motivos para creer muy cobarde al don Juan Tenorio.

«¡Pero aquel Víctor no le dejaba marchar!»

Por fin, después de prometer de nuevo disimular, ocultar su dolor, su ira, lo que fuera, pero sólo por aquella noche, llamó el digno regente jubilado con el mismo aldabonazo enérgico y conciso con que hacía retumbar el patio cuando la casa era honrada y el jefe de familia respetado y tal vez querido.

—¡Adiós, adiós, hasta mañana temprano! —dijo Frígilis librándose de la mano trémula que le sujetaba un brazo.

«Egoísta —pensó don Víctor al quedarse solo—; ¡es la única persona que me quiere en el mundo... y es egoísta!»

Se abrió la puerta. Vaciló un momento.

Se le figuró que del patio salía una corriente de aire helado...

Entró, y al volverse hacia el portal, para cerrar la puerta que dejaba atrás, vio que entraba en su casa un fantasma negro, largo; que paso a paso, por el portal adelante, se acercaba a él y que se le quitaba el sombrero que era de teja.

—¡Mi señor don Víctor! —dijo una voz melosa y temblona.

—¡Cómo!, ¿usted?... ¡Es usted, señor Magistral!...

Un temblor frío, como precursor de un síncope, le corrió por el cuerpo al ex regente, mientras añadía, procurando una voz serena:

—¿A qué debo... a estas horas... la honra...? ¿Qué pasa?... ¿Alguna desgracia?...

«Pero este hombre ¿no sabe nada?», se preguntó De Pas, que parecía un desenterrado.

Miró a don Víctor a la luz del farol de la escalera y le vio desencajado el rostro; y don Víctor a él le vio tan pálido y con ojos tales que le tuvo un miedo vago, supersticioso, el miedo del mal incierto. Hasta llegar allí, el Magistral no había hablado, no había hecho más que estrechar la mano de don Víctor e invitarle, con un ademán gracioso y enérgico al par, a subir aquella escalera.

—Pero, ¿qué pasa? —repitió don Víctor en voz baja en el primer descanso.

—¿Viene usted de caza? —contestó el otro con voz débil.

—Sí, señor, con Crespo; pero ¿qué sucede? Hace tanto tiempo... y a estas horas...

—Al despacho, al despacho... No hay que alarmarse..., al despacho...

Anselmo alumbraba por los pasillos del caserón a su amo, a quien seguía el Magistral.

«No pregunta por Ana», pensó De Pas.

—La señora no ha oído llamar, está en su tocador. ¿Quiere el señor que la avise?. —preguntó Anselmo.

—¿Eh?, no, no, deja..., digo..., si el señor Magistral quiere hablarme a solas... —Y se volvió el amo de la casa al decir esto.

—Bien, sí; al despacho..., entremos en su despacho...

Entraron. El temblor de Quintanar era ya visible. «¿Qué iba a decirle aquel hombre? ¿A qué venía?»...

Anselmo encendió dos luces de esperma y salió.

—Oye, si la señora pregunta por mí, que allá voy... que estoy ocupado..., que me espere en su cuarto... ¿No es eso? ¿No quiere usted... que estemos solos?

El Magistral aprobó con la cabeza, mientras clavaba los ojos en la puerta por donde salía Anselmo.

«Ya estaba allí, ya había que hablar... ¿Qué iba a decir? Terrible trance; tenía que decir algo y ni una idea remota le acudía para darle luz; no sabía absolutamente nada de lo que podía convenirle decir. ¿Cómo hablar sin preguntar antes? ¿Qué sabía don Víctor? Esta era la cuestión... Según lo que supiera, así él debía hablar..., pero no, no era esto..., había que comenzar por explicarse. Buen apuro.» Estaba el Magistral como si don Víctor le hubiera sorprendido allí, en su despacho, robándole los candeleros de plata, en que ardían las velas.

Quintanar daba diente con diente y preguntaba con los ojos muy abiertos y pasmados...

«¿Usted dirá?, decían aquellas pupilas brillantes, y en aquel momento sin más expresión que un tono interrogante.

«Había que hablar.»

—¿Tendría usted... por ahí... un poquito de agua?... —dijo don Fermín, que se ahogaba, y que no podía separar la lengua del cielo de la boca.

Don Víctor buscó agua y la encontró en un vaso, sobre la mesilla de noche. El agua estaba llena de polvo, sabía mal.

Don Fermín no hubiera extrañado que supiera a vinagre. Estaba en el Calvario. Había entrado en aquella casa porque no había podido menos: sabía que necesitaba estar allí, hacer algo, ver, procurar su venganza, pero ignoraba cómo. «Estaba, cerca de las diez de la noche, en el despacho del marido de la mujer que le engañaba a él, a De Pas, y al marido; ¿qué hacía allí?, ¿qué iba a decir? Por la memoria excitada del Magistral pasaron todas las estaciones de aquel día de Pasión. Mientras bebía el vaso de agua, y se limpiaba los labios pálidos y estrechos, sentía pasar las emociones de aquel día por su cerebro, como un amargor de purga. Por la mañana había despertado con fiebre, había llamado a su madre asustado, y como no podía explicarle la causa de su mal había preferido fingirse sano, y levantarse y salir. Las calles, las gentes, brillaban a sus ojos como un resplandor amarillento de cirios lejanos; los pasos y las voces sonaban apagados, los cuerpos sólidos parecían todos huecos; todo parecía tener la fragilidad del sueño. Antojábasele una crueldad de fiera, un egoísmo de piedra, la indiferencia universal; ¿por qué hablaban todos los vetustenses de mil y mil asuntos que a él no le importaban, y por qué nadie adivinaba su dolor, ni le compadecía, ni le ayudaba a maldecir a los traidores y a castigarlos? Había salido de las calles y había paseado en el paseo de Verano, ahora triste con su arena húmeda bordada por las huellas del agua corriente, con sus árboles desnudos y helados. Había paseado pisando con ira, con pasos largos, como si quisiera rasgar la sotana con las rodillas; aquella sotana que se le enredaba entre las piernas, que era un sarcasmo de la suerte, un trapo de carnaval colgado al cuello.

«El, él era el marido —pensaba—, y no aquel idiota, que aún no había matado a nadie (y ya era mediodía) y que debía saberlo todo desde las siete. Las leyes del mundo ¡qué farsa! Don Víctor tenía el derecho de vengarse y no tenía el deseo; él tenía el deseo, la necesidad de matar y comer lo muerto, y no tenía el derecho... Era un clérigo, un canónigo, un prebendado. Otras tantas carcajadas de la suerte que se le reía desde todas partes.» En aquellos momentos don Fermín tenía en la cabeza toda una mitología de divinidades burlonas que se conjuraban contra aquel miserable Magistral de Vetusta.

La sotana, azotada por las piernas vigorosas, decía: *ras, ras, ras;* como una cadena estridente que no ha de romperse.

Sin saber cómo, De Pas había pasado delante de la fonda de Mesía. «Sabía él que don Alvaro estaba en casa, en la cama. Si, como temía, don Víctor no le había cerrado la salida del parque de los Ozores, si nada había ocurrido, en el lecho estaba don Alvaro tranquilo, descansando del placer. Podía subir, entrar en su cuarto, y ahogarlo allí... en la cama, entre las almohadas... Y era lo que debía hacer; si no lo hacía, era un cobarde; temía a su madre, al mundo, a la justicia... Temía el escándalo, la novedad de ser un criminal descubierto; le sujetaba la inercia de la vida ordinaria, sin grandes aventuras... Era un cobarde: un hombre de corazón subía, mataba. Y si el mundo, si los necios vetustenses, y su madre y el obispo y el papa, preguntaban por qué, él respondía a gritos, desde el púlpito si hacía falta: Idiotas, ¿que por qué mato? Porque me han robado a mi mujer, porque me ha engañado mi mujer, porque yo había respetado el cuerpo de esa infame para conservar su alma, y ella, prostituta como todas las mujeres, me roba el alma porque no le he tomado también el cuerpo... Los mato a los dos porque olvidé lo que oí al médico de ella, olvidé que *ubi irritatio ibi fluxus,* olvidé ser con ella tan grosero como con otras, olvidé que su carne divina era carne humana; tuve miedo a su pudor y su pudor me la pega; la creí cuerpo santo, y la podredumbre de su cuerpo me está envenenando el alma... Mato porque me engañó; porque sus ojos se clavaban en los míos y me llamaban hermano mayor del alma al compás de sus labios, que también lo decían sonriendo; mato porque debo, mato porque puedo, porque soy fuerte, porque soy hombre..., porque soy fiera...»

Pero no mató. Se acercó a la portería y preguntó... por el señor Obispo de Nauplia, que estaba de paso en Vetusta.

—Ha salido —le dijeron.

Y don Fermín, sin ver lo que hacía, dobló una tarjeta y la dejó al portero.

Y volvió a su casa.

Se encerró en el despacho. Dijo que no estaba para nadie y se paseó por la estrecha habitación como por una jaula.

Se sentó, escribió dos pliegos. Era una carta a la Regenta. Leyó lo escrito y lo rasgó todo en cien pedazos. Volvió a pasear y volvió a escribir, y a rasgar, y a cada momento clavaba las uñas en la cabeza.

En aquellas cartas que rasgaba, lloraba, gemía, imprecaba, deprecaba, rugía, arrullaba; unas veces parecían aquellos regueros tortuosos y estrechos de tinta fina la cloaca de las inmundicias que tenía el Magistral en el alma: la soberbia, la ira, la lascivia engañada y sofocada y provocada, salían a borbotones, como podredumbre líquida y espesa. La pasión hablaba entonces con el murmullo ronco y gutural de la basura corriente y encauzada. Otras veces se quejaba el idealismo fantástico del clérigo como una tórtola; recordaba sin rencor, como en una elegía, los días de la amistad suave, tierna, íntima; de las sonrisas que prometían eterna fidelidad de los espíritus; de las citas para el cielo, de las promesas fervientes, de las dulces confianzas; recordaba aquellas mañanas de un verano, entre flores y rocío, místicas esperanzas y sabrosa plática, felicidad presente, comparable a la futura. Pero entre los quejidos de tórtola el viento volvía a bramar sacudiendo la enramada, volvía a rugir el huracán, estallaba el trueno y un sarcasmo cruel y grosero rasgaba el papel como el cielo negro un rayo. «¡Y por quién dejaba Ana la salvación del alma, la compañía de los santos y la amistad de un corazón fiel y confiado!... ¡Por un don Juan de similor, por un elegantón de aldea, por un parisiense de temporada, por un busto hermoso, por un Narciso estúpido, por un egoísta de yeso, por un alma que ni en el infierno la querrían de puro insubstancial, sosa y hueca!....» «Pero ya comprendía él la causa de aquel amor; era la impura lascivia, se había enamorado de la carne fofa, y de menos todavía, de la ropa del sastre, de los primores de la planchadora, de la habilidad del zapatero, de la estampa del caballo, de las necedades de la fama, de los escándalos del libertino, del capricho, de la ociosidad, del polvo, del aire... Hipócrita..., hipócrita..., lasciva, condenada sin remedio, por vil, por indigna, por embustera, por falsa, por...» Y al llegar aquí era cuando, furioso contra sí mismo, rasgaba aquellos papeles el Magistral, airado porque no sabía escribir de modo que insultara, que matara, que despedazara, sin insultar, sin matar, sin despedazar con las palabras. «Aquello no podía mandarse bajo un sobre a una mujer, por más que la mujer lo mereciera todo. No, era más noble sacar de una vaina un puñal y herir, que herir con aquellas letras de veneno escondidas bajo un sobre perfumado.»

Pero escribía otra vez, procuraba reportarse, y al cabo la indignación, la franqueza necesaria a su pasión, estallaban por otro lado; y entonces era él mismo quien aparecía hipócrita, lascivo, engañando al mundo entero. «Sí, sí —decía—, yo me lo negaba a mí mismo, pero te quería para mí; quería, allá en el fondo de mis entrañas, sin saberlo, como respiro sin pensar en ello, quería poseerte, llegar a enseñarte que el amor, nuestro amor, debía ser lo primero; que lo demás era mentira, cosa de niños, conversación inútil; que era lo único real, lo único serio el quererme, sobre todo yo a ti, y huir si hacía falta; y arrojar yo la máscara, y la ropa negra, y ser quien soy, lejos de aquí donde no lo puedo ser: sí, Anita, sí, yo era un hombre, ¿no lo sabías? ¿Por eso me engañaste? Pues mira, a tu amante puedo deshacerle de un golpe; me tiene miedo, sábelo, hasta cuando le miro; si me viera en despoblado, solos frente a frente, escaparía de mí... Yo soy tu esposo; me lo has prometido de cien maneras; tu don Víctor no es nadie; mírale como no se queja; yo soy tu dueño, tú me lo juraste a tu modo; mandaba en tu alma, que es lo principal; toda eres mía, sobre todo porque te quiero como tu miserable vetustense y el aragonés no te pueden querer; ¿qué saben ellos, Anita, de estas cosas que sabemos tú y yo...? Sí, tú las sabías también... y las olvidaste... por un cacho de carne fofa, relamida por todas las mujeres malas del pueblo... Besas la carne de la orgía, los labios que pasaron por todas las pústulas del adulterio, por todas las heridas del estupro, por...»

Y don Fermín rasgó también esta carta, y en mil pedazos más que todas las otras. No acertaba a arrojar en el cesto los pedacitos blancos y negros, y el piso parecía nevado; y sobre aquellas ruinas de su indignación artística se paseaba furioso, deseando algo más suculento para la ira y la venganza que la tinta y el papel mudo y frío.

Salió otra vez de casa; paseó por los soportales que había en la Plaza Nueva, enfrente de la casa de los Ozores.

«¿Que habría pasado? ¿Habría descubierto algo don Víctor? No; si hubiera habido algo, ya se sabría. Don Víctor habría disparado su escopeta sobre don Álvaro, o se estaría concertando un desafío y ya se sabría; no se sabía nada, nada; luego nada había sucedido.»

Dos, tres veces, ya al oscurecer, entró el Magistral en el zaguán oscuro del caserón de la Rinconada. Quería saber algo, espiar los ruidos..., pero a llamar no se atrevía... «¿A qué iba él allí? ¿Quién le llamaba a él en aquella casa donde en otro tiempo tanto valía su consejo, tanto se le respetaba y hasta quería? Nadie le llamaba. No debía entrar.» No entró. «Además —iba pensando mientras se alejaba—, si yo me veo frente a ella, ¿qué sé yo lo que haré? Si ese marido indigno, de sangre de horchata, la perdona, yo..., yo no la perdono, y si la tuviera entre mis manos, al alcance de ellas siquiera... Sabe Dios lo que haría. No, no debo entrar en esa casa; me perdería, los perdería a todos.»

Y volvió a la suya.

Doña Paula entró en el despacho. Hablaron de los negocios del comercio, de los asuntos de Palacio, de muchas cosas más; pero nada se dijo de lo que preocupaba al hijo y a la madre.

—«No se podía hablar de aquello», pensaba él.

—«No se podía hablar de aquello, ni a solas», pensaba ella.

La madre lo sabía todo. Había comprado el secreto a Petra. Además, ya ella, por su servicio de policía secreta, y por lo que observaba directamente, había llegado a comprender que su hijo había perdido su poder sobre la Regenta. Si antes la maldecía porque la creía querida de su Fermo, ahora la aborrecía porque el desprecio, la burla, el engaño, la herían a ella también. ¡Despreciar a su hijo, abandonarle por un barbilindo mustio como era don Alvaro! El orgullo de la madre daba brincos de cólera dentro de doña Paula. «Su hijo era lo mejor del mundo. Era pecado enamorarse de él, porque era clérigo; pero mayor pecado era engañarle, clavarle aquellas espinas en el alma... ¡Y pensar que no había modo de vengarse! No, no lo había.»

Y lo que más temía doña Paula era que el Magistral no pudiera sufrir sus celos, su ira, y cometiese algún delito escandaloso. La desesperaba la imposibilidad de consolarle, de aconsejarle.

A doña Paula se le ocurría un medio de castigar a los infames, sobre todo al barbilindo agostado; este medio era divulgar el crimen, propalar el ominoso adulterio y exitar al don Quijote de don Víctor para que saliera lanza en ristre a matar a don Alvaro.

«Y nada de esto se le podía decir a Fermo.»

Doña Paula entraba, salía, hablaba de todo, observaba todos los gestos de su hijo, aquella palidez, aquella voz ronca, aquel temblor de manos, aquel ir y venir por el despacho.

«¡Qué no hubiera dado ella por insinuarle el modo de vengarse! Sí, bien merecía aquel hijo de las entrañas que se le arrancasen aquellas espinas del alma. ¡Había sido tan buen hijo! ¡Había sido tan hábil para conservar y engrandecer el prestigio que le disputaban!» Desde que doña Paula vio que «no estallaba un escándalo», que don Fermín mostraba discreción y cautela incomparables en sus extrañas relaciones con la Regenta, se lo

perdonó todo y dejó de molestarle con sus amonestaciones.
Y después del triunfo de su hijo sobre la impiedad representada
en don Pompeyo Guimarán, después de aquella conversión gloriosa, su madre le admiraba con nuevo fervor y procuraba ayudarle
en la satisfacción de sus deseos íntimos, guardando siempre los
miramientos que exigía lo que ella reputaba decencia.

No, no se podía hablar de aquello que tanto importaba a los
dos; y al fin doña Paula dejó solo a don Fermín; subió a su
cuarto, y desde allí, en vela, se propuso espiar los pasos de su
hijo, que continuaba moviéndose abajo: le oía ella vagamente.

Sí, don Fermín, que cerró la puerta del despacho con llave
en . cuanto se quedó solo, se movía mucho: tenía fiebre. Se le
ocurrían proyectos disparatados, crímenes de tragedia, pero los
desechaba en seguida. «Estaba atado por todas partes.» Cualquier
atrocidad de las que se le ocurrían, que podía ser sublime en
otro, en él se le antojaba, ante todo, grotesta, ridícula.

Pero aquella sotana le quemaba el cuerpo. La idea de maníaco de que estaba vestido de máscara llegó a ser una obsesión
intolerable. Sin saber lo que hacía, y sin poder contenerse, corrió
a un armario, sacó de él su traje de cazador, que solía usar
algunos años allá en Matalerejo, para perseguir alimañas por
los vericuetos, y se transformó el clérigo en dos minutos en un
montañés esbelto, fornido, que lucía apuesto talle con aquella
ropa parda ceñida al cuerpo fuerte y de elegancia natural y
varonil, lleno de juventud todavía. Se miró al espejo. «Aquello
ya era un hombre.» La Regenta nunca le había visto así.

«En el armario había un cuchillo de montaña.»

Lo buscó, lo encontró y lo colgó del cinto de cuero negro.
La hoja relucía, el filo señalado por rayos luminosos, parecía tener una expresión de armonía con la pasión del clérigo. El Magistral le encontraba una música al filo insinuante.

«Podía salir de casa, ya era de noche, noche cerrada, ya habría poca gente por las calles, nadie le reconocería con aquel
traje de cazador montañés; podía ir a esperar a don Alvaro a
la calleja de Traslacerca, a la esquina por donde decía Petra
que le había visto trepar una noche. Don Alvaro, si don Víctor
no había descubierto nada o si no sabía que don Víctor le había descubierto, volvería otra vez, como todas las noches acaso...,
y él, don Fermín, podía esperarle al pie de la tapia, en la calleja, en la oscuridad... Y allí, cuerpo a cuerpo, obligándole a
luchar, vencerle, derribarle, matarle... ¡Para eso serviría aquel
cuchillo!»

Doña Paula se movió arriba. Crujieron las tablas del techo.
Como si las ideas de la madre se hubiesen filtrado por la madera y caído en el cerebro del hijo, don Fermín pensó de repente:

«Pero, no, todos éstos son disparates; yo no puedo asesinar
con un puñal a ese infame... No tengo el valor de ese género.
Estas son necedades de novela. ¿Para qué pensar en lo que no
he de hacer nunca? No hay más remedio que utilizar el valor y

las ideas románticas y caballerescas de don Víctor; guardaré el cuchillo; mi espada tiene que ser la lengua...»

Y don Fermín se despojó del chaquetón pardo, dejó el sombrero de anchas alas, desciñó el cinto negro, guardó todas estas prendas, más el cuchillo, en el armario y se vistió la sotana y el manteo, como una armadura. «Sí, aquélla era su loriga, aquéllos sus arreos.»

«Ahora mismo; voy a verle ahora mismo. Si el muy idiota fue a cazar a Palomares, a estas horas debe de estar de vuelta o llegando; es la hora del tren. Voy a su casa...

Y salió.

«Si mi madre me sale al paso, le diré que me espera un enfermo, que quiere confesar conmigo sin falta...»

En efecto, al sentir a su hijo en el pasillo bajó doña Paula corriendo.

—¿Adónde vas?

El dijo su mentira.

Y ella fingió creerla y le dejó marchar, porque adivinó en el rostro, en la voz, en todo, que su hijo no iba ciego, no iba a dar escándalo.

«Acaso se le había ocurrido lo mismo que a ella.»

Y don Fermín de Pas llegó al caserón de los Ozores, vio a don Tomás Crespo desaparecer por la plaza, entró en el portal y se decidió a saludar a don Víctor, que abría la puerta, y subió con él; y estaba dispuesto a hablarle, a preguntarle, a aconsejarle... a insinuarle la venganza necesaria..., y no sabía cómo empezar.

Cuando acabó de beber el vaso de agua que sabía a polvo, el Magistral aún no sabía lo que iba a decir.

Pero los ojos de Quintanar seguían preguntando pasmados, y don Fermín habló...

—Amigo mío, lucho entre el deseo de satisfacer la impaciencia de usted y el temor de no acertar con la embocadura del asunto, que es espinoso, y por desgracia, por mucho que suavice la expresión, de poco agradable acceso...

—Al grano, señor Magistral.

—La hora de mi visita, el hacer yo pocas a esta casa hace algún tiempo; todo esto contribuirá...

—Sí, señor, contribuye; pero adelante. ¿Qué pasa, don Fermín? ¡Por los clavos de Cristo!

—De Cristo tengo yo que hablarle a usted también, y de sus clavos, y de sus espinas, y de la cruz...

—Por compasión...

—Don Víctor, yo necesito antes de hablar que usted me declare el estado de su ánimo...

—¿Qué quiere usted decir?

—Está usted pálido, visiblemente preocupado, bajo el peso de un gran disgusto, sin duda; lo he notado al entrar, a la luz del farol de la escalera...

—Y usted también... está...

La voz de Quintanar temblaba.

—Pues eso quiero saber; si usted conoce la causa de mi visita, en parte a lo menos, podré ahorrarme el disgusto de abordar los preliminares enojosísimos de una cuestión...

—Pero, ¿de qué se trata?, ¡por las once mil...!

—Señor Quintanar, usted es buen cristiano, yo sacerdote; si usted tiene algo que... decir..., algún consejo que buscar... Yo también vengo a hablarle a usted de lo que sé como sacerdote, pero la conciencia de quien me lo comunicó exige precisamente que yo dé este paso...

Don Víctor se puso en pie de un salto.

En aquel momento estaba muy satisfecho de sí mismo el Magistral, porque acababa de ver claro. Ya sabía qué camino era el suyo.

—¿Una persona... que le manda a usted venir a estas horas a mi casa?...

—Don Víctor, confiéseme usted si usted sabe algo de un asunto que le interesa muchísimo, y si el saberlo es la causa de esa alteración de su semblante... Necesito empezar por aquí.

—Sí, señor; hoy sé algo que no sabía ayer..., que me importa muchísimo, ¡ya lo creo!, más que la vida... Pero, si usted no habla más claro, yo no sé si debo..., si puedo...

—Ahora, sí; ahora ya puedo hablar más claro.

—Una persona..., decía usted...

—Una persona que ha protegido un... crimen que perjudica a usted... ha acudido arrepentida al tribunal de la penitencia a confesar su complicidad bochornosa... y a decirme que la conciencia la había acusado, y que por medida perentoria de reparación..., había puesto en poder de usted el descubrimiento de esa... infamia... Pero temiendo nuevas desgracias, por su manera torpe de proceder..., se apresuraba a declararme lo que había, para ver si podían evitarse más crímenes..., que al cabo, crimen sería una violencia..., una venganza sangrienta...

Don Fermín se interrumpió para callar, respetando así el dolor de don Víctor, que se había dejado caer sobre un sofá y apretaba la cabeza entre las manos.

—¿Petra?..., ¿ha sido Petra? —dijo don Víctor, preguntando con el tono especial del que ya sabe lo mismo que pregunta.

—La infeliz no comprendió al principio que su conducta podía causar nuevos estragos. Y a eso vengo yo, don Víctor, a impedirlos si es tiempo... En nombre del Crucificado, don Víctor, ¿qué ha sucedido aquí?

—Nada, ¡pero aún estamos a tiempo! —contestó el marido burlado, puesto en pie, con los puños apretados, avergonzado, como si se viera en camisa en medio de la plaza; furioso ante la idea de que no había habido allí *nada*, ningún crimen cuyo autor debía ser él, según exigían las leyes del honor... y del teatro—. Nada, nada..., pero habrá, habrá sangre... ¿Y usted lo sabe? ¿Esa mujer ha divulgado mi deshonra?... Eso ha sido también una venganza, no es arrepentimiento; es venganza..., pero esto importa poco. ¡Lo que importa es que el mundo sabe!... ¡Desgraciado Quintanar! ¡Mísero de mí!...

Y volvió a caer sobre el sofá el pobre viejo, que volvía a sentir el mismo sueño soporífero que le había encogido el ánimo por la mañana.

«El mundo sabe», había dicho don Víctor, y estas palabras sugirieron a don Fermín otra mentira provechosa.

Pero antes dijo:

—Don Víctor, no extraño que en su dolor usted no tenga tiempo ni fuerza para reflexionar..., pero yo no he dicho que el mundo supiera..., yo no soy el mundo; soy un confesor.

—Pero ¿cree usted que Petra no habrá dicho?

—Petra no; pero... por desgracia...

—Además, lo que importa aquí es mi honra, no que el mundo sepa o ignore... De todas maneras, pronto sabrá mi venganza y se podrá enterar de todo.

Y se puso a dar vueltas por el despacho.

De Pas se levantó también.

—Por desgracia —continuó—, la maledicencia se ha apoderado hace tiempo de ciertos rumores, de algo aparente...

Don Víctor rugió al gritar:

—¡Dios mío!, ¿qué es esto? ¿esto más? ¿El mundo dice?... ¿Vetusta entera habla?...

Y se clavaba las uñas en la cabeza, mesándose las canas.

Don Fermín, mientras el otro se entregaba a los arranques mímicos de su dolor, de su vergüenza, habló largo y tendido del asunto. «Sí, por desgracia, hacía meses ya, desde el verano, desde antes acaso, se murmuraba de la confianza y de la frecuencia con que don Álvaro entraba en el palacio de los Ozores. Esto era lo peor, después de la desgracia en sí misma. Era lo peor, porque el Magistral, que conocía las exaltadas ideas de don Víctor respecto al honor, temía que obedeciendo a impulsos disculpables, pero no justos, y sordo a la voz de la religión, se arrojase a tomar venganza terrible, sobre todo de don Álvaro, cuyo crimen no podía ser más repugnante y digno de castigo. Pero, amigo, aunque él, el Magistral, como hombre y hombre de experiencia, se explicaba la vehemente cólera que debía de dominar a don Víctor, y comprendía y disculpaba hasta cierto punto sus deseos de pronta y terrible venganza; si tal hacía como hombre, en cuanto sacerdote de una religión de paz y de perdón, tenía que aconsejar y procurar, en cuanto pudiese, la suavidad, los procedimientos que la moral recomienda para tales casos.» Don Víctor, con el rostro entre las manos, hacía signos de protesta, negaba como si quisiese arrancarse la cabeza del tronco.

«Pero qué le diría, o le podría decir Quintanar al Magistral que él no comprendiera... Sí, sí, mirando las cosas como las mira el mundo, aquello pedía sangre, es más, no ya sólo por satisfacer el deseo de vengarse, hasta para poder vivir entre las gentes con

lo que llama el mundo decoro; era necesario, según las leyes sociales, según lo que las costumbres y las ideas corrientes exigían,
que don Víctor buscase a Mesía, le desafiase, le matase, si posible era, o si le cogía *in fraganti* en el delito, o cerca de él, que
le sacrificase sin miramientos con justicia pronta. Así lo habían
hecho varones esclarecidos que eran asombro del mundo y se
veían cantados y alabados en poemas y tragedias. Todo esto lo
sabía el Magistral perfectamente.» Y en efecto, con tal calor y
elocuencia exponía «las *razones* que, desde el punto de vista
mundano, aconsejaban el derramamiento de sangre», que después, cuando recordaba que tenía que defender el partido contrario, el de caridad, perdón y amor al prójimo, olvido de los
agravios y conformidad con la cruz, cansado ya por los esfuerzos
anteriores, era otro el Magistral, se volvía premioso, decía con
frialdad vulgaridades de sermón de aldea. Su propósito no lo
penetraba don Víctor, pero sentía los efectos de la perfidia del
canónigo. «Sí», pensaba el ex regente, mientras el Magistral volvía a enumerar los sacrificios de amor propio, pundonor y otras
muchas cosas que exigía la religión a un buen cristiano a quien
su mujer engañaba: «sí, he estado ciego, me he portado indigna-
mente, he debido matar a Mesía de una perdigonada, sobre la
tapia, o si no correr en seguida a su casa y obligarle a batirse
a muerte acto continuo; el mundo lo sabe todo, Vetusta entera
me tiene por... un..., por un...» Y saltaba don Víctor cerca
del techo al oírse a sí mismo en el cerebro la vergonzosa palabra.

Y entonces las frases frías, desmadejadas, con que el Magistral
recomendaba el perdón, el olvido, le sonaban a hueco, a retórica
vana: «Aquel santo varón no sabía lo que era un ultraje de
aquella especie, ni lo que exigía la sociedad».

Para que el clérigo le dejase en paz y no le cansase más con
sus sermones sosos y desprovistos de vida, de unción, don Víctor
fingió ceder; y dijo que no haría ningún disparate, que meditaría,
que procuraría armonizar las exigencias de su honor y aquello
que la religión le pedía...

Entonces se alarmó don Fermín; creyó que había perdido terreno, y volvió a la carga. Con vivos colores pintó el desprecio
que el mundo arroja sobre el marido que perdona y que la
malicia cree que consiente...

Don Víctor, oyendo al Magistral, se figuraba el hombre más
despreciable del mundo si no hacía una que fuese sonada... «Oh,
sí, cuanto antes..., en cuanto fuera de día daría sus pasos, mandaría dos padrinos a don Alvaro; había que matarle.»

Don Fermín volvió a tranquilizarse, viendo la exaltación de
la ira pintada en el magistrado. «Sí, había hombre; la máquina
estaba dispuesta; el cañón con que él, don Fermín, iba a disparar su odio de muerte, ya estaba cargado hasta la boca.»

Don Víctor no hablaba. Gruñía arrimado a la pared, en un
rincón.

«Ya no había que hacer allí.» El Magistral se despidió. Pero al salir, al llegar a la puerta, se volvió de repente y con ademán solemne, como sacerdote de ópera, exclamó:

—Exijo a usted, como padre espiritual que he sido y creo que soy todavía, de usted, le exijo en nombre de Dios... que si esta... noche... sorprendiera usted... algún nuevo... atentado... si ese infame, que ignora que usted lo sabe todo, volviera esta noche... Yo sé que es mucho pedir..., pero un asesinato no tiene jamás disculpa a los ojos de Dios, aunque la tenga a los del mundo... Evite usted que ese hombre pueda llegar aquí... pero... ¡nada de sangre, don Víctor, nada de sangre, en nombre de la que vertió por todos el Crucificado!...

«¡Es verdad —pensó don Víctor cuando se quedó solo—, es verdad! ¿Y yo, estúpido, tonto, no había dado en ello? Ese hombre debe volver esta noche... ¡Y yo, por no matarla a ella con el susto, iba a dejar que otra vez..., otra vez!... ¡Y no pensaba en ello!...»

Se abrió la puerta y entró la Regenta.

Venía pálida, vestía un peinador blanco, y no hacía ruido al andar. Sus ojos parecían más grandes que nunca, y miraban con una fijeza que daba escalofríos. A lo menos los sintió don Víctor, que dio un paso atrás, y tuvo terror, como en presencia de un fantasma. Antes que en la traición de aquella mujer pensó en el gran peligro que corría la vida de Ana, si una emoción fuerte la espantaba. No le pareció su mujer a don Víctor, le pareció la Traviata en la escena en que muere cantando. Sintió el pobre viejo una compasión supersticiosa; aquel ser vaporoso que se le aparecía de repente en silencio, pisando como un fantasma, lo quería él en aquel instante con amor de padre que teme por la vida de su hija, y no temía al mismo tiempo como a cosa del otro mundo... «¡Qué fácil era asesinar con una palabra a la pobrecita enferma, que acaso no era responsable de su delito! ¡Oh, no!, lo que es a ella no la mataría, ni con puñal, ni con bala, ni con palabras fulminantes...»

—¿Quién estaba ahí? —preguntó Ana, tranquila.

—El Magistral —respondió don Víctor, que suponía a su mujer enterada de lo mismo que preguntaba.

Ana se turbó.

—¿A qué venía... a estas horas? —preguntó disimulando sus temores.

—¿A qué? Cosas de política... Eso del Obispo y el gobernador..., lo de las votaciones, que corre prisa..., en fin..., cosas de política.

La Regenta no insistió. Se retiró sin acercarse a su marido, que no la buscó tampoco para darle el beso en la frente con que solían despedirse todas las noches.

Respiró Quintanar cuando se vio solo. «Aquello había salido bien. No se había descubierto. Anita no había podido sospechar...

Tenía la conciencia tranquila, señal de que había hecho bien por lo pronto.»

Pidió el té, que era su cena los días de caza y de comida de fiambre; dio orden a los criados de acostarse; y a las once y media, de puntillas y sin tropezar en nada, a pesar de ir a oscuras, bajó al parque en zapatillas, armado de escopeta. La había cargado con postas.

«¡Oh, sí! El Magistral le había sugerido, sin querer, una buena idea. ¿Que no hubiera sangre, eh? ¡Oh!, lo que es como volviese aquella noche..., ¡moría don Alvaro! Y que ardiera el mundo. Que se asustara Ana, que cayera redonda, que le prendieran a él... Cualquier cosa..., pero como volviera, moría.» Así como poco antes había sentido la conciencia tranquila al contener su cólera delante de Ana, ahora se sentía satisfecho ante su resolución de matar al ladrón de su honra si volvía.

La noche era oscura, el frío intenso. Don Víctor no tuvo más remedio que volver a su cuarto por la capa. Se exponía a hacer ruido, o que el otro tuviera tiempo de venir y escalar el balcón entretanto..., pero a cuerpo no se podía estar allí. Se quedaría helado. Fue, con la prisa que pudo, a buscar la capa, y bien embozado volvió a su puesto de centinela en el cenador, desde el cual veía la silueta de la tapia, destacándose borrosa en el cielo negro; y vería también el balcón del tocador si se abría para dar paso a don Alvaro.

Oyó las doce, la una, las dos..., no oyó las tres, porque debió dormitar un poco, aunque él se lo negaba a sí mismo... Y a las cuatro no pudo resistir ya el frío y el sueño; y delirante, sin conciencia de sí mismo ni del mundo ambiente, tropezando en todo, subió a su cuarto, buscó la cama a tientas, se desnudó maquinalmente, se envolvió entre las sábanas y se quedó dormido en un sopor de fiebre lleno de fantasmas ardientes, de monstruos dolorosos.

Aquella tarde no asistieron al Casino a la hora del café, como solían, ni Mesía, ni Ronzal, ni el capitán Bedoya, ni el coronel Fulgosio.

Lo cual, notado que fue por Foja, el ex alcalde, le hizo exclamar en son de misterio:

—Señores, cuando yo digo que hay gato...

—¿Qué gato? —preguntó don Frutos Redondo el americano. Estaban, como siempre, a tal hora, en la sala contigua al gabinete rojo, el del tresillo.

Todos los presentes rodearon a Foja, que añadió:

—Noten ustedes que hoy no han venido ni Ronzal, ni el capitán, ni el coronel. Ciertos son los toros. Cuando el río suena...

—Pero ¿qué suena? —preguntó Orgaz padre, que algo sabía. Joaquinito, que se daba aire de saber muchas cosas, dijo:

—Nada, señores, yo digo a ustedes que no hay nada...

—Pues, con permiso de usted, yo sé que hay grandes nove-

dades. Lo sé de buena tinta... Quintanar debe de haber mandado a estas horas sus padrinos a don Alvaro.

—¡Padrinos! ¿Por qué? —preguntó Redondo.

—¡Bah! Está usted buen cazurro. Demasiado sabe usted por
qué. La verdad es que aquello era un escándalo.

Joaquín Orgaz defendió a don Alvaro.

Pero Foja no atacaba a Mesía, atacaba a don Víctor, que había consentido tanto tiempo aquella desvergüenza.

—Pero ¿qué sabe usted si consentía? No sabía nada. Y si
ahora desafía al otro, será que descubrió algo...

—O que se ha cansado de aguantar...

—O no habrá tal desafío.

Toda la tarde se habló allí de lo mismo. Al oscurecer llegó
Ronzal. Nadie se atrevió a interrogarle al principio. Foja se cansó de ser prudente y preguntó a Trabuco, dándole un golpecito
en el hombro:

—¿Es usted padrino?

—¿Padrino de qué? —dijo Ronzal con ceño adusto, aire misterioso, y como hombre prudentísimo que opone un muro de
hielo a una indiscreción.

—Padrino del duelo a muerte entre Mesía y Quintanar...

—Pero a usted ¿quién le ha dicho?... Palabra de..., quiero
decir..., yo no sé..., yo niego... Es usted un mentecato y un
hablador insustancial. ¿Cree usted que asuntos tan serios se vienen a tratar al café?

—¿Ven ustedes? Lo que yo decía —gritó Foja, triunfante, sin
hacer caso de los insultos.

Ronzal negó, se obstinó en callar; pero se conocía que le costaba grandes esfuerzos.

Miró el reloj muchas veces y preguntó a Joaquinito Orgaz,
aparte, pero de modo que lo oyeran los demás:

—¿Sabe usted si don Pedro el picador tiene todavía sables
de...?

Y lo demás lo dijo en voz baja.

Orgaz no sabía nada; Ronzal hizo un gesto de disgusto y salió
del Casino, diciendo:

—Adiós, señores.

—¿Ven ustedes? Lo que yo decía. Duelo tenemos.

Aquellos señores se declararon en sesión permanente. Los mozos encendieron el gas, y continuó el tertulín de la tarde empal-
mándose con el de la noche. Algunos fueron a cenar y volvieron.
A las ocho en todo el Casino no se hablaba más que del duelo.
Los del billar dejaron los tacos para venir a la sala de las mentiras a cazar noticias; hasta *los de arriba,* los del cuarto del
crimen, que solían dejar que pasaran revoluciones sin darse por
entendidos, mandaron sus emisarios abajo para saber lo que
ocurría.

Un desafío en Vetusta era un acontecimiento de los más extra-
ordinarios. De tarde en tarde, algunos señoritos se daban bofeta-

das en el Espolón, en algún sitio público, pero no pasaba de ahí.
Los insultos no tenían jamás consecuencias. Nunca había habido
en Vetusta una sala de armas. Hacía años, un comandante retirado había querido ganarse la vida dando lecciones de sable:
el marquesito, Orgaz hijo y padre, Ronzal y otros varios comenzaron con gran afición a dejarse dar de palos, pero pronto se
cansaron y el comandante tuvo que dedicarse a pedir un duro
prestado a cualquiera.

No se recordaba en la población más que dos desafíos en que
se hubiera llegado *al terreno;* uno de Mesía, allá, muchos años
atrás, cuando era muy joven; había sido padrino del contrario
Frígilis, único vetustense que asistió al lance.

Nunca había querido decir lo que había pasado allí, pero era
lo cierto que ni Mesía ni su adversario habían guardado cama
un solo día después del duelo.

El otro desafío había sido entre un jefe económico y un cajero por cuestiones de la caja. Sobre si sacaste tú o saqué yo. Se
habían batido a primera sangre. El cajero había recibido un ara-
ñazo en el cuello, porque el jefe económico daba sablazos horizontales con el propósito de degollar al contrario. Y no había
más desafíos *llevados al terreno* en las crónicas vetustenses.

Se discutió mucho aquella noche, para pasar el rato mientras
llegaban noticias, sobre la legitimidad de esta *costumbre bárbara
que habíamos heredado de la Edad Media.*

Orgaz padre, que era algo erudito, aunque de oficio escribano,
aseguró que el duelo era resto de las ordalías.

Don Frutos dijo que sí sería, pero que ni ordalías ni san ordalías le hacían a él batirse. El acudía al juez si le ofendían, y si
no había modo, ventilaba la cuestión a palos. «Eso de que me
mate un espadachín, que no ha tenido que trabajar para ganarse la comida, no lo consentirá el hijo de mi madre.»

—Sin embargo —decía Orgaz padre—, hay circunstancias...,
el honor..., la sociedad... Ya ve usted, Fígaro condena el duelo,
y confiesa que él se batiría llegado el caso.

—Es que yo no soy un mal barbero, señor mío —gritó don
Frutos—, tengo algo que perder.

Hubo que explicarle a don Frutos quién era Fígaro; pero
aun después de enterado, Redondo, que sudaba ya de tanto discurrir y gritar, vociferó diciendo, que de todas maneras al que
le desafiase, él le rompería el alma...

—Pues yo —dijo el ex alcalde— a la justicia me atengo...,
una querella criminal, la ley está terminante...

—Pues yo —exclamó solemnemente Orgaz padre, puesto en
pie y con voz temblorosa—, yo no hago nada de eso. Al que
me desafíe, si es un diestro, le obligo a aceptar un duelo en las
condiciones siguientes: (atención general.) A dos pasos de distancia (se coloca, midiendo dos pasos largos, enfrente de don
Frutos, que se pone muy serio y erguido), una pistola cargada
y otra no cargada (Orgaz palidece ante la idea de que aquello

pudiera suceder como lo cuenta). Una, dos, tres (da las tres palmadas) ¡plum! ¡Y al que Dios se la dé, San Pedro se la bendiga; Así me bato yo. La cuestión no es ser diestro, es tener valor.

—¡Bravo, bravo! ¡Eso, eso! —gritó gran parte del concurso, como si oyera aquello por primera vez.

Siempre que se hablaba de desafíos decían lo mismo que aquel día Foja, don Frutos, Orgaz y otros caballeros.

En vano esperaron los socios noticias. En toda la noche no parecieron por allí ni Ronzal, ni Fulgosio, ni Bedoya, que, según se decía, eran los padrinos, amén de Frígilis.

Era verdad. Por más que Crespo encargó el secreto más absoluto a todas las personas que tuvieron que intervenir en el triste negocio, no se sabe cómo, aunque se sospechaba que por culpa de Ronzal, pronto corrió por Vetusta el rumor de lo cierto. Petra y Ronzal habían sido los indiscretos. Petra, por venganza, por mala índole, había hablado, había dicho a alguna amiga *lo de* su antigua ama. «¿Que por qué había dejado aquella casa? Por tal y por cual.» Trabuco, a quien la honra de merecer la confianza de Quintanar había llenado de vanidad, no había podido resistir la tentación de dejar *transparentarse su secreto*. Ello era que en todo Vetusta no se hablaba de otra cosa.

El Gobernador decía en su casa que no se le hablase de aquello, que su deber de autoridad estaba en abierta contradicción con su deber de caballero, que debía tener oídos de mercader, ojos de topo, y los tendría...

Pasó aquel día, y pasó el siguiente, y no se sabía nada.

—¿Era *una papa* lo del duelo? —preguntaba Foja en el Casino.

Y entonces reventó Joaquín Orgaz, que lo sabía todo por el marquesito.

—No, no era broma; la cosa iba de veras. Duelo a muerte.

Pero los padrinos se habían portado mal, eran torpes, a pesar de las ínfulas del coronel Fulgosio, que decía tener el código del honor en la punta de los dedos: no parecían armas.

Se había hablado del sable primero; pero no parecían sables de desafío; no había en Vetusta sables así, o no querían darlos los que los tenían. Se había recurrido a la pistola..., y tampoco parecían pistolas a propósito.

—Yo creo —añadía Joaquinito—, y Paco cree lo mismo, que esto es inverosímil y que Frígilis quiere dar largas al asunto a ver si convence a Mesía y lo hace marcharse de Vetusta.

—¡Que indignidad! —gritó Foja.

—Pues ésa había sido la primera solución. La misma noche del día en que, al parecer, esto se cuenta por lo menos, don Víctor descubrió su deshonra, Frígilis fue a ver a Mesía y le suplicó que saliera del pueblo cuanto antes. Mesía se lo contó *ce* por *be* a Paco.

—Bueno, ¿y qué más?

—Nada, que Mesía, como era natural, se opuso; dijo que Quintanar y todo Vetusta podían atribuir a miedo su ausencia. Pero Frígilis, que tiene cierta influencia sobre don Alvaro, le obligó a darle palabra de honor de que al día siguiente tomaría el tren de Madrid. Parece ser que Quintanar tuvo en sus manos la vida de Alvaro; que pudo matarle de un tiro y no le mató. Y Frígilis invocaba esto y los derechos del marido ultrajado para obligar a Mesía a huir. «Eso no es cobardía —dice que le dijo—, eso es hacerse justicia a sí mismo, usted merece la muerte por su traición y yo le conmuto la pena por el destierro.»

—¿Eso dijo Crespo?

—Eso.

—¡Miren Frígilis!

—Tiene mucha confianza con Alvaro, que le respeta mucho.

—Bueno, ¿y qué más?

—Nada, que Alvaro dio palabra. Pero al día siguiente, ayer por la mañana, cuando estaba ya nuestro don Juan haciendo el equipaje para largarse, se le presentaron Frígilis y Ronzal en son de desafío. Parece ser que muy temprano don Víctor llamó a Frígilis y le obligó a buscar a Trabuco para ir juntos a desafiar al burlador; Frígilis no tuvo más remedio que obedecer, porque al saber Quintanar que el otro pensaba escapar, amenazó con seguirle al fin del mundo y llamarle cobarde en los periódicos, en la calle... Estaba furioso.

—¡Claro, las comedias!

—Ello es que Frígilis tuvo que devolver a Alvaro la promesa de huir y mandarle buscar padrinos.

—¿Y Mesía?

—Es claro; dejó el viaje y buscó padrinos; querían que yo fuese uno (mentira), pero después..., como yo soy muy amigo de ambos..., en fin, se buscó a otros... y no parecían... Sólo Fulgosio, que siempre se presta a tales enredos..., y Bedoya, que al fin es militar...

En general, Joaquinito estaba bien enterado. Mesía se lo había dicho todo al marquesito, que había ido a verle a la fonda.

Lo que no le había dicho era que él tenía mucho miedo; que así como se alegraba de ver rotas aquellas relaciones que iban a acabar con la poca salud que le quedaba y a dejarle en ridículo a los mismos ojos de Ana, le horrorizaba la idea de verse frente a frente de don Víctor con una espada o una pistola en la mano.

La proposición primera de Frígilis la aceptó inmediatamente. «¡Era natural! Debía huir. ¿Con qué derecho iba él a procurar la muerte del hombre que le había perdonado la vida aquella mañana y a quien él había robado la honra? Huiría; al día siguiente, sin falta, tomaría el tren.»

Ya lo esperaba Frígilis, que sabía a qué atenerse respecto del valor de Alvaro. Como que había sido testigo de aquel duelo misterioso, a que aludían los socios del Casino. Don Alvaro,

por culpa de una mujer, había sido retado a singular combate
por un forastero; todos los padrinos eran de la guarnición, menos
Frígilis, único vetustense que presenció el lance. El duelo era
a sable, en el Montico, en una arboleda, de tarde, cerca del oscurecer. Mesía y su adversario estaban en mangas de camisa —se
acordaba Frígilis como si hubiese sido el día anterior—, estaban
en mangas de camisa, sable en mano..., ambos pálidos y temblando de frío y de miedo. El cielo encapotado amenazaba des-
plomarse en torrentes de lluvia. Los dos *combatientes* miraban
a las nubes. Frígilis comprendió lo que deseaban. Comenzó la lid
soltera y al primer choque de los aceros estalló un trueno y empezaron a caer gotas como puños. Mesía y su adversario temblaban como las ramas de los árboles que batía el viento... Tan
grande fue el chaparrón, que los padrinos suspendieron el duelo..., que no se continuó. «No habían ido a batirse contra los
elementos.» Mesía quedó incólume y Crespo implícitamente le dio
seguridades de que guardaría el secreto de aquel trance ridículo
y de la cobardía del Tenorio vetustense.

Recordando todo esto, Frígilis trató como un zapato a Mesía
aquella noche memorable en que le intimó la huida. Pero —decía
Joaquín Orgaz— al día siguiente tuvo que devolverle su palabra
a don Alvaro. Ya no debía huir. Quintanar se empeñaba en batirse; era aragonés y no cejaría.

«No sé quién me le ha cambiado. Anoche parecía resuelto
o poco menos a una solución pacífica, se contentaba con que
usted desapareciera y hoy, cuando fui a verle me encontré al
señor Ronzal, que está presente, al lado del lecho de mi amigo.»

Ronzal saludó.

Mesía se había puesto muy pálido. Estaba metiendo ropa
blanca en un mundo y suspendió la tarea.

—De modo que...

—Que tiene usted que buscar padrinos.

A Frígilis le había disgustado que don Víctor, sin consultar
con él, hubiese llamado a Ronzal. Quintanar creía en la energía
del diputado por Pernueces y sabía que no estimaba a don Alvaro. Según el ex magistrado, era un buen padrino. Error, según
Frígilis.

Lo peor fue que no hubo modo de disuadir a Quintanar.

—¡Ni un día se ha de aplazar esto! Ya que mi deshonra es
pública, que la reparación lo sea, y además terrible y rápida.

—Pero si tienes fiebre, si estás malo...

—No importa. Mejor. Si ustedes no van a desafiar a ese
hombre, me levanto y busco yo mismo otros padrinos.

Se convino que el duelo fuese a sable. Pero no parecían sables
útiles. Además surgieron dificultades sobre ciertos pormenores.
Y así pasó un día.

Al día siguiente por la mañana se acordó que se batieran a
pistola.

Don Víctor formó entonces su plan. Se alegró de que fuese el duelo a pistola.

Pero tampoco parecían pistolas de desafío.

Y pasó otro día.

Don Víctor se levantó al siguiente después de pasar setenta horas en la cama, con fiebre un día entero, impaciente a ratos, angustiado otros, y siempre disimulando en presencia de Ana, que le cuidaba solícita.

Durante aquellas largas horas de cama, con la debilidad que sucedió a la calentura vinieron accesos de melancolía, y meditaciones filosóficorreligosas. Don Víctor sintió que el ánimo aflojaba, no por amor a la vida propia, que no creía en gran peligro ante don Alvaro, sino por miedo a los remordimientos. Cuando supo lo de las pistolas resolvió no matar a su contrario. «Le dejaría cojo. Tiraría a las piernas. El otro no era probable que le hiriese a él tirando a veinte pasos; tendría que ser por una casualidad.»

Sin que Ana sospechase nada, porque Mesía había cumplido su palabra, dada a Frígilis, de despedirse por escrito para un viaje electoral, urgentísimo y breve; sin que Ana sospechase por lo menos que se trataba de la vida o la muerte de su esposo y de su amante, salió de casa don Víctor por la puerta del Parque acompañado de Frígilis, a la hora en que solían ir de caza.

En la calleja de Traslacerca les esperaba Ronzal. La mañana estaba fría y la helada sobre la hierba imitaba una somera nevada.

En la carretera de Santianes les esperaba un coche; dentro de él estaba Benítez, el médico de Ana. Al verle, don Víctor palideció, pero en nada más se pudo notar su emoción.

Llegaron, sin hablar apenas durante el viaje, a las tapias del Vivero. Se apearon, y rodeando la quinta del Marqués, entraron en el bosque de robles donde meses antes don Víctor había buscado a su mujer ayudado del Magistral. «¡Cuántas cosas se explicaba ahora que no había comprendido entonces!» No importaba; la verdad era que el furor en su corazón había hecho estragos después de la visita nocturna de don Fermín, ya no quedaban más que restos apagados: ya no aborrecía a don Alvaro, ya no se figuraba imposible la vida mientras no muriese aquel hombre: la filosofía y la religión triunfaban en el ánimo de don Víctor. Estaba decidido a no matar.

Llegaron a lo más alto del bosque; allí había una meseta, y en un claro sitio suficiente para medir más de treinta pasos. Las últimas condiciones del duelo eran éstas: veinticinco pasos, pudiendo avanzar cinco cada cual. Valía apuntar en los intervalos de las palmadas, que habían de ser muy breves. Lo cierto era que Fulgosio, el coronel, nunca había presenciado un duelo a pistola, aunque él aseguraba haber asistido a muchos, y Ronzal y Bedoya en su vida habían intervenido en semejantes negocios. Frígilis sólo había visto el duelo frustrado de Mesía. Aquellas condiciones las había copiado el coronel de una novela francesa que le había prestado Bedoya. Lo único original allí era que Fulgosio juraba que su honor de soldado no le permitía autorizar un simulacro de desafío, y que el duelo a pistola y a tal distancia y a la voz de mando sin apuntar y entre dos *primerizos,* pues primerizo era también Mesía a pistola, sería la carabina de Ambrosio.

Bedoya pensó que don Víctor era buen tirador, pero no se atrevió a presentar objeciones a su colega. La parte contraria tampoco tuvo nada que decir.

Cuando llegaron a la meseta, lugar del duelo, don Víctor y los suyos encontraron solo el terreno. Quince minutos después aparecieron entre los árboles desnudos don Alvaro y sus padrinos, más el señor don Robustiano Somoza. Mesía estaba hermoso con su palidez mate, y su traje negro cerrado, elegante y pulquérrimo.

A don Víctor se le saltaron las lágrimas al ver a su enemigo. En aquel instante hubiera gritado de buena gana: «¡Perdono!, ¡perdono!», como Jesús en la cruz. Quintanar no tenía miedo, pero desfallecía de tristeza. «¡Qué amarga era la ironía de la suerte! ¡El, él iba a disparar sobre aquel guapo mozo que hubiera hecho feliz a Anita, si diez años antes la hubiera enamorado! ¡Y él..., él, Quintanar, estaría a estas horas tranquilo en el Tribunal Supremo o en La Almunia de don Godino!... Todo aquello de matarse era absurdo... Pero no había remedio. La prueba era que ya le llamaban, ya le ponían la pistola fría en la mano...»

Frígilis, sereno, por dignidad, pero temiendo una casualidad, la de que Mesía tuviera valor para disparar y, por casualidad también, herir a Víctor, Frígilis apretó la mano a Quintanar al dejarle en su puesto de honor.

Y se separaron testigos y médicos a buena distancia, porque todos temían *una bala perdida.*

Don Alvaro pensó en Dios sin querer. Esta idea aumentó su pavor; recordó que aquella piedad sólo le acudía en las enfermedades graves, en la soledad de su lecho de solterón...

Frígilis estaba asustado del valor de aquel hombre.

Mesía mismo se explicaba mal cómo había llegado hasta allí.

Pensando en esto, y mientras apuntaba a don Víctor, sin verle, sin ver nada, sin fuerza para apretar el gatillo, oyó tres palmadas rápidas y en seguida una detonación. La bala de Quintanar quemó el pantalón ajustado del petimetre.

Mesía sintió de repente una fuerza extraña en el corazón; era robusto, la sangre bulló dentro con energía. El instinto de conservación despertó con ímpetu. «Había que defenderse. Si el otro volvía a disparar iba a matarle; era don Víctor, el gran cazador!»

Mesía avanzó cinco pasos y apuntó. En aquel instante se sintió tan bravo como cualquiera. ¡Era la corazonada! El pulso estaba firme; creía tener la cabeza de don Víctor apoyada en la boca de su pistola; suavemente oprimió el gatillo frío y... creyó que se le había escapado el tiro. «No, no había sido él quien había disparado, había sido la *corazonada*.»

Ello era que don Víctor Quintanar se arrastraba sobre la hierba cubierta de escarcha, y mordía la tierra.

La bala de Mesía le había entrado en la vejiga, que estaba llena.

Esto lo supieron poco después los médicos, en la casa nueva del Vivero, adonde se trasladó, como se pudo, el cuerpo inerte del digno magistrado. Yacía don Víctor en la misma cama donde meses antes había dormido con el dulce sueño de los niños.

Alrededor del lecho estaban los dos médicos, Frígilis, que tenía lágrimas heladas en los ojos, Ronzal, estupefacto, y el coronel Fulgosio, lleno de remordimientos. Bedoya había acompañado a Mesía, que pocas horas después tomaba el tren de Madrid, tres días más tarde de lo que Frígilis había pensado.

Pepe, el casero de los marqueses, con la boca abierta, en pie, pasmado y triste, esperaba órdenes en la habitación contigua a la del moribundo. Vio salir a Frígilis, que enseñaba los puños al cielo, creyéndose solo.

—¿Qué hay, señor? ¿Cómo está ese bendito del Señor?

Frígilis miró a Pepe como si no le conociera; y como hablando consigo mismo, dijo:

—La vejiga llena... La peritonitis de..., no sé quién... Eso dicen ellos.

—¿La qué, señor?

—Nada..., ¡que se muere de fijo!

Y Frígilis entró en un gabinete, que estaba a oscuras, para llorar a solas.

Poco después Pepe vio salir al coronel Fulgosio y detrás a Somoza el médico.

—¡Y trasladarle a Vetusta?... —decía el militar.

—¡Imposible ¡Ni soñarlo! ¿Y para qué? Morirá esta tarde de fijo.

Somoza solía equivocarse, anticipando la muerte a sus enfermos.

Esta vez se equivocó, dándole a don Víctor más tiempo de vida del que le otorgó la bala de don Alvaro.

Murió Quintanar a las once de la mañana.

El mes de mayo fue digno de su nombre aquel año en Vetusta. ¡Cosa rara!

Las nubes eternas del Corfín habían vertido todos sus humores en marzo y en abril. Los vetustenses salían a la calle como el cuervo de Noé pudo salir del arca, y todos se explicaban que no hubiera vuelto. Después de dos meses pasados debajo del agua, ¡era tan dulce ver el cielo azul, respirar aire y pasearse por prados verdes cubiertos de belloritas que parecen chispas del sol!

Toda Vetusta paseaba.

Pero Frígilis no pudo conseguir que Ana pusiera el pie en la calle.

—Pero, hija mía, esto es un suicidio. Ya sabe usted lo que ha dicho Benítez, que es indispensable el ejercicio, que esos nervios no se callarán mientras no se los saque a tomar el aire, a ver al sol... Vamos, Anita, por Dios, sea usted razonable... Tenga usted caridad... consigo misma. Saldremos muy temprano, al amanecer si usted quiere; ¡está el Paseo grande tan hermoso a tales horas! O si no al oscurecer, a tomar el fresco, por una carretera... Por Dios, hija, va usted a enfermar otra vez.

—No, no salgo... —Y Ana movía la cabeza como los ciegos—. ¡Por Dios, don Tomás, no me atormenten, no me atormenten con ese empeño!... Ya saldré más adelante... No sé cuándo. Ahora me horroriza la idea de la calle... ¡Oh, no, por Dios..., no! ¡Por Dios, déjenme!

Y juntaba las manos y se exaltaba; y Frígilis tenía que callar.

Ocho días había estado Ana entre la vida y la muerte, un mes entero en el lecho sin salir del peligro, dos meses convaleciente, padeciendo ataques nerviosos de formas extrañas, que a ella misma le parecían enfermedades nuevas cada vez.

Frígilis había dicho a la Regenta que Quintanar estaba herido allá en las marismas de Palomares, que se le había disparado la escopeta y... Pero Ana, espantada, adivinando la verdad, había exigido que se la llevase a las marismas de Palomares inmediatamente...

«No podía ser, no había tren hasta el día siguiente.»

«Pues un coche, un coche... Se me engaña; si eso fuera cierto, usted estaría al lado de Víctor...»

Frígilis explicó su presencia lo menos mal que pudo.

Las mentiras piadosas fueron inútiles; Ana se dispuso a salir sola, a correr en busca de su Víctor... Hubo que decirle una verdad; la muerte de su esposo. Quiso verle muerto, pero no pudo moverse; cayó sin sentido y despertó en el lecho. Dos días creyó Frígilis tenerla engañada, atribuyendo la desgracia a un accidente de la caza. Pero Ana creía la verdad, no lo que le decían; la ausencia de Mesía y la muerte de Víctor se lo explicaron todo.

Y una tarde, a los tres días de la catástrofe, en ausencia de Frígilis, Anselmo entregó a su ama una carta en que don Alvaro explicaba desde Madrid su desaparición y su silencio.

Cuando Crespo, al oscurecer, entró en la alcoba de Ana, la llamó en vano dos, tres veces... Pidió luz asustado y vio a su amiga como muerta, supina, y sobre el embozo de la cama el pliego perfumado de Mesía.

Y poco después, mientras Benítez traía a la vida con antiespasmódicos a la Regenta y recetaba nuevas medicinas para combatir peligros nuevos, complicaciones del sistema nervioso, Frígilis en el tocador leía la carta del que siempre llamaba ya para sus adentros cobarde asesino; y después de leer el papel asqueroso, lo arrugaba entre sus puños de labrador y decía con voz ronca:

—¡Idiota! ¡Infame! ¡Grosero! ¡Idiota!

Don Alvaro, en aquel papel que olía a mujerzuela, hablaba con frases románticas e incorrectas de su crimen, de la muerte de Quintanar, de la *ceguera de la pasión*. «Había huido porque...»

—¡Porque tuviste miedo a la justicia, y a mí también, cobarde! —se dijo Frígilis.

«Había huido porque el remordimiento le arrastró lejos de *ella*... Pero que el amor le mandaba volver. ¿Volvía? ¿Creía Ana que debía volver? ¿O que debían juntarse en otra parte, en Madrid, por ejemplo?» Todo era falso, frío, necio, en aquel papel escrito por un egoísta incapaz de amar de veras a los demás, y no menos inepto para saber ser digno en las circunstancias en que la suerte y sus crímenes le habían puesto.

Ana, que no había podido terminar la lectura de la carta, que había caído sobre la almohada como muerta en cuanto vio en aquellos renglones fangosos la confirmación terminante de sus sospechas, no pudo por entonces pensar en la pequeñez de aquel espíritu miserable que albergaba el cuerpo gallardo que ella había creído amar de veras, del que sus sentidos habían estado realmente enamorados a su modo. No, en esto no pensó la Regenta hasta mucho más tarde.

En el delirio de la enfermedad grave y larga que Benítez combatió desesperado, lo que atormentaba el cerebro de Ana era el remordimiento mezclado con los disparates plásticos de la fiebre.

Otra vez tuvo miedo a morir, otra vez tuvo el pánico de la locura, la horrorosa aprensión de perder el juicio y conocerlo ella; y otra vez este terror superior a todo espanto, la hizo procurar el reposo y seguir las prescripciones de aquel médico frío, siempre fiel, siempre atento, siempre inteligente.

Días enteros estuvo sin pensar en su adulterio ni en Quintanar; pero estos fue al principio de la mejoría; cuando el cuerpo débil volvió a sentir el amor de la vida; a la que se agarraba como un náufrago cansado de luchar con el oleaje de la muerte oscura y amarga.

Con el alimento y la nueva fuerza reapareció el fantasma del crimen. ¡Oh, qué evidente era el mal! Ella estaba condenada. Esto era claro como la luz. Pero a ratos, meditando, pensando en su delito, en su doble delito, en la muerte de Quintanar sobre todo, al remordimiento, que era una cosa sólida en la conciencia, un mal palpable, una desesperación definida, evidente, se mezclaba como una niebla que pasa delante de un cuerpo, un vago terror más temible que el infierno, el terror de la locura, la aprensión de perder el juicio; Ana dejaba de ver tan claro su crimen; no sabía quién, discutía dentro de ella, inventaba sofismas sin contestación, que no aliviaban el dolor del

remordimiento, pero hacían dudar de todo, de que hubiera justicia, crímenes, piedad, Dios, lógica, alma... Ana. «No, no hay
nada, decía aquel tormento del cerebro; no hay más que un
juego de dolores, un choque de contrasentidos que pueden hacer
que padezcas infinitamente; no hay razón para que tenga límites
esta tortura del espíritu, que duda de todo, de sí mismo también, pero no del dolor, que es lo único que llega al que dentro
de ti siente, que no sabe cómo es ni lo que es, pero que padece,
pues padeces.»

Estas logomaquias de la voz interior, para la enferma eran
claras, porque no hablaba así en sus adentros sino en vista de lo
que experimentaba; todo esto lo pensaba, porque lo observaba
dentro de sí: llegaba a no creer más que en su dolor.

Y era como un consuelo, como respirar aire puro, sentir tierra
bajo los pies, volver a la luz, el salir de este caos doloroso y volver
a la evidencia de la vida, de la lógica, del orden y la consistencia del mundo; aunque fuera para volver a encontrar el recuerdo de un adulterio infame y de un marido burlado, herido por
la bala de un miserable cobarde que huía de un muerto y no
había huido del crimen.

Y este mismo placer, esta complacencia egoísta, que ella no
podía evitar, que la sentía, aun repugnándole sentirla, era nuevo
remordimiento.

Se sorprendía sintiendo un bienestar confuso cuando funcionaba en ella la lógica regularmente y creía en las leyes morales
y se veía criminal, claramente criminal, según principios que
su razón acataba. Esto era horrible, pero al fin era vivir en tierra
firme, no sobre la masa enferma, movediza de disparates del
capricho intelectual, no en una especie de *terremoto* interior, que
era lo peor que podía traer la sensación al cerebro.

Ana explicó todo esto a Benítez como pudo, eludiendo el referirse a sus remordimientos.

Pero él comprendió lo que decía y lo que callaba y declaró que
el principal deber por entonces era librarse del peligro de la
muerte.

—¿Quiere usted un suicidio?

—¡Oh, no, eso no!

—Pues si no hemos de suicidarnos, tenemos que cuidar el
cuerpo, y la salud del cuerpo exige otra vez... todo lo contrario
de lo que usted hace, señora; ¿cree que es deber suyo atormentarse recordando, amando lo que fue... y aborreciendo lo que no
debió haber sido...? Todo esto sería muy bueno si usted tuviera fuerzas para soportar ese tejemaneje del pensamiento. No
las tiene usted. Olvido, paz, silencio interior, conversación con
el mundo, con la primavera que empieza y que viene a ayudarnos a vivir... Yo le prometo a usted que el día en que la vea
fuera de todo cuidado, sana y salva, le diré, si usted quiere:
Anita, ahora ya tiene usted bastante salud para empezar a darse
tormento a sí misma.

Y Frígilis hablaba en el mismo sentido.

Y nadie más hablaba, porque Anselmo apenas sabía hablar, Servanda iba y venía como una estatua de movimiento... y los demás vetustenses no entraban en el caserón de los Ozores después de la muerte de don Víctor.

No entraban. Vetusta la noble estaba escandalizada, horrorizada. Unos a otros, con cara de hipócrita compunción, se ocultaban los buenos vetustenses el íntimo placer que les causaba «aquel gran escándalo que era como una novela», algo que interrumpía la monotonía eterna de la ciudad triste. Pero ostensiblemente pocos se alegraban de lo ocurrido. ¡Era un escándalo! ¡Un adulterio descubierto! ¡Un duelo! ¡Un marido, un ex regente de Audiencia, muerto de un pistoletazo en la vejiga! En Vetusta, ni aun en los días de revolución había habido tiros. No había costado a nadie un cartucho la conquista de los derechos inalienables del hombre. Aquel tiro de Mesía, del que tenía la culpa la Regenta, rompía la tradición pacífica del crimen silencioso, morigerado y precavido. «Ya se sabía que muchas damas principales de la Encimada y de la Colonia engañaban o habían engañado o estaban a punto de engañar a su respectivo esposo, ¡pero no a tiros!» La envidia, que hasta se había disfrazado de admiración, salió a la calle con toda la amarillez de sus carnes. Y resultó que envidiaban en secreto la hermosura y la fama de virtuosa de la Regenta, no sólo Visitación Olías de Cuervo y Obdulia Fandiño y la baronesa de la *Deuda Flotante,* sino también la gobernadora, y la de Páez y la señora de Carraspique y la de Rianzares, o sea, el Gran Constantino, y las criadas de la marquesa y toda la aristocracia, y toda la clase media y hasta las mujeres del pueblo... y, ¡quién lo dijera!, la Marquesa misma, aquella doña Rufina tan liberal, que con tanta magnanimidad se absolvía a sí misma de las *ligerezas* de la juventud..., ¡y otras!

Hablaban mal de Ana Ozores todas las mujeres de Vetusta, y hasta la envidiaban y despellejaban muchos hombres con alma como la de aquellas mujeres. Glocester en el Cabildo, don Custodio a su lado, hablaban de escándalo, de hipocresía, de perversión, de extravíos babilónicos; y en el Casino, Ronzal, Foja, los Orgaz, echaban lodo con las dos manos sobre la honra difunta de aquella pobre viuda encerrada entre cuatro paredes.

Obdulia Fandiño, pocas horas después de saberse en el pueblo la catástrofe, había salido a la calle con su sombrero más grande y su vestido más apretado a las piernas y sus faldas más crujientes, a tomar el aire de la maledicencia, a olfatear el escándalo, a saborear el dejo del crimen que pasaba de boca en boca como una golosina que lamían todos, disimulando el placer de aquella dulzura pegajosa.

«¿Ven ustedes? —decían las miradas triunfantes de la Fandiño—. Todas somos iguales.»

Y sus labios decían:

—¡Pobre Ana! ¡Perdida sin remedio! ¿Con qué cara se ha

de presentar en público? ¡Como era tan romántica! Hasta una cosa... como ésa, tuvo que salirle a ella así... a cañonazos, para que se enterase todo el mundo.

—¿Se acuerdan ustedes del paseo de Viernes Santo? —preguntaba el barón.

—Sí, comparen ustedes... ¡Quién lo diría!...

—Yo lo diría —exclamaba la Marquesa—. A mí ya me dio mala espina aquella desfachatez... Aquello de ir enseñando los pies descalzos... *Malorum signum.*

—Sí, *malorum signum* —repetía la baronesa, como si dijera: *et cum spiritu tuo.*

—¡Y sobre todo el escándalo! —añadía doña Rufina, indignada, después de una pausa.

—¡El escándalo! —repetía el coro.

—¡La imprudencia, la torpeza!

—¡Eso!, ¡eso!

—¡Pobre don Víctor!

—Sí, pobre, y Dios le haya perdonado..., pero él, merecido se lo tenía.

—Merecidísimo.

—Miren ustedes que aquella amistad tan íntima...

—Era escandalosa...

—Aquello era...

—¡Nauseabundo!

Esto lo dijo el Marqués de Vegallana, que tenía en la aldea todos sus hijos ilegítimos.

Obdulia asistía a tales conversaciones como a un triunfo de su fama.

Ella no había dado nunca escándalos por el estilo. Toda Vetusta sabía quién era Obdulia..., pero ella no había dado ningún escándalo.

Sí, sí, el escándalo era lo peor, aquel duelo funesto también era una complicación. Mesía había huido y vivía en Madrid... Ya se hablaba de sus amores *reanudados* con la *ministra* de Palomares... Vetusta había perdido dos de sus personas más importantes... por culpa de Ana y su torpeza.

Y se la castigó rompiendo con ella toda clase de relaciones. No fue a verla nadie. Ni siquiera el marquesito, a quien se le había pasado por las mientes recoger aquella herencia de Mesía.

La fórmula de aquel rompimiento, de aquel cordón sanitario, fue ésta:

—¡Es necesario aislarla!... ¡Nada, nada de trato con la *hija de la bailarina italiana!*

El honor de haber resucitado esta frase perteneció a la baronesa de la Barcaza.

Si Ripamilán hubiera podido salir de su casa, no hubiera respetado aquel recuerdo cruel del *gran mundo.* Pero el pobre don Cayetano había caído en su lecho para no levantarse. Allí vivió, siempre contento, dos años más.

Acabó su peregrinación en la tierra cantando y recitando versos de Villegas.

La Regenta no tuvo que cerrar la puerta del caserón a nadie, como se había prometido, porque nadie vino a verla. Se supo que estaba muy mala, y los más caritativos se contentaron con preguntar a los criados y a Benítez cómo iba la enferma, a quien solían llamar *esa desgraciada*.

Ana prefería aquella soledad; ella la hubiera exigido si no se hubiera adelantado Vetusta a sus deseos. Pero cuando, ya convaleciente, volvió a pensar en el mundo que la rodeaba, en los años futuros, sintió el hielo ambiente y saboreó la amargura de aquella maldad universal. «¡Todos la abandonaban! Lo merecía, pero... de todas maneras, ¡qué malvados eran aquellos vetustenses que ella había despreciado siempre, hasta cuando la adulaban y mimaban!»

La viuda de Quintanar resolvió seguir hasta donde pudiera los consejos de Benítez. Pensaba lo menos posible en sus remordimientos, en su soledad, en el porvenir triste, monótono en su negrura.

En cuanto se lo permitió la fortaleza del cuerpo redivivo trabajó en obras de aguja, y se empeñó, con voluntad de hierro, en encontrarle gracia al punto de crochet y al de media.

Aborrecía los libros, fuesen los que fuesen; todo raciocinio la llevaba a pensar en sus desgracias; el caso era no discurrir. Y a ratos lo conseguía. Entonces se le figuraba que lo mejor de su alma se dormía, mientras quedaba en ella despierto el espíritu suficiente para ser tan mujer como tantas otras.

Llegó a explicarse aquellas tardes eternas que pasaba Anselmo en el patio, sentado en cuclillas y acariciando al gato. Callar, vivir, sin hacer más que sentirse bien y dejar pasar las horas, esto era algo, tal vez lo mejor. Por allí debía irse a la muerte. Y Ana iba sin miedo. El morir no la asustaba; lo que quería era morir sin desvanecerse en aquellas locuras de la debilidad de su cerebro...

Cuando Benítez la sorprendía en estas horas de calma triste y muda, le preguntaba Ana con una sonrisa de moribunda:

—¿Está usted contento?

Y con otra sonrisa fría, triste, contestaba el médico.

—Bien, Ana, bien... Me agrada que sea usted obediente...

Pero cuando se quedaban solos Benítez y Crespo, el doctor decía:

—No me gusta Ana...

—Pues yo la veo muy tranquila a ratos...

—Sí, pues por eso... no me gusta, hay que obligarla a distraerse.

Y Frígilis se propuso conseguir que se distrajera.

Y por eso la rogaba que saliese con él a paseo cuando llegó aquel mayo, seco, risueño, templado, sin nubes, pocas veces gozado en Vetusta.

Pero como no consiguió nada, como Anita le pedía con las manos en cruz que la dejasen en paz, tranquila en su caserón, Crespo resolvió divertir a su pobre amiga en su misma casa.

«¡Si él pudiera hacer que se aficionara a los árboles y a las flores!»

Por ensayar, nada se perdía. Ensayó.

Ana, por complacerle, le escuchaba con los ojos fijos en él, sonriente, y bajaba al parque cuando se trataba de lecciones prácticas. Frígilis llegó a entusiasmarse, y una tarde contó la historia de su gran triunfo, la aclimatación del Eucaliptus globulus en la región vetustense.

Durante la enfermedad de su amiga, don Tomás Crespo, desconfiando del celo de Anselmo y de Servanda, y sin pedir permiso a nadie, se instaló en el caserón de los Ozores. Trasladó su lecho de la posada en que vivía desde el año sesenta a los bajos del caserón. El tocador y la alcoba de Ana estaban encima del cuarto que escogió Frígilis. Allí, con el menor aparato posible, sin molestar a nadie, se instaló para velar a la Regenta y acudir al menor peligro.

Comía y cenaba en la posada, pero dormía en el caserón.

Esto no lo supo Anita hasta que, ya convaleciente, se quejó un día de aquella soledad. Confesó que de noche tenía a veces miedo. Y poniéndose como un tomate, el buen Frígilis advirtió tímidamente que hacía más de mes y medio él se había tomado la libertad de venirse a dormir debajo de la Regenta. Los criados tenían orden de no decírselo a la señora.

Desde que esto supo Ana, se creyó menos sola en sus noches tristes. Roto el secreto, Frígilis tosía fuerte abajo a propósito, para que le oyera Ana, como diciendo: «No temas, estoy aquí».

Pero como la malicia lo sabe todo, también supo esto Vetusta. Se dijo que Frígilis se había metido a vivir de pupilo en casa de la Regenta, en el caserón nobilísimo de los Ozores.

Y decían unos:

—Será una obra de caridad. La pobre estará mal de recursos y con la ayuda de Frígilis... podrá ir tirando.

Y el gran mundo echaba por los dedos la cuenta de lo que le habría quedado a Anita: «No debía de haberle quedado nada».

—Ella rentas no las tiene.

—Las de su marido, las de don Víctor allá en Aragón, no le pertenecen.

—La viudedad no la habrá pedido.

—¡Sería ignominioso!

—¡Ya lo creo! ¡Reclamar la viudedad... ella..., causa de la muerte del digno magistrado!

—Sería indigno.

—Indigno.

—Y ya no está bien que viva en el caserón de los Ozores.

—Claro, porque aunque se lo regaló su esposo, según dicen,

él fue quien se lo compró a las tías de Ana, y no con bienes
gananciales, sino vendiendo tierras en la Almunia.

—Sea como sea, ella no debía vivir en esa casa.

—De modo que no se sabe de qué vive.

—Vivirá de eso... De mantener en su casa a Frígilis, que
pagará bien.

—Eso sí, porque él es un chiflado, que no tiene escrúpulos...,
pero es bueno.

—Bueno... relativamente —decía el Marqués, que con la gota
que le empezaba a molestar iba echando una moralidad severa y
un humor negro como el carbón.

Y recordando aquel gerundio que tanto efecto había hecho en
otra ocasión, resumía diciendo:

—¡De todas maneras, eso de vivir bajo el mismo techo que
cobija a la viuda infiel de su mejor amigo, es... es nauseabundo!

Y nadie se atrevía a negarlo.

Todos aquellos escrúpulos que tenía la tertulia de los Vegallana habían atormentado también a la Regenta. En cuanto se
sintió bastante fuerte para salir a la huerta, se atrevió a decir
a Frígilis lo que la atormentaba tiempo atrás.

—Yo... quisiera salir de esta casa... Esta casa..., en rigor...,
no es mía... Es de los herederos de Víctor, de su hermana doña
Paquita, que tiene hijos... y...

Frígilis se puso furioso. ¡Cómo se entiende! Todo lo había
arreglado él ya. Había escrito a Zaragoza y la doña Paquita se
había contentado con lo de la Almunia. «Bastante era. El caserón era de Ana legalmente y moralmente.»

Ana cedió, porque no tenía ya energía para contrariar una
voluntad fuerte.

Con más ahínco se negó a firmar los documentos que Frígilis
le presentó, cuando se propuso pedir la viudedad que correspondía a la Regenta.

—¡Eso no, eso no, don Tomás! ¡Primero morir de hambre!

Y en efecto, sí, el hambre, una pobreza triste y molesta, amenazaba a la viuda si no solicitaba sus derechos pasivos.

Ana dijo que prefería reclamar la orfandad que le pertenecía
como hija de militar.

—Echele usted un galgo... Si eso no valdrá nada... Y no sé
si podríamos.

Y Frígilis, no sin ponerse colorado al hacerlo, falsificó la
firma de Ana, y después de algunos meses le presentó la primera paga de viuda.

Y era tal la necesidad, tan imposible que por otro camino
tuviera ella lo suficiente para vivir, que la Regenta, después de
llorar y rehusar cien veces, aceptó el dinero triste de la viudez
y en adelante firmó ella los documentos.

Benítez y Frígilis veían en esto síntomas tristes. «Aquella voluntad se moría, pensaba Crespo; en otro tiempo Ana hubiera
preferido pedir limosna... Ahora cede... por no luchar.»

Y se le caían las lágrimas.

«Si yo fuera rico..., pero es uno tan pobre...»

«Y añadía, por supuesto, cobrar esos cuatro cuartos no es vergonzoso... A ella se lo parece..., pero no lo es... Ese dinero es suyo.»

Así vivía Ana.

Benítez, desde que desapareció el peligro inminente, visitó menos a la viuda.

Servanda y Anselmo eran fieles, tal vez tenían cariño al ama, pero eran incapaces de mostrarlo. Obedecían y servían como sombras. Le hacía más compañía el gato que ellos.

Frígilis era el amigo constante, el compañero de sus tristezas. Hablaba poco.

Pero a ella la consolaba el pensar: «Está Crespo ahí».

Paso a paso volvía la salud a enseñorearse del cuerpo siempre hermoso de Ana Ozores.

Y con algo de remordimiento de conciencia, sentía de nuevo apego a la vida, deseo de actividad. Llegó un día en que ya no le bastó vegetar al lado de Frígilis, viéndole sembrar y plantar en la huerta y oyendo sus apologías del Eucaliptus.

Se había prometido no salir de casa, y la casa empezaba a parecerle una cárcel demasiado estrecha.

Una mañana despertó pensando que aquel año *no había cumplido* con la Iglesia. Además, ya podía salir de su caserón triste para ir a misa. Sí, iría a misa en adelante, muy temprano, muy tapada, con velo espeso, a la capilla de la Victoria, que estaba allí cerca.

Y también iría a confesar.

Sin tener fe ni dejar de tenerla, acostumbrada ya a no pensar en aquellas *grandes cosas* que la volvían loca, Anita Ozores volvió a las prácticas religiosas, jurándose a sí misma no dejarse vencer ya jamás por aquel *misticismo falso* que era su vergüenza. «La visión de Dios... Santa Teresa... Todo aquello había pasado para no volver. Ya no la atormentaba ni el terror del infierno, aunque se creía perdida por su pecado, pero tampoco la consolaban aquellos estallidos de amor ideal que en otro tiempo le daban la evidencia de lo sobrenatural y divino.»

Ahora nada; huir del dolor y del pensamiento. Pero aquella piedad mecánica, aquel rezar y oír misa como las demás, le parecía bien, le parecía la religión compatible con el marasmo de su alma. Y además, sin darse cuenta de ello, la *religión vulgar* —que así la llamaba para sus adentros— le daba un pretexto para faltar a su promesa de no salir jamás de su casa.

Llegó octubre, y una tarde en que soplaba el viento sur, perezoso y caliente, Ana salió del caserón de los Ozores y con el velo tupido sobre el rostro, toda de negro, entró en la catedral, solitaria y silenciosa. Ya había terminado el coro.

Algunos canónigos y beneficiados ocupaban sus respectivos confesonarios esparcidos por las capillas laterales y en los intercolumnios del ábside, en el trasaltar.

¡Cuánto tiempo hacía que ella no entraba allí!

Como quien vuelve a la patria, Ana sintió lágrimas de ternura en los ojos. Pero ¡qué triste era lo que le decía el templo hablando con bóvedas, pilares, cristalerías, naves, capillas..., hablando con todo lo que contenía a los recuerdos de la Regenta!

Aquel olor singular de la catedral, que no se parecía a ningún otro, olor fresco y de una voluptuosidad íntima, le llegaba al alma, le parecía música sorda que penetraba en el corazón sin pasar por los oídos.

«¡Ay si renaciera la fe! ¡Si ella pudiese llorar como una Magdalena a los pies de Jesús!»

Y por vez primera, después de tanto tiempo, sintió dentro de la cabeza aquel estallido que le parecía siempre voz sobrenatural, sintió en sus entrañas aquella ascensión de la ternura que subía hasta la garganta y producía un amago de estrangulación deliciosa... Salieron lágrimas a los ojos, y sin pensar más, Ana entró en la capilla oscura donde tantas veces el Magistral le había hablado del cielo y del amor de las almas.

«¿Quién la había traído allí? No lo sabía. Iba a confesar como cualquiera y sin saber cómo se encontraba a dos pasos del confesonario de aquel hermano mayor del alma, a quien había calumniado el mundo por culpa de ella y a quien ella misma, aconsejada por los sofismas de la pasión grosera que la había tenido ciega, había calumniado también pensando que aquel cariño del sacerdote era amor brutal, amor como el de Alvaro, el infame, cuando tal vez era puro afecto que ella no había comprendido por culpa de la propia torpeza.»

«Volver a aquella amistad, ¿era un sueño? El impulso que la había arrojado dentro de la capilla, ¿era voz de lo alto o capricho del histerismo, de aquella maldita enfermedad que a veces era lo más íntimo de su deseo y de su pensamiento, ella misma? Ana pidió de todo corazón a Dios, a quien claramente creía ver en tal instante, le pidió que fuera voz suya aquello. Que el Magistral fuera el hermano del alma en quien tanto tiempo había creído y no el solicitante lascivo que le había pintado Mesía el infame.»

Ana oró, con fervor, como en los días de su piedad exaltada; creyó posible volver a la fe y al amor de Dios y de la vida, salir del limbo de aquella somnolencia espiritual que era peor que el infierno; creyó salvarse cogida a aquella tabla de aquel cajón sagrado que tantos sueños y dolores suyos sabía.

La escasa claridad que llegaba de la nave y los destellos amarillentos y misteriosos de la lámpara de la capilla se mezclaban en el rostro anémico de aquel Jesús del altar, siempre triste y pálido, que tenía concentrada la vida de estatua en los ojos de cristal, que reflejaban una idea inmóvil, eterna... Cuatro o cinco bultos negros llenaban la capilla. En el confesonario sonaba el cuchicheo de una beata como rumor de moscas en verano vagando por el aire.

El Magistral estaba en su sitio.

Al entrar la Regenta en la capilla, la reconoció a pesar del manto. Oía distraído la cháchara de la penitente; miraba a la verja de la entrada, y de pronto aquella silueta conocida y amada se había presentado como en un sueño. El talle, el contorno de toda la figura, la genuflexión ante el altar, otras señales que sólo él recordaba y reconocía, le gritaron como una explosión en el cerebro:

—¡Es Ana!

La beata de la celosía continuaba el runrún de sus pecados. El Magistral no la oía, oía los rugidos de su pasión, que vociferaban dentro.

Cuando calló la beata, volvió a la realidad el clérigo, y como una máquina de echar bendiciones desató las culpas de la devota, y con la misma mano hizo señas a otra para que se acercase a la celosía vacante.

Ana había resuelto acercarse también, levantar el velo ante la red de tablillas oblicuas, y a través de aquellos agujeros pedir el perdón de Dios y el del hermano del alma, y si el perdón no era posible, pedir la penitencia sin el perdón, pedir la fe perdida o adormecida o quebrantada, no sabía qué, pedir la fe aunque fuera con el terror del infierno. Quería llorar allí, donde había llorado tantas veces, unas con amargura, otras sonriendo de placer entre las lágrimas; quería encontrar al Magistral de aquellos días en que ella le juzgaba el emisario de Dios, quería fe, quería caridad..., y después el castigo de sus pecados, si más castigo merecía que aquella oscuridad y aquel sopor del alma...

El confesonario crujía de cuando en cuando, como si le rechinaran los huesos.

El Magistral dio otra absolución y llamó con la mano a otra beata... La capilla se iba quedando despejada. Cuatro o cinco bultos negros, todos absueltos, fueron saliendo silenciosos, de rato en rato, y al fin quedaron solos la Regenta, sobre la tarima del altar, y el Provisor dentro del confesonario.

Ya era tarde. La catedral estaba sola. Allí dentro ya empezaba la noche.

Ana esperaba sin aliento, resuelta a acudir, la seña que la llamase a la celosía.

Pero el confesonario callaba. La mano no aparecía, ya no crujía la madera.

Jesús de talla, con los labios pálidos entreabiertos y la mirada de cristal fija, parecía dominado por el espanto, como si esperase una escena trágica inminente.

Ana, ante aquel silencio, sintió un terror extraño...

Pasaban segundos, algunos minutos muy largos, y la mano no llamaba.

La Regenta, que estaba de rodillas, se puso en pie con un valor nervioso que en las grandes crisis le acudía... y se atrevió a dar un paso hacia el confesonario.

Entonces crujió con fuerza el cajón sombrío, y brotó de su centro una figura negra, larga. Ana vio a la luz de la lámpara un rostro pálido, unos ojos que pinchaban como fuego, fijos, atónitos, como los del Jesús del altar...

El Magistral extendió un brazo, dio un paso de asesino hacia la Regenta, que horrorizada retrocedió hasta tropezar con la tarima. Ana quiso gritar, pedir socorro y no pudo. Cayó sentada en la madera abierta la boca, los ojos espantados, las manos extendidas hacia el enemigo, que el terror le decía que iba a asesinarla.

El Magistral se detuvo. Cruzó los brazos sobre el vientre. No podía hablar, ni quería. Temblábale todo el cuerpo; volvió a extender los brazos hacia Ana..., dio otro paso adelante..., y después, clavándose las uñas en el cuello, dio media vuelta, como si fuera a caer desplomado, y con piernas débiles y temblonas salió de la capilla. Cuando estuvo en el trascoro, sacó fuerzas de flaqueza, y aunque ciego, procuró no tropezar con los pilares y llegó a la sacristía, sin caer ni vacilar siquiera.

Ana, vencida por el terror, cayó de bruces sobre el pavimento de mármol blanco y negro; cayó sin sentido.

La catedral estaba sola. Las sombras de los pilares y de las bóvedas se iban juntando y dejaban el templo en tinieblas.

Celedonio, el acólito afeminado, alto y escuálido, con la sotana corta y sucia, venía de capilla en capilla cerrando verjas. Las llaves del manojo sonaban chocando.

Llegó a la capilla del Magistral y cerró con estrépito.

Después de cerrar tuvo aprensión de haber oído algo allí dentro; pegó el rostro a la verja y miró hacia el fondo de la capilla, escudriñando en la oscuridad. Debajo de la lámpara se le figuró ver una sombra mayor que otras veces...

Y entonces redobló la atención y oyó un rumor como un quejido débil, como un suspiro.

Abrió, entró y reconoció a la Regenta desmayada.

Celedonio sintió un deseo miserable, una perversión de la perversión de su lascivia; y por gozar un placer extraño, o por probar si lo gozaba, inclinó el rostro asqueroso sobre el de la Regenta y le besó los labios.

Ana volvió a la vida rasgando las nieblas de un delirio que le causaba náuseas.

Había creído sentir sobre la boca el vientre viscoso y frío de un sapo.

Fin

Indice